Reclams
Science Fiction Führer

Reclams Science Fiction Führer

Herausgegeben von
Hans Joachim Alpers,
Werner Fuchs
und Ronald M. Hahn

Philipp Reclam jun. Stuttgart

CIP-Kurztitelaufnahme der Deutschen Bibliothek

Reclams Science-fiction-Führer /
hrsg. von Hans Joachim Alpers ... –
Stuttgart : Reclam, 1982. –
ISBN 3-15-010312-6

NE: Alpers, Hans J. [Hrsg.]

Gesamtherstellung: Reclam, Ditzingen. Printed in Germany 1982
Umschlaggestaltung: Klaus Dempel, Stuttgart
ISBN 3-15-010312-6

Vorwort

Die Science Fiction – hier in der Regel mit dem Kürzel SF bezeichnet – hat in den letzten Jahren in allen Medien stetig an Boden gewonnen und inzwischen zu vergleichbarer Genre-Literatur wie Kriminalroman oder Western aufgeschlossen, ja diese in der Gunst des Lesers bereits überholt. Das gilt nicht nur für den anglo-amerikanischen, sondern auch für den deutschen Sprachraum: Hier nähert sich die Zahl der jährlich veröffentlichten Buch- und Taschenbuchtitel bereits dem halben Tausend, und es gibt kaum noch einen großen deutschen Taschenbuchverlag, der sich der Science Fiction verschließt.

Der Vormarsch der SF im deutschen Sprachraum hat bei vielen Lesern das Bedürfnis geweckt, sich anhand von Sekundärliteratur näher über diese Literaturgattung zu informieren. Insbesondere das Fehlen von lexikalischen und bio-bibliographischen Hilfsmitteln wurde als Manko empfunden. Nachdem von den gleichen Verfassern – in Zusammenarbeit mit Wolfgang Jeschke – bereits ein *Lexikon der Science Fiction-Literatur* veröffentlicht wurde, das sich vor allem der bibliographischen Erfassung der in deutscher Sprache vorliegenden SF-Literatur widmete, wird mit *Reclams Science-Fiction-Führer* ein Werk vorgelegt, das in seiner Konzeption ein Novum für den deutschen Markt ist. Als Romanführer und bio-bibliographischer Wegweiser soll dieses Nachschlagewerk es dem Leser ermöglichen, sich einen Überblick über die SF zu verschaffen, sich in ihr zurechtzufinden, ihre Wurzeln und ihre Trends aufzuspüren, schließlich die Spreu vom Weizen zu trennen.

Das Hauptaugenmerk dieses Bandes liegt auf den biographischen Einträgen von mehr als 800 SF-Autoren und den wichtigsten Werken, die das Genre bisher hervorgebracht hat. Da dem Umfang eines solchen Buches Grenzen gesetzt sind, war es nicht nur nötig, die Zahl der zu besprechenden Titel auf herausragende bzw. für das Genre oder den Autor charakteristische zu beschränken, sondern diese Darstellungen auf eine knappe, handliche Form zu bringen. Ziel war dabei die Wiedergabe des Inhalts, die kritische Würdigung und Zuordnung des Werkes, nicht jedoch eine literaturwissenschaftliche Analyse. Den Autoren-Kurzbiographien sind Werkauswahlverzeichnisse angehängt, die Ersterscheinungsdaten sowie übersetzte Titel und deren deutsches Erscheinungsjahr verzeichnen. Kurzgeschichtensammlungen wurden durch ein »C« (= Collection) vor dem Erscheinungsjahr kenntlich gemacht oder separat ausgewiesen. Die Tatsache, daß sich die Entwicklungsgeschichte der deutschen SF nach dem Zweiten Weltkrieg zunächst vor allem im Bereich der Heftromanliteratur abspielte, macht folgenden Hinweis nötig: Die Angaben über das deutsche Erscheinungsjahr beziehen sich in der Regel auf die erste Buch- oder Taschenbuchpublikation, nicht jedoch auf eventuell zuvor erfolgte (meistens stark gekürzte) Ausgaben in Heftromanform.

Da ein beträchtlicher Teil der in diesem Führer verzeichneten SF-Autoren mit einer Vielzahl von Titeln zu Buche steht, mußte auf komplette Bibliographien verzichtet werden. Aufgenommen wurden aber in jedem Fall die Hauptwerke eines Autors, ob sie nun in deutscher Übersetzung vorliegen oder nicht. Ferner wurden im allgemeinen preisgekrönte Werke oder solche verzeichnet, die für die Entwicklung der SF Meilensteine darstellen. Inhaltlich stehen dabei die anglo-amerikanischen Autoren des 20. Jahrhunderts im Vordergrund, da sie den nachweisbar größten Einfluß auf die Verbreitung moderner SF hatten und noch haben. Gleichzeitig wurde jedoch der Versuch unternommen, die wichtigsten anderen Nationalliteraturen – insbesondere die deutsche, italienische, französische, belgische, niederländische, skandinavische und osteuropäische, am Rande aber auch die japanische, spanische, südamerikanische und sonstige SF – zu erfassen. Die Verfasser sind sich bewußt, daß hier durchaus Informationslücken bestehen und manche Akzente anders gesetzt werden könnten.Aufnahmekriterium für einen Eintrag war die Publikation mindestens eines eigenständigen Werkes von normaler Buchlänge; Ausnahmen wurden nur dort gemacht, wo für das Genre wichtige Autoren sich ganz der Erzählung verschrieben haben und ihre Reputation hauptsächlich auf kürzeren Werken basiert. SF-Autoren, die ausschließlich Romanhefte verfaßt oder nur an Romanheft-Serien mitgearbeitet haben, wurden hingegen ausgelassen.

Den Begriff ›Science Fiction‹ haben wir, angesichts der Tatsache, daß es eine allgemein gültige Definition von SF weder gibt noch geben kann, bewußt weit gefaßt. Historische Vorläufer der modernen SF werden ebenso mit einbezogen wie spezielle Ausprägungen des Genres in der Gegenwart. Auf diese Weise hat der antike Autor Lukian mit seiner Mondreiseerzählung ebenso einen Eintrag erhalten wie die klassischen Utopisten vom Schlage eines Thomas Morus oder frühe Verfasser von Anti-Utopien. Auch bestimmte Bereiche der phantastischen Literatur, der Vorläuferin der heutigen »Fantasy«, sind berücksichtigt, obwohl zuzugeben ist, daß hier die Grenzen zu anderen Gattungen mehr als fließend sind. Selbstverständlich wird auch die »Fantasy« selbst durch ihre wichtigsten Autoren und Werke repräsentiert. Es war unser Bestreben, dem interessierten Leser eher mehr Material anzubieten, als er in einem solchen Führer vielleicht erwartet – und ihn nicht von vornherein durch allzu rigorose Definitionskriterien zu enttäuschen.

Natürlich wäre die Publikation dieses SF-Führers ohne die Hilfe und Unterstützung zahlreicher SF-Kenner aus dem In- und Ausland nicht möglich gewesen. Die Herausgeber bedanken sich an dieser Stelle nicht nur bei den Herausgebern und Verfassern ähnlicher ausländischer Werke (eine entsprechende Aufstellung der benutzten Literatur befindet sich am Schluß dieses Bandes), sondern auch bei mehreren Einzelpersonen, die uns mit Rat und Tat zur Seite standen und uns an ihrem Wissen partizipieren ließen:

> Uwe Anton, Antonio Bellomi, Martin Eisele, Heinz Jürgen Galle, Bernard Goorden, Ernst H. Höllerer, Johannes Jaspert, Joachim Körber, Helmut Krohne, Sam J. Lundwall, Richard D. Nolane, Franz Rottensteiner und Wolfgang Jeschke.

Einige dieser Mitarbeiter lieferten uns Informationsmaterial – besonders Wolfgang Jeschke unterstützte uns hier großzügig –, andere halfen uns bei der Dokumentation, wieder andere verfaßten einzelne Autoreneinträge und Werkbesprechungen. Da über neunzig Prozent des Textanteils jedoch von den Herausgebern selbst geschrieben und der Rest von ihnen kritisch durchgesehen wurde, sollten etwaige Fehler oder Unvollkommenheiten nicht unbedingt diesen Mitarbeitern angelastet werden.

Die Entstehungszeit dieses Werkes betrug gut zweieinhalb Jahre, als Redaktionsschluß hat der 1. Januar 1981 zu gelten. Über diesen Termin hinaus wurden zwar in den meisten Fällen noch gezielte Nachträge zu den wichtigsten Autoren geleistet, es war jedoch nicht immer möglich, Werkbesprechungen von 1981 erschienenen Romanen einzufügen.

Hans Joachim Alpers, Werner Fuchs, Ronald M. Hahn

A

AANDAHL, VANCE
(*1944)

Amerikanischer Kurzgeschichtenautor. Studierte Englisch an der Universität von Colorado. Zwischen 1960 und 1969 erschienen rund ein Dutzend seiner Stories im *Magazine of Fantasy & Science Fiction.*

ABÉ, KŌBŌ
(*1924)

Geboren in Tokio. A. wuchs in Mukden in der Mandschurei auf, wo der Vater als Arzt praktizierte. 1948 promovierte er in Tokio zum Doktor der Medizin, übte diesen Beruf aber nicht aus. A. gehört zu den wichtigsten japanischen Gegenwartsautoren und hat eine Neigung zu phantastischen und utopischen Themen. 1951 erhielt er den »Akutagawa«, den wichtigsten japanischen Literaturpreis, 1960 den »Yomiuri«-Literaturpreis für den phantastischen Roman *Die Frau in den Dünen* (1960), der auch verfilmt wurde und in Cannes den Preis der Jury erhielt. Während ein weiteres Werk von A., *Das Gesicht des Anderen* (1964; dt. 1971) ebenfalls phantastische Züge aufweist, ist der 1959 erstmals in der Literaturzeitschrift *Sekai Magazin* erschienene Roman *Daìyōn-Kampyōki* (1959; *Die vierte Zwischeneiszeit*, 1975) der Science Fiction zuzurechnen.

ABERNATHY, ROBERT
(*1924)

Das Werk dieses amerikanischen Autors beschränkt sich auf kürzere Texte, alles in allem ca. 30 Stories und Novelletten, die zwischen 1942 und 1957 in den verschiedensten Magazinen publiziert wurden, so in *Planet Stories*, aber auch im *Magazine of Fantasy & Science Fiction.* Einige von A.s Geschichten wurden in Anthologien und Jahressammelbände aufgenommen. Heute hat A. einen Lehrstuhl für Linguistik an der Universität Colorado inne.

ACKERMAN, FORREST J(AMES)
(*1916)

Geboren in Los Angeles. Schon als Jugendlicher in die gerade aufblühende Science Fiction vernarrt, machte A. seit den frühen dreißiger Jahren SF zu seinem Lebensinhalt und gilt heute als SF-Fan Nummer eins. Er schrieb eine große Anzahl von Stories und Artikeln für diverse Fan- und Profi-Magazine und sammelte alles, was es an SF und Artverwandtem zu sammeln gab. Später betätigte er sich auch als Agent sowie als Redakteur von Zeitschriften und Magazinen. So betreut er seit dem Start (1958) die Filmzeitschrift *Famous Monsters of Filmland* und gab auch die Magazine *Monster World* und *Spacemen* heraus. A. stellte drei SF-Anthologien zusammen und war Redakteur der von seiner Frau Wendayne übersetzten amerikanischen Perry-Rhodan-Ausgabe. Ferner kreierte er die Comicfigur »Vampirella«. Seine SF-Sammlung gilt als die größte der Welt. Sie füllt inzwischen ein 17-Zimmer-Haus in Hollywood und ist zu einem vom Staat bezuschußten Museum ernannt worden. Als SF-Autor ist A. ohne Bedeutung.

ADAMOV, GRIGORIJ BORISOVIČ
(1886–1945)

Pseudonym für G. B. Gibs, geboren in Cherson. A. zählt zu den Klassikern des sowjetrussischen Zukunftsromans. Sein erstes Werk, »Die Bezwinger des Erdinneren«, erschien 1937 und schildert die Suche nach neuen Energiequellen im Innern der Erde. In seinem zweiten, in viele Fremdsprachen und auch ins Deutsche übertragenen Roman, *Das Geheimnis zweier Ozeane* (1939), betrieb er ein umfangreiches Quellenstudium, um wahrheitsgetreu die Fahrt eines phantastisch ausgerüsteten U-Boots in Anlehnung an Jules Verne beschreiben zu können. Ein weiterer Roman behandelt ein Projekt der Klimaverbesserung in der Arktis.

Pobediteli nedr (1937; »Die Bezwinger des Erdinneren«); *Tajna dvuch okeanov* (1938; *Das*

Geheimnis zweier Ozeane, 1956); *Izgnanie vladyki* (1946; »Die Vertreibung der Herrscher«).

ADERCA, FELIX
(1891–1962)

Rumänischer Autor in der Tradition von Marcel Proust und James Joyce, der Romane, Erzählungen und Essays schrieb sowie einige SF-Klassiker in die rumänische Sprache übersetzte. Mit *Oraşele înecate* schrieb er einen klassischen Roman der europäischen Science Fiction. Eine spätere Fassung ist 1966 unter dem Titel *Oraşele scufundate* erschienen.

Oraşele scufundate
(1932/1966; dt. *Die Unterwasserstädte*, 1970)

Ein junges Ehepaar im Bukarest des Jahres 5000 erlebt in einer Traumvision den Untergang der Erde: Die Sonne erkaltet, die Arktis breitet sich bis zum Äquator aus, die Erdoberfläche erkaltet. Obwohl sich die Menschheit bereits in die Tiefe der Meere zurückgezogen hat, kann dieses Asyl nicht von Dauer sein. Der einzige Ausweg ist die Reise zu den Sternen. Der alte Präsident Pi stirbt in der Hauptstadt Hawai, einer riesigen Kristallkuppel im Stillen Ozean. Sein Vermächtnis: Die Energiereserven sind erschöpft, die Menschen müssen nach einer Lösung suchen. Mehrere Lösungen werden vorgeschlagen, es bilden sich Fraktionen. Der Ingenieur Whitt sieht die Rettung im Innern der Erde, der Ingenieur Xavier hingegen bahnt den Weg zu den Sternen. Zu spät allerdings, denn die große Katastrophe kann nicht verhindert werden. Es kommt zu Auseinandersetzungen zwischen den zum Tode verurteilten Menschen. Letztlich gelingt es nur Xavier und der Tochter des Präsidenten, mit einem Raumschiff einen anderen Planeten zu erreichen.
Der 1932 erstmals in Fortsetzungen in der Zeitschrift *Realitatea ilustrată* erschienene Roman zählt zu den wichtigsten utopischen Werken Rumäniens.

ADLARD, MARK
(*1932)

Pseudonym des im Nordosten Englands geborenen Schriftstellers Peter Marcus Adlard. Studium der Ökonomie und Kunst an der Universität von Cambridge. A. arbeitete zwanzig Jahre als Manager in der Stahlindustrie und verfaßte während der sechziger Jahre eine Reihe (unpublizierter) utopischer Geschichten.
Nach seinem Rückzug aus der Industrie veröffentlichte er die sogenannte T-City-Trilogie, die aus den Romanen *Interface* (1971), *Volteface* (1972) und *Multiface* (1975) besteht; eine Zukunftsvision, die im industriellen Norden des Vereinigten Königreichs spielt und eine glaubwürdige Extrapolation gegenwärtiger wissenschaftlicher, technologischer und soziologischer Entwicklungen darstellt. In einem öden Eisen-, Kohlen- und Stahlrevier der britischen Insel ist der Werkstoff »Stahlex« entwickelt worden und hat alle anderen Materialien verdrängt. Ein gigantisches Werk stellt den neuen Superstoff her, der das ganze Leben in Großbritannien beeinflußt. Stahlex hat nicht nur den Stahl, sondern auch alles andere verdrängt. Das Land besteht aus Sektoren, die der totalen statistischen Kontrolle und der technologischen Manipulation unterliegen. Ein allumfassendes Videonetz, ausgeklügelte Versorgungs- und Verteilersysteme und optimale Operationsmethoden beherrschen die Szene. Aufgrund von Genchirurgie ist der Intelligenzquotient der »Executives«, die die herrschende Klasse bilden, zwar gestiegen, die kreative Intelligenz jedoch verkümmert. Zugleich herrscht Überbevölkerung, der gängigste Tod ist der in den verstopften Subways. Es herrscht Kommunikationszerfall, Kälte, Einsamkeit und Langeweile.

ALDANI, LINO
(*1926)

Geboren in San Cipriano, Pavia, aufgewachsen in Rom. A., der auch unter dem Pseudonym N. L. Janda publiziert hat, ist Verfasser zahlreicher Kurzgeschichten und Romane. 1960 tauchte er in der italienischen SF-Szene auf, war 1963 Mitbegründer des von italienischen Autoren bevorzugten Magazins *Futuro*; er gilt – was seine Texte betrifft – als Pessimist und gehört zu den führenden Köpfen der italienischen SF, dessen Werke in mehrere Sprachen übersetzt wurden. Neben Kurzgeschichtensammlungen wie *Quarta Dimensione* (1963), *Buonanotte, Sofia* (1964) sowie *Eclissi 2000* (1978) hat er mit *Quando le Radici* (1976) und *Più in Alto delle Stelle* (o. J.) auch zwei herausragende Romane vorgelegt. A. war Bankangestellter, Barmixer, Lehrer, Dozent für Philosophie und Mathematiklehrer. Er lebt seit 1968 wieder in seiner Heimatstadt als Landwirt und SF-Autor.

Quando le Radici
(1976; dt. *Arnos Flucht*, 1980)

Während sich die Ballungsgebiete in die Landschaft hineinfressen, verödet das Land, die Dörfer verfallen und werden dem Erdboden gleichgemacht, um Nutzungsflächen für eine großräumige Landwirtschaft zu gewinnen. Die Jungen ziehen in die Betonlandschaft hinaus, weil sie dort Annehmlichkeiten und Jobs vermuten. Aber sie werden enttäuscht. Mit Drogen, Sex und Alkohol versuchen sie, ihrer Einsamkeit Herr zu werden. Arno hingegen gibt seinen stupiden, aber gutbezahlten Job bei einem staatlichen Institut in der Stadt auf, weil er den Sinn seiner Tätigkeit nicht einsehen kann. Er kehrt in die Gemeinde seiner Väter zurück, um dort neue Wurzeln zu schlagen, findet aber nur noch eine kleine Gruppe alter Menschen vor, die von jenen, die das Land verlassen haben, höhnisch als »Troglodyten« bezeichnet werden. Arno merkt bald, daß romantische Sehnsucht nach der Vergangenheit nicht genügt, um die Probleme zu überwinden, die sich auch diesen Menschen stellen, und so bleibt er für eine gewisse Zeit ein Wanderer zwischen den beiden Welten. Unterdessen dringt die ›Zivilisation‹ unerbittlich weiter in die Einsamkeit vor. Es ist abzusehen, daß das verlassene Dorf bald einer neuen Autobahn weichen muß. Arno wird zum Mord an einem staatlichen Landvermesser gezwungen, gewinnt sein neues Leben jedoch erst dann, als er beschließt, sich von allem, was er bisher gekannt hat, zu lösen. Er heiratet ein Zigeunermädchen und zieht mit dessen Sippe fort.
»Aldanis Arbeit stellt eine wirklich faszinierende und tiefgründige Suche nach Antworten auf das Problem des durch das moderne Leben erzeugten Identitätsverlustes dar. *Quando le Radici* bietet eine Hoffnung für die Zukunft des Menschen an – vorausgesetzt, er hat den Willen, die Existenz seiner inneren Wurzeln zu erkennen und dafür zu kämpfen, sie am Leben zu erhalten« (G. Montanari).

ALDISS, BRIAN W(ILSON)
(*1925)

Geboren in Norfolk. A. wurde an einer Reihe von Privatschulen unterrichtet und diente am Ende des Zweiten Weltkriegs in Burma und auf Sumatra. Ab 1948 Buchhändler in Oxford. Begann Anfang der fünfziger Jahre zu schreiben und debütierte mit »Criminal Record« 1954 in *Science Fantasy*. Als seine Kurzgeschichte »Not for an Age« (1955) einen Preis des *Observer* gewann, beschloß A., freiberuflicher Schriftsteller zu werden. Wie viele seiner Kollegen verfaßte er zunächst Kurzgeschichten, die teilweise in den Sammlungen *Space, Time and Nathaniel* (1957), *No Time Like Tomorrow* (1959) und *Best Science Fiction Stories of Brian W. Aldiss* (1965) enthalten sind. Sein erster SF-Roman, *Non Stop* (1958, anderer Titel: *Starship*) behandelt das alte Thema des Generationenraumschiffs auf neue, originelle Weise.
Der Ruf, den er sich mit seinen stilistisch hervorragenden Stories erworben hatte, brachte ihm international den Durchbruch. 1959 wurde er als vielversprechendster SF-Nachwuchsautor ausgezeichnet, und 1962 gewann er mit seinen Hothouse-Stories (als Roman 1962 unter den Titeln *Hothouse* bzw. *The Long Afternoon of Earth* erschienen) den »Hugo Award«. Zwar verbesserte sich nun auch die Qualität seiner Romane (besonders hervorzuheben ist der 1964 erschienene Titel *Greybeard*, der eine Zukunft beschreibt, in der die Menschheit durch einen Unfall mit biologischen Waffen steril geworden ist), aber insgesamt hinterließen seine kürzeren Arbeiten noch immer einen größeren Eindruck, so seine Novelle *The Saliva Tree*, die 1966 mit dem »Nebula Award« ausgezeichnet wurde, oder die hervorragenden Themen-Collections *Galaxies Like Grains of Sand* (1960) und *Starswarm* (1963).
Mitte der sechziger Jahre tauchte der Name Aldiss immer häufiger in Zusammenhang mit dem Magazin *New Worlds* und der »New Wave« in der SF auf. Zusammen mit Michael Moorcock und J. G. Ballard war er ein Vorreiter der neuen Welle. Eingeleitet durch Romane wie *Earthworks* (1964) und *An Age* (1967, anderer Titel: *Cryptozoic*) begann A. nun mit Schreibtechniken und Inhalten zu experimentieren. Seine Themen wurden freier, surrealistischer, waren weniger mit der herkömmlichen SF ver-

wandt. Sein verblüffender Beobachterroman *Report on Probability A* (1968) erschien zuerst im Avantgarde-Magazin *New Worlds*, genau wie die Stories um Colin Charteris, die 1969 zu dem Roman *Barefoot in the Head*, einem der schwierigsten SF-Werke überhaupt, zusammengefaßt wurden.
Nach diesem literarischen Sturm und Drang verlegte A. seine Aktivitäten in andere Gefilde. Zwar erschienen weiterhin vorzügliche Storysammlungen – *The Moment of Eclipse* (1970) gewann den »British SF Award« –, aber ansonsten wurde seine SF-Produktion geringer. Dafür verbuchte er außerhalb der SF große Erfolge. Eine nichtphantastische Romantrilogie kam in die Bestsellerlisten, ein Buch über Jugoslawien, Sekundärliteratur zur SF und SF-Kunstbücher erschienen. Seit 1973 scheint A. auch SF mit Fantasy-Einschlag zu bevorzugen, was Titel wie *Frankenstein Unbound* (1973) und *The Malacia Tapestry* (1976) beweisen. In jüngster Zeit wandte er sich (u. a. mit der *Heliconia*-Trilogie) wieder SF-Themen zu.
Neben seiner schriftstellerischen Tätigkeit hat A. auch eine Vielzahl von Anthologien, u. a. in Zusammenarbeit mit Harry Harrison, herausgegeben und SF-Kritiken in namhaften Tageszeitungen und Periodika verfaßt. Sein 1973 herausgekommener Band *The Billion Year Spree* ist eines der wichtigsten Nachschlagewerke zur Geschichte der SF. Als Autor zeichnet ihn sein großer Ideenreichtum aus, und selbst wenn er Themen behandelt, die andere vor ihm aufgegriffen haben, so versteht er doch die Problematik aus einer gänzlich anderen, meist intellektuelleren Perspektive anzugehen. Stilistisch ist er oft brillant und der Mehrzahl seiner Kollegen überlegen. Durch seine Vielseitigkeit spricht er breite Leserschichten an, ohne daß er dabei Kompromisse eingehen müßte und an literarischer Substanz verlöre. Diese Tatsache machte ihn außerordentlich populär. 1969 wurde er zum beliebtesten SF-Autor Großbritanniens gewählt, und 1970 verlieh man ihm in Australien den »Ditmar Award«, als bestem zeitgenössischen SF-Autor der Welt.

Non-Stop (1958, anderer Titel: *Starship*; *Fahrt ohne Ende*, 1970); *Equator* (1959, anderer Titel: *Vanguard from Alpha*); *The Interpreter* (1960, anderer Titel: *Bow Down to Nul*; *Unterdrücker der Erde*, 1977); *The Primal Urge* (1961); *Starswarm* (1963; *Der Sternenschwarm*, 1968); *The Dark Light Years* (1964); *Greybeard* (1964; *Aufstand der Alten*, 1967); *Earthworks* (1965; *Tod im Staub*, 1970); *BWA – Best SF-Stories* (1965; *Der unmögliche Stern*, 1972); *The Saliva Tree and Other Strange Growths* (1966); *An Age* (1967, anderer Titel: *Cryptozoic*; *Kryptozoikum*, 1976); *The Book of Brian Aldiss* (1972; *Alle Tränen dieser Erde*, 1977); *The Eighty-Minute Hour* (1974; *Die Achtzig-Minuten-Stunde*, 1980); *The Malacia Tapestry* (1976; *Der Malacia-Gobelin*, 1978); *Dr. Moreau's New Island* (1980; *Dr. Moreaus neue Insel*, 1981); *Heliconia: Spring* (1982).

Lit.: M. Aldiss, Item Eighty-Three: Brian W. Aldiss, a Bibliography, 1972. – R. Mathews, Aldiss Unbound – The Science Fiction of Brian W. Aldiss, 1977.

Galaxies Like Grains of Sand
(1960; dt. *Das Ende aller Tage*, 1967)

Acht Stories aus den Jahren 1957 und 1958, verbunden durch kurze Zwischentexte, ergeben eine Zukunftschronik der Menschheit. Im Stile eines Olaf Stapledon läßt Aldiss die zukünftige Geschichte vor dem Leser ablaufen, vom Zeitalter des Krieges in nicht allzu ferner Zukunft, über die Eroberung der Sterne und Mutation des Menschen, bis hin zum letzten Zeitalter, in dem der Mensch auf ein ihm überlegenes Wesen stößt, auf seinen Nachfolger, der in seiner eigenen Welt nicht mehr ist als eine Amöbe in unserer.
Obwohl aus diesen poetischen, manchmal melancholischen Kurzgeschichten mit Ausnahme von *Who Can Replace a Man?* keine besonders herausragt, sind sie für Aldiss typisch. Qualitativ wird ein bestimmter Standard nicht unterschritten, und so entstand ein kompakter Band mit den Zentralthemen »Zeit« und »Vergänglichkeit« und der Frage nach der Stellung des Menschen im Universum.

Hothouse (anderer Titel: **The Long Afternoon of Earth)**
(1962; dt. *Am Vorabend der Ewigkeit*, 1964)

In ferner Zukunft haben Erde und Mond aufgehört zu rotieren, d. h., die Erde dreht sich nur noch einmal im Jahr um die eigene Achse, während der Mond in bezug zu ihr stillsteht. Die Sonne wird langsam zur Nova und strahlt ihre Hitze auf die ihr ständig zugewandte Erdseite ab, die als Folge davon zum riesigen Treibhaus geworden ist. Die irdische Flora ist mutiert, und ein riesiger exotischer Pflanzenwald bedeckt die Erdoberfläche kilometerhoch. Nur wenige Tierarten, Insekten wie die Tigerfliege oder die Termite, und der angepaßte Mensch, der nun die Baumwipfel bewohnt, haben überlebt. Sie stehen unablässig im Daseinskampf gegen eine botanische Schreckensgalerie, die die Erde beherrscht. Da gibt es Nesselmoos, Pfeifdisteln, Taumler, Fallenschnapper, Wassermörder und die Morchel, das intelligenteste Lebewesen auf der Erde. Riesige Pflanzenspinnen, Traverser, haben sich sogar an das Leben im Weltraum angepaßt. Ihre Netze spannen sich von der Erde bis zum Mond.

In dieser dem Untergang preisgegebenen Welt ist eine Gruppe von Kindern auf sich gestellt. Auf einem Irrweg, der sie durch den Dschungel zum Ozean und schließlich ins Gebirge führt, lauern schreckliche Gefahren, aber es gibt auch Lebewesen, die sich mit ihnen anfreunden und ihnen weiterhelfen. Die intelligente Morchel gehört dazu, das einzige Wesen, das den drohenden Untergang der Welt erkannt hat und ihnen eine Fluchtmöglichkeit bietet, die aber nicht von allen genutzt wird.

Im Gegensatz zu *Galaxies Like Grains of Sand*, das die Evolution der Menschheit beschreibt, hat *Hothouse* ihre Devolution zum Thema. A. schildert ihre Endphase auf eine Weise, die sich über wissenschaftliche Erkenntnisse hinwegsetzt und die Grenzen zur Fantasy überschreitet. In beiden Handlungen wird die stetige Veränderung zum Grundprinzip erhoben, und beide Bücher enden an einem Punkt, wo es für die Menschheit keine Hoffnung mehr gibt, das Leben aber dennoch weitergehen wird.

Report on Probability A
(1968; dt. *Report über Probabilität A*, 1976)

Report on Probability A ist kein konventioneller SF-Roman. Er weist keinen normalen Handlungsablauf oder Charaktere im herkömmlichen Sinn auf und erinnert in seiner Radikalität an den französischen *Nouveau Roman*.

Die wichtigsten Protagonisten sind G, S und C. Sie machen nichts, es geschieht nichts mit ihnen, und man erfährt auch nichts über sie oder ihre Motive. Sie beobachten nur. Ihr Beobachtungsobjekt ist eine Villa, in der ein Mr. Mary mit seiner Frau wohnt. Aber schon nach wenigen Seiten wird klar, daß auch die Beobachter beobachtet werden. Auf einer höheren Ebene studieren Midlakemala und Domoladossa den Report über Probabilität A, wie sie diese Welt nennen, und stellen Theorien über sie auf. Und hinter dieser Ebene befinden sich wieder Menschen, die die Beobachter der Beobachter beim Beobachten beobachten, usw. Über Probabilität A erfährt der Leser nur banale Dinge, die allerdings mit akribischer Detailfreudigkeit berichtet werden. Die ganze Welt scheint nur aus der engsten Umgebung der drei Beobachter und deren Observationen zu bestehen. Die Orientierung fällt dem Leser dabei schwer. Trotz detailliertester Beschreibungen kann er z. B. nicht mit Sicherheit feststellen, ob G, S und C vom selben Gartenhäuschen die Villa beobachten. Zwar werden bestimmte Gegenstände oft wiederholt beschrieben, aber unterschiedliche Blickwinkel relativieren das entstehende Gesamtbild so sehr, daß sich ein Kontinuum überlagernder Realitäten bildet, in dessen Labyrinth sich der Leser kaum noch zurechtfindet. Eine Schlüsselrolle in dem Buch kommt W. H. Hunts »The Hireling Sheperd« zu, einem viktorianischen Ölbild, das als Reproduktion in der Nähe aller drei Beobachter hängt und für Interpretationsversuche genauso offen ist wie der Roman selbst.

Die Kernfrage nach der wirklich realen Ebene beantwortet A. nicht. Die Zahl der Ebenen, die sich ständig vergrößert, läßt eher vermuten, daß sie gleichrangig sind – zumal die ursprünglich Observierten in ihrer Villa am Bildschirm sitzen und selbst die kreisenden Welten beobachten, die Schlangen sich somit gegenseitig in den Schwanz beißen. Die Realität ist subjektiv und zeigt sich jedem Beobachter auf andere Weise.

Barefoot in the Head
(1969)

Protagonist dieses wenig beachteten Romans ist der 19jährige Serbe Colin Charteris, der sich auf einer Odyssee durch Europa und auf einer inneren Irrfahrt durch seine Psyche befindet. Die Handlung spielt nach dem dritten Weltkrieg, der Europa durch psycho-chemische Bomben aus dem Nahen Osten als psychedelisches Tollhaus zurückgelassen hat. C. ist von Verrückten aller Art umgeben und unterscheidet sich kaum

von ihnen. In England schließt er sich einem Guru an, der mit seiner Rockgruppe zu einem musikalisch-religiösen Kreuzzug starten will, wird aber nach dessen Tod von den halluzinierenden Massen selbst zum Religionsführer hochstilisiert, da er ständig den Mystiker Gurdjieff rezitiert. C. gefällt sich in dieser Rolle und bricht mit seiner jugendlichen Gefolgschaft zu einem motorisierten Kreuzzug durch Europa auf, der von Drogen, ständig wiederkehrenden Unfällen und totalem Chaos begleitet wird. Schließlich endet der Treck in einer Massenkarambolage, die den Höhepunkt eines Films über C. bildet, der in der Zwischenzeit zum Heiligen geworden ist und messianische Züge angenommen hat, nachdem er, auf dem Wasser wandelnd, den Rhein überquerte. Das logische Finale seiner Karriere, die Kreuzigung, bleibt jedoch aus. Die Gruppe zerfällt, und C. zieht sich in die Anonymität zurück.
Barefoot in the Head ist ein überaus komplexer Roman, schwierig zu lesen und ohne Kenntnis der Werke Gurdjieffs und Ouspenskis kaum zu verstehen. Stilistisch orientiert sich Aldiss mit seinen unzähligen Wortspielen, Anspielungen, Metaphern und Symbolen an James Joyces *Finnegan's Wake*, während seine halluzinatorischen Visionen und futuristischen Popsongs den Zeitgeist der späten sechziger Jahre widerspiegeln. Neben Ballards Erzählungssammlung *The Atrocity Exhibition* stellt dieser Roman die Quintessenz der englischen ›New Wave‹ dar.

ALPERS, HANS JOACHIM
(*1943)

Geboren in Bremerhaven. Nach Schlosserlehre Besuch der Ingenieurakademie in Bremen, mehrjährige Tätigkeit als graduierter Ingenieur in einem Konstruktionsbüro, danach geisteswissenschaftliches Studium an der Universität Hamburg. Nachdem A. einige Stories in Fan-Magazinen veröffentlicht hatte, legte er 1967 in Heftform die Kurzgeschichtensammlung *Erde ohne Menschen* (Pseudonym: Jürgen Andreas) vor. Es folgten weitere Kurzgeschichten, einige Heftromane unter dem Pseudonym Mischa Morrison, schließlich SF- und Krimi-Jugendbücher (letztere unter dem Pseudonym Daniel Herbst), die er gemeinsam mit Ronald M. Hahn verfaßte. A.s Engagement als Autor trat spätestens seit den späten siebziger Jahren hinter seiner Arbeit als Herausgeber, Lektor, Anthologist und Verfasser von Sekundärliteratur im Bereich der Science Fiction zurück. Neben seiner langjährigen Tätigkeit als Chefredakteur der halbprofessionellen Fachzeitschrift *Science Fiction Times* war er zeitweise verantwortlich für die Auswahl der im *X-Magazin* erscheinenden SF-Stories, schrieb für Zeitungen SF-Rezensionen und steuerte Aufsätze zu Werken der SF-Sekundärliteratur bei. Er gab für verschiedene Verlage SF-Anthologien heraus, war Redakteur des SF-Magazins *Comet* sowie 1978–80 Herausgeber der Taschenbuchreihe *Knaur Science Fiction* und ist seit 1980 in gleicher Funktion für die Reihen *Moewig Science Fiction* und *Moewig Bibliothek Science Fiction* tätig. A. ist Mitverfasser des *Lexikons der Science Fiction Literatur* (1980).

Jugendbücher (zus. mit Ronald M. Hahn): *Das Raumschiff der Kinder* (1977); *Planet der Raufbolde* (1977); *Das Wrack aus der Unendlichkeit* (1977); *Nomaden des Weltalls* (1977); *Die rätselhafte Schwimminsel* (1978); *Ring der dreißig Welten* (1979). – Herausgeber: *Science Fiction aus Deutschland* (1974; zus. mit R. M. Hahn); *Countdown* (1979); *Bestien für Norn* (1980); *Das Kristallschiff* (1980); *Planet ohne Hoffnung* (1981); *Kopernikus 1–7* (1980–82); *Science Fiction Almanach 1981* (1980); *Science Fiction Almanach 1982* (1981); *Der große Ölkrieg* (1981); *Metropolis brennt!* (1982); *Science Fiction Anthologie in 15 Bänden* (zus. mit Werner Fuchs; Bd. 1: 1981; Bd. 2: 1982).

AL'TOV, GENRICH (SAULOVIČ)
(*1926)

Pseudonym für G. S. Al'tshuller, geboren in der Sowjetunion. A. lebt in Baku und ist von Beruf Ingenieur. Er schrieb theoretische Arbeiten über Probleme der Heuristik, z. B. ein Buch über den »Algorithmus der Erfindung«, und besitzt etliche Patente für Erfindungen aus seinem Fachgebiet. A. schreibt seit 1957 hauptsächlich Erzählungen, die in mehreren Sammelbänden vorliegen. Ein Kurzroman »Die Ballade von den Sternen«, entstand in Zusammenarbeit mit seiner Frau Valentina Nikolaeva Žuravleva.

Ballada o zvezdach (1960; zus. mit Valentina Žuravleva; »Die Ballade von den Sternen«); *Legendy o zvezdnych kapitanach* (C, 1961; »Legenden von Sternenkapitänen«); *Opaljajuščij razum* (C, 1968; »Versengender Verstand«); *Sozdan dlja buri* (C, 1970, *Der Hafen der steinernen Stürme*, 1977).

AMERY, CARL
(*1922)

Pseudonym für Christian Mayer, geboren in München. A. wuchs in Freising und Passau auf und lebt heute in München. Er studierte in München und Washington, war von 1967 bis 1971 Direktor der Städtischen Bibliotheken in München. A. gehört dem P.E.N. an und war zeitweise Vorsitzender des Verbandes deutscher Schriftsteller (VS). Den Namen Amery verwendet er auch im täglichen Leben. Er schrieb Hörspiele, Sachbücher und Romane wie *Der Wettbewerb* (1954) und *Die große deutsche Tour* (1958). Er war einer der Wortführer des kritischen Katholizismus und engagiert sich heute in der ökologischen Bewegung. Zu beiden Gebieten legte er auch Veröffentlichungen vor (so zur Ökologie die Essays »Natur als Politik« und »Die ökologische Chance des Menschen«, beide 1976). A. ist einer der wenigen wichtigen deutschen Gegenwartsautoren, der sich der SF nicht nur annähert und ihre Form als Verfremdung benutzt, sondern den auch SF-Thematik als solche interessiert, der ihre Möglichkeiten nutzt, um historische Materialien aufzubereiten, Geschichtsabläufe transparent zu machen und mit historischen Alternativen Gedankenspiele zu betreiben.
A.s. erste Science-Fiction-Veröffentlichung war der Roman *Das Königsprojekt* (1974), gefolgt von der Novelle *Der Untergang der Stadt Passau* (1975). Ein weiterer Roman, *An den Feuern der Leyermark* (1979), schildert einen alternativen Geschichtsverlauf, bei dem Bayern eine gewichtigere Position in Europa zukommt. Eine weitere SF-Erzählung erschien 1981 unter dem Titel »Im Namen Allahs des Allbarmherzigen« in dem Band *Tor zu den Sternen*. A.s facettenreiche, mit witzigen und skurrilen Details angefüllte SF-Texte entziehen sich dem flinken Konsum und gehören zu den selbständigten und willigsten Hervorbringungen der deutschsprachigen Science Fiction.

Das Königsprojekt
(1974)

Der geniale Leonardo da Vinci hat nicht nur zahllose Erfindungen skizziert, die erst in späteren Jahrhunderten realisiert wurden, sondern auch eine Zeitmaschine konstruiert. Die Maschine gelangte in den Besitz der Kirche und wurde vom Vatikan durch die Jahrhunderte hindurch benutzt, um Korrekturen am tatsächlichen Geschichtsablauf vorzunehmen. Auf diese Weise schleuste man Angehörige der Schweizergarde in die Vergangenheit, um diese zu manipulieren. Ein durchschlagender Erfolg blieb allerdings bislang versagt. Im Jahre 1688 jedoch beginnt man mit einem streng geheimen Projekt – nicht einmal der Papst wird eingeweiht –, um die Ursachen für die Glaubensspaltung zu beseitigen. Dieses Progetto Reale (Königsprojekt) soll den Anspruch der Wittelsbacher auf den schottischen Stuart-Thron durchsetzen. Zu den Vorbereitungen gehören u. a. der Diebstahl des schottischen Krönungssteins aus Westminster und die Sicherstellung eines alten Goldschatzes. Schauplätze und Personen – von der Steinzeit bis zum Amerika der zwanziger Jahre zum einen, vom intriganten Monsignore bis zum amerikanischen Gangster, vom schottischen Clanführer bis zum preußischen Generalstabsoffizier a. D. auf der anderen Seite – wechseln in so bunter Reihenfolge, daß eine Nacherzählung in knapper Form kaum zu leisten ist.
Der Roman, von der *Neuen Zürcher Zeitung* als »köstlicher Spaß, bissige Satire ... Science Fiction in der Soutane« bezeichnet, ist echte Science Fiction, nimmt aber in ihr beziehungsweise ihrem Subgenre ›Zeitreise‹ eine Ausnahmeposition ein (was auch für den Autor gilt). Das reiche Wissen um Geschichte und Geschichtsabläufe, Amerys sprachliche Fertigkeiten, sein detailliertes Quellenstudium, seine Vorliebe für Idiome, das Feuerwerk bizarrer Einfälle, all dies geht weit über den Rahmen einer üblichen Zeitreisestory hinaus. Das Königsprojekt endet übrigens nur mit einem Teilerfolg; die Vielfalt der Geschichte erweist sich als Sieger.

Der Untergang der Stadt Passau (1975)

Diese Novelle entstand, weil sich A. nach der Lektüre des Romans *A Canticle for Leibowitz* von Walter M. Miller angeregt fühlte, ebenfalls ein *post doomsday*-Thema anzugehen. Eine nicht näher bezeichnete Seuche hat weltweit fast alles menschliche Leben vernichtet. Nur etwa fünfzigtausend Menschen sind in Europa am Leben geblieben. Die Stadt Passau wird zum neuen Machtzentrum, in dem der »Scheff« mit seinen Leuten die Reste der Zivilisation zu bewahren versucht. Allein in Passau gibt es bald wieder elektrischen Strom und andere Annehmlichkeiten. Aber dies alles beruht auf der Ausbeutung der Bauern der Umgebung, und man ist auf dem besten Wege, den Feudalismus neu zu etablieren. Die Bauern schließen sich zusammen und kommen einem geplanten Eroberungsfeldzug der Städter zuvor. Sie verbünden sich mit heranziehenden Nomaden, erobern und schleifen die Stadt. Ihre primitiven Waffen erweisen sich im Verein mit ihrer den Verhältnissen angepaßten Lebensweise als überlegen gegenüber der überkommenen Technik. Dies alles wird von dem Kaplan Egid im nachhinein einer Chronik für folgende Generationen anvertraut.

Amery gelang mit diesem Werk eine der originellsten Erzählungen über die Situation von Menschen, die in einer Welt leben, in der die Zivilisation unseres Zuschnitts zerstört ist. Neben der gedanklich klaren Handlung sind es vor allem seine vielen witzigen Einfälle und seine sprachliche Kunst – Einbeziehung von Mundart und neumittelalterlichem Deutsch –, die den Reiz dieses Werkes ausmachen.

AMIS, KINGSLEY (WILLIAM)
(*1922)

Geboren in London. Studium in Oxford und Cambridge, von 1949 bis 1961 Tätigkeit als Dozent für Anglistik am University College in Swansea. Gastvorlesungen über SF an der Princeton University (1958), aus denen später das Buch *New Maps of Hell* (1960), eine kritische Würdigung der Science Fiction, erwuchs. A. ist auch als Verfasser (gelegentliches Pseudonym: Robert Markham) von Kriminalromanen hervorgetreten: *The Anti-Death League* (1966) und *The Riverside Villas Murder* (1973) zählen zu seinen bekanntesten Werken. *Lucky Jim* (1954) erhielt den »Somerset Maugham Award«. Ausflüge in Phantastik und SF sind u. a. die mit Robert Conquest herausgegebenen *Spectrum*-Anthologien und der Roman *The Green Man* (1969).

The Alteration (1976) spielt in einem »alternativen Zeitstrom« (vgl. u. a. Philip K. Dick, *The Man in the High Castle*; Keith Roberts, *Pavane*; Ward Moore, *Bring the Jubilee*), in dem die Reformation nie zum Zuge kam und das europäische Christentum sich aus katholischen, monarchistisch eingestellten Konservativen rekrutiert, die unter dem absoluten Einfluß Roms stehen, die Sprache der Diplomaten Italienisch ist, »fortgesetzte Unzucht« mit dem Tode bestraft wird und Verhütungsmittel verboten sind. Der Roman schildert den erfolglosen Versuch des elfjährigen englischen Chorknaben Hubert Anvil, sich den Nachstellungen der Kirchenoberen zu entziehen, die seine wunderschöne Sopranstimme per Kastration für alle Zeit erhalten wollen. Anvils Flucht in die Botschaft New Englands führt ihn schließlich per Luftschiff nach Amerika, wo Demokratie, Protestantismus und moderne Technologien angeblich florieren. Aber er kommt vom Regen in die Traufe: Die ›aufgeschlossenen‹ Protestanten erweisen sich als gewöhnliche Rassisten, die ihm den Umgang mit den Ureinwohnern verbieten, welche sie wie Kinder behandeln, da sie »kleinere Gehirne als richtige Menschen« haben.

AMOSOV, NIKOLAJ MICHAJLOVIČ
(*1913)

Russischer Arzt, Kybernetiker, Ingenieur und Schriftsteller, der durch die Konstruktion einer ersten Herz-Lungen-Maschine weltberühmt wurde. A. wandte sich nach einer Ausbildung am Polytechnikum der Medizin zu, war dann als Feldarzt im Zweiten Weltkrieg tätig und spezialisierte sich danach auf die Herz- und Lungenchirurgie. Nebenher begann er zu schreiben. Sein *Tagebuch eines Herzchirurgen* erreichte in der Sowjetunion eine Auflage von 4 Millionen Exemplaren und wurde in zehn Sprachen übersetzt. A. leitete zuletzt als Professor eine Klinik in Kiew und stand der Abteilung für biologische

Kybernetik an der ukrainischen Akademie der Wissenschaften vor. Sein einziges SF-Buch, *Zapiski iz buduščego*, schildert das Schicksal eines Arztes, der, da unheilbar krank, per Kälteschlaf in die Zukunft gelangt, sich aber dort in der von Robotern und Technik geprägten Welt nicht heimisch fühlt. Die zweite Hälfte des Buches wurde in der Sowjetunion als zu pessimistisch kritisiert und nicht veröffentlicht.

Zapiski iz buduščego (engl. *Notes from the Future*, 1970; *Die zweite Zukunft*, 1971).

ANDERSON, CHESTER
(* 1932)

Geboren in Stoneham, Massachusetts. A. wurde innerhalb des SF-Genres durch seinen 1967 erschienenen Roman *The Butterfly Kid* bekannt, der oft als »psychedelischer Klassiker« apostrophiert wird. In ihm wehrt eine Popgruppe außerirdische Invasoren ab, die das New Yorker Wasserversorgungssystem mit einer Realitätsdroge verseuchen wollen. Schon 1964 hatte A. einen, allerdings wenig beachteten, Ausflug in die SF unternommen: In Zusammenarbeit mit Michael Kurland war *Ten Years to Doomsday* entstanden, ein Roman, der auch ins Deutsche übersetzt wurde.

Ten Years to Doomsday (1964, zus. mit Michael Kurland; *Die Drohung aus dem All*, 1967); *The Butterfly Kid* (1967); *Fox and Hare* (1980).

ANDERSON, POUL
(*1926)

Geboren in Bristol, Pennsylvania. A. ist dänischer Abstammung und lebte vor dem Zweiten Weltkrieg auch kurz im Heimatland seiner Eltern. Er wuchs in Texas auf und studierte an der Universität von Minnesota Physik. Obwohl er sein Studium erfolgreich beendete, entschloß er sich zu einer Laufbahn als freiberuflicher Autor, da er bereits in seiner Studentenzeit mit Erfolg SF verfaßt hatte. Seine erste Story erschien 1947 unter dem Titel »Tomorrow's Children« in *Astounding* (in Zusammenarbeit mit F. N. Waldrop). A. hatte damals Kontakt zu Clifford D. Simak und Gordon R. Dickson, der mit ihm zur gleichen Zeit studierte und sogar gleichen Haus wohnte. Seinen Durchbruch erlebte er allerdings erst 1951, als zehn Stories von ihm erschienen. 1952 veröffentlichte er mit *Vault of the Ages* ein Jugendbuch, 1953 mit *Brain Wave* seinen ersten SF-Roman für Erwachsene (Buchausgabe 1954). Im gleichen Jahr erschienen zwei weitere Magazinversionen von späteren Romanen (*Three Hearts and Three Lions* und *War of Two Worlds*).

Vor allem *Brain Wave* trug dazu bei, daß A. in den folgenden Jahren keine Schwierigkeiten mehr hatte, sein Material bei Magazinen und Buchverlagen unterzubringen. Er schrieb in den nächsten Jahren einige bei den Lesern recht beliebte Kurzgeschichten-Serien, darunter die »Polesotechnic League«-Serie um den interstellar agierenden Kaufmann Nicholas van Rijn und die »Dominic Flandry«-Serie, in deren Mittelpunkt ein terranischer Agent steht. Eine weitere Serie (»Time Patrol«) behandelte die Abenteuer einer in die geschichtlichen Abläufe eingreifenden »Zeitpolizei«. Diese Serien wurden später auch in Buchform herausgegeben. Unter den weiteren Serien ist die gemeinsam mit Gordon R. Dickson verfaßte Gruppe von witzigen Geschichten um die »Hokas« zu nennen; es sind Teddybär-ähnliche Aliens, die versuchen, irdisches Leben anhand von irdischer Literatur zu kopieren. (Gesammelt erschienen diese Abenteuer unter den Titeln *Earthman's Burden*, 1957, und *Star Prince Charlie*, 1975.)

A., der auch unter Pseudonymen wie A. A. Craig und Winston P. Sanders Stories veröffentlichte, ist ein bekannter und beliebter Autor des Genres, der mit insgesamt fünf »Hugos«, zwei »Nebulas«, dem »Tolkien Memorial Award« und dem »August Derleth Award« ausgezeichnet wurde. 1978 erhielt er noch den »Grand Master of Fantasy Award«. Er schrieb einige ausgezeichnete Kurzgeschichten (etwa »The Man Who Came Early«, »The Queen of Air and Darkness«, »Call Me Joe«, »Goat Song« usw.), und unter seinen Romanen ragen die Titel *Brain Wave, Tau Zero* (Magazinversion 1967, Buchausgabe 1970), *The High Crusade* (1960), *The Dancer from Atlantis* (1971) und *The Merman's Children* (1979) heraus. Insgesamt hat er inzwischen über 50 Bücher und gut 200 Kurzgeschichten veröffentlicht.

Angesichts dieser großen Zahl von Publikationen bleibt festzuhalten, daß A. häufig weit hinter seinen Möglichkeiten zurückbleibt und sich mit simplen Abenteuer- und Space Opera-Stoffen begnügt. Obwohl sich in seinen besseren Arbeiten erzählerisches Talent offenbart, ist ihm bislang kein wirklich in allen Punkten überzeugendes Werk gelungen. Schlecht ist er stets dann, wenn er relativ simple Abenteuerromane dazu benutzt, für konservative Auffassungen von der Überlegenheit amerikanischen Denkens und Handelns zu streiten; gut ist er, wenn er gelegentlich diesen Standpunkt selbst relativiert (etwa in *The Dancer from Atlantis*, wo der Held erkennt, daß dies allein nicht ausreicht, um zu bestehen); am besten, wenn er – wie in *The High Crusade* und vor allem in dem Fantasy-Roman *The Merman's Children* – zu seinen europäischen Wurzeln zurückkehrt und/oder seinen romantischen Neigungen nachgibt. A. ist in der Science Fiction gleichermaßen verankert wie in der Fantasy, wo er außer *The Merman's Children* Bücher wie *Three Hearts and Three Lions* (1961) und *Hrolf Kraki's Saga* (1973) vorlegte.

War of the Wing-Men (1958; *Die Wing-Dynastie*, 1959); *Guardians of Time* (1960; *Hüter der Zeiten*, 1961); *The Corridors of Time* (1965; *Korridore der Zeit*, 1968); *Trader to the Stars* (C, 1964; *Der Sternenhändler*, 1966); *Ensign Flandry* (1966; *Dominic Flandry, Spion im All*, 1967); *The Dancer from Atlantis* (1971; *Die Tänzerin von Atlantis*, 1974); *The Avatar* (1978; *Das Avatar*, 1981).

Brain Wave

(1954; dt. *Unter kosmischen Nebeln*, 1961; zwei weitere Ausgaben unter anderen Titeln)

Der Roman geht von der These aus, daß die Erde sich im Einflußbereich eines kosmischen Kraftfeldes befindet, das sich hemmend auf die Funktionstüchtigkeit organischer Gehirne auswirkt. Damit ist es vorbei, als die Erde dieses Kraftfeld verläßt. Die Gehirntätigkeit wird beschleunigt, und die Folge ist eine enorme Intelligenzsteigerung bei Mensch und Tier. Was den Menschen angeht, so erweist sich seine neue Durchschnittsintelligenz als der anderer Rassen im Kosmos überlegen, da die Natur durch das hemmende Feld gezwungen wurde, Überkapazitäten heranzuzüchten. Geschildert werden im Verlauf der Handlung die Konflikte und Entwicklungen, die von der geistigen Umwälzung ausgehen, und es endet indifferent: ein bißchen Trauer über die verlorene Naivität, zum anderen Stolz über die neuen Möglichkeiten. Die Menschen werden zu den Sternen reisen, ohne als Götter wirken zu wollen. Ihr Ziel ist es, anderen Glück, Hoffnung und Liebe zu bringen. Zurück bleiben auf der Erde jene einst geistesschwachen Menschen, die wie die Menschenaffen inzwischen das Niveau des früheren Menschen erreicht haben. Langfristig werden die Tiere die Rolle des Menschen auf der Erde übernehmen.

Brain Wave war Andersons erster Roman und blieb nach Meinung vieler Kritiker auch sein bester. Obwohl der Roman zu jener Gruppe von Werken gehört, in denen Konfliktlösung und der Einzug in Utopia durch ein Ereignis von außen herbeigeführt werden, überzeugen Phantasie und Logik der Handlung. Auch der grundlegend zum Ausdruck gebrachte Humanismus erweist sich als durchschlagender in der Wirkung auf den Leser als der eine oder andere verbale Seitenhieb, der Andersons später formulierter konservativ-antikommunistischer Weltanschauung entspringt.

The High Crusade

(1960; dt. *Sir Rogers himmlischer Kreuzzug*, 1982)

Im Jahre 1345 landet in England ein Raumschiff der invasionslüsternen »Wersgorix«, die sich durch Krieg ein riesiges Sternenimperium erobert haben und jetzt auf die Erde gestoßen sind. Aber der englische Baron Sir Roger de Tourneville greift die Fremden beherzt an, macht alle nieder bis auf einen, läßt diesen ausfragen und faßt einen aberwitzigen Plan: Die Himmelsmaschine soll ihm dazu dienen, schnell zur Schlacht nach Frankreich zu kommen und später einen Kreuzzug gen Jerusalem zu unternehmen. Der Wersgorix programmiert das Schiff allerdings so, daß Sir Roger mit seinen Mannen und fast der gesamten Burg- und Dorfbevölkerung zum nächsten Stützpunkt der Wersgorix gelangt. Unbekümmert greift Sir Roger hoch zu Roß den hochtechnisierten Stützpunkt an und siegt auch hier gegen die »Blaugesichter«. Mit List und Tücke setzen sich die Engländer gegen modernstes Kriegsgerät durch und haben einige Zeit später den Planeten in der Hand. Von der Erde abgeschnitten, vereinigt sich Sir Roger mit anderen unter-

drückten Sternenrassen und beginnt einen kosmischen Kreuzzug gegen die Wersgorix. Da schleicht sich ein Nebenbuhler bei seiner vernachlässigten Frau ein, fördert per Hypnose und Computerauswertung die verlorengegangene Position der Erde bei seinem Mitverschwörer, dem überlebenden Besatzungsmitglied des Raumschiffes, zutage und versucht damit und mit dem Kidnapping von Frau und Kindern Sir Roger zu erpressen. Der Plan mißlingt, die Schurken werden getötet, die Position der Erde geht erneut verloren, Sir Roger etabliert ein interstellares englisches Reich.
Erzählt von Sir Rogers Beichtvater, gelangt das Manuskript dieser Abenteuer (in der Rahmenhandlung) an den Kommandanten eines Schiffes der heutigen Erde, der im All auf die Nachkommen der englischen Kreuzzügler stößt.
Trotz der kriegerischen Handlung gelingt es A., mit Witz und Ironie die Handlung in Szene zu setzen. Sir Roger ist dabei durchaus kein glorreicher Held, sondern ein schlauer Krieger und Intrigant, der beherzt und unbekümmert zu Werke geht, sonst aber eher unter dem Pantoffel seiner Frau steht. Fallgruben setzen Panzer außer Gefecht, Bogenschützen haben Erfolg, wo modernste Technologie scheitert, die Gegner, die hinter allem einen Trick vermuten, mißinterpretieren die Verhaltensweisen der Engländer. Ein wenig werden hier Amerikas Vietnam-Erfahrungen vorweggenommen: Ein entschlossener und motivierter Gegner ist auch mit modernsten Waffen nicht unbedingt niederzuhalten.
Glücklicherweise ist der Roman als nicht allzu ernst gemeintes SF-Märchen konzipiert, und an dieser Konzeption prallen eigentlich fast alle logischen und ideologischen Einwände ab.

Tau Zero
(1970; dt. *Universum ohne Ende*, 1972)

Der Originaltitel bezieht sich auf den Faktor »Tau« in den Gleichungen von Lorentz-Fitzgerald zur Zeitkontraktion. Beim Wert Tau = Null treten Erscheinungen auf, die dieser Roman zu thematisieren versucht. Das Raumschiff »Leonora Christine« ist mit fünfundzwanzig Paaren an Bord, die einen Querschnitt durch die Menschheit repräsentieren, unterwegs zu einem dreißig Lichtjahre entfernten Stern. Durch Annäherung an die Lichtgeschwindigkeit soll das Ziel noch zu Lebzeiten der Passagiere erreicht werden. Ein Unfall führt jedoch dazu, daß die Geschwindigkeit über das geplante Limit hinaus anwächst. Die Folge davon ist, daß, je näher man der Lichtgeschwindigkeit kommt, die Zeit – in Relation zur Zeit außerhalb des Schiffes – für die Passagiere immer langsamer vergeht. Während im Schiff nur Sekundenbruchteile verstreichen, vergehen im restlichen Universum ganze Zeitalter. Schließlich wird der Unterschied so erheblich, daß sich draußen das Universum wieder zusammenzieht. Es kommt zu einem neuen Urknall, ein neues Universum ist entstanden, und erst jetzt verlangsamt das Schiff allmählich seine Geschwindigkeit. Die Passagiere machen sich auf, einen neuen Planeten zu suchen, um ihn zu besiedeln.
Der Roman greift ein in der amerikanischen Science Fiction relativ selten behandeltes Thema auf. James Blish, der selbst mit »Common Time« eine beeindruckende Kurzgeschichte zum Thema Zeitdilatation beisteuerte, bezeichnet ihn als »ultimate hard-SF-novel«. Auf einer weiteren Ebene versucht A. das Prinzip des Lebens als Werden und Vergehen zu versinnbildlichen. Die thematische Gestaltung des Buches verdient Respekt, aber der Roman leidet, was literarische Gesichtspunkte betrifft, unter stereotyper Charakterisierung und deplazierter Heroisierung.

The Merman's Children
(1979; dt. *Kinder des Wassermanns*, 1981)

Es handelt sich um einen Fantasy-Roman, der in einem Europa zur Zeit der Vormachtstellung der Hanse und der Christianisierung der letzten nordeuropäischen und südeuropäischen Ecken des Kontinents angesiedelt ist. Vorher, so die Grundannahme, hat es ein Neben- und Miteinander von Menschen und dem Feenreich gegeben; mit den Bannsprüchen der Kirche jedoch wird dieses Feenreich – Nixen, Wassermänner, Viljas, Wer-Seehunde und allerlei anderes Leben magischen Ursprungs – ein für allemal verdrängt. Der Roman erzählt die melancholische Geschichte dieser letzten Überlebenden, die – heimatlos geworden – durch die Meere und Flüsse Europas auf der Suche nach einer neuen Heimat irren. Ihren Spuren folgen drei Zwitter, Halbwesen, halb Mensch, halb Wassermann.

Sie, die sich unauffällig unter Menschen bewegen können, versuchen ihrem Volk zu helfen, müssen zum Schluß aber dessen Untergang mit ansehen.
Der Roman lebt von diesem großen traurigen Exodus und den vielen hübschen Einfällen sowie recht eindrucksvollen Charakteren. A. hat in diesen Text allerlei dänische und europäische Sagen und Legenden einfließen lassen. Wenn der Leser bereit ist, die Eingangshemmschwelle – das Akzeptieren einer mittelalterlichen christlichen Mystik, die sich nicht viel von Magie unterscheidet – zu überwinden, erwartet ihn ein spannendes Fantasy-Werk mit großem Atem.

ANDERSON, WILLIAM C(HARLES)
(*1920)

Geboren in La Junta, Colorado; Studium an der Universität von Maryland. A., der neben seiner Tätigkeit beim Militär in verschiedenen Genres schrieb, machte nur gelegentliche Abstecher ins Gebiet der SF. Sein erster Roman dieser Gattung war *The Valley of the Gods* (1957, Pseud. Andy Anderson). Bei uns wurde er bekannt durch seinen humoristischen Roman *Adam M-1* (1964; *Weltraum-Roboter*, 1967).

Five, Four, Three, Two, One – Pffff (1960); *Penelope* (1963); *Pandemonium on the Potomac* (1966).

ANDREVON, JEAN PIERRE
(*1937)

Geboren in Grenoble. A. benutzt gelegentlich auch das Pseudonym Alphonse Brutsche. Er hat seit 1968 mehr als 70 Erzählungen, drei Sammelbände, zwei Anthologien und drei Romane unter seinem wirklichen Namen veröffentlicht; den Namen Brutsche verwendet er ausschließlich für weniger ambitionierte, hauptsächlich auf das reine Abenteuer fixierte Romanstoffe. Er gehört zu den politisch engagierten SF-Autoren der jungen französischen Generation.

Les hommes-machines contre Gandahar (1969); *Aujourd'hui, demain et après* (1970); *Cela se produira bientôt* (1971); *Le temps des grandes chasses* (1973); *Repères dans l'infini* (1975); *Le désert du monde* (1977).

ANTHONY, PIERS
(*1934)

Pseudonym des amerikanischen Schriftstellers Piers Anthony Dillingham Jacobs, geboren in Oxford. A. ging 1938 mit seinen Eltern nach Spanien, aber die Familie mußte 1940 nach großen Schwierigkeiten mit dem Franco-Regime in die USA emigrieren. Er machte 1956 seinen B. A., ließ sich einbürgern und diente 1957/58 in der U.S. Army. 1964 legte er sein Lehrerexamen an der University of Florida ab. A.'s erste Kurzgeschichte, »Possible to Hue«, erschien 1963 in *Fantastic*, aber der Autor wandte sich schon nach einem kurzen Gastspiel in den SF-Magazinen der Romanform zu. Sein Erstling, *Chthon*, brachte ihm eine beachtliche Reputation ein. Gegen Mitte der siebziger Jahre begann A. mit einer umfangreichen Romanproduktion, wobei er hin und wieder mit Anfängern wie Robert E. Margroff und Roberto Fuentes zusammenarbeitete. Ende 1980 bestand seine Romanbibliographie bereits aus mehr als dreißig Titeln. Ein Großteil seines Werkes besteht aus Trilogien.

Sos The Rope (1968; *Das Erbe der Titanen*, 1972); *Omnivore* (1968; *Die Macht der Mantas*, 1972); *Cluster* (1968; *Flint von Außenwelt*, 1981); *Macroscope* (1969; *Makroskop*, 1975); *Orn* (1971); *Var the Stick* (1972; *Die Kinder der Titanen*, 1979); *Prostho Plus* (1973; *Der Retter von Dent-All*, 1972); *Race against Time* (1973); *Rings of Ice* (1974); *Triple Dentente* (1974); *Neq The Sword* (1975); *Der Sturz der Titanen*, 1980); *Phthor* (1975); *Ox* (1976); *But What of Earth?* (1976; zus. mit Robert Coulson); *Steppe* (1976; *Steppe*, 1980); *Hasan* (1977; *Hassans Reise*, 1980); *A Spell for Chameleon* (1977); *Chaining the Lady* (1978; *Melodie von Mintaka*, 1981); *Kirlian Quest* (1978); *God of Tarot* (1979; *Der Gott von Tarot*, 1982); *Castle Roogna* (1979); *Pretender* (1979); *Visions of Tarot* (1980; *Die Visionen von Tarot*, 1982); *Faith of Tarot* (1980); *Split Infinity* (1980).

Chthon
(1967; dt. *Chthon oder Der Planet der Verdammten*, 1971)

Chthon ist ein unterirdisches Höhlenlabyrinth auf dem paradiesischen Planeten Idyllia und gleichzeitig eine entkörperlichte Gottheit, die diesen Kerker bewacht. Aton 5, ein Raumfahrer des Planeten Hvee, nimmt sexuelle Beziehungen zu der »Minionette« Malice auf, die Angehörige einer Rasse ist, deren Gefühle denen der Menschen konträr gegenüberstehen, und die sich später auch noch als seine Mutter entpuppt. Minionetten werden Jahrhunderte alt und reagieren auf Haß mit Liebe. Wer sie jedoch liebt, dem zeigen sie die kalte Schulter. Atons Haß auf die vermeintliche Stiefmutter zieht Malice daher an. Als er sich in sie verliebt, weist sie ihn zurück, und Aton verkriecht sich verletzt auf dem Planeten Idyllia, wo er ein Mädchen namens Coquina kennenlernt, dem bald auch seine Zuneigung gehört. Coquinas Gesicht wird jedoch ständig vom Bild Malices überschattet, und als Aton eines Tages dem Mädchen gegenüber gewalttätig wird, verbannt man ihn in das unterirdische Granatbergwerk Chthon, wo bereits Hunderte von Menschen leben. Niemand ist bisher von hier entkommen. Aufgrund seiner ausgezeichneten körperlichen Verfassung ist Aton für das Leben in der Unterwelt jedoch bestens gerüstet. Er organisiert bald einen Ausbruch und sucht zusammen mit den anderen Verbannten einen Fluchtweg aus dem Labyrinth, das von blutgierigen Ungeheuern bevölkert wird. Er muß sich gegen allerlei Anschläge der finsteren Gottheit wehren, die die Gestalt anderer Menschen annehmen kann. Die meisten Flüchtlinge sterben auf dem langen Weg. Aton kommt frei, da Chthon ihn in dem Bewußtsein, daß er wiederkommen muß, ziehen läßt. Die finstere Gottheit will Aton zu ihrem Werkzeug machen, um die Menschheit, die sich nach ihrer Meinung wie eine Pestseuche in das Universum ergießt, zu vernichten. Um das Böse (seine Minionettennatur) aus seiner Seele zu vertreiben, muß Aton jedoch zunächst zu sich selber finden, und dazu ist es unerläßlich, daß er sich noch einmal mit Malice vereinigt. Die Minionette ist dazu bereit, obwohl sich von ihm lieben lassen ihren Tod bedeutet. Aber mit ihr stirbt auch das sadistische Ungeheuer in Aton. Als Coquina Aton nach dem Tod der Minionette pflegt, wird sie von einer mysteriösen Krankheit befallen. Aton, nun von der Minionette befreit, entdeckt die Schönheit Malices in ihr und wird von dem Gefühl beherrscht, mit ihr zu Chthon zurückkehren zu müssen, da nur dessen übermenschliche Kräfte fähig sind, sie wieder zu heilen. Als die Gottheit die neue positive Einstellung Atons spürt, erweist sie sich als gnädig und befreit Coquina von der Krankheit. Und statt Aton als Sendboten der Vernichtung einzusetzen, ändert sie ihre Ansichten über die Menschheit, die sie bisher nur in ihren schlimmsten Exemplaren kennengelernt hatte.

A. hat von 1958 bis 1965 an diesem Roman geschrieben. *Chthon* wurde sowohl für den »Hugo« als auch für den »Nebula Award« nominiert und errang in beiden Kategorien den dritten Platz. »Der Roman ist so komplex, daß er gleich eine ganze Reihe von Interpretationen zuläßt. Allein seine Vieldeutigkeit sollte seine Überlebenschancen für viele Jahre sichern« (D. A. Mackey).

ANTON, LUDWIG
(1872–?)

Deutscher Schriftsteller. Sein Roman *Brücken über den Weltraum* erschien 1922 und schildert den ersten Raumflug zur Venus. Bei uns blieb das Buch ziemlich unbekannt. Hugo Gernsback ließ es für sein *Wonder Stories Quarterly* übersetzen.

Die japanische Pest (1922).

ANTON, UWE
(*1956)

Geboren in Remscheid; Übersetzer von SF-Romanen und Comic-Strips. Unter dem Pseudonym L. D. Palmer verfaßte er einige Heftromane, unter mehreren weiteren Pseudonymen Dutzende von Gruselromanen. In Zusammenarbeit mit Thomas Ziegler schrieb A. den Roman *Zeit der Stasis* (1979), in dem es um ein brisantes Thema geht: Technologien mit hohem Sicherheitsrisiko haben die Demokratie ausgehöhlt, und nachdem ein Reaktorunfall am Niederrhein Zehntausende von Menschenleben gefordert hat, wird der Ruf nach einem neuen starken Mann laut. Die BRD steht unter der Herrschaft einer Diktatur, die oppositionelle Kräfte in die Illegalität zwingt und politisch Andersdenkende nach dem Muster eines Polizeistaats überwacht.

ANVIL, CHRISTOPHER
(?)

Pseudonym des amerikanischen Autors Harry C. Crosby, dessen erste Story, »Cinderella Inc.«, 1952 in *Imagination* erschien. Doch verbindet man den Namen A. eher mit dem Magazin *Astounding/Analog*, in dem viele seiner späteren Kurzgeschichten publiziert wurden. A.s fruchtbarste Schaffensperiode lag zwischen 1955 und 1970. In diesen Jahren wurden annähernd 100 Geschichten von ihm veröffentlicht, viele davon als Teile ganzer Serien, so z. B. die »Centra«- oder die »Federation«-Serien, die vor dem Hintergrund einer galaktischen Föderation spielen.
Sein erster Roman, *The Day the Machine Stopped* (1964), ist eine Katastrophengeschichte, in der nach Experimenten der Russen der elektrische Strom zu fließen aufhört. Als Folge davon muß man sich weltweit auf ein etwas ländlicheres Dasein einstellen. Ähnlich wie seine Kurzgeschichten, die oftmals stark ethnozentrische Züge haben (Menschen oder terranische Abkömmlinge sind allen anderen Rassen im Raum haushoch überlegen), zeigen auch A.s Romane reinen Unterhaltungscharakter. Sie sind glatt geschrieben, was meist auf Kosten des Tiefgangs geht.

Strangers in Paradise (1969); *Pandora's Planet* (1972); *Warlord's World* (1975).

ARAMĂ, HORIA
(*1930)

Rumänischer Schriftsteller, als Redakteur einer Kinderzeitschrift in Bukarest tätig. A. schreibt vor allem Lyrik und Kinderbücher, daneben aber auch Science Fiction. Sein erster SF-Roman, *Tărmul interzis* (»Das verbotene Ufer«) erschien 1972.

Moartea păsării-săgeată (C, 1966; »Der Tod des Pfeilvogels«); *Tărmul interzis* (1972; »Das verbotene Ufer«); *Pălăria de pai* (C, 1974; »Der Strohhut«); *Verde Aixa* (C, 1976; »Der grüne Planet Aixa«); *Cetatea soarelui* (C, 1979; »Die Sonnenstadt«).

ARCH, E. L.
(*1922)

Pseudonym der amerikanischen Schriftstellerin Rachel Cosgrove Payes, geboren in Westernport, Maryland. Die Autorin veröffentlichte 1951 ein Märchenbuch mit dem Titel *Hidden Valley of Oz* und publizierte ab 1963 in den SF-Magazinen, war aber stets auch in anderen Genres tätig. Einer ihrer historischen Romane ist *Moment of Desire* (1978). Ihr Pseudonym ist ein Anagramm für Rachel, das sie sich in den frühen sechziger Jahren zulegte, weil die SF damals noch als rein männliche Domäne galt.

Bridge to Yesterday (1963); *The Deathstones* (1964); *Planet of Death* (1964); *The First Immortals* (1965); *The Double Minded Man* (1966); *The Man with Three Eyes* (1967); *Forbidden Island* (1973).

ASIMOV, ISAAC
(*1920)

Geboren in Petrowsk (UdSSR), in der Nähe von Smolensk. 1923 wanderten seine Eltern in die USA aus. 1928 amerikanischer Staatsbürger. Studium an der Columbia University (Chemie, Philosophie). Dort B. A. 1939, M. A. 1941. Im Zweiten Weltkrieg arbeitete A. für die U.S. Naval Air Experimental Station in Philadelphia. Ph. D. in Philosophie 1948. Von 1949 bis 1958 Professor für Biochemie an der Universität von Boston. Danach freier Schriftsteller.
Ab 1958 verlegte A. sein schriftstellerisches Schwergewicht von der SF auf die Popularisierung der Wissenschaft. Bis 1979 waren 200 Bücher von ihm erschienen, und mit weit über 100 publizierten Sachbüchern kann man ihn als Amerikas bekanntesten populärwissenschaftlichen Autor bezeichnen. Häufig taucht er in den Medien auf, und man zitiert ihn bei einschlägigen Problemen in Zeitschriften und Magazinen. Neben Heinlein und Clarke gilt A. als derzeit bekanntester Vertreter der SF. Seine Karriere begann hier 1939, als seine Geschichte »marooned off Vesta« in *Amazing Stories* erschien. Zur SF war A. durch die Pulpmagazine gekommen, die im Süßwarenladen seines Vaters verkauft wurden. Sofort war er von dieser Art Literatur begeistert und begann mit eigenen

schriftstellerischen Versuchen. Später schloß er sich den »Futurians« an, einer New Yorker Fangruppe, der damals auch schon Frederik Pohl angehörte, später selbst ein berühmter SF-Autor. Nach dem Verkauf seiner ersten Geschichte traf A. mit John W. Campbell jr. zusammen, dem Herausgeber des zu jener Zeit bedeutendsten SF-Magazins *Astounding Science Fiction*. Campbell ermunterte und unterstützte A., der sich bald darauf in *Astounding* einen Namen machte und die nächste Dekade der SF entscheidend mitformte.

1941 erschien seine Story »Nightfall«, von vielen Enthusiasten als eine der besten SF-Geschichten gepriesen. U. a. gewann sie den »Poll« der Science Fiction Writers of America als beste Story vor 1965. »Nightfall« schildert eine Welt, die sechs Sonnen umkreist, und auf der es demzufolge immer Tag ist. Lediglich alle 2049 Jahre tritt eine totale Sonnenfinsternis ein, und eine kurze Nacht bricht an, allerdings mit verheerenden Folgen für die dortige Zivilisation.

Nur noch zwei anderen Werken A.s war ähnlicher Erfolg beschieden: seinen Robotergeschichten, die wichtigsten zusammengefaßt in dem Band *I, Robot* (1950), und den ebenfalls in *Astounding* erschienenen Stories, die später die großangelegte »Foundation«-Trilogie (1951–53) bildeten. In den Roboterstories wurden erstmals die drei Gesetze der Robotik postuliert, Regeln, nach denen zukünftige Roboter zu handeln haben (Campbell hatte daran allerdings auch einen nicht unwesentlichen Anteil). Auf diesen Robotgesetzen fußen auch noch andere Werke A.s: *The Caves of Steel* (1953) und *The Naked Sun* (1957), beides SF-Krimis, sowie die preisgekrönte Story »The Bicentennial Man« (1976). Hatte A. bei den letztgenannten Titeln Spaß an Kleinarbeit, an logischer Deduktion, so baute er in den drei »Foundation«-Bänden einen Makrokosmos auf, eine gigantische Space Opera vor dem Hintergrund der ganzen Galaxis. *Foundation* (1951), *Foundation and Empire* (1952) und *Second Foundation* (1953) übten einen solch nachhaltigen Eindruck auf die Leserschaft aus, daß die Trilogie Jahre nach Erscheinen einen Preis als beste SF-Serie aller Zeiten errang.

Ab 1950 veröffentlichte A. auch Romane, die nicht aus Stories zusammengesetzt waren. *Pebble in the Sky* (1950), *The Stars Like Dust* (1951) und *The Currents of Space* (1952) spielen im galaktischen Imperium der »Foundation«-Trilogie. Unter dem Pseudonym Paul French schrieb er sechs Bücher um den Weltraumdetektiv David »Lucky« Starr (1952–58). Sein ohne Zweifel spannendster Roman ist *The End of Eternity* (1958), der Zeitreise und Zeitparadoxa behandelt und zugunsten der abenteuerlichen Handlung auf den wissenschaftlichen Ansatz früherer Werke verzichtet.

In den sechziger Jahren begann A.s SF-Produktion zu verebben. Der Roman *Fantastic Voyage* (1966), nach dem gleichnamigen Film, wurde von der Kritik verrissen. Erst *The Gods Themselves* (1972), ein Titel, der trotz offensichtlicher Schwächen die wichtigsten SF-Preise gewann, war der Beginn zu neuen Aktivitäten A.s innerhalb des Genres. Dann gab er mehrere Anthologien und Storysammlungen heraus, von denen *The Early Asimov* (1972), *Buy Jupiter* (1975) und *The Bicentennial Man* (1976) die erwähnenswertesten sind. Im Frühjahr 1977 brachte der Verlag Davis Publ. *Isaac Asimov's SF-Magazine* auf den Markt, wenig später folgte *Isaac Asimov's SF Adventure Magazine*. Ersteres löste schon bald, was den Verkaufserfolg anlangt, den langjährigen Spitzenreiter unter den SF-Magazinen, *Analog*, ab, und das, obwohl A. nur seinen Namen dafür hergab; für den Inhalt war bis 1982 George H. Scithers verantwortlich.

Als SF-Autor ist A. stilistisch nicht herausragend, er ist ein Mann der Ideen. Er baut hypothetische Probleme auf, die mitunter phantastisch anmuten, aber bei ihrer Lösung ordnet er sich dann ganz den wissenschaftlichen Gesetzmäßigkeiten unter, die diesen Problemen zugrunde liegen. So gesehen, sind alle seine Robotstories und -romane verkappte Kriminalgeschichten, ein Genre, das A. ohnehin gern mit der SF verbindet. Seine Tendenz, Probleme mit wissenschaftlichen Mitteln zu lösen, brachte A. den Vorwurf ein, Technokrat zu sein, der das Heil der Menschheit einzig und allein in den Naturwissenschaften und den sich daraus ergebenden Technologien sähe. Andere halten diese Tendenz für sein Hauptverdienst: Als Mann, der »die Wissenschaft der Science Fiction hinzufügte«, erhielt er 1963 einen Sonder-»Hugo«.

Lucky-Starr-Bücher: *David Starr – Space Ranger* (1952; *Gift vom Mars*, 1974); *Lucky Starr and the Pirates of the Asteroids* (1953; *Flug durch die Sonne,* 1974); *Lucky Starr and the Oceans of Venus* (1954; *Im Ozean der Venus*); *Lucky Starr and the Big Sun of Mercury* (1956; *Im Licht der Merkur-Sonne*, 1974); *Lucky Starr and the Moons of Jupiter* (1957; *Auf den Monden des Jupiter*, 1974); *Lucky Starr and the Rings of Saturn* (1958; *Die Ringe des Saturn*). – Robotgeschichten: *The Caves of Steel* (1954; *Der Mann von drüben*, 1956); *The Naked Sun* (1957; *Die nackte Sonne*, 1960). – *Pebble in the Sky* (1950; *Radioaktiv ...!*, 1960); *The Stars Like Dust* (1951; *Sterne wie Staub*, 1960); *The Currents of Space* (1952; *Der fiebernde Planet*, 1960); *The Martian Way* (1955; *Wasser für den Mars*, 1960); *Nine Tomorrows* (1959; *Unendlichkeit × 5*, 1966).

Lit.: N. Goble, Asimov Analyzed, 1972. – J. D. Olander / H. M. Greenberg, Writers for the 21st Century – Isaac Asimov, 1977. – In Memory Yet Green (1979; Autobiogr. T. 1). – In Joy Still Felt (1980; Autobiogr. T. 2).

I, Robot
(1950; dt. *Ich, der Robot*, 1952)

Der Episodenroman *I, Robot* umfaßt neun Stories, die in den Jahren zwischen 1940 und 1950 erschienen.

Der Erzähler sucht im Jahre 2057 die Robotpsychologin Dr. Susan Calvin auf, die während ihrer Berufsjahre die Entwicklung der Roboter hautnah miterlebt hat. Sie berichtet ihm, wie seit ihrem Arbeitsantritt in der Firma U. S. Robots, im Jahre 2008, die Roboter Schritt für Schritt verändert und verbessert wurden, und erzählt Episoden, die diese Entwicklung veranschaulichen. In »Liar!« (1941), der fünften Episode des Buches, stellt Asimov erstmals seine berühmten drei Regeln der Robotik auf:

(1) Ein Roboter darf kein menschliches Lebewesen verletzen oder durch Untätigkeit gestatten, daß einem menschlichen Wesen Schaden zugefügt wird.
(2) Ein Roboter muß den ihm von einem Menschen gegebenen Befehlen gehorchen, es sei denn, ein solcher Befehl würde mit Regel (1) kollidieren.
(3) Ein Roboter muß seine Existenz beschützen, solange dieser Schutz nicht mit Regel (1) oder (2) kollidiert.

Um die Problematik dieser drei Regeln sind fast alle Episoden gelagert. In »Runaround« z. B., das auf dem Merkur spielt, hat der Robot Speedy durchgedreht. Unablässig rennt er um einen Selentümpel herum. Er war von den Spezialisten Powell und Donovan ausgeschickt worden, um etwas Selen zu beschaffen, aber ein ganzer Tümpel davon stellt für ihn eine Gefahrenquelle dar. Regeln (2) und (3) geraten miteinander in Konflikt. Der Robot kann sich nicht mehr entscheiden, und erst als Donovan Regel (1) ins Spiel bringt und sich der mörderischen Hitze der Merkursonne aussetzt, ist der Robot zu einer anderen Handlung gezwungen. Er muß den Menschen retten und gibt seinen sinnlosen Rundlauf auf. In »Reason« hat ein Robot einen ausgeprägten Sinn für Logik, der ihn daran zweifeln läßt, daß der Mensch sein Schöpfer ist. In »Liar!« kann ein anderer durch einen technischen Fehler Gedanken lesen und erzählt, um Regel (1) nicht zu mißachten, allen Leuten das, was sie gerne hören möchten, und nicht die Wahrheit. Jede Einzelstory ist gut durchdacht, einige gehören zu Asimovs besten Geschichten. Als Ganzes stellt der Band einen Meilenstein in der SF dar.

Foundation-Trilogie
Foundation (1951; dt. *Der Tausendjahresplan*, 1966); **Foundation and Empire** (1952; dt. *Der galaktische General*, 1966); **Second Foundation** (1953; dt. *Alle Wege führen nach Trantor*, 1966)

In neun Kurzgeschichten und Novellen, von denen acht zwischen 1942 und 1949 in *Astounding SF* erschienen, entwirft Asimov – inspiriert vom Niedergang des Römischen Reiches – ein vom Zerfall bedrohtes Galaktisches Imperium von 25 Millionen bewohnten Planeten.

Der Psychohistoriker Hari Seldon sieht den Untergang des Imperiums und ein 30 000 Jahre dauerndes »Dunkles Zeitalter« voraus. Er entwickelt einen Plan, wonach durch zwei Organisationen, Fundationen genannt, diese Zeit auf 1000 Jahre verkürzt werden soll. Die drei Bücher umspannen die ersten 400 Jahre dieses Zeitraums, die einzelnen Geschichten spielen – mit jeweils wechselnden Protagonisten – ungefähr im Abstand von einer Generation.

Im ersten Band der Trilogie, *Foundation*, stellt Seldon den »Tausendjahresplan« auf. Dann setzt er die erste Fundation auf Terminus ein, einem Planeten am Rande der Galaxis. Das Imperium verliert die Kontrolle über seine Außenprovinzen, und Terminus wird von seinen »barbarischen« Nachbarn bedroht. Durch weitsichtige politische Schachzüge (u. a. werden Religion, Technologien und Handel geschickt eingesetzt) gelingt es der Fundation, zu überleben und ein kleines Sternenreich aufzubauen.

In Band zwei, *Foundation and Empire*, unternimmt das zusammenbrechende Imperium einen letzten Versuch, der Abspalter Herr zu werden. Das Sternenreich der Fundation soll erobert werden. Aber der galaktische General Bel Riose kann die Fundation nicht in die Knie zwingen. Er scheitert an der Tatsache, daß ein schwacher General die Fundation nicht besiegen und ein starker vom Kaiser des Imperiums nicht geduldet werden kann. Dann taucht der »Fuchs« auf, ein Mutant, der eine Welt nach der anderen erobert. Er stellt eine Unbekannte dar, mit der Seldon 300 Jahre zuvor nicht rechnen konnte. Der Fuchs erobert Terminus und macht sich auf die Suche nach der geheimnisvollen zweiten Fundation, deren Entdeckung im letzten Moment verhindert werden kann.

Band drei, *Second Foundation*, bringt zunächst eine Fortsetzung der Suche nach der zweiten Fundation, deren Mitglieder nun voll ins Geschehen eingreifen. Der Fuchs wird überlistet und neutralisiert. Jetzt beginnt auch die erste Fundation nach der zweiten zu suchen, die nach Meinung vieler eine Bedrohung für Terminus darstellt. Die zweite Fundation, die im Gegensatz zu den Naturwissenschaftlern der ersten aus Geisteswissenschaftlern besteht, manipuliert die Ereignisse, um die erste Fundation zu schützen. Sie läßt sich zum Schein »entdecken« und gibt so der ersten Fundation die Initiative zurück, die die zweite vernichtet glaubt. Der Verwirklichung des Tausendjahresplanes steht nichts mehr im Wege.

Seit der ersten Buchveröffentlichung in den USA (und auch in der Bundesrepublik) war die »Foundation«-Trilogie immer im Druck und hat zahllose SF-Leser begeistert. Was diese Faszination ausmacht, ist schwer zu sagen. Sicherlich spielt der weitgesteckte Rahmen eine Rolle, der ständige Wechsel der Ereignisse (die Politik einer Generation ist das Problem der nächsten), ein Hauch von Grandeur. Die Protagonisten sind knapp, aber treffend charakterisiert. Viel Raum nehmen dafür die Beschreibung historischer und politischer Prozesse und die Entwicklung eigener Ideen ein, von denen die Psychohistorie als Ansatz einer heutigen wissenschaftlichen Futurologie nur eine ist. Die Einzelstories, durch Einleitungen verbunden, passen im Gesamtwerk nahtlos zusammen, einem Werk, das viele andere SF-Romane beeinflußte und der Space Opera nach E. E. Smith und Campbell jr. eine seriöse Dimension eröffnete.

The End of Eternity
(1955; dt. *Das Ende der Ewigkeit*, 1967)

Der Techniker Andrew Harlan ist Mitglied der »Ewigkeit«, einem exklusiven Kreis von Menschen, die eine Art Kontrollinstanz über die Zeit ausüben. Die »Ewigen« nehmen bestimmte Eingriffe in die Zeit vor und schützen durch Manipulationen die Menschheit vor Gefahren. Ihre Aufgabe ist es, die Geschichte möglichst stabil zu halten und besonders größere Kriege zu verhindern.

Harlan entstammt dem 95. Jahrhundert. Als Instrument der »Ewigkeit« reist er im »Kessel« durch die Zeiten, von einem Jahrhundert und Arbeitsplatz zum anderen. Den strengen Regeln und Gesetzen der »Ewigkeit« unterworfen, korrigiert er die Realität, um Ungerechtigkeiten und Leid von den Menschen abzuwenden. Eines Tages im 482. Jahrhundert verliebt er sich in das Mädchen Noys. Sie ist an ihre Zeit gebunden und beweist Harlan, daß sein Tun nicht nur Vorteile für die Menschheit mit sich bringt. Nach den Gesetzen der »Ewigkeit« begeht Harlan ihretwegen Verfehlungen, ja Verbrechen. Schließlich ist er davon überzeugt, daß die Kontrollmacht der »Ewigen« nicht länger bestehen darf. Er landet im Jahr 1932 und verändert die Zeit so, daß unsere Realität entsteht und die »Ewigkeit« ausgelöscht wird.

Kernthese dieses Romans ist es, daß die Handlungsfreiheit der Menschen das wichtigste Gut ist. Die »Ewigkeit« zielt darauf, die Geschichte möglichst ›sicher‹ zu machen und ihr die Hoch- und Tiefpunkte zu nehmen. Durch die Zerstörung der Ewigkeitspolizei beschwört Harlan zwar die Gefahr des Atomkriegs für die Menschheit herauf, aber diese hat dafür auf lange Sicht die Chance, sich im Weltraum auszubreiten.

Trotz dieser fragwürdigen *message* ist dies aufgrund der spannenden Handlung einer der besseren Zeitreiseromane.

The Gods Themselves
(1972; dt. *Lunatico*, 1973)

Der Roman illustriert ein Zitat von Schiller: »Mit der Dummheit kämpfen Götter selbst vergebens.«
Im 22. Jh. sind die Energieprobleme der Erde gelöst. Mittels einer »Elektronenpumpe« wird aus einem Paralleluniversum das neue Element Plutonium 186 geholt, eine nicht versiegende Energiequelle, dafür tauscht man Wolfram aus. Dieses Tauschgeschäft birgt aber auch Gefahren in sich, was nur der Assistent des gefeierten Wissenschaftlers Hallam – auf seinem Schreibtisch fand der erste Tausch statt – erkennt. Der Austausch vermischt die Naturgesetze beider Universen und droht die Sonne zur Nova werden zu lassen.
Im zweiten Abschnitt tauchen die Para-Menschen aus dem Paralleluniversum auf. A. schildert ihr kompliziertes bio-soziologisches System (sie gliedern sich in »Harte« und »Weiche«, wovon letztere wiederum in Rationale, Emotionale und Eltern zerfallen) und führt aus, wie eine Triade dieser »Weichen« den Wissenschaftler Estwald bildet, den eigentlichen Vater der Pumpe. Als ein Partner der Triade erkennt, daß das menschliche Universum durch den Austausch zerstört werden wird, kommt es zu Konflikten.
Der letzte Teil spielt wieder im menschlichen Universum, auf dem Mond, wo nach Überwindung einiger Hindernisse der Beweis für die Unrichtigkeit von Hallams Thesen erbracht wird. Denison, ein früherer Kollege von Hallam, findet den Ausweg. Ein »Anti-Para-Universum« wird gefunden, das sowohl Energien für den Mond als auch ein Äquivalent für den Austausch liefert.
Trotz Mängel in Aufbau und Ausführung war der Roman sehr erfolgreich; A.s Popularität hatte wieder einmal den Ausschlag gegeben.

ASPRIN, ROBERT (LYNN)
(* 1946)

Geboren in St. Johns, Michigan, amerikanischer Autor philippino-irischer Abstammung. A. debütierte gegen Ende der siebziger Jahre mit dem Roman *The Cold Cash War*: Im 21. Jahrhundert bekriegen sich zwei mächtige Industriekonzerne in der Dritten Welt, ohne daß dagegen von staatlicher Seite her etwas unternommen wird. Erst als die Japaner sich in die Auseinandersetzungen einmischen und ihren Teil am Absatzmarkt verlangen, greifen Regierungstruppen ein, die jedoch von den Armeen der Multis vernichtend geschlagen werden. Am Ende übernehmen die Konzerne selbst die Macht, da die Politiker ihrer Meinung nach versagt haben. Neben verschiedenen Space Operas, die nicht eben durch Originalität glänzen, hat A. mit *Another Fine Myth* und *Mythconceptions* zwei pointierte Parodien auf das Fantasy-Genre geschrieben, die ihn als fähigen Satiriker ausweisen.

The Cold Cash War (1977; *Der Weltkrieg-Konzern*, 1979); *Another Fine Myth* (1978; *Ein Dämon zuviel*, 1980); *Bug Wars* (1979; *Die Käfer-Kriege*, 1980); *Tambu* (1979); *Mirror Friend, Mirror Foe* (1979; zus. mit George Takei); *Mythconceptions* (1980). – Anthologien: *Thieves World* (1979) und *Tales from the Vulgar Unicorn* (1980).

AVALLONE, MICHAEL (ANGELO)
(*1924)

Geboren in New York. A. ist sein ganzes Leben hindurch freier Schriftsteller gewesen und hat unter mehr als einem Dutzend Pseudonymen für die Pulp-Magazine und billige Taschenbuchreihen gearbeitet. Im Krimi-Genre taucht er unter dem Namen Ed Noon als Schöpfer des gleichnamigen Detektivs auf, und als Troy Conway publizierte er die pornografische Agentenserie »Coxeman«. Seine SF-Produktion gehört eher ins Grenzgebiet der Phantastik und besteht in erster Linie aus futuristischen Agententhrillern und Horrorstoffen. Eine ganze Reihe seiner Romane wurde nach TV-Serien geschrieben.

Tales of the Frightened (1963); *The Night Walker* (1964; Pseud. Sidney Stuart); *The Man from Avon* (1967); *Missing!* (1969); *Beneath the Planet of the Apes* (1970; *Rückkehr zum Planet der Affen*, 1971); *The Beast with the Red Hands* (1973; Pseud. Sidney Stuart).

AYMÉ, MARCEL
(1902–1967)

Geboren in Joigny, Burgund, als Sohn eines Schmiedes. Studierte kurze Zeit Medizin und war anschließend in allen möglichen Berufen tätig: Versicherungsvertreter, Bauarbeiter, Filmstatist und Bankangestellter. Er gilt als Satiriker von Format, Phantast von skurriler Einbildungskraft, stand ganz in der Tradition von Rabelais und Balzac und verspottete in einem Großteil seiner Werke das selbstgerechte Leben von Provinzlern. Er schrieb Romane, Novellen, Tiermärchen und teilweise dem Absurden Theater nahestehende Dramen, übte herbe Sittenkritik und dehnte seine Dramen auch auf soziale und politische Probleme aus. Er gehört eher zur Phantastik als zur SF, was besonders für seinen Erzählungsband *Le Passe-muraille* gilt.

Pastorale (1931); *Le puits aux images* (1932; *Der Bilderbrunnen*, 1963); *La jument verte* (1933; *Die grüne Stute*, 1952); *La belle image* (1941; *Der schöne Wahn*, 1949); *La Vouivre* (1943).

Le Passe-muraille
(1943; dt. *Der Mann, der durch die Wand gehen konnte*, 1949, 1969)

Im Alter von 43 Jahren entdeckt der kleine Beamte Monsieur Dutilleul an sich die Fähigkeit, durch Wände gehen zu können. Obwohl ihm dieses Talent zunächst unheimlich ist und er sich von einem Arzt dagegen Tabletten verschreiben läßt, besinnt er sich, als sein Vorgesetzter Lecuyer ihn ungerechtfertigt anbrüllt, eines Besseren. Von nun an erscheint er Lecuyer, der an seinem Verstand zu zweifeln beginnt und schließlich in eine Heilanstalt eingeliefert werden muß, täglich, indem er seinen Kopf durch die Wand von dessen Büro steckt. Des Bürotyrannen ledig, fährt Dutilleul mit seiner Arbeit fort, begeht aber auch Einbrüche, raubt Banken und Juweliergeschäfte aus und läßt an den Orten seiner Untaten Zettel zurück, auf denen er sich als »Werwolf« bezeichnet. Die Presse macht ihn zur Berühmtheit, aber schließlich wird er verhaftet. Er kann aber, da auch Gefängnismauern und Ketten ihn nicht halten können, sogar noch dem Gefängnisdirektor die Uhr stehlen. Da er den Ehrgeiz entwickelt, immer dickere Mauern zu durchdringen, will er nach Ägypten fahren und die Pyramiden ausrauben. Vor der Abfahrt lernt er eine Frau kennen, die er mehrmals besucht. Aber das Schicksal ereilt ihn, als er der Schönen durch die Wand einen nächtlichen Besuch abstatten will: Kurz vorher nimmt er eine Tablette gegen seine starken Kopfschmerzen. Er verwechselt jedoch das Medikament und nimmt statt dessen jenes, das der Arzt ihm gab, um ihn von seiner Gabe zu befreien. Das Mittel beginnt zu wirken, als Dutilleuls Kopf sich mitten in der steinernen Wand befindet.

»Sabinen« erzählt die Geschichte einer sexuell unersättlichen Frau mit der Fähigkeit, an mehreren Orten gleichzeitig zu sein. Sie wird letztendlich von einem Gorilla erdrosselt. In »Die Lebenskarte« geht es um einen jungen Schriftsteller, der wie alle anderen »unproduktiven Konsumenten« monatlich von der Regierung auf den Grad seiner Produktivität eingeschätzt wird. Man zieht ihm jedesmal einige Lebenstage ab. Jedermann ist mit Lebenskarten ausgestattet, aber nur die handwerklich Tätigen verfügen über genügend Zeit; sie treiben einen profitablen Schwarzhandel mit ihren überschüssigen Urkunden, bis das System zusammenbricht. Um Zeitverschiebung geht es in »Das Dekret«; die in Rußland spielende »Poldewische Legende« berichtet, wie die fromme Jungfrau Marischelle, die ihr mißratener Neffe als Regimentshure ausgibt, in den Himmel gelangt.

B

BACHNOV, VLADLEN
(*1924)

B. ist Absolvent des Gorki-Literaturinstituts in Moskau und schreibt seit 1946 Gedichte, Bühnen- und Filmkomödien. Seit 1970 widmet er sich auch der Science Fiction, schreibt hier vor allem humoristische Grotesken. Einige seiner Erzählungen sind ins Englische übersetzt worden und auf deutsch in der DDR erschienen.

BACON, FRANCIS
(1561–1626)

Geboren in London. B. durchlief nach Studien in Cambridge und am Gray's Inn eine glänzende politische Karriere, die ihren Höhepunkt in seiner Ernennung zum Lord High Chancellor of England erreichte. Aber nur wenige Jahre später beendete eine Anklage wegen Bestechung seinen Aufstieg. Danach widmete er sich ganz seinen philosophischen und literarischen Interessen. Er gilt als Mitbegründer des Empirismus.

Für die SF ist er wegen seiner Utopie *Nova Atlantis*, postum in *Sylva Sylvarum* (1627) erschienen, interessant. *Nova Atlantis* ist eine didaktische Romanze, in der B. eine ideale Zukunftsgesellschaft entwirft. Diese trägt zwar die Züge des jakobäischen England, aber der Verfasser attackiert nicht primär die Mißstände seiner eigenen Gesellschaft, wie dies bei anderen Utopien der Fall ist. B. legt ungleich größeren Wert auf die Popularisierung der Wissenschaft, für die er sich in geradezu propagandistischer Weise einsetzt. Dabei beschreibt B. nicht nur Existierendes. So besitzen die Bewohner der Insel Nova Atlantis Wissenschaften und Techniken, die der übrigen Welt weit überlegen sind. Sie stellen Raketen her und ahmen den Vogelflug nach. Es werden sogar Schiffe konstruiert, die unter Wasser fahren können, und auch das Perpetuum mobile ist ihnen nicht unbekannt. Gewiß ist *Nova Atlantis* als Renaissanceutopie nur bedingt als Vorläufer der SF zu bezeichnen, aber die Beschreibung fiktiver Techniken rückt sie näher an diese Stelle als vergleichbare Werke aus derselben Zeit.

BAILEY, HILARY
(*1937)

Englische Schriftstellerin und Herausgeberin. Studierte in Cambridge Englisch. 1962 heiratete sie den SF-Autor Michael Moorcock; Scheidung 1978. Neben einigen Romanen, die nicht ins Gebiet der SF fallen, schrieb sie etwa ein Dutzend Kurzgeschichten, die zum großen Teil in *New Worlds* erschienen. Bekannt wurde sie vor allem durch die Herausgabe der späten *New Worlds*-Anthologienbände (Nr. 7–10).

BALL, BRIAN N(EVILLE)
(*1932)

Geboren in Cheshire. Nach Studium in London und Sheffield nahm B. eine Stelle als Englischlehrer an, die er bis heute hauptberuflich innehat. Daneben ist er gelegentlich Gastdozent an der Universität von Britisch-Kolumbien. Außerhalb seiner Lehrtätigkeit betätigt er sich als Journalist und Schriftsteller. 1962 veröffentlichte er mit »The Pioneer« seine erste SF-Story in *New Worlds*. In der Folge erschienen von ihm bislang 10 SF-Romane und -Kurzgeschichtensammlungen und eine von ihm herausgegebene Anthologie. Eine Zeitreise-Trilogie und sein Erstling *Sundog* (1965) gelten als seine besten Romane, obwohl auch sie – wie das Gesamtwerk Balls – im Bereich routiniert geschriebener Unterhaltungsromane anzusiedeln sind. Einer seiner Romane, *The Space Guardians* (1975), ist die Adaption eines Drehbuchs der britischen Fernsehserie *Space 1999* (*Mondbasis Alpha*).

Sundog (1965; *Blockade*, 1972); *Timepiece* (1968; *Im Zeitbrennpunkt*, 1970); *Timepivot* (1970); *Timepit* (1971; *Zeitpunkt Null*, 1974); *Night of the Robots* (1972; *Die Nacht der Roboter*); *Singularity Station* (1973; *Erstarrt in der Zeit*, 1975).

BALL, KURT HERWARTH
(*1903)

Pseudonym für Joachim Dreetz, geboren in Berlin. Der in Leipzig ansässige Autor war Landwirt, Arbeiter in einer Holzteerfabrik, Heizer, Hilfsarbeiter in einer Eisengießerei, schließlich Redakteur der *Leipziger Nationalzeitung*, bevor er Ausflüge in die Belletristik unternahm. Im Bereich der SF verfaßte er Romane und Kurzromane, die sämtlich in Zusammenarbeit mit dem 1966 verstorbenen Lothar Weise entstanden.

Zus. mit Lothar Weise: *Alarm auf Station Einstein* (1957); *Signale von der Venus* (1958); *Brand im Mondobservatorium*; *Atomfeuer über dem Pazifik* (1959); *Im Eis des Kometen* (1968).

BALLARD, J(AMES) G(RAHAM)
(*1930)

Geboren in Shanghai. Der englische Schriftsteller verbrachte während des Zweiten Weltkrieges drei Jahre in einem japanischen Internierungslager, ehe er 1946 nach England kam. Nach der Schulzeit studierte er zwei Jahre Medizin in Cambridge, arbeitete als Skriptautor für eine Filmgesellschaft und die Londoner Oper und diente bei der R. A. F. in Kanada. 1956 erschienen seine beiden ersten SF-Stories, »Prima Belladonna« und »Escapement«, in den Magazinen *New Worlds* bzw. *Science Fantasy*. Ihnen folgten bis heute etwa hundert weitere Kurzgeschichten, gesammelt in 15 Storybänden, sowie 8 Romane.
In den sechziger Jahren war B. Galionsfigur und Wortführer der »New Wave«, einer Erneuerungsbewegung in der SF, die hauptsächlich von jungen englischen Autoren ausging, denen die herkömmliche Spielart dieser Literatur zu stereotyp und trivial erschien. Im damaligen Avantgardemagazin *New Worlds* setzte er sich für eine Revision der SF ein und forderte, den äußeren durch den inneren Weltraum zu ersetzen. Und tatsächlich ist B. ein Autor, bei dem die Psyche des Menschen im Mittelpunkt steht. Seine SF, wenn man von solcher im engeren Sinne überhaupt sprechen kann, unterscheidet sich stark von der anderer bekannter Autoren des Genres. B. schreibt keine Weltraumabenteuer oder Zeitreisen, ihn interessieren eher Katastrophen und Dekadenz der nahen Zukunft, wobei er sich an Topoi der modernen Literatur orientiert.
Seine vier frühen Romane handeln alle von Katastrophen, einem Themenkreis, der in der englischen SF Tradition hat. Mit Ausnahme von B.s Erstling, *The Wind from Nowhere* (1962), der qualitätsmäßig aus seinem Werk herausfällt, unterscheiden sie sich stark von anderen Katastrophenromanen. *The Drowned World* (1962), *The Drought* (1964) und *The Crystal World* (1966) beschreiben Naturkatastrophen besonderer Art. Sie scheinen wissenschaftlich unmöglich, ja unwirklich zu sein und verändern die Psyche der Protagonisten. Auch B.s spätere Romane haben Katastrophen zum Thema, allerdings kleinere, von den Protagonisten selbst verursachte, wie Autounfälle in dem schockierenden *Crash* (1973), eine Betonrobinsonade auf einer Insel zwischen drei Autobahnzubringern in *Concrete Island* (1974), den Kannibalisierungsprozeß einer Gruppe von Menschen in einem Hochhaus in *High Rise* (1975) oder einen Flugzeugabsturz in *The Unlimited Dream Company* (1979).
Wichtiger als B.s Romane sind seine Kurzgeschichten. In ihnen zeigte er sich als Meister der Sprache und Erneuerer der SF. Vor dem Hintergrund bizarr verwüsteter Landschaften und einer zerschlagenen Technik agieren auswechselbare Protagonisten, meist Einzelgänger. Oft sind sie Geworfene, die gegen ein System ankämpfen, auf dessen Determinanten, Raum und Zeit, aber auch Fetische wie Luxusgüter oder Automobile, sie keinen Einfluß haben. Über die Aufhebung der linearen Erzählstruktur kam B. zu seinen *condensed novels*, die in dem Band *The Atrocity Exhibition* (1970) gesammelt sind. Diese »komprimierten Romane« stießen wegen ihrer Aggressivität auf großen Widerstand und brandmarkten ihren Verfasser, den »Autor der Dekadenz und des Verfalls«, auch noch dazu als Unruhestifter.
Als SF-Autor steht Ballard einzigartig da. Kein Schriftsteller des Genres hat der SF nach dem Zweiten Weltkrieg mehr Impulse gegeben, keiner hielt sich beständig auf einem solch hohen Niveau (es sei denn Philip K. Dick). Bei ihm sind Symbolik und bildhafte Sprache am höchsten entwickelt. Er ist ein Surrealist, der mit den Augen eines Malers schreibt und Stories kom-

poniert, die man mit den Bildern von Ernst, Dali oder de Chirico vergleichen kann. Seine Texte sind Facetten eines literarischen Ganzen, »eines Musters ineinandergreifender Symbole: imaginative Entdeckungsreisen in Vergangenheit, Gegenwart und Zukunft des Menschen«, wie es der englische Kritiker David PRINGLE sieht. Für die SF war B. immer seiner Zeit voraus und beeinflußte eine ganze Generation jüngerer Autoren (Moorcock, Bryant, Sladek, Platt usw.) nachhaltig. Bei der Leserschaft war und ist er umstritten. Nur wenige können seinen Expeditionen in die Psyche immer folgen.

The Wind from Nowhere (1962; *Der Sturm aus dem Nichts*, 1964); *The Four-Dimensional Nightmare* (1963; *Der vierdimensionale Alptraum*, 1973); *The Impossible Man* (1966; *Der unmögliche Mensch*, 1971); *The Disaster Area* (1967); *Concrete Island* (1974; *Die Betoninsel*, 1981); *High Rise* (1975; *Der Block*, 1981); *Low Flying Aircraft* (1976); *The Unlimited Dream Company* (1979); *Hello America* (1981).

Lit.: J. Goddard / D. Pringle, J. G. Ballard – The First Twenty Years, 1976. – D. Pringle, Earth Is the Alien Planet – J. G. Ballards Four-Dimensional Nightmare, 1979.

The Drowned World
(1962; dt. *Karneval der Alligatoren*, 1970)

The Drought
(1965; amerikanischer Titel: *The Burning World*, 1964; dt. *Welt in Flammen*, 1968)

The Crystal World
(1966; dt. *Die Kristallwelt*, 1969)

Drei Katastrophenromane B.s, die konzeptuell miteinander verbunden sind. In *The Drowned World* hat eine Veränderung im Van-Allen-Gürtel einen Temperaturanstieg zur Folge, der den Meeresspiegel ansteigen und über die einst gemäßigten Zonen eine neue Triaszeit hereinbrechen läßt. London ist von Farnwäldern überwuchert und halb unter Wasser, Krokodile sonnen sich in Fensterhöhlen. In dieser urweltlichen Landschaft wird der Wissenschaftler Kerans nach seinem Forschungsauftrag von einem Fieber gepackt, das ihn unaufhaltsam in den Süden zieht, der heißen Sonne entgegen.
The Drought geht von der entgegengesetzten Hypothese aus. Ein chemischer Film industrieller Rückstände verhindert die Verdunstung des Meerwassers. Eine weltweite Dürreperiode tritt ein, und die Menschen brechen auf der Suche nach dem lebenspendenden Naß zum Meer auf. Auch der Arzt Ransom wird entwurzelt und in den Überlebenskampf am Strand einbezogen, bis er schließlich einem inneren Drang nachgibt und mit seinen Bekannten wieder landeinwärts wandert.
Die bizarrste Katastrophe tritt in *The Crystal World* ein. Die Zeit selbst läuft aus, und eine seltsame Krankheit befällt verschiedene Stellen der Erde. Sanders, ein Lepraarzt, stößt in Zentralafrika auf einen fantastischen Kristallwald, der sich wie ein juwelenbesetztes Krebsgeschwür von der Umgebung abhebt. Alle Materie, Pflanzen, Tiere und Menschen kristallisieren in diesem Bereich zu prismatischen Formen, in denen Licht und Zeit festgefroren scheinen. Und auch Sanders ist von dieser unwirklichen Landschaft so fasziniert, daß er trotz der Gefahr zu ihr zurückkehren muß.
Zusammen mit *The Wind from Nowhere* komplettieren diese Romane einen Katastrophenzyklus, der auf den vier Urelementen Erde, Feuer, Wasser und Luft basiert. Aber sie stellen noch mehr dar. Nach dem Autor stehen sie sinnbildlich für Vergangenheit *(Drowned World)*, zeitlose Zeit *(Crystal World)* und Zukunft (*Drought*) durch die Metaphern Wasser, Diamant und Sand. In späteren Romanen kommt noch die Gegenwart hinzu, vertreten durch die Metapher Beton. Die Protagonisten verhalten sich nicht wie die Helden herkömmlicher Katastrophenromane. Sie kämpfen nicht gegen das Unglück an, sondern lassen sich von ihm im Unterbewußtsein anziehen. In *The Drowned World* kommt es sogar zu einer psychischen Verschmelzung des Helden mit der Natur. Kerans Weg in den Süden ist der Weg zurück in die universelle Gebärmutter Sonne. Bei allen drei Romanen steht dieses Motiv, psychisch mit der Natur in Einklang zu kommen, im Vordergrund. Und alle drei sind von überwältigenden Landschaftsbildern geprägt, von einer Atmosphäre, wie sie sonst etwa bei Joseph Conrad zu finden ist.

The Atrocity Exhibition (amerikanischer Titel: **Love and Napalm: Export USA**)
(1970; dt. *Liebe + Napalm: Export USA*, 1970)

Dies ist B.s umstrittenstes Werk, eine Sammlung von 15 komprimierten Romanen in Kurz-

geschichtenlänge, *condensed novels*, die in den späten sechziger Jahren entstanden. Durch Collagentechnik läßt B. seine fiktiven Protagonisten Travis, Talbot, Traven, Tallis, Trabert – alles Verfremdungen ein und derselben Person – in die Rolle symbolträchtiger Zeitgenossen schlüpfen. John F. Kennedy, Lee Harvey Oswald, Ronald Reagan, Elizabeth Taylor, Ralph Nader und Claude Eatherly, der B-29-Pilot, der die Atombombe auf Hiroshima warf, sind nur einige davon. So entsteht eine Schreckensgalerie, auf der sich Sex untrennbar mit irrationaler Gewalttätigkeit und Zerstörungswut in unserer Gesellschaft verbunden zeigt, ein rasant ablaufender Collagenfilm, der durch zahllose Zwischenüberschriften zerhackt, von kurzen Hauptsätzen vorangetrieben, Schlüsselereignisse unserer Zeit stroboskopartig beleuchtet. Jeder Absatz hat eine eigene Überschrift und steht als eigenständiges Kapitel. B.s kompromißlose Titel, wie »Why I Want to Fuck Ronald Reagan« oder »The Assassination of John Fitzgerald Kennedy Considered as a Downhill Motor Race« führten zu Protesten eines amerikanischen Verlegers, der sich weigerte, das Buch zu publizieren.
The Atrocity Exhibition ist ein rundum schwieriges Werk, das durch seine gänzlich neue literarische Form besticht.

Vermilion Sands
(1971; dt. *Die Tausend Träume von Stellavista*, 1972)

Ein weiterer wichtiger Block im Kurzgeschichtenwerk B.s sind die im vorliegenden Buch gesammelten Vermilion-Sands-Stories. Allen neun Erzählungen ist der Hintergrund gemeinsam, Vermilion Sands, ein imaginäres Palm Springs der nahen Zukunft, ein exotisches Wüsten-Hollywood, bevölkert von Künstlern, Primadonnen und abenteuerlustigen Gestalten, die alle durch mehr oder minder verrückte Spielchen der Alltagslangeweile entkommen möchten. Über all dem hängt ein wenig der Schleier der Lethargie und Dekadenz, ob nun chemisch arbeitende Wolkenbildner mit Segelflugzeugen ihrer Angebeteten kurzlebige Kumulusmonumente schnitzen (»The Cloud-Sculptors of Coral-D«, 1967), ob man in »psychotropischen« Häusern lebt, deren Wände und Möbel sich den Empfindungen der Bewohner anpassen (»The Thousand Dreams of Stellavista«, 1962), oder ob die geheimnisvolle Lyrikerin Aurora Day zu besonderen Mitteln greift, um den modernen Poeten von Vermilion Sands die IBM-Lyrikcomputer madig zu machen (»Studio 5, The Stars«, 1961).
In allen Geschichten zeigt sich B.s Stärke, sein dichter Stil, durch den diese unwirkliche, einer Fata Morgana gleichende Welt mit ihren Exzentrikern und ihrem Starkult, fast greifbar real vor dem Leser entsteht. In dieser Sammlung sind vielleicht nicht B.s beste Erzählungen zu finden, auf jeden Fall aber seine romantischsten.

The Best Science Fiction of J. G. Ballard
(1977)

In diesem voluminösen Band sind 17 Stories aus der Zeit von 1957 bis 1967 gesammelt, die der Autor selbst als seine wichtigsten bezeichnet und mit einleitenden Erklärungen versehen hat. Die Palette reicht von seinen »Raum«-Geschichten über die Behandlung des Themas »Zeit« bis hin zur Auflösung der linearen Erzählstruktur, der Vorbedingung für die späteren *condensed novels*.
In »The Concentration City« (1957) ist der Protagonist Franz M. (sic!) vergeblich auf der Suche nach dem erträumten freien Raum. Das ganze Universum ist zugebaut und wird von einer unendlichen Stadt erfüllt. Ähnlich frustrierende Erfahrungen müssen die Protagonisten in »Billennium« (1961) machen, die in einer übervölkerten Stadt durch Zufall ein leeres Zimmer entdecken, diesen wertvollen Freiraum aber wieder Stück für Stück verlieren. Eine lange Wartezeit gilt es bis zur Ankunft geheimnisvoller Außerirdischer in »The Waiting Grounds« (1959) zu überbrücken, während in »Chronopolis« (1962) die Zeit selbst der Gegner des Menschen ist und in »The Garden of Time« (1962) gesellschaftliche Veränderungen mit sich bringt. »The Voices of Time« (1960), die beste von B.s frühen Geschichten, beschäftigt sich mit mehreren seiner archetypischen Themen: der Isolation des Einzelnen im unendlichen Raum und der unendlichen Zeit des Universums, biologischen Experimenten und dem Ausbruchsversuch aus psychologischer Entropie, der nur durch den Tod gelingen wird. Den logischen, nicht tatsächlichen Schluß dieser Sammlung bildet die Schlüsselgeschichte »The Terminal

Beach« (1964), in der B. die linearen Handlungsabläufe zugunsten einer höheren Gleichzeitigkeit auflöst und mit dieser Technik ein Verbindungsglied zu seinem späteren Werk schafft.
Abgerundet wird der Band durch so hervorragende Stories wie »The Overloaded Man« (1960), »The Subliminal Man« (1963) und »Passport to Eternity« (1962). Sie und die erwähnten machen das Buch zu einer der besten Kurzgeschichtensammlungen in der SF und B. zu einem Literaten von Rang.

BANISTER, MANLY (MILES)
(*1914)

Geboren in McCormick, Washington. Journalist, der gelegentlich als Werbetexter gearbeitet hat, meistens jedoch als Autor für die unterschiedlichsten Rundfunkstationen tätig war. Er diente während des Zweiten Weltkrieges bei der US-Marine. Sein Erzählwerk besteht hauptsächlich aus Kurzgeschichten, die ab 1939 in den Pulps erschienen. *Conquest of Earth* (1957) ist B.s einziger Roman, der in Buchform herauskam. Interessantere Arbeiten, die nur in Magazinen erschienen, waren »Magnanthropus« (1961 in *Fantastic*) und die Fortsetzung »Seed of Eloraspon« (1964, ebd.). Darin geht es um eine Dimensionsüberlappung, in deren Folge die Erde und die Welt Eloraspon zu einem neuen Planeten verschmelzen.

BARBET, PIERRE
(*1925)

Pseudonym des Schriftstellers und Doktors der Pharmazie Claude Avice, geboren in Le Mans. B. begann in den frühen sechziger Jahren (teilweise unter Pseudonymen wie David Maine und Olivier Sprigel) zu schreiben und veröffentlichte mehrere Titel in der Taschenbuchreihe »Le Rayon Fantastique«, von der aus er zu einer populäreren, »Anticipation« überwechselte. Er hat seit 1962 über 40 Romane publiziert und gehört zu den meistübersetzten französischen SF-Autoren.
Babel 3805 (1963); *Évolution magnétique* (1968); *Les grognards d'Éridan* (1970); *À quoi songent les Psyborgs?* (1971); *Liane de Noldaz* (1973); *La planète enchantée* (1973); *Croisade stellaire* (1974); *Venusine* (1976; Pseud. Olivier Sprigel); *Lendemains incertains* (1978; Pseud. Olivier Sprigel).

L'Empire du Baphomêt
(1972)

Auf einer mittelalterlichen Erde erleidet Baphomet, ein außerirdisches Lebewesen, mit seinem Raumfahrzeug Schiffbruch. Er landet, nachdem er einem Ionensturm entkommen ist, mit einem Rettungsboot und stößt dort auf einen verarmten Ritter. Da Baphomet keinen Funkkontakt mit seiner Heimatwelt hat, aber ansonsten mit allerlei Mitteln ausgestattet ist, entwickelt er den Plan, bis zu dem Zeitpunkt, an dem seine Rassegenossen auf ihn aufmerksam werden, auf der Erde seinen Spaß zu haben. Er bietet dem Ritter seine Hilfe an, denn er kann ohne Schwierigkeiten Gold herstellen. Der Ritter tritt einem Tempelorden bei und plant, die möglicherweise teuflische Macht des Außerirdischen in den Dienst einer »guten Sache« zu stellen. Bald rückt er an die Spitze der Kreuzritter auf, die mit schrecklichen Waffen ausgerüstet sind und die Ungläubigen schlagen und bis in die Mongolei zurücktreiben wollen. Während Guilleaume de Beaujeu, der Großmeister der Tempelritter, gegen die Sarazenen zu Felde zieht, versucht der andere die Geheimnisse Baphomets zu entschlüsseln, der offensichtlich eigene Pläne mit der Erde hat. Nach und nach entdecken die Tempelritter die Funktionsweise der Apparaturen, die Baphomet benutzt, und als sie endlich in Tibet angelangt sind und die tibetanischen Lamas die hypnotischen Kräfte des Außerirdischen durchschauen, gelingt es, die Macht Baphomets zu brechen und ihn zu töten, bevor dieser mit seinen Rassegenossen einen Kontakt herstellen kann. Daß seine technische Ausrüstung den Lauf der Welt nicht verändert hat, wird damit erklärt, daß die ganze Geschichte nicht auf unserer, sondern einer Parallelerde spielt, die zwei Monde besitzt.

BARCLAY, ALAN
(?)

Pseudonym des britischen Schriftstellers George B. Tait. Sein erster SF-Roman, *Of Earth and*

Fire, ist eine Routine-Space-Opera, in dem die tapferen Raumsoldaten der Erde außerirdische Eindringlinge bekämpfen.

Of Earth and Fire (1974; *Die Raumsoldaten*, 1974); *The City and the Desert* (1976); *No Magic Carpet* (1976).

BARJAVEL, RENÉ
(*1911)

Geboren in Nyons. Schriftsteller, Journalist und Drehbuchautor, dessen erster SF-Roman in den vierziger Jahren erschien und ein zukünftiges Frankreich beschreibt, das nach einer weltweiten Energiekrise in ein bäuerliches Stadium zurückgesunken ist. *Le voyageur imprudent* ist ein Zeitreiseroman, während *Le diable l'importe* einen neuen Weltkrieg schildert, der – abgesehen von einem ins Weltall geschossenen Pärchen – die gesamte Menschheit auslöscht.
Die bekanntesten SF-Werke B.s, der hin und wieder auch in die deutsche Sprache übersetzt wurde, sind jedoch *La nuit des temps* und *Le grand secret*. Letzteres, 1973 erschienen, spielt Mitte der fünfziger Jahre in Indien und Frankreich und schildert die Auswirkungen, zu denen die Entdeckung des indischen Wissenschaftlers Shri Bahanba geführt hat: Bahanbas »großes Geheimnis« ist eine Droge, die einen uralten Traum der Menschheit verwirklichen kann – die Unsterblichkeit. Als ihm jedoch klar wird, daß die Welt untergehen muß, wenn die Bevölkerung sich noch weiter vermehrt, beliefert er lediglich ein paar befreundete Forscher mit einer Probe des Serums. Aber dann findet man heraus, daß die Unsterblichkeit »ansteckend« ist. Eine Jagd auf die »Infizierten« beginnt ...

Ravage (1943); *Le voyageur imprudent* (1944); *Le diable l'importe* (1948; *Sintflut der Atome*, 1953); *Colomb de la Lune* (1962); *Le grand secret* (1973; *Das große Geheimnis*, 1975); *Le prince blessé* (C, 1974).

La nuit des temps
(1968, dt. *Elea*, 1969)

Eine internationale Forschergruppe stößt unter dem antarktischen Eis auf die Überreste einer 900 000 Jahre alten Kultur und in einer Kälteschlafkammer auf die Körper eines Mannes und eines Mädchens. Da die Gestalt des Mannes Brandwunden aufweist, weckt man zunächst das Mädchen, das den Wissenschaftlern beinahe unter den Händen wegstirbt, da ihr Organismus keine menschliche Nahrung vertragen kann. Man findet schließlich eine Verständigungsmöglichkeit und kann das Mädchen Elea mit Hilfe eines in der Kälteschlafkammer gefundenen Spezialapparates verpflegen. Elea berichtet von ihrem Leben in einem vorzeitlichen Utopia und erzählt den Wissenschaftlern von einem religiös fanatisierten Volk, das ihr Land überfallen und mit Hilfe von Atomwaffen vernichtet hat. Sie selbst wurde kurz vor dem totalen Ende von ihrem Geliebten Paikan getrennt und als schönste Frau ihrer Zeit dazu ausersehen, zusammen mit dem größten Genie ihres Volkes, dem Wissenschaftler Coban, den Untergang in der Kälteschlafkammer zu überdauern. Elea haßt den Wissenschaftler, und als sie erfährt, daß nur eine Transfusion ihres eigenen Blutes den verletzten, noch im Tiefkühlschlaf befindlichen Mann retten kann, vergiftet sie sich heimlich und damit auch ihn. Aber es ist nicht Coban, der mit ihr zusammen in die Zukunft gelangt ist, sondern Paikan, der nach einer Auseinandersetzung in letzter Minute die Stelle des Wissenschaftlers eingenommen hat. Beide müssen sterben, und der Forscher Simon, der die Wahrheit als erster herausfindet, bringt es nicht über sich, Elea die Wahrheit zu sagen.

BARNES, ARTHUR K(ELVIN)
(1911–1969)

Geboren in Bellingham, Massachusetts. B. studierte an der University of California in Los Angeles und gehörte der »Phi Beta Kappa Fellowship« an. 1933 publizierte er seine erste Erzählung in *Wonder Stories*. Zwischen 1937 und 1954 folgte eine Serie von Kurzgeschichten (eine davon in Zusammenarbeit mit Henry Kuttner) um die interplanetarische Jägerin Gerry Carlyle. Die Serie erschien in *Thrilling Wonder Stories* und beschreibt die Abenteuer eines Zoologenteams, das auf den Planeten des Sonnensystems für irdische Zoos nach exotischen Tieren sucht. Diese Geschichten machen gesammelt B.s einziges Buch aus: *Interplanetary Hunter* (1956).

BARR, DONALD
(*1921)

Geboren in New York. B. studierte an der Columbia University und ist heute Englischlehrer. Er schrieb bislang zwei SF-Romane, *Space Relations* (1973) und *Planet in Arms* (1981), beides Weltraumabenteuer.

BARR, TYRONE C.
(?)

Britischer Autor (der Name ist möglicherweise ein Pseudonym), dessen einziger Beitrag zur SF aus dem Roman *Split Worlds* (1959) besteht: Die vierzehn Überlebenden eines Weltraumexperiments kehren nach der atomaren Vernichtung auf die Erde zurück und planen, sie neu zu bevölkern.

BARRETT JR., NEAL
(?)

Amerikanischer Autor, begann seine schriftstellerische Karriere innerhalb der SF im Jahre 1960. Seither hat er eine Reihe von Kurzgeschichten und eine Handvoll Romane veröffentlicht, meist leichtgewichtige Space Operas. Seine Aldair-Serie umfaßt bislang drei Bände: *Aldair in Albion* (1976), *Aldair, Master of Ships* (1977) und *Aldair, Across the Misty Sea* (1980).

The Gates of Time (1970); *Kelwin* (1970); *The Leaves of Time* (1971); *Highwood* (1972); *Stress Pattern* (1974).

BARTH, JOHN (SIMMONS)
(*1930)

Geboren in Cambridge, Maryland. Er studierte an der John Hopkins University und war später Professor für amerikanische Literatur an verschiedenen Hochschulen. B., der zu den einflußreichsten Nachkriegsromanciers der USA zählt – *The Sot Weed Factor* (1960), *Giles Goat Boy* (1966) und *Lost in the Funhouse* (1968) seien als seine wichtigsten Werke genannt –, erreichte durch Auflösung der realistischen Erzählweise und schrittweise Verfremdung ins Burleske eine Annäherung an eine spekulative Literatur, wie sie etwa von den Autoren der »New Wave« in England postuliert wurde. Neben Pynchon, Barthelme, Doris Lessing und einigen anderen Vertretern der hohen Literatur weist B. darauf hin, daß phantastische Elemente in der modernen Literatur von besonderer Ausdruckskraft sind.

BARTHELME, DONALD
(*1933)

Geboren in Philadelphia. Er studierte in Houston, Texas, und arbeitete zeitweilig als Redakteur und Museumsdirektor. B. gilt als moderner Surrealist, der seine Ideen noch mehr als sein Landsmann Barth aus Mythen, Phantastik und SF schöpft. Er schreibt in erster Linie Kurzgeschichten, von denen einige auch in reinen SF-Anthologien auftauchten, so z.B. »The Balloon«, »Game« oder »The Genius«. Sein vielleicht bekanntestes Buch ist die Sammlung *Come Back, Dr. Caligari* (1964; *Komm wieder, Dr. Caligari!*, 1965).

BASIL, OTTO
(*1901)

Geboren in Wien. B., slawisch-deutschösterreichischer Herkunft, betrieb germanistische und paläontologische Studien und veröffentlicht seit 1920. Zunächst befaßte er sich mit Lyrik, Übersetzungen und Essays, später mit Romanentwürfen, die allerdings verschollen sind. Zeitweilig schlug er sich als Barpianist, Sprachlehrer, Verlagslektor, Journalist und Industrieangestellter durch. 1937 begründete B. die avantgardistische Kunstzeitschrift *Plan*, die nach dem Einmarsch der nationalsozialistischen Truppen eingestellt werden mußte. Wegen »Verspottung des Führers« wurde B. von der Gestapo verhört, dank einer Intervention Josef Weinhebers aber nicht weiter behelligt. Während des Krieges arbeitete B. als Dienstverpflichteter zunächst als Übersetzer, dann als Maschineneinkäufer in der Schwerindustrie. Er kam auf Dienstreisen mit hohen Chargen aus Partei und Wehrmacht zusammen und knüpfte gleichzeitig Kontakte zu Widerstandsgruppen, schloß sich

schließlich der österreichischen Untergrundbewegung an.
Nach Kriegsende war B. Verlagsleiter und Dramaturg. Er ließ den *Plan* wiederaufleben, der aber 1948 eingestellt wurde. In der Folge arbeitete B. als Schauspiel- und Literaturkritiker für eine bekannte Wiener Tageszeitung, veröffentlichte mehrere Bücher – u. a. über Rimbaud und Trakl – und erhielt 1965 den Preis der Stadt Wien für Publizistik.
Sein Roman *Wenn das der Führer wüßte* (1966) ging beim Ersterscheinen ziemlich unter, wurde 1981 jedoch als Taschenbuch nachgedruckt.

Wenn das der Führer wüßte
(1966)

Der Autor nimmt in diesem Roman an, Hitlers legendäre Wunderwaffe habe das Kriegsglück in letzter Minute gewendet. Die Atombombe ist mit anderen Worten nicht auf Hiroshima, sondern auf London gefallen. Fazit: Die Nazis beherrschen den Großteil der Welt. Ganz Europa steht unter deutschem Protektorat, Amerika wird vom berlinhörigen Ku-Klux-Klan beherrscht, der asiatische Raum steht unter Japans Einfluß. In Deutschland selbst ist die nationalsozialistische Ideologie voll erblüht: Es gibt Untermenschenlager, Leibeigene, Herrenmenschen, Zuchtmutterklöster, SS-Ordensburgen, Werwolf- und Totenkopfverbände usw.
In dieser bizarren, erschreckenden Welt lebt der Österreicher Albin Totila Höllriegl. Er ist von Beruf »Pendler«, d. h. er pendelt die Wohnungen seiner Kunden aus, schützt sie damit vor »Erdstrahlen«. Höllriegl erlebt mit, wie Hitler stirbt und ein Ivo Köpfler sein Nachfolger wird. Da gemunkelt wird, Köpfler habe Hitler vergiftet, kommt es zum Bürgerkrieg zwischen der Bauernvereinigung Bundschuh und der SA auf der einen, sowie SS und Werwolfverbänden auf der anderen Seite. Gleichzeitig bricht Köpfler mit den Japanern einen Atomkrieg vom Zaun. Chaos. Zwar schafft es der inzwischen strahlenkranke Höllriegl, durch ein Auffanglager zu schlüpfen und gemeinsam mit Parteibonzen und urgesunden arischen Recken gen Arktis zu fliehen, aber unterwegs strecken ihn feindliche Kugeln nieder.
Basils Roman gehört dem SF-Subgenre der Alternativwelt-Romane an und dürfte am ehesten mit Philip K. Dicks *The Man in the High Castle* vergleichbar sein. Diesen beiden Romanen ist nicht nur das Thema, sondern auch eine ähnliche Weltsicht gemeinsam, obwohl Basil im Gegensatz zu Dick zu den Mitteln der Satire greift. Einer der wesentlichen Romane der deutschsprachigen SF.

BASS, T. J.
(*1932)

Pseudonym des Arztes und Schriftstellers Thomas J. Bassler, geboren in Clinton, Iowa, der gegen Ende der sechziger Jahre zum erstenmal in der SF auftauchte. Sein Erstling, der Kurzroman *Star Itch*, erschien im Magazin *If* unter seinem richtigen Namen, wohingegen seine andere SF meist unter T. J. Bass erschien. Aus seinem schmalen Werk ragen die beiden Romane *Half Past Human* (1971) und *The Godwhale* (1974) hervor. Beiden ist ein gemeinsamer Hintergrund gegeben, eine katastrophal übervölkerte Welt der Zukunft, die so überzeugend hoffnungslos und desolat geschildert wird, daß man die beiden Romane zu den wichtigsten Dystopien der siebziger Jahre zählen muß.

Half Past Human
(1971; dt. *Die Ameisenkultur*, 1973)

Die Erde ist in nicht allzu ferner Zukunft ein riesiger Ameisenhaufen geworden. In unterirdischen Schachtstädten leben drei Billionen Menschen, eine Rasse, die sich zwar Homo sapiens nennt, aber aus kleinen, umweltangepaßten, vierzehigen Geschöpfen, den Nebishes, besteht. Die gesamte Erdoberfläche ist mit Planktonfarmen bedeckt, nur in den Bergen leben noch einige »Wilde«, fünfzehige »Urmenschen«, die für das Leben in den Schachtstädten ungeeignet sind. Da sie für die Nahrungsfarmen der Nebishes eine ständige Bedrohung darstellen, kommt es immer wieder zu Konflikten. Die Fünfzeher werden gnadenlos gejagt, erhalten aber aus den unterirdischen Wohnsilos regelmäßig Verstärkung, weil immer wieder Menschen mit dem Fünf-Zehen-Gen geboren und ausgestoßen werden. Unterstützt von Kybers, Robotern mit verschiedenen Aufgabenbereichen, erwarten die »Wilden« die Ankunft von Olga, einem kybernetischen, intelligenten Raumschiff, das die

Fünfzeher, ihre einstigen Erbauer, auf erdähnliche Siedlungsplaneten mitnehmen will. Die Nebishes jedoch werden von Olga als degeneriert eingestuft und nicht evakuiert. Sie haben jegliche Lebensstärke verloren und stellen eine Sackgasse in der menschlichen Zivilisation dar. Auf lange Sicht sind sie dem Untergang preisgegeben.

The Godwhale
(1974; dt. *Der Gott-Wal*, 1982)

Zu der Zeit, als Olga das Raumprojekt Procyon Implant in Angriff nimmt – erdähnliche Planeten sollten mit Menschen besiedelt werden –, verliert Larry Dever seinen Unterleib. In der Hoffnung auf einen zukünftigen Ersatzkörper läßt er sich in Tiefschlaf versetzen und erwacht in einer Welt, in der die Schachtstädte mit ihren hochzivilisierten, aber nur noch bedingt menschlichen Klonen noch immer existieren. Eine andere Menschenzivilisation – die Benthics – lebt in Kuppeldomen auf dem Meeresgrund. Beide Seiten führen miteinander Krieg um die wenigen Nahrungsstoffe, die die ausgelaugte Erde noch bietet. Ebenfalls erwacht ist Rorqual Maru, ein riesiger Kyborgwal, halb Lebewesen, halb Maschine. Er stellt wieder Leben in den Ozeanen fest – Procyon Implant war Jahrhunderte zuvor gescheitert; die Sternenarche war auf der Erde gestrandet und hatte sie erneut »befruchtet« – und beginnt sie für die Benthiks abzuernten. Dever entflieht den erniedrigenden Lebensumständen in den Schachtstädten und schließt sich den Meeresbewohnern an, die trotz heftiger Angriffe seitens der Bewohner der Schachtstädte eine neue menschliche Zivilisation auf einem Atoll gründen wollen – eine Steinzeitkultur, wie sich zeigt, aber offensichtlich der einzige Ausweg aus dem biologischen Chaos.
Beide Romane sind komplex aufgebaut und malen die Zukunft in düsteren Farben. B. versteht es, durch eine mit Fachtermini und Neologismen angereicherte Sprache zu überzeugen. Seine biologisch-ökologische Extrapolation wirkt glaubhaft, nicht zuletzt durch die geschickte Verwendung von Symbolen. So steht der Wal als eine bedrohte Spezies stellvertretend für die Zerbrechlichkeit mancher Lebensformen und den Raubbau an unserer Umwelt schlechthin. Beide Bücher sind Warnungen vor Entwicklungen, wie sie sich schon heute abzeichnen. Sie wurden von der Kritik wohlwollend aufgenommen und für den »Nebula Award« vorgeschlagen.

BATES, HARRY (HIRAM GILMORE)
(1900–1981)

Amerikanischer Redakteur und Schriftsteller. B., der bereits in den zwanziger Jahren für den Magazinverlag Clayton als Herausgeber eines Abenteuermagazins tätig war, übernahm 1930 die Redaktion von *Astounding*. Zusammen mit Desmond W. Hall publizierte er unter dem Pseudonym Anthony Gilmore die populäre Heldenserie um den Raumfahrer Hawk Carse. Seine Erzählung »Farewell to the Master« (1940), die wie die meisten von B.' Geschichten in *Astounding* erschien, erweckte das Interesse des Regisseurs Robert Wise, der sie 1951 unter dem Titel *The Day the Earth Stood Still* (»Der Tag, an dem die Erde stillstand«) verfilmte. Romane hat B. nicht verfaßt; sein spezielles Arbeitsgebiet waren Short stories und populärwissenschaftliche Artikel für die Pulps.

BAUM, L(YMAN) FRANK
(1856–1919)

Amerikanischer Kinderbuchautor, als Schöpfer der ersten rein amerikanischen Märchen eine wichtige Persönlichkeit in der Entwicklung der amerikanischen Fantasy. Sein wohl bekanntestes Werk ist die 14 Bände umfassende Oz-Serie, deren erster Teil, *The Wonderful Wizard of Oz* (1900), 1939 von MGM erfolgreich verfilmt wurde und von allen seinen Büchern die weiteste Verbreitung fand.

The Magical Monarch of Mo (1900); *The Master Key: An Electrical Fairy Tale* (1901).

Lit.: M. Gardner, The Royal Historian of Oz, 1955.

BAYLEY, BARRINGTON J.
(*1937)

Englischer Autor, der seit den frühen fünfziger Jahren SF veröffentlicht. B.s Geschichten erschienen zunächst unter Pseudonymen wie P. F.

Woods, Alan Aumbry und John Diamond in den britischen Magazinen. Auch mit Michael Moorcock schrieb er einige Stories, u. a. »Flux« (1965). Beginnend mit *The Star Virus* (1970) verfaßte er bislang neun ungewöhnliche Space Operas, Romane mit paradoxen Zeitsprüngen oder absurden Elementen. *The Garments of Caean* (1977) ist eine Hommage an Jack Vance; mit *The Grand Wheel* (1977) versuchte er die Stimmung eines Philip-K.-Dick-Romans einzufangen. B.s bisher bestes Buch ist vielleicht *The Soul of the Robot* (1974), ein absurd-humoristischer Roman über die Vermenschlichung einer Maschine, in dem das Thema von John T. Sladeks *Roderick* (1981) vorweggenommen wird. Trotz dieser etwas unterschätzten, aber dennoch substantiell wichtigen Titel liegt B.s Stärke auf dem Gebiet der Kurzgeschichte. Seine Sammlungen *The Seed of Evil* (1979), vor allem aber *The Knights of the Limits* (1978) enthalten Erzählungen, die zu den wichtigsten gehören, die während der siebziger Jahre in England geschrieben wurden.

The Star Virus (1970); *Annihilation Factor* (1972); *Empire of Two Worlds* (1972); *Collision Course* (1973); *The Fall of Chronopolis* (1974); *The Soul of the Robot* (1974); *The Garments of Caean* (1976); *Star Winds* (1977); *The Grand Wheel* (1977); *The Knights of the Limits* (1978); *The Seed of Evil* (1979).

BEAGLE, PETER S(OYER)
(*1939)

Geboren in New York. B. war zeitweise Tellerwäscher, Sänger in Kaffeehäusern, schließlich Student. Bereits 1956 gelang ihm seine erste professionelle Veröffentlichung in einem Teenagermagazin, später wurde er freiberuflicher Schriftsteller. Er erhielt mehrere Auszeichnungen, darunter den »Guggenheim Foundation Award«. B. schreibt keine SF, sondern Fantasy, die zum Teil auch bei SF-Lesern stark beachtet wurde. Seine beiden Romane *A Fine and Private Place* (1960) und *The Last Unicorn* (1968) wurden auch in die deutsche Sprache übertragen.

A Fine and Private Place (1960; *He, Rebeck!*, 1962); *The Last Unicorn* (1968; *Das letzte Einhorn*, 1975); *Lila the Werewolf* (1974).

BEAR, GREG(ORY DALE)
(*1951)

Geboren in San Diego, Kalifornien. Die Jugend verbrachte er in Japan, Texas, Rhode Island, den Philippinen und Alaska, wo sein Vater, ein Angehöriger der US-Marine, jeweils stationiert war. Seine erste Story, »Destroyers«, erschien 1967 in *Famous Science Fiction*. In der Folge entstanden eine Reihe von Kurzgeschichten und bislang drei Romane. Ferner stellte er gemeinsam mit dem Grafiker Rick Sternbach das Sachbuch *The Official Spotter's Guide to Ufo's: The Skysign Manual* zusammen. Einige seiner Kurzgeschichten wurden auch ins Deutsche übersetzt, ebenso der Roman *Hegira*.

Hegira (1979; *Die Obelisken von Hegira*, 1981); *Psychlone* (1979); *Beyond Heaven's River* (1980).

Hegira
(1979; dt. *Die Obelisken von Hegira*, 1981)

Im Mittelpunkt dieses Romans steht die geheimnisvolle Welt des Planeten Hegira. General Sulay hat dort seit zwanzig Jahren vergeblich versucht, mit Hilfe seiner Armee die wahre Natur des Planeten und die der tausend Kilometer hohen Obelisken auf seiner Oberfläche zu erforschen. Die Armee und er selbst sind am Ende. Sulay beauftragt seinen Adjutanten Bar-Woten, auf eigene Faust weiterzumachen. Dieser macht sich mit seinen Begleitern Barthel und Kiril auf den Weg. Anfangs noch verfolgt von Sulays Gegnern, beginnt eine Expedition durch die Länder und Städte Hegiras, schließlich eine Überquerung des Ozeans. Als sie auf dem Meer sind, stürzt einer der mysteriösen Obelisken – die mit seltsamen Schriftzeichen bis in jene zehn Kilometer Höhe bedeckt sind, die von Ballonfahrern erforscht werden konnten – um, und sie entgehen der anschließenden Flutwelle nur mit Not. Schließlich gelangen sie in einen Hafen an der tausend Kilometer hohen »Großen Mauer« am Ende der Welt. In einer Höhe von einigen Kilometern gibt es Tunnels, die aber nur Ausgewählten offenstehen. Es kommt zu Auseinandersetzungen in der Gruppe, als sich herausstellt, daß Bar-Woten der Mörder von Barthels Eltern ist. Beide sterben, aber vor Kiril öffnet sich tatsächlich die Tunnelblockade. Ihm wird dann auch die Wahrheit

über den Planeten Hegira zuteil: Es handelt sich um ein künstliches Gebilde, das um ein »Schwarzes Loch« errichtet wurde und als eine Art Reservat für rückständige Terraner gedacht ist, eingerichtet von weiterentwickelten Menschen und extraterrestrischen Symbionten.
Der Roman reiht sich in die Gruppe jener – z. B. von Autoren wie Larry Niven oder Christopher Priest gepflegten – Werke ein, die ansatzweise Strukturen des Detektivromans in die SF übernahmen. Die Suche nach dem Täter ist hier durch die Suche nach der Erklärung für Phänomene einer mehr oder weniger künstlichen, vor allem aber konstruierten Welt ersetzt worden. Der Autor lüftet nur scheibchenweise die Geheimnisse seiner ausgetüftelten Konstruktion, die Konstruktion selbst wird zum Thema des Romans. Der Rest ist eine bunte Abenteuerhandlung.

BEAUMONT, CHARLES
(1929–1967)

Zunächst Pseudonym, dann legal angenommener Name des in Chikago geborenen Kurzgeschichten- und Drehbuchautors Charles Nutt. Obwohl B. seine erste SF-Erzählung, »The Devil, You Say?« (1951), an das Magazin *Amazing* verkaufte, kam sein Durchbruch erst, nachdem 1956 das Herrenmagazin *Playboy* eines seiner utopischen Garne akzeptiert hatte. Von nun an gehörte er nicht nur zu den wenigen SF-Autoren, die regelmäßig außerhalb der etablierten Märkte publizierten, sondern wurde auch nach Hollywood geholt, wo er (teilweise zusammen mit Ray Russell und Richard Matheson) für die MGM Filmdrehbücher produzierte.

Shadow Play (1957); *The Hunger and Other Stories* (1958); *Yonder* (1958); *Nightride and Other Journeys* (1960); *The Magic Man and Other SF Stories* (1965); *The Edge* (1966).

BELJAEV, ALEKSANDR (ROMANOVIČ)
(1884–1942)

Geboren in Smolensk. B. wird als »Vater der sowjetischen wissenschaftlichen Phantastik« allgemein anerkannt. Von Format und Rang Verne und Wells ebenbürtig, widmete er als erster sowjetischer Autor sein Gesamtwerk der SF. In über 50 SF-Romanen, Erzählungen und Skizzen behandelte er ab 1925 Zukunftsthemen aus allen Bereichen moderner Naturwissenschaft und Technik. Trotz seiner Bedeutung für die Ausbildung und Entwicklung der populären Gattung, wozu er nicht zuletzt durch literaturkritische Publizistik beitrug, liegt B.s umfangreiches Werk außerhalb der sozialistischen Länder nur in verstreuter Form vor.

Golova professora Douèlja (1925; »Professor Dowells Kopf«); *Celovek-amfibija* (1928; »Der Amphibienmensch«); *Pryžok v ničto* (1933, zus. mit K. E. Ciolkovskij; »Der Sprung ins Nichts«); *Čudesnoe oko* (1935; »Das Wunderauge«, 1981).

BELLAMY, EDWARD
(1850–1898)

Geboren als Pfarrerssohn in Chicopee Falls, Massachusetts, wo er auch starb. B. bereiste 1868 Europa und kam mit den dortigen sozialen Mißständen (und den Ideen von Marx und Engels) in Berührung. Seine frühe Prosa fand Beachtung, und die Kritik feierte ihn als Nachfolger von Hawthorne. Allerdings wies sie noch nicht das soziale Engagement und Veränderungsdenken der späteren Werke auf. Unter dem Eindruck wirtschaftlicher Krisen in den USA entstand der Roman *Looking Backward 2000–1887* (1888 erschienen), die wohl wichtigste Utopie des 19. Jahrhunderts. Vom Erfolg dieses Romans hingerissen, unternahm B. Propagandafeldzüge, auf denen er für eine gerechtere Sozialordnung eintrat. Die wenig bekannte Fortsetzung von *Looking Backward 2000–1887*, *Equality* (1897), fällt qualitativ etwas ab. Während er sie schrieb, litt B. schon unter einer schweren Tuberkulose, die schließlich seinem Leben ein Ende setzte.

Dr. Heidenhoff's Process (1880); *Miss Ludington's Sister* (1884); *The Blindman's World* (1898).

Lit.: H. B. Franklin, Edward Bellamy and Science Fiction, in: H. B. F., Future Perfect, 1966.

Looking Backward 2000–1887
(1888; dt. *Ein Rückblick aus dem Jahr 2000 auf das Jahr 1887*, 1890)

Julian West, ein junger, wohlhabender Bostoner, leidet unter Schlaflosigkeit. Aus diesem Grund hat er sich einen unterirdischen Raum bauen lassen, in dem er, abgeschnitten von jeglichen Geräuschen, jede Nacht von einem Arzt in Hypnoseschlaf versetzt wird. Das Aufwecken besorgt am nächsten Morgen ein Diener. Als eines Nachts das Gebäude über der Schlafkammer abbrennt und der Arzt Boston verläßt, wird West vergessen. Ohne zu altern liegt er 113 Jahre in seiner Gruft, bis man im Jahr 2000 den Scheintoten entdeckt. Ein Arzt, Dr. Leete, weckt ihn auf. West verliebt sich in Leetes Tochter Edith, eine Urenkelin seiner Bostoner Braut, und erlebt eine Welt, die sich radikal von seiner früheren unterscheidet. Kriege sind abgeschafft, ein Zusammenschluß aller Nationen ist zu erwarten. Handel und Geld im herkömmlichen Sinne gibt es nicht mehr. Jeder Bürger ist Teil eines gut funktionierenden Systems. Je nach Fähigkeiten und Eignung arbeitet er 24 Jahre und wird vom Staat, der seine Aktivitäten in den Dienst der geistigen und körperlichen Bedürfnisse seiner Bürger stellt, umfassend versorgt. Neid, Mißgunst, Herrschsucht, Verbrechen, kurz, asoziales Verhalten jeglicher Art ist weitgehend geschwunden. Jeder ist vor dem Staat gleich, und dieser dient mit allen seinen Institutionen und Einrichtungen der Allgemeinheit.
Diese Veränderungen im sozialen und wirtschaftlichen Bereich nimmt West mit Staunen wahr. Aus der Geborgenheit dieses sozialistischen Wohlfahrtsstaates denkt er mit Schaudern an das 19. Jahrhundert und das Elend der Arbeiter zurück: »Ich bin auf Golgatha gewesen, ich habe die Menschheit gekreuzigt gesehen.« Um diesen Eindruck beim Leser zu verstärken, wendet B. ein raffiniertes Stilmittel an. In früheren Utopien waren die zeitreisenden Protagonisten oft nur Träumer, die am Ende aufwachten und sich in der Realität ihres Jahrhunderts wiederfanden. B. läßt West auch einschlafen und in der Zukunft erwachen. Dort schläft dann West wiederum ein und erwacht in der Vergangenheit. Der Leser meint nun, Wests Traum von der besseren Welt sei zerplatzt wie eine Seifenblase, aber West erwacht dann wieder in der Zukunft. Er ist wirklich dort, und die Vergangenheit ist nur ein Traum gewesen ... ein Alptraum.
Die Auswirkungen von *Looking Backward 2000–1887* waren immens. Kurze Zeit nach Erscheinen waren über eine Million Exemplare verkauft, literarische Diskussionen und Kontroversen begannen in vielen Zeitschriften, und eine ganze Reihe Nachahmer schrieb Romane, in denen der wissenschaftlich-technologische Fortschritt dem Menschen das Paradies auf Erden beschert. Allerdings gab es auch negative Reaktionen, wie etwa die von William Morris, dessen *News from Nowhere* (1890) einen ganz anderen Idealstaat beschreibt. B.s Einfluß wirkt sich jedoch bis heute auf die SF aus. Der amerikanische Autor Mack Reynolds lotet in mehreren Romanen die sozio-ökonomischen und politischen Möglichkeiten des Jahres 2000 aus, wobei er sich ganz eindeutig auf sein Vorbild B. bezieht.

BENET, STEPHEN VINCENT
(1898–1943)

Geboren in Bethlehem, Pennsylvania. B. studierte an der Yale University und wurde durch seine lyrischen Kurzgeschichten bekannt. Viele von ihnen erschienen in namhaften Zeitschriften wie *Saturday Evening Post* und hatten durch ihre oft phantastischen Thematiken Einfluß auf die SF, so etwa die Sammlung *Thirteen O'Clock Stories of Several Worlds* (1937). Andere Geschichten, und hier mag »The Place of the Gods« als Beispiel gelten, kann man als SF bezeichnen, was ihre Aufnahme in Anthologien des Genres beweist.

The Beginning of Wisdom (1921); *Twenty-Five Short Stories* (1937); *The Last Circle* (1943).

BENFORD, GREGORY (ALBERT)
(*1941)

Geboren in Mobile, Alabama. B. lebte als Sohn eines Armeeoffiziers 1954–57 in Gießen und Frankfurt a. M. 1967 machte er seinen Ph. D. in theoretischer Physik an der University of California in San Diego. B. hat viele wissenschaftliche Aufsätze in Zeitschriften wie *Natural*

History und *New Scientist* publiziert und ist inzwischen außerordentlicher Professor an der University of California. 1965 veröffentlichte er mit »Stand-In« seine erste SF-Story; sie gewann den zweiten Preis bei einem Preisausschreiben von *Magazine of Fantasy & Science Fiction*. Nachdem er zunächst mit *Deeper Than Darkness* (1970) und dem Jugendbuch *Jupiter Project* (1975) an die Öffentlichkeit trat, konnte er mit der im gleichen Jahr veröffentlichten Erzählung »If the Stars Are Gods« (Co-Autor: Gordon Eklund) einen ersten großen Erfolg verbuchen: Die Erzählung gewann den »Nebula« und wurde 1977 in erweiterter Form als Roman vorgestellt. Neben weiteren Kooperationen mit Gordon Eklund (*Find the Changeling!*, 1980) bzw. William Rotsler (*Shiva Descending*, 1980) und Neubearbeitungen von *Deeper Than Darkness* (neuer Titel: *The Stars in Shroud*, 1978) und *Jupiter Project* (1981) brachte ihm vor allem *In the Ocean of Night* (1977) Anerkennung. Sein bislang bestes Werk ist jedoch der Roman *Time-scape* (1980), in dem Wissenschaftler Kontakt mit der Vergangenheit aufnehmen, um die desolate Zukunft zu ändern. Das Buch gewann den »Nebula« und mehrere andere Preise. B., ein Vertreter der »Hard Science«-SF, gilt heute als einer der wichtigsten jüngeren SF-Autoren. Er gehört zu den wenigen, die wissenschaftliche Kompetenz und literarische Fertigkeiten vereinigen, und vor allem *Timescape* muß als beispielloser SF-literarischer Einblick in die Welt der Naturwissenschaftler hervorgehoben werden.

Deeper Than Darkness (1970; anderer Titel: *The Stars in Shroud*, 1978); *Jupiter Project* (1975; *Das Jupiter-Projekt*, 1978); *If the Stars Are Gods* (1977, zus. mit Gordon Eklund; *Der Bernsteinmensch*, 1982); *Shiva Descending* (1979, zus. mit William Rotsler; *Schiwas feuriger Atem*, 1982) *Find the Changeling!* (1980, zus. mit Gordon Eklund; *Die Masken des Alien*, 1982); *Timescape* (1980).

In the Ocean of Night
(1977; dt. *Im Meer der Nacht*, 1980)

Die Aussichten der USA zu Anfang des 21. Jahrhunderts sind nicht sonderlich gut. In einer überbevölkerten, verschmutzten Umwelt steht die Großindustrie vor dem Zusammenbruch. Die Menschen wenden sich dem Irrationalen zu, das von unsinniger Gewalt bis zu charismatischen religiösen Kulten reicht. Zum Brennpunkt eines außerirdischen Kontakts wird der in den Diensten der NASA stehende englische Astronaut Nigel Walmsley, ein Mann, der die Dienstanweisungen seiner Vorgesetzten stets dann kühl zu mißachten pflegt, wenn er der Meinung ist, daß sie nichts taugen. Er erscheint zuerst als der Mann, der ein gestrandetes fremdes Sternenschiff betritt, von dem die NASA glaubt, es handele sich um den mit der Erde auf Kollisionskurs fliegenden Planetoiden Ikarus, und bringt es fertig, sich das Objekt, bevor es gesprengt wird, anzusehen. Fünfzehn Jahre später ortet Walmsley, an den Meßgeräten der NASA sitzend, erneut einen kosmischen Eindringling, macht aus dessen Existenz jedoch so lange ein Geheimnis, bis er die Zusicherung erhält, daß er derjenige sein wird, der mit Objekten dieser Art von nun an in Kontakt treten wird. Als die NASA ihn zum entscheidenden Rendezvous ins All hinausschickt, mißachtet Walmsley auf der Stelle seine Befehle und versucht den Sprengsatz, den er an der robotgesteuerten Sonde anbringen soll, zu entschärfen. Drei Jahre später gelingt es ihm, sich in ein Forschungsteam hineinzuschmuggeln, das im Mare Marginis auf dem Erdmond die Überreste einer dritten Fremdsonde untersucht. Die Sonde informiert ihn darüber, daß organisches Leben im Universum rar geworden ist; die meisten Zivilisationen sind von ihren mechanischen Schöpfungen überlebt worden. Aber der Technologie zu entsagen, sei keine Lösung, diese Alternative würde nur in eine Sackgasse führen ... Walmsley fertigt private Aufzeichnungen an und leitet sie an Freunde auf der Erde weiter, von denen er glaubt, daß sie damit mehr anzufangen wissen als die paranoiden Bürokraten in Regierung und NASA, die in jedem Fremden einen potentiellen Feind sehen, seit die USA auf der Erde nur noch eine geringfügige Rolle spielen.

»Der Roman ist in der Konzeption etwas episodenhaft angelegt, präsentiert uns aber in Nigel Walmsley einen Charakter, dessen Bekanntschaft zu machen ebenso lohnenswert ist, wie die mit jedem anderen Menschen« (F. Kemske). »*In the Ocean of Night* ist ein realistischer Roman und eine überzeugende Parabel und durchaus wert, mit den besten Romanen, die die SF zu bieten hat, verglichen zu werden« (D. Samuelson).

BERESFORD, J(OHN) D(AVYS)
(1873–1947)

Englischer Schriftsteller und Architekt. Die Tatsache, daß er seit frühester Kindheit verkrüppelt war, spiegelt sich in seinem literarischen Werk wider, so z. B. in *The Hampdenshire Wonder* (1911), *The Camberwell Miracle* (1933), worin einem verkrüppelten Mädchen von einem Wunderdoktor geholfen wird, und auch in mehreren Fantasies, die meist weniger ernst zu nehmende Wunschwelten beschreiben. Mehrere Romane, deren Themen um utopische Staaten kreisen, entstanden u. a. in Zusammenarbeit mit Esmé Wynne-Tyson.

Goslings (1913); *What Dreams May Come* (1941); *A Common Enemy* (1942); *The Riddle of the Tower* (1944; zus. mit Esmé Wynne-Tyson).

The Hampdenshire Wonder
(1911)

Ein Ich-Erzähler berichtet die Geschichte von Victor Stott, dem Wunder von Hampdenshire, einer ländlichen Gemeinde im südlichen England. Geboren wurde das Kind mit dem unnatürlich großen Kopf und dem durchdringenden Blick als Sohn eines Kricketspielers und einer schon etwas älteren Dame, die ersterem wohl als gute Partie erschien. Als der Vater die Familie verläßt, gewährt der Gutsherr Henry Challis Mutter und Sohn eine Unterkunft auf seinem Anwesen. Schon bald zeigt sich Victors Andersartigkeit nicht nur im Aussehen. Als er Zugang zu Challis' Bibliothek erhält, eignet er sich – noch keine fünf Jahre alt – nahezu das gesamte Wissen der Menschheit an. Es wird deutlich, daß Victor nicht mit menschlichen Maßstäben gemessen werden kann. Er stellt eine neue Stufe in der Evolution dar. Er ist ein Übermensch, der durch Aussehen und Verhalten seine Umgebung in Angst und Schrecken versetzt. Besonders Dorfpfarrer Crashaw ist schockiert. Er will das Wunderkind zum Schwachsinnigen abstempeln und in eine Anstalt einweisen lassen, denn es hat in einem Gespräch mit ihm die Existenz Gottes bestritten. Challis und später der Erzähler schützen Victor jedoch, letzterer vor dem Dorftrottel von Hampdenshire, der sich in seiner Primitivität nicht vor Victors Blick ängstigt. Als der Erzähler Victor eine Weile meidet, kommt es zur Tragödie: Das Wunderkind wird umgebracht, wobei offenbleibt, ob der Idiot oder der dogmatische Pfarrer der Mörder ist. *The Hampdenshire Wonder* ist einer der frühesten Übermenschen-Romane und als solcher direkt von H. G. Wells und dessen Spekulationen über den Menschen der Zukunft beeinflußt. Für spätere Werke mit ähnlicher Thematik ist der Roman richtungweisend. Stapledons *Odd John* (1936) oder Weinbaums *The New Adam* (1939) sind ohne ihn kaum denkbar. Auch bei ihnen wird die neue Spezies von der alten angefeindet, und genau wie bei B. stehen psychisch-intellektuelle Aspekte des Themas im Vordergrund und nicht etwa die physische Aktion, die z. B. van Vogts *Slan* (1940) und die Schar der amerikanischen SF-Übermenschen/Supermänner auszeichnet. *The Hampdenshire Wonder* ist ein fast vergessener und bei uns nahezu unbekannter Klassiker der SF.

BERLYN, MICHAEL
(?)

Geboren in Brookline, Massachusetts. B. studierte an der Atlantic University in Florida. Er begann mit 15 Jahren zu schreiben und konzentrierte sich mit Anfang 20 auf die SF. Bislang wurden zwei Romane von ihm veröffentlicht, *Crystal Phoenix* (1979) und *The Intergrated Man* (1980).

BERRY, BRYAN
(1930–1955)

Englischer SF-Autor, der Anfang der fünfziger Jahre bis zu seinem frühen Tod aktiv war. B. schrieb eine Reihe von abenteuerlichen Weltraumromanen, darunter eine Venus-Trilogie (*Resurgent Dust*, 1953; *The Immortals*, 1953; *The Indestructible*, 1954), die unter dem Pseudonym Rolf Garner erschien. Fünf seiner weiteren Romane wurden auch in der BRD zur großen Zeit der Leihbuchverlage publiziert.

Aftermath (1952; *Flucht in das Weltall*, 1955); *And the Stars Remain* (1952; *Tödliche Grenze im All*, 1955); *Born in Captivity* (1952); *Return to Earth* (1953; *Der dritte Planet*, 1955); *The Venom Seekers* (1953; *In der Ewigkeit verschollen*, 1957).

BERTIN, EDDY C(HARLES)
(*1944)

Geboren in Hamburg-Altona als Sohn eines Belgiers und einer Deutschen; flämischer Schriftsteller, hauptberuflich Bankangestellter, lebt in Gent. Da die Verlage anglo-amerikanische SF-Autoren bevorzugten, sah sich B. von Anfang an gezwungen, seine hauptsächlich im Übernatürlichen, Horror- und SF-Genre angesiedelten Erzählungen in englischer Sprache zu schreiben, so daß sie später, als er in den Niederlanden und Belgien bekannt wurde, zurückübersetzt werden mußten. Seine ersten Veröffentlichungen erschienen während der sechziger Jahre in Großbritannien und den USA und wurden ab Mitte der siebziger Jahre auch in der BRD in Zeitschriften und Anthologien publiziert. B. schreibt vorwiegend Kurzgeschichten, arbeitet jedoch auch für Rundfunk und Film. Er hat ca. 500 Erzählungen, literaturkritische Aufsätze und Songs verfaßt, die in Frankreich, Spanien, Belgien, Holland, den USA, England und Deutschland erschienen.

De achtjaarlijkse god (1971); *Iets kleins, iets hongerigs* (1973); *De eenzame bloedvogel* (1976); *Derrière le mur blanc* (1977); *Droom mij dood* (1977; zus. mit Karel Thole); *De kokons van de nacht* (1977; zus. mit Bob van Laerhoven).

BESTER, ALFRED
(*1913)

Geboren in New York. Er studierte in Philadelphia Naturwissenschaften und Kunstgeschichte und schloß mit einem B. A. ab. 1939 hielt B. Einzug in die SF. Seine Kurzgeschichte »The Broken Axiom« hatte einen Amateurwettbewerb des Magazins *Thrilling Wonder Stories* gewonnen und wurde dort abgedruckt. Bis 1942 schrieb er weitere 13 Stories, von denen »Adam and No Eve« (1941) die bemerkenswerteste ist. Danach wechselte er zum Medium Comic über und verdiente seinen Lebensunterhalt als Texter von Serienheften wie »Superman« und »Batman«. U. a. geht die Comicfigur »Green Lantern« auf ihn zurück. Später war er als Skriptautor von Rundfunkserien tätig. Anfang der fünfziger Jahre kehrte er zur SF zurück. Neue Magazine waren auf dem Markt und kündeten eine Abkehr von der SF der vierziger Jahre an, die von der Campbellschen Schule beherrscht worden war. Nun rückte der Mensch noch mehr ins Zentrum der SF, stilistische Feinheiten standen gleichberechtigt neben der phantastischen Idee. B. wurde einer der exponiertesten Vertreter dieser neuen Richtung. Nach zwei Romanen und einem guten Dutzend neuer Stories war er einer der Starautoren der Dekade. *The Demolished Man* (1952) gewann den ersten »Hugo Award« als bester Roman des Jahres 1953, sein zweiter Roman, *The Stars My Destination* (1956), gilt heute als moderner Klassiker des Genres. Seine wichtigsten Kurzgeschichten sind in den Bänden *Starburst* (1958), von dem auch eine deutsche Übersetzung vorliegt, und vor allem *Starlight* (1976) gesammelt. In den besten dieser Stories, wie etwa »5 271 009« (1954), »Fondly Fahrenheit« (1954), »The Man Who Murdered Mohammed« (1958) und »The Pi-Man« (1959), sowie den beiden Romanen zeigt sich B. als ausgezeichneter Stilist, dessen dichte Sprache ohne langatmige Erklärungen die bizarrsten Vorgänge vermittelt. Die Handlung entwickelt sich rasch, mitunter in halsbrecherischem Tempo. B.s Protagonisten sind oft neurotische, von einem inneren Drang beherrschte Personen. Nicht zuletzt setzt B. auch sprachliche Schaueffekte ein, die seinen Büchern eine visuelle Komponente verleihen. So werden die beiden ersten Romane mit experimentellen Schriftarten und Schriftbildern aufgelockert.
Nach 1959 arbeitete B. als Senior Editor beim *Holiday Magazine* und hatte nur noch wenig Zeit zum Schreiben. 1974 war das Jahr seines Comebacks. *The Computer Connection* (anderer Titel: *The Indian Giver*) erschien, aber der Roman hatte nicht mehr die Verve früherer Werke. Zu seiner besten Zeit war B. der gängigen SF weit voraus gewesen. Der pyrotechnische Stil seiner Romane mit ihren quasi-psychedelischen Sequenzen, hatte den Schwung der sechziger Jahre angedeutet, die Balance zwischen äußerem und innerem Weltraum die kommende »New Wave« vorweggenommen.

The Dark Side of Earth (C, 1964); *The Computer Connection* (1974; *Der Computer und die Unsterblichkeit*, 1976); *The Light Fantastic* (C,

1976); *Star Light, Star Bright* (C, 1976); *Golem*[100] (1980).

The Demolished Man

(1952; *Demolition*, 1979; früherer Titel: *Sturm aufs Universum*, 1960)

Ben Reich, ein Wirtschaftsmagnat des 24. Jahrhunderts, wird von Alpträumen geplagt. Es erscheint ihm ein Mann ohne Gesicht, den er für Craye D'Courtney, seinen Konkurrenten, hält. Er will D'Courtney umbringen, ein schwieriges Unterfangen, da die Gesellschaft zum Teil aus Telepathen besteht, die jedes geplante Verbrechen melden. Immerhin ist seit 70 Jahren kein Mord mehr begangen worden. Reich fädelt einen raffinierten Plan ein. Er legt falsche Spuren, besticht einen Telepathen und schirmt sein Gedächtnis gegen die telepathische Polizei mit einem simplen Psychosong ab. Dann bringt er D'Courtney auf einer Party um, wird aber von der Tochter des Opfers beobachtet. Als die Polizei eintrifft, verdächtigt man Reich sofort. Es ist die Aufgabe des telepathischen Polizeipräfekten Lincoln Powell, den Fall zu lösen. Schritt für Schritt gelingt es Powell, Licht ins Dunkel zu bringen. Er braucht Beweise für eine Verurteilung und vor allem das Motiv. Von nun an ist diese Suche Zentralthema des Romans. Der Mörder steht fest, es geht nicht um das ›Wer‹, sondern um das ›Wie‹ und das ›Warum‹. Um dieses Handlungsgerippe baut Bester ein faszinierendes Bild seiner halbtelepathischen Zukunftsgesellschaft auf. Dabei geht er auf mehrere Nebenaspekte ein; Liebesbeziehungen zwischen einzelnen Personen, telepathische Phänomene und (am Ende) die Demolition sind der näheren Betrachtung wert. Aber selbst der Kriminalfall weicht nicht vor einer psychologischen Entdeckungsreise in die Tiefen des Unterbewußtseins zurück. Reich fühlt sich ob seiner Tat schuldig und stellt sich mehrere Fallen, denen er nur knapp entkommt. Sein Motiv ist nicht ökonomischer Natur, sondern entstammt der Gefühlswelt. D'Courtney stellt sich als sein Vater heraus, an dem sich Reich rächen wollte, weil er als Kind von ihm verleugnet wurde. Auf Reich wendet man die Demolition an, ein Vorgang, der ihm über einen längeren Zeitraum hinweg Erinnerungen und Destruktivität nimmt. Danach ist er geistig wiedergeboren und ohne Aggressionen gegen einzelne und die Gesellschaft.

The Demolished Man ist nicht nur ein SF-Krimi mit besonders originellem Ansatz, der Roman ist auch ein Beispiel bester Psycho-SF. B.s Charaktere sind genau gezeichnet; der Autor vermeidet Schwarz-Weiß-Malerei, was besonders an der Gleichwertigkeit der Gegenspieler Reich und Powell deutlich wird. Die Handlung ist intelligent konstruiert, der Stil für die Entstehungszeit geradezu revolutionär.

The Stars My Destination

(1956; dt. *Die Rache des Kosmonauten*, 1965)

Im Gegensatz zu Besters Erstling gewann *The Stars My Destination* keinen Preis. Das mag an der noch ausgefalleneren Sprache und Struktur des Romans gelegen haben. Thematisch ist er mit *The Demolished Man* verwandt. In beiden Romanen agieren enigmatische Personen vor einer bizarren Szenerie, treffen innerer und äußerer Raum zusammen, wird von Symbolen reichlich Gebrauch gemacht. Anstatt der Telepathie ist es diesmal die Teleportation, das »Jaunten«, das als Parafähigkeit die Handlung determiniert.

Hauptperson des Romans ist Gully Foyle, einer der bekanntesten Charaktere in der SF überhaupt. Foyle wird von der Besatzung des Raumschiffs »Vorga« im All zurückgelassen. Will er nicht sterben, muß er wohl oder übel teleportieren lernen. Er schafft es, und von unbändigem Haß getrieben, rächt er sich an der Besatzung der »Vorga«. Er wird zu einem Superteleporter, der unglaubliche Strecken »jaunten« kann, zum »Tiger«, einem Killer, vor dem niemand sicher ist und den alle abstoßend finden, außer der psychotischen Olivia Presteign.

Aber das ist nur die äußere Ebene. In Foyles Innerem spielt sich ein gegenläufiger Prozeß ab. Mehr und mehr abgestoßen vom eigenen Handeln, wird Foyle zum »Brennenden Mann«, der an seinem physischen Ich, der rohen Gewalt, zweifelt und sie schließlich überwindet. Der äußere Supermann weist nicht den Weg zu den Sternen, die er so gerne erreichen würde. Der »Brennende Mann« wird zum Symbol für Foyles wachsende Bereitschaft zur Liebe, die den Tod des äußeren Superhelden, des Außenseiters der Gesellschaft, mit sich bringt und die Geburt wahren Superheldentums ankündigt: geistige, emotionelle, moralische und ästhetische Überlegenheit. Die letzten Kapitel ver-

sinnbildlichen das Ende dieses Umwandlungsprozesses. Foyle ist ein Superwesen, dessen Sinne zu völlig neuen Wahrnehmungen verschmelzen, die B. durch ein Feuerwerk stilistischer Tricks den Leser nachvollziehen läßt.
Nicht zuletzt diese Schlußsequenz in einem Meisterwerk der SF hat B.s Ruf mitbegründet und ihn zu einem Kultautor für die folgende SF-Generation – Schriftsteller wie Leser – werden lassen.

BIERCE, AMBROSE (GWINNETT)
(1842–1914?)

Geboren in Meigs County, Ohio. Nach dem Sezessionskrieg zog B. nach Kalifornien, um dort als Journalist zu arbeiten. Unter dem Einfluß der Werke Poes und Hartes verfaßte er Erzählungen, die sich durch Zynismus, Bitterkeit und schwarzen Humor auszeichnen und ihn rasch bekannt machten. Obwohl B.s Stories und Satiren dem Horrorgenre zuzurechnen sind – zeitlich steht er hier als Bindeglied zwischen Poe und Lovecraft –, sind manche von ihnen spekulativ genug, um für SF-Leser interessant zu werden. Dazu zählt seine bekannteste Erzählung, »An Occurrence at Owl Creek Bridge« (1891), aber auch »Moxon's Master« (1893), in der ein Schachautomat seinen Erbauer umbringt. 1914 verschwand B. im vom Bürgerkrieg erschütterten Mexiko spurlos.

Can Such Things Be? (1893).

BIGGLE JR., LLOYD
(*1923)

Geboren in Waterloo, Iowa. Im Zweiten Weltkrieg war B. als Angehöriger der U.S.-Army in Europa stationiert. B. hat in Musikwissenschaft promoviert und mehrere Jahre lang Musik unterrichtet. Zu schreiben begann er 1954, seine erste Science-Fiction-Story erschien zwei Jahre später: »Gypped«. Damit und mit seinem ersten SF-Roman *The Angry Espers* (1959 in Magazinform erschienen) werden bereits zwei Lieblingsthemen B.s deutlich: Musik und Psi-Talente. Auch für Transmitter hat er ein deutliches Faible, wie in dem 1963 erschienenen Roman *All the Colors of Darkness* nachzulesen ist. Besondere Aufmerksamkeit verdienen die Romane *The Light That Never Was* (1972) und *Monument* (1974), letzterer die erweiterte Version einer Story, die für den »Hugo Award« nominiert wurde; besondere Aufmerksamkeit kommt ihnen deshalb zu, weil in diesen beiden Romanen das Recht technisch unterentwickelter Kulturen auf Eigenständigkeit proklamiert wird und dem Thema Außerirdische und deren Kulturen bemerkenswerte neue Aspekte abgewonnen werden. Von B. liegen insgesamt zehn SF-Romane vor: darunter der aus vier Bänden bestehende Jan-Darzek-Zyklus, die beiden thematisch miteinander verknüpften Romane *The Still, Small Voice of Trumpets* und *The World Menders* sowie drei Story-Sammlungen. B. schreibt nicht nur SF, sondern – vor allem – auch Kriminalstories, viele hiervon wurden in *Ellery Queen's Mystery Magazine* veröffentlicht.

The Angry Espers (1961; *Invasion der Supermenschen*, 1969); *All the Colors of Darkness* (1963; *Für Menschen verboten*, 1964); *The Still, Small Voice of Trumpets* (1968; *Fanfaren der Freiheit*, 1969); *The World Menders* (1971; *Die Weltverbesserer*, 1974); *The Light That Never Was* (1972; *Planet des Lichts*, 1974); *Monument* (1974; *Monument für ein Genie*, 1980); *A Galaxy for Strangers* (C, 1976; *Der Tag ist nicht mehr fern*, 1979); *Silence Is Deadly* (1977).

BILENKIN, DMITRIJ (ALEKSANDROVIČ)
(*1933)

Geboren in Moskau. B. studierte an der Lomonossow-Universität Geologie, arbeitete anschließend als Geochemiker in Sibirien und Mittelasien und ist seit 1959 als populärwissenschaftlicher Publizist tätig: zunächst als Korrespondent der *Komsomol'skaja Pravda*, dann als Mitarbeiter von *Vokrug Sveta*, heute als freiberuflicher Schriftsteller. Neben zahlreichen Artikeln und einigen populärwissenschaftlichen Büchern veröffentlichte er eine Anzahl von SF-Erzählungen, die erste 1958, die in mehreren Sammelbänden vorliegen. Einige seiner Erzählungen wurden ins Deutsche übertragen und erschienen in verschiedenen Anthologien, vor allem in der DDR.

Marsianskij priboj (1967; »Marsbrandung«); *Noč kontrabandoj* (1971; »Geschmuggelte Nacht«); *Proverka na razumnost'* (1974; *Der Intelligenztest*, 1978, Auswahl); *Snega Olimpa* (1980; »Olympischer Schnee«).

BINDER, EANDO
(1911–1974)

Pseudonym des in Bessemer, Michigan, geborenen amerikanischen Schriftstellers und Comic-Texters Otto Oskar Binder, das von 1932 bis 1940 hauptsächlich für Kollaborationen mit seinem Bruder Earl Andrias (*1904) stand. Die Binders stammten von österreichischen Eltern ab und machten sich in den Pulps als Verfasser zahlloser Kurzgeschichten und Romane einen Namen. Nach 1940 verwendete Otto Binder das Pseudonym allein weiter und wechselte in die Comic-Branche über, wo er als Texter für Strip-Helden wie »Captain Marvel«, »Captain America«, »Superman«, »Spy Smasher«, »Hawkman« und zahlreiche andere tätig war. Zwischendurch arbeitete er in einer literarischen Agentur und übernahm von 1960 bis 1962 die Redaktion des populärwissenschaftlichen Magazins *Space World*. Seine dem Pulp-Stil der dreißiger Jahre verhafteten SF-Romane nehmen auch noch in weniger ernst zu nehmenden Enzyklopädien die hinteren Ränge ein.

Lords of Creation (1949); *Adam Link, Robot* (1965); *Anton York, Immortal* (1965); *Enslaved Brains* (1965); *The Avengers Battle the Earth Wrecker* (1967); *The Double Man* (1971); *Five Steps to Tomorrow* (1971); *Get Off My World* (1971); *The Impossible World* (1971); *Menace of the Saucers* (1971); *Night of the Saucers* (1971); *Puzzle of the Space Pyramids* (1971); *Secret of the Red Spot* (1971); *The Mind from Outerspace* (1972).

BISCHOFF, DAVID F(REDERICK)
(*1951)

Geboren in Baltimore, Maryland; B. studierte an der University of Maryland, graduierte 1973 und arbeitete anschließend bei der Fernsehgesellschaft NBC in Washington, D. C. Seine erste SF-Erzählung, der bis 1980 ca. 30 weitere folgten, erschien 1974. Seither hat B. (teilweise in Zusammenarbeit mit anderen Autoren) fünf SF-Romane publiziert, von denen besonders der umfangreiche, in Zusammenarbeit mit Thomas F. Monteleone entstandene Titel *Dragon Star* (1981) erwähnenswert ist.

The Seeker (1976; zus. mit Christopher Lampton); *Tin Woodman* (1977; zus. mit Dennis R. Bailey); *Starfall* (1978); *Nightworld* (1979); *Vampires of Nightworld* (1981).

BISHOP, MICHAEL
(*1945)

Geboren in Lincoln, Nebraska. B. reiste in seiner Jugend viel und lebte in Tokio, Sevilla und verschiedenen Staaten der USA. An der Universität von Georgia studierte er Englisch und schloß mit einem M. A. ab. Nach seiner ersten Story, »Piñon Fall« (1970), machte er sich einen guten Namen als Autor von Kurzgeschichten und Novellen. Allein sechs seiner Erzählungen wurden für »Hugo« und »Nebula Award« nominiert. Nach einem Job bei der Air Force und einem kurzfristigen Lehrauftrag an der Universität, beschloß B., freiberuflicher Schriftsteller zu werden. Seit 1975 hat er sechs Romane veröffentlicht, die zu seinem wachsenden Ruf beitrugen und ihn als einen der wichtigsten SF-Autoren der siebziger Jahre auswiesen.
B. ist ein profilierter Stilist. Er ist einfallsreich, und sorgfältige Charakterdarstellungen seiner Protagonisten sind ihm wichtiger als oberflächliche Action. Dadurch wirkt er überzeugend, wenngleich für einen billige Unterhaltung suchenden Leser wahrscheinlich langweilig. Seine Themen kreisen oft um außerirdische Kulturen und Gebräuche, die er realistisch darzustellen versteht, so in der beachtenswerten Novelle »Death and Destination among the Asadi« (1973) und den Romanen *A Funeral for the Eyes of Fire* (1975), *And Strange at Ecbatan the Trees* (1976) und *Stolen Faces* (1977). Ein anderer Komplex ist die Urban-Nucleus-Serie, eine Zukunftsgeschichte der Stadt Atlanta. Ihr gehören mehrere Erzählungen wie auch die beiden Romane *A Little Knowledge* (1978) und *Catacomb Years* (1979) an.

A Funeral for the Eyes of Fire (1975; *Flammen-*

augen); *And Strange at Ecbatan the Trees* (1976; *Die seltsamen Bäume von Ecbatan*, 1978); *Stolen Faces* (1977, *Gestohlene Gesichter*, 1979); *Transfigurations* (1979).

Urban-Nucleus-Serie
A Little Knowledge (1978; dt. *Die Cygnus Delegation*, 1980); **Catacomb Years** (1979)

Die Urban-Nucleus-Serie besteht bislang aus mehreren Einzelgeschichten, zusammengefaßt und mit verbindenden Zwischentexten versehen in *Catacomb Years*, und aus dem Roman *A Little Knowledge*. Sie stellt eine Art zusammenhängende Zukunftsgeschichte dar, in der die Entwicklung der Vereinigten Staaten im 21. Jahrhundert skizziert wird. Im wesentlichen beschränkt sich B. dabei auf die Geschichte der Stadt Atlanta in Georgia.

Die größeren Städte der als Staat zusammenbrechenden USA haben sich in eine selbstgewählte Isolation zurückgezogen, unter riesige Kuppeldome, wo sie autonom und selbstversorgt von der Außenwelt abgeschnitten sind. Auf sich allein gestellt, wird Atlanta mehr und mehr von einer konservativen Starre gelähmt, die sich in religiösem Puritanismus und paranoider Fortschrittsfeindlichkeit auf wissenschaftlicher und vor allem sozialer Ebene manifestiert. Vor diesem Hintergrund spielen Episoden und Roman. Über einen Zeitraum von 40 Jahren werden Themen und Probleme behandelt, die sich aus dem Spannungsfeld zwischen repressiven Machtgruppen – hier ist die pervertierte Staatskirche hervorzuheben – und der Auflehnung nonkonformistischer, zumeist farbiger Bewohner der Stadt ergeben, bis die Fortschritte, die man »draußen« gemacht hat (Raumfahrt, Unsterblichkeitsforschung), die instabile Gesellschaftsordnung Atlantas zum Einsturz bringen.

BIXBY, (DREXEL) JEROME (LEWIS)
(*1923)

Geboren in Los Angeles. B. ist ein Multitalent: So war er zeitweise Konzertpianist (als Mitglied der New Chamber Music Society auch im Radio zu hören), Versicherungsvertreter, Pianist in einer Tanzkapelle, Cartoonist, Porträt-Bildhauer und in verschiedenen Funktionen in der Musikindustrie tätig. Seit Ende der vierziger Jahre betätigt sich B. freiberuflich als Autor. 1949 erschien mit »Tubemonkey« seine erste SF-Story (in *Planet Stories*), und zwischen 1950 und 1951 war er als Redakteur oder Redaktionsassistent für mehrere SF-Magazine (darunter *Planet Stories*, *Galaxy* und *Thrilling Wonder Stories*) tätig. In der Folge schrieb er u. a. Drehbücher für die TV-Serie *Star Trek* und für Kinofilme wie *It – The Vampire from Outer Space* und *The Curse of the Faceless Men*. Der bekannte Film *Fantastic Voyage* – die Romanadaption stammt von Isaac Asimov – beruht auf einer Story von B.

B. hat sich auch auf anderen Gebieten der Unterhaltungsliteratur betätigt, vor allem im Abenteuer- und Westernbereich. So sind unter seinen über 1000 Kurzgeschichten nur relativ wenige zur SF zu rechnen, aber unter diesen wenigen gibt es einige herausragende Stücke. Kurzgeschichten wie »The Bad Life«, »Small War« oder »It's a Good Life«, die auch heute noch oft nachgedruckt werden, waren es denn auch, die B. einige Reputation unter SF-Lesern verschafften.

Devil's Scrapbook (1964); *Space by the Tale* (1964).

BLACKWOOD, ALGERNON
(1869–1951)

Englischer Schriftsteller, der in erster Linie dem Horror- und Okkultgenre zuzurechnen ist, dessen Kurzgeschichten aber auch einen gewissen Einfluß auf manche SF-Autoren ausübten. B., der heute als einer der bekanntesten Horrorautoren der Welt gilt, studierte u. a. in Edinburgh und verbrachte ein Jahrzehnt in Kanada und den USA, bevor er sich der Schriftstellerei zuwandte. Er verfaßte nur wenige Romane, aber seine Kurzgeschichten erschienen ab 1899 in vielen englischen Magazinen. Die Mehrzahl von ihnen wurde in Sammlungen wie *The Empty House* (1906) und *Strange Stories* (1929) immer wieder nachgedruckt oder später zu Hörspielen verarbeitet. Einer seiner bekanntesten Charaktere ist der Okkult-Detektiv John Silence, der mit magischen Kräften und telepathischer Gabe unerklärliche Vorfälle löst.

BLISH, JAMES (BENJAMIN)
(1921–1975)

Geboren in Orange, New Jersey. B. galt als einer der Intellektuellen im Feld der SF, als Rationalist mit einer Vorliebe für wissenschaftliche Probleme einerseits, zum anderen aber auch als Literat. Diese Polarisierung hat ihren Grund in B.s Ausbildung, die ähnlich gegensätzlich war. An der Rutgers University studierte er Mikrobiologie und nach dem Krieg an der Universität von Columbia Zoologie. Dort begann er auch seinem Hobby, der modernen Literatur – er verehrte besonders Pound und Joyce –, verstärkt nachzugehen und Vorlesungen in Englisch zu belegen. Sein akademischer Hintergrund spiegelt sich in vielen seiner Bücher wider, allerdings darf nicht vergessen werden, daß B. auch eine Menge abenteuerlicher SF verfaßt hat.

Wie sein Kollege Isaac Asimov gehörte B. der New Yorker Fangruppe »The Futurians« an, als er 1940 seine erste Kurzgeschichte, »Emergency Refueling«, verkaufte. In den nächsten Jahren entstanden noch 20 weitere Stories, die teilweise unter Pseudonymen wie Donald Laverty, John MacDougal oder Arthur Merlyn veröffentlicht wurden. Sie waren in der Qualität jedoch schwankend und hoben ihren Verfasser nicht aus der Masse der damals für die Magazine schreibenden Autoren heraus. Darüber hinaus verhinderte der Zweite Weltkrieg, den B. als medizinischer Labortechniker erlebte, eine kontinuierliche Entwicklung seiner schriftstellerischen Karriere.

Nach dem Krieg arbeitete B. in verschiedenen Berufen, ehe er 1950 wieder als SF-Autor von sich reden machte. In wenigen Jahren schrieb er eine Reihe hervorragender Stories, später zu zwei Serien zusammengefaßt, und einige wichtige Romane. Seine Stories, unter denen »Beep« (1954), »A Work of Art« (1956), »Surface Tension« (1952) und »Common Time« (1953), eines der besten Beispiele symbolistischer SF, herausragen, sind in den Büchern *Galactic Cluster* (1959), *So Close to Home* (1961), *Anywhen* (1970) und *The Best of James Blish* (1979) gesammelt. Mit der Okie-Serie, später zur »Cities in Flight«-Tetralogie ausgeweitet, und der »Pantropy«-Serie, die dann als *The Seedling Stars* (1957) in Buchform erschien, etablierte sich B. als einer der führenden SF-Autoren der fünfziger Jahre. Den größten Erfolg aber hatte er mit *A Case of Conscience* (1958), einem theologischen Thriller, der 1959 den »Hugo Award« gewann. Dieser Roman übertrifft seine mehr auf Action angelegten Titel, wie den Telepathenroman *Jack of Eagles* (1952) oder *The Warriors of Day* (1953), deutlich. *A Case of Conscience* bildete später den dritten Teil einer weiteren Romanserie, der B. den Sammeltitel *After Such Knowledge* gab. Zu dieser Serie gehören noch *Doctor Mirabilis* (1971), ein Roman über Roger Bacon, *Black Easter* (1968) und *The Day after Judgement* (1970), zwei okkulte Titel, die B. als ein Werk verstanden wissen will.

Nach *A Case of Conscience* hatte B. seinen schriftstellerischen Zenit innerhalb der SF überschritten. Spätere Romane in den sechziger und siebziger Jahren enttäuschten eher, besonders die *Star Trek*-Bücher nach der bekannten Fernsehserie, von denen er 11 Bände zwischen 1967 und 1975 verfaßte. Es mutet sonderbar an, daß gerade er sich auf das Niveau dieser Massenware herabließ, obgleich er früher intellektuelle und philosophische Denkweisen in die SF eingebracht hatte. Zu jenem Zeitpunkt war er schon von einer schweren Krebserkrankung gezeichnet, der er später auch erlag.

James Blish war zweimal verheiratet. Zuerst mit der Literaturagentin Virginia Kidd, dann mit der Illustratorin Judith Ann Lawrence. Neben seinen eigenen Arbeiten schrieb er Romane mit Norman L. Knight und Robert A. W. Lowndes und gab mehrere Anthologien heraus. Weniger bekannt ist, daß er sich auch als SF-Kritiker einen Namen machte, und zwar unter dem Pseudonym William Atheling jr. Sein Stil war oft von rationaler Kühle beherrscht und seine Thematik auf Naturwissenschaften ausgerichtet, aber er war auch einer der ersten, die den *human sciences* und besonders Religion und Kunst in der SF ihren Platz zukommen ließen.

Vor (1958); *The Star Dwellers* (1961; *Im Zeichen des Blitzes*, 1963); *A Torrent of Faces* (1967, zus. mit Norman L. Knight; *Tausend Milliarden glückliche Menschen*, 1970); *And All the Stars a Stage* (1971; *Die Supernova*, 1975); *Midsummer Century* (1972; *Die Zeit der Vögel*, 1974); *The Quincunx of Time* (1973).

The Seedling Stars
(1957; dt. *Auch sie sind Menschen*, 1960)

In diesem Episodenroman sind Blishs »Pantropie«-Stories vereint. Pantropie bedeutet hier, »den Menschen biologisch an eine veränderte Umwelt anzupassen«, um fremde Planeten besiedeln zu können. Das Gegenteil von Pantropie wäre der in der SF häufig auftauchende Begriff *terraforming*, der eine Angleichung fremder Planeten an die Erde beinhaltet.

Die vier dem Buch zugrundeliegenden Geschichten beschreiben biologisch veränderte Menschen und ihr Leben in fremdartigen Welten. In der ersten, »Seeding Programme« (1956 erschienen als »A Time to Survive«), wird der Leser mit dem Begriff Pantropie vertraut gemacht. Auf dem Jupitermond Ganymed rebellieren Pantropen gegen die Erdregierung, die als Besiedlungsprozeß *terraforming* vorzieht. Sweeney, selbst ein Pantrop, wird in die Ganymedkolonie eingeschleust und soll dort Unterwanderungsarbeit leisten. Da er aber unter künstlichen Bedingungen heranwuchs, kennt er den Menschen gegenüber keine Loyalität und schlägt sich auf die Seite der Pantropen.

Die Schwierigkeiten pantropisch angepaßter Menschen bei der Bewältigung ihrer Umwelt veranschaulichen die nächsten beiden Stories. In »The Thing in the Attic« (1954) kann die Kultur baumbewohnender Pantropen nicht zur Entfaltung kommen, weil sie den Boden eines primitiven Dschungelplaneten nicht beherrscht. Erst als einige Gesetzesbrecher, die man zur Strafe auf den Boden hinabläßt, sich gegen die lebensfeindliche Fauna durchsetzen, steht den Baumbewohnern die Evolution offen. In seiner vielleicht bekanntesten Story, »Surface Tension« (1952, hier mit »Sunken Universe«, 1942, gekoppelt) geht B. noch weiter. Die Pantropen sind diesmal Mikroorganismen, die in einer Pfütze auf einem Wasserplaneten existieren und, von Wissensdurst getrieben, die Oberflächenspannung ihrer »Welt« durchbrechen wollen. Die Ironie dieser Story – der Aufbruch in eine andere Welt endet in einer von unzähligen anderen Pfützen – zeigt sich auch in der letzten Episode, »Watershed« (1955), in der die Pantropen letztendlich die unbewohnbar gewordene Erde neu besiedeln wollen und, nun in der Überzahl, gleichberechtigt neben den »normalen« Menschen stehen.

Was macht den Menschen aus? Das ist die Frage, die sich wie ein roter Faden durch *The Seedling Stars* zieht, und Blish kommt in dem spannend geschriebenen, durch exotische Schauplätze attraktiven und nicht zuletzt ironischen – sich selbst, vor allem aber so manch pathetischeren Kollegen auf die Schippe nehmenden – Roman zu dem Schluß, daß es nicht Aussehen oder Form sein können, sondern einzig und allein Geist und Gefühl.

A Case of Conscience
(1958; dt. *Der Gewissensfall*, 1973)

Im Jahr 2050 entdeckt eine kleine Expeditionsgruppe den Planet Lithia. Für Pater Ruiz-Sanchez stellt er eine Falle des Teufels dar, eine Versuchung der Menschheit, denn auf ihm herrschen paradiesische Zustände wie vor dem Sündenfall. Lithias Eingeborene, aufrecht gehende Echsenwesen, kennen weder Verbrechen noch Aggression, weder Politik noch Religion. Ihr Handeln wird von einem Allgemeinverständnis der Dinge bestimmt, Gesetze sind unbekannt. Sie verhalten sich christlich und kennen dennoch keinen Gott. Lithia ist nicht nur der endgültige Beweis für die Evolution, sondern muß den seit Jahrzehnten in unterirdischen Wohnzentren lebenden Menschen wie Utopia vorkommen. Der Planet erschüttert das Weltbild des Paters, während die anderen drei Expeditionsmitglieder pragmatischer denken. Cleaver, der Physiker, will aus Lithia eine Kolonie der Vereinten Nationen und nebenbei eine gigantische Fabrik für Fusionsbomben machen, denn das spaltbare Element Lithium kommt besonders häufig vor. Er hat im arglosen Geologen Agronski einen Verbündeten, während der Chemiker Michelis gegen eine Versklavung der friedlichen Echsen ist.

Als die Expedition zur Erde zurückkehrt, hat sie als Abschiedsgeschenk ein Ei der Echsen bei sich. Aus diesem schlüpft der Lithier Egtverchi, der als Außenseiter heranwächst, bis er die Erdenbürgerschaft erhält. Er tritt öfters im Fernsehen auf und kritisiert die Widersprüche der Bunkergesellschaft, wird zum Revolutionär mit großer Anhängerschaft und löst Unruhen und Krawalle aus. Schließlich flüchtet er sich, von der UNO verfolgt, an Bord eines Raumschiffes, das Nachschub für Cleaver bringt, der auf Lithia im Auftrag der UNO Kernexperimente vornimmt. In einem neuartigen Observatorium auf dem Mond, von dem aus man Lithia direkt sehen kann, exorziert Pater Ruiz-Sanchez den Planeten, der augenblicklich explodiert. B. läßt offen, ob der Pater oder ein fehlgeschlagenes Fusionsexperiment von Cleaver die Ursache dafür ist. *A Case of Conscience* ist einer der wenigen SF-Romane mit theologischer Dimension. Durch seine philosophische Tiefe und vieldeutige Interpretierbarkeit wurde er zu einem Klassiker.

Cities in Flight

(1970) *They Shall Have Stars* (1956; dt. *Brükke zur Ewigkeit*, 1973); *A Life for the Stars* (1962); *Earthman, Come Home* (1955; dt. *Stadt zwischen den Planeten*, 1960); *The Triumph of Time* (1958, anderer Titel; *A Clash of Cymbals*; dt. *Triumph der Zeit*, 1973).

Die vier Romane stellen ähnlich Asimovs »Foundation«-Trilogie eine Zukunftsgeschichte der Menschheit im All dar, eine Space Opera imposanten Stils, die räumlich die Grenzen unserer Galaxis sprengt und zeitlich 2000 Jahre umspannt. Spenglers zyklischer Geschichtsauffassung folgend, entwirft Blish Aufstieg und Niedergang des irdischen Sternenreiches, wobei sein Schwerpunkt auf der Geschichte der »Okie«- oder Nomadenstädte liegt, die auf der Suche nach Handelspartnern oder kolonisierbaren Planeten das All durchstreifen. Die Erfindung des »Spindizzy«-Antriebs oder »Rotatrons« hat die Überwindung der Schwerkraft und den Überlichtflug mit sich gebracht. Da Masse und Form für den Raumflug bedeutungslos geworden sind, brechen ganze Städte samt Granitsockel und umgebendem Spindizzy-Kraftfeld, das vor Strahlung schützt und die Atmosphäre hält, in den Weltraum auf.

Die Tetralogie beginnt im Jahr 2018 mit dem Bau einer Brücke auf Jupiter. Das Geheimnis der Schwerkraft soll enträtselt werden. Dabei wird der Weg zum späteren Spindizzy-Antrieb geebnet (*They Shall Have Stars*). In *A Life for the Stars* werden die Erlebnisse des Jugendlichen Crispin de Ford geschildert, der mit der Stadt Scranton ins All fliegt und später auf New York umsteigt. Die Okie-Stadt New York ist Schauplatz des dritten Teils und Kernstücks der Tetralogie, *Earthman, Come Home*. Sie und ihr Bürgermeister John Amalfi müssen sich mit anderen Nomadenstädten herumschlagen und schließlich den Zusammenbruch der Okie-Kultur und Erdzivilisation miterleben. New York verläßt die Galaxis, um in der Großen Magellanschen Wolke die Neue Erde zu gründen. In *The Triumph of Time* droht das Ende des Universums. New York fliegt zum Mittelpunkt des Universums, und Amalfi macht aus dem Weltende einen neuen Anfang, indem er sich selbst explodieren läßt und die Schöpfung erneut auslöst.

Cities in Flight ist ein Weltraumabenteuer großen Stils, das durch weitgespannte Handlung und großen Detailreichtum beeindruckt. Da die Serie nicht von Anfang an als zusammenhängende Zukunftsgeschichte konzipiert war – der zweite Teil wurde nachträglich eingepaßt –, ergaben sich Brüche im kontinuierlichen Ablauf, die aber durch erklärende Einleitungen zu den Einzelromanen überbrückt werden. Insgesamt ist das Werk eine der wenigen ernstzunehmenden Space Operas.

BLOCH, ROBERT (ALBERT)

(*1917)

Geboren in Chicago. B. wurde vor allem mit der Publikation von Horror-, Fantasy- und Kriminalromanen bekannt. Seine Betätigung im SF-Genre ist vergleichsweise gering. B. arbeitete ab 1942 in einer Werbeagentur und war in den Jahren zwischen 1954 und 1959 als Skriptautor beim Fernsehen tätig. Er lebt seit 1960 als freiberuflicher Schriftsteller. Schon relativ früh begann er sich für SF und Horror zu interessieren; er war ein Fan von H. P. Lovecraft und veröffentlichte bereits im Alter von 17 Jahren seine erste Geschichte in *Weird Tales* (»The Feast in the Abbey«). Seine erste Kollektion mit frühen Kurzgeschichten erschien 1945 im auf Weird Fiction spezialisierten amerikanischen Verlag Arkham House unter dem Titel *The Opener of the Way*. Ebenfalls 1945 wurde ein Hörspiel, das er selbst nach einer eigenen Schauergeschichte geschrieben hatte, vom amerikanischen Rundfunk ausgestrahlt, was ihm einen gewissen Bekanntheitsgrad verschaffte. Insgesamt wurden 39 seiner Geschichten zu Hörspielen umgewandelt. Für seine Kurzgeschichte »The Hellbound Train« wurde er 1959 mit dem »Hugo« ausgezeichnet. In der Frühphase seiner Karriere veröffentlichte er über 100 Kurzgeschichten, aber Weltruhm erlangte er erst mit dem 1959 erschienenen Roman *Psycho*, den Alfred Hitchcock später mit großem Erfolg verfilmte. Repräsentativ für seine seltenen Ausflüge in die SF sind die in der Sammlung *Atoms and Evil* (1962) enthaltenen Stories. 1971 entstand der SF-Roman *Sneak Preview*, 1978 *Reunion with Tomorrow*. Neben dem Kurzroman *This Crowded Earth* (1968) verfaßte er auch die Folge »Catspan« der Fernsehserie *Star Trek* (*Raumschiff Enterprise*). Einen Artikel zur SF schrieb er für Neal Davenports *The SF-Novel*.

The Opener of the Way (1945); *Pleasant Dreams* (1960; *16 Gruselgeschichten*, 1964); *The Living Demons* (1967; *Boten des Grauens*, 1970); *Bloch and Bradbury* (1969; *Der Besucher aus dem Dunkel*, 1972); *Sneak Preview* (1971; *Das Regime der Psychos*, 1974); *The Best of Robert Bloch* (1977; *Die besten Stories von Robert Bloch*, 1980).

BLUM, RALPH
(*1932)

Amerikanischer Autor, der mit *The Simultaneous Man* (1970) einen recht bekannten SF-Roman schrieb. In diesem Buch verselbständigen sich die Erinnerungen und verschiedenen Identitäten eines Wissenschaftlers. B. beschäftigte sich zeitweise mit der Erforschung von Drogen, und hier gewonnene Erfahrungen teilen sich in seinem Roman mit.

The Simultaneous Man (1970; *Der Simultanmensch*, 1975).

BODELSEN, ANDERS
(*1937)

Geboren in Kopenhagen, wo er auch aufwuchs und Rechts-, Volks- und Literaturwissenschaft studierte. Heute ist B. freiberuflich als Schriftsteller und Journalist tätig, gibt eine Literaturzeitschrift heraus und arbeitet beim dänischen Fernsehen. Neben seiner journalistischen Tätigkeit hat er sich vor allem mit Hörspielen und Kriminalromanen einen Namen gemacht. B. schrieb mit *Frysepunktet* (1969; *Brunos tiefgekühlte Tage*, 1971) auch einen Science-Fiction-Roman, eine Abwandlung des Themas vom kryonischen Tiefschlaf, aus dem sein Protagonist in einer komplexen und satirisch überzogen dargestellten Welt erwacht. B. entwirft mit einer Vielzahl literarischer Techniken ein düsteres Zukunftsbild unserer Welt, das vor allem durch seine Dringlichkeit und Überzeugungskraft besticht.

BOGDANOV, ALEKSANDR A(LEKSANDROVIČ)
(1873–1928)

Pseudonym für Aleksandr Aleksandrovič Malinovskij, geboren in Tulsa (Rußland). B. studierte ab 1893 Naturwissenschaften und war einer der Führer der russischen sozialdemokratischen Bewegung. B. schrieb zwei marxistische Sozialutopien und hatte Einfluß auf spätere Autoren der russischen SF. Auch Lenin kannte seine Werke, kritisierte sie jedoch als zu idealistisch; den Autor nannte er »Signor Machist« und sagte, er hätte besser daran getan, einen Roman darüber zu schreiben, wie die »Räuber des Kapitalismus« das Land geplündert hätten.

Krasnaja zvezda
(1908; *Der rote Stern*, 1923, 1972)

Inžener Menni
(1913; »Ingenieur Menni«)

Der Marsianer Menni veranlaßt den sozialdemokratischen Revolutionär Leonid zu einem Flug auf den Mars, um ihn mit dem Sozialismus der hochentwickelten Marsgesellschaft bekanntzumachen. Die Reise erfolgt in einem mit »Minus-Materie« angetriebenen Raumschiff, wodurch die Schwerkraft aufgehoben wird. Auf dem Mars gibt es Planwirtschaft (wobei Rechenmaschinen zum Einsatz kommen), und die Produktion ist vollständig automatisiert. Da man jedoch nicht in der Lage ist, Eiweiß synthetisch herzustellen, droht die Verknappung der Nahrungsmittel; man plant daher die Kolonisation eines anderen Planeten: der Erde oder der Venus. Der Wissenschaftler Sterni schlägt dem Kongreß vor, die Erdbevölkerung auszurotten, da sie ohnehin für eine soziale Revolution nicht reif sei. Netti, eine Ärztin, die Leonid liebt, widerspricht und hebt hervor, daß die Erdenbewohner gegen viel größere Widerstände zu kämpfen haben, als dies bei den Marsianern der

Fall war. Der Mars-Kongreß entscheidet sich, zunächst einmal eine Expedition zur Venus auszusenden. Im Fortsetzungsband wird dreihundert Jahre in die Vergangenheit der Marsianer zurückgegriffen und der Bau der Marskanäle geschildert. Das Proletariat schloß sich damals zusammen und übernahm ohne eine spektakuläre Revolution die Macht.

Die beiden Romane wurden in erster Linie für einen politischen Zweck geschrieben, d. h., sie sollten ein konkretes Bild einer zukünftigen Gesellschaft entwerfen und dafür werben. Über diesen Zweck hinaus gelangen B. jedoch einige recht bemerkenswerte technische Visionen. Neben den schon erwähnten Computern und dem Raketenantrieb gibt es zum Beispiel synthetische Stoffe und Kernenergie. Als SF-Klassiker verdienen die Romane Beachtung.

BOK, HANNES
(1914–1964)

Pseudonym des Amerikaners Wayne Woodard, der neben Buchumschlägen Hunderte von Zeichnungen für die Covers der Pulps sowie Innenillustrationen entwarf. B. begann in den dreißiger Jahren zu arbeiten und versorgte Magazine wie *Weird Tales*, *Planet Stories*, *Imagination*, *Other Worlds* und *Fantastic Universe* mit Zeichnungen, auf die kaum ein Verleger verzichten konnte, wenngleich ihr Schöpfer sich keiner Redaktionsdisziplin unterwarf. In den vierziger Jahren produzierte B. eine Reihe von Short stories und Fantasy-Romanen, von denen zwei postum erschienen sind. Nach dem Tode seines Freundes Abe Merritt beendete er zwei von dessen nachgelassenen Werken. 1953 teilte B. sich mit Ed Emshwiller einen »Hugo« als bester Titelbildzeichner des Jahres.

The Blue Pagoda (1946; zus. mit Abe Merritt); *The Black Wheel* (1947; zus. mit Abe Merritt); *The Sorcerer's Ship* (1969); *Beyond the Golden Stair* (1970).

BOLAND, (BERTRAM) JOHN
(*1913)

Geboren in Birmingham; hauptsächlich im Krimi-Genre tätig. Er arbeitete in der Landwirtschaft, als Seemann, Eisenbahnarbeiter und Verkäufer und gründete 1964 eine eigene Filmgesellschaft. Neben zahlreichen anderen hat er drei SF-Romane verfaßt: *White August* (1955) behandelt das Thema einer Naturkatastrophe, *No Refuge* (1956) beschreibt eine utopische Gesellschaft in der Arktis; *Holocaust* (1974) ist ein Weltuntergangsroman.

BOND, NELSON (SLADE)
(*1908)

Geboren in Scranton, Pennsylvania. B. studierte an der Marshall University. Seinen Einstieg in die SF hatte er 1937 mit der Kurzgeschichte »Down the Dimensions«, die in *Astounding* erschien. Noch im selben Jahr veröffentlichte er in *Scribner's Magazine* die Geschichte »Mr. Mergenthwirker's Lobblies«, eine Fantasy-Story, die später in der gleichnamigen Kollektion nachgedruckt wurde. Auf dieser Geschichte beruhte eine Radioserie, und sie wurde auch als Theaterstück aufgeführt. Am bekanntesten in der SF wurden B.s lustige Geschichten um den Weltraumfahrer Lancelot Biggs, erschienen als Buch 1950 unter dem Titel *Lancelot Biggs, Spaceman.* Sein einziger Text von Romanlänge erschien 1949, *Exiles of Time*, eine düstere Katastrophengeschichte. B. verfaßte eine Vielzahl von Stories in den verschiedensten Genres, was dazu führte, daß er in keinem einen besonders großen Bekanntheitsgrad erreichte, obwohl manches aus seiner Feder recht bemerkenswert ist.

Mr. Mergenthwirker's Lobblies and Other Fantastic Tales (1946); *Exiles of Time* (1949); *No Time Like the Future* (1954; *Insel der Eroberer*, 1964); *Nightmares and Daydreams* (1968).

Lancelot Biggs, Spaceman
(1950; dt. *Lancelot Biggs' wundersame Weltraumfahrten*, 1953)

Auf dem Raumschiff »Saturn« herrscht Verzweiflung, als Lancelot Biggs an Bord kommt, ein schlaksiger, unbeholfener und tolpatschiger Anti-Held, der sich zu allem Übel auch noch in die Tochter des Kapitäns verliebt hat. Ein Mensch wie Biggs kann an Bord eines Schiffes wie der »Saturn« nur hinderlich sein – in einer Zeit, da der Weltraum im Sonnensystem fast erschlossen ist und unter dem verbleibenden Rest ein erbitterter Kampf unter den Raumschiffsgesellschaften entbrennt. Dennoch gelingt es Biggs meistens, die Besatzung der »Saturn« aus allen Widrigkeiten und Gefahren heil herauszuführen. So zum Beispiel, als das Schiff aufgrund eines technischen Versagens durchs All rast, bis es sich der Lichtgeschwindigkeit genähert hat. Gemäß Einsteins Theorie ist somit die Masse des Schiffs unendlich groß, und es kann nie mehr in den Normalraum zurückkehren. Indem er sich intensiv mit der »Theorie« befaßt – was sein Prinzip ist –, kann Biggs das Schiff dadurch retten, daß er im Raumanzug aus der Schleuse springt. Damit nimmt er sein eigenes Gewicht weg von der unendlichen Masse, er und das Schiff fallen in den Normalraum zurück. Nachdem man ihn wieder aufgefischt hat, darf er die Tochter ohne Widerrede ehelichen.

Lancelot Biggs ist ein Roman, der sich schon sehr früh auf humoristische Weise mit der SF befaßte und viele ihrer Klischees durch den Kakao zog.

BONE, J(ESSE) F(RANKLIN)
(*1916)

Geboren in Tacoma, Washington, als Sohn eines Bundesrichters und US-Senators. B. veröffentlichte seine erste Erzählung in *Galaxy* 1957. Neben zahlreichen Kurzgeschichten ist er bisher lediglich durch den Roman *The Lani People* (1962, *Die Sklavinnen von Krado-1*, 1972) hervorgetreten. Er übt den Beruf eines Veterinärmediziners aus.

BORGES, JORGE LUIS
(*1899)

Geboren in Buenos Aires. B., argentinischer Universitätsprofessor und Direktor der argentinischen Nationalbibliothek, gilt heute als einer der größten Kurzgeschichtenautoren der Gegenwart. Er studierte in Genf und schloß sich, bevor er 1921 nach Argentinien zurückkehrte, dem »Ultraismus« an, einer dem Surrealismus verwandten literarischen Bewegung. Seine wichtigsten Kurzgeschichten sind in den Bänden *Ficciones* (1944) und *El Aleph* (1949) gesammelt. Eine Auswahl aus beiden erschien 1959 unter dem Titel *Labyrinthe* in deutscher Sprache. Viele dieser Erzählungen, die der Autor selbst »Parabeln des Universums« nennt, greifen zeitlose Themen auf und sprudeln über von phantastischen Ideen. Manche sind der Fantasy zuzurechnen. Zu ihnen zählen »Der Garten der Pfade, die sich verzweigen«; »Die Lotterie von Babylon«; »Die Bibliothek von Babel«; »Der Unsterbliche« und »Tlön, Uqbar, Orbis Tertius«. B.s Einfluß auf jüngere SF-Autoren ist unbestreitbar, vor allem auf solche, die sich dem »Inner Space« widmen und metaphysische, absurde oder paradoxe Themen behandeln. Die Zeit und die Nichtigkeit des Menschen im Universum sind wiederkehrende Topoi in seinem Werk.

B. erhielt 1961 den »Prix International de Littérature«, aber auch in SF-Kreisen zollte man ihm Tribut und verlieh ihm 1979 den »World Fantasy Award«.

BORUN, KRZYSZTOF
(*1923)

B. ist Fachjournalist in Warschau und schreibt seit 1952 SF. Einige seiner Erzählungen und Romane wurden in verschiedene osteuropäische Sprachen übersetzt. Seine einzige deutsche Veröffentlichung sind bislang zwei Stories, die in einem Auswahlband polnischer SF (*Galaxisspatzen*, 1975) in der DDR erschien. B. ist Mitbegründer und Vorstandsmitglied der Polnischen Astronautischen sowie der Polnischen Kybernetischen Gesellschaft, Verfasser eines Wörterbuchs der Kybernetik und Mitautor des Librettos für ein Musical.

BOTOND-BOLICS, GYÖRGY
(*1913)

Geboren in Arad (Ungarn); B. studierte Staatswissenschaften und Nationalökonomie. Nach seiner Promotion im Jahre 1935 war B. Betriebsorganisator. Später gab er diese Tätigkeit auf und war in einem Budapester Verlag tätig. Sein erster SF-Roman erschien 1957. Seitdem war B. außerordentlich produktiv, wenn auch nicht so sehr auf dem SF-Sektor. So schrieb er mehrere Mainstream-Romane, populärwissenschaftliche Bücher und Drehbücher für Dokumentarfilme, Fernsehspiele und wissenschaftliche Sendungen.

Ha Gelsáll a Köd (1957); *Ezer év a Vénuszon* (1966; *Tausend Jahre auf der Venus*, 1969); *Redivivus tüzet kér* (1969; *Das Marsgehirn denkt anders*, 1970).

BOUCHER, ANTHONY
(1911–1968)

Pseudonym von William Anthony Parker White, geboren in Oakland, Kalifornien. B. machte sich gleichermaßen auf dem Gebiet des Kriminalromans und der SF einen Namen. Vor allem seiner Herausgebertätigkeit verdankt die SF viel. So wurde unter seiner Leitung das 1949 gestartete *Magazine of Fantasy & Science Fiction* zu einer der führenden Publikationen des Genres. Bei der Auswahl der Geschichten für dieses Periodikum legte Boucher oft literarische Maßstäbe an und half, das etwas zwielichtige Image der Science Fiction zu verbessern. Eine Vielzahl von Sammelbänden aus dem genannten Magazin begründeten seinen Ruf als einer der wichtigsten Anthologisten. Er selbst schrieb nur wenig. Seine erste Veröffentlichung war »Snulbug«, eine Story, die 1941 in *Unknown* erschien. Als sein unbestritten bestes Werk gilt »A Quest for Saint Aquin«, eine Kurzgeschichte mit religiöser Thematik. Als Kritiker war er um so fleißiger. Ab 1946 bis zu seinem Tod verfaßte er ständig Besprechungen von SF- und Kriminalromanen in so einflußreichen Zeitungen wie *New York Times* und *New York Herald Tribune*.

Far and Away (1955); *The Compleat Werewolf* (1969).

BOULLE, PIERRE
(*1912)

Geboren in Avignon. Mainstream-Autor, der im Zivilberuf Ingenieur ist und 1936 als Kautschukpflanzer nach Malaya ging. Am Zweiten Weltkrieg nahm er als Guerrillakämpfer in Indochina teil, kehrte dann nach Malaya zurück und ging schließlich nach Kamerun. Heute lebt B. in Paris. Sein bekanntester Roman ist *Le pont de la rivière Kwai* (1952; *Die Brücke am Kwai*, 1956); in der SF machte er sich einen Namen durch *La planète des singes*, in dem eine interstellare Raumexpedition aufgrund eines Zeitparadoxons auf einen fernen Planeten und später auf eine zukünftige Erde verschlagen wird. Dort haben inzwischen die Affen das Regiment übernommen und die wenigen noch existierenden Menschen leben wie Tiere in den Wäldern, von den Herrschenden als Jagdwild behandelt. *Le jardin de Kanashima* erzählt die Geschichte des ersten Menschen auf dem Mond, während *Les jeux de l'esprit* seltsame Zukunftsspiele zum Thema hat. Eine Kurzgeschichtensammlung, die auch phantastische Erzählungen enthält, ist *Contes de l'absurde*.

Contes de l'absurde (1953); *$E = mc^2$* (1957; dt. teilweise in: *Die Liebe und die Schwerkraft*, 1970); *La planète des singes* (1963; *Der Planet der Affen*, 1965); *Le jardin de Kanashima* (1964); *Les jeux de l'esprit* (1971).

BOUNDS, SYDNEY J(AMES)
(*1920)

Geboren in Brighton. Nach einem Studium der Elektrotechnik war B. bei der Londoner U-Bahn beschäftigt, bevor er sich vor über zwanzig Jahren entschloß, freiberuflich als Schriftsteller tätig zu sein. B. betätigt sich auf verschiedenen Gebieten der Unterhaltungsliteratur und schreibt neben Science Fiction vor allem Horrorstories und -romane und Western, wobei er auch Pseudonyme wie James Marshal und Wes Saunders verwendet. Sein Metier ist die Action-SF ohne Tiefgang.

The Moon Raiders (1955); *The Robot Brains* (1956); *The World Wrecker* (1956).

BOVA, BEN(JAMIN WILLIAM)
(*1932)

Geboren in Philadelphia. B. studierte Journalismus an der Temple University in Philadelphia. Von 1954 an Tätigkeit bei wissenschaftlichen Zeitschriften, von 1971 bis 1978 Herausgeber des SF-Magazins *Analog*, seit 1979 (nach einem kurzen Zwischenspiel als Fiction Editor) verantwortlicher Herausgeber der populärwissenschaftlich-literarisch orientierten Zeitschrift *Omni*. B. veröffentlichte seinen ersten SF-Roman (ein Jugendbuch) 1959. Zwei Jahre später folgte neben einigen wissenschaftlichen Aufsätzen in *Amazing* das Sachbuch *The Milky Way Galaxy*; 1975 *Notes to a Science Fiction Writer*. B.s erste SF-Veröffentlichung war das Jugendbuch *The Star Conquerors* (1959), und dem Genre des SF-Jugendbuches wandte er sich in der Folge noch mehrmals zu. Renommee erwarb er sich mit einigen Kurzgeschichten, vor allem jedoch mit drei Romanen: *The Multiple Man* (1976), *Millennium* (1976) und *Colony* (1978). Herausragend ist vor allem *Millennium*, ein gleichermaßen spannendes wie politisch und wissenschaftlich-technisch durchdachtes Werk. B. wurde nicht ohne Grund bei *Analog* Nachfolger des Technokraten John W. Campbell; wie sein Vorgänger fühlte auch er sich in seiner Frühphase der Hardcore-SF zugetan, und kaum einer seiner Romane kam ohne einen präzisen wissenschaftlichen Hintergrund aus. Dennoch kommt ihm das Verdienst zu, *Analog* aus der Isolierung, in die es thematisch und politisch in der Spätphase der Campbell-Ära geraten war, herausgeführt und das Magazin für modernere Thematik und neue, zum Teil auch kritische Autoren geöffnet zu haben.

The Weathermakers (1967); *The Dueling Machine* (1969; *Die Duellmaschine*, 1980); *Escape* (1970); *THX 1183* (1971, zus. mit George Lucas; *THX 1183: Das Drogenparadies*, 1979); *The Shining Strangers* (1973); *When the Sky Burned* (1973); *The Starcrossed* (1975); *Colony* (1978; *Die Kolonie*, 1980).

The Multiple Man

(1976; dt. *Der Mehrfach-Mensch*, 1977)

Meric Albano ist Pressesekretär des US-Präsidenten James Halliday, einer charismatischen Führerpersönlichkeit, der – was die einzelnen Disziplinen der Politik angeht – über ein umfangreiches Fachwissen verfügt, bei der Bevölkerung beliebt ist und in den Nachwehen einer allgemeinen politischen Unzufriedenheit an die Macht gelangte. Albano erfährt, daß man an zwei verschiedenen Orten Leichen gefunden hat, die dem Präsidenten aufs Haar gleichen. Die Todesursache ist unbekannt. Albano versteht dies als Warnung, und seine Nachforschungen bestätigen ihm, daß irgend jemand bestrebt ist, den Präsidenten gegen einen Klon auszutauschen. Der Tod des Chefleibwächters des Präsidenten während eines undurchsichtigen Hubschrauberabsturzes führt Albano zu der Annahme, daß der alte General Halliday (der Vater des Präsidenten), einer der mächtigsten Männer der USA, in die Verschwörung verwikkelt ist. Er verlangt eine Erklärung und droht, die Öffentlichkeit zu informieren. Der General teilt ihm mit, sein Sohn sei bereits kurz nach der Geburt geklont worden und jeder der insgesamt sieben »Brüder« sei ein Experte auf einem bestimmten politischen Gebiet. Es gibt also nicht einen, sondern sieben Präsidenten: Jeder taucht dort auf, wo ein bestimmtes Wissen verlangt wird. Obwohl man Albano glauben machen will, der Tod der Klons sei auf eine unsachgemäße Behandlung ihrer Zellen zurückzuführen, nimmt er an, daß die »Brüder« auf systematische Weise umgebracht werden und der Mörder unter ihnen selbst zu suchen ist. Erst als er selbst zum Zielpunkt eines Attentats wird, hat er Gewißheit. Der Mörder (der die Macht nicht teilen wollte) wird entlarvt und nimmt sich das Leben.

»*The Multiple Man* enthält die besten Elemente des politischen Thrillers, der Science Fiction und des konventionellen Kriminalromans ... Es ist der beste Roman, den Bova je geschrieben hat, auch wenn gewiefte Science-Fiction-Leser den Plot leicht durchschauen werden. Das tut der Qualität aber keinen Abbruch« (D. D'Amassa).

Millennium

(1976; dt. *Jahrtausendwende*, 1978)

Wie in Arthur C. Clarkes *Earthlight* (1955) und Robert A. Heinleins *The Moon Is a Harsh Mistress* (1966) geht es auch in diesem Roman um eine von Mondkolonisten angezettelte Revolte, die das Ziel verfolgt, von der Erde unabhängig zu werden. Bei B. ist die Abnabelung jedoch kein Selbstzweck: Als das zweite Jahrtausend der Menschheit zu Ende geht, befinden sich USA und UdSSR am Rande eines nuklearen Krieges. Der Ansturm auf die letzten natürlichen Bodenschätze des Planeten Erde hat eingesetzt. US-Ledernacken besetzen die Ölquellen am Persischen Golf, und als in der Antarktis Kohlevorkommen entdeckt werden, kommt es zu ersten Schießereien. Nur die beiden Supermächte können als Industrienationen überleben – und dazu ist ihnen jedes Mittel recht. Die ersten ernsteren Zusammenstöße beginnen im Weltraum, indem man die gegnerischen Satelliten ausschaltet. Und im Dezember 1999 ist es dann soweit: Colonel Chet Kinsman, der Leiter der US-Mondbasis, erhält Anweisungen, gegen die Besatzung der sowjetischen Mondforscher vorzugehen. Dies erweist sich jedoch als undurchführbar: Einerseits haben die amerikanischen und russischen Wissenschaftler seit Jahren zusammengearbeitet, andererseits sehen sie in ihrer Einigkeit die einzige Chance, die Menschheit vor der völligen Ausrottung zu bewahren. Der Aufstand glückt. Kinsman und der Kommandant der sowjetischen Basis beschließen, die Kolonie Selene unabhängig werden zu lassen und den drohenden Krieg zu verhindern.

BOYCE, CHRIS(TOPHER)
(*1943)

Schottischer Archivar, veröffentlichte während der sechziger Jahre einige Kurzgeschichten im britischen Magazin *Impulse*. 1975 gewann er den ersten Preis des von der *Sunday Times* und dem Verlagshaus Victor Gollancz, London, ausgeschriebenen Wettbewerbs für den besten SF-Roman aus Amateurkreisen mit *Catchworld*, einer Space Opera.

BOYD, JOHN
(*1919)

Pseudonym für Boyd Bradfield Upchurch, geboren in Atlanta, Georgia. Die Familie des Autors stammt aus England, wo B. im Zweiten Weltkrieg auch in der Royal Navy diente. Danach zog er nach Los Angeles und arbeitet dort in der Fotobranche. Sein erster und zugleich bester Roman, *The Last Starship from Earth*, erschien 1968 und wurde stark beachtet. In der Folge veröffentlichte B. ein rundes Dutzend weiterer Romane, die aber von Mal zu Mal weniger originelle Themen boten und auf geringes Interesse bei den Lesern stießen. So sind neben dem Erstling die 1969 erschienenen Werke *The Pollinators of Eden* und *The Rakehells of Heaven* noch am interessantesten.

Boyd verfaßte zwar auch vereinzelt SF-Stories, gilt aber eher als typischer Romanautor, der auch außerhalb der Science Fiction veröffentlichte. Charakteristisch für B.s Gesamtwerk ist sein Hang zu sexuellen oder sexuell motivierten Themen sowie seine humoristische, gelegentlich satirische Ader.

The Pollinators of Eden (1969; *Die Sirenen von Flora*, 1982); *The Rakehells of Heaven* (1969); *Sex and the High Command* (1970); *The Girl with the Jade Green Eyes* (1978).

The Last Starship from Earth
(1968; dt. *Der Überläufer*, 1978)

Den aufmerksamen Leser wird bereits ein dem Roman vorangestelltes fiktives Lincoln-Zitat über Laser-Wissenschaft stutzig machen, aber er muß bis gegen Ende des Romans warten, bevor der Autor seinen Schlußgag serviert: Was sich wie die Darstellung einer zukünftigen Welt liest, meint in Wirklichkeit eine Alternativwelt zum tatsächlichen Geschichtsverlauf. B. geht davon aus, daß Jesus nicht ans Kreuz geschlagen wurde, sondern Zeit hatte, in Ruhe seine eigene Kirche aufzubauen. Der Erfolg: Im 20. Jahrhundert gibt es ein Kastensystem, das von der Kirche und der Wissenschaft (hier besonders von den Psychologen, Soziologen und Mathematikern) gelenkt wird. Mischehen zwischen Angehörigen verschiedener Kasten sind nicht zulässig, Ketzer verschiedener Richtungen werden getötet oder auf den Planeten »Hölle« verbannt. Diese Verbannung widerfährt auch dem Sohn eines anerkannten Mathematikers, als er sich in eine Kunststudentin verliebt und mit ihr schläft. Was er und der Leser lange Zeit nicht wissen können, ist die Tatsache, daß das Mädchen eine Agentin des Planeten »Hölle« ist und der junge Mathematiker gezielt ausgesucht wurde, weil man dort seine Kenntnisse benötigt. Der Plan glückt, das Projekt der Höllenbewohner kann Gestalt annehmen: Der junge Mathematiker wird in die Vergangenheit der Erde geschickt und sorgt dafür, daß der uns bekannte Geschichtsablauf Gestalt annimmt. Langlebig gemacht, geistert er als Ewiger Jude durch die Geschichte.
Ein mit Sinn für Effekte und einem Quentchen Humor geschriebener, gut ausgedachter Roman, der von einigen Kritikern in die Nähe großer Anti-Utopien wie Orwells *1984* oder

Huxleys *Brave New World* gerückt wurde. Zu den Bewunderern dieses Erstlingswerks gehörte u. a. Robert A. Heinlein (»die beste Anti-Utopie und die stärkste Satire auf die Trends in unserer Gesellschaft seit *1984*«).

BRACKETT, LEIGH (DOUGLAS)
(1915–1978)

Geboren in Los Angeles und verheiratet mit dem SF-Autor Edmond Hamilton (1904–1977). B. gehörte zu den Vertretern einer abenteuerlichen SF, publizierte während der vierziger Jahre regelmäßig (auch mit Ray Bradbury) in *Planet Stories* und verfaßte hauptsächlich Romane in der Tradition von Edgar Rice Burroughs, die meistens auf dem Mars spielen. Ihr bekanntester Charakter ist der Merkurier Eric John Stark, den sie in den siebziger Jahren wieder zum Leben erweckte. Neben einigen Kriminalromanen hat sie auch Bücher aus dem Westernmilieu geschrieben und für eines davon, *Follow the Free Wind* (1963), einen Preis erhalten. In den sechziger Jahren schrieb sie zahlreiche Drehbücher für amerikanische TV-Serien. Nachdem Hollywood sie in den vierziger Jahren entdeckt hatte, wirkte sie als Drehbuchautorin so bekannter Filme wie *The Big Sleep* (nach Raymond Chandler), *Rio Bravo*, *El Dorado* und *Rio Lobo* mit.

The Starmen (1952); *The Big Jump* (1955); *The Nemesis from Terra* (1961); *Alpha Centauri or Die* (1963; *Alpha Centauri sehen und sterben*, 1978); *The Coming of the Terrans* (1967).

The Long Tomorrow
(1955)

Achtzig Jahre nach einer atomaren Katastrophe gibt es auf der Erde keine Städte mehr. Die Menschen leben in kleinen Siedlungen wie zur Mitte des 19. Jahrhunderts und bekämpfen fanatisch jeden, der den Versuch unternimmt, die erzwungene Idylle durch technischen Fortschritt zu verändern. Die Kultur der USA ist bäuerlich und anti-industrialistisch; Gemeinwesen von mehr als 400 Köpfen sind untersagt. Die Kinder lernen zwar rechnen, dürfen aber nur die Bibel lesen. Das Regiment führen verknöcherte Religionsfanatiker, die in der Technik Teufelswerk sehen und ihr die Schuld am Untergang der Zivilisation geben. Len und Eric, zwei halbwüchsige Jungen, erleben eine von wildem Haß geprägte Veranstaltung gegen alles Moderne und sehen mit an, wie ein Händler namens Soames, den man beschuldigt, ein Spion der legendären (und illegalen) Stadt Barterstown zu sein, gesteinigt wird. Aus Soames' Besitz fällt den Jungen ein Radioapparat in die Hände, den sie zu bedienen versuchen, aber sie werden entdeckt und verprügelt. Da ihr Wissensdurst nun erwacht ist, entwenden sie aus dem Archiv des Schulmeisters verbotene Bücher und erfahren einiges über die Geschichte der USA. Von der Großmutter Lens hören sie, daß nicht die Maschinen für die Katastrophe verantwortlich waren, sondern vielmehr die sie bedienenden Menschen. Sie begehren auf, und als ihnen der Boden zu heiß wird, verlassen sie den Ort und wachsen an einem anderen heran, wo sie Jahre später die Vergangenheit einholt. Als sie einen fortschrittlich denkenden Mann unterstützen, kommt es zu einem Pogrom und sie müssen erneut fliehen. Sie stoßen auf einen Mr. Hostetter, der aus Barterstown stammt. Die legendäre, von der verbotenen Technik beherrschte Stadt entpuppt sich als Höhlenlabyrinth, in dem Wissenschaftler mit der Atomkraft experimentieren. Durch die jahrelangen Predigten plötzlich in Todesangst versetzt, entflieht Len. Hostetter findet ihn in einem kleinen Dorf wieder, wo man gerade wilde Haßgesänge auf Barterstown anstimmt. Len hat nur zwei Alternativen: Entweder denunziert er den Wissenschaftler – oder geht mit ihm. Hostetter, der Len gefolgt ist, weil er ihn – um das Geheimnis Barterstowns zu bewahren – töten muß, verständigt sich mit dem jungen Mann und bewegt ihn doch noch zur Umkehr. Len ist zwar noch nicht vom Nutzen der Atomenergie überzeugt, sieht aber ein, daß er nur Vorurteile, aber keine Fakten kennt.

The Sword of Rhiannon
(1953; dt. *Das Erbe der Marsgötter*, 1978)

Der irdische Archäologe Matt Carse läßt sich, auf dem Mars angekommen, von einem einheimischen Gauner zu einem Grabraub überreden und wird von diesem, da er die Beute nicht teilen will, in ein dunkles Loch gestoßen. Carse findet sich plötzlich in der Vergangenheit des Planeten wieder, in der es noch Meere gab.

Man hält ihn zunächst für den Spion eines feindlichen Landes (denn natürlich wird der Mars, wie auch bei Edgar Rice Burroughs, von vielen Völkern bewohnt), aber er kann mit Hilfe eines Eingeborenen entkommen und landet schließlich als Ruderer auf einer Galeere, die von der grausamen Prinzessin Ywain befehligt wird. Er zettelt einen Sklavenaufstand an, nimmt Ywain gefangen und gelangt ins Reich der Seekönige, die ihn töten wollen, da er das Schwert des verfluchten Halbgottes Rhiannon besitzt und man annimmt, daß er von dieser Gottheit beherrscht wird. Um dem Tod zu entgehen, verrät Carse den Seekönigen den Ort des Grabes, in dem sich noch weitere schreckliche Waffen befinden. Der Seekönig, der sich ihrer bemächtigen soll, wird jedoch von einem feindlichen Stamm gefangengenommen, der die Waffen an sich reißt. Carse versucht sie zurückzubekommen und gibt sich selbst als Rhiannon aus, den er im letzten Augenblick zu Hilfe rufen und mit dem er die Feinde schlagen kann. Zusammen mit der Prinzessin Ywain kehrt er (wiederum mit Rhiannons Unterstützung) in die Gegenwart des Mars und seine verödeten Sandwüsten zurück.

»*The Sword of Rhiannon* ist in meinen Augen nach wie vor das magischste Werk in der klassischen Burroughs-Tradition. Leigh Brackett gelang damit die beste Beschwörung jenes Phantasie-Mars, der eine solche Faszination auf uns ausübt, daß wir selbst unseren Schwertarm freudig opfern würden, um ihn auch nur einmal besuchen zu dürfen« (B. W. Aldiss).

BRADBURY, RAY(MOND DOUGLAS)
(*1920)

Geboren in Waukegan, Illinois. 1934 übersiedelte die Familie nach Los Angeles, wo B. 1938 seinen High-School-Abschluß machte. Mit Autoren und Fans der dortigen Science-Fiction-Szene kam er erstmals 1937 in Kontakt, als er Ray Harryhausen, Forrest Ackerman und Henry Kuttner traf. Besonders mit ersterem schmiedete er große Pläne; beide konnten sich auch ihre Träume erfüllen: Harryhausen wurde zu einem der größten Trick- und Bautenspezialisten auf dem Gebiet des phantastischen Films, während B. später als Autor weit über die Grenzen des Genres hinaus berühmt wurde. 1939 gab B. ein eigenes Fan-Magazin mit dem Titel *Futuria – Fantasia* heraus. Seine erste Geschichte, »Pendulum«, in Zusammenarbeit mit Henry Hasse entstanden, wurde 1941 in *Super Science Stories* veröffentlicht. In dieser Zeit lernte B. eine Reihe von SF-Autoren kennen, darunter Leigh Brackett, die ihn wesentlich in seiner Entwicklung als Autor beeinflußte. Er schrieb später mit ihr zusammen die Story »Lorelei of the Red Mist« (1946).

1943 wandelte sich B.s Stil bemerkenswert, er wurde poetischer, war mit vielen nostalgischen Elementen durchsetzt; inhaltlich zeigte sich ein deutlicher Hang zum Makabren. Viele seiner damals entstandenen Geschichten kann man sowohl der SF als auch der Fantasy zuordnen. Die meisten Geschichten aus dieser Zeit wurden in der Sammlung *Dark Carnival* (1947) gesammelt, einige davon waren zuvor in *Weird Tales* veröffentlicht worden. 1955 erschien die Sammlung *The October Country*, die weitgehend mit *Dark Carnival* identisch war. Obwohl viele der Geschichten deutliche SF-Züge aufweisen, könnte man sie doch zutreffender als Weird Fiction klassifizieren.

B.s frühe SF wurde häufig im Stil bunter Abenteuer-SF geschrieben, die meisten Stories erschienen in *Planet Stories* und *Thrilling Wonder Stories*. Zu diesen Geschichten zählen u. a. auch »The Million Year Picnic« (1946), das später zu einem Bestandteil jenes Werkes werden sollte, das ihm bei der Kritik die größte Reputation einbrachte: *The Martian Chronicles* (gesammelt 1950). Es war B.s zweites Buch. Von nun an fand er neue Veröffentlichungsmöglichkeiten für seine Kurzgeschichten. Magazine wie *Esquire* oder die *Saturday Evening Post* rissen sich um sein Material, und von den ca. 300 Geschichten, die danach entstanden, wurde nur eine Handvoll in SF-Magazinen publiziert. Eine deutliche Manifestation seines Talents ist der 1951 in Buchform veröffentlichte Roman *Fahrenheit 451*, den François Truffaut später verfilmte, eine Anti-Utopie über eine Welt, in der das Bücherlesen verboten ist. *Fahrenheit 451* ist B.s einziger Text von Romanlänge, nicht gerechnet den aus mehreren Episoden zusammengesetzten Fantasy-Text *Something Wicked This Way Comes*, eine Schauergeschichte, die vor allem ihres eindrucksvollen Symbolismus wegen erwähnenswert ist.

Als Höhepunkt seines Schaffens gelten im allgemeinen die Jahre zwischen 1946 und 1955. 1951 erschien *The Illustrated Man*, eine Sammlung von Kurzgeschichten, die durch ein ungewöhnliches Rahmenwerk verbunden sind. Spätere Kollektionen sind *The Golden Apples of the Sun* (1953) und *A Medicine for Melancholy* (1959). Eine weitere Sammlung mit früherem Material ist *The Vintage Bradbury* (1965), aber keine der letztgenannten Sammlungen ist mit seinen früheren Veröffentlichungen vergleichbar. Trotzdem stieg sein Stern in der Mainstream-Literatur weiter, und bei einigen Kritikern gilt er gar als der bedeutendste amerikanische Erzähler der Neuzeit. Derartiger Ruhm läßt sich durch SF allein auch in den USA kaum erreichen.
Man kann B. auch nur insofern als SF-Autor bezeichnen, als er sich hin und wieder – vergleichbar mit Kurt Vonnegut – dieses Ausdrucksmittels bedient hat. Eigentlich steht sein Schaffen in der Tradition wesentlich älterer »realistischer Phantasten«. Sein immenser Ruhm basiert tatsächlich nur auf ganz wenigen Stories, darunter jene in *The Martian Chronicles*, dem Roman *Fahrenheit 451* und einigen Texten aus *The Illustrated Man*. Inwieweit man von einer so geringen Anzahl auf das Gesamtwerk eines Schriftstellers schließen kann, sei dahingestellt. Viele SF-Kritiker beklagten besonders in den sechziger Jahren, daß seine Werke den alten Schwung vermissen ließen. Es handelte sich meist nur mehr um melancholische, geschickt aufbereitete Adaptionen seiner selbst. Zwar gehört B. stilistisch noch immer zu den besten Autoren überhaupt, aber sein Ideenreservoir scheint erschöpft, seine Erzählerlaune nur noch ein Abglanz früherer Zeiten zu sein. Mit Kollektionen wie etwa *I Sing the Body Electric* erweist er sich als ein für die Science Fiction nicht mehr relevanter Autor.

Dark Carnival (1947); *The Golden Apples of the Sun* (1953; *Geh nicht zu Fuß durch stille Straßen*, 1970); *A Medicine for Melancholy* (1959; *Medizin für Melancholie*, 1969); *Something Wicked This Way Comes* (1962; *Das Böse kommt auf leisen Sohlen*, 1969); *R Is for Rocket* (1962); *The Machineries of Joy* (1964); *The Vintage Bradbury* (1965); *S Is for Space* (1966); *I Sing the Body Electric* (1969; *Gesänge des Computers*, 1973); *Madrigals for the Space Age* (1972); *Long after Midnight* (1976; *Lange nach Mitternacht*, 1979); *The Best of Ray Bradbury* (1976).

Lit.: W. L. Johnson, Ray Bradbury, 1980.

The Martian Chronicles
(1950, dt. *Die Mars-Chroniken*, 1972)

Diese Chroniken, das sind sechsundzwanzig miteinander verbundene Kurzgeschichten, die die Kolonisierung des Mars durch irdische Siedler zum Thema haben, die alle ihre alten Erinnerungen an die Erde mitbringen. Aus dem friedlichen, unberührten Mars mit den seltsamen Marsbewohnern, die ihre Gestalt verändern können, wird bald eine übervölkerte, jeglicher Romantik beraubte Welt, in der kurzbehoste, ignorante Menschen den stillen Zauber des Planeten verdrängen. Die Marsbewohner sterben aus, und die Menschen verlassen den Mars, auf dem nun wieder Ruhe einkehrt – eine ewige Ruhe, die sich über die verlassenen Geisterstädte der Menschen und die ausgestorbenen Siedlungen der Marsianer senkt.
Ungeachtet des für die Science Fiction typischen Szenarios fehlen gängige SF-Elemente in den *Mars-Chroniken* fast vollkommen. Über dem ganzen Buch liegt ein Hauch Fernweh, Nostalgie und Trauer über den Verfall eines Paradieses, das von den unverständigen Menschen zerstört wird. B. erzählt von der ersten Landung auf dem Mars, vom Aufbau der Kolonien und vom Rückzug bis hin zur letzten Episode, »The Million Year Picnic«, in dem Kinder von der Erde in die Marskanäle blicken und sich dort in den Bildern von Marsianern selbst wiederfinden. Hintergründig und wehmütig offenbart sich ein großer Erzähler in einem Episodenroman, der als unumstrittener Klassiker der SF gilt und in den USA über 70 Auflagen erlebte.

The Illustrated Man
(1951; dt. *Der illustrierte Mann*, 1962)

Zwei Männer begegnen einander auf einer Landstraße. Einer von ihnen ist am ganzen Körper tätowiert. Nachts, wenn das Licht der Sonne erloschen ist, beginnen diese Bilder auf seltsame Weise zu leben, erzählen Geschichten, die die Zukunft voraussagen. Eingesponnen in diese Rahmenhandlung sind 16 Kurzgeschichten, die stellvertretend für die Tätowierungen die Bilder in Worte umsetzen. Am Anfang steht

»The Veldt«, eine Geschichte um zwei Kinder, die in einem Kinderzimmer leben, in dem sie sich ihre Umwelt selbst erschaffen können, ganz nach ihren Wünschen. Sie verwandeln ihr Zimmer in eine afrikanische Wüste, und als ihre Eltern hineinkommen, werden diese von den Löwen aufgefressen. Weniger grausam ist »The Long Rain«, in der ein Raumschiff auf der Venus notlandet und die Männer sich durch den Regendschungel zur Kuppelstadt durchschlagen müssen. Keiner ist imstande, sie zu erreichen, sie alle verlieren im endlosen Regen den Verstand. In der letzten Episode, »The Rocket«, schließlich erfüllt ein Vater seinen Kindern ihren größten Wunsch: Sie wollen einmal mit einer Rakete ins All fliegen. Daher gibt er sein letztes Geld aus und gaukelt ihnen mit einer alten schrottreifen Rakete, vor deren Bullaugen er einen Film ablaufen läßt, eine Reise ins All vor. Es gelingt ihm, damit seine Kinder glücklich zu machen.

The Illustrated Man enthält neben den näher beschriebenen Stories eine große Anzahl von B.s besten und eindrucksvollsten Stories, so »The Concrete Mixer« oder »Marionettes Inc«. B. arbeitet jedes Thema, dessen er sich annimmt, mit der ihm eigenen stilistischen und poetischen Kunst aus, was den Band zu einem Höhepunkt sowohl seines Schaffens als auch der SF allgemein macht.

Fahrenheit 451
(1953; dt. *Fahrenheit 451*, 1956)

Fahrenheit 451 – gemeint ist die Temperatur in Grad Fahrenheit, bei der Papier Feuer fängt – schildert einen totalitären Zukunftsstaat, in dem das Lesen von Büchern bei Strafe verboten ist, denn gerade Bücher bilden für einen Staat, der sich bemüht, Denken und Handeln seiner Bürger voll und ganz zu kontrollieren, einen nicht kalkulierbaren Risikofaktor. Geschildert wird das Schicksal des »Feuerwehrmannes« Guy Montag, eines Angehörigen des Staatlichen Ordnungsdienstes, der immer dann mit seinen Kollegen in den Einsatz zieht, wenn irgendwo Bücher auftauchen. (In Umkehrung der ursprünglichen Bedeutung legt diese Feuerwehr Brände, das heißt, sie verbrennt Bücher.) Erst als er Clarissa kennenlernt, die ihn in die Welt der Bücher und des Lesens einführt, ändert sich seine Einstellung vollkommen. Er wird zum überzeugten Gegner des Systems und schließt sich den Rebellen an, die für ein Leben in Freiheit und Unabhängigkeit kämpfen – besonders aber für eine Welt, in der es wieder erlaubt ist, das zu lesen, was man will.

Fahrenheit 451, B.s einziger Roman, ist eine Anti-Utopie, in der der Autor beweist, daß er auch im Erzählen längerer Geschichten ein Meister ist. Zusammen mit seinen frühesten Erzählungen gehört der Roman zu den bedeutendsten Werken B.s und wird zu den wichtigen Werken der amerikanischen Nachkriegsliteratur gezählt.

BRADLEY, MARION ZIMMER
(*1930)

Pseudonym der amerikanischen Schriftstellerin Marion Breen (geb. Zimmer, gesch. Bradley), geboren in Albany, New York. Sie hat neben einigen Schauerromanen und mehreren Kurzgeschichten zahlreiche SF-Romane mit leichtem Fantasy-Einschlag geschrieben. Am bekanntesten wurde ihr nicht in chronologischer Reihenfolge produzierter Darkover-Zyklus, eine Romanserie über einen mittelalterlichen Planeten, dessen Bewohner (Nachkommen gestrandeter Raumfahrer von der Erde) die Technologien und wirtschaftlichen Bevormundungen ihrer terranischen Vettern ablehnen und aufgrund ihrer Geisteskräfte wahre Wunderdinge vollbringen. Ihre romantischen Geschichten strahlen einen etwas sentimentalen Reiz aus und bestechen vor allem durch weibliche Protagonisten. Spielten in den ersten Darkover-Romanen noch Männer die tragenden Rollen, präsentieren die späteren in der Regel Frauen, die gelernt haben, auf eigenen Beinen zu stehen und das Leben ohne männliche Hilfe meistern. Der größte Teil ihrer nicht-seriengebundenen SF-Romane entstammt der Frühperiode ihres Schaffens und schildert reine Planetenabenteuer.

The Door through Space (1961); *Seven from the Stars* (1961); *The Colors of Space* (1963); *Falcons of Narabedla* (1964); *The Brass Dragon* (1969); *Hunters of the Red Moon* (1971, zus. mit Paul Edwin Zimmer; Co-Autorenschaft nicht angegeben; *Die Jäger des roten Mondes*, 1981); *In the Steps of the Master* (1973); *Endless Voy-*

age (1975; *Reise ohne Ende,* 1981); *The Ruins of Isis* (1978; *Die Matriarchen von Isis*, 1979); *The Survivors* (1979, zus. mit Paul Edwin Zimmer; *Die Flüchtlinge des roten Mondes*, 1981). – Darkover-Serie: *The Planet Savers* (1962); *The Sword of Aldones* (1962); *The Bloody Sun* (1964; *Die blutige Sonne*, 1967); *Star of Danger* (1965); *The Winds of Darkover* (1970); *The World Wreckers* (1971); *Darkover Landfall* (1972); *The Spell Sword* (1974); *The Heritage of Hastur* (1975; *Hasturs Erbe*, 1981); *The Shattered Chain* (1976; *Die Amazonen von Darkover*, 1978); *The Forbidden Tower* (1977; *Der verbotene Turm*, 1981); *Stormqueen!* (1978; *Herrin der Stürme*, 1979).

Lit.: W. Breen, The Darkover Concordance, 1978.

Darkover Landfall
(1972)

Der chronologisch gesehen erste Band der Darkover-Serie erzählt die Geschichte eines Kolonistenschiffes, das auf einem unbekannten Planeten notlandet und dabei eine Bruchlandung macht. Während der Kapitän alle Kräfte auf eine Reparatur konzentrieren möchte, bildet sich schnell eine Kolonistengruppe, die für immer in der fremden Welt bleiben will. Unter der Leitung von Rafael MacAran schickt sie eine Expedition aus, die die Umgebung erkunden und nach Leben Ausschau halten soll. Man entdeckt in dieser kalten Welt langhaarige, bärenähnliche Baumbewohner, die es zu einer bescheidenen Zivilisation gebracht haben; dann verleiht ein seltsamer Wind, der offenbar den Geist beeinflussende Sporen mit sich führt, den Expeditionsteilnehmern für kurze Zeit telepathische Fähigkeiten und beseitigt jegliche anerzogenen Hemmungen. Es kommt zu spontanen sexuellen Beziehungen (auch homosexueller Art), ein Glücksgefühl nie gekannten Ausmaßes macht sich breit, aber man glaubt dennoch, einer Art »Massenwahnsinn« zum Opfer gefallen zu sein. Nach der Rückkehr ins Lager wiederholt sich das Phänomen, diesmal führt es jedoch in die Katastrophe: Verletzte entledigen sich ihrer Verbände, tanzen lachend in den Tod; andere werden zu Amokläufern und zerstören den Schiffscomputer. Die Reparatur des Sternenschiffes ist damit unmöglich geworden, man muß sich der neuen Welt anpassen und die gewohnten Denkkategorien der Erde ablegen.

The Bloody Sun
(1964; dt. *Die blutige Sonne*, 1967)

Zweitausend Jahre später. Darkover ist inzwischen von irdischen Raumfahrern ›entdeckt‹ worden. Die Ureinwohner, die nichts von ihrer Abstammung wissen, werden von rothaarigen, psi-begabten Fürsten regiert, den Comyn, die den Terranern nicht erlauben, sich außerhalb einer ihnen zugewiesenen Enklave zu bewegen. Lediglich die Aldaran-Sippe treibt mit den Fremden Handel; die anderen Fürstenhäuser wachen mit Argusaugen darüber, daß auf ihren Planeten keine Technologien eingeschleppt werden. Als Jeff Kerwin, der Sohn eines irdischen Diplomaten, der auf Darkover geboren und auf der Erde erzogen wurde, auf den Planeten zurückkehrt, um etwas über seinen verstorbenen Vater zu erfahren, stößt er sofort auf Widerstand. Die Behörden behaupten, weder etwas über ihn noch über seinen Vater zu wissen. Da Kerwin rothaarig ist und die Sprache der Ureinwohner perfekt beherrscht, wird er außerhalb der Enklave für einen Comyn gehalten. Er nimmt Kontakt mit der Familie seiner Mutter, den Altons, auf. Einige seiner Verwandten wollen ihn als Darkovaner akzeptieren, andere nicht. Als Kerwins Vorgesetzte ihm mit Strafversetzung drohen, schließt er sich den Comyn an, die ihn lehren, wie er mit den von seiner Mutter ererbten Geisteskräften umgehen kann. Er erfährt, daß Darkover reich an sogenannten »Sternensteinen« ist (Kristallen, die die Geisteskräfte verstärken), an die die Terraner über die Aldarans herankommen möchten. Während einer Psi-Sitzung entdeckt man das Rohstofflager, aber die Aldarans haben irgendwie davon erfahren. Stimmen werden laut, die Kerwin für einen Verräter halten. Der wirkliche Spitzel aber ist ein anderer. Als Kerwin den Verräter entlarvt, stellt sich heraus, daß nicht nur seine Mutter, sondern auch sein Vater ein Darkovaner war und der irdische Diplomat Kerwin lediglich ein Freund seiner Eltern, die von Fanatikern ermordet wurden. Seine Mutter, eine »Bewahrerin« (die laut uralter Sitte ihre Jungfräulichkeit nicht verlieren darf), hatte mit ihrer Familie gebrochen und damit ihren Stand entehrt.

Stormqueen!
(1978; dt. *Herrin der Stürme*, 1979)

Dieser Roman spielt einige Jahrhunderte vor der Zeit, als Darkover von der Erde wiederentdeckt wurde. Dorilys, die Tochter des Bergfürsten Aldaran, ist in der Lage, auf geistigem Wege die Naturgewalten zu beeinflussen. Da ihre Kräfte jedoch kaum kontrollierbar sind, läßt ihr Vater nach einer Ausbilderin schicken, die in der Gestalt der »Bewahrerin« Renata erscheint. Renata wird begleitet von Allart Hastur, einem jungen Adeligen, der in diplomatischer Mission für seinen machtgierigen Bruder Damon-Rafael unterwegs ist. Aber auch er hat Probleme. Seine Gabe, die Zukunft vorherzusehen, verwirrt und ängstigt ihn. Lord Scathfell, der Bruder Aldarans, will, um das Reich des anderen an das seine anschließen zu können, Dorilys mit einem seiner Söhne verheiratet sehen, aber als der junge Mann während der Verlobungsfeierlichkeiten zudringlich wird, tötet ihn das erst elfjährige Mädchen. Zwischen Aldaran und Scathfell bricht Krieg aus. Gleichzeitig wartet Damon-Rafael Hastur auf das Ableben des alten Königs, dessen Position er einnehmen will, da er den Prinzen, einen Zwitter, für unfähig hält. Auf Darkover bricht das Chaos aus, zumal sich auch noch die Ridenows, eine Sippe von Emporkömmlingen, immer weiter ausbreiten. Als es zum Kampf kommt, setzt das Mädchen Dorilys, das inzwischen seinen Halbbruder Donal geheiratet hat, seine Kräfte für die Truppen Aldarans ein. Stürme ziehen auf, die Armee Scathfells wird von Regenfluten hinweggespült, und Damon-Rafael Hastur, der ihm zu Hilfe eilt, um seinem abtrünnigen Bruder und dem starrsinnigen Bergfürsten die Macht zu demonstrieren, die er besitzt, nimmt sich das Leben, als Allart ihm auf telepathischem Wege zeigt, wie die Reiche Darkovers verkommen würden, sollte er jemals an die Macht gelangen.

Stormqueen! lebt jedoch hauptsächlich von der detaillierten Beschreibung gedanklicher Vorgänge und zwischenmenschlicher Beziehungen und ist, was Action anbelangt, für amerikanische Verhältnisse schon aus diesem Grund ungewöhnlich mager. Jeder der Charaktere macht Fehler, die er später einsieht und korrigiert, ein für Fantasy-Helden gleichsam nie dagewesener Vorgang. Großen Raum (auch in den Romanen *The Shattered Chain*, *The Forbidden Tower* und *Heritage of Hastur*) nimmt die Sexualität ein: Die Herren Darkovers, die an nichts weiter als dem Fortbestand der Sippe interessiert sind, sehen ihre Frauen als Gebärmaschinen an, ohne auf den Gedanken zu kommen, daß diese damit vielleicht gar nicht einverstanden sind. Aber nur wenige weibliche Charaktere stellen das System als solches in Frage oder setzen sich dagegen zur Wehr: Die Amazonen Darkovers haben ihre Ketten zerbrochen und leben in eigenen Gemeinschaften. In *Stormqueen!* bleibt es der Protagonistin Renata überlassen, dem konservativen Allart Hastur, was die Rechte der Frauen anbelangt, die Augen zu öffnen. Nachdem sich seine eigene Frau von ihm geistig gelöst und auf eigene Füße gestellt hat, ist er zutiefst verunsichert. Man hat ihm zu lange eingetrichtert, daß Frauen keine eigenständigen Lebewesen, sondern erwachsene Kinder seien, die von den Männern gehegt und beschützt werden müßten.

BRAND, KURT
(*1917)

Geboren in Wuppertal. Er kam mit zwölf Jahren mit den Büchern von Jules Verne in Berührung. Brand war Angehöriger der Wehrmacht, diente 1943–45 in einer V2-Einheit, entließ sich selbst bei Kriegsende und baute eine der größten Leihbüchereien Kölns auf. 1951 erschien sein erster SF-Roman, nachdem er vorher Western verfaßt hatte. 1959 hatte er bereits 85 Romane veröffentlicht, darunter 19 utopische, die ausnahmslos in Verlagen erschienen, die die damals noch florierenden Leihbüchereien belieferten. In dieser Zeit schrieb er auch unter dem Pseudonym C. R. Munro neun SF-Romane. 1963–65 arbeitete er an der Heftserie »Perry Rhodan« mit, 1966 avancierte er zum Chefautor der Konkurrenzserie »Ren Dhark« und 1972 zum Exposéredakteur der SF-Alternativserie »Raumschiff Promet«. B., der auch die SF-Krimi-Heftreihe »Checkpart 2000« konzipierte und Romane für »Zeitkugel« verfaßte, publiziert in allen Genres (Western, Krimi, Horror); am bekanntesten wurden seine SF-Romane *Der Galaxant*, *Der Sternenjäger* und *Treibsand zwischen den Sternen*.

Türme in der Sahara (1951); *Außenstation VII*

explodiert (1956); *Milchstraße M 1* (1956); Raum der schwarzen Sonnen *(1957);* Aus Weltraumtiefen (1958); *Am Ende der Ewigkeit* (1959); *Der Galaxant* (1962); *Der Sternenjäger* (1962); *Treibsand zwischen den Sternen* (1962). – Pseud. C. R. Munro: *Gefesselte Planeten* (1958); *Er nahm die Erde mit* (1958); *Stern ohne Wiederkehr* (1958); *Phänomen Galaxis* (1958); *Das Sternenschiff* (1958); *Die Ewigkeit ist voller Sterne* (1958); *Ein Tag wie der andere* (1959); *Sie kamen nie an* (1959); *Raum hinter der Zeit* (1959).

BRANDIS, MARK
(*1931)

Pseudonym für Nikolai von Michalewsky, geboren in Dahlewitz, Kreis Teltow. B. lebt heute in Worpswede bei Bremen. Er ist Autor von über 35 Jugendbüchern außerhalb der Science Fiction sowie von Hörspielen und Filmdrehbüchern. In der Science Fiction trat er mit der Jugendbuchserie »Weltraumpartisanen« hervor, die seit 1970 erscheint und nicht nur an Titelzahl, sondern auch in der Auflagenhöhe – die meisten Bände erreichten mehrere Auflagen – die bislang erfolgreichste deutsche Jugend-SF-Serie wurde. Besonderes Charakteristikum dieser Romane ist, daß sie in Form von spannenden Weltraumabenteuern die Demokratie als Gesellschaftsform gegen Polizeistaat, Militarismus und Terrorismus verteidigen.

Bordbuch Delta VII (1970); *Verrat auf der Venus* (1971); *Unternehmen Delphin* (1971); *Aufstand der Roboter* (1972); *Vorstoß zum Uranus* (1972); *Die Vollstrecker* (1973); *Testakte Kolibiri* (1973); *Raumsonde Epsilon* (1974); *Salomon 76* (1974); *Aktenzeichen: Illegal* (1975); *Operation Sonnenfracht* (1975); *Alarm für die Erde* (1976); *Countdown für die Erde* (1976); *Kurier zum Mars* (1977); *Die lautlose Bombe* (1977); *Pilgrim 2000* (1978); *Der Spiegelplanet* (1978); *Sirius-Patrouille* (1979); *Astropolis* (1980); *Triton-Passage* (1981).

BRANSTNER, GERHARD
(*1927)

Geboren in Blankenheim bei Weimar. Der in der DDR lebende Schriftsteller war Verwaltungslehrling, studierte nach dem Krieg Philosophie, promovierte, lehrte als Dozent und war Cheflektor. B. schreibt Lyrik, Bühnenstükke und Gegenwartsprosa. Seine SF weist humoristische Züge auf. Er schrieb auch Episoden für die DDR-Fernsehserie *Raumpiloten*.

Die Reise zum Stern der Beschwingten (1968); *Der falsche Mann im Mond* (1970); *Der astronomische Dieb* (C, 1973); *Vom Himmel hoch* (C, 1974); *Der Sternenkavalier* (1976); *Kantine* (1977); *Der indiskrete Roboter* (C, 1980).

BRANTENBERG, GERD
(*1941)

Geboren in Oslo. B. studierte Englisch, Geschichte und Sozialgeschichte, arbeitet heute als Lehrerin (ungeachtet des für deutsche Ohren männlich klingenden Vornamens ist B. eine Frau) und ist in der autonomen Frauenbewegung Norwegens und Dänemarks aktiv. Neben zahlreichen Artikeln für Zeitschriften und mehreren Büchern außerhalb der Science Fiction – die alle vom Standpunkt einer gegen die herrschenden Verhältnisse aufbegehrenden Frau geschrieben sind – verfaßte sie mit *Egalis døtre* (1977; *Die Töchter Egalias*, 1980) einen utopischen Roman über eine Gesellschaft, in der die heutige Rollenverteilung zwischen den Geschlechtern umgekehrt ist. »Eine bissige Satire auf das Patriarchat« (Zitat aus der Frauen-Zeitschrift *Emma*).

BRAUN, JOHANNA / BRAUN, GÜNTER
(*1929 / *1928)

Geboren in Magdeburg bzw. in Wismar. Sie war Reporterin, er Literaturredakteur, bevor beide freiberufliche Schriftsteller wurden. Das Autorenehepaar veröffentlicht seit 1955 Erzählungen, Hörspiele und Fernsehspiele und gehört zu den bekanntesten und literarisch wichtigsten Autoren der DDR. In den siebziger Jahren wandten sich die B.s forciert der SF und der Phantastik zu. Besonders der Roman *Unheimliche Erscheinungsformen auf Omega XI* wurde nach seinem Erscheinen 1974 in der DDR, aber auch international beachtet. Der Hintergrund dieses Romans taucht in weiteren Erzählungen auf, die – neben thematisch davon unabhängigen Erzählungen – in dem Sammelband *Der Fehlfaktor* (1975) enthalten sind. Die Arbeiten der B.s, die zu den besten SF-Werken der DDR zu rechnen sind, erschienen auch in Verlagen der BRD.

Der Irrtum des großen Zauberers (1972); *Der Fehlfaktor* (1975); *Conviva ludibundus* (1978); *Der Utofant* (C, 1981).

Unheimliche Erscheinungsformen auf Omega XI
(1974)

Von einem Planeten »Omega XI« aus erreichen Funksprüche die Erde, in denen jemand, der sich »Sonnenblume« nennt, behauptet, das menschliche Leben auf dem Planeten werde von »unheimlichen Erscheinungsformen« bedroht. Er bittet die Erde um Hilfe, woraufhin Merkur Erdenson und Elektra Eulenn ausziehen, um nach dem Rechten zu sehen. Beide sind, für sich allein, geübt in derartigen Rettungseinsätzen, aber die Situation auf Omega XI erscheint ihnen äußerst rätselhaft zu sein. Sie erleben eine Art von Utopia, das sehr skurrile Züge aufweist: zum einen Schlaraffenland, zum anderen Abfallgebirge und Giftwinde. Und die »Lumen«, die so verschwenderisch jeden Tag die Wohnungseinrichtung wechseln und sich an Delikatessen laben, unterdrücken auf der anderen Seite die »Roburen« und »Prudenten«. Den ›Rettern‹ stellt sich die Frage, wem sie denn überhaupt helfen sollen. Erst die Beschäftigung mit der Historie läßt sie die Zusammenhänge erkennen. Sie greifen hier und da ein, überlassen aber schließlich wieder die Bewohner des Planeten sich selbst.
Der Roman ist eher ein lustiges SF-Märchen, und etliche literarische Einflüsse von Wells bis Lem, von Fabeln und Lügengeschichten sind spürbar. Dies alles ist geistreich und witzig geschrieben und steht außerhalb der üblichen Handlungsschemata von in der DDR veröffentlichter Science Fiction. Überzeugend werden die beiden Protagonisten, die sich zu Beginn der Reise noch nicht kannten, und ihr Verhältnis zueinander, schließlich ihr gemeinsamer Kampf um Erkenntnis in einem Geflecht unüberschaubarer Fakten und Lügen geschildert.

BRENNER, ROBERT
(*1931)

Geboren in Salzburg. B. studierte Physik und Mathematik, promovierte über ein Thema aus dem Gebiet der Elementarteilchentheorie und arbeitete bis 1966 als Physiker in der Grundlagenforschung. Er schrieb das Sachbuch *So leben wir morgen*, von dem 168000 Exemplare verkauft wurden, und ist Vorsitzender des Freien Deutschen Autorenverbandes in Baden-Württemberg; er lebt in Filderstadt bei Stuttgart. In der SF trat er mit Jugendbüchern hervor, darunter vier Bände der 1972 erschienenen Serie »Menschen und Planeten«, die eigentlich zehn Bände umfassen sollte. Auseinandersetzungen zwischen Autor und Verlag führten dazu, daß die restlichen sechs Manuskripte nie veröffentlicht wurden. Der Roman *Signale vom Jupitermond* wurde 1978 in einer Hörspielfassung vom ORF ausgestrahlt.

Signale vom Jupitermond (1968); *Duell mit der Sonne* (1970); *Der Mann vom Neptun* (1970); *Unternehmen Aldebaran* (1971); *Der schwarze Planet* (1972); *Hopkins und sein Mond* (1972); *Die Spur des Roboters* (1972); *Es lebe Marsilia* (1972).

BRETNOR, REGINALD
(*1911)

Geboren in Wladiwostok; amerikanischer Militärpublizist und Schriftsteller. B. wanderte 1920 in die USA ein, wurde auf Privatschulen und Colleges erzogen und verfaßte während des Zweiten Weltkrieges Propagandabroschüren für das US-Kriegsministerium. Ausschließlich der Kurzgeschichte zugetan, publizierte er zahlreiche humoristische Vignetten um die Charaktere Ferdinand Feghoot (unter dem Pseudonym Grendel Briarton) und Papa Schimmelhorn, die später in zwei Sammlungen herauskamen: *Through Time and Space with Ferdinand Feghoot* (1962) und *The Schimmelhorn File* (1979). B. fungierte als Herausgeber einer Anthologie, *The Future at War* (1979), und dreier Sachbücher über Science Fiction: *Modern Science Fiction: Its Meaning and Its Future* (1953), *Science Fiction: Today and Tomorrow* (1974) und *The Craft of Science Fiction* (1974).

BREUER, MILES J(OHN)
(1889–1947)

Geboren in Chicago. B. studierte an der Universität von Texas und dem Rush Medical College und war danach hauptberuflich als Arzt tätig. Es nimmt daher nicht wunder, daß viele seiner etwa 40 Kurzgeschichten medizinische Probleme anschneiden, die er geschickt in eine utopisch-abenteuerliche Handlung einzuflechten wußte. B. schrieb in erster Linie für das Magazin *Amazing Stories* in der Zeit von 1927 bis 1941. Dort erschienen auch seine beiden Romane *Paradise and Iron* (1930) und *The Birth of a New Republic* (1930; zus. mit Jack Williamson).

BRÖLL, W. W.
(*1913)

Pseudonym des Schriftstellers Wolfgang Bröll, geboren in Gelsenkirchen. B. veröffentlichte zwischen 1952 und 1959 nicht weniger als zwanzig SF-Romane in Leihbuchverlagen. In den sechziger Jahren wandte er sich dem Jugendbuch zu, wo er vorwiegend erfolgreiche amerikanische TV-Serien novellisierte.

Das tönende Licht (1952); *Unternehmen Atlantis* (1953); *Die Stadt der Unsichtbaren* (1954); *Der Herr der vierten Dimension* (1955); *Das Geheimnis der Planetoiden* (1956); *Phantome unter uns* (1957); *Die Stadt der toten Seelen* (1958).

BROOKS, TERRY
(?)

B. lebt als Rechtsanwalt in Illinois. 1977 erschien sein umfangreicher Fantasy-Roman *The Sword of Shannara*, der an Tolkiens *The Lord of the Rings* angelehnt war und dessen amerikanische Originalausgabe mit zahlreichen Illustrationen der Brüder Hildebrandt versehen wurde.

The Sword of Shannara (1977; *Das Schwert von Shannara; Der Sohn von Shannara; Das Erbe von Shannara*, alle 1978).

BROWN, FREDRIC
(1906–1972)

Amerikanischer Autor. B., der etliche Jahre als Journalist tätig war, ist gleichermaßen als SF- wie als Krimiautor bekannt – einer seiner bekanntesten Kriminalromane: *The Fabulous Clipjoint* (1947) – und erwarb sich innerhalb der SF vor allem Ruhm als Verfasser witziger Kurzgeschichten und Vignetten. Seine erste SF-Story erschien 1941 unter dem Titel »Not Yet the End«. Sein erster SF-Roman, *What Mad Universe* (1949), persifliert das Genre: Ein SF-Redakteur erlebt in einem Paralleluniversum in der Realität etliches von dem, was als Klischee in der Unterhaltungs-SF vorkommt. B.s bester und amüsantester Roman ist *Martians, Go Home* (1954), ebenfalls eine Abrechnung mit einem SF-Klischee: »den kleinen grünen Männchen vom Mars«. In seinen konventionellen SF-Romanen fällt B. dagegen ab: *The Lights in the Sky Are Stars* (1953), *Rogue in Space* (1957) und *The Mind Thing* (1960) bleiben im Rahmen dessen, was die Science Fiction jener Jahre zu bieten hatte. Wichtiger sind dagegen einige Kurzgeschichten, die B. in den vierziger Jahren schrieb. Die beste davon, »Arena« (1944), ist ein häufig nachgedruckter Klassiker über den Zweikampf zwischen einem Menschen und einem Alien, der auf Betreiben einer anderen, übergeordneten Alienrasse ausgetragen wird, um einen Krieg zwischen den beiden Rassen zu entscheiden. Weitere gute Stories sind u.a. »Etaoin Shrdlu« (1942) und »Placet Is a Crazy Place« (1946). In B.s Kurzgeschichtensammlungen sind eine Reihe von häufig sehr kurzen, aber prägnanten Pointengeschichten enthalten, als deren Meister B. in der SF gelten kann. Die Übergänge zwischen SF und Fantasy sind dabei fließend.

What Mad Universe (1949; *Das andere Universum*, 1970); *The Lights in the Sky Are Stars* (1953; *Sternfieber*, 1972); *Angels and Spaceships* (C, 1954); *Martians, Go Home* (1955; *Die grünen Teufel vom Mars*, 1959); *Honeymoon in Hell* (C, 1958); *Nightmares and Geezenstacks* (C, 1961); *The Mind Thing* (1961; *Der Unheimliche aus dem All*, 1965); *Der engelhafte Angelwurm* (C, 1966; dt. Originalzusammenstellung).

Martians Go Home
(1955; dt. *Die grünen Teufel vom Mars*, 1959)

An einem Tag wie jedem anderen geschieht plötzlich etwas Unfaßbares: Die sprichwörtlichen grünen Männchen vom Mars tauchen auf der Erde auf. Luke Devereaux ist der erste, der sie zu Gesicht bekommt, aber bald häufen sich Schreckensmeldungen über ihr Auftauchen auf der ganzen Welt. Die Marsianer sind telepathisch begabt. Sie belauschen die Gedanken der Menschen und geben schonungslos deren intimste Geheimnisse preis. Besonders für Politiker und Geistliche ist das mitunter peinlich, denn die genannten Herren würden es vorziehen, wenn ihre verborgenen Erlebnisse und Gedanken auch verborgen blieben. Doch die Marsianer kennen kein Pardon. Sie peinigen die Menschen mit ihrer Offenheit tagaus, tagein – bis Luke Devereaux erkennen muß, daß er es war, der sie gerufen hat, und daß nur er sie auch wieder verschwinden lassen kann. Denn die ganze Erde existiert nur in der Phantasie von Luke, er kann sie so formen, wie er will. Er wünscht sich die Marsianer wieder weg – und sie verschwinden, ebenso mysteriös, wie sie gekommen sind.
Martians Go Home ist eine der skurrilsten Satiren der SF. Pointiert und bissig nimmt B. verlogene Moral und Heuchelei der Menschen aufs Korn, zeigt, was geschehen könnte, wenn mit einem Mal alle kleinen Notlügen, aber auch alle großen Verdunkelungsaktionen und Verschleierungen hinfällig würden. Kleine Leute haben dabei wenig zu befürchten; aber Priestern, Politikern, Psychologen, Polizisten u. a. würde es schlecht ergehen. In der für ihn typischen Mischung aus Spott und SF-Persiflage, die auch einen großen Teil seiner Stories kennzeichnet, schrieb B. einen herausragenden satirischen SF-Roman, der zugleich solide Unterhaltungsliteratur ist.

Das Kurzgeschichtenwerk von Fredric Brown

B.s Kurzgeschichten liegen in den Sammelbänden *Space on My Hands* (1951), *Angels and Spaceships* (1954), *Honeymoon in Hell* (1958), *Nightmares and Geezenstacks* (1961), *Daymares* (1968) und *Paradox Lost* (1973) vor. Vielen der Kurzgeschichten ist anzumerken, daß B.s Interesse neben der SF auch dem Krimi galt. Abgesehen davon, daß er gelegentlich Polizisten oder Detektive als Protagonisten agieren läßt (etwa den Polizeioffizier Rod Caquer in »Daymare« oder den Detektiv Bela Joad in »Crisis, 1999«), erinnert der Aufbau vieler seiner Geschichten an den einer Krimistory. B. war ein Spötter, dem es besonders Aliens angetan hatten, die häufig dem Menschen und der Erde Übles wollen, dabei aber nicht eigentlich bösartig sind. In »Man of Distinction« beispielsweise geraten Aliens auf der Suche nach geeigneten Sklaven an einen Alkoholiker von der Erde, den sie für ein durchschnittliches Exemplar eines Menschen halten. Der komische Säufer rettet durch sein Verhalten die Menschheit und sichert sich selbst einen Alkoholrausch bis in alle Ewigkeit. Auch in vielen anderen Stories läßt es B. erfrischenderweise an jeder Ernsthaftigkeit fehlen, etwa wenn ein Mann namens Jehovah sich für einen Solipsisten hält und dann tatsächlich die Welt erschafft (»Solipsist«), wenn 50 Millionen unbefleckt Empfangene Wasser in Wein verwandeln (»Jaycee«) oder jemand die »gebrauchsfertige Trockenkatze« zu entwickeln sucht (»Cat Burglar«). Es gibt kauzige Geschichten über glücklose Erfinder, die wesentliche Dinge unberücksichtigt gelassen haben (»Great Lost Discoveries«), und ebenso glücklose Zeitreisende (»The Short Happy Lives of Eustace Weaver«). Einige der Stories überschreiten die Grenze in Richtung Fantasy, so z. B. »The Geezenstacks«, wo Puppen einen rätselhaften Einfluß auf eine Familie ausüben; wer sie besitzt, hat Macht über die Familie.
Zu den bekanntesten Geschichten gehören »Arena« (ein Mensch trägt ein Duell gegen einen Alien aus, dessen Ausgang einen Krieg zwischen den beiden Rassen entscheidet; dies alles geschieht durch Intervention einer übergeordneten Alienrasse), »Placet Is a Crazy Place« (ein Planet mit seltsamen Naturerscheinungen, etwa Perioden, in denen Menschen unglaubliche Gestalt annehmen und Vögel durch die Mauern von Häusern fliegen), »Etaoin Shrdlu« (eine Setzmaschine entwickelt einen eigenen Willen), »Honeymoon in Hell« (ein Elektronengehirn verhindert durch ein raffiniertes Manöver den Ausbruch des Dritten Weltkriegs), »A Word from Our Sponsor« (ein Krieg wird verhindert, indem ein Unbekannter in Radiosendungen zum Kampf auffordert: Die Menschen tun das Gegenteil, denn wer gehorcht schon einem Unbekannten?) und die gemein-

sam mit Mack Reynolds verfaßte Geschichte »Dark Interlude«: Ein Zeitreisender siedelt sich im Süden der USA an, heiratet ein einheimisches Mädchen und wird erschossen, als er beiläufig erwähnt, daß es in der Zukunft nur noch eine einzige Rasse gibt und er zu 25 % Neger ist.
»The End« (»Das Ende«) schließlich schildert einen Professor, der eine Maschine erfindet, mit der man die Zeit zurücklaufen lassen kann. Das tut er auch, und von da an wird dieselbe Geschichte noch einmal erzählt – rückwärts, bis zum Anfang.
B. war einer der besten SF-Humoristen und ist unübertroffen als Verfasser von sogenannten Short-Short-Stories, die schnurstracks, ohne überflüssiges Beiwerk, auf eine Pointe zulaufen. Die meisten seiner Kurzgeschichten sind ausgefeilte kleine Kabinettstückchen.

BROWN, ROSEL GEORGE
(1926–1967)

Geboren in New Orleans; B. begann ab 1958 in den Magazinen zu publizieren und führte als eine der ersten SF-Autorinnen weibliche Protagonisten in das Genre ein. Zu eher unrühmlichen Ehren gelangte sie durch ihre Zusammenarbeit mit Keith Laumer, der ihrem Gemeinschaftswerk *Earthblood* (1966; *Das Blut der Erde*, 1969) einen rassistischen Ansatz verlieh. Ihre sonstige Produktion ist klein und beschränkt sich neben der Kurzgeschichtensammlung *A Handful of Time* (1963) auf den postum veröffentlichten Roman *The Waters of Centaurus* (1970) und *Sybil Sue Blue* (1966, *Die Plasmagötter*, 1971). In letzterem geht es um eine Sergeantin gleichen Namens, die dem millionenschweren und machthungrigen Reeder Stuart Gant gegen den Willen ihrer Vorgesetzten zum Planeten Radix folgt, wo Pflanzen und Menschen eine eigenartige Symbiose eingegangen sind. Der Reeder hat nicht nur das Leben von Sybils Mann Kenneth auf dem Gewissen, sondern trägt auch finstere Welteroberungspläne im Herzen. Keine Frage, daß man ihm schließlich das Handwerk legt.

BROWN, WILLIAM
(1901–1958)

Pseudonym des Raketenbastlers und Freizeitautors Ernst H. Richter, der im Hauptberuf Justizinspektor war und sich während der fünfziger Jahre der westdeutschen Fanbewegung anschloß. Seine eher biederen SF-Romane erschienen in Leihbuchverlagen und gelegentlich auch unter dem Pseudonym Ernest Terridge. Alle anderen Titel unter dem Pseudonym W. Brown wurden von Hans Peschke, W. W. Shols und anderen Autoren geschrieben.

Pseud. William Brown: *Die Unverwundbaren* (1953); *Die Vulkane brechen auf* (1953); *Drei setzen sich ab* (1955); *Stern des Grauens* (1955); *Eropall, ein neuer Planet* (1956); *Ruf aus dem All* (1956); *Weltuntergang* (1956); *Herculiden über der Erde* (1957); *Untergang der Galaxis* (1958). – Pseud. Ernest Terridge: *Tödliche Schwarzwolken* (1956); *Und sie kamen vom Sirius* (1956); *Die Eroberung der Erde* (1957).

BROXON, MILDRED DOWNEY
(*1948)

Geboren in Atlanta, Georgia, aufgewachsen in Indiana und Rio de Janeiro. B. studierte Psychologie und arbeitete u. a. als Hilfslehrerin für geistig Behinderte und Krankenschwester in der psychiatrischen Abteilung eines Krankenhauses. Sie nahm 1972 am Clarion-Workshop (einem Kursus für angehende SF-Autoren) teil und verkaufte kurz darauf die erste Erzählung, »Asclepius has Paws«, an einen Anthologisten. Seither hat sie über zwei Dutzend Kurzgeschichten – teilweise auch in deutscher Sprache – veröffentlicht. Ihr Roman, *Too Long a Sacrifice* (1981), ist der Fantasy zuzurechnen und erhielt von Anne McCaffrey, Poul Anderson und Joan D. Vinge höchstes Lob.

BRUCKNER, WINFRIED
(*1937)

Geboren in Krems (Donau). Nach einem Studium der Zeitungswissenschaft und Kunstgeschichte arbeitete er als Journalist und ist heute Chefredakteur der in Österreich erscheinenden

Solidarität. Nebenher schreibt er Theaterstükke, Sachbücher und Romane. Eines der Sachbücher ist ein Bildband über Science Fiction: *Spuren ins All. Science Fiction – das seltsame Fremde* (1970). Sein einziger SF-Roman, *Tötet ihn*, erschien 1967. Es handelt sich um eine Antiutopie nach Orwellschem Vorbild, in der ein totalitär beherrschtes und überwachtes Wien geschildert wird, in dem es zur Revolte gegen das System kommt.

BRUNNER, JOHN (KILIAN HOUSTON)
(*1934)

Geboren in Preston Crowmarsh, Oxfordshire. B. studierte moderne Sprachen (u. a. Französisch und Deutsch) am Cheltenham College. Er hat Gerard Klein und Rainer Maria Rilke ins Englische übersetzt. B. entdeckte die SF in Gestalt eines zerlesenen Exemplars von H. G. Wells' *War of the Worlds* im Kindergarten und verkaufte seinen ersten Roman, über den er heute nicht mehr reden will, als Schüler unter Pseudonym. Er diente bei der RAF, publizierte in amerikanischen und britischen Magazinen zunächst unter Decknamen wie K. Houston Brunner, John Loxmith und Keith Woodcott, arbeitete unter dem SF-Autor John Christopher beim Industrial Diamond Information Bureau, unter John Burke in einem Verlag und versuchte sich 1958 als freier Schriftsteller. Er ist Mitglied der britischen Ostermarschbewegung und veranstaltete zusammen mit seiner Frau Marjorie 1959 eine Ausstellung zum Thema der nuklearen Abrüstung, die u. a. auch in der Bundesrepublik gezeigt wurde. 1972 nahm er als Beobachter der Weltfriedenskonferenz in Moskau teil.
Nach einem eher bescheidenen Anfang als Autor (B. verfaßte noch bis in die frühen sechziger Jahre hinein hauptsächlich anspruchslose Unterhaltungsliteratur) gewann er mit zunehmender politischer Bewußtwerdung nicht nur einen eigenen Stil, sondern auch die Fähigkeit zur Artikulation. Spätestens seit *The Jagged Orbit* zählt er zu den wichtigsten und politisch engagiertesten Autoren, und seine in den letzten anderthalb Jahrzehnten entstandenen Werke haben sich von der Erforschung des Alls der Erforschung der Erde und der auf ihr lebenden Menschen zugewandt. Seine Hauptthemen sind Umweltverschmutzung, Datenmißbrauch zu politischen Zwecken, moderner Kolonialismus und die Verplanung des Menschen in der Gegenwart und der nahen Zukunft, wobei er es versteht, differenzierte Charaktere zu zeichnen, die in der übrigen SF ihresgleichen suchen. Seine bisher mehr als 60 Romane sind in beinahe einem Dutzend Sprachen erschienen, und das Seltsame an ihnen ist, daß sie trotz eines gelegentlichen Antiamerikanismus ihr Lesepublikum hauptsächlich in den USA und der Bundesrepublik fanden.
Erste kritische Ansätze zeigte er in dem Roman *The Dreaming Earth* (1963). Der Drogenkonsum hat in den Ländern der Dritten Welt ungeheuer zugenommen, und es sind die Unterprivilegierten, die sich ihrer bedienen. Nicholas Greville, ein Agent der UNO, muß, als er auf das Problem angesetzt wird, erkennen, daß Aufklärung nicht mehr hilft, denn obwohl die Süchtigen nach einer gewissen Zeit buchstäblich im Nichts verschwinden, ist die Perspektivenlosigkeit der jungen Generation Südamerikas so groß, daß man lieber sterben will, als sich der herrschenden Weltlage unterzuordnen und das irdische Jammertal als natürliche Umgebung zu akzeptieren. Als Greville die Droge selbst nimmt, findet er sich unerwartet auf einer Parallelerde wieder, auf der abgasverpestete Großstädte und DDT-verseuchte Felder nicht existieren.
The Stone That Never Came Down (1973) schildert ein finsteres Europa der nächsten Zukunft: Die Arbeitslosenzahlen steigen, der öffentliche Dienst bricht zusammen, Streikende liefern sich Straßenschlachten mit der Polizei, in Italien winkt ein neuer Faschismus, man erfährt von Bauskandalen und Wuchermieten, an der Tagesordnung sind Stromsparmaßnahmen wegen unzureichender Energieversorgung, und überall bilden sich religiöse Erneuerungsbewegungen, die gegen Prostitution und Homosexualität wettern und Brandbomben in Nachtlokale werfen. Die NATO droht zu zerfallen, der dritte Weltkrieg steht vor der Tür . . .
In *The Squares of the City* (1965) wird der bekannte Städteplaner und Verkehrsexperte Boyd Hakluyt in die Hauptstadt des fiktiven südamerikanischen Staates Aguazul geholt, dem der Ruf anhaftet, »der am gründlichsten regierte Staat auf Erden« zu sein. Der bisher zwanzig Jahre währende Friede, so stellt sich

heraus, wird dadurch bedroht, daß immer mehr Landbewohner in die Metropole Ciudad de Vados (ein nach dem Muster Brasilias aus dem Boden gestampftes Beton-›Paradies‹) strömen, weil sie hoffen, dort Arbeit und Unterkunft zu finden. Hakluyt, der glaubt, er werde aufgrund von Straßenverkehrsproblemen zu Rate gezogen, merkt schnell, daß dies nur eine Finte ist: Der Verkehr in Ciudad de Vados läuft nämlich wie geschmiert; er soll den Herrschenden lediglich einen Vorwand dafür liefern, daß sie durch rigorose Trassenführungen und Umbauten die sich um die ganze Stadt entwickelnden Slumgebiete beseitigen können, um die Hauptstadt vor dem heranrückenden Landproletariat ›sauber‹ zu halten. Als Hakluyt die Strategie dieses Machtkampfes durchschaut, erfährt er auch, was »gründliches Regieren« bedeutet, und ihm wird klar, wie entscheidend seine Anwesenheit für die Bevölkerung des Landes ist. Hakluyts Entscheidung leitet den Sturz der Diktatur ein.

The Dreaming Earth (1963; *Die träumende Erde*, 1967); *The Squares of the City* (1965; *Die Plätze der Stadt*, 1980); *The Long Result* (1966; *Botschaft aus dem All*, 1967); *The Productions of Time* (1967; *Spion aus der Zukunft*, 1969); *Quicksand* (1967); *The Jagged Orbit* (1969; *Das Gottschalk-Komplott*, 1982); *The Stone That Never Came Down* (1973; *Die dunklen Jahre*, 1977); *Give Warning to the World* (1974); *Total Eclipse* (1974; *Das Geheimnis der Draconier*, 1975); *Web of Everywhere* (1974; *Verbotene Kodierungen*, 1980); *Interstellar Empire* (1976; *Sie schenkten uns die Sterne*, 1979).

Lit.: J. DeBolt, The Happening Worlds of John Brunner. Critical Explorations in Science Fiction, 1978.

The Whole Man
(1964; dt. *Der ganze Mensch*, 1978)

Gerald Howson ist ein Telepath von besonderer Begabung, aber auch ein Krüppel, dem selbst die moderne Medizin nicht helfen kann, denn er leidet an Hämophilie und würde bei der harmlosesten Operation bereits verbluten. Nach einer jämmerlichen Jugendzeit wird er von der Weltgesundheitsorganisation entdeckt und als Psychotherapeut in einer telepathischen Spezialeinheit der UNO eingesetzt, deren Aufgabe darin besteht, als Vermittler in Krisengebieten zu arbeiten. Aber Howson, dem die Welt nichts geschenkt hat, zeigt kein Interesse an ihr. Unter dem Druck der geistigen Belastung ziehen sich die überbeanspruchten Telepathen – wie Howson in seiner Jugendzeit – immer wieder in Phantasiewelten zurück und brechen alle Kontakte zur Wirklichkeit ab. Howsons Aufgabe ist es, in den Traumwelten seiner Kollegen nach einer dominierenden Persönlichkeit zu suchen und sie in die Realität zurückzubringen. Er wird berühmt und gewinnt die Achtung und Freundschaft der anderen, aber dennoch ist er kein ganzer Mensch. Erst als er in seine Heimatstadt zurückkehrt, einen Künstler vor dem Selbstmord bewahrt und ihn aus der Hoffnungslosigkeit befreit, indem er ihm auf geistigem Niveau eine vollendete Synthese aus Licht, Farbe und Bewegung ermöglicht, findet er seine Erfüllung. Er kann seinen Mitmenschen dadurch helfen, daß er ihnen etwas »vordenkt«. Nach mehreren Gesprächen mit den besten Medizinern der Welt bietet der neue Freund Howson auch eine physische Befreiung an: Er soll eine geistige Verbindung mit dem Regenerationszentrum des Künstlers schaffen und jenen Teil des Gehirns, der bei ihm nicht funktioniert, telepathisch von seinem Freund ›ausborgen‹. Howsons Körperfunktionen werden sich normalisieren; endlich wird er »ein ganzer Mensch« werden.

Stand on Zanzibar
(1968; dt. *Morgenwelt*, 1980)

Der Protagonist dieser Chronik des frühen 21. Jahrhunderts ist die Erde. Die Überbevölkerung – eine der Hauptursachen vieler Probleme – hat den Lebensraum des Menschen verknappt und zwingt sogar wohlhabendere Bürger dazu, sich ein Apartment zu teilen. Da niemand mehr ohne Genehmigung Kinder in die Welt setzen darf, betreffen die Familiengesetze besonders jene, die nicht in der Lage sind, eine einwandfreie Erbmasse nachzuweisen. Schwarzhändler verdienen an kinderlos gebliebenen Ehepaaren. Fromme Katholiken, die mehr als zwei Kinder haben, fallen Vigilantenkommandos zum Opfer. Die rassischen Spannungen sind ebenso an einem Höhepunkt angelangt wie der kalte Krieg zwischen den Großmächten. Die USA und China versuchen durch Stellvertreterkriege die Macht über das Pazifikbecken an sich zu reißen. Wer noch nicht von Drogen vergiftet ist, wird eingezogen, und wer mit heiler Haut der militärischen Tretmühle entkommt, wendet seine dort erworbenen Kenntnisse als »Partisan« an und tut alles, um das System zu sabotieren. Amokläufer (»Mokker«), Produkte der Lebensumstände und Opfer ihrer Frustrationen, werden immer zahlreicher und töten, wenn der auf ihnen lastende Druck zu groß wird, alles, was sich ihnen in den Weg stellt. Die Stellung der Frau in der Gesellschaft hat sich kaum geändert: Allerdings dürfen sie sich nun offiziell an die Männer, die für ihren Lebensunterhalt aufkommen, vermieten.

Die Weltraumforschung ist eingeschlafen. Auf der Erde werden keine neuen Verkehrswege mehr erschlossen. Statt dessen gibt man den Kommunikationssystemen den Vorzug, die das Bedürfnis nach einem Tapetenwechsel drosseln. Neben Videophon- und Computerspielzeugen aller Art verfügt der Durchschnittskonsument über ein Gerät, das ihm die Illusion verschafft, überall dort, wo sich etwas abspielt, dabei zu sein. Der Illusionator versieht ihn sogar mit dem nötigen Alter und Aussehen.

Die Rohstoffe und Ölreserven der Erde sind fast aufgebraucht. Man sucht fieberhaft nach neuen Quellen, unter anderem sogar auf dem Grund der Ozeane. Aufgrund der mangelnden Lebensqualität ist das öffentliche und private Interesse an Gesundheit und »genetischer Sauberkeit« enorm gestiegen. Da die gesamte zivilisierte Welt unter irgendwelchen Reinhaltungsgesetzen zu leiden hat, sind die Genetiker zu den wichtigsten Wissenschaftlern der Welt aufgestiegen. Überall sucht man nach Mitteln, die den Menschen genetisch ›verbessern‹ können. Der erste, der in dieser Hinsicht Erfolg hat, ist Dr. Sugaiguntung, ein Forscher aus dem fiktiven Staat Jakatang: Er ist dabei, ein Programm zu entwickeln, das die Zucht genetisch einwandfreier Supermenschen ermöglicht. Aber es gibt bereits ein Volk, das diesem Status entspricht: die Bewohner des westafrikanischen Zwergstaates Beninia. Sie sind, wie sich herausstellt, Produkte genetischer Mutation.

Der Roman, ähnlich aufgebaut wie die Werke des amerikanischen Schriftstellers John Dos Passos, ist in 42 kurze Kapitel unterteilt, die ihrerseits drei große Hauptabschnitte bilden: In »Roter Faden« verfolgt der Leser die Haupthandlung, die – für sich allein genommen – eine Art Roman im Roman darstellt. Norman House und Donald Hogan, zwei erfolgreiche junge New Yorker, die sich aufgrund der hohen Wohnungspreise in der überfüllten Großstadt ein Apartment teilen, sind zwei Charaktere, die nichts miteinander gemein haben. House, ein »Afram« (= Afroamerikaner), arbeitet in hoher Funktion für einen Konzern, der gerade einen »Entwicklungsvertrag« mit Beninia abgeschlossen hat, und soll Chef der dortigen Filiale werden. Ihm ist jedoch klar, daß das Projekt, das er leiten soll, neokolonialistische Ziele verfolgt. Donald Hogan entpuppt sich schließlich als eiskalter Killer im Dienst einer CIA-ähnlichen amerikanischen Organisation. Er wird auf Dr. Sugaiguntung, den Kopf des genetischen Zuchtprogramms von Jakatang, angesetzt. »Die Happening-Welt«, der zweite Erzählstrang, beschreibt in Form von Zitaten, TV- und Rundfunkdurchsagen, Werbespots, Latrinenparolen, Verbotsschildern und anderen Dokumenten das tägliche Leben in dieser Welt des Schreckens: Da gibt es ausschweifende Parties, Morde, die verrücktesten Psychedelika, TV-Shows, Amokläufer und als »Klunten« bezeichnete »Mietfrauen«.

»Schlaglichter«, der dritte Abschnitt, besteht aus zahlreichen, Impressionen vermittelnden Kurz- und Kürzesterzählungen, deren Handlungsträger von Seite zu Seite wechseln. Die Themen dieser Abteilung sind die Tücken des Objekts, die Schwierigkeiten des Überlebens in der Großen Stadt, in der nichts mehr funktioniert – und die Frustrationen, die Galgenhumor und Gewalt erzeugen. (»Was machen wir bloß mit unserer schönen Stadt / Die soviel Gefahr, Dreck, Gestank und Scheiße hat / Bist du von New York ein wahrer Kumpel / Dann nimm 'nen Hammer und hau's zu Klumpel.«)

Wie der Autor selbst sagt, ist *Morgenwelt* ein »Nicht-Roman«, der facettenartig das Bild einer Zukunft widerspiegelt, in der militärisch-industrielle Komplexe nicht nur das Sagen haben, sondern finanzkräftig genug sind, um ganze Entwicklungsländer aufzukaufen. Der tägliche Wahnsinn ist so permanent wie der Mord legitimes Mittel in der Politik.

»Das unzweifelhaft ambitiöseste Thema, dessen sich je ein SF-Autor angenommen hat« (*Le Nouvel Observateur*). »Ein Buch, das unter die Klassiker der SF eingereiht werden muß« (*Manchester Evening News*).

The Wrong End of Time
(1971; dt. *Am falschen Ende der Zeit*, 1979)

In einer Zeit, in der die Vereinigten Staaten bis an die Zähne bewaffnet und weitgehend von der übrigen Welt isoliert der Sowjetunion gegenüberstehen, empfängt man in der UdSSR Bildbotschaften einer fremden Rasse, deren Angehörige sich in der Nähe der Pluto-Kreisbahn in einem Antimaterie-Raumschiff aufhalten. Die Bilder lassen für die irdische Zukunft wenig Positives erwarten: eine Bildfolge führt vom Weltall über Atompilze zurück zum Steinzeitmenschen. Die Wissenschaftler glauben daraus die Drohung erkennen zu können, man werde die Erde in ebendiese Zeit zurückbomben.

Angesichts dieser Bedrohung wird ein sowjetischer Agent in die USA eingeschleust. Der junge Farbige Danty Ward ist dabei, als der Agent Scheklow von einem Unterseeboot in einem militärischen Sperrgebiet abgesetzt und von seinem Kollegen Turpin in Empfang genommen wird. Doch auch der amerikanische Geheimdienst nimmt Scheklows Fährte auf. Gemeinsam müssen Danty, seine Gönnerin Magda, der Agent Scheklow und das Mädchen Lora die Flucht in Richtung Kanada antreten. Auf dem Weg gibt sich Scheklow zu erkennen und berichtet von den entschlüsselten Botschaften. Danty, der sein Leben lang von düsteren Vorahnungen geplagt wurde, findet eine Erklärung, die verblüffend einfach ist: Da die Fremden am falschen Ende der Zeit geboren sind, sei die Folge ihrer Botschaften nur einfach umzukehren. Sie verheißen den Weltfrieden als ausstehenden Erfolg menschlicher Evolution.

»Brunners Buch läßt keinen Zweifel, daß bis dahin noch ein weiter Weg vor uns liegt. Seine Schilderung der US-amerikanischen Wirklichkeit, deren soziale Kontakte auf unpersönliche sexuelle Begegnungen und Schlägereien beschränkt sind, auf die Wirklichkeit einer zerstörten natürlichen Umwelt und totaler Monopolmacht und Überwachung, zeigt die Zukunftslosigkeit einer solchen Gesellschaft. Illusionslos beschreibt er den aggressiven Charakter imperialistischer Armeen und zeigt auf, wie in einer Situation vorangetriebenen Wettrüstens von einer neuen Rasse schon gar nichts anderes als Bedrohung erwartet wird. Der Grund dafür, daß er dennoch optimistisch in die Zukunft sieht, ist wohl in Personen und Gruppen wie den »Rebs« zu suchen, die sich von der Staatsmacht nicht erpressen und vom Geld nicht korrumpieren lassen, in Menschen, denen es gelingt, in einer unmenschlichen Welt menschlich zu bleiben. Und in Menschen wie Scheklow, den Magda für einen glücklichen Menschen hält. Weil er noch etwas vor sich hat, wie sie sagt« (S. PUKALLUS).

The Sheep Look Up
(1972; dt. *Schafe blicken auf*, 1978)

The Sheep Look Up war nach dem »Hugo«-Gewinner *Stand on Zanzibar* B.s entschiedenster Versuch, mit denjenigen, die bereits den Boden unter den Füßen noch ungeborener Generationen verschachern, abzurechnen. Luftverschmutzung, ölverpestete Küsten, Giftfässer im Meer, nur gefiltert halbwegs genießbares Trinkwasser, explodierende Tanklastzüge auf verstopften Straßen, unbewohnbar gewordene Großstädte, Siechtum durch austretende Giftstoffe, all das dominiert in seiner Zukunftswelt der neunziger Jahre. Dazu kommen steigende Arbeitslosigkeit, das Millionenheer des akademischen Proletariats, wachsende Gewaltkriminalität aufgrund steigender Gereiztheit, permanente Unruhen in den Entwicklungsländern, die von den Geheimdiensten der Großmächte geschürt und von Waffenhändlern und Konzernen vorangetrieben werden, weil sie um Absatzmärkte und Rohstoffquellen fürchten, und eine von Interessengegensätzen gelähmte UNO. In dieser Welt, in der die Menschen durch die Nahrung täglich Giftstoffe einnehmen, ohne etwas dagegen tun zu können, finden die zahlreichen Protagonisten ihr Heil nur noch in blindwütiger Zerstörung, und selbst jene, die anfangs eine gemäßigte oder unpolitische Haltung einnehmen, werden aufgrund ihrer langsam anwachsenden Erfahrung radikalisiert, denn sie leben in einer Hölle, die bereits so stark verseucht ist, daß jede der agierenden Personen längst irreparable psychische Deformationen davongetragen hat und konstruktive Lösungen unmöglich geworden sind. Selbst terroristische Aktionen können die Verursacher nicht mehr zur Umkehr zwingen.

Die Situation ist *da*, und der Protest jener, die erkannt haben, daß das Ende unausweichlich ist, kann nur noch als letztes Strafgericht gewertet werden. Amerika geht am Ende in Flammen auf, als unvorsichtig gelagerte Gifte ins Trinkwasser gelangen und die durch chemische Kampfstoffe halb wahnsinnig gewordene Bevölkerung zum blindwütigen letzten Schlag gegen wirkliche und vermeintliche Schuldige ausholt. Der Untergang der USA ist gleichbedeutend mit der Rettung der übrigen Welt, denn eine Modellrechnung hat das Ergebnis gebracht, daß eine globale Katastrophe nur abgewendet werden kann, wenn die Welt sich derer entledigt, die die größten Umweltverschmutzer und Verschwender sind: der Amerikaner. Dieses Buch ist der bisher kompromißloseste Roman zum Thema Umweltverschmutzung. In ihm setzt B. den in *Stand on Zanzibar* begonnenen multiperspektivischen Stil konsequent fort und entfaltet vor dem Leser ein Kontinuum des Schreckens, das an Eindringlichkeit und Realismus nicht nur in der SF seinesgleichen sucht.

The Shockwave Rider
(1975; dt. *Der Schockwellenreiter*, 1979)

Der amerikanische Kontinent des 21. Jahrhunderts ist tot wie der Rest der Welt. Jeder Bürger trägt eine Kodenummer, jedes Bildtelefon ist ein Anschluß an das weltweite Netz, das jeden Aspekt des menschlichen Lebens steuert und kontrolliert. Wer das Netz manipulieren kann, hat Macht über Leben, Gesundheit und Vermögen sämtlicher Bürger – mit Ausnahme einiger weniger, die sich zu wehren wissen. Nick, der Protagonist, ist entsetzt über die Arbeitsmethoden der Denkfabrik, in der er ausgebildet wurde, bricht aus und stößt auf eine Gruppe von Menschen, die ebenfalls etwas gegen den tödlichen Trend der Massenpsychosen, Gewalttätigkeiten, der als Folge von falscher Behandlung in Besserungsanstalten auftretenden Jugendkriminalität, der Korruption, des Elends, des Bandenunwesens und der Umweltvergiftung tun wollen. Um etwas zu erreichen, muß zunächst die Bevölkerung aufgerüttelt werden, denn diese hat keinen Zugang zu den entsprechenden Datenbänken und erfährt so gut wie nichts über die tatsächliche Lage, da die Mächtigen an ihr verdienen.
Mit Hilfe seiner neuen Freunde gelingt es dem EDV-Spezialisten Nick, einen »elektronischen Bandwurm«, d. h. ein sich selbst weiterentwikkelndes Computerprogramm zu erzeugen, das alles aufdecken und eine Art Super-Watergate erzeugen soll. Als Nick verhaftet und zum Verhör geschleppt wird, ist der »Bandwurm« bereits an der Arbeit. Es gelingt Nick, einen seiner Gegenspieler davon zu überzeugen, daß das Forschungsinstitut, dem er einst angehörte, sich auf dem falschen Weg befindet und nicht in der Lage ist, die anstehenden Probleme zu lösen. Dieser Mann verhilft ihm und seiner Freundin schließlich zur Freiheit und schließt sich selbst den Reformern an.
Ein Bombenattentat auf die Zentrale der Reformer kann im letzten Augenblick vereitelt werden, dann läßt Nick einen noch phantastischeren »Bandwurm« los: Er enthält ein Programm, das das Netz nicht etwa zerstören, sondern die Grundlage dafür schaffen soll, daß es sich zur ersten echten, unanfechtbaren und unfehlbaren Demokratie ausbaut. *The Shockwave Rider* zeigt, was geschehen kann, wenn der elektronische Perfektionismus erreicht ist und die Menschen in einem stählernen Netz zappeln. »Wenn es ein Phänomen wie das absolute Böse überhaupt gibt, dann besteht es darin, einen Menschen wie ein Ding zu behandeln« (John Brunner).

BRUSSEL, GUST VAN
(*1924)

Geboren in Antwerpen. Er erlernte den Beruf eines Bankkaufmanns und wandte sich nach der Veröffentlichung mehrerer Gedichtbände und an kein Genre gebundener Romane mit *De Ring* (1969) erstmals der SF zu.

BRYANT, EDWARD (WINSLOW)
(*1945)

Geboren in White Plains, New York, als Sohn eines Postarbeiters. Studium an der University of Wyoming (M. A., 1968), anschließend Tätigkeit als Discjockey und Nachrichtenredakteur beim Rundfunk. B. versuchte sich kurzfristig als Lehrer und lernte Ende der sechziger Jahre in einem Autoren-Workshop Harlan Ellison kennen. Er ist seit 1970 freier Schriftsteller, schreibt sowohl für die SF-Magazine als auch für satirische Blätter wie *National Lampoon* und hat in zahlreichen Anthologien veröffentlicht. Nebenbei arbeitet er an der University of Colorado,

der Air Force Academy oder an Schulen. B. ist seit den siebziger Jahren einer der wichtigsten amerikanischen Verfasser von SF-Kurzgeschichten. Viele seiner Stories wurden für den »Hugo«, vor allem aber den »Nebula Award« nominiert. »Stone« und »giAnts« gewannen 1979 bzw. 1980 den letzteren Preis.
Neben seinen Kurzgeschichtensammlungen publizierte er in Buchform den nach einem TV-Drehbuch von Harlan Ellison entstandenen Roman *Phoenix without Ashes* (1975): In einer eng begrenzten Welt von etwa fünfzig Kilometer Durchmesser existiert eine bäuerliche Kultur, die nach streng religiösen und hierarchischen Grundsätzen lebt. Der Held, der sich an den Status quo nicht anpassen kann, wird als Ketzer verstoßen, entdeckt per Zufall den »Ausgang« aus der Welt und findet sich in der zerstörten Zentrale eines mächtigen Sternenschiffs wieder, das aus mehreren hundert kugelförmigen Einheiten besteht. Mit Hilfe von Computern erfährt er von der Überbevölkerung der Erde und einem großen Auswanderungsprojekt, dem das vor langer Zeit gestartete Sternenschiff dienen sollte. Es wird jedoch in ca. fünf Jahren in eine Sonne stürzen, da die gesamte Mannschaft durch einen Meteoriteneinschlag ums Leben kam. Gemeinsam mit einer Freundin beginnt er die Funktionsweise des Schiffs zu studieren. Die beiden werden zum Kern einer noch aufzubauenden Mannschaft.

Among the Dead (C, 1973); *Phoenix without Ashes* (1975; zus. mit Harlan Ellison); *Cinnabar* (C, 1976).

BUCK, DORIS PITKIN
(1898–1981)

Geboren in New York. Sie machte 1920 den B. A. am Bryn Mawr College und 1925 den M. A. an der New Yorker Columbia University. Sie arbeitete mit Theatergruppen und unterrichtete Englisch an der Ohio State University. Ihre erste SF-Geschichte wurde 1952 unter dem Titel »Aunt Agatha« im *Magazine of Fantasy & Science Fiction* publiziert, einem Magazin, dem sie bis zu ihrem Tode treu blieb. In der Folgezeit brachte sie ca. 40 Kurzgeschichten und Novellen auf den Markt, die hin und wieder auch in Originalanthologien wie Damon Knights »Orbit«-Reihe erschienen. Obwohl B. mehrmals für den »Nebula Award« nominiert wurde und ihre Story »The Giberel« (1970) auch in einem Sammelband mit preisgekrönten Geschichten auftauchte, hat sie keine Buchveröffentlichungen vorzuweisen. Sie gehörte trotz ihres hohen Alters zu jenen US-Autoren, die nachhaltig von der »New Wave« beeinflußt wurden.

BUCKLEY, BOB
(*1943)

Geboren in Louisville, Kentucky; Studium der Psychologie an der University of San Diego. B., dessen wirklicher Name Robert Thompson Buckley lautet, ist deutscher Abstammung, arbeitet als Programmierer und lebt bei San Clemente, Kalifornien. Seine ersten Erzählungen, deren Stärke in der Beschreibung außerirdischen Lebens liegt, erschienen 1979 in *Analog* und gleichen von der Atmosphäre her den frühen Werken Hal Clements. B. ist ein typischer Vertreter der »harten« Science Fiction. *World in the Clouds*, sein erster Roman, erschien 1979 ebenfalls in *Analog*.

BUDRYS, ALGIS
(*1931)

Geboren in Königsberg als Sohn litauischer Eltern (sein voller Name lautet: Algirdas Jonas Budrys), die 1936 in die USA einwanderten. Dort war B.' Vater Abgeordneter der Exilregierung Litauens. B. arbeitete nach der Schule einige Zeit für seinen Vater, dann bei der American Express Co. 1952 wurde er Herausgeber bei Gnome Press, einem der ersten Verlage, die SF im Hardcover publizierten. Ab 1963 war er Herausgeber bei Playboy Press. Seine literarische Karriere begann 1952 mit der Erzählung »The High Purpose«, und in der Folgezeit erschienen eine ganze Reihe von Stories in verschiedenen Magazinen, die ihn als ideenreichen Autor und begabten Stilisten auswiesen. Durch Geschichten wie »The Real People« (1953) oder »The Executioner« (1956) wurde B. rasch bekannt und zu einem der führenden Nachwuchsautoren der fünfziger Jahre. Seine Stories waren komplex, tiefgründig, manchmal etwas schwer

verständlich, von der Idee her aber meistens faszinierend.
Sie waren B.' eigentliche Stärke, und seine drei besseren Romane aus dieser Zeit, *Who?* (1958), *Rogue Moon* (1960) und *Some Will Not Die* (1961), bauen alle auf vorher erschienenen Kurztexten auf. Mit *Who?* und *Rogue Moon* wurde er auch international bekannt. *Rogue Moon* verfehlte den begehrten »Hugo« nur knapp; *Who?* wurde sehr textnah verfilmt. Andere Romane von B. erfüllten dagegen nicht alle Erwartungen und waren mehr auf reine Unterhaltung angelegt.
In den sechziger und Anfang der siebziger Jahre schrieb B. wenig. Statt dessen verlegte er innerhalb der SF seinen Schwerpunkt auf Kritiken, die er ständig in Magazinen wie *Galaxy* und *Magazine of Fantasy & Science Fiction* veröffentlichte. Erst 1977 erschien wieder ein Roman aus seiner Feder: *Michaelmas* greift die Probleme auf, die sich aus einem futuristischen Mediendschungel ergeben, der noch undurchsichtiger als unser heutiger ist. Allerdings wird die Kritik an aktuellen Zuständen dadurch verwässert, daß es Außerirdische sind, die unerkannt alles manipulieren und gegen die der Held Laurent Michaelmas anzukämpfen hat. Trotz dieser Einschränkungen, die darauf hinweisen, daß B. früher auch reißerische SF schrieb, stellte der Roman die Rückkehr eines wichtigen Autors dar.

The Man of Earth (1958); *The Falling Torch* (1959); *The Amsirs and the Iron Thorn* (1967; *Das verlorene Raumschiff*, 1972). – Kurzgeschichtensammlungen: *The Unexpected Dimension* (1960); *Budrys Inferno* (1963; *Die sanfte Invasion*, 1965).

Who?
(1958)

Die Handlung spielt in den achtziger Jahren, zur Zeit eines neuen kalten Krieges zwischen Ost und West. Der amerikanische Atomphysiker Lucas Martino arbeitet an einem Geheimprojekt nahe der Grenze zwischen der »alliierten und sowjetischen Zone in Mitteleuropa«, also offensichtlich in der Bundesrepublik. In seinem Labor ereignet sich eine Explosion; der schwerverletzte Forscher wird von einem Einsatztrupp des Ostens gerettet. Vier Monate später kehrt Martino in den Westen zurück. Er hat nur noch einen Arm, der andere wurde durch eine kunstvolle Metallprothese ersetzt, und anstelle seines Kopfes besitzt er nun eine Metallkugel, aus der künstliche Augen starren. Da man Martino nicht sofort identifizieren kann, wird der Sicherheitsmann Shawn Rogers auf ihn angesetzt. Er überwacht dessen Genesung und versucht herauszufinden, ob er wirklich Martino vor sich hat, oder einen Agenten der Gegenseite. Diese Aufgabe erweist sich als überaus schwierig. Die Fingerabdrücke der verbliebenen Hand stellen sich als die von Martino heraus, aber ist das Gehirn in der Metallkugel auch das des Forschers? Nur eine gründliche Überprüfung der Erinnerung Martinos kann Aufschluß ergeben. Der Geheimdienst erhellt seine Vergangenheit, aber auch dabei kommt man nicht weiter, denn er war zeitlebens ein verschlossener Mensch, den niemand genau kannte. Währenddessen versucht Martino zu einer ehemaligen Jugendfreundin Kontakt aufzunehmen, aber die Beziehung scheitert. Schließlich zieht er sich ganz zurück und beginnt die verlassene Farm seines Vaters zu bewirtschaften. Als Rogers ihm eröffnet, die Regierung wolle das Projekt weiterführen und er werde dafür unbedingt benötigt, streitet der Kyborg ab, Martino zu sein. Allerdings beweisen die letzten Kapitel des Buches, in denen die erfolglosen Versuche der Russen geschildert werden, Martino durch einen Agenten zu ersetzen, das Gegenteil: Der Mann, der in den Westen geschickt wurde, ist tatsächlich der aus dem brennenden Labor.
Der Titel *Who?* ist zweideutig. Er wirft die unpersönliche Frage auf: »Wer ist der Kyborg?« Sie bestimmt die Handlung, wird aber von der persönlichen Frage Martinos: »Wer bin ich?« verdrängt. Martino, der mit Menschen Kontakt aufnehmen konnte, als er noch menschlich aussah, sich damals aber ganz auf die Wissenschaft konzentrierte, sieht sich jetzt, da er Kontakt aufnehmen will, aufgrund seines Aussehens völlig isoliert. Um zu sich selbst zu finden, negiert er sein früheres Ich.
B.' Roman ist oberflächlich eine Spionagegeschichte, die dann aber bald in eine philosophisch-psychologische Charakterstudie übergeht. Für die SF jener Zeit sicherlich ein mutiger, richtungweisender Roman.

Rogue Moon
(1960; dt. *Projekt Luna*, 1965)

Auf dem Mond befindet sich ein geheimnisvolles, unerklärbares Labyrinth, offenbar ein Artefakt außerirdischer Intelligenzen. Zur Erforschung dieser Struktur wird ein kurz zuvor entwickelter Materietransmitter herangezogen, mit dem Forscher auf den Mond transportiert werden. Das menschliche »Original« kommt dabei um, aber eine »Kopie« unterscheidet sich in nichts von der ursprünglichen Person. Das Labyrinth erweist sich als Todesfalle, jedes Quantum Wissen wird mit dem Tod eines Forschers bezahlt. Augenscheinlich herrschen bestimmte Gesetze innerhalb der Struktur: Manche Gänge dürfen nicht betreten, bestimmte Bewegungen nicht ausgeführt und gewisse Geräte nicht mitgebracht werden. Aus diesem Grund muß jeder Forscher zweimal durch den Transmitter, ein Körper bleibt dann auf der Erde, der andere untersucht das Labyrinth. Beide stehen miteinander in telepathischem Kontakt. Allerdings kann jeder Forscher nur einmal eingesetzt werden, das Pendant auf der Erde wird beim schrecklichen Tod seines Doppelgängers auf dem Mond meist wahnsinnig.
Um Menschenleben zu schonen, wird Edward Hawks, dem Leiter des Projekts, Al Barker empfohlen, ein Sportler mit latentem Todeswunsch, der geistig intakt erleben kann, wie sein »eigenes Ich« stirbt. Barker geht viele Male durch den Transmitter und stirbt viele Tode im Labyrinth. Hawks fühlt sich Barker gegenüber schuldig. Beim letzten Unternehmen begleitet er Barker, und es gelingt ihnen, das Labyrinth ganz zu durchqueren. Dem Leser wird jedoch das Rätsel des Labyrinths nicht eröffnet. Das Ende bleibt offen.
Wie schon in *Who?* benützt Budrys in *Rogue Moon* archetypische Personen. In eine rasante Handlung eingebettet sind mannigfaltige symbolische Probleme, von denen der Tod eines der am leichtesten ersichtlichen ist. Das Labyrinth hat mehrere Symbolfunktionen. Es wird von jedem Forscher anders empfunden und steht als Metapher für das Streben der Menschen nach Erkenntnis, vielleicht sogar symbolisch für den Roman selbst, durch den sich der Leser ebenfalls wie durch ein Labyrinth zu kämpfen hat, ohne daß er weiß, was letztendlich dabei herauskommen wird. Dann taucht natürlich wieder die Frage der Identität auf. Sind die Personen nach dem Transmitterdurchgang noch dieselben? Aber das ist nur ein Einzelaspekt in einem vielschichtigen Roman, der ein Zentralthema der SF, den Durchbruch auf eine andere Wissens-, Erkenntnis- und Daseinsstufe, beeindruckend behandelt. Einer der besten SF-Romane, die in den fünfziger Jahren geschrieben wurden, ein moderner Klassiker.

BÜRGEL, BRUNO H.
(1875–1948)

Geboren in Berlin. B. war Fabrikarbeiter, Astronom, Privatgelehrter und Schriftsteller. Er schrieb u. a. den SF-Roman *Der Stern von Afrika* (1920) und zwei Bände mit Erzählungen um »Dr. Ulebuhle«.

BULGAKOV, MICHAIL (AFANAS'EVIČ)
(1891–1940)

Geboren in Kiew. B. war ein bürgerlicher Intellektueller, der dem Sozialismus unter Stalin kritisch gegenüberstand. Er erhielt Veröffentlichungsverbot und wurde später rehabilitiert. Seine Werke erschienen in der Sowjetunion erst in den fünfziger Jahren. Als B.s Hauptwerk gilt *Master i Margarita* (1938 geschrieben, 1967 veröffentlicht), ein auf mehreren Zeitebenen spielender phantastischer Roman (Faust-Thema; der Teufel kommt nach Moskau). Mit »Rokovye jajca« (1925; »Die verhängnisvollen Eier«, 1970) und *Sobač'e serdce* schrieb er auch Texte, die der SF zuzurechnen sind.

D'javoliada (C, 1925; »Diaboliade«); *Master i Margarita* (1967; *Der Meister und Margarita*, 1968).

Sobač'e serdce
(1925; dt. *Hundeherz*, 1968)

Der Chirurg Professor Filipp Filippowitsch lockt im Winter den ausgehungerten und mit heißem Wasser verbrühten herrenlosen Hund Moppel in seine 7-Zimmer-Wohnung. Moppel, der es gewohnt ist, von den Abfällen in den Mülltonnen zu leben, ist entzückt von dem neuen Leben mit Wurstmahlzeiten und in der Wärme, und er ist nur zu gern bereit, seinem Herrn dafür die Stiefel zu lecken, ihn zu vergöttern. Bis dieser eine Operation an ihm vornimmt. Er tauscht Geschlechtsorgane und Hypophyse gegen die eines Menschen aus. Moppel, der wider Erwarten die blutige Operation überlebt, zeigt bald erstaunliche Wandlungen: Sein Körperbau verändert sich, Haare fallen aus, er geht aufrecht, lernt Sprechen – kurz, er macht eine Metamorphose durch, wird ein Mensch. Er bringt es bis zum Personalausweis, zum Lesen eines Engels-Briefwechsels und zum Beauftragten der Stadtreinigung (wo er verwilderte Katzen zu töten hat, was ihm sehr liegt). Außerdem wird er zunehmend unverschämt und rücksichtslos; sein gutes Hundeherz ist irgendwie verlorengegangen, der Sowjetbürger Moppel hat offenbar überhaupt keines. Als er eines Tages wieder betrunken in der Wohnung randaliert, gerät er erneut unters Messer: Der Professor tauscht die ersetzten Teile wieder gegen die ursprünglichen aus. Moppel verwandelt sich in den zufriedenen und gutartigen Hund zurück, der er war.

B. äußert mit diesem Werk satirisch seinen Mißmut über das System, insbesondere über die Eintönigkeit des Alltags und den von ihm so empfundenen Verlust an Lebensfreude. Der Roman ist eine Parabel auf den russischen Menschen, der über eine blutige Operation vom Elend zum relativen Wohlstand kommt, dabei aber sein gutes Herz verliert.

BULMER, H(ENRY) KENNETH

(*1921)

Geboren in London. B. diente 1939–45 als Redakteur eines Militärmagazins in der britischen Armee. In den frühen fünfziger Jahren produzierte er erste SF-Romane für den englischen Verlag Hamilton. Kurz darauf entdeckten ihn die SF-Magazine auf beiden Seiten des Ozeans. Ein Angebot, in der Königlichen Sternwarte von Greenwich zu arbeiten, lehnte B. ab. Statt dessen verfaßte er (anfangs zusammen mit A. V. Clarke) Kurzgeschichten, Novellen und Fortsetzungsromane in schneller Folge und benutzte dabei mehr als ein Dutzend Pseudonyme, von denen Philip Kent, Karl Maras und H. Philip Stratford die bekanntesten waren. B. wurde schon sehr früh für den deutschen Heftmarkt entdeckt: Über 20 seiner Kurzromane erschienen zwischen 1954 und 1973 in den einschlägigen Kiosk-Medien. Sein Thema ist vorwiegend das der Space Opera, aber auch Parallelwelten, Abenteuer auf fremden Planeten und Schilderungen menschlicher Zivilisationen, die eine neue Heimat auf dem Meeresgrund gefunden haben, scheinen ihn zu faszinieren. Von den annähernd hundert Büchern, die B.s Namen tragen, sind die wichtigsten und reifsten *The Earth Gods Are Coming* (1960), *Beyond the Silver Sky* (1961), *City under the Sea* (1957) und *Defiance* (1963). Der letzte Titel beschreibt die Abenteuer irdischer Forscher im All und kann als ein früher Versuch gewertet werden, die in der SF vorherrschende Weltraumschwärmerei der fünfziger und sechziger Jahre zu entmythologisieren. Obwohl B. SF-Romane und Erzählungen produziert wie eine Maschine, genießt er den Ruf eines Mannes, der seine Leser zu unterhalten versteht. Er hat sich auch in anderen Genres erfolgreich versucht: Unter dem Pseudonym Alan Burt Akers entstanden etwa zwei Dutzend Fantasy-Romane, deren Protagonist auf einem fremden Planeten zu Lande, zu Wasser und in der Luft die haarsträubendsten Abenteuer erlebt. Seit 1973 gibt er zudem die Anthologienreihe *New Writings in SF* heraus, wobei er sich bemüht, auch SF-Autoren aus anderen Sprachbereichen zur Wort kommen zu lassen.

Space Treason (1952; zus. mit A. V. Clarke); *Cybernetic Controller* (1953; zus. mit A. V. Clarke); *Peril from Space* (1954; Pseud. Karl Maras); *Home Is the Martian* (1954; Pseud. Philip Kent); *Mission to the Stars* (1954; Pseud. Philip Kent); *City under the Sea* (1957, anderer Titel: *Green Destiny; Sklaven der Tiefe*, 1959); *The Changeling Worlds* (1959; *Verbotene Welten*, 1960); *The Earth Gods Are Coming* (1960); *Beyond the Silver Sky* (1961); *Defiance* (1963); *The Winds of Liberty* (1963); *The Million Year Hunt* (1964); *Land beyond the Map* (1965); *Worlds for the Taking* (1966); *Kandar* (1969); *The Ulcer Culture* (1969); *Quench the Burning Stars* (1970); *The Roller Coaster World* (1972). – Pseud. Tully Zetford (in den dt. Ausgaben unter richtigem Namen): *The Boosted Man* (1974; *Die Hypno-Falle*, 1979); *Whirlpool of Stars* (1974; *Der Novamann*, 1979); *Star City* (1974; *Star City*, 1980).

The Doomsday Men / To Outrun Doomsday
(1968; dt. *Sterbendes Land Utopia*, 1969)

Die gesamten Vereinigten Staaten sind von einem energetischen Schutzschirm bedeckt, der das Land vor einem Atomschlag durch die sozialistischen Staaten bewahren soll. Bei B. hat diese relative Sicherheit ein starkes Ansteigen der Kriminalität und eine Lockerung der moralischen Sitten zur Folge: Während die großen Städte von aus dem Dunkel heraus operierenden Mächten beherrscht werden, lebt das Bürgertum in einer einzigen Orgie. Drogenkonsum ist an der Tagesordnung; Morde werden aus sadistischem Vergnügen begangen. Stagnation, wohin man sieht.
Eines Tages entdeckt der Ex-Agent Robin Carver, daß sein ehemaliger Chef und andere Angehörige des Geheimdienstes darauf hinarbeiten, den Energieschirm wieder zu beseitigen. Da er zunächst Landesverrat wittert, heftet er sich an die Fersen seines Ex-Chefs und findet heraus, daß außerhalb der USA überhaupt keine Atomwaffen mehr existieren. Carver verbündet sich mit den »Verschwörern«; schließlich sprengt man die Anlagen, die den Schutzschild aufrecht erhalten, in die Luft und hofft, damit zwei Fliegen mit einer Klappe zu schlagen: Wer schutzlos ist, muß wieder lernen, sich zu behaupten; wer den Frieden erhalten will, muß aufrüsten. Da man dem Feind nun »ausgeliefert« ist, muß das »Vergnügen« (siehe oben), das das Volk nur verweichlicht, hintangestellt werden.

BULWER-LYTTON, EDWARD GEORGE
(1803–1873)

Geboren in London. Die politische Karriere des adligen Engländers brachte ihn bis ins britische Oberhaus. Als Autor wurde er hauptsächlich durch seine historischen Romane wie *The Last Days of Pompeii* (1834) bekannt. B.-L. verfaßte jedoch auch einige interessante SF-Romane wie die reaktionäre Utopie *The Coming Race* (1870; *Das Geschlecht der Zukunft*, 1874, 1980) und *The Haunted and the Haunters* (1905).

BULYČEV, KIR(ILL)
(*1934)

Pseudonym eines Orientalisten, geboren in Moskau. Seine erste SF-Erzählung erschien 1965. In der Folge schrieb B. vor allem SF-Kinderbücher, in denen Alice, ein kleines Mädchen, für das Lewis Carrolls Alice das Vorbild lieferte, auf der Erde und im Weltraum allerlei Abenteuer erlebt. Neben einzelnen Erzählungen für Zeitschriften und Anthologien veröffentlichte B. drei eigene Sammelbände mit SF-Erzählungen und zwei Romane: *Poslednjaja vojna* (1970; »Der letzte Krieg«) und *Bitjazi na perekrestke* (1971; *Das Mars-Elixier*, 1980). Letzterer ist ebenso wie einzelne Erzählungen in einem Phantasieort namens Guslar angesiedelt. Die deutsche Ausgabe wurde überarbeitet und um Teile aus »Marsianskoe zelbe« ergänzt.

Čudesa v Gusljare (C, 1972; *Wunder in Guslar*, 1975); *Devočka z Zemli* (C, 1974; »Das Mädchen von der Erde«); *Ljudi kak ljudi* (1975; »Menschen wie du und ich«); *Ein Takan für die Kinder der Erde* (C, dt. Originalzusammenstellung, 1976).

BUNCH, DAVID R(OOSEVELT)
(?)

Geboren in Lowry City, Missouri. B. studierte an der Universität von Washington Englisch. Dieses Fach schloß er mit einem M. A. ab. Danach Tätigkeit als Kartograph beim Aeronautical Chart and Information Center in St. Louis. B. ist Freizeitautor und veröffentlichte neben Gedichten annähernd 100 Kurzgeschichten, viele davon in SF-Magazinen, beginnend mit *Routine Emergency* (1957). Die meisten seiner SF-Erzählungen sind sehr kurze Vignetten und kreisen um ein Zentralthema: eine total durchtechnisierte Zukunftswelt. Seine einzige Buchveröffentlichung, *Moderan* (1971), faßt mehr als drei Dutzend dieser Geschichten zusammen und bildet einen satirischen Episodenroman.

Moderan
(1971; dt. *Festung Zehn*, 1974)

In Moderan, einer ›glorreichen‹ Zukunftswelt, ist alles künstlich. Die Menschen sind auf dem besten Weg zur Unsterblichkeit, denn sie haben sich ihres lästigen Fleisches entledigt. Dafür müssen sie sich öfter ein metallenes Ersatzteil verpassen, aber das ist nicht weiter tragisch; schließlich besteht ihre ganze Welt aus Ersatzteilen. Jeden Monat wird die Farbe des Himmels geändert, ab und zu erfreut ein Metallvogel die Umwelt mit seinem Gesang, der Boden ist mit einer Plastikschicht überzogen, aus der im Frühling Blechblümlein sprießen, auf Knopfdruck natürlich. Durch die ›ersetzten‹ Augen von Festung Zehn, eines besonders stattlichen Exemplars der neuen Gattung Mensch, sieht der Leser mehr von Moderan: Es gibt keine Städte mehr, die wenigen Robotmenschen leben isoliert voneinander. Die mächtigsten unter ihnen befehligen Festungen, in denen sie über »allumfassende schwere Probleme« nachdenken, Roboter lieben oder sich auf einen Privatkrieg mit einer anderen Festung vorbereiten. Gelegentlich wird das Selbstverständnis der Moderaner in Frage gestellt, etwa als ein kleines Mädchen Weihnachten feiern will oder Festung Zehn Besuch von einem fleischernen Mann aus der Ferne bekommt. Aber man kann sich über Sentimentalitäten dieser Art hinwegsetzen und zur automatisierten Tagesordnung übergehen. Letztere hätte mit Sicherheit bis in alle Ewigkeiten Bestand gehabt, wenn nicht irgendein Festungskommandant vor Langeweile auf die Idee gekommen wäre, den »Irren Rumms« einzusetzen, die »maximalste« Waffe in Moderan. Und so wird nichts aus dem Traum der Moderaner, in Plastik und Metall bis ans Ende der Zeit zu leben.

Moderan ist eine bittere Zukunftssatire. Trotzdem entbehrt B.s skurril-bizarre Plastikwelt nicht einer gewissen Komik. Die Hauptstimmung des Buches ist zwar melancholisch, dennoch kommt der Humor nicht zu kurz, und das macht dieses Buch einmalig unter den Dystopien der SF. Leider fand dieses ausgefallene Werk bislang nicht die Beachtung, die es zweifellos verdient.

BURGDORF, KARL-ULRICH
(*1952)

Geboren in Hagen, Westfalen. B. studierte in Münster Publizistik, Soziologie und Literaturwissenschaft mit den Schwerpunkten »Audiovisuelle Medien« und »Publizistische Fachdidaktik«. Neben einem Kurzroman und diversen Erzählungen publizierte er 1977 den SF-Jugendroman *Delphinenspiele*, der auf dem ersten populärwissenschaftlichen Sachbuch über Delphinologie (von Anthony Alpers) fußt.

BURGESS, ANTHONY
(*1917)

Geboren in Manchester. Vollständiger Name: John Anthony Burgess Wilson. Studium der englischen Literatur und Phonetik in Manchester. 1940–46 Soldat, 1946–48 Dozent an der Universität von Birmingham, anschließend Tätigkeit beim britischen Kultusministerium mit Aufgabengebiet Asien. B. veröffentlichte unter den Pseudonymen Joseph Kell und John B. Wilson mehrere Romane, wandte sich 1962 der SF zu und lebt in Monte Carlo. Anti-Utopien aus seiner Feder sind *The Wanting Seed* (Thema: Bevölkerungsexplosion) und *A Clockwork Orange* (verfilmt 1971, Regie: Stanley Kubrick).

The Wanting Seed (1962); *The Clockwork Testament* (1974; *Das Uhrwerk-Testament*, 1974); *1985* (1978; *1985*, 1982).

A Clockwork Orange
(1962; dt. *Uhrwerk Orange*, 1974)

Für Alex gibt es nur ein Vergnügen: die Gewalt. Wenn er mit seiner weißgekleideten Bande durch die Straßen des zukünftigen London streift, bleiben stets zusammengeschlagene Männer und geschändete Frauen zurück. Einmal, als er ein Mädchen erschlägt, wird er erwischt. Ihm droht lebenslange Haft. Um ihr zu entgehen, meldet er sich freiwillig für ein wissenschaftliches Experiment. Eine Gehirnwäsche »heilt« ihn und macht ihn zu einem »brauchbaren« Mitglied der Gesellschaft. Von nun an ist Alex unfähig, Gewalttaten zu begehen, denn sobald er auch nur die Hand hebt, befällt ihn würgende Übelkeit. Beethovens Musik, die er vor der Gehirnwäsche verehrte, läßt ihn nun (eine unerwartete Nebenwirkung der Behandlung) allergisch reagieren. Der erfolgreiche Versuch wird von der britischen Regierung für Propagandazwecke ausgenutzt, aber als Alex die Freiheit wieder hat, wird sie für ihn

zum Alptraum. Seine ehemaligen Kumpane sind nun bei der Polizei und schlagen ihn jetzt auf »legale« Weise zusammen. Er schleppt sich halbtot in das Haus eines seiner früheren Opfer, eines gelähmten Schriftstellers, der ihn zuerst nicht erkennt und für ihn sorgt. Als Alex' Retter jedoch herausfindet, wen er unter seinem Dach beherbergt, benutzt er den Jungen als Druckmittel gegen die Regierung, die er haßt. Er sperrt Alex in eine Dachkammer und quält ihn so lange mit Beethoven-Musik, bis er aus dem Fenster springt und sich schwer verletzt. Aber er überlebt. Die Regierung macht die Gehirnwäsche wieder rückgängig; Alex ist von nun an wieder der alte.
Ein Mensch, dem man die Willenskraft nimmt, sich zwischen Gut und Böse zu entscheiden, sagt Burgess, ist nicht automatisch gut, sondern in erster Linie kein Mensch mehr. Der Mensch sei ein Mikrokosmos, organisch wie eine Frucht. Nimmt man an ihm eine Gehirnwäsche vor, wird er zu einem mechanischen Geschöpf, wie ein Uhrwerk.

BURKE, JONATHAN
(*1922)

Pseudonym für John Frederick Burke, geboren in Rye, Sussex. Nach einem Hochschulstudium arbeitete B. in der Herstellung, Geschäftsführung und Redaktion mehrerer Verlage sowie als PR-Beauftragter bei Shell. Zwischen 1963 und 1965 war er Redakteur bei der Twentieth Century Fox, seit 1965 ist er als freiberuflicher Schriftsteller tätig. B. betätigt sich auf verschiedenen Gebieten der Unterhaltungsliteratur; u. a. verfaßt er Krimis und Horrorromane; er schreibt Hörspiele und übersetzt aus dem Dänischen. Mit der Satire *Swift Summer* gewann B. den »Atlantic Award« für Literatur der Rockefeller-Stiftung. In der Science Fiction trat er mit routiniert geschriebener Action-SF – seine beiden besten Romane sind Parallelweltabenteuer – vor allem in den fünfziger Jahren in Erscheinung. Einer seiner jüngeren SF-Titel ist die Filmdrehbuch-Adaption *Moon Zero Two*. Einige seiner Bücher erschienen unter dem Namen John Burke.

Dark Gateway (1954; *Tor der Dämonen*, 1954); *The Echoing Worlds* (1954; *Die letzte Schlacht*, 1954); *Hotel Cosmos* (1954; *Hotel Cosmos*, 1960); *Pattern of Shadows* (1954); *Alien Landscapes* (1955); *Pursuit through Time* (1956); *Moon Zero Two* (1969).

BURKS, ARTHUR J.
(1898–1974)

Amerikanischer Unterhaltungsschriftsteller, der zunächst als Berufssoldat den Rang eines Leutnants der Armee bekleidete. Als er herausfand, daß er von seinem Einkommen als Freizeitautor wesentlich besser leben konnte, zog er die Uniform aus und wurde Textlieferant aller möglichen Pulp-Magazine. Er hat Tausende von Geschichten veröffentlicht, nie etwas überarbeitet und auf Anfrage jedem Redakteur praktisch über Nacht das geliefert, was er brauchte, wenn noch eine Textlücke zu füllen war. Nur kleine Teile seiner Riesenproduktion wurden zwischen Buchdeckel gepreßt: drei Romane und zwei Kurzgeschichtenbände waren alles, was Buchverleger für publikationswürdig befanden.

The Great Amen (1938); *The Great Mirror* (1952); *Look Behind You* (C, 1954); *Black Medicine* (C, 1966); *The Casket* (1973).

BURROUGHS, EDGAR RICE
(1875–1950)

Geboren in Chicago als Sohn eines Batteriefabrikanten. Nach dem Besuch mehrerer Privatschulen ging er zur US-Kavallerie, arbeitete in einer Goldmine, versuchte sich als Eisenbahnpolizist und Verkäufer in einem Drugstore. Als er 1912 kurz vor dem Selbstmord stand, da er glaubte, im Leben versagt zu haben, akzeptierte das Pulp-Magazin *All Story* seine lange Erzählung »Under the Moons of Mars«, die unter dem Pseudonym Norman Bean erschien. Im gleichen Jahr schuf B. auch die Figur, die ihn der breiten Öffentlichkeit bekannt machte: Tarzan. *Tarzan of the Apes*, die erste Folge der weit über 25 Bände umfassenden Serie, wurde in mehr als 60 Sprachen übertragen, über 30 Mal verfilmt und zum Helden eines Comic-Strips, bei dessen Gestaltung sich mehrere Zeichner profilierten.
Neben den Abenteuern des Dschungelmen-

schen blieb B. jedoch zeitlebens der SF verhaftet. »Under the Moons of Mars« ist die Geschichte eines amerikanischen Offiziers, der im 19. Jahrhundert vor einer Gruppe Indianer in eine Höhle flüchtet und von dort auf rätselhafte Weise zum Planeten Mars versetzt wird, wo er unter monströsen Wesen allerlei Abenteuer zu bestehen hat. Es folgten neun Fortsetzungen. *Pirates of Venus*, ein weiterer SF-Roman, hatte vier Fortsetzungen. Darin landet ein Amerikaner namens Carson Napier auf unserem Schwesterplaneten und sieht sich dort allerlei Unbilden ausgesetzt. B.' Mars- und Venusgeschichten zogen viele Nachahmer an (u. a. Otis Adelbert Kline, Michael Moorcock, Leigh Brackett, Lin Carter), obwohl seine Texte stets nach dem gleichen Strickmuster aufgezogen sind: Der Held (oder seine Angebetete) werden pro Roman wenigstens dreimal entführt, in Ketten gelegt und in Kerker gesperrt, bis der Deus-ex-machina-Effekt eintritt und ihm/ihr wieder einmal die Flucht gelingt. Die Eigenheiten des Mars, wie B. sie schildert, sind von Generationen von SF-Autoren übernommen und beibehalten worden, ungeachtet der Tatsache, daß die heutige Wissenschaft andere Informationen über den Planeten verbreitet. Mars und Venus waren übrigens nicht die einzigen Welten, denen ihr Autor sich widmete, solange er sich beim SF-Genre verweilte: In der Pellucidar-Serie schildert er die Abenteuer des Forschers David Innes, den es in ein unterirdisches Reich verschlägt, in dem nicht nur Menschen leben, sondern auch allerlei feuerspeiende Ungeheuer umherstapfen.

Mars-Serie: *A Princess of Mars* (1917; *Die Prinzessin vom Mars*, 1972); *The Gods of Mars* (1918; *Die Göttin vom Mars*, 1972); *Warlord of Mars* (1919; *Der Kriegsherr des Mars* 1972); *Thuvia, Maid of Mars* (1920; *Thuvia, das Mädchen vom Mars*, 1973); *Chessmen of Mars* (1922); *Mastermind of Mars* (1928); *A Fighting Man of Mars* (1931); *Swords of Mars* (1936); *Synthetic Men of Mars* (1940); *Llana of Gathol* (1948). – Venus-Serie: *Pirates of Venus* (1934; *Piraten der Venus*, 1970); *Lost on Venus* (1935; *Auf der Venus verschollen*, 1970); *Carson of Venus* (1939; *Krieg auf der Venus*, 1971); *Escape on Venus* (1946; *Odyssee auf der Venus*, 1971); *The Wizard of Venus* (1970; postum). – Pellucidar-Serie: *At the Earth's Core* (1922); *Pellucidar* (1923); *Tanar of Pellucidar* (1930); *Tarzan at the Earth's Core* (1930); *Back to Stone Age* (1937); *Land of Terror* (1944); *Savage Pellucidar* (1963; postum).

Lit.: R. A. Lupoff, Barsoom. Edgar Rice Burroughs and The Martian Vision, 1976.

A Princess of Mars
(1917; dt. *Die Prinzessin vom Mars*, 1972)

Zur Zeit des amerikanischen Bürgerkriegs treibt sich der Gentleman John Carter zusammen mit einem Freund in den Bergen von Arizona herum, wo er nach Gold sucht. Rebellische Indianer überfallen die beiden, Carters Freund kommt dabei um. Der Held selbst kann sich in eine kleine Höhle flüchten, in der während der Nacht Seltsames geschieht: Eine geheimnisvolle Kraft bemächtigt sich seines Körpers, und als Carter am nächsten Tag die Höhle verläßt, stellt er fest, daß die gesamte Umgebung sich verändert hat. Er ist nicht mehr in Arizona, sondern hält sich in der Marswüste auf. Bald trifft er auf die ersten Marsbewohner: grünhäutige, vierarmige Kreaturen, die sich Thark nennen und ihn mit in ihre geheimnisvolle Stadt nehmen. Carter ist gelehrig; da er den Thark zudem eine Menge beibringen kann, hütet man ihn wie einen Schatz. Eines Tages wird die Stadt der Thark von einer aus segelschiffähnlichen Gefährten bestehenden Luftarmada angegriffen. Eines der Schiffe wird abgeschossen, aus dem Wrack klettert ein außergewöhnlich schönes Mädchen namens Dejah Thoris, und erst dadurch erfährt Carter, daß der Mars nicht nur von den monströsen Thark, sondern auch von Menschen bewohnt wird. Er verliebt sich in die gefangene Prinzessin des Reiches Helium und verhilft ihr zur Flucht. Gemeinsam treten sie eine abenteuerliche Reise an, werden getrennt, geraten in Gefangenschaft und entkommen wieder. Carter wird in Kämpfe und Intrigen verwickelt, führt einen Sklavenaufstand an, schlägt sich mit Wegelagerern und Piraten herum und begegnet den außergewöhnlichsten Geschöpfen, die die Phantasie sich nur vorzustellen vermag.
Das Ende des ersten Teils kommt so schnell wie der Anfang: Die unbekannte Kraft bringt Carter zur Erde zurück, wo er sich schwört, alles zu tun, um zu dieser Zauberwelt, in der seine Geliebte ihn erwartet, zurückzukehren.

BURROUGHS, WILLIAM S(EWARD)
(*1914)

Geboren in St. Louis, Abkömmling einer der bekanntesten Familien der USA (Burroughs Rechenmaschinen). Studium der Literatur in St. Louis und in Harvard; er veröffentlichte einige Arbeiten über Poetik und Ethnologie und galt als vielversprechend. Nach einer einjährigen Europareise kehrte er drogenabhängig nach Harvard zurück, begann ein Anthropologiestudium, gab auch das wieder auf und führte fortan ein unstetes Leben in Mexiko, Marokko, Paris und Großbritannien. 1953 veröffentlichte er unter dem Pseudonym William Lee in *Junkie* seine Erfahrungen. Er hat die Autoren der Beat-Generation (Jack Kerouac, Allen Ginsberg u. a.) intellektuell angeregt und verwendete in den fünfziger und sechziger Jahren die Cut-up-Methode zum Erstellen literarischer Texte. Einflüsse auf sein Werk hatten die SF-Magazine und Autoren wie Theodore Sturgeon. In einigen seiner Bücher ist von einem »Nova-Mob« die Rede, interstellaren Gangstern, die insgeheim die Erde bereits übernommen haben.

Exterminator (1960); *The Soft Machine* (1961; *Soft Machine*, 1971); *The Ticket That Exploded* (1962; *The Ticket That Exploded*, 1972); *Nova Express* (1964; *Nova Express*, 1970); *The Wild Boys* (1971).

BUSBY, F. M.
(*1921)

Geboren in Indianapolis. Studium an der Washington State University. B. war SF-Fan und bereits während der frühen fünfziger Jahre als Herausgeber des mit einem »Hugo Award« ausgezeichneten Fanzines *Cry of the Nameless* tätig. Nachdem er einige Kurzgeschichten publiziert hatte, nahm er Anfang der siebziger Jahre an einem Workshop für angehende Schriftsteller teil, gab seinen Beruf als Ingenieur auf und ist seither als Autor tätig. Seine Romane sind Space Operas, in denen einem interstellaren Imperialismus das Wort geredet wird.

Cage a Man (1973; *Menschen im Käfig*, 1975); *The Proud Enemy* (1975); *The Long View* (1976); *Rissa Kerguelen* (1976).

BUTLER, OCTAVIA E(STELLE)
(*1947)

Geboren in Pasadena, Kalifornien; eine der wenigen farbigen Autoren innerhalb der SF. B. machte zum erstenmal 1976 auf sich aufmerksam, als sie den Roman *Patternmaster* vorlegte. Wie das folgende Buch, *Mind of My Mind* (1977), leuchtet er psionische Probleme aus, das Verhältnis telepathischer Mutanten zu Nichttelepathen wie auch die Möglichkeiten von Psi-Fähigkeiten im allgemeinen. 1980 ließ sie durch den Roman *Wild Seed* aufhorchen.

Survivor (1978); *Kindred* (1979).

BUTLER, SAMUEL
(1835–1902)

Geboren in Langar bei Bingham, Nottinghamshire. B. studierte in Oxford und wanderte 1859 nach Neuseeland aus. Bekannt geworden ist er durch seine Utopien *Erewhon; or, Over the Range* (1872; *Ergindwon oder Jenseits der Berge*, 1879) und *Erewhon Revisited* (1901). In ihnen schildert B. eine pastorale, gegen Maschinen und Technik eingestellte Gesellschaft einer englischen Kolonie (Neuseeland?). In dieser Agrarkultur sind Krankheit und Armut verpönt. Durch Überzeichnung und satirische Stilmittel kritisiert B. Darwins Evolutionstheorie, die englische Oberschicht sowie den Klerus. B. betätigte sich auch als Maler und Komponist und übte mit seinen anderen Schriften Einfluß auf G. B. Shaw aus.

BUTTERWORTH, MICHAEL
(*1947)

Geboren in London; ehemaliger Herausgeber eines Underground-Magazins. B.s erste SF-Erzählung, »Girl«, erschien 1966 im damals noch eher hausbackenen Magazin *New Worlds*. 1976 publizierte er (zusammen mit Michael Moorcock) den Roman *The Time of the Hawklords*, dem 1977 die Fortsetzung *Queens of Deliria* folgte. B. machte sich in *New Worlds* (zu dessen regelmäßigen Mitarbeitern er gehörte) stets für eine neue, unkonventionelle SF stark, ist seinen eigenen Forderungen jedoch selten treu geblieben.

Am bekanntesten wurden seine in den USA publizierten Romanadaptionen der TV-Serie *Space 1999*.

Planet of Peril (1977); *Mind Breaks of Space* (1977); *The Space Jackers* (1977); *The Psychomorph* (1977); *The Time Fighters* (1977); *The Edge of the Infinite* (1977).

BYRNE, STUART J(AMES)
(*1913)

Geboren in St. Paul, Minnesota, irisch-schottischer Abstammung, lebt in Los Angeles und publizierte den Hauptteil seiner zum SF-Genre zählenden Werke (vorwiegend Kurzgeschichten) in den dreißiger und fünfziger Jahren. Seine erste Story erschien 1935 in *Amazing*. Nach dem Zweiten Weltkrieg, der ihn zu einer längeren Schreibpause zwang, wechselte er in den frühen fünfziger Jahren zum Magazin *Other Worlds* über, wo er mehrere lange Fortsetzungsromane veröffentlichte. Erst Ende der sechziger Jahre gelang ihm der Durchbruch (teilweise unter dem Pseudonym John Bloodstone) auf den Buchmarkt.

Starman (1969); *Godman* (1970); *Thunder, Man of the Worlds* (1971); *The Alpha Trap* (1976).

C

CABELL, JAMES BRANCH
(1878–1958)

Geboren in Richmond, Virginia. In C.s mehr als 50 Romane starkem Gesamtwerk umfaßt die *Biography of the Life of Manuel* allein 21 Bände. Der Fantasy-Roman *Jurgen* (1919) ist der bekannteste von diesen Bänden und erschien 1980 bei uns in neuer Übersetzung unter dem Titel *Jürgen*. Weil der Roman in seiner sexuellen Freizügigkeit seiner Zeit voraus war, wurde er vorübergehend verboten, was sich aber eher als verkaufsfördernd herausstellte.
Die umfangreiche Fantasy C.s spielt hauptsächlich in dem fiktiven mittelalterlichen Land Poictesme, in welchem Wirklichkeit und Einbildung ineinander übergehen und selbst Unmögliches real zu werden scheint.

CAIDIN, MARTIN
(*1927)

Geboren in New York; Pilot, Aeronautikfachmann und Schriftsteller. Seine schriftstellerische Laufbahn begann C. 1950 mit dem Sachbuch *Jets, Rockets and Guided Missiles*. Diesem Titel folgten weitere 40 Sachbücher, die allesamt auf ein technisch interessiertes, bisweilen auch jugendliches Publikum abgestimmt sind und Themen wie Raumfahrt, Luftfahrttechnik u. dgl. behandeln. Seine SF-Romane fußen auf demselben Wissen, sind rein technizistischer Natur und spielen bestenfalls in der näheren Zukunft. Das mag ein Grund sein, warum viele von ihnen verfilmt wurden. Nach seinem SF-Erstling *The Long Night* (1956) machte ihn vor allem *Marooned* (1964) bekannt (1969 verfilmt). Darin geht es um eine dramatische Rettungsaktion im Weltraum. Eine Serie neueren Datums sind die Cyborg-Abenteuer um Steve Austin, nach deren Vorbild die erfolgreiche Fernsehserie *The Six Million Dollar Man* gedreht wurde. Auch sie vermittelt technische Informationen, die aber diesmal von reißerischer Action an die Wand gedrängt werden.
The Last Fathom (1967; *Alarm in der Tiefsee*, 1968); *No Man's World* (1967); *Four Came Back* (1968; *Alarm in der Raumstation*, 1970); *The God Machine* (1968; *Der große Computer*, 1969). – Cyborg-Serie: *Cyborg* (1972; *Der korrigierte Mensch*, 1976); *Operation Nuke* (1973; *Die Menschmaschine*, 1978); *High Crystal* (1974; *Die Straße der Götter*, 1976); *Cyborg IV* (1975; *Cyborg IV*, 1979).

CALVINO, ITALO
(*1923)

Geboren in Kuba, heute in Italien lebend. C. schreibt seit dem Ende des Zweiten Weltkriegs und ist ein wichtiger Autor der italienischen Literatur, der mit realistischen, phantastischen, unheimlichen und surrealen Texten hervorgetreten ist. In den Bereich der SF fallen die Storysammlungen *Le cosmicomiche* (1965) und *Ti con zero* (1967), die auf deutsch zusammen in dem Band *Kosmokomische Geschichten* (1969) erschienen sind.

Ti con zero und **Le cosmicomiche**
(1967 und 1965; dt. *Kosmokomische Geschichten*, 1969)

»In meiner Kindheit hatten wir im ganzen Universum kein anderes Spielzeug als die Wasserstoffatome, und wir taten auch nichts weiter, als mit ihnen zu spielen, ich und ein anderer kleiner Junge meines Alters namens Pfwfp. Was für ein Spiel war es? Das ist schnell gesagt. Da der Weltraum gekrümmt war, ließen wir die Atome wie Billardkugeln auf seiner Krümmung entlangrollen, und gewonnen hatte derjenige, dessen Atom am weitesten rollte. Jedesmal, wenn man ein Atom anstieß, mußte man die Auswirkungen und die Flugbahn genau berechnen, um die Magnetfelder und die Gravitationsfelder auszunutzen, sonst rollte das Kügelchen aus seiner Bahn und mußte ausscheiden.«
Qfwfq, der all diese *Kosmokomischen Geschichten* erzählt, ist ein Wesen oder kosmisches Bewußtsein, das sich von Urbeginn an im Kos-

mos tummelt und u. a. auch die ganze erdgeschichtliche Entwicklung von der Urzelle zum Menschen mitmacht. C. bietet aber keineswegs einen paläontologischen Unterricht; vielmehr sind die Abenteuer Qfwfqs bunt gemischt, nicht chronologisch, unernst: Stationen eines Bewußtseins, das sich selbst manchmal sehr ernst nimmt, im wesentlichen aber das Dasein als Spielerei empfindet. Mitunter taucht C. tief in Absurditäten, etwa wenn sich Qfwfq egozentrisch als eine Art Mittelpunkt des Universums sieht: in »Spiele ohne Ende«, aus dem eingangs zitiert wurde, oder in »Die Lichtjahre«, wo jede seiner Handlungen auf anderen Sternen in anderen Galaxien beobachtet und mit Texttafeln kommentiert wird.

Von simplen, aber netten Späßen, in denen Qfwfq mit seinen Kumpanen die Mondmilch von der nur wenige Meter über der Erde schwebenden Mondoberfläche schabt (»Der Abstand des Mondes«), über die in Text umgesetzte Comic-Bildfolge »Der Ursprung der Vögel« bis hin zu mitunter präzisen Definitionen im mathematisch-kybernetischen Sinne, wo am Beispiel der Zellteilung Liebe als »prägebürtiges« Wollen eines neuen Wesens erklärt wird (»Mitose«), entfaltet sich ein hübscher Fächer von Ideen und Perspektiven.

»Meiose«, die Geschichte einer »Begegnung zweier Individuen, die es nicht gibt, da sie nur als Mittel zum Zweck einer Vergangenheit oder Zukunft definiert sind«, und die »man nicht trennen kann von der Geschichte alles anderen, was existiert und durch sein Nichtexistieren das Existierende existieren läßt«, bietet dann konsequent, nach Mutmaßungen und Festlegungen, was das weibliche Wesen »Priscilla« ist oder sein könnte, die Schlußerkenntnis, daß von zwei Kamelen die Rede war. In »Die Dinosaurier« ist Qfwfq ein Saurier, der seine Rasse überlebt hat und bei den nächsten Herren der Erde unerkannt unterschlüpft, bis er eines Tages wieder seiner Wege geht: »Ich durchlief Täler und Ebenen. Ich kam zu einem Bahnhof, setzte mich in einen Zug und mischte mich unter die Menge.«

Einzeln oder gemeinsam stehen diese und weitere Geschichten dieser Sammlung im Dienste einer kosmischen Philosophie, wonach das Ganze unteilbar ist und sich nur in unendlich vielen Varianten ausdrückt.

CAMPANELLA, TOMMASO
(1568–1639)

Geboren in Stilo, Kalabrien. Mit fünfzehn trat er dem Dominikanerorden bei, wurde 1599 (nachdem er bereits einige philosophische Schriften veröffentlicht hatte) von der spanischen Inquisition verhaftet und gefoltert, da er eine Revolte in Sizilien (damals unter spanischer Herrschaft) angezettelt haben sollte. Erst 1626 kam er wieder aus dem Gefängnis frei, mußte aber weiter vor seinen Häschern fliehen, bis ihm Richelieu 1634 Asyl gewährte.

Unter seinen zahlreichen, in der Gefangenschaft verfaßten Schriften ist auch *Civitas solis* (1623), neben Morus' *Utopia* und Bacons *Nova Atlantis* die bekannteste Utopie der Renaissance. Geschildert wird eine Stadt, die in sieben konzentrischen Kreisen angeordnet ist und von einem philosophierenden König beherrscht wird.

H. MORLEY schilderte in seinem Vorwort der englischen Ausgabe von *Civitas solis* den Verfasser als politischen Freigeist, der wegen seiner Auffassungen verfolgt wurde, während H. ROSS ihn in seiner 1938 erschienenen Studie *Utopias Old and New* als Fanatiker darstellt, der fest mit dem Weltuntergang im Jahre 1600 rechnete, auf den er »mit masochistischer Wonne« stundenlang gewartet haben soll.

C.s Hauptwerk *Civitas solis (Der Sonnenstaat)* ist eine Verschmelzung christlicher und »kommunistischer« Werte und wird von E. BLOCH als »Utopie der Ordnung« der »Utopie der Freiheit« des Thomas Morus gegenübergestellt.

CAMPBELL, H(ERBERT) J.
(*1925)

Englischer Chemiker, der sich in den fünfziger Jahren mit SF befaßte. C. war Redakteur des britischen Magazins *Authentic Science Fiction* und schrieb Kurzgeschichten und eine Anzahl von Romanen. Ferner gab er zwei Anthologien und eine Story-Sammlung von L. S. de Camp heraus. Außer unter eigenem Namen schrieb er auch einzelne Titel unter den verlagseigenen Pseudonymen Jon J. Deegan und Roy Sheldon, wobei Gerüchten zufolge alle Deegan-Romane aus seiner Feder stammen. Seinen Abstecher in die SF gab er auf, weil ihn die Arbeit als Chemiker (er ist ein bekannter englischer Forscher auf diesem Gebiet) zu sehr in Anspruch nahm. In späteren Jahren veröffentlichte er nur noch wissenschaftliche Texte.

The Last Mutation (1951); *The Moon Is Heaven* (1951); *World in a Test Tube* (1951); *Beyond the Visible* (1952; *Die unsichtbare Gefahr*, 1953); *Chaos in Miniature* (1952); *Mice or Machines* (1952); *Another Space – Another Time* (1953; *Ein anderer Raum – eine andere Zeit*, 1953); *Brian Ultimate* (1953); *The Red Planet* (1953); *Once upon a Space* (1954).

CAMPBELL JR., JOHN W(OOD)
(1910–1971)

Geboren in Newark, New Jersey. C. studierte am Massachusetts Institute of Technology und an der Duke University, wo er 1932 in Physik graduierte. Seine naturwissenschaftliche Ausbildung spiegelt sich in seinem Wirken in der Science Fiction wider, das sich in drei Bereiche einteilen läßt.

Zunächst fand sie ihren Niederschlag in den »superwissenschaftlichen« Space Operas, die C. zu Beginn seiner Karriere, Anfang der dreißiger Jahre, schrieb. Nach dem Verkauf seiner ersten Geschichte, »When the Atoms Failed« (1930), gewann er rasch die Gunst des Lesepublikums und wurde durch seine rasanten Weltraumabenteuer um Arcot, Morey und Wade (1930/31), die mit den unglaublichsten Erfindungen und Technologien gespickt waren, zu einem ernsthaften Konkurrenten für E. E. »Doc« Smith, damals dem beliebtesten Autor des Genres. Noch bombastischer war die Aarn-Munro-Serie, die mit *The Mightiest Machine* (1934/35) begann und erst 1949 mit *The Incredible Planet* fortgesetzt wurde.

Seinen Ruf als Romanautor verdankte C. in erster Linie Space Operas dieser Art, Epen, in denen eine Erfindung die andere jagt und immer mächtigere Schurken die aufrechten Helden bedrohen. Solche Stoffe faszinierten vor allem Halbwüchsige, für die literarische Entwicklung der Genre-SF waren jedoch seine Stories unter dem Pseudonym Don A. Stuart ungleich wichtiger. Nachdem C. 1934 von *Amazing Stories* zur Konkurrenz *Astounding* gewechselt war, hatte er dort mit »Twilight« eine Geschichte untergebracht, die sich stark von seinen früheren Werken unterschied. »Twilight«, ein Stimmungsbild über die Abenddämmerung der Menschheit, war ernster, glaubhafter und stilistisch besser ausgeführt als die meisten der damaligen Kurzgeschichten. »Twilight« war die erste von 16 Stories, die ihren Verfasser unter dem Pseudonym D.A.S. zu einem der innovativsten SF-Autoren der dreißiger Jahre machten. In den besten davon, etwa »Night« (1935), »Forgetfulness« (1937) oder der verfilmten »Who Goes There?« (1938), eröffnete C. durch seine klare Logik neue Dimensionen.

In der D.A.S.-Phase zwischen 1934 und 1939 stand C.s schriftstellerische Karriere in ihrem Zenit – und vor ihrem Ende. 1937 hatte er die Herausgeberschaft des Magazins *Astounding* übernommen, die er bis zu seinem Tode behielt. Diese Arbeit ließ ihm kaum noch Zeit für eigene Projekte, obwohl nach dem Zweiten Weltkrieg noch einige seiner Romane, oft Buchversionen von Frühwerken, erschienen. C. wollte die SF verändern, neue Maßstäbe für das Genre setzen, und darin liegt seine Bedeutung als Herausgeber. Er versammelte eine Reihe junger Autoren um sich, lieferte ihnen Ideen und forderte glaubhaftere, bessere SF von ihnen. Er verlangte wissenschaftlich exakte Extrapolationen, d. h., die Stories durften ruhig von einer verrückten Hypothese ausgehen, aber danach mußten sie logisch aufgebaut sein. Und der Mensch sollte mehr in den Mittelpunkt rücken. Unter seiner Ägide begannen Autoren wie del Rey, Sturgeon, van Vogt, Asimov, Heinlein – Namen, die später die SF auf Jahrzehnte hinaus dominieren sollten –, und schon bekannte Schriftsteller wie de Camp, Kuttner, Moore, Williamson und Simak veröffentlichten im nächsten Jahrzehnt in *Astounding* ihre besten Erzählungen.

Mit C. begann bei *Astounding* das, was Fans oft verklärt das »Goldene Zeitalter der SF« nennen, und in der Tat erschienen zwischen 1939 und 1946 Geschichten in dichter Folge, die später zu Klassikern des Genres werden sollten. Allerdings hielt dieses Goldene Zeitalter nicht ewig vor. In den fünfziger Jahren bekam *Astounding* starke Konkurrenz von den neuen Magazinen *Galaxy* und *Magazine of Fantasy & Science Fiction*. Darüber hinaus verrannte sich C. in seinen Leitartikeln immer öfter in gewagte Spekulationen, so daß sich einige seiner Starau-

toren, so z. B. der in den Naturwissenschaften besser bewanderte Isaac Asimov, von ihm abwandten.
Schließlich räumte C. auch pseudowissenschaftlichen Theorien Platz in *Astounding* ein (z. B. »Dianetics« von L. Ron Hubbard) und hielt auch dann noch am Menschen als Maß aller Dinge im Kosmos fest, als die Grundstimmung in der SF schon umgeschlagen war und ein viel differenzierterer Tenor herrschte. In den fünfziger und vor allem den sechziger Jahren verlor *Astounding*, 1960 in *Analog* umgetauft, an Bedeutung, und C. nahm immer mehr das Image eines starrköpfigen, konservativen SF-Patriarchen an. Zwar gelangen ihm noch hie und da spektakuläre Einkäufe, aber nur noch wenige wichtige Autoren begannen ihre Karrieren in seinem Magazin.
Trotz dieses Niedergangs hat C.s Einfluß als Herausgeber von *Astounding* und *Unknown* das Genre entscheidend verändert. Viele halten ihn sogar für den Begründer der modernen Science Fiction schlechthin. Zweifellos hat C. die Magazin-SF aus ihren Kinderschuhen gehoben, erwachsen hat er sie allerdings nicht gemacht, das blieb anderen nach ihm vorbehalten.

Who Goes There? (1948; *Das Ding aus einer anderen Welt*, 1958); *The Moon Is Hell* (1951; *Gefangene des Mondes*, 1957); *Cloak of Aesir* (1952); *The Black Star Passes* (1953; *Die tote Sonne*, 1975); *Islands of Space* (1956; *Kosmische Kreuzfahrt*, 1960); *Invaders from the Infinite* (1961; *Invasion aus der Unendlichkeit*, 1975); *The Planeteers* (1966); *The Ultimate Weapon* (1966, *Der Angriff von Mira*, 1971).

Lit.: A. Rogers, A Requiem for Astounding, 1964. – S. Moskowitz, John W. Campbell, in Seekers of Tomorrow, 1966. – J. Bangsund (Hrsg.), John W. Campbell, An Australian Tribute, 1972.

Aarn-Munro-Serie

The Mightiest Machine (1947; dt. *Das unglaubliche System*, 1960); **The Incredible Planet** (1949; dt. *Der unglaubliche Planet*, 1952).

The Mightiest Machine und *The Incredible Planet* sind C.s letzte, aber auch bombastischste Space Operas. *The Mightiest Machine* erschien zuerst 1934/35 als Fortsetzungsroman in *Astounding*, die drei Geschichten, die die Handlung abschlossen, wurden von dessen Herausgeber Tremaine abgelehnt und kamen erst 1949 als *The Incredible Planet* heraus. Protagonisten der Serie sind Russ Spencer, Eigner der Spencer Raketengesellschaft, Don Carlisle, ein Chemiker der Gesellschaft, und Aarn Munro, ihr jupitergeborener Chefwissenschaftler.
Zu Beginn von *The Mightiest Machine* macht Munro vier bahnbrechende Erfindungen, die den Raumflug verbessern sollen. Mit der neuen Ausstattung unternimmt die »Sunbeam«, das Raumschiff der Protagonisten, einen Probeflug, stößt aber mit einem Planetoiden zusammen und wird in ein fremdes Universum geschleudert. Dort taucht man mitten in einer Raumschlacht auf, wird angegriffen, kann sich aber erfolgreich der Feinde erwehren. In dem neuen Universum bekriegen sich zwei Rassen, die menschenähnlichen Magyaner und die Tefflaner, beide Bewohner eines riesigen Sonnensystems. Munro & Co. schließen sich den Magyanern an, und es stellt sich heraus, daß beide Rassen von der Erde, genauer gesagt, dem Kontinent Mu, stammen. Dort hatten sich schon vor Jahrtausenden die Menschen und die gehörnten Teff-hellani bekämpft. Nach dem Untergang des sagenhaften Kontinents konnte sich je ein Raumschiff der Gegner retten und gelangte auf ähnliche Weise wie die »Sunbeam« in dieses Universum, wo man sich auf verschiedenen Planeten der Riesensonne Anrel niederließ. Nach Jahrtausende währender Isolation entwickelten beide Rassen wieder die Raumfahrt, und der Kampf entbrannte aufs neue. Aber nun neigt sich die Waagschale zugunsten der Magyaner, denn die Besatzung der »Sunbeam« hilft ihnen mit Erfindungen und Supertechnik. Aarn Munro entwickelt defensive und offensive Waffen. Schließlich werden zwei Monde Magyas als Waffen gegen Teff-el eingesetzt und der Heimatplanet der Tefflaner vernichtet.
Die Rückkehr der »Sunbeam« zur Erde wird in *The Incredible Planet* geschildert. Nach vielen Abenteuern gelingt diese, und Munro entwickelt ein Gerät namens Telatoskop, mit dem er alle Planeten des Weltraums auf seinen Radarschirm bannen kann. Auf diese Weise erfahren Munro & Co. von der bevorstehenden Invasion der Erde durch die Centauren. Auf der Suche nach einer geeigneten Vernichtungswaffe werden sie ins »Blaue Universum« verschlagen. Mit den Geheimnissen, die ihnen dort offenbart werden, können sie die Centauren in die Flucht schlagen und zum Frieden zwingen.

Die Aarn-Munro-Serie ist eine Space Opera mit all ihren typischen Merkmalen und Schwächen. Wie bei seinem Kollegen »Doc« Smith herrscht auch bei C. reine Schwarzweißmalerei vor. ›Gut‹ und ›Böse‹ sind klar voneinander getrennt, und die ›Guten‹ gewinnen immer. Handelnde Personen sind, wenn überhaupt, nur unzureichend charakterisiert und dienen meist nur als Mittel, um neue wissenschaftliche Techniken und Erkenntnisse einzubringen. Entlarvendes Indiz: In beiden Romanen taucht nicht eine Frau auf. C. ist ein Purist, für den in seinen Space Operas nur Wissenschaft und Technik zählen, nicht die Menschen. Ihm kommt es auf ein paar Milliarden denkender Wesen nicht an, wenn er eine neue, planetenvernichtende Waffe einsetzen kann. Unbeholfen im Stil, lebt diese Art SF, nicht nur bei C., von immer unglaublicher werdenden Erfindungen, technischen Gigantomanien und letztlich pubertären Machtphantasien. Sie ist ein Archetyp der SF, der besonders die Entwicklung des Genres hierzulande (Perry-Rhodan-Serie) stark beeinflußte.

The Best of John W. Campbell
(1973; dt. *Die besten Stories von John W. Campbell*, 1980)

Dieses Buch umfaßt 11 Erzählungen und einen Artikel des Autors, 10 davon allein aus seiner »Don-A-Stuart-Zeit«. Inhaltlich und qualitätsmäßig gibt es das Spektrum C.scher SF wieder, angefangen von dem heute sehr hölzern wirkenden »The Last Evolution« (1932) über die richtungweisende Story »Twilight« (1934), einem sehr prosaischen Stimmungsbild eines zum Tode verurteilten Menschengeschlechts, bis hin zu den beiden Geschichten um Aesir, »Out of Night« (1937) und »The Cloak of Aesir« (1939), in denen die Erde von Außerirdischen unterjocht ist und wieder befreit werden muß.
Höhepunkt der Sammlung ist zweifellos der Kurzroman »Who Goes There?« (1938), C.s berühmteste Geschichte, die unter dem Titel *The Thing* verfilmt wurde. Eine Antarktisexpedition findet darin ein im Eis begrabenes Wesen aus dem Weltraum, das nach jahrtausendelangem Schlaf erwacht und das Grauen über den Stützpunkt der Expedition bringt. Das Wesen kann seine Form beliebig ändern, die Gestalt von Menschen und Tieren im Camp annehmen und sich auf diese Weise perfekt tarnen. C. beschreibt gekonnt die sich ändernden Beziehungen in der Gruppe und ihre Auflösungserscheinungen, denn die Männer stehen unter fürchterlichem Druck. Sie müssen sich nicht nur gegen den gefährlichen Eindringling schützen, sondern ihn auch finden, bevor die Expedition wieder Kontakt mit der Zivilisation aufnimmt. »Who Goes There?« wurde von den »Science Fiction Writers of America« zum besten Kurzroman aus der Zeit vor 1965 gekürt.
The Best of John W. Campbell ist ein repräsentatives Buch, was die Kurztexte des Autors anbelangt. Zwar weisen einige Stories C. als engstirnig auf wissenschaftlichen Fortschritt bedachten Technokraten aus, dessen Weltbild nicht jedermann ansprechen dürfte, aber trotz manchmal etwas schablonenhafter Charaktere sind sie heute noch gut lesbar und weit über dem Durchschnitt der damaligen Magazin-SF angesiedelt.

ČAPEK, KAREL
(1890–1938)

Geboren in Malé Svatoňovice (ČSSR). Č. gehört zu den wichtigsten und meistübersetzten tschechischen Autoren, ein erstaunlich vielseitiger, geistreicher und ironischer Schriftsteller. Er schrieb psychologisch tiefsinnige Erzählungen und Kriminalstories, ironisch-verschmitzte Humoresken und satirische Parabeln, Tiergeschichten, lebendig geschilderte Reiseberichte (*Liebenswertes Holland* und *Seltsames England*, z. B.), hintergründige Märchen, geistreiche Feuilletons, spitze Glossen zur Zeit und politische, ästhetische und philosophische Abhandlungen – und jene Stücke und Romane, die ihn zu einem der Begründer der europäischen SF machten. Č. war Dramaturg, Journalist, Übersetzer französischer Poesie und Schriftsteller.
In seinen SF-Stücken und Romanen beschäftigte er sich mit den Folgen des wissenschaftlich-technischen Fortschritts und ihren metaphysischen Implikationen, meist von einer ironischen Warte aus; sein Werk zeugt von einem tiefen Humanismus. »Die soziale Funktion der Literatur ist die ständige Entdeckung des Menschen, ist ein Richten über ihn, seine Verteidigung und Lobpreisung; und das einzige, was die Literatur

zu tun hat, ist, daß sie den Menschen auf tausenderlei Wegen erkennen muß. Keiner darf verboten werden, sofern er zum Menschen führt«, schrieb er 1933. Seine besondere Liebe galt den kleinen, durchschnittlichen Menschen, die sich gegen die Macht des Großkapitals und der Industrie auflehnen, ohne deswegen zum Sozialismus zu neigen; mit Bauernschlauheit und Starrsinn behaupten sie sich gegen erdrükkende gesellschaftliche Kräfte.

Einige seiner ersten Erzählungen und Stücke schrieb er zusammen mit seinem Bruder Josef, der 1945 im Konzentrationslager Bergen-Belsen umkam. Von Josef Čapek stammt auch die Wortprägung Robot (vom tschechischen »robota«, Fronarbeit), das in viele Sprachen der Welt Eingang fand. *R. U. R.* (1921; *W. U. R.*, 1922), »Rossums Universal Robots« wurde ein weltweiter Erfolg. Die darin vorkommenden »Roboter« sind eigentlich keine Maschinenmenschen, sondern organische, wenn auch künstliche menschenähnliche Lebewesen. Diese synthetischen Lebewesen sind zunächst geschlechtslos, erlangen aber später die Fähigkeit der Fortpflanzung und revoltieren gegen die Ausbeuter, die sie versklaven; sie rotten die Menschen aus und nehmen ihre Stelle ein. Der Individualist Č. war ein Anhänger der Mitte; Großkapital wie Marxismus waren ihm gleichermaßen suspekt, was dazu führte, daß er nach dem Zweiten Weltkrieg in seiner Heimat erst verhältnismäßig spät rehabilitiert wurde.

Mit seinem Bruder Josef gemeinsam schrieb er zwei utopische Parabelstücke: *Ze života hmyzu* (1921 »Aus dem Leben der Insekten«) und *Adam Stvořitel* (1927; »Adam der Schöpfer«). In beiden Stücken wird der Mensch vom Vormarsch der Technik bedroht, das erste zieht eine Parallele zu einer insektenhaften Existenz, das zweite ist eine Absage an die revolutionäre Umgestaltung der Welt.

Več Makropulos (1922; *Die Sache Makropulos*, 1927), 1926 von Leoš Janáček als Oper vertont, kommt, anders als G. B. Shaws *Back to Methuselah,* zu dem Schluß, daß Unsterblichkeit ein Fluch für den Menschen und kein Segen wäre.

Č.s letztes Stück schließlich, *Bilá nemoc* (1937; *Die Weiße Krankheit*, 1937), ist eine eindeutige Warnung vor der wachsenden Gefahr des Faschismus und ein Aufruf zum aktiven Handeln; Č. begnügte sich nicht mehr damit, ihn literarisch zu verspotten.

Wichtiger als diese sehr erfolgreichen Bühnenwerke waren jedoch zweifellos Č.s drei phantastische Romane. Phantastisch sind auch einige seiner Erzählungen.

R. U. R. (1921; *W. U. R.*, 1922); *Boži muka* (C, 1917; *Die Gottesmarter*, 1918); *Povidky z jedné kapsy* (1929); *Povidky z druhé kapsy* (C, 1929; *Aus einer Tasche in die andere*, 1936; Auswahl: *Der gestohlene Kaktus*, 1938); *Dramen* (1976).

Lit.: A. M. Piša, Směry a cíle, 1927. – W. E. Harkins, Karel Čapek, 1962. – I. Klima, Karel Čapek, 1962. – R. Wellek, Karel Čapek, in: Essays on Czech Literature, 1963. – A. Matushka, Karel Čapek, 1964. – O. Malevič, Karel Čapek, 1968. – S. Nikolskij, Karel Čapek – fantast i satirik, 1973; D. Suvin, Karel Čapek oder die Fremdlinge in unserer Mitte, in: D. S., Poetik der Science Fiction, 1979.

Továrna na absolutno

(1922; dt. *Die Fabrik des Absoluten*, 1979)

Das Absolutum oder die Gottesfabrik (1924) bzw. *Die Fabrik des Absoluten* (1979) ist ein genialer Einfall, der zwar nicht völlig konsequent ausgeführt ist, dem man aber Einfallsreichtum, Paradoxie, Skurrilität und Kauzigkeit nicht absprechen kann. Die Erfindung des Atomzertrümmerers »Karburator« durch den typischen kleinen Čapekschen Helden, den Ingenieur Marek, führt nicht nur dazu, daß beinahe kostenlose Energie in geradezu unbegrenzten Mengen zur Verfügung steht, mit allen Umwälzungen, die das für Handel und Industrie und das gesamte Leben der Menschen zur Folge hat, sondern sie zieht noch erstaunlichere metaphysische Auswirkungen nach sich: als Nebenprodukt der Materiezertrümmerung wird nämlich das Absolute, das Göttliche freigesetzt. Wunder werden zum Alltäglichen, die Menschen verfallen in Euphorie. Die Auswirkungen dieser Riesendosis von Göttlichem sind aber nicht so heilsam, wie man vielleicht vermuten könnte; bei Kirche und Staat, den Großfirmen und dem Individuum, bei einfachen Menschen und Gebildeten bewirkt das Absolute keineswegs eine Läuterung, sondern führt zum Chaos. Es zeigt sich, wie ein zynischer katholischer Würdenträger erkennt, daß die Menschheit keinen »wirklichen und tätigen« Gott brauchen kann; sie ist einfach nicht reif für dieses Übermaß an letzter Ursache. Die Wirtschaft bricht zusammen, die Menschen ergeben sich der Schwarmgeisterei, Haß und Fanatismus nehmen ungeheuer zu, und das alles kulminiert in einem verheerenden »größten Krieg«. Am Ende, als der ganze Spuk vorbei und der letzte Karburator vernichtet ist, sitzt man aber wieder bei Blutwurst, Kraut und Bier friedlich zusammen. Metaphysisches und Alltägliches stehen in diesem etwas formlosen Roman grotesk und paradox nebeneinander, ähnlich wie in einigen späteren Erzählungen Stanisław Lems, die den Einfluß Čapeks nicht verleugnen können.

Krakatit

(1924; dt. *Krakatit*, 1949)

Krakatit ist einer jener Romane – wie H. G. Wells' *The World Set Free* oder Anatole Frances *L'île des pingouins* –, von denen man behaupten könnte, daß in ihnen die verheerenden Wirkungen der Atombombe vorhergesehen wurden. »Krakatit« ist ein Sprengstoff von ungeheurer Zerstörungskraft, die Erfindung des einsamen, menschenscheuen Erfinders Prokop, einer in sich zerrissenen Gestalt, der sich zunächst nur um die Geheimnisse der Materie kümmert, in die er eindringt, und der erst lernen muß, die noch weit geheimnisvollere Chemie des Menschen zu begreifen. Er muß den Versuchungen der Macht, des Kapitals, der Politik und nicht zuletzt der Erotik widerstehen und macht dabei viele Irrungen durch. Am Ende, nach schweren inneren und äußeren Kämpfen, geht der Held als geläuterte Gestalt aus den explosiven Konflikten hervor, angeleitet von einer gegen Schluß auftauchenden geheimnisvollen Großvatergestalt, die ihm erklärt, daß seine Aufgabe fortan darin bestehen soll, dem Menschen zu dienen. Das Buch ist nicht einfach die Geschichte einer weltbedrohenden Erfindung, sondern der Versuch, die naturwissenschaftliche Problematik psychologisch und ethisch zu vertiefen und die Auswirkungen einer derartigen Erfindung auf die Psychologie der Gestalten darzustellen. Der Roman hat eine fiebrige, visionäre, impressionistische Qualität, die zuweilen, vor allem in der Gestalt des Helden, an Dostojewski erinnert, aber auch für viele Romane der hektischen zwanziger Jahre typisch ist. Der Held widersteht den Verlockungen der Staatsmacht wie auch der Versuchung, sich zu einem nihilistischen individualistischen Gewaltherrscher und Weltverbesserer aufzuschwingen, wie es in vielen ähnlichen, weniger guten Romanen der Fall ist. Allegorie, Psychologie und Realismus vermischen sich in diesem Buch zu einer zwar nicht völlig nahtlosen, aber in ihrer Lauterkeit beeindruckenden Einheit.

Válka s mloky

(1936; dt. *Der Krieg mit den Molchen*, 1937; 1953)

Dieser Roman gehört zu den echten ›Klassikern‹ der Science Fiction; ein schwerwiegendes Problem wird darin auf eine erstaunlich leichte, humorvolle und weise Art abgehandelt. Vor allem ist auch die vom Autor angewandte Erzähltechnik bewunderungswert; eingeflochten in die Handlung sind Zeitungsausschnitte, Pamphlete, kurze Stellungnahmen, drehbuchartige Texte, Ankündigungen, die zusammen ein umfassendes Panorama ergeben und die besondere Lebendigkeit des Buches ausmachen.

Der Krieg mit den Molchen beginnt als exotischer Abenteuerroman, mit der Entdeckung der Molche, eigentlich Salamander, durch den Kapitän Van Toch im Pazifik. Den Menschen bleibt nicht lange verborgen, wie nützlich die Molche für die Staaten Europas sein können, und in alterprobter Kolonialmanier werden sie, unter viel beschönigenden Reden von der Zivilisation, als billige Arbeitskräfte ausgebeutet. In diesem Stadium erfüllen sie die Rolle eines bald auf der ganzen Welt allgegenwärtigen Industrieproletariats, das sich rasend vermehrt. Dabei bleiben sie jedoch nicht stehen, sie entwickeln sich weiter und werden zu Konkurrenten des Menschen und zu einer überlegenen Rasse. Aus mißbrauchten Opfern werden unsympathische, arrogante Wesen, die die Welt bedrohen und die Menschenstaaten herausfordern, bis sie als Superfaschisten die Kontinente im Meer versinken lassen, den Menschen ertränken und seine Nachfolge antreten. Die Parallelen zum ungehemmten Aufstieg der faschistischen Gefahr jener Zeit sind offensichtlich, doch geht die Gleichung nicht völlig auf, denn die Molche werden von Ausgebeuteten zu Ausbeutern. Der Roman ist dennoch brillant, ernsthaft, tiefsinnig und ironisch, voller scharfsinniger Beobachtungen über die Menschheit und die Lage der Zeit.

CAPON, PAUL (HARRY)
(1912–1969)

Geboren in Kenton, Suffolk, als Sohn eines Farmers. Er arbeitete für verschiedene große Filmgesellschaften (u. a. für die sowjetische Filmagentur und die britische Walt Disney Productions) und war in seinen letzten Lebensjahren Leiter der Nachrichtenabteilung eines unabhängigen TV-Magazins. Von seinen über 30 Romanen (viele davon gehören dem Krimi-Genre an) können 9 – darunter auch einige Jugendbücher – der SF zugerechnet werden.

The Other Side of the Sun (1950); *The Other Half of the Planet* (1952); *The World at Bay* (1953); *Down to Earth* (1954); *Phobos, the Robot Planet* (1955); *The Wonderbolt* (1955); *Into the Tenth Millennium* (1956); *The Cave of Cornelius* (1959); *Flight of Time* (1960).

CARD, ORSON SCOTT
(?)

Geboren im Staat Washington. Später übersiedelte die Familie nach Kalifornien, wo C. auch aufwuchs. Er war zeitweise Redakteur einer Studenten-Zeitung sowie Dramaturg und Impresario einer Theatergruppe. Nach seiner Tätigkeit als mormonischer Missionar in Brasilien wurde er Lehrer an einer Sonntagsschule für Erwachsene in der Mormonenmetropole Salt Lake City. C. war als Autor von Anfang an erfolgreich: Innerhalb kürzester Zeit machte er mit seinen Science-Fiction-Kurzgeschichten in *Analog* Furore. »Ender's Game« erschien 1977. Diese und die folgenden Stories gewannen auf Anhieb die Lesergunst. 1977 verlieh man C. den »John W. Campbell Award« als bestem Nachwuchsautor, mittlerweile jedoch ist es wieder ziemlich still um ihn geworden.

Songmaster (1978, 1979/80; *Meistersänger*, 1981); *A Planet Called Treason* (1979; *Der Spender-Planet*, 1980).

CARR, TERRY (GENE)
(*1937)

Geboren in Grant's Pass, Oregon, als Sohn eines Maschinisten und einer kaufmännischen Angestellten. C. besuchte bis 1957 ein College in San Francisko und studierte bis 1959 an der University of California in Berkeley. 1961/62 freier Schriftsteller, dann 1962–64 Tätigkeit als Lektor bei Scott Meredith, einer der größten literarischen Agenturen der Welt; anschließend Redakteur beim Taschenbuchverlag Ace Books in New York bis 1967. Seither Herausgeber zahlreicher Anthologien und Jahrbücher, von denen einige, etwa die Serie *Universe*, überdurchschnittliche SF mit einigen späteren Preisträgern vorstellte. C. verkaufte seine erste Erzählung, »Who Soups with the Devil«, 1962 an *The Magazine of Fantasy & Science Fiction*, wurde 1958 und 1972 für seine Aktivitäten auf dem Fan-Sektor mit dem »Hugo« ausgezeichnet, hat bis 1980 ca. 40 Anthologien und vier eigene Bücher publiziert, von denen der Roman *Cirque* ihm wohlwollende Rezensionen einbrachte. Seine Anthologienreihen *Universe* (seit 1971), *World's Best SF* (1965–71, mit Donald A. Wollheim) und *The Best SF of the Year* (seit 1972) sind ziemlich populär und erfolgreich.

Warlord of Kor (1963); *Invasion from 2500* (1964; zus. mit Ted White); *The Light at the End of the Universe* (C, 1977).

Cirque
(1977; dt. *Cirque – Die Stadt einer fernen Zukunft*, 1981)

Cirque ist eine Stadt der fernen Zukunft und gehört zu einer Erde, die in der Milchstraße zur absoluten Bedeutungslosigkeit herabgesunken ist. Nach Ansicht ihrer Bewohner ist sie jedoch die schönste Stadt des Universums. Sie liegt am Rande eines offenbar bodenlosen Abgrunds, der sowohl den physischen wie psychischen Müll Cirques aufnimmt und in den zahllosen Religionen der Stadt die Rolle der Heimat einer imaginären Bestie innehat, die alles Böse und Schlechte verkörpert. Bei einem Flug über den Abgrund entdecken zwei Bewohner der Stadt eines Tages, daß sich in der entsetzlichen Tiefe etwas regt, und erkennen ein weißes Geschöpf, das zur Stadt hinaufzukriechen versucht. Mit vereinten Kräften und der vorbehaltlosen Unterstützung der städtischen Priesterschaft versucht man, das unbekannte Biest zu vergiften und auf alle möglichen Arten zu vernichten.
Alle Unternehmungen dieser Art sind jedoch vergebens. Während der Feuerzeremonie im

Tempel der Elemente dringt die Bestie in das Heiligtum ein und sucht die Nähe des heiligen Feuers. Die Wärme der Flammen ermöglichen ihr eine Metamorphose. Aus dem schrecklichen, mit Tentakeln ausgestatteten Monstrum werden wunderschöne Blumen. Ein außerirdischer Gast der Menschen, ein Tausendfüßler, der über die Fähigkeit des Vorauswissens verfügt, kann den Einwohnern der Stadt das Wunder erklären: Die vermeintliche Bestie ist eine telepathisch begabte Kreatur und richtet ihr Äußeres danach, wie die Bewohner Cirques sie sehen. Solange man sie gefürchtet hat, stellte sie ein entsetzliches Ungeheuer dar – und nun, nachdem eine junge Telepathin ihnen gezeigt hat, daß es in Wirklichkeit schön ist, kann es sich auch in dieser Gestalt zeigen. Da die Metamorphose die Grundlage der Religion der außerirdischen Tausendfüßler ist, wird Cirque zum Wallfahrtsort dieses Volkes werden und vielleicht schon bald wieder eine große Rolle in der galaktischen Völkergemeinschaft spielen.

»Carr hat ein außergewöhnliches Talent zur bildhaften Beschreibung und bringt es fertig, dem Leser Szenen vorzusetzen, die seine Sinne völlig ausfüllen. Und er hat eine großartige Phantasie« (J. FRANE).

CARROLL, LEWIS
(1832–1898)

Pseudonym des britischen Mathematikprofessors Charles Lutwidge Dodgson, geboren in Daresbury, Cheshire. Studium in Oxford, dort später auch als Dozent tätig. C. entstammte einer streng religiösen Familie und war das älteste von elf Kindern. Der große Wurf gelang ihm 1862 mit dem für die siebenjährige Alice Liddell, die Tochter eines Freundes, geschriebenen Märchen *Alice's Adventures Underground*, aus dem drei Jahre später *Alice's Adventures in Wonderland* wurde; ein phantastischer Roman voller Un- und Tiefsinn, der allerdings für Kinder dieses Alters unlesbar sein dürfte.

The Hunting of the Snark (1876; *Die Jagd nach dem Schnark* (1969); *A Tangled Tale* (1886); *The Game of Logic* (1887).

Alice's Adventures in Wonderland
(1865; dt. *Alices Abenteuer im Wunderland*, 1870)

Das Mädchen Alice läßt sich in ein Kaninchenloch fallen und hat plötzlich die Fähigkeit, sich größer und kleiner zu machen, was ihr allerdings Schwierigkeiten bereitet, da sie nie das Maß erreicht, auf das sie es angelegt hat. Sie gelangt in eine Zauberwelt, versucht einen legendären Garten zu erreichen und stößt während ihrer Wanderung in einem Wald auf eine Herzogin, ein Schweinebaby, eine Katze, die sich unsichtbar machen kann, einen Hutmacher und einen Osterhasen. Als sie den Garten endlich gefunden hat, stellt sie fest, daß er von einem Spielkarten-Königspaar beherrscht wird. Die Königin bedroht ihre Untertanen damit, daß sie ihnen bei jedweder Gelegenheit den Kopf abschlagen lassen will. Die verwirrenden Gespräche, die in dieser Welt geführt werden, und eine absurd geführte Gerichtsverhandlung verunsichern Alice. In diesem Reich wird alles, was seine Bewohner sagen, wörtlich genommen, was zu allerlei Verstrickungen führt. Alice macht sich unbotmäßig über das Königspaar lustig, erwacht jedoch rechtzeitig aus ihrem Traum, denn natürlich ist sie vor Beginn des Geschehens unter einem Baum eingeschlafen.

Through the Looking Glass
(1872; dt. *Alice hinter den Spiegeln*, 1963)

Die Fortsetzung zu *Alice's Adventures in Wonderland* zeigt Schachfiguren als Alices Gefährten. Das Mädchen geht durch einen Spiegel, der im Wohnzimmer ihres elterlichen Hauses steht, und gelangt in eine weitere Phantasiewelt. Sie betritt einen Wald, in dem keine Namen und Bezeichnungen existieren, und lernt die Weiße Dame (Königin) kennen, die die Zeit rückwärts erlebt. Auch hier spielt sich bald wieder ein Verwirrspiel ab; starre Lebensregeln und das übertriebene Wörtlichnehmen umgangssprachlicher Redewendungen bringen das Kind in Bedrängnis. Wie im ersten Band tauchen auch hier zahlreiche Fabelwesen auf. Alice erreicht schließlich ein bestimmtes Feld des Schachbretts und wird Dame, muß daraufhin aber die Gemeinheiten ihrer Konkurrentin ertragen. Als die Weiße Dame während eines Festessens einen Aufruhr inszeniert, entschlüpft Alice der drohenden Unbill und erwacht im Wohnzimmer.

CARTER, LIN(WOOD VROOMAN)
(*1930)

Geboren in St. Petersburg, Florida. C.s hauptsächliches Verdienst besteht darin, daß er zwischen 1969 und 1972 eine Bibliothek zu Unrecht vergessener Fantasy-Klassiker bei Ballantine Books herausgab. Er selbst hat seit 1965 mehr als 50 Bücher (viele davon sind auch in deutscher Sprache erschienen) und mit *Imaginary Worlds* (1973) einen Führer durch die phantastische Literatur verfaßt. Der Hauptteil seines Werkes besteht aus Fantasy-Romanen, aber es gibt kaum einen Titel, der nicht schon vom Thema her von anderen (und besseren) Autoren behandelt worden wäre.
C. imitiert vor allem E. R. Burroughs, R. E. Howard, H. P. Lovecraft, L. Sprague de Camp, Lord Dunsany und K. Robeson, ohne die neuesten Erkenntnisse der Weltraumforschung zu berücksichtigen: C.s Mars ist der gleiche, den bereits Burroughs und Leigh Brackett beschrieben haben; eine trockene Wüstenwelt, durchzogen von Kanälen und gespickt mit den Ruinenstädten der ausgestorbenen (oder aussterbenden) Marsianer, auf dem es sich aber ansonsten ganz gut leben läßt. Wie sein großes Vorbild Burroughs bemüht auch er sich, seinen als »Berichten aus einer anderen Welt« verbrämten Schmökern durch Beigabe von Vorwörtern (in denen er nicht müde wird zu behaupten, all dies sei wahr, er habe das Manuskript von einem Unbekannten erhalten, der jedes dieser haarsträubenden Abenteuer selbst erlebt habe) so etwas wie ›Authentizität‹ zu verleihen. C. schreibt nach Art des Genres gern Zyklen bzw. Serien (*Green Star-, Callisto-, Thongor*-Romane usw.).

The Star Magicians (1966); *Destination Saturn* (1967; zus. mit Donald A. Wollheim); *The Thief of Toth* (1968); *Tower at the Edge of Time* (1968); *Lost World of Time* (1969); *The Purloined Planet* (1969); *The Black Star* (1973); *The Man Who Loved Mars* (1973; *Kaiser des Mars*, 1980); *The Valley Where Time Stood Still* (1974); *The City outside the World* (1977); *Wizard of Zao* (1978).

CARTMILL, CLEVE
(1908–1964)

Geboren in Platteville, Wisconsin; er siedelte später nach Kalifornien über. C.s. SF-Werk ist nicht besonders groß; man erinnert sich an ihn hauptsächlich als Magazinautor der vierziger Jahre. Nach seiner ersten Geschichte, »Oscar« (1941), veröffentlichte er neben weiteren Stories einige Romane in *Unknown*, etwa *A Bit of Tapestry* (1941), *Prelude to Armageddon* (1942) und *Hell Hath Fury* (1943), die alle einen starken Fantasy- bzw. Horroreinschlag aufweisen. Berühmt wurde er mit der SF-Story »Deadline« (1944), in der die Atombombe ein Jahr vor ihrem Abwurf beschrieben wurde. Dem Magazinherausgeber Campbell jr. brachte dies das FBI ins Haus. Der Vorfall wird gern im Zusammenhang mit vorgeblichen oder tatsächlichen prognostischen Qualitäten der SF zitiert.

CASANOVA
(1725–1798)

Geboren in Venedig. Aus einer Künstlerfamilie stammend, erwarb Giacomo Casanova, Chevalier de Seingalt, bereits mit 16 Jahren in Padua den Doktor der Rechte. Seine Frühreife verschaffte ihm viele Gönner und – wie bekannt – Gönnerinnen, aber auch Feinde. Bewunderung und Haß, Geschenke, Flucht und Gefängnis, all das gehört zu seinem bewegten Leben. Beim Grafen Waldstein in Dux (Böhmen) nahm Casanova 1785 eine Bibliothekarstelle an und begann zu schreiben. Seine Memoiren gehören zu den Klassikern der Weltliteratur. Wenig bekannt ist, daß Casanova auch einen utopisch-phantastischen Roman verfaßte, der erstmals 1788 in fünf Bänden in Prag veröffentlicht wurde: *Ikosameron oder Geschichte von Eduard und Elisabeth*, später unter dem Kurztitel *Eduard und Elisabeth* verlegt. Ähnlich wie bei Ludwig Holberg spielt sich die Handlung im Inneren der Erde ab, aufklärerische Konzeptionen, Religionskritik und phantastische Fabulierkunst bestimmen den Inhalt. Das Werk, dem Casanova viel Bedeutung zumaß, fand wenig Resonanz. Casanova-Kenner Erich Loos vertritt die These, daß erst der zeitbedingte Mißerfolg von *Eduard und Elisabeth* den alternden Autor zur Abfassung seiner umfangreichen Memoiren getrieben hat.

CASEWIT, CURTIS (WERNER)
(*1922)

Amerikanischer Schriftsteller und Journalist, geboren in Mannheim, Sprachenstudium in Florenz von 1933 bis 1938, später in Denver, Colorado. C. veröffentlichte seine erste Erzählung in *Weird Tales*. Das einzige romanlange SF-Werk aus seiner Feder ist *The Peacemakers* (1960); es beschreibt den Aufstieg einer neuen Diktatur nach dem dritten Weltkrieg.

CASTILLO, GABRIEL BERMUDEZ
(*1934)

Geboren in Zaragoza (Spanien). C. ist im Hauptberuf Rechtsberater, gilt als der beste spanische Science-Fiction-Autor und hat zahlreiche Kurzgeschichten verfaßt, die teilweise auch in andere Sprachen übertragen wurden. Er hat bisher vier Romane veröffentlicht: *Amor en una isla verde* (1972), *Viage a un planeta wu-wei* (1977), *La piel del infinito* (1977) und *El señor de la rueda* (1979).

CASTLE, JEFFERY LLOYD
(1898–?)

Geboren in Surbiton, Surrey. Er besuchte die Königliche Militärakademie in Woolrich, war Konstrukteur von Flugzeugen und verfaßte nebenher zwei eher biedere SF-Romane: *Satellite E One* (1954, *Raumstation E 1*, 1960) beschreibt die Probleme beim Bau einer Raumstation, während *Vanguard to Venus* (1957, *Raumschiff Omega*, 1960) die Mannschaften fliegender Untertassen als Nachkommen ehemals raumfahrender Ägypter identifiziert.

CHALKER, JACK L(AURENCE)
(*1944)

Geboren in Norfolk/Virginia. Mit 13 Jahren aktiver SF-Fan. Nach dem Collegebesuch schlug er sich mehr schlecht als recht in mehreren Jobs durch – auch als Ghostwriter. Schließlich wurde er Lehrer in seiner Heimatstadt Baltimore. 1961 gründete er den Spezialverlag Mirage Press, der mittlerweile (nach bescheidenen Anfängen mit einem Vervielfältiger) Hardcover und Paperbacks auf den Gebieten der Science Fiction und Fantasy herausbringt. Nebenher schreibt C. selbst. Seine erste Story wurde 1976 veröffentlicht, es folgten mehrere Romane, u. a. auch der fünfbändige Zyklus um die »Sechseck-Welt«, von dessen erstem Band – *Midnight at the Well of Souls* – innerhalb von nur drei Monaten 100000 Exemplare über die Ladentische gingen.

Sechseck-Welt-Zyklus: *Midnight at the Well of Souls* (1978; *Die Sechseck-Welt*, 1980); *Exiles at the Well of Souls* (1978; *Exil Sechseck-Welt*, 1980); *Quest for the Well of Souls* (1978; *Entscheidung in der Sechseck-Welt*, 1980); *The Return of Nathan Brazil* (1980; *Rückkehr auf die Sechseck-Welt*, 1981); *Twilight at the Well of Souls* (1980; *Dämmerung auf der Sechseck-Welt*, 1981). – *The Web of the Chozen* (1978; *Das Netz der Chozen*, 1981).

CHAMBERS, ROBERT W(ILLIAM)
(1865–1933)

Geboren in Brooklyn. C. hatte vor, Maler zu werden, studierte Kunst in New York und Paris und arbeitete danach als Illustrator. Als seine erste Sammlung, *The King in Yellow* (1895), zu einem Bestseller wurde, wandte er sich ganz dem Schreiben zu. Es entstanden mehr als 70 Bücher in verschiedenen Genres, darunter auch historische Romane. Oft kombinierte C. romantische Stoffe mit SF-Ideen, so z. B. in *The Green Mouse* (1910), wo durch einen geheimnisvollen Apparat die idealen Heiratspartner festgestellt werden, indem man mit ihm deren Gehirnwellen mißt. Schließlich triumphiert aber das irrationale Herz über wissenschaftlichen Erfindungsgeist. C.s Fantasy-Geschichten, wie in *The King in Yellow* oder *The Maker of Moons* (1896), weisen starke Horrorelemente auf.

Sammelbände: *The King in Yellow* (1895; *Der gelbe Tod*, 1982); *In Search of the Unknown* (1904); *Police* (1915).

CHANDLER, A(RTHUR) BERTRAM
(*1912)

Geboren in Aldershot, Hampshire. C. heuerte im Alter von sechzehn Jahren auf einem Frachtdampfer an. Bis zu seiner Pensionierung im Jahr 1975 diente er bei der englischen, australischen und neuseeländischen Handelsmarine. Zunächst befuhr er die indischen Küstengewässer; im Zweiten Weltkrieg nahm er an Konvoifahrten nach England teil und war später auf Passagierdampfern der England-Australien-Linie tätig. Sein Beruf verschlug ihn schließlich ganz in australische Gewässer, und er nahm die Staatsbürgerschaft dieses Kontinents an.
C. kam durch *Astounding* und dessen Herausgeber John W. Campbell zur SF. 1944 wurde in diesem Magazin seine erste Story, »This Means War«, publiziert. Die Arbeit an Bord ließ C. genügend Freizeit, um sich ausgiebig dem Schreiben zu widmen, und so entstanden zahlreiche Kurzgeschichten, die teilweise auch unter dem Pseudonym George Whitley in amerikanischen, hauptsächlich aber in britischen Magazinen erschienen. Als beste dieser annähernd 200 Geschichten gilt »Giant Killer« (1945), in der mutierte Ratten einen interstellaren Getreidetransporter übernehmen wollen. Nach dem großen Magazinsterben der späten fünfziger Jahre verlegte sich C. mehr auf Romane. Er begann seinen großangelegten Rim-Worlds-Zyklus, der als eine der umfangreichsten Serien innerhalb der SF gesehen werden muß (Buchpublikationen ab 1961). Neben der Rim-Worlds-Serie verblaßt sein anderes Spätwerk rein quantitativ. Qualitativ unterscheiden sich Romane wie *The Deep Reaches of Space* (1964), *Glory Planet* (1964) und *The Coils of Time* (1964) nur wenig von denen der Rim-Worlds-Serie. Auch bei ihnen handelt es sich meist um farbige Weltraumabenteuer. Trotz seines relativ geringen Einflusses auf die SF im allgemeinen verfügt C. über eine treue Leserschaft und ist vor allem in Japan sehr gefragt. In seinem Heimatland Australien ist er eine Institution. Allein viermal gewann er dort den »Ditmar Award« für die beste SF des Jahres.

The Alternate Martians (1965); *The Sea Beasts* (1971); *The Bitter Pill* (1974). – Rim-Worlds-Serie (Auswahl): *The Rim of Space* (1961; *Vagabunden der Galaxis*, 1976); *The Road to the Rim* (1967); *The Broken Cycle* (1975; *Das Universum der Roboter*, 1977); *The Way Back* (1976; *Flug ins Gestern*, 1978).

The Rim Worlds Series

C. begann die Rim-Worlds-Serie gegen Ende der fünfziger Jahre und machte sie bis 1980 zu einem der größten Zyklen in der SF (bisher 24 Romane, 3 Story-Sammlungen und ca. 30 nicht nachgedruckte Stories erschienen), der von einem Autor bewältigt wurde. Die Serie ist eine Spiegelung von Chandlers Erlebnissen auf See, eine direkte Übersetzung maritimer Begebenheiten in den Weltraum. Völlig zu Recht bezeichnet die Kritik John Grimes, C.s Helden dieser Sternensaga, als »Hornblower des Alls«. Diese Parallelität ist vom Autor gewollt; er verfolgt Grimes' Karriere an Bord von Raumschiffen bis hin zum Rang eines Kommodore interstellarer Sternenschiffe und schafft damit ein modernes Pendant zu Cecil Forresters Haudegen aus der Napoleonischen Ära.
Die Rim-Worlds-Serie spielt mehrere Jahrhunderte in der Zukunft. Durch verschiedene Überlichtantriebe wurde der Weltraum erschlossen. Mehrere Sternenreiche haben sich gebildet, so u. a. die Konföderation der Rim Worlds, Welten am Rande der Galaxis, an der Schwelle zum sternenlosen Raum zwischen den Milchstraßen. Zwischen den einzelnen Welten und Sternenbünden herrscht reger Handelsverkehr. Dieser Hintergrund bietet C. den Stoff für Grimes' Abenteuer. Meutereien auf Raumschiffen, defekte Antriebssysteme, Notlandungen usw. führen zu Erlebnissen auf vergessenen Kolonien, mit Raumpiraten, in alternativen Universen und auf seltsamen Planeten jeglicher Art. Dabei borgt C. kräftig von Kollegen (z. B. taucht in einem der Bände Poul Andersons Figur Dominic Flandry auf) und läßt kaum eine Spielart der Space Opera aus.
Trotz des offensichtlichen Verkaufserfolges der Serie (u. a. wurde auch eine ganze Reihe der Romane ins Deutsche übersetzt) wurde ihr von der Kritik kaum Beachtung geschenkt, was weiter auch nicht verwundert, denn große SF darf man unter den Romanen dieser Serie, die eher durch ihre Gesamtkonzeption attraktiv wirkt, nicht erwarten.

CHANT, (EILEEN) JOY(CE)
(*1945)

Geboren in London, Bibliothekarin. Ihre Beiträge zum phantastischen Genre sind die Fantasy-Romane *Red Moon and Black Mountain* (1970; *Roter Mond und Schwarzer Berg*, 1978) und *The Grey Mane of Morning* (1977; *Der Mond der brennenden Berge*, 1981).

CHAPDELAINE, PERRY A(NTHONY)
(*1925)

Amerikanischer Kleinverleger und Schriftsteller, der 1967 begann, in *If* Erzählungen zu publizieren. Seine bisherigen Romanwerke, *Swampworld West* (1974) und *The Laughing Terran* (1977), sind von geringer Bedeutung.

CHARBONNEAU, LOUIS (HENRY)
(*1924)

Geboren in Detroit. C. studierte an der dortigen Universität (B. A. 1948, M. A. 1950) und lehrte dort vier Jahre Englisch. Danach arbeitete er als freier Schriftsteller (Western, Krimi, SF, Hörspiele) und in einer Werbeagentur. Seine SF-Romane, beginnend mit *No Place on Earth* (1958), sind recht konventionell aufgezogene Dystopien, die den letzten Biß vermissen lassen. In Ausnahmesituationen verhalten sich seine Charaktere genauso, wie es der Leser erwartet. In seinen Büchern griff C. auch die Frage nach der Wahrnehmung auf, ob übersinnlich-telepathischer, wie in *Corpus Earthling* (1960), oder durch Drogen veränderter, wie in *Psychedelic-40* (1965). Seine beste Zeit als SF-Autor hatte C. in den sechziger Jahren. Fünf seiner acht Romane erschienen auch in deutscher Übersetzung.

The Sentinel Stars (1963); *Down to Earth* (1967; *Tod eines Roboters*, 1967); *The Sensitives* (1968; *Die Übersinnlichen*, 1972); *Barrier World* (1970; *Der Gott der Perfektion*, 1971); *Embryo* (1976).

CHARNAS, SUZY McKEE
(*1939)

Geboren in New York. War nach dem Studium zuerst als Lehrerin tätig, bevor sie sich entschloß, SF zu schreiben. *Walk to the End of the World* (1974) ist der erste Teil einer geplanten Trilogie und beschreibt aus feministischer Sicht das Leben in einer Nach-Atomkriegs-Gesellschaft, in der die Frauen für alles Unheil verantwortlich gemacht werden. *Motherlines* (1978) ist die Fortsetzung. 1981 gewann die Autorin mit der Novelle »Vampire Tapestry« den »Nebula Award«.

CHERRYH, C(AROLINE) J(ANICE)
(*1942)

Geboren in St. Louis. C. studierte an der Universität von Oklahoma Altphilologie und schloß mit dem M. A. ab. Danach Lehrtätigkeit an verschiedenen Schulen Oklahomas in den Fächern Latein und Geschichte; seit 1975 SF-Autorin.
C., die nach eigenen Angaben seit ihrem zehnten Lebensjahr Romane schreibt, machte nach ihrem ersten Verkauf, dem Roman *Gate of Ivrel* (1976), eine Blitzkarriere. Innerhalb von sechs Jahren wurden 13 Bücher von ihr veröffentlicht, mit denen sie sich als eine der führenden zeitgenössischen SF/Fantasy-Schriftstellerinnen etablierte. Sie erhielt 1977 als beste Nachwuchsautorin den »John W. Campbell Award« und gewann 1979 mit ihrer Kurzgeschichte »Cassandra« den »Hugo Award«.
In ihren Romanen verbindet die von Aristoteles und Vergil beeinflußte Autorin häufig Elemente der SF mit denen der »Heroic Fantasy«. Damit ist ihr Werk ein wenig mit dem von Tanith Lee vergleichbar, die etwa zur gleichen Zeit SF dieser Richtung zu schreiben begann. C.s Erstling leitete eine Trilogie ein, bei der diese beiden Spielarten gleichermaßen zur Geltung kommen. Der die Bände verbindende Hintergrund – rätselhafte Tore auf verschiedenen Planeten der Galaxis, die einer längst verschwundenen Rasse als Transportsystem dienten – ist der SF entnommen, während die Handlung im Detail und insbesondere auch die Sprache dieser Bücher eher an Sword & Sorcery erinnern. Etwas näher an der SF angesiedelt

und vielleicht am treffendsten als »Science Fantasy« zu bezeichnen sind *Brothers of Earth* (1976) und *Hunter of Worlds* (1977), die mit interstellaren Konflikten und exotischen Planetenlandschaften nicht geizen. Weitere farbige Planetenromane sind *Hestia* (1979) und die »Faded-Sun«-Trilogie, während spätere Werke, wie etwa *Downbelow Station* (1981) und *Sunfall* (1981) reine SF darstellen, wobei das letztere die irdischen Großstädte der Zukunft beschreibt, nachdem die Menschen längst zu den Sternen ausgewandert sind. C.s Romane sind flüssig und spannend geschrieben. Ihr Hang zur Schilderung komplexer und ethnisch überzeugender Fremdkulturen trägt zu dem hohen Unterhaltungswert ihrer Bücher bei.

Morgaine-Trilogie: *Gate of Ivrel* (1976; *Das Tor von Ivrel*, 1979); *Well of Shiuan* (1978; *Der Quell von Shiuan*, 1980); *Fires of Azeroth* (1979; *Die Feuer von Azeroth*, 1982). – Faded-Sun-Trilogie: *The Faded Sun: Kesrith* (1978; *Kesrith – die sterbende Sonne*, 1982); *The Faded Sun: Shon'jir* (1978); *The Faded Sun: Kutath* (1980). – *Brothers of Earth* (1976; *Brüder der Erde*, 1979); *Hunter of Worlds* (1977; *Weltenjäger*, 1980); *Serpent's Reach* (1980); *Downbelow Station* (1981); *Sunfall* (1981); *Wave without a Shore* (1981).

Hestia

(1979; dt. *Hestia*, in: *Heyne-SF Jahresband*, 1982)

Hestia ist ein unwirtlicher Planet. Es handelt sich zwar nicht um eine Extremwelt, die den Menschen bei der Besiedlung eine hohe Schwerkaft oder eine giftige Atmosphäre entgegengesetzt hätte, aber die ständigen Regenfälle, die unweigerlich Schlamm und allesverheerende Fluten nach sich ziehen, zerren gewaltig an den Nerven der Hestianer, Abkömmlingen irdischer Siedler, die diese Welt einst kolonisierten und sich nun dickköpfig weigern, sie wieder zu verlassen. Sie wollen Wind und Wetter durch die Errichtung eines Dammes trotzen, der zwar die Niederungen retten, aber auch das Land der Eingeborenen – des »Volkes«, wie sie sich nennen – unter Wasser setzen würde. Mitten in den Konflikt beider Kulturen gerät Sam Merritt, ein Ingenieur von der Erde. Sam, von seinen irdischen Kollegen allein gelassen (sie sahen die Nutzlosigkeit, die Kolonie auf Hestia zu retten, bald ein), fühlt sich zu Sahzje, einem weiblichen Mitglied des »Volkes« hingezogen, wird aber von den Hestianern in ihre Dienste gepreßt und kann sich nur langsam mit ihrer Aufgabe identifizieren. Zu einer entscheidenden Auseinandersetzung kommt es schließlich, als der Damm von einem Clan des »Volkes« zerstört wird. Ein offener Konflikt wird danach jedoch vermieden; das »Volk« überläßt den Siedlern Gebiete in höhergelegenen Regionen und erhält dafür das Versprechen, daß kein weiterer Damm gebaut wird.

Hestia ist ein Abenteuerroman mit glaubhaften Charakteren und einem überzeugenden Szenarium. Zeitweise macht sich zwar Grenzerromantik bemerkbar, aber im großen und ganzen gelingt es der Autorin, zwei Kulturen mit verschiedenen Ansichten und Zielsetzungen plastisch zu schildern. Beider Aussichten sind zwar düster, aber wenn sie sich zur Zusammenarbeit entschließen, zeigt sich ein Hoffnungsstreif, der ihr Überleben nicht als ausgeschlossen erscheinen läßt.

CHESTERTON, G(ILBERT) K(EITH)

(1874–1936)

Geboren in London. Er stammte aus einer wohlhabenden protestantischen Familie, trat jedoch 1922 zum Katholizismus über und wohnte die meiste Zeit seines Lebens auf dem Lande. C., der auch als Illustrator hervorgetreten ist, wurde durch seine zahlreichen witzigen Kriminalgeschichten um den schrulligen Pater Brown bekannt, der in wenigstens 50 Erzählungen listenreich Ganoven austrickst. C.s Roman *The Man Who Was Thursday* (1908; *Der Mann, der Donnerstag war*, 1910) muß unbedingt der Phantastik zugerechnet werden. Darin kämpft der Dichter Gabriel Syme, der sich selbst als philosophischen Polizisten bezeichnet, gegen eine siebenköpfige Anarchistengruppe, deren Mitglieder die Namen der sieben Wochentage tragen und sich nach und nach allesamt als Polizeispitzel herausstellen.

The Napoleon of Notting Hill (1904; *Der Held von Notting Hill*, 1927); *The New Jerusalem* (1920).

CHETWYND-HAYES, R(ONALD HENRY GLYNN)
(*1919)

Geboren in Isleworth, Middlesex. Er arbeitete bis 1973 als Angestellter eines Möbelhändlers. Seine ersten Erzählungen (meist Gruselgeschichten) erschienen jedoch bereits in den frühen fünfziger Jahren. Sein erster SF-Roman, *The Man from the Bomb*, schildert das Leben eines Mannes, der sich im Zentrum eines Atombombenabwurfs befindet, die Explosion überlebt und nahezu göttliche Fähigkeiten erwirbt, nachdem die Strahlung seine Gehirnzellen hat mutieren lassen. Der Hauptteil von C.-H.' Werk besteht aus Horrorgeschichten und sogenannten *supernatural stories*.

The Man from the Bomb (1959); *The Dark Man* (1964); *The Unbidden* (1971); *Cold Terror* (1973); *The Elemental* (1974).

CHRISTOPHER, JOHN
(*1922)

Pseudonym des in Knowsley bei Liverpool geborenen englischen Schriftstellers Christopher Samuel Youd. C. war schon vor dem Krieg aktiver SF-Fan und begann gleich danach seinen Lebensunterhalt als freier Schriftsteller zu bestreiten. 1949 wurde seine erste SF-Story, »Christmas Tree«, in *Astounding* veröffentlicht. Im selben Jahr erschien sein Fantasy-Roman *The White Swan*. Nach einigen Dutzend SF-Geschichten, die zum Teil in der Kollektion *The Twenty-Second Century* (1954) enthalten sind, verlegte er sich auf SF-Romane. Nach dem Erfolg von *The Year of the Comet* (1955) und dem noch größeren Erfolg von *The Death of Grass* (1956) – der Katastrophenroman wurde in der *Saturday Evening Post* abgedruckt und unter dem Titel *No Blade of Grass* verfilmt – schrieb C. eine Reihe von Romanen, mit denen er sich das Image verschaffte, neben John Wyndham Hauptvertreter einer ganzen SF-Schule zu sein: der des englischen Katastrophenromans nach dem Zweiten Weltkrieg. Darunter fallen Titel wie *The World in Winter* (1962), *A Wrinkle in the Skin* (1965) und *Pendulum* (1968), die von einer neuen Eiszeit, titanischen Erdbeben oder Aufruhr und Chaos berichten, die dem Menschen das Leben und Überleben schwermachen. Gegen Ende der sechziger Jahre hatte sich diese Masche allerdings totgelaufen, und C. versuchte sich in einem neuen Metier: Er begann Jugendbücher zu verfassen. Heute ist er einer der bekanntesten britischen Vertreter auf dem Sektor des SF-Jugendbuches und »Guardian«-Preisträger für das beste Kinderbuch des Jahres (*The Guardians*, 1970). Die meisten seiner Jugendbücher sind spannende Actiontitel und greifen Themen auf, für die C. schon früher eine Vorliebe hatte, so z. B. die Bedrohung der Menschen durch andere Lebensformen, wie etwa in der Tripods-Trilogie, oder die Zukunft nach einer großen Katastrophe, die in der Luke-Trilogie allerdings etwas fantasyhafte Formen annimmt, da die Gesellschaft dort auf einen mittelalterlichen Stand zurückgefallen ist.

The White Swan (1949); *The Twenty-Second Century* (1954); *The Year of the Comet* (1955); *The Long Voyage* (1960); *The World in Winter* (1962); *A Wrinkle in the Skin* (1965; *Insel ohne Meer*, 1966); *The Possessors* (1965; *Die Unheimlichen*, 1966); *The Little People* (1967); *Pendulum* (1968).

Jugendbücher
Tripods-Trilogie: *The White Mountains* (1967; *Dreibeinige Monster auf Erdkurs*, 1971); *The City of Gold and Lead* (1967; *Das Geheimnis der dreibeinigen Monster*, 1972); *The Pool of Fire* (1968; *Der Untergang der dreibeinigen Monster*, 1972). – Luke-Trilogie: *The Prince in Waiting* (1970; *Der Fürst von Morgen*, 1971); *Beyond the Burning Lands* (1971; *Hinter dem brennenden Land*, 1972); *The Sword of the Spirits* (1972; *Das Schwert des Geistes*, 1972). – *The Lotus Caves* (1969; *Die Lotushöhlen*, 1978); *The Guardians* (1970; *Die Wächter*, 1975); *Dom and Va* (1973); *Wild Jack* (1973; *Abenteuer zwischen zwei Welten*, 1978); *Empty World* (1977).

The Death of Grass (anderer Titel: **No Blade of Grass)**
(1956; dt. *Das Tal des Lebens*, 1959)

Ein Virus befällt und vernichtet sämtliche Gras- und Getreidearten, was weltweite Hungersnöte auslöst und den Zusammenbruch der Zivilisation nach sich zieht. Die Katastrophe beginnt in Asien, wo der Reis das erste Opfer des Virus wird. Zu dieser Zeit ist die Welt in England, dem Schauplatz des Romans, noch in Ordnung. Die Gefahr ist weit oder wird als solche von den Protagonisten, den Ehepaaren John und Ann Custance und Roger und Olivia Buckley, gar nicht erkannt. Aber der Virusbefall weitet sich aus, auch Europa wird heimgesucht, und die Ereignisse spitzen sich zu. Als sich in England die Situation von Tag zu Tag verschlimmert und eine neue Regierung Ausgangssperren verhängt und die Großstädte abriegeln läßt, beschließen die Custances und Buckleys, aus London auszubrechen. Gemeinsam mit ihren Kindern und Mister Pirrie, einem Büchsenmacher, den John unterwegs für ihre kleine Gruppe rekrutiert, wollen sie Blind Gill erreichen, ein Tal im Norden, das Johns Bruder David gehört und leicht zu verteidigen ist. Was folgt, ist eine Odyssee der Gewalt, denn Hunger und Chaos regieren, und alle moralischen Schranken sind gefallen. Plünderungen, Vergewaltigungen und Mord sind an der Tagesordnung, und die Protagonisten machen dabei keine Ausnahme. Als die Gruppe schließlich unter Verlusten in das Tal eingebrochen ist und auch Johns Bruder getötet wurde, läßt der Autor die Frage offen, ob nun eine Rückkehr zu zivilisiertem Verhalten folgen wird.

The Death of Grass steht auch stellvertretend für C.s Katastrophenromane *The World in Winter* und *A Wrinkle in the Skin*. Ungewöhnliche Naturereignisse stürzen in allen drei Büchern die Menschheit ins Chaos, aber immer gibt es Überlebende, die eine neue Chance erhalten. Doch es sind nicht die Katastrophen an sich, die C. interessieren, ihm kommt es auf das Verhalten der Menschen in Extremsituationen an. Die chaotischen Zustände nach Eintreten eines weltumfassenden Unglücks geben ihm die Möglichkeit, archaische Handlungsweisen zu beschreiben. Die Errungenschaften der Zivilisation sind wie weggeblasen, wenn es ums Überleben geht; jeder ist sich selbst der Nächste und dem anderen ein Wolf. Viele Protagonisten werden wieder zu den Wilden, die sie unter der Maske der Zivilisation immer schon waren, andere halten verzweifelt an den Gesetzen der Ethik fest, haben dafür aber auch geringere Überlebenschancen. Überleben kann in C.s Katastrophenromanen nur, wer sich mit der Waffe in der Hand skrupellos durchsetzt. Das Individuum wird im weitesten Sinne vergewaltigt, und daraus ziehen diese Titel ihren voyeuristischen Reiz. Sie stellen eine Absage an liberales Gedankengut dar und ziehen gemeinsames, solidarisches Handeln gar nicht erst in Betracht, sie lassen allerdings auch deutlich werden, welch wertvolles Gut mit der Zivilisation verlorengeht.

CHRUSZCZEWSKI, CZESŁAW
(*1922)

C. arbeitete als Journalist und Schriftsteller und wurde 1958 Leiter von Polski Radio Poznań. Der polnische Autor schrieb etwa 100 Hörspiele, neun Fernsehspiele, neun Bücher und das Libretto einer phantastischen Oper. Er wurde mehrmals mit Literaturpreisen und Auszeichnungen bedacht. Etliche seiner SF-Hörspiele und -Stories wurden in andere Sprachen übersetzt. In deutscher Sprache liegen drei Stories in einer Anthologie polnischer SF (*Galaxisspatzen*, 1975) vor, die in der DDR herauskam, sowie ein Sammelband.

CICELLIS, KAY
(*1926)

In Englisch schreibender französischer Autor griechischer Herkunft. In den Bereich der SF fallen seine Storysammlung *The Easy Way* und der Roman *The Day the Fish Came Out*, der nach dem gleichnamigen Film von Michael Cacoyannis geschrieben wurde und in dem es um eine auf einer griechischen Insel verlorengegangene H-Bombe geht.

The Easy Way (C, 1950); *The Day the Fish Came Out* (1967; *Der Tag, an dem die Fische kamen*, 1968).

CIOLKOVSKIJ, KONSTANTIN E(DUARDOVIČ)
(1857–1935)

Russischer Wissenschaftler und SF-Autor. C. ist der berühmteste Raketenpionier der Sowjetunion. Er verlor bereits als Kind fast vollständig das Gehör, was dazu führte, daß er an dem normalen Schulunterricht nicht teilnehmen konnte. Sein ganzes Wissen brachte er sich als Autodidakt bei und wurde Gymnasiallehrer.

Bereits 1878 beschäftigte er sich theoretisch mit dem Problem der bemannten Raumfahrt, ab 1883 setzte er sich mit dem Rückstoßprinzip für Luftfahrzeuge auseinander, ab 1893 veröffentlichte er Arbeiten zu diesem Thema, 1897 baute er den Windkanal in Rußland. SF-Kurzgeschichten schrieb er, um die Jugend für den Gedanken der Weltraumfahrt zu interessieren. Darunter sind Erzählungen wie »Na Lune« (1893; »Auf dem Monde«, 1956) oder »Grezy o zemle i nebe i éffekty vsemirnogo tjagotenija« (1895; »Träume von Erde und Himmel«). Ein Klassiker der russischen SF-Literatur ist C.s Roman *Vne Zemli* (*Außerhalb der Erde*, 1977), ein zwischen 1896 und 1916 entstandenes und 1920 erstmals komplett veröffentlichtes Werk über Raumfahrten im Sonnensystem.

»Na Lune« (1893; *Auf dem Monde*, 1956; in dt. Übersetzung eigenständige Publikation); *Vne Zemli* (1920; *Außerhalb der Erde*, 1977).

CLARKE, ARTHUR C(HARLES)
(*1917)

Geboren in Minehead, Somerset. C. wuchs auf einem Bauernhof auf und kam 1936 nach dem Besuch der Schule nach London. Während des Zweiten Weltkriegs diente er als technischer Offizier der Royal Air Force. Nach Beendigung des Krieges studierte er Physik und Mathematik am King's College in London. Anschließend war er stellvertretender Chefredakteur von *Science Abstracts*, bis er 1950 freischaffender Schriftsteller wurde. Seine erste SF-Publikation erschien unter dem Titel »Loophole« im April 1946 in *Astounding*, wenngleich die einen Monat später erschienene Story »Rescue Party« sein erster Verkauf war. In den folgenden Jahren verfaßte und veröffentlichte er eine Reihe von weiteren SF-Stories und später auch die ersten Romane, gleichzeitig verfaßte er aber auch technisch-wissenschaftliche Artikel und Bücher. Er nahm darin manchmal spätere Entwicklungen vorweg, so zum Beispiel 1945, als er in einem Artikel Nachrichten- und Fernsehsatelliten in die wissenschaftliche Diskussion einbrachte. Er schrieb für Zeitschriften wie *Playboy*, *New York Times*, *Harper's*, *Reader's Digest* und andere und wurde weltweit zu einem angesehenen Fachjournalisten. Für ein Buch über Unterwasserfotografie reiste er Mitte der fünfziger Jahre nach Ceylon, wo es ihm so gut gefiel, daß er sich dort ansiedelte. Dort lebt er auch heute noch.

Seinen ersten SF-Roman, *Against the Fall of Night*, hatte er schon 1937 begonnen, aber erst nach dem Kriege abgeschlossen. Er wurde 1948 in dem Magazin *Startling Stories* veröffentlicht. Nach einer Umarbeitung wurde der Roman 1956 unter dem Titel *The City and the Stars* neu herausgebracht. Es geht darin um Unsterbliche, die in kultureller Stagnation Milliarden Jahre überdauert haben. 1950 erschien mit *Childhood's End* einer der berühmtesten Romane des Autors in einer Magazinfassung in *New Worlds*. Da die beiden erwähnten Titel jedoch eigentlich erst in der erweiterten Fassung als Romane anzusehen sind, gelten die 1951 erschienenen Titel *Prelude to Space* und *The Sands of Mars* vielfach als C.s erste Romanpublikationen. Beides sind technisch orientierte Stoffe, für die der Name Clarke bis *2001* in erster Linie stand. *Prelude to Space* ist ein sehr realistisch aufgefaßter und wissenschaftlich akkurater Roman über eine erste Mondreise, und *The Sands of Mars* setzt dies in ähnlicher Art für den Mars fort. Beide Romane waren literarisch recht hölzerne Umsetzungen von technisch-wissenschaftlichen Zukunftserwartungen und auch wohl als Propaganda für die Weltraumforschung gedacht. Waren diese Romane schon an die Adresse von Jugendlichen gerichtet, so gilt dies noch mehr für den dritten Roman dieser Art, *Islands in the Sky* (1952), in dem es um einen Jungen auf einer Raumstation im Orbit der Erde geht. Ebenfalls ein ausgesprochenes Jugendbuch ist *Dolphin Island* (1963), ein Roman, der das Abenteuer Weltraum mit dem Abenteuer Ozean vertauscht. Ein weiterer Roman, der sich mit dem Thema Ozean befaßt, erschien erstmals 1954 als Magazinversion und 1957 als Buch: *Deep Range*. Dieses Buch, das sich mit der sinnvollen Nutzung der Schätze des Meeres beschäftigt – u. a. werden dort Wale gemolken wie Kühe, bewacht von Delphinen –, gilt nicht nur als Klassiker auf diesem Spezialgebiet der SF, sondern ist auch neben *A Fall of Moondust* (1961) – hier geht es um eine dramatische Rettungsaktion von Mondtouristen, die in einem Staubmeer mit einem Mondfahrzeug verunglückt sind – der wohl abenteuerlichste Roman des Autors.

C., der über die Jahre hinweg auch immer wieder Kurzgeschichten schrieb – darunter bekannte Stories wie »The Sentinel« (1951), die Story, aus der sich *2001* entwickelte, »The Nine Billion Names of God« (1953), »Refugee« (1955), »The Star« (1955) u. a. –, veröffentlichte mehrere Kurzgeschichtensammlungen, darunter in der Sammlung *The Best of Arthur C. Clarke 1937–1971* auch mehrere Geschichten, die er vor dem Krieg für Fan-Magazine verfaßte. Obwohl C. auch vor Stanley Kubricks Film *2001 – A Space Odyssee* (1968) schon einer der bekanntesten SF-Autoren war, katapultierte ihn der Erfolg dieses Films – und des nachfolgenden gleichnamigen Romans – in die über den Science-Fiction-Markt hinausreichende Kategorie der Bestsellerautoren. In der Folge schrieb er die Romane *Rendezvous with Rama* (1973), *Imperial Earth* (1976) und *The Fountains of Paradise* (1979), und jeder dieser Romane war weltweit so erfolgreich, daß ihm für die Fortsetzung von *2001* ein Vorschuß von einer Million Dollar gezahlt wurde.

Bestimmend für C.s Werk sind im wesentlichen zwei Komponenten: Zum einen setzte er in der Science Fiction das fort, was er in seinen populärwissenschaftlichen Sachbüchern begonnen hatte: Werbung für die Wissenschaft, in Literatur umgesetztes Interesse an wissenschaftlich-technischen Innovationen. Daneben galt sein Interesse jedoch vor allem der Evolution der Menschheit, wobei er diese Evolution in einem mystisch-religiösen Licht sah. Dieses zweite Interesse, vor *2001* nur in *Childhood's End* und einigen Kurzgeschichten ausformuliert, wurde sein Hauptanliegen in seinem Spätwerk. Literarisch gesehen ist C. allerdings nur ein solider Handwerker, der sich in konventionellen Bahnen bewegt und nicht immer ohne Stereotypen und Klischees auskommt.

C. gewann 1956 den »Hugo« für die Story »The Star«, 1973 den »Nebula«, »Hugo«, »Jupiter« und »Campbell Award« für *Rendezvous with Rama*, 1980 »Hugo« und »Nebula« für *The Fountains of Paradise*.

Prelude to Space (1951; *Die Erde läßt uns los*, 1954); *The Sands of Mars* (1951; *Projekt Morgenröte*, 1953); *Expedition to Earth* (C, 1953; *Verbannt in die Zukunft*, 1960); *The City and the Stars* (1956; *Die sieben Sonnen*, 1960); *Deep Range* (1957; *In den Tiefen des Meeres*, 1957); *A Fall of Moondust* (1961; *Im Mondstaub versunken*, 1962); *Tales of Ten Worlds* (C, 1962; *Unter den Wolken der Venus*, 1963).

Lit.: Joseph D. Olander / Martin Harry Greenberg (Hrsg.), Arthur C. Clarke, 1977.

Childhood's End

(1953; dt. *Die letzte Generation*, 1960)

Kurz vor Beginn des Raumfahrtzeitalters erscheinen die Raumschiffe einer fremden Rasse am Himmel der Erde. Diese »Overlords« entpuppen sich als technisch, aber auch moralisch überlegene Wesen, die ihrerseits jedoch wiederum im Auftrag einer übergeordneten Macht stehen, dem »Übergeist«. Von dorther erhielten sie den Auftrag, die Geschicke der Erde und der Menschheit in die Hand zu nehmen, um die Menschheit jener Reife zuzuführen, die von anderen Rassen im Kosmos bereits erreicht wurde. Dies heißt zunächst einmal, daß die Fremden gewalttätige Auseinandersetzungen unter den Menschen verhindern. Das Stadium der Reife erreichen die Menschen allerdings erst hundert Jahre nach der Ankunft der Fremden: Die dann lebenden Kinder, und nur sie, werden in die kosmische Gemeinschaft eingehen. Nach einiger Zeit, als die Fremden zu der Ansicht gelangt sind, daß die Menschen den Aberglauben überwunden haben, geben sie sich erstmals auch in ihrer wahren Gestalt zu erkennen – sie gleichen in jeder Beziehung dem Bild, das sich der Mensch vom Teufel gemacht hat.

Die neugeborenen Kinder haben tatsächlich neue Fähigkeiten wie Telepathie und Präkognition, und als sie von einem anderen Planeten zu träumen beginnen, in dessen Atmosphäre sie zu fliegen vermögen, steht der Exodus unmittelbar bevor. Sie sammeln sich in aller Welt und beginnen ihre Reise. Die Erde selbst dient ihnen dabei als Energievorrat. Den Overlords bleibt die letzte Erfüllung versagt: Sie waren nur Kindermädchen, ihnen bleibt der Zugang zum »Übergeist« versperrt.

Inspiriert vor allem durch Stapledon, thematisierte C. mit diesem Roman das Aufgehen des Individuums in ein höheren Zielen verpflichtetes Rassenbewußtsein. Der religiöse Hintergrund ist unverkennbar, die Parallelen zur christlichen Mythologie sind gewollt. Die simple Aussage, der Roman sei nichts weiter als die SF-Umsetzung der Heilsgeschichte, erscheint allerdings verkürzt, wenn man das Werk im Zusammenhang mit anderen Werken des Autors sieht, in denen ebenfalls ein zwar mystisch-religiös geprägtes, aber gleichzeitig der Science Fiction verhaftetes Interesse an der Evolution der Menschheit zum Ausdruck kommt.

2001 – A Space Odyssey
(1968; dt. *2001 – Odyssee im Weltraum*, 1969)

Als die Vorfahren des Menschen vom Aussterben bedroht sind, greifen geheimnisvolle Außerirdische ein. Sie senden einen rätselhaften Monolithen zur Erde hinab, über den sie dem Menschenaffen der vorgeschichtlichen Erde jene aggressive Intelligenz vermitteln, die ihn befähigt, seinen Siegeszug durch die Evolution anzutreten. Einen zweiten Monolithen dieser Art entdecken Raumfahrer auf dem Mond. Er liegt seit vier Millionen Jahren vergraben im Mondkrater Tycho, der sich im Einflußbereich einer amerikanischen Mondbasis befindet. Die Amerikaner halten die Sache geheim, schirmen das Gebiet ab, indem sie wegen einer angeblichen Epidemie Quarantäne verhängen, und ziehen Experten hinzu. Als der Monolith zum erstenmal wieder vom Sonnenlicht angestrahlt wird, sendet er in Richtung Jupiter einen Signalton ins All ab. Er war offenbar nichts anderes als eine mit Sonnenenergie betriebene Signalanlage. 18 Monate danach startet ein Raumschiff Richtung Jupiter. An Bord befinden sich zwei Astronauten, einige in Tiefschlaf versetzte Wissenschaftler sowie der Computer HAL 9000, der der eigentliche Lenker des Raumschiffs ist. Unterwegs stellt sich heraus, daß der vermeintlich unfehlbare Computer sich geirrt hat. Man erwägt ihn auszuschalten. HAL hört das Gespräch der beiden Astronauten jedoch ab und beginnt gegen seine »Herren« zu revoltieren. Er schaltet die Lebensfunktionen der Wissenschaftler ab und tötet einen der Astronauten. Bowman, der überlebende Astronaut, wird von ihm ausgesperrt, als er die Leiche seines im Weltraum ermordeten Kollegen zu bergen versucht. Es gelingt ihm jedoch, wieder an Bord zu gelangen und nach zähem Kampf den Computer abzuschalten. Als HAL »stirbt«, erfährt Bowman über eine Bandaufzeichnung den wahren Zweck der Mission, der ihm bisher unbekannt war, nämlich die Suche nach dem Empfänger der Funkzeichen vom Mond. Tatsächlich taucht am Ziel ein weiterer riesiger Monolith auf. Er stellt sich als ein Sternentor heraus, durch das Bowman eine unwirkliche andere Welt erreicht, in der er in kürzester Zeit altert, dann aber als astraler Fötus neu geboren wird, in seiner neuen Erscheinungsform zur Erde zurückkehrt und dort die Selbstauslöschung der Menschheit verhindert.

Der Roman entstand nach dem gleichnamigen Film, der auf einer Kurzgeschichte (»The Sentinel«) von C. beruht, die allerdings nur die Entdeckung des Monolithen auf dem Mond thematisiert. Das Drehbuch zu dem Film wurde von C. gemeinsam mit dem Regisseur Stanley Kubrick geschrieben. Ohne *2001* wäre C. vermutlich als ein Vertreter der technisch-wissenschaftlichen Richtung in die SF-Historie eingegangen, der nur gelegentlich – etwa in *Childhood's End* – mythische Visionen zu Papier brachte. *2001* war in dieser Beziehung jedoch ein Durchbruch, und die Folgeromane zeigten einen von den Fesseln konventioneller technisch-wissenschaftlicher SF befreiten Autor. Der Roman *2001* ist schwer als eigenständiges Gebilde zu beurteilen, weil die Bilder des Films, die den meisten Lesern vor Augen sein dürften, dem Buch eine andere Dimension geben. An Buch und Film wurde aus gesellschaftskritischer Sicht vielfach der Mystizismus beanstandet, »der dem Menschen die Fähigkeit abspricht, sich selbst zu erlösen« (U. Nettelbeck).

Imperial Earth
(1976; dt. *Makenzie kehrt zur Erde heim*, 1977)

Der Roman handelt im Jahre 2276. Die Menschheit hat sich in Erdbewohner und Titanbewohner aufgespalten. Die mächtigste Familie auf dem Titan ist die Makenzie-Dynastie, geklonte ›Nachkommen‹ des alten Malcolm Makenzie, der gegen Ende des 22. Jahrhunderts den ersten Stützpunkt auf dem Saturnmond gründete und durch irreparable Schädigungen der Keimzellen keine natürlichen Nachkommen mehr haben konnte. Zur 500-Jahr-Feier der amerikanischen Unabhängigkeitserklärung reist Duncan Makenzie, jüngster Sproß der Makenzies, zur Erde und damit zu einer Welt, die für ihn und die anderen Titan-Bewohner fremd geworden ist. Hauptzweck seiner Reise ist es jedoch, seinerseits durch Kloning für Nachkommen zu sorgen. Makenzie wird in allerlei Wirren und Intrigen verwickelt. Karl Helmer, ein Jugendfreund von ihm, wird verdächtigt, mit illegal von den Asteroiden importierten Edelsteinen seine Forschungspläne finanzieren zu wollen, und beide Freunde lieben die gleiche Frau. Helmer kommt zu Tode, und am Ende kehrt ein geläuterter Duncan Makenzie auf den Titan zurück. Statt ein eigenes geklontes Kind bringt er die genetische Reproduktion seines Freundes – eines Menschen, den er geliebt und gehaßt, bewundert und verabscheut hat – in die Heimat mit.

Neben dem Kloning gibt es an Innovationen u. a. eine Traummaschine, die die Lustzentren des Menschen stimuliert und ihn hörig macht. Es gibt Versuche, mit Außerirdischen Kontakt aufzunehmen – rätselhaften Extraterrestriern, eher Sternentiere aus Wasserstoff- und Heliumgaswolken, die extrem langlebig sind und wahrscheinlich über Bewußtsein verfügen. Wie meistens bei C. ist dies alles mit allerlei Mystik durchsetzt, und manche Zusammenhänge können nur vermutet werden.

Der Roman weist Brüche auf, überzeugt thematisch nicht voll und ganz und ist nicht so gut durchkonstruiert wie C.s beste Werke, aber dennoch eines seiner wichtigeren Bücher. Insbesondere die dem Thema nicht adäquate Liebes- und Intrigengeschichte erscheint etwas deplaziert und offenbart C.s Schwächen als Romancier.

Rendezvous with Rama
(1973; dt. *Rendezvous mit 31/439*, 1975)

Als aus der Tiefe des Alls ein bisher unbekannter Himmelskörper auftaucht, schenkt ihm niemand große Beachtung, denn die Gefahr, daß er mit der Erde kollidiert, besteht nicht. Doch im Verlauf weiterer Beobachtungen merken die Wissenschaftler der Erde auf: Das Objekt zeigt sehr merkwürdige, unnatürliche Eigenschaften. Eine Expedition wird ausgerüstet, die sich den Himmelskörper ansehen soll. Wie Kapitän Norton, Kommandant des Raumschiffs »Endeavour«, feststellen kann, ist der Himmelskörper tatsächlich künstlichen Ursprungs. Norton begibt sich mit der Expeditionsgruppe an Bord und erkundet das Innere Ramas, einer Hohlwelt, die schon seit Jahrmillionen unterwegs sein muß. Die Ramaner selbst sind verschwunden. Da der Himmelskörper sich auf seiner Bahn durch das Sonnensystem wieder wegbewegt, müssen die Männer schließlich an Bord ihres Raumschiffes zurückkehren. Rama zieht weiter und verschwindet im All, ohne seine Geheimnisse preisgegeben zu haben.

Die Suche nach der Herkunft und den Geheimnissen eines mystischen Artefakts wird zwar interessant geschildert, aber die Charaktere bleiben blaß. Ein Abenteuerroman ohne tiefere Bedeutung, der im Sog von *2001* viel beachtet wurde. Mit ihm gewann C. sowohl den »Hugo« und den »Nebula« als auch den »Jupiter« und den »John W. Campbell Memorial Award«. Angesichts dieser Preisflut erscheint der Roman stark überbewertet.

The Fountains of Paradise
(1979; dt. *Fahrstuhl zu den Sternen*, 1979)

Im 20. Jahrhundert ist die Raumfahrt zwar etwas Alltägliches, aber die startenden und landenden Raumschiffe verursachen nicht nur Lärm und andere Umweltbeeinträchtigungen, sondern die hohen Treibstoffaufwendungen führen auch zu einer schlechten Kosten-Nutzen-Relation. In diesem Klima gedeiht der Plan des hochbegabten Ingenieurs Vannevar Morgan, der sich durch den Bau einer Brücke über die Meerenge von Gibraltar einen Namen gemacht hat. Er will einen 36000 Kilometer hohen Turm bauen, der von einem Berggipfel aus bis ins All ragt und mit einem orbitalen Satelliten verbunden ist, an dem Raumschiffe andocken können. Die Realisierung des Turmbaus stößt nicht nur auf technische Probleme. Es gibt nur zwei stabile Punkte im Synchron-Orbit, beide im Äquatorbereich, und von diesen beiden ist nur einer als Standort des Turms geeignet: ein Berg auf Ceylon. An dem Fuße des Berges jedoch liegt ein buddhistischer Tempel. Mehr noch: Früher herrschte hier der König Kalisada, dessen Schicksal C. in den Roman einarbeitet. Kalisada, Herrscher über Taprobane, wollte einst das Paradies auf Erden schaffen, aber über ihm und seinem Handeln lag ein Fluch: Er legte sich mit den Mönchen an, sein Bruder wurde sein Todfeind, und all seine Gegner zusammen zerstörten schließlich ihn und sein Werk. Morgan muß sich mit dem derzeitigen Tempelherren auseinandersetzen, der den Berg nicht hergeben will. Schließlich jedoch gibt er seine Zustimmung,

der Turm wird gebaut, Kalisadas Traum erfüllt sich schließlich doch noch. Der Himmel wurde nicht nur auf die Erde geholt, sondern im hymnischen Schluß erscheint auch, umringt von Kindern, ein Alien, der wie ein himmlischer Abgesandter den Aufbruch der Menschheit zu neuen geistigen Dimensionen im All dokumentiert – denn inzwischen sind zwei Jahrtausende vergangen, die Menschheit hat das All erforscht und sich höheren Zielen zugewandt.
Kein anderer Roman repräsentiert den Autor so treffend wie dieses Spätwerk, in dem die C. prägenden Vorstellungen zur Evolution der Menschheit mit seinem technisch-wissenschaftlichen Interesse zu einer nahtlosen Einheit verschmelzen und ihren Höhepunkt erreichen. Nirgendwo sonst auch artikuliert C. sein Credo – die Wissenschaft als Wegbereiter des letztlichen Sieges des Geistes über die Materie – so überzeugend wie hier.

CLAYTON, JO
(*1939)

Amerikanische Autorin, die seit 1977 SF veröffentlicht. Neben einigen Kurzgeschichten schrieb sie die bislang sechs Romane umfassende Diadem-Serie: auf Abenteuer abgestellte Unterhaltung im Science-Fantasy-Bereich. Thematisch nicht sonderlich originell – ein Mädchen gerät auf der Suche nach der geheimnisvollen Heimat ihrer Mutter in allerlei gefährliche und demütigende Situationen, häufig als Gefangene oder Sklavin, aus denen sie sich nur dank ihrer besonderen Talente (sie ist Heilerin und kann durch ein »Diadem« besondere Körperkräfte aktivieren) befreit –, heben sich diese Romane insofern von ähnlichen Produkten ab, als C. eine Frau in den Mittelpunkt der Handlung stellt, streckenweise emotional eindrucksvoll schreibt, vor Sexualität nicht zurückschreckt und emanzipatorische Ansätze erkennen läßt.

Diadem from the Stars (1977; *Diadem von den Sternen*, 1981); *Lamarchos* (1978; *Lamarchos*, 1981); *Irsud* (1978; *Irsud*, 1981); *Maeve* (1979; *Maeve*, 1982); *Star Hunters* (1980; *Unter Sternenjägern*, 1982); *The Nowhere Hunt* (1981).

CLEMENT, HAL
(*1922)

Pseudonym des amerikanischen Autors Harry Clement Stubbs, geboren in Sommerville, Massachusetts. C. studierte in Boston und hat an der Harvard University akademische Titel in Astronomie, Chemie und Pädagogik erworben. Er lehrt an einer High School.
C.s Name ist besonders mit den Naturwissenschaften in der SF verbunden. Er ist *der* Rationalist der SF. Sein wissenschaftlicher Background war wie geschaffen für das Magazin *Astounding*, in dem 1942 seine erste Story, »Proof«, und der größte Teil seiner weiteren Geschichten erschienen. Ebenfalls in *Astounding* veröffentlicht wurde 1949 C.s erster Roman, *Needle*, dem 1951 *Iceworld* und 1953 *Mission of Gravity* folgten. *Mission of Gravity* machte C. nicht nur bekannt, er ist auch einer der berühmtesten Romane des Genres und ein Paradebeispiel für SF, die von einer Hypothese ausgeht und deren Konsequenzen bis ins Detail verfolgt. Mehr noch als in den Romanen davor ist C.s Prosa hier den *hard sciences* – Astronomie, Physik, Chemie, Biologie – verpflichtet und führt dem Leser eine logisch konstruierte, völlig fremdartige Welt vor. Auf den Erfolg von *Mission of Gravity* hin schrieb C. zwei lose verknüpfte Fortsetzungen, *Close to Critical* (1964) und *Star Light* (1971).
C. ist nicht nur ein Meister im Beschreiben fremdartiger Welten, er versteht es auch, fremde Lebensformen realistisch zu schildern. Einige seiner Romane und Stories sind ganz aus der Sicht Außerirdischer geschrieben, wie *Iceworld* oder *Planet for Plunder* (1957), zu dem Sam Merwin jr. einen Teil beigetragen hat, der die Handlung aus irdisch-menschlicher Sicht darstellt.
C. bezeichnet sich selbst als SF-Autor »der alten Schule«. Er ist kein Profi und schreibt daher nur das, was ihm auch Spaß macht. Nach eigenen Angaben will er in seinen Romanen keine Botschaften vermitteln, sondern nur auf spannende Art und Weise unterhalten, was ihm auch meistens gelingt.

Iceworld (1953; *Eiswelt*, 1957); *Ranger Boys in Space* (1956); *Cycle of Fire* (1957; *Der Feuerzyklus*, 1975); *Close to Critical* (1964; *Botschafter von den Sternen*, 1966); *Natives of Space* (1965);

Small Changes (1969; *Expedition zur Sonne*, 1974); *Star Light* (1971; *Stützpunkt auf Dhrawn*, 1975); *Ocean on Top* (1973; *Unternehmen Tiefsee*, 1978); *The Best of Hal Clement* (1979).

Needle (anderer Titel: **From Outer Space)**
(1950; dt. *Symbiose*, 1960)

Zwei Außerirdische landen auf der Erde, amöbenähnliche, sechs Pfund schwere Symbionten von außergewöhnlicher Intelligenz: der Jäger und der Gejagte. Beide gehören einer Spezies an, deren Körperbau viele Vorteile vereint. Sie können zur Fortbewegung Pseudofüßchen bilden wie eine Amöbe und überhaupt jede beliebige Körperform annehmen. Ihr großer Nachteil ist jedoch ihre Empfindlichkeit, denn ihr Körpergewebe ist völlig ungeschützt. Daher entwickelten sie auf ihrem Heimatplaneten ein symbiotisches Zusammenleben mit anderen Intelligenzen: Sie existieren im Körper anderer Lebewesen, ernähren sich aus deren Blutkreislauf und halten zum Ausgleich Parasiten vom Wirtskörper fern, der daraufhin gegen alle Krankheiten gefeit ist. Bei Verletzungen können sie den Heilprozeß des Wirtskörpers beschleunigen.
Zu Beginn des Romans ist der Gejagte, ein verbrecherisches Exemplar seiner Rasse, in seinem Raumschiff auf der Flucht vor dem Jäger. Wenn er einen Planeten erreicht, wird es für den Jäger fast unmöglich, ihn noch dingfest zu machen, da er sich dann in jedem beliebigen Wirt verstecken kann. Die Schiffe stürzen vor einer kleinen Pazifikinsel ins Meer, und der Jäger findet einen intelligenten Wirt in dem jugendlichen Robert Kinnaird, der am Strand schläft. Noch bevor der Jäger allerdings Kontakt mit seinem Wirt aufnehmen kann, kehrt dieser in ein Internat nach Massachusetts zurück. Die Wahl des Jägers ist zunächst schlecht, denn sie gibt ihm zu wenig Bewegungsfreiheit, zahlt sich jedoch auf lange Sicht aus. Nach der Kontaktaufnahme werden der Außerirdische und Robert zu einem Team, sie kehren zur Pazifikinsel zurück. Niemand hat diese in der Zwischenzeit verlassen, und wenn der Gejagte sich nicht in ein niederes Tier zurückgezogen hat, was seinen Aktionsradius sehr einschränken würde, muß er sich noch auf der Insel befinden. Die detektivische Suche nach der Nadel im Heuhaufen beginnt ...
Needle kombiniert in Form eines Jugendbuches Kriminalroman und SF auf faszinierende Weise. Dabei überzeugt C. besonders in der Darstellung des Jägers. Selten wurde ein Außerirdischer so fremdartig und gleichzeitig so glaubhaft geschildert wie dieses sympathische Wesen.

Mission of Gravity
(1954; dt. *Unternehmen Schwerkraft*, 1968)

Auf dem Planeten Mesklin ist ein unbemanntes terranisches Forschungsschiff abgestürzt. Mesklin ist eine Extremwelt von eiförmigem Aussehen, deren physikalische Verhältnisse die Handlung des Romans bestimmen. Durch ihre hohe Eigenrotation herrscht an den Polen siebenhundertfache Erdschwerkraft, am Äquator noch dreifache. Ein »Tag« dauert nur achtzehn Minuten, und durch ihre langgezogene Ellipsenbahn um die Sonne währen Herbst und Winter nur zwei, Frühling und Sommer jedoch achtundzwanzig Monate.
Zu Beginn des Romans hat der Erdenmann Charles Lackland am Äquator Kontakt zu dem Einheimischen Barlennan aufgenommen. Bei dem Meskliniten handelt es sich um einen vierzig Zentimeter langen »Tausendfüßler« mit Exoskelett und zwei Greifscheren. Barlennan ist ein gerissener Händler und befährt mit seinem Segelschiff die Methanmeere Mesklins. Da er aus der Südpolregion stammt, in der das Forschungsschiff abstürzte, erklärt er sich bereit, gegen guten Lohn die unersetzlichen Geräte zu bergen.
Der Großteil der Handlung von *Mission of Gravity* besteht aus der abenteuerlichen Reise Barlennans und seiner Crew zum Südpol, wobei die Beschreibung des Lebens auf einem solchen Planeten die Faszination des Romans ausmacht. C. schildert die Erfahrungen der Meskliniten, denen in einer Welt, wo ein Sturz aus zehn Zentimetern Höhe den Tod bedeutet, Begriffe wie etwa ›fliegen‹ oder ›werfen‹ völlig unbekannt sind. Das führt zu vielen Überraschungen und Befremdlichkeiten, aber die Meskliniten, und besonders Barlennan, sind auch sehr menschlich gezeichnet. Er versucht, durch seine Verhandlungen die Menschen zu übervorteilen. Sein Lohn besteht letztlich in dem Wissen, wie die Schwerkraft seiner Welt zu überwinden ist.
Mission of Gravity ist ein Abenteuer für Leser,

die mitdenken und nicht nur unterhalten werden wollen. Einer der klassischen SF-Romane der fünfziger Jahre.

CLIFTON, MARK
(1906–1963)

Amerikanischer SF-Autor und Geschäftsmann. C. durchlief die Ausbildung zum Lehrer, arbeitete dann aber 25 Jahre in der Industrie und beschäftigte sich mit statistischer Psychologie, indem er ca. 200000 authentische Fälle zu diversen Problemen sammelte. Die daraus gewonnenen Erkenntnisse beeinflußten zum Teil seine Science Fiction, beginnend mit der Story »What Have I done«, die 1952 in *Astounding* erschien. Allein und in Zusammenarbeit mit Alex Apostolides schrieb er bis zu seinem Tod etwa zwei Dutzend Geschichten, von denen die besten, wie »We're Civilized« (1953) »Clerical Error« (1956), und die bereits erwähnte den Zeitgeist der fünfziger Jahre ausdrücken, der in den USA durch Abkehr von Supertechnologien, Besinnung auf soziale Probleme und allgemeine Unsicherheit gekennzeichnet ist. Darüber hinaus ist in C.s Stories oft Kritik an einem Topos zu finden, der bis dahin häufig in der SF auftrat: der Mensch als Maß aller Dinge im Kosmos. Von seinen drei Romanen ist der mit Frank Riley geschriebene *They'd Rather Be Right* (1954) der bekannteste. *Eight Keys to Eden* (1960) handelt von einem Planeten, den Forscher erst am Ende als perfekte Harmonie von Geist und Materie erkennen, und ist unverdienterweise wenig gewürdigt worden. *When They Come from Space* (1962), der zu C.s Serie um Ralph Kennedy gehört, ist dagegen eine unbedeutende Persiflage auf die Bürokratie. C., der die Magazin-SF der fünfziger Jahre nicht unerheblich mitformte, geriet in den USA schnell in Vergessenheit. Zu einer Kurzgeschichtensammlung, die nur in der Bundesrepublik erschien, gesellte sich erst 1980 ein Sammelband in den Vereinigten Staaten.

Eight Keys to Eden (1960; *Der Berg aus Quarz*, 1961); *When They Come from Space* (1962); *McKenzies Experiment* (1962); *The Science Fiction of Mark Clifton* (1980; hrsg. von Barry Malzberg).

They'd Rather Be Right
(1954; dt. *Computer der Unsterblichkeit*, 1967)

Neben zwei Kurzgeschichten gehört dieser Roman zu der sogenannten Bossy-Serie. »Bossy« wurde ursprünglich als Servomechanismus zur Verhütung von Flugzeugabstürzen entwickelt, aber was bei diesem Projekt im Endeffekt herauskam, war viel mehr: ein Supercomputer, der den Menschen das Denken abnehmen kann. Aber kaum ist »Bossy« fertig, da erheben sich Stimmen gegen den Computer, denn er wurde in einer Gesellschaft konstruiert, in der es ›Meinungskontrolle‹ gibt, und zwar nicht nur im politischen, sondern auch im wissenschaftlichen Bereich. Ein Computer, der dem Menschen geistig überlegen ist, könnte eine solche Gesellschaftsform in Frage stellen. Daher wird auf den Konstrukteur Prof. Billings und dessen Helfer Prof. Hoskins und Joe Carter Druck ausgeübt. Soviel zur Vorgeschichte, die in »Hide! Hide! Witch!« erzählt wird. In dem Roman verschwinden die drei Konstrukteure mit dem zerlegten Computer im Untergrund. Wieder zusammengebaut soll »Bossy« ›psychosomatische Therapien‹ vornehmen, Menschen von ihren psychischen Problemen befreien und eventuell brachliegende Psi-Fähigkeiten zur Entfaltung bringen: Joe ist nämlich der einzige Telepath der Welt und wünscht sich Gesellschaft. Als die ehemalige Prostituierte Mabel behandelt wird, zeigt sich jedoch, daß nicht nur deren psychische Probleme, sondern auch ihre physischen aus der Welt geschafft werden, einschließlich ihres Alters; sie wird wieder zu einem jungen Mädchen von 21 Jahren. Nun, da »Bossy« quasi die Unsterblichkeit bietet, entbrennt neuer Streit in der Öffentlichkeit. Wer soll »Bossy« kontrollieren, wer unsterblich werden? Als die Regierung schließlich verstärkten Anspruch auf den Computer erhebt, gehen seine Konstrukteure in die Öffentlichkeit und bieten »Bossy« durch Massenfabrikation jedem Menschen an.

Von allen »Hugo«-Gewinnern ist *They'd Rather Be Right* der heute am wenigsten beachtete Roman. Das hat seine Gründe in der nicht gerade zeitlosen Idee, die dem Buch zugrunde liegt – in *Astounding*, wo der Roman zuerst erschien, wurde damals das Thema Psi wie ein Fetisch behandelt –, aber auch in der Tatsache, daß der Roman der letzte Teil einer Serie ist und dem Leser wichtige Informationen zum Gesamtkonzept vorenthält, die in den Stories »Crazy Joey« (1953) und »Hide! Hide! Witch!« (1953) zu finden sind.

CLINGERMAN, MILDRED
(*1918)

Geboren in Allen, Oklahoma. C. ist Hausfrau, die seit 1952 hin und wieder Kurzgeschichten in den einschlägigen SF-Magazinen veröffentlicht hat; ihr einziges Buch ist *A Cupful of Space* (1961), eine Sammlung phantastischer Erzählungen, die hauptsächlich im *Magazine of Fantasy & Science Fiction* erstveröffentlicht wurden.

COBLENTZ, STANTON A(RTHUR)
(*1896)

Geboren in San Francisko; C. studierte an der Universität von Kalifornien und erwarb den M. A. in Englisch. Zu Beginn seiner schriftstellerischen Laufbahn schrieb er Gedichte und Buchrezensionen. Von 1933 bis 1960 gab er ein vierteljährlich erscheinendes Lyrik-Magazin heraus. Sein erster SF-Roman, *The Sunken World*, erschien 1928 im Pulp-Magazin *Amazing Stories Quarterly* und handelte von einer submarinen Kultur. Relativ bekannt unter seinen ca. 20 SF-Romanen sind *After 12000 Years* (1929) und *In Caverns Below* (1935). C. schrieb gern mit satirischem Unterton und ist wichtig für die frühe Entwicklung amerikanischer Genre-SF. Außerhalb Amerikas blieb er unbekannt. Seine Romane aus den fünfziger und sechziger Jahren erreichten das Niveau seiner Frühwerke nicht.

The Blue Barbarians (1931); *Under the Triple Suns* (1955); *Next Door to the Sun* (1960); *Lost Comet* (1964); *The Crimson Capsule* (1967).

COCHRANE, WILLIAM E.
(?)

Der auch unter dem Pseudonym S. Kye Boult bekannte amerikanische Autor debütierte mit seiner Novellette »Earthquake« 1973 in *Analog*. In diesem Magazin erschienen die Mehrzahl seiner Kurzgeschichten und sein zweiter Roman *Class Six Climb* (1979), der von »Baumsteigern« handelt, die auf einem fernen Planeten riesige, kilometerhohe Bäume erklettern. Vorausgegangen war der Erstling *Solo Kill* (1977), der unter seinem Pseudonym herauskam.

COGSWELL, THEODORE R(OSE)
(*1918)

Geboren in Coatesville, Pennsylvania; C. nahm 1937–39 als Fahrer eines Sanitätsfahrzeugs auf seiten der Republikaner am Spanischen Bürgerkrieg teil und diente 1942–46 als Offizier der U.S.-Air Force in Indien, Burma und China. 1948–64 Tätigkeit als Dozent an der University of Colorado, anschließend an einem College in Pennsylvania. Während des Studiums lernte er die SF-Autoren Gordon R. Dickson und Poul Anderson kennen, die ihn zum Schreiben animierten.

C.s erste SF-Erzählung, »The Specter General«, erschien 1952 in *Astounding*. Er hat seither ca. 40 Kurzgeschichten und (zusammen mit Charles A. Spano jr.) einen Roman mit dem Titel *Spock, Messiah!* (1976) verfaßt. Ausgezeichnetes satirisches Material enthalten seine beiden Kurzgeschichtensammlungen *The Wall around the World* (1962) und *The Third Eye* (1968).

COLE, EVERETT B.
(*1910)

Amerikanischer Berufssoldat, der in den fünfziger Jahren in *Astounding* eine Serie zusammenhängender Kurzgeschichten veröffentlichte, die 1961 gesammelt unter dem Titel *The Philosophical Corps* in Buchform erschienen.

COLERUS (VON GELDERN), EGMONT
(1888–1939)

Geboren in Linz. C. war ein österreichischer Beamter, der eine Reihe von Unterhaltungsromanen in verschiedenen Genres verfaßte, darunter auch SF-Romane.

Antarktis (1920); *Der dritte Weg* (1921).

COLIN, VLADIMIR
(*1921)

Geboren in Bukarest. Nach Philosophiestudium Redaktionssekretär einer rumänischen Literaturzeitschrift. C. schreibt Lyrik, Essays, Phantastik und Science Fiction. Sein erster SF-Roman erschien 1964. C. erhielt 1953 den rumänischen Staatspreis für Literatur, 1972 den Preis des Schriftstellerverbandes und 1977 einen Sonderpreis des Eurocon III in Poznań (Posen).

A zecea lume (1964; »Die zehnte Welt«); *Viitorul al doilea* (C, 1966; »Die zweite Zukunft«); *Pentagrama* (1967; »Das Pentagramm«); *Capcanele timpului* (C, 1972; »Die Fallen der Zeit«); *Dintii lui Cronos* (C, 1975; »Chronos' Zähne«); *Babel* (1978; *Planet Babel*, 1980).

COLLIER, JOHN
(*1901)

Englischer Dichter und Prosaschriftsteller. Er veröffentlichte im Alter von 19 Jahren seine ersten Gedichte, gewann später einen Literaturpreis und war längere Zeit Mitherausgeber einer literarischen Zeitschrift. Sein erster Roman hieß *His Monkey Wife* (1930). C.s Name wird meist mit bizarren Fantasyerzählungen in Verbindung gebracht, aber er schrieb auch SF. *Tom's A-Cold* (1933) spielt nach einer großen Katastrophe, die Englands Bevölkerung dezimiert und die Überlebenden in die Barbarei zurückgeworfen hat. C.s zahlreiche Kurzgeschichten wurden in mehreren Bänden gesammelt. Der bekannteste davon dürfte *Fancies and Goodnights* (1951) sein, für den C. 1952 den »International Fantasy Award« erhielt. Weitere Sammlungen: *Green Thoughts* (1932), *The Devil and All* (1935), *The John Collier Reader* (1972) und die nur in der BRD erschienene Zusammenstellung *Mitternachtsblaue Geschichten* (1967).

COMPTON, D(AVID) G(UY)
(*1930)

Geboren in London als Sohn eines Schauspielerehepaares. Von 1940 bis 1948 besuchte C. das Cheltenham College. Seine erste professionelle Arbeit war das Hörspiel *Fully Furnished*, 1956. Sein erster Roman, *A Quality of Mercy*, erzählt von der Eskalation der Ost-West-Spannungen. Sein zweiter, *The Silent Multitude*, handelt von der schrittweisen Zerstörung eines menschlichen Geistes, die zum Verfall einer Stadt in Parallele gesetzt wird. *Farewell Earth's Bliss* (1966) schildert eine Strafkolonie auf dem Mars, in der das Leben für die Deportierten zur Hölle wird.
Wesentlich komplexer ist *Synthajoy* (1968), das den Verfasser besonders in den USA berühmt machte. Ein Chirurg und ein Elektronikspezialist erfinden Bänder, mit deren Hilfe es Durchschnittsmenschen möglich wird, an den Erfahrungen begabterer oder glücklicherer Mitmenschen teilzuhaben. Der Autor macht sich Gedanken über die moralische Reichweite einer solchen Erfindung und stellt Beobachtungen über das Verhalten von Menschen in extremen Situationen an. *The Palace* (1969) ist zwar in einem Phantasieland angesiedelt, enthält aber sonst kein SF-Material. Weitere wichtige Veröffentlichungen sind *The Electric Crocodile* (1970), *Sides of Used Matchboxes and Something That Might Have Been Castor Oil* (1970; anderer Titel: *Chronocules*), ein Zeitreiseroman, und *The Missionaries*, eine sozialkritische Komödie um außerirdische Evangelisten.
Sein bekanntestes und bestes Werk – das unter der Regie von Bertrand Tavernier (Hauptrolle: Romy Schneider) auch verfilmt wurde – ist *The Continuous Catherine Mortenhoe* (1974): Eine Frau, Mitte vierzig, hat nur noch vier Wochen zu leben. Ein Reporter, dem man eine Fernsehkamera anstelle der Augen eingesetzt hat, bekommt den Auftrag, das Ende der Frau für ein sensationslüsternes Publikum in einer Welt, in der Krankheiten fast ausgerottet sind, aufzuzeichnen. C. siedelt seine Romane immer in der nahen Zukunft an, beschäftigt sich nie mit der technologischen Entwicklung, ›borgt‹ sich aber immer zentrale Metaphern aus dem SF-Genre, wobei er die Zukunft lediglich als Instrument benützt, um gegenwärtige Entwicklungen bewußt zu machen.

The Quality of Mercy (1965); *The Silent Multitude* (1966; *Zerfall*, 1977); *Farewell Earth's Bliss* (1966; *Lebwohl, gute Erde*, 1976); *Synthajoy* (1968); *The Electric Crocodile* (1970; *Das elektrische Krokodil*, 1973); *Chronocules* (1970; *Die*

Zeit-Moleküle, 1973; *The Continuous Catherine Mortenhoe* (1974; anderer Titel: *The Unsleeping Eye*; *Schlaflose Augen*, 1975); *A Usual Lunacy* (1978).

CONEY, MICHAEL G(REATREX)
(*1932)

Geboren in Birmingham. C. besuchte dort die King Edwards School und lebt heute in Kanada. In den Jahren zwischen 1949 und 1969 arbeitete er bei mehreren Firmen als Buchhalter und führte ein Hotel auf Antigua (Westindische Inseln). 1969 erschien seine erste Kurzgeschichte, »Symbiote«, in *New Writings in SF 15*, herausgegeben von John Carnell. In seinem ersten Roman, *Mirror Image* (1972), beschreibt er das Verhalten Außerirdischer, die die Menschen so sehr imitieren können, daß sie sich schließlich selbst für Menschen halten. Diese Außerirdischen tauchen später auch in seinem Roman *Brontomek!* (1976) wieder auf, der den »British Science Fiction Award« gewann.
C. begann erst spät mit dem Schreiben, machte sich aber bei der Leserschaft und Kritik schnell einen Namen. Sein Ruf als einer der besseren Autoren der siebziger Jahre rührt größtenteils von seinem Roman *Hello Summer, Goodbye* (1975) und einigen thematisch zusammenhängenden Stories her, die in den Roman *The Girl with a Symphony in Her Fingers* (1975, amerikanischer Titel: *The Jaws That Bite, the Claws That Catch*) eingingen. Diese Geschichten zeigen C. als ausgezeichneten Stilisten und erinnern in ihrer exotischen Farbigkeit an Ballards Vermillion-Sands-Stories.
Nach seinen eigenen Worten verliert C. die Lust, wenn er länger »als vier Wochen an einem Roman arbeiten muß«.

Mirror Image (1972; *Planet der Angst*, 1974); *Friends Come in Boxes* (1973; *Die Freundschaftsboxen*, 1974); *Syzygy* (1973); *The Hero of Downways* (1973); *Winter's Children* (1974; *Eiskinder*, 1975); *Monitor Found in Orbit* (1974); *The Jaws That Bite, the Claws That Catch* (1975; *Sklaven der Zukunft*, 1979); *Brontomek!* (1976); *The Ultimate Jungle* (1979).

Hello Summer, Goodbye
(1975; dt. *Der Sommer geht*, 1979)

Wie jedes Jahr fährt der junge Drove mit seinen Eltern in den Ferien nach Pallahaxi am Meer. Zunächst verläuft alles wie gewöhnlich. Man bezieht ein Hotel und entspannt sich. Drove lernt Braunauge, die junge Tochter eines ortsansässigen Wirtes, kennen und verliebt sich in sie. Aber schon bald wird die Ferienidylle jäh gestört. Ein Krieg bricht aus, die Front rückt unaufhaltsam näher, die Bevölkerung wird unruhig. Es kommt zu blutigen Auseinandersetzungen zwischen Militär und Zivilbevölkerung. Die Regierung läßt unterirdische Bunker bauen und hortet Lebensmittel. Der lange Sommer geht zu Ende, der Winter kommt. Wie lange er dauern wird, weiß niemand von den Zivilisten genau, denn der Planet beschreibt eine komplizierte Umlaufbahn in einem Doppelsternsystem. Die Oberschicht flieht in die Bunker, während das Volk sich selbst überlassen wird. Aus Liebe zu Braunauge weigert sich Drove bis zuletzt, in den Bunker zu gehen, doch sein Vater zwingt ihn dazu. Die Türen des Bunkers fallen ins Schloß, die betrogenen Angestellten müssen draußen bleiben. Doch Drove weiß einen Ausweg. Während die Ausgestoßenen noch jammern, verläßt er sein Gefängnis und begibt sich zu den Lorins, einer halbintelligenten Eingeborenenrasse, die schon früher den Menschen geholfen hat, den langen und harten Winter zu überstehen.
Hello Summer, Goodbye ist ein fesselnder Abenteuerroman voller fremdartiger Landschaftsschilderungen und, wie die meisten Bücher Coneys, nicht ohne Sozialkritik.

CONQUEST, ROBERT
(*1917)

Geboren in Great Malvern, Worcestershire. C. studierte in Oxford und war 1946–56 Mitglied des Diplomatischen Korps. Danach Herausgeber des *Spectator*. Zusammen mit Kingsley Amis gab er ab 1961 die *Spectrum*-Anthologien heraus. Die bis 1967 erschienenen fünf Bände dieser Reihe halfen, das Ansehen der SF in England zu steigern. C. selbst schrieb hauptsächlich Gedichte und politische Essays. Sein einziger SF-Roman, *A World of Difference*

(1955), schildert eine vom Atomkrieg bedrohte Welt der Zukunft und die Anstrengungen, einen Photonenantrieb zu entwickeln, der den Flug zu den Sternen ermöglicht. Das Schwergewicht der Handlung liegt auf psychologischen und politischen Problemen.

CONRAD, JOSEPH
(1857–1924)

Kurzform für Teodor Jósef Konrad Nalecz Korzeniowski, geboren in Berdiczew, Ukraine, als Sohn polnischer Eltern; später in England ansässig. Bekannt vor allem für seine Seeromane, schrieb er gemeinsam mit Ford Madox Hueffer mit *The Inheritors: An Extravagant Story* (1901) eine politische Satire, die in der Zukunft spielt. Es geht darin um eine künftige Rasse (»Dimensionisten«), welche die Menschheit verdrängt. Eine Anspielung auf C. bot der SF-Film *Alien*, wo das Raumschiff »Nostromo« nach einem Romantitel von C. benannt wurde.

COOPER, EDMUND
(1926–1982)

Geboren in Manchester und dort auch aufgewachsen. C. verließ die Schule mit 15, schlug sich als Arbeiter und Seemann durch, lernte als Sechzehnjähriger eine vier Jahre ältere Lehrerin kennen und heiratete sie drei Jahre später. Sie veranlaßte ihn, die abgebrochene Schulausbildung wieder aufzunehmen und selbst Lehrer zu werden. Ohne Freude an dem Beruf wurde er anschließend Industriejournalist, dann Autor. Seine erste SF-Story, »The Unicorn«, erschien 1954 in dem britischen Magazin *Authentic*, 1958 veröffentlichte er mit *The Uncertain Midnight* (anderer Titel: *Deadly Image*) seinen ersten Roman: Androiden in einer *post doomsday*-Welt versuchen den Menschen zu verdrängen. Sein zweiter Roman, *Seed of Light* (1959), behandelt das Thema Generationen-Raumschiff und dürfte C.s bestes Werk sein. Zu seinen besseren Romanen gehören auch *Transit* (1964) und *A Far Sunset* (1967).
Typisch für C. sind männliche Protagonisten, die sich als dominierende Figuren gegenüber ihrer Umwelt behaupten. Daß er auch privat ein Feind weiblicher Emanzipationsbestrebungen war, kam in seinen Büchern häufig zum Ausdruck. Die Frau hatte sich bei ihm um »die drei K.s« (Kinder, Küche und Kirche) zu kümmern und Bettgefährtin zu sein; das andere erledigte der Mann. C. verstand sich dabei durchaus als militanter Anti-Feminist, und insbesondere seine Romane *Five to Twelve* (1968) und *Who Needs Men?* (1972) sind diesbezügliche Kampfansagen. C. schrieb häufig für das Fernsehen, verfaßte SF-Rezensionen für die *Sunday Times* und lieferte auch die Drehbuchstory für den Film *The Invisible Boy* (1957). Unter dem Pseudonym Richard Avery (eine Figur aus seinem Roman *Transit*) schrieb er die vierbändige Space Opera-Serie *The Expendables*. Ansonsten zog er thematisch Stoffe vor, in denen es auf die eine oder andere Art mit unserer Zivilisation zu Ende geht. C. wußte seine Effekte dramaturgisch geschickt zu setzen und spannend zu schreiben. Originelle Themen hat er zur SF nicht beigesteuert.

The Uncertain Midnight (1958; *Aufstand der Roboter*, 1961); *Seed of Light* (1959; *Die Söhne des Alls*, 1965); *Transit* (1964; *Die Welt der zwei Monde*, 1965); *All Fool's Day* (1966; *Stiefkinder der Sonne*, 1981); *A Far Sunset* (1967; *Unter den Strahlen von Altair*, 1968); *Five to Twelve* (1968; *Das Regime der Frauen*, 1969); *Who Needs Men?* (1972; *Freiwild Mann*, 1981); *The Tenth Planet* (1973; *Der Eisplanet*, 1975); *The Cloud Walker* (1973; *Der Wolkengänger*, 1978).

COPPEL, ALFRED
(*1921)

Pseudonym des amerikanischen Schriftstellers Alfredo José de Arana-Marini y Coppel, geboren in Oakland. Er besuchte die Stanford University von 1939 bis 1942, arbeitete anschließend als Werbetexter und schrieb nebenher für die SF-Magazine. Seine erste Erzählung, »Age of Unreason«, erschien 1947 in *Astounding*. Neben Kriminalromanen und Agententhrillern verfaßte er lediglich den SF-Roman *Dark December* (1960; *Nach der Stunde Null*, 1966) unter seinem wirklichen Namen. Eine dreibändige Jugendbuchserie, die der SF zugerechnet werden kann, erschien unter dem Pseudonym Robert Cham Gilman: *The Rebel of Rhada* (1968), *The Navigator of Rhada* (1969) und *The Starkahn of Rhada* (1970). Seit C. sich von der SF zurückzog, hat er mehrere Bestseller geschrieben.

COREY, PAUL (FREDERICK)
(*1903)

Geboren in Shelby County, Iowa, als Sohn eines Farmers und einer Lehrerin. C. besuchte die University of Iowa, arbeitete zwei Jahre für die *Encyclopedia Britannica* und die *National Encyclopedia* und ist seit 1942 als freier Schriftsteller tätig. In den dreißiger Jahren verfaßte er zahlreiche proletarische Kurzgeschichten. Er hat Hunderte von Büchern, Erzählungen und Artikeln publiziert, wurde jedoch in die SF-Magazine wegen seiner ausgefallenen Themen kaum aufgenommen. Sein erster utopischer Roman war *The Planet of the Blind* (1968; *Die Radarwelt*, 1972).

COULSON, JUANITA (RUTH)
(*1933)

Geboren in Anderson, Indiana. Grundschullehrerin von 1954 bis 1955, danach in unterschiedlichen Jobs tätig. C. war während der fünfziger und sechziger Jahre in der Fanbewegung aktiv und unterhielt ein Vervielfältigungsbüro. 1953 erschien ihre erste Story (in Zusammenarbeit mit Marion Zimmer Bradley) unter dem Pseudonym John Jay Wells im *Magazine of Fantasy & Science Fiction*. Neben mehreren »gotischen« Schauerromanen hat sie auch einige SF-Romane verfaßt: *Crisis on Cheiron* (1967); *The Singing Stones* (1968), *Unto the Last Generation* (1975) und *Space Trap* (1976). Diese Werke sind gängige Unterhaltungsware mit geringen Ansprüchen an den Leser.

COVER, ARTHUR BYRON
(*1950)

Geboren in Grundy, Virginia, B. A. 1971. Nachwuchsautor, der sich in einem Workshop für angehende Schriftsteller ausbilden ließ und – von Harlan Ellison gefördert – mit *Autumn Angels* (1975) seinen Romanerstling vorlegte. In seinem Werk dominieren Sprachspielereien, die gelegentlich erfrischend sind. *Playtypus of Doom and Other Nihilists* (1976) und *The Sound of Winter* (1976) deuten an, daß der Spötter sich ein wenig die Hörner abgestoßen hat. C.s Talent ist jedoch unverkennbar.

COWPER, RICHARD
(*1926)

Geboren in Abbotsbury, Dorset, Pseudonym des Autors Colin Middleton Murry, Sohn des Literaturkritikers und Philosophen John Middleton Murry. Bereits als Schuljunge war C. von SF und insbesondere von den Erzählungen und Romanen H. G. Wells' fasziniert, jedoch erst 1964 schrieb er seinen ersten eigenen SF-Roman, *Breakthrough*, der 1967 veröffentlicht wurde. Die positiven Reaktionen in England und den USA ließen C. der Science Fiction treu bleiben und 1968 seinen nächsten Roman, *Phoenix*, veröffentlichen. Noch im gleichen Jahr gab C. seine Stellung als Lehrer in Sussex auf, zog nach Südwales, übernahm dort für zwei Jahre die Leitung der Englischabteilung des Atlantic College und beschloß 1970, sein Geld ausschließlich mit dem Schreiben zu verdienen. Seither entsteht durchschnittlich ein SF-Roman pro Jahr, und mit *The Custodians and Other Stories* (1976) liegt auch eine Story-Sammlung vor. Zu seinen besten Arbeiten zählen die Romane *Breakthrough*, die Satire *Clone* (1972) und vor allem *The Twilight of Briareus* (1974). C.s Stärken liegen im Literarisch-Handwerklichen: Er beschäftigt sich in seinen Büchern vor allem mit dem Menschen und seinen Reaktionen und weiß überzeugende Charaktere zu schildern. Thematisch innovativ ist er hingegen kaum einmal, sondern greift sich aus dem vorhandenen Themenarsenal der SF geeignete Stoffe heraus. Unter seinem richtigen Namen veröffentlichte C. zwei autobiographische Romane: *One Hand Clapping* und *Shadows on the Grass* (zwischen 1973 und 1975 entstanden). Ein neueres Buch ist der Roman *Profundis*, der in der Zeit nach dem Atomkrieg an Bord des eineinhalb Kilometer langen Super-Atom-U-Boots »Profundis« spielt.

Breakthrough (1967; *Morgen der Unendlichkeit*, 1969); *Phoenix* (1968; *Phönix*, 1969); *Kuldesak* (1972; *Welt ohne Sonne*, 1973); *Clone* (1972;

Homunkulus 2072, 1973); *Time out of Mind* (1973; *Gefährliches Paradies*, 1974); *The Twilight of Briareus* (1974; *Dämmerung von Briareus*, 1974); *Profundis* (1979; *Proteus und ich*, 1980).

CREMASCHI, INISERO
(*1928)

Geboren in Fontanellato (Italien). Arbeitete als Drehbuchautor und zehn Jahre lang als Diskjockey für den Rundfunk. Er begann in den fünfziger Jahren zu schreiben und hat seither mehr als 300 Kurzgeschichten und fünf Romane (zwei davon mit phantastischem Inhalt) publiziert, nebenher zwei Buchreihen herausgegeben und ein Dutzend utopische Stoffe für das Fernsehen realisiert. *La Grotta di Marte* (1974) und *Dossiers extraterrestri* (1978) entstanden in Zusammenarbeit mit Gilda Musa.

CRICHTON, (JOHN) MICHAEL
(*1942)

Geboren in Chicago. C. studierte an der Harvard University, später an der Harvard Medical School Medizin, wo er 1969 zum Dr. med. promovierte. Mit dem Publizieren von SF begann er 1968 unter dem Pseudonym John Lange mit dem Roman *Drug of Choice*. Den Durchbruch in der SF hatte er mit seinem 1969 erschienenen Buch *The Andromeda Strain*, das unter der Regie von Robert Wise auch verfilmt wurde. Der 1972 erschienene, ebenfalls verfilmte Roman *The Terminal Man* befaßt sich mit der Frage nach der Moral beim Implantieren elektronischer Kontrolleinrichtungen ins menschliche Gehirn. Auf seinem Buch *Westworld* (1973) basiert der gleichnamige Film, für den C. auch das Drehbuch schrieb und bei dem er Regie führte. Als jüngstes und aufwendigstes Probjekt verfilmte er den Roman *Coma* von Robin Cook, eine medizinische SF-Geschichte.
The Terminal Man (1972); *Westworld* (1973).

The Andromeda Strain
(1969; dt. *Andromeda*, 1969)
In einer Kleinstadt in Arizona stürzt eine Raumsonde ab. Alle Bewohner des Ortes sterben an einer unbekannten Krankheit, ausgenommen ein alter Trinker und ein Neugeborenes. Das Gebiet wird sofort abgeriegelt, die namhaftesten Wissenschaftler der USA werden in einem abgelegenen unterirdischen Labor in der Wüste versammelt, um dem Rätsel auf die Spur zu kommen. Man bringt die Sonde sowie die beiden Überlebenden ebenfalls in dieses Labor. Es folgt ein dramatischer Wettlauf mit der Zeit, bei dem die fünf Ärzte feststellen müssen, wie der seltsame Erreger, der den Decknamen »Andromeda« bekommt, aufgebaut ist. C. versteht es aufgrund seiner medizinischen Ausbildung sowie seiner literarischen und insbesondere dramaturgischen Fähigkeiten, diese schwerwiegende Fünftagekrise packend und überzeugend darzustellen. Das Buch schildert nicht nur authentisch die Suche nach der Todesursache einer ganzen Stadt, sondern der Autor wendet sich auch scharf gegen alle Formen biologischer Kriegführung, womit er sich auch gleichzeitig in die Reihe jener engagierten SF-Autoren einreiht, in deren Werken ein vitales Interesse an einer friedlichen Weiterentwicklung der Menschheit zum Ausdruck kommt. Zur Form des Romans ist erwähnenswert, daß der Autor durch die Wiedergabe von Computertexten, Tabellen, Diagrammen etc. den Eindruck der fiktiven Dokumentation noch erhöht.

CROSSEN, KENDELL FOSTER
(1910–1982)

Geboren in Albany, Ohio. C. besuchte ein College, versuchte sich anschließend als Regisseur und Manager von Bühnenshows und war seit 1940 freier Schriftsteller. In den vierziger Jahren war er auch als Redakteur eines Detektivgeschichten-Magazins tätig gewesen. Er schrieb zahlreiche Unterhaltungsromane, aber nur wenige und unbedeutende SF-Texte. Ein Roman, der die Auswirkungen eines Atombombenabwurfs auf New York und die Versuche einiger Dutzend Menschen, in den Tunneln der U-Bahn zu überleben, schildert, ist das unter dem Pseudonym Richard Foster erschienene Werk *The Rest Must Die* (1959).
Murder out of My Mind (1945; ein SF-Krimi); *Adventures in Tomorrow* (1951); *Future Tense*

(1952); *Once upon a Star* (1953); *Year of Consent* (1954).

CROWLEY, JOHN
(*1942)

Geboren in Vermont. C. lebt heute in New York; er arbeitete zunächst als Fotograf und schrieb ab 1966 Skripts für das Fernsehen, bevor er sich der SF zuwandte. Gleich sein erster Roman, *The Deep* (1975), war ein Volltreffer. Der Eindruck, den diese surrealistische Synthese aus SF- und Fantasyelementen auf Leserschaft und Kritiker machte, war beträchtlich. C. wurde als großes Talent gefeiert, und nach den Romanen *Beasts* (1976) und *Engine Summer* (1979) war klar, daß er zu den wichtigeren Autoren der SF der siebziger Jahre zählte. Sein klarer Stil und seine originellen Ideen, fernab aller Klischees, lassen noch einiges von diesem Autor erwarten.

Beasts (1976; *Geschöpfe*, 1980); *Engine Summer* (1979; *Maschinensommer*, 1981); *Little, Big* (1981).

The Deep
(1975; dt. *Die Tiefe*, 1981)

In diesem vielschichtigen Werk wird eine seltsame Welt beschrieben, eine riesige Scheibe, die auf einem Pfeiler ruht, der endlos in die Tiefe reicht, eine Tiefe, die nur vom schwachen Funkeln weniger Sterne erhellt wird. Auf dieser Welt existiert eine nicht weniger seltsame Feudalgesellschaft mit verkrusteten Bräuchen und Verhaltensweisen, aufgespalten in verschiedene Fraktionen. Da gibt es die Roten und Blauen, die sich gegenseitig bekriegen, die Grauen, einen religiösen Orden und eine revolutionäre Gruppe, die sich »Die Gerechten« nennt.
Der Roman wird aus unterschiedlichen Blickwinkeln erzählt, u. a. aus der Sicht eines Besuchers von »draußen«, der nicht von dieser Welt stammt. Bei ihm handelt es sich um einen geschlechtslosen, beschädigten Androiden, der sich nicht mehr erinnern kann, warum er auf diese Welt gekommen ist oder wo er herkommt. Sehr schnell wird er in die Machtkämpfe und Auseinandersetzungen der verschiedenen Gruppen hineingezogen. Schließlich ist er es, der die Reise in die unergründliche Tiefe unternimmt. Dabei trifft er auf den Gott der Scheibenwelt, der einst die Menschen hierher brachte, als deren eigene Welt dem Untergang preisgegeben war. Er ist es, der die Vorgänge auf der Welt nach Belieben steuert und den Androiden als persönlichen Informanten losschickte.
The Deep erinnert ein wenig an die modernen Mythenwelten eines P. J. Farmer, übertrifft sie aber in allegorischer Tiefe und Aussagekraft bei weitem. Es ist zweifellos einer der besten SF-Erstlingsromane der letzten Dekade.

CSERNAI, ZOLTÁN
(*1926)

Geboren in Békéscsaba (Südostungarn). C. studierte Wirtschaftswissenschaften und arbeitete anschließend in der Zuckerindustrie. 1957 begann er für Zeitungen und Zeitschriften zu schreiben: zunächst Reportagen, dann auch Erzählungen. 1961 veröffentlichte er seinen ersten Roman, das SF-Jugendbuch *Titok a világ tetején*, das 1964 die Fortsetzung *Az özönvíz balladája* erlebte. In beiden Büchern geht es um außerirdische Besucher, die in vorgeschichtlicher Zeit auf der Erde landeten; die sagenhaften Schneemenschen im Himalaya erweisen sich als deren Nachfahren. C.s dritter Roman, *Atleontisz*, greift diese Konzeption erneut auf: Nach einem katastrophalen Krieg auf dem vierten Planeten der Sonne Orgon suchen die Überlebenden nach einer neuen Heimat und gründen auf der Mittelmeerinsel Thera das sagenumwobene Reich Atlantis.

Titok a világ tetején (1961; *Geheimnis auf dem Dach der Welt*, 1970); *Az özönvíz balladája* (1964; *Die Ballade von der Sintflut*, 1973); *Atleontisz* (1971).

CUMMINGS, RAY(MOND KING)
(1887–1957)

Geboren in New York. C. studierte an der Universität von Princeton, zog aber mit seiner Familie nach Puerto Rico auf eine Orangenplantage, dann nach Wyoming und Alaska, wo er in der Ölförderung und in Minen arbeitete. Während seiner Zeit als Herausgeber verschiedener Hauszeitungen Thomas A. Edisons schrieb er »The Girl in the Golden Atom« (1919), eine Geschichte, die sofort nach Erscheinen in *All-Story Weekly* ein großer Erfolg war. In ihr griff C. die Idee einer mikroskopischen Welt auf, bei der Atome unendlich kleinen Lebewesen als Planeten dienen. Diese Geschichte und die Fortsetzung, »People of the Golden Atom« (1920), wurden zum Inbegriff von C.s SF, denn ihr Verfasser variierte sein Erfolgsrezept immer wieder. C. war bis in die fünfziger Jahre hinein aktiv und schrieb während seiner SF-Karriere über 100 Stories und Romane, viele davon noch bevor es spezielle SF-Magazine gab. C. war ein typischer Pulp-Autor, der seine Texte kaum neueren Erkenntnissen anpaßte. Raumpiraten, Zeitabenteuer, Verfolgungsjagden im Weltraum, die Invasion außerirdischer Monster, das waren die Standardthemen eines Autors, der schon in den dreißiger Jahren rapide an Einfluß verlor und dem Genre lediglich einen Klischeeroman nach dem anderen hinzufügte. Bezeichnenderweise wurden viele seiner Titel nicht in Buchform nachgedruckt. Es bedurfte erst einer Nostalgiewelle in den sechziger Jahren und auf die Geschichte der SF spezialisierter Kleinverlage, um sich seiner Werke zu erinnern.

Matter-Space-and-Time-Serie: *The Girl in the Golden Atom* (1923); *Princess of the Atom* (1929); *The Fire People* (1922; *Merkur in Flammen*, 1958); *The Man Who Mastered Time* (1924); *The Shadow Girl* (1929; *Schatten der Zukunft*, 1960); *The Exile of Time* (1931; *Besucher aus dem Jahre X*, 1970). – *Explorers into Infinity* (1927/28; *Eroberer der Unendlichkeit*, 1969); *A Brand New World* (1928; *Der rote Wahnsinn*, 1965); *Brigands of the Moon* (1931; *Raub auf Sternenstraßen*, 1961); *Wandl the Invader* (1932).

CUNIS, REINMAR
(*1933)

Geboren in Bremen. Schon mit 17 Jahren veröffentlichte C. seine erste Kurzgeschichte. In der Folge schrieb er für verschiedene Zeitungen und Zeitschriften, absolvierte eine Lehre als Bankkaufmann und studierte Soziologie, Psychologie und Wirtschaftswissenschaften in Berlin und Köln. 1964 promovierte er mit einer Arbeit über Modell einer künftigen demokratischen Wehrverfassung, zwei Jahre später strahlte der NDR-Hörfunk sein Hörbild »Alpträume und Wunschbilder« aus, eine Untersuchung über Groschenhefte. Kurz darauf folgte im dritten Fernsehprogramm von NDR, SFB und Radio Bremen ein Bericht von C. über »Die Erforschung der Zukunft«, Thema: Futurologie; C.' Gesprächspartner war Robert Jungk. Weitere Fernsehreportagen zu wirtschafts- und sozialpolitischen Tagesthemen schlossen sich an. Heute ist C. Projektgruppenleiter beim Fernsehspiel des NDR. Sein erster SF-Roman erschien 1978: *Livesendung*. Er schildert den Besuch eines Alien, der aus Gründen der Betriebsblindheit von der sensationshungrigen Presse nicht wahrgenommen wird. Sein zweiter Roman, *Zeitsturm*, erschien 1979. C.' dritter Roman, *Der Mols-Zwischenfall* (1981), widmet sich der Psi-Thematik.

Zeitsturm
(1979)

Mello Kramer, ein junger Biophysiker, der bei einem großen Elektrokonzern arbeitet, wird bei einem Flugzeugabsturz schwer verletzt. Er hat schwere Brandverletzungen erlitten und liegt tagelang ohne Bewußtsein im Krankenhaus. Als es dem behandelnden Arzt endlich gelingt, bis zum Bewußtsein Kramers vorzudringen, stößt er auf Seltsames. Kramer fabuliert über Zeitreise, die angeblich durch Drogen zur Bewußtseinserweiterung im Verein mit einem elektronischen Gehirnsteuerungsgerät möglich ist.

Dem Arzt wie dem Leser wird nicht klar, ob Kramer nun ein Drogenabhängiger, möglicherweise ein Schizophrener, ist oder ob er tatsächlich die Möglichkeit hat, in der Zeit zu reisen. Kramer kehrt in seinen alten Beruf zurück, heiratet die Tochter seines Chefs, versucht hier und da, aus seinem Leben und seiner Zeit auszubrechen, experimentiert heimlich mit der Zeitreise. Selbst seine Frau Ilona weiß darüber nur, daß es sich um gefährliche Experimente handelt. Am Schluß findet man Ilona und Mello Kramer bei einer Kur in der Bretagne, die Mello heilen soll, wobei offen bleibt, ob sich irgend etwas ändern wird. Der Roman läßt alles in der Schwebe, deutet nur an, überläßt es dem Leser, seiner eigenen Interpretation zu folgen:

reale Zeitreise oder innere Emigration? Wenn auch das Thema Zeitreise formal im Vordergrund steht, geht es in der Sache hauptsächlich um Entfremdung in der kapitalistischen Gesellschaft. Die mitunter verwirren erscheinende Handlungsführung ist zugleich Quell der inneren Spannung dieses Romans.

CURTONI, VITTORIO
(*1949)

Geboren in Piacenza. Er schloß sein Studium im Fachbereich Moderne Literatur 1973 ab mit einem Essay über italienische SF, der 1978 unter dem Titel *Le Frontiere dell'Ignoto* (»Die Grenzen des Unbekannten«) auch im Druck erschien. Seit 1978 ist C. als freier Schriftsteller und Übersetzer tätig. Er publizierte eine eigene Kurzgeschichtensammlung, *La Sindrome Lunare e Altre Storie* (1978), einen Führer durch die SF (mit Giuseppe Lippi) und den Roman *Dove Stiamo Volando* (1972), eine allegorische Geschichte über Sexualität in einer von Mutanten bevölkerten Welt.

CURVAL, PHILIPPE
(*1929)

Pseudonym des französischen Schriftstellers und Journalisten Philippe Tronche. Seine erste Erzählung erschien 1953 in *Fiction*; sein Debütroman, *Le ressac de l'espace*, schildert den Versuch des extraterrestrischen Parasiten Linxel (eines einzelligen Organismus), sich die Erde untertan zu machen, nachdem er von einem terranischen Raumschiff aufgegriffen wurde. Er läßt sich auf einer Marianeninsel nieder und gründet dort ein Reich, das er mit telepathisch beeinflußten Menschen bevölkert. C.s Außerirdischer ist jedoch nicht böse: Er errichtet eine Stadt von traumhafter Schönheit und will den Menschen Glück bescheren. Obwohl man ihn zunächst mißversteht und bombadiert, sieht man schließlich ein, daß es für die Menschheit vorteilhaft ist, mit ihm eine Symbiose einzugehen. C. verbrachte den größten Teil der sechziger Jahre mit wissenschaftlicher Arbeit. Erst 1970 begann er wieder verstärkt zu publizieren. Er zählt zu den wichtigsten zeitgenössischen SF-Autoren Frankreichs. 1978 gab er eine eigene Anthologie junger französischer SF-Autoren heraus: *Futurs au présent.*

Les fleurs de Vénus (1960); *Le ressac de l'espace* (1962); *La forteresse de Coton* (1967); *Les sables du Falun* (1970); *Attention, les yeux* (1972); *L'homme à rebours* (1974); *Cette chère humanité* (1977); *Un soupçon de néant* (1977).

CYRANO DE BERGERAC, SAVINIEN
(1619–1655)

Geboren in Paris. Von seinem Gesamtwerk an früher »Science Fiction« existieren heute nur noch Fragmente, das Bruchstück eines Romans und ein zweiter, kurzer Roman, *L'autre monde*. Beide wurden in Deutschland zusammen publiziert als *Die Reise zu den Mondstaaten und Sonnenreichen* und sind »Voyages Imaginaires« mit stark satirischem und gesellschaftskritischem Einschlag. Die ersten Versionen dieser Schriften erschienen 1656 und 1662, wurden aber von C.s Freund Henry le Bret zensiert, um Kontroversen mit der Kirche zu vermeiden. C.s Werk war vor allem im 18. Jahrhundert von großem Einfluß; Schriftsteller wie Voltaire nahmen ihn zum Vorbild.
Berühmt wurde C. nicht durch seine literarischen Werke, sondern als Held des nach ihm benannten Bühnenstückes von Edmond Rostand (1897).

D

DANN, JACK (MAYO)
(*1945)

Geboren in Johnson City, New York, als Sohn eines Rechtsanwalts. D. war kurzzeitig auf der Manlius Militärakademie, studierte dann Theaterwissenschaft, Politik und Jura an verschiedenen Universitäten, war Tutor und Assistenzprofessor, bis er sich entschloß, freier Schriftsteller zu werden. Er arbeitet für Radio und Fernsehen (u. a. für Bildungsprogramme), hat sich aber auch schon mit allerlei Gelegenheitsjobs (vom Fensterputzer bis zum Pianisten in einer Bierhalle) über Wasser gehalten. Seine ersten SF-Stories erschienen 1970 unter den Titeln »Traps« und »Dark, Dark, the Dead Star« in *Worlds of If* (beide gemeinsam mit George Zebrowski verfaßt). Sein bisher größter Erfolg war die Nominierung seiner Novelle »Junction« (die er später zu einem Roman ausbaute) für die Endausscheidung des »Nebula«.
D. ist der Verfasser von rund 40 Kurzgeschichten und bislang vier Romanen. Ein Teil seiner Erzählungen liegt in der Sammlung *Timetipping* (1980) vor. Sein erster Roman, *Starhiker*, erschien 1977, gefolgt von dem Roman *Junction* (1981), der wie viele Arbeiten von D. surrealistische Züge aufweist und mehr am Rande der SF angesiedelt ist. Außer als Autor erwarb sich D. Respekt als Anthologist. D. schreibt auch Gedichte und gehört zu den Intellektuellen des Genres. Da viele seiner Texte eher irreale Impressionen aus einem Bereich zwischen Fantasy und Science Fiction sind und ausreichende Erklärungen nicht nachgeschoben werden, fehlt D. der Zugang zum breiten Publikum. Er ist jedoch ein beachtenswerter neuer Autor der SF.

Anthologien: *Wandering Stars* (1974); *Faster Than Light* (1976; zus. mit George Zebrowski); *Future Power* (1976; zus. mit Gardner R. Dozois); *Alien!* (1981; zus. mit Gardner R. Dozois); *Immortal* (1978); *The Man Who Melted* (1982).

Starhiker
(1977; dt. *Weltenvagabund*, 1979)

Auf einer Erde der Zukunft spielen die Menschen nur noch eine untergeordnete Rolle, ihre große Zeit scheint vorbei zu sein. Fremde sind eines Tages aus dem All gekommen, haben mit ihrer überlegenen Technologie die Erde erobert und verwehren den Menschen die interstellare Raumfahrt. Zahlenmäßig stark zurückgegangen, führen die Menschen zwar ein sorgloses Leben – die Fremden, Hrau genannt, geben ihnen, was sie zum Leben benötigen –, aber Elan und Initiative sind weitgehend verschwunden. Bo, ein Vagabund und fahrender Sänger, gehört zu den wenigen, die unzufrieden sind. Er will mehr wissen, die Welten jenseits der Erde sehen. Er schleicht sich in ein Raumschiff der Hrau, kann sich dort eine Weile verborgen halten, tötet versehentlich einen der Fremden und flieht dann in einem Beiboot. Er erreicht einen Planeten, lernt eine seltsame Zivilisation mit fliegenden Städten kennen, nimmt eine Beziehung zu dem Mädchen Kezia auf und gerät in der Folge in Ereignisse hinein, die sich teilweise mit Traumsequenzen vermischen. Zum Schluß erreichen Bo und Kezia einen mysteriösen Ort, die sogenannte Spiegelwelt, einen Knotenpunkt des Universums, wo Träume Realität sind. Sie werden getrennt, Bo wird zurück auf die Erde versetzt, ist reifer geworden, widmet sich seinen Freunden und findet, Schlußsatz, »das Ziel seiner Träume«.
Was als eher konventioneller Abenteuerroman im Stile einer Weltraumodyssee beginnt, wird bald ein mitunter surreales psychisches Abenteuer, das dem Leser Konzentration abverlangt. In Handlungsaufbau und Stil ambitioniert, erweist sich Dann zumindest ansatzweise von der »New Wave« der sechziger Jahre geprägt.

DARLTON, CLARK
(*1920)

Pseudonym für Walter Ernsting, geboren in Koblenz. D. besuchte das Gymnasium in Essen, wurde zum Arbeitsdienst eingezogen und verbrachte die Kriegsjahre in Polen, Norwegen, Finnland und der UdSSR. Kriegsgefangenschaft 1945–50 in Karaganda, Sibirien. Er arbeitete ab

1952 für die britischen Besatzungstruppen als Dolmetscher, lernte in den NAAFI-Shops anglo-amerikanische SF-Magazine kennen und schlug dem Verleger Erich Pabel 1953 die Herausgabe einer utopischen Heftreihe vor, die als *Utopia-Großband* 1954 auf den Markt kam. D. gab die Reihe heraus und übersetzte sie. 1955 verfaßte er unter dem Pseudonym Clark Darlton seinen Erstling, *UFO am Nachthimmel*, der ebenso wie seine späteren, hauptsächlich auf die Zeitreise bezogenen Titel bei den deutschen Lesern sehr gut ankam. Nachdem er weitere Heftromane verfaßt hatte, gründete er zusammen mit einigen in- und ausländischen SF-Professionals den »Science Fiction Club Deutschland« und wandte sich den Leihbuchverlagen zu, bis er 1960 von einem Münchener Heftchenverlag mit der Konzeption der Perry-Rhodan-Serie beauftragt wurde, deren tausendste Folge 1980 erschien und die in ein halbes Dutzend Sprachen übertragen wurde. D. war auch für die Herausgabe des ersten deutschen SF-Magazins verantwortlich. Nach der Publikation mehrerer hundert Heftromane hat er sich seit Mitte der siebziger Jahre mehr und mehr dem Verfassen von utopischen Jugendbüchern (die unter seinem richtigen Namen erscheinen) zugewandt. Ein erster überregionaler Erfolg gelang ihm mit dem auf Erich von Dänikens Theorien fußenden Roman *Der Tag, an dem die Götter starben* (1979), der, bevor er in der BRD erschien, bereits in den USA, Frankreich und den Niederlanden vorlag. D.s Themen sind – soweit sie in serienunabhängigen Ausgaben vorliegen – die Zeitreise und die Annahme, daß die Erde in grauer Vorzeit von außerirdischen Astronauten aufgesucht wurde. Er hat Erich von Däniken (der selbst zugibt, D.s Frühwerke gelesen zu haben) somit sicherlich bereits in den fünfziger Jahren vorweggenommen. Einige seiner Bücher entstanden in Zusammenarbeit mit Jesco von Puttkamer, Henry Bings (d. i. Heinz Bingenheimer) und Robert Artner (d. i. Ulf Miehe.)

Überfall aus dem Nichts (1956); *Der Sprung ins Ungewisse* (1958); *Die strahlenden Städte* (1958); *Der Tod kam von den Sternen* (1958); *Experiment gelungen* (1959); *Raumschiff der toten Seelen* (1959); *Das unsterbliche Universum* (1959, zus. mit Jesco von Puttkamer); *Der fremde Zwang* (1960); *Wanderer zwischen drei Ewigkeiten* (1960); *Die Zeitlosen* (1960); *Die letzte Zeitmaschine* (1961); *Welt ohne Schleier* (1962); *Der Sprung ins Nichts* (1964; zus. mit Henry Bings); *Hades, die Welt der Verbannten* (1967); *Der strahlende Tod* (1967; zus. mit Robert Artner); *Am Ende der Furcht* (1968; zus. mit Robert Artner); *Leben aus der Asche* (1968; zus. mit Robert Artner); *Todesschach* (1970). – Jugendbücher unter dem Namen Walter Ernsting: *Das Marsabenteuer* (1964); *Das Planetenabenteuer* (1965); *Das Weltraumabenteuer* (1965); *Das Rätsel der Marsgötter* (1974); *Das Rätsel der Milchstraße* (1974); *Das Rätsel der Urwaldhöhle* (1974); *Das Geheimnis im Atlantik* (1976); *Raumschiff Neptun: Begegnung im Weltraum* (1978); *Raumschiff Neptun: Der Tempel der Götter* (1978); *Raumschiff Neptun: Der verzauberte Planet* (1978).

Der Sprung ins Jenseits
(1968)

Dieser Roman entstand in Zusammenarbeit mit Henry Bings (1922–64), der 1958 die erste auf SF spezialisierte Versandbuchhandlung gründete. Er schrieb selbst den SF-Roman *Welten in Brand* (1956) und gab die SF-Anthologie *Lokkende Zukunft* (1957) heraus.

Es gibt zwei Versionen dieses Romans: Die erste erschien 1959 unter dem Titel *Das Leben endet nie* als Heftroman. Die Buchausgabe ist um ein gutes Drittel länger, beschreibt einige Szenen eingehender und unterscheidet sich von der Erstausgabe insofern, als der Autor die homosexuellen Anklänge eliminierte. (Trotz der Versicherung, daß Seelen geschlechtslos sind, hatte ihn offenbar die Courage verlassen.)

Die Handlung: Der Amerikaner Alan Winter sieht sich im Kino einen Spielfilm über den Bau der ägyptischen Pyramiden an und wird urplötzlich von dem sicheren Gefühl ergriffen, selbst dabeigewesen zu sein. Ergo: Er hat schon einmal gelebt. Um dem Rätsel auf die Spur zu kommen, begibt er sich auf die Reise nach Tibet, wo er in einem buddhistischen Kloster seinen alten Freund Yü Fang wiederfindet. Winter bringt 15 Jahre in diesem Kloster zu, tut es seinem Freund gleich und lernt schließlich, wie man es bewerkstelligt, die Seele vom Körper zu lösen, sie auf ›Reisen‹ zu schicken und andere Körper zu übernehmen. Auf diese Art ›unsterblich‹ geworden, zieht er mit Yü Fang in die Welt hinaus. (In der Erstausgabe verliert der

Tibetaner sein Leben, ›übernimmt‹ den Körper eines geistig behinderten Mädchens und knüpft mit Winter sexuelle Kontakte an.) Während einer Sonnenexplosion wird Winter in die Vergangenheit geschleudert, durchwandert die Jahrtausende, indem er sich der unterschiedlichen Wirtskörper bedient und gerät in einen ewigen Kreislauf, den er schließlich zu durchbrechen versteht, da die Existenz der Menschheit auf dem Spiel steht. »Ein SF-Autor sollte Möglichkeiten oder auch Unmöglichkeiten behandeln – er sollte niemals zum mystifizierenden Propheten werden, der sich anmaßt, tatsächliche oder angebliche Phänomene der Gegenwart oder Vergangenheit zu ›erklären‹« (*Science Fiction Times*).

DARRINGTON, HUGH
(?)

Englischer Autor, dessen bislang einziger SF-Roman *Gravitor* (1971) eine unterdrückte Erde und die künstliche Steigerung der Schwerkraft sowie darauf folgendes Chaos zum Thema hat.

Gravitor (1971; *Satellit auf falscher Bahn*, 1973).

DAVENTRY, LEONARD (JOHN)
(*1915)

Geboren in Brixton bei London als Sohn eines Captains der britischen Armee. D. wurde 1932 Soldat und diente 1936–40 auf Malta. 1942 veröffentlichte er eine erste Kurzgeschichtensammlung, die mit SF jedoch nichts zu tun hatte. Sein erster SF-Roman, *A Man of Double Deed* (1965), handelt vom Einsatz telepathisch begabter Menschen nach einer weltweiten Atomkatastrophe und bestach die Leser vor allen Dingen durch Schilderungen freizügiger Sexualität, was für die SF der frühen sechziger Jahre ziemlich ungewöhnlich war.

A Man of Double Deed (1965; *Mr. Coman hoch drei*, 1969); *Reflections in a Mirage* (1969); *The Ticking Is in Your Head* (1970); *Terminus* (1971); *Degree XII* (1972).

DAVIDSON, AVRAM
(*1923)

Geboren in Yonkers, New York. D. diente im Zweiten Weltkrieg als Marinesoldat im Pazifik. 1948/49 kämpfte er auf israelischer Seite gegen die Araber. Seine erste SF-Story erschien 1954 und hieß »My Boyfriend's Name Is Jello«. Diese Geschichte signalisiert zweierlei: erstens D.s enge Bindung zu dem Magazin, in dem sie publiziert wurde, dem *Magazine of Fantasy & Science Fiction*, dessen Jahresauswahlen er 1962–64 herausgab, und zweitens seine stilistische Meisterschaft bei Kurzgeschichten im Grenzbereich zwischen SF und Fantasy, seiner eigentlichen Domäne. D. gilt auf diesem Gebiet als einer der literarischsten Autoren in der SF. Viele seiner Stories strahlen einen warmherzigen Humanismus aus, nehmen sich oft Minderheiten und Unterprivilegierter an und zeichnen sich durch Sprachwitz und pointierte Aussagen aus. Seine vielleicht bekannteste Geschichte ist »Or All the Seas with Oysters« (1958), die den »Hugo Award« gewann. Andere bemerkenswerte Stories sind »Jury-Rig« und »Now Let Us sleep« (beide 1957). Ein Fantasy-Kurzroman ist *Rogue Dragon* (1965). Neben den über 50 Kurzgeschichten aus seiner Feder, die in den Sammelbänden *Or All the Seas with Oysters* (1962), *What Strange Stars and Skies* (1965), *Strange Seas and Shores* (1971) und *The Enquiries of Doctor Esterhazy* (1975) nachgedruckt wurden, hat D. ein Dutzend Romane verfaßt, die alle zur unterhaltsamen SF oder Fantasy gehören, von denen aber keiner zu den Spitzentiteln des Genres zählt. D. ist einer der ganz wenigen SF-Autoren, die sich auch auf dem Gebiet der Kriminalstory einen Namen machten. Auch dort wurde er mit der höchsten Auszeichnung, dem »Edgar«, geehrt.

Joyleg (1962; zus. mit Ward Moore); *Mutiny in Space* (1964); *Masters of the Maze* (1965); *Rork* (1965); *Peregrine: Primus* (1971); *Peregrine: Secundus* (1980).

DAVIES, LESLIE P(URNELL)
(*1914)

Geboren in Crewe, Cheshire, als Sohn eines Gärtners. D. studierte an der Universität von

Manchester, war bis 1939 als Pharmakologe tätig, diente bis 1945 bei der britischen Armee in Nordafrika und Italien, verbrachte die Jahre von 1946 bis 1957 bei der Post und ließ sich ab 1960 als Optiker nieder und begann gleichzeitig Erzählungen in etlichen Genres und Magazinen zu veröffentlichen. Er hat in dieser Zeit mehrere hundert Erzählungen und Romane verfaßt.

The Paper Dolls (1964); *The Artificial Man* (1965; *Der Mann aus der Zukunft,* 1968); *Who Is Lewis Pinder* (1965); *The Lampton Dreamers* (1966); *Psychogeist* (1966); *Twilight Journey* (1967; *Reise ins Zwielicht*, 1974); *The Alien* (1968); *Dimension A* (1969); *Genesis Two* (1969); *Strangers to Town* (1969); *What Did I Do Tomorrow* (1973).

DE CAMP, L(YON) SPRAGUE
(*1907)

Geboren in New York. D. studierte dortselbst, in den Südstaaten und Kalifornien und erlangte 1930 einen B. S. in Aeronautical Engineering am California Institute of Technology und 1938 den Grad eines M. A. in Ingenieurwissenschaften und Ökonomie am Stevens Institute of Technology. Während des Zweiten Weltkrieges war er Marineoffizier. D. hat neben seiner literarischen Tätigkeit als Dozent, Lektor, Ingenieur, Patentanwalt und Werbetexter gearbeitet und lebt heute in einem Vorort von Philadelphia. D. hat in vierzig Jahren mehr als 80 Bücher und Hunderte von Artikeln, Kritiken und Rundfunksendungen geschrieben und mit Lin Carter, Fletcher Pratt, Willy Ley, Robert E. Howard und seiner Frau Catherine Crook zusammengearbeitet. Er gab Howards »Conan«-Stories in Buchform heraus, wobei er und andere Autoren weitere »Conan«-Fragmente zu Ende führten bzw. neue Stories hinzufügten. D.s eigenes Werk wird vor allem durch Serien wie »Viagens Interplanetarias« (wo eine von Brasilien ausgehende Besiedlung des Alls die Grundlage bildet) oder die gemeinsam mit Fletcher Pratt verfaßten »Harold Shea«-Abenteuer geprägt. Er gehört einem Dutzend literarischer und wissenschaftlicher Vereinigungen an, unternimmt Reisen in alle Erdteile und ist, obwohl er auch zahlreiche archäologische Werke und Biographien verfaßt hat, im phantastischen Genre weniger wegen seiner SF-, sonder hauptsächlich wegen seiner Fantasy-Texte bekannt geworden. Er pflegt einen humoristischen, sich sehr amerikanisch gebenden Stil und verwendet, da er mehr als ein halbes Dutzend Sprachen spricht (und noch mehr liest), sehr oft auch andere Idiome. Viele seiner Kurzgeschichten sind in Sammlungen oder Anthologien erschienen; der Hauptteil seiner Romanwerke wurde in Magazinen wie *Unknown, Fantastic, Astounding* und *The Magazine of Fantasy & Science Fiction* vorabgedruckt. D. ist ein Vertreter der ›leichten Muse‹ in der Fantasy, d. h., seine Werke entbehren weitgehend (Ausnahme: »Conan«) der Schlächtereien seiner Kollegen und betonen eher das humoristische Element.
In den vierziger Jahren hat er eine Reihe von Klassikern, z. B. *Lest Darkness Fall*, geschrieben, die sich noch heute allgemeiner Beliebtheit erfreuen.

Viagens Interplanetarias: *Rogue Queen* (1951; *Das Orakel der Fremden*, 1978); *The Continent Makers and Other Tales of the Viagens* (1953); *Cosmic Manhunt* (1954, andere Titel: *A Planet Called Krishna* bzw. *The Queen of Zamba*); *The Tower of Zanid* (1958; *Der Turm von Zanid*, 1973); *The Search for Zei* (1962, anderer Titel: *The Floating Continent*; *Der Raub von Zei*, 1973); *The Hand of Zei* (1963; *Die Rettung von Zei*, 1973); *The Hostage of Zir* (1977).– *The Carnelian Cube* (1948, zus. mit Fletcher Pratt; *Die beste aller Welten* 1979); *The Wheels of If* (1949; *Die Räder der Zeit*, 1978); *The Undesired Princess* (1951; *Die Prinzessin und der Löwe*, 1978); *Wall of Serpents* (1960, zus. mit Fletcher Pratt; *Im Banne der Mathemagie*, 1974); *A Gun for Dinosaur* (C, 1963; *Neu Arkadien / Ein Yankee bei Aristoteles*, 1980); *The Goblin Tower* (1968; *Der Schmetterlingsthron*, 1975); *The Reluctant Shaman* (C, 1970; *Reigen der Fabelwesen*, 1979); *The Clocks of Iraz* (1971; *Die Uhren von Iraz*, 1976); *The Fallible Fiend* (1973; *Ein Dämon mit kleinen Fehlern,* 1980).

Rogue Queen
(1951; dt. *Das Orakel der Fremden*, 1978)

Irdische Raumfahrer, die sich auf der Suche nach einem verschollenen Sternenschiff befinden, landen auf einem erdähnlichen Planeten und stoßen dort auf eine humanoide Rasse, die aber in einer insektenähnlichen Gesellschaftsform lebt, die praktisch identisch mit dem Aufbau eines Bienenstaates ist: Eine eierlegende Königin regiert über Gruppen von männlichen, unter strenger Fleischdiät lebenden »Drohnen«, die nicht arbeiten, sondern nur die Königin zu befruchten haben und später das Leben verlieren. Auch die sexuell unterentwickelten »Arbeiterinnen« dürfen nur bestimmte, in ihrem Fall pflanzliche Nahrung zu sich nehmen. Durch Zufall werden eine Arbeiterin, eine Drohne und mehrere Erdenmenschen zu einer Flucht in die Wildnis gezwungen, wo die Diätvorschriften nicht mehr eingehalten werden können. Die nur an Pflanzennahrung gewöhnte Arbeiterin ißt, um dem Hungertod zu entgehen, das für die Drohne bestimmte Fleisch, entwickelt daraufhin überraschenderweise die nur rudimentär vorhandenen Geschlechtsmerkmale und sexuelle Bedürfnisse und wird so zu einer funktionsfähigen Königin. Es zeigt sich, daß das herrschende System lediglich zum Nutzen einiger Privilegierter aufgebaut und aufrechterhalten wurde. Die alte Sozialordnung zerbricht; ein neues Leben, das auf Liebe und Zweisamkeit basiert, setzt sich durch.

Lest Darkness Fall
(Magazinversion 1939, erste Buchausgabe 1941; dt. *Vorgriff auf die Vergangenheit*, 1973)

Martin Padway, ein amerikanischer Archäologe – blasiert und von sich selbst überzeugt, wie alle De Campschen Helden –, ist der festen Meinung, daß der richtige Mann am richtigen Platz (lies: in der richtigen Zeit) wenn schon nicht die Welt aus den Angeln heben, so doch zumindest das Mittelalter verhindern könne, damit die Gegenwart endlich auf den Platz rückt, der ihr zukommt. Padway läßt sich aus dem 20. in das 6. Jahrhundert versetzen, aber nicht etwa mit einer Zeitmaschine, sondern per Blitzschlag. Nachdem er festgestellt hat, daß er sich in Rom befindet (schließlich ist er ja Wissenschaftler und hat auch ein paar Semester Geschichte und antike Sprachen studiert), schreitet er zur Tat und versucht die degenerierten Römer an den Segnungen moderner Technologien teilhaben zu lassen. Die Tücken des Objekts sind jedoch größer als erwartet: Auch Padway ist – von seinem Fachwissen abgesehen – ein Durchschnittsmensch, der im Gegensatz zu Mark Twains Figur Hank Morgan (aus *A Connecticut Yankee in King Arthur's Court*), der aufgrund seiner früheren handwerklichen Tätigkeit alles mögliche herstellen kann, trotz seiner Intelligenz ständig vom Pech verfolgt. Er findet sich jedoch nicht mit der Situation ab. Obwohl seine ›nacherfundenen‹ technischen Errungenschaften zur Steigerung der Lebensqualität nicht bei jedermann Anklang finden, schlägt er sich doch irgendwie durchs Leben. Erst nachdem er die Buchdruckerkunst ›erfunden‹ hat und seine erste Zeitung des 6. Jahrhunderts sich als Flop erweist, akzeptiert er seine Lage und paßt sich an. Kurioserweise wird er durch die Gründung einer Schnapsdestille zum reichen Mann. Schließlich unterstützt er die Goten dabei, Rom gegen die Byzantiner zu verteidigen – womit er die Geschichte doch noch verändert hat. »De Camps bester Roman!« (N. BARRON.)

DE CAPOULET-JUNAC, EDWARD GEORGES
(*1930)

Französischer Autor, der in Paris Soziologie und Jura studierte. D. schrieb u. a. den von Lem sehr gelobten Roman *Pallas ou la tribulation* (1967), in dem es um sexuelle Erlebnisse zweier Menschen unter außerirdischen Monstren geht.

L'ordinateur des pompes nuptiales (1961); *Pallas ou la tribulation* (1967; *Pallas oder die Heimsuchung*, 1971).

DEE, ROGER
(*1914)

Pseudonym des amerikanischen Schriftstellers Roger Dee Aycock, der in den fünfziger Jahren viel für amerikanische SF-Magazine schrieb. Er debütierte mit der Story »The Wheel Is Death« (1949) in *Planet Stories*. Sein Roman *An Earth Gone Mad* (1954) wurde auch ins Deutsche übersetzt und als Heftroman mehrere Male aufgelegt.

DEFOE, DANIEL
(1660–1731)

Geboren in London. D. ist vor allem durch den Roman *Robinson Crusoe* (1719) bis heute weltweit bekannt geblieben. Dieser Roman war Vorbild für ungezählte SF-Stories und Romane und gab den »Robinsonaden« ihren Namen. D. war nicht nur ein produktiver Autor, dem über 250 Werke zugeschrieben werden, sondern auch Kaufmann und Spion. Mit *The Consolidator: or, Memoirs of Sundry Transactions from the World of the Moon* (1705) schrieb er einen frühen Vorläufer der SF, sein historischer Roman *A Journal of the Plague Year* (1722) gilt als Prototyp des SF-Katastrophenromans.

DEIGHTON, LEN
(*1929)

Geboren in London. D. war zunächst Koch von Beruf und arbeitete später als Kellner, Lehrer und Fotograf. Mehrere seiner in einer nahen Zukunft spielenden Actionthriller wurden verfilmt. Er verfaßte auch Spionageromane. Am bekanntesten wurde sicherlich *The Ipcress File* (1962). D.s erster Vorstoß in die SF ist der Roman *SS-GB* (1979; *SS-GB*, 1980), der voraussetzt, daß die Nazis Großbritannien erobert haben.

DEL'ANTONIO, EBERHARD
(*1926)

Geboren in Lichtenstein, Sachsen. D. lernte Metallhandwerker und arbeitete als Technischer Zeichner, nach dem Kriege als Hafenarbeiter, Entroster, Schmied und Kranführer in Bremerhaven. Er kehrte in die DDR zurück, war dort Reklamezeichner, Konstrukteur und schließlich am Aufbau des »Büros für Erfindungswesen« beteiligt. Ab 1959 arbeitete er als freiberuflicher Schriftsteller und lebt jetzt in Dresden. Er veröffentlichte mehrere SF-Bücher im Stil traditioneller deutscher Zukunftsromane und erhielt 1973 einen Sonderpreis der Jury des »Eurocon« in Poznań (Posen).

Gigantum (1957); *Titanus* (1959); *Projekt Sahara* (1962); *Heimkehr der Vorfahren* (1966).

DELANY, SAMUEL R(AY)
(*1942)

Geboren in New York, Schriftsteller und Kritiker puertorikanischer Herkunft; einer der wenigen Farbigen in der SF. D. wuchs im Ghetto von Harlem auf; sein wohlhabender Vater ermöglichte ihm jedoch den Besuch der High School in Bronx und des City College. Danach begann D. zu schreiben; seit 1967 ist er freier Schriftsteller. Nach eigenen Aussagen neigt er eher der »Speculative Fiction« als der traditionellen SF zu. Anfang der sechziger Jahre galt er als amerikanisches Wunderkind des Genres und schon wenig später als einer der führenden Autoren. Seinen ersten SF-Roman, *The Jewels of Aptor* (1962), hatte er bereits als Siebzehnjähriger geschrieben. Mit der Toromon-Trilogie (1963–65) und dem Roman *The Ballad of Beta-2* (1965) folgten weitere abenteuerliche Stoffe, die schon bestimmte Grundstrukturen seiner späteren, bekannteren Bücher aufweisen. Oft handelt es sich dabei um »Phantastische Reisen« mit psychisch oder physisch deformierten Protagonisten. Auch ist ihr Hintergrund sehr farbenprächtig und exotisch gehalten, was bereits auf die ornamentale Stilistik seiner späteren »New Wave«-Romane hinweist.
1966 gelang D. mit *Babel-17* der Durchbruch, neben *The Einstein Intersection* (1967) und *Nova* (1968) zählt der Roman zu den besten Titeln des Autors, die seinen Ruf als brillanter Stilist begründeten. Seine verfremdeten, häufig allegorischen Odysseen durch die Mythenwelten der Menschheit, seine freien Phantasieflüge in poetischem Symbolismus machten auf Leserpublikum und Kritiker einen gleichermaßen starken Eindruck. D. wurde neben Roger Zelazny und Harlan Ellison zur Galionsfigur der amerikanischen »New Wave« von 1965 bis 1970, die sich von der englischen durch ihre barocken und pittoresken Ausdrucksformen unterschied. In dieser Zeit verfaßte D. auch eine Reihe von Kurzgeschichten, die in dem Band *Driftglass* (1971) gesammelt sind und ihm hohes Ansehen eintrugen. Anfang der siebziger Jahre wurde es um D. als Romanautor ein wenig ruhiger. Zusammen mit seiner Frau, der Dichterin Marilyn Hacker, gab er die Anthologienserie »Quark« heraus. Auch trat er seit den siebziger Jahren mehr und mehr als Kritiker in Erscheinung. Viele seiner Essays sind in dem Band *The Jewel*

Hinged Jaw: Notes on the Language of Science Fiction (1977) gesammelt. 1978 erschien *The American Shore*, eine Detailanalyse von Thomas M. Dischs Roman *334*.
Große Aufmerksamkeit erregte D. jedoch wieder, als 1975 sein voluminöser Roman *Dhalgren* herauskam, sein erstes Stück Prosa nach sechs Jahren und sofort nach Erscheinen sehr umstritten. Während manche Kritiker in ihm ein Meisterwerk sahen, stieß er bei vielen SF-Lesern auf Befremden, ja sogar offene Ablehnung. Durch seine Stileigenheiten, die experimentelle Handlung und eine für die Science Fiction ungewöhnlich offene Sprache, hatte D. die Grenzen des Genres überschritten. *Triton* (1976) fiel in bezug auf Umfang, Plot und Struktur etwas traditioneller aus. Der Autor setzt sich darin mit einer Vielzahl zukünftiger Gesellschaftsformen auseinander, die sich hauptsächlich in Fragen des sexuellen Verhaltens unterscheiden. Der Neptunmond Triton stellt ein mehrdeutiges »Heterotopia« dar, das ein buntes Spektrum alternativer Lebensstile bietet.
Trotz widersprüchlicher Beurteilungen waren *Dhalgren* und *Triton* Verkaufserfolge und wirkten auf die ganze SF befreiend. Beide Bücher festigten D.s Ruf, ein Autor für Intellektuelle zu sein, dessen Texte um nicht gerade alltägliche Probleme kreisen. So spielen in mehreren seiner Romane Kommunikation und Sprache eine wichtige Rolle. Für die amerikanische SF war D. einer der ersten Autoren, die der stilistischen Komponente im Text ein höheres Gewicht als dem Inhalt beimaßen. Nicht zuletzt durch diese Einstellung wurde D. Ende der sechziger Jahre zu einem der bekanntesten und besonders von Studenten gefeierten SF-Schriftsteller. Algis Budrys bezeichnete den viermal mit dem »Nebula« und einmal mit dem »Hugo Award« ausgezeichneten D. damals als »den besten SF-Autor der Welt«.

The Jewels of Aptor (1962). – Toromon-Trilogie: *Captives of the Flame* (1963; *Sklaven der Flamme*, 1971); *The Towers of Toron* (1964; *Die Türme von Toron*, 1978); *City of a Thousand Suns* (1965). – *The Ballad of Beta-2* (1965); *Empire Star* (1966); *Triton* (1976; *Triton*, 1981). – *The Jewel-Hinged Jaw* (1977).

Lit.: G. E. Slusser, The Delany Intersection. S. R. Delany Considered as a Writer of Semi-Precious Words, 1977.

Babel-17
(1966; dt. *Babel-17*, 1975)

In ferner Zukunft bricht ein interstellarer Konflikt zwischen der Allianz der Erdvölker und den geheimnisvollen »Invasoren« aus. Die Menschen fangen einen Code auf, der offensichtlich von den Invasoren stammt. Die Protagonistin des Romans, Rydra Wong, ihres Zeichens Dichterin und Linguistin, vermutet in diesem Code, »Babel-17« genannt, eine fremde Sprache und macht sich an deren Entschlüsselung. Immer wenn »Babel-17« empfangen wird, werden gleichzeitig Sabotageakte gemeldet. Rydra erkennt im militärischen Hauptquartier der Allianz intuitiv das nächste Ziel der Invasoren, stellt eine Crew für das Raumschiff »Rimbaud« zusammen und bricht mit ihr in den Weltraum auf. Unterwegs stellen sich jedoch Schwierigkeiten ein: Das Schiff wird aus dem vorprogrammierten Kurs gerissen, Instrumente fallen aus, die Besatzungsmitglieder sind wie in einem Netz gefangen. Der Feind hat wieder mit »Babel-17« zugeschlagen, das sich als linguistische Geheimwaffe entpuppt, die Rydra aber schließlich doch zu entschlüsseln und damit zu entschärfen weiß. In dieser Code-Sprache sind Wörter nicht nur Namen von Dingen, sondern spiegeln deren Struktur an sich wider. Durch diese Erkenntnis gelingt es Rydra, zunächst die Schwachstellen ihrer Fesselung, später gar die der feindlichen Flottenformation zu entdecken, wodurch der Krieg letztlich beendet wird.
Babel-17 ist, oberflächlich betrachtet, eine spannungsgeladene Space Opera wie viele andere. Was den Roman allerdings aus ähnlichen Weltraumodysseen heraushebt, ist D.s eigentliches Thema: die Sprache. Die Realität wird durch die Sprache des Betrachters geformt, lautet die These des Autors. Etwas, das keinen Namen hat, existiert überhaupt nicht. D. gibt sich mit diesem Buch zum ersten Mal ambitioniert. Das mit Gedichten seiner Frau Marylin Hacker angereicherte Werk stellt aber eine recht krause Mischung aus Weltraumabenteuer und linguistischer Betrachtung dar und kann in seinen wissenschaftlichen Ansätzen nicht immer überzeugen. Der »Nebula Award« war ihm dennoch sicher.

The Einstein Intersection
(1967; dt. *Einstein, Orpheus und andere*, 1972)

The Einstein Intersection ist ein Pop-Roman, eine literarische Tour de force, die den Zeitgeist der psychedelischen sechziger Jahre einfängt. 40 000 Jahre in der Zukunft läßt sich die Welt nicht mehr mit den Einsteinschen Vorstellungen von Raum und Zeit begreifen. Die Nachkommen der Menschen sind mutiert, und alle Arten von abnormen Gestalten bevölkern die Erde, eine davon ist Lo Lobey, der die Musik in den Köpfen anderer zu hören vermag. Um seine Geliebte Friza, die von Kid Death getötet wurde, ins Leben zurückzubringen, verläßt er sein Dorf, ein futuristisch verfremdeter Orpheus auf der Suche nach seiner Eurydike. Unterwegs trifft er auf eine Vielzahl von Personen, die, wie auch er selbst, Archetypen geschichtlicher und zeitgenössischer Sagengestalten sind. So tauchen im Gewand von Kid Death, dem Killer, Grünauge, dem Telepathen, der Taube und Spinne, dem Herrn der Drachenhirten, Christus, Billy the Kid, die schöne Helena/Jean Harlow, Judas, Pat Garrett und andere auf. Lobey selbst ist Orpheus und Theseus in einem (allerdings im falschen Labyrinth), dazu noch Elvis Presley und Ringo Starr. Verwirrend wie diese Personen selbst sind auch ihre Handlungen, und so stolpert Lobey von einem mythischen Abenteuer ins andere, ohne Friza zurückgewinnen zu können. Das Buch endet schließlich mit Lobeys Aussicht auf eine Fortsetzung seiner Odyssee zwischen den Sternen.
Für die zweite Hälfte der sechziger Jahre ist *The Einstein Intersection* ein Schlüsselroman der amerikanischen SF. Wie bei Roger Zelaznys *This Immortal* (1965) und *Lord of Light* (1967) weisen die Mythen des Altertums den Weg nach innen. Dabei versteht es D. noch besser, die Aufbruchsstimmung und Unsicherheit jener Zeit in Worte zu kleiden. Nichts ist fixiert in diesem dichten Gespinst symbolischer Szenen, die Welt in dauernder Veränderung begriffen. Der Roman ist ein Trip durch eine unstete Landschaft voller fremdartig-bekannter Gestalten. Sein Ende liegt im Ungewissen. »Nebula Award« 1967.

Nova
(1968; dt. *Nova*, 1973)

D.s von der Kritik vielleicht am enthusiastischsten gefeierten Roman *Nova* ist wiederum eine Space Opera, und zwar eine der interessantesten, die das Genre bislang hervorbrachte. D. greift hier Elemente seiner früheren Romane auf und verbindet das Weltraumabenteuer (*Babel-17*) mit der symbolträchtigen Odyssee (*Einstein Intersection*).
Zu Beginn des 4. Jahrtausends ist die bewohnte Galaxis in drei Sektoren unterteilt: Draco, Plejadenföderation, Äußere Kolonien. Lorq Von Ray, der Erbfolger an der Spitze der Plejadenföderation, rüstet eine Expedition aus, um aus dem Inneren einer explodierenden Sonne ein paar Tonnen des überaus seltenen Elements Illyrion zu holen. Dieses »Trans-300-Element« würde der Plejadenföderation die ersehnte Unabhängigkeit von Draco bringen. Gegner von Ray ist Prince Red von Redshift Limited, der Vertreter von Draco, der alles daransetzt, das Vorhaben seines Erbfeindes zunichte zu machen, zumal er nicht gern sieht, daß Von Ray seiner Schwester Ruby Red den Hof macht. Weitere Handlungsträger sind sechs Besatzungsmitglieder auf Von Rays Schiff: Maus, ein Metamusiker von der Erde, Katin, der mondgeborene Romancier, Tyÿ und Sebastion von der Plejadenföderation sowie Idas und Lynceos von den Äußeren Kolonien. D. schildert die Protagonisten eindringlich und überzeugend, er enthüllt Schlüsselerlebnisse aus früheren Zeiten, die sie zu dem werden ließen, was sie sind. Wie Melvilles Captain Ahab ist Lorq Von Ray eine undurchsichtige Persönlichkeit, deren innere Triebfeder niemand zu erkennen vermag. Die Handlung wird aus verschiedenen Blickwinkeln geschildert, wobei östliche und westliche Mythen, wie auch literarische Vorbilder miteinander verwoben werden.
Aber *Nova* schöpft seine Kraft nicht nur aus der brillanten Sprache, den charismatischen Figuren und farbigen Bildern, D. entwirft auch eine fortgeschrittene Zukunftsgesellschaft, die nach dem amerikanischen Kritiker DOUGLAS BARBOUR zu den »vollständigsten, komplexesten und am intelligentesten dargebotenen in der Science Fiction zählt«. Im Gegensatz zu späteren Romanen gelingt es dem Autor hier, auf relativ begrenztem Raum viel unterzubringen,

vielleicht sogar zuviel, denn es muß auch angemerkt werden, daß diese kosmische Gralssuche unter europäischen Kritikern nicht auf dieselbe Resonanz stieß wie in den USA. Dennoch, *Nova* ist einer der literarischsten SF-Romane aus Amerika und möglicherweise die ultimative Space Opera.

Driftglass
(1971; dt. *Treibglas*, 1982)

D.s einzige Kurzgeschichtensammlung (bis 1980) enthält zehn Stories, die in den Jahren 1965–68 entstanden und zwischen 1967 und 1971 erschienen sind. »Dog in a Fisherman's Net« und »Night and the Loves of Joe Dicostanzo« sind nur mit Einschränkungen als SF zu bezeichnen, die restlichen acht Titel stehen dem Genre näher. Von ihnen sind die preisgekrönten Stories am interessantesten. »Aye, and Gomorrah« (»Nebula Award« 1967) handelt von gengeschädigten Raumfahrern, sexuellen Neutren, die als spezielle Außenseitergruppe auf ›normale Menschen‹ sexuell anziehend wirken. »Time Considered as a Helix of Semi-Precious Stones« (»Nebula« 1969, »Hugo« 1970) schildert die Karriere eines interplanetaren Jung-Gangsters, der sich später auf Triton einen Eiscremepalast kauft und zu einem ›seriösen‹ Geschäftsmann wird. Daneben sind noch Erzählungen hervorzuheben wie »Corona«, in der ein telepathisches Mädchen von den Gedanken aus ihrer Umwelt zur Verzweiflung getrieben wird; »The Star Pit«, worin von den Frustrationen eines Mannes, der den Anforderungen intergalaktischer Raumfahrt nicht gewachsen ist, berichtet wird; und die Titelgeschichte, deren Held ein mit künstlichen Kiemen ausgestatteter Amphimensch ist, der bei einem unterseeischen Vulkanausbruch verkrüppelt wurde und nun besseren Zeiten nachtrauert.
Nicht zuletzt sind es diese Stories, die D.s Ruf mitbegründeten und ihn als Innovator der amerikanischen SF auswiesen. Von der amerikanischen Kritik wurden sie vielleicht in der ersten Begeisterung etwas überbewertet, weil der Stil des Autors im Vergleich mit der Genre-SF positiv auffiel. Es ist denn auch die in den USA zunächst weniger beachtete inhaltliche Komponente, die europäische Kritiker bemängelten. So sind D.s Stories für Franz Rottensteiner »... sehr bildhaft, bunt, Netze von Impressionen, aber ohne klare Gedanken ...« Rottensteiner vermag »... selbst bei größter Anstrengung keine eindeutige, belangvolle Aussage zu erkennen«. Für ihn ist D. »... im Grunde kein SF-Autor, sondern ein poppiger Neomystiker oder Neomythologe, der sich in die SF verirrt hat ...« Gemessen an der Hochliteratur mag Rottensteiner sicher recht haben, für die SF als Unterhaltungsliteratur haben diese Geschichten jedoch zweifellos hohes literarisches Niveau.

Dhalgren
(1975; dt. *Dhalgren*, 1980)

Ein anonymer Jugendlicher, Kid genannt, gelangt auf seiner Wanderung in die amerikanische Stadt Bellona, wo jegliche Ordnung durch Gewalt und Nihilismus zerstört worden ist. Während der Rest der USA noch halbwegs intakt zu sein scheint, ist in Bellona von der bekannten Welt fast nichts mehr übriggeblieben. Erwachsene tauchen als überkommene Anachronismen nur am Rande auf; ein älteres Paar aus einem halbverlasssenen Hochhaus jammert ständig nach einer Obrigkeit, die längst nicht mehr existiert. Kid selbst stößt zu den im Park der Stadt hausenden Jugendlichen und freundet sich mit einem Mädchen an, bei dem er bleibt, bis er die Stadt wieder verläßt. Er wird zum Künstler, der Gedichte und ein Buch schreibt, das *Dhalgren* selbst sein könnte. Im Verlauf der Handlung treten immer häufiger Bewußtseinsstörungen und Realitätsverschiebungen auf, und es bleibt in der Schwebe, ob alles real ist, was geschildert wird, oder der seltsame Zustand »Bellona« Kids Phantasie entspringt.
Dhalgren beginnt mitten im Satz und hört mitten im Satz auf. Das Ende paßt nahtlos an den Anfang. Schon deshalb muß man die Handlung nicht linear, sondern als in sich geschlossenes Kontinuum verstehen. Der Autor bemüht sich, die Situation einer Jugendkultur auszuloten und gleichzeitig über seine eigene Situation als Schriftsteller zu reflektieren. Fünf Jahre schrieb D. an diesem Buch, und als es endlich erschien, waren die sexuell freizügigen Stellen keine Sensation mehr, waren experimentelle Texte in der SF nicht mehr gefragt, hatten sich längst andere SF-Autoren in den Vordergrund gespielt. Zuvor hatte D. kurze, sprachlich dichte Romane

geliefert, nun machte sich in voluminösen Werken (damit ist auch *Triton* gemeint) Monotonie breit. Trotz seiner Länge von annähernd 1000 Seiten ist *Dhalgren* arm an Aussagen und Originalität, wenn man das Buch neben vergleichbare Werke, etwa Pynchons *Gravity's Rainbow*, hält. Für die Genre-SF könnte dieser Roman, der nach ALBERT I. BERGER durch sein Konzept der gnadenlosen Entropie, aus der es kein Entrinnen gibt, »den Tiefpunkt an Pessimismus in der sozialkritischen Tradition der SF markiert«, ein Meilenstein sein, aber Genre-SF ist er mitnichten. Wegen seines ambitionierten Ansatzes (James Joyce läßt sich als Vorbild nicht verkennen) muß *Dhalgren* an der hohen Literatur gemessen werden. Und was in der Science Fiction, besonders wenn sie sozial ausgerichtet ist, revolutionär sein mag, ist in der Hochliteratur oft nur Schnee von gestern.

DELMONT, JOSEPH
(1873–1935)

Pseudonym für Karl Pick, geboren in Loiwein. Neben zahlreichen anderen Romanen verfaßte er die SF-Titel *Die Stadt unter dem Meer* (1925) und *Der Ritt auf dem Funken* (1928).

DEL REY, LESTER
(*1915)

Pseudonym des in Clydesdale, Minnesota, geborenen Farmerssohns Ramon Felipe San Juan Mario Silvio Enrico Smith Heathcourt-Brace Sierra y Alvarez del Rey y de los Verdes. Er versuchte im Alter von 15 Jahren mit gefälschten Papieren in die U.S. Army einzutreten, wurde ab 1938 von John W. Campbell gefördert und war bald darauf, ohne je zu den ganz Großen der amerikanischen SF-Literatur zu zählen, unter beinahe einem Dutzend Pseudonymen (u. a. Erik van Lhin, Philip St. John, Cameron Hall, Wade Kaempfert) als Autor bei allen einschlägigen SF-Magazinen beschäftigt. Später versuchte er sich als Verleger eines erfolglosen eigenen Magazins und machte sich als Verfasser zahlreicher SF-Jugendbücher und populärwissenschaftlicher Artikel einen Namen. In den sechziger Jahren war er so mit Aufträgen überladen, daß er einen Teil seiner Produktion von seinem Freund Paul W. Fairman ausführen ließ. 1968 wurde D. Mitherausgeber von *Galaxy*, arbeitete als Rezensent und übernahm in den siebziger Jahren die SF-Redaktion von Ballantine Books, die seit 1976 unter dem Markenzeichen »Del Rey Books« erscheinen. Am bekanntesten wurde er durch seinen Roman *Nerves*, der einen Reaktorunfall zum Thema hat.

And Some Were Human (1948); *Marooned on Mars* (1952; *Im Banne der Marswelt*, 1955); *Rocket Jockey* (1952, Pseud. Philip St. John; *Die Jagd der Astronauten*, 1954); *Attack from Atlantis* (1953); *Battle on Mercury* (1953, Pseud. Erik van Lhin; *Die Elektriden des Merkur*, 1957); *Rockets to Nowhere* (1954; Pseud. Philip St. John); *Preferred Risk* (1955, Pseud. Edson McCann, zus. mit Frederik Pohl; *Der Wohlfahrtskonzern*, 1981); *The Cave of Spears* (1957); *Robots and Changelings* (1957); *Day of the Giants* (1959); *Outpost of Jupiter* (1963); *Pstalemate* (1971; *Psi-Patt*, 1974); *Badge of Infamy* (1973; *Marsfieber*, 1974); *Gods and Golems* (1973; *Götter und Golems*, 1975); *The Sky Is Falling* (1973).

Nerves
(1942, Buchfassung 1956; dt. *Nervensache*, 1981)

Dr. Roger Ferrel ist Chefphysiker eines amerikanischen Kernkraftwerkes. Als eine Besuchergruppe des Kongresses auftaucht, um Informationen über das Werk zu sammeln, weil darüber entschieden werden soll, ob ein ähnliches Werk hundert Kilometer von Washington entfernt gebaut werden kann, gibt es einen Unfall im Reaktorbereich. Durch einen unglücklichen Zufall kommt es zur Produktion des Isotops »R«, welches wiederum bei Erreichen der kritischen Masse zum »Mahler-Isotop« wird. Sollte dies eintreffen, ist nicht nur das Kernkraftwerk, sondern auch die Umgebung, möglicherweise die ganze Welt, von Vernichtung bedroht. Da den Verantwortlichen die politischen Auswirkungen bei Eingeständnis einer Gefahr zu wichtig sind, wird der Reaktor nicht abgeschaltet. Die Warnungen erweisen sich als begründet, der Reaktor produziert weiterhin das gefährliche Isotop. Dr. Ferrel und sein junger Assistent suchen verzweifelt nach einer Möglichkeit, das Isotop herunterzukühlen, bevor die kritische Masse er-

reicht wird. Dieser Kampf gegen die Uhr endet erfolgreich; der Kongreßdelegation ist die Unschädlichkeit von Kernkraftwerken bewiesen. Die Beherrschung der Technik durch den Menschen hat einen Triumph gefeiert.
In seiner Voraussicht von Komplikationen beim Einsatz von Kernkraftwerken ist dieser Roman prophetisch – mangelndes Problembewußtsein ist dem Autor zumindest mit der heute angebrachten Schärfe nicht vorzuwerfen. Man darf nicht außer acht lassen, daß dieser Kurzroman vor vierzig Jahren entstanden ist. Del Rey ging es in erster Linie darum, einen Spannungsroman zu schreiben, in zweiter Linie darum, den Fortschritt der Wissenschaft zu verteidigen. Der Roman ist ein technisches Abenteuer der Art, wie es unter der Ägide von John W. Campbell in den vierziger Jahren beliebt war und thematisch ein relativ interessantes Dokument.

The Eleventh Commandment
(1962; dt. *Das elfte Gebot*, 1981)

Im Jahr 2190 besucht der Zytologe (= spezialisierter Nuklearbiologe) Boyd Jensen, ein Nachkomme einstiger Marskolonisten, wie er glaubt zu Studienzwecken, die Erde. Tatsächlich hat man sich seiner jedoch auf geschickte Weise entledigt, denn seine Gene sind geschädigt, und auf dem Mars dürfen nur gesunde und starke Menschen leben. Die Erde hingegen ist zu einem Ort des Schreckens geworden: Die Auswirkungen des atomaren Desasters, die Jensens Vorfahren haben zum Mars auswandern lassen, sind immer noch zu spüren. Die Nachfahren der Zurückgebliebenen sind zu einem Großteil vergiftet und krank. Inmitten der von Krankheit, Not und Elend beherrschten Ruinenfelder hat die römisch-katholische Kirche der USA das Regiment übernommen und gebietet über das Leben von mehr als vier Milliarden (!) Menschen. Sie hat das Wort »Seid fruchtbar und mehret euch!« zum Dogma erhoben und verfolgt jeden mit Folter und Tod, der sich empfängnisverhütender Mittel bedient. Da Jensen nicht mehr zum Mars zurückkehren darf, versucht er sich an die Gegebenheiten anzupassen. Als er sich jedoch zu fragen beginnt, aus welchen Gründen die Kirche aus dem amerikanischen Volk eine reine Gebärmaschinerie gemacht hat, bekommt er es mit der Staatsmacht zu tun. Sein Versuch, dem Geheimnis auf die Spur zu kommen, endet zwar erfolgreich, aber er muß erkennen, daß nicht er, sondern seine Gegenspieler »im Recht« sind: Die Menschen werden deshalb dazu gezwungen, sich ungebremst zu vermehren, damit die radioaktiv verseuchten Gene verdrängt werden und den gesunden Erbanlagen eines Tages unterliegen. ». . . eines Tages würde der Kampf der Mutationen in ihren eigenen Zellen beendet sein. Die Schwachen würden eliminiert sein und die Starken um ihr Überleben kämpfen, in einer Welt, die bis an die Grenzen ihres Fassungsvermögens bevölkert war. Und eine neue Menschenrasse würde entstehen. Die Menschen würden gehärtet werden, gehärtet im Feuer des menschlichen Leidens und Schmerzes.«
»Sehr überzeugend« (*A Reader's Guide to Science Fiction*). »Eine . . . enttäuschende Lösung, die Menschen mit einer Hefekultur gleichsetzt« (Nachwort zur deutschen Ausgabe).

DEMUTH, MICHEL
(*1939)

Pseudonym für Jean-Michel Ferrer, geboren in Lyon. Herausgeber des SF-Magazins *Galaxie* bis 1977. Anschließend Tätigkeit als Redakteur einer SF-Buchreihe. D. hat bis 1967 über 50 Erzählungen publiziert. Eine Auswahl daraus findet man in den Sammelbänden *Les Galaxiales* (1976) und *Les années métalliques* (1977).

DE VET, CHARLES V(INCENT)
(*1911)

Geboren in Fayette, Michigan. Nach einem Universitätsstudium arbeitete D. von 1934 bis 1940 als Lehrer und wechselte dann zur Post, wo er Transportarbeiter war, bis er 1968 in Rente ging. D. veröffentlichte 1950 seine erste SF-Story in *Amazing* (»The Unexpected Weapon«) und schrieb in der Folge eine größere Anzahl von SF-Stories für verschiedene Magazine. Sein erster Roman, ein gemeinsam mit Katherine MacLean verfaßtes Buch, erschien 1958 zunächst als Fortsetzungsroman in *Astounding*, später als Buch (*The Second Game* bzw. *Cosmic Checkmate*). Thema: eine Gesellschaft, in der soziales Vorwärtskommen des einzelnen von Erfolgen in einem schachähnlichen Spiel abhängt. Ein weiterer Roman, ebenfalls zuvor in *Astounding* veröffentlicht, erschien unter dem Titel *Special Feature* 1975 in Buchform (Magazinversion 1958).

Cosmic Checkmate (1958); *Special Feature* (1958, 1975).

DICK, PHILIP K(INDRED)
(1928–1982)

Geboren in Chicago, Illinois. D. besuchte die High School und studierte ein Jahr an der Universität von Berkeley. Danach war er bis 1951 Angestellter in einem Schallplattenladen. Seit 1951 ist er freier Schriftsteller. 1952 erschien seine erste SF-Geschichte, »Beyond Lies the Wub«, in *Planet Stories*. Sie bildete den Auftakt zu ein paar hektischen Jahren in D.s Karriere. Zwischen 1952 und 1956 verfaßte er 75 Kurzgeschichten und Novelletten, wobei das Jahr 1953 mit 27 Veröffentlichungen einen Kulminationspunkt darstellte. Trotz dieses hohen literarischen Ausstoßes war die Qualität seiner Geschichten nicht schlecht, und mit »Colony« (1953), »Second Variety« (1953), »Foster You're Dead« (1955) und »The Variable Man« (1953) finden sich erstklassige Erzählungen darunter, die für ihre Dekade zeittypisch waren und ihren Verfasser als wichtigen neuen SF-Autor auswiesen. Auch stellten sie mit ihrer eher geisteswissenschaftlichen Problematik ein Übungsfeld für D.s spätere Romane dar.

D. war unbestritten einer der größten SF-Romanciers. Seine Romanproduktion begann 1955 und läßt sich grob in drei Abschnitte einteilen. Der erste begann 1955 mit der Publikation von *Solar Lottery*, einem komplexen, an van Vogt erinnernden Roman, in dem die soziale Ordnung eines repressiven Staates auf Zufall, d. h. auf einer Lotterie beruht. Hier treten auch schon zwei Topoi D.s auf: die Beschäftigung mit der Spieltheorie und seine Vorlieben für messianische Gestalten. In drei weiteren Romanen seiner ersten Schaffensphase manifestiert sich zum ersten Mal D.s Generalthema – die Auseinandersetzung mit subjektiver und objektiver Realität –, das sich wie ein roter Faden durch sein Werk zieht. In *Eye in the Sky* (1956), *The Cosmic Puppets* (1957) und *Time out of Joint* (1959) finden die Protagonisten heraus, daß sich hinter den Kulissen ihrer Welt eine objektivere Realität verbirgt, und versuchen zu ihr durchzubrechen. Am typischsten ist das bei *Time out of Joint*, wo Ragle Gumm in einer friedlichen Welt seinen Lebensunterhalt mit dem Lösen von Kreuzworträtseln verbringt, bis er bemerkt, daß seine ganze Umwelt Illusion ist und er in Wirklichkeit die Flugbahnen von Interkontinentalraketen berechnet. Ein weiterer bekannter Roman aus der ersten, bis 1960 reichenden Phase ist *The World Jones Made* (1956).

Der zweite Abschnitt in D.s Schaffen wurde zu seinem produktivsten und literarisch erfolgreichsten. Zwischen 1962 und 1970 erschienen 20 Romane aus seiner Feder, darunter der wohl berühmteste Alternativweltroman der SF, *The Man in the High Castle* (1962), mit dem er ein Jahr später den »Hugo Award« gewann. Zentralthema in diesem und anderen Romanen wie *The Game Players of Titan* (1963), *The Penultimate Truth* (1964) und *The Three Stigmata of Palmer Eldritch* (1964) ist wieder die Frage nach der Realität, nur sind die Illusionswelten jetzt stärker als früher, die wahre Realität ist kaum noch zu erkennen. Eine völlig subjektive Welt ist auch Gegenstand von *Ubik* (1969), während in *Counter Clock World* (1967) die Zeit rückwärts läuft und die Toten aus den Gräbern steigen. Eine Variante der Realitätsfrage, Simulacra, Roboter in menschlicher Tarnung, wird in dem verfilmten *Do Androids Dream of Electric Sheep?* (1968), *The Simulacra* (1964) und *We Can Build You* (1972, Magazinversion 1969/70) aufgegriffen.

Daß nicht alle Romane aus dieser Zeit Spitzenwerke sind, versteht sich bei der Menge von selbst. Allein das Jahr 1964 sah fünf neue Romane von D. Diesem hohen Tempo mußte der Autor Tribut zollen. Er hatte, bedingt durch wirtschaftlichen Druck, zu viel und unter dem Einfluß von Aufputschmitteln geschrieben. Es kam zu einer Krise, die noch durch den Ärger verstärkt wurde, den D. mit den Behörden Kaliforniens hatte, die in ihm einen Staatsfeind sahen. Schließlich erschien 1974 *Flow My Tears, the Policeman Said*, der die dritte Periode einleitete und D.s Popularität beträchtlich steigerte. Er gewann den »John W. Campbell Memorial Award« und wurde bei der »Hugo«-Wahl Zweiter. Um diese Zeit hatte D. bei der Kritik endgültig den großen Durchbruch geschafft: Man erkannte in ihm den vielleicht wichtigsten amerikanischen SF-Autor der Gegenwart und widmete ihm in Artikeln und Rezensionen viel Raum. *Deus Irae* (1976), zusammen mit Roger Zelazny geschrieben, und *A Scanner Darkly* (1977), eine düstere Abrechnung mit halluzinogenen Drogen, die in früheren Romanen eine so große Rolle gespielt hatten, folgten. Seine beiden jüngsten Romane, *Valis* (1980) und *The Divine Invasion* (1981), sind solipsistische Explorationen in theologische Bereiche.

Innerhalb der amerikanischen SF war D. eine Ausnahmeerscheinung. Kein anderer Autor schrieb so viele gute Romane, keiner hat sich das Thema »Suche nach der Wahrheit« so gründlich vorgenommen und ständig variiert. Insgesamt hat D. in knapp 30 Jahren 33 Romane und weit über 100 Kurzgeschichten veröffentlicht, von denen einige in 6 Sammlungen nachgedruckt wurden. Bei der Leserschaft war er umstritten; nicht immer sind seine komplexen Texte für jedermann sofort durchschaubar, und sicherlich wird auch der eine oder andere bei der Lektüre seiner Texte verunsichert. Seine Welten sind öde, nichts funktioniert, und die Menschen in ihnen – keine strahlenden Helden, sondern kleine Leute, Vertreter und Verkäufer – sind tausend Tücken und Gefahren ausgesetzt. Es ist, bizarr verfremdet und metaphysisch umwölkt, unsere Welt, die D. immer wieder beschrieb, wobei er sich manchmal selbst in seinen eigenen Labyrinthen und Realitätsebenen verlor. In seinen besseren Romanen war er jedoch sehr konzentriert. Sie vermitteln einen faszinierenden Einblick in die Möglichkeiten, die gute SF zu bieten hat.

Solar Lottery (1955; *Hauptgewinn: Die Erde*, 1971); *The World Jones Made* (1956; *Die seltsame Welt des Mr. Jones*, 1971); *The Man Who Japed* (1956; *Der heimliche Rebell*, 1981); *The Cosmic Puppets* (1957); *Time out of Joint* (1959; *Zeitlose Zeit*, 1978); *Dr. Futurity* (1960); *Vulcan's Hammer* (1960; *Vulkan 3*, 1974); *The Game Players of Titan* (1963; *Das Globus-Spiel*, 1978); *Clans of the Alphane Moon* (1964; *Kleiner Mond für Psychopathen*, 1979); *Martian Time Slip* (1964; *Mozart für Marsianer*, 1973); *The Penultimate Truth* (1964; *Zehn Jahre nach dem Blitz*, 1970); *The Simulacra* (1964; *Simulacra*, 1978); *Dr. Bloodmoney* (1965; *Nach dem Weltuntergang*, 1977); *The Unteleported Man* (1966); *The Crack in Space* (1966); *Counter Clock World* (1967; *Die Zeit läuft zurück*, 1977); *Now Wait for Last Year* (1967; *Warte auf das letzte Jahr*, 1981); *The Zap Gun* (1967); *The Ganymed Takeover* (1967; *Die Invasoren vom Ganymed*, 1976; zus. mit R. F. Nelson); *Do Androids Dream of Electric Sheep?* (1968; *Träumen Roboter von elektrischen Schafen?*, 1969); *Galactic Pot Healer* (1969; *Joe von der Milchstraße*, 1974); *A Maze of Death* (1970; *Irrgarten des Todes*, 1974); *Our Friends from Frolix 8* (1970; *Die Mehrbegabten*, 1978); *We Can Build You* (1972; *Die rebellischen Roboter*, 1977); *Deus Irae* (1976; *Der Gott des Zorns*, 1979); *A Scanner Darkly* (1977; *Der dunkle Schirm*, 1980); *Valis* (1980); *The Golden Man* (1980; *Der goldene Mann*, 1981); *The Divine Invasion* (1981).

Lit.: B. Gillespie, Philip K. Dick: Electric Sheperd, 1975.– A. Taylor, Philip K. Dick and the Umbrella of Light, 1975.– D. H. Levack, Philip K. Dick: A Bibliography (1981).

Eye in the Sky

(1956; dt. *Und die Erde steht still*, 1971)

Beim Besuch einer »Bevatronanlage« (einer Art Teilchenbeschleuniger) erleiden acht Besucher einen seltsamen Unfall. Durch einen technischen Defekt bricht die Plattform zusammen, auf der sie stehen, und die Besucher fallen durch einen Hochenergiestrahl. Der Protagonist Jack Hamilton erwacht und fühlt, daß die Welt nicht mehr in Ordnung ist: Es herrscht reines Chaos vor, aber Schritt für Schritt beginnt sich die Welt neu zu formen, wobei sie andere Züge annimmt als zuvor. Als Hamilton Gott lästert, wird er von einer Biene gestochen, als er lügt, senkt sich ein Heuschreckenschwarm über ihn. Was wirklich vorgeht, wird nun rasch klar. Die acht Opfer liegen zwar bewußtlos im Bevatron, aber sie erleben subjektiv eine Welt, die jeweils vom stärksten Bewußtsein der acht modelliert wird. Das ist zunächst der Geist von Arthur Sylvester, einem überaus konservativen Mitglied der Second Baptist Church. Später dominieren Mrs. Prickett, eine viktorianisch denkende alte Jungfer (bei ihr sind alle Menschen geschlechtslos) und McFeyffe, der paranoide Sicherheitschef einer Raketenfabrik. Sie zwingen den anderen ›ihre‹ Welt auf.

Eye in the Sky ist D.s erster Ausflug in die Welt multipler Realitäten, die später zu seinem Markenzeichen wurde. Alle Personen in diesem Roman sind paranoid und neigen dazu, die reale Welt durch ihre Phantasiewelten zu ersetzen. Der Schluß, daß D. durch dieses Buch auf die Beschaffenheit unserer Welt hinweisen will, die auch hinter subjektiven Realitäten verborgen liegt, drängt sich geradezu auf.

The Man in the High Castle
(1962; erste ungekürzte dt. Ausgabe: *Das Orakel vom Berge*, 1980)

Die Alliierten haben den Zweiten Weltkrieg verloren, Deutschland und Japan haben die Vereinigten Staaten besetzt und unter sich aufgeteilt. Im Westen herrschen die Japaner, im Osten die Nazis, die weiterhin »rassisch Minderwertige« ausrotten. Vor diesem Hintergrund schildert D. das Schicksal einer Reihe von Menschen in San Francisko. Die Protagonisten sind Frank Frink, ein Jude; dessen Ex-Frau Juliane; der einflußreiche japanische Beamte Tagomi; der Antiquitätenhändler Mr. Childan; der deutsche Geheimagent Wegener alias Baynes; die von den Deutschen angeheuerten Killer Cinnedella und Hawthorne Abendsen, »der Mann im hohen Schloß«. Abendsen ist Schriftsteller und hat in seinem Roman »The Grashopper Lies Heavy« eine Welt entworfen, in der die Alliierten den Krieg *gewonnen* haben. Diese Personen haben ausnahmslos Schwierigkeiten mit der Welt, in der sie leben, und treiben einem für Dick typischen Ende entgegen. Der Buddhist Tagomi tötet in Notwehr zwei Menschen und geht daran zugrunde. Frink hat Existenzsorgen und entgeht nur knapp der Deportation nach Deutschland – und damit seinem Tod. Juliana irrt ruhelos von Stadt zu Stadt und ermordet ihren Geliebten Cinnedella, als sie erfährt, daß dieser Abendsen, dessen Buch den Nazis zu populär geworden ist, umbringen will. Wegener schließlich will die Operation Löwenzahn – einen Überraschungsangriff der Deutschen auf die Japaner – vereiteln, weiß aber nicht, ob seine Mission Erfolg haben wird.
The Man in the High Castle ist nach den taoistischen Prinzipien des »I Ging« aufgebaut: Es gibt klare Gegensätze zwischen Gut und Böse, aber das eine ist im anderen enthalten. Der Roman hat stark mystische Untertöne. D. hinterfragt ständig die Wirklichkeit, in der seine Personen handeln, und liefert ein Dutzend möglicher Interpretationen. Dieser komplex strukturierte Roman ist nicht nur das berühmteste Beispiel zum Thema Alternativwelten, sondern D.s bester Roman überhaupt und ein Höhepunkt der modernen SF.

The Three Stigmata of Palmer Eldritch
(1964; dt. *LSD-Astronauten*, 1971)

Im Jahre 2016 ist die Erde verbaut und das Leben auf ihr kaum noch erträglich. Die Intensität der Sonneneinstrahlung nimmt ständig zu, nur in Antarktika sind die Temperaturen noch einigermaßen angenehm. Leben und Arbeit in den großen Städten spielen sich hauptsächlich unter der Erde ab. Die Planeten des Sonnensystems sind teilweise besiedelt, aber in diesen Kolonien sieht es noch trostloser aus. Hier kann man es nur noch mit »Can-D« aushalten, einer Droge, mit der eine ›Flucht‹ aus der Welt ermöglicht wird. Sie gestattet dem Benutzer eine Reise in das soziale Umfeld reicher Kreise des 20. Jahrhunderts, das von P. P. Layouts, der Herstellerfirma des illegalen »Can-D« mittels Miniaturen simuliert wird.
Die Romanhandlung kreist im wesentlichen um die Auseinandersetzung zwischen Leo Bulero, dem Vorsitzenden von P. P. Layouts, und dem mysteriösen Industriemagnaten Palmer Eldritch, der mit einer neuen Wunderdroge, »Chew-Z«, von Proxima Centauri zurückkehrt, aber mit seinem Raumschiff auf Pluto havariert. »Chew-Z« soll die Reinkarnation ermöglichen und droht »Can-D« vom Markt zu verdrängen, zumal die UNO es nicht für illegal erklären läßt. Aus diesem Grund macht sich Bulero auf, um Eldritch zu ermorden, wird aber selbst gefangengenommen, unter »Chew-Z« gesetzt und dadurch in verschiedene real scheinende Illusionswelten geschleudert. Zwischen die Fronten der beiden Rivalen gerät Barney Mayerson, ein mit präkognitiven Fähigkeiten begabter Marktstratege Buleros, der von der UNO zwangsweise auf den Mars geschickt wird. Es folgen lange Sequenzen, in denen sich Realität und Illusion abwechseln und durchdringen. Die Hauptakteure machen mehrere Transformationen durch, bis sich schließlich herausstellt, daß Eldritchs Körper von einem kosmischen Wesen bewohnt wird, zu dessen Körper auch Mayerson und andere durch einen Vorgang ähnlich der Transsubstantiation beim christ-

lichen Abendmahl geworden sind. Jeder ist Eldritch, jeder ist Gott ...
Einer von D.s stärksten Romanen aus seiner fruchtbarsten Zeit. Das Realitätsgefüge der Welt wird aufgerissen, und dahinter scheint eine kosmische Meta-Realität durch. Das ist bei diesem Autor zwar nichts Neues, aber selten hat D. mit einem so religiösen, metaphysischen Schluß aufgewartet.

Ubik
(1969; dt. *Ubik*, 1977)

Joe Chip und seine Kollegen von »Runciter Associates«, einer Organisation, die sich der Überwachung und Neutralisierung parapsychologisch begabter Menschen widmet, fliegen einem Auftrag gemäß zum Mond. Der Flug endet als Alptraum für alle: Auf ihren Chef, Glen Runciter, wird ein Anschlag verübt; sie selbst kommen dabei mit einem blauen Auge davon. Runciter wird in einem Zustand zwischen Leben und Tod eingefroren und in ein Moratorium gebracht. In diesem »Tiefkühlgrab« befinden sich begüterte Menschen, die dort ein Halbleben fristen und mit den Lebenden in Kontakt treten können. Für Joe Chip und seine Kollegen beginnt sich die Welt nach diesem Vorfall zu verändern. Die Gegenwart löst sich buchstäblich auf und macht den Ereignissen und Lebensumständen des Jahres 1939 Platz.
Aber dieser Vorgang bringt große Gefahren für die Gruppe mit sich, denn einige ihrer Mitglieder werden quasi »dehydriert« und zerfallen zu Staub. Chip droht dasselbe Schicksal. In detektivistischer Manier muß er herausfinden, was zu diesen seltsamen Vorkommnissen geführt hat. Bald erreichen ihn merkwürdige »Botschaften« seines eingefrorenen Chefs: Auf seinem Geld prangt plötzlich das Konterfei Runciters, der ihn auch vor einer Verschwörung warnt. Schließlich stellt sich heraus, daß die Welt nie das war, was sie zu sein schien. Nicht nur Runciter ist bei dem Attentat gestorben, sondern auch andere, und Chip muß mit Entsetzen feststellen, daß er und seine Kollegen diejenigen sind, die sich im Halbleben befinden. Ist Runciter real? Befinden sich die anderen nur in seiner Vorstellungswelt? Oder befindet sich auch Runciter im Halbleben und übermittelt von dort seine Botschaften? Bewußtsein überlagert Bewußtsein; es ist nicht mehr feststellbar, wessen Existenzebene die reale ist. D. läßt diese Frage mit dem sardonischen Schluß offen, daß Runciter mit Geld hantiert, auf dem nun Joe Chips Kopf abgebildet ist.
In *Ubik* führt D. konsequent fort, was er in *Eye in the Sky* begann: die totale Demontage der Realität. In einem Roman, der über weite Strecken hinweg humoristische und parodistische Elemente enthält, reichert er eine SF-Handlung mit metaphysischen Inhalten an.

Flow My Tears, the Policeman Said
(1974, dt. *Eine andere Welt*, 1977)

Der TV-Moderator und Sänger Jason Taverner, eine der Größen des Showgeschäfts, erwacht eines Morgens in einem schäbigen Hotelzimmer und stellt fest, daß die Öffentlichkeit nie von ihm gehört hat. Weder sein Manager noch sein Publikum, nicht einmal seine Freunde können sich an ihn erinnern. Er besitzt keine Papiere und hat in der Welt, in die er geraten ist, offenbar nie existiert. Dennoch gleicht diese Welt mit ihrer allgewaltigen Polizeimacht, die – um die »freiheitlich-demokratische Grundordnung« zu bewahren – rücksichtslos für Ruhe und Ordnung sorgt und Minderheiten gnadenlos unterdrückt, seiner eigenen beträchtlich. Auf dem Umweg über die Unterwelt besorgt sich Taverner Papiere, gerät aber in die Fänge der Polizei, für die er zur Unperson wird, da er in den Datenbänken nicht registriert ist. Taverner setzt sich ab und begibt sich auf die Suche nach seiner verlorenen Identität. Er trifft auf Heather Hart, seine frühere Geliebte, die ihn abweist, Ruth Rae, eine mondäne Lebedame, die zwar mit ihm schläft, aber nur aus oberflächlicher sexueller Lust, und Mary Ann Dominic, eine Töpferin, die nur noch durch die Kunst mit der Welt verkehrt. Als er zum zweiten Mal von der Polizei festgenommen wird, verhört ihn der Polizeigeneral Felix Buckman. Nach dem Verhör gerät Taverner an Alys Buckman, die Zwillingsschwester und Frau des Polizeigenerals. Wie ihr Mann spielt sie mit dem Schicksal anderer Menschen, nur auf andere Weise. Sie gesteht Taverner, eine neuartige Droge genommen und ihn somit ihrer Innenwelt »einverleibt« zu haben. Erst als sie selbst an einer Überdosis stirbt, läßt die Wirkung bei Taverner nach, und seine ursprüngliche Realität baut sich langsam wieder auf. Man macht ihm zwar den Prozeß wegen Mordes an Alys, aber der endet mit Freispruch.

Flow My Tears, the Policeman Said ist D.s politischster Roman. In einem undemokratischen Überwachungsstaat sind alle Hauptcharaktere im Exil. Sie haben das normale Leben verlassen. Selbst Polizeigeneral Buckman, von D. vielschichtig und komplex dargestellt, ist ein unsicherer Mann, ein Opfer des Systems, dem er selbst den Rücken stärkt. Im Vergleich mit früheren Romanen D.s ist dieses Buch bemerkenswert klar aufgebaut und linear geschrieben. Die SF-Elemente in ihm sind nicht mehr besonders wichtig. Da die Handlung des Romans in der nahen Zukunft spielt (1988), schien das Buch den Behörden Kaliforniens zuviel Zündstoff zu enthalten. Als bekannt wurde, daß D. an einem Roman über den Polizeiterror in Amerika schrieb, wurde in Abwesenheit des Autors dessen Wohnung nach dem Manuskript durchwühlt. D. hatte es aber zuvor glücklicherweise bei einem Notar hinterlegt.

The Best of Philip K. Dick
(1977; dt. *Die besten Stories von Philip K. Dick*, 1981)

19 Stories mit einer Nachbemerkung des Autors sowie einer Einleitung von John Brunner, der auch für die sorgfältige Zusammenstellung des Buches sorgte (»The Reality of Philip K. Dick«), bilden zusammen diesen Band, der einen fast chronologischen Überblick über D.s Schaffen auf dem Gebiet der kürzeren Texte bietet. Die Auswahl ist repräsentativ, kaum eine wichtige Erzählung des Autors – dessen Stärke bei Romanen lag und liegt – wurde übersehen. Allerdings fehlen in der deutschen Ausgabe die Nachbemerkung und vier Geschichten, darunter »The Days of Perky Pat«, »If There Were No Benny Cemoli« (beide 1963) und »A Little Something For Us Temponauts (1974), alles recht interessante Werke des späteren D.

Naturgemäß liegt der Schwerpunkt des Bandes auf D.s Kurzgeschichtenperiode, also der Zeit von 1952 bis 1956. »Second Variety« (1953) spielt auf einer verwüsteten Erde. Die Menschen setzen zur Kriegsführung Automaten ein, die sich jedoch, da sie völlig unbeaufsichtigt sind, weiterentwickeln und auf die endgültige Ausrottung ihrer Erbauer hinarbeiten.

»Colony« (1953) handelt von Kolonisten auf einem paradiesischen Planeten, die sich plötzlich einer tödlichen Bedrohung ausgesetzt sehen.

In »Foster, You're Dead« (1954), einer von D.s berühmtesten Stories, schildert er mit viel Sarkasmus eine Industrie, die den kalten Krieg brutal zur Profitmaximierung ausnützt. Durch rücksichtslose Panikmache werden die Menschen gezwungen, immer neue Bunker, Robotabwehranlagen und dergleichen zu kaufen, die dann durch neue Erfindungen sofort wieder veraltet sind.

»The Faith of Our Fathers« (1967) ist D.s berühmteste Story der sechziger Jahre. Sie spiegelt sein Hauptthema, die Suche nach der Realität, wider. Weitere bemerkenswerte Geschichten sind »Impostor« (1953) und »Oh, to Be a Blobel« (1964).

Insgesamt steht diese Sammlung qualitativ weit über den anderen Sammelbänden des Autors, wobei die früheren Stories D.s Stellenwert als wichtiger Kurzgeschichtenverfasser der fünfziger Jahre markieren, die späteren seine Romanthemen vorwegnehmen oder variieren.

DICKINSON, PETER (MALCOLM)
(*1927)

Geboren in Livingston, Simbabwe (Rhodesien). D. besuchte das King's College in Cambridge und Eton. 17 Jahre lang war er Mitherausgeber des Satiremagazins *Punch*. D., der immer darauf hinweist, nicht nur SF-Autor zu sein, wurde vor allem wegen seiner Detektivgeschichten bekannt, für die er 1968 und 1969 mit Preisen ausgezeichnet wurde. Er verfaßte einen SF-Roman für Erwachsene, *The Green Gene* (1973). Daneben schuf er vor allen Dingen phantastisch-utopische Kinderbücher. Eines davon, *The Blue Hawk* (1976), wurde mit dem »Guardian«, einem Kinderbuchpreis, ausgezeichnet.

The Green Gene
(1973; dt. *Das grüne Gen*, 1978)

Hin und wieder wird ein Mensch mit grüner Haut geboren. Wissenschaftler vermuten, daß ein normalerweise rezessives Gen dafür verantwortlich ist, das manchmal zur Dominanz gelangt. Plötzlich häufen sich in England solche Fälle, aber nur die keltische Rasse ist betroffen.

In Wales, Irland und Schottland werden immer mehr grünhäutige Kinder geboren, aber auch in England, manchmal in den ›besten‹ Familien. Sogar im Königshaus blickt man jeder Geburt mit Sorge entgegen. Die Rassenprobleme verschärfen sich zusehends, daher holt die Regierung den Mathematiker und Statistiker P. P. Humayan aus Indien nach England. Er soll versuchen, das Problem des grünen Gens zu lösen, kommt aber kaum zu seiner Arbeit, da er bereits kurz nach seiner Ankunft in rassistische Auseinandersetzungen verwickelt wird, die in seiner Entführung gipfeln. Er kommt wieder frei und verläßt England auf dem schnellsten Weg.

The Green Gene ist ein humoristisches, manchmal bissiges Buch, das sich satirisch mit Problemen des Rassenvorurteils befaßt. Allerdings sind der satirische Charakter und die Haltung des Autors zu den angeschnittenen Problemen nicht immer eindeutig.

DICKSON, GORDON R(UPERT)
(*1923)

Geboren in Edmonton, Alberta. D. wuchs in Kanada auf und siedelte im Alter von 13 Jahren mit seiner Familie in die USA über. Er studierte an der Universität von Minnesota Englisch und war dazwischen 1943–45 Soldat. 1948 erwarb er einen B. A. Während des Studiums freundete er sich mit Poul Anderson an, der ebenfalls in Minnesota studierte (er lernte ihn in einem Fan-Club kennen). Nach Beendigung des Studiums wurde er freiberuflicher Schriftsteller.

Seine erste Veröffentlichung, die Story »Trespass«, erschien 1950, sein erster Roman kam 1956 unter dem Titel *Alien from Arcturus* heraus. Bereits in diesem Roman kommt D.s Talent, sich in die Psychologie von Aliens zu versetzen, ansatzweise zum Ausdruck. Ein späterer Roman, *The Alien Way* (1965), ist dafür das beste Beispiel. Unter qualitativen Gesichtspunkten macht D.s Gesamtwerk – weit über 30 Romane und über 150 Kurzgeschichten – insofern einen zwiespältigen Eindruck, als ein Großteil des Materials über routiniert geschriebene, abenteuerliche Unterhaltung kaum hinausreicht, während relativ wenige Arbeiten durchaus zu den besseren Beispielen von Science Fiction zu rechnen sind. Im Mittelpunkt seines Werkes steht der Childe-Zyklus, ein auf zwölf Romane (und etliche Kurzgeschichten) angelegtes, noch nicht komplett vorliegendes Werk, das den Weg eines neuen Menschen von seiner Geburt in der Renaissance bis zum 23. Jahrhundert thematisiert. Der aus fünf Romanen bestehende Kern dieses Werkes – *The Genetic General* (1960), *Necromancer* (1962), *Soldier, Ask Not* (1967), *The Tactics of Mistake* (1971) und *The Final Encyclopedia* (1981) ist auch als Dorsai-Zyklus bekannt.

D. wurde mehrfach mit Preisen ausgezeichnet. So erhielt er 1965 den »Hugo« für die Novelle »Soldier Ask Not« (später zum Roman erweitert), 1966 den »Nebula« für die Erzählung »Call Him Lord«, 1975 den »E. E. Smith Memorial Award«, 1976 den »August Derleth Award« für den Fantasy-Roman *The Dragon and the George* und 1981 den »Hugo« für »Lost Dorsai« und »The Cloak and the Staff«. *Time Storm* (1977), ebenfalls einer seiner besseren Romane, wurde für den »Hugo« nominiert. Erwähnenswert ist ferner *Naked to the Stars* (1961), ein Roman mit pazifistischer Aussage zu einem kriegerischen Konflikt zwischen Menschen und Aliens. Recht amüsant sind die gemeinsam mit Poul Anderson verfaßten Stories über die »Hokas«, pelzige Außerirdische, die menschliche Kultur nachzuahmen versuchen, indem sie ihr Leben nach Vorbildern aus irdischer Literatur einzurichten versuchen.

Alien from Arcturus (1956; *Fremde vom Arcturus*, 1957); *Naked to the Stars* (1961; *Gewalt zwischen den Sternen*, 1967); *The Pritcher Mass* (1972; *Das Millionen-Bewußtsein*, 1975); *The Dragon and the George* (1976; *Die Nacht der Drachen*, 1980); *The Far Call* (1978; *Der ferne Ruf*, 1979).

Childe-Zyklus

Dorsai! (1959; dt. *Söldner der Galaxis*, 1970); **Necromancer**, (1963; dt. *Nichts für Menschen*, 1979); **Soldier, Ask Not** (1967); **Tactics of Mistake** (1971; dt. *Die Söldner von Dorsai*, 1982); **The Spirit of Dorsai** (C, 1979); **Lost Dorsai** (C, 1980); **The Final Encyclopedia** (1981)

Der Name Childe bezieht sich auf den geplanten Titel des letzten, noch nicht geschriebenen Romans dieses Zyklus. Insgesamt ist dieser auf zwölf Romane – die hier mit angeführten Kurzgeschichtensammlungen sind nur Beiwerk – angelegt, von denen sechs in der Zukunft, drei in der Gegenwart und drei in der Vergangenheit handeln sollen. Erschienen sind über die Jahre hinweg zunächst einmal fünf der sechs in der Zukunft angesiedelten Romane. D. beabsichtigt mit diesem Werk die Darstellung der Evolution des Menschen von der Renaissance bis zum 23. Jahrhundert, wobei sich in dieser Evolution das Werden und die Vollendung des neuen Menschen, des »verantwortlichen Menschen«, widerspiegeln soll. Die Erscheinungsdaten der einzelnen Romane entsprechen nicht der Handlungschronologie: Diese beginnt bei den bislang vorliegenden Titeln mit *Necromancer* und setzte sich über *Tactics of Mistake*, und *Soldier, Ask Not* bis *Dorsai!* und *The Final Encyclopedia* fort.

Die Menschheit hat sich im All ausgebreitet, sich dabei jedoch in stark voneinander differierende Kulturen aufgespalten. Jede dieser Kulturen verkörpert ein Potential des Menschen. Es gibt das kriegerische Element, verkörpert von den im Handlungsmittelpunkt stehenden Dorsai; es gibt meditierende Philosophen, religiöse Eiferer, Technokraten und Händler.

Necromancer (auch unter dem Titel *No Room for Man* erschienen) schildert eine übervölkerte, durch Technokraten und Computer reglementierte Erde, auf der sich allerlei Fraktionen und Kulte gebildet haben, die nach der Macht streben. Die Hauptperson der Handlung, Paul Formain, erweist sich dabei als identisch mit Donal Graeme, einem Charakter aus einem späteren Buch, der aus der Zukunft heraus Einfluß auf die irdische Entwicklung nimmt. Er gerät in die Auseinandersetzungen der stärksten Machtgruppierungen hinein und formt dabei den weiteren Weg der Menschheit mit. Als die interstellare Raumfahrt möglich wird, erübrigt sich der Machtkampf auf der Erde, und jede der rivalisierenden Gruppen kann eigene Planeten besiedeln.

Tactics of Mistake behandelt die bereits zersplitterten Kulturen, die sich ihre Unabhängigkeit von der Erde erstreiten. Gleichzeitig wird eine neue Machtbalance etabliert, die darauf beruht, daß die einzelnen Planeten bei Auseinandersetzungen auf die Söldner des Kriegerplaneten Dorsai zurückgreifen und sich selbst voll auf ihren eigenen Weg konzentrieren können.

Soldier, Ask Not und *Dorsai!* behandeln die gleiche Epoche aus verschiedenen Blickwinkeln. *Soldier, Ask Not* beleuchtet das weitere Geschick der auf der Erde zurückgebliebenen Menschen, die in gewisser Weise ihre spezialisierten Talente verloren haben. Der Protagonist dieses Romans, Mark Torre, geht jedoch davon aus, daß eines Tages die Spezialisten wieder zu einem neuen Ganzen, einer neuen Menschheit werden und baut eine »Final Encyclopedia« auf, eine computerisierte Sammlung des gesamten menschlichen Wissens.

Dorsai! (auch unter dem Titel *The Genetic General* erschienen) rückt die Kultur der Krieger in den Mittelpunkt. Hier ist durch genetische Zuchtwahl das Soldatentum zu höchster Blüte entwickelt worden.

Der weiter oben erwähnte Protagonist Donal Graeme ist ein Produkt dieser Umgebung und hat als besonderes Merkmal die Fähigkeit, seine Umwelt umfassend wahrnehmen und alle möglichen Konsequenzen seines Handelns vorausberechnen zu können. Diese Begabung setzt er, allen Feinden und Widerständen zum Trotz, dafür ein, die Wiedervereinigung aller Welten und damit endlich den Frieden zwischen allen zu erreichen. *The Final Encyclopedia* schließlich schildert als Klimax die Erreichung dieses Zieles auf der Erde selbst.

Die Kurzgeschichten in den oben erwähnten Sammelbänden behandeln Randepisoden aus dem skizzierten Handlungsbereich.

Wenngleich eine abschließende Wertung wohl erst nach Vorlage aller zwölf Bände möglich sein wird, so kann man schon jetzt sagen, daß die Childe-Bände, in der Anlage am ehesten mit Asimovs »Foundation«-Trilogie vergleichbar, trotz schwankender Qualität zu den interessantesten Hervorbringungen der SF im thematischen Bereich der Future History gehören.

The Alien Way

(1965; dt. *Die Fremden*, 1973; Neuausg. *Mit den Augen der Fremden*, 1981)

Die Menschheit ist in den Weltraum vorgedrungen, aber bisher, obwohl sie damit rechnete, noch nicht auf Aliens gestoßen. In dem Bestreben, zunächst mehr über solche Fremdrassen zu erfahren, als diese über die Menschen wissen, wurden präparierte Köder ausgelegt. Aliens, die solche Köder – scheinbar Reste verunglückter Raumschiffe – finden, geraten ohne ihr Wissen unter den Einfluß irdischer Beobachter, die durch mentalen Kontakt in der Lage sind, die Eindrücke des »Opfers« wahrzunehmen. In diese spezielle Lage einer unfreiwilligen Kontaktperson gerät Kator Zweitvetter, Vertreter einer Spezies, die sich »Ruml« nennt. Er entdeckt das vermeintliche Artefakt der irdischen Kultur, lokalisiert den Herkunftsort und faßt den Plan, die Erde zu erobern. Seine Kontaktperson auf der Erde, der Wissenschaftler Jason Bachar, erkennt zwar nach einiger Zeit die Gefahr, ist jedoch zu fasziniert von dem Kontakt und verschweigt seinen Mitarbeitern und Kollegen Einzelheiten, da er sonst gezwungen würde, den Kontakt abzubrechen. Der »Ruml«, so erkennt er, ist keineswegs ein von Natur aus bösartiges Wesen, sondern steht in ganz anderen sozialen Zusammenhängen als die Menschen der Erde. Die Gesellschaftsstruktur der »Ruml« ist weder auf Individualismus noch auf nationalen, ethnischen oder geographischen Zusammenhalt ausgerichtet, sondern allein auf das Wohl der Großfamilie fixiert. Höchste Erfüllung ist für einen »Ruml« die Genugtuung, seiner Familie ein neues Reich bescheren zu können; Maß aller Dinge ist dabei ein für Menschen schwer nachempfindbares Ehrgefühl. Als der »Ruml« – seiner Meinung nach unbeobachtet – die Erde ausspioniert, werden ihm von Jasons inzwischen informierten Vorgesetzten falsche Sachverhalte vorgespiegelt. Jason allerdings gibt sich dem »Ruml« zu erkennen, dieser erkennt sein Versagen und stirbt. Aber dank Kator und Jasons Kenntnissen von der Psyche der Aliens wird der drohende Krieg zwischen den beiden Rassen abgewendet. Beide versuchen einander zu verstehen und gehen vorsichtig daran, freundschaftliche Beziehungen zueinander zu entwikkeln.

Der Roman verdient insbesondere Beachtung wegen der einfühlsamen Schilderung einer andersartigen Kultur sowie des Plädoyers für ein friedliches Nebeneinander von Menschen und Aliens.

DISCH, THOMAS M(ICHAEL)
(*1940)

Geboren in Des Moines, Iowa. Aufgewachsen in Minnesota, jetzt wohnhaft in New York, mit dem ihn eine Art Haßliebe verbindet. D. arbeitete in einer Werbeagentur und als Bankangestellter, bevor er Mitte der sechziger Jahre beschloß, freiberuflicher Schriftsteller zu werden. Er lebte zeitweilig in England, der Türkei, Italien und Mexiko. Seinen Einstieg ins SF-Genre markiert die Story »The Double Timer«, die 1962 in *Fantastic* erschien. Sein erster Roman, *The Genocides*, folgte 1965. In ihm trat sein schwarzer Humor erstmals zutage: Außerirdische wollen die Erde in einen Saatplaneten für ihre Monokulturen verwandeln, die den Menschen praktisch keine Überlebenschance lassen. Als die Menschen sich zu wehren beginnen, werden sie wie Ungeziefer vernichtet.

Viele seiner frühen Kurzgeschichten sind in der Kollektion *102 H-Bombs* gesammelt, so auch »White Fang Goes Dingo«, die er zu seinem zweiten, weniger bedeutenden Roman, *Mankind under the Leash* (1966; anderer Titel: *The Puppies of Terra*) ausweitete. Die Menschheit ist von Energiewesen aus dem All unterjocht, denen keine herkömmliche Waffe etwas anhaben kann, bis eine Sonneneruption die entscheidende Wende bringt.

Während die amerikanische SF in ihrer Beurteilung unserer nahen Zukunft weitgehend optimistisch blieb, beteiligte D. sich nie an dieser oberflächlichen Fortschrittsgläubigkeit. Er setzte sich kritisch mit der Zukunft auseinander, wobei er alle schriftstellerischen Mittel einsetzte, um auf Gefahren und Probleme hinzuweisen. Viele seiner Geschichten sind Satiren, deren Grimmigkeit und Bissigkeit nur noch mit dem Spätwerk Jonathan Swifts verglichen werden können. 1967 entstand *Echo Round His Bones*, ein Werk von geringerer Bedeutung. 1968 jedoch erschien in dem britischen Avantgardemagazin *New Worlds* in Fortsetzungen sein Roman *Camp Concentration*, der ihm breiteste Aufmerksamkeit sicherte. Mit ihm wurde Dischs enge Verbindung zur britischen »New Wave« der späten sechziger Jahre deutlich sichtbar. Wie John Sladek gehört er zu den amerikanischen Autoren, deren Schaffen mehr der englischen SF der Endsechziger zugerechnet werden muß als der amerikanischen.

In Zusammenarbeit mit John Sladek entstand auch der Kriminalroman *Black Alice* (1968), der charakteristisch für das Schaffen beider Autoren ist. Andere Arbeiten D.s außerhalb der SF umfassen Schauerromane und Fernsehadaptionen.

Nach *Camp Concentration* verlegte D. sich wieder mehr auf das Verfassen von Kurzgeschichten. Zu früheren Höhepunkten wie »Now Is Forever«, »1-A« und »Come to Venus Melancholy« kamen mit »The Asian Shore« und »Getting into Death« weitere gute Stories hinzu. Viele davon sind aufgenommen in die Sammlung *Under Compulsion* (1968; anderer Titel: *Fun with Your New Head*), und *Getting into Death* (1973), die der Autor selbst als beste Repräsentation seines Schaffens ansieht.
D.s ambitionierter und vielschichtiger Episodenroman *334* (1974) extrapoliert die Situation New Yorks bis zum Ende unseres Jahrhunderts. Er wurde sowohl für den »Hugo« als auch für den »Nebula Award« nominiert, was auch für seinen Roman, *On Wings of Song* (1979) gilt. Allerdings konnte D. noch keinen der SF-Preise gewinnen, was deutlich zum Ausdruck bringt, wie unterschätzt dieser Autor trotz vier starker Romane immer noch ist. Andererseits wirft diese Tatsache auch ein bezeichnendes Licht auf Preise dieser Art, bei denen, wie auch auf anderen Gebieten üblich, die Popularität des Autors vor seiner künstlerischen Leistung steht.

The Genocides (1965; *Die Feuerteufel*, 1975); *One Hundred and Two H-Bombs* (1966; anderer Titel: *White Fang Goes Dingo and Other Funny SF Stories*); *Mankind under the Leash* (1966; *Die Herrschaft der Fremden*, 1979); *Echo Round His Bones* (1967; *Die Duplikate*, 1972); *Under Compulsion* (1968; *Jetzt ist die Ewigkeit*, 1972); *The Prisoner* (1969); *Getting into Death* (1973); *The Early Science Fiction Stories of Thomas M. Disch* (1977); *On Wings of Song* (1979); *The Fundamental Disch* (1980).

Camp Concentration
(1968; dt. *Camp Concentration*, 1971)

Trotz des wachsenden Widerstands junger Intellektueller im eigenen Land führen die USA der unmittelbaren Zukunft einen sinnlosen Krieg in Asien. Die Regierung, fest entschlossen, den Widerstand im eigenen Lager zu brechen, sperrt Aufrührer in Konzentrationslager und läßt Wissenschaftler »im Dienste der Nation« Versuche an ihnen durchführen.
Camp Concentration erzählt die Geschichte des Gefangenen Louis Sachetti im Lager Archimedes. Bei ihm und seinen Leidensgenossen bewirkt Pallidin, eine Abart des Syphilis-Erregers, eine immense Steigerung der intellektuellen Fähigkeiten, verkürzt aber die Lebensdauer auf wenige Monate. Der Protagonist durchlebt die Höhen und Ekstasen der Intelligenz, aber auch totale Verzweiflung und Todesangst. (Hier sind Parallelen zu Thomas Manns Doktor Faustus unverkennbar.) Im letzten Augenblick kann er jedoch dem sicheren Tod entgehen; ein typischer »SF-Schluß«, den der Kritiker F. ROTTENSTEINER als »Dischlein deck dich« bezeichnete und den andere namhafte Kritiker als Kniefall vor der Leserschaft abgelehnt haben.
Camp Concentration ist ein Buch, das in eindringlicher Weise schildert, wie Regierungen mit nicht systemkonformen, unbequemen Mahnern im eigenen Land umgehen können. Seine Grundhaltung ist – trotz Happy-End – pessimistisch und düster. D. selbst wird zum Mahner. Er fordert zu kritischer Betrachtung politischer Aktivitäten auf, und gerade darin liegt die Bedeutung dieses Romans, der für SF-Verhältnisse ungewöhnlich realitätsbezogen ist und vor dem Hintergrund des eskalierenden Vietnamkriegs und der Jugendunruhen spielt.

334
(1972; dt. *Angoulême*, 1977)

Eigentlicher Protagonist dieses vielschichtigen und komplexen Romans ist eine Stadt: New York. Zu Beginn des 21. Jahrhunderts, ein verfallener Koloß voller Slums, deren Elend alles in den Schatten stellt, was man bis heute kennt. Bevölkert ist dieser Moloch von Zivilisationsgeschädigten, Ausgeflippten, Verbrechern und korrupten Gouverneuren. Kein Mensch kann sich mehr in die von Banden und Kapitalverbrechern beherrschten Parks wagen, ohne Angst um sein Leben haben zu müssen. Das Analphabetentum in den Slums übersteigt das der Entwicklungsländer, und die Regierung legt den Menschen gegenüber eine grenzenlose Verachtung an den Tag. Helden im eigentlichen Sinn gibt es keine. D. schildert das Schicksal verschiedener Menschen, die alle in dem Mammutwohnblock 334 leben und es schaffen – und das macht die Essenz des Buches aus –, trotz aller Widrigkeiten ihr Leben irgendwie zu meistern. Dennoch liegt die Betonung auf der katastrophalen Entwicklung unserer modernen Großstädte, die immer mehr zum Nährboden für Irrsinn, Gewaltverbrechen, Schizophrenie und Paranoia werden. D. verbindet eine seltsame Haßliebe mit New York, die er etwa mit Hubert Selby teilt, der in *Letzte Ausfahrt Brooklyn* ebenfalls die ständig schlechter werdenden Lebensbedingungen in New York anprangert, oder auch mit Shane Stevens, der in seinem Roman *Uns gehört die Nacht* die genannten Probleme aus der Sicht eines Bandenmitgliedes beschreibt. Aber D. läßt im Gegensatz zu seinen Kollegen dem Leser wenig Hoffnung. Keine Zeile in *334* weist darauf hin, daß eine Tragödie dieser Art verhindert werden könnte. Die utopische Hoffnung auf eine bessere Zukunft ist tot!

DNEPROV, ANATOLIJ (PETROVIČ)
(*1919)

Pseudonym für A. P. Mickevič, geboren in Dnepropetrowsk. D. studierte an der Physikalischen Fakultät seiner Heimatstadt und begann 1958 mit regelmäßiger schriftstellerischer Arbeit, nachdem erste Versuche auf dem Gebiet der SF bis in das Jahr 1946 zurückreichen. Am bekanntesten wurde seine häufig übersetzte und vielfach nachgedruckte Erzählung »Kraby idut po ostrovu« (»Insel der Krebse«), die auch mehrfach in Anthologien in der DDR und der Bundesrepublik erschien. Sie erschien erstmals 1959 und schildert eine vom Menschen initiierte künstliche Evolution: Krebsartige Roboter werden auf einer Insel ausgesetzt, um zu erreichen, daß sie sich durch natürliche Auslese zu einer optimalen Kriegsmaschine weiterentwickeln. Aber das Ergebnis ist ein bewegungsunfähiger, gepanzerter Koloß, eine Fehlleistung der Evolution: eine Parabel auf den Militarismus. Diese Erzählung wurde auch für das Fernsehen verfilmt und war in der Bundesrepublik zu sehen. Mit »Kraby idut po ostrovu« und einigen anderen Erzählungen war D. Ende der fünfziger Jahre thematisch und stilistisch vielen seiner (betulicheren) sowjetischen Schriftstellerkollegen um einiges voraus.

Uravnenija Maksvella (C, 1960; »Maxwellsche Gleichungen«); *Mir, v kotorom ja isčez* (C, 1962; »Die Welt, in der ich verschwand«); *Formula bessmertija* (C, 1963; »Die Formel der Unsterblichkeit«); *Purpurnaja mumija* (C, 1965; »Die purpurne Mumie«); *Proroki* (1971; »Propheten«).

DOBERER, K(URT) K(ARL)
(*1904)

Geboren in Nürnberg. D. ist von Beruf Ingenieur und veröffentlicht seit 1934. Als Antifaschist lebte er nach Hitlers Machtergreifung im Exil und veröffentlichte auch einige seiner Bücher im Ausland, beispielsweise den Roman *Republik Nordpol* (1936 in Bratislava erschienen), in dem junge Regimegegner in der deutschen Marine ein Kriegsschiff in ihre Hand bringen und im hohen Norden einen eigenen Staat gründen. Neben einigen SF-Erzählungen (»Die Rakete«; »Lilith und der Komet«; »Elektrokrieg, Maschine gegen Mensch«, »Wunder im Mond«), die zum Teil vor dem Krieg erschienen sind, veröffentlichte D. einen Band mit SF-Gedichten (*Die Sterne rufen*, 1968), ein Kinderbuch über Robinsonaden (*Schiffbrüchige auf einsamen Inseln*, 1972) sowie zahlreiche Bücher außerhalb der SF.

DÖBLIN, ALFRED
(1878–1957)

Geboren in Stettin. D. kam als Zehnjähriger mit seiner Familie nach Berlin und studierte dort später Medizin und Philosophie. Er begann schon während des Studiums zu schreiben und konnte sich auch danach nur schwer zwischen Literatur und Medizin entscheiden. Er promovierte in Freiburg zum Dr. med., machte sich einen Namen mit Fachaufsätzen und eröffnete eine Kassenpraxis als Psychiater in Berlin. Gleichzeitig gab er eine Literaturzeitschrift (*Der Sturm*) heraus. Sein bekanntestes Werk wurde *Berlin Alexanderplatz. Die Geschichte vom Franz Biberkopf* (1929). Nach der Machtergreifung der Nationalsozialisten mußte der Jude Döblin Deutschland verlassen. Er kehrte 1945 zurück, faßte aber nicht mehr Fuß, fühlte sich in seinem Heimatland nach eigener Einschätzung überflüssig. Sein einziger utopischer Roman ist *Berge, Meere und Giganten* (1924).

Berge, Meere und Giganten
(1924; Neufassung: *Giganten*, 1932)

Der Roman schildert, ausgehend vom Chaos nach dem Ende des Ersten Weltkriegs, das Schicksal der Menschheit bis hin zum 27. Jahr-

hundert. Am ehesten mit den Werken von Olaf Stapledon vergleichbar, stehen nicht einzelne Protagonisten (die es aber durchaus gibt) im Mittelpunkt, sondern die Menschheitsgeschichte selbst wird zum Thema.
Der Aufschwung der Technik läßt die Menschen zugleich immer abhängiger von ihr werden, und die neuen Gegebenheiten führen zu immer stärkerer Unterdrückung. Macht auszuüben wird leichter (beispielsweise durch Kontrolle der Energieströme, welche die entstehenden Stadtstaaten versorgen). Letztlich ergibt all dies keine Bereicherung, sondern eine Verarmung. Künstliche Ernährung der Menschenmassen wird nötig, als die Nahrungsmittel knapp werden. Die Situation verschärft sich zunehmend. Statt Befreiung bringen die Maschinen Unterdrückung aller individuellen Regungen. Rebellionen gegen die Maschinen scheitern, alles treibt perfektionierter Entfremdung zu.
Eine Gegenbewegung entsteht im Osten, und es kommt zu einem verheerenden Krieg mit Strahlenwaffen. Zurück bleibt ein verwüstetes Land, in das nur allmählich Chinesen und Mongolen eindringen. In Berlin sind es die Machthaber selbst, die das eigene System sabotieren – bis hin zur Massenvernichtung von Menschen –, um der Überbevölkerung Herr zu werden. Auch diese Phase geht vorüber, kurzfristig kommt es zu neuen technischen Großtaten – Landgewinnung aus dem Meer, Auftauen der Eisgebiete –, aber die Natur rächt sich mit dem Wiederaufleben der Tiere und Pflanzen aus der fernen Erdvergangenheit. Saurier u. a. Ungeheuer greifen die Zivilisation an, die ihrerseits gigantische Mutanten erschafft, um bestehen zu können. Die menschlichen Städte werden unter die Erde verlegt, und zum Schluß kriechen die Überlebenden daraus hervor.
Das Werk gehört zu den eindrucksvollsten utopisch-visionären Werken der deutschen Literatur zwischen den Weltkriegen, spiegelt zugleich aber Ratlosigkeit und Pessimismus angesichts der sich abzeichnenden technischen und gesellschaftlichen Umwälzungen jener Jahre.

DOLEZAL, ERICH
(*1902)

Geboren in Villach; Astronom, Fachjournalist und Schriftsteller, Mitglied der österreichischen Gesellschaft für Weltraumforschung in Wien. D. hat vorwiegend SF-Jugendbücher verfaßt, und man bescheinigte ihm, wissenschaftlich komplizierte Dinge einfach ausdrücken zu können.

Der Ruf der Sterne (1932); *Grenzen über uns* (1940); *Jenseits von Raum und Zeit* (1946); *RS 11 schweigt* (1953); *Mond in Flammen* (1954); *Unternehmen Mars* (1955); *Alarm aus Atomville* (1956); *Sekunde X, Himmelsschiffe landen* (1957); *Neues Land im Weltall* (1958); *Die Astronauten* (1959); *Festung Sonnensystem* (1960); *Planet im Nebel* (1963); *Flucht in die Weltraum-City* (1964).

DOLINSKI, (MEYER) »MIKE«
(*1923)

Geboren in Chicago. Nach einem Universitätsstudium wurde D. freiberuflicher Schriftsteller und schrieb insbesondere für Kino und Fernsehen. Sein erstes Buch erschien 1959 unter dem Titel *There Is No Silence*. In seinem einzigen SF-Roman *Mind One* (1972; *Die Psi-Droge*, 1976) geht es um eine Psychodroge, die Telepathie hervorruft. Unter seinem richtigen Namen schrieb er drei Episoden der Fernsehserie *The Outer Limits*.

DOMINIK, HANS (JOACHIM)
(1872–1945)

Geboren in Zwickau als Sohn eines Journalisten. D. besuchte ein humanistisches Gymnasium, wechselte aber, da ihm die Naturwissenschaften besser lagen, auf eine Schule in Gotha über, wo einer seiner Lehrer der Schriftsteller Kurd Laßwitz war. Nach dem Abitur (1893) studierte er Maschinenbau an der TH Berlin, besuchte zweimal die USA und arbeitete dort als Elektroingenieur. Da er über ausgezeichnete Sprachkenntnisse verfügte und die Industrie ihn mit günstigen Angeboten lockte, brach er das Studium ab und wurde Projektleiter einer Firma, die Zechen und Fabriken elektrifizierte. Nach mehrmaligen Stellenwechseln ging er zu Siemens & Halske, wo er um die Jahrhundertwende die Öffentlichkeitsarbeit betreute. 1901 machte er sich als Fachautor selbständig, verfaßte Werbebroschüren für die Industrie, technische Artikel für die Tagespresse und »technische Märchen«. Nachdem er Lokalreporter des *Berliner Lokalanzeigers* geworden war, nahm er Kontakt mit einem Buchverlag auf und schrieb mehrere Unterhaltungsromane. Ab 1907 publizierte er utopische Kurzgeschichten im *Neuen Universum*, einem Jahrbuch für Jungen. 1922 erschien sein erster ›echter‹ SF-Roman, *Die Macht der Drei*, in einer Zeitschrift. Ab 1924 verlegte er sich ganz auf die Schriftstellerei und verfaßte neben utopischen Romanen populärwissenschaftliche Sachbücher. D.s ›Zukunftsromane‹ sind ausschließlich naturwissenschaftlich-technisch orientiert, wobei die Anwendung der Elektrizität eine große Rolle spielt. Seine Charaktere sind in jeglicher Hinsicht idealisiert; wenn er Ausländer beschreibt, werden diese selten vorurteilsfrei gesehen. D.s Thema ist der technische Fortschritt an sich: Wo clevere deutsche Ingenieure eine Erfindung machen, erweist sich stets, daß sie dazu dient, der Welt zu zeigen, wer man ist. Die Auflagen seiner mehr als 15 utopischen Romane gehen in die Millionen. Ihre Wirkung blieb allerdings auf den deutschen Sprachraum beschränkt.

Die Macht der Drei (1922); *Die Spur des Dschingis Khan* (1923); *Atlantis* (1925); *Der Brand der Cheopspyramide* (1926); *Das Erbe der Uraniden* (1928); *König Laurins Mantel* (1928); *Kautschuk* (1930); *Befehl aus dem Dunkel* (1933); *Der Wettflug der Nationen* (1933); *Das stählerne Geheimnis* (1934); *Ein Stern fiel vom Himmel* (1934); *Atomgewicht 500* (1935); *Lebensstrahlen* (1938); *Land aus Feuer und Wasser* (1939); *Himmelskraft* (1939); *Treibstoff SR* (1940); *Moderne Piraten* (1955); *Ein neues Paradies* (1977).

Atlantis
(1925)

Der Roman ist im Jahre 2002 angesiedelt und handelt im wesentlichen von machtpolitischen Auseinandersetzungen zwischen den Großmächten USA, der Europäischen Union sowie der Südafrikanischen Union, deren schwarzer Kaiser sich unbeliebt gemacht hat, weil er mit Hilfe eines riesigen Rohstofflagers (Karbid) energiepolitisch unabhängig werden möchte und zudem die Gleichberechtigung der schwarzen Rasse anstrebt. In den USA herrscht Korruption: Der Kapitalist Rouse, ein skrupelloser Industrieller, hat mehr oder weniger das Sagen. Rouse hat Schlimmes im Sinn: Er will Europa lahmlegen, indem er insgeheim an Plänen arbeitet, den Golfstrom in den Stillen Ozean zu lenken. Der anständige deutsche Kapitalist Uhlenkort, der zudem auch noch private Gründe – beide begehren das gleiche Mädchen – hat, unternimmt es, den brutalen Amerikaner an seinen finsteren Golfstrom-Plänen zu hindern. Allein kann er allerdings nichts ausrichten; aber er kennt einen alten Mann, der in Spitzbergen auf einem Leuchtturm lebt und technisch (»energetische Strahlung«) und psychisch (innerasiatisch-magisch) allen Weltmächten überlegen ist. Den ersten praktischen Schritt unternimmt der draufgängerische Ingenieur Tedrup, der dem frechen Negerkaiser sein Karbid wegzündelt. Darauf stellt dann der erleuchtete Leuchtturmbewohner mit seelischer Kraft die von Rouse demolierte Landenge von Panama wieder her.
Auch die – Auftraggeber: Rouse – von Seeräubern entführte Geliebte Uhlenkorts wird von dem Erleuchteten wieder herbeigeschafft. Er tut dann noch ein übriges, indem er noch schnell Atlantis aus dem Meer hebt, um der weißen Rasse Raum zu geben.
Die Liebenden bekommen sich, der Schurke erliegt einer Kugel, und der alte Mann vom Leuchtturm zieht sich erschöpft in ein fernöstliches Kloster zurück.
Ein typisches Werk von Hans Dominik: trivial, weltfremd, nationalistisch, technikbegeistert, vom weltbewegenden Elan des deutschen Ingenieurs – an dessen Wesen die Welt genesen soll – überzeugt.

DONALDSON, STEPHEN R.
(*1947)

Geboren in Cleveland, Ohio. Fantasy-Autor, dem mit dem mehrbändigen Epos über Thomas Covenant den Zweifler auf Anhieb ein großer Erfolg gelang. Das erste Buch, *Lord Foul's Bane*, schildert den Kampf von Thomas Covenant gegen Lord Foul, den Herrscher des Bösen, der ihn zu diesem Kampf in das von ihm beherrschte Paralleluniversum – eine mit Magie erfüllte Alptraumwelt – entführt hat. Die Covenant-Trilogie gewann 1978 den »August Derleth Award«.

Lord Foul's Bane (1977; *Lord Fouls Fluch*, 1980); *The Illearth War* (1977; *Die Macht des Steins*, 1981); *The Power That Preserves* (1977, *Die letzte Walstatt*, 1981).

DOYLE, A(RTHUR) CONAN
(1859–1930)

Geboren in Edinburgh und am Jesuitencollege in Stonyhurst ausgebildet. Er studierte an der Universität von Edinburgh Medizin und eröffnete 1882 seine eigene Praxis in Portsmouth, wobei er seine Einkünfte aus der Schriftstellerei zu Hilfe nahm. 1887 erschien der erste Roman um Sherlock Holmes, jenem Detektiv, mit dem er später Weltruhm erlangte. Mit zwei historischen Romanen, die im Anschluß entstanden, hatte er wenig Erfolg. Erst als er im *Strand Magazine* eine Serie von Kurzgeschichten um Sherlock Holmes veröffentlichte, konnte er als Schriftsteller Fuß fassen. Zu diesem Zeitpunkt hatte er bereits zwei längere Geschichten geschrieben, die im Grenzbereich zwischen Wissenschaft und Mystizismus angesiedelt waren: einen Kurzroman um das Thema des telepathischen Vampirismus, *The Parasite* (1894), und eine Geschichte über eine Rache mit übernatürlichen Mitteln, *The Mystery of Cloomber* (1895). Großen Einfluß auf die Vorkriegs-SF nahm er mit seinem 1912 veröffentlichten Roman *The Lost World*, der 1925 von einem Pionier der Tricktechnik, Willis O'Brien, verfilmt wurde. Eine Fortsetzung entstand 1913 unter dem Titel *The Poison Belt*. Hier sieht sich die Erde einer Katastrophe gegenüber, die auf einer Vergiftung der Atmosphäre beruht – ein Thema, das heute um so aktueller geworden ist. In der Erzählung »Danger!« (1914) nimmt er den U-Boot-Krieg des Ersten und Zweiten Weltkrieges vorweg.
Danach wandte er sich immer mehr verqueren, wissenschaftlich unhaltbaren Irrlehren wie dem Spiritismus oder dem Feenglauben zu, was sich in dem Roman *The Coming of the Fairies* (1922) niederschlug. Auch sein letzter Roman um Professor Challenger behandelt das Thema Spiritismus: *In the Land of Mist* (1926). Er wurde, zusammen mit zwei weiteren Challenger-Stories und einer Geschichte um die Wiederentdeckung von Atlantis, in der Sammlung *The Maracot Deep* (1929) veröffentlicht.
D. wurde insbesondere mit der Figur des genialen, scharfsinnigen Detektivs Sherlock Holmes berühmt. Aber auch sein Einfluß auf die Vorkriegs-SF war nicht unerheblich. Mit seinem fesselnden und abenteuerlichen Erzähltalent wurde er rasch zu einem der besten viktorianischen Autoren, der noch über Erzählern wie H. Rider Haggard einzuordnen ist.

The Poison Belt (1913; *Im Giftstrom*, 1924); *In the Land of Mist* (1926; *Das Nebelland*, 1926); *The Maracot Deep* (1929; *Die Maracot-Tiefe*, 1981).

The Lost World
(1912; dt. *Die verlorene Welt*, 1926)

Der für sein cholerisches Temperament bekannte Professor Challenger verfügt über Informationen, nach denen im Herzen Südamerikas ein Plateau existieren soll, auf dem sich das Leben der Urzeit erhalten hat. Gemeinsam mit seinem größten Gegenspieler, der fanatisch an die Unwahrheit dieser Hypothese glaubt, sowie mehreren Bekannten rüstet er zu einer Expedition in dieses Gebiet. Das Plateau wird tatsächlich gefunden, und was die Forscher dort finden, übertrifft ihre kühnsten Erwartungen: Wie in grauer Vorzeit leben dort Dinosaurier und Urzeitmenschen. Den Forschern gelingt es nach vielen Abenteuern mit Mühe, das Plateau im letzten Augenblick wieder zu verlassen, bevor ihnen durch ein Erdbeben der Rückweg abgeschnitten wird. Da die Richtigkeit von Challengers Theorien bewiesen ist, kehren sie wieder nach Hause zurück.
The Lost World gilt als einer der großen Klassiker des Genres, D. beeinflußte mit dieser Geschichte viele Schriftsteller nach ihm, etwa Edgar Rice Burroughs mit *The Land That Time Forgot* und seinen Tarzan-Romanen.

DOZOIS, GARDNER R.
(*1947)

Geboren in Salem, Massachusetts. D. war als Militärjournalist in den sechziger Jahren in der BRD und versuchte hier am Ende seiner

Dienstzeit – ausgestattet mit einer Abfindung für den Dienst in Übersee – den Sprung ins Lager der freiberuflichen Schriftsteller. Er mietete sich in einer kleinen Dachstube ein und zwang sich selbst zum Schreiben. 1969 kehrte er nach Amerika zurück. D. veröffentlichte 1966 seine erste Story (»The Empty Man« in *If*), hatte aber erst ab den frühen siebziger Jahren regelmäßige Veröffentlichungen. Mit Stories wie »A Special Kind of Morning« (1971) und »Chains of the Sea« (1972) machte er auf sich als einen hochtalentierten jungen Autor aufmerksam. Neben weiteren Geschichten von größtenteils sehr guter Qualität veröffentlichte D. 1975 seinen ersten, gemeinsam mit George Alec Effinger verfaßten Roman *Nightmare Blue*, der aber als relativ simple Space Opera die nach den anspruchsvollen Kurzgeschichten hohen Erwartungen enttäuschte. Anders D.s zweiter Roman, 1978 als Erweiterung einer Kurzgeschichte entstanden, die für den »Hugo« nominiert wurde: *Strangers*. Dieser von Farmers *The Lovers* beeinflußte Roman wies D. nunmehr auch als sehr guten Romanautor aus. D. betätigt sich daneben als Gutachter und Kritiker und wurde u. a. durch einige sehr gute Anthologien bekannt. Thematisch und stilistisch zeigt er gewisse auf die amerikanische »New Wave« zurückzuführende Einflüsse und gehört zu den kritischen jungen Autoren der amerikanischen SF.

Nightmare Blue (1975; zus. mit George Alec Effinger); *The Visible Man* (C, 1977). – Anthologien: *A Day in the Life* (1972); *Future Power* (1976; zus. mit Jack Dann); *Another World* (1977); *Best Science Fiction Stories of the Year. 6th Annual Edition* (1977).

Strangers
(1978, dt. *Fremde*, 1980)

Die Menschheit hat die Sterne erreicht, spielt im Kosmos aber keineswegs eine dominierende Rolle. Andere Rassen erwiesen sich als weiter fortgeschritten, die interstellare Raumfahrt war ein Geschenk. Vor diesem Hintergrund läuft die Geschichte ab. Terraner leben in einer kleinen Enklave auf dem Planeten Weinunnach, der von den menschenähnlichen Cian bewohnt wird. Der Terraner Joseph Farber lernt die Cian Liraun kennen und verliebt sich in sie. Gegen alle Widerstände – Liebe zwischen Fremdrassigen ist verboten, Farber muß sich genetisch verändern lassen – heiraten die beiden, und Farber unterwirft sich den Gebräuchen, Sitten und vor allem der Religion der Cian. Zunächst scheint es keine großen Schwierigkeiten zu geben – aber mit Lirauns Schwangerschaft tritt die fremde Kultur mit ihren Ritualen endgültig in ihre Rechte. Farbers Stellung ist plötzlich die des untergebenen Mannes, der seiner Frau zu gehorchen hat. Immer stärker erkennt er, daß er sich auf etwas eingelassen hat, dessen Tragweite er vorher nicht überblickt hat. Er fühlt sich verloren, ist ein Fremder in einer rätselhaften Zivilisation. Als er erfährt, daß die Religion der Cian nach der Geburt eines Kindes für die Mutter den Ritualmord vorsieht, kämpft er gegen die Tradition. Aber er hat noch immer nicht alles verstanden und stürzt Liraun noch mehr ins Unglück. *Strangers* ging aus einer 1975 für den »Hugo« nominierten Story hervor und ist einer der beeindruckendsten SF-Romane über Liebesbeziehungen zwischen Menschen und Andersrassigen.

DUBINA, PETER
(*1940)

Geboren in Iglau, Mähren. D. lebt heute in Bayern und schreibt nicht nur unter eigenem Namen, sondern auch unter Pseudonymen wie Peter Derringer und Peter Dörner. Seiner Produktion entsprangen über 150 Krimis und Western sowie eine Anzahl von Jugendbüchern (vor allem Indianerromane). Im Bereich der Science Fiction schrieb er u. a. zwei Jugendbücher.

Mars – Planet der Geister (1969); *Entscheidung im Weltraum* (1973).

DUNCAN, DAVID
(*1913)

Geboren in Billings, Montana. Nach dem Studium an der Universität von Montana, das er mit einem B. A. abschloß (1935), übte D. elf Jahre lang verschiedene Berufe aus, bis er sich entschloß, freier Schriftsteller zu werden. Er schrieb in mehreren Genres, wurde aber hauptsächlich durch seine Filmdrehbücher, etwa zu *The Time Machine* oder *Fantastic Voyage*, aber auch durch seine Skripte für Fernsehserien wie *The Outer Limits* bekannt. Fünf seiner Romane können zur SF/Fantasy gezählt werden. Sie erschienen in den vierziger und fünfziger Jahren.

The Shade of Time (1946); *The Madrone Tree* (1949); *Dark Dominion* (1954); *Beyond Eden* (1955; *Unternehmen Neptun*, 1957); *Occam's Razor* (1957).

DUNSANY, LORD
(1878–1957)

Geboren in London; voller Name Edward John Moreton Drax Plunkett, 18. Baron Dunsany. D. war ein irischer Autor, der u. a. Kurzgeschichten, Essays und Bühnenstücke verfaßte und vor allem großen Einfluß auf die Entwicklung der »Heroic Fantasy« hatte. Schon vor dem Ersten Weltkrieg veröffentlichte er sieben Bände mit thematisch untereinander verbundenen Fantasy-Stories (der erste Band, *The Gods of Pegana*, erschien 1905). In den zwanziger Jahren folgen Fantasy-Romane wie *The King of Elfland's Daughter* (1924) oder *The Charwoman's Shadow* (1926). In späteren Jahren widmete er sich vor allem den sogenannten Jorkens-Geschichten, in denen ein Mr. Joseph Jorkens in seinem Club allerlei phantastische Geschichten zum besten gibt. Diese Präsentationsform wurde später in der Fantasy und SF u. a. von Autoren wie L. S. de Camp / Fletcher Pratt, Sterling Lanier und Spider Robinson aufgegriffen. Mit *The Last Revolution* (1951) schrieb D. auch einen SF-Roman über eine Maschinenrevolte.

Lit.: H. Littlefield, Lord Dunsany: King of Dreams, 1959.– M. Amory, Biography of Lord Dunsany, 1972.– L. Sprague de Camp, Literary Swordsmen and Sorcerers, 1976.

DURRELL, LAWRENCE
(*1912)

Geboren in Dschalandhar (Indien); englischer Autor, der außerhalb der SF bekannt wurde, mit den Romanen *Tunc* (1968) und *Nunquam* (1970) aber auch zwei thematisch miteinander verbundene SF-Romane schrieb. Es geht darin um einen Computer, der die Zukunft voraussagen kann und den Protagonisten in den Wahnsinn treibt. Später gesundet der Protagonist wieder und erschafft sich ein Androidenebenbild seiner getöteten Geliebten, das aber ebenfalls zerstört wird. Die Bücher sind nicht genretypisch, sondern »Mainstream«-Romane mit SF-Versatzstücken.

DVORKIN, DAVID
(*1943)

Geboren in Berkshire als Sohn eines Rabbiners. Als Kind aufgrund der Verpflichtungen seines Vaters schon viel in der Welt herumgekommen, erfolgte 1957 die endgültige Übersiedlung nach Amerika. D. studierte in Indiana und arbeitete anschließend als Raumfahrtingenieur im NASA-Zentrum Houston, später in einem Raumfahrtzulieferwerk in Denver, schließlich als Programmierer in Staatsdiensten. Sein erster SF-Roman erschien 1975. D., der auch ein Sachbuch über Sonnenenergie verfaßte, schreibt traditionelle SF mit naturwissenschaftlich-technisch orientierter Thematik.

The Children of Shiny Mountain (1975; *Die Kinder der leuchtenden Berge*, 1978).

E

EDDISON, E(RIC) R(UCKER)
(1882–1945)

Geboren in Adel, Yorkshire. E. war von Beruf Verwaltungsbeamter und hatte mehrere leitende Stellungen, u. a. in der Handelskammer inne. In seiner Freizeit entfloh er der tristen Geschäftswelt und beschäftigte sich mit seinem Hobby, den nordischen Sagen und Mythen. Sein erster Roman, *The Worm Ouroborus* (1922), spielt in diesem Milieu und gilt als einer der Klassiker der Fantasy-Literatur. In ihm beschreibt E. eine Parallelwelt voller Magie und unheimlicher Gestalten, die in ihrer Fremdartigkeit an die Geschöpfe Tolkiens erinnern. Nach dem historischen Roman *Styrbiorn the Strong* (1926) und der Übersetzung des nordischen Epos *Egil's Saga* (1930) kehrte E. mit einer Trilogie zur Welt seines ersten Romans und damit zur Fantasy zurück.

The Worm Ouroborus (1922; *Der Wurm Ouroborus*, 1981). – Die Zimiamvianische Trilogie (die Erscheinungsjahre der Einzelbände stehen entgegengesetzt zur internen Chronologie): *A Mistress of Mistresses* (1935); *A Fish Dinner in Memison* (1941); *The Mezentian Gate* (1958).

EDMONDSON, G. C.
(*1922)

Geboren in Rachuachitlan, Mexiko; amerikanischer Autor. José Mario Garry Ordonez Edmondson y Cotton, wie E. mit vollem Namen heißt, schreibt seit 1955 SF und ist unter dem Pseudonym Kelly P. Gast auch im Westerngenre aufgetaucht. Bevor E. Romane verfaßte, erschienen ein gutes Dutzend seiner SF-Stories in Magazinen, so auch die Geschichten der Mad-Friend-Serie, die zusammengefaßt unter dem Titel *Stranger Than You Think* (1965) publiziert wurden. Von seinen manchmal locker und amüsant geschriebenen Romanen ist *The Ship That Sailed the Time Stream* (1965) der bekannteste, ohne voll zu überzeugen.

The Ship That Sailed the Time Stream (1965; *Kleines Schiff im Strom der Zeit*, 1975); *Stranger Than You Think* (1965); *Chapayeca* (1971, anderer Titel: *Blue Face*; *Wann erobern wir die Welt*, 1976); *T. H. E. M.* (1974; *Die A. N. D. E. R. E. N.*, 1976); *The Aluminium Man* (1975; *Der Aluminiummann*, 1976).

EFFINGER, GEO(RGE) ALEC
(*1947)

Geboren in Cleveland, Ohio. Nach High School und College studierte E. an den Universitäten Yale und New York. 1970 begann er zu schreiben und nahm am »Clarion Science Fiction Writers' Workshop« teil, einem Schulungskurs für angehende Schriftsteller, der einige talentierte SF-Autoren hervorbrachte. 1971 erschien seine erste Geschichte, »The Eight-Thirty to Nine Slot« in *Fantastic*, und danach war er regelmäßig in Originalanthologien wie *Orbit, New Dimensions* und *Universe* vertreten. 1972 folgte sein erster Roman, die allegorisch-phantastische Parodie *What Entropy Means to Me*, die ihm eine Nominierung für den »Nebula Award« eintrug. Obwohl der Roman wenig mit herkömmlicher SF zu tun hat, oder vielleicht gerade deswegen, äußerten sich Kritiker sehr lobend über ihn, während spätere Werke wie *Relatives* (1974), *Nightmare Blue* (1975, mit Gardner Dozois) und *Those Gentle Voices* (1976) weniger Beifall fanden. E.s Stärke, die geschliffene Sprache und die nostalgische Aura, die seine Texte umgibt, kommt am besten bei Kurzgeschichten zur Geltung. Das belegen auch seine beiden Sammlungen, *Mixed Feelings* (1974) und *Irrational Numbers* (1976). Als Autor von Romanen hat sich E. bisher nicht durchsetzen können. In deutscher Übersetzung liegen von E. drei Romane aus der Serie um den Planeten der Affen vor. Sie sind allerdings für den Autor E. nicht wirklich charakteristisch.

Planet-der-Affen-Serie: *Man the Fugitive* (1974; *Hetzjagd auf dem Planet der Affen*, 1977); *Escape to Tomorrow* (1975; *Terror auf dem Planet der Affen*, 1977); *Journey into Terror* (1975; *Gefangen auf dem Planet der Affen*, 1977). – *Irrational Numbers* (1976; *Endzeit*, 1978).

EFREMOV, IVAN (ANTONOVIČ)
(1907–1972)

Russischer Autor. E. studierte Biologie an der Universität von Leningrad und arbeitete danach als Laborant. Nebenher absolvierte er ein zweijähriges Fernstudium auf dem Gebiet des Bergbaus. Er nahm an mehreren geologischen und paläontologischen Expeditionen in der Sowjetunion teil und erhielt für seine wissenschaftliche Arbeit den Staatspreis. E. hatte später einen Lehrstuhl für Paläontologie inne.
Mit dem Schreiben begann er erst in den vierziger Jahren. Als seine erste Publikation erschien 1944 der Kurzgeschichtenband *Vstreča nad Tuskaroroj* (»Die Begegnung über Tuskarora«). Sein berühmtestes Buch wurde der 1957 erschienene Roman *Tumannost' Andromedy*, der 1968 mit *Čas byka* fortgesetzt wurde. *Tumannost' Andromedy* wurde auch verfilmt. E., einer der wenigen Utopisten in der heutigen SF, stellte sein Werk unter das Leitmotiv einer sozialistischen und humanistischen Zukunft als erstrebenswertes Ziel. Seine Vorzüge liegen weniger im literarischen als im philosophischen Bereich. E. bestimmte maßgeblich die Diskussion über Science Fiction in den osteuropäischen Ländern. Bekannt ist u. a. seine Auseinandersetzung mit der klassischen Story »First Contact« von Murray Leinster, die eine von Mißtrauen erfüllte erste Begegnung zwischen Menschen und Aliens darstellt. Er vertrat die These, technisch-wissenschaftlicher Fortschritt, der fähig sei, die Sterne zugänglich zu machen, müsse zwangsläufig einen entsprechenden ethischen Fortschritt im Gefolge haben. Mißtrauen oder gar Feindschaft sei deshalb zwischen raumfahrenden Rassen undenkbar.

Allergorchoj-chorchoj (C, 1944, später: *Olgoj-chorchoj*; *Der Tod in der Wüste*, 1953); *Na kraju Ojkumeny / Putešestvija Baurdžeda* (1949/53, 1956; *Das Land aus dem Meeresschaum*, 1961); *Tumannost' Andromedy* (1957; *Das Mädchen aus dem All*, 1967); *Lezvie Britvy* (1963; »Auf des Messers Schneide«); *Čas byka* (1968).

Der Große Ring

Tumannost' Andromedy (1957; dt. *Das Mädchen aus dem All*, 1958,vollständig 1967); »Cor Sexpentis« (1959, später: »Serdce zmei«; dt. *Das Herz der Schlange,* 1960); **Čas byka** (1968; dt. *»Die Stunde des Stiers«*.

Diese Trilogie aus zwei Romanen und der Novelle »Serdce zmei« benutzt den gemeinsamen Hintergrund einer interstellaren Kultur, in der alle intelligenten Rassen der Milchstraße sich zu einem »Ring« zusammengeschlossen haben und friedlich nebeneinander leben. Den Weg bis dorthin skizziert E. mit dem Ende der »Ära der geteilten Welt«, wie sie noch im 20. Jahrhundert geherrscht hat. Als die Menschen zu Beginn des Romans *Tumannost' Andromedy* zu einer Expedition zu den Sternen aufbrechen, schreibt man das Jahr 5500, und diese Ära ist endgültig vorüber. Es folgte eine »Ära der vereinigten Welt«, in der man gemeinsam daranging, das Leben umzugestalten, schließlich kam die »Ära der gemeinsamen Arbeit«, in der neue Projekte in Angriff genommen wurden, bis diese Entwicklung in die »Ära des Großen Ringes«, der Gemeinschaft aller intelligenten Wesen der Galaxis, einmündete. Dabei existierte der »Ring« natürlich schon erheblich länger, und die Erde kam erst später, mit wachsender Reife, hinzu.
Vor diesem Hintergrund vollzieht sich die Handlung des ersten Buches: Von »Sirda« kommen seit Jahren keine Nachrichten mehr, und Erg Noor wird mit dem Raumschiff »Tantra« ausgeschickt, um nach dem Rechten zu sehen. Er kommt zu spät, denn die Bewohner von Sirda haben durch unvernünftige Experimente mit der Kernenergie sich selbst und alles Leben auf dem Planeten vernichtet. Die »Tantra« macht sich auf den Heimweg, während auf der Erde eine Fernsehbotschaft aus dem Sternbild »Tucanae« empfangen wird. Ein wunderschönes Mädchengesicht ist zu sehen, und man beratschlagt, wie man dorthin gelangen kann. Ein übereifriger Forscher startet ein waghalsiges Projekt, um dieses Ziel zu erreichen. Man diskutiert darüber, ob das Experiment gerechtfertigt war, der Forscher zieht sich zur psychischen Regeneration zurück, aber später wird das Experiment erfolgreich beendet.
In »Serdce zmei« befindet sich das Weltraumschiff »Tellur« auf einer Jahrhunderte währen-

den Fahrt durch das All. Im Sternbild des Herkules kommt es zur ersten Begegnung zwischen Menschen und Aliens. Die Verständigung gelingt ohne große Schwierigkeiten, es folgt ein intensiver Ideenaustausch. Plötzlich erreicht ein Notruf eines Forschungsschiffes der Fremden die beiden Raumschiffe. Man trennt sich nach Austausch der wichtigsten wissenschaftlichen Erkenntnisse voneinander und versucht Hilfe zu leisten. Die Menschen sind es schließlich, die das fremde Raumschiff aufspüren und die Besatzung aus ihrer Notlage befreien. Dieses Erlebnis macht die beiden Rassen endgültig zu Freunden. In tiefer Sympathie füreinander trennt man sich und strebt, jeder für sich, neuen Zielen entgegen.

Bevor es übrigens zur ersten Begegnung mit den Fremden kam, diskutierten die Raumfahrer eine SF-Story, nämlich Murray Leinsters »First Contact«, in der sich die Angehörigen fremder Rassen in einer ähnlichen Situation voller Mißtrauen belauern. Die Tatsache, daß E. mit »Serdce zmei« ganz bewußt ein Gegenstück zu Leinsters berühmter »First Contact«-Story – die ihrerseits bereits ein Fortschritt gegenüber der früher üblichen Verteufelung von Aliens war – schrieb, und die humanistische Zielsetzung dieser Story machen die Lektüre interessant.

Im abschließenden Roman *Čas byka* schildert E. den Planeten »Tormans«, auf dem die herrschende technokratische Elite die Unterdrückten im Alter von 25 Jahren einschläfert. Es gibt einen Diktator an der Spitze, Umweltverschmutzung, triste Lebensumstände usw., dazu einen Mob, der gegen Intellektuelle vorgeht, wenn diese nicht dem Diktator huldigen. Menschen von der Erde suchen hier nach oppositionellen Gruppen, finden sie auch, lehnen aber deren Bitten um Waffen ab. Erst müsse man das Volk auf seiner Seite haben. Durch verschiedene Umstände muß das irdische Raumschiff früher als geplant aufbrechen, aber ein Besatzungsmitglied bleibt zurück, um der Revolution zu dienen. Notfalls soll in hundert Jahren die Erde eingreifen, aber das ist nicht nötig, weil die Machthaber bereits vorher gestürzt werden.

Das gesamte Werk ist eher mit Staatsromanen als mit üblicher Science Fiction zu vergleichen. Mit großer Ernsthaftigkeit bemüht sich E. darum, eine Vision einer friedlichen, kommunistischen Weltraumzivilisation zu zeichnen, wenngleich *Čas byka* darunter leidet, daß er hier tagespolitische Propaganda gegen das China Mao Tse-Tungs einfließen läßt (unverkennbar beziehen sich Schilderungen über die Situation auf dem Planeten auf chinesische Verhältnisse aus sowjetischer Sicht). Literarisch wird wenig geboten: Konflikte sind zumindest unter den Mitgliedern der Idealgesellschaft nicht angelegt, alles wird ausgiebig diskutiert, und man findet stets zu einem Konsens. Die Charaktere sind blaß, das Handlungsgerüst gibt nicht viel her. Aus ›philosophischer‹ Sicht allerdings verdient »Der Große Ring« Respekt; im übrigen dürfte es sich um das am weitesten verbreitete utopische Werk in Osteuropa handeln, das in 36 Sprachen übertragen wurde und Millionenauflagen erreichte.

EHRHARDT, PAUL
(*1922)

Geboren in Caßdorf bei Kassel, heute in Schmiedefeld am Rennsteig in der DDR lebend. E. war Maschinenschlosser, dann Ingenieur für Elektrotechnik, schließlich Diplomingenieur für elektrische Maschinen und Antriebe, bevor er sich der SF zuwandte. Bislang sind zwei SF-Romane von ihm erschienen.

Nachbarn im All (1975); *Spuren im Mondstaub* (1979).

EHRHARDT, PAUL G(EORG)
(1889–1961)

Geboren in Saarbrücken. E. war von Beruf Ingenieur und schrieb eine Reihe von Romanen, Novellen, Hörspielen und Essays, die zum Teil unter dem Pseudonym Janus erschienen. Er starb in München. Zwei seiner Publikationen gehören zum Bereich der SF.

Die letzte Macht. Eine Utopie aus unserer Zeit (1921); *Transozean M1* (1922).

EIGK, CLAUS
(*1905)

Pseudonym für Hartmut Bastian, geboren in Berlin. E. schrieb eine Anzahl von Sachbüchern

– etwa *Weltall und Urwelt* und *Unsere Erde – das große Abenteuer* – und arbeitete als Herausgeber an einigen Lexikonwerken mit. Unter seinen Romanveröffentlichungen befinden sich auch drei SF-Romane, die in den fünfziger Jahren erschienen, im Stil traditioneller deutscher Zukunftsromane verfaßt und technisch orientiert sind.

Der Tag Null (1954); *Das Rote Rätsel* (1955); *Ufer im Weltenraum* (1958).

EISENBERG, LARRY
(*1919)

Autorenname des amerikanischen Elektronikingenieurs Lawrence Eisenberg, geboren in New York. E. besuchte das New Yorker City College und das Polytechnic Institute of Brooklyn und arbeitet seit 1958 an der Rockefeller University als Leiter einer Computerabteilung. Seine erste Veröffentlichung, »The Mynah Matter«, druckte 1962 das Magazin *Fantastic Stories*. Sein Gesamtwerk, die Kurzgeschichtensammlung *The Best Laid Schemes* (1971) und der Roman *The Villa of the Ferromonte* (1974), hat vor allem anderen satirische Untertöne.

EKLUND, GORDON
(*1945)

Geboren in Seattle, Washington. E. diente nach der Schule bei der U.S. Air Force. Nach dem Verkauf seiner ersten Story – »Dear Aunt Annie«, 1970 in *Fantastic* – stieg E. recht schnell zu einem vielversprechenden Autor auf und schrieb in den siebziger Jahren zehn Romane unterschiedlicher Qualität. *The Eclipse of Dawn* (1971), über den politischen Zerfall der USA, sowie *All Times Possible* (1974), eine Parallelweltgeschichte über die USA in einem anderen 20. Jahrhundert, zeigen ihn als kompetenten Schriftsteller, dessen Plots durch ihren Realismus überzeugend wirken. In diesen Romanen lotet E. die Möglichkeiten gesellschaftlicher und politischer Entwicklungen in den USA aus und ist damit erfolgreicher als in harmlosen Abenteuerromanen wie *The Grayspace Beast* (1976) oder *Inheritors of Earth* (1974), die jegliche Originalität vermissen lassen und höchstens von durchschnittlicher Qualität sind.
Seinen größten Erfolg bislang verbuchte E. mit der Kurzgeschichte »If the Stars Are Gods« (1973), die in Zusammenarbeit mit Gregory Benford entstand. Sie handelt vom Zusammentreffen mit außerirdischen Intelligenzen, nach deren Glauben die Sterne Götter sind, und besticht durch Tiefgang und sauberen Stil. Diese Story gewann 1974 den »Nebula Award« und war auch in der erweiterten Romanfassung (1977) sehr erfolgreich.

A Trace of Dreams (1972); *Beyond the Resurrection* (1973); *Falling Toward Forever* (1975); *Serving in Time* (1975); *Dance of the Apocalypse* (1976).

ELDER, MICHAEL
(*1931)

Geboren in London; Bühnen- und Fernsehschauspieler sowie Rundfunksprecher, der seit 1951 Prosa veröffentlicht (zuerst ein Kinderbuch). E. wandte sich 1970 der Science Fiction zu und veröffentlichte seither 15 Romane in einem nicht sonderlich renommierten Buchverlag. Obwohl mehrere Romane in Amerika als Taschenbuch nachgedruckt wurden, obwohl der Titel *Oil-Seeker* (1977) eine Ausgabe im Science Fiction Book Club erlebte und *The Alien Earth* ins Deutsche und Italienische übersetzt wurde, fand E. mit seinen Romanen nur geringe Resonanz. Er bietet im wesentlichen eine Mischung schon bekannter SF-Themen, ohne ihnen neue Aspekte abgewinnen zu können. Lediglich *Nowhere on Earth* nebst Fortsetzung *The Perfumed Planet* ragen als Space Operas (es geht um die Kolonisation eines anderen Planeten) ein wenig aus dem restlichen Werk hervor.

Paradise Is Not Enough (1970); *The Alien Earth* (1971; *Die fremde Erde*, 1972); *Nowhere on Earth* (1972); *The Perfumed Planet* (1973).

ELGIN, SUZETTE HADEN
(*1936)

Patricia A. Suzette Elgin wurde in Louisiana, Missouri, geboren und studierte in San Diego Sprachen und Linguistik. Ihr Debüt in der SF gab sie 1969 mit der Story »For the Sake of Grace«. Anfang der siebziger Jahre folgten die bisher einzigen drei SF-Romane; häufiger lagen ihre Arbeiten außerhalb dieses Genres. Alle drei handeln von Coyote Jones, einem galaktischen Geheimagenten, und kreisen um Kommunikationsprobleme mit fremden Kulturen, deren Ernsthaftigkeit durch die manchmal etwas oberflächliche Handlung beeinträchtigt wird.

Coyote-Jones-Trilogie: *The Communipaths* (1970; *Der Q-Faktor*, 1972); *Furthest* (1971); *At the Seventh Level* (1972).

ELLISON, HARLAN (JAY)
(*1934)

Geboren in Cleveland, Ohio, als Sohn eines Juweliers. Er besuchte 1953/54 die Ohio State University, diente zwei Jahre in der U.S. Army und ging 1955, nach mehreren Jahren als Fan-Aktivist und Fanzine-Herausgeber, nach New York, wo er in das Haus einzog, in dem auch seine Kollegen Robert Silverberg und Randall Garrett lebten. E. veröffentlichte seine erste SF-Story unter dem Titel »Glowworm« 1956 in *Infinity*. In der Folge erschienen weitere Erzählungen unter Pseudonymen wie Lee Archer, Cordwainer Bird, Robert Courtney, Wallace Edmondson, Ellis Hart, E. K. Jarvis und Clyde Mitchell. 1956/57 verkaufte er über hundert Artikel und Kurzgeschichten, ohne besonderen Eindruck zu machen. Auch seine ersten, stark autobiographische Züge aufweisenden und sich hauptsächlich mit Jugendbanden auseinandersetzenden Kurzromane fanden kaum Beachtung. 1959/60 gab E. eine Taschenbuchreihe heraus, arbeitete als Redakteur des Herrenmagazins *Rogue* und ging 1961 nach Hollywood, wo er seitdem ständig lebt. In einer autobiographischen Skizze heißt es: »Seine Schreibe widerspiegelt freimütig die tiefe Abscheu, die er gegenüber dem Establishment empfindet, und er engagiert sich in der Bürgerrechtsbewegung und bei Anti-Vietnam-Demonstrationen. Als Ergebnis seiner aktiven Unterstützung des Marsches auf Montgomery, Alabama, des Streiks der Traubenpflücker von Delano und der Friedensdemonstration von Century City (wo er einen Bullen verprügelte) hat er im Gefängnis gesessen. Da er – ohne paranoide Gefühle zu hegen – davon überzeugt ist, daß seine Telefone abgehört werden und Ronald Reagan ihn in die vom Staat Kalifornien geführte ›schwarze Liste‹ aufgenommen hat, sieht Mr. Ellison keinen Grund zu bestreiten, daß er ein militanter Aktivist ist. Als solcher hat er beredt seine Standpunkte in mehreren Talkshows vertreten.«

E. hat inzwischen über 25 Bücher (Romane, Kurzgeschichtensammlungen, TV-Kritiken), mehr als 800 Erzählungen und Artikel veröffentlicht und zahlreiche Drehbücher für den Film und TV-Serien geschrieben. Er wurde auch mehrfach mit Preisen ausgezeichnet: 1966 für »›Repent, Harlequin‹, Said the Ticktockman« (»Hugo« und »Nebula«), 1967 für »I Have No Mouth and I Must Scream« (»Nebula«), 1968 für »The Beast That Shouted Love at the Heart of the World« (»Nebula«) und 1967 noch einmal mit dem »Hugo« für das beste Original-TV-Skript: »The City at the Edge of Forever«. Die Charaktere E.s sind in der Regel wortgewandte Gestalten, die ihrem Schöpfer (der sich selbst am liebsten als eine Mischung aus Zorro und Jiminy Cricket sieht) nicht unähnlich sind: Reglementierungen, Ignoranz, die Weigerung, die Effektivität sogenannter Tugenden allgemein zu hinterfragen, die kritiklose Hinnahme von Verordnungen der Obrigkeit und der unkritische Konsum der amerikanischen Populärkultur sind ihnen zutiefst zuwider. E. ist in seinen literarischen Leistungen wie in seinem extrovertierten Auftreten in der Öffentlichkeit ein schillernder, widersprüchlicher Autor, der Kontroversen sucht und anzieht. Obwohl er vor spektakulären Aktionen nicht zurückschreckt und literarische Versprechen nicht immer einlöst, hat er einen beträchtlichen Anteil an der Weiterentwicklung der SF in den sechziger und siebziger Jahren.

Zwei dickleibige Anthologien, die E. herausgegeben hat, sind *Dangerous Visions* (1967) und *Again, Dangerous Visions* (1972). Sie enthalten ausschließlich SF-Geschichten, die die konventionellen Magazine aufgrund ihrer ›revolutionären‹ Inhalte nicht abdrucken wollten. Ein Großteil seines neuen Materials ist der Science Fiction nicht zuzurechnen, auch wenn es in Sammlungen erscheint, deren Titel auf Fantasy schließen lassen. E., der die SF als Getto-Literatur ansieht, weigert sich seit einem guten Jahrzehnt, seine Bücher mit dem Etikett »Science Fiction« vermarkten zu lassen.

The Man with Nine Lives (1960); *Doomsman* (1967); *Phoenix without Ashes* (1975; zus. mit Edward Bryant). – Kurzgeschichtensammlungen: *A Touch of Infinity* (1960); *Ellison Wonderland* (1962; *Der silberne Korridor*, 1973); *Paingod and Other Delusions* (1965); *I Have No Mouth and I Must Scream* (1967; *Die Puppe Maggie Moneyeyes*, 1972); *From the Land of Fear* (1967); *Love Ain't Nothing But Sex Misspelled* (1968); *The Beast That Shouted Love at the Heart of the World* (1969); *Over the Edge* (1970); *Alone against Tomorrow* (1971); *Approaching Oblivion* (1974); *Deathbird Stories* (1975); *No Doors, No Windows* (1957); *Strange Wine* (1978); *Shatterday* (1979).

(1) **I Have No Mouth and I Must Scream**
(1967; dt. *Die Puppe Maggie Moneyeyes*, 1972)

(2) **The Beast That Shouted Love at the Heart of the World**
(1969)

(3) **Alone against Tomorrow**
(1971)

(4) **Deathbird Stories**
(1975)

(1) enthält sieben Kurzgeschichten, von denen die Titelgeschichte (1967; »Hugo«-Gewinner) die bekannteste ist. Es handelt sich dabei um eine Anti-Maschinen-Allegorie. Fünf Figuren werden nach einem Krieg vom Supercomputer AM im Inneren der Erde festgehalten. Als alle Ausbruchsversuche fehlschlagen und AM die Menschen in schreckliche Wesen transformiert, bleibt den Protagonisten am Ende nur der Tod als Ausweg. Der Titel ist E.s Credo. Ebenfalls bekannt: »Pretty Maggie Moneyeyes« (1967), eine spritzige Satire auf Geld und Glücksspiel.
Ebenfalls ein »Hugo«-Preisträger ist »The Beast That Shouted Love at the Heart of the World« (1968) in der gleichnamigen Sammlung (2). In dieser Story geht es um eine Zivilisation, die sich auf Kosten der geistigen Gesundheit aller anderen denkenden Wesen im Kosmos vor dem Wahnsinn rettet. In »Shattered Like a Glass Goblin« (1968) versucht ein junger Mann seine Verlobte aus einer Drogenkommune herauszuholen. Als er dies nicht schafft, zieht er selbst ein, läßt sich zum Drogenkonsum verleiten und geht wie die anderen Hausbewohner daran zugrunde. Eine der populärsten Erzählungen E.s ist »A Boy and His Dog« (Originalbeitrag, »Nebula Award«, verfilmt). Sie spielt auf der Erde nach einem Atomkrieg. Der Junge Vic und sein Hund Blood stehen in telepathischer Verbindung und machen zusammen Jagd auf Nahrung und Sex. Auch ein Mädchen, das vorgibt, Vic zu lieben, kann die beiden nicht auseinanderbringen.
(3) enthält 20 Stories aus den fünfziger und sechziger Jahren. Die beste Geschichte dieser Sammlung ist »Repent Harlequin, Said the Ticktockman« (1965), die »Hugo« und »Nebula« Award gewann. In rhythmischer Diktion geschrieben, schildert diese Satire auf die Zeitplan und Stechuhr anbetende amerikanische Gesellschaft das Aufbegehren Everett C. Marms, der als nicht ins System passender Harlekin dem »Ticktackmann« des reibungslosen Ablaufs gegenübersteht.
(4) schließlich dürfte E.s beste Sammlung sein. Sie umfaßt 19 Stories und soll ein Pantheon moderner Götter darstellen. Der Gott des Todes taucht z. B. in »The Deathbird« (1973) auf, einer Schöpfungsgeschichte mit mythischen Ingredienzien. Für sie erhielt E. 1974 einen »Hugo Award«, genau wie für »Adrift Just off the Islets of Langerhans: Latitude 38° 54′ N, Longitude 77° 00′ 13″ W″« ein Jahr später.
Die Stories in diesen Kurzgeschichtensammlungen zeigen eine breite Themenpalette. Oft sind es bitterböse Satiren, manchmal gekünstelt wirkende Stilstrukturen, mit denen E. aufwartet. Seine früheren Werke lassen zweifellos noch jenen Schliff vermissen, der seine Geschichten ab etwa 1965 auszeichnet. Das schlägt sich auch deutlich in den SF-Preisen nieder. Allerdings sind auch seine späteren Stories häufig überschätzt worden und inhaltlich ohne den Tiefgang, der die Verleihung so vieler Preise gerechtfertigt hätte.

ELY, DAVID
(*1927)

Amerikanischer Autor und Journalist. E. schreibt psychologische Thriller und Stories mit Fantasy-Elementen. Sein SF-Roman *Seconds* (1963), in dem es um eine Organisation geht, die aus Männern in mittleren Jahren junge Beaus macht, wurde mit Rock Hudson in der

Hauptrolle verfilmt. »Time Out« (1968), Titelgeschichte einer Storysammlung, erschien 1972 in deutscher Übersetzung unter dem Titel *Aus!* als eigenständiges Buch. Es geht um einen atomaren Holocaust.

EMCEV, MICHAIL (TICHONOVIČ)
(*1930)

Geboren in Cherson (UdSSR). E. studierte in Moskau am Institut für Technologie das Fach Feinchemie und arbeitete anschließend am Institut für brennbare Bodenschätze der Akademie der Wissenschaften. Er schrieb ein populärwissenschaftliches Sachbuch sowie SF-Erzählungen und -Romane, die er stets gemeinsam mit Eremej Parnov verfaßt. Bislang liegt eine Anzahl von Erzählungen vor, die auch gesammelt herauskamen und von denen einige in deutscher Sprache erschienen sind (in DDR-Anthologien). Als bis heute wichtigste Erzählung darf »Poslednjaja dver'!« (1964; »Die letzte Tür«) gelten. Ferner verfaßten die beiden Autoren die drei Romane *Duša mira* (1964, »Die Weltseele«), *Poslednee putešestvie polkovnika Fosetta* (1965; »Oberst Fossets letzte Reise«) und *More Diraka* (1967; »Das Dirac-Meer«).

ENDE, MICHAEL
(*1929)

Geboren in Garmisch, lebt in Italien. E. veröffentlicht seit 1960 Kinderbücher, Lyrik, schreibt Hörspiele und Dramen. Zu seinen Publikationen gehören die Kinderbücher *Jim Knopf und Lukas der Lokomotivführer* (1960) und *Jim Knopf und die Wilde 13* (1964). E. wurde mehrmals ausgezeichnet, so 1961 mit dem »Deutschen Kinderbuchpreis«, 1962 nahm man ihn in die Ehrenliste des »Christian-Andersen-Preises« auf, und 1980 erhielt er die »Buxtehuder Bulle«. Sehr bekannt geworden sind auch seine Bücher *Momo* (1973), eine Art Märchen, und *Die unendliche Geschichte* (1979). Beide Titel – *Momo* dabei im Sog der *Unendlichen Geschichte* – führten 1980-82 lange Zeit die bundesdeutschen Bestsellerlisten an und fallen beide in das Gebiet der phantastischen Literatur. Phantastische Elemente sind auch in den meisten anderen Werken dieses dank seiner *Unendlichen Geschichte* bekanntesten und herausragendsten deutschen Fantasy-Autors der Gegenwart.

Momo
(1973)

Die kleine Momo ist aus einem Waisenhaus entlaufen und findet in der alten Ruine eines Amphitheaters, das in der ärmeren Gegend einer südeuropäischen Großstadt liegt, einen Unterschlupf. Nach und nach spricht sich Momos Anwesenheit in der Stadt herum. Sie bekommt sowohl von einigen Erwachsenen als auch von vielen Kindern Besuch, die allesamt bald ihre Freunde werden. Eine besonders enge Freundschaft entwickelt sich zu den Erwachsenen Beppo Straßenkehrer und Gigi Fremdenführer. Wie allen anderen Freunden hat es den beiden besonders Momos hervorstechendste Eigenschaft angetan: sie kann zuhören. Erzählt man ihr eine Geschichte, so trägt die Phantasie des Erzählers plötzlich wunderbare Früchte, oder aber, sofern er ein Problem anspricht, wird ihm dadurch, daß er es Momo berichtet, selbst eine Lösung deutlich.
Das fröhliche Leben der Gemeinschaft wird jedoch durch das Erscheinen der »grauen Herren«, die als Agenten der »Zeit-Spar-Kasse« versuchen, den Menschen ihre Zeit zu nehmen, jäh gestört. Da die »Sparmaßnahmen« vor allem auf Kosten jeglicher zwischenmenschlicher Beziehungen gehen, fallen ihnen besonders die Kinder zum Opfer. Diese veranstalten spontan einen Demonstrationszug durch die Stadt, um die Erwachsenen vor der Macht und dem Unwesen der »grauen Herren« zu warnen. Als dieser Versuch scheitert, sieht sich »Meister Hora«, der Verwalter der Zeit, gezwungen, einzugreifen. Mit Hilfe des Menschenkindes Momo könnte es gelingen, die von den »grauen Herren« gestohlene Zeit zu befreien und den Menschen zurückzugeben. So dringt Momo, begleitet von der Schildkröte Kassiopeia und bewaffnet mit einer »Stundenblume«, in die geheimen Gänge der Zeitdiebe ein, während auf der Welt für eine Stunde alles stillsteht. Der Kampf der kleinen Momo geht siegreich aus, und die verlorene Zeit kehrt zu ihren Besitzern zurück.
Endes Märchen-Roman gelangte im Kielwasser der *Unendlichen Geschichte* auf die ersten Plätze der Bestsellerlisten. Der Erfolg des Buches

ist sicherlich darauf zurückzuführen, daß es auf ›phantastische Weise‹ ein Problem unserer Zeit darstellt und zugleich eine ›märchenhafte‹ Lösung anbietet.

Die unendliche Geschichte
(1979)

Bastian Balthasar Bux, ein zehnjähriger Junge, ein bißchen dicklich, ein bißchen ungeschickt und von den Mitschülern gehänselt, entdeckt in einem Antiquariat ein seltsames Buch mit dem Titel »Die unendliche Geschichte«. Irgendwie fasziniert ihn das Buch so sehr, daß er es heimlich einsteckt. In seinem Schlupfwinkel, auf dem Dachboden seiner Schule, beginnt er darin zu lesen, versinkt in dieser Lektüre, kommt einen Tag und eine Nacht lang nicht davon los. Das Buch handelt von dem Reich Phantásien, das vom Untergang bedroht wird, weil die Menschen dieses Land beinahe vergessen haben. Denn leben kann es nur, wenn es in der Phantasie der Menschen seinen Platz hat. Nun jedoch bedroht das absolute Nichts dieses Reich, verschlingt immer größere Teile des Landes und übt auf die Bewohner Phantásiens eine magische Anziehungskraft aus, sich in dieses Nichts hineinzustürzen.
Aber mehr noch: Das Buch spricht Bastian direkt an. Er selbst ist Teil der Handlung, man bittet ihn, nach Phantásien zu kommen und dieses Reich zu retten. Und plötzlich ist Bastian dort. Er, der eigentlich ein eher ängstlicher Zauderer ist, schlüpft in Phantásien in die Rolle eines Helden, der mutig den Kampf aufnimmt. Er erlebt eine Welt der Wunder und der Schrekken. In Phantásien gibt es Felsenbeißer, Riesen, die im Gebirge wohnen und von ihm leben, Winzlinge, Nachtalben, Trolle, den Nachtwald Perelin, die Farbwüste Goab, den Tempel der tausend Türen, die Silberstadt Amarganth, das Bergwerk der Träume und viele andere phantastische Wesen und Schauplätze. Bastian, der Wohltäter und Retter Phantásiens, hat die Macht, seinen Wünschen in Phantásien Gestalt zu verleihen, aber mit jedem erfüllten Wunsch verliert er ein Stück Erinnerung an sein früheres Leben und gerät in Gefahr, sich in diesem Reich zu verlieren, sein Ich aufzugeben, wenn es ihm nicht gelingt, den einen wahren Wunsch zu erkennen, der ihn wieder zu sich selbst führt. Schließlich gelingt es. Bastian hat Phantásien zu neuer Blüte verholfen und sich dabei selbst entdeckt. Er kehrt zurück in seine eigene Welt, verliert seine magischen Fähigkeiten, gewinnt jedoch weitaus mehr hinzu: »Es gab in der Welt tausend und tausend Formen der Freude, aber im Grunde waren sie alle eine einzige – die Freude, lieben zu können.«
Obwohl auch Kinder und jugendliche Leser sicherlich großen Spaß an der Lektüre dieses dickbändigen Werkes haben, ist der Roman zugleich eine im wahrsten Sinne des Wortes zauberhafte Lektüre für Erwachsene. Es ist ein ungeheuer phantasievolles, zugleich aber vollendet abgerundetes, weises Buch. Was den Phantasiereichtum angeht, so übertrumpft Ende so ziemlich alles, was in der Fantasy Rang und Namen hat, Tolkien inbegriffen. Endes literarische Kompetenz, seine große Kunst, Spannung, Imagination und Poesie miteinander zu verbinden, die Symbolik schließlich, die hinter diesem Text steht, hebt dieses Werk jedoch auf eine Ebene, die weit über dem Niveau des Fantasy-Genres mit seinen vielen mehr oder weniger phantasievollen Tüftlern und Abenteuerromanautoren anzusiedeln ist.

ENGDAHL, SYLVIA LOUISE
(*1933)

Geboren in Los Angeles. Studium an der Universität von Santa Barbara, Tätigkeit als Grundschullehrerin in Portland und Computerspezialistin in der Industrie. Ab 1967 freie Schriftstellerin. Ihre erste Veröffentlichung war der Roman *Enchantress from the Stars*, der – wie auch ihre weiteren Werke – einen weiblichen Protagonisten aufweist und die Karriere des Mädchens Elena im »Anthropologischen Dienst« erzählt. Der Roman trägt märchenhafte Züge.

Enchantress from the Stars (1970); *Journey Between Worlds* (1970); *The Far Side of Evil* (1971); *This Star Shall Abide* (1972); *Beyond the Tomorrow Mountains* (1973).

ENGLAND, GEORGE ALLAN
(1877–1936)

Geboren in Nebraska. E. zählt neben Edgar Rice Burroughs zu den bedeutendsten Vertretern der *scientific romances*, dem typisch amerikanischen Vorläufer der modernen SF, und war in den ersten beiden Dekaden unseres Jahrhunderts einer der einflußreichsten Magazinautoren. Er veröffentlichte hauptsächlich in den Munsey-Magazinen wie *All Story Weekly, Cavalier* und *People's Favourite Magazine*. Oft handelte es sich bei seinen Texten um lange Fortsetzungsromane, so auch bei seinem bekanntesten Werk, *Darkness and Dawn* (1914). Seiner sozialistischen Einstellung gibt E. Ausdruck in *The Air Trust* (1915) und *The Golden Blight* (1916), beides stark antikapitalistische Romane, bei denen es um das Luftmonopol bzw. die Vernichtung aller Goldvorräte geht. Ansonsten ist E. in seiner Themenwahl vielseitig, wenngleich nicht originell gewesen: Unsterblichkeit, vergessene Welten, Invasionen und eine häufig wiederkehrende Faszination für Abenteuer in der Luft machen den Inhalt seiner über 20 Romane aus, von denen eine ganze Reihe später nachgedruckt wurden.

Beyond White Seas (1909/10); *The Elexir of Hate* (1911); *The Empire of the Air* (1914); *The Flying Legion* (1920).

Darkness-and-Dawn-Trilogie
(1914; **The Vacant World; Beyond the Great Oblivion; The Afterglow**)

Nach über tausendjährigem Schlaf wachen der Ingenieur Allan Stern und seine Sekretärin Beatrice Kendrick in den New Yorker Ruinen auf. Eine Katastrophe hat die Stadt und offenbar die ganze Welt in Schutt und Asche gelegt. Die menschliche Kultur ist untergegangen, und abgesehen von mißgestalteten Affenmenschen, die in den Straßen von Manhattan Kämpfe auf Leben und Tod ausfechten, scheinen die Protagonisten die einzigen Überlebenden zu sein. Als Allan und Beatrice von den Affenmenschen entdeckt werden, verehrt man sie zunächst als Götter, greift sie aber an, als feststeht, daß die beiden keine übernatürlichen Kräfte haben. Allan und Beatrice retten sich jedoch durch den Einsatz von Sprengstoff und beschließen, Eltern einer neuen Rasse und besseren Welt zu werden.
Im zweiten Band fliegen Allan und Beatrice in einem restaurierten Doppeldecker nach Westen und entdecken hinter dem Eriesee ein riesiges Loch in der Erdrinde; das dort herausgebrochene Stück umkreist als neuer Mond die Erde. Auf dem Grund dieser unermeßlichen Höhlung leben die degenerierten Nachfahren der weißen Rasse. Nach einigen Schwierigkeiten setzen sich Allan und Beatrice durch. Allan besiegt den Häuptling der weißen Wilden und kehrt auf die Oberfläche zurück.
Im letzten Teil beschließen Allan und Beatrice, die Wilden zu schulen und erziehen. Mann für Mann wird der Stamm von Allan auf die Oberfläche geflogen. Dort kommt es dann zur entscheidenden Auseinandersetzung mit den Affenmenschen – nach Allans Deutung den Nachfahren der Farbigen Amerikas – und deren Ausrottung, womit der Neugründung der Welt nichts mehr im Weg steht.
Trotz der rassistischen Elemente und den oberflächlich gezeichneten Charakteren in *Darkness and Dawn* – kaum ein Klischee wird ausgelassen – war das Buch nach seinem Erscheinen äußerst populär. Der englische Kritiker Brian Stableford sieht den Grund darin, daß eine romantische Zweierbeziehung vor dem barbarischen Hintergrund einer Welt nach der Katastrophe spielt und ursprünglichste Wunschvorstellungen und Fantasien der Leser ansprach, die von der damaligen Gesellschaft besonders sorgfältig unterdrückt wurden. Der Roman ist in seiner Thematik Vorbild für viele spätere Katastrophenromane und in mancher Hinsicht auch für die Sword & Sorcery, für deren Autoren eher E.s Zeitgenosse Edgar Rice Burroughs Leitfigur war. Denn sowohl beim Katastrophenroman wie auch bei der Sword & Sorcery ist die Grundsituation die gleiche: Der Held kämpft gegen äußere Gefahren – Untermenschen, Ungeheuer, marodierende Banden –, wird von einem hilflosen, meist leichtgeschürzten Mädchen begleitet und kann mit archaischen Mitteln zu Reichtum und Glück kommen.

ERLER, (HORST) RAINER
(*1933)

Geboren in München. Nach dem Abitur Regieassistenz bei Rudolf Jugert, Harald Braun, Kurt Hoffmann, Paul Verhoeven, Wolfgang Liebeneiner und Franz Peter Wirth. Bis 1980 mehrere Dutzend Produktionen für das Deutsche Fernsehen; zahlreiche internationale Auszeichnungen und Preise (»Prix Italia«, »Ernst-Lubitsch-

Preis«, »Adolf-Grimme-Preis«, »Goldener Asteroid« u. a.). Seine Bücher sind ausnahmslos Kombinationen aus den Motiven seiner Filme. *Fleisch* etwa – sichtlich inspiriert von ähnlichen Erzählungen der Amerikaner Larry Niven und Dennis Etchison – beschreibt die undurchsichtigen Tätigkeiten eines internationalen Syndikats, das Krankenhäuser und Organbanken unterwandert und skrupellosen Handel mit menschlichen Organen betreibt. In *Operation Ganymed* kehrt eine Astronautengruppe nach längerer Abwesenheit auf die Erde zurück, landet unvorhergesehen in der mexikanischen Wüste, entdeckt verlassene Ortschaften und ein Flugzeugwrack der Air Force und zieht daraus den verhängnisvollen Schluß, daß der Dritte Weltkrieg inzwischen alles Leben auf der Erde vernichtet hat. Unter der Besatzung kommt es zu einer Katastrophe und Kannibalismus. Die siebenteilige, ebenfalls in Buchform vorliegende TV-Serie »Das blaue Palais« erzählt die Geschichte einer Gruppe von Wissenschaftlern, die allerlei Rätseln (von der Parapsychologie über die Seelenwanderung bis zur Unsterblichkeit) auf der Spur sind.

Fleisch (1979); *Operation Ganymed* (1980). – Serie »Das blaue Palais«: *Das Genie* (1979); *Der Verräter* (1979); *Das Medium* (1979); *Unsterblichkeit* (1979); *Gespensterjagd* (1979); *Plutonium* (1979); *Der Gigant* (1979).

Die Delegation
(1973)

Will Roczinski, der Korrespondent der TV-Magazinsendung »Aktuelles Forum«, ist in der Nähe von Los Angeles bei einem mysteriösen Autounfall ums Leben gekommen. Hinweise deuten darauf hin, daß dabei nicht alles mit rechten Dingen zugegangen ist. Ein Kollege beginnt Roczinskis Leben zu recherchieren und stößt auf sensationelle Tonbandaufnahmen und Fotos. Er interviewt Personen, mit denen der Verstorbene kurz vor seinem Tod zusammen war, und hat den Eindruck, einer heißen Sache auf der Spur zu sein. Angefangen hat alles mit einem spöttischen Kommentar Roczinskis zu einem Ufologenkongreß in Mainz, während dem er die Ufologen attackierte und als Okkultisten hinstellte, die sich von den vermeintlichen Außerirdischen Friede, Freude und Eierkuchen für die Erde erhoffen. Am gleichen Tag sichtet die U.S. Air Force jedoch drei Ufos. Eine kanadische Zeitung druckt reißerische Fotos ab. Roczinski fliegt nach Kanada und spricht mit den Augenzeugen, die unter Hypnose von ihrer »Begegnung« berichten. Er stößt auf Indizien unklarer Herkunft: Fotos, Spuren, Funksignale. Bald zweifelt er nicht mehr an der Existenz der Aliens. Seine Berichte erscheinen den TV-Gewaltigen jedoch als zu versponnen. Sie rufen ihn zurück und kündigen, da er ihren Weisungen nicht gehorcht, seinen Vertrag. Roczinski ist von nun an auf sich allein gestellt. Im Pentagon und bei der NASA wimmelt man ihn ab, aber er vermutet hinter der Barriere der Geheimhaltung mehr als nur Ingoranz. Seine Suche führt ihn schließlich in die im peruanischen Hochland gelegene Ebene von Nazca, wo seine angeheuerten Begleiter den Tod finden, als Roczinski den Ufo-Stützpunkt findet. Er selbst wird auf der Flucht Zeuge des Todes eines außerirdischen Humanoiden, der in einem Indiodorf stirbt. In Lima sucht er schließlich den von der Öffentlichkeit für verrückt gehaltenen Wissenschaftler Professor Estrella auf, der über die Außerirdischen bestens informiert zu sein scheint und über die »böse« Menschheit philosophiert, die es nicht wert sei, in die kosmische Gemeinschaft aufgenommen zu werden. Roczinski selbst hat keine Gelegenheit mehr, seine Erkenntnisse an die Öffentlichkeit weiterzureichen. Drei Ufos verlassen – von der Luftwaffe registriert – die Erde; der Reporter kommt um.

ESHBACH, LLOYD ARTHUR
(*1910)

E. gab 1931 in *Amazing Stories* mit der Erzählung »The Voice from the Ether« sein Debüt. Er verfaßte eine Reihe von Kurzgeschichten, die 1955 in einem Sammelband mit dem Titel *Tyrants of Time* in seinem eigenen Kleinverlag erschienen. *Of Worlds Beyond* (1947) ist eine Essaysammlung zur SF, an der u. a. auch Robert A. Heinlein, E. E. Smith und John Taine mitarbeiteten.

ETCHISON, DENNIS (WILLIAM)
(*1943)

Geboren in Stockton, Kalifornien. Der Autor von SF- und Horrorstories, der vornehmlich im *Magazine of Fantasy & Science Fiction* publizierte, verkaufte seine erste Geschichte im Alter von 17 Jahren, schrieb danach abwechselnd SF- und Horrorstories, machte sich mit Filmskripts einen Namen und erregte mit Romanfassungen von Filmstoffen (so z. B. Carpenters *The Fog*, 1980) einiges Aufsehen.

EVANS, E(DWARD) EVERETT
(1893–1958)

Geboren in Los Angeles. E. war SF-Enthusiast und Sammler, der erst kurz vor seinem Tod anfing, selbst Erzählungen und Romane (Jugendbücher) zu verfassen. In *Man of Many Minds* (1953) und *Alien Minds* (1955) geht es um einen jungen Gedankenleser, der von der irdischen Regierung als Spion auf fremden Planeten eingesetzt wird. *The Planet Mappers* (1955) beschreibt das Leben von Kartographen im Weltraum. *Food for the Demons* (1971, postum) enthält E.' gesammelte Kurzgeschichten.

EWERS, H. G.
(*1930)

Pseudonym des Schriftstellers Horst Gehrmann, geboren in Weißenfels (Saale). Kaufmännische Lehre, Verwaltungsangestellter, Referent für Kommunalstraßenwesen in Weißenfels, Abitur, Personalleiter im Weißenfelser Schulamt. E. studierte an der Martin-Luther-Universität in Halle, unterrichtete an einer Polytechnischen Oberschule Biologie, Deutsch, Physik und Astronomie, kam 1962 in die BRD und etablierte sich binnen eines Jahres als Verfasser actiongeladener Kurzgeschichten und Heftromane (SF und Krimi), u. a. in der Perry-Rhodan-Serie. Bisher etwa 200 Veröffentlichungen.

FAIRMAN, PAUL W.

(1916–1977)

Amerikanischer Redakteur und Schriftsteller; aktiv in allen Genres, vom »gotischen« Schauerroman bis zur Science Fiction. Gelegentlicher Ghostwriter von Lester del Rey, zeitweiliger Herausgeber von *Amazing* und *Fantastic*. F. benutzte zahllose eigene (Robert Eggert Lee, Mallory Storm, F. W. Paul) und Verlagspseudonyme (E. K. Jarvis, Paul Lohrman, Clee Garson), von denen Ivar Jorgensen (eine andere Form, Ivar Jorgen*son*, blieb Robert Silverberg vorbehalten) das bekannteste war. Als Ellery Queen publizierte er den Thriller *A Study in Terror*, in Zusammenarbeit mit Milton Lesser entstand unter dem gemeinsamen Decknamen Adam Chase der SF-Roman *The Golden Ape* (1959).

Rest in Agony (1963; Pseud. Ivar Jorgensen); *Ten from Infinity* (1963; Pseud. Ivar Jorgensen); *The World Grabbers* (1964); *City under the Sea* (1965); *The Forgetful Robot* (1968); *I, the Machine* (1968; *Ich, die Maschine*, 1976); *Whom the Gods Would Slay* (1968; Pseud. Ivar Jorgensen); *The Doomsday Exhibit* (1971). – Folgende, unter dem Namen Lester del Rey veröffentlichte Werke stammen in Wirklichkeit von Paul W. Fairman: *The Runaway Robot* (1964; *Der unschuldige Roboter*, 1966); *The Infinite Worlds of Maybe* (1966); *Rocket from Infinity* (1966); *The Scheme of Things* (1966); *Siege Perilous* (1966); *Tunnel Through Time* (1966); *Prisoners of Space* (1968).

FANTHORPE, R(OBERT) LIONEL

(*1935)

Geboren in Dereham, Norfolk; im Hauptberuf Rektor an einer Schule. F. publizierte in den sechziger Jahren etwa 180 von SF-Romane und Hunderte von Erzählungen und investierte pro Buch höchstens ein Wochenende. Da er zu langsam auf der Schreibmaschine war, diktierte er seine Texte auf Band und ließ sie anschließend von Mitgliedern seiner Familie zu Papier bringen. Man sagt ihm nach, er habe ganze Magazine ausschließlich mit seinen (unter zahllosen Pseudonymen veröffentlichten) Texten gefüllt. Wenngleich sein überdimensionaler Ausstoß nie über die Qualität eines Vielschreibers hinausgelangte, kann man dennoch nicht behaupten, er habe allzusehr geschludert: Was den Umgang mit der englischen Sprache anbelangt, hatte er den meisten seiner auf ähnliche Art produzierenden Kollegen einiges voraus. F. verwendete u. a. die Pseudonyme Erle Barton, Lee Barton, Thornton Bell, Leo Brett, Bron Fane, Lionel Roberts, Trebor Thorpe, Pel Torro sowie gelegentlich die Verlagspseudonyme John E. Muller und Karl Zeigfreid.

Pseud. R. Lionel Fanthorpe: *The Waiting World* (1958); *Alien from the Stars* (1959); *Hyperspace* (1959); *Doomed World* (1960); *Asteroid Man* (1960); *Space Fury* (1962); *The Triple Man* (1965); *Watching World* (1966). – Peud. Leo Brett: *The Microscopic Ones* (1960); *The Alien Ones* (1963). – Pseud. Bron Fane: *Juggernaut* (1960); *The Intruders* (1963); *UFO 517* (1965). – Pseud. Lionel Roberts: *Time Echo* (1959); *The Synthetic Ones* (1961). – Pseud. Trebor Thorpe: *Lightning World* (1960). – Pseud. Pel Torro: *Frozen Planet* (1960); *Legion of the Lost* (1962); *Galaxy 666* (1963); *Formula 29 X* (1963); *The Timeless Ones* (1963); *The Last Astronaut* (1963); *The Return* (1964).

FĂRÇĂSAN, SERGIU

(*1924)

Rumänischer Autor, der seit 1947 jahrzehntelang Redakteur der Zeitschrift *Scienteia* war. Neben Bühnenwerken und Satiren schreibt er SF-Erzählungen und -Romane. Sein Roman *O iubire din Anul 41042* (1960; *Arche Noah im Weltenraum* 1964) behandelt das Thema »Lange Reise«. F.s Roman *Va cauta un Taur* (1970) wurde 1972 in Triest als bester rumänischer SF-Roman ausgezeichnet. F. lebt inzwischen nicht mehr in Rumänien.

FARLEY, RALPH MILNE
(1887–1963)

Pseudonym des amerikanischen Journalisten und Patentanwalts Roger Sherman Hoar. Er studierte in Harvard und war zeitweise auch Senator von Wisconsin. F. gehörte zu den Freunden Stanley G. Weinbaums und schrieb bereits 1924 für das Magazin *Argosy*. Er verfaßte mit Weinbaum zusammen eine Detektivserie für *True Gang Life* und eine Serie von SF-Abenteuern über den Erfinder Miles Cabot und dessen Abenteuer auf dem Mars.

The Hidden Universe (1950); *The Omnibus of Time* (1950); *Strange Worlds* (1952). – Miles-Cabot-Serie: *The Radio Man* (1948); *The Radio Beasts* (1964); *The Radio Planet* (1964).

FARMER, PHILIP JOSÉ
(*1918)

Geboren in North Terre Haute, Indiana, als Sohn eines Elektrikers; amerikanischer Schriftsteller mit deutschen, niederländischen und irischen Vorfahren. Er besuchte das College, entdeckte 1929 die Pulps und arbeitete, bevor er 1946 eine Kriegserzählung an das Magazin *Adventure* verkaufte, in verschiedenen Berufen. Sein erster SF-Roman, *The Lovers*, erschien 1952 in *Startling Stories* und brachte zum erstenmal das Thema Sexualität in die (eher prüden) SF-Magazine ein. Sie verschaffte F. den Ruf eines Tabubrechers. Er widmete sich dem Thema noch mehrere Male, so in »Mother« (1953), »Daughter« (1954) und »The Strange Birth« (1959). 1953 gewann er den ersten Preis in einem Romanwettbewerb und versuchte als freier Schriftsteller Fuß zu fassen. Er wurde aber um Preis und Honorar betrogen. Das preisgekrönte Werk erschien schließlich 1971 und bildet den ersten Teil des mehrbändigen Flußwelt-Zyklus.

F. hat sich als Biograph fiktiver Persönlichkeiten (etwa Tarzan) einen Namen gemacht und zahlreiche SF-Abenteuerromane geschrieben, die weniger durch stilistische Brillanz als ausgesprochen ungewöhnlichen Ideenreichtum bestechen. *The Wind Whales of Ishmael* ist z. B. eine ›Fortsetzung‹ von Herman Melvilles *Moby Dick*, in der sich der Walfänger Ismael in einer fast wasserlosen Erde der Zukunft wiederfindet und von fliegenden Schiffen aus gegen mörderische Haie und geflügelte Wale kämpfen muß. *The Other Log of Phileas Fogg* beschreibt Jules Vernes *In 80 Tagen um die Welt* aus dem Blickwinkel eines in die Haut Passepartouts geschlüpften Außerirdischen, während in *The Maker of Universes* (wie auch den weiteren Folgen des »World of Tiers«-Zyklus) Halbgötter, die in der Lage sind, sich eigene Universen zu erschaffen und mit Phantasiegestalten zu bevölkern, sich gegenseitig austricksen. Kurt Vonneguts fiktiven Zeilenschinder Kilgore Trout erweckte F. dadurch zum Leben, daß er unter eben diesem Namen die Space Opera *Venus on the Half-Shell* (1975) verfaßte. »Farmer hat sich, was seine Ideen anbelangt, aufmerksam in der Welt umgesehen und aufgrund dieser Beobachtungen einige der verblüffendsten SF-Erzählungen mit dem Schwerpunkt Abenteuer geschaffen. Seine Texte sind allerdings mehr von humoristischen und satirischen Elementen begleitet als von wissenschaftlich akkuraten« (*Popular Music and Science Fiction Journal*). F. gewann dreimal den »Hugo«: 1953 als »vielversprechendster neuer Autor«, 1968 für die Novelle »Riders of the Purple Wage« und 1972 für *To Your Scattered Bodies Go*. Neben den besprochenen Büchern sind die »Father Carmody«-Serie (vor allem der Roman *Nights of Light*, 1966) und der turbulente Abenteuerfetzer *Dark Is the Sun* erwähnenswert.

The Wind Whales of Ishmael (1971; *Ismaels fliegende Wale*, 1980); *The Other Log of Phileas Fogg* (1973; *Das echte Log des Phileas Fogg*, 1976); *Dark Is the Sun* (1979; *Dunkel ist die Sonne*, 1980). – »World of Tiers«-Zyklus: *The Maker of Universes* (1965; *Meister der Dimensionen*, 1979); *The Gates of Creation* (1966; *Welten wie Sand*, 1979); *A Private Cosmos* (1968; *Lord der Sterne*, 1980); *Behind the Walls of Terra* (1970; *Hinter der irdischen Bühne*, 1980); *The Lavalite World* (1977; *Planet der schmelzenden Berge*, 1981).

The Green Odyssey
(1956; dt. *Die Irrfahrten des Mr. Green*, 1968)

Der irdische Raumfahrer Alan Green, Spezialist für Meeresnahrung, ist auf einem mittelalterlichen, von Humanoiden bewohnten Planeten gestrandet und schlägt sich als Hofnarr eines lokalen Feudalherrn und Liebhaber von dessen Frau durchs Leben. Als die Eifersucht seines Herrn ihm den Boden unter den Füßen zu heiß macht und er während eines Festmahls bei Hofe davon erfährt, daß man in der Stadt Estorya zwei »Dämonen« festhält, die »in einem eisernen Schiff geradewegs aus dem Himmel gefallen sind«, steht sein Entschluß fest: Er wird die Herzogin verlassen, die beiden Raumfahrer befreien und mit ihnen zur Erde zurückkehren. Trotz seiner glücklichen (mit zahlreichen Kindern gesegneten) Ehe mit dem Freudenmädchen Amra begibt er sich heimlich an Bord eines Windrollers (das sind große, mit Segeln und Gummireifen ausgestattete Schiffe, die sich unter Ausnutzung der Winde über die weitläufigen, ungewöhnlich flachen Grasebenen dieser Welt fortbewegen), aber er hat die Rechnung ohne sie gemacht, denn Amra hat von seinen Plänen erfahren und ist ihm mit Kind und Kegel gefolgt. Die Odyssee nach Estorya führt Mr. Green und die Seinen durch allerlei exotische Gefilde und endet natürlich mit einem Happy-End. Es gelingt ihm nicht nur, einen der von unbekannten Extraterrestriern als Berg getarnten überdimensionalen Rasenmäher zu entern, die über die Planetenoberfläche dahinschweben, sondern er bringt es auch noch fertig, einer die Grasebene terrorisierenden Piratenbande das Handwerk zu legen und den König von Estorya zur Freilassung des einzigen überlebenden Raumfahrers zu bewegen, mit dem er den Planeten schließlich verläßt – nicht jedoch, ohne Amra versprochen zu haben, eines Tages zu ihr zurückzukehren. *The Green Odyssey* war Farmers erster in Buchform erschienener Roman und ist ein brillantes und humorvolles Abenteuergarn, wie man es unter seinen späteren Werken schwerlich nochmals findet.

The Lovers
(1961; dt. *Die Liebenden*, 1978)

Der irdische Linguist Hal Yarrow ist Untertan eines Staatsgebildes, das sich Haijac-Union nennt, an permanenten Überbevölkerungsproblemen leidet und von der autoritären »Stirche« (= der *Sta*ats*kirche*) beherrscht wird. Beruflich und sexuell frustriert, ist er seit einiger Zeit auf dem absteigenden Ast; Beförderungen lassen auf sich warten, seine Frau Mary, ein gläubiges Glied der religiösen Gemeinschaft, macht ihm das Leben zur Hölle – und das winzige Apartment, das sie bewohnen, müssen sie noch in einem 12-Stunden-Turnus mit einem anderen Paar teilen. Als sich Yarrow die Chance bietet, an einer Expedition zum Planeten Ozagen teilzunehmen, dessen insektenähnliche (aber intelligente) Bevölkerung ausgerottet werden soll, damit ihre Welt zukünftigen irdischen Kolonisten Platz schaffen kann, verläßt er ohne Grimm die Erde. Auf Ozagen verliebt er sich in das hübsche und natürlich agierende Mädchen Jeanette Rastignac, eine »Lalitha«, die sterben muß, sobald sie gebärt und die – um nicht zu empfangen – alkoholische Getränke zu sich nimmt, um einen vom Autor erfundenen »photogenitalen Reflex« lahmzulegen. Da Yarrow jedoch glaubt, daß seine Geliebte eine heimliche Alkoholikerin ist, verdünnt er den für sie empfängnisverhütenden Alkohol mit einer neutralen Flüssigkeit und glaubt, sie dadurch langsam vom Trinken abbringen zu können. Was er jedoch nicht weiß, ist, daß die Lalitha keinesfalls eine eigenständige humanoide Rasse des ansonsten von Insekten bevölkerten Planeten darstellen, sondern nur eine höher entwickelte Form des auf Ozagen vorherrschenden insektoiden Lebens sind. Jeanette wird so ohne ihr Wissen schwanger, Hal Yarrow unwissentlich zu ihrem Mörder und gleichzeitig Vater von kleinen Insektenlarven. Die Bewohner Ozagens durchschauen letztlich die Absichten der irdischen Staatskirche, zetteln eine Revolte an, töten die restlichen Mitglieder der Erdexpedition und retten Hal Yarrow vor dem Zorn seiner einstigen Herren.

Der Flußwelt-Zyklus
The Fabulous Riverboat (1971; *Auf dem Zeitstrom*, 1979); **To Your Scattered Bodies Go** (1971; *Die Flußwelt der Zeit*, 1979); **The Dark Design** (1977; *Das dunkle Muster*, 1980); **The Magic Labyrinth** (1980; *Das magische Labyrinth*, 1981)

Im Jahr 1983 – kurz nach dem Ende der Welt, das durch eine Geheimwaffe Außerirdischer hervorgerufen wurde – erwacht die gesamte Menschheit (d. h. *alle* Menschen, die jemals auf Erden gelebt haben) in einem rätselhaften Tal, durch dessen Mitte ein Fluß fließt. Das Tal, das sich in Schlangenlinien durch die ganze Welt zieht, ist seitlich von unüberwindlichen Bergketten umgeben. Alle Menschen sind haarlos,

nackt, beschnitten, 25 Jahre alt und erfreuen sich bester Gesundheit. Wer in den ersten Wirren ums Leben kommt, erwacht kurz darauf an einem anderen Ort. Man ist, so hat es den Anschein, unsterblich geworden. Die Menschen ernähren sich mittels künstlich erschaffener, ihnen von Unbekannten (Gottheiten?) überlassener Metallzylinder, die allgemein Grale genannt werden. In bestimmten Abständen säumen sogenannte Gralsteine das Flußufer, pilzförmige Objekte, deren Oberflächen mit Vertiefungen ausgestattet sind. Steckt man zu den Essenszeiten seinen Gral dort hinein, füllt er sich auf wunderbare Weise mit Lebensmitteln, Schnaps, Zigarren und anderen nützlichen Gegenständen. Es ist natürlich keine Frage, daß die Wiedererweckten sich darüber wundern, wieso und warum (und zu welchem Zweck) sie die Möglichkeit eines erneuten Lebens erhalten. Da die irdischen Religionen ihre Versprechungen nicht haben erfüllen können, haben sie schnell abgewirtschaftet. Dafür aber wachsen neue: Eine davon ist die »Kirche der Zweiten Chance«, der auch der Ex-Nazi Hermann Göring angehört.
Als sich die Anzeichen mehren, daß die paradiesischen Zustände nicht ewig währen können (es bilden sich Staatsgemeinschaften aller Couleur), tun sich da und dort kleine Gruppen von Abenteurern zusammen, die das Geheimnis und den Sinn der Wiedererweckung ergründen und herausfinden möchten, wer hinter all dem steht. Zur Hand geht ihnen dabei ein Mitglied des »Rates der Zwölf«, ein Abtrünniger aus den Reihen derjenigen, die für das Wiedererwekkungsspektakel verantwortlich sind: Dieses Wesen, das mangels eines Namens nur X oder der geheimnisvolle Fremde genannt wird, unterstützt die unterschiedlichen Protagonisten des Flußwelt-Zyklus bei ihren Unternehmungen und verrät ihnen, daß die Zentrale der Marionettenspieler sich an der Quelle des mehr als 16 000 000 Kilometer langen Flusses befindet. Um diesen Punkt zu erreichen und die Manipulateure zu fassen, brechen die Farmerschen Helden in Schiffen, Heißluftballons und Luftschiffen auf: Unter ihnen sind illustre Gestalten aus dem literarischen Leben vieler Epochen: Cyrano de Bergerac, Mark Twain, Jack London – aber auch der amerikanische Filmstar Tom Mix, Mozart, napoleonische Offiziere, frühe Zeppelinflieger, der Baron von Richthofen und viele andere.
Da der geheimnisvolle Planet, auf dem die Menschheit seit ihrer Wiedergeburt lebt, praktisch kein Eisen besitzt, ist man erst nach dem Absturz eines großen Meteoriten in der Lage, sich mit effektvollen Waffen und Fahrzeugen auszurüsten. Mark Twain und der englische Ex-König John Lackland versuchen die Flußquelle per Mississippi-Dampfer zu erreichen; Jack London, Tom Mix, der amerikanische SF-Autor Peter Jairus Frigate (der eine nur allzu offensichtliche Inkarnation Farmers ist) und ein paar andere tun dies per Schiff und Ballon.
Die Flußwelt-Serie wimmelt von Gemetzeln und Schlachten, auch werden manche Protagonisten, deren Einführung den Autor manchmal zahlreiche Seiten kosteten, in späteren Bänden der Einfachheit halber zu schnell wieder umgebracht. Dennoch ist das Konzept faszinierend. Schade nur, daß es nicht dem Talent Farmers entspricht, das Thema über 1500 Seiten durchzuhalten. Speziell der vierte und letzte Band des Zyklus ist eine einzige Enttäuschung. »Die Serie widerspiegelt alle Stärken und Schwächen Farmers; sie ist ein Kompendium der für ihn typischen Themen und Ansichten ... Möglicherweise kann er formal und technisch perfektere Bücher schreiben, aber er wird es kaum schaffen, etwas zu Papier zu bringen, das für ihn typischer ist oder besser aufzeigt, zu was die SF als Unterhaltungs- und Entspannungsliteratur in der Lage ist« (R. Letson).

FARREN, MICK
(*1943)

Geboren in Cheltenham, Gloucestershire. F. war 1967–70 Mitglied der Rockgruppe »Deviants«. Außerdem gab er eine Zeitlang die Underground-Zeitschrift *It* und einige Comics heraus. 1973 erschien sein erster Roman, *The Texts of Festival*, dem die Trilogie *The Quest of the DNA Cowboys* (1976), *Synaptic Manhunt* (1976) und *The Neural Atrocity* (1977) folgte. In ihr sind Elemente der Rock- und Drogenszene sowie der Subkultur allgemein enthalten.

FAST, HOWARD (MELVIN)
(*1914)

Geboren in New York. F. studierte an der National Academy of Design und erhielt 1954 den »Internationalen Friedenspreis«. Weltruhm erlangte er durch Bücher wie *The Unvanquished* (1941), *Citizen Tom Paine* (1943) und *Spartacus* (1951), in denen er meist für Unterprivilegierte und Verfolgte Partei ergreift und seinen Lesern humanistische Inhalte vermittelt. Obgleich er schon 1932 eine Story an *Amazing Stories* verkaufte, stieß er eigentlich erst gegen Ende der fünfziger Jahre zur SF, als mehrere Kurzgeschichten von ihm publiziert wurden. Neben einigen Werken, die nicht direkt zur SF gezählt werden (unter dem Pseudonym E. V. Cunningham veröffentlicht), gibt es von F. bislang drei Sammelbände mit SF-Stories.

The Edge of Tomorrow (1961; *Die neuen Menschen*, 1963); *The General Zapped an Angel* (1967); *A Touch of Infinity* (1973). – Zwei SF-Kurzromane enthält der Band *The Hunter and the Trap* (1967).

FEARN, JOHN RUSSELL
(1908–1960)

Geboren in Manchester (England). F. war ein typischer Vielschreiber, der unter mindestens 32 Pseudonymen mit Dutzenden von Romanen und Hunderten von Kurzgeschichten den amerikanischen, britischen und kanadischen Markt förmlich überflutete. Dabei hielt er sich auch gelegentlich in der Domäne seines erfolgreichen Kollegen Edgar Rice Burroughs auf: *Emperor of Mars, Warrior of Mars, Red Men of Mars* und *Goddess of Mars* (alle 1950) sind Imitationen der Burroughsschen Marsromane; *The Gold of Akada* und *Anjani the Mighty* (beide 1951 unter dem Pseudonym Earl Titan erschienen) geben kaum verhüllte Tarzan-Abenteuer wieder. Die populärste Figur, die F. erfand, war »The Golden Amazon«, eine SF-Heldin, die in den vierziger Jahren zuerst in *Amazing* auftauchte und dann in einer unendlichen Serie von Novellen und Romanen auf den Seiten des *Toronto Star Weekly* erschien. Die »Goldene Amazone« kam im Zeitraum von 1944 bis 1975 auch in Buchform auf den Markt. Seine bekanntesten Pseudonyme waren Conrad G. Holt, Brian Shaw, Paul Lorraine, Thornton Ayre und Vargo Statten. Den Decknamen Volsted Gridban teilte er sich mit E. C. Tubb.

Pseud. Vargo Statten: *Operation Venus* (1950); *Annihilation* (1950); *The Micro Men* (1950); *Wanderer of Space* (1950); *2000 Years On!* (1950); *Inferno!* (1950); *The Sun Makers* (1950); *The Last Martian* (1952); *The Time Trap* (1952); *Ultra Spectrum* (1953); *Man in Duplicate* (1953); *The Interloper* (1953); *The Multi-Man* (1954); *I Spy* (1954). *Cosmic Exodus* (1953; Pseud. Conrad G. Holt); *Dark Boundaries* (1953; Pseud. Paul Lorraine); *The Hell Fruit* (1953; Pseud. Lawrence F. Rose); *Z-Formations* (1953; Pseud. Brian Shaw).

FEDERBUSH, ARNOLD
(?)

Ein amerikanischer Autor, der die SF erst kürzlich entdeckt zu haben scheint. Sein Erstling, *The Man Who Lived in Inner Space* (1973), kann der »New Wave« zugerechnet werden: Er beschreibt das Leben Colins, der das Opfer einer Explosion in einem chemischen Werk wurde, als Krüppel der Welt entflieht und sich eine unterseeische Zufluchtsstätte schafft. Angezogen von der Urmutter allen Lebens – dem Meer –, erforscht er die inneren Weiten seiner Psyche und paßt sich der See völlig an. F.s zweiter Roman, *Ice* (1978; *Eis*, 1980) ist vom SF-Gehalt her schon etwas konventioneller: Eine neue Eiszeit bricht über die Welt herein, New York erstickt in den Schneemassen, bis nur noch die Spitzen der einstigen Wolkenkratzer aus ihm hervorragen. Die Menschen wandern nach Süden. Während einige Wissenschaftler sich (erfolglos) bemühen, der Naturentwicklung Einhalt zu gebieten, beschließt eine Gruppe von New Yorkern unter der Leitung einer Eskimoforscherin, sich der veränderten Umwelt anzupassen.

FERMAN, EDWARD L(EWIS)
(*1937)

Geboren in New York; Verleger, Anthologist und Herausgeber des 1949 begründeten *The Magazine of Fantasy & Science Fiction*, das er

1966 von seinem Vater, Joseph W. Ferman (1906–74), übernahm. *F & SF* hat unter seiner Regie an Qualität weitgehend gewonnen und wurde mehrere Male mit dem »Hugo« ausgezeichnet. F. ist zwar als Autor nie hervorgetreten, hat aber mehrere Anthologien herausgegeben, die hauptsächlich Material aus *F & SF* verwerteten.

The Best from Fantasy and Science Fiction: 15th Series (1966); *16th Series* (1967); *17th Series* (1968); *18th Series* (1969); *19th Series* (1971); *20th Series* (1973); *22nd Series* (1977). – *Final Stage* (1974; zus. mit Barry N. Malzberg); *Sports SF* (1976).

FIAŁKOWSKI, KONRAD
(*1939)

Polnischer Autor. F. studierte Elektronik an der TH in Warschau, promovierte auf diesem Gebiet und ist heute an ebendieser TH Dozent. Neben wissenschaftlichen Arbeiten veröffentlicht er gelegentlich SF. Seine Erzählungen liegen in mehreren Sammelbänden vor, die zum Teil auch ins Deutsche und in andere Sprachen übersetzt wurden. F. arbeitet auch für den Polnischen Rundfunk und errang dort als Mitglied eines Autorenkollektivs einen Preis. Einen weiteren Preis erhielt er bei einem Moskauer Autorenwettbewerb. Seinen ersten Roman, *Homo divisus*, veröffentlichte F. 1979. F. ist einer der bekanntesten polnischen SF-Autoren.

Wróble galaktyki (C, 1963; *Die fünfte Dimension,* 1971); *Poprzez piąty wymiar* (C, 1967, *Allein im Kosmos*, 1977); *Kosmodrom* (1975; »Das Kosmodrom«); *Kosmodrom 2* (C, 1976); *Homo divisus* (1979; *Homo divisus*, 1980).

FINNEY, JACK
(*1911)

Pseudonym des Schriftstellers Walter Braden Finney, geboren in Milwaukee. Er arbeitete als freier Journalist und begann erst im Alter von fünfunddreißig Jahren Bücher zu schreiben. F. ist innerhalb des SF-Genres sehr bekannt, konnte sich aber auch als Verfasser von Kriminalromanen einen Namen machen. Seine erste SF-Veröffentlichung erschien 1951. Er publizierte zunächst Kurzgeschichten im Magazin *Collier's*, die teilweise im *Magazine of Fantas & Science Fiction* und der Kollektion *The Third Level* (1957; anderer Titel: *The Clock of Time*) nachgedruckt wurden. Eine weitere Kurzgeschichtensammlung wurde 1963 unter dem Titel *I Love Galesburg in the Springtime* veröffentlicht. Bekanntester SF-Roman aus seiner Feder ist *The Body Snatchers* (1955), der zweimal verfilmt wurde (1956 und, wesentlich aufwendiger, 1978). Verglichen damit fallen spätere Romane häufig durch eine etwas nachlässige Erzählweise deutlich ab, besonders *The Woodrow Wilson Dime* (1968), eine Parallelweltengeschichte, in der ein Mann Zugang zu einer Parallelerde findet, wo er mit einer Superfrau verheiratet ist. Von der Kritik einhellig als sein bislang ambitioniertestes Werk wird der umfangreiche Roman *Time and Again* angesehen.

The Body Snatchers
(1955; dt. *Unsichtbare Parasiten*, 1962; anderer Titel: *Die Körperfresser kommen*, 1979)

Unheimliche Geschehnisse schrecken den Arzt Dr. Miles Bennett auf: Immer mehr Patienten kommen zu ihm und berichten ihm von Bekannten oder nahen Verwandten, die angeblich »noch wie früher aussehen, aber nicht mehr dieselben sind«. Er tut das zunächst als Phantastereien einzelner, dann als Massenhysterie ab, bis ihm eines Tages selbst Zweifel an der Identität des Mädchens kommen, das er liebt und heiraten will. Er stellt Nachforschungen an und kommt auf diese Weise nach und nach der schrecklichen Wahrheit auf die Spur: Sporenwesen aus dem Weltall sind in der kalifornischen Kleinstadt gelandet, in der er lebt. Sie können die Gestalt von Menschen duplizieren, indem sie diese selbst in Staub verwandeln. Gemeinsam mit seiner Freundin kämpft er gegen die Bedrohung an, doch zunächst will ihm keiner glauben, die Leute halten ihn für verrückt. Bis er feststellen muß, wie viele seiner Bekannten bereits von den Parasiten übernommen worden sind. Nun beginnt ein atemberaubender Wettlauf, die ganze Stadt wird niedergebrannt. Doch es bleibt fraglich, ob wirklich alle Parasiten vernichtet werden konnten . . .
Teilweise wurde von der Kritik die Übernahme der Menschen durch die Parasiten als Symbol

für zunehmende Unfreiheit in der modernen Gesellschaft interpretiert, aber es ist fraglich, ob F. solche Ambitionen verfolgte. Jedenfalls ist dies zunächst einmal ein spannender Abenteuerroman.

Time and Again
(1970; dt. *Das andere Ufer der Zeit*, 1981)

Ein amerikanischer Wissenschaftler stellt zu Einsteins Bemerkung, vielleicht sei die Zeit ein Fluß, auf dem wir hinuntertreiben, die These auf, die Zeitreise sei kein physikalisch/technisches, sondern ein psychologisches Problem. Mit Hilfe interessierter Regierungskreise gründet er ein Forschungsinstitut. Ein Kandidat wird gesucht und sorgfältig ausgebildet. Man macht in alten Häusern Räume ausfindig, die zur Zielzeit der Reise (1882, Ort: New York) unbewohnt waren, staffiert sie im Stil jener Zeit aus und schirmt sie von der Außenwelt ab. Der Kandidat Si Morley lebt sich dort in seine Zielzeit ein. Er erhält speziell angerichtete Speisen, wird mit allem von damals vertraut gemacht (Mode, Medien); Historiker überwachen, daß keine Anachronismen auftreten, geschulte Schauspieler suchen ihn auf und unterhalten sich mit ihm über die ›neuesten‹ Ereignisse von 1882, und auch die Morgenzeitung, die Morley erhält, ist ›echt‹. Psychologen unterstützen ihn mit hypnotischem Training, und schließlich ist es soweit: Der Kandidat glaubt wirklich, sich in der Vergangenheit zu befinden. Und er *ist* es auch; zuerst nur für ein paar Minuten, dann für Stunden und Tage, und er stellt fest, daß es ihm schwerfällt, sich in dieser anderen Zeit zu bewegen, die für ihn wie ein fremder Planet wirkt. Das Verhalten der Menschen und die gesellschaftlichen Konventionen verwirren ihn, so daß er sich wie ein Seiltänzer bewegen muß, denn es ist ihm strengstens untersagt, in irgend etwas einzugreifen, was Zeitparadoxa hervorrufen könnte. Das Institut gibt ihm den Auftrag, einen Mann zu beobachten, der 1882 eine bedeutende Rolle spielte, und die Hintergründe seines Selbstmordes herauszufinden. Er schafft es, lebt sich gleichzeitig aber immer tiefer in die Vergangenheit ein, bis es ihm schließlich so vorkommt, als sei die Gegenwart eine fremde Welt, die er hin und wieder betreten muß, um Bericht zu erstatten. Als er sich verliebt, will er nicht mehr zurückkehren. Er verwickelt sich in allerlei obskure Situationen, muß ins 20. Jahrhundert fliehen und entdeckt dort, daß man den für das Projekt verantwortlichen Wissenschaftler inzwischen entlassen hat. Die CIA hat sich eingeschaltet, die Regierung will, daß das Projekt endlich Profit abwirft: Die Geschichte soll zugunsten der USA verändert werden; man will den Spaniern wie weiland Alaska die Insel Kuba abkaufen, damit die »kommunistische Bedrohung vor der Haustür« niemals stattfinden kann. Morley spielt dabei nicht mit, sondern kehrt in die Vergangenheit zurück und bittet 1882 einen ganz bestimmten Mann um Feuer, der sich darob verspätet und somit ein bestimmtes Mädchen (seine spätere Frau) niemals kennenlernt: Es ist der Vater des Zeitreise-Projektleiters, der nun seinen Sohn nicht zeugt. Das Projekt wird nie gestartet; Morley bleibt im 19. Jahrhundert.
Der Roman gehört zu den intelligentesten und am besten geschriebenen Zeitreiseromanen.

FLAMMARION, CAMILLE
(1842–1925)

Geboren in Montigny-le-Roy (Frankreich). Popularisierer der astronomischen Wissenschaften im 19. Jahrhundert. F. ist in erster Linie als Autor populärwissenschaftlicher Sachbücher von Bedeutung, aber er verfaßte auch eine Reihe von Titeln, die indirekt oder direkt als Science Fiction angesehen werden können. Hauptfragen, die sein Werk beeinflußten, waren: »Gibt es Leben auf anderen Welten?« und »Gibt es ein Leben nach dem Tod?« Die Bücher *La pluralité des mondes habités* (1862) und *Les habitants de l'autre monde* (1862) spiegeln das wider. Andere wichtige SF-Bücher und »Voyages Imaginaires« mit wissenschaftlichem Einschlag sind *Récits de l'infini* (1872), *Rêves étoilés* (1888) und der überaus einflußreiche Roman *La fin du monde* (1893/94), ein weitgespanntes Zukunftsepos im Stile eines Olaf Stapledon.
Obwohl F.s wissenschaftlicher Ruf als Astronom durch seine Hinwendung zum Spiritismus litt, darf seine Bedeutung auf dem Gebiet der Popularisierung von Naturwissenschaften, insbesondere der Astronomie, nicht unterschätzt werden. Gleiches gilt für seine Rolle als Autor früher Science Fiction.

FLESCH, HANS
(?)

Der Autor, über den bis jetzt biographisch nichts zu ermitteln war, veröffentlichte 1919 im Wiener Verlag E. P. Tal und Co. einen bedeutenden Roman mit dem Titel *Balthasar Tipho*.
Auf dem Stern »Karina« spielt eine strenge und grausam wirkende Art Menschen um ihr Schicksal. Sie haben die Zustände einer kapitalistischen Weltordnung bis in ihre letzten Konsequenzen fortentwickelt. Ihre Gesellschaft zeigt die äußersten Gegensätze von oben und unten. Diese Menschheit verdient ihren Balthasar Tipho, den Despoten, der den Geist des Planeten in seinem Extrem vertritt. Doch existiert in diesen Lebewesen ohne Gemüt eine Sehnsucht nach tieferem Erleben, als es Genuß, Macht, Prachtentfaltung und Geist geben könnten. Tipho erfährt, daß er als letzte verdorbene Äußerung eines elitären, kapitalistischen Systems dazu gezüchtet wurde, jene Gesellschaft zu desavouieren.
Der Roman verkündet expressionistische Zivilisationskritik und das Ende der Menschheit durch eine autark gewordene Technik und ihre hypertrophen gesellschaftlichen Entsprechungen.

FLINT, HOMER EON
(1892–1924)

Amerikanischer SF-Autor. Begann Anfang dieses Jahrhunderts für die Munsey-Magazine, vor allem *Argosy* und *All-Story-Weekly*, zu schreiben. Arbeitete viel mit Austin Hall zusammen. Einer Zusammenarbeit der beiden entsprang auch *The Blind Spot* (1921), der Roman, der seine Autoren bekannt machte und auch heute noch nachgedruckt wird. Andere Titel wie *The Devoluntionist and the Emancipatrix* (1965) oder *The Lord of Death and the Queen of Life* (1965) sind Nachdrucke alter Pulp-Stories, die im Vergleich zu dem erwähnten Roman schlecht abschneiden.

FONTENAY, CHARLES L(OUIS)
(*1917)

Geboren in São Paulo, wuchs aber in Tennessee auf. Ab 1954 begann er SF zu schreiben. Seine Kurzgeschichten erschienen in erster Linie im Magazin *If*, beginnend mit »Disqualified« (1954). Zwei seiner drei Romane wurden auch ins Deutsche übersetzt. Der dritte davon ist der interessanteste: *The Day the Oceans Overflowed* (1964) schildert eine globale Flutkatastrophe, ausgelöst durch explodierende Kernkraftwerke.

Twice upon a Time (1958; *Legion der Zeitlosen*, 1962); *Rebels of the Red Planet* (1961; *Die Marsrebellen*, 1964).

FORSTER, E(DWARD) M(ORGAN)
(1879–1970)

Geboren in London. F.s Bedeutung für die SF liegt einzig und allein in der 1909 erschienenen Erzählung »The Machine Stops« (»Die Maschine stoppt«, 1979). Diese Geschichte ist ein Klassiker des Genres und markiert den Wendepunkt von Utopie zu Antiutopie. Als direkte Erwiderung auf die fortschrittlichen, funktionierenden Weltstaaten H. G. Wells' und damit alle technischen Utopien des 19. und frühen 20. Jahrhunderts beschreibt »The Machine Stops« einen durchreglementierten unterirdischen Zukunftsstaat, in welchem die Menschen ihre Freiheit verloren haben und von einer Maschine abhängen. Als diese stehenbleibt, gehen alle Abhängigen mit ihr zugrunde.

FORT, CHARLES (HOY)
(1874–1932)

Geboren in Albany, New York. F. beschäftigte sich zeit seines Lebens mit ›ungewöhnlichen Erscheinungen‹ und Phänomenen und sammelte Zehntausende von Zeitungsausschnitten, die seine Theorie, die Menschheit sei das ›Eigentum‹ einer höheren Rasse und werde von ihr als Spielball benutzt, untermauern sollten. F. war kein Science-Fiction-Autor im üblichen Sinn, übte aber während der dreißiger Jahre einen großen Einfluß auf gewisse Berufskollegen aus.

Er war Mitarbeiter mehrerer obskurer Magazine, verfaßte einen Roman mit dem Titel *The Outcast Manufacturers* (1909) und konnte sich rühmen, mit dem bekannten amerikanischen Erzähler Theodore Dreiser befreundet zu sein, der ihn unterstützte und förderte. F.s Bücher befassen sich mit Hexerei, Magie und Poltergeist-Phänomenen ebenso wie mit verschwundenen Personen, Gegenständen und unerklärlichen Naturerscheinungen, wie etwa vom Himmel fallenden Fröschen, Fischen und Würmern. Eine Reihe von SF-Autoren ließ sich von ihm inspirieren und griff diese Thematik in Romanen und Erzählungen auf: Eando Binder, Frank Belknap Long, Eric Frank Russell, H. P. Lovecraft und John N. Raphael.

The Book of the Damned (1919); *New Lands* (1923); *Lo!* (1931); *Wild Talents* (1932).

Lit.: S. Moskowitz, Strange Horizons. The Spectrum of Science Fiction, 1976, S. 218–248.

FOSTER, ALAN DEAN
(*1946)

Geboren in New York. F. studierte in Los Angeles und erwarb den Titel »Master of Fine Arts in Motion Pictures«. Anschließend arbeitete er zwei Jahre in der PR-Abteilung eines kleinen kalifornischen Filmstudios. Er veröffentlicht seit 1968 Stories (die erste erschien in August Derleths *Arkham Collector* Magazin) und seit 1972 Romane. Sein erster Roman, *The Tar-Aiym Krang* (1972), ist Teil einer inzwischen vierbändigen Serie um »Flinx«, der in einem von den insektoiden »Thranx« und den Menschen beherrschten Kosmos allerlei Abenteuer erlebt. F. erwies sich in diesem ersten wie auch in den folgenden Romanen als Autor, der spannend zu erzählen weiß und phantasievoll ausgedachte, exotisch-bunte Hintergründe aufzurollen vermag. Thematisch sind die meisten seiner Romane recht anspruchslose Abenteuergeschichten, aber F. wurde mit ihnen so populär, daß man ihn als den neben Larry Niven wesentlichen Erneuerer der Space Opera ansehen muß. F. ist ein schneller, produktiver Autor, und er vermag sich in fast jedem Thema gut genug einzurichten, um eine runde Story abzuliefern. Diese Fähigkeiten – wie auch wohl seine Kontakte zur Filmindustrie – führten nicht nur dazu, daß er mit ersten Novellisierungen von Filmen beauftragt wurde (*Dark Star, Luana*) und insgesamt zehn Bände der Serie *Star Trek Log* nach den Zeichentrickfilmen der erfolgreichen TV-Serie *Star Trek* (*Raumschiff Enterprise*) ausfabulierte, sondern mit dem Erfolg teurer SF-Filme wurde F. auch immer häufiger ihr Begleitautor. So verfaßte er Novellisierungen zu den Filmen *Alien, Black Hole, Clash of the Titans* und *Outland*. Entgegen der früher geübten Praxis – schlechter Film, schlechter Roman – gelang es ihm dabei immerhin, selbst aus dürftigen Stoffen noch unterhaltsame Bücher zu machen. F.s bestes eigenständiges Werk dürfte der Roman *Midworld* (1975) sein, spannende Abenteuer bietet u. a. *Icerigger* (1974).

Flinx-Serie: *The Tar-Aiym Krang* (1972; *Das Tar-Aiym Krang*, 1979); *Bloodhype* (1973); *Orphan Star* (1977; *Der Waisenstern*, 1979); *The End of the Matter* (1977; *Der Kollapsar*, 1980). – *Icerigger* (1974; *Die Eissegler von Tran-ky-ky*, 1978); *Splinter of the Mind's Eye* (1978; *Die neuen Abenteuer des Luke Skywalker*, 1978); *Alien* (1979; *Alien. Das unheimliche Wesen aus einer fremden Welt*, 1979); *The Black Hole* (1979; *Das schwarze Loch*, 1980); *Clash of the Titans* (1981; *Kampf der Titanen*, 1981); *Outland* (1981; *Outland*, 1981).

Midworld
(1975; dt. *Die denkenden Wälder*, 1979)

Ein Auswanderer-Raumschiff ist auf »Midworld« gestrandet. Die meisten Menschen gehen unter den gnadenlosen Lebensbedingungen des Dschungelplaneten zugrunde, aber die Nachkommen der Überlebenden sind optimal an die neue Umgebung angepaßt. Sie haben nur noch die Größe von Pygmäen und leben auf einer Etage des viele Existenzebenen umfassenden Dschungels mit bis zu siebenhundert Meter hohen Bäumen. Der Dschungel und seine Bewohner bilden nicht nur ein perfekt aufeinander abgestimmtes ökologisches System, in dem jeder von jedem lebt, sondern er hat auch ein eigenes Bewußtsein (ein »Bewahrermatrixbewußtsein«), in das jeder tote Bewohner des Dschungels eingeht.

F. erzählt, wie Born, einer der Menschenabkömmlinge und in seinem Stamm ein Außenseiter, mit seinem halbintelligenten Freund, dem pelzigen Ruumahum, auf Menschen stößt, die mit ihrem Fahrzeug verunglückt sind. Er führt sie zunächst in sein Dorf und geleitet sie dann zur Station der Menschen von der Erde, die den Planeten inzwischen wiederentdeckt haben. Born, Ruumahum und ein anderer Jäger des Stammes erfahren, was die Fremden wollen – ein Lebenselixier, eine Frucht des Waldes. So wenig wie sie vorher verstanden haben, daß Born und die Seinen mit jeder Pflanze kommunizieren können – sie nennen das »emfatieren« –, so wenig verstehen sie jetzt, daß sie nicht einfach dem Wald etwas nehmen können: »Wir nehmen nichts von dieser Welt, das uns nicht freiwillig, ja freudig angeboten wird«, erklärt Born. »Wir nehmen nur, wenn die Zeit und der Ort richtig sind. Man kann nicht mit einer Welt leben, wenn man dann nimmt, wenn es nur einem selbst paßt, sonst stirbt am Ende die Welt und man selbst mit ihr. Ihr *müßt* das verstehen, und ihr müßt hier weggehen. Wir können euch nicht helfen, selbst wenn wir das wollten. Nicht um all eure Lichtwaffen und anderen Wunder. Diese Welt ist kein guter Ort für euch. Ihr emfatiert sie nicht, und sie emfatiert euch nicht.«

Der Roman endet damit, daß der Wald selbst eingreift und den Stützpunkt mit seinen Mitteln vernichtet. Die Ausgangssituation erinnert an Leinsters Klassiker *The Forgotten Planet*. Fosters Welt allerdings ist noch erheblich gnadenloser für den, der fremd in ihr ist. Mit farbig-exotischer Phantasie präsentiert der Autor eine Fülle von tierischen und pflanzlichen Lebewesen, darunter bizarre Räuber wie die »Akadis«, wahre Freßmaschinen. Ein spannender, abwechslungsreicher Unterhaltungsroman mit ökologischem Engagement.

FOSTER, M(ICHAEL) A(NTHONY)
(*1939)

Geboren in Greensboro, North Carolina. F. studierte Russisch, hielt sich ein Jahr lang in Europa auf und schloß sein Studium schließlich mit einem akademischen Grad in slawischen Sprachen ab. Er wurde zur Luftwaffe eingezogen und als Gruppenführer einem Abschußkommando für Interkontinentalraketen zugeteilt. Anschließend war er als Systemanalytiker in der Datenverarbeitung und nebenberuflich als Fotograf tätig. F.s SF-Werk umfaßt bislang drei thematisch zusammenhängende Romane, den sogenannten Ler-Zyklus, und einen davon unabhängigen Roman, *Waves* (1980). Die drei Ler-Romane – *The Warriors of Dawn, The Gameplayers of Zan* und *The Day of the Klesh* – haben als gemeinsamen Hintergrund ein Universum, in dem eine neue Rasse, die »Ler«, durch genetische Experimente der Menschen entstanden ist. Eigentlich als Übermenschen geplant, erweisen sich die Ler als Wesen, die zwar besondere Fähigkeiten haben, aber so wenig frei von Fehlern sind wie die Menschen selbst. Im handlungschronologisch ersten Roman, *The Gameplayers of Zan*, wird geschildert, wie die Ler in ihrem Reservat auf der Erde – umgeben von einer überbevölkerten, bürokratisch verwalteten Menschenwelt in riesigen, häßlichen Städten – trotz ihrer bäuerlichen, aber intellektuellen Kultur einen über Generationen hinweg angelegten Plan realisieren, die Erde mit einem Raumschiff zu verlassen. Die beiden anderen Romane sind eher im Stil der wiederbelebten abenteuerlichen Space Opera gehalten und schildern das weitere Geschick der Ler im Weltraum, viele Generationen später, inmitten einer Kultur, die aus Ler, Menschen, anderen, durch Zuchtwahl genetisch veränderten Menschen, den Klesh, sowie Fremdrassen besteht. F.s anspruchsvollster Roman ist ohne Frage das voluminöse Werk *The Gameplayers of Zan*, aber auch in seinen weiteren Romanen zeigt er sich als phantasiereicher Autor abenteuerlicher SF, der Beachtung verdient.

The Warriors of Dawn (1975; *Morgenrötes Krieger*, 1980); *The Gameplayers of Zan* (1977; *Die Zanspieler*, 1981); *The Day of the Klesh* (1979; *Stunde der Klesh*, 1981).

FOX, GARDNER F(RANCIS)
(*1911)

Geboren in Brooklyn, New York. F. studierte an der St. Johns University Jura, arbeitete kurzfristig in einem Anwaltsbüro und gab seinen Beruf 1937 auf, um nur noch vom Schreiben zu leben. Von nun an textete er für Comic-Serien wie *Superman* und *Batman*, verfaßte Abenteuergeschichten für Magazine wie *Planet Stories* und fand sich trotz seiner zahlreichen Verpflichtungen noch dazu in der Lage, über 100 Romane (teilweise unter Pseudonymen wie Bart Somers, Jefferson Cooper und Simon Majors) zu schreiben. Während er, was das Comic-Texten angeht, eine überdurchschnittliche Reputation genießt, gelten seine SF- und Fantasy-Romane als eher zweitklassig und ganz dem Niveau der vierziger und fünfziger Jahre verhaftet. Innerhalb der Fantasy wurde er vor allem durch seine Zyklen um die Sword-&-Sorcery-Helden Kothar und Kyrik bekannt.

Kothar-Serie: *Kothar-Barbarian Swordsman* (1969; *Kampf im Labyrinth*, 1979); *Kothar of the Magic Sword* (1969; *Die rote Hexe*, 1979); *Kothar and the Conjurer's Curse* (1970; *Des Hexers Fluch*, 1980); *Kothar and the Wizard Slayer* (1970; *Der Barbar und der Meuchler*, 1980). – *Warrior of Llarn* (1964); *Arsenal of Miracles* (1964); *Escape across the Cosmos* (1964); *The Hunter out of Time* (1965); *Beyond the Black Enigma* (1965; Pseud. Bart Somers); *Thief of Llarn* (1966); *Abandon, Galaxy!* (1967; Pseud. Bart Somers; *Zeitbombe Galaxis*, 1972); *The Druid Stone* (1967; Pseud. Simon Majors); *Conehead* (1973).

FRANCIS, H. G.
(*1936)

Pseudonym des Werbekaufmanns und Schriftstellers Hans Günter Franziskowsky, geboren in Itzehoe. F. studierte Wirtschafts- und Sozialwissenschaften und veröffentlichte weit über 100 Heftromane (darunter auch Krimis), hauptsächlich innerhalb von Serien wie »Perry Rhodan«, wobei er sich hin und wieder auch Pseudonymen wie Gunther Frank oder R. C. Quoos-Raabe bediente. Sein erstes Buch (ein SF-Jugendroman) erschien 1979 unter dem Titel *Der rote Nebel*. Fortsetzungen dazu sind *Planet der Seelenlosen*, *Der verbotene Stern* und *Geheime Befehle aus dem Jenseits* (alle 1980).

FRANKE, CHARLOTTE
(*1935)

Geboren in Mohrungen, Ostpreußen. F., die auch unter ihrem Mädchennamen Charlotte Winheller veröffentlichte, war mit dem deutschen SF-Autor Herbert W. Franke verheiratet. Sie arbeitet als Übersetzerin, trat aber auch als Herausgeberin und Autorin hervor. Sie schrieb Kurzgeschichten, Novellen, das Hörspiel *Deportation* (1974) und das SF-Kinderbuch *Die Kinder der fliegenden Stadt*. In Arbeit befindet sich eine sechsteilige SF-Fernsehserie für Kinder (Arbeitstitel: *Fahrstuhl in die Mikrowelt*). Sie gab die ersten neun deutschen Auswahlbände des *Magazine of Fantasy & Science Fiction* sowie zwei weitere Anthologien – *20 Science Fiction Stories* (1963), und *16 Science Fiction Stories* (1964) heraus und übersetzte diese Bände auch.

Die Kinder der fliegenden Stadt (1977).

FRANKE, HERBERT W(ERNER)
(*1927)

Geboren in Wien. Mit einem Thema der theoretischen Physik (Elektronenoptik) promovierte F. an der Wiener Universität zum Doktor der Philosophie. Er arbeitete eine Zeitlang an einem technischen Forschungsauftrag und war anschließend bei einem westdeutschen Konzern fünf Jahre lang in der Werbeabteilung tätig.
Mit Science Fiction kam F. erstmals als Jugendlicher in Berührung; wie viele seiner Altersgenossen las er die auflagenstärkste Serie jener Zeit: »Sun-Koh« von P. A. Müller. Erste eigene Geschichten veröffentlichte F. 1953 und 1954 in der Wiener Kulturzeitschrift *Neue Wege*. 1957 wagte er den Sprung in die Selbständigkeit als freier Schriftsteller, 1960 erfolgte mit der Kurzgeschichtensammlung *Der grüne Komet* seine erste große Veröffentlichung. Seitdem gehört F. zu den wichtigsten deutschen Science-Fiction-Autoren der Gegenwart, der kontinuierlich die bundesdeutsche SF-Landschaft bereichert. Seine Interessen sind breit gefächert. Neben der Science Fiction gehören Höhlenforschung und Computergrafik zu seinen bevorzugten Neigungen. F. ist Mitglied des internationalen PEN-Club und gelegentlich auch als Sachbuchautor hervorgetreten. Seine Arbeit als SF-Schriftsteller wurde von Anfang an durch seine Tätigkeit als SF-Herausgeber ergänzt. 1960 betreute er als »wissenschaftlicher Fachmann« die Hardcover-Reihe »Goldmanns Zukunftsromane«. 1974 wurde er neben Wolfgang Jeschke Mitherausgeber der SF-Taschenbuchreihe des Heyne

Verlages, 1979 kehrte er zum Goldmann Verlag zurück.
Verschiedene Werke des Autors wurden auch im Ausland publiziert, was für die deutsche Science Fiction der Gegenwart eher die Ausnahme als die Regel ist und seine Bedeutung unterstreicht. F. lebt heute in der Nähe von München.
F.s Sprache ist kurz, knapp, präzise, ihre Nähe zur zweckbestimmten Sprache der Technik unverkennbar. Sie ist ein Spiegel der meist hochtechnisierten Welten, die der Autor beschreibt, aber auch der damit verbundenen (nicht nur sprachlichen) Verarmung des Menschen.
Thematischer Anknüpfungspunkt – und möglicherweise F.s eigentliches Erfolgsrezept – ist die Angst – Angst vor einer übermächtigen Technik, Angst vor totaler Manipulation, Angst vor dem Verlust jeder menschlichen Wärme, Angst vor dem Ausgeliefertsein an ein totalitär-faschistisches Regime. Warnung vor der möglichen Pervertierung des wissenschaftlich-technischen Fortschritts, die nicht erst seit der Errichtung von Atomkraftwerken zu den aktuellen Phänomenen gegenwärtiger Gesellschaft gehört, ist sein Anliegen, insofern ist F. auch ein moralischer Autor. F.s Helden wehren sich gegen diese Angst. Sie versuchen, gegen den Strom zu schwimmen, und auch wenn sie persönlich scheitern, bleibt ein Rest von Hoffnung. Die ständige Bedrohung ist freilich stärker. Es bleibt offen, ob der individuelle Held wirklich etwas auszurichten vermag oder Opfer ist.

Der grüne Komet (1960); *Das Gedankennetz* (1961); *Der Orchideenkäfig* (1961); *Die Stahlwüste* (1962); *Einsteins Erben* (C, 1972); *Ypsilon minus* (1976); *Zarathustra kehrt zurück* (C, 1977); *Sirius Transit* (1979); *Schule für Übermenschen* (1980); *Paradies 3000* (C, 1981); *Tod eines Unsterblichen* (1982).

Die Glasfalle
(1962; 1981)

Der Soldat Phil Abelsen und alle seine Kameraden stehen unter Drogen, die sie wehrlos machen, und sind dem Willen eines Mannes ausgeliefert: dem Willen des Majors. Abelsen entdeckt eines Tages, daß der ganze sinnlose Tagesablauf – charakterisiert durch die Monotonie des Exerzierens und der Manöverübungen – auf der Abhängigkeit von der Droge basiert. Auf Abelsen bricht nun das ganze Elend und der bohrende Zweifel am Sinn seines Daseins herein, und es reift der Plan in ihm, den Major zu töten. Stück für Stück löst er sich aus den Abhängigkeiten, in denen er lebt.
In einer zeitlich weit zurückliegenden Parallelhandlung wird aufgedeckt, was es mit der seltsamen Militärwelt auf sich hat: Die letzten Überlebenden einer Atomkatastrophe befinden sich im Weltraum, der Kommandeur und Arzt des Schiffes sucht einen siedlungsfähigen Planeten und will dort ein stabiles, lebensfähiges System errichten. »Ich werde ein System errichten, in dem Zucht und Ordnung herrscht«, sagt der Arzt. »Ich brauche keinen Fortschritt und keine Veränderung. Mein System wird statisch sein.«
Der Arzt ist mit dem Major identisch. Er hat seine Patienten selbstherrlich zu seinen Kreaturen und von Drogen abhängig gemacht. Er läßt sie Soldaten sein, die im Glauben leben, ihre tägliche Qual diene der Abschreckung eines imaginären Feindes. Aber es gibt keine Feinde – nur Zucht und Ordnung, Befehl und Gehorsam und den Major an der Spitze. Der Arzt/Major hat sein System auf dem gefundenen Planeten errichtet.
Erst allmählich entdeckt Abelsen die Zusammenhänge. Als er endlich vor dem Major steht, um ihn zu töten, kann er es nicht tun: ohne den Führer ist kein Weiterleben denkbar. Abelsen sinkt zurück in Resignation und Drogenabhängigkeit. Aber das vermeintlich so festgefügte System ist schon gestört, allein durch den Zweifel und den Versuch des Widerstandes eines Menschen. Der Weg in die Freiheit ist möglich geworden.
Aus fiktiven Dokumenten – einer weiteren Erzählebene – geht gegen Ende des Romans hervor, daß die militärische Kolonie des Majors den Weg zu Befreiung und neuem Fortschritt gefunden hat.

Der Elfenbeinturm
(1965)

In einer übervölkerten Welt, deren Geschicke durch ein Elektronengehirn gelenkt werden, droht immer mehr die Vermassung und damit die Preisgabe jeglicher individueller und nonkonformistischer Strömungen. Eine Gruppe von Idealisten und Abenteurern plant eine Re-

volution. Doch die Träume der Rebellen von größerer persönlicher Freiheit sind nicht zu verwirklichen. Die Massengesellschaft dieses Romans kann die Wünsche der Rebellen aus zwingenden Gründen nicht erfüllen.
Der Druck der Verhältnisse ist zu groß für eine echte Revolution; es wird klar, daß nur das Elektronengehirn das Wohlergehen der Menschen sichern kann. Die Revolution würde nichts verändern, sondern nur ein Führungswechsel sein. Aber dazu kommt es erst gar nicht; die Rebellen scheitern, und einige von ihnen fliehen in den Weltraum. Ein Diktator übernimmt die Macht. Aber selbst er muß sich den Gegebenheiten beugen, und so bleibt im Grunde alles beim alten.
Das weitere Schicksal der Rebellen ist für die Erde unwichtig geworden. Ihre Ideen werden nicht sterben, aber sie werden sich auch in Zukunft nicht verwirklichen lassen. Die Situation läßt keine weiterreichenden persönlichen Freiheiten zu. Diese Entwicklung war schon vorgezeichnet in dem bedingungslosen Gehorsam innerhalb der Rebellenorganisation.
Die markantesten Köpfe der Rebellen sterben. Der Anführer, ein Idealist im Rollstuhl (eine von F. ins Detail fortgesetzte Analogie: der Rollstuhl symbolisiert die Hilflosigkeit), sucht den Freitod, der skrupellose Berber stirbt im Kampf gegen die eigenen Leute. Mit ihnen stirbt aber auch ein Teil ihrer Kraft. Die zweite Hälfte des Romans schildert im Grunde das Sterben ihrer Ideen und Ideale.
Zuerst wollen sie irgendwann zur Erde zurück. Als das unmöglich geworden ist, sind sie fast froh darüber. Noch einmal flackern die alten Ideale auf, als sie einen Planeten für sich allein haben. Jetzt bietet sich eine Chance zu Freiheit und Unabhängigkeit. Doch die Erkenntnis, daß sich ihre Ideale hier erst recht nicht verwirklichen lassen, daß ihnen zum Aufbau ihrer Welt gerade das fehlt, was sie immer verachtet haben, die Massengesellschaft nämlich, läßt sie zerbrechen.
Sie geben die Besiedlung der neuen Welt auf und ziehen sich in ihr Raumschiff zurück. Schließlich finden sie den Weg in die Gemeinschaft doch noch. Sie übernehmen die Körper anderer Wesen und gliedern sich in deren Rasse ein. Aber sie zahlen mehr dafür, als sie auf der Erde zahlen mußten: mit ihren menschlichen Körpern und ihren Erinnerungen. Eine sentimentale Reminiszenz an ihr früheres Leben (und ihre Ideale) bleibt: Von Zeit zu Zeit kehren sie in ihre menschliche Gestalt zurück und erholen sich im Innern des Raumschiffes, ohne sich jedoch ihres früheren Lebens bewußt zu werden.
Franke stellt mit der übervölkerten Erde und dem unberührten Planeten zwei Welten gegeneinander, die beide keinen Individualismus ermöglichen.

Zone Null
(1970)

Jahrhunderte nach der atomaren Auseinandersetzung zweier Supermächte bricht eine Expedition in ehemals verseuchtes Gebiet – die Zone Null – auf, um es zu besetzen.
Unbehelligt von der Außenwelt hat die Zone Null eine eigene Entwicklung genommen: Die Natur ist tot, aber die übriggebliebenen Menschen leben in einem technischen Paradies, alle Wünsche werden ihnen erfüllt, materielle Sorgen gibt es nicht. Aber ist das noch eine Menschenwelt oder nur ein gut verwaltetes Irrenhaus degenerierter Individuen? Die Antwort auf diese Frage rührt an die Grundlagen menschlicher Existenz. Durch Technik einseitig determinierter Fortschritt wird problematisiert. »Wir können alles, aber wir wissen nicht wozu.«
Nur ein Expeditionsteilnehmer überlebt, in seiner eigenen Welt wird er als Sicherheitsrisiko unter Aufsicht gestellt, denn seine Zweifel am einseitigen technischen Fortschritt gefährden auch den Entwicklungsgang seiner eigenen Kultur. Er kann aus der Gefangenschaft entkommen, wird aber totgesagt. Der Plan zur Ausbeutung der neuen Kolonie »Zone Null« kann anlaufen. Das Ende ist offen . . .

FREEDMAN, NANCY
(*1920)

Geboren in Chicago. F. studierte an der University of South California und am Art Institute in Chicago. Sie schrieb mehrere Bücher, die meisten davon in Zusammenarbeit mit ihrem Mann Benedict. Ihr einziger SF-Roman ist *Joshua Son of None* (1973), in dem die Geschichte von

Joshua Kellog, eines Klons des ermordeten Präsidenten Kennedy, erzählt wird.

Joshua Son of None (1973; *Joshua Niemandssohn*, 1976).

FREKSA, FRIEDRICH
(1882–1955)

Pseudonym für Kurt Friedrich-Freksa, geboren in Berlin. F., zeitweise Mitarbeiter der satirischen Zeitschrift *Phosphor*, schrieb eine Reihe von Erzählungen und Romanen, darunter SF-Kurzgeschichten wie »Das Land der Normalmenschen« (1919) und den SF-Roman *Druso – die gestohlene Menschheit* (1931). Letzterer gilt zwar thematisch als bemerkenswert, da er die zumeist biederen technischen Phantasien der zeitgenössischen deutschen SF hinter sich ließ, wird aber zugleich als rassistisch, wenn nicht antisemitisch verdächtigt.

FRICK, MARTIN
(*1933)

Geboren in Deutschland, seit 1958 in der Schweiz ansässig. F. studierte Elektronik, Kunstgeschichte und Astronomie an der Universität in Bern und beendete sein Studium als Diplom-Astronom. *Patina* (1969), sein einziges SF-Buch, schildert eine mystische Liebesgeschichte zwischen zwei Menschen des 15. Jahrhunderts, die auf verschiedenen Wegen in die Zukunft gelangen – er durch Seelenwanderung, sie durch Zeitdilatation an Bord eines Raumschiffs fremder Wesen – und in der idealistisch-utopischen Gesellschaft auf Titan Erfüllung finden. Diese gedanklich durchaus ambitionierte Utopie – sie intendiert, daß vollkommene Beherrschung der materiellen Welt durch Wissenschaft und Technik zu Freiheit und Selbstverwirklichung des Individuums führt – ist mit ihren vielen Versatzstücken aus Science Fiction, Utopie, Fantasy, Okkultismus und Mythos ein schwer einzuordnendes Kuriosum.

FRIEDBERG, GERTRUDE
(*1908)

Geboren in New York; Lehrerin. F. veröffentlichte Theaterstücke schon 30 Jahre vor der Publikation ihrer ersten SF-Story, »The Short and Happy Death of George Frumkin« (1963). Sie ist in erster Linie für ihren Roman *The Revolving Boy* bekannt, der von einem übersensitiven Kind erzählt, das im Weltraum geboren wurde und nun Signale aus dem Kosmos empfängt.

The Revolving Boy (1966; *Ruf aus dem Weltraum*, 1967).

FRIEDELL, EGON
(1878–1938)

Geboren in Wien, wo er von 1908 bis 1910 das Kabarett »Die Fledermaus« leitete. Der Sohn eines jüdischen Textilkaufmanns besuchte Schulen in Niederösterreich, Berlin, Hersfeld, Heidelberg und Wien und promovierte über Novalis. Er war Schauspieler, Schriftsteller, Theaterkritiker, Essayist, Parodist und vor allem Kulturhistoriker. Sein einziger utopischer Roman ist *Die Reise mit der Zeitmaschine* (1946), eine Fortsetzung zu *Die Zeitmaschine* von H. G. Wells. F. nahm sich 1938, als SS-Männer in sein Haus eindrangen, das Leben.

FRIEDRICH, HERBERT
(*1926)

Geboren in Dresden. F. studierte am Johannes-R.-Becher-Institut in Leipzig Literatur und ist seither als freiberuflicher Schriftsteller tätig. Seit 1956 werden Erzählungen, Kinderbücher und Fernsehspiele von ihm veröffentlicht. 1966 erhielt er den »Martin-Andersen-Nexö-Kunstpreis« der Stadt Dresden. Im Bereich der SF schrieb er einen an Mustern des traditionellen deutschen Zukunftsromans orientierten Stoff über ein Projekt in der Arktis sowie ein Kinderbuch.

Die Reise nach dem Rosenstern (1963); *Der Damm gegen das Eis* (1964).

FRIEND, OSCAR J(EROME)
(1897–1963)

Geboren in St. Louis, Missouri; Schriftsteller, Redakteur und Literatur-Agent. Obwohl F. zwischen 1940 und 1944 der SF als Magazin-Herausgeber (*Thrilling Wonder Stories, Startling Stories, Captain Future*) verbunden war, publizierte er selbst vorwiegend im Detektiv- und Western-Genre. 1946 übernahm er die literarische Agentur seines Kollegen Otis A. Kline, die er bis zu seinem Tod weiterführte. Neben 15 SF-Stories hat F. zwei Romane geschrieben, die beide in Vergessenheit geraten sind.

The Kid from Mars (1949; *Mann vom Mars in besonderer Mission*, 1956); *The Star Men* (1963). – Anthologien, zus. mit Leo Margulies: *From Off This World* (1949); *My Best SF Story* (1949); *The Giant Anthology of Science Fiction* (1954).

FRÜHAUF, KLAUS
(*1933)

Geboren in Halle. F. studierte Maschinenbau, arbeitete als Konstrukteur und Chefkonstrukteur. Er lebt heute in Rostock. Sein bisher bekanntester Roman, der auch in der Bundesrepublik herauskam, ist *Am Rande wohnen die Wilden*. Darin wird die Konfrontation einer in totaler Künstlichkeit abgekapselten extraterrestrischen Rasse mit den Menschen geschildert, die sich ihre natürliche Umwelt bewahrt haben.

Mutanten auf Andromeda (1974); *Kurs zur Erde* (1975); *Am Rande wohnen die Wilden* (1976); *Das Wasser des Mars* (C, 1977); *Der Flug in die Sonne* (C, 1979); *Stern auf Nullkurs* (1979); *Genion* (1981); *Das Mörderchromosom* (C, 1982).

FUCHS, WALTER R.
(1937–1978)

Geboren in Princeton, New Jersey. F. lernte Feinmechaniker und Elektrotechniker, absolvierte ein Praktikum als technischer Zeichner, studierte Physik, Mathematik und Elektrotechnik in München und promovierte mit summa cum laude. Ab 1962 war er Wissenschaftsredakteur des Bayerischen Rundfunks, später leitete er den außerschulischen Ausbildungsbereich. F. verfaßte eine Reihe von Sachbüchern zu Themen seiner Fachbereiche, darunter auch ein Buch über die Wahrscheinlichkeit anderen Lebens im Kosmos: *Leben unter fernen Sonnen? Wissenschaft und Spekulation* (1973). F., der zu den bekanntesten Autoren populärwissenschaftlicher Bücher gehörte und mit diesen Büchern hohe Auflagen erreichte, veröffentlichte 1973 auch einen satirischen SF-Roman, »verfaßt« von dem Hund Welsh Corgi, »nacherzählt« von F.: *Der Hundeplanet*. Hunde haben darin eine von Computern bestimmte Zivilisation aufgebaut und entdecken auf der Erde ihre Vorfahren.

FUCHS, WERNER
(*1949)

Geboren in Hüttlingen-Sulzdorf bei Aalen. Studium der Wirtschaftswissenschaften in Bochum sowie der Anglistik und Germanistik in Düsseldorf. 1972–74 Außenlektor des Fischer Taschenbuchverlags, anschließend Arbeiten für Presse und Rundfunk. Autor von Sachbüchern, Redakteur des SF-Magazins *Comet*, Herausgeber von verschiedenen SF-Anthologien und Mitherausgeber des *Lexikons der Science Fiction-Literatur* (1980). Neben bzw. nach Tätigkeiten als Buchhändler, Literaturagent und Übersetzer seit 1980 Herausgeber der Taschenbuchreihe *Knaur Science Fiction*.

Herausgeber: SF-Anthologie in 15 Bänden (zus. mit Hans Joachim Alpers; Bd. 1, 1981; Bd. 2, 1982); *Visum für die Ewigkeit* (1982); *Licht des Tages, Licht des Todes* (1982).

FUHRMANN, RAINER
(*1940)

Geboren in Berlin. F. absolvierte eine Lehre als Dreher und arbeitete anschließend als Mechanikermeister in einem Betrieb, in dem orthopädische Hilfsmittel entwickelt und hergestellt wurden. Seine erste SF-Erzählung veröffentlichte der in der DDR lebende Autor 1976: »Das Experiment«, erschienen in der Anthologie *Begegnung im Licht.* Es folgten bislang zwei Romane, von denen der interessantere, *Das Raumschiff aus der Steinzeit*, die Suche nach Außerirdischen schildert, die vor 250000 Jahren auf der Erde notgelandet sind und deren Raumschiff unter Geröllmassen entdeckt wird. Die Spur der Fremden führt zunächst zum Mars und dann zum Jupitermond Ganymed.

Homo sapiens 10^{-2} (1977); *Das Raumschiff aus der Steinzeit* (1978); *Planet der Sirenen* (1981).

FUNK, RICHARD
(*1926)

Geboren in Warschau. Nach dem Krieg kam F. in die DDR und ist dort als Chemieingenieur tätig. Nachdem er sich schon als Junge für Jules Verne und Bruno H. Bürgel begeistert hatte, wandte er sich in seiner Freizeit als Autor der Science Fiction zu. Er veröffentlichte bislang einige SF-Erzählungen und einen SF-Roman.

Gerichtstag auf Epsi (1973).

FYFE, H(ORACE) B(ROWN)
(*1918)

Geboren in Jersey City, New Jersey. F. studierte an der Columbia University. Er veröffentlichte 1940 seine erste SF-Story in *Astounding*: »Locked Out«. Danach schrieb er noch über 50 Kurzgeschichten, von denen der größte Teil in den fünfziger Jahren in verschiedenen Magazinen erschien. Bekannt davon wurde die Serie *Bureau of Slick Tricks*, die fünf Stories umfaßt. Sein bis dato einziger Roman erschien 1962 und heißt *D-99.* Dabei handelt es sich um einen SF-Krimi, bei dem Menschen aus der Hand Außerirdischer befreit werden.

G

GAIL, OTTO WILLI
(1896–1956)

Geboren in Gunzenhausen, Mittelfranken. G. war nach seinem Studium an der TH München (Elektrotechnik und Physik) als Wissenschaftsjournalist tätig. Neben Arbeiten für Zeitungen und Rundfunk verfaßte er eine ganze Reihe von Sachbüchern, die sich vornehmlich mit den Themen Physik, Astronomie und Raumfahrt auseinandersetzten. Besonders die Raumfahrt hatte es G. angetan. Durch seine Bücher wollte er die Jugend für sie interessieren. Er schrieb daher auch mehrere Zukunftsromane, die zur Popularisierung des Raumfahrtgedankens beitragen sollten. Da G. ständig in Kontakt zu den damaligen Raumfahrtpionieren Hermann Oberth und Max Valier stand, zeichnen sich diese Romane durch eine große technische Detailtreue aus und ragten in ihren realistischen Schilderungen unter den damaligen Zukunftsromanen weit hervor. In seinen drei bekanntesten Zukunftsromanen geht es um den Flug zum Mond. *Der Schuß ins All* (1925) handelt von dem Prestigewettrennen zweier Nationen zum Mond – den Deutschen und den Russen. In der Fortsetzung *Der Stein vom Mond* (1926) wird unser Trabant erreicht, und in *Hans Hardts Mondfahrt* (1928) schleicht sich ein Journalist an Bord eines Weltraumschiffes. Alle drei Romane wurden auch ins Amerikanische übersetzt und hatten einen nicht zu unterschätzenden Einfluß auf die dortige, noch in den Kinderschuhen steckende SF-Szene.

Die blaue Kugel (C, 1929); *Der Herr der Wellen* (1949).

GALLUN, RAYMOND Z(INKE)
(*1910)

Geboren in Beaver Dam, Wisconsin, als Sohn eines Farmers und einer deutschstämmigen Mutter. Er besuchte 1929/30 die University of Wisconsin, 1938/39 die Alliance Française und 1960 die Universität von San Marcos in Peru. G. hat hauptsächlich als »Technical writer« gearbeitet und sich in der Welt umgesehen. Obwohl er nahezu einhundert SF-Stories publiziert hat, erinnert man sich seiner allenfalls aufgrund der sentimentalen Geschichte »Old Faithful« (*Astounding*, 1934), die bei den Lesern so gut ankam, daß er ihr mit »Son of Old Faithful« (1935) und »Child of the Stars« (1936) die unausweichlichen Fortsetzungen folgen ließ. G. debütierte 1929 gleichzeitig in den Gernsback-Magazinen *Air Wonder* und *Science Wonder*; seine Pseudonyme waren u. a. Dow Elstar, E. V. Raymond und Arthur Allport. Seine vier Romane gehören in die Kategorie, die vorwiegend jugendliche Leser begeistert: Sie sind sentimental und schwärmerisch und nutzen jede Gelegenheit, darauf hinzuweisen, daß die Bestimmung der Menschheit in der Eroberung der Sterne liegt.

People Minus X (1957; *Menschen Minus X*, 1959); *The Planet Strappers* (1961); *The Eden Cycle* (1974); *Sky Climber* (1981).

GALOUYE, DANIEL F(RANCIS)
(1920–1976)

Geboren in New Orleans. Studium an der Louisiana State University. G. war während des Zweiten Weltkriegs Testpilot und arbeitete in den fünfziger und sechziger Jahren als Zeitungsreporter, bis ihn 1965 nicht ausgeheilte Verletzungen zur Aufgabe seiner schriftstellerischen Aktivitäten zwangen. Angefangen hatte er 1951 in dem auf Space Operas und galaktische Helden spezialisierten Magazin *Imagination* mit der Erzählung »Rebirth«. G. machte sich sofort in Kennerkreisen einen Namen, aber seine eher unkonventionellen Themen erschwerten es ihm, im eigenen Land Buchverleger zu finden, weshalb einige seiner Titel kurioserweise zwar in England und der BRD, nicht jedoch in den USA auf den Markt kamen. Ausschließlich auf Deutsch erschienene Kurzgeschichtensammlungen sind *Die stummen Schwingen* (1967) und *Basis Alpha* (1968).

Lords of the Psychon (1963; *Die gefangene Erde*, 1965); *The Last Leap* (1964; *Jenseits der Barrieren*, 1975); *The Lost Perception* (1966, amerikanischer Titel: *A Scourge of Dreamers*, 1968; *Weltraumschiff Nina meldet*, 1968); *Project Barrier* (1968; *Das Reich der Tele-Puppen*, 1975); *The Infinite Man* (1973).

Dark Universe
(1961; dt. *Dunkles Universum*, 1962)

Die Welt, in der der neugierige junge Jared Fenton lebt, besteht aus endlosen Höhlensystemen, ewiger Dunkelheit, Menschen, die im Infrarotbereich sehen, und dreihundertpfündigen, mutierten Fledermäusen, die eine große Gefahr darstellen. Die Bewohner des »dunklen Universums« sind die Nachkommen von Überlebenden eines nuklearen Vernichtungskrieges, der die Erde aus den Angeln gerissen und die Menschheit vernichtet hat. Bevor es dazu kam, hat die US-Regierung siebzehn Überlebenskomplexe einrichten lassen, unterirdische Kavernensysteme, die über alles verfügen, was die Überlebenden während des langen Wartens auf den Tag, an dem die Oberfläche wieder bewohnbar sein wird, benötigen. Während in den anderen Überlebenskomplexen soweit alles nach Plan verlaufen ist, wurden die Bewohner von Nr. 11 aufgrund eines maschinellen Defekts gezwungen, die für sie vorbereiteten Unterkünfte zu verlassen und sich in einen tieferliegenden Bereich zurückzuziehen, der noch nicht ausgebaut war und dazu dienen sollte, einen später zu erwartenden Bevölkerungsüberschuß aufzunehmen. Die Bewohner des dunklen Universums haben ihr Augenlicht verloren, aber ihre restlichen Sinne – speziell das Gehör – verfeinern können. Mit dem Rückzug in die Tiefe hat sich außerdem ihr Wissen um die reale Welt verloren. Die Erdoberfläche ist zu einem Mythos geworden, um den sich allerlei abergläubische Spekulationen ranken, in denen das Licht Gott symbolisiert. Als Jared Fenton, von Neugier geplagt, zusammen mit seiner Gefährtin Della Anselm aufbricht, um das Geheimnis der Oberwelt zu lüften, wird seine Reise zu einer Odyssee des Schreckens, denn die Gänge, die sie hinter sich bringen müssen, sind zahlreich und gefährlich, und als er schließlich die Oberfläche erreicht, ist sie für ihn dermaßen fremd und furchteinflößend, daß er entsetzt in die ewige Finsternis zurückflüchtet. Die Abgeschlossenheit der Bewohner von Überlebenskomplex 11 ist aber inzwischen nicht unbemerkt geblieben. Die Bewohner anderer Ebenen, die mittlerweile dabei sind, sich ihren Weg nach oben ebenfalls zurückzuerobern, werden Jared und den Seinen bei der Gewöhnung an die neue Welt Hilfestellung leisten.

»*Dark Universe* ist ein ausgezeichnetes Beispiel dafür, was die Science Fiction leisten kann, wenn sie sich bemüht, ihr Bestes zu geben. Es ist eine Abenteuergeschichte aus einem Guß, die einem keine Atempause gestattet. Nur wenige Leser werden diesen Roman nach Beendigung der Lektüre vergessen können« (C. B. Yoke).

Simulacron – 3
(1964, englischer Titel: *Counterfeit World*, 1964; dt. *Welt am Draht*, 1965)

In der Forschungsabteilung der auf Kybernetik und Zukunftsforschung spezialisierten Firma TEAG können mit Hilfe des Spezialcomputers »Simulacron« (generischer Begriff aus der Science Fiction für jemanden oder etwas, das verdoppelt bzw. als imaginäres Bild erzeugt wird) politische, gesellschaftliche oder ökonomische Vorgänge der Zukunft derart exakt simuliert werden, als fänden sie bereits heute statt. Hannon J. Fuller, der Leiter des Forschungsprojekts, begeht eines Tages unter mysteriösen Umständen Selbstmord. Nachfolger wird sein engster Mitarbeiter Douglas Hall, der nicht an einen Suizid glaubt und behauptet, daß der Chef verschwunden sei. Sein Verhalten bringt ihm Schwierigkeiten mit der Polizei ein. Bald darauf geschieht etwas absolut Unglaubliches: Morton Lynch, der Sicherheitsbeauftragte der TEAG, verschwindet vor den Augen Halls im Nichts. Niemand will ihn je gekannt haben. Seinen plötzlichen Nachfolger Joe Gadsen hingegen kennt jeder. Der Direktor der TEAG, der Simulacron zusammen mit anderen Wirtschaftskapitänen für politische Machenschaften einsetzen will, übt auf Hall Pressionen aus. Dr. Avery Collingsworth, ein Projektmitarbeiter, der für eine systemkritisch eingestellte Organisation arbeitet, führt sich plötzlich seltsam auf. Es gelingt Hall herauszufinden, daß der vermeintliche Collingsworth nicht der ist, der zu sein er vorgibt. Der echte hat sich in die Simula-

tion eingeschaltet und ist von einem der künstlich erzeugten »Wesen« Simulacrons übernommen worden. Von dieser Entität erfährt Hall etwas Schreckliches: Auch die Welt, in der er lebt und die er für absolut real hält, ist nichts anderes als das Simulationsmodell eines Computers aus einer übergeordneten Welt. Jeder, der die Wahrheit herausfindet, wird kaltblütig vom »Großen Simulations-Elektroniker« abgeschaltet. Auf diese Weise sind auch Fuller und Lynch ›gestorben‹. Auch Collingsworth muß daran glauben. Als Hall bemerkt, daß sich die ihn umgebende ›Realität‹ (gemeint ist damit unsere heutige Welt) drastisch verändert, weiß er, daß man auch ihm nach dem ›Leben‹ trachtet. Er flieht und stößt auf Joan »Jinx« Fuller, die Tochter seines verschwundenen Chefs, die ihm aber erklärt, die Projektion der wahren Joan aus der realen Welt zu sein. Da sie sich in Hall, der dem Großen Simulations-Elektroniker zum Verwechseln ähnlich sieht, im Gegensatz zu diesem aber weitaus menschlichere Züge aufweist, verliebt hat, stellt sie einen Kontakt mit der Wirklichkeit her und bringt es fertig, ihn – bevor die Anlage abgeschaltet wird – dorthin mitzunehmen, wo er im Körper desjenigen, der bisher an den Fäden gezogen hat, erwacht.
Simulacron – 3 ist ein zutiefst pessimistischer Roman, in dem die Menschen dem Schicksal völlig ausgeliefert sind. Positiver stellt sich die 1973 von Rainer W. Fassbinder erstellte Filmversion dar, die dem Fatalismus Widerstand entgegensetzt.

GANDON, YVES
(*1899)

Französischer Schriftsteller. G. verfaßte neben mehreren anderen Büchern auch einige SF-Romane, von denen *Le dernier blanc* (1945) der bekannteste wurde. Andere genreverwandte Bücher aus seiner Feder sind *Après les hommes* (1963) und *La ville invisible. Après les hommes* berichtet von einer ferromagnetischen Rasse erleuchteter Ethiker. Neben Mainstream-Erzählungen enthält auch sein Sammelband *En pays singulier* einige SF-Texte.

Le dernier blanc (1945; *Der letzte Weiße,* 1948); *En pays singulier* (1949); *La ville invisible* (1953); *Après les hommes* (1963).

GANSOVSKIJ, SEVER (FELIKSOVIČ)
(*1918)

Geboren in Kiew. G. war Schiffsjunge und Matrose, Schauermann und Elektromonteur, besuchte die Abendschule, arbeitete nach einer Kriegsverletzung auf einem Gestüt in Kasachstan, studierte nach Kriegsende in Leningrad an der Philosophischen Fakultät und lebt heute als Schriftsteller in Moskau. G. schrieb schon als Student für Zeitungen und Zeitschriften, verfaßte Bühnenstücke und Erzählungen für Kinder und wurde mehrfach mit Preisen ausgezeichnet. Seit 1963 veröffentlicht er SF und gehört zu den besten Autoren von Erzählungen in der SF der UdSSR.

Šagi v neizvestnoe (C, 1963; »Schritte ins Ungewisse«); *Šest' geniev* (C, 1965; »Der sechste Genius«); *Tri šaga k opasnosti* (C, 1969; »Drei Schritte auf die Gefahr zu«); *Idet Čelovek* (C, 1971; »Der Mensch kommt«); *Vinsent van Gog*; (*Vincent van Gogh*, 1972).

GARNETT, DAVID S.
(*1947)

Geboren in Liverpool. G. schrieb seinen ersten Roman, *Mirror in the Sky* (1969), noch während seines Studiums der Wirtschaftswissenschaften. Bis 1976 wurden weitere fünf SF-Bücher von ihm veröffentlicht, unter denen *The Star Seekers* (1971) und *Time in Eclipse* (1974) herausragen.

Mirror in the Sky
(1969; dt. *Das Rätsel der Creeps*, 1977)

Kaum ist die Menschheit in den interstellaren Raum vorgedrungen, wird sie in einen gnadenlosen Krieg mit einer anderen Rasse verwickelt. Die »Creeps« sind erbitterte Gegner der Menschen und bekämpfen sie voller Haß, obwohl jedes Motiv dafür fehlt. Das Kriegsgeschehen wird aus der Sicht eines kleinen Soldaten geschildert, der mit seinen Kameraden in Truppentransportern gepfercht und unter Drogen ins Kampfgebiet geschickt wird, wobei die Raumkoordinaten meist nicht einmal den Kapitänen selbst bekannt sind. Überdies bleibt der Feind seltsam gesichtslos und anonym. Die Creeps sehen aus wie Menschen und tragen dieselben

Kampfanzüge, die sich nur durch ein rotes Kreuz von denen der irdischen Truppen unterscheiden. Der Krieg wird bestimmt von sinnlosen Aktionen und einem erschreckenden Dilettantismus der Befehlshaber, der immer wieder blutige Menschenopfer fordert. Planeten werden erobert, Planeten gehen verloren, aber insgesamt tritt man auf der Stelle. Schon bald keimt in dem Soldaten ein schrecklicher Verdacht, der sich zur Gewißheit verdichtet: Die Creeps sind in Wirklichkeit auch Menschen, die mit denselben Instruktionen ausgestattet auf ihre Artgenossen gehetzt werden. Alles an dem Krieg ist Lüge und Show, nur die Gefechte und die Toten sind echt. Um überleben zu können, muß er dieses Wissen möglichst schnell wieder vergessen.

Mirror in the Sky ist ein schockierender und kompromißloser Roman gegen den Krieg. Aber er ist noch mehr. Da in der knappen Diktion der Handlung kein Wort über die Gründe und Absichten der Machthabenden verloren wird, findet sich der Leser in einem kafkaesken System, dem der Protagonist, und im übertragenen Sinne auch er selbst, hilflos ausgeliefert ist. Der Leser wird nur mit Tatsachen konfrontiert, und alle Fragen, die mit ihnen verbunden sind, muß er sich selbst beantworten. Das macht *Mirror in the Sky* zu einem explosiven Roman.

GARRETT, RANDALL (PHILLIPS)
(*1927)

Amerikanischer Autor. G. schreibt seit 1951 unter eigenem Namen sowie einer Vielzahl von Pseudonymen, etwa Darrel T. Langart, David Gordon sowie unter etlichen Verlagspseudonymen. Sein bekanntestes Pseudonym ist wahrscheinlich Robert Randall, jener Name, unter dem einige von G. und Robert Silverberg gemeinsam verfaßte Titel erschienen sind. Ebenfalls sehr bekannt: Mark Phillips, ein Pseudonym für Koproduktionen, dieses Mal mit Lawrence M. Janifer. G. ist im wesentlichen ein Autor reiner SF-Unterhaltung, wenngleich er durch gute Ideen und gelegentlichen Witz vergleichbare Autoren übertrifft.

Herausragend sind vor allem seine mit Silverberg gemeinsam verfaßten Romane *The Shrouded Planet* (1957) und die Fortsetzung *The Dawning Light* (1959), beides Abenteuergeschichten auf dem von Aliens bewohnten Planeten »Nidor« kurz vor der dortigen industriellen Revolution. Ebenfalls von recht hohem Unterhaltungswert sind drei gemeinsam mit Janifer verfaßten Romane über Psi-Phänomene. G.s beste und beliebteste Serie dürfte die Lord-Darcy-Serie sein, deren Einzelabenteuer auch in drei Sammelbänden vorliegen (Titel des bekanntesten dieser Bände: *Too Many Magicians*). Es geht darin um einen Detektiv in einer Gesellschaft, in der Magie möglich ist.

Too Many Magicians (1967; *Komplott der Zauberer*, 1981); *Unwise Child* (1962; *Das elektronische Genie*, 1963); *Anything You Can Do* (1963; *Die fremde Macht*, 1963).

GASBARRA, FELIX
(*1895)

Geboren in Rom, lebt heute in Bozen, schreibt in deutscher Sprache. G. promovierte und betätigte sich anschließend als Journalist und Schriftsteller. Er leitete ein politisch-satirisches Blatt, war ein Mitstreiter von Erwin Piscator – mit dem zusammen er 1929 das Buch *Das politische Theater* veröffentlichte – und verlegte später sein Hauptinteresse auf die Rundfunkarbeit. G. ist ein renommierter Hörspielautor und schrieb u. a. das utopische Hörspiel *Mond hin und zurück* (1966). Sein einziger Roman ist die 1968 erschienene *Schule der Planeten*.

Schule der Planeten
(1968)

Jonathan Swift, der Protagonist, erhält eines Tages überraschend Besuch von der von ihm geschaffenen Figur Gulliver und wird von diesem eingeladen, mit dessen Himmelsschiff (das aus einem Material besteht, das der Schwerkraft nicht unterworfen ist) eine Weltraumreise zu unternehmen. Zusammen besuchen sie verschiedene Planeten, deren Bewohner in übersteigerter Form die eine oder andere Verhaltensweise der Menschen widerspiegeln. So trifft man beispielsweise auf die schweineähnlichen »Mnus«, die sich in einer Welt von Kot und Gestank ihren sexuellen Trieben und Freßgelüsten hingeben; auf das robotische Volk der »Mecs«, das Dinge produziert, die niemand gebrauchen kann; auf überdimensionale Fledermäuse (»Bats«), die sich von Kaninchen ernähren und sich durch den Glauben an den »Großen Bat« willig bei der Stange halten und unterdrücken lassen. Ein anderer Planet hat eine so elastische Oberfläche, daß sich die Bewohner mit riesigen Sprüngen voranbewegen, ganz unmotiviert aus dem Stand aufspringen und nie genau wissen, wo sie ankommen werden. Es gibt hier »Matis« und »Besidesen«, wobei erstere darauf bestehen, die Umwelt anders zu sehen, als sie ist, ihren Augen mißtrauen, sich aus Prinzip neben die Stühle setzen und die Nahrung an ihrem Mund vorbeischieben. Auf einem Satelliten findet man die »Rumoraken«, die ihre Lebensaufgabe darin sehen, unablässig soviel Lärm wie nur möglich zu machen und ihre ganze Kultur für diesen Nonsens einspannen. Schließlich landen Swift und Gulliver bei den »Stiltonen«, deren Ansehen nach der Höhe der Stelzen bemessen wird, auf denen sie sich fortbewegen. Dieser Planet hat auch eine Stadt aufzuweisen, in der die Leute sich unablässig etwas vormachen: Da gibt es Musikkapellen, die spielen, ohne daß man auch nur den geringsten Ton zu hören bekommt, und ein Theater, in dem das Publikum stundenlang vor dem geschlossenen Vorhang sitzt, um schließlich in begeisterte Ovationen auszubrechen. Man kehrt wieder auf die Erde zurück, und wie ein Kneipenwirt berichtet, soll Swift in seinem Freundeskreis von einer weiteren Welt erzählt haben: einem Utopia ohne Mängel – das der Wirt aber für einen ausgemachten Schwindel hält.

GASKELL, JANE
(*1941)

Pseudonym der englischen Autorin Jane Gaskell Lynch, geboren in Grange-over-Sands, Lancashire. G. wurde zu Hause von ihren Eltern erzogen und geschult und ist heute von Beruf Journalistin bei der Londoner *Daily Mail.* Sie verfaßte im Laufe ihrer Karriere über ein Dutzend Bücher, von denen allerdings keines große Verbreitung gefunden hat, abgesehen von ihrer Atlantis-Trilogie. Ihr erstes Buch erschien schon 1957, ein Märchen mit dem Titel *Strange Evil.* Später folgten *King's Daughter* (1958), *The Shiny Narrow Grin* (1964) und *Some Summer Lands* (1977), die beiden letztgenannten sind Fantasy-Romane. Am bekanntesten wurde ihr großes episches Fantasy-Werk, die Atlantis-Trilogie, bestehend aus *The Serpent* (1963), *Atlan* (1965) und *The City* (1966).

Strange Evil (1957); *The Shiny Narrow Grin* (1964); *Some Summer Lands* (1977).

Atlantis-Trilogie

The Serpent (1963; dt. *Der Turm der Göttin*, 1976, und *Der Drache*, 1976); **Atlan** (1965; dt. *Im Reich der Atlantiden*, 1976); **The City** (1966; dt. *Im Land der Affenmenschen*, 1977)

Die umfangreiche Trilogie erzählt die Geschichte vom Untergang des geheimnisvollen Kontinents Atlantis. Hauptperson ist das Mädchen Cija, das abgeschieden von der Welt aufwächst und schließlich unter Zwang den Feldherrn Zerd heiraten muß. Sie wird dadurch in verschiedene Intrigen und Streitigkeiten verstrickt und gerät in den schwelenden Konflikt zwischen den Menschen des Nordens und den Bewohnern der Inselstaaten, der darin gipfelt, daß ihr Gatte den Kontinent Atlantis erobert und sie zur Kaiserin macht.
Doch Zerds Thron ist keinesfalls sicher. In seiner Abwesenheit wird er gestürzt, Cija wird nach ihrer Flucht aus der besetzten Hauptstadt in eine Festung gebracht, wo ihr eigener Gemahl sie festhalten läßt und ein gewagtes politisches Spiel mit ihr treibt, um die eigene Haut zu retten. Schließlich kann sie fliehen und entkommt ins Land der Affenmenschen, den Vorläufern des heutigen Menschengeschlechts.
Die Atlantis-Trilogie ist ein frühes Beispiel der modernen, nach-Tolkienschen Fantasy. Trotz ihres breitangelegten Konzepts kann sie sich jedoch nicht von den Klischees des Genres – namentlich überflüssiger Gewalt- und peinlicher Sexszenen – befreien und ragt deshalb letztlich auch nicht aus dessen Mittelmaß heraus.

GASPARINI, GUSTAVO
(*1930)

Italienischer Schriftsteller, studierte moderne Sprachen an der Universität von Venedig. Zahlreiche Reisen durch Europa. Verfasser vieler

Kurzgeschichten und Novellen, die in italienischen und anderssprachigen Magazinen und Anthologien erschienen. Sein Roman *La donna immortale* erhielt 1975 einen Literaturpreis. Seine Texte werden in Italien als ›Meta-SF‹ bezeichnet und zeichnen sich durch einen rasanten Erzählstil aus.

Le vele del tempo (1972); *Il castello dell' ombra* (1979);

La donna immortale
(1974)

In diesem Roman, dessen Titel »Das unsterbliche Weib« bedeutet, werden die Menschen von angsterzeugenden Träumen heimgesucht, in denen sie mit einer fremden Welt konfrontiert werden, die von einem saturnähnlichen Ring umgeben ist und von Riesen bewohnt wird. Ein italienischer Physiker zeichnet die Gehirnwellen der Träumer auf, und es gelingt ihm, aus den Diagrammen Schlüsse zu ziehen, die ihm erlauben, mit seiner Geliebten und einem befreundeten Psychoanalytiker in sie einzudringen. Er findet heraus, daß es sich dabei um die Erde handelt, wie sie vor Hunderttausenden von Jahren war. Die Riesen sind wissenschaftlich-technisch hochentwickelt; Roboter stehen ihnen zur Seite. Der drohende Absturz des Rings macht ihnen jedoch zu schaffen. Ihr kollektives Unterbewußtsein befähigt sie, mittels geistiger Projektionen die Erde der Gegenwart zu erreichen. Es gelingt dem Psychoanalytiker, die Königin dieser Welt zu behandeln, woraufhin die Riesen das Aussterben ihrer Rasse resignierend hinnehmen und das zweite auf ihrer Welt lebende Volk – kleine, halbwilde Wesen mit Menschenähnlichkeit – zu unseren Vorfahren heranziehen.

GERNSBACK, HUGO
(1884–1967)

Geboren in Luxemburg; amerikanischer Zeitschriftenverleger und Gelegenheitsschriftsteller. G. kam 1903 in die USA und eröffnete in New York City einen Versandhandel für Radiobastler. Aus seinen Angebotskatalogen erwuchs schließlich die populärwissenschaftliche Zeitschrift *Modern Electrics* (1908), die er hin und wieder mit utopischen Erzählungen auflockerte, die bei den Lesern sehr gut ankamen. 1926 gründete er das erste reine SF-Magazin, *Amazing Stories* (»Erstaunliche Geschichten«), das unter wechselnden Herausgebern und Verlegern bis in die achtziger Jahre überlebt hat, wenngleich die Zeiten, wo es zur Elite seines Genres gehörte, schon lange vorbei sind.

Man sagt G. nach, den Terminus ›Science Fiction‹ geprägt zu haben, aber wie der Brite Brian W. Aldiss nachweisen konnte, wurde dieser Begriff bereits 1851 von William Watson in seinem Buch *A Little Earnest Book upon a Grand Old Subject* verwendet. Auch der Mythos von *Amazing* als erstem SF-Magazin der Welt wurde inzwischen widerlegt: Der schwedische Autor Sam J. Lundwall wies darauf hin, daß es bereits ab 1916 in seinem Land das Blatt *Hugin* gab; auch dies war ein reines SF-Magazin. G. selbst ist als Autor einiger selbstverfaßter Münchhausen-Geschichten hervorgetreten, die zwischen 1915 und 1917 in seinem Blatt *Electrical Experimenter* erschienen, und hat die Romane *Ralph 124 C41+* (1925; *Ralph 124 C41+*, 1973) und *Ultimate World* (1971; *Invasion 1996*, 1973) geschrieben. Letztere sind erbärmliche Space Operas, jedoch enthält *Ralph* einige überraschend genaue technische Voraussagen.

Seit 1953 werden die besten SF-Produktionen aller nur erdenklichen Kategorien mit dem nach ihm »Hugo Award« benannten Preis ausgezeichnet.

Ralph 124 C41+
(1925; dt. *Ralph 124 C41+*, 1973)

Als G. 1911 für sein technisches Magazin *Modern Electrics* einen Lückenfüller benötigte, begann er mit einem Fortsetzungsroman, über dessen Verlauf er lediglich von einer Lieferung zur anderen entschied. Der Inhalt ist schnell referiert: Der Roman rankt sich um einen Helden, dessen ominöser, aus einer Zahlen- und Buchstabenkombination bestehender Nachname (wie ein amerikanischer Kritiker herausfand) die Bedeutung »one to foresee for one« hat. Ralph ist ein New Yorker Erfinder des Jahres 2660 (»einer der zehn Männer, die das Plus in ihrem Namen führen dürfen«), der für die Regierung offenbar so wichtig ist, daß sie ihm nicht einmal das Rauchen gestattet. Er liebt die Schweizerin Alice 212B423, der jedoch der

liebeshungrige Marsianer Llysanorh' CK 1618 nachstellt. Der Außerirdische entführt Alice und hält sie im Asteroidengürtel gefangen, aus dem Ralph sie befreien muß.
Ralph 124 C41+ gehört nicht zu den Werken, die man ihres Plots wegen liest. Motivation zur Lektüre kann höchstens die ›Ehrfurcht‹ vor dem Autor sein, der für sich in Anspruch genommen hat, »der Vater der Science Fiction« zu sein. Was den Roman jedoch interessant macht, sind die zahllosen ›Voraussagen‹, die Gernsback seinen Lesern lieferte, ohne auch nur zu ahnen, daß das technische Arsenal, das er für 2660 prognostizierte, bereits 60 Jahre nach dem ersten Erscheinen seines Romans allgemein benutzt würde: wandgroße Bildschirme, Radargeräte, Kunststoffe, rostfreie Stahllegierungen, Plastik, Hydrokulturen, Musikboxen, Tonbandgeräte, Mikrofilme, Fiberglas, Bildschirmtelefone, Jumbo-Jets und Elektroschocks.

GERROLD, DAVID

(*1944)

Pseudonym des amerikanischen Schriftstellers und Drehbuchautors David Jerrold Friedman, geboren in Chicago. G. studierte Theaterwissenschaften und arbeitete an der US-Fernsehserie *Star Trek* (*Raumschiff Enterprise*) mit. Zwei Sachbücher, in denen er seine Erfahrungen mit der TV-Branche niederlegte, sind *The Trouble with Tribbles* und *The World of Star Trek* (1973). Sein erster Roman war eine Kollaboration mit Larry Niven, *The Flying Sorcerers* (1971), aber schon ein Jahr darauf begründete er seinen Ruf als selbständiger Autor: *Space Skimmer* thematisiert die Suche eines Mannes nach den Überresten eines galaktischen Imperiums, *When Harlie Was One* behandelt das Thema einer Intelligenz entwickelnden Denkmaschine. *Yesterday's Children* schildert die Konflikte zweier Raumfahrer, und *The Man Who Folded Himself* ist ein verzwicktes Zeitreiseabenteuer, in dem der Protagonist, aufgrund von Zeitparadoxa mehrmals verdoppelt, sich mit sich selbst trifft und mit seinem anderen Ich eine homosexuelle Beziehung beginnt. G. hat sich auch als Förderer junger Talente einen Namen gemacht. Anthologien, die er mit Werken teilweise unbekannter Autoren gefüllt hat, sind *Generation* (1972, mit Stephen Goldin), *SF Emphasis* (1974) und *Alternities* (1974).

Space Skimmer (1972; *Raumspringer*, 1976); *When Harlie Was One* (1972; *Ich bin Harlie*, 1975); *Yesterday's Children* (1972); *The Man Who Folded Himself* (1973; *Zeitmaschinen gehen anders*, 1976); *Deathbeast* (1978; *Die Bestie*, 1979). – Aus der Serie »Planet der Affen«: *Battle for the Planet of the Apes* (1973; *Die Schlacht um den Planet der Affen*, 1977).

The Flying Sorcerers

(1971, zus. mit Larry Niven; dt. *Die fliegenden Zauberer*, 1976)

Ein irdischer Forscher landet auf einem primitiven, stammesmäßig organisierten Planeten, auf dem die Wissenschaft aufgrund verwickelter physikalischer Eigenarten und einer kosmischen Staubwolke, die den Planetenbewohnern den Blick auf den Sternenhimmel verwehrt, die Form von Zauberei angenommen hat. Natürlich gerät er sofort in einen Konflikt mit einem mächtigen einheimischen Zauberer, der in dem Fremdling einen unerwünschten Konkurrenten erblickt und ihm gleich zeigen will, wer hier der Herr ist. Um zu einem bestimmten Punkt zu gelangen, muß der Forscher (dessen Landungsboot den Angriffen des Zauberers zum Opfer fiel) die Eingeborenen dazu bewegen, sich in seine Dienste zu stellen, wobei er ein Tabu nach dem anderen bricht und seinen Gegner zur Weißglut treibt. Es gelingt ihm schließlich, ein mit Pedalen angetriebenes Luftschiff zu konstruieren und sein Ziel zu erreichen, wobei er sein ganzes Können einsetzen muß, um den Sabotageversuchen des neidischen Kontrahenten zu entgehen.
The Flying Sorcerers ist ein reiner Unterhaltungstitel humoristischer Ausrichtung. Innerhalb dieser Grenzen ist er ein gelungener, lustiger SF-Roman.

Moonstar Odyssey

(1977; dt. *Unter dem Mondstern*, 1978)

Das Thema der Zweigeschlechtlichkeit bzw. Bisexualität ist erst in den siebziger Jahren in Mode gekommen. Nach Ursula K. Le Guins *The Left Hand of Darkness* (1969), in dem die Protagonisten abwechselnd Männer und Frauen sind (und mithin für einige ihrer Kinder Mütter, für andere wiederum Väter sein können), schildert David Gerrold in *Moonstar Odyssey* mit »Satlin« eine lebensfeindliche Welt, deren menschliche Bewohner in einem Inselreich leben, das mit Hilfe von Kuppeln vor den Kräften der Natur geschützt wird. Was die auf dieser Welt lebenden Menschen von denen der Erde unterscheidet, ist, daß sie – solange sie Kinder sind – beide Geschlechter besitzen. Erst wenn die Pubertät eintritt, haben sie sich zu entscheiden, ob sie Reethe (Frau) oder Dakka (Mann) werden wollen. Im allgemeinen geht das auch gut, aber Jobe (wie alle Kinder wird auch dieses als eine ›sie‹ bezeichnet), die unter einem unguten Omen zur Welt kam, kann sich, als der Zeitpunkt der Wahl heranrückt, nicht entscheiden. Während ihre Kameradinnen eine Wahl treffen, ist sie noch damit beschäftigt, mit Puppen zu spielen, weswegen ihre große Familie beschließt, sie zur Selbstfindung auf die Insel Option zu schicken, wo die Unentschlossenen sexuelle Experimente anstellen können, bevor sie eine endgültige Entscheidung treffen. Auf Option wird Jobe ihre Andersartigkeit jedoch noch weitaus stärker bewußt, und sie kapselt sich von den anderen ab. Als sie die Nachricht erreicht, eine Katastrophe habe die Insel Kossarlin (von der sie stammt) heimgesucht und die schützende Kuppel beschädigt, verläßt sie das Experimentierfeld und arbeitet sich von Insel zu Insel an ihre Heimat heran, bis sie in der Hafenstadt Tarralon hängenbleibt. Die Docks von Tarralon werden zu ihrer neuen Heimat, und Jobe gibt sich, um zu überleben, gefühllos jedem/jeder hin, der/die für sie aufkommt, bis sie bei einer Bande von Straßenkindern landet und von Drogen berauscht ein Boot stiehlt, mit dem sie nach Kossarlin aufbricht. Die Insel ist evakuiert, alles ist verbrannt. Jobe besteigt das Boot erneut und läßt sich von einem Vogel nach Westen leiten, wo sie in einem Hospital erwacht und feststellt, daß sie die Frauenrolle gewählt hat, ohne sich dabei selbst zu finden. Ihre Odyssee endet in Konfusion.

Moonstar Odyssey ist trotz des offenen Endes ein Schritt vorwärts zu einer Science Fiction, die sich emanzipatorisch versteht und nicht mehr geschlechtsspezifische Rollen propagiert.

GESTON, MARK S(YMINGTON)
(*1946)

Geboren in Atlantic City. Studium der Geschichte in New York. Schon als Student beginnt G., Science-Fiction-Romane zu schreiben, und hat auf Anhieb Erfolg. 1967 erscheint der erste Band seiner Starship-Trilogie, die folgende Romane umfaßt: *Lords of the Starship* (1967), *Out of the Mouth of the Dragon* (1969) und *The Day Star* (1972). Vier Jahre später folgte *The Siege of Wonder.* G.s Erstling schildert den generationenlangen Bau eines gewaltigen Sternenschiffes, der Folgeband den letzten Krieg der Menschen entsprechend einer Jahrtausende währenden Kriegstradition, der alle Lebenskraft der Erde vernichtet. G. wird vor allem wegen seiner dramaturgisch geschickt konstruierten Handlungen und seines ungewöhnlichen Stils gelobt.

Lords of the Starship (1967; *Das Sternenschiff*, 1974); *Out of the Mouth of the Dragon* (1969; *Die Ruinenwelt*, 1975); *The Day Star* (1972; *Der Stern der Hoffnung*, 1975); *The Siege of Wonder* (1976).

GILBERT, STEPHEN
(*1912)

Geboren in Newcastle, Südwales. G. ist irischer Abstammung, und sein Vater besaß eine Großhandelsfirma für Samen und Tee in Belfast. G. war als Reporter für eine Zeitung tätig, wurde bei Kriegsausbruch als Kanonier eingezogen und war nach dem Kriege u. a. Sekretär der »Anti-Atombomben-Bewegung«. G. ist kein typischer SF-Autor, sondern schreibt Mainstream-Literatur. Er verfaßte zwei Romane, die der phantastischen Literatur bzw. der »Weird Fiction« angehören, und auch sein einziger Ausflug in die Science Fiction ist eher ein Horrorroman: *Ratman's Notebook*. Es geht darin um einen jungen Mann, der sich zu Ratten hingezogen fühlt, sich mit ihnen verständigt und gemeinsam mit ihnen die Welt der Menschen bekämpft. Dieses Buch wurde unter dem Titel *Willard* 1971 verfilmt.

The Landslide (1944); *Monkeyface* (1948); *Ratman's Notebook* (1968; *Aufstand der Ratten*, 1970).

GODWIN, FRANCIS
(1562–1633)

Englischer Bischof und Schriftsteller. Seine Utopie *The Man in the Moone: or a Discourse of a Voyage Thither by Domingo Gonsales the Speedy Messenger* (1638) ist ein frühes Beispiel phantastischer Reisen und ein Vorläufer der SF. *Ein Spanier im Mond*, wie der Roman auf deutsch heißt, war im 17. Jahrhundert äußerst populär und stellt nach HEINAR KÖHL »die erste rein unterhaltende Weltraumutopie dar«. Der Protagonist Domingo Gonsales gelangt mit einer von Schwänen gezogenen Flugmaschine auf den Mond und erlebt dort einige Abenteuer, bei denen G. anklingen läßt, daß Kopernikus mit seinen Theorien recht haben könnte. Durch seine große Verbreitung und die häufigen Neuauflagen einer der einflußreichsten SF-Vorläufer.

GODWIN, TOM
(*1915)

Amerikanischer Autor mit bislang drei Romanveröffentlichungen. G.s Name wird aber hauptsächlich mit der Story »The Cold Equations«, 1954 in *Astounding* erschienen, assoziiert, eine sentimentale Geschichte um ein Mädchen, das sich als blinder Passagier an Bord eines Raumschiffes schleicht und sterben muß, weil sein Mehrgewicht das Überleben einer Kolonie im Raum gefährdet. G. begann seine schriftstellerische Karriere ein Jahr zuvor im selben Magazin mit »The Gulf Between«. Seine Romane *The Survivors* (1958) und *The Space Barbarians* (1964) sind Routineabenteuer. Die von Menschen abstammenden Bewohner eines Gefängnisplaneten schütteln das Joch ihrer Unterdrükker ab und begegnen erfolgreich der Gefahr, die ein Phantomschiff bringt. Etwas anspruchsvoller ist *Beyond Another Sun* (1970).

The Survivors (1958; *Sie starben auf Ragnarok*, 1960); *The Space Barbarians* (1964; *Die Barbaren von Ragnarok*, 1973); *Beyond Another Sun* (1970).

GOLD, H(ORACE) L(EONARD)
(*1914)

Geboren in Montreal, aufgewachsen in New York. G. begann in den dreißiger Jahren SF zu schreiben und veröffentlichte eine ganze Reihe Stories unter den Pseudonymen Clyde Crane Campbell und Leigh Keith. Später war er Mitherausgeber der Magazine *Captain Future*, *Startling Stories* und *Thrilling Wonder Stories*. 1950 gab er *Galaxy* heraus, das er vom Start weg zu einem der führenden SF-Magazine der fünfziger Jahre machte. Als Herausgeber nahm G. ähnlichen Einfluß auf seine Autoren, wie dies John W. Campbell jr. bei *Astounding* getan hatte, nur legte er im Gegensatz zu letzterem größeren Wert auf psychologische Stories und die Geistes- bzw. Gesellschaftswissenschaften als Hintergrund. G. war auch Herausgeber von *Beyond Fantasy Fiction*, den *Galaxy Science Fiction Novels* und einer großen Zahl von Auswahlbänden aus dem Magazin *Galaxy*, die im Taschenbuchformat erschienen. Eine Sammlung mit eigenen Kurzgeschichten ist *The Old Die Rich* (1955).

GOLDIN, STEPHEN (CHARLES)
(*1947)

Geboren in Philadelphia. G. besuchte die Universität von Kalifornien, an der er 1968 graduierte. Seine erste Geschichte, »The Girls of USSF 193«, veröffentlichte er 1965 in *Worlds of If*. Seine Romane und Erzählungen sind meist gediegene Abenteuer-SF mit leicht sozialkritischem Hintergrund, in denen besonders soziale und gesellschaftliche Gegebenheiten treffend gezeichnet sind. Bekannt wurde er u. a. dadurch, daß er nach Notizen von E. E. Smith die Family-D'Alembert-Serie schrieb.

Herds (1975); *Caravan* (1975); *The Imperial Stars* (1976; *Die stählerne Festung*, 1977); *Strangler's Moon* (1976; *Der Killer-Mond*, 1977); *The Clockwork Traitor* (1977; *Die Robot-Bombe*, 1977); *Getaway World* (1977; *Der Asyl-Planet*, 1978); *Assault on the Gods* (1977; *Anschlag auf die Götter*, 1979); *Appointment at Bloodstar* (1978; *Treffpunkt Todesstern*, 1979); *The Purity Plot* (1978; *Das Puritaner-Komplott*,

1979); *Trek to Madworld* (1978; *Das private Universum*, 1980).

Scavenger Hunt
(1976; dt. *Scavenger-Jagd*, 1978)

Alle zwanzig Jahre findet die Scavenger-Jagd statt, eine Art von galaktischem Wettrennen, bei dem auf mehreren Planeten Artefakte gesammelt werden müssen. Wer zuerst alle Aufgaben gelöst hat, ist Sieger. Die Scavenger-Jagd ist *das* gesellschaftliche Ereignis, bei dem sich Neureiche und die Schickeria der ganzen Galaxis treffen. Doch beim neuesten Rennen wird die Freude der Oberschicht getrübt, denn in die Startlisten hat sich auch ein künstlicher Mensch eintragen lassen, ein Androide. Durch sein Unterfangen, mit dem die Androiden auf ihren schlechten gesellschaftlichen Status hinweisen wollen, hat er einen noch nie dagewesenen Affront gegenüber der Gesellschaft begangen. Man schneidet ihn und legt ihm Steine in den Weg, wo es nur geht. Er verliebt sich in Tyla de Vrie, eine eiskalte, berechnende Frau, die den Sieg über alles stellt. Zunächst erwidert sie seine Liebe nicht, verfolgt ihn sogar mit Haß und Spott, doch sie verliebt sich ebenfalls in ihn, und als er auf einem Höllenplaneten verunglückt, zögert sie nicht, ihm zu Hilfe zu kommen, obwohl sie deswegen das Rennen verliert. Sie muß erkennen, daß es wichtigere Dinge im Leben gibt als nur den Sieg bei einer solchen Veranstaltung.
Scavenger Hunt ist ein Roman in der Tradition der großen Space Operas, von denen er sich allerdings hinsichtlich stilistischer Qualitäten deutlich positiv abhebt. Gut durchdachte gesellschaftliche Hintergründe und eine Spur Sozialkritik runden eine abenteuerliche, spannende Handlung ab. Der Roman ist im Zusammenhang mit einer Wiederbelebung der Space Opera in den siebziger Jahren zu sehen und kann innerhalb dieses Trends als Wegbereiter mit neuen interessanten Akzenten gelten.

GOLDING, WILLIAM (GERALD)
(*1911)

Geboren in Columb Minor, Cornwall. G. ging in Oxford zur Schule. Bereits vor dem Krieg publizierte er einen Gedichtband, *Poems* (1934). Er nahm als Marineoffizier am Zweiten Weltkrieg teil und war danach Provinzlehrer. 1954 erschien sein erster und bis heute bekanntester Roman *Lord of the Flies*, der die Geschichte von Kindern erzählt, deren Flugzeug auf einer abgelegenen Insel notlandet. Dort sinken sie auf eine archaische, barbarische Kulturstufe zurück, wobei der äußere Rahmen eines Atomkrieges das Buch per se in den SF-Bereich verweist. *The Inheritors* ist ein anthropologischer SF-Roman, der die Ablösung des Neandertalers durch den intelligenteren und gerisseneren Cro-Magnon-Menschen schildert. In gewisser Weise kann dieses Buch als eine Reaktion auf H. G. Wells' 1921 entstandene Geschichte »The Grisly Folk« angesehen werden. *Pincher Martin* ähnelt vom Aufbau her der Geschichte »An Occurence at Owl Creek Bridge« von Bierce. Schließlich bliebe noch die Erzählung »Envoy Extraordinaire« zu erwähnen, die in der Anthologie *Sometimes Never* (1956) zusammen mit Stories von Wyndham und Mervin Peake erschien und 1958 zum Theaterstück *The Brass Butterfly* umgestaltet wurde. G.s Werk ist häufig zwischen SF und Mainstream angesiedelt, jedenfalls hat er beide Gattungen beeinflußt.

Lord of the Flies (1954; *Der Herr der Fliegen*, 1957); *The Inheritors* (1955; *Die Erben*, 1964); *Pincher Martin* (1956; *Der Felsen des zweiten Todes*, 1960).

GOR, GENNADIJ
(*1907)

Pseudonym für Gdalij Samojlovič Gor, geboren in Verchneudinsk, (Rußland). G. studierte Ethnographie in Leningrad und betätigt sich seit 1925 als Autor. Er wandte sich erst 1961 mit ersten Erzählungen der SF zu und ist seither häufiger mit längeren Erzählungen und Romanen hervorgetreten. Dennoch liegt sein Hauptwerk – insgesamt veröffentlichte er bislang über 20 Bücher – außerhalb der Science Fiction. G. ist ein guter Erzähler, der eher in der Tradition der phantastischen Literatur steht und bisweilen auch modernisierte Sujets daraus verwendet.

Elektronnyj Mel'mot (1964; *Der elektronische Melmoth,* 1967); *Izvajanie* (1972; *Die Statue*, 1978); *Geometričeskij les* (C, 1973; »Der geometrische Wald«).

GORDON, REX
(*1917)

Pseudonym des englischen Schriftstellers S(tanley) B(ennet) Hough, geboren in Treston, Lancashire, der auch unter seinem wirklichen Namen einiges veröffentlichte, besonders zu erwähnen der im Grenzbereich der SF angesiedelte Thriller *Extinction Bomber* (1956). G.s erste Publikation im SF-Feld war *Utopia 239* (1955). In *No Man Friday*, seinem besten Buch, auch erschienen als *First on Mars*, verlegt er Defoes *Robinson Crusoe* auf den Mars. Thematisch ähnlich ist das Buch *First to the Stars* (1959; anderer Titel: *The Worlds of Eclos*): Ein Mann und eine Frau müssen auf einem unbekannten Planeten notlanden und versuchen zu überleben. *First through Time* (1962; anderer Titel: *The Time Factor*) ist eine Zeitreisegeschichte, die viele der gängigen Ansichten über Zukunftsvorhersagen in Frage stellt.

Utopia 239 (1955); *No Man Friday* (1956; *Der Mars-Robinson*, 1964); *First to the Stars* (1959; *Im Kosmos verschollen*, 1963); *First through Time* (1962; *Der Zeitfaktor*, 1966); *Utopia Minus X* (1966; anderer Titel: *The Paw of God*); *The Yellow Fraction* (1969).

GORDON, STUART
(*1947)

Pseudonym des schottischen Autors Richard Gordon, der auch unter dem Namen Alex R. Stuart veröffentlicht. Er publizierte seine erste SF-Story, »A Light in the Sky«, 1965 in *New Worlds.* Sein erster SF-Roman, *Time Story* (1972), handelt von einem Kriminellen, der per Zeitreise versucht, seiner gerechten Strafe zu entgehen. 1975 folgte *Suaine and the Crow-God.* Erwähnenswert ist schließlich noch seine Trilogie *One-Eye* (1973), *Two-Eyes* (1974) und *Three-Eyes* (1975), angesiedelt in einer Welt nach dem Atomkrieg, in der Menschen gegen den genetischen Verfall ankämpfen.
Unter seinem zweiten Pseudonym, Alex R. Stuart, veröffentlichte er einige Bücher, die nur am Rande mit SF zu tun haben, namentlich *The Devil's Rider* (1973) und *The Bike from Hell* (1973).

Time Story (1972); *One-Eye* (1973; *Messias der Mutanten*, 1980); *The Devil's Rider* (1973); *The Bike from Hell* (1973); *Two-Eyes* (1974; *Gesang der Mutanten*, 1980); *Suaine and the Crow-God* (1975; *Der Krähengott*, 1978); *Three-Eyes* (1975; *Der Traum der Mutanten*, 1980).

GOTLIEB, PHYLLIS (FAY)
(*1926)

Geboren in Toronto; Studium dortselbst. G. hatte sich bereits während der fünfziger Jahre als Verfasserin von Gedichten einen Namen gemacht, als ihr Ehemann ihr riet, es zur Überwindung einer ›geistigen Flaute‹ mit dem Medium SF zu versuchen. Obwohl ihre erste phantastische Erzählung bereits 1959 in *Fantastic* erschien, dauerte es weitere fünf Jahre, ehe man Notiz von ihr nahm. Der Roman *Sunburst* (1964) behandelt das Heranwachsen einer Kindergruppe mit übersinnlichen Fähigkeiten und ihr Zurechtfinden in der Welt. *O Master Caliban!* (1976) spielt auf einem fremden Planeten, auf dem an jugendlichen Protagonisten Anpassungsexperimente vorgenommen werden.

Sunburst (1964; *Die Geißel des Lichts*, 1981); *O Master Caliban!* (1976; *Oh, Meister Caliban*, 1982).

GOULART, RON(ALD JOSEPH)
(*1933)

Geboren in Berkeley, Kalifornien. G., Sohn eines Fabrikarbeiters, erwarb an der Universität von Berkeley 1955 einen akademischen Grad und arbeitete anschließend in mehreren Werbeagenturen. Nachdem er bereits 1952 eine erste SF-Story veröffentlicht hatte (»Letters to the Editor« im *Magazine of Fantasy & Science Fiction*), widmete er sich neben seinem Hauptbroterwerb weiterhin dem Schreiben und entschloß sich 1960, freiberuflicher Schriftsteller zu werden. 1968 erschien mit *The Sword Swallower* sein erster Roman. Inzwischen hat er über 30 SF-Bücher, dazu einige Krimis und andere Texte veröffentlicht. Viele seiner SF-Stories und -Romane hängen thematisch zusammen bzw. spielen vor dem gleichen Hintergrund. Am bekanntesten wurden die Geschichten und Roma-

ne um das »Chamäleonkorps«, eine Gruppe von Geheimagenten, welche die besondere Fähigkeit haben, ihre Gestalt verändern zu können. Sowohl die Chamäleongeschichten als auch weitere Romane und Erzählungen sind wiederum Bestandteil des Handlungshintergrundes »Barnum-System«.
G., der auch das Sachbuch *Cheap Thrills: An Informal History of the Pulp Magazines* verfaßte, hat seinen eigenen, unverwechselbaren Schreibstil in der Science Fiction entwickelt: Er schreibt Humoresken und Satiren, in denen es immer wieder vor allem um defekte Roboter und falsch funktionierende Maschinen geht. Seine Romane sind meist sehr kurz und witzig. Allein *Capricorn One*, als Buch nach dem Film eine reine Auftragsarbeit, ist eine für ihn untypische Arbeit.

The Sword Swallower (1968); *After Things Fell Apart* (1970; *Als alles auseinanderfiel*, 1974); *Broke Down Engine* (C, 1971; *Maschinenschaden*, 1972); *The Cameleon Corps and Other Shape Changers* (C, 1972); *Wildsmith* (1972); *Shaggy Planet* (1973; *Die Androiden-Hölle*, 1976); *Flux* (1974); *Nemo* (1977; *Nemo*, 1979); *Capricorn One* (1978; *Unternehmen Capricorn*, 1979); *Das Chamäleonkorps* (C, 1982; dt. Originalzusammenstellung).

GRAF, OSKAR MARIA
(1894–1967)

Geboren in Berg, Starnberger See. G. hat mit *Die Eroberung der Welt* (1949); Neufassung: *Die Erben des Untergangs*, 1958) einen Roman über die Zeit nach einem Atomkrieg geschrieben, in dem Flüchtlingshorden ein Nomadendasein führen, bis sich nach etlichen Kämpfen ein einziger weltweiter Staat etablieren kann.

GRAMS, JAY
(*1940)

Pseudonym des deutschen Schriftstellers Jürgen Grasmück, geboren in Hanau. Er publizierte, seit seiner Kindheit an den Rollstuhl gefesselt, im Alter von 17 Jahren seinen ersten SF-Roman und schrieb bis in die sechziger Jahre hinein Space Operas für Leihbuch- und Heftchenverlage. Seit 1968 etwa ist er unter dem Pseudonym Dan Shocker vor allem als Verfasser sogenannter Grusel-Krimis tätig.

Herrscher über die Ewigkeit (1957); *Die Macht des Kosmos* (1957); *Feinde im Universum* (1958); *Geisterplaneten* (1960); *Tarko Tan* (1960); *Teleportations-Debakel* (1962); *Der Letzte von Tobor* (1963); *Welt ohne Sterne* (1964).

GRANT, C(HARLES) L.
(*1942)

Geboren in Newark, New Jersey. G. ist im SF- wie im Horror-Genre zu Hause und wurde für die Story »A Crowd of Shadows« (1976) mit dem »Nebula Award« ausgezeichnet. Er hat auch ein Handbuch für angehende SF-Autoren herausgegeben: *Writing & Selling Science Fiction* (1976). Seine bisherigen SF-Romane spielen hauptsächlich in einem krisen- und seuchengeschüttelten Amerika, in dem sich Feudalstrukturen und Stadtstaaten breitmachen.

The Shadow of Alpha (1976); *Ascension* (1977); *The Ravens of the Moon* (1978).

GRAY, GEORGE P.
(?)

Pseudonym der deutschen Schriftstellerin und Rundfunkredakteurin Gudrun Voigt, die unter dem gleichen Namen (teilweise zusammen mit ihrem Ehemann Karl Voigt) zahlreiche Kriminalromane verfaßt hat. In den fünfziger Jahren hat sie mehrere SF-Romane geschrieben, die in Leihbuchverlagen erschienen, der Space Opera zuzurechnen sind und durch in diesem Milieu ungewöhnliche Charakterschilderungen zu bestechen wußten.

Das blaue Netz (1958); *Geißel des Orion* (1958); *Der Marsrubin* (1958); *Retter aus zeitlosen Weiten* (1958); *Titanen im All* (1958); *Geburt der Venus* (1959); *Spur Roter Planet* (1959); *Heimat der Terraner* (1960).

GREEN, JOSEPH (LEE)
(*1931)

Geboren in Compass Lake, Florida. G. arbeitete zunächst als Labortechniker in einer Papierfabrik, dann als Verkäufer, schließlich beim Kennedy Space Center. Heute ist er als wissenschaftlicher Journalist tätig.
1962 verkaufte er seine erste Kurzgeschichte. Sein erster Roman, *The Loafers of Refuge*, erschien 1962/63 in Fortsetzungen in *New Worlds*, als Buch 1965. Viele seiner kürzeren Arbeiten sind in dem Band *An Affair with Genius* (1969) gesammelt. Sein bisher wohl bekanntester Roman ist *Gold the Man* (anderer Titel: *The Mind behind the Eye*), ein Buch, das sich mit den Themen Übermensch, Intelligenz und Außerirdischen auseinandersetzt.

The Loafers of Refuge (1965; *Welt der Chaoten*, 1978); *An Affair with Genius* (1969; *Experiment Genius*, 1970); *Gold the Man* (1971); *Conscience Interplanetary* (1972; *Meine Freunde, die Aliens*, 1981); *Star Probe* (1976; *Invasion aus dem Nichts*, 1976); *The Horde* (1976).

GREEN, ROLAND (JAMES)
(*1944)

Geboren in Bradford, Pennsylvania; Studium der Philologie an der Universität von Chicago. G. wollte zunächst Professor für politische Wissenschaften werden, wandte sich dann aber dem Schreiben von abenteuerlicher Fantasy, insbesondere der Sword & Sorcery zu. *Wandor's Ride* und *Wandor's Journey* erschienen unter seinem richtigen Namen; für die beinahe zwei Dutzend Bände starke Serie um den Geheimdienstler Richard Blade, der sich per geheimnisvoller Apparatur im Auftrag der britischen Regierung in archaische Parallelwelten versetzen läßt, erfand er das Gemeinschaftspseudonym Jeffrey Lord. G. hat selbst nur drei Titel dieser Serie verfaßt. Andere Bände wurden von Ray F. Nelson und anderen (anonymen) Autoren geschrieben.

Wandor's Ride (1973); *Wandor's Journey*. – Pseud. Jeffrey Lord: *Kingdom of Royth* (1974; *Von Piraten gestellt*, 1977); *Ice Dragon* (1974; *Der Eisdrache*, 1978); *Dimension of Dreams* (1974; *Dimension der Träume*, 1978).

GREG, PERCY
(1836–1889)

Englischer Historiker und Poet. Sein Roman *Across the Zodiac: The Story of a Wrecked Record* (1880) ist ein heute nahezu vergessenes Beispiel früher SF. Das Buch ist eine »Fantastic Voyage« oder »Voyage Imaginaire«, die schon viele Inhalte und Stilmittel späterer SF zeigt: eine Reise zum Mars mittels Antischwerkraftantrieb, ein utopischer Staat auf dem Mars, der bei näherem Hinsehen dystopische Züge aufweist, und eine auf Spannung abgestimmte Handlung.

GRIFFITH, GEORGE
(1857–1906)

Der britische Schriftsteller G. war zeitlebens ein Abenteurer; er unternahm sechs Weltreisen. Obwohl er zu seinen Lebzeiten recht bekannt war, sind seine Arbeiten heute nahezu vergessen. Als Klassiker der englischsprachigen SF gelten dennoch: *The Angel of the Revolution* (1893) und *Olga Romanoff* (1894).

Valdar (1895); *The Virgin of the Sun* (1898); *The Honeymoon in Space* (1901).

GRIGOR'EV, VLADIMIR
(*1935)

Russischer Autor. G. studierte an der Technischen Hochschule in Moskau und beteiligte sich später an Expeditionen nach Sibirien. Er veröffentlicht seit 1962 SF-Erzählungen. Sein erster Sammelband wurde auch in die deutsche Sprache übersetzt.

Aksiomy volšebnoj paločki (1967; *Axiome des Zauberstabs*, 1970).

GRIMAUD, MICHEL
(?)

Französischer Schriftsteller. Sein einziger bisher in die deutsche Sprache übertragener SF-Roman, *Soleil à crédit* (1975; *Sonne auf Kredit*, 1980), behandelt das Thema der Freizeitgestaltung im Jahre 2010. Die Menschheit lebt in riesigen, vollklimatisierten Städten, in denen man nie den Himmel sieht und das Einzelindividuum lediglich über einen bestimmten, ihm zugewiesenen Lebensraum verfügt. Während die breiten Bevölkerungsmassen ein weitgehend reglementiertes Leben führen, frönen die Privilegierten außerhalb der Städte einer »Waldreligion«, in der es Sonne und reine Luft gibt. Die Städte sind wahre Höllen aus Beton, bestehend aus ober- und unterirdischen Stockwerken, und die Bewohner werden von Lautsprechern geweckt. Patrizier, die sich auf Luftkissenfahrzeugen fortbewegen, dirigieren die Menschenmassen. Tüchtigen Städtern stehen vier Urlaubswochen pro Jahr zu. Wer seine Identitätskarte verliert, ist verloren, denn wer nicht registriert ist, erhält auch kein Essen. Aber es gibt auch eine revolutionäre Geheimorganisation, die sich das Ziel gesteckt hat, die Menschen aus ihrer tödlichen Lethargie zu reißen und sie dazu zu bringen, sich ihrer Probleme wieder selbst anzunehmen. Bart Gabor, der gerade ›Ferien‹ in einem künstlichen Indianerdorf gemacht hat, hat sich in Lya Sandoz, die Tochter eines mächtigen Regierungsbeamten verliebt, findet heraus, wo sie ihren nächsten Urlaub zu verbringen gedenkt, und bucht auf Kredit die gleiche Reise. Er macht Lyas Bekanntschaft und setzt sich mit ihr während der Ferien in einem Zigeunerwagen von den Mitreisenden ab. Daraufhin wird er in eine im untersten Stockwerk der Stadt befindliche Straffabrik eingewiesen, aus der er nur gegen Zahlung einer hohen Geldsumme wieder entlassen werden kann. Lya holt Gabor mit Hilfe ihrer Mutter dort heraus und zieht gegen den Willen ihres Vaters zu ihm in die Stadt, wo die beiden sich – da Gabor seinen Job verloren hat – mehr schlecht als recht durchschlagen. Zufälligerweise erkennt Lya bald darauf auf einem Foto den Berater ihres Vaters, den Gabor und sein der Geheimorganisation angehörender Bruder als den Anführer der Rebellen kennengelernt haben. Nun wird ihnen klar, warum die Organisation seit Jahren auf der Stelle tritt und die Polizei stets über ihre Treffen informiert war! Mit den anderen Mitgliedern ihrer Gruppe entwerfen sie einen Schlachtplan. Zehn Jahre später leiten Lya, Gabor und dessen Bruder ein Reisebüro, dessen Spezialität darin besteht, Fahrten in kleine Dörfer anzubieten, in denen jeder Urlauber einen Beruf ausüben muß. Die Dörfer bieten alles, was zu einem normalen Leben gehört, und wecken in den Menschen, die bisher durch die Teilnahme an »Abenteuer-Ferien« nur von ihren Problemen abgelenkt wurden, den Wunsch, das alte Leben neu zu entdecken. Unter dem Deckmantel dieses Reisebüros haben die drei einen legalen Kampf gegen das erstarrte System begonnen.

GUIN, WYMAN (WOODS)
(*1915)

Amerikanischer Autor, der in den fünfziger und sechziger Jahren im SF-Genre aktiv war. G. schrieb hauptsächlich Kurzgeschichten, von denen die besten in dem Sammelband *Living Way Out* (1967) vereinigt sind, so »Beyond Bedlam« (1951), eine brillante Novelle, die tausend Jahre in der Zukunft spielt. Drogen ermöglichen es, daß menschliche Körper im Fünf-Tage-Rhythmus jeweils von zwei Persönlichkeiten übernommen werden. Diese regulierte Schizophrenie sorgt für die Ausschaltung aller unterbewußter Aggressionen. Kriege, Auseinandersetzungen und Haß, aber auch Kunst und Leidenschaft verschwinden. Eine weitere bekannte Geschichte in diesem Band ist »Volpla« (1956). G.s einziger Roman, *The Standing Joy*, kam 1970 heraus und ist eine Parallelweltgeschichte; er konnte aber die Qualität seiner besten Stories nicht erreichen.

GUNN, JAMES E(DWIN)
(*1923)

Geboren in Kansas City, Missouri. G. studierte an der Universität von Kansas Journalismus und Englisch und lehrte später an dieser Hochschule beide Fächer. Nachdem er den Zweiten Weltkrieg bei der Marine im Pazifik verbracht hatte, begann er zu schreiben, zunächst Artikel für Zeitungen und Rundfunkstationen, ab 1949 SF. Seine SF-Erstveröffentlichung war die Story »Communications« in *Startling Stories*, die unter dem Pseudonym Edwin James erschien. Seine aktivste Zeit lag in den fünfziger Jahren, in denen sich G. als Verfasser von Kurzgeschichten und Novelletten profilierte. Er war kein

Romancier im engeren Sinn, denn die besten seiner Romane – *The Joy Makers* (1961), *The Immortals* (1962) und *The Listeners* (1972) – bestehen aus früher publizierten, überarbeiteten Kurztexten. Diese Bücher handeln von Problemen der näheren Zukunft und sondieren psychologische und soziologische Trends, während G.s erste Romane, *This Fortress World* (1955) und der in Zusammenarbeit mit Jack Williamson geschriebene *Star Bridge* (1955), eher zu den belangloseren Space Operas gehören. Insgesamt wurden von G. zwischen 1955 und 1980 sieben Romane und sieben Storysammlungen veröffentlicht, wobei viele der im letzten Jahrzehnt erschienenen Titel Neuzusammenstellungen früherer Kurzgeschichten oder Remakes waren. Sein einziger Roman der siebziger Jahre, *Kampus* (1977), konnte nicht überzeugen. Ein Volltreffer gelang ihm jedoch mit *Alternate Worlds* (1975), einer illustrierten Geschichte der Science Fiction, die einen »Special Hugo Award« gewann. G., der seit Anfang der siebziger Jahre Kurse über SF abhält und sich in letzter Zeit mehr der Sekundärliteratur des Genres zuwandte, ist auch der Herausgeber einer dreibändigen Anthologie, *The Road to Science Fiction* (1977–80), die die literarische Entwicklung der SF dokumentiert.

This Fortress World (1955; *Das Vermächtnis der Terraner*, 1973); *Star Bridge* (1955; *Brücke zwischen den Sternen*, 1960, zus. mit Jack Williamson); *Station in Space* (1958; *SF-Stories 70*, 1978); *The Joy Makers* (1961; *Wächter des Glücks*, 1966); *Future Imperfect* (1964; *Die Venus-Fabrik*, 1976); *Breaking Point* (1972; *Zeichen aus einer anderen Welt*, 1976); *Some Dreams Are Nightmares* (1974); *The Magicians* (1976); *Kampus* (1977).

The Immortals
(1962; dt. *Der Gamma-Stoff*, 1964)

Die Handlung des Romans beginnt in einer hypothetischen Gegenwart und erstreckt sich über etwa 150 Jahre. In Marshall Cartwrights Blut wird ein neuer Wirkstoff gefunden – der Gamma-Stoff. Dieser verhindert das Altern; Cartwright ist unsterblich. Die Unsterblichkeit bringt aber auch Gefahren für ihn mit sich, denn andere, Sterbliche, wollen an ihr partizipieren. Zunächst ist es der sterbende Millionär Leroy Weaver, der sich durch eine Transfusion mit Cartwrights Blut verjüngen läßt und ihn zu seiner persönlichen Blutbank machen will. Weaver steht auf dem Standpunkt: Mit Geld kann man alles kaufen, sogar die Unsterblichkeit. Er selbst scheitert zwar mit dieser Ansicht, aber nach seinem Tode ist es ein Konsortium von Millionären, das eine großangelegte Suche nach den Unsterblichen finanziert, die sich in den Untergrund abgesetzt haben. Die Jagd nach dem Blut der Unsterblichen hat begonnen, und es zeigt sich, wie Kapital und Medizin miteinander verbunden sind. Geld fließt der medizinischen Forschung in erster Linie von den Reichen zu, die ihrerseits wiederum bevorzugte Behandlung genießen, bis die Medizin fast nur noch für sie allein da ist. Das wird auch am Schauplatz der Handlung selbst deutlich. Die Stadt Kansas City verfällt zu einem riesigen Slum, während der Krankenhauskomplex in ihrem Zentrum immer protzigere Ausmaße annimmt. Im letzten Teil des Buches werden die Reichen als pervertierte, quasi-parasitäre Lebewesen geschildert. Einige Millionäre trotzen dem Tod mit dem Blut der wenigen Unsterblichen, derer sie habhaft werden konnten. Da sie aber über keine natürliche Immunität verfügen, müssen sie Krankheiten aller Art vermeiden und leben daher in antiseptischer Isolation. Auf der fieberhaften Flucht vor dem Tod haben sie zu leben verlernt. Ein ironischer Schluß, zumal Protagonist Russel Pearce am Ende den Weg zur Unsterblichkeit für jedermann findet.

The Immortals ist G.s bekanntester Roman, dessen sozialkritische, teilweise gegen das amerikanische Gesundheitswesen gerichteten Untertöne keinen Eingang in die 1969 ausgestrahlte Fernsehserie gleichen Titels fand. Dort wurde aus dem durchaus konfliktreichen Stoff eine banale Verfolgungsjagd.

The Listeners
(1972)

Thema des Romans sind Kommunikation und Verständigung unter einzelnen Menschen und zwischen der Menschheit und einer außerirdischen Zivilisation. In sechs Kapiteln – zuvor einzeln als Kurzgeschichten erschienen – schildert G. den Verlauf eines großen Projekts, das im Jahre 2025 beginnt. In Puerto Rico wird ein elektronischer Horchposten erstellt, der den Weltraum nach Signalen außerirdischer Kulturen abhört. Robert MacDonald ist Kopf dieses Projekts, ein idealer ›Lauscher‹. Seine Fähigkeit, anderen zuhören zu können, braucht er nicht nur bei seiner Arbeit, sondern er muß auch seinen gestreßten Mitarbeitern und seiner frustrierten Frau, die einen Selbstmordversuch unternimmt, zuhören können. Das Projekt erweist sich schließlich als erfolgreich; von »Capella«, einem 46 Lichtjahre entfernten Doppelsonnensystem, wird eine Botschaft empfangen, aber es wird noch weitere 93 Jahre dauern, bis Antwort auf die irdische Gegenbotschaft eintrifft. Bis dies im Jahr 2118 und im letzten Kapitel geschieht, entwirft G. ein Spektrum an Hoffnungen und Ängsten der Menschen, die irgendwie mit dem Projekt zu tun haben. Da sind Thomas und Mitchell, von Beruf Kommunikationsspezialisten, Autor der eine, PR-Mann der andere, die jedoch beide zur Kommunikation im privaten Bereich unfähig sind. Da ist Andrew White, Präsident der Vereinigten Staaten, der Kommunikationsprobleme mit seinem Sohn hat. Und schließlich Robert MacDonald jr., der seit 15 Jahren nicht mehr mit seinem berühmten Vater gesprochen hat und nach dessen Tod nach Puerto Rico zurückkehrt. Sie alle ziehen ihre Schlüsse aus dem Projekt und lernen grundsätzlich verschiedene Dinge daraus.

The Listeners ist ein Roman, der mit Zitaten aus wissenschaftlichen Werken über extraterrestrisches Leben und Kommunikationstheorie durchsetzt ist. Er wirkt sehr ambitioniert, aber G. geraten die Charaktere etwas zu seicht, und der Absicht, Verständnisprobleme zwischen Lebewesen aufzuzeigen, was noch durch allerlei literarische Anspielungen verstärkt wird, fehlt der rechte Rückhalt.

GUREVIČ, GEORGIJ (JOSIFOVIČ)
(*1917)

Geboren in Moskau. Der Sohn eines Architekten wurde Bergbauingenieur, wandte sich nach dem Ende des Zweiten Weltkriegs der Science Fiction zu und lebt seither als freiberuflicher Autor. Sein erster SF-Roman erschien 1946, und inzwischen hat er vierzehn Bücher veröffentlicht, ferner ein theoretisches Werk über die osteuropäische Science Fiction.

Einige seiner kürzeren Publikationen erschienen als Hefte in der DDR: *Jnej na pal'mach* (1953; *Rauhreif auf Palmen*, 1954); *Na prozračnoj planete* (1963; *Notsignale vom Planetoiden*, 1964); *Vos'minulevye* (1967; *Die Achtnulligen*, (1970).

Čelovek-raketa (1946, zus. mit Georgij V. Jasnyi; »Die Menschenrakete«); *Plenniki asteroida* (1962; »Die Gefangenen des Asteroiden«); *My – iz Solnečnoj sistemy* (1965); *Mestoroždenie vremeni* (1972; »Geburtsort der Zeit«); *Priglasneije v Cenit* (1974; »Einladung zum Zenit«).

GURK, PAUL
(1880–1953)

Pseudonym für Franz Grau, geboren in Frankfurt a. d. Oder. Der heute weithin unbekannte Autor war der Sohn eines Postkutschers und verlebte als Waise in Berlin eine schwere Jugend. Obwohl er bis 1900 eine Ausbildung als Volksschullehrer erhielt, entschied er sich für den Verwaltungsdienst bei der Stadt Berlin, den er 1924 als Stadtobersekretär quittierte. Wenn auch u. a. mit dem Kleistpreis 1921 ausgezeichnet und von Kennern geschätzt, lebte G. zuletzt arm und zurückgezogen: ein eigenwilliger Grübler, fern den literarischen Strömungen seiner Zeit, auf der Suche nach dem Sinn menschlicher Existenz. G. hinterließ ein umfangreiches Werk von über 30 Dramen. Seine epischen Arbeiten umfassen historische Stoffe aller Epochen, Märchen, Legenden, Romane. Darüber hinaus liegen Hörspiele und lyrische Arbeiten vor. G.s meisterhafte Großstadtromane gehören zu den besten ihrer Gattung. Wer bedauert, daß es keinen deutschen Huxley oder Orwell gebe, dem sei G.s *TUZUB 37. Der Mythos von der grauen Menschheit oder von der Zahl 1* (1935) zur Lektüre empfohlen.

Weitere, aber wenig bedeutende utopisch-phantastische Romane G.s sind *Palang* (1930) und *Der Kaiser von Amerika* (1949).

TUZUB 37. Der Mythos von der grauen Menschheit oder von der Zahl 1
(1935)

In G.s Welt der letzten Menschheit verfolgen die herrschenden Kräfte das Ziel, alle Bedingungen und Verhältnismäßigkeiten der organischen und anorganischen Strukturen der Erdenwelt in ein absolut berechenbares Korrelat eines beherrschbaren Weltsystems zu verwandeln, in dem alle Relationen bis zu den Metastrukturen auf die Zahl 1 zurückzuführen sind. Die unberechenbaren Äußerungsformen des Lebens und der Natur gilt es auf das mathematisch Greifbare zu reduzieren. Die Menschen sind das unterschiedslose graue Geschlecht. Jeder erhält gleich viel und ist gleich groß. Jeder ist die Zahl 1, kennt keine Seele, Einsamkeit, Scham, Langeweile, Ehrfurcht, Phantasie und Kunst, nur Fortschritt im Greifbaren. Die Erde ist planiert, von grauem Leichtmetall und Schienen bedeckt, in gleichgroße Quadrate aufgeteilt. In Abständen sind Einsteigschächte angelegt. Über der Erde hängt ein geladenes, dichtmaschiges Netz. Es gibt keine Vögel, keine Bäume, keinen Wind mehr.

Der Plan der evolutionären Vollendung, vom Maschinenmenschen über die Menschenmaschine zur Maschinenmaschine, geht einher mit der Ausräumung der letzten Unwägbarkeiten: der Meere und Gebirge. Als hybrides Symbol wird TUZUB 37 gebaut, ein ungeheurer, in den Himmel ragender Turm. Dann bricht die Apokalypse über die geschundene Welt herein. Unter den Verzweiflungsschreien der Menschenmaschinenmassen »Gebt uns eine Seele« entfaltet sich die Rache der vergewaltigten Lebenskräfte, der Erde, des Wassers, der Luft. Das letzte Leben der Erde stirbt.

Naiv-geschickt kontrastiert Gurk das roboterhaft sich vollziehende Geschehen mit märchenhaft-poetisch anmutenden, imaginären Gesprächen der letzten lebenden Wesen, Tiere und Pflanzen, eines Dichters und eines Philosophen in den Schaugefängnissen der grauen Menschheit und der geisterhaft-mystischen Kommunikation von Luft- und Bergdämonen, der Seelen des Meeres und des uralten Landes.

Die 26 Buchstaben des Alphabets betiteln in Reihe die 26 Kapitel des Romans, sie stehen im Gegensatz zur formelhaften Erstarrung der Sprachwelt der grauen Menschheit. Mit faszinierender Konsequenz charakterisiert der Autor die extrapolierte Maschinenwelt in kurzen, schlagwortartigen Sätzen, formelhaften Aussagen, bewußten Monotonien, im Verzicht auf Farbigkeit. – Eine der großen Dystopien des Jahrhunderts.

H

HAGGARD, H(ENRY) RIDER
(1856–1925)

Geboren in Bradenham Hall, Norfolk. H. war das achte von zehn Kindern eines Landedelmannes und sollte eigentlich Diplomat werden. Er brachte sechs Jahre lang im Kolonialdienst in Südafrika zu, wo er viele Erfahrungen sammelte, die später in seine Bücher eingingen. Anschließend versuchte er sich kurzzeitig als Straußenfarmer in Natal, kehrte nach England zurück, heiratete eine reiche Erbin, studierte Jura und veröffentlichte ab 1882 Bücher. Das erste war ein Sachbuch über die politische Situation im südlichen Afrika (*Cetywayo and His neighbours*), es folgten die Romane *Dawn* (1884) und *The Witch's Head* (1885).
Erst sein viertes Buch, *King Solomon's Mines* (1885), verhalf ihm zur Popularität und blieb durch die Jahre hindurch ein vielgelesener Klassiker der Abenteuerliteratur. Angeblich ist das Buch aus einer Wette hervorgegangen, bei der H. beweisen wollte, daß er ein Buch von der Qualität der Stevensonschen *Schatzinsel* schreiben konnte. Hier führte H. erstmals seinen Helden Allan Quatermain ein, einen Großwildjäger, der noch in weiteren 18 Romanen und Erzählungen agieren sollte. Noch erfolgreicher als *King Solomon's Mines* wurde *She* (1887), die Geschichte einer schönen Priester-Königin in der afrikanischen Dschungelstadt Kór, die durch Eintauchen in eine lebensspendende Flamme unsterblich geworden ist. Wie die Quatermain-Abenteuer wurden auch die Abenteuer dieser Schönen mit Namen Ayesha fortgesetzt (*Ayesha, the Return of She*, 1905), und in einem weiteren Band trifft Ayesha schließlich auch noch auf Quatermain (*She and Allan*, 1920). Der letzte Ayesha-Band erschien 1923 unter dem Titel *Wisdom's Daughter*. Weitere Romane von H. widmen sich den Zulus (*Nada the Lily*, 1891) oder spielen in Ägypten (*Cleopatra*, 1889), bei den Wikingern (*Eric Brighteyes*, 1891) oder in der Welt der Azteken und Mayas.
In seinen erfolgreichsten und besten Büchern vereint H. die Schilderung exotischen – insbesondere afrikanischen – Lebens mit Fantasy-Elementen wie Unsterblichkeit, Reinkarnation und versunkenen Welten. Vor allem im Hinblick auf das letzte dieser drei Themen kommt H. auch für die Entwicklung der SF und Fantasy des 20. Jahrhunderts einige Bedeutung zu, da Autoren wie E. R. Burroughs ohne Frage von H. beeinflußt wurden. H. gehört zu den bekanntesten Klassikern der Abenteuerliteratur, speziell derjenigen mit phantastischen Komponenten.
An einem der Quatermain-Romane, *Allan and the Gods* (1927), einer Zeitreise mittels Drogen, war Rudyard Kipling beteiligt, desgleichen bei *When the World Shook* (1919).

King Solomon's Mines (1885; *König Salomons Schatzkammer*, 1888); *She* (1887; *Sie*, 1911); *Nada the Lily* (1892; *Nada die Lilie*, 1980); *Allan Quatermain* (1887; *Das unerforschte Land*, 1896); *Ayesha, the Return of She* (1905; *Ayesha*, 1980); *The Holy Flower* (1915; *Die heilige Blume*, 1925).

Lit.: J. E. Scott, Bibliography of the Works of H. Rider Haggard, 1947. – L. Haggard, The Cloak That I Left, 1951. – M. Cohen, Rider Haggard: His Life and Work, 1960. – A. Sandison, The Wheel of Empire, 1967.

HAHN, RONALD M.
(*1948)

Geboren in Wuppertal; Gehilfenprüfung als Schriftsetzer 1966; Übersetzer (Niederländisch und Englisch), Publizist und Lektor. Erste Veröffentlichungen ab 1970, freier Schriftsteller seit 1978. H. hat als Lektor die SF-Taschenbuchreihe »Fischer Orbit« (1972–74) und als Redakteur das SF-Magazin *Comet* (1977/78) betreut. Neben Hans Joachim Alpers war er 1970–79 Chefredakteur des medienkritischen Fachblattes *Science Fiction Times*. Zahlreiche Einzelveröffentlichungen und Anthologien; mehrere SF-Jugendbücher und Kriminalromane mit Hans Joachim Alpers (teilweise unter dem Pseudonym Daniel Herbst); gelegentlich auch Zusammenarbeit mit Harald Buwert und Thomas Ziegler. Anthologien: *Science Fiction aus Deutschland* (1974; zus. mit H. J. Alpers); *Die Tage sind gezählt* (1980); *Gemischte Gefühle* (1981). Mitherausgeber: *Lexikon der Science Fiction-Literatur* (1980).

Die Flüsterzentrale (1977; zus. mit Harald Buwert). – SF-Jugendbücher (alle zus. mit H. J. Alpers): *Das Raumschiff der Kinder* (1977); *Planet der Raufbolde* (1977); *Wrack aus der Unendlichkeit* (1977); *Bei den Nomaden des Weltraums* (1977); *Die rätselhafte Schwimminsel* (1978); *Der Ring der dreißig Welten* (1979).

HAIBLUM, ISIDORE
(*1935)

Geboren in Brooklyn. H. erwarb einen akademischen Grad in Englisch und war in der Folge als Interviewer für ein Meinungsforschungsinstitut, als Agent für Folksinger usw. tätig. Mit der jiddischen Sprache aufgewachsen, schrieb er jiddische Literatur und trug diese auch vor. Heute widmet er sich verschiedenen Genres der Unterhaltungsliteratur, schreibt Essays, Buchrezensionen und macht Interviews für die Presse. Seit 1971 betätigt er sich auch auf dem Gebiet der Science Fiction, wobei er Elemente von Kriminalromanen und humoristischen Romanen (in denen er sonst zu Hause ist) mit SF-Thematik verknüpft. Sein Erstling, *The Tsaddik of the Seven Wonders*, greift Elemente jiddischer Mythologie auf.

The Tsaddik of the Seven Wonders (1971); *The Return* (1973); *Transfer to Yesterday* (1973); *The Wilk Are Among Us* (1975); *Interworld* (1977).

HALDANE, J(OHN) B(URDON) S(ANDERSON)
(1892–1964)

Vermutlich geboren in Edinburgh; britischer Biologe und Bruder von Naomi Mitchison. Sein einziger und unvollendeter SF-Roman *The Man With Two Memories* wurde erst 1976, rund zehn Jahre nach seinem Tod, veröffentlicht. Seine Ideen hatten jedoch großen Einfluß auf die SF allgemein und kamen u. a. in A. Huxleys *Brave New World* (1932) zum Tragen. Haldane kann ohne weiteres als der geistige Vater des »Cloning« bezeichnet werden.

HALDEMAN, JACK C(AROLL)
(*1941)

Geboren in Hopkinsville, Kentucky. C. ist der ältere Bruder des bekannteren Joe Haldeman. Er besuchte die Hopkins University, an der er in Biologie graduierte, und lebt heute, wie sein Bruder, in Florida. Seine erste veröffentlichte SF-Story war »Garden of Eden«, 1971 in *Fantastic* erschienen. Inzwischen hat er über 50 Kurzgeschichten und zwei Romane veröffentlicht.

Vector Analysis (1979; *Der fremde Virus*, 1980); *Perry's Planet* (1980).

HALDEMAN, JOE W(ILLIAM)
(*1943)

Geboren in Oklahoma. H. verbrachte seine Jugend in Puerto Rico, New Orleans, Washington und Alaska. Heute lebt er in Ormond Beach in Florida. H. graduierte in Astronomie und Physik, verbunden mit Studien in Computertechnik und Mathematik. Er wurde eingezogen und mußte in Vietnam seinen Militärdienst ableisten, eine Erfahrung, die ihn entscheidend prägte und sich in einer pazifistischen Einstellung manifestierte, die in allen seinen Romanen präsent ist. Er wurde verwundet und kehrte in die USA zurück.
H. verdingte sich als Programmierer, Lehrer für klassische Gitarre in einem Musikladen und nahm weitere Gelegenheitsjobs an. 1969 erschien seine erste SF-Geschichte, »Out of Phase«, von der allerdings kaum jemand Notiz nahm. Noch immer unter dem Einfluß seiner Kriegserlebnisse in Vietnam, schrieb er den Kriegsroman *War Year*, der 1972 erschien. Nur am Rande etwas mit Science Fiction zu tun haben die Romane *Attar's Revenge* (1975) und *War of Nerves* (1975), bei denen es sich um Spionagegeschichten handelt, die er unter dem Hauspseudonym Robert Graham des Verlags Pocket Books verfaßte.
Erste Reputationen im SF-Genre erwarb er sich mit seinen Erzählungen »Hero« (1972) und »We

Are Very Happy Here« (1973), die beide in *Analog* erschienen und ein unerwartet großes Leserecho hervorriefen. Sie wurden später zu Teilen seines ersten Science-Fiction-Romans, *The Forever War* (1974). Darin rechnete H. mit der Sinnlosigkeit des Krieges, den er selbst erlebt hatte, ab. Das Buch wurde 1975 als bester Roman mit dem »Hugo«, dem »Nebula Award« und dem »Ditmar« ausgezeichnet.
Sein zweiter großer Erfolg wurde *Mindbridge* (1976), ein Roman, in dem H. Schreibtechniken der »New Wave« mit einem herkömmlichen Thema der SF kombiniert, nämlich der Kontaktaufnahme mit Außerirdischen auf telepathischem Weg. Stilistisch orientierte sich H. darin an John Dos Passos bzw. John Brunner.
Einen weiteren »Hugo« gewann er 1976 für seine Geschichte »Tricentennial«. 1977 erschien sein Roman *All My Sins Remembered*, im selben Jahr gab er die pazifistische Anthologie *Study War No More* heraus und veröffentlichte einen Roman zur Fernsehserie *Star Trek* (*Raumschiff Enterprise*): *Planet of Judgement.* Ein weiterer *Star Trek*-Roman, *World without End*, erschien 1979.
H. zählt zu den einflußreichsten jüngeren Autoren der SF. Er gehört einer Gruppe von Hard-SF-Schreibern an, die sich der alten Weltraumthemen annahmen, diese mit realistischem Hintergrund und guten Charakterisierungen versahen und, ohne soziologische und gesellschaftliche Entwicklungen außer acht zu lassen, sie zu einer neuen Blüte führten. Zur Zeit arbeitet H. an einem ambitionierten Projekt, einer Trilogie, die sich mit verschiedenen politischen Systemen und Regierungsformen auseinandersetzt und eine Art stapledonscher Zukunftsgeschichte der Menschheit zeichnet. Titel der Bände sind *Worlds*, *Stars* und *Gods*.

All My Sins Remembered (1977; *Der befleckte Engel*, 1978); *Planet of Judgement* (1977; *Duell der Mächtigen*, 1980); *World without End* (1979; *Welt ohne Sterne*, 1980); *Worlds* (1981; *Welten*, 1982).

Lit.: J. Gordon, Joe Haldeman, 1980.

The Forever War
(1974; dt. *Der ewige Krieg*, 1978)

In ferner Zukunft bricht durch ein Mißverständnis zwischen den Menschen und den Tauranern ein Krieg aus, der von beiden Seiten mit beispielloser Härte und Brutalität geführt wird. Dieser Krieg wird geschildert aus der Sicht des kleinen Soldaten Mandella, der es im Laufe der Handlung bis zum Major bringt. Er wird zusammen mit vielen anderen zur Front geschafft, eingepfercht in enge Truppentransporter. Im Grunde genommen haßt Mandella den Krieg, er hält ihn für sinnloses Gemetzel, aber eine Alternative zu seinem Leben als Soldat gibt es nicht. Infolge der Zeitdilatation beim Transport verstreicht außerhalb der Schiffe sehr viel Zeit, die Besatzung kann nie sicher sein, ob sie zur vorherbestimmten Zeit am Kriegsschauplatz eintrifft oder nicht zu spät und mit Waffen erscheint, die im Laufe der verstrichenen Zeit bereits wieder veraltet sind. Die Moral der Truppe ist denkbar schlecht, die Soldaten mit Drogen vollgepumpt, die ihnen helfen sollen, ihren schrecklichen Zustand zu vergessen, damit sie sich besser auf die Schlacht konzentrieren können. Während das Militär im All kämpft, vergehen auf der Erde Jahrhunderte. Kehren die Soldaten auf sie zurück, finden sie kein Zuhause mehr vor, keine Heimat, mit der sie sich identifizieren können. Die Kämpfer entfremden sich immer mehr von der Gesellschaft, für die sie kämpfen, was das Gemetzel nur noch sinnloser macht. Aufgrund dieser äußeren Umstände gewinnt der herrschende Krieg immer gespenstischere Dimensionen, er wird unüberschaubar und kann im Grunde genommen von keiner Seite mehr gewonnen werden.
Der Autor zeichnete mit seiner übersteigerten Anklageschrift ein erschreckendes, entsetzliches Bild der Scheußlichkeiten des Krieges, den er selbst in Vietnam erlebte. Gerade wegen seiner Brutalität bei der Schilderung der Schlachten ist es ein zutiefst pazifistisches Werk, das durch den psychologischen Aspekt ungemein an Schärfe gewinnt und dank der astronomischen Ausbildung des Autors einen überzeugenden und realistisch geschilderten Hintergrund hat. Man könnte es Zeile für Zeile als konsequente Antithese zu Heinleins *Starship Troopers* ansehen, der darin das Soldatenleben verklärt und Krieg als eine Notwendigkeit darstellt, die in der Natur selbst begründet liegt.

Mindbridge
(1976; dt. *Die Denkbrücke*, 1978)

Jacque Le Favre hat das Leben auf der Erde satt und begibt sich an Bord eines der zahllosen Forschungsraumschiffe, die ins All aufbrechen. Auf einem Planeten, den das Schiff ansteuert, entdecken die Forscher ein molluskenähnliches Lebewesen, das telepathischen Kontakt zwischen Wesen herstellen kann, die es gleichzeitig berühren. Dieses Wesen stellt also eine Denkbrücke dar.
In der ersten Hälfte des Buches erfährt der Leser in Fragmenten alles Wissenswerte über die Person des Protagonisten und seine Freundin Carol. Zusätzliche Informationen über die Umwelt der Handelnden sind in Form von Dokumenten und Berichten eingestreut. In der zweiten Hälfte sehen wir den Protagonisten in seiner Rolle als Experte bezüglich der »Denkbrücke« und als Kontaktmann zwischen den Menschen und den L'vrai, einer mächtigen außerirdischen Rasse. Im Laufe der Handlung verändert sich sein Standpunkt von dem eines objektiven Individuums zu dem einer subjektiven Einheit, parallel zur Weiterentwicklung der Menschheit, die zuerst auch aus einer chaotischen, ordnungslosen Vielzahl einzelner Individuen besteht und sich unter Anleitung der »Denkbrücke« zu einem Viel-Wesen verwandelt, bei dem das Konzept des Individualismus nicht mehr ausgeprägt ist, sondern kollektives Bewußtsein herrscht. Die L'vrai zeigen, daß die Entwicklung mit allen Wesen, egal welcher Rasse, möglich ist.
Der Übergang zum Kollektivbewußtsein erfolgt, indem das innere Gefühlsleben einzelner Personen jeder anderen Person zugänglich gemacht wird. Internes wird also zu Externem, Privates zu Öffentlichem. In *Mindbridge* verknüpft H. avantgardistische Schreibtechniken mit mehr traditionellen Themen der SF. Das Buch wird von der Kritik fast einhellig als sein bisher bestes Werk gefeiert, vor allem wegen seiner soliden Charakterisierungen, seines überzeugenden wissenschaftlichen Hintergrunds, der lebendigen Handlung und der Vielzahl der Variationen, mit denen über die Entwicklung des menschlichen Lebens spekuliert wird.

HALL, AUSTIN
(1886–1933)

Amerikanischer Schriftsteller, der von sich behauptete, über 600 Stories in den verschiedenen Pulp-Genres verfaßt zu haben. Dabei dürfte es sich hauptsächlich um Western-, aber auch um einige SF-Stories handeln. Mit SF und Fantasy begann er 1916 in *All Stories Weekly*. Eine dieser frühen Geschichten ist »Almost Immortal«.
Sein bekanntester SF-Roman ist das in Zusammenarbeit mit Homer Eon Flint entstandene Buch *The Blind Spot* (1921 in *Argosy* erschienen, als Buch 1951), eine Parallelweltgeschichte. Die Fortsetzung, *The Spot of Life* (als Buch 1964), schrieb er allein.

Into the Infinite (1919); *People of the Comet* (1923); *The Blind Spot* (1951); *The Spot of Life* (1964).

HAMILTON, EDMOND (MOORE)
(1904–1977)

Geboren in Youngstown, Ohio, als Sohn eines Cartoonisten und einer Lehrerin. Er besuchte ein College und arbeitete 1922–25 bei einer Eisenbahngesellschaft. Verfasser von 26 SF-Romanen, mehreren Kurzgeschichtensammlungen und Hunderten von Texten jeglicher Länge in den Pulps. H. gilt als der Space-Opera-Autor par excellence, unterscheidet sich jedoch von seinen anderen ›sternenstürmenden‹ Kollegen dadurch, daß seinen Geschichten durchaus etwas Liebenswert-Humanes anhaftet und er vom Stil her nicht unbedingt in die Fließbandschreiberbrigade eingereiht werden kann. Zwischen 1940 und 1951 verfaßte er den größten Teil der Abenteuer des Weltraumhelden Captain Future, wobei er je einmal von William Morrison und Manly Wade Wellman unterstützt wurde. Absolute Eigenschöpfungen sind die Interstellar-Patrol-Serie sowie die Erlebnisse von Morgan Chane, dem »Sternenwolf«. H. heiratete 1946 seine Kollegin Leigh Brackett. Seine herausragendsten Werke sind der Roman *City at World's End* und die bittere Erzählung »What's It Like Out There?« (1952). Viele seiner Titel, auch Magazinromane, die in den USA nie eine

Buchpublikation erreichten, liegen in deutscher Sprache als Heftausgaben vor.

The Stars Kings (1949; *Herrscher im Weltraum*, 1952; auch: *Die Sternenkönige*, 1980); *The Star of Life* (1959); *The Sun Smasher* (1959; *Die Macht der Valkan*, 1978); *The Haunted Stars* (1960); *Battle for the Stars* (1961; *Heimat der Astronauten*, 1964); *The Valley of Creation* (1964); *Fugitive of the Stars* (1965); *Doomstar* (1966); *Return to the Stars* (1970; *Ihre Heimat sind die Sterne*, 1976; anderer Titel: *Rückkehr zu den Sternen*, 1981); *A Yank in Valhalla* (1973).

City at World's End
(1951; dt. *SOS, die Erde erkaltet*, 1952)

Eines Tages platzt über dem kleinen amerikanischen Städtchen Middletown ›die Bombe‹. Obwohl es sich dabei um eine »Super-Atombombe« gehandelt hat, scheint auf den ersten Blick nichts geschehen zu sein. Der zweite Blick jedoch offenbart mehr: Die Sonne steht an einer falschen Stelle; sie ist nur noch ein mattglühender, kleiner, roter Ball; die Luft riecht muffig. Der Atomphysiker John Kenniston, der in einem als Industrie-Laboratorium getarnten Abwehrbüro für Atomwaffen arbeitet, findet mit Hilfe seiner Kollegen schnell heraus, was geschehen ist. ›Die Bombe‹ hat Middletown nicht vernichtet, sondern um Millionen oder Milliarden Jahre in die Zukunft katapultiert. Eine rasch durchgeführte motorisierte Expedition beseitigt die allerletzten Zweifel. Die Erde ist tot, kalt und öde – und abgesehen von Middletown leer. Strahlungen sind nicht meßbar, aber der Ort ist absolut isoliert. Man entdeckt in der freien Natur eine verlassene Kuppelstadt und gelangt zu dem Schluß, daß die Erde den Menschen nichts mehr bieten kann. Trotz der Hilfe des Bürgermeisters, einiger Polizisten und örtlichen Nationalgardisten kommt es bald zu Plünderungen. Lebensmittel und Heizstoffe müssen rationiert werden. Als man einzusehen beginnt, daß Middletown sich unter diesen Umständen nicht wird behaupten können, zieht die ganze Gemeinschaft in die Kuppelstadt um. Techniker setzen eine Funkanlage in Betrieb und rufen um Hilfe. Diese kommt tatsächlich, aber sie stammt nicht von einem anderen Ort der Erde, sondern nähert sich in Gestalt eines Raumschiffs, das nicht nur mit Menschen, sondern auch mit vielen unterschiedlichen Außerirdischen besetzt ist. Kommandantin des Schiffes ist Varn Allan, eine hübsche und resolute Frau, an die Kenniston zum Unwillen seiner etwas konservativen Verlobten Carol sein Herz verliert. Man erfährt, daß die Menschheit die Erde vor Äonen verlassen und sich auf anderen Planeten der Milchstraße angesiedelt hat. Die Galaxis ist voll intelligentem Leben, die Terraner stellen nur einen kleinen Prozentsatz der raumfahrenden Völker dar. Die Retter sehen jedoch – soweit sie Menschen sind – in Middletown lediglich ein Relikt der Vergangenheit, an dem sie sich nostalgisch erfreuen. Ihr Bestreben ist darauf ausgerichtet, die Menschen so schnell wie möglich von dieser erkalteten Welt zu evakuieren. Dies ruft jedoch den Widerstand der Middletowner hervor. Als sie von Gorr Holl, einem der Außerirdischen, erfahren, daß sich der Wissenschaftler Jon Arnol seit Jahren vergebens darum bemüht, eine Erfindung, die erkaltete Planeten zu neuem Leben erwecken soll, vorführen zu dürfen, läßt Kenniston sich zu einem Planeten der Wega bringen und bittet die Herren der Milchstraße darum, diesen Versuch an der Erde ausprobieren zu lassen. Man verweigert ihm die Bitte. Die Erde soll evakuiert werden, und zwar so schnell wie möglich. Auf die Erde zurückgekehrt, entschließen Kenniston und seine Freunde sich zu einem verzweifelten Schritt. Sie bitten Jon Arnol, das Experiment mit ihrer Erlaubnis und auf ihre Verantwortung auszuführen. Es gelingt. Arnol jagt eine Superbombe in den mittlerweile erkalteten Erdkern hinein. Terra wird bald wieder Leben tragen können.

The Best of Edmond Hamilton
(1977; dt. *Die besten Stories von Edmond Hamilton*, 1980)

Hamilton, wegen seiner Vorliebe für einsame Helden, die allein über Wohl und Wehe ganzer Planeten entscheiden, abwechselnd »Weltenretter« oder »Weltenzerstörer« genannt, zeigt sich in seinen Kurzgeschichten und Novellen gelegentlich von einer ganz anderen Seite. Seine erste Veröffentlichung, »The Monster-God of Mamurth«, ist eine farbige Geschichte, die den Kampf eines Erdenmenschen gegen einen mysteriösen Alien schildert, der sich in einem alten nordafrikanischen Tempel eingenistet hat. »A

Conquest of Two Worlds« beschreibt in einer für die amerikanische SF ganz untypischen Weise den wachsenden Widerstand eines Mannes gegen die Eroberungspläne seiner Regierung: Bevor er zuläßt, daß den Bewohnern Jupiters das gleiche widerfährt wie den nordamerikanischen Indianern, sprengt er sich mit ihnen in die Luft. »The Man Who Returned« ist die Geschichte eines Scheintoten, der in der Familiengruft erwacht und kurz darauf herausfindet, daß an seiner Rückkehr niemandem gelegen ist: Seine Ehefrau hat sich mit seinem besten Freund zusammengetan; sein Sohn ist glücklich über die Erbschaft, die ihn finanziell saniert; Ex-Chef und Günstling halten ihn für jemanden, der am Telefon üble Scherze treibt. In »In the World's Dusk« ist die Menschheit ausgestorben und die Erde alt. Galos Gann, ein begnadeter Wissenschaftler, der in einer verwaisten Stadt lebt und sich damit nicht abfinden kann, unternimmt alles in seiner Macht Stehende, um ein neues Menschengeschlecht heranzuziehen. Aber alle seine Experimente sind zum Scheitern verurteilt: Tote, die er wieder zum Leben erweckt, bringen Kinder zur Welt, die zwar leben, aber dennoch tot sind; Menschen aus früheren Erdzeitaltern, die er per Zeitmaschine in seine Gegenwart holt, verfallen ausnahmslos dem Wahnsinn. Ganns letzter Versuch – das Anbohren des flüssigen Erdkerns – bringt zwar einen neuen Kreislauf in Gang, aber als er Jahrmillionen später aus einem künstlichen Tiefschlaf erwacht, um die Früchte seiner Arbeit zu bestaunen, deckt sich die neue Lage mit der alten: Erde und Menschheit sind zum zweitenmal den Weg alles Vergänglichen gegangen. Eine körperliche Abnormität ist angeblich »He That Hath Wings«. Aufgewachsen bei einem Wissenschaftler, verliebt er sich in ein Mädchen, dem zuliebe er seine Schwingen amputieren läßt. Mit der Amputation verliert er auch ein Stück seiner Seele, und als den beiden ein – flügelloses – Kind geboren wird und die Schwingen des Mannes nachwachsen, bricht er den Kontakt zu seiner Familie ab und schwingt sich in die Lüfte. Er hat sich jedoch zuviel zugemutet. Seine neuen Flügel sind noch zu schwach. Er stürzt ab und stirbt in dem Gefühl, wieder er selbst zu sein. »Exile« ist eine SF-Story, in der zur Abwechslung einmal SF-Autoren die Handlungsträger sind. Sie unterhalten sich über das »Erfinden« realistischer Welten und finden dabei heraus, daß ein Angehöriger ihres Kreises, der eine besonders starke Phantasie hat, sich sogar körperlich in seine »Erfindungen« hineinversetzen kann. Als er erzählt, daß er Probleme hatte, aus seiner besten »Schöpfung« wieder herauszukommen, und man ihn fragt, wie ihm dies schließlich gelungen sei, erwidert er: »Ich bin nie nach Hause zurückgekehrt. Ich bin immer noch hier.«

»What's It Like Out There?« ist mit Abstand Hamiltons beste SF-Erzählung. Sie wurde 1933 geschrieben, 19 Jahre später veröffentlicht und schildert die Rückkehr eines jungen Astronauten in seine Heimatstadt. Auf die ihm am meisten gestellte Frage »Wie ist es dort oben?« gibt er ausweichende oder beschönigende Antworten. Die Wahrheit kann er nicht sagen, sie wäre zu schrecklich. »The Pro« beschreibt nicht nur in realistischer Form die Gefühle eines SF-Autors, sondern auch die eines Vaters, der sich plötzlich die Frage stellen muß, ob er daran schuld ist, daß sein Sohn, ein Astronaut, die Gefahr auf sich nehmen will, beim ersten Raumflug zum Mars dabei zu sein.

»[Hamiltons] ... Kurzgeschichten sind geistreich, erstaunlich menschlich, und – ja, auch poetisch« (L. BRACKETT).

HANSEN, KARL
(?)

Geboren in Salt Lake City. H. graduierte an der Universität von Colorado und besitzt den Doktorgrad in Medizin. Er ist ein vielversprechender neuer Autor, sein Roman *War Games* (1981) sorgte für ein beträchtliches Echo.

HANSTEIN, OTFRIED VON
(1869–1959)

Geboren in Bonn. H. veröffentlichte etwa 150 Romane in den unterschiedlichsten Unterhaltungsgenres, darunter auch mehrere SF-Romane, die in den Hugo-Gernsback-Magazinen *Wonder Stories* und *Wonder Stories Quarterly* in englischer Übersetzung nachgedruckt wurden.

Der Kaiser der Sahara (1922); *Der Telefunkenteufel* (1924); *Elektropolis* (1927); *Der blonde Gott* (1928); *Mond-Rak I* (1929); *Nova Terra* (1930).

HARBECKE, ULRICH
(*1943)

Deutscher Autor. H. studierte in Köln und Wien Theaterwissenschaft, Musik und Kunstgeschichte. Nachdem er zeitweilig Gastdozent für Journalismus an der Universität Tunis war, ist er seit 1970 als Rundfunkjournalist beim WDR beschäftigt, zunächst als freier Mitarbeiter, später als Redakteur für Politik und Geschichte in der Fernsehabteilung. 1979 veröffentlichte H. seinen ersten SF-Roman unter dem Titel *Invasion*, danach mehrere Erzählungen.

Invasion
(1979)

In einer radioastronomischen Beobachtungsstation auf einem Vorgipfel des Mount McKinley in Alaska werden geheimnisvolle Signale aus dem Weltraum empfangen. Eine fremde Rasse hat Verbindung mit der Erde aufgenommen. Einer der Wissenschaftler spielt diese Nachricht der CIA zu, daraufhin wird die Station zum militärischen Sperrgebiet erklärt, und keiner der Wissenschaftler darf den Ort mehr verlassen.
Ein gigantischer Verteidigungs- oder Angriffsapparat wird aufgebaut, alle führenden Nationen schließen sich zusammen, und es wird beschlossen, die Invasion der Fremden gewaltsam zurückzuschlagen.
Einem jungen Wissenschaftler, John Rivers, gelingt die Flucht aus der eisigen Hölle, und er versucht zusammen mit einem Reporter der *Washington Post* den ersten Kontakt der Erde mit einer fremden Rasse friedlich verlaufen zu lassen. Jedoch es ist schon zu spät, der amerikanische Präsident verkündet in einer dramatischen Rede, was auf die Menschheit zukommt und wie sich die Mächtigen zu verteidigen gedenken. Die Menschen reagieren vollkommen hysterisch und sind mit jeder Gewalt einverstanden, mit der der ›Feind‹ zurückgeschlagen werden soll.
Eines Tages ist es dann soweit, ein einziges Raumschiff mit nur einem ›Menschen‹ an Bord landet auf der Erde. Dieser wird festgenommen, untersucht, verhört, gequält, gefoltert, bis es einer Angestellten des Pentagons gelingt, mit ihm zu fliehen. Aber das bringt natürlich keine Lösung. Der Fremde ist den Menschen nicht nur in technischer, sondern auch in moralischer Hinsicht um Jahrhunderte voraus, seine Rasse scheint Aggression und Gewalt überwunden zu haben, und er kann sich nicht vorstellen, was ihm von den Menschen für Gefahren drohen. Am Ende wird er von einer aufgebrachten Menge gelyncht.
Ein interessanter und engagierter Erstlingsroman eines deutschen SF-Autors.

HARBOU, THEA VON
(1888–1954)

Geboren in Teuperlitz bei Hof, Bayern. H. machte sich als Roman- wie als Filmautorin einen Namen, besonders nachdem sie 1921 den Regisseur Fritz Lang geheiratet hatte. Als Filmautorin wirkte sie mit an so bekannten Filmen wie: *Das Testament des Dr. Mabuse*, *M*, *Das indische Grabmal.* Als Fritz Lang nach der Machtergreifung der Nationalsozialisten emigrierte, folgte ihm H. nicht; sie ließ sich später von ihm scheiden. Sie inszenierte selbst zwei Filme, *Elisabeth und der Narr* (1933) und *Hanneles Himmelfahrt* (1934). Mehrfach arbeitete sie mit dem Regisseur Veit Harlan zusammen.
Die der SF zugehörigen Romane H.s entstanden in den zwanziger Jahren; es sind dies *Frau im Mond* (1926), *Die Insel der Unsterblichen* (1926) und insbesondere *Metropolis* (1926), der mit einem Aufwand von fünf Millionen Mark und 36 000 Statisten von der Ufa unter der Regie Fritz Langs verfilmt wurde und als erster SF-Monumentalfilm gelten kann.

Metropolis
(1926)

»Metropolis« ist eine Superstadt der Zukunft, die von dem Großkapitalisten Joh Fredersen beherrscht wird. Während eine kleine Oberschicht, die alles hat und vorzugsweise dem Müßiggang nachgeht, einen aufwendigen Lebensstil pflegt, vegetieren die Massen der Arbeiter im Elend dahin und schuften unter unvorstellbaren Bedingungen in unterirdischen Fabriken, werden Opfer von Betriebsunfällen oder brechen an den Maschinen zusammen. Fredersens Sohn Freder, ein junger Playboy, wird vom Anblick dieses Elends gerührt und begibt sich zu den Arbeitern hinunter. Er begegnet der als

Arbeiterführerin dargestellten Maria, die ihre Funktion hauptsächlich dazu benutzt, den Unterdrückten Gewaltlosigkeit zu predigen und sie auf den Jüngsten Tag zu vertrösten, an dem alle Not ein Ende habe und jeder das bekomme, was ihm zustehe.
Als Fredersen senior davon erfährt, gelangt er zu der Entscheidung, daß das revolutionäre Potential unter den Arbeitern zerschlagen werden müsse, und beauftragt einen genialen Erfinder mit der Konstruktion eines äußerlich humanoiden Roboters, der Maria aufs Haar gleicht, deren Position einnehmen und die Arbeiter zum Aufstand anstacheln soll. Der Roboter gibt sein Bestes, woraufhin die Arbeiter alle lebenswichtigen Anlagen der Superstadt Metropolis zerstören und diese beinahe untergeht. Als sich riesige Wassermassen in die unterirdischen Labyrinthe der Arbeiter ergießen, retten die echte Maria und Fredersens Sohn die Kinder der aufmüpfigen Proletarier vor dem Ertrinken, und die Unterdrückten sehen ein, daß es falsch war, gegen ihre Herren zu rebellieren. Eine allgemeine Verbrüderung findet statt.
Über den *Metropolis*-Film von Lang heißt es bei ISAAKSON/FUHRHAMMER: »Der Konflikt wird gelöst, als sowohl Diktator wie Arbeiter verstehen, daß ›das Gehirn und die Hand nicht zusammenwirken können, wenn sie nicht vom Herz vereint sind‹. Der verkrüppelte Untermensch wird vernichtet und Kapitalisten und Arbeiter schließen einen Vertrag über einen konfliktfreien Idealstaat, in dem es keinen Klassenkampf und keine Krisen mehr gibt. Mit oder ohne Absicht schuf Lang also eine mythologische Gesellschaftsvision, die perfekt mit der faschistischen Ideologie übereinstimmte. Hitlers Begeisterung über ›Metropolis‹ ist belegt.«

HARDING, LEE (JOHN)
(*1937)

Australischer Schriftsteller, Verfasser von hauptsächlich Jugendbüchern und Kurzgeschichten. H. hat etwa 40 Erzählungen in amerikanischen, britischen und australischen Magazinen publiziert und dabei einige Male das Pseudonym Harold G. Nye verwendet. Er hat zweimal den »Ditmar« (das australische Äquivalent zum amerikanischen »Hugo«) gewonnen. Anthologien australischer Jungautoren, von ihm zusammengestellt, sind *Beyond Tomorrow* (1976) und *The Altered I* (1976). Der letzte von beiden Titeln entstand aus Anlaß eines von Ursula K. Le Guin geleiteten SF-Workshops.

A World of Shadows (1975); *Future Sanctuary* (1976); *The Weeping Sky* (1977). – Jugendbücher mit SF-Thematik: *The Fallen Spaceman* (1974); *The Children of Atlantis* (1976); *The Frozen Sky* (1976); *Return to Tomorrow* (1977).

HARKER, KENNETH
(*1927)

Geboren in Darlington; publizierte bisher zwei SF-Romane: *The Symmetrians* (1966) und *The Flowers of February* (1970). Bei beiden handelt es sich um unkomplizierte Abenteuerstoffe. *The Flowers of February* erschien bei uns unter dem Titel *Die Sonne wird kälter* (1971).

HARNESS, CHARLES L(EONARD)
(*1915)

Geboren in Colorado City, Texas; von Beruf Patentanwalt. H. hat innerhalb der Science Fiction drei ›Karrieren‹ zu verzeichnen. Seine erste Aktivperiode dauerte von 1948 – in diesem Jahr erschien seine Debütstory »Time Trap« in *Astounding* – bis 1953. Dreizehn Jahre später hatte er in England unter der Ägide von Michael Moorcock seinen zweiten Frühling, als viele seiner früher erschienenen Geschichten nachgedruckt wurden, aber auch einige bemerkenswerte Noveletten und der Roman *The Ring of Ritornel* (1968) erstmals veröffentlicht wurden. Aber auch diese Phase dauerte nur kurze Zeit, von 1966 bis 1968. In jüngster Zeit hat sich H. jedoch wieder voll der SF gewidmet; mit steter Regelmäßigkeit schreibt er Romane und Erzählungen. Obwohl seine Texte nie Aufsehen erregten, hat H. immer niveauvolle SF zu Papier gebracht. Mehr noch, er ist mit Sicherheit einer der am meisten unterschätzten amerikanischen Autoren des Genres. Möglicherweise liegt das daran, daß er Philosophien und Ideen in seine Romane und Geschichten einbaut, die vom Leser ein gewisses Vorverständnis erfordern. Eini-

ge seiner Erzählungen erinnern in ihrer Komplexität an A. E. van Vogt, sind im Gegensatz zu den Werken dieses Autors jedoch sorgfältig durchdacht und besser ausgeführt. Oft spielen bei H. ›Zeitschlaufen‹ oder Paradoxa eine Rolle, nicht selten dienen Motive aus der Weltliteratur oder der Geistesgeschichte als Vorlage. Ein Lieblingsthema des Autors ist der Dualismus Kunst – Wissenschaft, wie er in *The Rose* (1953) und dem Roman *Firebird* (1981) auftaucht. Herausragende Stories sind neben der bereits erwähnten »Time Trap« »The New Reality«, eine ontologische Tour de force, die 1950 erschien, »An Ornament to his Profession« (1966) und »The Venetian Court« (1981).
H.s Vorliebe für die Metaphysik, die besonders in seinem Frühwerk zutage tritt, mag ein weiterer Grund für seine geringe Popularität in den USA gewesen sein. Nun, da er sich auch konventionelleren SF-Themen zuwendet – sein Roman *Wolfhead* (1978) ist eine *post-doomsday*-Story –, findet er auch in seinem Heimatland die Anerkennung, die man ihm in England längst zollte, und zwar für die Werke, die sie verdienten.

The Ring of Ritornel (1968; *Todeskandidat Erde*, 1970); *Wolfhead* (1978); *The Catalyst* (1980; *Der Katalysator*, 1982); *Firebird* (1981).

The Paradox Men
(1953; dt. *Der Mann ohne Vergangenheit*, 1981)

Der Roman spielt in einem bizarren Amerika des 22. Jahrhunderts, das von einer Diktatorenclique beherrscht wird. Dem repressiven Triumvirat aus Kanzler Haze-Gaunt, dem Polizeiminister Thurmond und dem dekadent-grausamen Grafen Shey steht eine Untergrundbewegung gegenüber, die von dem legendären Wissenschaftler Kennicot Muir gegründet wurde, der die Bewegung von seinem Versteck aus kontrolliert. Held des Romans ist Alar, ein Dieb, dessen Erinnerung nur fünf Jahre zurückreicht und der für Haze-Gaunt das einzige Hindernis auf dem Weg zur Weltherrschaft ist – das jedenfalls behauptet das Mikrofilmgehirn, ein obskurer Mann mit besonderen Geistesfähigkeiten. Trotz aller Anstrengungen des Kanzlers, Alar zu vernichten, gelingt diesem immer wieder die Flucht, da er Schritt für Schritt übermenschliche Fähigkeiten entwickelt. Schließlich stürzt er aber mit Shey und Thurmond an Bord eines Energiekollektors in die Sonne, während auf der Erde zwischen dem Kaiserlichen Amerika und der Östlichen Föderation ein Atomkrieg ausbricht. Haze-Gaunt und das Mikrofilmgehirn streiten sich um den Platz an Bord des Raumschiffes T-22, das Rettung verheißt. Die T-22 wird mit Überlichtgeschwindigkeit fliegen, den Gesetzen der Relativität unterworfen sein und fünf Jahre früher mit Alar an Bord auf der Erde landen. Einer von beiden wird Alar werden.
Diese Handlung spielt vor einem Hintergrund, den Brian Aldiss im Vorwort des Buches als »Breitwandbarock« bezeichnet hat. In dieser Welt, wo neben Atomraketen auch Degenkämpfe existieren, ist buchstäblich alles möglich. Und H. schmückt sein Bild vom düsteren Amerika, das trotz aller Finsternis vom Flair romanischer Renaissance umgeben wird, mit einem Feuerwerk von Ideen. Die schon anfangs recht undurchschaubare Handlung wird angereichert durch Exkurse über das non-aristotelische Prinzip, das van Vogt schon als Grundstoff seines bekannten Null-A-Zyklus diente, die Relativitätstheorie und Arnold Toynbees Theorie von den zyklischen Zivilisationen. Alles zusammen ergibt dennoch ein spannendes, spektakuläres Melodrama, bei dem der Held eine transzendentale Metamorphose durchläuft, um die Menschheit zu retten.

The Rose
(1966; dt. *Die Rose*, 1971)

Der Band enthält den Kurzroman gleichen Titels und zwei Erzählungen, »The Chessplayers« und »The New Reality«. *The Rose* ist eine Allegorie, in der sich Kunst und Wissenschaft bekämpfen; sie bezieht sich auf Oscar Wildes Geschichte *The Nightingale and the Rose*, in der ein armer Student Erfüllung in seinen Büchern sucht, nachdem ihn ein Mädchen abgewiesen hat. Wilde wollte damit romantische Illusionen persiflieren, aber H. dreht diese Aussage herum. In seiner Geschichte wird die Kunst durch den Millionär Ruy Jacques personifiziert, der nach Meinung seiner Frau Martha, einer brillanten Wissenschaftlerin, schizophren ist. Die eifersüchtige Martha, die an einem System arbeitet, das die Wissenschaft der Kunst endgültig überlegen macht, engagiert die Psychiaterin und

Tänzerin Anna van Tuyl wegen deren Häßlichkeit, damit diese den Fall ihres Mannes übernimmt. Anna leidet an einer fortschreitenden Verformung ihres Körpers, aber dieses Syndrom, so stellt sich heraus, ist ebenso wie das von Ruy nur ein Durchgangsstadium auf dem Weg zu einer neuen Spezies, dem »Homo superior«. Anna verliebt sich in Ruy und kann gerade noch einem Mordanschlag Marthas entgehen. Aber schließlich opfert sie sich als entwickelter Übermensch, um die Kunst zu retten, und Ruy, dessen Metamorphose ins Stocken geraten war, kann sich dadurch ebenfalls zum Übermenschen entwickeln.
Im Gegensatz zu Wilde entscheidet sich H. für die Kunst und gegen die Wissenschaft, die in der Person von Martha als absolut böse dargestellt wird. Falsch eingesetzt, droht die Wissenschaft den Menschen zu vernichten. Die Rose ist Metapher für Liebe und Menschlichkeit, und diese allein sind dazu in der Lage, die Wissenschaft zu überwinden. Nach Hiroshima waren Geschichten mit ähnlicher Aussage in der SF nicht selten. Unter ihnen stellt *The Rose* ein Glanzstück dar, denn es zeigt den Übermenschen nicht rein intellektuell und gefühllos, sondern setzt bei ihm die Fähigkeit zur Liebe voraus.
Mit diesem Werk und *The Paradox Men* schuf sich H. einen Ruf als Kultautor unter den Eingeweihten der SF-Szene.

HARRISON, HARRY
(*1925)

Geboren in Stamford, Connecticut. H. studierte an verschiedenen Universitäten Amerikas. An einer Kunsthochschule lernte er den Comic-Zeichner Wally Wood kennen, mit dem er gemeinsam Comics zeichnete und verkaufte. Später war H. der Leiter einer Agentur für Werbegrafik, redigierte Comics und Unterhaltungsliteratur aller Couleur und textete schließlich zehn Jahre lang die SF-Comic-Serie »Flash Gordon«. H. war bereits als Junge mit der SF in Berührung gekommen, hatte viel gelesen, wurde aktiver Fan. 1951 erschien seine erste SF-Story, »Rock-Diver«, in *Worlds Beyond*. Aber erst Ende der fünfziger Jahre, als er vom Schreiben leben konnte, betätigte sich H. kontinuierlich als SF-Autor. H. lebte in Mexiko, in Italien, später in Dänemark; schließlich ließ er sich in Irland nieder. Den Durchbruch brachten ihm vor allem seine SF-Serien um James Bolivar diGriz, genannt »die Stahlratte«, und die *Deathworld*-Romane mit Jason dinAlt. Die erstgenannte Serie umfaßt vier, die zweite drei Romane.
H. gilt als Vertreter abenteuerlicher SF-Literatur und ist einer der wenigen Autoren, die auch humorvolle SF schreiben können, was er u. a. mit dem Roman *Bill, the Galactic Hero* (1965) bewies.
Herausragend in H.s Schaffen und keinesfalls lustig ist der 1966 erschienene Roman *Make Room! Make Room!* (verfilmt unter dem Titel *Soylent Green*, dt. *Jahr 2022 ... die überleben wollen*), der auf eindringliche und beklemmende Art und Weise das Thema Überbevölkerung behandelt.
Neben seiner Autorentätigkeit ist H. bekannter Herausgeber von SF-Anthologien (*Nova*-Reihe und zusammen mit Brian W. Aldiss *Year's Best SF* usw.). Kurzzeitig war er Redakteur der Magazine *Amazing*, *Fantastic*, *Science Fiction Adventures* und *Impulse*.

To the Stars-Trilogie: *Homeworld* (1981; *Heimwelt*, 1982); *Starworld* (1981; *Sternwelt*, 1982); *Wheelworld* (1981; *Radwelt*, 1982). – *The Stainless Steel Rat* (1961; *Agenten im Kosmos*, 1966); *The Technicolor Time Machine* (1967; *Zeitreise in Technicolor*, 1970); *Captive Universe* (1969; *Welt im Fels*, 1972); *The Stainless Steel Rat's Revenge* (1970; *Rachezug im Kosmos*, 1974); *One Step from Earth* (C, 1970; *Stationen im All*, 1972); *The Stainless Steel Rat Saves the World* (1972; *Ein Fall für Bolivar diGriz, die Stahlratte*, 1974); *A Transatlantic Tunnel, Hurrah!* (1972; *Der große Tunnel*, 1974); *Skyfall* (1976; *Das Prometheus-Projekt*, 1978); *The Stainless Steel Rat Wants You* (1978; *Jim diGriz, die Edelstahlratte*, 1979).

Deathworld-Trilogie

Deathworld (1960; dt. *Die Todeswelt*, 1966); **Deathworld 2** (1964; dt. *Die Sklavenwelt*, 1966); **Deathworld 3** (1968; dt. *Die Barbarenwelt*, 1969)

Pyrrus ist ein Planet mit einer für Menschen geradezu mörderischen Fauna. Die ansässige Kolonistengruppe führt von ihrer abgekapselten Stadt aus einen unaufhörlichen Abwehrkampf, jedermann wird von frühesten Kindesbeinen an

auf Kampf, auf Überleben trainiert. Um so erstaunlicher ist es für Jason dinAlt, der als Spieler nicht ganz freiwillig den Siedlern einige Millionen für Waffen ergaunern half und anschließend aus Neugierde den Planeten besuchte, daß eine zweite Siedlergruppe – von den anderen als minderwertig angesehen, verachtet und totgeschwiegen – ohne besondere Schutzvorkehrungen im Dschungel lebt. Bevor man ihn, der den eingebildeten, herrischen Gastgebern inzwischen lästig fiel, ausweisen kann, wechselt er zur anderen Seite.
Er löst das Rätsel Pyrrus'. Selbst mit schwachen Psi-Talenten ausgestattet, findet er heraus, daß die Tierwelt auf Psi-Impulse anspricht. Die in die Natur eingegliederten Siedler werden akzeptiert, während die anderen in ihrer künstlichen Welt ein Fremdkörper bleiben und durch ihren Haß und Widerwillen die Tierwelt herausfordern. DinAlt gelingt eine Zusammenführung der ›feindlichen Brüder‹ und eine teilweise Bekehrung der Starrköpfigen.
Im zweiten Roman wird Jason dinAlt entführt und auf einen unbekannten Planeten gebracht. Auch hier gibt es irdische Siedler, dazu eine Mischung aus Feudalherrschaft und Faustrecht. DinAlt bringt es vom Sklaven zum Anführer der Sklaven, schließlich zum Berater verschiedener Klans. Er baut für seine jeweiligen Herren Dampfmaschinen, elektrische Geräte u. a. m., bis ihn schließlich seine Freundin vom Pyrrus abholt.
Im dritten Band verschlägt es dinAlt und seine Gefährten auf einen Planeten, wo barbarische Nomaden hausen, die jeden umbringen, der sich ein festes Dach über dem Kopf errichtet. Zugleich hindern diese stolzen Wilden mit ihren primitiven Waffen eine Gesellschaft an der Ausbeutung der Bodenschätze des Planeten. DinAlt und seine Freunde sind aber noch härter und trickreicher als die Nomaden. Durch Intrigen wird die Macht des Nomadenführers Temuchin, der alle Nomaden zum Kampf gegen die Fremdlinge einen will, gebrochen.
Die drei Bücher sind bunte Abenteuerschmöker mit absteigender Frische vom ersten bis zum dritten Roman. Ihr Reiz liegt in der Unbekümmertheit, mit der H. aus allerlei Versatzstücken der SF und der Abenteuerliteratur die Handlung zusammenzimmert und seinen in allen Sätteln gerechten Helden agieren läßt. Logik und Glaubwürdigkeit sind wenig gefragt. Die Bücher, von Kritikern gelegentlich verrissen (ROTTENSTEINER: »Kindergarten-SF«), sind bei entsprechend herabgeschraubten Ansprüchen zum Teil ganz amüsant und waren – wie auch H.s Stainless-Steel-Rat-Serie – bei den Lesern außerordentlich beliebt.

Bill, the Galactic Hero
(1965; dt. *Der Chinger-Krieg*, 1973)

Bill, ein einfacher Bauernbursche, wird vom Raumkorps des Sternenimperiums entführt und zum Kriegsdienst gepreßt. Das Imperium kämpft gegen die echsenhaften »Chinger«. In der Folge erlebt Bill allerlei Abenteuer auf dem Raumschiff »Christine Keeler«, auf dem Planeten Helior und schließlich auf einem Dschungelplaneten, der nur unschwer als Synonym für Vietnam auszumachen ist.
Inhaltlich unterscheidet sich dieser Roman kaum von anderen Space Operas, mit der Ausnahme vielleicht, daß hier einmal H.s Talent, humorvoll und satirisch zu schreiben, mit vielen gelungenen Gags voll zum Tragen kommt, die Kalauer und Durststrecken in der Minderzahl bleiben. Wesentlicher ist es jedoch, daß H. mit Bill einen einprägsamen Antihelden in Szene setzt, der sich nicht korrumpieren läßt, der seine gesunde Abneigung gegen Krieg und alle damit verbundene Grausamkeit behält, der seine Identität bewahrt. Nur dieses eine Mal erreichte H. eine so ausgewogene Balance zwischen Unterhaltungswerten und ernsthaftem Anliegen. Der Roman wurde bewußt als Gegenstück zu Heinleins militaristischem Roman *Starship Troopers* konzipiert. Herausgekommen ist gewiß kein Stück großer Literatur – das liegt außerhalb von H.s Möglichkeiten und Intentionen –, wohl aber eine rundum gelungene, unprätentiöse Veräppelung militaristischer SF.

Make Room! Make Room!
(1966; dt. *New York 1999*, 1969)

Im Jahr 1999 ist die Bevölkerungsbombe längst explodiert. New York City hat 35 Millionen Einwohner, die Luft ist schlecht, die Menschen haben Hunger und kaum Unterkünfte, die man mit Recht so nennen kann. Energie ist knapp – und auch die Rohstoffe. Nachrichten werden auf Schiefertafeln geschrieben und von Kurieren überbracht. Computer können nicht mehr betrieben werden; demgemäß besitzt die Polizei auch keine Möglichkeit, Kriminelle effektiv zu erfassen. Andy Rusch, ein New Yorker Kriminalpolizist, lebt mit seinem Freund, einem alten Mann, in einem engen Apartment und verschafft sich in den Abendstunden hin und wieder ein paar zusätzliche Minuten Licht, indem er in die Pedale eines Fahrrades tritt, das einen kleinen Generator antreibt. Als seine Vorgesetzten ihn beauftragen, einen Mordfall aufzuklären, lernt er das Mädchen Shirl Greene kennen, eine Prostituierte, die bis dahin in der Wohnung des Ermordeten, eines Gangsters, gelebt hat. Sowohl die Umgebung, in der Shirl lebt, als auch das Mädchen selbst erscheinen Rusch wie das Paradies: Ein paar Zigaretten, einige Flaschen Bier, ein bißchen zu essen und die vergleichsweise luxuriöse Einrichtung sind mehr, als er in seinem Leben zu erwarten hat. Die Verfolgung des Mörders ist schwierig; als sich schließlich herausstellt, daß er ein von Mangelkrankheiten gezeichneter, hungriger junger Mann ist, der bei einem Einbruch ertappt wurde und nur aus Angst zugeschlagen hat, bekommt H.s Roman eine zusätzliche Dimension.

Das Thema »Detektiv sucht Mörder« ist nur ein vordergründiges: Tatsächlich dient die Suche Ruschs lediglich dazu, aufzuzeigen, welche Versäumnisse in der Gegenwart dazu geführt haben, daß die Zukunft dermaßen trübe aussieht. Wo immer Rusch (oder Billy Chung, der verängstigte Mörder) sich gerade aufhalten: stets dienen ihre Ortswechsel und Begegnungen ausschließlich dazu, dem Leser die erbärmliche Welt zu beschreiben, in der sie leben und aus der es keinen Ausweg mehr gibt. Die Lebensumstände erlauben nicht einmal mehr das kleinste private Glück: Der allgemeine Mangel an allem, was das Leben lebenswert macht, entzweit Rusch und Shirl, die sich im Laufe der Handlung ineinander verliebt haben, und führt dazu, daß sie bald wieder eigene Wege gehen: Der Detektiv wird weiterhin Opfer der Umstände jagen, die Prostituierte erneut an der Ecke stehen.

H. sieht *Make Room! Make Room!* als ernste Warnung vor den Überbevölkerungsproblemen, die auf die Menschheit zukommen, wenn sie sich nicht einer umfassenden Geburtenkontrolle unterwirft.

HARRISON, M(ICHAEL) JOHN
(*1945)

Geboren in Rugby. Da ihm das College nicht zusagte, zog er nach London und verkaufte Erzählungen an eher obskure Magazine. 1966 lernte H. die sich um das SF-Avantgardemagazin *New Worlds* scharenden Autoren Michael Moorcock, Langdon Jones, Charles Platt, J. G. Ballard u. a. kennen und wurde, nachdem mehrere seiner Texte dort veröffentlicht worden waren, fester Mitarbeiter. Sein Roman *The Pastel City* spielt auf einer sterbenden Erde und verquickt Topoi der Fantasy mit einem experimentellen Schreibstil. Die Handlung dieses Buches setzte er im späteren *A Storm of Wings* fort. Eine reine Space Opera ist *The Centauri Device*, ohne dabei allzu stark der Pulp-Tradition verhaftet zu sein. Die größte Reputation erlangte H. jedoch mit dem Roman *The Committed Men*, der ein zerbrechendes England nach einer atomaren Katastrophe schildert: Im Jahr 2020 ist nach einem Reaktorunfall die britische Zivilisation völlig zusammengebrochen. Die Menschen leben größtenteils außerhalb der Großstädte in isolierten Dorfgemeinschaften. Außer Pferden existieren keine Verkehrsmittel mehr, und die wenigen, die irgendwelche geheimen Benzinlager ausfindig gemacht haben, schwingen sich zu Herrschern auf.

Hautkrebs ist eine allgemein verbreitete Krankheit geworden; jeder Mensch hat mehr oder weniger geistige Schäden davongetragen. Eine Gruppe von Menschen reist mit einem Panzer nach London, wird in Kämpfe verwickelt und stößt in den Ruinen auf Überlebende, die an ihrem alten Dasein festhalten: Bürokraten, die keinen anderen Lebensinhalt kennen, führen ein Scheindasein und beschäftigen sich mit dem Ausfüllen nutzloser Formulare. Ein mutiertes Kind ist dem Anschein nach in der Lage, sich an die strahlenverseuchte und veränderte Welt anzupassen. Beschützt von einigen vernünftigen Leuten vor den Aggressionen derjenigen, die es zunächst töten wollten, wird es zur Hoffnung der Verzweifelten.

The Pastel City (1971; *Die Pastell-Stadt*, 1973); *The Committed Men* (1971); *The Centauri Device* (1975; *In meiner Hand – die Erde*, 1981); *The Machine in Shaft Ten and Other Stories* (1975); *A Storm of Wings* (1980).

HASSE, HENRY L.
(?)

Amerikanischer Fan und Autor, der oftmals in Zusammenarbeit mit anderen schrieb. Die wichtigsten dieser gemeinsamen Werke sind mit A. Fedor, mit dem er seine erste Kurzgeschichte, »The End of Tyme« verfaßte, mit Emil Petaja, dessen Pseudonym E. Theodor Pine er manchmal teilte, und mit Ray Bradbury entstanden. Hasse war an Bradburys erster professioneller Veröffentlichung, *The Pendulum*, beteiligt. Weniger bedeutend ist sein Roman *The Stars Will Wait* (1968). Als sein bestes Werk gilt die Novellette »He Who Shrank«, die 1936 entstand.

HASSELBLATT, DIETER
(*1926)

Geboren in Reval. H. promovierte mit einer Arbeit über Kafka. Er leitet die Hörspielabteilung des Bayerischen Rundfunks und erwarb sich hier wie während seiner vorhergehenden Tätigkeit beim Deutschlandfunk Verdienste um das SF-Hörspiel. H. ist Autor von sprachlich eigenwilligen SF-Kurzgeschichten, Verfasser von *Grüne Männchen vom Mars* (1974), eines Buches über SF, und betätigte sich als Herausgeber einer SF-Jugendbuchreihe, die vier Bände umfaßte und 1975/76 erschien. Er gab innerhalb dieser Reihe die Anthologie *Das Experiment* (1975) heraus.

HASSLER, KENNETH W(AYNE)
(*1932)

Geboren in Wernersville, Pennsylvania. H. ist ein Space-Opera-Routinier, von dessen sechs SF-Romanen nur einer, *The Dream Squad*, ins Deutsche übersetzt wurde.

The Dream Squad (1970; *Die Traumpolizei*, 1973); *The Glass Cage* (1970); *A Message from Earth* (1970); *Destination Terra* (1970); *Intergalactic Agent* (1971); *The Multiple Man* (1972).

HAUSER, HEINRICH
(1901–1960)

Geboren in Berlin. H. nahm als Seekadett noch am Ersten Weltkrieg teil, war dann Stahlarbeiter, Matrose, Kameramann, Farmer und Schlosser und bereiste die Welt als Globetrotter. 1938 emigrierte er in die USA. Er kehrte 1949 zurück und lebte zuletzt in Hamburg. Sein einziger SF-Roman, *Gigant Hirn* (1958), behandelt im althergebrachten Stil des deutschen Zukunftsromans das in der SF beliebte Thema des Elektronengehirns, das ein eigenes Bewußtsein erlangt und den Menschen beherrschen will.

HAWTHORNE, NATHANIEL
(1804–1864)

Geboren in Salem, Massachusetts. Einige seiner Werke können als Vorläufer der Science Fiction gelten. So spielen z. B. in dem Roman *The Scarlet Letter* (1850) geheime medizinische Experimente eine tragende Rolle, wie auch andere seiner Geschichten von wissenschaftlichen oder pseudowissenschaftlichen Ideen leben. Seine für die SF wichtigsten und einflußreichsten Geschichten, »The Birthmark« (1843), »The Artist of the Beautiful« (1844) und »Rappaccini's Daughter« (1844), stellen ein literarisches Bindeglied zwischen frühen, von wissenschaftlichen Ideen getragenen Romanstoffen und den wissenschaftlichen Romanzen des beginnenden technischen Zeitalters dar. Sie sind teilweise in dem Band *The Celestial Railroad and Other Stories* (1963) gesammelt.

HAY, GEORGE
(*1922)

Geboren in Chelsea, London. Er ist Vorsitzender der H. G. Wells Society, Mitbegründer der SF Association und gehört dem Redaktionsbeirat des literaturkritischen Periodikums *Foundation* an, das in Großbritannien die seriöseste SF-Kritik liefert. H.s Anthologien sind unter den Titeln *Hell Hath Fury* (1963), *The Disappearing Future* (1970) und *Stopwatch* (1974) erschienen. In den fünfziger Jahren hat er einige SF-Romane verfaßt, die ganz dem damaligen Stil entsprachen und sich keinem sonderlichen Anspruch verpflichtet fühlten.

Flight of the Hesper (1951); *Man, Woman and Android* (1951); *This Planet for Sale* (1952; *Planet der Tränen*, 1958); *Terra!* (ca. 1953; Verlagspseud. King Lang).

HEINLEIN, ROBERT A(NSON)
(*1907)

Geboren in Butler, Missouri. Einer seiner Vorfahren war im 18. Jahrhundert aus Bayern nach Amerika gekommen. H. besuchte die Public School in Kansas, dann die High School, anschließend die US-Marineakademie in Annapolis. Er war Geschützoffizier auf einem Flugzeugträger, wurde aber nach fünfjähriger Dienstzeit verabschiedet, weil er körperlich den Anforderungen nicht gewachsen war. Auch ein späteres Mathematik- und Physikstudium mußte er aus gesundheitlichen Gründen abbrechen. Sichtlich betroffen von diesen beiden Fehlschlägen – insbesondere der Abbruch der ersehnten Karriere als Marineoffizier machte ihm zu schaffen –, versuchte er sich in einer Vielzahl von Berufen (in der Politik, im Bergbau, in der Landwirtschaft, in der Architektur), bevor er zu schreiben begann. In der Science Fiction stieg er dann innerhalb kürzester Zeit zum bekanntesten Autor neben Isaac Asimov und A. E. van Vogt auf. Wie Asimov schaffte er es, auch nach dem Kriege ganz oben zu bleiben. Er schrieb eine Reihe von Romanen, darunter auch zahlreiche Jugendbücher, und war innerhalb der Science Fiction weltweit einer der am besten verkäuflichen Autoren. Mit *Stranger in a Strange Land* (1961) drang er in den allgemeinen Bestsellerbereich vor, denn das Buch schwamm auf der Hippiewoge, und allein bis 1967 wurden 7 Millionen Exemplare davon verkauft. H.s Spätwerk besteht aus Romanen, die immer voluminöser wurden, häufig umstritten waren und qualitativ hinter dem zurückbleiben, was H. bis Ende der fünfziger Jahre geschrieben hatte. Der Erfolg allerdings blieb ihm treu, und ein neues Heinlein-Buch wird mit sechsstelligen Vorschüssen gehandelt (der bislang letzte Roman, *The Number of the Beast*, wurde versteigert und erzielte 500 000 Dollar).

H.s erste Story erschien 1939 unter dem Titel »Lifeline« in *Astounding* und bildete den Auftakt für die Serie »Future History«. In der Folge veröffentlichte Heinlein beinahe Monat für Monat in *Astounding*, manchmal war er sogar mit einer zweiten Story vertreten, die dann unter dem Pseudonym Anson McDonald erschien. Gleichzeitig schrieb er unter dem Namen Lyle Monroe und anderen Pseudonymen für weitere Magazine. 1941 erschienen, ebenfalls in *Astounding*, seine ersten Romane: *Sixth Column* und *Methuselah's Children. Sixth Column* behandelt eine asiatische Invasion der USA und den Widerstandskampf dagegen. Zu seinen besten Stories aus dieser Zeit gehören »And He Built a Crooked House« (1941) und eine der besten Zeitreisegeschichten überhaupt, »By His Bootstraps« (1941). Berühmt wurde auch »Waldo« (1942), wo ein körperbehinderter Erfinder jene Mechanismen zum Ersatz seiner fehlenden Muskeln entwickelt, die unter dem Namen »Waldos« in die SF-Terminologie eingingen.

Nachdem H. zwischen 1943 und 1946 keine SF veröffentlicht hatte, erschienen von ihm ab 1947 eine Reihe von Jugendbüchern, als erstes *Rocket Ship Galileo* (1947), dann *Space Cadet* (1948), *Red Planet* (1949) und andere, darunter auch *Tunnel in the Sky* (1955) und *Citizen of the Galaxy* (1957). Die Protagonisten sind häufig Jungen oder Jugendliche, die, zum Beispiel als Raumkadetten, in die Welt der Erwachsenen eingeführt werden. Einige dieser Werke sind gute technische Abenteuer, die weit über dem Niveau sonstiger SF-Jugendbücher jener Jahre lagen. H.s beste Jugendbücher sind *Starman Jones* (1953), *The Star Beast* (1954), *Tunnel in the Sky* (1955) und *Citizen of the Galaxy* (1957).

1951 erschien H.s Invasionsroman *The Puppet Masters*, 1956 kam *Double Star* heraus: Ein Schauspieler ersetzt einen gekidnappten interstellaren Politiker. Der Roman gewann zwar 1956 den »Hugo«, gehört aber nicht unbedingt zu H.s besten Titeln. Ein weitaus besseres Buch ist *The Door into Summer* (1957). 1959 erschien mit *Starship Troopers* ein weiterer »Hugo«-Gewinner. Es ist H.s wohl umstrittenstes Werk, und die eindeutige militaristische Aussage des Romans führte dazu, daß zahlreiche Kritiker den Autor als Militaristen oder auch Faschisten bezeichneten. Allerdings stützt sich der Vorwurf nicht allein auf dieses Buch, denn zumindest erzkonservative und reaktionäre Untertöne sind in zahlreichen Heinlein-Werken präsent. Nach einem seiner schwächsten Jugendbücher, *Podkayne of Mars* (1963), erschien im gleichen Jahr *Glory Road*, ein unterdurchschnittlicher Abenteuerroman mit Sword-&-Sorcery-Elementen, von einigen als Parodie auf den Militarismus bezeichnet, was aber kaum zutreffen dürfte. Zumindest besser geschrieben ist *Farnham's Freehold* (1964), ein weiteres kontroverses Buch, in dem der späte H. besonders präsent ist. Protagonisten wie Farnham tauchen auch in den folgenden Romanen immer wieder auf: autoritäre alte Männer, auf Sex erpicht, ihre mittelwestliche Mittelmäßigkeit für den Nabel der Welt haltend. Eine Ausnahme hiervon bildet allenfalls *The Moon Is a Harsh Mistress* (1966), das streckenweise an den frühen H. erinnert. Hier geht es um die Unabhängigkeitserklärung der Mondkolonie, die sich damit von der Erde lossagt. Kernstück des Romans ist der Mondcomputer »Mike«, der Bewußtsein und Empfindungen entwickelt hat. 1970 erschien *I Will Fear No Evil*, in dem ein Reicher seinen Geist in den Körper seines jungen Sekretärs transferiert. *Time Enough for Love* (1973) setzt die Schilderung des Lebens von Lazarus Long, dem bereits aus *Methuselah's Children* bekannten Langlebigen fort, und *The Number of the Beast* (1981) schildert einen Mathematiker, der mit seiner Raum-Zeit-Maschine jedes denkbare Universum (auch fiktive Universen) aufsuchen kann.

H. gewann den »First Grand Master Nebula Award«, und seine Popularität ist so ungebrochen, daß er aus Umfragen der Fachzeitschrift *Locus* auch in den Jahren 1973 und 1977 noch immer als »bester SF-Autor aller Zeiten« hervorging. Tatsächlich war H. seinen Kollegen lange Zeit als Autorenpersönlichkeit überlegen, und es gibt keinen Grund, seine in den vierziger und fünfziger Jahren erworbenen Verdienste zu schmälern. Er hat eine Reihe von herausragenden Werken geschrieben, die damals dem Genre dem Weg wiesen, und seine beiden Zeitreisestories »By His Bootstraps« und »All You Zombies« (1959) sind wahre Kabinettstückchen, die bislang keiner übertroffen hat. Inzwischen jedoch bestimmen andere Autoren die Richtung.

Sixth Column (Buchausgabe 1949; *Die sechste Kolonne*, 1971); *Starman Jones* (1953; *Abenteuer im Sternenreich*, 1954); *The Star Beast* (1954; *Das Ultimatum von den Sternen*, 1966); *Tunnel in the Sky* (1955; *Tunnel zu den Sternen*, 1966); *Citizen in the Galaxy* (1957; *Bewohner der Milchstraße*, 1958); *Double Star* (1956; *Doppelleben im Kosmos*, 1961); *Glory Road* (1963; *Straße des Ruhms*, 1970); *The Moon Is a Harsh Mistress* (1966; *Revolte auf Luna*, 1968); *I Will Fear No Evil* (1970; *Das geschenkte Leben*, 1973); *Time Enough for Love* (1973; *Die Leben des Lazarus Long*, 1976); *The Number of the Beast* (1981; *Die Zahl des Tiers*, 1981).

The Puppet Masters
(1951; dt. *Weltraummollusken erobern die Erde*, 1957)

Sie kommen vom Titan, dem sechsten Mond des Saturn, und landen mit ihren Raumschiffen fast unbemerkt auf der Erde – Parasiten, die den Menschen als Gastkörper benutzen. Sie setzen sich irgendwo am Körper fest und übernehmen die volle Kontrolle über ihn.

Anfangs sind nur wenige Menschen ihre Sklaven, aber mit rasender Schnelligkeit bringen sie ganze Städte und Landstriche an sich. Bevor die Gefahr voll erkannt wird und geeignete Gegenmaßnahmen möglich sind, scheint die Invasion schon entschieden. Aber man gibt nicht auf. Die Parasiten sind am nackten menschlichen Körper sichtbar, deshalb wird in den noch nicht oder nur wenig befallenen Gebieten das Tragen von Kleidung verboten. Nur so kann man sicher sein, daß der Nachbar noch kein Sklave der Fremden ist. Man kann die Parasiten vom Gastkörper lösen und töten, aber bei der gewaltsamen Trennung stirbt dann meistens auch der Mensch. Einem Zufall verdankt man schließlich die Entdeckung einer wirksamen Waffe. Eine Krankheit, das Neuntagefieber, vernichtet die Parasiten. Ihre menschlichen Sklaven werden mit der Krankheit infiziert, die Parasiten sterben ab, und die Menschen erhalten ein Gegenserum. Man macht sich auf zum Titan, um die Parasiten völlig auszurotten.

H. schildert das Ganze aus der Sicht eines Geheimagenten, der maßgeblich am Sieg über die Invasoren beteiligt ist. Weitere Hauptpersonen sind der Vater und die spätere Frau des besagten Agenten, beide gehören wie er dem Geheimdienst an. H.s Held durchläuft eine Entwicklung vom stur gehorchenden Muskelmann

ohne viel Hirn zum sich widersetzenden Agenten, dessen Reaktionen jedoch leicht zu berechnen sind, und schließlich zum denkenden Menschen, der eigene Entscheidungen trifft und sich durchsetzt. Dies entwickelt sich gut und glaubhaft. Sprache und Stil des Romans sind dem Helden angepaßt, also einfach, bisweilen primitiv in der Wortwahl und betont hemdsärmelig. Einige tiefere Einsichten und Ausblicke verraten die besseren Anlagen des Helden.
Heinlein überrascht hin und wieder mit kleinen Gags außer der Reihe, und der Kater Pirat zeugt von Heinleins Katzenliebe und ist eine Art literarischer Vorfahr des Pete aus *The Door into Summer*. *The Puppet Masters* gehört zu den wichtigsten Invasionsromanen der SF.

Future History

The Man Who Sold the Moon (C, 1950; dt. *Der Mann, der den Mond verkaufte*, 1971); **The Green Hills of Earth** (C, 1951; dt. *Die grünen Hügel der Erde*, 1964); **Revolt in 2100** (C, 1953; dt. *Revolte im Jahr 2100*, 1964); **Methuselah's Children** (Buchausg. 1958; *Die Ausgestoßenen der Erde*, 1963); **Orphans in the Sky** (Buchausg. 1963; *Die lange Reise*, 1967)

Die gesamte Serie ist auch erschienen unter dem Titel
The Past Through Tomorrow (1967).

Das Konzept der *Future History* wurde von H. und dem *Astounding*-Redakteur Campbell 1941 in *Astounding* vorgestellt. Es wies allerdings noch Lücken auf, die Heinlein auch später nicht gefüllt hat. Darüber hinaus wurden einige der geplanten Titel nicht geschrieben. Allerdings hat H. einige der Figuren, etwa Lazarus Long aus *Methuselah's Children*, später wieder aufgegriffen, als er *Time Enough for Love* schrieb, und einiges von dem Material, das ursprünglich für die Serie gedacht war, erschien in abgewandelter Form als Teil der Romane *Stranger in a Strange Land* und *The Moon Is a Harsh Mistress*, ferner in der Novelle »Free Men«. Aus alldem ergibt sich, daß die *Future History* kein allzu homogenes Gebilde ist und die Stringenz teilweise fehlt. Für die vierziger Jahre allerdings war diese Serie über die technische und gesellschaftliche Entwicklung einer zukünftigen Welt ein Meilenstein der Science Fiction.
Die *Future History* beginnt mit der Story »Lifeline«, H.s erster veröffentlichter Story überhaupt (eine Maschine kann den Tod jedes Menschen exakt voraussagen) und führt unter anderem über so bekannte und häufig nachgedruckte Stories wie »The Roads Must Roll« (eine paramilitärische Klasse bewacht das Transportmonopol der »rollenden Straßen«) und »Blowups Happen« (Verhinderung von Katastrophen in Kernkraftwerken) zu »The Man Who Sold the Moon«, wo ein weltraumverrückter Millionär das amerikanische Raumfahrtprogramm in Schwung bringt. Es folgen eine Reihe von auf dem Mond angesiedelten Erzählungen – z. B. »Requiem«, »The Long Watch«, »The Black Pits of Luna« usw. –, in denen sich häufig eine Stimmung von Heroismus und Sentimentalität ausdrückt. Handlungschronologisch folgt auf die Eroberung des Mondes die Urbarmachung des Sonnensystems. Unerklärlicherweise eine der berühmtesten Stories dieses Zyklus ist »The Green Hills of Earth«, in der ein Raumvagabund auftritt, der die Titelzeilen als Song populär macht. In »Logic of Empire« geht es um Sklaverei auf der Venus und den Kampf dagegen, wie überhaupt der Freiheitskampf in dieser Serie immer wieder zum Thema wird. In einer weiteren Phase der *Future History* ist es auf der Erde zu einer theokratischen Diktatur gekommen. Diese Ereignisse und der Kampf gegen die Diktatur werden thematisiert in berühmten Novellen wie »Coventry«, »If This Goes On ...« und »Misfit«. Der Roman *Methuselah's Children* behandelt die »Howard-Familien«, Menschen, die als Versuchspersonen eines Programms zur Erforschung der Unsterblichkeit langlebig und damit zu verfolgten Außenseitern auf der Erde geworden sind. Sie starten mit einem Raumschiff zu anderen Welten, kehren später aber zurück und erleben, daß man auf der Erde inzwischen in der Lage ist, jedem Langlebigkeit zu ermöglichen. Die abschließenden Kurzromane »Universe« und »Common Sense« sollten ursprünglich um einen dritten ergänzt werden. Sie erschienen als Roman unter dem Titel *Orphans in the Sky*. Hier wird die Reise in einem Generationenraumschiff geschildert. Die Nachkommen der ursprünglichen Besatzung haben Ziel und Zweck ihrer Reise vergessen.
Die einzelnen Beiträge der *Future History* sind von stark unterschiedlicher Qualität (was wohl

unvermeidlich war), aber die Reihe insgesamt wurde Vorbild für manchen anderen Autor.

The Door into Summer
(1957; dt. *Tür in die Zukunft*, 1963)

Betrogen von seiner Verlobten und seinem besten Freund, entschließt sich Daniel B. Davis, die gerade aufgekommene Möglichkeit des Kälteschlafs zu erproben und sich gemeinsam mit seinem einzigen verbliebenen Freund, seinem Kater Pete, dreißig Jahre oder länger einfrieren zu lassen. Die Anteile an der von ihm mitgegründeten Firma für die Herstellung von roboterähnlichen Dienstleistungsautomaten soll Ricky, sein Patenkind, erhalten. Aber Betty, seine Ex-Verlobte, hat sich nicht nur von ihm abgewendet und wirft ihn aus seiner eigenen Firma hinaus – sie und sein ehemaliger Freund Miles setzen ihn obendrein unter Drogen und versuchen ihn zur Herausgabe der restlichen Firmenanteile zu zwingen. Pete liefert den Schurken einen heißen Kampf und entwischt, bevor sie ihn töten können. Da Daniel seine Anteile schon auf Ricky überschrieben hat, hilft auch die Droge nichts. Betty und Miles, die auf diese Art von der Existenz des Kälteschlafvertrags erfahren haben, lassen ihn sofort, noch willenlos unter der Droge, einliefern, damit er ihnen nichts anhaben kann. Pete bleibt zurück.
Daniel wacht im Jahre 2000 auf. Er ist mittellos, denn seine Anlagen haben sich als ungünstig erwiesen, Ricky ist nicht aufzufinden, seine ehemalige Firma allerdings blüht, und er beginnt dort als Ingenieur zu arbeiten. Er hat auch eine Begegnung mit der inzwischen dreißig Jahre älteren Betty, die jetzt einen recht debilen Eindruck macht. Rache ist unter diesen Umständen fehl am Platze. Nach und nach stößt Daniel darauf, daß ein anderer D. B. Davis wie eine graue Eminenz im Hintergrund agiert, über zahlreiche Patente an Automaten und dergleichen verfügt. Als er endlich Ricky auf die Spur kommt, erfährt er etwas, das ihn klar sehen läßt. Er reist mit der gerade im Teststadium befindlichen Zeitmaschine in das Jahr 1970, als alles begann, zurück, findet in zwei Nudisten neue Freunde, läßt von ihnen allerlei Manipulationen vornehmen – die richtigen Geldanlagen, das Eintragen von Patenten aus der Zukunft –, sagt der geliebten elfjährigen Ricky, sie möge ihm, wenn sie will, als Erwachsene in den Kälteschlaf folgen, beobachtet sein anderes Ich, als es sich in der Gewalt von Betty und Miles befindet, greift sich den Kater Pete und macht mit ihm zusammen zum zweitenmal per Kälteschlaf die Reise in die Zukunft. Dort heiratet er Ricky, die ihm als junge Frau in den Kälteschlaf gefolgt ist, und übernimmt von seinen Nudistenfreunden, die als Treuhänder tätig waren, die Firma. Der Romantitel bezieht sich auf Petes unbeirrbaren Glauben, selbst im Winter müsse eine der Türen des Hauses statt in Schnee und Eis in den Sommer hinausführen. Daniel hat diese Tür in den Sommer gefunden.
Trotz der teilweise melodramatischen Umstände und der etwas überzeichneten bösen Betty ist dieser Roman H.s schönstes Buch. Es beeindruckt durch eine klug ausgedachte Zeitreisestory, vor allem jedoch durch den mit großer Wärme geschilderten Daniel, der, obwohl letztlich erfolgreich, hauptsächlich eine Art gebeutelter Antiheld ist. Mit großer Anteilnahme, unsentimental-respektvoll hat sich H. auch des Katers Pete angenommen, der zu einer erfrischenden Katzenpersönlichkeit gerät. Am Rande gibt es ein paar jener politischen Bemerkungen, für die H. bekannt ist, aber sie sind für das Buch in keiner Weise wichtig.

Starship Troopers
(1959; dt. *Sternenkrieger*, 1979)

Starship Troopers schildert einen interstellaren Krieg der Zukunft, der mit beispielloser Härte und Grausamkeit geführt wird. H. erzählt die Lebensgeschichte eines jungen Mannes, Sohn wohlhabender Eltern, der der Armee beitritt, denn nur so kann er sich die Bürgerrechte sichern, zu denen auch das Wahlrecht gehört. Das Wahlrecht muß sich derjenige, der es haben will, durch den Militärdienst erwerben. Er tut dies gegen den Willen seines Vaters, der ihn in seine Firma übernehmen will. Die militärische Ausbildung ist hart, und viele stehen sie nicht durch, aber verglichen mit dem eigentlichen Kriegsgeschehen ist sie noch ein Kinderspiel. Der jugendliche Held geht seinen Weg und bringt es bis zum Führer einer Kompanie, wo er schließlich seinen Vater wiedertrifft, der sich ebenfalls zum Militär gemeldet hat.
Starship Troopers ist seit Erscheinen einer der kontroversesten Romane der SF überhaupt.

In der Tat wird dieses Buch von einer antidemokratischen Propaganda geprägt, die sich weniger in beschönigenden Beschreibungen blutiger Schlachten (die auch vorkommen, aber von vergleichsweise untergeordneter Bedeutung sind) manifestiert, als vielmehr subtil und unterschwellig durch lange Gespräche und Monologe von Lehrern, besonders im Fach »Sozialethik«. H. glorifiziert das Soldatenleben, während der Gegner, Insektenwesen, die in einer Staatsform mit vulgärmarxistischen Anklängen leben, immer als Rasse von Primitiven geschildert wird, die man bis auf den letzten Mann ausrotten muß. Trotzdem hinterließ das Buch auf dem amerikanischen Markt einen nachhaltigen Eindruck, stieß aber auch, vor allem bei jüngeren Autoren der Vietnamkriegsgeneration, im nachhinein auf Kritik, die in Haldemans *The Forever War*, einer konsequenten und logischen philosophischen Antithese zu *Starship Troopers*, ihren Kulminationspunkt hatte.

Stranger in a Strange Land
(1961; dt. *Ein Mann in einer fremden Welt*, 1970)

Eine Expedition wird auf den Mars geschickt, sie scheitert, das Raumschiff stürzt ab. Mehr als zwanzig Jahre später wird eine zweite Expedition gestartet. Auf dem Mars findet man als einzigen Überlebenden des Debakels einen jungen Mann namens Michael Valentine Smith, der als Kind an Bord war und nach dem Tod seiner Eltern von Marsianern erzogen wurde. Der Kapitän nimmt den Mann an Bord und bringt ihn zurück zur Erde, die für ihn eine vollkommen fremde und unverständliche Welt ist. Er benützt seine mentalen Kräfte, die die Marsianer ihm verliehen haben, um die Welt nach seinen Vorstellungen zu verändern, und wird damit bald zu einer Messiasfigur vor allem für die jüngere Generation – aber auch zu einer Gefahr für das etablierte System. Als er schließlich, auf der Höhe seiner Berühmtheit, keinen anderen Ausweg mehr sieht, den Menschen das Verständnis zu bringen, entleibt er sich selbst und landet als neuer Messias im Himmel, wo er seine Pläne zur Umstrukturierung der gesellschaftlichen Struktur auf der Erde fortsetzen kann.

Stranger in a Strange Land ist der bekannteste, aber mit am wenigsten typische Roman im Schaffen H.s. Zwar ist auch hier wieder zentrale Figur ein Übermensch, aber dieses Mal prangert H. Mißstände auf der Erde an. Mit dem Buch wurde H. ironischerweise zu einer Kultfigur in amerikanischen Hippie-Kreisen, die wahrscheinlich besonders von dem Mystizismus und dem für damalige SF-Verhältnisse avantgardistischen Stil des Buches angetan waren. Äußerungen von Philip K. Dick, laut denen H. bekannte, er schreibe, was kommerziell erfolgversprechend sei, beziehen sich möglicherweise auch und gerade auf diesen Roman.

Farnham's Freehold
(1964; dt. *Die Reise in die Zukunft*, 1967)

Farnham, ein Makler, überlebt mit seiner Frau Grace, einer Trinkerin, seinen erwachsenen Kindern Karen (Studentin) und Duke (Rechtsanwalt) sowie dem jungen schwarzen Diener Joe und Karens Freundin Barbara einen atomaren Angriff, weil er zu Friedenszeiten einen Großteil seiner Zeit damit verbracht hatte, einen Bunker zu bauen und einzurichten. Der Bunker wird in eine Welt der Zukunft geschleudert, die sich zunächst als unberührte Natur zu erkennen gibt. Die sechs Menschen samt Katze richten sich auf ein primitives Leben als Bauern und Jäger ein. Es kommt zu Spannungen zwischen dem autoritären Farnham und seinem Sohn, zu Ärgernissen wegen der trinkenden und sich nicht eingliedernden Mrs. Farnham, zu Liebesszenen zwischen dem alten Farnham und der jungen Barbara. Karen gebiert ein Kind, dessen Vater noch aus der alten Welt stammt. Sie stirbt bei der Geburt, das Kind wird nur einen Tag alt. Duke und seine Mutter wollen sich von den anderen trennen, da tauchen Flugkörper mit den Herren jener Welt der Zukunft auf.

Die Zeitreisenden werden gefangengenommen und in den Palast eines gewissen Ponse, eines Farbigen, gebracht. Ponse, Angehöriger der schwarzen Oberschicht, hat etwa zweitausend weiße Diener in seinem Palast. Dieser neuen Welt mit ihren Haremsregeln, ihren gezüchteten Spezialisten (Diener, Beischläferinnen, »Bullen«, Kastraten) müssen sie sich anpassen. Man betet den »Großen Onkel« an und ißt Menschenfleisch. Grace wird »Bettwärmer« des Ponse, Duke kommt nach einiger Zeit auf ihren Wunsch zu ihr; man hat ihn kastriert, und er ergibt sich dem permanenten Rausch. Barbara

wird von Zwillingen entbunden (die von dem alten Farnham sind), Farnham selbst genießt als Übersetzer einiger geretteter Bücher bald Ansehen bei Ponse. Joe wird als Angehöriger der schwarzen Rasse in die Oberschicht aufgenommen. Hugh Farnham, Barbara und die Zwillinge werden nach mißglücktem Fluchtversuch per Zeitmaschine in die Vergangenheit zurückbefördert. Sie erleben dort nochmals den Atomkrieg, überleben ihn auch diesmal und schlagen sich in der folgenden Zeit mit einem Laden durch, den sie »Farnhams Oase« nennen.
Erzählerisch ist dies einer der letzten gelungenen Romane aus dem Spätwerk Heinleins. Gleichzeitig präsentiert sich hier im Kern eine penetrant ausgeprägte Ideologie des konservativ-reaktionären Amerika. Law-and-order-Denken fehlt so wenig wie das Vertrauen auf die weltweite Überlegenheit des amerikanischen Kleinbürgers, starrsinnige Besserwisserei so wenig wie unterschwelliger Rassismus. Der hier schon präsente Patriarch, der alles besser weiß und kann und auch im Bett noch Anspruch auf das jüngste Blut hat, ist eine traumatische Gestalt, die sich durch fast alle späten Werke des Autors zieht.

HENDERSON, ZENNA
(*1917)

Geboren in Tucson, Arizona. Nach mehreren Jobs in einer Arztpraxis, als Fahrerin einer Wäscherei, als Büroangestellte usw. wurde H. Lehrerin (ein Beruf, den sie bis heute mit Begeisterung ausübt). Sie unterrichtete u. a. in einem Internierungslager für Japaner in Amerika und in den fünfziger Jahren auf einem amerikanischen Luftwaffenstützpunkt in der Nähe von Paris, vor allem jedoch in amerikanischen Volksschulen. Sie wurde mormonisch erzogen, trat aber später zum methodistischen Glauben über. Ihre erste SF-Story, »Come On, Wagon!«, erschien 1951 im *Magazine of Fantasy & Science Fiction*. Bekannt wurde sie vor allem durch die Erzählungen ihrer People-Serie (»Pilgrimage«), die zunächst ab 1952 in demselben Magazin erschienen und später zu zwei Sammelbänden zusammengefaßt wurden.
The Anything Box (1965); *Holding Wonder* (1971).

Pilgrimage: The Book of People
(1961; dt. *Wo ist unsere Welt?*, 1961)
The People: No Different Flesh
(1966; dt. *Aufbruch ins All*, 1968)

Diese thematisch miteinander verbundenen Kurzgeschichten wurden von der Autorin seit den frühen fünfziger Jahren veröffentlicht. Die »People«, das »Volk«, sind Extraterrestrier und äußerlich nicht von Menschen zu unterscheiden. Sie kamen im 19. Jahrhundert auf die Erde, als ihr Planet zerstört wurde. Im Gegensatz zu den Menschen verfügen sie über Psi-Kräfte, können fliegen und sind ausgesprochen friedfertig. An Zahl sind es nur wenige, und sie leben gut getarnt im Südwesten der USA. Die einzelnen Stories schildern die Konflikte, die sich aus ihrem Anderssein ergeben, und meistens sind junge Menschen, häufig junge Frauen, die Protagonisten. Über den meisten der Stories liegt ein gewisser Zauber, der aus der religiösen Einstellung der Autorin und der Situation ihrer Protagonisten entsteht. Das »Volk«, eine Minderheit, die ihre Heimat verloren hat, erinnert an engelhafte Wesen, die inmitten einer nicht selten feindseligen Umgebung allen Anfechtungen widerstehen, den Feinden gegenüber Milde und Barmherzigkeit zeigen und dank eines besonderen Rassegedächtnisses den inneren Zusammenhalt bewahren.
Es sind einfache, wohlmeinende Geschichten, keine literarischen Kostbarkeiten, aber im Umfeld der Science Fiction der fünfziger Jahre waren sie in dieser Form durchaus eine Rarität.

HENNEBERG, CHARLES / HENNEBERG, NATHALIE
(1899–1959 / 1917–1977)

Das prominenteste französische SF-Schriftstellerpaar stammte in Wirklichkeit aus Deutschland (C. H.s vollständiger Name: Charles Henneberg zu Irmelshausen-Wasungen) bzw. aus Rußland. C. H. diente in der Fremdenlegion, publizierte 1954 seine erste Erzählung und hinterließ nach zahlreichen Kollaborationen mit seiner Frau (die bereits vor ihrer Ehe eigenständige Veröffentlichungen aufzuweisen hatte) ein Gesamtwerk von vier Romanen und einigen Erzählungen. N. H. vervollständigte seine nachgelassenen Manuskripte, die dann unter dem

Namen Nathalie Charles-Henneberg erschienen; ein fünfter Roman, der zwar nur ihren Namen trägt, stammt tatsächlich aus der Feder ihres Mannes. Beide waren Verfasser spannender Space Operas, die vor allem durch Farbenpracht und Stildichte zu bestechen wußten. In *Les dieux verts* geht es um eine postatomare Erde, deren Mond sich gespalten hat. Die Erde ist von einem kosmischen Staubgürtel umgeben, von ihren einstigen Kolonien abgeschnitten und verfügt über ein stärkeres Magnetfeld. Die Vierfüßler existieren nicht mehr; Pflanzen und Insekten sind die neuen Herrscher des Planeten, in denen mutierte Menschen in Sklaverei leben. *Le chant des astronautes* spielt auf dem Planeten Alcyone, der von intelligenten Humanoiden bewohnt wird, die offenbar von Sauriern abstammen. Als ein Raumschiff von der Erde auf dieser Welt Schiffbruch erleidet, verliert Alain Cendre seine Eltern und wächst unter den Waldbewohnern auf, die mit den kultivierten Bewohnern der Stadt Seelia keine Kontakte unterhalten. In unregelmäßigen Abständen wird der Planet Alcyone von wandernden Energiesäulen heimgesucht, die große Verwüstungen anrichten und die Planetenbewohner scharenweise in den Tod treiben. Es handelt sich um energetische Raumvampire, die eine Welt nach der anderen überfallen, in Besitz nehmen und sich äußerlich deren Bewohnern anpassen.

C. H.: *La naissance des dieux* (1954); *Le chant des astronautes* (1958); *An premier, ère spatial* (1959); *La rosée du soleil* (1959); *Les dieux verts* (1961; veröffentlicht unter dem Namen N. H.); *L'opale Entydre* (C, 1971).
N. H.: *La forteresse perdue* (1962); *Le sang des astres* (1963); *La plaie* (1964); *Le mur de la lumière* (1972); *Le dieu foudroye* (1976).

HENSLEY, JOE L(OUIS)
(*1926)

Amerikanischer Richter und Freizeitautor, der einige Kriminalromane verfaßt hat und mit der SF-Erzählung »Treasure City« 1952 in *Planet Stories* debütierte. Sein bisher einziger SF-Roman ist *The Black Roads* und behandelt das Leben in einem totalitär regierten Amerika nach dem Zusammenbruch der Zivilisation. H. hat verschiedentlich das Pseudonym Louis J. A. Adams (in Zusammenarbeit mit Alexei Panshin) benutzt.

HERBERT, FRANK
(*1920)

Geboren in Tacoma, Washington. H. studierte an der University of Washington Journalismus und arbeitete, bevor er seinen ersten SF-Roman veröffentlichte, als Reporter für die Tagespresse, TV-Kameramann und Rundfunksprecher. Seine erste Story, »Looking for Something?«, erschien 1952 in *Startling Stories*, wurde aber, wie etwa 20 weitere, die im nächsten Jahrzehnt aus seiner Feder flossen, vom Publikum nicht wahrgenommen. Mit *The Dragon in the Sea* publizierte *Astounding* 1955/56 seinen Romanerstling in Fortsetzungen (spätere Buchtitel: *21st Century Sub*, 1956; *Under Pressure*, 1974). Darin geht es um die Besatzung eines von einem getarnten Psychiater begleiteten amerikanischen Unterseebootes, das zu einer Mission aufbricht, von der mehrere andere nicht zurückgekehrt sind. Die Ölreserven der USA sind erschöpft, weswegen man die Möglichkeit ins Auge faßt, im Machtbereich der Sowjetunion illegale Bohrungen vorzunehmen.
Obwohl dieser Roman relativ erfolgreich war, wurde es danach mehrere Jahre still um H. Aber 1963 wurde klar, daß der Autor in der Zwischenzeit nicht müßig gewesen war. In *Analog* erschien mit »Dune World« der erste Teil eines ambitionierten Werkes, das in seiner endgültigen Fassung *Dune* (1965 als Buch) Leser und Kritiker begeistern sollte. *Dune* war ein voluminöser Roman, der eine fremde Welt mit einer Detailfreudigkeit beschrieb, wie es bis dahin in der SF noch nicht geschehen war. Für H. bedeutete er den Durchbruch, zumal er damit den »Hugo« und »Nebula Award« gewann. Mit späteren Romanen, etwa *The Santaroga Barrier* (1968), *Hellstrøm's Hive* (1973) oder *The Dosadi Experiment* (1977), konnte H. diesen Erfolg nicht mehr wiederholen. Statt dessen stellte sich heraus, daß *Dune* im Laufe der Jahre beim Publikum immer populärer wurde. Fortsetzungen mußten unweigerlich folgen: *Dune Messiah* (1969), *The Children of Dune* (1976) und *The God Emperor of Dune* (1981). Die beiden letzten Titel hielten sich monatelang in

den US-Bestsellerlisten und bescherten ihrem Verfasser über das SF-Feld hinausreichenden Ruhm. Insgesamt wurden die *Dune*-Romane in mehreren Millionen Exemplaren in mehr als zehn Sprachen verkauft. Sie gehören zu den größten SF-Bestsellern aller Zeiten und zu den bekanntesten Titeln der modernen SF.

Dune-Serie: *Dune* (1965; *Der Wüstenplanet*, 1978); *Dune Messiah* (1969; *Der Herr des Wüstenplaneten*, 1978); *Children of Dune* (1976; *Die Kinder des Wüstenplaneten*, 1978); *The God Emperor of Dune* (1981; *Der Gottkaiser des Wüstenplaneten*, 1982). – *The Dragon in the Sea* (1956; *Atom-U-Boot S 1881*, 1967); *Destination: Void* (1966; *Ein Cyborg fällt aus*, 1971); *The Eyes of Heisenberg* (1966; *Revolte der Unsterblichen*, 1968); *The Green Brain* (1966; *Kampf der Insekten*, 1973); *The Heaven Makers* (1968; *Gefangen in der Ewigkeit*, 1972); *The Santaroga Barrier* (1968; *Die Leute von Santaroga*, 1969); *Whipping Star* (1970; *Der letzte Caleban*, 1972); *The Godmakers* (1972; *Die Riten der Götter*, 1975); *Hellstrøm's Hive* (1973; *Hellstrøms Brut*, 1977); *The Dosadi Experiment* (1977; *Das Dosadi-Experiment*, 1980). – Gesammelte Erzählungen: *The Worlds of Frank Herbert* (1971); *The Book of Frank Herbert* (1973; *Herrscher der Erde*, 1974).

Dune
(1965; dt. *Der Wüstenplanet*, 1978)

In einem von einem Padischah-Imperator beherrschten galaktischen Imperium des 11. Jahrtausends stehen zwei große Adelsgeschlechter einander feindlich gegenüber. Dem Herzog Leto Atreides, dessen sich der Imperator mit Hilfe der abgrundtief bösen Harkonnens entledigen will, wird als neues Lehen der Wüstenplanet Arrakis zugewiesen, auf dem es so gut wie kein Wasser gibt, dafür aber sturmumtoste Zonen, die den Einsatz konventioneller Flugzeuge unmöglich machen. Die Wüsten bestehen aus gigantischen Wanderdünen und werden von Hunderte von Metern langen Würmern bewohnt. Der einzige Reichtum, den Arrakis hervorbringt, besteht aus dem Gewürz »Melange«, das im Boden gefunden wird, lebensverlängernd wirkt und den Raumpiloten der monopolistisch aufgezogenen Gilde der Navigatoren für beschränkte Zeit die Fähigkeit der Präkognition verleiht. Atreides richtet sich mit seinen Getreuen auf dem Planeten ein, weiß aber von Anfang an, daß man ihm nach dem Leben trachtet und die mit ihm verwandten Harkonnens keine Gelegenheit ungenutzt lassen werden, um an die Quelle ihres Reichtums zurückzukehren. Der Angriff erfolgt schließlich; Atreides wird von seinem Leibarzt getötet, seine Leute aufgerieben, und nur sein halbwüchsiger Sohn Paul und seine Konkubine Jessica entkommen in die Wüste, wo es ihnen gelingt, das Vertrauen der Fremen, einer neo-islamischen Gruppe abgehärteter Wüstenbewohner zu erringen, die Paul für den ihnen seit langem angekündigten Messias halten. Paul verändert seine Identität und wird in den folgenden Jahren zu Muad'dib, dem Propheten der Fremen, der es schließlich schafft, die einzelnen Stämme zu einen und zum Angriff gegen die Truppen der Harkonnens zu führen. Die Fremen überwinden nicht nur die Usurpatoren, sondern auch den Padischah-Imperator, der sich zu Besuch auf Arrakis aufhält und abdanken muß, während Paul seine Tochter heiratet und dessen Stelle einnimmt.

Landschaft und Ökologie des Planeten Arrakis sind bis in die kleinsten Details ausgearbeitet; alles dreht sich um das kostbare Naß, das man selbst den Toten noch entnimmt. Es gibt eine Reihe von faszinierenden Charakteren und Rassen, deren Lebensart eingehend beschrieben wird: Da sind die Bene Gesserit, ein uralter Frauenorden, der mit Genmanipulation das Schicksal der Nachkommenschaft der großen Herrscherhäuser manipuliert und einen Menschen hervorbringen will, der in der Lage sein wird, die Zukunft vorherzusagen; der planetare Ökologe Pardot Kynes, der hinter dem Rücken des Imperators und der Harkonnens einen Bund mit den Wüstenbewohnern eingegangen ist und davon träumt, den Planeten Arrakis einst erblühen zu sehen; die Fremen selbst, Nachkommen von emigrierten Arabern, deren Bedürfnisse gering sind und deren körperliche Kraft und Ausdauer die aller anderen Menschen um ein Vielfaches übersteigt; die Sardaukar, Elitetruppen des Padischah-Imperators, die auf einem Arrakis ähnlichen Extremplaneten zu eiskalten Kampfmaschinen herangezüchtet werden; Thufir Hawat, der Mentat, stellt einen menschlichen Computer dar, der alle Schachzüge des Gegners im voraus berechnen kann. Ebenso bunt sind die Schurkengestalten:

Baron Wladimir Harkonnen, der Intrigant; Feyd-Rautha, sein gierig nach der Macht strebender Neffe, der schließlich von Muad'dib in einem mörderischen Kampf bezwungen wird, und Dr. Yueh, Atreides' Leibarzt, der unter dem Druck der Harkonnens zum Verräter und Mörder wird, gleichzeitig aber dafür sorgt, daß Paul Atreides mit seiner Mutter in die Wüste entkommen kann.

Dune Messiah
(1969); dt. *Der Herr des Wüstenplaneten*, 1978)

Jahre sind vergangen. Die gottesähnliche Position, die Paul Muad'dib in den Augen seiner Anhänger, der Fremen, einnimmt, hat dazu geführt, daß seine Jünger zu einem Heiligen Krieg aufgerufen haben und die Worte ihres Propheten mit Feuer und Schwert in der Galaxis verbreiten wollen. Die bislang dominierenden Kräfte des Imperiums sind ihrer Macht beraubt, und Arrakis ist zu einem neuen Mekka der Milchstraße geworden, das jeder Gläubige einmal in seinem Leben besucht haben muß. Pharisäertum und Heuchelei machen sich breit. Die universelle Machtfülle, über die Paul Muad'dib gebietet, ruft Neider auf den Plan. Die alten Herren sammeln sich, gehen einen Pakt ein und beschließen, den neuen Imperator und die ihnen aufgezwungene Religion zu vernichten. Mehrere Anschläge auf Muad'dibs Leben können vereitelt werden, aber unter die Pilgerscharen, die über viele Lichtjahre hinweg nach Arrakis kommen, mischen sich immer mehr Meuchelmörder und manipulierte Zeitbomben in Menschengestalt. Eine davon ist der Ghola Hayt, die aus den Zellen eines toten Freundes von Paul erzeugte Nachbildung eines Menschen. Hayt soll auf ein Kodewort hin den Herrscher töten, wird jedoch von der Identität seines Vorgängers beherrscht und führt seinen Auftrag nicht aus. Schließlich hat ein Attentat Erfolg; Muad'dib verliert das Augenlicht. Als seine Nebenfrau Chani, ein Fremenmädchen, bei der Geburt von Zwillingen stirbt, übergibt er die Macht seiner Schwester Alia und zieht als geschlagener Mann in die Wüste hinaus, da er nicht mehr länger mit ansehen kann, wie in seinem Namen Mord und Tod in der Milchstraße verbreitet werden.

Children of Dune
(1976; dt. *Die Kinder des Wüstenplaneten*, 1978)

Der Djihad, der Heilige Krieg, der die Menschen des Imperiums zum rechten Glauben bekehren sollte, ist beendet. Die Macht des Planeten Arrakis hat sich gefestigt, aber er trägt bereits den Keim des Zerfalls in sich. Die neue Religion mit ihren starren Ritualen hat dazu beigetragen, daß Scharlatane und Karrieristen das Sagen haben und zu Reformen niemand bereit ist. Alia, Muad'dibs Schwester, geht zudem plötzlich eigene Wege. Sie will von der Familie unabhängig werden und vor allem ihre einflußreiche Mutter entmachten, was ihr aber nicht gelingt, da sie selbst inzwischen zum Objekt allerlei Intrigen gemacht worden ist und mit dem Rücken zur Wand gegen selbstherrliche Priester kämpfen muß. Schließlich wird ihr Bewußtsein vom Geist des toten Baron Harkonnen, eines ihrer Vorfahren, übernommen, und eine der Töchter des entthronten alten Padischah-Imperators unternimmt alle Anstrengungen, um Muad'dibs Kinder, den ebenfalls hellseherisch begabten Jungen Leto und seine Schwester Ghanima, aus dem Wege zu räumen, weil sie der Ansicht ist, der Thron stünde ihrem eigenen Sohn Farad'n zu. Ein mit Hilfe von abgerichteten katzenähnlichen Bestien ausgeführter Mordanschlag auf die Zwillinge mißlingt, wird aber zum Ausgangspunkt eines von den Kindern ausgeklügelten Plans, demzufolge in der Öffentlichkeit der Eindruck entstehen soll, Leto sei umgekommen. In Wirklichkeit zieht er sich in die Wüste zurück und begibt sich auf die Suche nach einem namenlosen, blinden Prediger, der seit einigen Monaten durch die Städte zieht, wider die erstarrte Religion wettert und den Untergang prophezeit. Man munkelt, er sei der zurückgekehrte Paul Muad'dib. Während die Intriganten zum Generalangriff auf die Macht blasen und Alia einen verzweifelten Kampf mit dem Geist des sie beherrschenden Wladimir Harkonnen durchstehen muß (dem sie schließlich unterliegt), kehrt Leto Atreides mit dem blinden Prediger aus der Wüste zurück und demonstriert den verräterischen Mächten und den Priestern seine durch einen Metamorphoseprozeß neugewonnene Macht. Während der blinde Prediger, dessen Identität niemals eindeutig gelüftet wird, einem Attentat zum Opfer fällt und stirbt, dringt Leto wie ein Racheengel in den hermetisch abgeriegelten Palast Alias ein, übernimmt die Macht und verbindet seine Schwester Ghanima mit Farad'n, der im Gegensatz zu seiner Mutter keine Herrscherambitionen hat und dem neuen Führer, der verspricht, die erstarrte Religion mit neuem Leben zu erfüllen, von nun an zur Seite stehen will.

HERCK, PAUL VAN
(*1938)

Belgischer Lehrer und Schriftsteller, lebt in Antwerpen und unterrichtet dort Niederländisch und Französisch. H. ist vom Stil her ein typischer Flame, schreibt locker und gemütlich und wird in seiner Heimat »der belgische Robert Sheckley« genannt. Nahezu alle seine Erzählungen und Romane enthalten eine gehörige Portion Selbstironie, zumal er des öfteren über experimentierende Lehrer und verkannte SF-Autoren schreibt, denen man von seiten der Regierung das Handwerk legt. Er begann als Verfasser von SF-Hörspielen. Seine erste Buchveröffentlichung war die Kurzgeschichtensammlung *De Cirkels*; dann folgten die Space Opera *Apollo XXI* (deren Hörspielfassung ihm einen Preis einbrachte) und schließlich *Sam, of de Pluterdag*, ein satirisches Abenteuer, das in mehreren Sprachen erschien.

De Cirkels (1965); *Apollo XXI* (1973); *Oh! Caroline!* (1976).

Sam, of de Pluterdag
(1968; dt. *Framstag Sam*, 1981)

Sam ist ein junger niederländischer Science-Fiction-Autor, der Schwierigkeiten mit seinem Verleger und der Staatsgewalt hat, die ihn nicht ganz für voll nimmt und seine ›Spinnereien‹ für gefährlich und jugendverderbend hält. Als er eine hübsche Millionärstochter kennenlernt und – was seinen Status anbelangt – ein wenig hochstapelt, verabschiedet sie sich von ihm mit den Worten: »Wir treffen uns am nächsten Plutertag.« Sam ist zunächst entzückt, muß aber, nachdem er alle Wochentage vor seinem geistigen Auge hat Revue passieren lassen, feststellen, daß es einen Plutertag gar nicht gibt. Auch seine frustriert in der Kneipe herumsitzenden Autorenkollegen können ihm nicht weiterhelfen. Da man ihm zudem nahegelegt hat, auf das Schreiben von SF zu verzichten, er jedoch von irgend etwas leben muß, kauft er sich mit dem Plan, die Frühgeschichte der Israeliten neu zu recherchieren, eine gebrauchte Zeitmaschine. Bei der Benutzung des fehlerhaften Geräts geht jedoch etwas schief. Sam verunglückt tödlich, aber Petrus hat ein Einsehen mit ihm und entläßt ihn noch einmal in die Welt der Lebenden. Als Verfasser der Bibel kehrt Sam zurück. Er ist reich und angesehen, aber das Rätsel um den Plutertag hat er immer noch nicht lösen können. Bevor sich der Schleier des Geheimnisses löst, kommt er noch mehrere Male ums Leben: Es gibt eine zentrale »Zeitbank«, an der man überflüssige oder ersparte Zeit gegen Zins deponieren kann, um sie später – bei Bedarf – wieder abzurufen; ein zukünftiger Zeitkapitalismus sozusagen, denn da die Reichen mehr Geld haben als die anderen, verfügen sie auch über mehr Zeit. Für sie steht deswegen ein achter Wochentag zur Verfügung, der Plutertag, an dem die Städte leer und still sind und nur von denen bewohnt werden, die ihre angesparte Zeit ›abfeiern‹. *Sam, of de Pluterdag* wurde 1969 als bester kontinentaleuropäischer SF-Roman mit einem Preis ausgezeichnet.

HERNÁDI, GYULA
(*1926)

Geboren in Oroszvár. Der ungarische Autor zählt zu den wichtigsten zeitgenössischen Autoren des Landes. H. war zunächst Angestellter und Ökonom, bevor er sich ab 1956 dem Schreiben zuwandte. Neben etlichen Romanen außerhalb der SF, einigen Erzählungsbänden und einem Filmdrehbuch schrieb er eine Reihe von SF-Erzählungen, die gesammelt unter dem Titel *Logikai kapuk* (1974; »Die Tore der Logik«) erschienen sind. Einige Erzählungen daraus wurden ins Deutsche übersetzt und erschienen in SF-Anthologien, die in der DDR herauskamen.

HERZOG, ARTHUR
(*1927)

Geboren in New York; Studium an der Stanford- und Columbia University. H. war von

1954 bis 1957 als Redakteur in einem Buchverlag beschäftigt. Bisher drei utopische Romane: *Earthsound* (1975) beschreibt den Versuch eines Seismologen, die Bevölkerung von New England vor einem heraufziehenden Erdbeben zu warnen. Man hält ihn jedoch für hysterisch. Der Roman brachte dem Verfasser wegen des Verzichts auf die sonst üblichen schrillen Töne der Verfasser von Katastrophenromanen gute Kritiken ein.

Earthsound (1975); *Heat* (1977).

The Swarm
(1974)

Ein südamerikanischer Imker, der Bienen aus Afrika importiert, weil er in der Presse gelesen hat, daß die dort lebenden Honigerzeuger um ein Vielfaches größer werden als ihre europäischen Vettern, und aufgrund dieser Tatsache glaubt, seine Honigproduktion steigern zu können, kann nicht verhindern, daß die von ihm importierten Insekten unter den neuen Lebensumständen mutieren. Bald tauchen Nachrichten über tödliche Bienenstiche auf. Die Bienen fallen in die USA ein. Sie töten zunächst harmlose Ausflügler und in abgelegenen Landstrichen lebende Bauern, stürzen sich dann aber in einem Riesenschwarm auf eine Stadt, die dem Überraschungsangriff vollkommen unvorbereitet gegenübersteht. Die Bienen werden immer zahlreicher. In Schwärmen verdunkeln sie den Himmel und fallen schließlich über die Millionenstadt New York her.
Gleichzeitig werden in der militärischen Niederlassung Fort Detrick im Eilverfahren biologische Waffen gegen die Insekten entwickelt. In letzter Minute gelingt es den beteiligten Wissenschaftlern, ein Mittel zu produzieren, das bei den aggressiven Bienen einen genetischen Defekt erzeugt. Die Handlung ist minutiös geschildert und verzichtet weitgehend auf Klischees.

HERZOG, W(ILHELM) P(ETER)
(*1918)

Geboren in Köthen. H., der heute in Essen lebt, ist Mitarbeiter der seit vielen Jahrzehnten erscheinenden Jugendsachbuchreihe »Das Neue Universum« und schreibt auch unter den Pseudonymen Peter Helmi und Peter Duka. Er verfaßte in den fünfziger Jahren zwei SF-Jugendbücher.

Jochens Flug in den Weltenraum (1957); *Start zu den Sternen* (1959).

HESSE, HERMANN
(1877–1962)

Geboren in Calw. Nach einem abgebrochenen Theologiestudium begann er zunächst eine Uhrmacherlehre, wechselte dann zum Beruf des Buchhändlers über. 1899 übersiedelte er in die Schweiz; 1946 erhielt er den Nobelpreis für Literatur. In den sechziger Jahren war er der Lieblingsautor der suchenden, unverstandenen Jugend. H.s umfangreiches Werk enthält so namhafte Titel wie *Siddartha* (1925) und *Der Steppenwolf* (1927). Für die SF ist vor allem *Das Glasperlenspiel* (1938) relevant. Diese Utopie spielt in dem Zukunftsland Kastalien, das unter der Führung des Magister Ludi Josef Knecht steht. Hier soll mit Hilfe des Glasperlenspiels versucht werden, Wissenschaft und Kunst, Denken und Fühlen zu vereinen, d. h., die Spannung zwischen Geist und Leben soll überwunden werden. Knecht bricht schließlich aus dieser Welt aus, weil sie den Ansprüchen des Lebens nicht gerecht wird.

HEYMANN, ROBERT
(1879–1963)

Geboren in München. H. war Journalist, Theaterdramaturg und Verfasser einer großen Zahl von Unterhaltungsromanen aller Genres. In der deutschen SF gilt er als einer der frühesten Verfasser von Unterhaltungs-SF. Er schrieb u. a. die vier Romane umfassende Heftreihe »Wunder der Zukunft – Romane aus dem dritten Jahrtausend« (1909/10) und weitere Romane, die in der »Illustrierten Collection Heymann« herauskamen.

HIGH, PHILIP E(MERSON)
(*1914)

Geboren in Biggleswade, Bedfordshire. H. hat u. a. als Reisender, Vertreter, Busfahrer und Journalist gearbeitet. Er schrieb während der fünfziger Jahre Kurzgeschichten für *New Worlds* und publizierte seine frühen Romane vorwiegend in den USA. Einige davon sind (meist in Heftchenform) in der BRD erschienen. H. interessiert sich für Sprachen, Psychologie, PSI und Mystik. Sein Roman *The Time Mercenaries* schildert die Geschichte einer irrtümlich versenkten U-Boot-Besatzung, die nach 1200 Jahren wieder zum Leben erweckt wird, um der Menschheit der Zukunft bei der Bekämpfung außerirdischer Invasoren zu helfen. *Sold for a Spaceship* schildert die Aufbauarbeiten auf der von einer weltweiten Katastrophe zerstörten Erde, deren Oberschicht mit Raumschiffen in den Weltraum geflohen ist und nun – rückkehrwillig – »das Heimatrecht verspielt« hat.

No Truce with Terra (1964); *The Prodigal Sun* (1964); *The Mad Metropolis* (1966); *Reality Forbidden* (1967; *Verbotene Wirklichkeit*, 1970); *These Savage Futurians* (1967); *Twin Planets* (1967); *Invader on My Back* (1968); *The Time Mercenaries* (1968; *Armee aus der Retorte*, 1971); *Butterfly Planet* (1971; *Planet der Schmetterlinge*, 1972); *Come, Hunt an Earthman* (1973); *Sold for a Spaceship* (1973; *Nach dem Inferno*, 1974).

HILTON, JAMES
(1900–1954)

Geboren in Leigh, Lancashire. H. war ein »Mainstream«-Autor, der jedoch mit *Lost Horizon* (1933; *Irgendwo in Tibet*, 1937) einen SF-Roman der Kategorie »Lost World« schrieb: In Shangri-La gibt es in einem verborgenen Tal eine paradiesische Gesellschaft von Langlebigen. Der Roman wurde zweimal verfilmt, das erste Mal 1936 von Frank Capra.

HJORTSBERG, WILLIAM (REINHOLD)
(*1941)

Geboren in New York. H.s erster Roman war *Alp* (1969), bekannter aber ist *Gray Matters* (1971), ein Titel, der Fantasy mit SF verbindet. Es geht um einen übermächtigen Zukunftsstaat, in dem die Wiedergeburt auf kybernetischem Wege möglich ist, aber nur bestimmten Personen gewährt wird. Rebellen stellen dieses System in Frage. Ein weiterer Roman ist *Symbiography* (1973).

HOBANA, ION
(*1931)

Rumänischer Autor, Lektor und Sekretär des rumänischen Schriftstellerverbandes. H. kommt als SF-Lektor des Jugendverlags Bukarest und als SF-Experte eine besondere Bedeutung bei der Entwicklung einer eigenständigen rumänischen Science Fiction zu. Er übersetzte zahlreiche SF-Romane (darunter einiges von Jules Verne), schrieb Aufsätze zur SF, gab Anthologien heraus und veröffentlichte einen Band mit eigenen Erzählungen. Seine bekannteste Erzählung, »Cea mai bună dintre lumi« (1963; »Die beste der Welten« 1972), wurde in mehrere Sprachen übersetzt.

Oameni şi stele (C, 1964; »Menschen und Sterne«).

HOCH, EDWARD D(ENTINGER)
(*1930)

Geboren in Rochester, New York, als Sohn eines Bankiers. H. besuchte die University of Rochester, arbeitete von 1949 bis 1950 als Bibliothekar und wechselte danach in den Vertrieb eines Taschenbuchverlags. Von 1954 bis 1968 betätigte er sich als Werbetexter, seither ist er freier Schriftsteller. Sein Werk besteht hauptsächlich aus Erzählungen und berührt die SF nur am Rande. Er ist hauptsächlich wegen seiner Kriminalgeschichten bekannt geworden. SF-Detektivgeschichten enthalten die Bände *The Transvection Machine* (1971), *The Fellowship of the Hand* (1973) und *The Frankenstein Factory* (1975). Seine zahlreichen Erzählungen um den Detektiv Simon Ark führen einen Protagonisten vor, der von sich behauptet, 2000 Jahre alt zu sein: *The Judges of Hades* (1971), *City of Brass* (1971).

HODDER-WILLIAMS, (JOHN) CHRISTOPHER
(*1926)

Geboren in London. H.-W. diente bei den Royal Signals in Mittelost, ist Experte für Flugkollisionsprobleme und Pilot. Neben einer Tätigkeit in der Schallplattenindustrie produzierte er auch mehrere Filme. Seine bekanntesten Romane sind *A Fistful of Digits* (in dem die elektronische Revolution über den Kopf der Menschheit hinweg bereits stattgefunden hat und die Maschinen die Macht in den Händen halten) und *Panic O'Clock*. In letzterem breitet sich eine Seuche über England aus, deren Ursache in der unbewußten Erkenntnis liegt, daß die Menschen wahrgenommen haben, daß ihr Lebensraum immer mehr zusammenschmilzt und ihre Möglichkeiten ständig geringer werden. Die Panikreaktion wird mit dem Verhalten von Lemmingen nach einem besonders fruchtbaren Geburtsjahr verglichen. In *The Prayer Machine* glaubt der Protagonist allmählich schizophren zu werden. Er begibt sich in psychiatrische Behandlung und wird zum ersten Testobjekt einer neuen Droge, die sein Bewußtsein in eine Welt des zukünftigen Faschismus versetzt.

Chain Reaction (1959; *Kettenreaktion*, 1964); *The Main Experiment* (1964); *The Egg-Shaped Thing* (1967); *A Fistful of Digits* (1968; *Der große summende Gott*, 1969); *Ninety Eight Point Four* (1969); *Panic O'Clock* (1973); *Coward's Paradise* (1974); *The Prayer Machine* (1976; *Die Gebetsmaschine*, 1977); *The Silent Voice* (1977; *Der unsichtbare Krieg*, 1979).

HOFFMANN, E(RNST) T(HEODOR) A(MADEUS)
(1776–1822)

Geboren in Königsberg als Sohn eines Advokaten. Mit sechzehn Jahren Studium der Jurisprudenz in Königsberg. Ein Jahr später übersiedelte er nach Glogau. 1796 legte er sein Examen ab und ging als Assessor nach Berlin. Im Frühjahr des Jahres 1800 wurde H. Beisitzer der Regierung in Posen. Mit einer Anzahl von Karikaturen über gesellschaftliche Größen seiner Umgebung zog er sich deren Unmut zu, einer der ›Geschädigten‹, ein General, erwirkte eine Strafversetzung nach Plozk. Warschau, Posen und wieder Berlin waren H.s Stationen bis 1808. Von September 1808 bis April 1813 lebte er dann als Theatermusikdirektor in Bamberg, wo er die Oper *Undine* komponierte. Hier unternahm er auch seine ersten schriftstellerischen Versuche.
Sein dichterisches Talent entfaltete sich aber erst voll in Berlin, wo er als Kammergerichtsrat arbeitete. Mit *Meister Floh* zog er sich den Haß eines Polizeidirektors zu. Nach den *Phantasiestücken in Callots Manier* (1814) erschien 1815 eines von H.s düstersten und am schwersten verständlichen Werken, *Die Elixiere des Teufels*, das das Thema einer Bewußtseinsspaltung behandelt. Zwischen 1819 und 1821 wurden in Berlin seine gesammelten Erzählungen und Märchen herausgegeben. Für die SF von Wichtigkeit ist seine Erzählung »Der Sandmann« (1816), in der der Protagonist, Dr. Coppelius, einen menschenähnlichen Automaten baut. »Der Sandmann« ist somit eine der ersten Geschichten, die das Roboterthema aufgreift.
H. ist der wichtigste Vertreter der Schwarzen Romantik in Deutschland, und sein Einfluß auf die phantastische Literatur ist unbestreitbar.

HOFFMANN, OSKAR
(1866–?)

Geboren in Gotha. H. gehört zu den frühesten Verfassern von deutschsprachiger SF-Literatur. Neben Romanen wie *Mac Milford's Reisen im Universum* (1902), *Unter Marsmenschen* (1905), *Der Goldtrust* (1907), *Die Eroberung der Luft* (1908) und *Die vierte Dimension* (1908) schrieb er u. a. auch populärwissenschaftliche Lehrbücher.

HOGAN, JAMES P(ATRICK)
(*1941)

Geboren in London, heute in Amerika lebend. H. besuchte die Cardinal Vaughan Grammar School, studierte am Royal Aircraft Establishment im englischen Luftfahrtzentrum Farnborough und schloß als Ingenieur mit den Spezialgebieten Elektronik und Digitalsysteme ab. Nach einigen Jahren der Tätigkeit als Ingenieur wechselte er in die Verkaufsabteilung seiner

Firma, wurde Industrievertreter, Vertreter für Lebensversicherungen, schließlich war er mit Minicomputern befaßt.
Seit 1977 in den USA ansässig, entschied er sich 1979, freiberuflicher Autor zu werden. H.s erster SF-Roman erschien 1977 unter dem Titel *Inherit the Stars* (1977) und schildert die Entdeckung eines mumifizierten humanoiden Raumfahrers, der seit 50 000 Jahren auf dem Mond ruht. Die sich aus dieser Entdeckung ergebenden Rückschlüsse zwingen die Wissenschaft, die prähistorische Menschheitsgeschichte neu zu schreiben. Wie in der Fortsetzung *The Gentle Giants of Ganymede* (1978) enthüllt wird, ist die Entstehung der Menschheit Folge eines genetischen Experiments einer anderen Rasse. Eine weitere Fortsetzung des Themas erschien unter dem Titel *Giant's Star* (1981). In *The Genesis Machine* (1978) schildert H. eine neue wissenschaftliche Entdeckung, mit deren Hilfe zivilcouragiert ungehorsame Wissenschaftler den kriegslüsternen Regierungen der Welt den Frieden aufzwingen. H. nimmt heute in der SF insofern eine Sonderposition ein, als er die »Hard Science«-Richtung vergangener Dekaden neu aufgegriffen hat und unter weitgehendem Verzicht auf äußere Handlung und emotionale Konflikte die Logik wissenschaftlichen Denkens und Forschungen und diese technisch-naturwissenschaftliche Thematik selbst in das Zentrum seiner Bücher rückt.
Nicht nur in *The Genesis Machine*, sondern auch in anderen Romanen beschäftigt sich H. mit der Frage, wie die Menschheit vor einem dritten Weltkrieg bewahrt werden kann, wobei er meistens technokratische Lösungen anbietet.

Inherit the Stars (1977; *Der tote Raumfahrer*, 1981); *The Genesis Machine* (1978; *Die Schöpfungsmaschine*, 1982); *The Gentle Giants of Ganymede* (1978; *Die Riesen vom Ganymed*, 1981); *The Two Faces of Tomorrow* (1979); *Thrice upon a Time* (1980); *Giant's Star* (1981).

HOLBERG, LUDVIG
(1684–1754)

Geboren in Bergen (Norwegen); Sohn eines Dänen und einer Norwegerin. Er studierte und lehrte Theologie, Philosophie und Rhetorik in Kopenhagen. Er schrieb u. a. 26 Komödien, die ihm den Beinamen »Molière Dänemarks« einbrachten. Holberg war aufgeklärter Humanist und entfaltete eine für seine Zeit erstaunliche Reisetätigkeit, was sich in satirischen Reisebeschreibungen niederschlug. Dies mag ihn auch zu der Idee inspiriert haben, mit dem Roman *Nicolai Klimii Iter Subterraneum* (1741; *Niels Klims unterirdische Reise*) den realistischen Bereich zu verlassen und einen phantastischen unterirdischen Gegenkosmos zu entwerfen, in dem sein Held mit allerlei Wunderlichem konfrontiert wird und gleich mehrere Staatsmodelle kennenlernt, die als Zeitkritik an weltlichen und kirchlichen Fürsten aufzufassen sind. *Niels Klims unterirdische Reise* kann als einer der frühen Vorläufer der SF betrachtet werden.

HOLDSTOCK, ROBERT
(*1948)

Geboren in Kent. 1967 ging H. nach Bangor, Südwales, und studierte dort Zoologie und Parasitologie. Daran anschließend arbeitete er als Immunologe. Mit Science Fiction kam er schon mit neun Jahren in Berührung. Seine erste Story verkaufte er an *New Worlds*, es folgten mehrere Veröffentlichungen in verschiedenen Magazinen und Anthologien (*New Writings in SF*, *Andromeda*, *Stopwatch*, *SF Monthly*, *Vortex* usw.). 1976 erschien sein Erstlingsroman, *Eye Among the Blind*, 1977 *Earthwind* und 1978 *Necromancer*, ein Titel, der der »Weird Fiction« zuzuordnen ist. Unter dem Pseudonym Chris Carlsen schrieb H. bislang drei Fantasy-Romane der Serie »The Berserker«, die zwischen 1977 und 1979 erschienen. Es geht darin um den jungen Norweger Harald Schmetteraxt, der, von Odin verflucht, zu einem wahnsinnigen Krieger wird und über alle Menschen Tod und Verderben bringt: blutrünstig und grausam und abstoßend. Die beiden SF-Romane sind relativ interessant geschrieben und verraten Holdstocks Interesse an Okkultem. Gemeinsam mit Christopher Priest gab H. 1979 die Anthologie *Stars of Albion* heraus, nach eigenen Aussagen die chauvinistisch krasseste SF-Anthologie, die jemals erschienen ist.
1980 erschien in Zusammenarbeit mit Malcolm

Edwards der umfangreiche, großformatige Text-Bild-Band *Tour of the Universe*, eine Tüftlerarbeit mit abgebildeten Fahrkarten, Stempeln, Pässen usw.: Ein junges Paar des Londons des Jahres 2577 gewinnt eine Reise durch das Universum. H. ist ferner Herausgeber eines enzyklopädischen Werkes zur SF: *Encyclopedia of Science Fiction* (1978).

Eye among the Blind (1976; *Im Tal der Statuen*, 1976); *Earthwind* (1977; *Erdwind*, 1981); *Necromancer* (1978).

HOLK, FREDER VAN
(1901–1970)

Geboren in Leipzig, Pseudonym für Paul Alfred Müller. H., der sich später nach dem Ort, in dem er wohnte auch Müller-Murnau nannte, schrieb außerdem unter Pseudonymen wie Lok Myler und Jan Holk. Er war Gewerbelehrer, bevor er in den dreißiger Jahren das Schreiben von Unterhaltungsliteratur zu seinem Beruf machte. Mit »Sun Koh, der Erbe von Atlantis« und »Jan Mayen« (1933–36, 150 Hefte, bzw. 1935–39, 120 Hefte) schrieb er zwei ungemein erfolgreiche und für die Trivial-SF einflußreiche Serien, die in Heft-, Taschenbuch- und Buchform mehrfach, zuletzt Ende der siebziger Jahre, vermarktet wurden. Auch nach dem Kriege veröffentlichte H. noch eine Reihe von SF-Romanen, ohne allerdings Einfluß auf die weitere Entwicklung des Genres zu nehmen.

Blaue Kugel (1938; Pseud. Lok Myler); *Das Ende des Golfstroms* (1952); *Weltraumstation* (1952); *Trauben aus Grönland* (1953); *Kosmotron* (1965); *Weltuntergang* (1959).

HOLLAND, CECELIA
(*1943)

Geboren in Henderson, Nevada. Verfasserin vorwiegend historischer Romane. Ihr einziger SF-Titel, *Floating Worlds*, gehört zu den umfangmäßig längsten Werken, die das Genre bisher hervorgebracht hat, und verfügt über glaubhaft gezeichnete Protagonisten.

Floating Worlds
(1975; dt. *Wandernde Welten*, 1979)

Im 60. Jahrhundert existiert die Kultur der Erde, wie wir sie kennen, nicht mehr. Ökologische Katastrophen, Radioaktivität etc. haben die Zivilisation zusammenbrechen lassen. Die Menschen leben in einer anarchistischen Gesellschaftsform, die weder Gesetze noch Polizei kennt, unter Kuppeln, die sie vor der Außenwelt schützen. Auch die Planeten des Sonnensystems sind besiedelt worden: Auf dem Erdmond hat eine Militärdiktatur das Sagen, auf dem Mars hat sich ein faschistisches System etabliert, Venus ist (wie die Erde der Vergangenheit) in viele Nationalstaaten aufgesplittert. Auf den Welten hinter dem Asteroidengürtel leben die »Stythen«, mutierte Nachkommen irdischer Kolonisten: Barbaren, die Sklavenhandel treiben und ihre höchste Erfüllung im Kampf finden. Da die Stythen für die anderen Völker eine erhebliche Gefahr darstellen, wird Paula Mendoza, eine irdische Anarchistin, auf eine diplomatische Mission geschickt; sie soll einen Frieden zwischen den Innen- und Außenwelten des Sonnensystems aushandeln. Auf dem Mars trifft sie sich mit den Stythen Saba und Tanjouin. Letzterer ist nicht nur körperlich, sondern auch geistig mutiert. Trotz der ideologischen Widersprüche entwickelt sich zwischen Paula und Saba beinahe eine Freundschaft. Auf den Außenwelten kommt es immer wieder zu Konfrontationen zwischen den kriegerischen Angehörigen der Stythen und den Abgesandten von der Erde. Richtungskämpfe innerhalb des stythischen Imperiums drohen zudem die Friedensverhandlungen immer wieder zu sabotieren, dennoch gelingt es Paula (nicht zuletzt durch Sabas Hilfe), einen befristeten Waffenstillstand zu erreichen. Als sie nach einer einjährigen Rundreise zur Erde zurückkehrt, wird ihr Heimatplanet überraschend von den marsianischen Faschisten überfallen. Als kurz darauf die Stythen die Erde überfallen und die Eroberer vertreiben, wird Paula gerettet. Sie kehrt auf die Außenwelten zurück. Ihr Freund Saba kommt ums Leben. Seine Stelle nimmt Tanoujin ein, der damit praktisch Alleinherrscher über das Sonnensystem wird.

Floating Worlds überzeugt vor allem wegen der realistischen Charakterzeichnungen und der Ausführlichkeit, mit der die fremdartige Kultur der Stythen beschrieben wird. Ein beträchtlicher Teil der Handlung wird damit ausgefüllt. »*Floating Worlds* ist so überragend, daß einem der Atem stockt. Die beschriebene Zukunft ist ebenso real wie die Protagonisten, und es ist schwer zu glauben, daß dieser Roman von einer Autorin geschrieben wurde, die in der Welt der Science Fiction keinen ›Namen‹ hat« (R. E. GEIS).

HOLLIS, H. H.
(1921–1977)

Pseudonym des amerikanischen Rechtsanwalts und Hobbyschriftstellers Ben N. Reamy, der Ende der sechziger / Anfang der siebziger Jahre eine ganze Reihe Stories veröffentlichte, darunter auch die für den »Nebula Award« nominierten Kurzgeschichten »The Gorilla Trees« und »Sword Game« (beide 1968).

HOLLY, J. HUNTER
(*1932)

Geboren in Lansing, Michigan, wirklicher Name: Joan Carol Holly. Das Pseudonym verdankt die Autorin, die an der Michigan State University Psychologie studierte, dem in den fünfziger und sechziger Jahren herrschenden Vorurteil, Frauen seien nicht in der Lage, Science Fiction zu schreiben. H. arbeitete als Fotografin, kaufmännische Angestellte und Ballettlehrerin. Obwohl sie schon 1952 erste Texte veröffentlichte, drang sie erst 1959 in die Science Fiction vor. Die meisten ihrer Romane sind typische Space Operas, aber eine Ausnahme bildet *The Green Planet*, in dem es um die Überlebensversuche einer Gruppe von Verbannten auf einem fremden Stern und ihre Kontaktaufnahme mit den indianerähnlichen Ureinwohnern geht. Mitte der siebziger Jahre legte H. ihr Pseudonym ab; seither macht sie sich als Verfasserin ambitionierter Novellen einen Namen.

Encounter (1959); *The Green Planet* (1960); *The Flying Eyes* (1962); *The Dark Planet* (1962); *The Grey Aliens* (1963); *The Running Man* (1963); *The Time Twisters* (1964); *The Dark Enemy* (1965); *The Mind Traders* (1966); *Keeper* (1966); *Death Dolls of Lyra* (1977); *Shepard* (1977).

HOLM, SVEN
(*1940)

Geboren in Kopenhagen, Studium daselbst. Er war Hauslehrer, Bibliothekar, Landvermesser und in anderen Berufen tätig, bevor er 1960 zu schreiben begann. Neben etlichen anderen Romanen und Erzählbänden schrieb er 1967 den SF-Roman *Termush, Atlanterhavskysten*, in dem eine Gruppe von Menschen geschildert wird, die zwar eine atomare Katastrophe überleben, weil sie sich einen Platz in einer gegen Strahlung und andere Einflüsse abgeschirmten Anlage reserviert haben, auf Dauer aber ebenso dem Untergang geweiht sind wie alle anderen.

Termush, Atlanterhavskysten (1967; *Termush, Atlantikküste*, 1970).

HORSTMANN, HUBERT
(*1937)

Geboren in Mosbach, Krs. Eisenach. Der in der DDR lebende Autor absolvierte die Volksschule und anschließend eine Lehre als Gärtner, bevor er sich entschloß, das Abitur nachzuholen. Nach einem Philosophiestudium promovierte er 1972 zum Doktor der Philosophie und beschäftigte sich insbesondere mit materialistischer Dialektik, Sprachphilosophie und marxistischer Positivismuskritik. Auf diesem Gebiet gibt es von ihm etliche Veröffentlichungen. Seine bisherigen zwei SF-Romane schrieb er nebenberuflich.

Die Stimme der Unendlichkeit (1965); *Die Rätsel des Silbermonds* (1971).

HOSKINS, ROBERT
(*1933)

Amerikanischer Anthologist und Schriftsteller, Sohn eines Bauunternehmers. H. studierte Pädagogik am Albany College in New York, war anschließend im Unternehmen seines Vaters tätig und arbeitete als Sozialarbeiter. Nach einer kurzen Tätigkeit als literarischer Agent redigierte er von 1969 bis 1973 eine SF-Taschenbuchreihe. Seither lebt er als freier Herausgeber und Autor. H. begann 1958 zunächst mit Kurzgeschichten, publizierte davon ein knappes Dutzend und schrieb dann unter den Pseudonymen Grace Corren und Susan Jennifer Gruselromane für Frauen. Mitte der siebziger Jahre erschienen seine ersten SF-Romane, die samt und sonders in die Abteilung Unterhaltung, Action, Abenteuer gehören. Von den 15 Anthologien, die H. zwischen 1969 und 1974 produziert hat, ist besonders die *Infinity*-Reihe (1970–73, 5 Bände) erwähnenswert.

The Shattered People (1975); *Master of the Stars* (1976); *To Control the Stars* (1977); *Tomorrow's Son* (1977).

HOWARD, ROBERT E(RVIN)
(1906–1936)

Geboren in Peaster, Texas, als Sohn eines Landarztes. Lebte von 1919 bis zu seinem Tode (Selbstmord) in einem 1500-Seelen-Dorf namens Cross Plains. H. war von klein auf ein Büchernarr, der von der Landjugend seiner Umgebung für einen Stubenhocker gehalten und deswegen gehänselt wurde. Er machte 1927 einen Collegeabschluß. Obwohl er allen Pulps Beiträge lieferte, die ihm Verdienstmöglichkeiten boten, identifiziert man ihn am meisten mit *Weird Tales*, für das er Ende der zwanziger Jahre den Helden Solomon Kane konzipierte, einen britischen Puritaner des 16. Jahrhunderts, der von einem dämonischen Wandertrieb besessen ist, die Gefahr sucht, sich als Rächer der Enterbten aufspielt und haarsträubende Begegnungen mit übersinnlichen Kräften hat. Fasziniert von keltischen Legenden, verfaßte H. zwischen 1926 und 1930 einige Erzählungen über Kull, den König von Atlantis, und publizierte ab 1932 17 Abenteuer des Barbarenhelden Conan von Cimmeria. Fünf unpublizierte und vier unfertige Manuskripte mit dem gleichen Helden wurden nach seinem Tod von L. Sprague de Camp u. a. bearbeitet und ergänzt. Sie handeln von einem nordischen Schwertschwinger, der im »hyborischen Zeitalter« lebt, sich durch allerlei Lande schlägt und es schließlich zum »König von Aquilonien« bringt. Selbst die phantastischen Texte H.s (er betätigte sich ebenso im Piraten-, Western- und Sportgeschichten-Milieu) haben kaum etwas mit der SF im engeren Sinn zu tun. Das Fantasy-Element der Conan-Geschichten ist das »hyborische Zeitalter«; außerdem sind die Schurken seiner Erzählungen reichlich mit magischen Kräften gesegnet. H.s einziger (1964 postum veröffentlichter) interplanetarischer Roman ist *Almuric*, eine offensichtliche Burroughs-Imitation: Darin wird Esau Cairn, »der stärkste Mann der Welt«, nachdem er auf äußerst brutale Weise einen Menschen umgebracht hat, mittels eines supertechnischen Brimboriums auf den Planeten einer fernen Sonne verbannt und findet sich unter kampflustigen Barbaren wieder, die gerade einen wüsten Krieg gegen geflügelte Geschöpfe führen. H.s zahllose Texte kamen ausnahmslos erst nach dem Tod ihres Verfassers in Buchform heraus.

Skull Face and Others (1946); *The Dark Man and Others* (1963); *Almuric* (1964; *Almuric*, 1973); *King Kull* (1967, zus. mit Lin Carter; *Kull von Atlantis*, 1976, und *Herr von Valusien*, 1976); *Red Shadows* (1968); *Wolfshead* (1968); *Marchers of Valhalla* (1972); *The People of the Black Circle* (1974); *Tigers of the Sea* (1974; *Die Krieger des Nordens*, 1976); *Worms of the Earth* (1974).

Conan-Saga

Hierbei handelt es sich um zahlreiche in Erzählungsbänden zusammengefaßte Kurzgeschichten und Novellen, die sowohl von H. als auch von anderen Autoren verfaßt wurden, aber auch um Texte aus H.s Nachlaß, die man ergänzt bzw. bearbeitet hat. Da sich die gebundenen Erstausgaben mit späteren Editionen einerseits überschneiden, andererseits aber auch inkomplett sind, folgt hier eine inhaltsmäßig chronologische Auflistung der Taschenbuchausgabe, in der die meisten Conan-Geschichten erschienen sind:

Conan (1967; *Conan*, 1970); *Conan of Cimmeria* (1969; *Conan von Cimmeria*, 1970); *Conan the Freebooter* (1968; *Conan der Freibeuter*, 1970); *Conan the Wanderer* (1968; *Conan der Wanderer*, 1971); *Conan the Adventurer* (1966; *Conan der Abenteurer*, 1971); *Conan the Buccaneer* (1971); *Conan the Warrior* (1967; *Conan der Krieger*, 1971); *Conan the Usurper* (1967; *Conan der Usurpator*, 1971); *Conan the Conqueror* (1967; *Conan der Eroberer*, 1972); *Conan the Avenger* (1968); *Conan of Aquilonia* (1977); *Conan of the Isles* (1968).

Nach der erfolgreichen Vermarktung des Howardschen Nachlasses startete Glenn Lord, H.s Agent, Mitte der siebziger Jahre eine Promotionskampagne, die nicht nur zur Verfilmung der Abenteuer Conans führte, sondern auch allerlei andere Autoren anregte, dessen ›Biographie‹ in eigenständigen Romanwerken fortzuführen.
Zum Inhalt: Conan ist ein »Barbar«, »der größte Held des hyborischen Zeitalters«, das angeblich vor 12000 Jahren seine Hochblüte hatte. Er verdingt sich und sein Schwert an die Herren diverser Länder und zieht raubend und mordend um die Welt, wobei er mit Vorliebe »Schädel spaltet«, seinen Gegnern »das Schwert in den Bauch rammt«, ihnen die Glieder abhackt, die Köpfe abtrennt oder seine Klinge »mit solcher Wucht in ... Rücken fahren [läßt], daß die Spitze auf der anderen Seite [heraustritt]«. In jeder Geschichte kommen derlei Szenen vor, ebenso ein – umständehalber – nacktes Mädchen, mit dem Conan sich am Schluß vergnügen darf, bevor er es wegwirft oder gegen ein Pferd eintauscht. Steht er anderen bei, dann nicht aus Edelmut heraus, sondern aus Kalkül. Zu seinen Taten treiben ihn entweder hohe Belohnungen oder die pure Mordlust. Für Geld tut er alles; er ist der käufliche Handlanger jedes Fürsten, der zahlen kann, und wenn er nicht gerade auf eigene Rechnung arbeitet, wirft er im Auftrag seiner Finanziers jeden Bauernaufstand nieder. Phantastisches Zubehör dieser Geschichten sind Riesenaffen, Frostriesen, leichenfressende Dämonen, Riesenschlangen, Vampire, Götter und allerlei meist menschenfressendes Gewürm. Aufrührer sind »kläffende Köter« und »schäbige Halunken«; wer sich gegen die »rechtmäßige Ordnung« erhebt, dem wird der Schädel gespalten: »Ich habe erlebt, daß Revolutionen oft schlimmere Regierungen schafften als diejenige, die sie ersetzten«, sagt Conan, für den Zivilisation gleichzusetzen ist mit Degeneration, Weichheit, Feigheit, Verschlagenheit und Falschheit. Stadtmenschen sind für ihn verkommene Subjekte, ihre Gemeinschaft eine einzige Lasterhöhle. Farbige sind entweder Kannibalen oder Lüstlinge; nur wer weißhäutig ist, ist edel. Asiaten sind für ihn grundsätzlich heimtückische und verräterische Schurken. Kommentar der *Science Fiction Times:* »Conan hat die Söldnermentalität eines Kongo-Müller.«

HOWELLS, WILLIAM DEAN
(1837–1920)

Geboren in Martins Ferry, Ohio, als Sohn eines Buchdruckers. H. besaß so gut wie keine Schulbildung, war Autodidakt und arbeitete in seiner Jugend als Schriftsetzer und Journalist. Eine von ihm verfaßte Biographie Abraham Lincolns brachte ihm 1861–65 den Posten eines Konsuls in Venedig ein. Er war befreundet mit Ralph Waldo Emerson, Nathaniel Hawthorne und Walt Whitman. Ab 1865 Beschäftigung als Redakteur bei Zeitschriften wie *Atlantic Monthly* und *Harper's*. Er gilt als einer der führenden amerikanischen Romanciers der realistischen Schule, stand einem christlichen Sozialismus nahe und förderte Stephen Crane und Frank Norris. *A Traveler from Altruria* (1894; *Ein Reisender aus Altrurien*, 1980) und die Fortsetzung *Through the Eye of the Needle* (1907) schildert die Erlebnisse eines Reisenden aus dem imaginären Land Altrurien in den USA des Jahres 1894. Er stößt auf ein reiches Land mit vielen Armen und berichtet seinen Gastgebern von der ganz anderen Entwicklung seiner Heimat, wo man den Egoismus als Lebensprinzip durch den Altruismus abgelöst hat. *Questionable Shapes* (1903) enthält phantastische Kurzgeschichten.

HOYLE, (SIR) FRED
(*1915)

Geboren in Bingley, Yorkshire. H. besuchte in Cambridge das St. John's College, diente im Zweiten Weltkrieg bei der britischen Marine und war danach an verschiedenen Universitäten als Hochschullehrer für Mathematik und Astronomie tätig. Zeitweise arbeitete er in den Observatorien von Mt. Wilson und Mt. Palomar. Anschließend war er Professor für Astronomie und Philosophie in Cambridge, zuletzt Honorary Research Professor an der Universität von

Manchester. H. ist ein bekannter Astronom, der auf seinem Fachgebiet mehrfach ausgezeichnet wurde. Sein erstes Buch war ein Sachbuch (*The Nature of the Universe*, 1950).
1957 veröffentlichte H. den SF-Roman *The Black Cloud*, der zu den besten wissenschaftlich-technisch orientierten Romanen des Genres gehört. Diesen Erfolg konnte H. nicht wiederholen, wenngleich er noch mehrmals – zum Teil in Zusammenarbeit mit seinem Sohn Geoffrey oder mit John Elliot – Ausflüge in den Bereich der SF unternahm. Der zweite Roman, *Ossian's Ride* (1959) ist im Kern eher Political Fiction als SF (wobei H. wie auch schon in *The Black Cloud* seiner Meinung Ausdruck gibt, daß Wissenschaftler für die politische Führung prädestiniert sind). Unter seinen weiteren Romanen sind gemeinsam mit John Elliot verfaßte Novellisierungen von eigenen Fernsehspielen, *A for Andromeda* (1962) und *Andromeda Breakthrough* (1964), sowie ein Roman über einen Wanderplaneten, der sich der Erde nähert (*Fifth Planet*, 1963), den er ebenso wie die weitere Novellisierung eines Fernsehspiels, *Rockets in Ursa Major* (1969), gemeinsam mit seinem Sohn schrieb. Auch die schwächeren Bücher sind sauber durchkonstruiert und wissenschaftlich fundiert.

Ossian's Ride (1959; *Das Geheimnis der Stadt Caragh*, 1962); *A for Andromeda / Andromeda Breakthrough* (1962/1964, zus. mit J. Elliot; *A wie Andromeda – Geheimbotschaft aus dem All*, 1967); *Rockets in Ursa Major* (1969, zus. mit G. Hoyle; *Raketen auf Ursa Major*, 1970); *Seven Steps to the Sun* (1970; zus. mit G. Hoyle); *Into Deepest Space* (1974; zus. mit G. Hoyle; *Der schwarze Stern*, 1979); *The Incandescent Ones* (1977; zus. mit G. Hoyle).

The Black Cloud
(1957; dt. *Die schwarze Wolke*, 1958)

Eine schwarze Wolke nähert sich dem Sonnensystem, verlangsamt ihre Geschwindigkeit und hängt sich an unsere Sonne. Das Erscheinen der Wolke hat verheerende Auswirkungen auf das Klima der Erde. Ein Viertel der Menschheit stirbt durch die extremen Temperaturschwankungen: Bei Annäherung der Wolke an die Sonne führt das reflektierte Sonnenlicht zu extremer Hitze, wenn die Wolke die Sonne hingegen verdeckt, wird es kalt. Da die Wolke den Bereich der Sonne nicht verläßt, müssen sich die Menschen zweimal im Jahr beim Eintauchen der Erde in ihren Bereich auf eine vierzehntägige Eiszeit gefaßt machen. Katastrophale Auswirkungen auf die Zivilisation stehen bevor.
In England hat sich derweil um den Mathematiker Kingsley ein Kreis von Wissenschaftlern und Künstlern aus aller Welt gebildet. Man residiert auf einem großen Gutshof. Kingsley hofft nicht nur, mit seinen Leuten die Katastrophe zu überleben, sondern ihm schwebt sein Kreis auch als eine Art geistiges und machtpolitisches Führungszentrum der Welt vor. Er fordert, den Wissenschaftlern die politische Macht zu übergeben.
Die Gruppe übersteht die ersten Auswirkungen der Katastrophe gut und findet heraus, daß die Wolke ein lebender Organismus und intelligent ist. Per Funk kommt es zur Aufnahme der Kommunikation. Als die Politiker panikerfüllt die Wolke mit Wasserstoffbomben angreifen lassen, stellt sich Kingsley auf die Seite der Wolke. Man verfolgt ihn als Hochverräter, aber die Wolke beschützt ihn. Er erfährt, daß die Wolke ihren Weg durch das All fortsetzen will. Zuvor jedoch will sie ihm ihr gewaltiges Wissen über das verschiedenartige Leben im Universum vermitteln. Kingsley geht unter dem Ansturm dieses Wissens zugrunde.
Eine Rahmenhandlung stellt das Geschehen als Lektüre eines Manuskripts dar, das ein 50 Jahre zurückliegendes Ereignis schildert. Dem Manuskript ist ein Lochstreifen mit einem Codesignal beigeheftet, durch das die Menschen sich wieder mit dem Wolkenwesen in Verbindung setzen können, wenn sie am Leben des ganzen Universums teilhaben wollen.
Der Roman besticht durch Sachlichkeit, Realismus, Detailfreudigkeit und streng logischen Aufbau. Er stellt nicht nur einen der Höhepunkte der naturwissenschaftlich orientierten Science Fiction dar, sondern ist zugleich eines der eindrucksvollsten Beispiele für die Schilderung einer fremdartigen Lebensform und der Kommunikation mit ihr.

HUBBARD, L(AFAYETTE) RON(ALD)
(*1911)

Amerikanischer Pulp-Autor, besser bekannt als Gründer der Scientology Church. Bevor sich H.

1938 der SF und Fantasy zuwandte, hatte er schon in anderen Genres publiziert. Seine erste SF-Geschichte war »The Dangerous Dimension« in *Astounding*. Bis 1950 schrieb er etliche Dutzend Kurzgeschichten, die fast immer in den Campbell-Magazinen *Astounding* oder *Unknown* veröffentlicht wurden. Darunter sind drei Serien: »Conquest of Space«, »Kilkenny Cats« und »Doc Methuselah«. Sein bekanntester SF-Roman ist *Final Blackout* (1948), ein finsteres Stück über eine von Kriegen verwüstete zukünftige Erde. Im Bereich der Fantasy sind es *Slaves of Sleep* (1948) und die Kurzromane *Fear* und *Typewriter in the Sky* (beide als Magazinversion 1940), die einen nachhaltigen Eindruck hinterließen. H.s SF-Karriere fiel genau in die goldene Zeit der Campbell-Ära, zu der er zwar keine Meisterwerke beisteuern konnte, sie aber konstant um abenteuerliche Space Operas, Superheldengeschichten und phantastische Melodramen jeglicher Art bereicherte, die oft unter den Pseudonymen Kurt von Rachen oder René Lafayette publiziert wurden.
Als er 1950 in *Astounding* seinen Artikel »Dianetics, the Evolution of a Science« veröffentlichte und darin seine »wissenschaftliche« Heilslehre verkündete, hatte das nachhaltige Auswirkungen. Die SF-Gemeinde erlebte mehrere Jahre lang eine scharfe Kontroverse, einige Autoren schlossen sich H. an und stiegen aus der SF aus (z. B. A. E. van Vogt). »Dianetics« wurde zur Scientology und H. zum Multimillionär.

Final Blackout (1948); *Slaves of Sleep* (1948; *Versklavte Seelen*, 1978); *The Kingslayer* (1949; *Rebell der Milchstraße*, 1957); *Masters of Sleep* (1950); *Fear & Typewriter in the Sky* (1951); *Return to Tomorrow* (1954; *Gefangen in Raum und Zeit*, 1957); *Ole Doc Methuselah* (1970; *Doktor Methusalem*, 1974).

HUBERT, FRED
(*1930)

Geboren in Berlin. H. wollte zunächst Trickfilmzeichner werden und begann eine Lehre als Klischee-Ätzer. Nach Kriegsende war er Kranführer, Maschinenwäscher, Druckereiarbeiter, Sachbearbeiter in einer Druckerei, Aufzugsmonteur und Hausmeister (letzteres bis heute). In seiner Freizeit schrieb er bislang zwei SF-Romane, die in der DDR, wo er ansässig ist, herauskamen.

Die Traumfalle (1974); *Zeitsprung ins Ungewisse* (1975).

HUGHES, ZACH
(*1928)

Pseudonym für Hugh Zachary, geboren in Holdenville, Oklahoma. H. debütierte 1972 mit seinem Roman *The Book of Rack the Healer*, der in *Galaxy* erschien. Danach folgten ziemlich schnell ein gutes halbes Dutzend weiterer Romane, die ihren Verfasser zwar als soliden Handwerker auswiesen, größeren Tiefgang aber vermissen ließen. Ein thematischer Schwerpunkt liegt auf durch Umweltprobleme gestörter Fauna, wofür Titel wie *Gwen, in Green* (1974) und *The St. Francis Effect* (1976) stehen. Eine repressive religiöse Diktatur in einem zukünftigen Amerika schildert *The Stork Factor* (1975), während *Seed of the Gods* (1974) eine Däniken-Parodie ist.

Tide (1974; *Die rote Flut*, 1977); *The St. Francis Effect* (1976; *Mücken gibt es überall*, 1979); *Seed of the Gods* (1974; *Unter Millionen von katalogisierten ...*, 1979).

HULL, E(DNA) MAYNE
(1905–1975)

Geboren in Brandon, Manitoba (Kanada). Die Tochter eines kanadischen Journalisten kam durch die Heirat mit A. E. van Vogt mit Science Fiction in Berührung und schrieb in der Folge allein und gelegentlich in Zusammenarbeit mit ihrem Mann SF-Kurzgeschichten und -Romane. Bekannt wurde vor allem der Roman *The Winged Man*. Ein weiterer Roman, *Planets for Sale*, entstand aus einer Serie von Kurzgeschichten um den Geschäftsmann Arthur Blord, der in interstellare Intrigen verwickelt ist. Ursprünglich waren diese Geschichten von 1943 an in *Astounding* erschienen. In späteren Jahren war H. wie ihr Mann in der Scientology-Bewegung aktiv, die von dem SF-Autor L. Ron Hubbard ins Leben gerufen wurde.

The Winged Man (1944 Magazinversion, 1966 Buchversion, zus. mit A. E. van Vogt; *Im Reich der Vogelmenschen*, 1967); *Planets for Sale* (1954; *Sterne der Macht*, 1956).

HUXLEY, ALDOUS (LEONARD)

(1894–1963)

Geboren in Godalming, Surrey, als jüngerer Bruder des Biologen und Nobelpreisträgers Julian Huxley. H. wurde in Eton erzogen. Wegen einer ihn zeitlebens mit Erblindung bedrohenden Augenkrankheit mußte er jedoch das Internat verlassen und setzte seine Ausbildung später fort. Er studierte in Oxford und arbeitete anschließend als Journalist. Nach längeren Aufenthalten in Frankreich und Italien ließ er sich 1937 in den USA nieder und blieb dort auch bis zu seinem Tode.

H. hatte in den zwanziger Jahren bereits eine Reihe von Werken geschrieben – eines der bekanntesten ist der 1928 erschienene Roman *Point Counter Point* –, als er 1932 mit *Brave New World* eine Anti-Utopie veröffentlichte, die neben ganz wenigen anderen, etwa Orwells *1984*, zum Inbegriff der Gattung schlechthin wurde und ihrem Verfasser weltweiten Ruhm bescherte. Der Roman war als Reaktion auf Wells' positive sozialistische Utopie *Men Like Gods* entstanden und kritisierte den technischen Fortschrittsglauben der modernen Zivilisation aus der Sicht eines bürgerlichen Intellektuellen. Einige weitere Romane von H. sind für den Bereich der SF von Interesse, so *After Many a Summer Dies the Swan* (1939) – Thema: Langlebigkeit mit der Folge einer genetischen Rückentwicklung zum Affenmenschen – und *Time Must Have a Stop* (1944). Weitere anti-utopische Werke sind *Ape and Essence* (1948) und *Island* (1962). Ersteres behandelt eine degenerierte nachatomare Welt, während *Island* eine auf den Buddhismus begründete Utopie darstellt.

After Many a Summer Dies the Swan (1939; *Nach vielen Sommern*, 1959); *Time Must Have a Stop* (1944; *Zeit muß enden*, 1950); *Ape and Essence* (1948; *Affe und Wesen*, 1951); *Island* (1962; *Eiland*, 1973)

Lit.: P. Bowering, Aldous Huxley, A Study of the Major Novels, 1968. – J. Meckier, Aldous Huxley Satire and Structure, 1969. – L. Zahner, Demon an Saint in the Novels of Aldous Huxley, 1975.

Brave New World

(1932; dt. *Welt – wohin?*, 1932; anderer Titel: *Wackere neue Welt*, 1950; späterer Titel: *Schöne neue Welt*, 1953)

Die neben Orwells *1984* berühmteste Anti-Utopie schildert eine Welt der Zukunft, in der Gott (»Lord«) durch Ford ersetzt wurde. Institutionen wie Ehe und Familie sind verschwunden, Kinder werden in Brutanstalten nach künstlicher Befruchtung geboren und aufgezogen, und eine Psychokonditionierung verhindert atavistische Regungen jeglicher Art. Die wenigen, die dennoch nicht der Norm genügen, weil sie zu hohe und damit widersprechende Intelligenz besitzen, werden rechtzeitig ausgesondert und auf Inseln verbannt. Oberstes Gebot ist Glück für alle; Elend, Krankheit, Not – dies alles gibt es nicht mehr, statt dessen nur noch Einförmigkeit. H. stellt dem die glückliche Sorglosigkeit von Naturmenschen auf Samoa und Neu-Guinea gegenüber.

Grundlage dieser Gesellschaft sind etliche dem SF-Instrumentarium zugehörige Ideen wie eine Vorform des Kloning, Psychokonditionierung und hypnotische Beeinflussung, Ausbrüten des Fötus außerhalb des Mutterleibs, schließlich eine Droge, deren Anwendung sicherstellt, daß wirklich keine Konflikte ausbrechen.

Zwar ist offensichtlich, daß H. den als gleichmacherisch empfundenen Kommunismus meint, gleichzeitig aber gilt seine Kritik der modernen Industriegesellschaft schlechthin. Unter diesem Gesichtspunkt ist auch der Kapitalismus – besonders in der amerikanischen Ausprägung – Adressat, was sich auch darin manifestiert, daß die handelnden Personen nicht nur Namen wie Marx, Engels, Trotzki oder Bakunin, sondern auch solche wie Diesel, Edsel oder Hoover tragen.

Die wissenschaftliche Diskussion über dieses Werk, dem auch eine gewisse Lust am Untergang nicht abzusprechen ist, kann hier nicht ausreichend wiedergegeben werden. Als Beispiel mag deshalb ein Zitat von THEODOR W. ADORNO stehen, der mit H.s Ideologie kritisch ins Gericht geht:

»Voll fiktiver Sorge um das Unheil, das die verwirklichte Utopie der Menschheit antun könnte, schiebt er das weit dringlichere und realere Unheil von sich, das die Utopie hintertreibt. Müßig, darüber zu klagen, was aus den Menschen wird, wenn Hunger und Sorge aus der Welt verschwunden sein werden. Denn sie ist deren Beute kraft der Logik eben jener Zivilisation, der der Roman nichts Schlimmeres nachzusagen weiß als die Langeweile des ihr prinzipiell nicht zu erreichenden Schlaraffenlandes. [...] Der Roman überträgt die Schuld der Gegenwart gleichsam auf die Ungeborenen. Darin reflektiert sich das unselige ›Es soll nicht anders werden‹, Endprodukt der urprotestantischen Verquickung von Einkehr und Repression. Weil der Mensch erbsündig und auf Erden des Besseren nicht fähig sei, wird die Verbesserung der Welt selber in die Sünde umgebogen. Das Blut der Ungeborenen aber schlägt dem Roman nicht an. Er versagt aus der Schwäche eines mit oft sehr großartigen Erfindungen ausgeschmückten Leerschemas. Weil die Veränderung der Menschen nicht kalkuliert werden kann und der vorgreifenden Imagination sich entzieht, wird sie ersetzt durch die Karikatur der Menschen von heute, nach dem uralten und vernutzten Verfahren der ›Satire‹. Die Fiktion der Zukunft verbeugt sich vor der Allmacht des Gegenwärtigen: was noch nicht war, wird komisch durch den minderen Effekt, daß es bloß dem gleicht, was ohnehin ist, wie Götter in Offenbachschen Operetten. [...] Nicht das kontemplative Moment als solches, das der Roman mit aller Philosophie und Darstellung teilt, ist ihm vorzuwerfen, sondern daß er nicht selber in die Reflexion das Moment einer Praxis hineinnimmt, welche das verruchte Kontinuum sprengte. Die Menschheit hat nicht zwischen totalitärem Weltstaat und Individualismus zu wählen. Ist die große historische Perspektive überhaupt mehr als die Fata morgana des verfügenden Blicks, so geht sie auf die Frage, ob die Gesellschaft schließlich sich selbst bestimmen oder die tellurische Katastrophe herbeiführen wird.«

I

ILLING, WERNER

(1895–1979)

Geboren in Chemnitz. I. nahm als Luftwaffenfunker am Ersten Weltkrieg teil und kam anschließend nicht mehr dazu, sein vor dem Krieg begonnenes Studium der Medizin und Germanistik fortzusetzen, weil er nach dem Tode des Vaters die elterliche Fabrik übernehmen mußte. Da ihm diese Tätigkeit jedoch nicht lag, wandte er sich bald dem Schreiben zu. Nachdem er zunächst einen Gedichtband veröffentlicht hatte (1921), betätigte er sich im journalistischen Bereich, so als Mitarbeiter der *Vossischen Zeitung*. I. war politisch engagiert auf seiten der SPD, und der Kontakt zu einem dem SPD-Parteiorgan *Vorwärts* angegliederten Buchklub brachte ihn dann auch dazu, seinen einzigen utopischen Roman, *Utopolis* (1930), zu schreiben. Es sollte eine sozialistische Zukunftsvision werden, die zugleich auch als Satire auf Personen und Konflikte der Weimarer Zeit angelegt war. Dieses Buch, eines der besten Beispiele der utopischen Literatur der Weimarer Zeit, wurde in SPD-Kreisen viel gelesen und führte nach der Machtergreifung der Nazis zu einer Vorladung des Autors zu einem Gestapo-Verhör. I. kam jedoch mit einer Verwarnung davon, da er sich als Redakteur des Deutschlandsenders, inzwischen dort für Unterhaltungssendungen zuständig, nicht weiter verdächtig machte. Außerhalb der SF schrieb I. mehrere andere Romane, Erzählungen, Drehbücher zu Filmen und Fernsehspielen. Eines seiner Filmdrehbücher, *Der Herr vom anderen Stern* (1948), mit Heinz Rühmann verfilmt, behandelt allerdings ebenfalls ein utopisches Thema. Nach dem Kriege arbeitete I. auch als Übersetzer von Krimis.

J

JACOBI, CARL (RICHARD)
(*1908)

Geboren in Minneapolis, Minnesota. J. hat hauptsächlich Horrorgeschichten geschrieben, gelegentlich aber auch einen Ausflug in die SF unternommen. Seine ersten Erzählungen wurden in *Weird Tales* während der dreißiger Jahre publiziert. Sammlungen seiner phantastischen Geschichten sind *Disclosures in Scarlet* (1972), *Portraits in Moonlight* (1964) und *Revelations in Black* (1947). Romane hat er offensichtlich nie geschrieben.

JAKES, JOHN (WILLIAM)
(*1932)

Geboren in Chicago. J. begann bereits als Schüler damit, Fantasy-Stories zu schreiben. 1950 verkaufte er seine erste Erzählung an das *Magazine of Fantasy & Science Fiction*; mittlerweile sind es weit über 200 Geschichten sowie zahlreiche Romane geworden – allerdings nicht nur SF und Fantasy, sondern auch Krimis, Western, Mainstream und historische Romane. (Besonders bekannt wurde eine Serie über die Geschichte Amerikas, die auch ins Deutsche übersetzt wurde.) *Playboy* und ähnliche Magazine brachten ebenfalls Stories von J. Als bekannt wurde, daß der Englischlehrer J. nebenher SF und Fantasy schrieb, wurde er aus dem Schuldienst entlassen. Besondere Beliebtheit errang J.s Sword-&-Sorcery-Serie um »Brak, the Barbarian«, deren erste Geschichten in den sechziger Jahren entstanden. Der Held jagt dem Lockruf der Goldenen Stadt Khurdisan nach, legt sich mit Dämonen und ihren finsteren Anbetern an, schlägt massenweise Schädel ab, schlitzt Kehlen auf und geht mit den schönsten Frauen ins Bett. Als Ausgleich zu dieser »blutigen« Schreiberei hat J. einen Roman für die Serie *Planet of the Apes* verfaßt und mehrere SF-Jugendbücher geschrieben.

Brak, the Barbarian (1968; *Schiff der Seelen*, 1974); *Brak the Barbarian Versus the Sorceress* (1969; *Tochter der Hölle*, 1975); *Brak the Barbarian Versus the Mark of the Demons* (1969; *Das Mal der Dämonen*, 1975); *Mention My Name in Atlantis* (1972; *Tolle Tage in Atlantis*, 1977); *On Wheels* (1973; *Im Banne des Feuervogels*, 1976).

JAMESON, MALCOLM
(1891–1945)

Amerikanischer Marineoffizier, der den Schriftstellerberuf ergriff, nachdem er, an Krebs erkrankt, die Seefahrt aufgegeben hatte. 1938 publizierte er eine erste Geschichte in Campbells *Astounding*. Er veröffentlichte bis zu seinem Tod zahlreiche Kurzgeschichten, aber nur einen Roman: *Atomic Bomb* (1945). Zwei weitere Werke, *Bullard of the Space Patrol* (1951) und *Tarnished Utopia* (1956), kamen postum heraus und sind actiongeladene Space Operas.

JANIFER, LAURENCE M(ARK)
(*1933)

Geboren in Brooklyn als L. M. Harris (J. ist ein angenommener Name). J. wurde zuerst durch seine Kollaborationen mit Randall Garrett bekannt. Diese Bücher waren eigentlich SF-Krimis und erschienen unter dem Pseudonym Mark Phillips. Weiterhin arbeitete J. zusammen mit S. J. Treibich und Michael Kurland an Romanen. Allein verfaßte er *Slave Planet* (1963) und *The Wonder War* (1964). Sein bis dato wichtigstes Werk ist *Power* (1974), ein SF-Roman mit politischem Einschlag. 1966 gab J. die Anthologie *Masters Choice* heraus. In zwei Bänden präsentierte er hier die seiner Meinung nach besten SF-Geschichten.

Malone-Serie (zus. mit Randall Garrett unter dem Pseud. Mark Phillips): *Brain Twister* (1962; *Die Lady mit dem 6. Sinn*, 1974); *The Impossibles* (1963; *Kampf gegen die Unsichtbaren*, 1975); *Supermind* (1963). – *Survivor* (1977).

JARRY, ALFRED
(1873–1907)

Geboren in Laval, Bretagne. J. führte das Leben eines Bohemien. In seinen Werken wurde er namentlich von der evolutionären Philosophie Henri Bergsons beeinflußt. H. G. Wells' Roman *The Time Machine* veranlaßte ihn, einen spekulativen Essay über den Bau einer Zeitmaschine zu verfassen. Jarry gilt als einer der bedeutendsten Vorläufer des Surrealismus und des absurden Theaters; berühmt wurde sein *Ubu roi* (1896, *König Ubu*, 1959). Er ist auch Erfinder der »Pataphysik«, der Wissenschaft von den imaginären Lösungen. Seine erotische Fantasy *Le surmâle* (1902) ist ein frühes Beispiel für das Konzept des Übermenschen. Nach seinem Tod geriet er in Vergessenheit, wurde aber nach dem Zweiten Weltkrieg wiederentdeckt. Der Brite J. G. Ballard zählt ihn zu denen, die sein eigenes Werk maßgebend beeinflußten.

JEAN PAUL
(1763–1825)

Pseudonym für Johann Paul Friedrich Richter, geboren in Wunsiedel (Fichtelgebirge), gestorben in Bayreuth. In Armut als Sohn eines Predigers aufgewachsen, Besuch des Gymnasiums in Hof, Abbruch des Studiums wegen Mittellosigkeit in Leipzig, später als Hauslehrer tätig. 1807 wurde ihm der Titel eines Herzoglichen Legationsrats verliehen, seit 1804 lebte er in Bayreuth. J. P., Dichter zwischen Klassik und Romantik, verfaßte mit *Des Luftschiffers Giannozzo Seebuch* (1800) eine utopisch-phantastische Novelle.

JEFFERS, AXEL
(*1917)

Pseudonym des Schriftstellers und Redakteurs Hans Peter Weißfeld, geboren in Hilden, Rheinland. J. verfaßte weit mehr als 500 Romane in allen Genres der Trivialliteratur (hauptsächlich Leihbücher und Heftromane). In seiner SF dominierte die anspruchlose Space Opera.

Die Kugeln mit der blauen Flamme (1953); *Der Mondsatrap* (1953); *Die Sternenspinne* (1953); *Kaiser Titanios* (1953); *Die Äpfel der Hesperiden* (1953); *Die Sternvagabunden* (1953); *Der stählerne Nebel* (1953); *Wo die Sterne enden* (1954); *Lemuria* (1955); *Raumschiff Wega* (1955).

JEFREMOW, IWAN → Ivan (Antonovič) Efremov

JESCHKE, WOLFGANG
(*1936)

Geboren in Dečin (ČSSR); deutscher Schriftsteller, Anthologist und Redakteur. Nach der Mittleren Reife absolvierte er eine Lehre als Werkzeugmacher. 1959 Abitur und danach Studium der Germanistik, Anglistik und Philosophie in München. Praktikum in einer Verlagsbuchhandlung, dann Redakteur von *Kindlers Literaturlexikon*. Von 1971 bis 1979 Redaktion der biographischen Enzyklopädie *Die Großen der Weltgeschichte*. Seit 1970 als Herausgeber von Science-Fiction-Buchreihen und Anthologien tätig. Auf diesem Gebiet ist er eine zentrale Figur bei der Entwicklung der SF in der Bundesrepublik seit 1970 (sowohl was Übersetzungen als auch deutsche Original-SF angeht). Erste Schreibversuche ab 1955, erste Kurzgeschichtensammlung mit *Der Zeiter* (1970; erweitert 1978). Zahlreiche Anthologien (u. a. mit Robert Silverberg, Frederik Pohl und Ben Bova). Sein erster Roman ist *Der letzte Tag der Schöpfung* (1981).

Anthologien: *Planetoidenfänger* (1971); *Die sechs Finger der Zeit* (1971); *Die Große Uhr* (1977); *Im Grenzland der Sonne* (1978); *Spinnenmusik* (1979); *Der Tod des Dr. Island* (1979); *Eine Lokomotive für den Zaren* (1980); *Science Fiction Story Reader 1* (1974), *3* (1975), *5* (1976), *7* (1977), *9* (1978), *11* (1979), *13–18* (1980–82); *Titan 1–18* (1976–82; mit wechselnden Mitherausgebern).

Der letzte Tag der Schöpfung
(1981)

In den sechziger Jahren stößt der amerikanische Geheimdienst im Bereich des Mittelmeers auf rätselhafte Funde: Plastikmaterial, das aus einer Zeit stammen muß, zu der es noch kein Plastik

gab; das Wrack eines Jeeps, das Jahrtausende alt ist; eine moderne Waffe, die seit Zehntausenden von Jahren im Wüstensand begraben gewesen sein muß. Diese Artefakte decken sich verblüffend mit einem Projekt der U.S. Navy, das zusammen mit der NASA entwickelt wird. Es geht um Phänomene, die in der Nähe extrem starker Gravitationsfelder auftreten: Das Raum-Zeit-Gefüge ist an solchen Punkten derart gestört, daß Massen verschwinden und rückwärts durch die Zeit geschleudert werden können. Das Projekt soll ein in der Geschichte der Menschheit einzigartiges Unternehmen möglich machen: durch Veränderungen in der Vergangenheit Weichenstellungen vorzunehmen, die die Gegenwart verändern; konkret, eine geophysikalische Schönheitsoperation vorzunehmen. Die USA wollen, da von der Natur stiefmütterlich mit Ressourcen ausgestattet, den Ölstaaten des Nahen Ostens das Öl abpumpen, bevor diese die endgültige Verfügungsgewalt darüber erlangen.
Der Plan ist folgender: Vor 5,5 Millionen Jahren war die Straße von Gibraltar durch eine geologische Hebung verschlossen und das Mittelmeerbecken ausgetrocknet. Menschen und Material sollen von der 6. US-Flotte im Mittelmeer aus in die Vergangenheit geschleudert und zwei Kilometer über dem Meeresgrund ›ausgeklinkt‹ werden, wo sie sicher landen. Zunächst soll eine Pipeline von den libyschen Ölfeldern durch die Mittelmeersenke quer durch Europa in die Nordsee geführt werden, wo durch Zeitmaschinen (als Bohrinseln getarnt) das Öl aus der Vergangenheit in die Gegenwart heraufgepumpt werden soll. Das Projekt erhält höchste Priorität, wird finanziell massiv unterstützt und unterliegt absoluter Geheimhaltung. Eine Gruppe von Freiwilligen wird ausgesucht, ausgebildet und über 5000 Jahrtausende in die Vergangenheit geschickt. Die Gegner haben inzwischen auch nicht geschlafen und bereiten ihnen einen heißen Empfang. Des weiteren finden die Freiwilligen heraus, daß die wissenschaftlichen Voraussetzungen des Projekts noch lange nicht ausgereift sind, daß an eine Rückkehr nicht zu denken ist, daß man sie verschaukelt hat. Die Vernünftigsten unter ihnen tun sich zusammen, um eine Kultur zu begründen unter dem Motto »Wir bauen das neue Atlantis«. Andere ziehen hinaus in die jungfräuliche Weite der Erde. »Es ist ein gutes Thema und ein gutes Buch. Lesen Sie es schnell, bevor das Öl zu Ende geht« (BRIAN W. ALDISS).

JEURY, MICHEL
(*1934)

Geboren in Dordogne, lebt in Issigeac. J.s Romane erschienen anfangs oft unter dem Pseudonym Albert Higon. Er war Angestellter und Krankenpfleger, publiziert seit den fünfziger Jahren und hat neben mehreren Jugendbüchern mehr als ein halbes Dutzend sozial engagierter SF-Romane herausgebracht, die ihm den Ruf eines Erneuerers der französischen SF eingetragen haben. Unter seinem wirklichen Namen erschien *Le temps incertain*, für das er 1973 den Preis für den besten in Frankreich publizierten SF-Roman erhielt. Bereits 1960 war er für *La machine du pouvoir* mit dem »Prix Jules Verne« ausgezeichnet worden. Seine Anthologie *Planète socialiste* (1978) stellt die Zukunftsvisionen französischer Nachwuchsautoren vor. Nahezu alle Werke J.s nehmen sich der Zeitthematik an und haben einen stark politisch gefärbten Hintergrund.

Les singes du temps (1974); *Soleil chaud, poisson des profondeurs* (1976); *Les îles de la lune* (1978); *Ecumeurs du silence* (1980); *Le seigneur de l'histoire* (1980); *Le sombrace éclat* (1980). – Pseud. Albert Higon: *Aux étoiles du destin* (1960); *La machine du pouvoir* (1960); *Les animaux de justice* (1976); *L'empire du peuple* (1977; zus. mit Pierre Marlson).

Le temps incertain
(1973; dt. *Robert Holzachs chronolytische Reisen*, 1982)

Im Jahre 2060 unternehmen die als Psychonauten bezeichneten wissenschaftlichen Mitarbeiter des Hospitals Garichankar nach medikamentöser Behandlung computergesteuerte Zeitreisen in die sechziger Jahre des 20. Jahrhunderts. In diesem »chronolytischen« Universum versuchen sie, die Persönlichkeiten von Menschen, die in dieser Zeit leben, zu ›übernehmen‹. Dr. Robert Holzach wird in Garichankar darauf vorbereitet, mit einem Franzosen namens Diersant zu verschmelzen, der 1966 bei einem Unfall ums Leben kam, um zu klären, ob es sich bei dessen Ableben um die Folgen eines Attentats oder um

Selbstmord gehandelt hat: Die Wissenschaftler von Garichankar stehen nämlich in einem furchtbaren Abwehrkampf gegen ein gespenstisches Reich, das von einer Gruppe deutscher Industriekapitäne aus der Chemiebranche regiert wird, die das chronolytische Universum gegen Ende des 20. Jahrhunderts entdeckten und beherrschen. Diese ›außerweltliche‹ Gruppe bedroht die Menschheit nun mit einem mächtigen Industrieimperium und liefert den »Freien Hospitalen« einen erbitterten Kampf um die Weltherrschaft, bei dem sie laufend die Realität manipuliert. Holzach alias Diersant rekapituliert sein Leben und findet heraus, daß er in den Sog der Ereignisse hineingezogen wurde. Man hat ihn in einen Autounfall verwickelt, überwältigt und mit einer Drogeninjektion in einen Teufelskreis der Zeiten versetzt, in dem sich für ihn die Zeit immer wieder wiederholt. Er kann ihr erst dann entrinnen, nachdem er in die Persönlichkeit eines anderen geschlüpft und in einem völlig anderen Universum materialisiert ist, wo er fern von der Erde und der chronolytischen Zone unter der Obhut einer gottähnlichen Existenz weiterleben kann.

JÓKAI, MÓR (auch: MAURUS)
(1825–1904)

Geboren in Komárom. J. gehört zu den bekanntesten und populärsten Autoren der ungarischen Literatur des 19. Jahrhunderts. Ursprünglich wollte er bildender Künstler werden, wandte sich dann aber der Literatur zu. Er schrieb eine Vielzahl von Kurzgeschichten, Romanen und Dramen; in der Regel kamen ein bis zwei Bücher pro Jahr heraus, die auf große Resonanz stießen. Nebenher war er Redakteur eines Witzblatts und Abgeordneter für die regierende Liberale Partei (nachdem er sich in früheren Jahren für den Freiheitskampf engagiert hatte und deswegen auch verfolgt worden war). Seine utopischen Romane und Erzählungen ließen ihn zum wichtigsten Vorläufer der SF in Ungarn werden. Insbesondere der vierbändige Roman *A jövö század regénye* (1872–74; *Der Roman des künftigen Jahrhunderts*), der im Jahre 1952 spielt und ein großartiges Bild einer kapitalistischen Welt entwirft, gilt als wichtiges Werk. *Az aranyember* ist eine phantastische Robinsonade, *Egész az északi pólusig!* und *Óceania* wiederum sind voll und ganz der utopischen Literatur zuzurechnen. Eine große Anzahl von J.s Werken wurde auch in die deutsche Sprache übersetzt, darunter rund 20 Bände mit Erzählungen.

A aranyember (1872; *Ein Goldmensch,* 1873, 1978); *Egész az északi pólusig!* (1872; *Reise in die Vergangenheit,* 1957); *Óceania* (1856; *Ozeanien*, 1884); *Zwanzigtausend Jahre unter dem Eise* (1914).

JONES, D(ENNIS) F(ELTHAM)
(?)

Britischer Autor, der zahlreiche Gelegenheitsjobs innehatte und im Zweiten Weltkrieg als Marineoffizier diente. 1966 erschien sein erster Roman, *Colossus*, der 1969 verfilmt wurde. Animiert durch den Erfolg des ersten Bandes folgten *The Fall of Colossus* (1974) und *Colossus and the Crab* (1977). Gegenstand der Trilogie ist ein Riesencomputer, der die Menschheit unterstützen soll, aber bald eigene Ziele verfolgt und die Menschheit unterjocht und versklavt, schließlich aber doch bezwungen werden kann.
Seine anderen Romane, am erwähnenswertesten *Implosion* (1967) und *Don't Pick the Flowers* (1971), handeln oft von Katastrophen, die die Menschheit bedrohen. In *Implosion* ist es eine Droge, die Frauen unfruchtbar werden läßt. Da J. der folgerichtigen Entwicklung seiner Charaktere selten genügend Platz einräumt, gleichen fast alle seiner Romane und Erzählungen den Routinearbeiten eines Fließbandschreibers.

Colossus (1966; *Colossus*, 1968); *Implosion* (1967; *Implosion*, 1970); *Don't Pick the Flowers* (1971; *Laß die Blumen stehn*, 1973); *The Fall of Colossus* (1974; *Der Sturz von Colossus*, 1976); *The Floating Zombie* (1975); *Colossus and the Crab* (1977).

JONES, LANGDON
(*1942)

Englischer Kurzgeschichtenautor und Herausgeber, der heute in Wales lebt. Sein Name ist eng mit dem britischen *New Worlds* und der von diesem Magazin ausgelösten »New Wave« verknüpft. Beginnend mit »Storm Water Tunnel« (1964) erschienen hier seine wenigen Stories, und er betreute dieses Magazin auch eine Zeitlang als Herausgeber. Seine Zusammenstellung *The New SF* (1969) ist eine der wenigen Anthologien, die den Zeitgeist der britischen SF der späten sechziger Jahre einfing. J.s beste Geschichten sind in dem Band *The Eye of the Lens* (1972) enthalten. Diese Sammlung enthält ›spekulative‹ Experimentaltexte von teilweise symbolistischer Natur. Kafka und der französische Nouveau Roman lassen sich als Einflüsse ausmachen, Fixpunkt ist der ›innere Raum‹ der Psyche.

JONES, NEIL R(ONALD)
(*1909)

Geboren in Fulton, New York; J. war bis zu seiner Pensionierung Versicherungsangestellter beim Staat New York. Er begann Ende der zwanziger Jahre zu schreiben; seine erste Veröffentlichung war 1930 die Geschichte »The Death's Head Meteor« in *Air Wonder Stories*. Während der nächsten beiden Jahrzehnte wurden von ihm mehrere Dutzend Stories in den Pulp-Magazinen publiziert. Die meisten davon gehören drei Serien an: »Tales of the 24th Century«, »Tales of the 26th Century« und »Professor Jameson«. Letztere ist die bekannteste und gilt mit ihren 23 publizierten Stories, von denen Mitte der sechziger Jahre 16 in 5 Taschenbüchern nachgedruckt wurden, als die am längsten laufende Serie in der Geschichte der SF. Inhaltlich bieten J.s Geschichten fast ausnahmslos abenteuerliche Space Opera.

Professor-Jameson-Serie in Sammelbänden: *The Planet of the Double Sun* (1967); *The Sunless World* (1967); *Space War* (1967); *Twin Worlds* (1967); *Doomsday on Ajiat* (1968).

JONES, RAYMOND F.
(*1915)

Geboren in Salt Lake City, Utah. J. schrieb gelegentlich auch unter dem Pseudonym David Anderson. Er debütierte 1941 mit der Erzählung »Test of the Gods« in der Science Fiction und gehörte bald darauf zu den fleißigsten Textlieferanten der einschlägigen Magazine. Er verfaßte weit über 70 Kurzgeschichten und Novellen, wobei der Löwenanteil seiner Produktion dem Blatt zuging, das ihn entdeckt hatte: John W. Campbells *Astounding*. In den fünfziger Jahren wandte er sich der Romanschreiberei zu und verfaßte eine Reihe ausnehmend spannender SF-Jugendbücher. Seine größten Erfolge waren das Parallelwelten-Abenteuer *Renaissance* und die später verfilmte Space Opera *This Island Earth*. 1971 wurde J. nach einer fast zehn Jahre währenden Pause in der SF wieder aktiv. Seine neuesten Bücher spiegeln allerdings in auffälliger Weise noch immer den Geist der vierziger Jahre wider.

The Alien (1951); *The Toymaker* (C, 1951); *Son of the Stars* (1952; *Sohn der Sterne*, 1957); *This Island Earth* (1952); *The Secret People* (1956); *The Year When Stardust Fell* (1958); *Cybernetic Brains* (1962); *Man of Two Worlds* (1963, anderer Titel: *Renaissance*; *Der Mann zweier Welten*, 1968); *The Non-Statistical Man* (C, 1964); *Syn* (1969; *Die Syntho-Menschen*, 1976); *Moonbase One* (1971); *Renegades of Time* (1975); *The King of Eolim* (1975); *The River and the Dream* (1977).

JÜNGER, ERNST
(*1895)

Geboren in Heidelberg. Das Urteil über diesen Autor im In- und Ausland, in der Geschichte und Literaturgeschichte ist schwankend, besonders was sein Werk im Dritten Reich und Zweiten Weltkrieg anlangt.
Sein visionärer Roman *Auf den Marmorklippen* (1939), eine verhüllte Anklage gegen den Nationalsozialismus, kann auch als eine Allegorie auf die Zerstörung eines zivilisierten Landes durch vandalische Eroberer gesehen werden. *Gläserne Bienen* (1957), eine symbolisch-allegorische Dichtung, handelt von bienenhaften Mikro-Robotern, die als Symbol für die Verstümmelung des Menschen durch die Technik stehen. Gewissermaßen eine inhaltliche Fortsetzung zu *Auf den Marmorklippen* ist *Heliopolis* (1949). In dieser Utopie gerät Lucius in den Kampf zweier Parteien, die um die Verwirklichung einer Utopie streiten. Letztlich wird die Position des Nonkonformisten in der utopischen Gesellschaft be-

stätigt, d. h., J. läßt in seiner Utopie keinen Platz für die Massen.
Während J. hierzulande auch mit diesen Büchern nicht eigentlich als SF-Autor eingeordnet wird, zählt z. B. *Heliopolis* in dem 1979 in den USA erschienenen *Survey of Science Fiction Literature* zu den 500 wichtigen SF-Büchern, die es je gegeben hat.

K

KAFKA, FRANZ
(1883–1924)

Geboren in Prag. Der deutschsprachige Autor lebte einige Jahre in Wien. K.s Werk trägt nur in begrenztem Maß gewisse Züge der SF, aber sein Einfluß auch auf dieses Genre ist nicht abzuleugnen. In seiner Geschichte »In der Strafkolonie« (1919) wird den Gefangenen mit Hilfe eines Apparates, bestehend aus »Bett und Egge«, das Gebot, das sie übertreten haben, qualvoll auf den Leib geschrieben. In »Die Verwandlung« (1915) findet sich Gregor Samsa eines Morgens in ein ungeheures Ungeziefer verwandelt wieder. K.s Werk stellt das dichterische Gleichnis des ausgelieferten Menschen in einer ihm feindlichen Welt dar. Seine surrealistisch anmutenden Schauplätze in fiktiven totalitären Staaten haben nicht nur viele europäische Schriftsteller beeinflußt, sondern finden sich auch in den bedrückenden Szenarien einiger SF-Autoren (Dick, Malzberg, Langdon Jones, Garnett) wieder.

KAISER, GEORG
(1878–1945)

Geboren in Magdeburg als Sohn eines Kaufmanns, im Beruf seines Vaters ausgebildet. Einige Jahre kaufmännische Tätigkeit, u. a. in Südamerika, Spanien und Italien. Als freier Schriftsteller kehrte K. in seine Heimatstadt zurück. 1938 emigrierte K. über Holland in die Schweiz, wo er vergessen und fast mittellos starb. K. gilt heute als bedeutendster und fruchtbarster Dramatiker des Expressionismus.

Nach *Die Koralle* (1917) und *Gas* (1918) beendete er seine Gas-Trilogie mit dem expressionistischen Zukunftsdrama *Gas. Zweiter Teil*, einem Schauspiel in drei Akten, das 1920 in Brünn uraufgeführt wurde. Hierin entwickelt K. die resignative Vision einer Zukunft, in der »Gelbfiguren«, »Blaufiguren« und Arbeiter agieren, die alles Menschliche verloren haben und wie Automaten funktionieren. Dann aber wird die Belegschaft eines Energiegas-Werkes, das für den Krieg des Staates Gas zu produzieren hat, in einen apokalyptischen Taumel von Aufstand und Zerstörung gerissen, der in die Menschenvernichtung einmündet. In K.s hektischer, kalt-abstrakter Sprache spiegelt sich die entwürdigende Automatenwelt einer zukünftigen hybriden Gesellschaft.

KANTOR, MacKINLAY
(1904–1977)

Geboren in Webster City, Iowa; Romancier, Reporter und Drehbuchautor, dessen Lieblingsthema der amerikanische Bürgerkrieg war. In diesem Bereich ist auch sein einziger SF-Roman, *If the South Had Won the Civil War* (1961), angesiedelt. Ähnlich Ward Moore und dessen *Bring the Jubilee* (1953) geht K. in seinem Alternativweltenroman von der Hypothese aus, die Konföderierten Staaten hätten den amerikanischen Bürgerkrieg gewonnen.

KAPP, COLIN
(*1929)

Englischer Autor, arbeitet als Techniker im Elektronik-Forschungsbereich und veröffentlicht seit 1958 Science Fiction. Nach Stories in *New Worlds* erschien 1964 sein erster Roman *The Transfinite Man*, in dem es um einen Mann geht, der resistent gegen alle gebräuchlichen Tötungsmethoden ist. K. schreibt Action-SF mit männlichen Helden, die von einer lebensbedrohenden Situation in die nächste taumeln. Diesem Muster folgen auch seine beiden bekanntesten Romane *Pattern of Chaos* nebst Fortsetzung *The Chaos Weapon*, in denen ein Mann Eruptionen der Gewalt wie magisch anzieht. Erwähnenswert sind seine Kurzgeschichten der Serie »The Unorthodox Engineers«, die hauptsächlich in *New Worlds* erschienen sind.

The Transfinite Man (1964); *The Dark Mind* (1965; *Dimensionen des Satans*, 1972); *The Pat-*

tern of Chaos (1972; *Der Meister des Chaos*, 1973); *The Wizard of Anharitte* (1973); *The Survival Game* (1976); *The Chaos Weapon* (1977).

KARINTHY, FERENC
(*1921)

Der Sohn des populären ungarischen Autors phantastischer Literatur, Frigyes K., studierte Sprachwissenschaften und veröffentlichte eine Studie über italienische Lehnwörter im Ungarischen. 1943 erschien mit *Don Juan éjszakája* (»Don Juans Nacht«) sein erster Roman. Neben einer Reihe von weiteren Romanen, Essays, Reportagen und Bühnenstücken schrieb er auch utopisch-phantastische Erzählungen sowie den Roman *Epepe* (1970), in dem ein Sprachwissenschaftler bei einer Flugreise in einer imaginären Stadt mit einer total fremden Sprache landet und versuchen muß, Situation und Sprache zu meistern.

KARINTHY, FRIGYES
(1887–1938)

Ungarischer Autor und Übersetzer. K. war eine bekannte Gestalt der Literaturszene der zwanziger und dreißiger Jahre und ein glänzender Essayist. Er schrieb eine Reihe von satirischen utopisch-phantastischen Texten, darunter die beiden Novellen »Utazás Faremidóba« (1916) und »Capillária« (1921).

Utazás Faremidóba
(1916; dt. *Die Reise nach Faremido*, 1919)

Capillária
(1921)

»Utazás Faremidóba« und »Capillária« wurden von Karinthy als neue Gulliver-Phantasien ausgegeben, eines Gullivers im Ersten Weltkrieg, der sich in »Utazás Faremidóba« mit einem Flugzeug von einem sinkenden Schiff retten kann und aus diesem Flugzeug heraus von anorganischen, musischen Roboterwesen auf den Planeten Faremidóba (der Name ist als Tonfolge zu verstehen und muß gesungen werden) gebracht wird. Dort lehrt man ihn das organische Leben als Krankheit zu sehen, während das wahre und harmonische Leben das anorganische ist. Die Erzählung ist nicht nur Swift adäquat (wenngleich der Menschenfreund Karinthy ganz andere Motive hatte als der Misanthrop Swift), mit sehr viel Ironie gegenüber kriegführenden Nationen, sondern auch erstaunlich in vielen Science-Fiction-Elementen: die Schilderung von Robotern Jahre vor Čapek etwa, die sehr schöne Passage über die Fabrikationsstätte dieser Roboter und die Szene, in der Gulliver durch eine Droge für kurze Zeit das Bewußtsein erweitert wird, so daß er empfinden kann, was die Roboter empfinden.
Im zweiten Abenteuer »Capillária« wird Gulliver abermals Opfer eines Schiffbruchs und verliert, irgendwo im Wasser treibend, das Bewußtsein. Er findet sich wieder auf dem Meeresboden; jemand hat ihm muschelartige künstliche Kiemen an den Ohren befestigt, die ihm den Aufenthalt unter Wasser ermöglichen. Er lernt zwei Kulturen kennen, die im Grunde nur verschiedene Facetten einer einzigen sind: die der amazonenhaften »Oihas« und die der wurmähnlichen »Bullpops«. Die Oihas gleichen der menschlichen Frau, sind sehr schön, wenngleich ihre Körper nahezu durchsichtig sind, und leben männerlos in einer Kultur, die auf der Sklavenarbeit der Bullpops beruht. Die Oihas ernähren sich auch von den Bullpops und zerstören von Zeit zu Zeit die Türme dieser Wesen, an denen diese unentwegt arbeiten, um die Oberfläche des Meeres zu erreichen.
Gulliver, der zunächst von den Oihas als ihnen ähnliches Wesen anerkannt wird, verrät sich durch eine Liebeserklärung an ihre Königin als Mann und somit als Bullpop, wird zu diesen Wesen verbannt und lernt nun auch deren Weltsicht kennen. Die Bullpops führen ein frauenloses Leben, das aber sonst dem ihrer Geschlechtsgenossen auf der Erdoberfläche gleicht. Die Oihas nehmen sie als Gottheiten wahr oder leugnen ihre Existenz. Gulliver lebt eine Zeitlang unter ihnen und kehrt dann während einer Vulkaneruption in seine Welt zurück.
K.s Erzählung ist geistreich und imaginativ. Auf erheiternde Art bildet er auf dem Meeresgrund jene satirisch getönte Anschauung ab, wonach die Frauen (zu jener Zeit noch weniger als heute emanzipiert) nur dem Augenschein nach die zweite Geige in der menschlichen Gesellschaft spielen, während in Wahrheit die Männer ihre Sklaven sind.

KASACK, HERMANN
(1896–1966)

Geboren in Potsdam als Sohn eines Arztes, mit humanistischen Idealen aufgewachsen. Nur kurzzeitig Soldat, nahm K. 1915 ein Studium der Germanistik und Nationalökonomie auf. Vom Kiepenheuer Verlag, dem er, zuerst als Lektor in den Jahren 1920–25, schließlich als Verlagsleiter vorstand, über eine zweijährige Arbeit bei S. Fischer führte sein Weg in die freie Schriftstellerei. Doch wurde ihm schon 1933 die Vortragstätigkeit untersagt. 1941–49 arbeitete K. wiederum als Lektor, als Nachfolger von O. Loerke im Suhrkamp Verlag. 1953–63 war er, ein Mitbegründer des deutschen PEN-Zentrums, Präsident und Repräsentant der Deutschen Akademie für Sprache und Dichtung in Darmstadt. 1966 starb K. in Stuttgart.
Aus K.s dichterischem und erzählerischem Werk ragt der 1947 erschienene Roman *Die Stadt hinter dem Strom* hervor, eine utopisch-phantastische Dichtung hohen literarischen und geistigen Ranges, eines der meistdiskutierten deutschen Bücher der Nachkriegszeit.
Der Orientalist Dr. Robert Lindhoff wird auf den Anruf einer geheimnisvollen Präfektur hin zum Chronisten und Archivar einer rätselhaften Stadt bestellt, einer Stadt hinter dem Strom. In der bedrückenden Ruinenstadt erschließt sich L. ein sonderbares Reich, in dem alles Leben sich in sinnloser Wiederholung erschöpft. Der Arbeitsprozeß der Massen vollzieht sich in dem Perpetuum mobile zweier Fabriken, deren eine Kunststein herstellt, den die andere zermahlt, um der ersteren wieder Material zu liefern. Die Aufgabe des Archivs besteht in der Bestandsaufnahme der Tätigkeiten der Menschheit. Bald erkennt L., daß er in einem Zwischenreich von Leben und Tod weilt, in dem der Augenblick zur Ewigkeit erstarrt ist. Ebenso verschlüsselt wie die Erscheinungen der Todeszone sind ihm diejenigen der Realität diesseits des »Stromes«, in die er schließlich zurückkehrt. Die den Menschen bestimmenden Mächte bringt K. in gleichnishafter Weise zur Darstellung. Der Tod wird in eine umfassende Gesamtdeutung des Lebens einbezogen. Der Stil des Autors wirkt kühl und distanziert. Seine meist realistischen, oft detailreichen Bilder entfalten in ihren Beziehungen zueinander einen surrealistischen Zauber des Unsagbaren.

KAVAN, ANNA
(1901–1968)

Pseudonym der britischen Schriftstellerin Helen Woods Edwards, geboren in Cannes. Sie wurde von Privatlehrern erzogen, wuchs in Kalifornien auf, lebte in Burma, Australien, Neuseeland und mehreren europäischen Staaten und starb, vom Heroin abhängig, durch Selbstmord. In SF-Kreisen wurde sie hauptsächlich wegen ihres Romans *Ice* (1967) bekannt. Darin wird in einer nahen Zukunft die Welt von einer neuen Eiszeit heimgesucht. Das Wissen um den baldigen Untergang ruft Kriege hervor, die die gesamte Struktur der Zivilisation in Stücke reißen.

KAZANCEV, ALEKSANDR (PETROVIČ)
(*1906)

Geboren in Akmolinsk, heute Celinograd (UdSSR), in Sibirien aufgewachsen. K. studierte an der TH in Tomsk und betätigte sich anschließend als Mitarbeiter verschiedener Moskauer Institute. Als 1939 die Weltausstellung in New York stattfand, war K. Leitender Ingenieur der Industrieabteilung des UdSSR-Pavillons. Während des Zweiten Weltkriegs leitete er ein Kriegsforschungsinstitut, später war er als Oberster Regierungsbevollmächtigter des sowjetischen Rüstungskomitees in Wien. Seither lebt er als freier Schriftsteller und Redakteur populärwissenschaftlicher Zeitschriften in Moskau. Neben einem bereits vor dem Kriege erschienenen SF-Jugendbuch veröffentlichte er eine Reihe von Büchern, in denen es um Phänomene bei Erreichung der Lichtgeschwindigkeit, Kultivierung lebensfeindlicher Räume und die Kontaktaufnahme mit extraterrestrischem Leben geht. 1981 erhielt er als erster den gemeinsamen Literaturpreis der Schriftstellerunion der RSFSR sowie der Jugendzeitschrift *Ural'skij sledopyt*, den »Aelita-Preis«.

Pylajuščij ostrov (1941, 1956; »Die flammende Insel«; *Gost' iz kosmosa* (C, 1958; daraus: »Der Bote aus dem All«, 1961); *Faėty* (1974; »Die Phätoniden«).

Silnee vremeni
(1973, 1977; dt. *Stärker als die Zeit*, 1978)

Die Helden dieses Romans sind Kosmonauten und Philosophen, Arbeiter und Forscher. Die Handlung vollzieht sich vor dem Hintergrund der Weiten des Sonnensystems, das der Mensch erobert hat. Neue Rohstoff- und Energiequellen sind erschlossen, die Planeten nach menschlichen Bedürfnissen verändert. Das Buch schildert über Generationen hinweg die ersten Vorstöße zu anderen Sonnensystemen und erste Kontakte mit Extraterrestriern. Bei der Rückkehr zur Erde finden die Teilnehmer dieser Expeditionen zu den Sternen – durch die Zeitdilatation weniger gealtert als die Zurückgebliebenen – ein Moskau der Zukunft vor, das sich zu noch größeren Raumfahrtprojekten rüstet. Die erfahrenen Kosmonauten stellen sich zur Verfügung, auch an diesen neuen Expeditionen in die Weiten des Kosmos teilzunehmen.
Das Buch ist eines der am großzügigsten dimensionierten der sowjetischen Science Fiction und enthält eine Fülle von Ideen im technisch-wissenschaftlichen und biologischen Bereich, allerdings auch einige Spekulationen im Stil Erich von Dänikens, die den Gesamteindruck schmälern. Darüber hinaus leidet der Roman an der doch recht blutlosen Charakterisierung und dem trockenen Stil.

KEENE, DAY
(*1904)

Amerikanischer Schriftsteller und Drehbuchautor, der hauptsächlich in den Genres Krimi und Western aktiv ist und dort mehrere Dutzend Romane veröffentlicht hat. Sein einziger Beitrag (zusammen mit Leonard Pruyn) zur utopischen Literatur ist *World without Women* (1960; *Welt ohne Frauen*, 1969), ein zynisches Machwerk, das vor keinem Vorurteil gegen Homosexuelle zurückschreckt.

KEGEL, WALTHER
(1907–1945)

Geboren in Flensburg. K. war von Beruf Ingenieur und schrieb in seiner Freizeit mehrere Bücher, darunter vier SF-Romane.

Rakete 33 (1929); *Tiefsee* (1935; zus. mit H. Heuer); *Tod im Strahlenring* (1937); *Dämme im Mittelmeer* (1937).

KELLER, DAVID H(ARRY)
(1880–1966)

Geboren in Philadephia. K. studierte Medizin an der dortigen Universität, arbeitete zunächst als praktischer Arzt und spezialisierte sich später auf die Psychoanalyse. Im Alter von 48 Jahren verkaufte er seine erste Geschichte, »The Revolt of the Pedestrians« (1928), an Gernsback, der sie in *Amazing* herausbrachte. Im gleichen Magazin wurde dann in den Jahren 1928–35 seine Taine-of-San-Francisco-Serie veröffentlicht. K.s umfangreiches Werk (es umfaßt ca. 100 Erzählungen und neun Romane) berücksichtigte stets auch psychologische Probleme, was für die damalige SF, die sich bis dahin hauptsächlich den Naturwissenschaften zugewandt hatte, neuartig war.

The Eternal Conflict (1939); *The Devil and the Doctor* (1940); *The Solitary Hunters and the Abyss* (1948); *The Humunculus* (1949); *The Lady Decides* (1950).

KELLERMANN, BERNHARD
(1879–1950)

Geboren in Fürth. Nach einem Studium an der Technischen Hochschule München packte K. das große Fernweh. 1907 brach er zu einer Reise um die Erde auf; Reisen war von da an eine seiner Haupttätigkeiten, über die er journalistisch oder als Buchautor berichtete. Erfolgreich war er aber auch mit seinen Romanen, von denen *Yester und Li* (1904), *Das Tor* (1909) und *Das Meer* (1910) eher poetische Züge aufweisen. Ein Klassiker der SF-Literatur und ein Welterfolg wurde der 1913 erschienene Roman *Der Tunnel*, der bis 1940 eine Auflage von 358 000 Exemplaren erlebte. Nicht zuletzt die darin entfaltete Kritik am rücksichts- und zügellosen Gebrauch der Technik mag die Nationalsozialisten bewogen haben, K. aus der Akademie der Dichtkunst auszuschließen; im übrigen galt er auch als politisch nicht zuverlässig.

Nach dem Krieg zog es K. vor, in der DDR zu leben.

Der Tunnel
(1913)

Seine technischen Fähigkeiten ermöglichen es Mac Allan, einem Bergarbeitersohn, bis zum Kommandanten über ein Heer von Arbeitern und Maschinen aufzusteigen. Man überträgt ihm die Aufgabe, einen Tunnel von Amerika nach Europa, von Kontinent zu Kontinent, bauen zu lassen. Der Tunnel ist ein gigantisches technisches Projekt, von dem sich der Geldadel Amerikas Profit verspricht. Nach 26 Jahren Bauzeit ist schließlich der Tunnelbau vollendet – zu einem hohen Preis: 9000 Arbeitern hat er den Tod gebracht, auch Mac Allans erster Frau und seinem Kind. Der einst so dynamische Mac Allan ist ausgelaugt, vom Schöpfer des Tunnels zu seinem Sklaven geworden.

Der Tunnel ist ein Symbol für den zügellosen Einsatz der Technik durch den Kapitalismus und die mörderischen Konsequenzen für die Arbeitenden. Scharfe Klassengegensätze brechen auf. Erstmals wird in Deutschland die Technik in der Utopie nicht mehr nur als Heilsbringer aufgefaßt, sondern auch als Bedrohung.

Bemerkenswert ist die Verwendung einer an der Technik orientierten Metaphorik, was in der Science Fiction nicht eben häufig ist: »Vom Dachgarten aus sah man einen Abschnitt der zwanzig Kilometer langen Broadwayschlucht, die ganz New York in zwei Teile spaltete: einen weißglühenden, klaffenden Schmelzofen, in dem farbige Feuer schwangen und auf dessen Boden mikroskopische Aschenteilchen entlangtrieben – Menschen.«

KELLEY, LEO P(ATRICK)
(*1928)

Geboren in Wilks Barre, Pennsylvania. Von 1959 bis 1969 Werbetexter, Verlagsleiter. Seit 1969 freier Schriftsteller. Debüt als SF-Autor 1955 mit der Kurzgeschichte »Dreamtown, USA« für *Worlds of If*. K. ist Verfasser von 9 SF-Romanen, die, wenngleich actionbetont, auch psychologische oder soziologische Komponenten aufweisen. Darüber hinaus editierte er zwei Anthologien.

The Counterfeits (1967); *Odyssey to Earthdeath* (1968); *Time Rogue* (1970); *The Accidental Earth* (1970); *The Coins of Murph* (1971; *Die Priester des Murph*, 1973); *Time 110100* (1972); *Mindmix* (1972); *Mythmaster* (1973); *The Earthtripper* (1973).

KELLNER, WOLFGANG
(*1928)

Geboren in Berlin. Der in der DDR ansässige Autor wurde mit Büchern außerhalb der SF bekannt, bevor er sich diesem Genre zuwandte – aus Protest dagegen, daß sich die in der DDR verfaßte SF zu sehr mit naturwissenschaftlicher Thematik abgab, wie er selbst bekundete. Von K. liegen bislang ein Sammelband mit SF-Erzählungen (*Der Rückfall*, 1974) und eine weitere Kurzgeschichte (»Alarm aus Intimklause 87«) vor.

Die große Reserve (C, 1981).

KEPLER, JOHANNES
(1571–1630)

Geboren in Weil der Stadt, Württemberg; Astronom, Gehilfe Tycho Brahes in Prag und nach dessen Tod Hofastronom und Mathematiker Rudolfs II. Interessant für die SF ist K. durch sein Werk *Somnium* (1634; *Traum vom Mond*, 1898), das von einem Traum seines Verfassers berichtet. In seinem Kern ist das Buch, das schon seit 1609 als Manuskript existierte, eine wissenschaftliche Beschreibung des Mondes; die Handlung, wie nämlich Durocatus, ein Student Tycho Brahes, und dessen Mutter durch Hexerei auf den Mond kommen, ist dabei reine Nebensache. Den Abschluß der Ausführung bilden Spekulationen K.s, wie Leben auf dem Mond nach den damaligen Erkenntnissen auszusehen hätte. Nicht zuletzt dadurch wurde *Somnium* zu einem wichtigen SF-Vorläufer.

KERSH, GERALD
(1911–1968)

Englischer Schriftsteller russischer Abstammung. K. ist in erster Linie für seine Arbeiten außerhalb der SF bekannt, namentlich seine vielen Kurzgeschichten und Erzählungsbände. Doch enthalten viele seiner Stories SF-Elemente, und manche seiner Geschichten wurden sogar in SF-Magazinen publiziert. Romane mit SF-Einschlag sind: *An Ape, a Dog, and a Serpent* (1945) und *The Great Wash* (1953). K. ist ein hervorragender Stilist und hat eine treue Anhängerschaft.

KEYES, DANIEL
(*1927)

Geboren in New York; hauptberuflich Professor für Englisch an der Universität von Ohio, Science Fiction schreibt er nur sporadisch. Bevor er sich schriftstellerisch versuchte, war K. kurze Zeit Mitherausgeber des Magazins *Marvel Science Fiction* (1951). Zwischen 1952 und 1963 verfaßte er lediglich ein knappes Dutzend SF-Stories, von denen ihn eine allerdings berühmt machte: »Flowers for Algernon«, 1959 in *The Magazine of Fantasy & Science Fiction* erschienen. Diese Erzählung gewann als beste des Jahres 1960 den »Hugo Award« und hinterließ einen solch nachhaltigen Eindruck, daß K. sie später zu einem Roman gleichen Titels ausweitete. Auch die Romanfassung gewann einen SF-Preis, den »Nebula Award« 1967. Danach wurde der Stoff unter dem Titel *Charly* mit Cliff Robertson in der Titelrolle verfilmt, der dafür den Oscar erhielt. Ein weiterer Roman K.s, *The Touch*, erschien 1968. In ihm schildert der Autor die psychischen Veränderungen eines Ehepaars und deren wachsende Entfremdung von der Umwelt nach einem Strahlungsunfall.

The Touch (1968; *Wer fürchtet sich vor Barney Stark*, 1971; anderer Titel: *Kontakt Radioaktiv*, 1981).

Flowers for Algernon
(1966; dt. *Charly*, 1970)

Charly Gordon, ein geistig zurückgebliebener junger Mann (I. Q. 68), ist die erste Testperson bei einem bahnbrechenden Experiment. Um seinen geistigen Defekt zu beheben und seine Intelligenz zu steigern, wird eine neuartige und riskante Gehirnoperation an ihm vorgenommen. Alle Tierversuche zuvor waren erfolgreich, und auch bei Charly scheint alles glatt zu gehen. Seine Intelligenz nimmt sprunghaft zu. Schon bald ist er in der Lage, den Fachgesprächen der Wissenschaftler um ihn herum zu folgen, ja, er läßt diese geistig weit hinter sich zurück. Charly Gordon wird zum Genius mit I. Q. 200, zum hochbegabten Wissenschaftler und begnadeten Künstler zugleich. Doch da stirbt die Maus Algernon, an der das Intelligenzexperiment zuerst durchgeführt worden war. Charly erkennt nun, was alle anderen nicht sehen: Er postuliert den »Algernon-Gordon-Effekt«, nach dem künstlich induzierte Intelligenz in einer der Quantität der Zunahme direkt proportionalen Zeit deterioriert. Einfacher ausgedrückt: Je größer die Intelligenzsteigerung, desto schneller der Rückfall auf die Ausgangsstufe. Genau dieses Schicksal steht auch Charly bevor. Nachdem seine Intelligenz den Hochpunkt überschritten hat, nimmt sie rapide wieder ab, und schon bald ist das unglückliche Versuchskaninchen wieder dort, wo seine Geschichte ihren Ausgang nahm: In einer Bäckerei verrichtet er als Hilfsarbeiter einfachste Dienste und muß Hohn und Spott der anderen Arbeiter einstecken. Am Ende beschließt Charly, den Leuten, die ihn kennen, nicht länger zur Last zu fallen. Er zieht sich zurück.

Trotz seiner relativ einfachen Handlung ist *Flowers for Algernon* ein vielschichtiger Roman. In Tagebuchform erzählt, ist er stilistisch-orthographisch den jeweiligen Intelligenzstufen Charly Gordons angepaßt. Diese Technik läßt den Leser die Ereignisse hautnah miterleben und macht die Handlung besonders eindringlich. Während der Leser sich in Charly hineinversetzen kann, gelingt das den Personen aus Charlys Umgebung nicht. Die Ärzte sehen in ihm nur einen Probanden, seine Bekannten können ihm bei seinem geistigen Höhenflug nicht folgen, auch nicht emotional. So ist Charly eigentlich immer allein; als Schwachsinniger wird er gehänselt, als Genie treibt ihn seine Superintelligenz in die Isolation. Deshalb nimmt es nicht wunder, daß Charly ein besonderes Verhältnis zu der Maus Algernon entwikkelt, die ihm durch das gleiche Schicksal ähnlicher ist als alle Menschen. Wie er selbst ist sie ein Opfer der Wissenschaft geworden, das trotz seines intellektuellen Durchbruchs Höllenqualen leidet. Daher lautet K.s Botschaft in einem Roman, der in stilistischer und psychologischer Hinsicht zu den Meisterwerken in der SF zählt: Der Mensch zeichnet sich nicht allein durch Intelligenz aus.

KHUON-WILDEGG, ERNST VON
(*1915)

Geboren in Pasing bei München. Der bekannte Rundfunk- und Fernsehjournalist K. verfaßte seit 1954 über 200 Fernsehfeatures, dazu einige Romane, Sachbücher, Hörspiele und Filmdrehbücher. Zur Science Fiction zählen die Hörspiele *Raumstation I beherrscht die Erde* und *Traum von Atlantropa* sowie der Roman *Helium* (1949), von dem auch eine Hörspielfassung gesendet wurde. K. ist ferner der Verfasser von Essays, die sich kritisch mit Dänikens Prä-Astronautik auseinandersetzen (*Waren die Götter Astronauten?*, 1970).

KILLOUGH, LEE (KAREN)
(*1942)

Geboren in Syracuse, Kansas. K. gehört zu den weiblichen Nachwuchsautoren des Genres. 1970 erschien ihre erste Erzählung, »Caveat Emptor«, in *Analog.* 1979 konnte sie dann mit *Voice of the Ramah* und *The Doppelgänger Gambit* erste Romane veröffentlichen. *The Monitor, the Mines and the Shree* (1980) handelt von einer wissenschaftlichen Expedition, die auszieht, um die Verhaltensweisen primitiver Kulturen auf Nira zu studieren. Am Ende aber stellt sich heraus, daß die Gruppe ihrerseits beobachtet wird.

KILWORTH, GARRY
(*1941)

Englischer Autor, der zum Teil in Aden aufwuchs, den Fernen Osten und den südpazifischen Raum kennt. K. ist von Beruf Ingenieur auf dem Gebiet der Telekommunikation und schreibt nebenher SF. Seine erste Story erschien 1975 unter dem Titel »Let's Go to Golgatha« in einer aus einem Story-Wettbewerb der *Sunday Times* hervorgegangenen Anthologie. K.s Story gewann diesen Wettbewerb. Er veröffentlichte bislang drei Romane, die ihn als fähigen, interessanten Autor ausweisen. Sein Erstling *In Solitary* (1977) behandelt eine Revolte der wenigen auf der Erde verbliebenen Menschen gegen Aliens, von denen sie beherrscht werden. *The Night of Kadar* (1978) schildert das Schicksal embryonaler irdischer Kolonisten, deren Schulungsprogramm durch einen technischen Defekt unterbrochen wird (woraufhin eine islamische Zivilisation auf einem fernen Planeten entsteht). In *Split Second* (1979) geht es um einen Körpertausch zwischen einem Kind unserer Tage und einem Neandertalerjungen.

In Solitary (1977; *Einsiedler,* 1981); *The Night of Kadar* (1978; *Die Nacht von Kadar,* 1981); *Split Second* (1979; *Der Zeitriß*, 1982); *Gemini God* (1981).

KING, STEPHEN
(*1946)

Geboren in Portland, Maine. K. veröffentlichte seit den späten sechziger Jahren Kurzgeschichten, die anfangs vor allem in dem Magazin *Startling Mystery Stories* erschienen. Sein erster Roman war *Carrie*, 1974 erschienen, nach dessen Vorlage ein recht erfolgreicher Film gedreht wurde. In der Folge schrieb K. mit *Salem's Lot* (1975) und *The Shining* (1977) zwei weitere Romane, deren Verkaufserfolge ihm den Ruf eines Bestsellerautors einbrachten. *The Shining* wurde darüber hinaus von Stanley Kubrick verfilmt, und auch *Salem's Lot* sowie mehrere der Kurzgeschichten aus K.s Story-Sammlung *Night Shift* wurden zur Verfilmung angekauft. K. ist kein typischer SF- oder Fantasy-Autor. Charakteristisch für seine Werke ist vielmehr, daß sie häufig SF- und Fantasy-, vor allem aber Horrorelemente zu einer erfolgsträchtigen Mischung verschmelzen. Sein bislang ambitioniertestes Werk, in dem er erstmals auf Horroreffekte verzichtete, ist *The Stand.*

Carrie (1974); *Night Shift* (1978).

KING, VINCENT
(*1935)

Pseudonym des englischen Schriftstellers Rex Thomas Vinson, geboren in Fall Mouth, Cornwall, der mit »Defense Mechanism« 1966 seine erste Story verkaufte. Seither erschienen vier Romane von ihm, die K. als Verfasser realistisch wirkender SF-Abenteuer typisch englischen Zuschnitts ausweisen.

Light a Last Candle (1969); *Candy Man* (1971); *Another End* (1971); *Time, Snake and Superclown* (1976).

KIPLING, (JOSEPH) RUDYARD
(1865–1936)

Geboren in Bombay (Indien); englischer Autor. K. schrieb Romane, Kurzgeschichten und Gedichte in großer Zahl. 1907 erhielt er den Nobelpreis für Literatur. Besonders am Anfang seiner schriftstellerischen Laufbahn verfaßte er zahlreiche Stories, die Fantasy- und Horrorelemente enthielten. Vieles davon wurde in Sammelbänden veröffentlicht. Der Fantasy zuzurechnen sind auch die thematisch miteinander verbundenen Kurzgeschichten, die unter dem Titel *The Jungle Book* (1894) und *The Second Jungle Book* (1895) erschienen. K. schrieb einige wenige Geschichten mit SF-Elementen, darunter die anti-utopische Story »The Finest Story in the World« (»Die schönste Geschichte der Welt«, 1927).

KIRST, HANS HELLMUT
(*1914)

Geboren in Osterode, Ostpreußen; hauptsächlich bekannt durch seine Kriegsromane. K. schrieb jedoch auch einen SF-Roman, *Keiner kommt davon* (1957). Es handelt sich dabei um einen realistischen Roman der nahen Zukunft, in dem der Autor den atomaren Dritten Weltkrieg schildert und vor dessen Schrecken warnt.

KLEIN, GÉRARD
(*1937)

Geboren in Neuilly; Schriftsteller, Kritiker und Herausgeber einer Buchreihe beim Verlag Robert Laffont, Paris. K. veröffentlichte 1955, im Alter von achtzehn Jahren, erste Erzählungen in Magazinen wie *Fiction, Galaxie* und *Satellite.* In den sechziger Jahren publizierte er drei Romane unter seinem eigenen Namen und fünf abenteuerliche SF-Stoffe unter dem Pseudonym Gilles d'Argyre. Er ist der Mann mit den ungewöhnlichsten Ideen in der französischen SF, gilt als herausragender Stilist und benutzt als Hintergrund seiner Erzählungen das gesamte Universum. Besonders fasziniert ist er von der Zeit und Zeitparadoxa.

Agent galactique (1958; Pseud. Mark Starr); *Embuches dans l'espace* (1958; Pseud. François Papery; *Le gambit des étoiles* (1958); *Chirurgiens d'une planète* (1960; Pseud. Gilles d'Argyre); *Le temps n'a pas d'odeur* (1963; *Zwischen den Zeiten*, 1974); *Le long voyage* (1964; Pseud. Gilles d'Argyre); *Les tueurs du temps* (1965; *Schachbrett der Sterne*, 1977); *Les Seigneurs de la guerre* (1971; *Die Herren des Krieges*, 1980). – Kurzgeschichtensammlungen: *Un chant de pierre* (1966); *La loi du Talion* (1973); *Histoires comme si*... (1975).

Le sceptre du hasard
(1968; dt. *Die Herrschaft des Zufalls*, 1978)

Die Welt der Zukunft besteht aus einer Erde, deren Menschen dem Nichtstun frönen können, da es genügend Roboter gibt, die alle anfallenden Arbeiten erledigen können. Die Regierungsform ist eine ›Stochastokratie‹, in der die Verantwortlichen durch eine Maschine gewählt werden und das Amt des Herrschers somit jedem aufgebürdet werden kann. Ingmar Langdon erfährt aus dem Fernsehprogramm, daß er derjenige ist, den es diesmal getroffen hat. Da er aber keine Lust verspürt, diese Bürde auf sich zu nehmen, ergreift er mit seinem Gleiter die Flucht, wird aber abgeschossen, zum Palast gebracht und zum Herrscher ausgerufen. Sogleich steht ihm eine wichtige Entscheidung bevor: Fremde Lebewesen sind im Herrschaftsbereich der Erde aufgetaucht und wollen einen Krieg provozieren. Als die Vertreter von hundert anderen Welten eine Konferenz anberau-

men und man Langdon dazu zu bewegen versucht, gegen die Fremden vorzugehen, entwischt er in dem allgemeinen Chaos und schlägt sich zu Freunden in Tibet durch, die jedoch Angst haben, ihn vor den Verfolgern zu verbergen, denn nach einer bestimmten Zeit muß ein neuer Herrscher ausgelost werden, und das will verständlicherweise niemand werden, solange der alte noch lebt. Ehe die nach Langdon suchenden Kräfte ihn jedoch aufgestöbert haben, wird er von den Angehörigen der demokratischen Opposition entführt und in die Unterwelt verschleppt, in der all jene leben, die ›unwürdig‹ sind, das Amt des Stochastokraten auszuüben. Langdon schafft es jedoch, in dieser Gesellschaft schnell aufzusteigen, erkennt, daß er unter Menschen lebt, die teilweise übernatürliche Kräfte besitzen, und macht sich klar, daß er zum Spielball zweier Kräfte geworden ist. Er lernt einen Psychologen kennen, der zwischen der parkähnlich aufgebauten Oberwelt und der Unterwelt verkehren darf, und findet heraus, daß dieser irgendwann freiwillig der Stochastokratie den Rücken kehrte. Sandra Devon, die der demokratischen Opposition angehört, bringt Langdon wieder an die Oberfläche hinauf. Die Stochastokratie hat inzwischen einen Doppelgänger als Herrscher installiert. Es gelingt Langdon, nachdem er in den Palast zurückgekehrt ist, aufzudecken, daß es Menschen gibt, die den den Herrscher auslosenden Computer beeinflussen und steuern, daß das ganze Zufallssystem eine einzige Farce ist, derer sich Kräfte bedienen, die kriegslüstern sind und eiskalte Kalkulationen betreiben. Es gelingt Langdon schließlich, Kontakt mit den Fremden aufzunehmen und das Blatt zu wenden.
Der Autor erläutert die Regierungsform der Stochastokratie als logische Vollendung der Bemühungen der Meinungsforschungsinstitute, deren Computerberechnungen immer ausführlicher wurden und Wahlen zu rein formalen Bestätigungen der Demoskopen machten, bis man schließlich dazu überging, die Wahlkandidaten, »den letzten Mangel des Systems«, zu beseitigen, da die Wahrscheinlichkeit, einen »rechtschaffenen« Menschen als Herrscher zu bekommen, viel höher sei, wenn man ihn gleich auslose.

KLINE, OTIS A(DELBERT)
(1891–1946)

Geboren in Chikago. K. stammte von niederländischen Einwanderern ab, war als Literaturagent, Liedtexter und Musikverleger tätig und etablierte sich in den zwanziger Jahren hauptsächlich als Imitator von Edgar Rice Burroughs. Nachdem er eine Menge in den Pulps veröffentlicht hatte, verfaßte er eine Anzahl von ganz der Tradition seines Vorbilds verhafteten Pastiches, in denen allerdings mehr das Schwert als die Technik dominierte. Neben seinen Tarzan-Adaptionen wurden vor allem seine teilweise erst postum in Buchform veröffentlichten Venus- und Marsromane populär.

Planet of Peril (1929); *Maza of the Moon* (1930); *Prince of Peril* (1930); *The Man Who Limped and Other Stories* (1946); *The Port of Peril* (1949); *The Swordsman of Mars* (1960); *The Outlaws of Mars* (1961); *The Bride of Osiris* (1974).

KNEIFEL, HANS
(*1936)

Geboren in Gleiwitz. K. erlernte den Beruf eines Konditors, machte 1962 das Abitur nach und arbeitete ab 1967 kurzzeitig als Berufsschullehrer. Er ist Verfasser von Hunderten von Heftromanen und Taschenbüchern, u. a. der Novellisationen der TV-Serie *Raumpatrouille*, hat als Sachbuchautor und im Rahmen eines Erwachsenenbildungsprogramms als Skripter von Rundfunksendungen gearbeitet. Seine ersten Romane waren vielversprechend, die späteren verflachten unter dem Druck der Massenproduktion jedoch zusehends. K.s inzwischen mehr als 400 Heftromane kranken an Standardcharakteren mit aufgesetzt wirkendem Vokabular und Handlungsarmut; seine Figuren sind blasierte Stutzer, die sich gegenseitig ihren hohen Bildungsstand anhand von Klassiker-Zitaten demonstrieren und dabei aus silbernen Kelchen Champagner schlürfen. Seine Welten sind entweder grellbunt und antiseptisch oder urwüchsig und barbarisch. In der Anfangsphase dominierten in seinem Werk die eher klassischen SF-Versatzstücke (Astronauten, Weltraumfahrt, Computer), später wandte K.

sich dann Serienfiguren wie »Perry Rhodan« und »Atlan« zu und stellte mehr die Fantasy-Elemente in den Vordergrund.

Oasis, Tor zu den Sternen (1958); *Uns riefen die Sterne* (1958); *Ferner als du ahnst* (1959); *Der Traum der Maschine* (1965); *Lichter des Grauens* (1966); *Das brennende Labyrinth* (1967); *Die Männer der Raumstation* (1968); *Die metallenen Herrscher* (1968); *Sohn der Unendlichkeit* (1972); *Krieger des Imperiums* (1973); *Apokalypse auf Cythera* (1975); *Planet am Scheideweg* (1975).

KNIGHT, DAMON (FRANCIS)
(*1922)

Geboren in Baker, Oregon. Wie viele Schriftsteller begann K. seine Karriere als Fan und gehörte den »Futurians« an, einer Fangruppe, deren Geschichte er 1977 in dem gleichnamigen Buch erzählte. In dieser Zeit in New York traf er u. a. mit Autoren wie James Blish, Frederik Pohl und C. M. Kornbluth zusammen. 1941 verkaufte er seine erste Geschichte an das Magazin *Stirring Science Stories*, das von einem weiteren »Futurian«, nämlich Donald A. Wollheim, herausgegeben wurde. K. selbst gab 1950 das Magazin *Worlds Beyond* heraus, das nach drei Ausgaben wieder eingestellt wurde. In den vierziger Jahren verkaufte er mehrere Stories, u. a. auch Kollaborationen mit James Blish. Viele seiner oft humorvollen und ungewöhnlichen Kurzgeschichten erschienen in Sammelbänden.
K. wird aber weniger wegen seiner Belletristik geschätzt, die zwar mitunter recht bemerkenswerte Früchte, wie etwa den Roman *The World and Thorinn* (1981), hervorgebracht hat, als wegen seiner hervorragenden Kritiken, für die er 1956 den »Hugo« bekam. Seine Laufbahn als Kritiker nahm ihren Anfang, als er 1945 einen ausgedehnten Essay über van Vogts *The World of Null-A* in einem Fanzine publizierte. Er besprach zahlreiche Bücher für die verschiedensten Magazine. Seine bekanntesten und besten Kritiken sind in dem Buch *In Search of Wonder* (1956, rev. 1967) erschienen.
In den fünfziger Jahren schrieb K. zusehends weniger, verlegte sich statt dessen mehr auf das Herausgeben von Anthologien. Er wurde Berater bei Berkley Books. Neben zahlreichen Anthologien Anfang der sechziger Jahre begann er 1966 mit der Herausgabe der Reihe »Orbit«, mit der er ein Forum für junge und experimentell ausgerichtete Autoren schuf. Mit dem Namen »Orbit« sind die Namen von Kate Wilhelm, Gardner Dozois, R. A. Lafferty und Gene Wolf eng verknüpft. »Orbit« ist die in den USA am längsten publizierte Anthologienreihe. 1968 veröffentlichte K. seine beste Erzählung, »Masks«, in der es um psychologische Probleme eines Kyborgs geht. Er war mitverantwortlich für die Gründung der »Science Fiction Writers of America«, deren erster Präsident er auch wurde. K. gehört zu den maßgeblichen Formern der neueren SF.

Hell's Pavement (1955, anderer Titel: *The Analogue Men*; *Die Analog-Maschine*, 1975); *The People Maker* (1959); *Far Out* (C, 1961; *Babel II*, 1976); *In Deep* (C, 1963); *Beyond the Barrier* (1963; *Sprung über die Zeitbarriere*, 1973); *Off Center* (C, 1965); *Mindswitch* (1965; *Zweibeiner sehen dich an*, 1973); *Double Meaning* (1965; *Invasion des Grauens*, 1974); *Turning On* (C, 1966); *Three Novels* (1967; *Welt ohne Maschinen*, 1968); *World Without Children and The Earth Quarter* (1970; *Welt ohne Kinder und Das letzte Quartier*, 1975); *The Best of Damon Knight* (1976).

The World and Thorinn
(1981; dt. *Sturz in die Unterwelt*, 1983)

Thorinn Goryatson ist nicht gerade ein Glückspilz. Abgesehen von einer körperlichen Deformation – er hat ein verkürztes Bein und hinkt, was ihm den Spottnamen »Floh« eintrug – hat er auch noch Ärger mit seinem Vater und seinen Brüdern. Eines Tages zwingen sie ihn, in einen alten Brunnen zu steigen, dessen Boden unter ihm nachgibt. Thorinn stürzt ab und findet sich in einer unterirdischen Welt wieder, aus der es kein Zurück mehr gibt. Er hat nur eine Möglichkeit: Er muß immer tiefer hinabsteigen in das Innere der Erde, und damit beginnt für Thorinn eine abenteuerliche Entdeckungsreise durch riesige Höhlensysteme und Gänge, die von Kreaturen bevölkert sind, wie er sie in seinen kühnsten Träumen noch nicht erlebt hat: Geflügelte Menschen, Dämonen und seltsame sprechende Apparaturen sind nur einige davon. Aber Thorinn läßt sich durch nichts abschrekken und dringt bis zu der elektronischen Intelligenz durch, die in dieser Welt alle Fäden in der Hand hält. Dort erfährt er mehr über sich und die Geschichte der Hohlwelt, die er durchquerte.

The World and Thorinn ist ein Reise/Entdekkungsroman, wie es in der SF viele gibt. Das Besondere an diesem Buch ist jedoch die Verbindung von Fantasy- und SF-Elementen. Stil und Inhalt lassen über weite Teile auf eine Fantasy schließen, was durch Zwischenkapitel, die in archaischem Englisch gehalten sind, noch verstärkt wird. Der Held ist ein pikaresker Abenteurer im Stile des Schelmenromans, aber seine Umwelt setzt sich nicht nur aus mittelalterlichen Mythenfiguren zusammen. Technische Geräte deuten dem Leser schon frühzeitig den Durchbruch im Konzept an, und er erwartet eine rationale Erklärung für eine physikalisch an für sich unmögliche Welt. Aus dieser Erwartungshaltung gewinnt der Roman seine Spannung und seinen Reiz.

KNIGHT, NORMAN L(OUIS)
(*1895)

Amerikanischer Chemiker und Schriftsteller. Seine erste Story erschien 1937 in *Astounding* und hieß »Frontier of the Unknown«. Eine zweite Story, »Crisis in Utopia« (1940), erweiterte er später zusammen mit James Blish zu dem Roman *A Torrent of Faces* (1967), in dem Überbevölkerungsprobleme die Hauptrolle spielen.

A Torrent of Faces (1967, *Tausend Milliarden glückliche Menschen*, 1970).

KOCH, RICHARD
(1895–1970)

Geboren in Frankfurt an der Oder; Studium der Mathematik und Naturwissenschaften in Jena, Freiburg und Heidelberg. K. war lange Jahre an einer Sternwarte tätig und erlebte beide Weltkriege als Nachrichtenoffizier mit. Fasziniert von Kurd Laßwitz und Jules Verne, verfaßte er kurz nach dem Zweiten Weltkrieg mehrere utopische Romane und Erzählungen. Als freier Schriftsteller und Publizist schrieb er ab 1948 professionell Artikel über Naturwissenschaften für Zeitungen und Zeitschriften. Sein erster Roman, *Plan von Polaris*, war, wie auch sein gesamtes späteres Werk, ganz im Stil utopischer Schriftsteller der zwanziger und dreißiger Jahre gehalten und wurde so gut wie gar nicht von den schon in den fünfziger Jahren den Markt dominierenden Engländern und Amerikanern beeinflußt. Sein letztes Werk war der Heftroman *Seelentausch* (1969).

Plan von Polaris (1950); *Überfall aus dem Weltraum* (1950); *Anti-Atom D 172* (1951); *Unlöschbare Feuer* (1952); *Absolut Null* (1953; Pseud. H. C. Nulpe); *Die Erde geht nicht unter* (1954); *Der Stein der Weisen* (1954); *Weltraumgespenster* (1955); *Macht aus fernen Welten* (1956); *Der heruntergeholte Stern* (1957); *Jenseits aller Grenzen* (1958); *Sternenreich Mo* (1958); *Der Ring der sechs Welten* (1960); *Sonnenfeuer* (1960); *Ozeano, der Wasserplanet* (1961).

KOESTLER, ARTHUR
(*1905)

Geboren als Sohn eines ungarischen Kaufmanns und einer Österreicherin in Budapest; englisch-deutscher Schriftsteller. K. verbrachte seine Jugend in Deutschland, Ungarn und Österreich, studierte Naturwissenschaften in Wien, siedelte sich 1926 in Palästina an, ging 1929/30 als Korrespondent in den Nahen Osten und nahm 1931 an der Polarexpedition des Luftschiffes *Graf Zeppelin* teil. K. war 1931–37 Mitglied der KPD, arbeitete in verschiedenen europäischen Ländern als Journalist, nahm am Spanischen Bürgerkrieg teil und diente 1940 und 1942 nacheinander in der französischen und britischen Armee. Anschließend zog er nach London. Er schreibt seit 1940 in englischer Sprache, hat Romane, Erzählungen und Essays verfaßt und jeglichen Ideologien abgeschworen. Von seinen zahlreichen Werken kann *The Age of Longing* (1951; *Gottes Thron steht leer* (1951) zur SF gerechnet werden. Sein Stück *Twilight Bar* (geschrieben 1933, im Druck erschienen 1945) ist ein utopisches Märchen, in dem außerirdische Wesen drohen, die Menschheit auszulöschen, wenn sie sich nicht bessert.

KOLDITZ, GOTTFRIED
(*1922)

Geboren in Altenbach. K. lebt in der DDR, studierte Germanistik, promovierte als Sprachwissenschaftler und erwarb ein Regiediplom. Nach zehn Jahren Theaterarbeit wandte er sich dem Film zu. Neben einigen Indianerfilmen drehte er die SF-Filme *Signale, Im Staub der Sterne* und *Das Ding im Schloß* (alle für die DEFA). Zu diesen Filmen schrieb er auch das Drehbuch. Als Autor gedruckter Science Fiction debütierte er mit dem Kurzroman *Havarie* (1972), der in der Heftreihe »Das neue Abenteuer« erschien. Eine weitere Erzählung, »Roboterfrühstück«, erschien in dem Sammelband *Lichtjahr 1* (1980).

KOLPAKOV, ALEKSANDR (LAVRENT'EVIČ)
(*1925)

Geboren im unteren Wolgagebiet. K. absolvierte die Militärakademie und nahm anschließend am Zweiten Weltkrieg teil. Von 1940 bis 1956 war er Berufsoffizier der sowjetischen Armee. Später arbeitete er als Chemiker in Moskauer Forschungsinstituten und wurde schließlich Schriftsteller. Neben einigen populärwissenschaftlichen Werken verfaßte er zwei Bände mit SF-Erzählungen und einen SF-Roman. Einige seiner Erzählungen wurden ins Deutsche und Französische übersetzt.

Griada (1960; »Die Triade«); *More mečty* (C, 1964; »Das Meer der Träume«); *Netlennyj luč* (C, 1971; »Der unvergängliche Strahl«).

KOMATSU, SAKYO
(*1931)

Japanischer Journalist und Romancier, hauptsächlich bekannt für seinen Katastrophenroman *Nippon Chimbotsu* (1973). Nach Verschiebungen in der Erdrinde rutscht die japanische Inselplatte in den Japangraben und versinkt. Das Buch wurde 1973 unter dem gleichen Titel in Japan verfilmt und kam dann in einer gekürzten, von Roger Corman bearbeiteten Filmfassung als *Tidal Wave* heraus.

Nippon Chimbotsu
(1973; dt. *Wenn Japan versinkt*, 1979)

Wie in den meisten modernen Katastrophenromanen wird auch hier das Ende einer Zivilisation von relativ »harmlosen« Vorzeichen angekündigt: Eine unbewohnte japanische Insel versinkt über Nacht im Meer; da und dort registriert man kleinere Seebeben; es kommt auch zu vulkanischer Tätigkeit. Aber was für Japan bisher eher alltägliche Ereignisse waren, wird nun in seiner Häufung immer bedrohlicher. Ein eigenwilliger Wissenschaftler, der den Dingen auf den Grund gehen will, kommt dabei zu Erkenntnissen apokalyptischer Größe: Das japanische Inselreich ist dem Untergang geweiht; es gibt keine Möglichkeit, die tektonisch unruhigste Zone der Erde zu retten. Den Menschen bleiben so gut wie keine Fluchtmöglichkeiten von ihrem überbevölkerten und »sinkenden« Inselschiff: Japan wird zu einem neuen Atlantis werden. Mit dem sicheren Tod vor Augen reagieren die zahlreichen Protagonisten auf ihre Weise: Während sich die einen wüsten Ausschweifungen hingeben und das Leben noch einmal in vollen Zügen genießen wollen, stürzen sich andere in tiefe Verzweiflung oder entledigen sich der Fesseln der Zivilisation und bäumen sich in ohnmächtiger Wut gegen das Unabwendbare auf. Wieder andere geben sich gelassen, fügen sich dem Schicksal und beweisen, indem sie sich für andere aufopfern, stoischen Heldenmut. Nur wenigen Menschen gelingt es, mit Booten und Schiffen der Katastrophe zu entkommen. »Die Beschreibung des Untergangs ... mag in ihrer naiven Detailgenauigkeit zu dick aufgetragen sein, wie auch manche Wissenschaftlerfiguren überzeichnet sind, doch gerade diesen fast kindlichen Zerstörungstrieb ... des Erzählers läßt den Leser trotz aller emotionalen Tiefe ... nicht in lähmende Melancholie versinken, sondern vermittelt ihm streiflichtartig etwas von der letzten ungeheuerlichen Bewährungsprobe eines Volkes, dessen besondere Verhaltensweisen in dieser Extremsituation mit ungewöhnlicher Klarheit hervortreten« (CHR. PROMITZER).

KOONTZ, DEAN R(AY)
(*1945)

Geboren in Everett, Pennsylvania; verheiratet mit Gracie Amber, die mit *Always Hard!* (1970) einen SF-Hardcore-Pornoroman verfaßte. K. war von 1966 bis 1968 als Lehrer in einem Bergarbeiterstädtchen in den Appalachen tätig, bekam jedoch zunehmend Schwierigkeiten mit den konservativen Eltern seiner Schüler, die ihm vorwarfen, im Unterricht »pornographische Literatur« (dabei handelte es sich um Titel von Joseph Heller und Robert A. Heinlein) zu verwenden. Er hat seither weit über 80 Bücher publiziert, hauptsächlich jedoch Kriminalromane. K. ist bekannt dafür, daß er genreunübliche Schreibtechniken – lange innere Monologe und sehr viele Dialoge – verwendet. Besonders erwähnenswert ist sein verfilmter Roman *Demon Seed*, der zwar in der Gestalt einer autonom handelnden Denkmaschine einen klassischen SF-Topos verwendet, ansonsten aber eher die Züge eines Horror-Thrillers aufweist.

Star Quest (1968); *The Fall of the Dream Machine* (1969); *Anti-Man* (1970); *Beastchild* (1970); *Hell's Gate* (1970; *Das Höllentor*, 1974); *The Flesh in the Furnace* (1972; *Der Lebensautomat*, 1973); *Demon Seed* (1973; *Des Teufels Saat*, 1977); *The Haunted Earth* (1973); *After the Last Race* (1974); *Nightmare Journey* (1975); *Nightchills* (1976); *The Vision* (1977).

KORNBLUTH, C(YRIL) M.
(1923–1958)

Geboren in New York; Sohn eines jüdischen Schneiders, dessen Vater in die USA eingewandert war. K. lernte mit drei Jahren Lesen, verließ die Schule im Alter von 13 Jahren ohne Abschluß, bekam mit vierzehn ein Stipendium am City College und wurde von der Schule geworfen, weil er einen Streik anzettelte. Nach einem Studium an der Universität Chicago nahm er als MG-Schütze am Zweiten Weltkrieg in Europa teil und wurde ausgezeichnet. Nach Kriegsende arbeitete er als Korrespondent eines Depeschendienstes und wurde 1951 freier Schriftsteller. Schon während der vierziger Jahre hatte er (teilweise unter den Pseudonymen Cecil Corwin, Walter C. Davies, Kenneth Falconer, S. D. Gottesman, Paul Dennis Lavond, Scott Mariner und Ivar Towers) zahlreiche Erzählungen publiziert – viele davon ohne Bezahlung oder gegen Minimalhonorare. Nach 1950 hatte K. seine Form gefunden: Etwa 50 Stories und mehrere Romane verschafften ihm den Ruf eines ätzenden Zynikers und fähigen Satirikers, der trotz seiner patriotischen Einstellung die Schwächen der amerikanischen Gesellschaft zielsicher aufs Korn nahm.

Besonders interessante Werke entstanden immer dann, wenn K. mit Co-Autoren wie z. B. Judith Merril zusammenarbeiten konnte: In dem unter dem Pseudonym Cyril Judd erschienenen Roman *Gunner Cade* (1952) wird ein intelligenter, aber zutiefst indoktrinierter Soldat zum ersten Mal zu eigenständigem Denken gezwungen. Man hat ihm Kadavergehorsam, Autoritätsgläubigkeit und Aufopferungsbereitschaft anerzogen – aber als er mit der Realität konfrontiert wird, erfährt er die Heuchelei, Machtgier und Korruption jener Führer, die er einst vergöttert hat, am eigenen Leib. Als die eigene Seite ihn zu verfolgen beginnt, schlägt er sich auf die Seite der Marskolonisten und engagiert sich mit ihnen gegen seine einstigen Herren.

Auch in Zusammenarbeit mit Frederik Pohl wußte K. zu überzeugen: *Gladiator-at-Law* (1955) beschreibt ein Amerika, das von gewaltigen Konzernen beherrscht wird. Den größten Erfolg verbuchte K. mit dem Roman *The Space Merchants* (Co-Autor: Frederik Pohl).

Als typischer Kurzgeschichtenschreiber tat K. sich mit längeren Texten schwer. Nach K.s frühem Tod stellte Frederik Pohl einige seiner Erzählungen zu Sammelbänden zusammen, die einen Querschnitt durch sein Schaffen bieten und ihn weit besser charakterisieren als seine Romane: »Kornbluths Texte beschäftigten sich in der Hauptsache mit menschlichen Charakterschwächen« (FREDERIK POHL).

Take Off! (1952); *Gunner Cade* (1952; Pseud. Cyril Judd, zus. mit Judith Merril; *Die Rebellion des Schützen Cade*, 1972); *Outpost Mars* (1952; Pseud. Cyril Judd, zus. mit Judith Merril); *Search the Sky* (1954, zus. mit Frederik Pohl; *Die letzte Antwort*, 1972); *Gladiator-at-Law* (1955, zus. mit Frederik Pohl; *Die gläsernen Affen*, 1976); *Wolfbane* (1959, zus. mit Frederik Pohl; *Welt auf neuen Bahnen*, 1972). – Seine

Erzählungen sind in folgenden Bänden gesammelt: *The Explorers* (1954); *The Mindworm* (1955); *A Mile beyond the Moon* (1958; *Die Worte des Guru*, 1975); *The Marching Morons* (1959); *The Wonder Effect* (1962; zus. mit Frederik Pohl); *Thirteen O'Clock* (1970).

The Syndic
(1953; dt. *Schwarze Dynastie*, 1974)

Das zukünftige Amerika, das uns der Autor hier präsentiert, ist ein Staat, in dem die Mafia die offizielle Regierung aus dem Amt gehoben hat. Das Land wird von diversen Familien beherrscht, die in bester Robin-Hood-Manier die Wohlhabenden schröpfen. Dieses Herrschaftssystem fußt nicht auf Gesetzen, sondern auf der Autorität des Syndikats. Die amerikanische Regierung gebietet hundert Jahre nach der Machtübernahme des Syndikats nur noch über eine kleine Schiffs- und U-Boot-Flotte, die in Irland vor Anker liegt: Man hat die Mächtigen von einst »ins Meer getrieben«. Jedoch die Idylle auf dem amerikanischen Kontinent währt nicht ewig: Nachdem zwei Angehörige des Syndikats, bei Attentaten ums Leben gekommen sind, beschließen die Familienoberhäupter, den Feind zu unterwandern und seine Rückeroberungspläne zu vereiteln. Protagonist Orsino wird von Lee Falcaro, der Tochter eines Syndikatschefs, mit Hilfe allerlei hypnotischer Tricks in Mr. Wyman verwandelt, einen Alkoholiker, der angeblich allen Grund hat, seine Arbeitgeber zu hassen. Unter Hypnose nimmt er Kontakt zu dem Regierungsagenten Grinnel auf und gelangt per U-Boot nach Irland, wo er sein altes Ich zurückerlangt. Mit Entsetzen stellt er fest, daß die ›Regierung‹ nur eine Bande von Militärs und Möchtegern-Politikern ist, die ihre Anhänger in Dummheit halten.
Europa ist zusammengebrochen; die Europäer leben wie Barbaren in den Wäldern und werden von Psi-begabten »Hexen« regiert, die ihre Stämme auf die verhaßten Eindringlinge hetzen. Im Stützpunkt der ›Regierungsmarine‹ stößt Orsino auf Lee Falcaro, die – unter Hypnose – ebenfalls als Agentin tätig ist und ihn denunziert, da sie sich für eine echte Gegnerin des Syndikats hält. Orsino flieht in das irische Hinterland und kehrt nach einigen Verwicklungen mit Lee nach Amerika zurück. Dort haben sich an der Westküste »Mob« und Regierung zusammengetan, und alles nimmt langsam wieder die verpönten Züge der Vergangenheit an.
Nachdem Orsino und Lee Falcaro New York glücklich erreicht haben, bitten sie F. W. Taylor – den »Paten« – händeringend, gegen die Mobsters und die Regierung loszuschlagen, sonst seien bald alle Errungenschaften der Syndikatsherrschaft zunichte gemacht. Aber Taylor lehnt ab: Er hat eingesehen, daß das Zeitalter des Syndikats seinen Höhepunkt überschritten hat. Jetzt kann nur noch der Abstieg kommen, denn der Wunsch nach ›Organisation‹ deutet auf ein neues Bewußtsein hin. Würde das Syndikat organisiert zurückschlagen, sei es vom Gegner nicht mehr zu unterscheiden.
»In allen vier Gesellschaftsformen, denen Orsino begegnet ... wird der einfache Mensch irgendwie manipuliert. In der Primitivenkultur übernimmt der Aberglaube die Kontrollfunktion; Mob und Regierung setzen erfolgreich Konditionierung, Propaganda und Gewalt ein, und das Syndikat hält die Ordnung aufrecht, indem es von seinen Bürgern eine hohe Ethik verlangt. Kurz gesagt: Die Bürger aller vier Gesellschaftsformen sind nichts anderes als Marionetten. In *The Syndic* hat K. die klassische Vorgehensweise der ›Social Science Fiction‹ angewendet: Er hat eine spannende Abenteuergeschichte in die Zukunft verlegt, um mit ihrer Hilfe einen Kommentar über das Heute abzugeben« (S. EDWARDS).

Best Science Fiction Stories of C. M. Kornbluth
(1968; dt. *Herold im All*, 1969)

Diese Kurzgeschichtensammlung (zuerst erschienen in England und zusammengestellt von Mary G. Kornbluth) sollte nicht mit der 1976 in den USA von Frederik Pohl herausgegebenen Auswahl *The Best of C. M. Kornbluth* verwechselt werden. Die anderen Sammelbände, die K.s Kurztexte enthalten, überschneiden sich inhaltlich teilweise ebenfalls. Daß nicht alles zum ›Besten‹ gehört, was derartig etikettiert wird, beweist bereits die erste Erzählung dieser Sammlung: In »That Share of Glory« (1952) geht es um einen sprachbegabten jungen Ordensbruder, der mit einem profitgierigen Sternenhändler auf Kauffahrt geht und sich allerlei Prüfungen gefallen lassen muß.
»The Altar at Midnight« (1952) wird da schon

konkreter: Hier begegnet der dem Alkohol verfallene Erzähler einem jungen Raumfahrer, zieht mit ihm durch die nächtlichen Kneipen der Großstadt und läßt sich von ihm erzählen, wieviel Geld er doch macht. Daß die Erfindung, die den Menschen den Sternenflug ermöglicht, für ihn und alle anderen körperliche Deformation zur Folge hat, scheint ihn nicht zu stören. Wer tüchtig sein will, muß eben auch Opfer bringen. Der Erzähler ist da anderer Meinung, hütet sich aber, sie auszusprechen: Er ist nämlich derjenige, dem die Menschheit den Sternenantrieb verdankt.

»The Silly Season« (1950) widerspiegelt K.s Berufserfahrungen als Korrespondent: Nachdem man den Lesern seit Jahren die haarsträubendsten Schauergeschichten vorgesetzt hat, um das ›Sommerloch‹ in den Zeitungen zu füllen, halten die Leser die plötzlichen Nachrichten über das Auftauchen außerirdischer Invasoren ebenfalls für eine Ente.

»The Little Black Bag« (1950) ist K.s meistnachgedruckte Erzählung: Dr. Full, ein Alkoholiker und von der amerikanischen Ärztekammer mit Berufsverbot belegt, lebt als Quacksalber in den Slums einer Großstadt und findet eines Tages eine kleine, schwarze Arzttasche, mit deren Inhalt er wahre Wundertaten vollbringen kann. Aus dem herumstreunenden Wermutbruder wird binnen kurzem ein gefragter Mediziner, dessen Diagnosen immer richtig sind und dessen Mittel stets helfen. Aber er wird das Opfer eines Mordes: Eine kleine Schlampe bringt ihn um, weil sie glaubt, mit der Tasche das große Geld machen zu können. Sie hat die Rechnung aber ohne den Wirt gemacht: In der Zukunft (aus der die Tasche stammt) hat man inzwischen festgestellt, daß sie in die Hände einer Mörderin geraten ist. Als ein »Zukunftstechniker« sie »abschaltet«, ist das Schicksal des Mädchens besiegelt: Zwar siegt das Gute (Dr. Full) nicht über das Böse, aber auch das Treiben des Bösen hat keine Chance.

K.s zynischste Geschichte ist »The Marching Morons« (1951): John Barlow, ein skrupelloser Immobilienmakler des 20. Jahrhunderts, überschläft aufgrund einer ärztlichen Fehlbehandlung mehrere Jahrhunderte und erwacht schließlich in einer übervölkerten Welt, deren Herren sich am liebsten »ein anderes Volk wählen« würden. Das allgemeine Bildungsniveau ist dermaßen abgesunken, daß College-Absolventen, die eine Schreibmaschine bedienen können, mit Magistertiteln ausgezeichnet werden. Die Intellektuellen empfinden es als lästig, die Welt am Laufen zu halten, zumal sie sich tarnen und anpassen müssen, um in einer Welt, deren Bewohner einen durchschnittlichen I. Q. von 45 haben, nicht als »Eierköpfe« beschimpft zu werden. Da man jedoch eine humanistische Bildung hat, traut man sich nicht, etwas gegen das Volk zu unternehmen: Diese Aufgabe bleibt Barlow überlassen, der – mit diktatorischen Vollmachten ausgestattet – einen Propagandafeldzug startet, der die Bevölkerung zur Emigration auf die angeblich paradiesische Venus veranlassen soll. Barlows Methode hat Erfolg: Aber die angeblichen Auswandererschiffe sind tatsächlich nichts anderes als nach Nazi-Manier getarnte Gaskammern. Barlows Herrschaft dauert jedoch nicht lange. Als er seinen Auftrag erfüllt hat, wartet auch auf ihn das »Auswandererschiff«.

Trotz einiger Schwächen ist dies eine Sammlung, die K.s enorme Bedeutung für die Magazin-SF der fünfziger Jahre dokumentiert.

KOTZWINKLE, WILLIAM
(?)

Amerikanischer Autor sprachlich und inhaltlich eigenwillig-skurriler Texte. Mehrere seiner Bücher, etwa *Fan Man* (1974) oder *Night Book*, weisen absurd-phantastische Züge auf. In den Bereich der SF fallen *Hermes 3000* (1972) und *Doctor Rat* (1976). Im letzteren Roman, erzählt aus der Sicht einer alternden Laboratoriumsratte, geht es um den Aufstand der zu Bewußtsein und Intelligenz gekommenen Tiere gegen den Menschen – mit dem Ergebnis, daß allein die Ratte »Doctor Rat« als einziges Tier überlebt. *Doctor Rat* gewann 1977 den »World Fantasy Award«. K. ist ein sprachschöpferischer und ungemein witziger Autor des Mainstreams, der ansonsten nicht in der SF beheimatet ist.

KRAFT, ROBERT
(1869–1916)

Geboren in Leipzig, in zerrütteten Familienverhältnissen aufgewachsen. 1885 Beginn einer Lehre in einer Leipziger Maschinenbauanstalt; 1887 auf der Technischen Staatslehranstalt in Chemnitz. Immer wieder fuhr er als blinder und normaler Passagier zur See; er leistete als Matrose Wehrdienst und lebte als Einsiedler in einer libyschen Oase. Rückkehr nach Leipzig, Heirat, unstetes Leben bis zu seinem Tod.
Nach seinem Debüt mit *Die Vestalinnen* (1895) folgte eine Vielzahl von Unterhaltungsromanen, darunter *Ein moderner Lederstrumpf* (1903); *Detektiv Nobodys Erlebnisse und Reiseabenteuer* (6 Bde., 1904); *Wir Seezigeuner* (5 Bde., 1907/08); *Die Augen der Sphinx* (7 abgeschlossene Romane, 1908/09); *Der Graf von Saint Germain* (6 Bde., 1909/10); *Atalanta. Die Geheimnisse des Sklavensees* (6 Bde., 1911); *Das Gauklerschiff* (6 Bde., 1912); *Das zweite Gesicht* (5 Bde., 1913); *Unterseeteufel* (1918; Pseud. Knut Larsen); *Loke Klingsor. Der Mann mit den Teufelsaugen* (1927).
Zur abenteuerlichen Science Fiction zählen u. a. *Die Nihilit-Expedition* (1909) und *Die neue Erde* (1910).

Die Nihilit-Expedition
(1909)

Die Handlung spielt um 1904 in der australischen Wüste; der Erzähler arbeitet in einer Fahrradfabrik und lernt dort den spleenigen Franzosen Leonhard kennen. Der Franzose probiert für die Fabrik ein Rad in der Wüste aus und entdeckt dabei an einer Wasserstelle einen erschlagenen Mann in einer Ritterrüstung. Den Dolch, den er bei diesem Toten findet, bringt Leonhard mit, und die Männer geraten ins Staunen, als sie die Waffe untersuchen: das Metall ist unzerstörbar. Um das Geheimnis dieses »Nihilit« getauften Superstahles aufzudecken, wird eine Expedition ausgesandt, eine Expedition auf Fahrrädern! Sie geraten auch tatsächlich in Kontakt mit den Fremden, zu denen der Ermordete gehört hatte, und werden nach »Wulodschistan« (»Menschenreich«) gebracht. Dessen Bewohner sprechen eine dem Sanskrit verwandte Sprache und scheinen aus Indien zu stammen. Das Volk ist in ein Zweikastensystem gespalten. Die weiße, arische Rasse stellt die Oberschicht, die kleinwüchsige, schwarzhaarige Rasse die Arbeiter und Bauern. (K. nahm sich hier des Themas der »Lost Race« an, das Schriftsteller wie Jules Verne, Bulwer-Lytton und vor allem Rider Haggard mit ihren Werken zu einem festen Begriff gemacht hatten.)
Das Tal von Wulodschistan kann nur eine bestimmte Anzahl von Menschen ernähren, deshalb wird die Kopfzahl brutal auf diesem Niveau gehalten. Die drei Helden der Geschichte stoßen nun bald auf das Geheimnis des »Nihilit«: Eisen, das in Gasblasen gehalten wird, die aus dem Vulkankrater aufsteigen, nimmt diese enorme Festigkeit an. K. nahm hier etwas voraus, was neuerdings als »CVD-Technik« (Oberflächenveredelung) bezeichnet wird.
Mit dem Eintreffen der Expeditionsmitglieder im Tal beginnt eine gesellschaftliche Erosion. K.s Helden agieren wie weiland der Twainsche *Yankee am Hofe des Königs Arthus* (1889). Die Priester lassen die »Wuloden« in der modernen Kampftechnik (Judo) ausbilden, eine Pulverfabrik entsteht, Gewehre und Fahrräder werden hergestellt. Die Priesterschaft bereitet sich auf die Eroberung der restlichen Welt vor. Da unter den Eindringlingen auch ein Franzose ist, bleibt es natürlich nicht aus, daß dieser eine Revolution anzettelt. Die herrschende Klasse ergibt sich resignierend der bewaffneten Arbeiterklasse. Eine Dürrekatastrophe mit anschließender Epidemie läßt die Aufständischen reumütig zu den alten Zuständen zurückkehren. Die drei fremden Aufrührer müssen fliehen, sie erreichen jedoch ihren Ausgangspunkt, die Fahrradfabrik, nicht mehr, sondern verschmachten in der Wüste.
Die Nihilit-Expedition ist ein amüsantes Lesevergnügen aus der Hochzeit der Kolportageromane. K. benutzte alle Versatzstücke der Unterhaltungsliteratur seiner Zeit und knüpfte daraus einen interessanten, abenteuerlich-utopischen Roman.

Die neue Erde
(1910)

Der Roman hat eine typische *post doomsday*-Handlung: Was würde geschehen, wenn es eine Polverschiebung gäbe und der Nordpol in der Nähe Singapurs zu liegen käme?
Im ersten Teil (»Claudius der Prophet«) geht es

um Schiffbrüchige, die am neuen Nordpol ein Königreich gründen. Der Herrscher Claudius führt eine Kastenteilung ein: Priester, Krieger, Volk (K. huldigt hier deutlich einer Herrenmenschenideologie). Claudius' Weisheiten werden später in Kupfertafeln getrieben und dienen den Priestern nach seinem Tod als Gesetzesgrundlage.

Im zweiten Teil (»In den Ruinen Leipzigs«) hat die durch einen Kometen hervorgerufene Polverschiebung bewirkt, daß sich Leipzig nun am neuen Äquator befindet. Eine giftige Wolke von Kohlensäure hat alles Leben getötet, nur zwei Paare haben zufällig im Turm der Thomaskirche überlebt. Sie werden zu Stammeltern eines neuen Geschlechts, einer Gruppe von Menschen, die aufgrund der günstigen Lebensverhältnisse sorglos dahinlebt und verwildert.

K. operiert hier mit Theorien von Darwin und Haeckel; er führte zwei überdimensionale Robinsonaden bis zur Gründung eigener Staaten, und er wollte auf diesem Weg fortschreiten. Die Teile drei bis sechs, die wegen K.s Tod nicht mehr erschienen, sollten zeigen, wie andere Überlebende der großen Katastrophe mit den veränderten Bedingungen fertig wurden, wie sich völlig unterschiedliche Systeme und Weltanschauungen entwickelten (neue Hunnengefahr, Amazonen in Australien, neue Völkerwanderung).

K. H. STROBL schrieb 1911 in einer Rezension über *Die neue Erde*: »Die Seltsamkeit dieser Erscheinung rechtfertigt es, daß man von diesem Band ausführlich Kenntnis nimmt. Man muß über die außerordentliche und kühne Phantasie, über die Originalität der Einfälle staunen.«

KRAUSNICK, MICHAIL
(*1943)

Geboren in Berlin. K., der auch unter dem Pseudonym Rainer Wolf veröffentlichte, ist freiberuflicher Autor und Fernsehmitarbeiter. Er schrieb einige Hörspiele, darunter das SF-Hörspiel *Psychopflicht* – die danach gestaltete Erzählung erschien in einer SF-Anthologie – und Jugendbücher. Sein SF-Jugendbuch *Die Paracana-Affäre* (1975) schildert den Kampf eines Fernsehzeitungsjournalisten, der den Verbrechen eines Chemiekonzerns in dem Phantasieland Paracana auf der Spur ist und mit einer Droge gefügig gemacht wird. Ein weiteres SF-Jugendbuch erschien 1980: *Im Schatten der Wolke.*

KRAUSS, A(RNULF) D(IETER)
(*1943)

Geboren in Wien, im Hauptberuf Sparkassenangestellter. K. hat gemeinsam mit H. W. Mommers während der sechziger Jahre mehrere bahnbrechende SF-Anthologien zusammengestellt.

Werke: Siehe H. W. Mommers.

KRÖGER, ALEXANDER
(*1934)

Pseudonym für einen DDR-Autor, dessen richtiger Name nicht bekannt ist. K. studierte an der Bergakademie Freiberg, promovierte zum Dr. Ing. und arbeitet in einem Gaskombinat. Er schreibt abenteuerlich orientierte SF, die eher für Jugendliche konzipiert ist und in der Buchreihe »Spannend erzählt« erschien. Sein Erstling, *Sieben fielen vom Himmel*, schildert das Schicksal gestrandeter Raumfahrer, die mit anderen Rassen konfrontiert werden, *Die Kristallwelt der Robina Crux*, thematisch ähnlich, befaßt sich mit dem Überleben einer Frau, die einen Raumunfall überstanden hat und sich auf einem Asteroiden durchschlagen muß, und in *Die Marsfrau* geht es um die Urbarmachung des Mars.

Sieben fielen vom Himmel (1969); *Antarktis 2020* (1973); *Expedition Mikro* (1976); *Die Kristallwelt der Robina Crux* (1977); *Die Marsfrau* (1980); *Das Kosmodrom im Krater Bond* (1981).

KRUPKAT, GÜNTHER
(*1905)

Geboren in Berlin. K. wollte Ingenieur werden und begann auch ein entsprechendes Studium, welches er jedoch abbrach. Nach dem Zweiten Weltkrieg war er Chefredakteur einer Zeitung, seit 1955 arbeitet er als freiberuflicher Autor.

K., der schon als Neunzehnjähriger einen SF-Roman verfaßte – der aber nicht veröffentlicht wurde –, brachte vor dem Zweiten Weltkrieg einige Stories heraus, beteiligte sich am Widerstand gegen das Nazi-Regime, flüchtete in die Tschechoslowakei und veröffentlichte seit Mitte der fünfziger Jahre SF in der DDR.

Gefangene des ewigen Kreises (1956); *Kobalt 60* (1957); *Die Unsichtbaren* (1958); *Die große Grenze* (1960); *Als die Götter starben* (1963, rev. 1967); *Nabou* (1968); *Stunde des Skorpions* (Drama, 1968).

KURLAND, MICHAEL (JOSEPH)
(*1938)

Geboren in New York. Für seinen Kriminalroman *A Plague of Spies* (1968) wurde er mit dem »Edgar Award« ausgezeichnet. K. war Leitartikler beim *National Examiner*, Redakteur des Musikfachblattes *Crawdaddy* und publiziert seit den sechziger Jahren SF-Romane, die hauptsächlich von »In-jokes« leben. K. bringt als Kleinverleger klassische SF-Reprints heraus.

Ten Years to Doomsday (1964, zus. mit Chester Anderson; *Die Drohung aus dem All*, 1967); *The Unicorn Girl* (1969); *Transmission Error* (1970); *Pluribus* (1975); *The Whenabouts of Burr* (1975); *Tomorrow Knight* (1976); *The Princes of Earth* (1978); *Psi Hunt* (1980).

KURTZ, KATHERINE
(*1944)

Geboren in Coral Gables, Florida; Studium der Chemie und Geschichte an der University of Miami. K. war in der Krebsforschung und der Ozeanographie tätig und arbeitet nun als Statistik-Analytikerin bei der Polizei von Los Angeles. Ihr umfangreicher Romanzyklus um das Magiergeschlecht der »Deryni« spielt in einer mittelalterlich-hierarchisch strukturierten Alternativwelt namens »Gwynedd«, die starke Bezüge zur keltischen Mythologie aufweist und hauptsächlich den Überlebenskampf der Deryni schildert, die ihre Fähigkeiten zum Segen, aber auch zum Schrecken der Menschheit einsetzten, von der Kirche nahezu ausgerottet wurden und seit Jahrhunderten unerkannt unter den Menschen leben, ihre übersinnlichen Gaben weitervererben und geheimnisvolle Rituale im Verborgenen ausführen.

Deryni Rising (1970; *Das Geschlecht der Magier*, 1978); *Deryni Checkmate* (1972; *Die Zauberfürsten*, 1978); *High Deryni* (1973; *Ein Deryni-König*, 1978); *Camber of Culdi* (1976; *Camber von Culdi*, 1979); *Saint Camber* (1978; *Sankt Camber*, 1980).

KUTTNER, HENRY
(1914–1958)

Geboren in Los Angeles, wo er auch die High School besuchte. Bedingt durch die weltweite wirtschaftliche Depression mußte er sein Studium aufgeben und arbeitete fortan in einer literarischen Agentur. Erst viel später konnte er weiterstudieren und an der University of South California 1954 sein Examen ablegen. Schon in seiner Jugendzeit hatte er großes Interesse an der gerade aufblühenden SF und an Horrorstories gezeigt. Besonders das Magazin *Weird Tales* hatte es ihm angetan. In ihm veröffentlichte er 1936 auch seine erste Geschichte, »The Graveyard Rats«, die deutlich Lovecrafts literarischen Einfluß erkennen läßt. Auf Anraten Lovecrafts arbeitete K. später auch mit der SF-Autorin Catherine Moore zusammen, die er 1940 heiratete.
Seine ersten Arbeiten in der Science Fiction veröffentlichte er ab 1937 vorwiegend in *Thrilling Wonder Stories*. Er verfaßte eine bekannte Serie um eine zukünftige Fernsehgesellschaft, von der zwei Geschichten in Zusammenarbeit mit Arthur K. Barnes entstanden, der Kuttners Serie mit seiner eigenen um Gerry Carlyle verband. K. und Barnes schrieben auch gemeinsam unter dem Pseudonym Kelvin Kent. 1938 erschien die erste Ausgabe von *Marvel Science Stories*. K., der ein Non-SF-Magazin im selben Verlag herausgegeben hatte, wurde zum Verfassen von Stories herangezogen, die ganz auf die Thematik des Magazins zugeschnitten waren, das eine gewisse ›laszive‹ Komponente mit SF-Themen verband. Am bekanntesten von diesen Arbeiten wurde »The Time Trap«. Nach seiner Heirat mit C. L. Moore, die zu der Zeit auf schriftstellerischem Gebiet wesentlich be-

kannter war als er, erschienen fast nur noch Stories, die die beiden zusammen verfaßten. Heute ist es unmöglich, genau festzustellen, was von wem verfaßt wurde, zumal K. unter einer Unzahl von Pseudonymen auftrat.
In den vierziger Jahren erschienen die meisten ihrer gemeinsamen Arbeiten in *Astounding.* Dabei verwendeten sie zwei neue Pseudonyme, Lawrence O'Donnell und Lewis Padgett. Ohne Hilfe von Moore schrieb K. als Lewis Padgett die Serie um den versoffenen Erfinder Galloway Gallagher, die in Buchform unter seinem richtigen Namen veröffentlicht wurde. Erwähnenswert unter den anderen Padgett-Geschichten sind in erster Linie »The Twonky« – diese Story wurde verfilmt – und »Mimsy Were the Borogroves«, die Anspielungen auf Lewis Carroll enthält. Die Baldy-Serie, zusammengefaßt als Buch unter dem Titel *Mutant* (1953), wurde bekannt wegen der darin geäußerten Thesen zur Telepathie.
Von den unter Lawrence O'Donnell veröffentlichten Geschichten ist die Mehrzahl von C. L. Moore, aber auch K. beteiligte sich, so mit der Story »Clash by Night« und deren Fortsetzung »Fury« (als Buch 1950, anderer Titel: *Destination Infinity*). Obwohl in Zusammenarbeit entstanden, wurden sie später unter K.s eigenem Namen veröffentlicht, da man annahm, daß besonders *Fury* größtenteils von K. allein verfaßt worden war. In den fünfziger Jahren begannen K. und Moore wieder zu studieren. Gemeinsam verfaßten sie einige Kriminalromane, aber kaum noch SF. K. starb 1958 an einer Herzattacke. Zu seinen Lebzeiten fand sein Werk nie die Anerkennung, die ihm gebührte. K. stand mitunter im Schatten seiner eigenen, unzähligen Pseudonyme und Stilrichtungen, aber sein Ruf als einer der fähigsten und überzeugendsten modernen Autoren wuchs seither ständig. Unverkennbar ist K.s Einfluß auf den jungen Bradbury, aber auch viele andere geben zu, von ihm beeinflußt worden zu sein.

The Brass Ring (1946; Pseud. Lewis Padgett); *The Day He Died* (1947; Pseud. Lewis Padgett); *A Gnome There Was* (1950); *Tomorrow and Tomorrow and the Fairy Chessmen* (1951, andere Titel: *Chessboard Planet*, 1956, *Tomorrow and Tomorrow*, 1963, und *The Far Reality*, 1963; Pseud. Lewis Padgett; *Gefährliches Schachspiel*, 1960); *Robots Have No Tails* (1952; *Science Fiction Stories 56*, 1976); *Man Drowning* (1952); *Ahead of Time* (1953); *Mutant* (1953, Pseud. Lewis Padgett; *Die Mutanten*, 1966); *Line to Tomorrow* (1954, Pseud. Lewis Padgett); *No Boundaries* (1955; zus. mit C. L. Moore); *Bypass to Otherness* (1961); *Return to Otherness* (1962); *Earth's Last Citadel* (1964, zus. mit C. L. Moore; *Der Brunnen der Unsterblichkeit*, 1966); *Valley of the Flame* (1964); *The Dark World* (1965; *Lord der dunklen Welt*, 1975); *The Time Axis* (1965); *Dr. Cyclops* (1967); *The Creature from Beyond Infinity* (1968; *Das goldene Raumschiff*, 1970); *The Best of Henry Kuttner* (1975).

Fury

(1950; dt. *Alle Zeit der Welt*, 1962; 1979)

Nach einem atomaren Desaster auf der Erde hat sich die Menschheit in Unterwasserstädte auf der Venus zurückgezogen. Doch das Überleben der Rasse ist fraglich, da eine Kaste von Unsterblichen, die die Städte beherrschen, ihre Macht brutal ausnützt. Die Menschheit, ohnehin angeschlagen und am Ende ihrer Kräfte, ist zum Untergang verurteilt, der sich durch die Flucht auf die Venus nur verzögert hat. Doch einer der Unsterblichen, Sam Harker, erkennt die drohende Gefahr. Er verspricht den Menschen die Unsterblichkeit, wenn sie die unterirdischen Kuppelstädte verlassen, in denen sie eingepfercht ihrer langsamen Degeneration preisgegeben sind. Es gelingt ihm, die verbliebenen Menschen zu einer Rebellion gegen die Unsterblichen aufzurütteln, nach der sie die Oberfläche der Venus besiedeln. Aber Harker muß erkennen, daß er nur ein Werkzeug in den Händen derer war, die sich schon lange um das Schicksal der Menschheit sorgten. Indem er sie an die Oberfläche führte, hat er ihnen tatsächlich die Unsterblichkeit geschenkt, die Unsterblichkeit der Rasse, nicht die individuelle. *Fury* fußt auf der fragwürdigen Pulp-Maxime, daß es die Bestimmung der Menschheit ist, den Kosmos zu füllen. Wegen dieser Blut-und-Boden-Ideologie ist das Werk nicht unumstritten, aber seine atmosphärischen Schilderungen und die rasante Handlung haben es zu K.s bekanntestem Roman werden lassen.

KYLE, DAVID A.
(*1912)

Amerikanischer Schriftsteller, Illustrator, Verleger und Besitzer mehrerer Radiostationen. Seine erste SF-Story war »Golden Nemesis«, 1941 in *Stirring Science Stories* erschienen. 1948 gründete er mit Martin Greenberg den Kleinverlag Gnome Press, der sich auf Qualitätsausgaben bekannter SF spezialisierte. In den siebziger Jahren verfaßte K. zwei Referenzwerke zur SF, *A Pictorial History of Science Fiction* (1976) und *The Illustrated Book of Science Fiction Ideas and Dreams* (1977), die beide reich bebildert waren.

L

LAERHOVEN, BOB VAN
(*1953)

Belgischer Journalist, Übersetzer und Schriftsteller, der bereits im Alter von 19 Jahren erste Erzählungen publizierte, sich ein Jahr später verschiedene Literaturpreise holte und in mehrere Sprachen übersetzt wurde. L.s Thema ist vorrangig der »American Way of Life«, den er gekonnt verspottet; seine Protagonisten sind in der Regel Farbige, die ihre Schwierigkeiten mit dem System haben, ohne sich jedoch von ihm unterdrücken zu lassen.

Kip en Vel (1973); *Phobie* (1973); *Pluk mij, Dappere* (1974); *Van deftigen Huize* (1974); *Dit Gore Geheugen van me* (1976); *De Kokons van de Nacht* (1977; zus. mit Eddy C. Bertin).

LAFFERTY, R(APHAEL) A(LOYSIUS)
(*1914)

Geboren in Neola, Iowa; L. lebt heute in Oklahoma; er ist gelernter Elektriker und hat diesen Beruf 35 Jahre lang ausgeübt. Erst im Alter von 45 Jahren begann er zu schreiben. Seine erste Veröffentlichung war »Day of the Glacier« im Jahre 1960. Er gehört zu den wenigen Autoren, die stilistisch hervorragende und gleichzeitig humorvolle SF-Geschichten verfassen, die an Skurrilität und bizarren Themen ihresgleichen suchen. Zusammen mit Zelazny, Delany und einigen anderen ist L. der amerikanische »New Wave« der sechziger Jahre zuzuordnen.
L.s erste Romane (*Past Master, Reefs of Earth* und *Space Chantey*) erschienen 1968 innerhalb weniger Monate und sorgten für beträchtliches Aufsehen, was an den Kommentaren von Zelazny und Delany, vor allem zu *Past Master*, abzulesen ist.
Bedeutender als seine Romane sind L.s Kurzgeschichten, von denen er über 100 veröffentlichte und die in einem lyrischen Prosastil verfaßt sind. Einige wurden gesammelt in den Bänden *Nine Hundred Grandmothers* (1970), *Strange Doings* (1972) und *Does Anyone Else Have Something Further to Add?* (1974), aber der größte Teil ist bislang nur in Magazinen und Originalanthologien greifbar.
Als weitere Romane veröffentlichte L. 1971 *The Devil Is Dead* und *Arrive at Easterwine: The Autobiograph of a Ktistec Machine*, in dem der Lebenslauf eines Computers beschrieben ist. Den Höhepunkt seiner exzentrischen Kunst des Geschichtenerzählens bilden Texte wie »Continued on Next Rock« (1970) oder »Eurema's Dam« (1972). Für letztere Story erhielt er 1973 den »Hugo«.

Past Master (1968; *Astrobe, der goldene Planet*, 1981); *The Reefs of Earth* (1968); *Fourth Mansions* (1969); *The Fall of Rome* (1971); *The Devil Is Dead* (1971); *Arrive at Easterwine* (1971); *The Flame Is Green* (1971); *Strange Doings* (1972); *Does Anyone Else Have Something Further to Add?* (1974); *Not to Mention Camels* (1976); *Archipelago* (1977); *Apocalypses* (1977).

Space Chantey
(1968; dt. *Die Odyssee des Captain Roadstrum*, 1980)

Nach dem Ende des großen Galaktischen Krieges macht Captain Roadstrum sich mit seiner Besatzung wieder auf den Heimweg zur Erde. Aber keiner der abenteuerlustigen Männer hat so recht Lust dazu, daher wird auf mehreren Planeten zwischengelandet. Zuerst auf dem Planeten Lotophagen, wo nicht gearbeitet wird, aber dafür um so mehr gegessen und getrunken. Als Roadstrum herausfindet, woraus die herrlichen Speisen bestehen, bricht er mit seiner Crew Hals über Kopf wieder auf. Ein Vagabund schließt sich ihnen noch an, Johann Profundus oder Deep John. Danach steuern sie Lamos an, den Planeten der Laestrygonen, wo den ganzen Tag über gekämpft wird. Weiter geht die Reise durch die Wandernden Felsen, einen dichten Asteroidengürtel, zum Planeten Polyphemia, wo Roadstrums Männer als Schafe in einer Herde gehalten werden, bis zum trügerischen Planeten Circe. Erst nachdem sie dort haarsträubende Abenteuer hinter sich gebracht ha-

ben, können sie zur Erde zurückkehren, wo Roadstrum aber zunächst einmal die Freier aus seiner eigenen Wohnung vertreiben muß.
Space Chantey ist eine als Space Opera verkleidete Nacherzählung der Odyssee, bei der kein Auge trocken bleibt. L. erzählt die Abenteuer seiner Helden mit derbem Humor und einer kauzigen Trockenheit, die kaum ein anderer SF-Autor je erreichte.

Nine Hundred Grandmothers
(1970; dt. *900 Großmütter*, 1974)

Diese Auswahl aus dem Kurzgeschichtenschaffen des Autors präsentiert 21 Geschichten, die man als repräsentativ für sein ganzes Werk ansehen kann. Schon die Titelgeschichte verrät seinen Humor, der sich mitunter in bizarren Ausgangssituationen äußert: Menschen kommen auf einen Planeten, dessen Bewohner die Unsterblichkeit erlangt haben. Alle Ahnen des Volkes sind noch am Leben, aber sie schrumpfen mit der wachsenden Zahl ihrer Jahre, um neuen Menschen Platz zu machen. Ein Forscher besucht ein Haus, in dem ein Mann mit seinen neunhundert Großmüttern lebt. Er will sie fragen, wie alles angefangen hat, woher sie kommen und wie alles Leben entstanden ist, aber diese Geschichte ist für die alten Großmütter so lustig, daß sie vor Lachen nicht zum Erzählen kommen.
Ähnlich ausgefallen sind die Geschichten um Ginny, ein Mädchen, das eine Unmenge Butterbrote essen muß, und Schnoffel, einen Bären, der sich seine eigenen Welten aufbaut und immer sehr gekränkt reagiert, wenn man ihn auf Konstruktionsfehler aufmerksam macht. In »Seven Days Terror« baut ein kleiner Junge aus einer alten Cola-Dose einen »Verschwinder«, mit dem er dann seine Straße eine Woche lang in Angst und Schrecken versetzt.

LAKE, DAVID J(OHN)
(*1929)

Geboren in Indien, australischer SF-Autor, war ursprünglich britischer Staatsangehöriger. L. gehört der Fakultät der Queensland Universität, Australien, an. In den Endsiebzigern veröffentlichte er vier Science-Fantasy-Romane, die in der Tradition von E. R. Burroughs stehen.
Walkers on the Sky (1976); *The Right Hand of Dextra* (1977); *The Wildings of Westron* (1977); *The Gods of Xuma* (1978).

LANCOUR, GENE
(?)

Pseudonym des amerikanischen Autors Gene Fisher. L. veröffentlichte bislang die Sword-&-Sorcery-Trilogie »Dirshan, the God Killer«. Mit *The Globes of Llarum* wandte er sich der SF zu.
Dirshan-Trilogie: *The Lerios Mecca* (1973); *The War Machines of Kalinth* (1977); *Sword for the Empire* (1978); *The Globes of Llarum* (1979).

LANGE, HELLMUTH
(*1903)

Geboren in Thorn. L. arbeitete als Diplomkaufmann und Schriftleiter. Seit 1937 veröffentlichte er Romane, Dramen, Novellen und schrieb Hörspiele und Drehbücher für den Film. Nachdem er 1947 das Buch *Die Stadt unterm Meeresgrund* präsentiert hatte, erschien 1948 mit *Blumen wachsen im Himmel* ein weiterer SF-Roman.

Blumen wachsen im Himmel
(1948)

In ferner Zukunft ist die Sonne erloschen. Nur noch wenige Menschen können in den Eiswüsten leben, und auch das nur in dicken Schutzanzügen, die jeglichen körperlichen Kontakt unmöglich machen. Bis ein Wissenschaftler eine Methode entwickelt, mit primitivsten Mitteln Kernenergie freizusetzen und so Felsgestein zum Glühen zu bringen. Er setzt seinen Versuch erfolgreich in die Tat um. Im ewigen Eis entsteht eine kleine, warme Grün-Enklave, in der die Menschen endlich ihre undurchdringlichen Anzüge ablegen können. Doch was als Segen und für den Fortbestand der Menschheit unerläßlich erschien, wird bald zum Fluch, der den Untergang nur noch beschleunigt. Die Menschen haben verlernt, miteinander umzugehen, sie können den Anblick ihrer ungeschützten Körper und Gesichter nicht ertragen, da keiner

imstande ist, den Gesichtsausdruck des anderen zu deuten. Da sie mit der Situation nicht fertig werden, bringen sich die letzten Menschen selbst gegenseitig um.
Das Buch aus dem Jahre 1948 äußert deutliche Zweifel am Nutzen einer allzu gewaltigen technischen Weiterentwicklung und steht besonders der Kernenergie skeptisch gegenüber. Der Autor verurteilt eine technologische Entwicklung, mit der der Mensch nicht Schritt halten kann und die ihn deshalb zwangsläufig zerstören muß – Ansichten, die später Alvin Toffler in seinem Sachbuch *Der Zukunftsschock* drastisch ausgemalt hat. L.s Roman gehört zu der Gruppe jener Endzeitvisionen, die insbesondere als Folge des Hiroshima-Schocks zwischen 1945 und den frühen fünfziger Jahren entstanden.

LANGELAAN, GEORGE
(1908–1969)

Britischer Autor französischer Abstammung, der, nach einem längeren Aufenthalt in den USA, in Frankreich lebte und mehrere SF-Erzählungen in französischer Sprache vorlegte, die zusammengefaßt in den Bänden *Nouvelles de l'anti-monde* (1962) und *Le vol de l'anti-G* (1967) erschienen. Seine Geschichten sind häufig im Grenzbereich zwischen Horror und SF angesiedelt, was der in Deutschland zusammengestellte Band *Die Fliege* (1963) beweist, dessen Titelgeschichte wahrscheinlich sein bekanntestes Werk ist, das unter dem Titel *The Fly* auch verfilmt wurde. Ein weiterer Erzählungsband ist *Die Stimme.* Ferner liegt in deutscher Übersetzung das aus journalistischer Tätigkeit heraus entstandene Sachbuch *Les faits maudits* (1967; *Die unheimlichen Wirklichkeiten, Signale aus dem Unerforschten,* 1980) vor, in dem es um grenzwissenschaftliche Phänomene geht.

LANGRENUS, MANFRED
(*1903)

Geboren in Wien, Pseudonym für den Universitätsprofessor Dr. Friedrich Hecht. 1951 veröffentlichte L. das SF-Jugendbuch *Reich im Mond*, 1955 erschien *Im Banne des Alpha Centauri.* Beide Romane wurden damals, obwohl nicht von einem anglo-amerikanischen Autor verfaßt, als Alternative zu den Leihbuch- und Heftpublikationen der fünfziger Jahre empfunden.

LANIER, STERLING E.
(*1927)

Geboren in New York. L. nahm nach einem Englischstudium an der Harvard Universität zunächst am Koreakrieg teil. Später arbeitete er in unterschiedlichen Berufen. Während seiner Zeit als Herausgeber bei Chilton Books setzte er sich für die Publikation von F. Herberts *Dune* ein. Seinem ersten Roman *The War for the Lot* (1969), einer Fantasy für Jugendliche, folgte 1973 der Roman *Hiero's Journey*, der bei uns unter dem Titel *Hieros Reise* (1975) erschien und ein begeistertes Echo fand.

Hiero's Journey
(1973; dt. *Hieros Reise*, 1975)

Im Jahr 7476 nach dem »Tod«, einem Atomkrieg, der die Menschheit fast vernichtete, haben sich die Reste der zum Teil genetisch mutierten Menschen zu neuen Gemeinschaften zusammengeschlossen. So existieren in den Wäldern des ehemaligen Kanada neo-katholische Klöster, Bollwerke in der Wildnis, um die sich die Menschen wieder ansiedeln. Per Hiero, ein Telepath indianischer Abstammung, ist Waldläufer und Priester-Exorzist eines dieser Klöster, die ihre Aufgabe auch darin sehen, das kümmerliche menschliche Wissen zu bewahren und möglichst zu vergrößern. Eines Tages erhält Hiero von seinem Abt den Auftrag, an die Küste des sagenhaften Lantik-Meers zu reisen, um eine jener legendären Maschinen zu finden, die man in uralten Dokumenten »Computer« nennt und in denen das Wissen der ganzen Menschheit gespeichert sein soll. Zusammen mit dem telepathischen Elch Klootz und dem mutierten Bären Gorm macht sich Hiero auf eine gefahrvolle Reise durch unwegsames Gebiet und radioaktive Landstriche. Ständig müssen sie die Angriffe einer dunklen Bruderschaft böser und mächtiger Mutanten und ihrer halbtierischen Hilfstruppen abwehren. Später schließen sich ihnen das Mädchen Lucare und ein alter Mann an. Gemeinsam entgehen sie den Verfolgungen der Bruderschaft und erleben gefährliche Abenteuer, bevor sie ihr Ziel erreichen.

Hiero's Journey, erster Teil eines geplanten mehrbändigen Zyklus, weist Science-Fantasy-Elemente auf und zeichnet sich durch üppige Landschaftsschilderungen und quasi-symbolische Szenen aus. Die Abenteuer sind so prikkelnd, die Helden so interessant und liebenswert dargestellt wie selten in der SF oder Fantasy. Trotz des etwas abfallenden Endes sicherlich einer der imaginativsten und schönsten Abenteuerromane der amerikanischen SF bzw. Fantasy.

LARIONOVA, OL'GA
(*1935)

Geboren in Leningrad. L. studierte Physik und arbeitete als Ingenieurin in einem wissenschaftlichen Forschungsinstitut. 1964 erschien ihre erste SF-Erzählung, der zahlreiche andere Erzählungen und der Roman *Leopard s veršiny Kilimandžaro* (1965) folgten. L., die seit 1964 als freiberufliche Autorin tätig ist, erntete vor allem mit diesem Roman Ruhm. Er gilt als einer der besten der osteuropäischen Gegenwarts-SF psychologischer Ausrichung.

Leopard s veršiny Kilimandžaro (1965; *Der Leopard vom Kilimandscharo*, 1974); *Ostrov mužestva* (C, 1971; daraus: »Insel der Mutigen«, 1974).

LASSWITZ, KURD
(1848–1910)

Geboren in Breslau. Der Vater war Eisengroßhändler und einige Jahre demokratischer Abgeordneter im Preußischen Landtag. In seiner Jugend interessierte sich L. wenig für die ›schöne‹ Literatur, dafür faszinierten ihn die Naturwissenschaften und die Philosophie um so mehr, was für seinen weiteren Lebensweg von entscheidender Bedeutung wurde. Zunächst studierte L. nach dem Abitur von 1866 bis 1870 in Breslau und Berlin Mathematik und Physik; mit einem naturwissenschaftlichen Thema promovierte er in Berlin zum Doktor der Philosophie.

Das Zusammenwirken zwischen Naturwissenschaft und Philosophie bestimmte auch die ersten literarischen Gehversuche des jungen L.: 1871 erschien in der *Schlesischen Zeitung* seine erste Kurzgeschichte, »Bis zum Nullpunkt des Seins«, in der in noch unausgereifter Form erstmals ethische Konfliktsituationen in einer phantastisch geschilderten technisierten Welt dargestellt wurden. Schon hier, wie auch in vielen späteren Werken L.s, standen Philosophie und Ethik Immanuel Kants und deren Bedeutung für die neue, sich in rasender Geschwindigkeit technisierende Welt im Mittelpunkt der Überlegungen des Autors.

Obwohl L. mit seiner ersten Kurzgeschichte den Grundstein zu einer neuen Art von Literatur in Deutschland gelegt hatte – er gilt heute als der ›Vater‹ der deutschsprachigen Science-Fiction-Literatur –, verfolgte er andere berufliche Ziele: Er wollte Hochschulprofessor werden. Dieser Wunsch erfüllte sich jedoch zeitlebens nicht, obwohl er 1890 ein wissenschafts- und philosophiegeschichtliches Standardwerk, *Geschichte der Atomistik vom Mittelalter bis Newton*, vorlegte. Bis kurz vor seinem Tod unterrichtete L. am Gymnasium Ernestinum in Gotha seine Studienfächer Mathematik und Physik. Dies hat er aber wohl mit dem ihm eigenen Sinn für das naturwissenschaftlich Neue, Mögliche und Wunderbare getan; denn einer seiner Schüler wurde ebenfalls ein bekannter deutscher Science-Fiction-Autor: Hans Dominik.

Die Tätigkeit als Gymnasiallehrer ließ L. Raum für seine schriftstellerischen Ambitionen, die sowohl auf Sachbücher als auch auf Literarisches gerichtet waren, wobei beides sich miteinander verknüpfte.

Die Essaysammlung *Wirklichkeiten* (1900) befaßt sich noch einmal eingehend mit philosophischen Interpretationen der ›Wirklichkeiten‹, die an den Kantschen Kategorien orientiert sind; das Sachbuch *Gustav Theodor Fechner* (1896) ist eine Biographie des von L. bewunderten »Psychophysikers«. Fasziniert war L. von Fechner insbesondere deshalb, weil dieser versuchte, Psychologie und Physik, Subjektives und Objektives in einer »exakten Lehre von der Beziehung zwischen Seele und Leib« miteinander zu versöhnen. Im Überschwang technischer Fortschrittsgläubigkeit Ende des letzten Jahrhunderts hielt L. dies für eine Fortentwicklung der Kantschen Lehre.

Der Einfluß Fechners entfaltet sich hauptsächlich in L.s literarischem Spätwerk, namentlich in *Aspira* (1905), wo in Anlehnung an letztlich pantheistische Anschauungen Fechners eine Wolke Frauengestalt annimmt, und in *Sternentau* (1909), wo intelligente Blumen vom Neptunmond nach einem enttäuschenden Besuch der Erde dieser wieder den Rücken kehren. Beide Romane haben wenig Bedeutung für die Beurteilung L.s als Pionier der deutschen SF.

Der Schwerpunkt von L.s literarischer Tätigkeit liegt in der Zeit zwischen 1890 und 1902. Vor allem in den Kurzgeschichten werden Philosophie und Technik keineswegs ernsthaft und mit erhobenem Zeigefinger thematisiert, sondern oft mit einem köstlichen Schuß Humor präsentiert, was die Lektüre auch heute noch zu einem zeitlosen Vergnügen macht. Kurzgeschichtensammlungen sind: *Seifenblasen* (1890), *Nie und Immer* (1902, einschließlich des Romans *Homchen*), *Traumkristalle* (1902, ohne *Homchen*). Die 1981 neu erschienene Sammlung unter dem Titel *Traumkristalle* vereinigt im übrigen Kurzgeschichten aus den verschiedenen ursprünglichen Sammlungen, die sämtlich bei B. Elischer, Leipzig, publiziert wurden. Postum erschien dort auch der unter dem Titel *Empfundenes und Erkanntes* (1919) zusammengestellte Nachlaß des Autors.

L.s Ruf als Pionier der SF-Literatur gründet sich vor allem auf das 1897 erschienene Werk *Auf zwei Planeten*, das in mehrere Sprachen übersetzt wurde.

Zu Ehren des Autors wird seit 1981 ein »Kurd-Laßwitz-Preis« verliehen, der die Entwicklung der von der amerikanischen Übermacht erdrückten deutschsprachigen SF fördern und beleben soll.

Bilder aus der Zukunft (1879; 2 Teile: *Bis zum Nullpunkt des Seins* und *Gegen das Weltgesetz*); *Seifenblasen* (1901); *Nie und Immer* (1902); *Traumkristalle* (1902); *Aspira* (1905); *Sternentau* (1906); *Empfundenes und Erkanntes* (1919).

Lit.: F. Rottensteiner, Kurd Laßwitz – ordnungsliebend im Weltraum, in: Polaris 1 (1973). – H. Krohne, Kurd Laßwitz, in: H. J. Alpers (Hrsg.), Science Fiction Almanach 1982 (1981).

Auf zwei Planeten
(1897)

Zwei bei einer Nordpolexpedition verunglückte deutsche Forscher werden von »Martiern« (Marsbewohnern) gerettet und in deren Raumstation gebracht, die sie über dem Nordpol errichtet haben. Die Forscher werden gesundgepflegt, und es ergeben sich Kontakte zu den »Nume«, wie sich die Martier selbst nennen. Die Nume stellen sich als hochentwickelte Kulturnation heraus, die den Menschen sowohl moralisch als auch technisch/sozial weit voraus sind. Ihre Weltanschauung, nach der sie streng leben, ist die »Numenheit«, eine von Kantschen Prinzipien bestimmte Lebensweise. Der Mars ist ein soziales und technologisches Utopia. Es gibt rollende Straßen, Wolkenkratzer und transportable Häuser, Lichtdepeschen, ein Retrospektiv, mit dem vergangene Ereignisse sichtbar gemacht werden können, Photozellen; schließlich wird die gesamte Energie aus Sonnenzellen gewonnen, und Nahrungsmittel werden synthetisch hergestellt.

Die Menschen haben mit den Nume, die die Numenheit (Sittlichkeit) streng befolgen, wegen ihrer unterlegenen Moral Schwierigkeiten. Dieser Konflikt ist für den Romanverlauf bestimmend. Die Nume haben nämlich die Absicht, Rohstoffquellen der Erde zu nutzen, wobei sich für sie die Frage stellt, wie mit den Menschen umzugehen ist. Sind die Menschen kulturfähig, oder muß man ihnen die Numenheit aufzwingen, sie also kolonialisieren?

Diese Frage wird zum Streitpunkt auf dem Mars. Es bilden sich zwei gegensätzliche Lager: die Pro-Menschlichen (»Philobaten«) und die Anti-Menschlichen (»Antibaten«).

Eine militärische Provokation, von den Nume als barbarischer Akt gewertet, läßt das Lager der Antibaten obsiegen. Die Segnungen der Numenheit werden im folgenden den Menschen mehr oder weniger aufgezwungen. Als Reaktion darauf bildet sich auf der Erde ein geheimer internationaler Menschenbund unter dem Schlagwort »Numenheit ohne Nume!« – denn viele Menschen haben eingesehen, daß die Ideale der Nume auch auf der Erde verwirklicht werden sollten, sie lehnen aber die Fremdherrschaft ab. Programmatisch geht es um folgendes: Die Menschen müssen ihre sittliche Autonomie und Würde erlangen, und diese gebieten

es, den eigenen Weg zum Kulturfortschritt zu gehen – was im übrigen die Abschaffung militaristisch ausgerichteter Nationalstaaten impliziert.
Es gelingt dem Menschenbund, den geplanten Weg zum eigenen Kulturfortschritt zu gehen. Die Nume müssen dies akzeptieren, ihre eigene strenge Sittlichkeit zwingt sie dazu, und so geben sie ihre Kolonialisierungsversuche auf. Weltfriede kehrt ein, auf der Erde steht das Tor zum utopischen Glück der Martier offen.
Das Werk besticht durch die Weitsichtigkeit der technischen Extrapolationen und durch den meisterhaft herausgearbeiteten Konflikt zwischen den sich auf einer höheren Kulturstufe befindenden »Martiern«, die in utopischer Absicht die Ideale Immanuel Kants verkörpern, und den von habgierigen und säbelrasselnden Machthabern regierten Menschen. Die humanistische und pazifistische Tendenz des Romans ist unverkennbar gegen den Zeitgeist des »Hurra-Patriotismus« gerichtet. Die Nationalsozialisten nahmen dies zum Anlaß, den Roman zu verbieten. Leider sind in einigen westdeutschen Nachkriegsausgaben kritische Elemente des Romans der Kürzungstechnik zum Opfer gefallen.
Zu den Verehrern des Romans gehörten unter anderem Wernher von Braun und Arno Schmidt. Von dem amerikanischen SF-Experten Anthony Boucher ist der starke Einfluß von *Auf zwei Planeten* auf die deutschen Raketenpioniere hervorgehoben worden. Literarische Einflüsse auf H. G. Wells und Hugo Gernsback sind nicht eindeutig nachweisbar, aber wahrscheinlich.

LATHAM, PHILIP
(1902–1981)

Pseudonym des amerikanischen Astronomen Robert S. Richardson, geboren in Kokomo, Indiana, der unter seinem wirklichen Namen für die einschlägigen Magazine auch Fact-Artikel verfaßte. Neben Erzählungen mit meist astronomischer Thematik und einigen Sachbüchern publizierte er auch zwei SF-Jugendromane: *Five against Venus* (1952) und *Missing Men of Saturn* (1953).

LAUMER, (JOHN) KEITH
(*1925)

Geboren in Syracuse, New York. L. wuchs im Mittelwesten auf und studierte in Kansas und Oklahoma. An der University of Illinois graduierte er in Architektur. 1943–45 diente er in der Armee. Zwischen 1953 und 1956 arbeitete er bei der U.S. Air Force und ging anschließend in den Auswärtigen Dienst, für den er u. a. als Diplomat in Südostasien tätig war. 1960 trat er wieder der Air Force bei, diesmal als Captain. Ab 1959 begann L. SF zu schreiben und wurde in den sechziger Jahren zu einem der fleißigsten Autoren. Viele seiner Werke sind in einzelne Serien gegliedert, von denen es allein fünf gibt. Zwei dieser Serien umfassen Adaptionen bekannter Fernsehserien: *The Invaders* und *The Avengers*.
Bekannter aber wurden L.s eigene Serien, namentlich die um den galaktischen Diplomaten James Retief. In vier Romanen und vier Storysammlungen muß Retief, Mitglied des »Corps Diplomatique Terrestrienne«, heikle Probleme auf fremden Planeten lösen. Dabei legt L. unfreiwillig die Praktiken einer imperialistischen Politik bloß; denn meistens geht es darum, wie sein Held die Außerirdischen auf deren eigenen Planeten am besten übers Ohr haut. Auf die Rechte, Vorstellungen und Kulturen Andersdenkender wird dabei natürlich keine Rücksicht genommen.
Etwas besser als diese Space Operas im Kolonialistenstil sind die Imperium-Serie und die um den Haudegen Lafayette O'Leary, die Paralleluniversen zum Thema hat. Neben diesen Serien schrieb L. noch etwa 30 SF-Bücher. Seit 1973 hat sich seine Produktion merklich verlangsamt. Thematisch deckt er ein weites Feld ab, von comic-haften Slapsticks bis hin zu militaristischen Weltraumabenteuern und banaler Action. Viele seiner Geschichten kreisen um das Konzept des Supermanns, das L. aber weit weniger gekonnt angeht als seine besser schreibenden Kollegen. Fast immer bleiben seine SF-Abenteuer oberflächlich und unbefriedigend, oft wirkt sein Humor peinlich, ganz besonders wenn er in Zusammenhang mit gewalttätigen und militärischen Aktionen steht.
L.s bester Roman ist vielleicht *Time Trap* (1970), ein vertracktes, spannendes Zeitabenteuer. Interessant auch die von L. herausgege-

bene Anthologie *Five Fates* (1970), in der fünf SF-Autoren die gleiche Situation als Ausgangsbasis für ihre Texte benutzten. L.s umfangreiches Werk bietet manchmal schlechte, meist mittelmäßige und nie anspruchsvolle Unterhaltung. Dennoch hat der Autor eine beachtliche Popularität erreicht und sein Lesepublikum gefunden.

Retief-Serie: *Envoy to New Worlds* (1963; *Diplomat der Sterne*, 1973); *Galactic Diplomat* (1965; *Diplomat der Galaxis*, 1966); *Retief's War* (1966; *Diplomat und Rebell von Terra*, 1968); *Retief and the Warlords* (1968; *Diplomat der Grenzwelten*, 1970); *Retief: Ambassador to Space* (1969; *Der Drachentöter*, 1970); *Retief's Ransom* (1971; *Friedenskommissare der Galaxis*, 1974); *Retief of the C. D. T.* (1971; *Der Mann vom CDT*, 1972); *Retief: Emissary to the Stars* (1975). – Imperium-Serie: *Worlds of the Imperium* (1962); *The Other Side of Time* (1965); *Assignment in Nowhere* (1968). – Lafayette-O'Leary-Serie: *The Time Bender* (1966; *Das große Zeitabenteuer*, 1968); *The World Shuffler* (1970); *The Shape Changer* (1972). – Unabhängige Romane: *The Great Time Machine Hoax* (1964; *Im Banne der Zeitmaschine*, 1966); *Earthblood* (1966, zus. mit Rosel George Brown; *Blut der Erde*, 1969); *Galactic Odyssey* (1967; *Galaktische Odyssee*, 1968); *Dinosaur Beach* (1971; *Zeit-Odyssee*, 1973); *Bolo* (1976); *Star Colony* (1981).

LE BLANC, THOMAS
(*1951)

Geboren in Wetzlar. L. studierte Mathematik und Physik und wurde Lehrer. Nebenbei betätigt er sich als Journalist (SF-Buchrezensionen in verschiedenen Zeitungen), Autor von SF-Erzählungen sowie als Anthologist. Als Anthologist gilt sein Interesse der deutschsprachigen SF-Szene. U. a. gibt er für den Goldmann Verlag eine Anthologienreihe mit deutschen Autoren heraus, deren Einzelbände in alphabetischer Abfolge Sternennamen tragen.

Herausgeber: *Die Anderen* (1979); *Start zu neuen Welten* (1980); *Antares* (1980); *Beteigeuze* (1981); *Canopus* (1981).

LEE, TANITH
(*1947)

Englische Autorin, die Anfang der siebziger Jahre zunächst als Verfasserin von Kinderbüchern in Erscheinung trat. Ihrem Erstling, *The Dragon Horde* (1971), folgten *Animal Castle* (1972) und die Sammlung *Princess Hynchatti and Some Other Surprises* (1972), durchweg Titel, die schon einen phantastischen Einschlag aufwiesen. Drei Jugendbücher, darunter der Kurzroman *Companions of the Road* (1975), zeigten später ihre Hinwendung zur Fantasy noch deutlicher. Der Durchbruch der Autorin erfolgte jedoch erst, als sie für erwachsene Leser zu schreiben begann und ihr amerikanischer Verleger – zuvor waren ihre Bücher lediglich in England herausgekommen – *The Birthgrave* (1975) publizierte. Nach dem Erfolg von *The Birthgrave* – dieses Science-Fantasy-Epos kam beim Publikum so gut an, daß der Stoff zu einer Trilogie ausgeweitet wurde – schrieb L. in rascher Folge weitere Romane, bis 1981 mehr als ein Dutzend. Diese zeigten zwar die relative Themenvielfalt der Autorin, machten aber erneut deutlich, daß ihre Stärken auf dem Gebiet der Fantasy lagen. Zwar wurde ihr SF-Roman *Don't Bite the Sun* (1976) für den »Nebula Award« nominiert, doch hinterließen ihre in epischer Breite angelegten Fantasy-Zyklen und -Romane beim Leser einen nachhaltigeren Eindruck. In diesem Subgenre demonstrierte sie ein breites Spektrum der Spielarten, das von der reinen Fantasy – als Beispiel mag die Master-Serie gelten – über Sword-&-Sorcery in *The Storm Lord* (1976) bis hin zur Weird Fiction reicht, der sie sich mit *Kill the Dead* (1980) und *Lycanthia* (1981) zuwandte.
Phantastische Stimmungsbilder liegen L. gleichermaßen wie handfest-derbe Actionszenen; sie ist eine der produktivsten und erfolgreichsten Autorinnen der neueren Fantasy, auch wenn die Qualität ihrer Werke durch den allzu großen Ausstoß zu leiden scheint.

Jugendbücher: *Companions of the Road* (1975; *Weggefährten*, 1980); *The Winter Players* (1976); *East of Midnight* (1977). – Master-Serie: *Night's Master* (1978; *Herr der Nacht*, 1981); *Death's Master* (1979); *Delusion's Master* (1981). – *The Storm Lord* (1976; *Herr der Stürme*, 1980); *Volkhavaar* (1977; *Volkhavaar, der*

Magier, 1979); *Electric Forest* (1979); *Sabella* (1980); *Kill the Dead* (1980); *Day by Night* (1980); *Lycanthia* (1981).

Birthgrave-Trilogie
The Birthgrave (1975; dt. *Im Herzen des Vulkans*, 1979); **Vazkor, Son of Vazkor** (1978; dt. *Vazkor*, 1979); **Quest for the White Witch** (1978; dt. *Die weiße Hexe*, 1980).

Die Birthgrave-Trilogie ist ein breit angelegtes Science-Fantasy-Epos, das stark mit Elementen der »Sword & Sorcery« durchsetzt ist, eine farbige Odyssee durch eine fremdartige, phantasmagorische Welt archaischer Natur. Sie ist gleichermaßen Sightseeing Tour wie Entschlüsselungsgeschichte und eine langwierige Suche nach Identität und Bestimmung.
Zunächst trifft dies auf eine Frau zu, die in einem Tempel inmitten eines kurz vor dem Ausbruch stehenden Vulkans erwacht und nicht weiß, wer sie ist und was sie erwartet. Auf ihrer Wanderung durch die Welt entdeckt sie Geisteskräfte an sich, die andere Menschen nicht besitzen. Da sie diese Kräfte nicht völlig unter Kontrolle hat, begeht sie – zwischen Lebenswillen und Todessehnsucht schwankend – eine Reihe von Untaten, bis sie schließlich die Wahrheit über sich herausfindet (*The Birthgrave*). Im zweiten und dritten Teil der Trilogie wird die Geschichte von Vazkor, dem Sohn von Vazkor, erzählt, der bei einem primitiven Stamm aufwächst, in Wirklichkeit aber der Sohn von Uastis, der Frau aus dem ersten Band, ist. Auch er verfügt über Geistesgaben, die ihn seiner Umwelt überlegen machen. Seine Suche ist jedoch zielgerichteter: Er will unter allen Umständen seine Mutter, die weiße Hexe, finden und seinen Vater Vazkor rächen, den Uastis umgebracht hat.

Don't Bite the Sun
(1976; dt. *Beiß nicht in die Sonne*, 1982)

Drinking Sapphire Wine
(1977; dt. *Trinkt den Saphirwein*, 1978)

In einer übertechnisierten Zukunftswelt leben die Menschen nur noch in wenigen Kuppelstädten, die sich aus der Wüste erheben. Eine dieser Städte, Four BEE, ist Heimat der namenlosen Protagonistin und ihrer wilden Teenager-Clique. In Four BEE, das ganz von Robotern gesteuert wird und dessen erwachsene Einwohner völlig sinnlosen Tätigkeiten nachgehen, die an Beschäftigungstherapie erinnern, dauert das Teenager-Alter mindestens 50 Jahre; so lange hat man »jang« zu sein. Das bedeutet, ein Leben in ständigem Vergnügen mit Festen, Drogen, Sex, Ekstasen, Illusionszentren, Delikatessen zu führen und die Langeweile durch gelegentliche Selbstmorde zu vertreiben, denen eine Wiedererweckung mit anschließendem Aussuchen eines neuen Körpers folgt. Körper, Geschlecht und Rasse können dabei nach Belieben gewechselt werden. Zur Unterhaltung riskiert man waghalsige Ausbruchsversuche aus der Kuppel, um den Robotern ein Schnippchen zu schlagen.
In *Don't Bite the Sun* ist die Ich-Erzählerin mit ihrer Situation nicht mehr zufrieden. Sie möchte nicht mehr »jang« sein und vorzeitig die nächste Stufe erklimmen, findet aber heraus, daß die Welt der Erwachsenen nicht das ist, was sie sich darunter vorgestellt hatte. Als die Computer ihr den Aufstieg zur nächsten Stufe aufgrund mangelnder Reife verweigern, bleibt ihr nur die Resignation. In *Drinking Sapphire Wine* duelliert sich dasselbe Mädchen verbotenerweise mit einer anderen Dame und wird zur Strafe in die Wüste verbannt. Dort fängt sie an, ein Stück Land zu bewässern, Gemüse und Blumen anzupflanzen und sich der ländlichen Idylle hinzugeben. Das spricht sich in Four BEE herum, und schon bald gesellen sich Aussteiger zu ihr, die das langweilige, robotgesteuerte Dasein in der Stadt satt haben. Nach etlichen Zwischenfällen bildet sich eine kleine Kolonie, in der niemand sein Geschlecht wechselt, wieder normal Kinder geboren werden und ein ursprünglicherer Lebensstil verwirklicht wird.
Die beiden Titel zählen zu L.s seltenen Abstechern ins Reich der SF. Ihren Reiz ziehen sie aus der stellenweise satirischen und humorvollen Behandlung eines an sich dystopischen Themas. Häufig angewandter »jang«-Slang, für den sogar ein Glossar vonnöten ist, liefert Lokalkolorit.

LE GUIN, URSULA K(ROEBER)
(*1929)

Geboren in Berkeley, Kalifornien, als Tochter des bekannten Anthropologen Alfred L. Kroeber. Ihre Ausbildung erhielt sie am Radcliffe College und an der Columbia University. L. lebt seit 1962 als freiberufliche Schriftstellerin in Portland und unterrichtet an der Portland State University. Sie veröffentlichte ihre erste Geschichte, »April in Paris«, 1962 in *Fantastic Stories*. Ihr erster Roman erschien erst 1966, aber seitdem ist ihr Stern in der SF unaufhaltsam und steil emporgestiegen. Die Autorin wurde insgesamt viermal mit dem »Hugo Award« und dreimal mit dem »Nebula Award« ausgezeichnet. Viele ihrer Werke balancieren zwischen SF und Fantasy, sie selbst sieht eine solche Unterteilung und Trennung nicht gerne, wie sie mehrfach bekundet hat.

Eine Reihe ihrer Werke ist in einem einheitlichen Kosmos angesiedelt, in dem die Menschheit das All erobert und eine Liga gegründet hat. Die Bevölkerung stammt aber ursprünglich von den »Hain« ab, die bereits zuvor das All besiedelten. So ist eine Vielzahl von Welten entstanden, deren kultureller Hintergrund oft große Unterschiede aufweist. In diesem Rahmen arbeitete L. eine Zukunftsgeschichte aus, die etwa drei- bis vierhundert Jahre nach unserer Zeitrechnung beginnt und etwa 2500 Jahre in die Zukunft reicht. Ihre drei ersten Romane sind in der inneren Werkchronologie am Ende dieser Zeitspanne angesiedelt: *Rocannon's World* (1966), *Planet of Exile* (1966) und *City of Illusions* (1967). Verglichen mit dem, was wenig später folgte, sind die genannten Romane noch relativ bedeutungslos, doch zeigen sie schon sehr deutlich L.s Technik, eine Geschichte über einer (mythologischen) Grundstruktur um bestimmte Metaphern herum anzulegen.

Wirkliche schriftstellerische Reife ist dem 1969 veröffentlichten Roman *The Left Hand of Darkness* zu bescheinigen, mit dem sie sowohl »Hugo« als auch »Nebula« gewann. Erzählungen im Rahmen der Hainish-Sequenz sind »Vaster Than Empires and More Slow« (1971) und »The Word for World Is Forest« (1972), letztere ist eigentlich ein Kurzroman und erschien ursprünglich in der von Harlan Ellison herausgegebenen Anthologie *Again, Dangerous Visions*. Die erstgenannte Geschichte spielt chronologisch direkt im Anschluß an *Rocannon's World*, die zweite ist achtzehn Jahre nach Gründung der Liga angesiedelt.

1974 erschien L.s vielleicht bedeutendster Roman, *The Dispossessed*, der ihr neben »Hugo« und »Nebula« auch noch einen »Jupiter Award« einbrachte. Die Autorin verfaßte auch eine Reihe von Kurzgeschichten, etwa »The Day before the Revolution« mit einer Art Vorspiel zu der in *The Dispossessed* abgehandelten anarchistischen Gesellschaftsform, ebenfalls 1974 erschienen und wiederum mit »Nebula« und »Jupiter« ausgezeichnet. Weitere, oft preisgekrönte Kurzgeschichten befinden sich in dem Sammelband *The Wind's Twelve Quarters* (1975).

Nach *The Dispossessed* verfaßte L. nur noch wenig SF, erwähnenswert aus dieser Schaffensperiode sind »The Diary of the Rose«, eine Kurzgeschichte, die den »Jupiter Award« gewann, und »The New Atlantis«, Titelgeschichte einer von Robert Silverberg herausgegebenen Anthologie, die für L. einen bemerkenswert düsteren Charakter hat. Die Geschichte spielt in der nahen Zukunft. Die Vereinigten Staaten sind politisch und wirtschaftlich am Ende, die Umwelt ist völlig zerstört. Amerika versinkt in Dunkelheit, während am Horizont die weißen Türme des versunkenen Kontinents Atlantis aus dem Atlantik aufsteigen.

Erwähnenswert ist schließlich noch L.s bereits 1971 veröffentlichter und später auch verfilmter Roman *The Lathe of Heaven*. Er enthält ein interessantes Experiment, in dem die Träume eines Mannes alternative Realitätsstrukturen erschaffen können. Obwohl stilistisch anders geartet, paßt dieses Buch doch in den Rahmen des Gesamtwerks. Auch darin behandelt die Autorin das Thema der Verantwortlichkeit des Individuums gegenüber der Gemeinschaft und zeigt großes Interesse an Fragen der Metaphysik. L. gehört zu den führenden und formenden Kräften der Science Fiction in den siebziger Jahren, und sie fand auch außerhalb der SF breite Anerkennung.

Rocannon's World (1966; *Rocannons Welt*, 1977); *Planet of Exile* (1966; *Das zehnte Jahr*, 1978); *City of Illusions* (1967; *Stadt der Illusionen*, 1979); *The Lathe of Heaven* (1971; *Die Geißel des Himmels*, 1974); *The Wind's Twelve Quarters* (1975; *Die zwölf Striche der Windrose*, 1980). – *The Language of the Night. Essays on Fantasy and Science Fiction* (1979). – »The Eye of the Heron« (1978, in: Virginia Kidd (ed.), *Millenial Women*; »Das Auge des Reihers«, in: Virginia Kidd (Hrsg.), *Futura*, 1982).

Lit.: G. E. Slusser, The Farthest Shore of Ursula K. Le Guin, 1976.

Earthsea-Trilogie

A Wizard of Earthsea (1968; dt. *Der Magier der Erdsee*, 1979); **The Tombs of Atuan** (1971; dt. *Die Gräber von Atuan*, 1979); **The Farthest Shore** (1972; dt. *Das ferne Ufer*, 1979)

Der Sohn des Dorfschmiedes von Zehnellern, der von den Leuten des Dorfes »Sperber« genannt wird, verfügt über seltsame, übernatürliche Kräfte, mittels derer er eines Tages seinen Ort vor einem Angriff räuberischer Horden retten kann, indem er einen Wetterzauber herbeiruft. Bald wird sein Talent über die Grenzen seiner Heimat hinaus bekannt, und der Zauberer von Gont holt ihn nach Rok, wo er die Zauberschule besucht. Einmal gelingt es ihm, für kurze Zeit eine Verbindung zum Totenreich herzustellen und einem formlosen, finsteren Etwas den Weg in die eigene Welt zu öffnen. Bei diesem verbotenen Experiment kommt er gerade noch mit dem Leben davon, doch das Böse ist nun in der Welt und verfolgt ihn auf allen Wegen.

Der zweite Band berichtet von einem Mädchen namens Tenar, das ihren Eltern weggenommen wird, da man es für die Inkarnation einer Hohepriesterin hält. Ausgestattet mit dem Namen ihrer Vorgängerin, Arha, wird sie zur Priesterin im finsteren Labyrinth von Atuan. Darin muß sie jeden Schritt auswendig kennen, denn es ist verboten, im Reich der ewigen Finsternis ein Licht zu entzünden. Eines Tages gelangt ein Fremder in das Labyrinth, der frevelhafterweise in den heiligen Hallen ein Licht entfacht. Er wird gefangen und eingekerkert. Bei dem Fremden handelt es sich um den Magier Ged, früher »Sperber« genannt, der es wagt, den Mächten der Finsternis zu trotzen. Arha muß sich zwischen ihm und der Finsternis entscheiden. Sie entsagt dem Labyrinth und flieht mit ihm zusammen.

Der dritte Band greift schließlich teilweise wieder auf die Geschehnisse im ersten zurück. Von den Randbezirken der Erdsee gelangt schlimme Kunde nach Rok, wo Ged als Erzmagier herrscht. Zaubersprüche wirken nicht mehr, die Ordnung der Dinge ist empfindlich gestört. Arren, Prinz von England, wird zu Ged geschickt, um Hilfe von ihm zu erbitten. Gemeinsam brechen sie auf, um die Ursache der Bedrohung herauszufinden. Auf merkwürdige Weise ist an der Grenze zum Totenreich ein Riß entstanden, durch den die Lebensenergie der Welt verschwindet. Zwar gelingt es Ged, als erster Lebender durch das Totenreich zu ziehen und den Riß zu beseitigen, doch er muß sich dort auch seinem finsteren Widersacher stellen, den er vor Jahren bei seinem unheilvollen Experiment selbst in die Welt gerufen hat. Wieder zurück im Reich der Lebenden, erkennt er jedoch, daß das Zeitalter der Magie sich dem Ende entgegenneigt. Ein neues Zeitalter dämmert herauf, in dem Harmonie und Magie keinen Platz mehr haben.

L.s Trilogie war eigentlich für ein jugendliches Publikum gedacht, doch erregte sie damit großes Aufsehen auch unter der erwachsenen Leserschaft. Von Kritikern wurde ihr Fantasy-Zyklus auf eine Stufe gestellt mit Tolkiens *Herr der Ringe*. In der Erdsee-Trilogie findet L.s mythisch verbrämte und verschnörkelte Prosa ihren deutlichsten Ausdruck.

The Left Hand of Darkness

(1969; dt. *Winterplanet*, 1974)

Auf dem fernen Planeten Winter lebt eine humanoide Rasse zweigeschlechtlicher Wesen, die Karhiden, deren zwischenmenschliche Beziehungen von merkwürdigen Äußerlichkeiten geprägt sind: In monatlichen Abständen treten sie in eine Phase sexueller Erregbarkeit ein, das Kemmer. Dann entscheidet sich, wer den männlichen und wer den weiblichen Part übernimmt. Ein Abgesandter der Liga landet auf dieser Welt. In der Hauptsequenz des Buches, einer ausgedehnten Reise durch die Eiswüste, die er zusammen mit einem Eingeborenen namens Estraven unternimmt, kommt ihm die sexuelle Konstellation der Karhiden schmerzlich zum Bewußtsein. Er verliebt sich in seinen Begleiter, der, durch die Männlichkeit des Menschen überwältigt, in die weibliche Rolle gedrängt wird.

The Left Hand of Darkness bezieht seine überzeugende Kraft vor allem aus der Verschmelzung des Unbekannten mit dem Vertrauten. Die Fremden ähneln den Menschen in vieler Beziehung und sind ihnen doch, aufgrund ihrer andersartigen Sexualität, wieder vollkommen fremd. Das langsam wachsende Verständnis des Menschen für ihre Sexualität gibt Aufschluß über unsere eigene Gefühlswelt. L. beleuchtet unser Verhältnis zur Sexualität und stellt Erörterungen über die kulturelle Entfremdung im allgemeinen an. Einer der zehn wichtigsten SF-Romane der sechziger Jahre.

The Word for World Is Forest
(1972; dt. *Das Wort für Welt ist Wald*, 1975)

Menschen schicken sich an, den Planeten Neu-Tahiti zu besiedeln, der von einer uralten Rasse bewohnt wird, welcher die Menschen geringschätzig den Namen »Creechies« geben. Diese Wesen leben seit Jahrtausenden auf ihrem von dichtem Wald bewachsenen Planeten in einem stabilen ökologischen Gleichgewicht, dem ihre innere Ausgeglichenheit entspricht. Ihre Zivilisation ist nur deswegen so alt geworden, weil sie die Fähigkeit haben, in Tagträumen ihre Aggressionen abzureagieren. So ist eine friedliebende Rasse entstanden, die von den Kolonisten gepeinigt, verhöhnt und versklavt wird. Die Menschen schlagen alle Warnungen der Creechies in den Wind und beginnen mit dem Abholzen ausgedehnter Landstriche. Dadurch wird das ökologische wie auch das innere Gleichgewicht der Ureinwohner auf empfindliche Weise gestört; ihre Fähigkeit zum Tagträumen nimmt ab, entsprechend die Möglichkeit, Aggressionen abzubauen. Schließlich erwerben sie die Fähigkeit zu töten und kämpfen mit den Menschen um ihre Welt.
In *The Word for World Is Forest* rechnet L. schonungslos mit den Vernichtungskriegen ab, die das weiße Amerika gegen Indianer und Vietnamesen führte. Die Entfremdung der Lebewesen von ihrer gewohnten Umgebung gipfelt in Wahnsinn und brutaler Gewalt. Das entschiedenste Plädoyer der Autorin für den Frieden und eine deutliche Absage an alle, die die Menschen von der Natur entfremden wollen und damit die eigene Kultur zerstören.

The Dispossessed
(1974; dt. *Planet der Habenichtse* 1976)

Als es auf dem Planeten Urras eine Revolte der Anarchisten gibt, die zwar nicht den Umsturz des Staates herbeiführen, aber auch nicht einfach niedergeschlagen werden kann, schließt man einen Kompromiß: Die Aufständischen dürfen nach dem Schwesterplaneten Anarres auswandern. Jahrzehnte später hat ein genialer Physiker auf Anarres eine Idee, die die interstellare Raumfahrt revolutionieren könnte; aber auf seinem Heimatplaneten fehlen die Mittel zur Realisierung. Daher wandert er nach Urras aus und gilt fortan bei seinem Volk als Verräter. Shevek, so der Name des Physikers, ist weder in dem anarchistischen Anarres noch in dem kapitalistischen Urras ganz zu Hause. Anhand seines wachsenden Verständnisses des Systems auf Urras schildert die Autorin Vor- und Nachteile beider Systeme, wobei sie insgeheim mit dem anarchistischen Utopia des Planeten Anarres liebäugelt.
Der Roman ist L.s bislang ehrgeizigstes Unternehmen; er steht in der Tradition der sozialutopischen SF. In *The Dispossessed* wird die Verknüpfung von Politik mit SF exemplarisch vorgeführt. Die Ereignisse auf den beiden Schwesterplaneten stehen sich konträr gegenüber, eine endgültige Lösung bietet die Autorin nicht an. Sie legt Ideen dar; welche der Leser akzeptiert, bleibt ihm überlassen. *The Dispossessed* zeigt, wieviel die SF zum Verständnis von Mensch und Gesellschaft beitragen kann, wenn sich eine Autorin wie L., die Intellekt und Feinfühligkeit vereint, dieses Themas annimmt. Daß der Roman sich bei der gegebenen Zielsetzung mitunter etwas trocken und allzu didaktisch liest, ist wohl unvermeidlich, stört den Lesefluß aber kaum.

LEIBER, FRITZ (REUTER)
(*1910)

Geboren in Chikago als Sohn des gleichnamigen Stummfilmstars deutscher Herkunft; amerikanischer Schriftsteller, Journalist und Redakteur (Dr. phil.). L. studierte an der Chicago State University, publizierte seine ersten Erzählungen in einem Kirchenblatt, zog während der Depression mit der Wanderbühne seines Vaters als Shakespeare-Darsteller über Land, versuchte sich als Filmschauspieler in Hollywood und beschloß gegen Ende der dreißiger Jahre, seine schriftstellerischen Fähigkeiten in die Dienste des weitverbreiteten und bekannten Gruselmagazins *Weird Tales* zu stellen, wo er sich mit übernatürlichen und phantastischen Erzählungen einen Namen machte, ohne daß man ihm je vorwerfen konnte, er habe seine Leser mit der Erfindung von damals sehr beliebten schleim-

triefenden Monstern gelangweilt. In den Erzählungen dieser Zeit wird der Horror dagegen aus der Atmosphäre der modernen Großstadt erzeugt. Neben Dutzenden von *supernatural stories* hat L., wenn man von seinen Fantasy-Heroen Fafhrd und Gray Mouser absieht, relativ wenig SF bzw. Fantasy verfaßt, aber in dem, was von ihm auf den Markt gelangte, spürt man die sensible und fähige Hand eines Meisters.
Der SF-Roman und »Hugo«-Gewinner *The Big Time* schildert die Abenteuer einer Gruppe von Menschen, die in den Diensten von kosmischen Intelligenzen, »Spinnen« genannt, stehen und gegen die ebenfalls von der Erde rekrutierten Söldner der »Schlangen« kämpfen. Dabei schlagen sie sich durch alle Epochen der irdischen Vergangenheit. Die Novelle »Ship of Shadows« (1970) bekam ebenfalls einen »Hugo«, während die lange, von der britischen »New Wave« inspirierte Erzählung »Gonna Roll the Bones« (1967) mit dem »Nebula Award« ausgezeichnet wurde. Die Parallelweltengeschichte »Catch That Zeppelin!« erhielt den »Hugo« im Jahre 1976.
The Wanderer, ein Roman, der die Auswirkungen einer weltweiten Katastrophe beschreibt, bekam den »Hugo« 1965, und auch sonst hat L. sich über Mangel an Auszeichnungen nicht beklagen können: Er dürfte zu den am häufigsten preisgekrönten Autoren der amerikanischen SF und Fantasy gehören.

The Green Millennium (1953; *Das grüne Millennium*, 1979); *Destiny Times Three* (1957; *Schicksal mal drei*, 1981); *The Big Time* (1961; *Eine tolle Zeit*, 1974); *The Silver Eggheads* (1961; *Die programmierten Musen*, 1972); *A Specter Is Haunting Texas* (1969; *Ein Gespenst sucht Texas heim*, 1977). – Kurzgeschichtenbände: *A Pail of Air* (1964); *Ships to the Stars* (1964); *The Best of Fritz Leiber* (1974); *The Book of Fritz Leiber* (1974); *The Worlds of Fritz Leiber* (1976).

The Wanderer
(1964; dt. *Wanderer im Universum*, 1979)

Ein fremder Planet dringt in das irdische Sonnensystem ein, zerstört den Mond und richtet durch seine Masse gewaltige Schäden an. Die fremde Welt ist bewohnt und wird von ihren Bewohnern wie ein Raumschiff gesteuert. Durch den »Wanderer« getauften Planeten am Himmel der Erde gerät die Menschheit in Not; Millionen sterben durch den von ihm verursachten Aufruhr der Natur.
L. schildert Dutzende von Personen oder Gruppen an verschiedenen Schauplätzen, darunter einen an Fliegende Untertassen glaubenden Zirkel, einen auf dem Mond stationierten amerikanischen Astronauten, der von der Besatzung des »Wanderers« aufgenommen wird, und die schwarze Dienerschaft eines Millionärs. Diese Menschen sind, soweit sie sich auf der Erde befinden, auf der Suche nach einer Zuflucht vor der mit stetig wachsender Amplitude auflaufenden Meeresflut. Der Publizist Paul Hagbolt, der anfangs mit den UFO-Gläubigen unterwegs ist, wird zum unfreiwilligen Passagier an Bord eines von den fremden Planetenbewohnern gesteuerten Landungsbootes und erlebt dort eine gemeinsame längere Zeit mit der tigerähnlichen, ansonsten aber humanoiden Kommandantin. Am Ende des Romans taucht ein zweiter Planet auf, bemannt mit einer Art kosmischer Polizei, die den »Wanderer« durch den Hyperraum verfolgt hat und dessen Besatzung – eine zahlenmäßig große Gruppe von anarchistischen Individuen, die das Weltall durchziehen und tun, was ihnen paßt, ohne sich um die Folgen zu kümmern – zur Rechenschaft ziehen will. Der »Wanderer« flieht, die anderen folgen ihm. Die Erde hat vorerst ihre Ruhe wieder.
Trotz des an sich aktionsreichen Themas ist an äußerer Dramatik in *The Wanderer* wenig zu finden. Es existieren keine Armee, die dem Phänomen mit Abwehrraketen beizukommen versucht, und keine Organisationen, die der Not mit Sondergesetzen Herr werden. Die menschlichen Hyänen, die in der gängigen Katastrophen-SF derartige Situationen ausnutzen, um zu brandschatzen und vergewaltigen, sind nicht Thema des Romans, weil L. nicht von dem ablenken will, was die Fremden an Schlimmerem auf der Erde anrichten. Die Bewohner des »Wanderers« sind nämlich Wesen, die deswegen von der kosmischen Polizei gejagt werden, weil sie nicht bereit sind, sich in die Völkergemeinschaft der Milchstraße einzuordnen. Das Universum leidet an hoffnungsloser Überbevölkerung, und für Wesen wie die des »Wanderers«, die eigene Wege gehen wollen und kosmische Beben erzeugen, sobald sie mit ihrem Planeten aus dem Hyperraum kommen, um irgendeinen anderen in seine Bestandteile zu zer-

legen und in Treibstoff umzufunktionieren, gibt es in diesem Gemeinwesen keinen Platz. Den Preis der Unabhängigkeit des »Wanderers« zahlen die Unbeteiligten, wie man an der Erde sieht, und es wird deutlich gemacht, daß Zivilisationen einen Punkt erreichen können, an dem Individualismus nicht mehr möglich ist, ohne andere zu gefährden.

Our Lady of Darkness
(1977; dt. *Herrin der Dunkelheit*, 1980)

Das 1977 mit dem »International Fantasy Award« ausgezeichnete Werk *Our Lady of Darkness* segelt zwar, wenn man nach dem SF-›Gehalt‹ fragt, unter falscher Flagge, gehört aber dennoch zum Besten, was die amerikanische phantastische Literatur in den letzten Jahren hervorgebracht hat. Erzählt wird die Geschichte des gerade vom Alkoholismus geheilten Pulp-Autors Franz Westen, der (wie hartnäckige Fans herausfanden) im gleichen San Franciscoer Apartment lebt wie L. und sich für Schach und Astronomie interessiert. (L. selbst war mehrfacher Schachmeister und naturwissenschaftlicher Redakteur der Zeitschrift *Science Digest*.) Bei einem Streifzug durch die örtlichen Antiquariate fallen Westen zwei seltsame Bücher in die Hände: »Megapolismany« von einem gewissen Thibaut de Castries und ein fiktives Tagebuch des Horror-Autors Clark Ashton Smith (1893–1961). Ersteres beschäftigt sich mit den wachsenden Großstädten und deren unheilvollen Auswirkungen auf die menschliche Gesellschaft und warnt vor der Konzentration von Baumaterial und Energie, die angeblich zur Bildung »paramentaler Wesenheiten« führen könne. Smiths Tagebuch eröffnet Westen, daß Smith und de Castries früher miteinander in Verbindung standen. Eines Morgens fällt Westen, als er mit einem Fernglas die Hügel San Franciscos beobachtet, eine seltsame, braune Gestalt auf, die über den Corona Heights zu tanzen scheint. Als er die Gegend aufsucht, kann er nichts Verdächtiges feststellen, entdeckt jedoch zu seinem Schrecken, daß die geheimnisvolle Gestalt inzwischen in seine eigene Wohnung eingedrungen ist und ihm von dort aus zuwinkt.
Von nun an ändert sich sein Leben. Ein über ein halbes Jahrhundert alter Fluch bedroht ihn. Thibaut de Castries hatte auch Smith mit einem Bann belegt, wie Westen von dem reichen, aber dilettantischen Dichter Jaime Donaldus Byers erfährt. Dieser berichtet in einer langen Rückschau vom Leben dieses Mystikers, dessen Freundeskreis angeblich aus so namhaften Autoren wie Jack London, George Sterling, Dashiell Hammett, H. P. Lovecraft und Ambrose Bierce – und natürlich auch C. A. Smith bestand. Der Fluch, der eigentlich Smith treffen sollte, ist in einem Kode enthalten, den Westen nur mühevoll entziffern kann. Geometrische Formeln spielen eine Rolle, und schließlich erkennt er, daß bestimmte Gebäude einen ihm unbekannten Punkt in San Francisco erdrücken sollen. Es handelt sich um die ehemalige Wohnung von C. A. Smith, in 811 Geary Street, in der nun Westen lebt. Smith entging dem Fluch de Castries nur dadurch, daß er sich in die Berge zurückzog und dort ein Eremitendasein führte. Schließlich kommt es zwischen Westen und der »Herrin der Dunkelheit«, einer braunen, tanzenden, kapuzenbewehrten Figur, die ganz aus den Seiten zusammengeflickter Pulp-Magazine besteht, zur alles entscheidenden Auseinandersetzung.
Ob sich die Handlung lediglich im Weltinnenraum des Protagonisten Franz Westen abspielt oder real ist, darüber läßt L. die Leser im unklaren. Viel wichtiger als der Plot sind die vielen kleinen Nebenhandlungen und der kaleidoskopartige Erzählstil, der dem Leser zunächst die Stadt San Francisko und dann den Freundeskreis de Castries', die Bohème der Jahrhundertwende, in psychedelischer Manier nahebringt. »*Our Lady of Darkness* ist ein Roman, der von extremer Belesenheit zeugt, und gleichzeitig ein schlaues autobiographisches Werk, das Fakt und Fiktion dermaßen geschickt miteinander vermischt, daß es unmöglich wird, sie auseinanderzuhalten« (Ch. Morgan).

Fafhrd und Gray Mouser
Swords and Deviltry (C, 1970; dt. *Schwerter und Teufelei*, 1972); **Two Sought Adventure** (C, 1957; überarbeitet als **Swords against Death**, 1970; dt. *Schwerter gegen den Tod*, 1972); **Swords against Wizardry** (C, 1968; dt. *Schwerter gegen Zauberei*, 1973); **Swords in the Mist** (C, 1968; dt. *Schwerter im Kampf*, 1976); **The Swords of Lankhmar** (1968; dt. *Die Schwerter von Lankhmar*, 1973); **Swords and Ice Magic** (C, 1977; dt. *Schwerter und*

Eiszauber, 1981; die dt. Ausg. unter dem Titel *Schwerter im Nebel*, 1973, enthält Restmaterial aus **Swords in the Mist** und **Swords against Death**).

Die Serie wurde in einem Briefwechsel zwischen L. und seinem Freund Harry Otto Fischer im Sommer 1934 geboren. Fischer war es, der die beiden Hauptfiguren einführte und auch schon den Hintergrund skizzierte. Man spann dieses Phantasieprodukt, das Ablenkung vom trüben Alltag der Wirtschaftsrezession bot, zunächst weiter in Briefen aus, wobei L. Fafhrd und Fischer Gray Mouser war. 1935 begann L. eine Novelle über diesen Stoff, die er nach etlichen Ablehnungen mehrmals überarbeitete, bis sie 1947 unter dem Titel »Adept's Gambit« in L.s Story-Sammlung *Night's Black Agents* erschien.

Aus diesen Anfängen erwuchs eine der beliebtesten Sword-&-Sorcery-Serien, deren erste Geschichten in Campbell jr.s Fantasymagazin *Unknown* erschienen und die zu L.s frühesten Veröffentlichungen zählen. Handlungshintergrund ist die Phantasiewelt »Nehwon« mit der Stadt »Lankhmar«, nach Art aller Schwertschwinger-Mythen eine barbarisch-altertümliche statische Kultur im Sklavenhalter-Stadium. Durch diese Welt reisen die Gefährten Fafhrd und Gray Mouser, der eine ein großer Nordländer mit Langschwert, der andere ein kleiner Südländer mit Rapier. Die beiden heben sich insofern von anderen Helden der Sword-&Sorcery ab, als sie eher ein wenig wie verarmte Gentlemen wirken, bisweilen ganz lustige Dialoge führen und eher tüchtige Kriegshandwerker als glorreiche Rekken sind. Ihre Stärke liegt in ihrer Freundschaft und ihrem Zusammenwirken. Sie werden von der Diebeszunft bekriegt, gelten aber selbst als gerissene Diebe und Räuber, kämpfen gegen Zauberer und Rattenbrigaden und arbeiten oft als Söldner für die Ziele anderer. Obwohl es unter den Kurzgeschichten auch einige eher heitere, gelegentlich sogar besinnliche Werke gibt, etwa wenn »Gevatter Tod« auftaucht, hat das Genre seine Eigendynamik, an der auch L. nicht vorbeikommt. Es bleibt deshalb nicht aus, daß früher oder später das Blut in Strömen fließt und der eine oder andere Schädel von den Schultern geschlagen wird.

Obwohl L. in einem Artikel schrieb, daß in diese Serie auch manches Problem aus der realen Welt eingegangen ist, bleibt Literatur dieser Art doch pure Fluchtliteratur, und man muß schon einen besonderen Nerv haben, um diesen Abenteuern viel abgewinnen zu können. Immerhin erweist sich L. als recht guter Erzähler mit einigem Witz und Phantasie, und er nimmt seine Helden nicht ganz so ernst wie andere Autoren des Genres.

LEINSTER, MURRAY
(1896–1975)

Pseudonym des amerikanischen Schriftstellers William Fitzgerald Jenkins, geboren in Norfolk, Virginia. Er schrieb bereits im Alter von 13 Jahren Artikel für eine Zeitung, veröffentlichte 1919 mit *The Runaway Skyscraper* seine erste SF-Story und hinterließ am Ende seiner langen Karriere ein Gesamtwerk von weit über 1500 Erzählungen und Romanen, vorwiegend leichte Kost.

Seine markantesten Figuren sind der Weltraumarzt Dr. Calhoun, ein findiger Kopf, der von dem bärenähnlichen Wesen Murgatroyd begleitet wird und auf jedem Planeten, den er im Auftrag des Gesundheitsdienstes anfliegt, in neue Schwierigkeiten gerät, und der Planeteninspektor Mr. Bordman, dem das gleiche widerfährt, sobald er seinen Fuß auch nur auf eine Kolonialwelt setzt. Inspiriert von den Schriften des Entymologen Jean Henri Fabre begann L. 1920 ein Projekt, das für sich in Anspruch nehmen darf, zu den wenigen wirklichen Klassikern der amerikanischen SF zu zählen. Drei Novellen, die zunächst unter den Titeln »The Mad Planet« (*Argosy*, 1920), »Red Dust« (*Argosy*, 1921) und »Nightmare Planet« (*Science Fiction Plus*, 1953) erschienen, machen zusammen *The Forgotten Planet* aus. Abgesehen von diesem SF-Abenteuerroman hat der vorwiegend an Unterhaltung interessierte L. zur Entwicklung der SF wenig beigetragen. Seine Geschichten sind glatt, gefällig, meist durchschnittlich. Etwa 50 seiner Kurzromane erschienen in deutscher Sprache; der Hauptteil davon in Heftchenform.

Dr.-Calhoun-Geschichten: *The Mutant Weapon* (1959); *This World Is Taboo* (1961); *Doctor to the Stars* (1964; *Patrouille des Friedens*, 1972); *S. O. S. from Three Worlds* (1967). – Bordman-

Geschichten: *The Planet Explorer* (1957, anderer Titel: *Colonial Survey*, 1956; *Der Planeteninspektor*, 1967). – *The Last Spaceship* (1949); *The Black Galaxy* (1954; *Die schwarze Galaxis*, 1976); *The Forgotten Planet* (1954); *Twists in Time* (1960; *Das Ende der Galaxis*, 1969); *Talents, Inc.* (1962; *Die galaktische Verschwörung*, 1972); *Tunnel through Time* (1966); *Miners in the Sky* (1967).

The Forgotten Planet
(1954)

Geschildert wird das Leben und Überleben einer kleinen Menschengruppe auf einer Welt, die lange vor dem Beginn der Handlung von irdischen Forschungsraumschiffen entdeckt und für ein Kolonisationsprojekt urbar gemacht wurde. Da man den »verrückten« Planeten (oder die »Alptraumwelt«) anfangs für zu steril hielt, wurde er zum Zielpunkt eines »Saatprogramms« gemacht. Man setzte Pflanzen, Mikroorganismen, Insekten und Fische auf ihm aus, aber bevor man dazu kam, dem Projekt Menschen und Tiere hinzuzufügen, wurde die Karteikarte der neuen Kolonie verlegt, und der Planet geriet in Vergessenheit.
Erst viel später, als das Saatprogramm erfolgreich angeschlagen hat und es auf dem Planeten von Pflanzen und Insekten wimmelt, landet auf ihm ein Raumschiff. Die Astronauten haben jedoch keine Möglichkeit, zur Erde zurückzukehren. Sie richten sich auf dem Planeten ein, und ihre Nachkommen fallen in die Primitivität zurück. Die Handlung rankt sich hauptsächlich um das Leben des primitiven jungen Jägers Burl, der danach strebt, seinen Gefährten die Segnungen der Zivilisation zurückzugeben. *The Forgotten Planet* ist in erster Linie ein Abenteuerroman und schildert den Überlebenskampf der Menschen gegen eine mutierte Insekten- und Pflanzenwelt, die so phantastisch ist, daß sie in der ganzen SF ihresgleichen sucht.

LEM, STANISŁAW
(*1921)

Geboren in Lemberg, damals Polen, als Sohn eines Arztes und ehemaligen k. u. k. Offiziers. Seine unbeschwerte Kindheit, in der er mechanisches Spielzeug bevorzugte und bereits Überlegungen über den Schöpfer, Hierarchien und Codes anstellte, beschrieb er in seinem liebenswerten autobiographischen Roman *Wysoki zamek* (1965; *Das Hohe Schloß*, 1974). Von 1939 bis 1941 studierte er in Lemberg Medizin, arbeitete dann als Autoschlosser und setzte 1946–48 in Krakau sein Medizinstudium fort. Abgesehen von einigen Wochen war er jedoch nie als Arzt tätig. Er arbeitete vielmehr zunächst am Konservatorium Naukonawcze als Assistent, daneben schrieb er Rezensionen wissenschaftlicher Bücher und Artikel für Zeitschriften, vor allem *Zycie Nauki*, aber auch Lyrik. Seine erste Veröffentlichung in der SF war der Kurzroman *Człowiek z Marsa* (»Der Marsmensch«), der schon während des Krieges entstand und 1946 in der Wochenschrift *Nowy Swiat Przygód* (»Neue Welt des Abenteuers«) erschien.
1948–50 schrieb er die Romantrilogie *Czas nieutracony* (*Die Irrungen des Dr. Stefan T.*, 1959), die erst 1955 erscheinen konnte; von den zwei letzten Bänden der Trilogie distanziert sich L. jedoch heute und gestattet in der BRD nur mehr die Veröffentlichung des ersten Bandes, *Das Hospital der Verklärung* (1975). Durch Zufall kam er zur SF, nachdem eine Laufbahn in der Biologie, die ihn interessiert hätte, nicht ratsam schien. 1951 kam sein erster SF-Roman heraus, *Astronauci* (*Planet des Todes*, 1954; anderer Titel: *Die Astronauten*, 1974), und in diesem Genre blieb L., obwohl er die Gattung später auch heftig attackierte, nicht zuletzt in einer umfangreichen Studie *Fantastyka i Futurologia* (1970; *Phantastik und Futurologie*, 2 Bde., 1977, 1980). Neben seinen erfindungsreichen, philosophisch tiefsinnigen und oft sprachspielerischen SF-Romanen und -Erzählungen, die in über 30 Sprachen übersetzt wurden und inzwischen eine Weltauflage von mehr als 10 Millionen erzielt haben, schrieb L. auch philosophische, kulturkritische und literarische Essays und Untersuchungen. *Summa technologiae* (1964, dt. 1976) ist eine unorthodoxe, kühne Futurologie, die nicht konkrete Entwicklungen voraussagt, sondern die Grenzen menschlichen Denkvermögens auslotet; zuvor schon hatte L. auf originelle Weise in den *Dialogi* (1957; *Dialoge*, 1980) einige Implikationen der Kybernetik untersucht. Er war auch Mitglied der polnischen Kybernetischen Gesellschaft, ist später aber ebenso aus ihr ausgetreten wie aus der polnischen Gesellschaft für Astronautik, deren

Mitbegründer er war. In der polnischen Literatur war er immer ein Außenseiter, wurde aber dennoch mit vielen Literaturpreisen ausgezeichnet, darunter 1976 mit dem »Großen Staatspreis für Literatur«.

L.s erste SF-Romane waren noch ziemlich einfache, abenteuerliche Werke, aber später probierte er immer neue denkerische und literarische Möglichkeiten aus und machte sich das Märchen, die Humoreske, die Groteske, den Essay, die wissenschaftliche Abhandlung zunutze. Er ist wohl der größte Humorist der gegenwärtigen SF, in seinem Werk vermischt sich Spiel mit Ernst oft in paradoxer Weise, doch verbergen sich selbst in seinen wahnwitzigsten Einfällen ernste Probleme. Viele seiner Erzählungen gehören bestimmten Zyklen an, die gewissen literarischen Erzählhaltungen entsprechen. Die Gestalt Ijon Tichy ist ein kosmischer Münchhausen; Trurl und Klapaucius aus *Bajki robotów* (1964) und *Cyberiada* (1965) vermählen die Kybernetik mit einer grotesken Märchenwelt; Pilot Pirx ist ein ungeschickter Astronaut, der Probleme durch Zögern löst, *Golem XIV* zeigt einen Supercomputer, der von oben herab zur Menschheit spricht. L. hat auch zwei höchst originelle Bücher mit Rezensionen von nichtexistierenden Büchern bzw. Einleitungen zu solchen (*Doskonała próznia*, 1973; *Die vollkommene Leere,* 1973, und *Wielkość urojona*, 1973; *Imaginäre Größe*, 1976) geschrieben. Zufall und Notwendigkeit, das Problem der Kommunikation mit fremden Wesen, die Grenzen der Erkenntnis, die Simulation von Welten, die Entwicklung der Zivilisation und die Probleme der Schöpfung – das sind Themen, um die L.s Werk immer wieder kreist, häufig in ironischer Form. Er ist ein skeptischer Spötter, der sich nach ewigen Werten sehnt, die es, wie er sehr wohl weiß, nicht gibt; doch ist ihm das kein Grund für existentielle Verzweiflung, sondern er betont die Notwendigkeit des Handelns selbst aufgrund vorläufiger, unvollständiger Information. Er gilt als der originellste und tiefsinnigste unter den SF-Autoren der Gegenwart, ein Schriftsteller von der Bedeutung eines H. G. Wells.

Astronauci (1951; *Der Planet des Todes*, 1954; anderer Titel: *Die Astronauten*, 1974); *Sezam* (1954); *Obłok Magellana* (1955; *Gast im Weltraum*, 1955); *Sledztwo* (1959; *Die Untersuchung*, 1975); *Inwazja z Aldebarana* (1959); *Powrót z gwiazd* (1961; *Transfer*, 1974); *Pamiętnik znaleziony w wannie* (1961; *Memoiren, gefunden in der Badewanne*, 1974); *Księga robotów* (1961); *Noc księżycowa* (1963); *Bajki robotów* (1964; *Robotermärchen*, 1969, 1973); *Polowanie* (1965); *Opowieści o pilocie Pirxie* (1968; *Pilot Pirx*, 1978); *Filozofia przypadku* (1968); *Opowiadania* (C, 1969; *Nacht und Schimmel*, 1972); *Doskonała próznia* (1973; *Die vollkommene Leere*, 1973), *Bezsenność* (1971); *Wielkość urojona* (1973; *Imaginäre Größe*, 1976); *Rozprawy i szkice* (1975); *Katar* (1976; *Der Schnupfen*, 1977); *Maska* (1976); *Powtórka* (1979); *Golem XIV* (1981).

Lit.: E. Balcerzak, Stanisław Lem, 1973. – W. Berthel (Hrsg.), Stanisław Lem. Der dialektische Weise aus Kraków, 1976. – W. Berthel (Hrsg.), Über Stanisław Lem, 1981.

Dzienniki gwiazdowe
(1957, erweitert 1971; dt. *Sterntagebücher*, 1973)

Die *Sterntagebücher* gehören zu jenen Erzählungszyklen, in denen L. – wie auch in den Erzählungen vom Piloten Pirx oder den *Robotermärchen/Kyberiade* – eine unverkennbare Erzählhaltung einnimmt und zu denen er im Lauf der Jahre immer neue Stücke hinzufügt. Es sind nicht einfach Fortsetzungen, die ein einmal geschaffenes literarisches Universum möglichst umfassend verwerten sollen, sondern eine bestimmte Weltsicht kommt darin zum Ausdruck. Entscheidend ist nicht eine nicht einmal in Umrissen skizzierte Welt, sondern die Zentralgestalt des Ijon Tichy, eines Erzählers von Lügenmärchen, eines kosmischen Münchhausen. Nicht gerade mit besonderen Geisteskräften begabt, gerät er immer wieder in die komischsten Situationen, die zumeist in Parodien auf die Menschheit, ihre Beschaffenheit und ihre Sitten, ihre religiösen und politischen Überzeugungen münden. Es fehlen aber auch nicht Verspottungen typischer SF-Ideen. Das soziale Moment steht im Vordergrund. So ist die 13. Reise eine Satire auf Kapitalismus und Sozialismus; in einer anderen vervielfacht sich Tichy in der Zeit und erlebt die tollsten Verwicklungen; in der 18. Reise wird er zum Weltverbesserer und damit zum eigentlichen Erschaffer der Weltgeschichte; in der 20. Reise stellt L. höchst tief-

sinnige theologische Überlegungen an, die im Zusammenhang mit einer biologischen Umgestaltung des menschlichen Körpers stehen. Im Lauf der Jahre ist der Zyklus der Tichy-Geschichten zu einem dicken Band angewachsen, wobei die neueren Erzählungen weit komplizierter und zumeist auch länger als die älteren sind. Zu dem Zyklus gehören auch die beiden Romane *Kongres Futurologiczny* (1971; *Der futurologische Kongreß*, 1971) und *Wizja Lokalna* (»Lokaltermin«, bisher unveröffentlicht), satirische Blicke auf eine »psychemische« beziehungsweise »ethokratische« Zukunft.
In den *Sterntagebüchern* richtet L. sein Fernrohr in den Kosmos, um die Menschheit und ihre Schwächen besser ins Blickfeld zu bekommen.

Eden
(1959; dt. *Eden*, 1960, 1971)

Ein Raumschiff mit sechs Raumfahrern von der Erde – die nur mit ihren Berufen (Koordinator, Ingenieur, Doktor, Physiker, Chemiker, Kybernetiker), nicht aber mit eigenem Namen in Erscheinung treten – vollführt eine Notlandung auf einem unbekannten Planeten. Das Raumschiff ist tief in das Erdreich eingedrungen, und man muß sich von dort aus zur Oberfläche emporarbeiten. Die Welt, die man dort antrifft, ist außerordentlich bizarr und unverständlich. Der Planet ist bewohnt, aber die Raumfahrer, die sowohl ihr Fahrzeug reparieren als auch den Planeten erkunden wollen, können sich keinen Reim auf das machen, was ihnen vor Augen kommt. Sicher ist nur, daß das Geschehen zeitweise einem Alptraum gleicht. Die Zivilisation der Planetenbewohner ist hochtechnisiert, zugleich offenbart das soziale Zusammenleben unglaubliche Brutalität und Grausamkeit. So kommt es zu Massenexekutionen, Vergasungen, und man stößt auf riesige Ansammlungen von verstümmelten Leichen. Dann wieder findet man automatische Fabriken, die Dinge produzieren, deren Zweck nicht ersichtlich ist und die am Ende wieder eingeschmolzen werden. All diese Rätsel wären nur durch Kommunikation zu lösen, aber die fehlt, obwohl die Planetenbewohner die Raumfahrer bemerkt haben und offenbar auch angreifen. Tatsächlich scheinen einige der grausamen Phänomene auf eine Strategie der verbrannten Erde hinzudeuten. Einige der Rätsel werden erst gelöst, als ein Flüchtling zu ihnen stößt. Er informiert die Raumfahrer über physikalische Fragen und bietet im Ansatz eine Erklärung der sozialpolitischen Phänomene: Es gab einst einen Diktator und dessen Plan, alle Bewohner des Planeten genetisch zu verbessern. Der Plan scheiterte aber, und das Ergebnis waren Monstren. Die Gegenreaktion: Jede Mutation wurde zu einer Krankheit erklärt, die Verantwortlichen flüchteten sich in Anonymität. Nun manipulieren sie die Bevölkerung aus dem Hintergrund, und die Behauptung, es gäbe überhaupt eine Regierung, wird schon als Hochverrat verfolgt.
Der Roman läßt eine Reihe von Fragen offen und gewinnt daraus, daß sich die volle Erklärung den Protagonisten wie dem Leser entzieht, einen gewissen Reiz. Spannung erwächst vor allem durch die stückweise, quasi detektivische Aufklärung von Details, die sich allmählich zu einem Gesamtbild formen. Ähnlich wie die Gebrüder Strugatzki in *Es ist nicht leicht, ein Gott zu sein* plädiert auch L. für Nichteinmischung in autonome ethische Systeme, anders als sie verzichtet er jedoch auf deren materialistischen Ansatz. (Nichteinmischung vertreten die Strugatzkis deshalb, weil einem autonomen Gebilde nicht die eigene geschichtliche Weiterentwicklung aus der Hand genommen werden darf.)
Eden gehört zu L.s interessantesten Romanen. Realitätsbezogener als in seinem Spätwerk behandelt er hier Fragen der Herrschaft und des Herrschaftsmißbrauchs, der Kommunikation sowie des Erkenntnisprozesses.

Niezwyciężony
(1964; dt. *Der Unbesiegbare*, 1969)

»Der Unbesiegbare« ist der Name eines irdischen Superraumschiffes, das von der Flottenbasis im Sternbild der Leier zum Planeten Regis III beordert wird, denn dort ist ein ebenso unbesiegbares Schwesterschiff, die »Kondor«, vernichtet worden, obwohl dieser Planet als unbewohnt gilt. Die Besatzung, über hundert Mann stark, liegt im Kältetiefschlaf. Die Automaten wachen und herrschen, die Schlafenden sind ihnen ausgeliefert. Doch ihnen geschieht nichts. Pünktlich erwecken die Geräte die Menschen zum Leben und steuern das Schiff gleichzeitig auf das Ziel zu. Der Mensch beherrschte die Technik, obwohl er schlief. Eine entgegen-

gesetzte Situation finden die Kosmonauten auf Regis III vor. Dort beherrscht den Menschen die Technik, obwohl er wach ist. Diese Technik ist unbesiegbar, und man sollte sie als Existenz und als Wesenheit anerkennen, sie nicht vernichten wollen, nur weil sie anders als biologisches Leben ist. Bevor jedoch Rohan, Stellvertreter des Kommandanten Horpach, zu dieser Erkenntnis kommt, sind etliche Abenteuer zu bestehen und viel Lehrgeld zu zahlen: mehrere Tote, Dutzende debil gewordener Kosmonauten und hohe Verluste an Kampfmitteln.
Man findet einen Wüstenplaneten ohne Pflanzen und Tiere, nur mit Knochenfischen im Ozean vor. Ausgrabungen ergeben, daß es aber vor Hunderttausenden oder Millionen von Jahren reichlich tierisches und pflanzliches Leben gegeben haben muß; man findet metallische Ruinen, die eine Stadt, aber keine Wohnstätte gewesen sein könnten; man findet auch die »Kondor«, unbeschreiblich verwüstet und ohne Überlebende. Und man wird angegriffen: von einer blaugrauen Wolke, deren gewaltige Energien nur dank der Schutzglocke des »Unbesiegbaren« nichts ausrichten können. Die »Kondor«-Leute hatten diese Energieglocke nicht eingeschaltet. Allmählich formen die Raumfahrer folgende Hypothesen: Vor langer Zeit flohen die Bewohner einer Welt eines nur 16 Lichtjahre entfernten Sonnensystems vor dem Ausbruch einer Nova und zerstreuten sich im Universum. Einige gelangten nach Regis III und mußten notlanden. Die Strahlungen der Nova erreichten und töteten sie. Zurück blieben hochentwickelte kybernetische Automaten, die, ihrer Herren entledigt, eine eigene Evolution einleiteten. Zwischen Makro- und Mikrosystemen tobten über lange Zeiten hin unglaublich verbissene Kämpfe, bis endlich die Mikrosysteme ihre größere Überdauerungsfähigkeit bewiesen und den Planeten beherrschten. Bei größeren Gefahren schlossen sie sich zu Wolken zusammen, die auch eine Art blindes Hirn darstellten. Einer solchen Kampfeinheit fielen die »Kondor« und auch Expeditionsgruppen des »Unbesiegbaren« zum Opfer, obwohl diese weitaus besser als heutige irdische Armeen ausgerüstet waren.
Horpach zwingt Rohan geradezu suggestiv, allein und unbewehrt in die Wüste zu gehen und den Kampf mit den Wolken aufzunehmen, nur um sich Gewißheit über den Tod der vermißten Kosmonauten zu verschaffen. Rohan geht. Ihm bleibt keine andere Wahl. Er entrinnt den Wolken, findet auch fast alle Toten, nimmt ihnen die Erkennungszeichen ab und kehrt unter Einsatz schier übermenschlicher Kräfte zum Raumschiff zurück, unbesiegt, wahrscheinlich aber doch seelisch gebrochen und körperlich ein Wrack.
Die Auseinandersetzung mit einer extraterrestrischen, technisch-künstlichen Lebensform gerät bei L. zur Positionsbestimmung des Menschen im Universum, zum Test seiner Reife.

Cyberiada
(1965)

In einer grotesken Märchenwelt, die allein von Maschinen bewohnt wird und in der der Mensch allenfalls als schreckliches Monster, als »Bleichling«, in den Kulissen lauert, sind Trurl und Klapaucius ein Duo miteinander wetteifernder Konstrukteure. Auf ihren sieben Forschungsreisen und in weiteren Erzählungen erleben die beiden Erfinder die drolligsten Abenteuer. Meist bekommen sie es mit grausamen und hinterlistigen Monarchen zu tun, die ihnen die schwierigsten Arbeiten auftragen und sie dann um die Früchte ihrer Tätigkeit prellen wollen. In den ersten Erzählungen erleben sie einfach groteske Abenteuer; in den letzten (L. hat im Laufe der Jahre neue Erzählungen hinzugefügt) geht es um nichts weniger als um die Beglükkung der Welt. Diese Verbesserung scheitert unausweichlich, und je edler die Absichten, desto gründlicher ist das Scheitern, desto größer das dadurch ausgelöste Elend. Die Welt der Kyberiade ist hauptsächlich von Tyrannen, Gaunern, Bürokraten, Spionen, Zuträgern, Folterknechten und Soldaten bevölkert; die Maschinen repräsentieren keine bessere Menschheit, sondern sind eine satirische Übertreibung aller menschlichen Schwächen und Torheiten.
L. entwirft keine realistische Welt, sondern eine rein literarische, die von literarischen Konventionen regiert wird, nicht von der Kausalität: verbale Ähnlichkeiten, Gleichklang von Worten sind entscheidender als Ursache und Wirkung. Er spielt mit Worten, erfindet in schier unerschöpflicher Phantasie immer Neues, reiht einen Neologismus an den andern. Hinter dieser scherzhaften und zuweilen kindlich anmutenden Oberfläche verbergen sich dennoch

ernsthafte philosophische Probleme: die Frage nach wahrer oder bloß simulierter Realität, das Verhalten subatomarer Partikel und ein Ross Ashby entlehnter »Dämon zweiter Ordnung«, der einen Piraten in einer Flut völlig wahrer, aber trivialer Information ertränkt – ein Schicksal, das L. für die ganze Zivilisation befürchtet.

Głos Pana

(1968; dt. *Die Stimme des Herrn*, 1981)

Wie wissenschaftliche Theorien formuliert, getestet und revidiert werden, hat L. immer fasziniert; in *Die Stimme des Herrn* hat er die philosophisch komplexeste fiktionale Antwort gegeben. Ein Neutrinosignal aus dem All ist empfangen worden, das von anderen Intelligenzen stammt und speziell den Menschen oder auch allen Bewohnern des Weltraums etwas mitteilen soll – möglicherweise. Analog dem Manhattan-Projekt wird in der amerikanischen Wüste unter strenger militärischer Geheimhaltung eine Einrichtung zur Entschlüsselung des kosmischen Signals geschaffen. Denn das Signal könnte militärische Bedeutung haben, und man erhofft sich davon Hilfe für die Entwicklung neuer Waffen für den Rüstungswettlauf. In der Tat gelingt eine teilweise Entschlüsselung, es wird ein »Trex-Effekt« (Transport der Energie) entdeckt und eine Substanz, der »Froschlaich« – aber die Hoffnung, sie als Waffen einsetzen zu können, erweist sich als ironischer Irrtum. Steht im epistemologisch ähnlichen *Solaris* das menschliche Drama zwischen Kelvin und Harey im Mittelpunkt, so in diesem Roman das eher soziologische Problem der Arbeit des Wissenschaftlers, die realen gesellschaftlichen Bedingungen, unter denen Forschung betrieben wird.

Mit Akribie liefert L. eine Studie der verschiedenen Wissenschaftler-Typen, ihrer Vorzüge und Eitelkeiten; ›reine‹ Theoretiker stehen neben Karrieremenschen, und sie alle arbeiten im Schatten einer fundamentalen Bedrohung der Welt und ihrer politischen Zerrissenheit. Natürlich fehlen auch nicht die vielfältigen Theorien über das Signal selbst: vielleicht ist es der Versuch einer interstellaren Kommunikation, ein natürliches Phänomen, Überrest eines zugrunde gegangenen früheren Universums oder auch das Stoffwechselprodukt eines planetaren Organismus. Erzählt wird die ganze Geschichte im Rückblick von einem alternden Mathematiker, der in der Sterblichkeit des Menschen letzten Trost findet.

Solaris

(1961; dt. *Solaris*, 1972)

Solaris gilt allgemein als L.s bester Roman; es ist der Name eines Planeten, der von einem einzigen kolloidalen Ozean bedeckt ist. Gewisse kosmische Phänomene legen die Ansicht nahe, daß der »lebende Ozean« sogar Bewußtsein besitzt. Eine eigene Wissenschaft, die »Solaristik«, beschäftigt sich mit diesem Problem. Ein Wust von Theorien und Erklärungsversuchen ist entstanden, die teilweise aus der Wissenschaft ins Mystische und Metaphysische hinüberreichen. Als der Held Kris Kelvin auf der Raumstation landet, die den Planeten unter einer blau-roten Doppelsonne umkreist, ist die Solaristik jedoch schon im Absterben begriffen, und die Station ist nur mehr mit zwei Wissenschaftlern besetzt; der dritte, Gibarian, ist tot, gestorben durch eigene Hand. Dr. Snaut ist vor Furcht halb wahnsinnig, und Sartorius lehnt jeden menschlichen Kontakt ab. Kelvin erlebt noch Unheimlicheres: die Wiederkehr seiner toten Frau Harey, die vom Ozean, der imstande ist, die tiefsten Einsprengungen im menschlichen Gehirn, die größte Schande eines jeden Menschen, hervorzuholen und Fleisch werden zu lassen, neu geschaffen wurde, als Wesen von übermenschlicher Stärke, das aus Neutrinos anstatt Atomen zusammengesetzt ist. Wie auch immer ihre physikalische Natur sein mag, Harey ist ein menschliches Wesen, das denkt und fühlt wie ein Mensch und das seine eigene Natur, seinen Zweck, nicht ahnt. Obwohl Werkzeug des Ozeans, sogar Marterwerkzeug, ist sie völlig unschuldig, kein entsetzlicher Sukkubus oder Vampir, und das ist es, was ihre Lage so tragisch macht.

Der menschliche Konflikt, der eine Bedeutungsebene des Romans ausmacht, wurde in Andrej Tarkowskis bekanntem Film betont. Dem Autor wichtiger ist jedoch die kognitive Ebene, das »Rätsel Solaris« selbst, das sich in einer fremdartigen Architektur äußert, die der Ozean in seinen ständigen Metamorphosen hervorbringt.

LEMAN, ALFRED
(*1925)

Geboren in Nordhausen (DDR.) L. studierte Biologie in Jena, promovierte und arbeitet in einem Jenaer Industriebetrieb. Er veröffentlichte einige Fachpublikationen – u. a. als Co-Autor ein Lehrwerk über Botanik für Hochschulen – und widmet sich in seiner Freizeit seit den siebziger Jahren der SF. In Zusammenarbeit mit seinem langjährigen Freund und Kollegen Hans Taubert entstanden so eine Reihe von Erzählungen, die 1973 unter dem Titel *Das Gastgeschenk der Transsolaren* veröffentlicht wurden. Ein weiterer Kurzgeschichtenband, von L. allein verfaßt, erschien 1980: *Der unsichtbare Dispatcher.* L. gilt neben dem Autorenehepaar Braun und Heiner Rank als wichtigster SF-Autor der DDR.

L'ENGLE, MADELEINE
(*1918)

Amerikanische Autorin, deren SF-Roman *A Wrinkle in Time* (1962) einen amerikanischen Kinderbuchpreis gewann. Ebenso wie die Fortsetzung, *A Wind in the Door* (1973), stellt dieser Roman ausgezeichnete metaphysische SF dar. Ein Wissenschaftler experimentiert mit der fünften Dimension und wird von den »bösen Mächten« des Universums gefangen. Seine Tochter und deren Freunde müssen in der ganzen Galaxis nach ihm suchen. Obwohl sie auf ein jugendliches Lesepublikum zielen, sprechen die Bücher als sorgfältig konstruierte Allegorien auch Erwachsene an.

LESSER, MILTON
(*1928)

Geboren in New York. L. schrieb während der fünfziger Jahre für die einschlägigen Magazine und benutzte dabei teilweise Pseudonyme wie Stephen Marlowe, Christopher H. Thames und S. M. Tenneshaw. Ein Roman, *The Golden Ape* (1959), entstand in Zusammenarbeit mit Paul W. Fairman unter dem Namen Adam Chase. Seine Romanproduktion richtete sich ebenso an spannenden Abenteuergeschichten zugetane Erwachsene wie an jugendliche Leser.

Earthbound (1952); *The Star Seekers* (1953); *The Golden Ape* (1959; Pseud. Adam Chase, zus. mit Paul W. Fairman); *Recruit for Andromeda* (1959); *Stadium beyond the Stars* (1960); *Spacemen, Go Home* (1961); *Secret of the Black Planet* (1965).

LESSING, DORIS
(*1919)

In Persien geborene Tochter eines britischen Offiziers, aufgewachsen in Rhodesien, lebt seit 1949 in London. Ihr Hauptwerk, *The Golden Notebook* (1962; *Das goldene Notizbuch*, 1978) beschäftigt sich mit den Problemen der Frau in der Welt und brachte ihr eine Nominierung für den Nobelpreis ein. Neben *The Memoirs of a Survivor* (1975) gehören die Romane *Briefing for a Descent into Hell* (1971; *Anweisung für einen Abstieg zur Hölle*, 1981), *Shikasta* (1979), *The Marriages between Zones Three, Four and Five* (1980) und *The Sirian Experiments* (1981) der SF bzw. der phantastischen Literatur an.

The Memoirs of a Survivor
(1975; dt. *Die Memoiren einer Überlebenden*, 1979)

Eine weltweite Katastrophe ist über die Menschheit hereingebrochen, die jegliche urbane Ordnung aufgelöst hat. Jeder ist auf sich selbst angewiesen; es herrscht Mangel an den elementarsten Dingen, und man nimmt sich, was zufällig aufzutreiben ist. Die Menschen sind ständig unterwegs, unablässig mit der Organisation ihrer Existenz beschäftigt und auf der Suche nach Überlebensmöglichkeiten. Viele haben ihre Häuser verlassen und ziehen, mit Vorräten und Decken beladen, in großen Trupps auf das Land hinaus, wo man bessere Bedingungen vermutet. Jugendliche und Erwachsene besetzen leerstehende Gebäude, Horden von umherstreunenden Kindern machen die Straßen unsicher und verrohen in dem Maße, wie Anarchie und Mangel um sich greifen. Sie rauben, morden, haben fast keine Sprache mehr, werden zu Raubtieren und Kannibalen. Dieses Chaos beobachtet vom Fenster ihrer Wohnung aus eine ältere, alleinstehende Frau, die für den Leser ohne Vergangenheit bleibt und von der man nur weiß, daß sie noch die Zeiten kannte, in denen alles einst funktionierte. Sie nimmt ein halbwüchsiges Mädchen in ihre Obhut, und aus der passiven Existenz der Frau entwickelt sich prall gefülltes Leben. In der Schlußsequenz findet das mittlerweile herangewachsene Mädchen seine Rolle als Gefährtin eines jungen Mannes. Gemeinsam brechen sie auf zu einer neuen Hoffnung in eine vielleicht bessere Wirklichkeit.

»In ihrem Roman *Die Memoiren einer Überlebenden*, einem Buch, das in seiner prophetischen Potenz auf einer Stufe mit Orwells *1984* steht, schildert Doris Lessing den stufenweisen Zusammenbruch der einzigen Gesellschaftsordnung, die wir kennen, und untersucht die Chancen der Menschheit, durch ein Zurückfinden zum gemeinsamen Selbst sich zu heilen« (J. LANDER).

LETSCHE, CURT
(*1912)

Geboren in Zürich. Nach dem Abitur und einer Buchhändlerlehre wurde L., der inzwischen nach Deutschland gegangen war, wegen Teilnahme am Widerstand gegen das NS-Regime zu Zuchthaus verurteilt. Nach Kriegsende lebte er in Stuttgart als Angestellter, siedelte 1957 in die DDR über, arbeitete dort als Bibliothekar in Magdeburg und wurde 1961 freiberuflicher Autor. L. schreibt Krimis und hat auch einen autobiographischen Roman über den Widerstand im Dritten Reich verfaßt. 1970 erhielt er den »Max-Reger-Preis«. Seine drei bisherigen SF-Romane halten sich thematisch im Rahmen der DDR-Phantastik und ragen über gepflegte, etwas betuliche Unterhaltung nicht hinaus.

Verleumdung eines Sterns (1968); *Der Mann aus dem Eis* (1971); *Raumstation Anakonda* (1974).

LEVIN, IRA
(*1929)

Geboren in New York. L. erwarb einen akademischen Grad an der Universität von New York und wandte sich anschließend dem Schreiben zu. L.s Hauptbetätigungsfeld sind Bühnenstükke und Drehbücher. Sein erster Roman, *A Kiss before Dying*, erschien 1953 und wurde mit dem »Edgar Award« ausgezeichnet. Bekannt wurde L. aber vor allem durch Polanskis Verfilmung seines Horror-Fantasy-Romans *Rosemary's Baby* (1967). Eine Hausfrau im New York der Gegenwart wird vom Teufel geschwängert und dazu verurteilt, den von einer Großstadtsekte herbeigesehnten »Prinzen der Finsternis« auszutragen. Wenig später wandte sich L. der SF zu: *This Perfect Day* beschreibt die von einem Computer namens UniComp verwaltete, genetisch manipulierte Welt der Zukunft, in der Eigeninitiative unterdrückt und die Menschheit mit Beruhigungsmitteln an der Kandare gehalten wird. Rebellengruppen bekämpfen die Maschine, ohne zu wissen, daß sie von ihr initiiert wurden: Sie stellen nämlich als einzig unbeeinflußte Gruppe den potentiellen Nachwuchs für die Programmiererkaste dar. In *The Stepford Wives* (1972) entpuppen sich die hübschen, sanften und widerspruchslosen Hausfrauen einer amerikanischen Vorstadtsiedlung als willenlose Roboter, und *The Boys from Brazil* (1976) verwendet das Mitte der siebziger Jahre in der SF aktuell gewordene Thema des *Cloning*: In Brasilien wachsen unter der Aufsicht des deutschen KZ-Arztes und Massenmörders Dr. Josef Mengele mehrere Dutzend aus den Zellen Adolf Hitlers herangezüchtete junge Faschisten heran, die nach der Weltherrschaft streben, im richtigen Augenblick aber von einem jüdischen Geheimagenten aufgespürt werden.

»*The Boys from Brazil* ist ein absolut erstklassiger Spannungsroman« (L. DEL REY).

This Perfect Day (1970; *Die sanften Ungeheuer*, 1972); *The Stepford Wives* (1972; *Die Roboterfrauen*, 1977); *The Boys from Brazil* (1976; *Die Boys aus Brasilien*, 1976).

LEWIS, C(LIVE) S(TAPLES)
(1898–1963)

Geboren in Belfast. L. lehrte nach seinem Militärdienst im Ersten Weltkrieg an den Universitäten von Oxford und Cambridge, wo er eine Professur für Englisch des Mittelalters und der Renaissance innehatte. Während dieser Zeit übte er einen starken Einfluß auf intellektuelle und literarische Kreise in England, u. a. auf Stapledon und J. R. R. Tolkien, aus. Zu seinen

wichtigen wissenschaftlichen, literaturkritischen und religiös-moralischen Werken gehören *The Allegory of Love* (1936), *English Literature in the Sixteenth Century* (1954), *The Pilgrims Regress* (1933), *The Problem of Pain* (1940) u. v. a.
In den fünfziger Jahren veröffentlichte der Autor die beiden Stories »The Shoddy Lands« (1956) und »Ministering Angels« (1958) im *Magazine of Fantasy & Science Fiction*. Ebenfalls in dieser Dekade entstand sein siebenbändiger Narnia-Zyklus, eine amüsante Fantasy für Kinder, die in der Tradition von Lewis Carroll steht. Als SF-Autor bekannt wurde L. jedoch durch seine Roman-Trilogie um Dr. Ransom: *Out of the Silent Planet* (1938), *Perelandra* (1943) und *That Hideous Strength* (1945). Wesentlich für dieses Werk sind die darin thematisierten religiösen Probleme und die dahinter stehenden moralischen Ansprüche des Autors.

Dr. Ransom-Trilogie
Out of the Silent Planet (1938; dt. *Jenseits des schweigenden Sterns*, 1957), **Perelandra** (1943; dt. *Perelandra*, 1957); **That Hideous Strength** (1945; dt. *Die böse Macht*, 1954)

Dr. Ransom, ein Philologe der Universität Cambridge, wird auf einem Spaziergang vom Physiker Weston und seinem früheren Schulkameraden Devine zum Mars entführt. Auf dem »schweigenden Stern« trifft man auf die »hrossa«, eine marsianische Rasse, die in idyllischer Art und Weise ihr Leben fristet. Die Konfrontationen Ransoms ergeben sich jedoch nicht mit den »hrossa«, sondern mit dem materialistisch eingestellten Devine und dem ungleich finstereren Weston, der alles dem wissenschaftlichen Fortschritt opfern will. Im zweiten Band der Trilogie ist die Venus (Perelandra) Schauplatz der Auseinandersetzungen zwischen Ransom und Weston. Die Venus ist eine vollkommen paradiesische Welt, die aber wie der Mars von dem »gefallenen« Planeten Erde bedroht wird. Das Böse in Gestalt Westons bzw. der modernen Wissenschaft versucht den Garten Eden, aber Ransom, im Band zuvor noch Beobachter, greift nun auch physisch ein und tötet Weston. Im dritten Band, der auf der Erde spielt, führt er gar die Schlacht gegen die Macht des Bösen (atheistische Wissenschaft), wobei L. fleißig von alten Mythen Gebrauch macht und den Zauberer Merlin zu neuem Leben erweckt, der das Übel neutralisiert.
Out of the Silent Planet und *Perelandra* sind interplanetare Romanzen, naiv in wissenschaftlicher Darstellung, aber voller Phantasie und Liebe zum Detail geschrieben. In *That Hideous Strength* gewinnt die okkulte Seite dieser Trilogie die Oberhand. Gemeinhin gelten diese drei Bücher als Propaganda für den christlichen Glauben und als Attacke auf die moderne Naturwissenschaft an den Universitäten im allgemeinen und auf Autoren wie H. G. Wells, Olaf Stapledon und J. B. S. Haldane im besonderen. Die übertrieben einseitige Darstellung der Wissenschaft ist sicherlich ein Manko der Trilogie, die aber durch L.s feines Augenmerk auf ökologische Probleme neuerdings wieder an Aktualität gewinnt.

LEWIS, (HARRY) SINCLAIR
(1885–1951)

Geboren in Sauk Center, Minnesota, als Sohn eines Arztes. Er studierte in Yale Englisch, Psychologie und Wirtschaftswissenschaften, arbeitete während des Studiums für verschiedene Zeitungen, nahm 1906 an Upton Sinclairs utopisch-sozialistischem Experiment »Helicon Home Colony« teil. 1907 arbeitete er am Bau des Panama-Kanals mit, reiste durch die USA, war für Wohltätigkeitsorganisationen tätig und verdiente seinen Lebensunterhalt als Reporter, Redakteur und Verlagsleiter. Seinen ersten großen Erfolg hatte er mit dem Roman *Main Street* (1920), einem satirischen Werk, in dem er die muffige Moral einer amerikanischen Kleinstadt aufs Korn nahm. 1926 entfachte L. einen Skandal, indem er den »Pulitzer-Preis« ablehnte. In den dreißiger Jahren wurde es relativ still um ihn, und in dieser Periode erschien auch sein utopischer Roman *It Can't Happen Here* (1935; *Das ist bei uns nicht möglich*, 1936), worin er, beunruhigt durch den deutschen und italienischen Faschismus und ähnliche Erscheinungen in den USA, das Zukunftsbild eines nationalsozialistischen Amerika entwarf, um seine Landsleute zu warnen. Die deutsche Übersetzung dieses Romans erschien begreiflicherweise in der Exilpresse in den Niederlanden.

LICHTENBERG, JACQUELINE
(*1942)

Geboren in Flushing, New York. L. erwarb einen B. S. in Chemie und war zwei Jahre lang in der amerikanischen und israelischen Industrie tätig. Seit 1968, als sie erstmals mit einer Story (»Operation High Time« in *If*) in Erscheinung trat, ist sie freiberuflich als Autorin tätig. L. engagierte sich zeitweise stark in der *Star-Trek*-Fanbewegung und verfaßte gemeinsam mit Sandra Marshak und Joan Winston ein Buch darüber. Ihr bislang einziges Thema in der SF ist die erstmals 1974 mit dem Roman *House of Zeor* herausgearbeitete Grundsituation einer genetischen Spaltung der Menschheit in zwei Rassen. Die späteren Romane schließen sich thematisch dem Erstling an.

Unto Zeor, Forever (1978); *First Channel* (1980; zus. mit Jean Lorrah); *Mahogany Trinrose* (1981); *Channel's Destiny* (1981; zus. mit Jean Lorrah).

House of Zeor
(1974; dt. *Das Haus Zeor*, 1983)

Die Menschheit hat sich in der Zukunft in zwei Rassen aufgespalten: »Gen« und »Sime«. Den Sime wachsen während der Pupertät Tentakel an den Armen, mit deren Hilfe sie das »Selyn«, eine für sie lebensnotwendige Substanz, aus den Gen heraussaugen können, wobei die Gen sterben. Verständlicherweise leben die beiden Rassen in verschiedenen Staaten. Die Lage wird allerdings insofern erschwert, als sich bei Kindern erst während der Pubertät entscheidet, ob sie Gen oder Sime werden. Ein Sime-Kind wird bei den Gen sofort umgebracht, ein Gen-Kind bei den Sime stirbt beim Selyn-Transfer. Bei den Sime tritt, zunächst vereinzelt, eine erneute Mutation auf, die »Channels«, die den Gen das Selyn abnehmen können, ohne diese zu töten, und die dieses Selyn an andere Sime weitergeben können. Diese gründen innerhalb des Sime-Territoriums die »householdings«, in denen Gen, Sime und einzelne Channels ohne Furcht voreinander zusammenleben, deren Mitglieder aber von anderen Gen und Sime verachtet und befehdet werden. Das bedeutendste dieses »householdings« ist das Haus Zeor. Der Gen Hugh Valleroy, Agent des Gen-Staates, erhält den Auftrag, seine von den Sime gefangene Freundin aufzuspüren und zu befreien. Um sich in den Sime-Staat einzuschleusen, wird er angeblich – im Verlauf der Handlung dann tatsächlich – Mitglied des Hauses Zeor, dessen leitender Channel, Klyd Farris, der Gen-Regierung freundlich gesinnt ist. Nach allerlei Abenteuern gelingt schließlich mit Hilfe Farris' die Befreiung der Freundin aus einem Lager, dessen Gefangene dem jeweils meistbietenden Sime zum Selyn-Transfer versteigert werden.
Der Roman fesselt weniger durch die Handlung als durch den geschickt und interessant konstruierten Hintergrund. Die Idee ist recht originell, wenngleich die Grundannahme – die Bedeutung des Selyn-Transfers – etwas abwegig erscheint.

LIEBENFELS, JÖRG VON
(*1930)

Geboren in Graz. Nach dem Abitur absolvierte L. eine Schauspielausbildung am Max-Reinhardt-Institut in Wien und war in der Folge an einer Reihe von großen Bühnen tätig. Zu seinen schauspielerischen Erfolgen zählen zwei große Tourneen durch Asien, Australien und die USA (im Auftrag des Goetheinstituts), sowie Funk-, Fernseh- und Filmarbeit. Er spielte u. a. in Fassbinders *Wildwechsel* eine Rolle und war in einer Hauptrolle neben Maria Schell in *Das Spiel der Verlierer* zu sehen. L. lebt heute in Göttingen und spielt dort auch Theater. Nach dem Ende der ersten Welttournee (1964) begann er zu schreiben. Zunächst entstand eine Artikel- und Funkserie über diese Tournee (»Ein Schauspieler erlebt Asien«), dann schrieb er einige Erzählungen, die dem schwarzen Humor zuzurechnen sind. In den Jahren 1978/79 entstanden drei SF-Hörspiele – *Das Monument der Harmonie*, *Der Anti-Orpheus-Effekt* und *Vitriol* –, die vom Süd-funk Stuttgart produziert wurden und die L. anschließend zu Erzählungen umwandelte. (»Vitriol« und »Das Monument der Harmonie« erschienen 1980 bzw. 1981 in Anthologien.) Weiterhin verfaßte er das Bühnenstück *Robot und Futurandot*, ein SF-Märchen für Kinder, das mit großem Erfolg in Göttingen aufgeführt wurde.

LIGHTNER, A. M.
(*1904)

Pseudonym der amerikanischen Schriftstellerin Alice Martha Hopf, geboren in Detroit als Tochter eines Anwalts. Sie schreibt hauptsächlich Action-Romane für Heranwachsende. »Ich würde sagen, daß Jugendbücher auf allzuviel Philosophierereien verzichten und wenig Beschreibungen enthalten sollten. Kinder lieben die Aktion und wollen eine Menge Dialoge sehen. Und – wie ich hinzufügen möchte – keine Anti-Helden.« Sie begann 1959 mit einer Erzählung in der Zeitschrift *Boy's Life*, entdeckte das utopische Genre knapp fünf Jahre später und schreibt seither konstant einen SF-Titel nach dem anderen.

The Rock of Three Planets (1963); *Doctor to the Galaxy* (1965); *The Galactic Troubadours* (1965); *The Planet Poachers* (1965); *The Space Plague* (1966); *The Space Olympics* (1967); *The Space Ark* (1968); *The Day of the Drones* (1969); *The Thursday Toads* (1971); *Gods or Demons?* (1973); *Star Dog* (1973); *The Space Gypsies* (1974); *Star Circus* (1977).

LINDSAY, DAVID
(1878–1945)

Geboren in London. L. war bei Lloyds angestellt, nahm am Ersten Weltkrieg teil und begann danach zu schreiben. Bekannt wurde er durch seinen Romanerstling, *A Voyage to Arcturus* (1920). Sein zweites Buch, *The Haunted Woman* (1922), ist eine eher konventionelle Fantasystory, allerdings wieder mit einigem allegorischen Tiefgang. Ein historischer Roman entstand 1926 unter dem Titel *The Adventures of M. de Mailly* (1926, amerikanischer Titel: *A Blade for Sale*). *Sphinx* (1923), *Devil's Tor* (1932) und das postum veröffentlichte *The Violent Apple and the Witch* gehören ausnahmslos dem Fantasy-Genre an.

The Haunted Woman (1922); *Sphinx* (1923); *Devil's Tor* (1932); *The Violent Apple and the Witch* (1976).

A Voyage to Arcturus
(1920; dt. *Die Reise zum Arkturus*, 1975)

Im Verlauf einer spiritistischen Sitzung wird ein Mann getötet, dessen Gesicht sich nach seinem Tod in eine widerliche Fratze verwandelt. Es ist das Gesicht des »Kristallmanns«, einer Art Satan. Maskull, einer der Teilnehmer an dieser Sitzung, wird mittels einer merkwürdigen astronomischen Einrichtung ins Sternsystem des Arkturus zum Planeten Tormance gebracht, den er bereist und auf dem er nach dem Sinn des Lebens sucht. Maskull wird von seinen Begleitern getrennt und muß sich allein durchschlagen. Er erlebt eine Reihe von barocken Abenteuern als äußerlichen Ausdruck einer inneren Reise, mit dem Ziel, das ethische Konzept des Seins verstehen zu lernen. Maskull scheitert. Er stirbt, und die Frage nach der Schuld menschlichen Handelns bleibt unbeantwortet.

L. schildert eindringlich mit Hilfe archaischer, düsterer und geheimnisvoller Traumbilder und Symbolismen den Leidensweg eines Individuums im Angesicht von Kreaturen und Mächten, denen es ausgeliefert ist und deren Wesen es nicht begreifen kann. Im Gewand nordischer Mythologien schildert L. eine Reise ins Land der Alpträume, die an William Blake und John Milton denken läßt. Obwohl von der literarischen Forschung kaum beachtet, ist L. einer der bedeutendsten Vertreter der englischen Mystik der Neuzeit.

LLEWELLYN, (DAVID WILLIAM) ALUN
(*1903)

Geboren in London. L. studierte Geschichte und Literatur mit Auszeichnung, war in Staatsdiensten (im Zweiten Weltkrieg auch im Nachrichtendienst) und in der Industrie sowie als Politiker der Liberalen tätig. Er lebt in Irland. Sein Invasionsroman *The Strange Invaders* (1934) zählt zu den Klassikern der Gattung. Angesiedelt ist der Roman in einer eiszeitlichen Welt nach der großen Katastrophe. Die Nationen der Erde sind zerfallen, die höchsten sozialen Organisationsformen sind dörfliche Gemeinschaften und Stämme. Schauplatz ist das Territorium der früheren Sowjetunion, wo Marx, Lenin und Stalin auf primitive Weise als Heilige verehrt werden. Die Handlung entwikkelt sich, als seltsame Echsenwesen ein Dorf bedrohen und unter schweren Verlusten der Bewohner zurückgeschlagen werden.

LOGGEM, MANUEL VAN
(*1916)

Geboren in Amsterdam. Studium der Literaturwissenschaft und Psychologie; Tätigkeit als Psychotherapeut. Von 1971–75 Herausgeber des SF-Magazins *Morgen*. L. hat nicht nur zahlreiche, in viele Sprachen übertragene phantastische Kurzgeschichten verfaßt, sondern auch eine Anzahl von Theaterstücken, Fernsehfilmen, Aufsätzen und Hörspielen geschrieben. Er hat in- und ausländische Preise erhalten und ist Herausgeber einer Anthologie klassischer niederländischer SF: *Het Toekomend Jaar 3000* (1976). Erzählbände mit phantastischen und SF-Geschichten sind *Het Liefdeleven der Priargen* (1968) und *Paarpoppen* (1975).

LONDON, JACK
(1876–1916)

Geboren als Sohn der ledigen Flora Wellman und des Wanderastrologen William H. Chaney in Oakland, Kalifornien. L.s Mutter ließ ihren Sohn auf den Namen John Griffith Chaney taufen, obwohl William H. Chaney noch Jahrzehnte später behauptete, er könne unmöglich der Erzeuger des Jungen gewesen sein. Nach der Verheiratung Flora Wellmans mit dem Farmer John London nahm der junge John Griffith dessen Namen an. L. wuchs in ärmlichen Verhältnissen auf, fuhr bereits als Halbwüchsiger zur See, schlug sich als Zeitungsjunge, Bügler in einer Wäscherei und Austernräuber in der San Francisco Bay durch und ließ sich 1896 vom Goldrausch nach Alaska locken. Seine dort gemachten Erfahrungen verwertete er erfolgreich als Stoff für zahlreiche Erzählungen und Romane, die sich noch heute (besonders in der UdSSR, der BRD und Frankreich) großer Beliebtheit erfreuen.
Die erste veröffentlichte Erzählung L.s, »A Thousand Deaths« (1899), erschien in dem Pulp-Magazin *The Black Cat* und handelt von einem skrupellosen Wissenschaftler, der seinen eigenen Sohn als Versuchskaninchen benutzt, bis dieser ihn mit einer heimlich gebastelten Superwaffe aus dem Wege räumt. Auch in späteren Erzählungen L.s tauchen immer wieder SF-Motive auf. In *The Enemy of All the World* (1908) droht ein genialer Wissenschaftler die Welt ins Chaos zu stürzen, in *The Red One* stößt ein sterbender weißer Forscher auf einer fieberverseuchten Südseeinsel auf einen gestrandeten Außerirdischen.
Weitere Erzählungen, die dem SF-Genre zugeordnet werden können, sind »The Minions of Midas« (1901), »The Shadow and the Flash« (1903), »A Curious Fragment« (1908), »The Dream of Debs« (1909), »Goliah« (1910), »The Unparalleled Invasion« (1910), »When the World Was Young« (1910) und »War« (1911).
L. war einer der ersten großen naturalistischen Schriftsteller der Vereinigten Staaten und auch einer der ersten sozialistischen Romanciers. Unter seinen mehr als 50 Romanen und Erzählbänden finden sich mit *Before Adam* (1907) und *The Assassination Bureau Ltd.* (1963) zwei spekulativ-phantastische Titel. Unzweifelhaft der SF zuzurechnen sind *The Iron Heel* (1908), *The Scarlet Plague* (1915) und *The Star Rover* (1915). L. starb 1916 unter noch immer ungeklärten Umständen auf seiner Ranch in Glen Ellen, Kalifornien.

The Star Rover (1915; anderer Titel: *The Jacket*; *Die Zwangsjacke*, 1930).

Lit.: Ch. London, Jack London. Das Abenteuer seines Lebens, erzählt von seiner Frau, [o. J.]. – R. Recknagel, Jack London. Leben und Werk eines Rebellen, 1975. – I. Stone, Zur See und im Sattel. Das abenteuerliche Leben Jack Londons, 1976. – Th. Ayck, Jack London, 1976.

The Iron Heel
(1908; dt. *Die eiserne Ferse*, 1927)

In Wake Robin Lodge, USA, entdeckt man in einer alten Eiche ein Manuskript, das bereits vor 700 Jahren verfaßt und hier versteckt worden ist. Die Aufzeichnungen schildern die Lebensgeschichte des Revolutionärs Ernest Everhard. Gegen Anfang des 20. Jahrhunderts hatte es die große, fehlgeschlagene Erhebung gegen die »Eiserne Ferse« vorbereitet, dem Zusammenschluß der geballten Macht der Herrschenden der USA, der die sozialistische Opposition im eigenen Land zu mächtig wird. Anfangs sucht man ihr auf dem Wege der Gesetzgebung den Garaus zu machen. Everhard ist ein politischer Agitator, der die Verwerflichkeit des von Trusts beherrschten Systems anhand von Beispielen aufdeckt und seine Zuhörer (u. a. die Verfasserin des Manuskripts, seine spätere Frau

Avis) dazu bewegt, hinter den von ihm geschilderten Einzelfällen die Zusammenhänge zu sehen. Everhard nennt die hinter allem steckende treibende Kraft beim Namen und belehrt auch die zwischen den feindlichen Lagern stehenden Kleinunternehmer, die zwar gegen die Trusts der Großkapitalisten und Eisenbahnkönige wettern, selbst aber ihre schwächeren Konkurrenten unterdrücken, mit eiserner Logik: Die wirtschaftliche Entwicklung sei nicht aufzuhalten, der Sieg der Trusts unvermeidlich und notwendig, der Sozialismus könne erst dann beginnen, wenn der Kapitalismus sein höchstes Stadium erreicht habe.
Als das amerikanische Großkapital auf den Exportmärkten an seine Grenzen stößt, versucht es sich den ebenfalls mächtigen Handelsgiganten Deutschland dadurch vom Halse zu schaffen, daß es ihm den Krieg erklärt. Dieser aber wird durch das solidarische Handeln der Arbeiterklasse beider Länder (unter Zuhilfenahme eines Generalstreiks) verhindert. Von nun an gehen die Kapitalisten intelligenter vor. Sie spalten die Arbeiterschaft, indem sie die für sie wichtigsten Gewerkschaften bei Tarifabschlüssen bevorteilen und dadurch ein Kastensystem und eine »Arbeiteraristokratie« schaffen. Als die Wahlen für das Großkapital gefährlich zu werden drohen, setzt man Agents provocateurs ein, zwingt die sozialistische Opposition in die Illegalität, durchsetzt ihre Organisationen mit Heeren von Spitzeln und tritt eine blutige Terrorherrschaft an. Sie findet schließlich ihren Höhepunkt in der Niedermetzelung der »Chikagoer Kommune«, bei der Hunderttausende von aufständischen Arbeitern ihr Leben verlieren. Daß eine zweite Revolution, die die Eiserne Ferse vom Antlitz der Erde fegte, später erfolgreich war, zeigen die zahlreichen Fußnoten, die der 700 Jahre später lebende Herausgeber Anthony Meredith dem Buch beigegeben hat. Darin werden Dinge erklärt, die für einen Menschen dieser Zeit wahrlich unglaublich klingen müssen: »In jenen Tagen übten räuberische Individuen [gemeint sind die Aktionäre der Straßenbahngesellschaften, Anm. d. Hrsg.] die Kontrolle über alle Transportmittel aus und erhoben vom Publikum eine Abgabe für deren Benutzung.«

The Scarlet Plague
(1915; dt. *Die Scharlachpest*, 1976)

Im Jahre 2013 steht die irdische Zivilisation – zumindest was die Wissenschaften anbelangt – in einer Hochblüte. In den USA hat man, so scheint es, wieder die Sklaverei eingeführt oder das Proletariat erneut in seine Schranken verwiesen. »Wir von der regierenden Klasse besaßen alles Land, alle Maschinen, alles«, erzählt Jahrzehnte später der ehemalige Literaturwissenschaftler James Howard Smith einem seiner in Ziegenfelle gekleideten Urenkel, »die anderen waren unsere Sklaven. Wir nahmen ihnen fast alle Nahrung ab, die sie beschafften, und ließen ihnen nur so wenig, daß sie leben und weiterarbeiten konnten, um noch mehr Nahrung für uns zu beschaffen.«
Die jungen Männer, denen der Ex-Professor der Universität Berkeley von der Vergangenheit berichtet, sind primitive, nur über einen geringen Wortschatz verfügende Wilde, denn trotz der Fortschritte der Medizin ist es den Mächtigen der Welt im Jahre 2013 nicht möglich gewesen, gegen eine Seuche anzukämpfen, die in nur wenigen Wochen die Menschheit um 99,99 % dezimiert hat. Die Scharlachpest – so genannt, weil sie auf den Körpern der Befallenen rote Flecke erzeugt – hat ganze Arbeit geleistet, sich wie ein Lauffeuer über den ganzen Erdball ausgebreitet und die gesamte Zivilisation in den Untergang getrieben. Als die große Flucht vor den Seuchenherden, an der auch Professor Smith teilnimmt, einsetzt, gibt es keine Helden mehr und keinen Edelmut. Jeder ist sich selbst der Nächste; wer sich unterwegs infiziert, wird von seinen Begleitern gnadenlos getötet.
Nur wenige Immune überleben das Chaos und finden sich in primitiven Stammesgemeinschaften zusammen, aber mit dem Aussterben der ersten Generation verschwindet auch das gesammelte Wissen der Erwachsenen. Die Nachkommen reagieren auf das »närrische Geschwätz« des alten Smith mit Spott oder bestenfalls wohlwollender Heiterkeit, aber der alte Wissenschaftler ist intelligent genug, um zu erkennen, daß die höhnischen Primitiven, die seine Enkel sind, einst wieder zum Ausgangspunkt einer neuen Zivilisation werden müssen. Er weist darauf hin, daß bald jemand das Schießpulver zum zweitenmal entdecken wird, und rä-

soniert: »Das Schießpulver wird es dem Menschen ermöglichen, Millionen von Menschen zu töten, und nur auf diesem Wege – durch Feuer und Blut – wird einst eine neue Zivilisation entstehen. Aber wozu? Wie die alte Zivilisation dahinschwand, so wird auch die neue vergehen.«

LONG, FRANK BELKNAP
(*1903)

Geboren in New York als Sohn eines Zahnarztes. Studium des Journalismus an der University of New York. L. verkaufte 1924 eine Erzählung an das Horrormagazin *Weird Tales* und ist seither ununterbrochen schriftstellerisch tätig gewesen. Sein Gesamtwerk umfaßt weit über 500 Erzählungen und Romane; ein Großteil davon ist in über 25 Sammelbänden erschienen. L. verwendete gelegentlich das Hauspseudonym Leslie Northern und war u. a. zeitweise als Redakteur von Magazinen wie *Satellite SF*, *Mike Shayne's Mystery Magazine* und *Fantastic Universe* tätig, hat für Rundfunk und TV geschrieben und gehörte in seiner Jugend dem H.-P.-Lovecraft-Kreis an. Obwohl sein Hauptwerk aus Gruselgeschichten besteht, hat er auch eine Reihe von SF-Romanen veröffentlicht, die dem Abenteuergenre verhaftet sind.

The Hounds of Tindalos (1946); *John Carstairs: Space Detective* (1949); *Space Station No. 1* (1957); *Woman from Another Planet* (1960); *The Mating Center* (1961); *Mars Is My Destination* (1962); *The Horror from the Hills* (1963); *It Was the Day of the Robot* (1963); *Three Steps Spaceward* (1963); *The Martian Visitors* (1964); *Mission to a Star* (1964); *Lest Earth Be Conquered* (1966); *This Strange Tomorrow* (1966); *Journey into Darkness* (1967); *And Others Shall Be Born* (1968); *The Demons of the Upper Air* (1969); *The Three Faces of Time* (1969); *Monster from out of Time* (1970; *Es kam aus der Tiefe*, 1978); *Survival World* (1971).

LONGYEAR, BARRY B.
(*1942)

Geboren in Harrisburg, Pennsylvania. Nach einem Studium arbeitete L. als Produktionsleiter eines Unternehmens, das Mikrofilme herstellte. 1967, nach seiner Heirat, zog er nach Philadelphia und eröffnete dort einen Print Shop. Er gab mit *Sol III* gleichzeitig eine eigene kleine Zeitschrift heraus, die sich mit Politik, Philosophie, dem Krieg in Vietnam und anderen Themen der sechziger Jahre beschäftigte. 1972 zogen die L.s in ein 120 Jahre altes Bauernhaus nach Farmington, Maine, wo L. bis 1977 erneut einen Print Shop betrieb.
Seine erste SF-Story erschien 1978 in *Isaac Asimov's Science Fiction Magazine*, und danach arbeitete L. so besessen, daß er 1980 eine Herzattacke erlitt. L., der vorher nur gelegentlich SF gelesen hatte – vor allem Romane von Heinlein und Asimov; er schätzt besonders Harry Harrisons *Bill, the Galactic Hero* und Poul Andersons *The High Crusade* – und sich außerhalb der SF einerseits von Mark Twain, andererseits von Leon Uris und Irving Wallace (wegen ihrer Fähigkeit, mitreißend zu schreiben) fasziniert zeigt, gehört zu den vielversprechendsten neuen Autoren der SF. 1980 gelang ihm das Kunststück, nicht nur für seine 1979 veröffentlichte Erzählung »Enemy Mine« den »Hugo« und den »Nebula« zu erringen, sondern zugleich auch noch als bester Nachwuchsautor mit dem »John W. Campbell Award« ausgezeichnet zu werden.
L.s Erzählungen kreisen vor allem um zwei zentrale Themen und sind entsprechend auch thematisch gesammelt worden: um das Zirkusraumschiff »City of Baraboo« und um eine kriegerische Auseinandersetzung zwischen Menschen und einer Fremdrasse (diesem Zyklus gehört »Enemy Mine« an; der Sammelband heißt *Manifest Destiny*). L. ist ein humanistisch geprägter Autor, der phantasievoll und beeindruckend zu schreiben versteht.

Manifest Destiny (1980); *City of Baraboo* (1980; *Ein Zirkus für die Sterne*, 1982); *Circus World* (1981).

LORENZ, PETER
(*1944)

L. lebt in der DDR, studierte Biologie und Chemie, war als Lehrer und Lehrmeister tätig, bevor er sich dem Kunsthandwerk zuwandte. Nebenbei veröffentlicht er gelegentlich Kurzgeschichten. *Homunkuli* (1978), sein erster Roman, befaßt sich mit der Erschaffung künstlicher Menschen.

LORY, ROBERT (EDWARD)
(*1936)

Geboren in Troy, New York. Hauptberuflich als Werbeberater eines großen Mineralölkonzerns tätig. L. besuchte das College, eine Kunstschule, nahm an einem Fernlehrgang für angehende Schriftsteller teil und schreibt seit den frühen siebziger Jahren einen Vampir-Roman nach dem anderen, wobei er den Dracula-Mythos immer wieder reproduziert. Von seinen zahlreichen Trivialromanen kann man *A Harvest in Hoodwinks* (1970), *Master of Etrax* (1970), *The Veiled World* (1972) und *Identity Seven* (1974) zur SF rechnen.

LOVECRAFT, H(OWARD) P(HILLIPS)
(1890–1937)

Geboren in Providence, Rhode Island; bei zwei alten Tanten aufgewachsen. L.s angegriffene Gesundheit hielt ihn vom Collegebesuch ab. Er fristete sein Leben damit, daß er Manuskripte bereits bekannter Pulp-Autoren redigierte und verbesserte. Er korrespondierte viel mit anderen Autoren und verschickte nicht selten 40 Seiten lange Briefe. Von 1923 an gelangen ihm verschiedene Verkäufe an Magazine wie *Weird Tales* und *Astounding*, vor allem für ersteres wurde er zu einer Art Galionsfigur. 1939 gründeten seine Freunde August W. Derleth und Donald Wandrei den Kleinverlag Arkham House, der hauptsächlich Sammelbände von L.s zahlreichen Erzählungen vertreiben wollte.
Viele seiner Stories gehen von der Annahme aus, daß die Erde in grauer Vorzeit von einer fremden Rasse heimgesucht wurde, die schwarze Magie praktizierte, verstoßen wurde und seither darauf wartet, die Macht wieder zu übernehmen. In dem von L. geschaffenen (und von Autoren wie Derleth, Robert Bloch, Ramsey Campbell, Robert E. Howard, Henry Kuttner, Frank B. Long, Brian Lumley u. a. fortgesetzten) »Cthulhu«-Mythos lauern die »Alten Götter« in unterirdischen Verliesen, haben sich mit Menschen gekreuzt und sind bestrebt, diejenigen zu vernichten, die durch Zufall auf ihre Spur gestoßen sind. L.s tentakelbewehrte, entsetzliche Gottheiten sind Aliens aus anderen Welträumen oder Dimensionen, monströse Gestalten, die pestähnliche Gerüche verbreiten und das absolute Böse personifizieren.
L. hat lediglich drei Texte geschrieben, die man mit einigem guten Willen als Romane bezeichnen kann: *At the Mountains of Madness* (1964; *Berge des Wahnsinns*, 1970) handelt von einer Antarktis-Expedition durch Wissenschaftler der fiktiven Universität von Arkham, die in allen »Cthulhu«-Stories ewig wiederkehrt. Im Eis des sechsten Kontinents stoßen sie auf eingefrorene Aliens, die schließlich auftauen und ein Chaos entfesseln; ferner *The Case of Charles Dexter Ward* (geschrieben 1927/28, gekürzt 1941 in *Weird Tales*; Buchausgabe unter dem Titel *Beyond the Walls of Sleep*, 1943) und *The Dream Quest of Unknown Kadath* (1943), wobei letzterer Titel, wie Derleth anmerkt, nicht zum »Cthulhu«-Mythos zählt.
L. war eine exzentrische Gestalt, politisch reaktionär, allergisch gegen niedrige Temperaturen, hielt seine eigenen Geschichten für entsetzlich schlecht und weigerte sich, sie noch einmal zu verschicken, wenn der erste Magazin-Herausgeber sie abgelehnt hatte. Zu seinen Lebzeiten ist kaum eines seiner Werke in Buchform veröffentlicht worden. Später wurden seine Bücher in alle möglichen Sprachen übersetzt; die wenigsten entsprechen jedoch den amerikanischen Originalen. In den frühen siebziger Jahren erlebte L. in USA und Westeuropa eine literarische Renaissance.

Beyond the Walls of Sleep (1943); *The Dunwich Horror* (1945); *The Lurking Fear* (1947); *The Haunter of the Dark* (1951); *The Survivor and Others* (1957; zus. mit August Derleth); *Dreams and Fancies* (1962); *Collected Poems* (1963); *At the Mountains of Madness* (1964); *The Color out of Space* (1964); *Dagon and Other Macabre Tales* (1965). – Deutsche Sammelbände: *21 Grusel-Stories* (1964); *Cthulhu* (1968); *Das Ding auf der Schwelle* (1969); *Berge des Wahnsinns* (1970); *Stadt ohne Namen* (1973); *Der Fall Charles Dexter Ward* (1977); *Das Grauen vor der Tür* (1979; zus. mit August Derleth).

LOVELACE, DELOS W(HEELER)
(1894–1967)

Geboren in Brainerd, Minnesota. L. besuchte die Universitäten von Minnesota, Cambridge und Columbia und war den größten Teil seines Lebens als Berichterstatter für große amerikanische Zeitungen wie die *New York Sun* tätig.
Sein einziger phantastischer Roman ist *King Kong* (1933; *King Kong*, 1976), geschrieben nach einer Idee von Merian C. Cooper und Edgar Wallace. *King Kong* wurde zweimal verfilmt (1932, Regie: Ernest B. Schoedsack; 1976, Regie: John Guillermin) und beschreibt die Geschichte eines Riesenaffen, der von Mitgliedern einer amerikanischen Expedition auf einer afrikanischen Insel aufgespürt und gefangen nach New York gebracht wird, wo er sich seiner Ketten entledigt und die Millionenstadt in Panik versetzt. Getrieben von der Liebe zu einer blonden Menschenfrau, entführt er sie, besteigt das Empire State Building und wird von Flugzeugen aus erschossen.

LOWNDES, ROBERT A(UGUSTINE) W(ARD)
(*1916)

Geboren in Bridgeport, Connecticut; besuchte das Stamford Community College bis 1936 und begann nach Veröffentlichung mehrerer Kurzgeschichten in Magazinen wie *Comet Stories, Fantastic Novels* und *Super Science Stories* ab 1941 eine Karriere als Redakteur eines runden Dutzends von SF-Zeitschriften und einer Taschenbuchreihe bei Avalon Books. Obwohl L. unter mehr als einem Dutzend Pseudonymen mehr als 100 Erzählungen (teilweise in Zusammenarbeit mit Autoren wie Donald A. Wollheim, James Blish, Cyril M. Kornbluth und Frederik Pohl) publizierte, ist er den Lesern der amerikanischen phantastischen Literatur lediglich als Herausgeber in Erinnerung geblieben. Die Magazine, die L. edierte (u. a. *Future Science Fiction, Dynamic Science Fiction, Startling Mystery Stories* und *Bizarre Fantasy Tales*) gehörten nicht unbedingt zu den literarisch anspruchsvollen und hielten sich (das 1941–60 laufende *Future* ausgenommen) selten länger als ein paar Jahre. L. gehörte in den späten dreißiger Jahren zum Kreis der New Yorker »Futurians«, einer mit dem Marxismus liebäugelnden Gruppe angehender Schriftsteller, zu denen auch Wollheim, Pohl, Damon Knight und Kornbluth zählten.

Mystery of the Third Mine (1953); *The Duplicated Man* (1959, zus. mit James Blish); *Believer's World* (1961); *The Puzzle Planet* (1961).

LUCAS, GEORGE
(*1944)

Amerikanischer Autor und Filmregisseur. L. besuchte die University of Southern California Film School und wurde dort Assistent. Im Rahmen seines Unterrichts entstand hier eine Kurzfassung des SF-Films *THX 1138*, der 1969 mit Francis Ford Coppola als Produzent – mit dem L. als Regieassistent an *The Rain People* zusammengearbeitet hatte – in einer längeren Version neu verfilmt wurde. Der große Erfolg dieses Films bei der Kritik ermöglichte es L., weitere Filme zu machen, zunächst *American Graffiti* (keine SF), dann *Star Wars*, der zu einem sensationellen Erfolg wurde und zu einer neunteiligen Serie ausgeweitet werden soll. L. veröffentlichte zwei SF-Romane, die Novellisierungen seiner ersten beiden SF-Filme, aber es ist strittig, wie groß L.s Anteil an diesen Büchern ist. *THX 1138* (1971; *Das Drogenparadies*, 1975) wird Ben Bova zugeschrieben, *Star Wars* (1976; *Krieg der Sterne*, 1977) hingegen soll von Alan Dean Foster verfaßt worden sein.

LUKENS, ADAM
(*1930)

Pseudonym der Amerikanerin Diane Detzer de Reyna, geboren in Ridgefield, Connecticut, die auch als Diane Detzer und Jorge de Reyna SF schrieb. Ihre erste SF-Story erschien 1958 und hieß »The Tomb«. Zwischen 1959 und 1968 wurden neun Romane aus ihrer Feder publiziert, allesamt routinemäßig heruntergeschriebene Weltraumabenteuer, von denen auch fünf ins Deutsche übersetzt wurden und als Heftromane Anfang der sechziger Jahre erschienen.

The Sea People (1959; *Die Anderen*, 1962); *Sons of the Wolf* (1961; *Magier, Menschen, Wölfe*, 1963); *The Glass Cage* (1962; *Gehaßt, gehetzt, gefangen*, 1963); *The World Within* (1962; *Welt hinter Spiegeln*, 1963); *Alien World* (1963; *Die Priester-Könige*, 1964).

LUKIAN
(ca. 120–180)

Geboren in Samosata, weshalb er auch als L. von Samosata bekannt wurde. L. war syrischer Grieche. Er betätigte sich als Advokat in Antiochien, bereiste dann die Welt, studierte Philosophie in Athen, war schließlich Prokurator in Ägypten, wo er auch starb. Unter seinen rund 80 hinterlassenen Schriften – vor allem sophistische Götter-, Toten- und Hetärengespräche – befindet sich auch ein prä-utopisches Werk über eine Reise zum Mond.

LUNDWALL, SAM J(ERRIE)
(*1941)

Geboren in Stockholm; Schriftsteller, Komponist und Fernsehproduzent. L. gibt mit *Jules Verne Magasinet* das älteste SF-Magazin Europas heraus, leitet einen eigenen (auf utopische Literatur spezialisierten) Verlag, ist für die Zusammenstellung der seit 1972 jährlich erscheinenden Anthologien *Det hände i morgon* verantwortlich und verfaßte neben einem halben Dutzend sekundärliterarischer Arbeiten über Phantastik eine Reihe von SF-Romanen, die in mehrere Sprachen übersetzt wurden.

Visor i vår tid (1966); *Inga hjältar här* (1972); *Uppdrag i Universum* (1973); *Alice, Alice!* (1974); *King Kong Blues* (1974); *Bernhards magiska sommar* (1975); *Alltid Lady MacBeth* (1975); *Mörkrets furste* (1975); *Mardrömmen* (1976); *Gäst i Frankensteins hus* (1976).

Fängelsestaden
(1978)

»Die Gefängnisstadt« behandelt das Schicksal einer Gruppe von Menschen um einen lokalen Herrscher namens Bogor. Schauplatz der Handlung ist eine futuristische Megalopolis. Bogor gebietet zwar allein, aber nicht unangefochten über einen kleinen Teil dieses Komplexes. Obwohl er Gefühlsregungen zu vermeiden sucht, trifft ihn die Flucht eines Untergebenen so, daß er sich mit einigen Begleitern auf die Suche nach ihm begibt. Die Suche selbst ist nebensächlich und dient lediglich dazu, ständig neue Abschnitte der labyrinthischen Stadt vorzustellen, und endet mit der Krönung des Gesuchten zum Messias einer der zahllosen Sekten der Stadt und schließlich seiner rituellen Opferung. Während der Abwesenheit Bogors finden in seinem Bereich Machtkämpfe statt, die ebenfalls dazu dienen, die verschiedenen Teile des Großstadtdschungels zu beschreiben. Unter den Bewohnern der Megalopolis herrscht unverkennbare Endzeitstimmung. Zu alledem droht eine neue Eiszeit, die das Leben in der Stadt auslöschen wird.

LUPOFF, RICHARD A(LLEN)
(*1935)

Geboren in New York. Studium des Journalismus an der University of Miami, 1956 B. A. Zwei Jahre Dienst in der U.S. Army, dann Tätigkeit als Programmierer, Autor und Regisseur von Industriefilmen bei IBM bis 1970. Redakteur bei Canaveral Press 1970/71. Die schriftstellerische Karriere L.s begann 1965, als er sich mit *Edgar Rice Burroughs: Master of Adventure*, einer Lebensbeschreibung des Tarzan-Schöpfers, hervortat. Seine ersten SF-Romane hingegen waren enttäuschend, erst Mitte der siebziger Jahre begann er auf sich aufmerksam zu machen.
In *The Crack in the Sky* leben die Menschen einer umweltverseuchten Erde in Stadtstaaten unter durchsichtigen Kuppeln. In der von 30 Millionen Menschen bewohnten Stadt Norcal (= Nordkalifornien) stehen die Bürgermeisterwahlen an. Gleichzeitig etabliert sich der Orden von St. Jerome, eine undurchsichtige neue Religionsgemeinschaft, die keine bestimmten Ziele zu verfolgen scheint. Der Untergang der Zivilisation ist jedoch unabwendbar. Als der alte Bürgermeister die Wahl verliert, inszeniert er einen Putsch, wobei sich die Brüder von St. Jerome auf seine Seite schlagen. Norcal geht in Flammen auf, die Kuppel zerspringt. Das Chaos treibt die Bewohner zu den Ausgängen, aber draußen erwartet sie eine vergiftete Atmosphäre.
Sword of the Demon, ein Fantasy-Roman, der einen japanischen Mythos nacherzählt, schildert

die Ankunft eines göttlichen Wesens auf der Erde, während *Space War Blues* das erste Buch L.s ist, das das übliche Muster verläßt und eine apokalyptische Zukunft der amerikanischen Südstaaten beschreibt. Es gilt als absolut unübersetzbar.

One Million Centuries (1967); *Sacred Locomotive Flies* (1971); *Into the Aether* (1974); *The Crack in the Sky* (1976); *Lisa Kane* (1976); *Sandworld* (1976); *The Triune Man* (1976); *Sword of the Demon* (1977); *Space War Blues* (1978); *Circumpolar!* (1979).

LUSTBADER, ERIC VAN
(?)

Amerikanischer Journalist, Autor, Produzent und Manager von Rockgruppen sowie Grafiker. L. schrieb mit dem Mainstream-Roman *The Ninja* einen Bestseller, der zeitweise auf vorderen Plätzen der amerikanischen Bestsellerliste zu finden war. Im Bereich der Fantasy legte der in New York ansässige Autor die Trilogie *The Sunset Warrior* vor, eine wenig bedeutende, dafür recht blutige Romanfolge.

The Sunset Warrior (1977; *Krieger der Abendsonne*, 1981); *Shallows of Night* (1978; *Der dunkle Weg*, 1981); *Dai-San* (1978; *Dai-San*, 1981).

LYNN, ELISABETH A.
(*1946)

Geboren in New York. L. studierte in Chikago und war bis 1975 Lehrerin. Ihre ersten Stories erschienen im *San Francisco Review of Books*. Auf viel Zustimmung bei der Kritik stieß ihr erster Roman, *A Different Light* (1978), eine Geschichte um einen todkranken Mann, der einen raschen Tod nach einer kurzen, abenteuerlichen Lebensspanne einem langjährigen Siechtum vorzieht. 1979 erschien mit *Watchtower* der erste Band einer Fantasy-Trilogie unter dem Obertitel *The Chronicles of Tornor*. Mit ihm profilierte sich L. als eine der führenden jüngeren Autorinnen abenteuerlicher Fantasy. Besonders Joanna Russ hob die Vorzüge des Buches hervor und bezeichnete es als »Fabel für Humanisten und Feministen«. Die Folgebände, *The Dancers of Arun* und *The Northern Girl*, erschienen 1979 bzw. 1980.

A Different Light (1978; *Das Wort heißt Vollkommenheit*, 1981).

Trilogie: The Chronicles of Tornor Watchtower (1978); **The Dancers of Arun** (1979); **The Northern Girl** (1980)

In dem fiktiven pseudo-mittelalterlichen Land »Arun« gibt es Fehden zwischen dem Norden und dem Süden. Im Verlauf der Kämpfe wurde »Tornor Keep« vom Süden eingenommen. Der Adjutant des verstorbenen Lords wird gezwungen, seinem neuen Herrn den Treueeid zu leisten, andernfalls würde der Sohn seines früheren Herrn getötet. Dieser fristet sein Dasein als Hofnarr, bis ihm zwei mutige Frauen, die als immune Boten reisen, zur Flucht verhelfen.
Generationen später lebt der an Halluzinationen leidende Kerris in »Watchtower«, als eine Truppe von Gauklern unter der Führung von Kel, Kerris vermißtem Bruder, dort auftaucht. Kel nimmt Kerris mit in das Dorf »Vanima«, das den dort lebenden Menschen magische oder paranormale Fähigkeiten verleiht. Nachdem Kerris seine Fähigkeiten zu kontrollieren vermag, dringen Nomaden in das Dorf ein. Sie versuchen die Bevölkerung zu zwingen, sie an den Fähigkeiten teilhaben zu lassen.
Die Handlung des dritten und umfangreichsten Bandes spielt etwa hundert Jahre nach *The Dancers of Arun*. Geschildert werden die Erlebnisse von Sorren, einem weitgereisten Mädchen, das nach »Tornor Keep« zurückkehrt, obwohl es zuvor nie dort gewesen ist.
Diese drei Bände, nur durch den geographischen Hintergrund miteinander verbunden und daher auch einzeln lesbar, bilden eine höchst originelle Fantasy-Trilogie. L. schreibt mit viel Einfühlungsvermögen und versteht es, durch eine saubere Handlungskonstruktion und erstaunlich vielschichtige Charaktere eine fast real erscheinende Welt zu entwickeln, die durch ihr fernöstliches Flair (Zen, Aikido) sehr unabhängig von bekannteren Vorbildern des Genres wirkt. Die Trilogie muß in jedem Fall zu den wichtigsten Fantasy-Werken der siebziger Jahre gezählt werden.

M

McALLISTER, BRUCE (HUGH)
(*1946)

Der sehr vielseitig interessierte amerikanische Schriftsteller M. war in zahlreichen Jobs tätig, bevor er Professor für Englisch wurde. Seit der Veröffentlichung seiner ersten SF-Kurzgeschichte, »The Faces Outside« (1963), in *Worlds of If* hat er nahezu 20 Geschichten geschrieben. Sein bisher einziger Roman, *Humanity Prime*, wurde 1971 veröffentlicht.

MacAPP, C. C.
(1917–1971)

Pseudonym des amerikanischen Schriftstellers Caroll M. Capps. M. verfaßte ca. 40 Kurzgeschichten, die in Magazinen wie *Galaxy* und *Worlds of If* publiziert wurden. Seine erste Geschichte, »A Pride of Islands«, erschien jedoch erst 1960. Ebenfalls in den sechziger Jahren erschien sein erster SF-Roman, *Omha Abides* (1968), dem noch einige folgten.

Under the Gladdyl (1964); *Trees like Torches* (1966); *Omha Abides* (1968; *Murno, der Befreier*, 1973); *Secret of the Sunless World* (1969; *Die Dunkelheit*, 1974); *Prisoners of the Sky* (1969; *Gefangene der Galaxis*, 1975); *Recall Not Earth* (1970; *Söldner einer toten Welt*, 1973); *Subb* (1971; *Das Rätsel der Subbs*, 1974); *Bumsider* (1972; *Die Verbannten von Outside*, 1974).

McCAFFREY, ANNE (INEZ)
(*1926)

Geboren in Cambridge, Massachusetts, aufgewachsen in New Jersey. Ihr Sprach- und Literaturstudium schloß sie »cum laude« ab, dann arbeitete sie mehrere Jahre lang als Werbetexterin. In Amerika und Düsseldorf studierte sie Gesang und Opernregie; beides setzte sie bei der amerikanischen Premiere von Carl Orffs »Ludus de nato Infante mirificus« (1963) in die Praxis um. Auch später noch war sie (in Delaware) mit Operninszenierungen befaßt. Nach zwanzigjähriger Ehe, aus der drei Kinder hervorgingen, ließ sie sich scheiden. 1970 übersiedelte M. nach Irland.

M.s erste SF-Story erschien 1954 unter dem Titel »Freedom of Race« in *Science Fiction Plus*. Ihr erster Roman, *Restoree* (1967), war eine der üblichen SF-Romanzen: Ein Mädchen gerät in die Hände böser Außerirdischer und wird von mutigen Männern gerettet. Mittlerweile umfaßt M.s Werk 20 Romane und über 30 Kurzgeschichten. Bekannt wurde M. aber vor allem durch ihre Dragon-Serie: *Dragonflight* (1968) brachte es in Amerika auf acht Auflagen, *Dragonquest* (1971) auf sieben, und die Erzählungen »Weyr Search« (*Analog*, 1967) und »Dragonrider« (*Analog*, 1968/69), aus denen sich die Serie entwickelte, gewannen 1968 den »Hugo« bzw. 1969 den »Nebula Award«. Dieses erfolgreiche Thema bereitete M. schließlich auch in Jugendbuchform auf. Es entstanden die Bücher *Dragonsong* (1976; *Drachengesang*, 1981), *Dragonsinger* (1977; *Drachensinger*, 1981) und *Dragondrum* (1979). Am erfolgreichsten zu werden verspricht der Roman *The White Dragon*: Allein die im Juni 1978 erschienene Hardcoverausgabe erreichte innerhalb von nur drei Monaten sechs Auflagen. M.s bedeutendster Beitrag zur SF dürfte *The Ship Who Sang* (1970) sein. Dieser Roman wurde ebenso wie *Dragonflight* für den »Hugo« nominiert.

Decision at Doona (1969; *Planet der Entscheidung*, 1972).

The Ship Who Sang
(1969; dt. *Ein Raumschiff namens Helva*, 1973)

Helva ist ein deformiert geborenes Mädchen. Um ihr Leben zu retten, entschließen sich ihre Eltern, ihr intaktes Gehirn von ihrem Körper zu isolieren. Sie könnte auf diese Weise über mechanische Einrichtungen als Ersatzkörper verfügen. Als sich diese Möglichkeit bietet, läßt Helva ihr Gehirn in ein Raumschiff einbauen, d. h., das Raumschiff wird zu ihrem Körper, sie ist das Gehirn, alle Aggregate des Raumschiffs sind

ihre Organe, die Leitungen ihr Nervensystem. Die aus Kurzgeschichten hervorgegangenen Kapitel des Romans schildern in erster Linie Helvas Erfahrungen mit verschiedenen menschlichen Partnern, von einem Mann namens Jennan, einem warmherzigen, liebevollen, verständnisvollen Partner, der jedoch stirbt, über verschiedene weibliche, problembehaftete Partnerinnen bis hin zu einem dauerhaften neuen männlichen Partner namens Niall Parollan. Helva, ein auf ein Gehirn reduziertes Wesen mit ausgeprägtem Mutterinstinkt und einer nicht minder ausgeprägten Liebe zur Musik, ist recht eindrucksvoll geschildert, wenngleich die einzelnen Episoden von unterschiedlicher Qualität sind.
Über die reine Grundidee hinaus, die zwar nicht von M. in die SF eingeführt, aber mit einiger Verve interpretiert wurde, sackt das Buch streckenweise in allzu sentimentale Bereiche ab.

The Dragonriders of Pern

Dragonflight (1968; dt. *Die Welt der Drachen*, 1972); **Dragonquest** (1971; dt. *Die Suche der Drachen*, 1973); **The White Dragon** (1978; dt. *Der weiße Drache*, 1982)

Die Serie wurde 1967 mit der Story »Dragonrider« eröffnet, und 1968 gewann die Autorin mit »Weyr Search«, dem späteren ersten Kapitel von *Dragonflight*, einen »Hugo«. Handlungsort ist der mittelalterlich anmutende Planet »Pern«, der von irdischen Kolonisten besiedelt wurde, die jedoch kulturell zurückgefallen sind, als die Verbindung zur Erde abriß. Die Gesellschaftsform ist der Feudalismus. Die Romane leben zum einen von der Schilderung der feudalistischen Hierarchie des Planeten, dem strengen höfischen Protokoll, den fast unübersichtlichen Titeln und Rängen. Zum anderen sind es die Drachen, einheimische Lebensformen, Resultate genetischer Experimente, die dem Ganzen Farbe verleihen. Immer dann, wenn Pern in Konjunktion zu seinem Nachbarplaneten gerät, treten fadenförmige Mikroorganismen in Erscheinung, die alles verbrennen, womit sie in Berührung kommen. Zur Abwehr dieses »Fadenfalls« haben die Bewohner von Pern die einheimischen Drachen genetisch so verändert, daß diese schwefelhaltiges Gestein fressen, mit ihren menschlichen Reitern der Plage entgegentreten und die Fäden verbrennen. Das Verhältnis der Drachenreiter zu ihren Drachen und die besondere Fähigkeit der Drachen einen Ortswechsel durch Benutzung eines »Zwischenraums« (einer anderen Dimension) vornehmen zu können, in dem alle Sinne mit Ausnahme des Gefühls für Temperaturunterschiede tot sind, geben Stoff für die Handlung. Die Drachen und ihre Reiter bilden somit eine Art Schutztruppe für die Pern-Kultur. Das Verhältnis zwischen Reitern und Drachen ist dabei so eng, daß der Tod des einen den Tod des anderen bewirkt.
Die Grundidee, tauglich vielleicht für einen Roman, nutzt sich in der Folge schnell ab, und die Autorin flüchtet sich in allerlei romantisch-sentimentale Abenteuer, die schließlich den Leser ermüden.

McCLARY, THOMAS CALVERT
(?)

Amerikanischer Autor, der zwischen 1934 und 1944 SF publizierte. Am bekanntesten ist sein Roman *Rebirth* (1934), den er unter dem Eindruck der Weltwirtschaftskrise schrieb. Zunächst als Fortsetzungsroman in *Astounding* konzipiert, wurde *Rebirth* zum Klassiker. M. beschreibt darin eine Menschheit, die alles vergißt, was mit Zivilisation zu tun hat, und diese aus völligem Chaos wieder aufbauen muß – nach Möglichkeit besser als vorher. Weiterhin erwähnenswert: der utopische Roman *Three Thousand Years* (1938).

McDANIEL, DAVID
(1939–1977)

Pseudonym des amerikanischen Schriftstellers Theodore Johnstone, der neben einer Anzahl von Novellisationen bekannter TV-Reihen wie *The Man from U.N.C.L.E.* (*Solo für O.N.C.E.L.*) und *The Prisoner* (*Nummer sechs*) mit dem Roman *The Arsenal out of Time* (1967) auch einen Routine-SF-Text vorgelegt hat.

McDONALD, GEORGE
(1824–1905)

Geboren in Huntley, Schottland. M. wurde durch seine Fantasy-Romane bekannt. Besondere Beachtung fand der Roman *The Princess and the Goblin*, der immer wieder neu aufgelegt wurde. Eine weitere Fantasy, *Lilith* (1895), geht von der SF-Idee der Parallelwelten aus und wurde auch ins Deutsche übersetzt (gleicher Titel, 1977).

McDONALD, JOHN D(ANN)
(*1916)

Geboren in Sharon, Pennsylvania. M. studierte an verschiedenen Universitäten und diente fünfeinhalb Jahre in der U.S. Army. Bekannt wurde er vor allem durch seine Kriminalromane, die ihn zu einem der erfolgreichsten Krimi-Autoren in den USA machten. Seine Romane wurden in zehn Sprachen übersetzt; allein in den USA wurden 15 Millionen seiner Bücher verkauft.

Obgleich M. wesentlich weniger SF-Romane schrieb, fanden auch diese Beachtung. Er hatte bereits in den vierziger Jahren zahlreiche SF-Geschichten veröffentlicht, bevor 1951 sein Roman *Wine of the Dreamers* erschien. 1952 folgte *Ballroom of the Skies*, dem ein ähnlicher Plot zugrunde liegt. Darüber hinaus bewies er mit seinem Roman *The Girl, the Gold Watch and Everything*, daß SF-Themen auch auf humorvolle Art angefaßt werden können.

Wine of the Dreamers (1951; *Planet der Träumer*, 1969); *Ballroom of the Skies* (1952; *Herrscher der Galaxis*, 1967); *The Girl, the Gold Watch and Everything* (1962; *Flucht in die rote Welt*, 1970).

McGRATH, THOMAS
(*1916)

Geboren in Sheldon, North Dakota, als Sohn eines Kleinbauern. Er arbeitete in der Landwirtschaft, um sich Geld für ein Studium zu verdienen, verbrachte den Krieg auf den Aleuten und wurde schließlich Dozent an der North Dakota State University.

Sein Roman *The Gates of Ivory, The Gates of Horn* (1957, *Die Tore der Träume*, 1973) gehört in die Kategorie der »Warnungsromane« und ist mit dem Untertitel »Satirisch-politischer Roman über eine nicht unmögliche Zukunft« versehen. M. erlebte die als ›rote Dekade‹ bezeichneten dreißiger Jahre der USA ebenso mit wie die McCarthy-Ära. Er prangert in seinem Werk Erscheinungen wie Spitzelunwesen, Zensur, Terror, Existenzunsicherheit und die Zerstörung der natürlichen Umwelt an und führt den Leser dabei in ein zukünftiges Amerika, dessen gesellschaftliches Leben durch ein Ministerium für Bestrafung bestimmt wird.

McINTOSH, J. T.
(*1925)

Geboren in Paisley, Schottland; wirklicher Name: James Murdock McGregor. M. besuchte 1936–41 das College und studierte bis 1947 an der Universität von Aberdeen. Er war Musiker, Lehrer, Journalist und freier Fotograf. »The Curfew Dolls«, seine erste Erzählung, erschien 1950 in *Astounding*. Ihr folgte eine Flut von Fortsetzungsromanen und Novellen in allen einschlägigen Medien diesseits und jenseits des Atlantiks. Sein erster Roman erschien 1952 in Fortsetzungen in *New Worlds* und ist einer der wenigen, die nicht in Buchform herauskamen. Bald darauf rissen sich die Buchverlage um die Texte des fleißigen, auf Thriller und Katastrophenromane spezialisierten Schotten, dem die Spannung über alles geht. M.s Helden sind Männer der Tat und »geborene Führernaturen«, die dem Sozialdarwinismus das Wort reden und allemal geeignet sind, sich veränderten Lebensbedingungen optimal anzupassen.

World out of Mind (1953); *Born Leader* (1954); *One in 300* (1954; *Einer von Dreihundert*, 1970); *The Fittest* (1955; *Die Überlebenden*, 1969); *200 Years to Christmas* (1961); *The Million Cities* (1963); *The Noman Way* (1964); *Out of Chaos* (1965); *Time for a Change* (1967); *Six Gates from Limbo* (1969; *Sechs Tore zur Hölle*, 1969); *Transmigration* (1970; *Der Seelenwanderer*, 1972); *Flight from Rebirth* (1971; *Flucht vor dem Leben*, 1974); *The Space Sorcerers* (1972); *The Cosmic Spies* (1972); *Galactic Takeover Bid* (1973; *Die Crock-Expedition*, 1976); *The Suiciders* (1973); *Ruler of the World* (1976); *Norman Conquest 2066* (1977); *This Is the Way the World Begins* (1977).

McINTYRE, VONDA N.
(*1948)

Geboren in Kentucky. M. wuchs an der Ostküste auf und graduierte an der Universität von Washington in Biologie. Sie war eine der ersten erfolgreichen Teilnehmerinnen am »Clarion Workshop« für angehende SF-Autoren. Bekannt wurde die mütterlicherseits aus Polen stammende M. mit der Erzählung »Of Mist and Grass and Sand«, die 1973 erschien und ihr 1974 den »Nebula« einbrachte. Später ging diese Erzählung in ihren zweiten Roman ein, *Dreamsnake* (1978), der zu ihrem bislang größten Erfolg wurde und ihr sowohl den »Nebula« als auch den »Hugo« als bester Roman des Jahres 1979 einbrachte. M., die schon 1975 einen ersten Roman veröffentlicht hatte, gehört zu den wichtigsten Autoren, die in den siebziger Jahren neu zur SF stießen. Zusammen mit Susan Anderson ist M. Herausgeberin einer Anthologie mit feministischen SF-Stories: *Aurora: Beyond Equality*.

The Exile Waiting (1975; *Die Asche der Erde*, 1980); *Fireflood* (C, 1979).

Dreamsnake
(1978; dt. *Traumschlange*, 1979)

Irgendwann in der fernen Zukunft der Erde, offenbar nach einer atomaren Katastrophe, die aber ebenfalls schon wieder lange zurückliegt, leben die Menschen wieder in Stammeskulturen und wenigen höher entwickelten lokalen Zentren zusammen. Eines der die einzelnen Stammeskulturen überlagernden Elemente ist eine Ärzteschaft – Heiler genannt –, die einen zentralen Ausbildungsort hat und von dort aus Heiler als Wanderärzte ausschickt. Die Heilkunst basiert im wesentlichen auf dem Einsatz von weitgehend domestizierten Schlangen, darunter eine sogenannte Traumschlange, die nicht von der Erde stammt; durch ihren kontrollierten Biß werden schmerzbetäubende und halluzinatorische Wirkungen beim Patienten erreicht. Diese Traumschlangen sind sehr selten, zugleich aber unverzichtbar für die Heiler.
Eine junge Frau – die selbst den Namen »Schlange« trägt – hat eine Art Praktikantenzeit als Heilerin zu absolvieren. Als sie gebeten wird, einem kranken Kind zu helfen, töten die mißtrauischen Verwandten des Kindes aus Unwissenheit die kostbare Traumschlange. Das Mädchen ist jetzt als Heilerin praktisch hilflos, gibt aber nicht auf, versucht u. a. einem Strahlungskranken zu helfen, behandelt das kranke Bein eines lokalen Herrschers und hilft gleichzeitig als eine Art Psychologin dessen Sohn, sich von dem übermächtigen Einfluß seines Vaters zu befreien; sie gelangt schließlich an einen Ort, wo es Relikte der alten Zeit – seltsame, teilweise geborstene Wohnkuppeln – und eine riesige Anzahl von Traumschlangen gibt. Der Herrscher über dieses Gebiet ist jedoch ein Mann, der sich eine Gefolgschaft von Drogenabhängigen – die vom Biß der Traumschlange abhängig sind – hält und obendrein alle Heiler haßt. Das Mädchen gerät in ernste Gefahr, kann sich daraus jedoch befreien, bevor ein junger Mann, mit dem sie sich angefreundet hat, als sie das kranke Kind heilte, zur Hilfe herbeieilt.
Dreamsnake ist ein Musterbeispiel für einen neuen Trend in der SF, die sich immer mehr von Technik und Weltraum abkehrt und sich gleichzeitig dem romantischen Abenteuer zuwendet. Das Buch ist jedoch nicht nur eine gelungene Synthese aus SF- und Fantasy-Elementen, sondern zugleich die einfühlsame Studie einer jungen Frau, die auf sich allein gestellt das Leben meistert. Beachtlich ist dabei, daß M. weder der Versuchung erliegt, eine problemlose Idylle zu schildern noch die Heldin sozusagen als besser funktionierenden Mann darzustellen. Vielmehr wird eine im Grunde realistische Geschichte im Fantasygewand erzählt, und die Protagonistin meistert ihre Schwierigkeiten aus sich selbst heraus, durch Einsatz ihrer besonderen Fähigkeiten als Frau, als Mensch.

MacISAAC, FRED(ERICK)
(1886–1940)

Geboren in Cambridge, Massachusetts. M. lieferte Beiträge für das legendäre Unterhaltungsmagazin *Argosy* und verfaßte während der zwanziger und dreißiger Jahre hauptsächlich Magazin-Fortsetzungsromane. Mindestens drei davon erreichten Buchpublikationen. Der bekannteste wurde *Hothouse World* (aus *Argosy*, 1931). Darin werden die Bemühungen einer Menschengruppe geschildert, die nach dem Ausbruch einer neuen Eiszeit eine neue Zivilisation errichten will.

The Vanishing Professor (Magazinausgabe 1926, Buchausgabe 1927); *The Mental Marvel* (1930); *Hothouse World* (Buchausgabe 1965).

McKENNA, RICHARD (MILTON)
(1913–1964)

Geboren in Mountain Home, Idaho. Nach dem Studium in North Carolina (B. A. in Englisch) gehörte M. 20 Jahre der Marine an, bevor er 1953 in das Zivilleben zurückkehrte. Zu seinen Lebzeiten wurden lediglich fünf seiner SF-Geschichten publiziert, wovon »Casey Agonistes« (1958) die erste und beste war. Sechs weitere Geschichten erschienen nach seinem Tod in der Sammlung *Casey Agonistes and Other Fantasy and Science Fiction Stories* (1973). Er erhielt postum 1966 den »Nebula Award«.

McKILLIP, PATRICIA A.
(*1948)

Geboren in Oregon. Nach dem Studium an der Universität von San José begann sie zu schreiben und konnte bereits mit ihrem ersten Roman einen großen Erfolg verbuchen. *The Forgotten Beasts of Eld* (1974) gewann den »World Fantasy Award«. War dieser Fantasy-Roman noch auf ein jugendliches Publikum zugeschnitten, so gehört ihre Earthmagic-Trilogie, mit der sie sich in die Spitze der Fantasy-Autoren schrieb, zur Erwachsenen-Fantasy.

Earthmagic-Trilogie

The Riddle-Master of Hed (1976; dt. *Die Schule der Rätselmeister*, 1981); **Heir of Sea and Fire** (1977; dt. *Die Erbin von Wasser und Feuer*, 1981); **Harpist in the Wind** (1979; dt. *Harfner im Wind*, 1981)

Auf der kleinen Insel »Hed« übernimmt Morgon, der Fürst, die Landherrschaft, nachdem er zum »Rätselmeister« ausgebildet wurde.
Sein an die ländlich-friedliche Idylle gewohntes Leben verändert sich radikal, als er ein Sternenmal auf seiner Stirn entdeckt und ihm Thod, der Harfner des »Erhabenen«, die Sternenharfe zuspielt. Gemeinsam mit Thod begibt sich Morgon auf den Weg zu dem Erhabenen, wobei er zahlreiche Abenteuer bestehen muß. Auf dieser Reise erhält Morgon auch ein magisches Schwert, das wiederum die Sterne trägt. Morgon glaubt, den Erhabenen gefunden zu haben. Dieser stellt sich jedoch in Wirklichkeit als der Rätselmeister von »Caithnard« und Gründer der Zaubererschule von »Lungold« heraus. Morgon wurde von Thod verraten, und der Erhabene bleibt weiterhin verborgen. Er scheint sich völlig zurückgezogen zu haben und seinen Geschöpfen nicht mehr beizustehen. Die Erlösung der Welt kann nur der Sternenträger bringen. Dieser aber sieht sich am Ende seiner Suche und seines Lebens.
Inzwischen hat sich Rendel, die Morgon als Frau versprochen war und die ebenfalls über magische Kräfte verfügt, auf die Suche nach dem Sternenträger gemacht, um ihm beizustehen. Nach dem Bestehen zahlreicher Gefahren begegnen sich Morgon, Thod und Rendel im Palast von »Anuin«, wo Morgon zunächst auf eine Abrechnung mit Thod sinnt. Schließlich läßt er ihn jedoch ungestraft und macht sich gemeinsam mit Rendel auf die gefährliche Reise zu den Zauberern von Lungold, um von ihnen die Geheimnisse seiner Person zu erfahren.
Mit der Erdzauber-Trilogie legte M. eine gut geschriebene, komplexe und unblutige Fantasy vor, die neben der Tornor-Trilogie von Elizabeth A. Lynn wohl die interessanteste Fantasy-Neuerscheinung der siebziger Jahre darstellt.

McLAUGHLIN, DEAN (BENJAMIN)
(*1931)

Geboren in Ann Arbor, Michigan. 1951 erschien die erste Geschichte »For Those Who Follow After« des damals zwanzigjährigen Amerikaners. Ihr folgten in den sechziger Jahren weitere Kurzgeschichten und drei Romane. »A Hawk among Sparrows« (1968), seine wohl bekannteste und beste Erzählung, erschien in Deutschland unter dem Titel »Ein Falke unter Spatzen«. Die Geschichte berichtet von einem Düsenjägerpiloten, der durch eine Atomexplosion samt seiner Maschine in den Ersten Weltkrieg zurückversetzt wird und den Kampf gegen die Doppeldecker jener Zeit aufnimmt.

Dome World (1962); *The Fury from Earth* (1963; *Im Schatten der Venus*, 1965); *The Man Who Wanted Stars* (1965; *Noch tausend Meilen*, 1975).

MacLEAN, KATHERINE (ANNE)
(*1925)

Geboren in Glenridge, New Jersey; eine der ersten Frauen im Feld der SF. M. studierte am Barnard College, graduierte in Psychologie und arbeitete später als Labortechnikerin. Ihre erste Geschichte erschien 1949 in *Astounding* und hieß »Defense Mechanism«. Ihre Stories, die in den fünfziger Jahren regelmäßig erschienen, weisen sie als Autorin aus, die es verstand, naturwissenschaftliche Themen mit gesellschaftlichen zu verbinden. Aus diesem Grund tauchte sie immer wieder in *Astounding* auf, dem Magazin, das die naturwissenschaftlich ausgerichtete »Hard-SF« hochhielt und in dem Frauen damals sehr selten Beiträge veröffentlichten. Zu ihren besten Geschichten zählen »Incommunicado« (1950), »The Snowball Effect« (1952) und »Unhuman Sacrifice« (1958). Ihren ersten Roman, *Cosmic Checkmate* (1962), schrieb sie zusammen mit Charles V. de Vet. Ihr unzweifelhaft bestes Buch ist aber *The Missing Man* (1971), ein Roman, der die gleichnamige Novelle enthält, die 1971 den »Nebula Award« gewann. Er handelt von einem telepathisch begabten Mann, der seine Fähigkeiten der New Yorker Rettungsbrigade zur Verfügung stellt. M. war mit dem Fantasy-Autor David Mason verheiratet.

Cosmic Checkmate (1962); *The Diploids* (1962); *The Missing Man* (1971); *Trouble with Treaties* (1975); *The Trouble with You Earth People* (1979).

MADDOCK, LARRY
(*1931)

Pseudonym für Jack Owen Jardine, geboren in Eaton Rapids, Michigan. Nach einem zweijährigen Collegebesuch wandte sich M. dem Journalismus, der Rundfunkarbeit und der Unterhaltungsliteratur zu. Gelegentlich schreibt er zusammen mit seiner Frau unter dem gemeinsamen Pseudonym Howard L. Cory. M. war Zeitungsredakteur, Redakteur eines Herrenmagazins, Radioansager, Troubleshoot-Techniker beim Fernsehen, Geschäftsmann und Leiter der Programmplanung bei zwei Radiostationen in Arizona. Nachdem er 1954 seine erste SF-Story an das Magazin *Imagination* verkauft hatte, schrieb er Mitte der sechziger Jahre u. a. die SF-Agentenserie *Agent of T.E.R.R.A.*, in deren Mittelpunkt Hannibal Fortune steht, der in Raum und Zeit die Interessen der Menschheit wahrt: flockiges Lesefutter ohne Anspruch.

The Mind Monster (1966; Pseud. Howard L. Cory); *The Sword of Lankor* (1966; Pseud. Howard L. Cory); *The Flying Saucer Gambit* (1966; *Agenten der Galaxis*, 1968); *The Golden Goddess Gambit* (1967; *Die goldene Göttin*, 1968); *The Emerald Elephant Gambit* (1967; *Räuber von den Sternen*, 1968); *The Time Trap Gambit* (1969; *Gefangener in Raum und Zeit*, 1971).

MADER, FRIEDRICH-WILHELM
(1866–1947)

Geboren in Nizza. M. war ein deutscher Erzähler, Lyriker und Dramatiker. Er ist vor allem durch seine Reiseromane bekannt, unter denen auch eine ganze Reihe der SF zugerechnet werden kann.
So ist *Wunderwelten* (1911) der wohl typischste deutsche SF-Roman der ersten Dekaden unseres Jahrhunderts. Es geht darin um die Reise eines englischen Lords durch das Sonnensystem, wobei interessanterweise ein Raumschiff mit Antigravantrieb verwendet wird. In erstaunlich moderner Sprache schildert M. – seinem in erster Linie jugendlichen Leserpublikum – die Wunder des Weltalls mit seinen Sonnen, Planeten und anderen Gebilden.
Weitere Titel, die M. als wichtigen Autor früher deutscher SF ausweisen, sind: *Die Messingstadt* (1912); *Der letzte Atlantide* (1923); *Die tote Stadt* (1923).

MAHR, KURT
(*1936)

Pseudonym des deutschen Schriftstellers Klaus Mahn, geboren in Darmstadt. Studium ab 1954 an der TH Darmstadt. M. siedelte 1962 nach Beendigung seines Physikstudiums in die USA über und war in der Privatwirtschaft auf dem Gebiet elektrochemischer Brennstoffzellen tätig. 1966 zog er nach Florida, war an der Entwicklung von Pershing-Raketen beteiligt, lebte

von 1972 bis 1977 in München und arbeitet seitdem in Florida an rechnergesteuerten Redigier- und Satzsystemen. Nach einem unveröffentlichten Liebesroman publizierte er ab 1960 unter dem Pseudonym Cecil O. Mailer mehrere Heftromane in der »Utopia«-Reihe und wechselte 1961 ins »Perry Rhodan«-Team über.
Abgesehen von einem Roman und einer Kurzgeschichtensammlung hat M. neben mehr als 60 Romanheften weit über 100 Serienromane geschrieben, die althergebrachte Wertvorstellungen propagieren.

Die Diktatorin der Welt (1968); *Die Zeitstraße* (C, 1974).

MAINE, CHARLES ERIC
(*1921)

Pseudonym des britischen Autors David McIlwain, geboren in Liverpool, der auch unter dem Namen Richard Rayner publizierte. Nach dem Zweiten Weltkrieg arbeitete M. als freischaffender Journalist fürs Fernsehen und den Rundfunk. Bereits vor dem Krieg gab M. sein eigenes SF-Fanzine heraus. Seinen Amateurstatus verließ er dann 1953, als sein erster Roman, *Spaceways*, erschien.
Der Roman basiert auf einem Hörspiel, das später auch verfilmt wurde. Während seine frühen Arbeiten Züge des Thrillers aufweisen, wandte sich M. später typischen SF-Themen wie Raumfahrt u. a. zu, so auch in dem Roman *High Vacuum* (1956). Sein wohl bester Roman, *The Mind of Mr. Soames* (1961), handelt von einem Mann, der erst im Alter von 30 Jahren sein Bewußtsein erlangt, und den damit verbundenen Problemen seiner Ausbildung und Erziehung. Auch dieser Roman wurde verfilmt. M.s Romane gehen nicht über den gewohnten Rahmen der SF hinaus, sind aber recht erfolgreich.

Crisis in 2000 (1954; *Krise im Jahr 2000*, 1959); *Countdown* (1959; *Zwei ... Eins ... Null*, 1961); *The Man Who Owned the World* (1961; *Heimweh nach der Erde*, 1961); *B.E.A.S.T.* (1966; *Dr. Gilleys Wunderwesen*, 1966).

MALAGUTI, UGO
(*1945)

Geboren in Bologna. M. begann 1960 in den einschlägigen italienischen Magazinen Kurzgeschichten zu publizieren, arbeitete für *Galassia*, gab eine Buchreihe heraus und besitzt heute einen eigenen, auf SF spezialisierten Verlag. Sein Gesamtwerk besteht thematisch aus einer bunten Mischung und reicht von der simplen Abenteuergeschichte über die sogenannte Astro-Archäologie bis zu Romanen mit religionsphilosophischem Hintergrund. Nach dem archäologischen SF-Epos *I giganti immortali* (1963) gilt als sein bisher wichtigstes Werk *Il palazzo nel cielo* (1970).

Il palazzo nel cielo
(1970)

Die Bevölkerung der Erde ist auf 30 Milliarden angewachsen, und durch Umweltverschmutzung und Nahrungsmittelknappheit dem Untergang nahe. Der Vernichtung entkommene, auf einer Raumstation arbeitende Wissenschaftler zeichnen die biologischen Daten und Lebenserinnerungen von Menschen auf und machen Unsterblichkeit dadurch möglich, daß sie beim Tod eines Menschen dank der Speicherung seiner Daten in einer gigantischen Computeranlage jeden von ihnen nachbauen können. Doch irgendwann verlieren auch sie den Lebensmut und sehnen sich nach dem Tode. Der Computer, ein nahezu allmächtiges Wesen, nimmt die Gestalt eines Menschen an und wandert über die Erde, ohne zu wissen, was er eigentlich sucht. Schließlich nähern sich automatische Raumschiffe der Erde, die man vor Jahrhunderten ausgesandt hatte, um die Nachbargalaxien zu erforschen. Die Nachricht, die sie überbringen, ist nicht ermutigend: Überall im Universum hat das intelligente Leben die gleiche Entwicklung durchlaufen wie die Menschheit, und was von ihm übrigblieb, war stets ein Supercomputer. Das menschliche Computergehirn erkennt, daß die Bestimmung der Menschheit darin liegt, allein zu bleiben. Er vernichtet die gespeicherten Daten der Überlebenden. Nach ihrem Ableben wird es nur mehr Computer im Universum geben. *Il palazzo nel cielo* wurde 1975 mit dem italienischen »Hugo« ausgezeichnet.

MALEC, ALEXANDER
(*1929)

Amerikanischer Kurzgeschichtenautor, der bislang einen Sammelband mit utopischen Erzählungen unter dem Titel *Extrapolasis* (1967; *Sperrzone Mond*, 1970) veröffentlicht hat.

MALZBERG, BARRY N(ORMAN)
(*1939)

Geboren in New York. M. arbeitete als *slush pile reader* in einer literarischen Agentur, schlug sich als Redakteur einer Fachzeitschrift durch und begann ab 1966 vereinzelt Kurzgeschichten in Herrenmagazinen sowie Soft-Pornos zu publizieren. 1968 übernahm er die Herausgabe der SF-Magazine *Amazing* und *Fantastic*, veröffentlichte unter dem Pseudonym K. M. O'Donnell einige ungewöhnliche Romane und machte sich binnen kurzem einen Namen als Kritiker konventioneller SF und des American Way of Life.
In *The Falling Astronauts* und *Beyond Apollo* zertrümmert er den Weltraumfahrts-Enthusiasten die Optik und schildert die strahlenden Helden der NASA als von Ängsten geplagte Gestalten, die entweder in harten Trainingsmühlen gemartert worden sind oder in der ungewohnten Umgebung des dem Menschen feindlich gesinnten Weltraums den Verstand verlieren. Seine Protagonisten sind ausnahmslos Verlierer, die an dem, was man von ihnen erwartet, zerbrechen und sich eher in den Wahnsinn flüchten, als ihr Unvermögen zuzugeben. M. selbst sieht sich, da ihn das Genre-Etikett zu sehr einengt, nicht als ausgesprochenen SF-Autor; dennoch taucht sein Name fast ausschließlich in den einschlägigen Magazinen und Buchreihen auf. Er hat bisher 30 Titel publiziert, die dem phantastischen Genre angehören (darunter fünf Kurzgeschichtenbände); sechs davon unter dem Pseudonym K. M. O'Donnell.

The Empty People (1969, Pseud. K. M. O'Donnell; *Jagd in die Leere*, 1974); *The Falling Astronauts* (1971; *Der Sturz des Astronauten*, 1975); *Universe Day* (1971, Pseud. K. M. O'Donnell; dt. unter richtigem Namen *Ein schwarzer Tag im Universum*, 1979); *In the Enclosure* (1973; *Das gefangene Gehirn*, 1976); *The Destruction of the Temple* (1974; *Die Zerstörung des Tempels*, 1979); *Guernica Night* (1974); *The Sodom and Gomorrah Buisness* (1974); *Scop* (1976).

Beyond Apollo
(1972; dt. *Das Venus-Trauma*, 1975)

Ständig wiederkehrende Fixpunkte in Barry Malzbergs Werken sind die Ablehnung der Raumfahrt, die Existenz außerirdischer Intelligenzen, die mit dunklen Absichten vom Geist seiner Helden Besitz ergreifen (bzw. nur in deren Einbildung existieren), und die ausführliche Schilderung der Wahnvorstellungen und sexuellen Probleme der Protagonisten. Alle diese Ingredienzien findet man auch in *Beyond Apollo*. Ein amerikanischer Astronaut ist gerade vom ersten Flug zur Venus zurückgekommen und beschreibt in der Ich-Form (und im Präsens) seinen Aufenthalt in einer psychiatrischen Klinik, wo man ihn festhält und aus ihm herauszubekommen versucht, was aus dem Kommandanten der Zwei-Mann-Expedition geworden ist, von der er allein zur Erde zurückgekehrt ist. Der eingeschlossene, von der Außenwelt abgeschirmte Astronaut verweigert nicht die Aussage; im Gegenteil, er redet wie ein Wasserfall, aber das, was er erzählt, macht das Klinikpersonal mißtrauisch. Er kommt den Ärzten nämlich jeden Tag mit einer anderen Version seiner Geschichte. Einmal hat er den Kommandanten im Streit erschlagen und in den Weltraum hinausgeblasen; dann hat er angeblich in der Einsamkeit des Alls seine bisher unterdrückte homosexuelle Neigung entdeckt und wollte sie endlich ausleben (wobei der Kommandant sich verteidigte und umkam); oder der Kapitän beging angeblich Selbstmord oder starb nach einem Unfall. Zu guter Letzt waren bösartige Venusintelligenzen schuld an seinem Tod, aber der Astronaut schildert sie einmal als Schlangen, dann wieder als Menschen. Die Ärzte sind ratlos. Daß dem Protagonisten im Weltall möglicherweise etwas *wirklich* Fremdartiges begegnet sein könnte und den Geist eines von der irdischen Umwelt geprägten Menschen verwirrt hat, ist für sie anscheinend unvorstellbar.

Herovit's World
(1974; dt. *Herovits Welt*, 1977)

Jonathan Herovit ist ein SF-schreibender Zeilenschinder, dem das eigene Mittelmaß eines

Tages zum Verhängnis wird. Es ist unausweichlich, daß er plötzlich völlig ausgebrannt vor der Schreibmaschine sitzt und sich nicht mehr in der Lage sieht, die 92. Fortsetzung der Abenteuer seines erfolgreichen Weltraumhelden Mack Miller zu Papier zu bringen. Mit größter Anstrengung quält er sich Zeile für Zeile ab, aber der Stoff will nicht fließen. Herovit denkt über sein Leben nach, fängt an zu trinken und fließt über vor Selbstmitleid. Er hat Schwierigkeiten mit seiner Frau, die sich ihm sexuell verweigert, sein Agent sitzt ihm im Nacken und verlangt das Manuskript zu sehen, für das er ihm bereits einen Vorschuß gegeben hat, und selbst seine Fans sind nicht mehr das, was sie einmal waren. Jüngere Kollegen verachten ihn, weil er keinen literarischen Anspruch verfolgt. Herovit hat die Nase voll und flieht schließlich in den Wahnsinn. Von nun an führt sein Alter ego Kirk Poland (sein Pseudonym) die Regie, aber auch er vermag nicht mehr viel zu retten, denn Herovit hat bereits zu viel verpfuscht. Poland muß weichen, als er einsieht, daß seine Anstrengungen fruchtlos bleiben. Sein Platz wird nun von Mack Miller selbst eingenommen, der seinem literarischen Image getreu (»Mack Miller hätte sich *das* nicht bieten lassen!«) Amok laufend durch die Stadt rennt und alles niedermacht, was sich ihm in den Weg stellt.
Herovit's World ist kein SF-Roman im üblichen Sinne, sondern eine Reflexion über die Produktionsbedingungen, unter denen amerikanische Unterhaltungsautoren leben und arbeiten müssen. Der Roman lebt im wesentlichen von den Seitenhieben gegen andere SF-Autoren, die wie Maschinen Texte ausstoßen.

On a Planet Alien
(1974; dt. *Auf einer Welt jahrtausendweit ...*, 1978)

Hans Folsom ist Kommandant eines interstellaren Forschungsraumschiffes, das auf einem Planeten ohne Namen landet, welcher über eine primitive eingeborene Bevölkerung verfügt. Das wissenschaftliche Team, das Folsom begleitet, beginnt mit der Aufnahme der Forschungsarbeit: kühl, sachlich, distanziert – und absolut SF-untypisch. Hans Folsom jedoch verhält sich plötzlich genau so, wie man es von einem sternenstürmenden Weltraumhelden erwartet. Während seine Umwelt und seine Mitarbeiter abolut rational geschildert werden, tritt er auf wie ein Mensch, der geradewegs einem SF-Schundroman entsprungen ist und durch den Widerspruch zwischen der realen Rolle, die er innerhalb des Teams auszufüllen hat, und der, die er glaubt spielen zu müssen, dem Wahnsinn verfällt. Klischeegemäß glaubt er fest daran, daß die Eingeborenen Übles im Schilde führen und vereinzelte Mitglieder seiner Mannschaft bestrebt sind, seine Autorität als Kommandant zu untergraben. Außerdem ist er davon überzeugt, daß nur er allein – und zwar durch spektakuläre Aktionen – in der Lage ist, die Rätsel des Planeten zu lösen. Aber weder führen die Planetarier Böses im Schilde, noch ficht jemand Folsoms Stellung an. Es gibt nicht einmal Rätsel, die zu knacken wären. Die logische Konsequenz seines Wahnsinns manifestiert sich darin, daß er seine Leute zu terrorisieren beginnt, die Eingeborenen unterdrückt und plötzlich einen geheimnisumwitterten Stein findet, den außer ihm niemand sieht.

MANNING, LAURENCE (EDWARD)
(1899–1972)

Geboren in St. John, New Brunswick (Kanada). M. lebte seit 1920 in den USA. Bekannt wurde er vor allem durch seine Beiträge in *Wonder Stories* und *Wonder Stories Quarterly* in den dreißiger Jahren. In dieser Zeit erschien auch die erste Folge seiner Serie *Man Who Awoke* (1933), die später zu dem Band *The Man Who Awoke* zusammengefaßt wurde und als einer der klassischen »Schläfer-Romane« gilt.

MANTLEY, JOHN (TRUMAN)
(*1920)

Geboren in Toronto. M. studierte an der Universität in Toronto, war im Zweiten Weltkrieg Pilot und wandte sich dann als Schauspieler und Regisseur dem Theater zu. Er inszenierte auch Hörspiele und übernahm darin Sprechrollen. Sein einziger Ausflug in die SF war der 1956 erschienene Roman *The Twenty-Seventh Day*, der ein für die fünfziger Jahre sehr typisches Thema aufgriff: Außerirdische entführen etliche Menschen verschiedener Nationalität und geben jedem eine menschheitsvernichtende

Waffe in die Hand. Sodann warten sie darauf, daß sich einer der Waffenhüter aus eigenem Entschluß oder auf Druck staatlicher Mächte zum Einsatz der Waffe entschließt, um dann ihrerseits die Erde zu übernehmen. Allerdings geht die Rechnung dann doch nicht auf. M.s Roman wurde 1957 verfilmt, und das Ergebnis war ein sehr trivialer B-Film.

The Twenty-Seventh Day (1956; *Der 27. Tag*, 1957).

MARGROFF, ROBERT (ERVIN)
(*1930)

Geboren in Fayette County, Iowa. M. unternahm nur kurze Ausflüge in die SF. In den sechziger Jahren veröffentlichte er einige Kurzgeschichten in *Worlds of If*. Zwei Romane verfaßte er in Zusammenarbeit mit seinem prominenten Kollegen Piers Anthony: *The Ring* (1968; *Der Ring*, 1973) und *The E.S.P. Worm* (1970).

MARSTEN, RICHARD
(*1926)

Pseudonym des international bekannten amerikanischen Bestsellerautors Evan Hunter, geboren in New York. M. trug in den vierziger Jahren noch seinen Geburtsnamen Salvatore A. Lombino und hat sich unter dem Decknamen Ed McBain einen Ruf als Verfasser zahlreicher realistischer Krimis geschaffen. M. hat sowohl unter seinem neuen Namen E. Hunter wie auch unter Hunt Collins einige SF-Kurzgeschichten und -Romane verfaßt: *Find the Feathered Serpent* (1952) und *Nobody Knew They Were There* (1971) unter dem Namen Hunter; *Tomorrow's World* (1956) unter dem Namen Collins. *Danger: Dinosaurs!* (1953) und *Rocket to Luna* (1953; *Rakete ab zum Mond*, 1954) erschienen unter dem Pseudonym Richard Marsten.

MARTENSSON, BERTIL
(*1945)

Geboren in Malmö (Schweden); Verfasser zahlreicher Kurzgeschichten. M. hat eine ganze Reihe von Kriminalromanen verfaßt, wendet sich gelegentlich aber auch der phantastischen Literatur zu. Vier seiner Romane sind der SF zuzurechnen: *Detta är verkligheten* (1968), *Skeppet in Kambrium* (1974), *Samarkand 5617* (1976) und *Jungfrulig Planet* (1977).

MARTIN, GEORGE R. R.
(*1948)

Geboren in Bayonne, New Jersey; er studierte 1966–70 an der North Western University von Illinois, wo er mit einem Grad in Journalistik abschloß. Dann war er zwei Jahre lang Freiwilliger bei VISTA, einem sozialen Hilfswerk. Nachdem er in Fanzines seine ersten literarischen Gehversuche gemacht hatte, erschien 1971 seine erste Story in *Galaxy*, »The Hero«. Von diesem Erfolg ermuntert, verfaßte M. in den nächsten fünf Jahren etwa zwei Dutzend weiterer Stories, mit denen er sich rasch einen Namen machte. Die besseren sind romantische Melodramen, die sich vor imaginativen, überzeugend dargestellten Landschaften ferner Planeten abspielen. Nicht selten schildern sie emotionsreich das Ende einer Liebesbeziehung oder das Scheitern von M.s Lieblingsprotagonisten, des träumerischen Idealisten, der vergeblich gegen ein übermächtiges Schicksal ankämpft. Stories wie »With Morning Comes Mistfall« (1973), »And Seven Times Never Kill Man« (1975) und »The Storms of Windhaven« (1975, zus. mit Lisa Tuttle) sorgten nicht nur für eine stetig wachsende Anhängerschar in der Leserschaft, sondern trugen M. auch »Hugo«- und »Nebula«-Nominierungen ein.
Seine Novelle »A Song for Lya«, 1974 in *Analog* erschienen, gewann ein Jahr später schließlich den »Hugo« und verhalf ihrem Verfasser zum Durchbruch. In ihr verliert ein Empath seine telepathische Frau, die sich einer religiösen Gruppe anschließt, deren Mitglieder durch einen riesigen Molluskenparasiten telepathische Einheit erlangen. 1976 erschien M.s erstes Buch, die Storysammlung *A Song for Lya*, der 1977 *Songs of Stars and Shadows* folgte. Im selben Jahr wurde sein erster Roman, *Dying of the Light*, publiziert, der mit vielen seiner Stories den galaktischen Hintergrund gemein hat. Der Roman wurde ebenfalls für den »Hugo« nominiert, konnte aber nicht gewinnen. Das

gelang M. erst 1980, als seine Erzählung »Sandkings« (1979) »Nebula« und »Hugo« bekam und auch die Kurzgeschichte »The Way of Cross and Dragon« (1979) mit dem »Hugo« ausgezeichnet wurde. Spätestens mit diesen Erfolgen wurde M., zuvor schon einer der wichtigsten Nachwuchsschriftsteller, zu einer führenden Persönlichkeit in der modernen SF.
M. trat auch als Herausgeber der Anthologienserie *New Voices* in Erscheinung, die junge Autoren vorstellt, welche für den »John W. Campbell Award« vorgeschlagen wurden.

A Song for Lya (1976; *Die zweite Stufe der Einsamkeit*, 1982); *Sandkings* (1981); *Windhaven* (1981); *Fever Dream* (1982).

Dying of the Light
(1977; dt. *Die Flamme erlischt*, 1978)

Von einem »Flüsterjuwel« gerufen, macht sich Dirk t'Larien auf nach Worlorn, einem Einzelgängerplaneten am Rande der Galaxis. Worlorn zog einst an einem multiplen Sonnensystem vorbei und war in dieser Zeit Stätte für das Festival der 14 Zivilisationen des Randes, die je eine Stadt auf dieser Welt erbauten. Nun zieht Worlorn aus der Galaxis hinaus der ewigen Nacht entgegen. Aber noch regt sich Leben in den bizarren Städten. Dirk trifft seine Jugendliebe Gwen, deren psionischem Hilferuf er offensichtlich gefolgt war. Gwen lebt in der Stadt von Hoch Kavalaan, einer der Welten, die das Festival durchgeführt haben, und ist mit den Kavalaren Vikary und Garse zusammen. Das Volk der Kavalaren ist durch seine geschichtliche Entwicklung allem Fremden gegenüber feindlich eingestellt und durch einen rigiden Ehrenkodex geprägt. Vikary, der eine progressive Haltung vertritt, versucht andere auf Worlorn ansässige Kavalaren an ihrem Lieblingssport, der Jagd auf Fremdlinge, zu hindern. Garse dagegen ist konservativ. Als Vikarys Blutsbruder hat er Anspruch auf dessen Frau Gwen, die ihrerseits unter dieser Dreierbeziehung leidet. Kurzerhand entführt Dirk Gwen, ohne sich über die Zusammenhänge im klaren zu sein. Er hofft, ihre alte Liebe erneut zu entzünden, löst aber nur eine gnadenlose Verfolgungsjagd aus. Als es für ihn, den zivilisierten Menschen, um Leben oder Tod geht, paßt er sich dem barbarischen Verhalten seiner Verfolger an und beginnt sich zu wehren.

Dying of the Light spielt im selben »Universum« wie viele andere Stories von M. Durch einen interstellaren Krieg ist das terranische Sternenimperium zerbrochen. Nach einem langen, chaotischen Interregnum bricht eine neue Entdeckungsphase in der Galaxis an, bei der menschliche Rassen nach Jahrtausenden wieder aufeinandertreffen. Dieser Hintergrund bietet M. reichlich Gelegenheit, seine Stärke auszuspielen und fremdartige Welten zu entwerfen. Auch sein erster Roman lebt von den überaus eindringlichen Landschaften eines Planeten, dessen Organismen dem Tod geweiht sind. Darüber liegt eine melancholische Geschichte voller undurchsichtiger Ränkespiele und voller Gewalt. Der Protagonist kann seine Träume nicht verwirklichen, denn Natur und Schicksal sind stärker als der einzelne Mensch. Als Dirk t'Larien das erkennt, verändert er sich, und seine Beziehungen zu den anderen Handlungsträgern verändern sich auch. Für die Bewohner Worlorns ist der Spätherbst angebrochen. Der Winter steht vor der Tür, das Drama nimmt seinen Lauf.

Songs of Stars and Shadows
(1977; dt. *Lieder von Sternen und Schatten*, 1979)

Neun Kurzgeschichten und Erzählungen (in der deutschen Ausgabe fehlt eine Story) aus den ersten fünf Schaffensjahren des Autors. Insgesamt charakterisiert diese Sammlung M. etwas besser als *A Song for Lya*. In den herausragenden Geschichten des Bandes sind die Standardthemen des Autors variiert. In »This Tower of Ashes« (1976) wird ein Turm aus Asche, in dem der Protagonist lebt, zum Symbol für seine gescheiterte Liebesbeziehung. Der Dualismus Traum – Realität und die Gegenüberstellung von Resignation und Optimismus sind die Grundlage von »For a Single Yesterday« (1975), wo ein Poet und Sänger in einer auf mündliche Überlieferung angewiesenen Nach-Atomkriegs-Kultur entscheiden muß, ob er seinen Blick wehmütig auf die entschwundene Vergangenheit richten soll oder auf eine öde, aber lebenswichtige Zukunft. Wie immer bei M. hat der Romantiker (dem seine Sympathie gehört) keine Chance; er wird von einem Pragmatiker abgelöst.
»And Seven Times Never Kill Man« (1975) beschreibt das Engagement eines interstellaren

Händlers für friedliebende Fremdwesen, die von einem rassistisch-religiösen Kultgenossen abgeschlachtet werden.
Schließlich fällt »Night of the Vampyres« (1975) insofern aus dem Rahmen, als M. ein brisantes politisches Thema anschneidet. Die amerikanische Regierung inszeniert einen »Reichstagsbrand« gigantischen Ausmaßes: Atombomber auf dem Flug nach Washington sollen die eigene Bevölkerung bombardieren, um der Regierung Anlaß zur Verhaftung der politischen Opposition zu geben.
Die restlichen fünf Beiträge sind etwas schwächer, jedoch in der gleichen Grundstimmung gehalten: traurig-melancholisch, mit einem Hauch Sentimentalität und teilweise einem gehörigen Schuß Dekadenz. Fraglos versteht es M., durch seinen Stil und den Tenor seiner Geschichten ein breites Leserpublikum zu begeistern. Einige optimistische Ausblicke könnten freilich den Eindruck, den sein Gesamtwerk hinterläßt, noch verstärken.

MARTINO, JOSEPH P.
(*1931)

Geboren in Warren, Ohio. Die erste Story, »Push-Button War«, des Autors und Naturwissenschaftlers erschien 1960 in *Astounding*. Wie auch alle weiteren Geschichten M.s ist »Push-Button War« der sogenannten Hardware-SF zuzurechnen, die auf technisch-naturwissenschaftlichen Stoffen basiert.

MARTYNOV, GEORGIJ (SERGEEVIČ)
(*1906)

Geboren in Grodnow (Rußland). M. publiziert seit 1955 SF, vornehmlich Kinderbücher. Bekannt wurden hiervon die Romane *220 dnej na zvezdolëte* und *Nasledstvo Faetoncev*. Eine längere Erzählung, »Planetnyj gost'« (1957; *Gäste aus dem Weltall*, 1958), erschien in einer Heftreihe in der DDR.

220 dnej na zvezdolëte (1955; *220 Tage im Weltraumschiff*, 1957); *Nasledstvo Faetoncev* (1959; *Das Erbe der Phaetonen*, 1960); *Gost' iz bezdny* (1962; »Gast aus der Tiefe«).

MASON, DOUGLAS R(ANKINE)
(*1918)

Geboren in Wales, seit 1954 als Rektor im Schuldienst tätig. Seine erste Story, »Two's Company«, erschien 1964 unter dem Pseudonym John Rankine in *New Writings of SF*. Es folgten Romane wie *From Carthago Then I Came* (1966), *Ring of Violence* (1968), *The Janus Syndrome* (1969) und *Satellite 54-Zero* (1971). Unter dem Pseudonym John Rankine veröffentlichte er u. a. die Dag-Fletcher-Raumabenteuer-Serie, die zwei Romane, *Interstellar Two-Five* (1966) und *One Is One* (1968), sowie die Storysammlung *The Blockade of Sinitron* (1966) umfaßt. M. bevorzugt Einzelgänger-Helden (besonders deutlich in *Horizon Alpha* und *The Resurrection of Roger Diment*), schreibt gute spannende und farbige Abenteuerkost; weiterreichende Ambitionen fehlen.

From Carthage Then I Came (1966; *Stadt unter Glas*, 1969); *The Weisman Experiment* (1969, Pseud. John Rankine; *Die Weisman-Idee*, 1970); *The Janus Syndrome* (1969; *Das Janus-Syndrom*, 1973); *Matrix* (1970; *Matrix*, 1970); *Horizon Alpha* (1971; *Der Rebell von Metropolis*, 1972); *The Resurrection of Roger Diment* (1972; *Diktatur der Androiden*, 1973).

MASSON, DAVID I.
(*1915)

Geboren in Edinburgh. M., der den Master of Arts in Englischer Literatur besitzt, begann 1965 in *New Worlds* Kurzgeschichten zu publizieren, die alle in dem Storyband *The Caltraps of Time* (1968) gesammelt sind. Diese eine Kollektion brachte ihm eine starke Reputation als brillanter Schreiber. Sein Lieblingsthema sind Zeitreisegeschichten, und es sind Stories wie »Traveller's Rest« und »A Two-Timer«, die den stärksten Eindruck hinterließen. Letztere ist ganz im Englisch des 17. Jahrhunderts erzählt, aus dem ein unfreiwilliger Zeitreisender in die Zukunft geschleudert wird.

MATHESON, RICHARD (BURTON)
(*1926)

Geboren in Allendale, New Jersey. M. studierte Journalistik an der Universität von Missouri. Danach ließ er sich in New York nieder und begann zu schreiben. Gleich seine erste SF-Veröffentlichung sollte seine berühmteste Kurzgeschichte werden: »Born of Man and Woman« verband wie viele seiner späteren Werke SF- und Horror-Elemente miteinander. Die besten seiner frühen Kurzgeschichten finden sich in der Sammlung *Born of Man and Woman* (1954; anderer Titel: *Third from the Sun*). Starke Einflüsse des Horror-Genres zeigte auch sein erster Roman, *I Am Legend* (1954), der später mit Charlton Heston erfolgreich verfilmt wurde (dt. Titel: *Der Omega-Mann*). Mittlerweile nach Kalifornien gezogen, veröffentlichte er (nachdem er bereits drei Kriminalromane publiziert hatte) seinen bekannten Roman *The Shrinking Man* (1956). Auch dieser Roman wurde verfilmt. M. schrieb das Drehbuch selbst, was ihm Zugang zur Filmindustrie verschaffte. Danach trat M. häufig als Drehbuchautor in Erscheinung. Er arbeitete an der Fernsehserie *The Twilight Zone* (1959) mit und schrieb das Drehbuch zu Roger Cormans erstem Film, *The Fall of the House of Usher*, sowie mehrere Folgen von *Star Trek* (*Raumschiff Enterprise*) und Skripts zu einigen Fernsehfilmen.

Third from the Sun (1954; *Der dritte Planet*, 1965); *The Shores of Space* (1957; *Der letzte Tag*, 1972); *A Stir of Echoes* (1958); *Shock!* (1961); *Shock II* (1964); *Shock III* (1966); *Shock Waves* (1970); *Bid Time Return* (1975).

I Am Legend
(1954; dt. *Ich, der letzte Mensch*, 1963)

Auf der Erde wird ein Virus freigesetzt, der alle Menschen in Vampire verwandelt. Nur ein einziger Mann bleibt davon verschont. Nachts verbarrikadiert er sich in seinem Haus und setzt sich gegen seine Vampirwidersacher zur Wehr. Am Tag, wenn diese schlafen, verläßt er sein Haus und tötet so viele er kann, immer darauf bedacht, vor Sonnenuntergang wieder zu Hause zu sein. Eines Tages trifft er am hellichten Tag ein Mädchen, das zunächst vor ihm flieht, dann aber mit ihm kommt. Er hält sie für einen normalen Menschen, doch wie sich herausstellt, gehört sie auch zu den Vampiren, die sich langsam an ihre Umwelt anpassen. Er erkennt, daß nicht die Vampire die Anormalen sind, sondern er, als letztes Überbleibsel einer untergegangenen Menschheit. Mit dieser Erkenntnis wählt er den Freitod und überläßt die Erde ganz den Vampiren.
I Am Legend war ein Novum in der SF der fünfziger Jahre, einmal weil das Buch klassische Horrorelemente mit einem SF-Hintergrund verband, zum anderen weil ›bösartige‹ Lebewesen nicht als Abnormitäten denunziert wurden, die es um jeden Preis auszurotten gilt, sondern als Kinder einer neuen Evolution, mit der das alte Menschengeschlecht nicht mehr mithalten kann. Nicht mehr der Mensch steht im Mittelpunkt des Universums, sondern das Leben selbst, in seiner ganzen Vielfalt und mit allen seltsamen Wesen, die es hervorbringt und die alle ihre Existenzberechtigung haben, gleich wie sie aussehen und was sie sind.

The Shrinking Man
(1956; dt. *Die unglaubliche Geschichte des Mr. C.*, 1960)

Bei einem Ausflug gerät Scott Carey in eine Wolke aus Insektenvernichtungsmittel, die später eine seltsame Wirkung zeigt: Carey wird immer kleiner. Zunächst passen ihm seine Kleider nicht mehr, bald kann er nur noch mit Mühe auf einen Stuhl klettern. Kein Arzt kann ihm helfen. C. ist verzweifelt. Seine Ehe droht zu scheitern, sein Verhältnis zu seiner Umwelt wird völlig irrational und von Selbstmitleid und Haß geprägt. Eine Zeitlang scheint es, als ob sein Schrumpfungsprozeß durch Medikamente aufgehalten werden könnte; er beginnt eine Liaison mit einer Liliputanerin. Doch die Wirkung des Gegenmittels ist begrenzt – er schrumpft immer weiter. Im Keller seines eigenen Hauses gerät er in tödliche Gefahren, denn die harmlose Hausspinne in ihrem Netz ist plötzlich riesengroß und betrachtet ihn als Beute. Er kann das Spinnenuntier besiegen und klettert schließlich an ihrem Netz hoch und durch ein Fenster in die Freiheit. Er stellt sich Fragen nach den grundlegenden Werten des menschlichen Lebens, und schließlich fällt seine Verzweiflung von ihm ab. Er akzeptiert die Rolle, die die Schöpfung ihm zugewiesen hat, und stellt sich darauf ein, seine neue Umgebung

zu erkunden, selbst wenn sie im subatomaren Bereich liegen sollte.
Wie auch *I Am Legend* enthält *The Shrinking Man* zahlreiche Stilmittel aus Horror und Fantasy, die der Autor geschickt zu einem homogenen Ganzen verschmilzt. Und wie in seinem ersten Roman verleiht M. der Ehrfurcht vor dem Leben Ausdruck, was bis dahin in der SF selten so deutlich geschehen war. Im Gegensatz zu dem etwas reißerisch aufgemachten Film fehlen in der Buchvorlage Actionszenen fast völlig.

MATZKE, GERHARD
(*1925)

Geboren in Waltershausen, Thüringen. Der in der DDR ansässige Autor besuchte die Handelsschule; er arbeitete im Krieg im Büro einer Gummifirma. In der Lagerzeitschrift eines britischen Kriegsgefangenenlagers erschienen erste literarische Versuche. M. kehrte danach in seine vorherige Firma zurück, leitete die Laienspielgruppe der Firma und übernahm ab 1965 die Redaktion der Betriebszeitung. Sein erster SF-Roman, *Marsmond Phobos*, schildert einen Jungen, der als blinder Passagier an einer Marsexpedition teilnimmt.

Marsmond Phobos (1967); *Projekt Pluto* (1976).

MAXIMOVIĆ, GERD (OTTO)
(*1944)

Geboren in Langenau (ČSSR), aufgewachsen in Schwäbisch Gmünd. M. studierte Volkswirtschaft und Pädagogik in Saarbrücken und ist seither als Diplom-Handelslehrer in Bremen tätig. Seine ersten SF-Stories veröffentlichte er in Fan-Magazinen – etliche davon wurden später, zum Teil überarbeitet, in Anthologien abgedruckt –, bevor er ab 1974 einer breiteren Öffentlichkeit bekannt wurde. Seine beiden ersten außerhalb der Fan-Subkultur publizierten Stories waren »Die erste Liebe« und »Die helfende Hand«, die 1974 in der Anthologie *Science Fiction aus Deutschland* (hrsg. von Hans Joachim Alpers und Ronald M. Hahn) erschienen. In der Folge veröffentlichte M. einen Heftroman unter dem Pseudonym Maxim Bremer und eine Reihe von Kurzgeschichten in verschiedenen Anthologien sowie im *Playboy*, die zum Teil auch in andere Sprachen übersetzt wurden. 1979 kam seine bislang einzige Buchpublikation, eine Kurzgeschichtensammlung, heraus. Etliche der Kurzgeschichten sind thematisch und stilistisch recht bemerkenswert und weisen M. als relativ eigenständigen Autor in der deutschen SF aus.

Agent unter den Sternen (1974); *Die Erforschung des Omega-Planeten* (1979).

MEAD, HAROLD
(*1910)

Geboren in Ootacamund (Indien), Ausbildung an der Militärakademie in Sandhurst (England). M. erwarb einen akademischen Grad in Cambridge, wurde 1930 Berufssoldat und blieb dies bis 1947, danach war er Lehrer. M. hat zwei Romane verfaßt, die der Science Fiction zuzuordnen sind, daneben hat er für zahlreiche englische Zeitschriften geschrieben. Sein erster Roman, *The Bright Phoenix*, 1955 erschienen, schildert eine Welt nach einem dritten Weltkrieg. Eine Art sozialistischer Staat schickt genetisch selektierte Siedler zur Landnahme aus, diese scheitern letztlich aber an den weniger perfekten Überlebenden dieser Landstriche. Die Thematik von M.s zweitem Roman *Mary's Country* (1957) ist ähnlich: Für den Einsatz in einem bakteriologischen Krieg gelagerte Krankheitskeime werden durch einen Unfall freigesetzt, ein großes Territorium wird verseucht. Dies muß eine Gruppe von Kindern durchqueren, die in einem der Kindererziehungsheime eines totalitär-perfektionistischen Staates überlebt hat. M. warnt in seinen Romanen (ähnlich wie Orwell) vor totalitären Systemen, und wie Orwell sieht er diese Gefahr vor allem im Osten. Seine Geschichten sind geschickt konstruiert, spannend, mit gut charakterisierten Protagonisten.

The Bright Phoenix (1955; *Der strahlende Phoenix*, 1959); *Mary's Country* (1957; *Marys Land*, 1959).

MEEK, S(TERNER) (ST.) P(AUL)
(*1894)

Geboren in Chikago. M. besuchte verschiedene amerikanische Universitäten und durchlief eine Armeekarriere. 1929 erschien seine erste SF-Story, »The Murgatroyd Experiment«, in *Amazing Quarterly*. Bekannt wurde er jedoch durch seine Geschichten, die in den dreißiger Jahren in *Amazing* und *Astounding* abgedruckt wurden. In diese Zeit fällt auch die aus 16 Stories bestehende Dr.-Bird-Serie. M. publizierte auch einige Romane wie *Drums of Tapajos* (1930) und dessen Fortsetzung *Troyana* (1932), die beide eher dem phantastischen Reiseroman zuzurechnen sind.

MEEROV, ALEKSANDR
(*1915)

Geboren in Charkow (Rußland). M. wurde zum Chemie-Ingenieur ausgebildet, arbeitete im Anschluß daran lange an verschiedenen Forschungsinstituten und verfaßte nebenbei in seiner Freizeit SF. Erste Romanveröffentlichung war *Zaščita 240* (1955), daran schlossen sich weitere SF-Romane an, von denen einige auch ins Deutsche übertragen wurden.

Sirenevyj Kristall (1962; *Der fliederfarbene Kristall*, 1968); *Pravo Veto* (1971; *Vetorecht*, 1973).

MERAK, A. J.
(*1928)

Pseudonym des englischen Chemikers und Schriftstellers John Stephen Glasby, geboren als Sohn eines Lokführers in East Retford, Nottinghamshire. M.s Metier ist die Space Opera. Seine meist in den fünfziger Jahren entstandenen Romane sind beinahe so zahlreich wie seine sonstigen Pseudonyme (u. a. Berl Cameron, Paul Lorraine, Rand Le Page, J. B. Dexter), jedoch nicht so schlecht, wie man es von einem Vielschreiber dieser Periode erwarten mag.

Dark Andromeda (1954; *Geheimauftrag Andromeda*, 1957); *Dark Conflict* (1959); *The Dark Millennium* (1959); *No Dawn and No Horizon* (1959); *Barrier Unknown* (1960); *Hydrosphere* (1960). – Pseud. J. L. Powers: *Black Abyss* (1960; *Vorstoß in die Galaxis*, 1962). – Unter richtigem Namen: *Project Jove* (1971).

MERCIER, LOUIS-SEBASTIEN
(1740–1814)

Geboren in Paris. Bekannt durch seine Schauspiele, wurde er für die SF wichtig durch seine Utopie *L'an 2440* (1772). Dieses Werk war die erste Utopie in Form des Zukunftsromans. Der Erzähler schläft im Paris des Jahres 1770 ein und wacht an gleicher Stelle im Jahr 2440 wieder auf, wo er ein liberales, demokratisches und aufgeklärtes Frankreich vorfindet. Diese Utopie wurde noch im Erscheinungsjahr ins Deutsche übersetzt und unter dem Titel *Das Jahr 2440* publiziert.

MERLE, ROBERT
(*1908)

Geboren in Tebessa (Algerien). M. erregte besonders mit seinem Werk außerhalb der SF Aufsehen. Er wurde 1949 mit dem »Prix Concourt« ausgezeichnet, ist KPF-Mitglied und hat einige interessante Romane geschrieben, in denen die SF-Thematik seiner Gesellschaftskritik als Vehikel dient. Sein bekanntester Genre-Roman dürfte *Un animal doué de raison* sein, der auch verfilmt wurde. In *Les hommes protégés* hat eine Seuche fast alle Männer in den USA hinweggerafft, die Überlebenden werden unter einem Frauenregime sorgsam behütet. Ähnlich wie Michael Moorcock erreicht auch M. eine Verschmelzung seines gesamten Œuvres, indem er Randfiguren früherer Romane in anderen wieder auftreten läßt. Gesellschaftskritisches Engagement und Faktenwissen lassen viele seiner Bücher über den Durchschnitt der SF hinausragen.

Les hommes protégés (1974; *Die geschützten Männer*, 1976).

Un animal doué de raison
(1967; dt. *Der Tag der Delphine*, 1969)

Dem amerikanischen Professor Sevilla gelingt es, ein Delphinpärchen dahin zu bringen, daß es sich in englischer Sprache mit ihm unterhält. Daraufhin interessieren sich gleich zwei amerikanische Geheimdienste für Sevilla und sein Forschungsteam, und sie kaufen sich einen seiner Mitarbeiter. Zwar erlaubt man ihm, seinen Erfolg an die Öffentlichkeit zu bringen, aber wenig später nimmt man ihm die Delphine Fa und Bi und dressiert sie für militärische Zwekke. Sevilla, der durch seine Veröffentlichungen reich geworden ist, forscht mit seinem Team auf einer abgelegenen Insel auf eigene Kosten weiter; das Dephinweibchen Daisy hilft ihm beim Erlernen der Delphinsprache, die sich in Pfiffen äußert.

Die weltpolitische Lage hat sich inzwischen bedrohlich zugespitzt: Ein amerikanisches Kriegsschiff ist mit einem Atomsprengsatz in chinesischen Gewässern vernichtet worden, und der Atomkrieg gegen China erscheint unabwendbar. Da meldet sich wieder der Geheimdienst, diesmal mit einer Bitte: Die Delphine Fa und Bi sind zu keiner Kommunikation mehr bereit, nachdem sie unter den Fittichen der nationalen Geheimdienstkonkurrenz militärisch ausgebildet worden sind, ihren Ausbildungsort eigenmächtig verlassen haben und über eine riesige Entfernung zu ihrem ehemaligen Betreuer Bob, dem Verräter aus dem Sevilla-Team, zurückgekehrt sind. Geheimdienst I möchte wissen, was die Delphine dazu veranlaßt hat, zumal Bob, dem sie sich wohl anvertraut haben, wenig später eines rätselhaften Todes stirbt.

Sevilla erklärt sich bereit, die Delphine zu befragen, wenn er bei der Befragung mit ihnen allein sein kann und wenn sie ihm anschließend geschenkt werden. Aber Fa und Bi benehmen sich ihm gegenüber plötzlich feindselig und geben keine Auskunft. Wenig später unternimmt Geheimdienst II einen Anschlag auf sie, dem sie durch Zufall entgehen und dem statt dessen Daisy und ein Delphin-Freund aus dem Meer erliegen. Sevilla und seine restlichen drei Mitarbeiter sollen ebenfalls vorsorglich für den Fall getötet werden, daß sie etwas von den Delphinen erfahren haben. Die Ereignisse haben die alte Freundschaft zwischen den Delphinen und den Wissenschaftlern wieder hergestellt, und man erfährt, daß Fa und Bi darauf geschult wurden, Minen an Kriegsschiffen zu befestigen. Auf Anordnung des eigenen Geheimdienstes wurde von ihnen auf diese Weise der amerikanische Zerstörer vernichtet, damit ein Kriegsgrund gegen China vorläge. Fa und Bi, die wie alle Delphine die Menschen für gute, gottähnliche Wesen angesehen hatten, haben daraufhin den Glauben an die Menschheit verloren und zu differenzieren gelernt.

Das Buch schließt mit der Flucht der vier Menschen und der beiden Delphine. Mit der Drohung, die Beweise für das Verbrechen der Weltöffentlichkeit zu übergeben, soll der Krieg gegen China nach Möglichkeit noch abgewendet werden.

M.s Buch ist, obgleich eine irdische Lebensform beschreibend, ein sehr gutes Beispiel für die Schilderung andersartiger Intelligenzen, geprägt von einem prinzipiellen Humanismus und Pazifismus des Autors. Das Ergebnis der Begegnung zwischen verschiedenartigen Intelligenzen ist deshalb notwendigerweise gegenseitige Respektierung, schließlich Freundschaft zwischen Individuen. Daran gemessen erscheinen die Forderungen der Machtpolitik als irrational.

Malevil

(1972; dt. *Malevil*, 1975)

Der Schloßherr Emmanuel, vier seiner Freunde, seine Haushälterin Menou und deren debiler Sohn Momo befinden sich gerade im Weinkeller des Schlosses, als eine Bomben-Katastrophe eintritt. Da die Burg an einem Steilhang liegt, der sie vor der ungeheuren Hitzewelle schützt, bleiben sie am Leben. Sie erfahren nie, wodurch der Bombenabwurf ausgelöst wurde, aber da sie einen Geigerzähler besitzen und es keine radioaktive Strahlung gibt, nehmen sie an, es habe sich um Lithiumbomben gehandelt. Als die sieben Überlebenden den Keller verlassen, betreten sie eine verbrannte Welt. Die Erde ist von rußgeschwärzten Ruinen bedeckt, von den Wäldern ist nur noch Asche vorhanden. Das Schloß »Malevil« ist allerdings wegen seiner günstigen Lage erhalten geblieben. Auch die Haustiere leben noch: trächtige Kühe, Stuten und eine tragende Sau. Die Überlebenden organisieren ihr Leben unter den gegebenen Bedingungen. Die Kontinuität des Haustierbestandes ist gesichert, und es gelingt ihnen auch, eines der weniger verbrannten Felder so tief umzugraben, daß der nicht zerstörte Boden an die Oberfläche kommt und sie Weizen säen können. Da sich unter ihnen keine fortpflanzungsfähige Frau befindet und sie sich für die

letzten Menschen halten, glauben sie, daß die Menschheit aussterben muß. Dann findet man heraus; daß noch andere die Katastrophe überlebt haben, in dem nahe gelegenen, ebenfalls geschützten Dorf »La Roque« hat sich inzwischen ein angeblicher Priester namens Fulbert eine diktatorische Position erobert. Die Maleviler holen sich Frauen aus La Roque, was zwischen den Gemeinschaften zu Spannungen führt. Eines Tages überfällt eine bewaffnete Bande La Roque und besetzt den Ort. Ihr nächstes Ziel heißt Malevil. Durch geschickte Kriegsführung gelingt es Emmanuel, der inzwischen zum Oberhaupt seiner Gemeinschaft gewählt wurde, die Bande aufzureiben, die guten Elemente zu integrieren und Fulbert zu entlarven. Fulbert wird von den Dorfbewohnern schließlich getötet. Als man Emmanuel zum Bürgermeister machen will, stirbt er plötzlich an einem Blinddarmdurchbruch; er hatte die Operation, von deren Notwendigkeit er wußte, vor der Katastrophe immer wieder aufgeschoben.
Malevil wurde nicht zuletzt durch seine Verfilmung 1981 zu M.s bekanntestem Werk. Mit Sicherheit ist es einer der besten französischen *post doomsday*-Romane.

MERRIL, JUDITH
(*1923)

Geboren in New York als Juliet Grossmann; sie war eine verheiratete Zissmann und änderte ihren Namen in Merril, bevor sie 1948 Frederik Pohl heiratete. Im gleichen Jahr konnte sie ihre erste und beste Geschichte, »That Only a Mother«, in *Astounding* veröffentlichen, die später auch in der Anthologie *Science Fiction Hall of Fame* abgedruckt wurde. Gemeinsam mit C. M. Kornbluth schrieb sie unter dem Pseudonym Cyril Judd die beiden Romane *Outpost Mars* (1951) und *Gunner Cade* (1952), die bekannter, wenngleich auch nicht qualitativ besser sind als die allein unter ihrem richtigen Namen erschienenen Werke. Zu den letztgenannten gehören *Shadow on the Hearth* (1950) und *The Tomorrow People* (1960), worin sich M. mit psychologischer Einfühlsamkeit bemüht, Situationen zu schildern, in denen die Protagonisten keine Kontrolle mehr über das Geschehen haben. In dieser Art der Schilderung liegt eindeutig M.s Stärke, auch war sie damit ihrer Zeit voraus.
Außerdem hat sie sich als Herausgeberin zahlreicher Anthologien einen Namen gemacht, wovon *Shot in the Dark* (1950) die erste war. In den fünfziger und sechziger Jahren gab sie eine Anthologienreihe mit der besten SF des Jahres heraus. Ebenfalls hervorzuheben ist die Anthologie *England Swings* (1968), in der M. Geschichten britischer »New Wave«-Autoren zusammenstellte.

MERRITT, A(BRAHAM)
(1884–1943)

Geboren in Beverly, New Jersey. Er schloß die High School mit 13 Jahren ab, studierte Jura und arbeitete in einem Notariat. Ab 1902 war er Berichterstatter für ein Blatt namens *Philadelphia Inquirer*, ab 1912 Tätigkeit beim Pressekonzern William Randolph Hearst, Chefredakteur von *The American Weekly* 1937–43. M. verfaßte ab 1917 Erzählungen für die Pulps; zwei Jahre später erschien *The Conquest of the Moon Pool*, sein erstes Buch. Als Hugo Gernsback 1926 sein erstes SF-Magazin, *Amazing Stories*, gründete, fiel M. ihm auf, und er druckte seine Geschichten nach. M.s Gesamtwerk beläuft sich auf acht Romane.
The Moon Pool (1919; *Der Mondsee*, 1978) behandelt das Thema der »Lost Race«; in *Dwellers in the Mirage* (1932; *Königin im Schattenreich* und *Die Höhle des Kraken*, 1978) verehrt ein nordisch-mongolisch-indianisches Volk einen lovecraftschen Horrorgott, der aus einer fremden Dimension stammt; *The Metal Monster* (1946) schildert extraterrestrische Metallwesen, die nach Art eines Bienenschwarms in einem abgelegenen Teil des Himalaya leben. *The Face in the Abyss* (1931) handelt von der »Schlangenmutter«, der letzten einer unsterblichen Rasse, die des Daseins müde geworden ist.
M.s einzige Heroic Fantasy ist *The Ship of Ishtar* (1926; *Schiff von Ischtar* und *König der zwei Tode*, 1977): Der Archäologe John Kenton gerät in den Besitz eines aus Diamant geschnitzten Schiffsmodells der Göttin Ischtar und wird auf »wunderbar merkwürdige« Weise in eine andere Zeitdimension (und auf eben dieses Schiff) transportiert, wo sich zwei verfeindete Parteien gegenüberstehen, die ›das Gute‹ und ›das Böse‹ symbolisieren. Kenton metzelt sich in altbewährter Herrenmenschenmanier durch

alle Schwierigkeiten einer archaischen Welt, besiegt ›das Böse‹ und gewinnt die Liebe seiner Angebeteten. Weitere phantastische Romane sind *The Fox Woman* (1946) und *The Black Wheel* (1947), beide vollendet und postum veröffentlicht von M.s Freund, dem Maler und Schriftsteller Hannes Bok.

MERWIN JR., SAM(UEL)
(*1910)

Sohn des amerikanischen Schriftstellers W. S. Merwin. M., der gelegentlich auch unter Pseudonymen wie Stanley Curson, Matt Lee oder Carter Sprague veröffentlichte, begann seine schriftstellerische Laufbahn mit der Kurzgeschichte »The Scourge Below« (1939 in *Thrilling Wonder Stories* erschienen). Sein Œuvre und sein Einfluß auf das Genre unterscheiden sich nur unwesentlich von denen anderer Pulp-Autoren jener Zeit. In seinen Romanen geht es um Menschen aus der Zukunft, die die Gegenwart verändern wollen (*Killer to Come*), um Abenteuer in Parallelwelten (*Three Faces of Time*) oder feministische Terroristen, die versuchen, das männliche Geschlecht auszurotten (*The White Widows*). Ungleich bedeutsamer ist seine Tätigkeit als Redakteur verschiedener Magazine. So übernahm er 1945 *Thrilling Wonder Stories* und *Startling Stories* und machte sie zu den besten Magazinen, die Ende der vierziger Jahre auf dem Markt waren. Später arbeitete er redaktionell an *Galaxy, Galaxy SF Novel* und *Beyond* mit und stellte *Wonder Story Annual* und *Fantastic Story Quarterly* zusammen. In späteren Jahren war er für Hollywood tätig.

The House of Many Worlds (1951; *In geheimer Mission auf Erde II*, 1968); *The White Widows* (1953); *Killer to Come* (1953); *Three Faces of Time* (1955; *Die Zeitagenten*, 1963); *The Time Shifters* (1971); *Chauvinisto* (1976).

MESSAC, RÉGIS
(1893–1943)

Universitätsprofessor mit regem Interesse an utopischer Literatur. Verfasser von Essays und drei Romanen. M. galt als einer der ersten SF-Pioniere Frankreichs, arbeitete in den dreißiger Jahren in Kanada und gehörte zu den Begründern der Zeitschrift *Les Premières*, einem Rezensionsblatt, das literarisch Interessierten zeitgenössische Autoren nahebringen sollte. Sein erster Roman war *Quinzinzinzili* (1935) und handelt von den Bemühungen einer Gruppe junger Menschen, nach einem kataklysmischen Krieg, der den größten Teil der Menschheit vernichtet hat, in einer neuen Umwelt zu überleben. *La cité des asphyxiés* (1937) schildert in satirischer Form eine Zeitreise in eine ferne Zukunft der Erde. Die Oberfläche des Planeten ist aufgrund von Sauerstoffmangel unbewohnbar geworden; Atemluft wird in den Untergrundstädten der Überlebenden mit Wucherpreisen gehandelt. *Valcretin* (geschrieben 1943, publiziert postum 1973) behandelt das Thema einer degenerierten, allmählich zerfallenden Gesellschaft.

MEYERN, WILHELM FRIEDRICH
(1759–1829)

Geboren in Frauenthal an der Steinach (Österreich) unter dem Namen W. F. Meyer. In seiner Jugend fühlte sich M. bürgerlich-demokratischen Ideen verpflichtet; es wird vermutet, daß er während seines Studiums der studentischen Geheimorganisation »Bund der schwarzen Brüder« in Altdorf bei Nürnberg angehörte, die freiheitliche Ziele gegenüber dem Adel verfolgte. Als jedoch Napoleon gegen Österreich marschierte, siegte in M. die großdeutsch-nationale Gesinnung; er nutzte die demokratische Idee der allgemeinen Volksbewaffnung, um eine Landwehr gegen Napoleon aufstellen zu helfen. M. war eine schillernde Persönlichkeit und führte ein abenteuerliches Leben. Ebenso abenteuerlich und schillernd ist sein umfangreiches Werk *Dya-Na-Sore oder Die Wanderer* (1787 bis 1791; 3 Teile).
Es geht darin um die machtpolitischen Ambitionen zweier Brüder, Söhne eines Priesters in einem nicht näher bestimmten indisch-orientalischen Land, die sich in mystisch-militärische Geheimbünde aufnehmen lassen. Die Bundesgenossen beabsichtigen, und es gelingt ihnen schließlich auch, den herrschenden Tyrannen zu stürzen, angeblich um ihr geknechtetes Volk zu befreien. Die »Befreier« errichten nach ihrem Sieg jedoch ein totalitär-militaristisches Regime,

das seine Untertanen zu Nationalhaß und Kriegsbereitschaft erziehen will und die Verachtung der allgemeinen Menschlichkeit predigt. Das Volk wehrt sich gegen diese Art der Diktatur und verjagt die neuen Herrscher, die in ferne Gegenden ziehen müssen.
In dem Werk findet sich Gedankengut der Freimaurer und Rosenkreuzer, aber auch utopistisch-idealstaatliches Denken. Autor und Werk sind noch wenig erforscht und umstritten, jedoch gilt der Verfasser als früher weltanschaulicher »Vorläufer des Faschismus« (Arno Schmidt), und einige SF-Experten sind der Ansicht, *Dya-Na-Sore* könne als Vorläufer der SF betrachtet werden.

MIEHE, ULF
(*1940)

Geboren in Wusterhausen. Nach einer Buchhändlerlehre war M. längere Zeit im Bertelsmann-Konzern als Lektor tätig, wo er die Entstehung von Walter Ernstings erstem SF-Jugendbuch (*Das Weltraumabenteuer*, 1965) betreute. Mit Ernsting ist M. seit seiner Zeit im Science Fiction Club Deutschland (dem er schon in jungen Jahren beitrat) befreundet, und so blieb es nicht aus, daß er gemeinsam mit ihm unter dem Pseudonym Robert Artner zwei Romane und einen Band mit SF-Kurzgeschichten verfaßte. Zwei allein verfaßte SF-Kurzgeschichten erschienen im Terra-Taschenbuch Nr. 235, durchschnittliche SF-Kost. Außerhalb der SF gelangen Miehe sehr erfolgreiche Romane, z. B. *Ich hab noch einen Toten in Berlin* (1973) und *Puma* (1976), ferner drehte er mit Volker Vogeler Spielfilme, die dem Jungen Deutschen Film zuzurechnen sind. In eigener Regie entstand der Film *John Glückstadt* nach einer Novelle von Theodor Storm.

Der strahlende Tod (1967; zus. mit Clark Darlton); *Leben aus der Asche* (1968, zus. mit Clark Darlton); *Am Ende der Furcht* (C, 1968; zus. mit Clark Darlton).

MIELKE, THOMAS R. P.
(*1940)

Geboren in Vlotho. Der gelernte Werbekaufmann hat weit über 200 Heftromane unter den verschiedensten Pseudonymen veröffentlicht (u. a. Michael C. Chester, Marcus T. Orban, Marc McMan), hauptsächlich routinemäßig geschriebene Abenteuerstoffe. Außerhalb der Heftchenszene erschienen *Unternehmen Dämmerung* (1961; Pseud. Mike Parnell), *Grand Orientale 3001* (1980), ein Parallelweltenroman, und *Der Pflanzen Heiland* (1981), eine grün angehauchte Utopie.

MILLER, P(ETER) SCHUYLER
(1912–1974)

Geboren in Troy, New York. Der Chemiker, Autor und Hobbyarchäologe gewann im Jahre 1930 einen Wettbewerb des Magazins *Air Wonder Stories* mit seiner Geschichte »The Red Plague«. Weitere Geschichten wie »The Sands of Time« und deren Fortsetzung »The Coils of Time« folgten. 1953 erschien eine Sammlung seiner Kurzgeschichten unter dem Titel *The Titan*. In Zusammenarbeit mit L. Sprague de Camp war im Jahre 1941 sein einziger Roman, *Genus Homo*, erschienen.

MILLER JR., WALTER M(ICHAEL)
(*1923)

Geboren in New Smyrna Beach, Florida. M. schloß ein Ingenieurstudium an der Universität von Texas ab. Im Zweiten Weltkrieg war er bei der U.S. Air Force im europäischen Einsatz und erlebte u. a. die schweren Kämpfe am Monte Cassino mit. Nach dem Krieg begann er zu schreiben; nach einigen Versuchen mit herkömmlichen Erzählungen verlagerte er seine Aktivitäten auf die Science Fiction. Seiner ersten SF-Story, »Secret of the Death Dome«, die 1951 in *Amazing Stories* erschien, folgten bis 1957 weitere 41 Kurzromane und Erzählungen, die in fast allen wichtigen SF-Magazinen jener Zeit publiziert wurden. Trotz der relativ kurzen Zeit, die M. der SF widmete, ist sein Einfluß auf das Genre nicht zu unterschätzen. Als typischer

Autor der fünfziger Jahre formte er das Gesicht der SF in dieser Dekade entscheidend mit. Neben Sturgeon kann man ihn als den emotionalsten Stilisten der amerikanischen SF bezeichnen. Immer steht bei ihm der Mensch im Mittelpunkt, nicht etwa die Technologie oder die ausgefallene Idee. Die Botschaften seiner Geschichten sind oft humanistischer Natur, nicht selten zeigt sich M. als Moralist, wobei seine katholische Erziehung durchscheint. Qualitativ sind seine Stories unterschiedlich; die Mehrzahl steht jedoch weit über dem Durchschnitt, und einige gehören zu den besten SF-Erzählungen überhaupt, etwa »Command Performance« (1952), »Dumb Waiter« (1952), »Crucifixus Etiam« (1953) oder »The Darfsteller« (1955), die den »Hugo Award« gewann. Sein zweifellos bekanntestes Werk wurden jedoch drei Kurzromane, die 1955–57 im *Magazine of Fantasy & Science Fiction* erschienen und mit Erweiterungen zu dem 1960 publizierten Roman *A Canticle for Leibowitz* zusammengefaßt wurden. *Canticle*, in dem M. sein Lieblingsthema, den Dualismus Religion – Wissenschaft, vielschichtig behandelt, gewann ebenfalls den »Hugo Award« und wurde mit über 750 000 verkauften Exemplaren zum ersten Bestseller der SF. Nach diesem Buch, das dem Genre den Weg in literarische Gefilde erschloß, stieg M. auf dem Höhepunkt seiner schriftstellerischen Karriere aus. Er schrieb fortan nichts mehr. Nur wenige seiner Kurzgeschichten und Erzählungen wurden in Buchform nachgedruckt, und so ist M. trotz des großen Einflusses, den er in den fünfziger Jahren auf die SF hatte, heute weniger bekannt als viele schwächere Autoren, die jedes Jahr einen neuen Roman veröffentlichen.

Conditionally Human (1962); *The View from the Stars* (1964); *The Science Fiction Stories of WMM jr.* (1978).

Lit.: D. N. Samuelson,The Lost Canticles of WMM jr., in: Science Fiction Studies 8 (1976).

A Canticle for Leibowitz
(1960; dt. *Lobgesang auf Leibowitz*, 1971)

Der Roman ist in drei Sektionen unterteilt, die zuvor als Stories im *Magazine of Fantasy & Science Fiction* in etwas kürzerer Form erschienen waren. »Fiat Homo« (»A Canticle for Leibowitz«, 1955) schildert die Welt 600 Jahre nach einem verheerenden Atomkrieg, der den größten Teil der Menschheit vernichtet hat. Bruder Francis Gerard ist Novize im »Albertinischen Orden von Leibowitz« in einem Kloster im Südwesten Nordamerikas. Eines Tages hat er in der Wüste eine seltsame Begegnung mit einem Pilger, durch den er einen alten Bunker entdeckt und in ihm eine Blechschachtel mit alten Papieren, darunter eine offensichtlich wertvolle Blaupause mit dem Namen I. E. Leibowitz darauf. Isaac Leibowitz war ein Physiker, der nach dem atomaren Holocaust und der darauf folgenden Zeit der Simplifikation, einer antiintellektuellen Bewegung, die sich gegen jegliches Lernen richtete und weltweite Bücherverbrennungen mit sich brachte, sein Heil in der Religion suchte und einen Orden gründete, der sich die Konservierung des menschlichen Wissens zur Aufgabe machte. Zur Zeit Bruder Gerards hegen und pflegen die Mönche Vorkriegsdokumente, wissen aber kaum noch, was sie da tun. Die Blaupause von Leibowitz erregt im Kloster großes Aufsehen, und da man den Klostergründer gern als Heiligen sähe, wird auf die Duplikation des Fundes – Francis verbringt mit dem haargenauen Abzeichnen 15 Jahre – großer Wert gelegt. Schließlich bricht Bruder Francis nach »New Rome« an der Ostküste auf, um dort sein Fundstück zu präsentieren, was die Heiligsprechung von Leibowitz nach sich zieht.
Der zweite Teil, »Fiat Lux« (»And the Light Is Risen«, 1956), in dem man langsam zur Wissenschaft zurückkehrt, spielt wiederum etwa 600 Jahre nach dem ersten und markiert nach dem Mittelalter eine neue Renaissance. Die umherziehenden Stämme sind seßhaft geworden, Kleinstaaten und auch ein größerer Staat haben sich entwickelt. Und während man im Kloster mit elektrischem Licht experimentiert, schwelen die ersten Konflikte zwischen Kirche und Staat.
Der dritte Teil, »Fiat Voluntas Tua« (»The Last Canticle« 1957), beschreibt eine Welt etwa 1800 Jahre nach dem Atomkrieg. Die Zivilisation hat wieder die Stufe erreicht wie 1800 Jahre zuvor. Der Staat hat die Kirche in den Hintergrund gedrängt, und ein neuer Atomkrieg droht. Schließlich tritt das Unvermeidliche erneut ein; während die Bomben fallen, brechen die Mönche des Klosters mit einem Sternenschiff zum »Alpha Centauri« auf.
A Canticle for Leibowitz gilt als Meisterwerk der modernen SF. Das liegt zum einen Teil an

dem großartigen Stil, dessen sich M. bedient, zum anderen aber auch am logischen Aufbau und am Thema des Romans. M.s Helden sind nicht etwa die agierenden Personen, es sind die Menschheit und ihre Geschichte im allgemeinen. M. transponiert die Geschichte der letzten 2000 Jahre in die Zukunft. Ironischerweise kommt dabei der katholischen Kirche eine ähnliche Rolle zu, nur daß ihre Reliquien dieses Mal wissenschaftlichen Ursprungs sind. Eine tragende Rolle spielt dann auch fortwährend das Verhältnis zwischen Kirche und Wissenschaft, wobei M. öfter sarkastische Seitenhiebe austeilt, ohne jedoch zu hart mit beiden Bereichen ins Gericht zu gehen. Zwar entzündete sich gelegentlich Kritik an dem zyklisch-pessimistischen Weltbild, das M. in diesem Roman vertritt, aber man darf dabei auch nicht vergessen, daß *A Canticle for Leibowitz* zu einer Zeit geschrieben wurde, als der Widerstand gegen das atomare Wettrüsten immer stärker wurde. Von daher ist das Buch auch als Warnung zu verstehen. Dieser Roman gewann 1960 den »Hugo Award« und wird von vielen Kritikern als einer der besten SF-Romane überhaupt angesehen.

The Best of Walter M. Miller jr.
(1980)

Dieser 14 Kurzgeschichten und Novellen umfassende Band M.s ist ohne Zweifel seine beste Sammlung, enthält er doch alle wichtigen Kurztexte des Autors. Einer davon ist »Anybody Else Like Me« (anderer Titel: »Command Performance«, 1952), in dem die telepathische Protagonistin Lisa aus ihrer vorstädtischen Einsamkeit ausbrechen will, jedoch entsetzt ist, als ihr ein junger Mann, ebenfalls Telepath, auf mentalem Wege nachstellt und ihr unzweifelhafte Angebote macht. Nachdem sie ihn mit halluzinativen Befehlen derart verwirrt hat, daß er vor ein Auto läuft, erkennt sie auch ihre biologische Einsamkeit und sucht auf telepathischem Wege nach Gleichartigen.
Ebenfalls eine Kurzgeschichte, und vielleicht M.s beste, ist »Crucifixus Etiam« (1953). Sie handelt von Arbeitern auf dem Mars, die ihre Gesundheit riskieren, um die Atmosphäre des Planeten atembar zu machen. Als die Lunge von Manuel Nanti, einem an dünne Luft gewöhnten Peruaner, fast zerstört ist, wird ihm klar, daß er die Früchte seiner Arbeit nicht mehr genießen kann, sondern erst Generationen, die lange nach ihm kommen werden.
Probleme mit Robotern und mechanisierten Vorrichtungen in einer von den Menschen längst aufgegebenen Stadt gibt es in »Dumb Waiter« (1952). Bemerkenswert hier: M. setzt nicht zu antitechnologischem Maschinenstürmertum an, wie das oft in der SF der Fall ist, sondern stellt den selbständig agierenden Computer und die mechanischen Apparaturen wieder in den Dienst des Menschen.
Längere Texte sind »Dark Benediction« (1951), »Conditionally Human« (1952) und »The Darfsteller« (1954). In den ersten beiden geht es um eine biologische Transformation der Menschheit, bzw. die Probleme, die eine überbevölkerte Welt mit Babies hat, die eigentlich gezüchtete, intelligente Tiere sind. »The Darfsteller« ist M.s berühmter Kurzroman, der 1955 den »Hugo« gewann. In ihm versucht ein alternder Schauspieler, der an einem Autodrama-Theater von lebensgroßen Automaten ersetzt wurde, der neuen Schauspiel-Technologie auf seine Weise ein Schnippchen zu schlagen.
Schließlich ist »The Big Hunger« (1952), ein vom Fernweh des Menschen und der Freiheit des Weltraums handelndes Prosagedicht, in einer Sammlung erwähnenswert, die kaum eine schwache Geschichte aufweist und die ganze Themenbreite eines Autors zeigt, dessen Texte die SF der fünfziger Jahre in literarischer Hinsicht aufwerteten.

MITCHISON, NAOMI (MARGARET)
(*1897)

Geboren in Edinburgh. M., die Schwester des Wissenschaftlers J. B. S. Haldane, begann früh zu schreiben. Bis heute wurden mehr als 70 Bücher von ihr veröffentlicht. Bekannt wurde sie vor allem wegen ihrer Romane außerhalb der SF, etwa *The Conquered* (1923) und die anthropologische Fantasy *The Corn King and the Spring Queen* (1931). M. hatte immer ein leidenschaftliches Interesse an der Anthropologie. Sie betrieb selbst ausgedehnte Forschungen auf diesem Gebiet und wurde unter dem Namen Mmalinchwe zur Stammesmutter der baKgatla baKgafela in Botswana. Auch in ihrem ersten SF-Roman, *Memoirs of a Space Woman* (1962), zeigt sich ein anthropologischer Hintergrund. Ihr zweiter SF-Roman, *Solution Three*, handelt vom Kloning und nimmt sich wie sein Vorgänger des Themas Sex an: Heterosexuelle Beziehungen sind auf der Erde fast ausgestorben, doch eine neue Generation wächst heran, die die homosexuelle »Lösung 3« in Frage stellt.

Solution Three (1975).

Memoirs of a Space Woman
(1962; dt. *Memoiren einer Raumfahrerin*, 1980)

Memoirs of a Space Woman schildert Raumfahrt zu fernen Planeten aus der Sicht einer Frau. Mary ist Expertin für Fremdrassenkommunikation und soll bei interstellaren Expeditionen Kontakt zu fremden Lebewesen und Rassen aufnehmen. Bedingt durch die Reisen treten Zeit-Blackouts auf, d. h., die Protagonisten finden immer, wenn sie zur Erde zurückkehren, eine völlig veränderte Gesellschaft vor. Trotzdem liebt Mary ihren Beruf, dem sie sich auch dann noch widmet, als sie nicht mehr aktiv am Raumdienst teilnehmen kann.
M. versteht es faszinierend, die Kontaktaufnahme mit fremden Völkern zu schildern. Ihre Charaktere sind überzeugend dargestellt. Der Blickwinkel der Frau verleiht dem Buch einen zusätzlichen Reiz. Bedeutungsvoll ist der Roman, weil in ihm bereits ziemlich früh zu grundlegenden Fragen der gesellschaftlichen Entwicklung und der menschlichen Sexualität Stellung genommen wird.

MOMMERS, H(ELMUTH) W.
(*1943)

Geboren in Wien; Schriftsteller, Übersetzer und Literaturagent. M. war bereits in den frühen sechziger Jahren in der Fanbewegung aktiv, wo er sich als Verfasser relativ anspruchsvoller Kurzgeschichten einen Namen machte. Er war Mitarbeiter herausragender Fanzines wie *Nova*, *Metropolis* und *Pioneer* und veröffentlichte in Zusammenarbeit mit Ernst Vlček vier Heftromane und zwei Bände mit SF-Stories. Bekannt wurde er vor allem durch sein gemeinsam mit Arnulf D. Krauß durchgeführtes mehrbändiges Anthologieprojekt, das die besten 21 SF-Autoren der sechziger Jahre vorstellte.

Als Hrsg. zus. mit Arnulf D. Krauß: *10 Science Fiction-Stories* (1965); *7 Science Fiction-Stories* (2 Bde., 1966); *8 Science Fiction-Stories* (1967); *9 Science Fiction-Stories* (1969). – *Die Nacht der zehn Milliarden Lichter* (1967).

MONTANARI, GIANNI
(*1949)

Geboren in Piacenza; im Hauptberuf Lehrer; außerdem Schriftsteller, Übersetzer, Redakteur des Magazins *Galassia* (seit 1969) und Herausgeber diverser utopischer Buchreihen. M. studierte Anglistik, graduierte mit dem 1977 im Druck erschienenen Werk *Ieri, il futuro* über britische SF und hat sich als Verfasser zahlreicher Kurzgeschichten und mehrerer Romane einen Namen gemacht; sie weisen ihn als respektablen Stilisten und Anhänger der englischen »New Wave« aus.
La sepoltura (1973) schildert das Auftauchen von Menschen mit übersinnlichen Fähigkeiten, die sie jedoch nicht kontrollieren können. Diese Mutanten werden erbarmungslos verfolgt, in Lager gesteckt, medizinisch behandelt und schließlich als erwachsene Menschen mit den Gehirnen kleiner Kinder wieder in die Welt hinausgeschickt. Der namenlose Erzähler kehrt nach einer mehrjährigen Abwesenheit im Ausland nach Italien zurück, denn er will seinen Vater umbringen, der seine Mutter denunziert und in den Tod getrieben hat. Bevor er die Tat jedoch ausführen kann, erfährt er das, was er nie wahrhaben wollte: Auch er gehört zu den Mutanten.
Daimon (1978) spielt in der Festung »Labula«, die, räumlich und zeitlich unbestimmt, irgendwo zwischen Mittelalter und Zukunft existiert, in der das Leben in einem monotonen Rhythmus verläuft und jede Handlung nach den strengen Regeln einer unverständlichen Religion erfolgen muß. Meister Jockan, seine Frau Devi und der Historiker Nagal herrschen in dieser Welt, in der sich nichts verändert. Die Tiere sind den Menschen übergeordnet, und die Zeit ist ein Begriff, der jenseits des Vorstellungsvermögens liegt. Nagal ist der Stellvertreter der Gottheit Daimon und warnt den wißbegierigen Jockan davor, ketzerische Handlungen zu begehen. Die Begegnung mit einer rätselhaften Kreatur, die Jockan an einem heiligen

Baum trifft, erweitert seinen Horizont. Er will das außerhalb von Labula liegende Unbekannte erforschen, sieht sich jedoch zahlreichen Hindernissen ausgesetzt und bringt – von einer fremden Kraft geleitet – schließlich Nagal und eines der geheiligten, die Gottheit Daimon verkörpernden Tiere um. Als er in einen geheimnisvollen Gang eindringt und auf die vermeintliche Gottheit stößt, entpuppt diese sich als der letzte, unsterblich gewordene Mensch, der eine weit zurückliegende Katastrophe überlebt hat und die Erde mit Geschöpfen bevölkert, deren Entwicklung keine zweite Selbstvernichtung mehr zulassen wird.

Nel nome dell'uomo (1971) ist sehr stark von der britischen »New Wave« geprägt. Hier hat sich ein undurchdringlicher Nebel über die Erde gelegt, ohne daß dafür eine naturwissenschaftliche Erklärung geliefert wird. Was den Autor interessiert, sind vorrangig die psychologischen Auswirkungen einer solchen Umweltveränderung: Fünf Menschen, die abgeschnitten von der Außenwelt in zwei Häusern leben, versuchen miteinander auszukommen, wobei Schatten durch die Zimmer huschen, Scheiben zerspringen und der Nebel ihnen plötzlich außersinnliche Fähigkeiten verleiht.

MONTELEONE, THOMAS F.
(*1946)

Geboren in Baltimore, Maryland. Er studierte Psychologie und Literatur an der University of Maryland, arbeitete als Psychotherapeut, Dozent, Schreiner, Kritiker und Fotograf und veröffentlichte 1973 in *Amazing* seine erste Erzählung. 1977 entschloß er sich nach einer ganzen Reihe kürzerer Veröffentlichungen in Anthologien und Magazinen, freier Schriftsteller zu werden. Sein erster Roman, *Seeds of Change*, wurde gratis an Käufer einer neuen Taschenbuchreihe vergeben. Eine SF-Anthologie zum Thema Kunst ist *The Arts and Beyond* (1977).

Seeds of Change (1976); *The Time-Connection* (1976; *Time Connection*, 1981); *The Time-Swept City* (1977; *Die heimgesuchte Stadt*, 1980); *Guardian* (1980; *Zitadelle des Wächters*, 1982); *Ozymandias* (1981).

The Secret Sea
(1979)

Nachdem der frustrierte Physiker Bryan Alexander (da gerade keine andere Stelle frei war, jobt er mit Hilfe gefälschter Zeugnisse an einem amerikanischen College als Englischlehrer) seine Urgroßtante Martha beerbt hat, kündigt er seine unbefriedigende Stellung. Die Erbschaft ist jedoch nicht sonderlich hoch. Beim Stöbern im Haus von Tante Martha stößt er auf das Tagebuch eines britischen Matrosen namens Durham Kent. Dieser Mann hat, wie sich herausstellt, eine seltsame Lebensgeschichte niedergeschrieben: Nachdem ihn ein gewisser Kapitän Nemo von Bord seines U-Bootes »Nautilus« gewiesen hat, hat er sich 1860 nach Paris durchgeschlagen und dort in einer Kneipe den jungen Jules Verne kennengelernt, Verne, der Möchtegern-Schriftsteller, hört sich Kents phantastische Geschichten an, schreibt sie auf und bringt sie mit dessen Wissen als Bücher heraus, wobei er den Protagonisten (so etwa dem schurkischen Mr. Robur, der nach der Weltherrschaft dürstet und mit Kapitän Nemo tödlich verfeindet ist) neue Handlungsmotivationen unterschiebt. Alexander, der zunächst glaubt, an die Aufzeichnungen eines Psychopathen geraten zu sein, erkennt schließlich, daß an dem Manuskript etwas dran ist. Mit Hilfe eines schneidigen jungen Seglers, dessen Yacht er chartert, macht er sich auf die Suche nach den geheimnisvollen »Toren«, im Meer vorhandene Durchgänge in andere Zeiten und Dimensionen. Schneller als erwartet macht er Bekanntschaft mit Kapitän Nemo und der »Nautilus«. Kents Tagebuch ist kein Hirngespinst: Neben unserer Realität existiert eine zweite, in der alle Schrecken Vernescher Phantasie Wirklichkeit sind ... »Der Roman fängt den Verneschen Geist voll ein« (N. SPINRAD).

MOORCOCK, MICHAEL (JOHN)
(*1939)

Geboren in London. Er begann im Alter von 17 Jahren zu schreiben und war 1957 bereits Redakteur eines »Tarzan«-Comic-Hefts, für das er auch Blasentexte schrieb. Noch in den fünfziger Jahren lektorierte er die englische Krimiserie »The Sexton Blake Library« (für die er auch

Texte schrieb), trat als Gitarrist und Bluessänger auf, publizierte Kurzgeschichten in britischen Magazinen und übernahm 1964 die Redaktion des avantgardistischen Magazins *New Worlds*, das vorher ein eher hausbackenes SF-Magazin gewesen war. Zusammen mit ambitionierteren englischen SF-Autoren (Brian W. Aldiss, J. G. Ballard, Charles Platt u. a.) machte er *New Worlds* zu einem Forum ›neuer Leute‹, öffnete die Zeitschrift für Verfasser experimenteller Texte und subventionierte sie, so gut es ging, indem er Dutzende von Fantasy-Abenteuern für weniger anspruchsvolle Konkurrenzblätter und Taschenbuchreihen schrieb.

Neben seiner Herausgebertätigkeit blieb er aber auch schriftstellerisch für *New Worlds* aktiv. Hier erschienen seine ersten *Jerry Cornelius*-Stories, farbige Pop-Texte, die das Flair vom »Swinging London« jener Zeit hervorragend einfingen. Später wurden die Geschichten um diesen Pop-Albino zu einer Tetralogie erweitert. 1967 erschien M.s Novelle *Behold the Man*, ein Text, den viele für blasphemisch hielten. M. gewann damit den »Nebula Award« und schaffte danach auch in den USA den Durchbruch. Nach der Einstellung von *New Worlds* verlegte er sich mehr und mehr auf die Schaffung eines Gesamtkosmos. Heroic-Fantasy-Helden, die seine früheren Stories bevölkert hatten, tauchten nun unter anderen Namen in neuen Büchern auf, er verband Zyklen miteinander und schrieb neue Serien und Einzelromane. In den siebziger Jahren wurde M. zum führenden europäischen Fantasy-Autor. Zu seinen eindringlichsten Romanen auf dem Gebiet der Fantasy gehören *Gloriana*, mit dem er 1979 den »World Fantasy Award« gewann, oder *The Warhound and the World's Pain* (1981). Auch der SF brachte er neue Impulse, besonders durch seine Parallelweltenromane (etwa *The Warlord of the Air*, 1971). M. ist schriftstellerisch ein Multitalent und war als Herausgeber und Innovator eine der wichtigsten SF-Persönlichkeiten der sechziger und siebziger Jahre.

Fantasy-Zyklen: *Dorian Hawkmoon*: 7 Romane; *Corum*: 6 Romane; *Michael Kane*: 3 Romane. – SF-Zyklen: *Jerry Cornelius: The Final Programme* (1968; *Miss Brunners letztes Programm*, 1971); *A Cure for Cancer* (1971; *Das Cornelius-Rezept*, 1981); *The English Assassin* (1972; *Ein Mord für England*, 1981); *The Condition of Muzak* (1977; *Das Lachen des Harlekin*; 1982). *Dancers at the End of Time:* 5 Romane. – *The Twilight Man* (1966); *The Black Corridor* (1969; *Der schwarze Korridor*, 1974); *The Chinese Agent* (1970); *Warlord of the Air* (1971; *Die Herren der Lüfte*, 1974); *The Land Leviathan* (1974); *Gloriana* (1978; *Gloriana*, 1981); *The Warhound and the World's Pain* (1981).

The Ice Schooner
(1969; dt. *Eiszeit 4000*, 1970)

In einer fernen Zukunft wird die Erde erneut von einer Eiszeit heimgesucht. Die Menschen leben verstreut über den ganzen Planeten; eine neue – aristokratische – Gesellschaftsform hat sich etabliert. Der Kapitän Konrad Arflane stellt sich in die Dienste des sterbenden Lords Friesgalt und erhält von diesem den Auftrag, die »Eismutter« aufzusuchen, ein Symbol der Geborgenheit in dieser Welt aus Kälte und Eis. Die Eismutter ist nichts anderes als die in dieser Zeit legendäre Stadt New York, die von den Bewohnern dieser Welt als zentrale und monotheistische Gottheit verehrt wird. Obwohl dieser blasphemische Wunsch in dem konservativen Arflane Unbehagen erzeugt, führt er den Willen des Sterbenden aus und macht sich mit seinem »Eisschoner«, einem schiffsähnlichen Gefährt, das vom Wind über die gewaltigen, den ganzen Kontinent bedeckenden Gletscher geblasen wird, auf den Weg. Sein Hauptmotiv ist jedoch Friesgalts Tochter Ulrica, die an der Reise teilnehmen wird, denn Arflane liebt sie, obwohl sie mit dem eifersüchtigen und impotenten Janek Ulsenn verheiratet ist. Die Fahrt über das Eis endet in einer Katastrophe; der Eisschoner zerschellt, nur wenige Überlebende legen den Weg nach New York auf Skiern zurück und müssen sich dabei allerlei Angriffen von umherziehenden Nomaden erwehren. Schließlich fällt die Expedition in die Hände eines Barbarenstammes, der zwei Opfer verlangt, um die Eismutter zu besänftigen. Die Opfer sollen adeliger Abkunft sein. Der alte Urquhart Ulsenn, der Vater Friesgalts, erklärt sich in seinem tief verwurzelten Aberglauben bereit, das Opfer selbst zu vollziehen, und zwar an seinem Enkelkind Ulrica und Manfred Rorsefne, einem nahen Verwandten. Nachdem der Alte Rorsefne getötet hat, wird er von Arflane mit einer Harpune umgebracht, und die Barbaren sind mit diesen Opfern zufrieden. Mit Hilfe gezähmter Eisbären setzt man die Reise fort, erreicht New York und sieht sich mit der erschütternden Wahrheit konfrontiert: Die Stadt ist nicht die Heimat der Eismutter, sondern der Nachkommen der voreiszeitlichen Zivilisation. Die hochtechnisierten Bewohner der Stadt erklären Arflane, daß die Eiszeit sich dem Ende zuneigt und schon bald unvorstellbare Dinge wie Bäume und Blumen auftauchen werden. Der religiös-konservative Arflane, der darauf wartet, daß die Prophezeiung der Eismutter (die totale Vereisung der Welt) eintritt, ist schockiert und wendet sich empört von den »lästerlichen« und »unsinnigen« Erkenntnissen dieser Leute ab. Er sagt New York ade, verläßt Ulrica und macht sich auf den Weg nach Norden, um die Eismutter zu suchen und bei ihr alle Fragen des Lebens beantwortet zu bekommen.

The Ice Schooner enthält Elemente des Ritter- und Abenteuerromans und erinnert in seinen Beschreibungen einer vereisten Welt streckenweise an Jack London. Konrad Arflane, der Protagonist, verkörpert das Element des Konservativismus: Während sich die ›fortschrittlichen‹ Teile der Menschheit auf einen Klimawechsel vorbereiten, will er sich mit Veränderungen nicht abfinden. Ihm gefällt die Welt so, wie sie ist, und er will eher untergehen, als sich in einer neuen zurechtfinden zu müssen.

Behold the Man

(1970; dt. *I. N. R. I. oder Die Reise mit der Zeitmaschine*, 1973)

Das Brechen von Tabus war nicht nur die Stärke des gegen Ende der sechziger Jahre seine Blütezeit durchlaufenden Avantgardemagazins *New Worlds*, sondern auch eine Spezialität des Herausgebers M. selbst. Die 1967 erschienene Novelle »Behold the Man«, drei Jahre später zum Roman gleichen Titels ausgebaut, rückt biblischen Mythen hart zu Leibe: Protagonist des Romans ist der neurotische Intellektuelle Karl Glogauer, Sohn eines aus Österreich nach London emigrierten Juden. Er hat eine schwere Kindheit hinter sich, hat in seiner neuen Heimat antisemitische Hänseleien hinzunehmen und kein Verhältnis mehr zu seinen geschiedenen Eltern. Er liebt seine Mutter, die seine Gefühle nicht erwidert; einige Selbstmordversuche sind gescheitert. Seine Freundinnen suchen über kurz oder lang das Weite. Glogauer ist ein ständig alles in Frage stellender, jeden eigenen Satz sofort relativierender Nichtsnutz, der wirklichen Problemen nicht gewachsen ist.

Da seine erste Jugendliebe während des Geschlechtsverkehrs mit ihm einen Kreuzanhänger zu tragen pflegte, ist er auf religiöse Requisiten fixiert und interessiert sich brennend für den Wahrheitsgehalt des Christusmythos. Der Roman beginnt damit, daß er mit einer mit weißer Flüssigkeit gefüllten, eiförmigen Zeitmaschine ins Jahr 28 zurückversetzt wird. Johannes der Täufer, den er als einen der ersten kennenlernt, ist Anführer einer Gruppe revolutionärer Essener und wird wegen seiner aufrührerischen Tätigkeit von den Römern als Terrorist gesucht. In Nazareth angekommen, findet Glogauer heraus, daß der Sohn des Zimmermanns Joseph ein buckliges, sabberndes, geistig und körperlich behindertes Kind ist, das die Geschichte nie wird erfüllen können. Die Jungfrau Maria ist zudem eine fette Schlampe, die durchblicken läßt, daß Joseph gar nicht der Vater ihres Kindes ist, und Glogauer den Beischlaf anbietet. Der Schock, daß die Geschichte sich nicht so entwickeln kann, wie die Schriften sie aufgezeichnet haben, bringt Glogauer zu der Ansicht, daß jemand die Rolle des Messias übernehmen müsse. Und wer ist dazu besser geeignet als er selbst, der jedes ihrer Details kennt? Er nimmt die Identität Christi an, wählt sich die ›richtigen‹ Jünger aus, indem er sie ganz einfach nach ihren Namen fragt, und sorgt sogar dafür, daß Judas ihn an die Römer verrät – denn die Prophezeiung muß sich erfüllen. Glogauer wird ans Kreuz geschlagen und zum Märtyrer gemacht.

Die Elric-Saga

Elric of Melniboné (1976; dt. *Elric von Melniboné*, 1980); **The Sailor on the Seas of Fate** (1976; dt. *Die See des Schicksals*, 1980); **The Weird of the White Wolf** (1977; dt. *Der Zauber des weißen Wolfs*, 1980); **The Vanishing Tower** (1977; dt. *Der verzauberte Turm*, 1980); **The Bane of the Black Sword** (1977; dt. *Der Bann des Schwarzen Schwerts*, 1980); **Stormbringer** (1977; dt. *Sturmbringer*, 1981)

Nach zehntausend Jahren Existenz hat das mythische Königreich Melniboné seine Hochblüte

erreicht, dann kommt es zu einschneidenden Veränderungen. Kleine Anrainerstaaten, die neiderfüllt auf die helle Pracht starren, fangen an, das Imperium anzugreifen, und liefern sich mit dessen Bewohnern ein Scharmützel nach dem anderen. Gleichzeitig gerät die Welt auch auf einer anderen Ebene in Bewegung: Zwischen den Mächten des Lichts und der Dunkelheit kommt es zu einer Auseinandersetzung ungeheuren Ausmaßes um die Vorherrschaft. Melniboné geht unter. Der letzte Herrscher dieses Reiches, der Albino Elric, gebietet nur noch über eine Ruinenlandschaft. Er versucht, den finsteren Mächten Einhalt zu gebieten, und bedient sich dabei eines magischen Schwertes namens »Sturmbringer«, das »die Seelen seiner Feinde trinkt« und ihn auf geheimnisvolle Weise ebenfalls beherrscht: Auch wenn er nicht zuschlagen will, ist er dem Willen der verfluchten Klinge unterworfen, die insgeheim auch nach seiner Seele zu trachten scheint.
M.s Elric-Geschichten, die sowohl in Westeuropa als auch in den USA zahlreiche Leser gefunden haben und laufend Neuauflagen erleben, unterscheiden sich von herkömmlichen Sword-&-Sorcery-Erzählungen einerseits durch die Figur des underdoghaften Protagonisten und andererseits durch dessen Motivation: Elric ist kein Killer à la Conan, der aus purer Lust mordet, sondern ein Verdammter, denn die Klinge steuert seinen Willen. Dies ist natürlich ein Kunstgriff: Da M. sich nicht zu den blutrünstigen Schreibern zählen lassen will, die in der Sword-&-Sorcery-Literatur den Ton angeben, das Genre aber andererseits Härte und Action erfordert, wenn es goutiert werden soll, dient »Sturmbringer« ihm zur Rechtfertigung: Ein Held, der gegen seinen Willen tötet, kann kein ganz schlechter Mensch sein. Gewiß ist diese ›Moral‹ zweifelhaft – aber sie widerspiegelt genau die Widersprüche, mit denen ein Autor leben muß, der einerseits ›Kunst‹ (hier: das literarisch ambitionierte Magazin *New Worlds*) machen will und andererseits dazu gezwungen wird, zur Finanzierung dieses Vorhabens serienmäßig Unterhaltungsgeschichten herunterzuspulen.

MOORE, C(ATHERINE) L(UCILE)
(*1911)

Geboren in Indianapolis. M.s erste Story erschien 1933 unter dem Titel »Shambleau« in *Weird Fiction*. Damit war der Grundstein für eine Serie interplanetarischer Abenteuerstories gelegt, die nach dem Hauptprotagonisten benannte Northwest-Smith-Serie. Eine zweite Serie rankt sich um »Jirel of Joiry«, eine Fantasy-Heldin, die weibliche Entsprechung zu den üblichen männlichen Fantasy-Stars. 1940 heiratete M. ihren Schriftstellerkollegen Henry Kuttner (gest. 1958), und fortan schrieben die beiden häufig gemeinsam an Stories und Romanen. Hierbei benutzten sie Pseudonyme wie Lewis Padgett, Keith Hammond oder Lawrence O'Donnell, wenn sie nicht als Autorenpaar Kuttner/Moore zeichneten. Auch an Romanen, die später allein unter Kuttners Namen erschienen, arbeitete M. oft mit. Eigenständiges Werk M.s ist – neben den bereits erwähnten Story-Serien – der Roman *Doomsday Morning* (1957). Kurzgeschichten von ihr liegen in verschiedenen Sammelbänden vor. Lange Zeit galt M. als wichtigste SF-Autorin der vierziger und fünfziger Jahre; ihr Einfluß auf die Entwicklung der SF in dieser Zeit war erheblich. Als eine ihrer besten Erzählungen (in Zusammenarbeit mit Kuttner entstanden) gilt »Mimsy Were the Borogoves«, 1943 geschrieben.

Fury (1950, zus. mit Henry Kuttner, zuerst unter dem Pseud. Lawrence O'Donnell; *Alle Zeit der Welt*, 1979); *Mutant* (1953, zus. mit Henry Kuttner, zuerst unter dem Pseud. Lewis Padgett; *Die Mutanten*, 1966); *Earth's Last Citadel* (1964, zus. mit Henry Kuttner; *Der Brunnen der Unsterblichkeit*, 1966); *Jirel of Joiry* (C, 1969; *Jirel, die Amazone*, 1976).

MOORE, RAYLYN
(*1928)

Geboren in Waynesville, Ohio; verheiratet mit dem Autor Ward Moore. Studium an der Ohio State University (B. A. 1949) und der San José State University (M. A. 1971). Sie hat als Berichterstatterin für Tageszeitungen, als Redakteurin und an einem College als Instruktorin für angehende Schriftsteller gearbeitet. Seit einem

Jahrzehnt verfaßt sie Erzählungen; *What Happened to Emily Goode after the Fair* (1978) ist bisher ihr einziger SF-Roman.

MOORE, WARD
(1903–1978)

Geboren in Madison, New Jersey. M. wurde in erster Linie durch Arbeiten außerhalb des Genres bekannt. Sein Werk weist oft satirische oder humoristische Züge auf, so auch sein 1947 veröffentlichter SF-Roman *Greener Than You Think*, in dem auf groteske Weise dargestellt wird, wie eine bestimmte Grasart nach Kunstdüngerbehandlung die ganze Welt zu ersticken droht. Sein wohl bekanntestes Werk ist der Roman *Bring the Jubilee* (1953), der in einem alternativen Amerika spielt, in dem die Südstaaten den Bürgerkrieg gewonnen haben. M. war innerhalb der SF nicht sonderlich produktiv. In den fünfziger Jahren erschienen in Magazinen nur knapp 20 Erzählungen, darunter allerdings die erstklassigen Geschichten »Lot« (1953) und »Lot's Daughter« (1954), die einen nuklearen Holocaust und seine Folgen in symbolischer Parallele zur Bibel beschreiben. Beide Stories wurden 1962 unter dem Titel *Panic in the Year Zero* verfilmt.
Ferner publizierte der Autor in den siebziger Jahren noch eine Handvoll SF-Stories und zwei Romane, die in Zusammenarbeit mit anderen Autoren entstanden: *Joyleg* (1962), zusammen mit Avram Davidson geschrieben, ist ebenfalls im Amerika der Vergangenheit angesiedelt, während *Caduceus Wild* (1978), der einer Zusammenarbeit mit Robert Bradford entsprang, ein medizinisches Dystopia schildert, in dem Ärzte und Gesundheitswesen alle Macht im Staat besitzen. Trotz seines schmalen Œuvres ist M. ein wichtiger SF-Autor, dessen Texte sich nicht in Schablonen pressen lassen. Seine stilistischen Vorzüge und sein Verzicht auf SF-Klischees machen zumindest *Greener Than You Think* und *Bring the Jubilee* zu Klassikern des Genres.

Joyleg (1962; zus. mit Avram Davidson); *Caduceus Wild* (1978; zus. mit Robert Bradford).

Greener Than You Think
(1947; dt. *Es grünt so grün*, 1981)

Albert Weener, seines Zeichens Handelsvertreter, bewirbt sich bei einer Hobbywissenschaftlerin, die einen neuartigen Pflanzendünger erfunden hat, um eine Stelle. Das Wundermittel soll den Farmern der Umgebung die Ernteerträge steigern, aber Weener reist nicht über Land, sondern preist das Zeug als Rasendünger in den Vorstädten an – aus Bequemlichkeit und Gewinnsucht. Damit bringt er eine Lawine ins Rollen, denn das so behandelte Gras sprießt nicht nur, es wächst und wächst ins Unermeßliche. Kein Unkrautvertilgungsmittel kann die Grasflut stoppen, die bald die Vereinigten Staaten zu verschlingen droht. Die wirtschaftliche Situation wird immer schlimmer, aber selbst der Einsatz extremer Mittel, wie der Atombombe, fruchtet nichts – die USA und danach die ganze Welt sind verloren.
Greener Than You Think gehören zum Subgenre der Katastrophenromane, aber selten wurde ein globales Unglück in derart komischer Weise und mit weniger gebührendem Ernst beschrieben wie hier. Aus der Sicht des selbstgefälligen, nichts verstehenden Albert Weener geschildert, hält der Roman dem Leser einen Zerrspiegel vor. Er ist gleichzeitig eine satirische, zynische Warnung, denn M. sagt deutlich, was er von den menschlichen Anstrengungen (und seien sie noch so spektakulär), mit den selbst geschaffenen Bedrohungen der Zivilisation fertig zu werden, hält: rein gar nichts!

Bring the Jubilee
(1953; dt. *Der große Süden*, 1980)

Die Konföderierten haben 1863 die Schlacht von Gettysburg gewonnen und den amerikanischen Bürgerkrieg für sich entschieden. In der Folgezeit sind die Südstaaten zu einem reichen Agrarstaat geworden, die Nordstaaten durch immense Reparationen zu wirtschaftlicher Bedeutungslosigkeit herabgesunken. In New York, der größten Stadt des Nordens, gibt es 1938 so großartige Errungenschaften wie Gaslaternen, Dampfautos für die Reichen, Ballon-Luftschiffe und Telegrafenanschlüsse in fast jedem Büro. In diese Riesenstadt von über einer Million Einwohnern kommt Hodge Backmaker aus der verarmten Provinz, um sein Glück zu machen. Zunächst lebt er bei einem Buchhändler, beschließt dann aber unter dem Einfluß des Konsuls von Haiti – einem der wenigen Schwarzen in der Stadt, Neger gibt es in Amerika kaum noch –, Geschichte zu studieren. Er findet Aufnahme in Haggershaven, einer Kommune von Wissenschaftlern, und lernt dort Barbara Haggerwells kennen, eine Kapazität auf dem Gebiet der Physik und Nachfahrin des Südstaatenoffiziers Herbert Haggerwells. In den nächsten Jahren beschäftigt sich Barbara mit der Struktur von Raum und Zeit, während Hodge an einem voluminösen Geschichtswerk über den Befreiungskrieg des Südens arbeitet. Als ein führender Historiker ihn wegen seiner Darstellung der Schlacht von Gettysburg kritisiert, kommen Hodge Zweifel über den Wert seiner Abhandlung. Barbara, der es gelungen ist, eine Zeitmaschine zu konstruieren, bietet ihm die einmalige Gelegenheit, die Schlacht mit eigenen Augen mitzuerleben. Sein Auftauchen auf dem Schlachtfeld aber führt zum Tode Herbert Haggerwells und der Niederlage der Konföderation. Dadurch wird die Zukunft zerstört, aus der Hodge kam, und die Welt in Bahnen gelenkt, wie wir sie kennen.

Bring the Jubilee ist neben Dicks *The Man in the High Castle* (1962), Roberts *Pavane* (1968) und Finneys *Time and Again* (1970) einer der wichtigsten Alternativweltromane der SF. Wie Roberts kommt auch Moore zu dem Ergebnis, daß eine reaktionäre Schicht, einmal an der Macht, ihren konservativen Geist durchsetzt und die Entwicklung entsprechend verlangsamt. In seinem Roman, der sich durch eine solide Charakterisierung der Protagonisten auszeichnet, kommt M. zu dem Schluß, daß der Mensch individuell und kollektiv für seine Taten, aber auch für seine Unterlassungen die Verantwortung zu tragen hat.

MORGAN, DAN
(*1925)

Geboren in Holbeach, Lincolnshire. M. war zeitweise Berufsmusiker (Jazzgitarrist), Angehöriger des Medical Corps der Royal Army und Geschäftsmann. Letzteres ist er noch heute, nämlich Geschäftsführer seines eigenen Einzelhandelsgeschäfts für Herrenbekleidung. Nebenher veröffentlicht er seit 1952 Science Fiction, wobei seine ersten Stories in *New Worlds* und anderen englischen Magazinen erschienen. M. schreibt immer spannende Unterhaltung, insbesondere seine vier »Mind«-Romane erfreuten sich großer Beliebtheit. Sie sind insofern bemerkenswert, als sie sich ausführlich der Psi-Thematik annehmen und den Konflikt zwischen Psibegabten Mutanten und ihrer Umwelt einerseits sowie die Auswirkungen ihrer Gaben auf die Persönlichkeit andererseits thematisieren.

Cee Tee Man (1955; *AT-Kraft über Terra*, 1958); *The Uninhabited* (1960; *Hetzjagd der Telepathen*, 1960); *The Richest Corpse in Show Business* (1966); *The New Minds* (1969; *Das Labor der Esper*, 1972); *The Several Minds* (1969; *Esper in Aktion*, 1972); *The Mind Trap* (1970; *Die PSI-Agenten*, 1972); *The Country of the Mind* (1975).

MORRESSY, JOHN
(*1930)

Geboren in Brooklyn. Obwohl M. schon seit längerer Zeit SF verfaßt, begann seine schriftstellerische Karriere erst 1971 mit der Veröffentlichung seiner Geschichte »Accuracy«, die bei uns 1972 unter dem Titel »Der Unregistrierte« erschien. In den siebziger Jahren erschien auch seine Romantrilogie, bestehend aus: *Starbrat* (1972), *Nail Down the Stars* und *Under a Calculating Star* (1975). M.s Romane gehören größtenteils in den Bereich der abenteuerlichen Space Opera und greifen meist vertraute Topoi der SF auf. Die überzeugende Schilderung einer außerirdischen Kultur gelang ihm in *Frostworld and Dreamfire* (1977).

Starbrat (1972); *Nail Down the Stars* (1973; anderer Titel: *Stardrift*); *Under a Calculating Star* (1975); *The Windows of Forever* (1975); *The Human of Ziax II* (1975); *A Lax for the Stars* (1976); *Frostworld and Dreamfire* (1977; *Frostwelt und Traumfeuer*, 1982); *The Extraterritorial* (1977); *Ironbrand* (1980).

MORRIS, JANET E(LLEN)
(*1946)

Geboren in Boston, Massachusetts. M. spielt Baßgitarre in der Band ihres Mannes und schreibt Songs. 1977 erschien ihr erster Roman,

High Couch of Silistra, der erste Band einer geplanten Tetralogie, dem im gleichen Jahr *The Golden Sword* und 1978 *Wind from the Abyss* folgten. Noch bevor diese Tetralogie abgeschlossen war, begann sie ihre Dream-Dancer-Serie.

MORRIS, WILLIAM
(1834–1896)

Geboren in Walthamstow, Essex. M. war Kind einer wohlhabenden Familie und wurde im Alter von fünf Jahren in ein Internat gesteckt, in dem die Disziplinlosigkeit der Schüler 1851 in einer Revolte gegen die Lehrer gipfelte, worauf der immer etwas kränkelnde M. wieder nach Hause geholt wurde und Privatunterricht bekam. 1853 übersiedelte M. nach Oxford, wo er die Universität besuchte. Volljährig geworden, erhielt er aus dem Vermögen seines Vaters eine Jahresrente von 900 Pfund, was ihm ein sorgloses Leben ermöglichte. Er zog mit einem Freund nach London und widmete sich ganz seinen Interessen, Kunst und Architektur.
Eine erste Gedichtsammlung von ihm erschien 1859, ein Versepos um den Argonauten Jason 1867: *The Life and Death of Jason*. Bekannt wurde Morris hauptsächlich durch seine frühen Fantasy-Romane, die später Autoren wie Tolkien maßgeblich beeinflußten. Auch C. S. Lewis zählte ihn zu seinen Vorbildern.
Ab 1878 setzte sich M. stark für die Erhaltung vom Verfall bedrohter Gebäude ein und verwickelte sich immer tiefer in politische Aktivitäten. Als Antwort auf Bellamys *Looking Backward 2000–1887* verfaßte er einen utopischen Roman, der, für damalige Verhältnisse ungewöhnlich, aus sozialistisch-marxistischer Sicht geschrieben ist: *News from Nowhere* (1890). *A Dream of John Ball* (1888) steht ebenfalls in der Tradition von M.s sozialistischer Prosa. In seinen letzten Jahren schrieb Morris Fantasy-Romane, deren Einfluß auf das Genre sich als weitaus größer erweisen sollte als der seiner SF. 1894 entstand *The Wood beyond the World*, eine märchenhafte Sache ohne Ambitionen. M. wollte nur noch Geschichten zur Unterhaltung erzählen, politisch aufklärerische Absichten verfolgte er nicht mehr. In derselben Tradition stand *The Well at World's End* (1896) und *The Story of the Sundering Flood* (1896). In Deutschland nahm man von Morris kaum Notiz, erst in jüngster Zeit wurde man wieder auf ihn aufmerksam und brachte verschiedene Werke in Übersetzungen heraus.

A Dream of John Ball (1888); *News from Nowhere* (1890); *The Story of the Glittering Plain* (1891); *The Wood beyond the World* (1894); *The Well at the World's End* (1896; *Die Quelle am Ende der Welt*, 1981); *The Story of the Sundering Flood* (1896; *Das Reich am Strom*, 1980); *The Water of the Wonderous Isles* (1897).

MORRISON, WILLIAM
(*1906)

Pseudonym des amerikanischen Biochemikers, Schriftstellers und TV-Autors Joseph W. Samachson, geboren in Trenton, New Jersey. Studium an der Rutgers University (B. S. 1926) und Yale (Ph. D. 1930). Verfasser anspruchsvoller Kurzgeschichten und zweier Romane, die jedoch lediglich im Magazin *Startling Stories* abgedruckt wurden: »Two Worlds to Save« (1942) und »The Gears of Time« (1953). Unter dem Verlagspseudonym Brett Sterling verfaßte er die zwölfte Folge der SF-Serie »Captain Future«: *The Tenth Planet* (Buchform 1969). Ein SF-Jugendbuch M.s ist *Mel Oliver and Space Rover on Mars* (1954).

MORUS, THOMAS
(1478–1535)

Geboren in London; englischer Staatsmann, Humanist und philosophischer Schriftsteller der Renaissance. Nachdem M. Heinrich VIII. den Suprematseid verweigerte, ließ der Monarch ihn gefangennehmen und enthaupten. Das Hauptwerk des Philosophen ist das in lateinischer Sprache geschriebene *Utopia* (*De optimo statu rei publicae deque nova insula Utopia*, 1516). Der Name Utopia läßt sich von griech. ou-topos, ›Nicht-Land‹ oder eu-topos, ›Schönland‹ (›Idealstaat‹) ableiten und ist ein Beispiel für die Wortspielereien des Philosophen. Das Werk stellt den ersten Staatsroman dar. In satirischer Form kritisiert M. die gesellschaftlichen Mißstände seiner Zeit. Deutlich zeigt er die große Kluft zwischen Adels- und Bauernstand auf und geht mit den Zuständen in England zur

Zeit Heinrichs VIII. hart ins Gericht. Gleichzeitig stellt er der herrschenden Situation, vermittelt durch den fiktiven Helden Raphael Hythlodus, den Vernunftstaat der Insel Utopia gegenüber, in dem das Privateigentum abgeschafft wurde und jeder zur landwirtschaftlichen und geisteswissenschaftlichen Arbeit verpflichtet ist. Das Werk steht seinerseits in der Tradition von Platons *Der Staat* (4. Jahrhundert v. Chr.). Von dem Werk *Utopia* leitet sich nicht nur der Begriff ›Utopie‹ ab, sondern es hat auch die Basis für alle folgenden Utopien von Campanellas *Civitas Solis* (1623) über Bacons *Nova Atlantis* bis Bellamys *Looking Backward 2000–1887* und im weiteren auch für die Anti-Utopien von *Brave New World* bis *1984* geschaffen.

MROZEK, SLAWOMIR
(*1930)

Geboren als Sohn eines Postbeamten bei Krakau; Studium der Architektur, Orientalistik und Malerei daselbst. M. arbeitete während der fünfziger und sechziger Jahre in Polen als Journalist und Karikaturist und lebt seit 1968 in Paris. Seine grotesken Satiren und Bühnenstükke haben einen utopischen Hintergrund in dem Sinne, daß sie sehr oft in imaginären Ländern angesiedelt sind. Die Bevölkerung steht unter der Herrschaft eines weitgehend terroristischen Systems, hat sich jedoch mit der Absurdität des Daseins völlig abgefunden und sich an den täglichen Wahnsinn angepaßt, ohne noch irgendwelche Fragen zu stellen.

Slon (1958; *Der Elefant*, 1960); *Policija* (1958; *Die Polizei*, 1960); *Wesele w Atomicach* (1959; *Hochzeit in Atomweiler*, 1961).

MÜLLER, HORST
(*1923)

Geboren in Frankfurt an der Oder. H., der in der DDR-Jugendarbeit aktiv und zeitweise Abgeordneter in der Volkskammer war, ist heute Bibliothekar und Ehrenmitglied des Jugendverbandes. Seine beiden SF-Jugendbücher sind eher belehrende Abenteuer und als Teil seiner Jugendarbeit zu sehen.

Signale vom Mond (1960); *Kurs Ganymed* (1962).

MUNN, H(AROLD) WARNER
(1903–1981)

Geboren in Athol, Massachusetts; im Hauptberuf kaufmännischer Angestellter (Geschäftsführer). Da er seine Mutter sehr früh verlor, lebte er bei einer Großmutter, die mit Jules Verne und H. G. Wells korrespondierte. Der Verfasser spannender Horrorkurzgeschichten und Fantasies tauchte erstmalig 1925 mit der Story »The Werewolf of Ponkert« in *Weird Tales* auf. Nach dem Untergang seiner Leib- und Magenblätter *Weird Tales* (1923–1954) und *Unknown* (1939–1943) zog er sich aus der Szene zurück, arbeitete in New York auf einem Hudson-River-Dampfschiff und pflegte Freundschaften mit Kollegen wie Frank Belknap Long. Sein Roman *King of the World's Edge* (vier Teile in *Weird Tales*, 1939) kam 1966 in Buchform heraus. Die Fortsetzung *The Ship from Atlantis* war zwar schon ein Jahr später zu haben, aber immerhin lagen zwischen der Erstveröffentlichung des ersten und zweiten Teils ganze 38 Jahre. Auch Munns andere Bücher sind der Fantasy zuzurechnen. Eine imaginäre Reise schildert *The Lost Legion* (1979), ein historischer Roman.

King of the World's Edge (1966; *Ein König am Rande der Welt*, 1980); *The Ship from Atlantis* (1967; *Das Schiff von Atlantis*, 1980); *Merlin's Ring* (1974; *Merlins Ring*, 1981); *The Sword of Merlin* (1981).

MUSA, GILDA
(?)

Geboren in der Romagna (Italien). Studium der Germanistik in Heidelberg, Promotion in Mailand, wo sie seither lebt. M. hat neben sieben Lyrik-Bänden bisher ein halbes Dutzend SF-Romane (teilweise in Zusammenarbeit mit Inisero Cremaschi) publiziert und verfaßt hauptsächlich Aufsätze für die Tagespresse und Rundfunksendungen. Aufgrund ihrer soliden literarischen Ausbildung genießt sie unter den SF-Autoren Italiens einen besonderen Ruf und

wurde für ihr lyrisches Schaffen zweimal mit Preisen bedacht.
Der Roman *Giungla domestica* (1975) greift das Thema intelligenter Pflanzen auf: Die Botanikerin Constanze, die von der Außenwelt isoliert in den Apenninen lebt, läßt sich auf ein Verhältnis mit einem jungen Nichtstuer ein und wird nach einem Streit von diesem und einem Freund halbtot geschlagen auf einen Komposthaufen geworfen. Constanze überlebt das Verbrechen, zeigt die beiden Wüstlinge jedoch nicht an, sondern überläßt es ihren in Treibhäusern gezüchteten Pflanzen, der Gerechtigkeit zum Sieg zu verhelfen: Durch giftige Ausdünstungen der Treibhauskreaturen finden sie den Tod.
Die in zynischem Stil geschriebene Erzählung *Gli ex bambini* (1978) beschäftigt sich mit der Oberflächlichkeit des Menschen: Irdische Raumfahrer, die zum Uranus geschickt wurden, mit den dortigen Bewohnern Kontakt aufnahmen und tiefgefroren zurückkehren, werden von der Menschheit nicht einmal wiedererkannt. Nachdem man ihre inzwischen leblosen Körper wieder aufgetaut hat, stehen sie als vermeintliche »Uraniden« im Mailänder Museum.
Zusammen mit Inisero Cremaschi hat M. die Romane *Le grotte di Marte* und *Dossier Extraterrestri* (beide 1978) verfaßt. Eine Sammlung ihrer eigenen Kurzgeschichten erschien unter dem Titel *Festa sull'asteroide* (1972).

MYERS, HOWARD L.
(?)

Dieser Amerikaner hat neben einer ganzen Reihe von Erzählungen bislang einen Roman geschrieben: In *Cloud Chamber* (1977) geht es um Invasoren aus einem Anti-Materie-Universum, Sex und die Wiedergeburt allen intelligenten Lebens.

MYERS, JOHN MYERS
(*1906)

Geboren in Northport, New York. Seine Kenntnisse in keltischer und mittelalterlicher Literatur fließen in sein Werk ein. 1949 erschien sein umfangreicher Fantasy-Roman *Silverlock*, der durchaus als Klassiker der Fantasy zu bezeichnen ist. Der Roman schildert die schelmenromanhaften Abenteuer eines Schiffbrüchigen, der Figuren aus der Mythologie und der Geschichte begegnet. Das Buch steckt voller literarischer Scherze und Seltsamkeiten, aber auch Literaturkritik läßt der Autor anklingen. 1981 erschien die Fortsetzung zu *Silverlock*, *The Moon's Fire-Eating Daughter*, die jedoch weit hinter den Erwartungen zurückblieb. Auch sein Roman *The Trumpet Sounds* (1965) erregte weniger Aufsehen als der legendäre *Silverlock*.

N

NELSON, R(ADELL) FARADAY
(*1931)

Geboren in Schenectady, New York. Programmierer und Schriftsteller, der auch als Ray Nelson und R. F. Nelson publizierte. N. studierte Kunstgeschichte in Chicago und an der Sorbonne und lebte zeitweise davon, daß er gemeinsam mit seinem britischen Kollegen Michael Moorcock die (in England verbotenen) Bücher Henry Millers vom Kontinent ins Vereinigte Königreich schmuggelte, wofür Moorcock verhaftet und N. ausgewiesen wurde. Er arbeitete als Stoffdrucker, Schriftzeichner, Gagschreiber für einen Cartoonisten, als Traktorfahrer, Filmstatist und Dekorateur. Erste Romanveröffentlichung: *The Ganymede Takeover* (1967, zus. mit Philip K. Dick). N., der vorher lediglich Short stories für die Magazine schrieb, begann erst Mitte der siebziger Jahre mit einer eigenen Romanproduktion.

The Ganymede Takeover (1967, zus. mit Philip K. Dick; *Die Invasoren von Ganymed*, 1976); *Blake's Progress* (1975); *Then Beggars Could Ride* (1975); *The Ecolog* (1977); *The Revolt of the Unemployables* (1978).

NESVADBA, JOSEF
(*1926)

Tschechischer Autor. N. ist von Beruf Arzt, als Schriftsteller ist er nur nebenbei tätig. Sein SF-Werk besteht ausschließlich aus Kurzgeschichten, die in mehreren Sammelbänden vorliegen. Trotz der relativ wenigen Veröffentlichungen zählt er zu den wichtigsten SF-Autoren Osteuropas. In Sprache und Inhalt gehören seine Stories zu den ambitionierten Texten, die durchaus Vergleiche mit führenden osteuropäischen Autoren wie Lem oder den Strugatzkis zulassen. In den letzten Jahren war von N. allerdings nur wenig zu hören. Ursache dafür dürfte u. a. sein, daß er sich im »Prager Frühling« engagierte, zeitweise auch emigrierte und sich danach voll und ganz auf seinen Beruf konzentrierte.

Die Erfindung gegen sich selbst (C, dt. 1962); *Vynalez proti sobe* (C,?; *Das verlorene Gesicht*,?); *Die absolute Maschine* (C, dt. 1966); *Einsteinuv Mozek* (C, ?; *Einsteins Gehirn*, 1975).

Wie Kapitän Nemo starb
(1968)

Diese deutschsprachige Originalzusammenstellung vereinigt einige von N.s besten Stories und ist in etwa repräsentativ für sein Kurzgeschichtenwerk.

»Theriak« schildert die Rückkehr eines reichen Tschecho-Amerikaners nach Prag, wo er sich in ein Mädchen verliebt und plötzlich uralt wird. Wie sich herausstellt, stammt er aus der Zeit der Alchimisten und besitzt den Stein der Weisen, der ihn ewig jung erhält. Nur die Liebe muß er meiden, denn Liebe und Tod sind nicht zu trennen. So braut er rasch sein Verjüngungsmittel zusammen und nimmt eine zu große Dosis; er endet tragisch. Die Leiche soll seziert werden, aber die Klinge springt ab, weil der Körper steinhart ist.

»Das Einsteingehirn« besteht aus den Gehirnen zweier Männer und einer Frau in einem künstlichen Körper. Es gelangt zur höchsten Erkenntnis und – stirbt.

»Ein Prozeß, von dem niemand erfahren hat« zeigt einen Wissenschaftler, der mit jener Logik, mit der ein Krieg begründet wird, einen Mord ausführt. Er habe nichts anderes getan als Millionen andere auch, führt er als Verteidigung vor Gericht an.

In »Vampir Ltd.« bekommt ein Tscheche in England einen Rennwagen geschenkt, der zwar schneller ist als alle anderen Wagen, dafür aber seinem Fahrer das Blut aus dem Fuß saugt. Der Tscheche ist froh, als er den Wagen wieder losgeworden ist.

In »Tabu« arbeitet ein amerikanisches Ehepaar in einem Krankenhaus in einem exotischen Land. Dem Mann, einem Arzt, fallen immer mehr Mißgeburten auf, die auf ein Atomforschungszentrum in der Nähe zurückzuführen sind.

In »Kapitän Nemos letztes Abenteuer« entdeckt man ein riesengroßes Raumschiff, das alle Sonnen in seiner Nähe in Novae verwandelt. Es bewegt sich in Richtung Erde. Kapitän Nemo findet in dem Schiff Ungeheuer auf der Suche nach den Grundfragen des Lebens. Als er tausend Jahre später zur Erde zurückkehrt, sind auch die Menschen unter die Suchenden gegangen.

In der Titelgeschichte »Wie Kapitän Nemo starb« ist Nemo mit dem Planeten Circe, dem blauen Planeten und dem Planeten der Identität, konfrontiert. Dort lebt eine Rasse, die, von Maschinen umgeben, sich der Trägheit hingibt. Nemo zerstört die Maschinen und flieht. Zuchtauslese ließ die Menschen des »blauen Planeten« immer vollkommener werden, aber die Frauen dieser Rasse sehnen sich nach starken Terranern, die sie quälen und von denen sie gequält werden wollen. Kapitän Nemo fühlt den Tod kommen, hat Angst vor ihm, stirbt aber zuletzt ruhig, weil er glaubt, daß sein Leben mit Liebe und Arbeit erfüllt war.

In »Die zweite Insel des Dr. Moreau« entdeckt eine Ärztin auf einer Insel die von einem zweiten Moreau verstümmelten Menschen, die mit ihren Gehirnen zu den Sternen reisen wollen. Aber der Raketenstart mißlingt, die Insel wird vernichtet.

»Der Sieg von Rom« macht auf psychisches Dooping aufmerksam. Ein Mediziner wendet es an, um Hochleistungssportler fit zu machen.

»Der Engel des jüngsten Gerichts« schildert die Landung eines Raumschiffs auf einer späten Erde, deren Sonne zur Nova werden wird. Die Raumfahrer geraten durch einen Defekt in Gefahr, und ein Astronaut flieht, weil er an keine Rettung glaubt. Er bleibt schließlich allein auf der leeren Erde zurück und stirbt mit ihr.

In »Der Trust zur Vernichtung der Weltgeschichte« will ein Tscheche die Vergangenheit so verändern, daß die Amerikaner und nicht die Russen Prag im Zweiten Weltkrieg befreien. Aber die Vergangenheit ist solchen Manipulationen nicht zugänglich, der Zeitattentäter dringt schließlich bis zu den ersten Menschen vor und bringt ihnen das Feuer.

In den meisten dieser Erzählungen zeigt sich N. als intelligenter, witziger Erzähler voller Ironie, der auch scheinbar abgegrasten Themen noch neue Aspekte abgewinnt. Eines seiner Hauptanliegen ist die Warnung vor falschem und unverantwortlichem Gebrauch der Technik.

NEVILLE, KRIS (OTTMAN)
(1925–1980)

Geboren in Carthago, Missouri, als Sohn eines Arbeiters und einer Kellnerin, studierte Englisch an der Universität von Los Angeles und hat sich im Laufe seiner schriftstellerischen Karriere in den unterschiedlichsten Berufen versucht: Er war Funktechniker bei der Army und Kaufmann in der chemischen Industrie. Er veröffentlichte chemische Lehrbücher. Seine erste Kurzgeschichte erschien 1949 in dem Magazin *Super Science Stories*. Erst in den sechziger Jahren wandte er sich dem Romaneschreiben zu. Sein bestes Buch ist wohl *Bettyann* (1970), ein aus Kurzgeschichten entstandener Roman über ein Alien-Waisenkind, das auf der Erde aufwächst.

The Unearth People (1964); *The Mutants* (1966; *Jenseits der Mondumlaufbahn*, 1973); *Peril of the Starmen* (1967); *Special Delivery* (1967); *Bettyann* (1970); *Invaders on the Moon* (1970); *Mission: Manstop* (1971; *Experimental-Station*, 1973).

NIVEN, LARRY (LAWRENCE VAN COTT)
(*1938)

Geboren in Los Angeles. N. studierte in Washburn und Kalifornien Mathematik und Physik. Er ist der Sohn eines Anwalts. 1964 erschien seine erste Story unter dem Titel »The Coldest Place«, und seither wandte sich N. ganz dem Schreiben zu. Seinen ursprünglichen Plan, Mathematiker zu werden, gab er auf. N. gilt als Erneuerer der Space Opera und gewann eine Reihe von Preisen: den »Nebula« und den »Hugo« für seinen Roman *Ringworld* (1970), den »Hugo« für die Stories »Neutron Star« (1966), »Inconstant Moon« (1971), »The Whole Man« (1974) und »Borderland of Sol« (1975) sowie, ebenfalls für *Ringworld*, den australischen »Ditmar«. Einige seiner Kurzgeschichten und Romane – *World of Ptavvs* (1966), *Protector* (Magazinversion 1967, Buchausgabe 1973), *A Gift from Earth* (1968), die Storysammlung *The Long ARM of Gil Hamilton* (1976) sowie als Krönung und Abschluß *Ringworld* – gehören einer von ihm »Tales of Known Space« genannten Geschichte der Zukunft an. Hinzu kommen zahlreiche weitere Kurzgeschichten, die als Teil seiner diversen Sammelbände in Buchform vorliegen.

World of Ptavvs, N.s erster Roman, behandelt einen Erstkontakt mit Aliens: Ein Alien wird aus einer Milliarden Jahre langen Stasis befreit und übt geistige Kontrolle über einen Menschen aus. Ein ähnliches Thema greift der Roman *Protector* auf, wo ein Mensch sich intensiv mit der Technik und der Philosophie des Vorboten einer expandierenden Alienrasse befaßt und dadurch die Erde auf eine drohende Invasion vorbereiten kann. *A Gift from Earth* schildert den Kampf einer irdischen Kolonie um Unabhängigkeit. N.s bis dahin größter Romanerfolg war *Ringworld*, dem er 1981 die Fortsetzung *Ringworld Engineers* folgen ließ. Es gibt einige andere Serien, an denen N. arbeitete, darunter die Leshy-Circuit-Serie, der etliche Kurzgeschichten und der Roman *World out of Time* (Buchausgabe 1976) angehören, und eine Serie von Stories, die um die Folgen der Einführung eines Materietransmitters kreisen.

Das wohl farbigste Buch neben *Ringworld* dürfte der gemeinsam mit David Gerrold geschriebene Roman *The Flying Sorcerers* (1971) sein.

Seine größten Erfolge hatte N. in Zusammenarbeit mit Jerry Pournelle, wobei angesichts der dürftigen eigenen Hervorbringungen Pournelles davon auszugehen ist, daß N. für diese Romane das Hauptverdienst zukommt. *The Mote in God's Eye* (1974) wurde weit über den SF-Markt hinaus ein Bestseller, und gleiches gilt für *Lucifer's Hammer* (1977), ebenfalls eine Koproduktion der beiden Autoren. *Lucifer's Hammer* ist ein Katastrophenroman über den Zusammenstoß der Erde mit einem Kometen. Ein weiterer Roman der beiden erschien 1976 unter dem Titel *Inferno*: Ein SF-Autor gerät in eine Dantes »Inferno« entlehnte Hölle, wo sich Mussolini, Dracula und Billy the Kid tummeln. Dieser schwachbrüstige ›Spaß‹ erwies sich allerdings vom Thema her als einige Nummern zu groß für die beiden Autoren, deren literarische Schwächen hier besonders deutlich hervortraten.

World of Ptavvs (1966; *Das Doppelhirn*, 1977); *A Gift from Earth* (1968; *Planet der Verlorenen*, 1971); *Neutron Star* (C, 1968; *Neutron Star*, 1976); *All the Myriad Ways* (C, 1971; *Myriaden*, 1973); *Protector* (1973; *Der Baum des Lebens*, 1975); *The Flight of the Horse* (1973; *Der Flug des Pferdes*, 1981); *A Hole in Space* (C, 1974; *Die Lücke im System*, 1976); *Inferno* (1976; *Das zweite Inferno*, 1979); *Lucifer's Hammer* (1977; *Luzifers Hammer*, 1980); *The Magic Goes Away* (1978; *Wenn der Zauber vergeht*, 1981); *Dream Park* (1981; zus. mit Steven Barnes); *Oath of Fealty* (1981; zus. mit J. Pournelle).

Ringworld
(1970; dt. *Ringwelt*, 1972)

Der Roman greift Grundmuster der Space Opera auf und bewegt sich vor einem galaktischen Hintergrund mit verschiedenen extraterrestrischen Rassen neben den Menschen. Es hat einen Krieg zwischen den Menschen und den »Kzinti« gegeben, der aber bei Handlungsbeginn seit zweihundert Jahren beendet ist. Vertreter von drei verschiedenen Rassen – das Erdenmädchen Teela Brown, ein zweihundert Jahre alter Terraner namens Louis Wu, der junge Kzin Speaker-to-Animals und Nessus, Angehöriger einer dritten Rasse, der »Pierson's Puppeteers« – machen sich gemeinsam auf, um das Artefakt einer fremden Rasse, die Ringwelt« nämlich, zu erkunden. Die Idee der Expedition stammt von Nessus. Seine sich ungemein stark vermehrende Rasse benötigt neuen Siedlungsraum, da die eigene Sonne zur Nova wird. Die – aus seiner Sicht – Fremden sind dabei, weil es in seiner übervorsichtigen Rasse nur wenige gibt, die es wagen würden, die Ringwelt zu betreten. Die Ringwelt selbst ist ein durch Materieumwandlung entstandenes zylinderförmiges Gebilde von gigantischen Ausmaßen, das um eine Sonne herum gebaut wurde – die Erbauer hatten keine Methode der interstellaren Raumfahrt entwickelt und versuchten auf diese Weise, ihrer Bevölkerungsprobleme Herr zu werden. Die der Sonne zugewandte Innenfläche bietet dreimillionenmal soviel Platz wie die Oberfläche der Erde. Der Ring dreht sich, um die Atmosphäre zu halten, und ein zusätzlicher Ring von »shadow squares« zwischen Ringwelt und Sonne sorgt dafür, daß ein Tag-und-Nacht-Effekt bei der Drehung des Ringes entsteht,

d. h. der Innenring wird in Tag- und Nachtzonen eingeteilt, wobei die »shadow squares« gleichzeitig der Energiegewinnung dienen. Es gibt allerlei Relikte der einstigen Erbauer, darunter ein automatisches Lasergeschütz, das noch immer funktioniert und das Raumschiff der Expedition abschießt. Die vier sind also gestrandet, finden aber schließlich eine Stadt und Hilfe, bringen mit Hilfe eines »fliegenden Gebäudes« das Raumschiff wieder ins All. Teela, inzwischen die Frau eines einheimischen Wilden, bleibt zurück. Die anderen werden später mit einem neuen Raumschiff zurückkehren, um auch den äußeren Ring zu erforschen.
Der Reiz des Buches liegt in der Imagination, die von diesem künstlichen Gebilde namens Ringwelt ausgeht. N. reichert den Stoff über die geschilderten Einfälle hinaus mit zahlreichen weiteren Ideen an. Interessant sind die vier Reisenden und ihre Konflikte geschildert. Das reine Handlungsgerüst hingegen bewegt sich auf der Ebene banaler Abenteuer-SF, und über den »sense of wonder« über gigantische Gebilde und damit verbundene Geheimnisse hinaus gibt es wenig Berichtenswertes. Immerhin bleibt der Roman ein gutes Beispiel für Ideen-SF.

The Mote in God's Eye
(1974, zus. mit Jerry Pournelle; dt. *Der Splitter im Auge Gottes*, 1977)

Der Roman behandelt das Aufeinandertreffen von Menschen und Aliens im vierten Jahrtausend. Die Menschen leben bereits im zweiten Sternenimperium. Das erste Imperium zerbrach als Folge von Sezessionskriegen. Voraussetzung für Etablierung und Zusammenhalt des Imperiums ist ein überlichtschneller Raumschiffantrieb, der sogenannte Alderson-Antrieb. Die Fremden, die »Moties« (in der deutschen Übersetzung: »Splits«), besitzen hingegen einen solchen Antrieb nicht und sind an ihr Sonnensystem mit dem Namen »Splitter im Auge Gottes« gebunden. Das Imperium sendet zwei Schiffe aus, die »Lenin« und die »MacArthur«, das eine ein Kriegsschiff, welches notfalls die »MacArthur« vernichten soll, falls die Fremden versuchen, in den Besitz des Raumschiffantriebs zu gelangen, das andere mit einer Gruppe von Wissenschaftlern an Bord. Man fürchtet den Expansionsdruck der Fremden, die abgesehen von der Entwicklung des entscheidenden überlichtschnellen Antriebs technisch weit fortgeschritten sind. Sie sind durch eine psychische Sperre nicht in der Lage, eine Geburtenkontrolle vorzunehmen. Das führte bislang dazu, daß es in ihrem in einer Dunkelwolke isolierten Planetensystem periodisch zu einem Kollaps der Zivilisation aus Ressourcenmangel kommt, den nur wenige überleben, die dann einen neuen Aufstieg initiieren. Die beiden Rassen treffen zusammen, zunächst an Bord eines Raumschiffes der Fremden, dann auf deren Heimatplaneten. Die Zivilisation der Moties beruht auf einem ›industriellen Feudalismus‹, dadurch begünstigt, daß die Fremden von Geburt an spezialisierte Lebewesen, d. h. ähnlich wie bei manchen Insekten biologisch auf die Ausübung bestimmter Funktionen programmiert sind. Es gibt Klassen wie Herrschende, Ingenieure, Vermittler und eine nichtintelligente Subspezies, die instinktiv Maschinen konstruieren und instand halten kann. Die Wissenschaftler untersuchen die Motie-Kultur, während eine Delegation der Fremden Verhandlungen mit dem Ziel aufnimmt, von den Menschen Unterstützung zu erhalten, um interstellare Kolonien aufzubauen. Im Gegensatz zu den menschlichen Verhandlungspartnern weiß der Leser inzwischen, daß die Moties wegen ihres schrecklichen biologischen Geheimnisses, das sie natürlich nicht preisgeben wollen, nicht zu den Sternen gelangen dürfen, da sie sonst die Menschheit überrennen würden. Zum Schluß erkennen die Menschen die auf Übertölpelung angelegte Taktik der Moties und kommen hinter das Geheimnis. Eine Blockade ihres Systems soll sie fortan dort halten, wo sie sind, nachdem der Gedanke an einen Völkermord an ihnen verworfen wurde.
Der Hauptreiz dieses Romans besteht darin, daß der Leser in das Detektivspiel einbezogen wird, das darum kreist, ob die Fremden ihr Geheimnis bewahren und damit die Menschheit vernichten können. Gelungen ist auch die Schilderung der facettenreichen fremden Kultur. Die menschlichen Charaktere sind Operettenfiguren, wie man sie so stereotyp sonst nur in der untersten Schublade der Unterhaltungsliteratur findet: ein draufgängerischer Lord, eine wunderschöne Heldin, ein Militarist russischer Abstammung, der Kerzen vor Ikonen anzündet, und so weiter. Der gedankliche Hintergrund des Ganzen ist fade oder fragwürdig, die Begründung dafür, daß die Menschheit im Kosmos

feudalistisch organisiert sein muß, unlogisch und primitiv. Wer sich als Leser jedoch, ohne weiter nachzudenken, in die pralle, bunte und spannende Welt dieser Space Opera entführen lassen will, der kommt auf seine Kosten.

NOLAN, WILLIAM F(RANCIS)
(*1928)

Geboren in Kansas City, Missouri, wo er 1946/47 die Kunstschule besuchte. Im gleichen Jahr zog er nach Kalifornien, ließ sich in Los Angeles nieder und verfaßte Bücher über Filmstars, Autoren, Regisseure, Dashiell Hammett und brachte neben mehreren Kriminalromanen Dutzende von SF-Kurzgeschichten in den Magazinen unter, die später unter den Titeln *Alien Horizons* und *Impact 20* als Sammelbände auf den Markt kamen. N. ist auch als Anthologist hervorgetreten und wurde am bekanntesten durch die Roboter-Anthologie *The Pseudo People*, die unter dem Pseudonym Frank Anmar auch einen Beitrag von ihm selbst enthält. Der Roman *Space for Hire* ist eine SF-Parodie auf interstellare Agenten und wurde im Stil von Dashiell Hammetts Geschichten um den Detektiv Sam Spade geschrieben. *Logan's Run* (zusammen mit George Clayton Johnson) wurde 1976 von der Filmgesellschaft Metro Goldwyn Mayer verfilmt und kam in der BRD unter dem irreführenden Titel *Flucht ins 23. Jahrhundert* in die Filmtheater. Der Film spielte eine Menge Geld ein und wurde aufgrund seiner ausgefeilten Tricktechnik und Bauten mit mehreren Oscars bedacht. Weniger erfolgreich hingegen war die von N. allein verfaßte Fortsetzung, *Logan's World*.

Impact 20 (1963); *Space for Hire* (1971); *Alien Horizons* (1974); *Logan's World* (1977). – Anthologien: *Man against Tomorrow* (1965); *The Pseudo People* (1965; *Die Anderen unter uns*, 1967); *A Wilderness of Stars* (1969); *The Future Is Now* (1970); *A Sea of Space* (1970); *The Human Equation* (1972).

Logan's Run
(1967; dt. *Flucht ins 23. Jahrhundert*, 1976)

Als die Bevölkerungsdichte der Erde ein unerträgliches Ausmaß angenommen hat und Nahrungsmittel immer knapper werden, weil Familienplanungsappelle nichts fruchten, übernehmen die weit in der Überzahl befindlichen jungen Menschen die Macht und errichten ein System, das den Problemen Abhilfe schaffen soll. Jedes Individuum wird mit einem implantierten Kristall versehen, der aufflackert, wenn der Träger das 21. Lebensjahr erreicht hat. Dies ist das Zeichen, daß er sich zur Euthanasie einfinden muß. Es gibt allerdings auch Menschen, die sich mit einem derart frühen Ableben nicht einverstanden erklären, der Zivilisation zu entfliehen versuchen und alles tun, um eine legendäre Zufluchtsstätte zu erreichen, in der Menschen leben sollen, die keinerlei staatlichen Zwängen unterliegen. Eine Flucht ist jedoch nicht einfach, denn das System verfügt über eine äußerst schlagkräftige und rücksichtslose Polizeitruppe, die »Sandmänner«, professionelle, legale Killer, die jeden Dissidenten töten. Eines Tages erreicht der Sandmann Logan das gefürchtete Alter; kurz zuvor bei der Verfolgung eines Abtrünnigen ist eine innere Wandlung in ihm vorgegangen. Logan widersetzt sich der Euthanasie und muß fliehen. Andere Sandmänner werden auf ihn angesetzt. Er tut sich mit einem Mädchen zusammen, um dem legendären Ballard nachzuspüren, der angeblich doppelt so alt ist wie jeder andere Mensch und sich der Staatsgewalt bisher entzogen hat, weil er ein Meister der Maske ist. Die Jagd führt Logan und das Mädchen um die ganze Erde, in den Eispalast eines verschrobenen, in der Antarktis lebenden Androiden und durch den Dschungel von Washington, wo sich nach einem Atombombenabwurf Flora und Fauna zu einer Alptraumhölle entwickelt haben. Schließlich finden sie Ballard und Kap Steinbeck, die vielgerühmte letzte Zufluchtsstätte. Aber der geheimnisvolle Ort liegt gar nicht auf der Erde. Kap Steinbeck ist ein Raumhafen, der Verbindungen zu außerirdischen Kolonien unterhält. Ballard steht in den Diensten ehemals von der Erde zu anderen Planeten ausgewanderter Menschen, die von den Sternen zurückgekehrt sind, um auf der Erde wieder normale Verhältnisse herzustellen ...

Logan's Run ist ein buntschillerndes Abenteuer- und Verfolgungsspektakel, das unterhalten will und trotz seiner Thematik weder gesellschaftskritische noch literarische Ansprüche erhebt.

NORTON, ANDRÉ
(*1912)

Pseudonym für Alice Mary Norton, geboren in Cleveland, Ohio. N. war zwanzig Jahre lang Bibliothekarin in einer Kinderbücherei und wurde wegen zu schwacher Gesundheit entlassen. Nachdem sie für kurze Zeit einen Buchladen geführt hatte, wandte sie sich hauptberuflich dem Schreiben zu. Sie war damals, in den fünfziger Jahren, eine der wenigen weiblichen SF-Autoren und legte sich daher einen männlich klingenden Vornamen zu. Sie veröffentlichte seit den dreißiger Jahren. 1947 erschien ihre erste SF-Story (»The People of the Crater« in *Fantasy Book* 1), damals unter dem Pseudonym Andrew North, das sie auch später noch mehrmals benutzte.
Ihr erster SF-Roman erschien 1952 unter dem Titel *Star Man's Son*, später unter anderem Titel (*Daybreak 2250 A. D.*) neu veröffentlicht. Das Buch spielt in einer Welt zweihundert Jahre nach einer atomaren Katastrophe und schildert den Kampf verschiedener Stämme gegen mutierte Rattenmenschen. N. schreibt bunte, romantische Unterhaltungsliteratur mit zur Identifikation einladenden Charakteren (häufig Naturmenschen), unkompliziert und in der Handlung gut durchkonstruiert. Durch ihre Vorliebe für bestimmte Protagonisten und Handlungselemente (häufig spielen Psi-Fähigkeiten und symbiontische Partnerschaften eine Rolle) ähneln sich viele ihrer Bücher. Unter den über 90 Büchern, die N. bislang veröffentlicht hat, sind auch etliche Krimis, historische Romane, Spionage- und Abenteuerromane. Besondere Beliebtheit bei den Lesern erlangten die SF-Zeitreise-Serie »Time Trader« und die Fantasy-Serie »Witch World« (4 bzw. 8 Romane).

Star Man's Son (1952; *Das große Abenteuer des Mutanten*, 1966); *The Time Traders* (1958; *Operation Vergangenheit*, 1963); *Witch World* (1963; *Gefangene der Dämonen*, 1974).

NOURSE, ALAN E(DWARD)
(*1928)

Geboren in Des Moines, Iowa, als Sohn eines Elektroingenieurs und einer Lehrerin; Studium an der Rutgers University (B. S. 1951) und der University of Pennsylvania (M. D. 1955). War 1955/56 Verleger und Inhaber eines Reisebüros und hat – abgesehen von einer Hospitaltätigkeit 1958–64 – stets als freier Schriftsteller gearbeitet. Verfasser von SF-Jugendbüchern, Ratgebern und utopischen Romanen und Kurzgeschichten mit teilweise medizinischem Hintergrund, aber auch gewöhnlichen, routiniert aufgezogenen Space Operas. Seine erste Erzählung erschien 1951 in *Astounding*; bis 1980 folgten ca. 60 weitere. Der Roman *A Man Obsessed* (1955; spätere Version: *The Mercy Men*) ist zugleich sein bestes Buch. Sein Protagonist Jeff Meyer trägt seltsamerweise den gleichen Namen wie der Ko-Autor des ebenfalls von N. stammenden Romans *The Invaders Are Coming*; letzterer soll aber eine reale Person sein. Eine ganze Reihe von N.s Titeln erschienen in der BRD in Heftausgaben.

Trouble on Titan (1954; *Der sechste Mond*, 1959); *Rocket to Limbo* (1957; *Fahrt zum Höllenplaneten*, 1976); *The Invaders Are Coming* (1959, zus. mit J(effrey) A. Meyer; *Wenn das Grauen kommt*, 1963); *Scavengers in Space* (1959); *Star Surgeon* (1960); *Raiders from the Ring* (1962); *The Universe Between* (1965); *The Blade Runner* (1974).

The Mercy Men
(1968; dt. *Verbotene Wissenschaft*, 1971)

Dieser verwickelte, voller Überraschungen steckende, für N. ungewöhnliche Roman wird aus der Sicht eines Jeff Meyer erzählt, der, wie der Leser erfährt, offenbar zu Wohlstand gekommen ist und seine ganze Finanzkraft dazu einsetzt, einem gewissen Paul Conroe auf die Schliche zu kommen, da dieser seinen Vater umgebracht hat. Meyer verfolgt Conroe mit einem geradezu pathologischen Haß, denn zwischen ihm und seinem Vater bestand eine Art telepathische Verbindung, die Meyer als Jungen geistig an dem Mord hat teilhaben lassen. Als es so aussieht, als ginge Conroe ihm in die Falle, verschwindet der Mörder in den weiträumigen, unterirdischen Hallen des Hoffman Medical Center (HMC), wo gegen hohes Honorar geheimnisvolle Experimente an Menschen vorgenommen werden.
Die haßerfüllte Rachsucht treibt Meyer dazu, sich den Medizinern als Versuchskaninchen zur Verfügung zu stellen, da er nur auf diese Weise

im Inneren des labyrinthartigen Komplexes bleiben und nach Conroe suchen kann. Trotz des Mißtrauens, das Meyer umgibt, gelingt es ihm schließlich, in den Archiven des HMC herumzustöbern. Er findet eine Akte seines Vaters, der als Statistiker mit der Aufgabe betraut war, Material über eine zunehmende Welle von Geisteskrankheiten und Selbstmorden in den USA zusammenzustellen. Meyer erfährt aber noch mehr: Die Akten behaupten, daß sein Vater die Ursache dessen war, was er erforschen sollte. Als er Conroe schließlich findet, überkommt ihn ein schrecklicher Wutanfall. Es stellt sich heraus, daß Meyer – wie sein Vater und einige Dutzend andere Menschen – eine neue Lebensform darstellen, geheime Mutationen sind, die jedoch ein »schwarzes Gen« aufweisen, das den Wahnsinn in sich trägt und im Zustand tiefer Depression dermaßen auf die Umwelt wirkt, daß die Menschen sich grundlos umbringen. Man hat Meyers Vater aus Angst und Vorsicht töten müssen, mit Einverständnis der Regierung; mittlerweile ist das Wissen der im HMC beschäftigten Ärzte jedoch weit genug entwickelt, um den Trägern des wahnsinnerzeugenden »schwarzen Gens« helfen zu können. Meyer durchlebt unter Drogen noch einmal die letzten Lebensminuten seines Vaters und wird davon überzeugt, daß die Tat Conroes notwendig war, um Schlimmeres zu verhüten. Meyer ist selbst ein Wahnsinnskandidat, aber man wird ihm helfen können.

The Mercy Men trägt die unverkennbare Handschrift eines Mediziners, gehört in die Reihe der ersten psychologischen Thriller, die die Science Fiction hervorgebracht hat, und versteht es ausgezeichnet, die Spannung bis auf die letzte Seite zu steigern. Daß der Roman nie die Wertschätzung erfuhr, die ihm gebührt, mag daran liegen, daß er für seine Zeit im allgemeinen und für die SF im besonderen geradezu radikal untypisch war: Er verwendet so gut wie keines der Versatzstücke, die das Genre ausmachen.

NOWLAN, PHILIP FRANCIS
(1888–1940)

Geboren in Philadelphia. Er studierte bis 1910 an der University of Pennsylvania und arbeitete anschließend als Journalist für Zeitschriften wie *Public Retail Ledger* und *North American.* Gleichzeitig begann er unter seinem Namen und dem Pseudonym Frank Phillips für die Pulps zu schreiben. *Amazing* veröffentlichte 1928 seinen Kurzroman »Armaggedon 2419«, in dem der Held, ein amerikanischer Pilot namens Anthony »Buck« Rogers, infolge einer Nervengasvergiftung einschläft, fünf Jahrhunderte überdauert, nach seinem Erwachen feststellt, daß die Mongolen die Welt überrannt haben, und sich daranmacht, in altbekannter Herrenmenschenmanier das Antlitz der Welt von der Gelben Gefahr zu säubern. Die Geschichte wurde so populär, daß N. 1929 eine Fortsetzung mit dem Titel »The Airlords of Han« verfaßte. Zusammen mit dem Zeichner Richard W. Calkins (1895–1962) setzte er »Buck« Rogers in einen Comic-Strip um, den heute praktisch jeder Amerikaner kennt. N. selbst schrieb die Texte für diesen Strip bis zu seinem Tode; der Comic wurde erst 1967 eingestellt. »Buck« Rogers wurde mehrfach für Fernsehen und Kino verfilmt. Eine Buchausgabe der beiden Originalnovellen erschien 1962 postum als *Armaggedon 2419 A. D.*

NUETZEL, CHARLES (ALEXANDER)
(*1934)

Geboren in San Francisko. N. verfaßte unter mehreren Pseudonymen, aber auch unter seinem wirklichen Namen über 70 Romane und zahlreiche SF-Erzählungen. »Während Ray Bradbury seine ersten zwei Millionen unpublizierten Wörter verbrannte, hat Nuetzel sie verkauft« (F. J. Ackerman, Nuetzels Agent). N. besuchte für ein Semester ein College in San Fernando Valley und betätigte sich später als Sänger, Filmtechniker und Herausgeber einer in seinem eigenen Verlag erschienenen Taschenbuchreihe.

Images of Tomorrow (1969); *Raiders of Noomas* (1969); *The Slaves of Lomooro* (1969; Pseud. Albert Augustus, jr.); *Swordmen of Vistar* (1969); *Warrior of Noomas* (1969); *Last Call for the Stars* (1970).

O

O'BRIEN, ROBERT C(ARROLL)
(1922–1973)

Amerikanischer Autor, der vor allem Jugendbücher schrieb. Für *Mrs. Frisby and the Rats of NIMH* erhielt er die »Newbery Medaille«. Seine beiden letzten Bücher wurden zwar ebenfalls als Jugendbücher vermarktet, wenden sich aber eher an ein erwachsenes Publikum und sind von hoher Qualität: *A Report from Group 17* behandelt das Thema biologische Kriegführung, *Z for Zachariah* ist ein beeindruckender Roman über ein (erwachsenes) Mädchen, das einen Holocaust überlebt hat, unfähig zur Aufnahme zwischenmenschlicher Beziehungen zu einem überlebenden Mann ist und einsam, auf der Suche nach anderen Überlebenden, durch das Land zieht. Der Roman erschien postum und wurde von O.s Familie zu Ende geführt, als O. kurz vor Vollendung des Werkes starb.

The Silver Crown (1968); *Mrs. Frisby and the Rats of NIMH* (1971); *A Report from Group 17* (1972); *Z for Zachariah* (1975; *Z wie Zacharias*, 1977).

OBRUČEV, V(LADIMIR) A(FANAS'EVIČ)
(1863–1956)

Geboren in Klepenino, Gouvernement Tver' (Rußland). O. zählt zu den Klassikern der utopisch-phantastischen Literatur Rußlands. Beruflich war O. in erster Linie mit geologischen Forschungen in Sibirien, Zentral- und Mittelasien sowie in Turkmenien befaßt, war Mitglied der Akademie der Wissenschaften, unterrichtete an Hochschulen und galt als einer der wichtigsten Geographen und Geologen der Sowjetunion. Neben wissenschaftlichen Veröffentlichungen schrieb er Bücher über seine abenteuerlichen Forschungsreisen und zwei utopische Romane, die in der Tradition von Jules Verne und Arthur Conan Doyle die Entdeckungen von Ländern schildern, in denen prähistorisches Leben erhalten geblieben ist.

Zemlja Sannikova, ili poslednie onkilony (1926; *Das Sannikowland*, 1953).

Plutonija
(1924; dt. *Plutonien*, 1953)

Professor Truchanow, von Beruf Astronom und Geophysiker, ist der Überzeugung, daß es im Innern der Erde einen Hohlraum gibt, der möglicherweise über eine eigene Sonne verfügt. Weiterhin glaubt er, daß dieses hohle Erdinnere mit der Erdoberfläche durch einen oder mehrere Tunnels in Verbindung steht. Gemeinsam mit anderen Wissenschaftlern stellt er eine Expedition zusammen, die aufbricht, um einen solchen Zugang zu entdecken und damit Truchanows Thesen zu beweisen. Zur Tarnung verfolgt die Expedition allerdings das Ziel, die Arktis zu erforschen (hier vermutet Truchanow einen Zugang). Per Schiff macht man sich auf den Weg, und Truchanow gelingt es tatsächlich, seine Hypothesen zu beweisen. Man findet den Zugang und die unterirdische Welt, auch die Miniatursonne. Mehr noch, man entdeckt ein Land, in dem sich die Tier- und Pflanzenwelt vergangener Erdzeitalter erhalten hat. Die Schilderung dieser wundersamen Flora und Fauna steht dann auch im Mittelpunkt des Romans. Am Ende kehrt man mit einer Fülle von Beweisen zurück, wird aber von einem Kriegsschiff aufgebracht und ausgeplündert – die Beweise sind dahin.
Plutonien kombiniert den Reiz der »Lost World«-Thematik mit dem Reiseabenteuer ins Innere der Erde, das von Jules Verne (*Reise zum Mittelpunkt der Erde*) populär gemacht, aber schon lange vor Verne von Verfassern der »Voyages imaginaires« (etwa Ludvig Holberg) gepflegt wurde. Der Roman, fernab billiger Effekthascherei ein zwar abenteuerliches und für Jugendliche gedachtes Buch, das aber in sich logisch argumentiert und neben der Unterhaltung Wissensvermittlung anstrebt, muß zu den Klassikern der russischen SF gezählt werden.

O'DONNELL JR., KEVIN
(*1950)

Geboren in Cleveland, Ohio; O. studierte an der Yale University Sinologie und lebte lange Jahre in Korea, Taiwan und Hongkong. 1972 begann er zu schreiben und veröffentlichte zunächst Stories in den Bereichen SF und Mystery. Daß mit Kevin O'Donnell ein großes Talent heranwuchs, beweisen seine Romane *Bandersnatch* (1979), vor allem aber *Mayflies* (1979) und *Caverns* (1981). Letzterer ist der erste Teil einer Serie: »The Journeys of McGill Feighan«.

OFFUTT, ANDREW J(EFFERSON)
(*1936)

Geboren in Louisville, Kentucky. O. wuchs als Sohn eines Farmers auf, studierte in Louisville Geschichte und Psychologie und arbeitete anschließend für den Waschmittelkonzern Procter & Gamble. 1963 leitete er eine eigene Agentur und schrieb nebenher pornographische Romane. SF veröffentlicht er seit 1954, wobei seine Erstveröffentlichung, die Story »And Gone Tomorrow«, einen Wettbewerb des Magazins *If* gewann. Thematisch bewegt er sich hauptsächlich im Bereich von Sword & Sorcery. Bis 1979 hat er weit über 80 Bücher veröffentlicht.

Evil Is Live Spelled Backwards (1970); *The Castle Keeps* (1972); *Ardor on Ardos* (1973); *The Galactic Rejects* (1973); *Messenger of Zhuvastou* (1973); *Genetic Bomb* (1975; zus. mit D. B. Berry); *Chieftain of Andor* (1976); *My Lord Barbarian* (1977; *Valeron, der Barbar*, 1982); *Demon in the Mirror* (1978; zus. mit R. Lyon).

OLIVER, (SYMMES) CHAD(WICK)
(*1928)

Geboren in Cincinnati, Ohio. Englisch- und Anthropologiestudium in Texas, Promotion in Los Angeles mit einer Arbeit über ein anthropologisches Thema. Nach zwei Jahren als Assistenzprofessor in Texas hielt O. sich zu Forschungsarbeiten über ostafrikanische Kultur- und Wirtschaftsformen einige Zeit lang in Kenia auf. O.s erste Story, »The Land of Lost Content«, erschien 1950 in *Super Science Stories. Mists of Dawn* (1952), ein SF-Jugendbuch, war O.s erste Romanveröffentlichung. Unter den weiteren Romanen ragen *The Winds of Time* (1957) und *Unearthly Neighbors* (1960) hervor. Erwähnenswert ist jedoch auch *The Shores of Another Sea* (1971). Wie in *Unearthly Neighbors* geht es hier um Schwierigkeiten und Konflikte beim Kontakt mit fremdartigen Kulturen. O. ist ein verdienstvoller Pionier anthropologischer SF und zugleich ein Autor, der einer einfachen, naturverbundenen Lebensweise das Wort redet. Auf Dauer erwies sich seine Themenpalette allerdings als etwas schmal. Außerhalb der SF schrieb O. mit *The Wolf Is My Brother* (1967) einen Roman über einen sympathisch geschilderten Indianer, der als »Best Western Historical Novel« 1967 von den Western Writers of America ausgezeichnet wurde.

Mists of Dawn (1952; *Menschheitsdämmerung*, 1966); *Shadows in the Sun* (1954; *Die vom anderen Stern*, 1967); *The Shores of Another Sea* (1971; *Die Affenstation*, 1973).

The Winds of Time
(1957; dt. *Das große Warten*, 1964)

Weston Chase unternimmt in seinem Urlaub eine Wanderung ins Gebirge, wo er von einem plötzlichen Wettersturz überrascht wird. Nach langem Suchen gelingt es ihm, einen schmalen Felsspalt zu finden und sich in eine Höhle zu retten, wo er erschöpft zu Boden fällt. Aber er ist nicht allein, eine seltsame Gestalt erscheint und greift nach ihm. Entsetzt will er fliehen, doch der andere ist stärker und läßt ihn nicht entkommen. Er führt seinen Gefangenen noch tiefer in die Höhle hinein, wo weitere Gestalten auf ihn warten, und hier erfährt Chase endlich die ganze wunderliche Geschichte der Fremden: Es sind Wesen aus dem All, Humanoide, die vor Jahrmillionen, im Tertiär, auf der Erde notlandeten, da ihr Raumschiff havarierte. Und nun liegen sie im Kältetiefschlaf in ihrer Höhle und warten darauf, daß die Menschen den interstellaren Raumschiffantrieb erfinden, damit sie wieder heimkehren können. Chase glaubt ihnen und gibt sein irdisches, ohnehin unbefriedigendes Leben auf, um sich ihnen anzuschließen. Er bekommt eine eigene Kältekammer und kann

so am großen Abenteuer der Fremden teilhaben, wenn es soweit ist.
The Winds of Time beeindruckt durch die einfühlsame Schilderung der Fremden und ihres Schicksals.

Unearthly Neighbors
(1960; dt. *Brüder unter fremder Sonne*, 1964)

Ein Raumschiff hat einen Planeten des Sirius erreicht und menschenähnliches Leben vorgefunden. Man weiß noch wenig von diesen Wesen. Sie sehen intelligent aus, der Planet zeigt aber keine erkennbare Zivilisation nach irdischen Maßstäben. Die UN schickt eine Expedition aus; mehrere Wissenschaftler unter Leitung des Anthropologen Monte Stewart sollen erste Kontakte anbahnen. Man will nicht die Grausamkeiten der spanischen Konquistadoren wiederholen, man will Freundschaft.
Aber die Wissenschaftler begehen Fehler. Sie verletzen ein sexuelles Tabu der »Merdosi«, wie sich die Sirianer nennen. Völlig unerwartet hetzen diese ihre wolfsähnlichen Jagdtiere auf das ungeschützte Lager. Drei Menschen kommen dabei um, darunter die Frauen Stewarts und des Sprachforschers Jenike. Die beiden Männer töten aus Rache einen Merdosi und fliehen in die Sicherheit des Raumschiffes auf der Umlaufbahn. In Stewarts Hand liegt nun das Schicksal der fremden Rasse. Kehrt er jetzt zur Erde zurück, wird Militär den Zutritt zu dem Planeten erzwingen – und die Merdosi vielleicht ausrotten. Stewart faßt einen Entschluß: Er will es noch einmal mit Jenike versuchen. Das Lager wird an der alten Stelle errichtet.
Einem ersten Mordanschlag entgehen sie, doch dann setzen die Merdosi geistige Waffen ein und suggerieren den Männern Alpträume, die Jenike zum Wahnsinn und in den Tod treiben. Dann erst gelingt es Stewart, durch die Hilfe eines Eingeborenen mit den Merdosi echten Kontakt aufzunehmen und sie von den friedlichen Absichten der Terraner zu überzeugen.
Eines der besten Werke O.s, in dem der Konflikt zwischen gegensätzlichen Kulturen thematisiert wird.

OLSEN JR., BOB (ALFRED JOHANNES)
(1884–1956)

1927 erschien die erste Story des Amerikaners, »The Four Dimensional Roller Press«, in *Amazing*. Sie leitete die sechsteilige Four-Dimensional-Serie ein. In den dreißiger Jahren folgten weitere Kurzgeschichten, darunter auch ein Zyklus von SF-Kriminalgeschichten.

ORKOW, BEN (HARRISON)
(*1896)

Geboren in Rußland, 1906 in die USA ausgewandert. O. schrieb weit über 30 Bühnenstükke, Fernsehspiele und Filmdrehbücher, ferner etliche Romane. Sein einziger SF-Roman, *When Time Stood Still* (1962; *Wenn die Zeit stillsteht*, 1963), behandelt das Thema Kälteschlaf: Ein Millionär macht es möglich, daß er und seine todkranke Frau in die Welt des Jahres 2007 gelangen.

ORWELL, GEORGE
(1903–1950)

Pseudonym des englischen Schriftstellers Eric Arthur Blair, geboren in Motihare in Bengalen; in Eton erzogen. Er leistete zwischen 1922 und 1927 bei der englischen Militärpolizei seinen Wehrdienst ab, quittierte aber den Dienst, da er mit den Methoden der englischen Kolonialbehörden nicht einverstanden war. Er schlug sich mit diversen Gelegenheitsjobs durch, war Anhänger der Kommunistischen Internationale und nahm als Freiheitskämpfer am Spanischen Bürgerkrieg teil. Seinem Abscheu vor allen auf Unterdrückung fußenden Systemen verlieh er in zwei Romanen Ausdruck: dem 1945 erschienenen satirischen Buch *Animal Farm* und ganz besonders seinem bekanntesten Werk, *1984* (erschienen 1949). Seine Stärke aber lag vor allem auf dem Gebiet des Essays, von denen seine besten in *Collected Essays, Journalism and Letters of George Orwell* nachgedruckt wurden (1968).

Lit.: G. Woodcock, The Crystal Spirit, 1967 (Biographie).

Animal Farm
(1945; dt. *Die Republik der Tiere,* 1949)

Da die Tiere einer Farm ihr Dasein in Unterdrückung und Unfreiheit satt haben, beschließen sie, gegen ihre Unterdrücker, die Menschen, zu rebellieren. Sie jagen den Farmer vom Hof und organisieren sich selbst in einem System, das auf Gleichheit der Individuen beruht und in dem keiner vor dem anderen einen Vorteil haben soll. Das geht auch einige Zeit gut, aber schließlich wird immer deutlicher, daß die Schweine, allen voran deren Anführer, Schneeball und Napoleon, nach der Macht streben. Aus der Parole »Alle Tiere sind gleich« wird binnen kürzester Zeit »Alle Tiere sind gleich, aber manche sind gleicher als andere«. Die Schweine gehen plötzlich auf zwei Beinen und beziehen das Farmhaus. Sie holen die Menschen zurück und verbünden sich mit ihnen, und als die anderen Tiere durch das Fenster hineinsehen, können sie nicht mehr unterscheiden, wer Mensch und wer Schwein ist.
Animal Farm, in der Grundaussage eine eindrucksvolle Fabel, läßt sich thematisch der Fantasy zuordnen. Das Büchlein fügt sich in die Gesamtaussage von O.s Hauptwerk nahtlos ein, es ist eine eindringliche Warnung vor der Korruption der Macht, kann zugleich aber mißverstanden werden als Warnung vor jeder gesellschaftlichen Veränderung.

Nineteen Eighty-Four
(1949; dt. *1984*, 1950)

Im Jahre 1984 ist die Welt in drei große Machtblöcke aufgeteilt, Ozeanien, Eurasien und Ostasien, deren politische Systeme sich auf fatale Weise gleichen: Um innenpolitischen Schwierigkeiten aus dem Weg zu gehen, führen sie ständig Scheinkriege mit wechselnden Vorzeichen, um so ein perfektes Unterdrückungssystem zu schaffen, das ganz auf vollkommene Ausschaltung der Individualität des einzelnen ausgerichtet ist. Eine riesige Propagandamaschinerie macht ständig auf den Staat – verkörpert durch den »Großen Bruder« – aufmerksam, dem auch nicht die geringste Begebenheit im Privatleben seiner Bürger entgeht.
In dieser Welt lebt der kleine Angestellte Winston Smith, der sich berufsbedingt an den ständig wiederkehrenden »Geschichtsumschreibungen« beteiligt, denn alle historischen Ereignisse müssen, je nachdem, wie die politischen Fronten gerade verlaufen, immer neu geschrieben und den gegenwärtigen Verhältnissen angepaßt werden, was bis hin zur Fälschung uralter Verträge und Dokumente geht. Smith hat ernste Zweifel an dem System, in dem er lebt, heuchelt aber nach außen hin Loyalität, damit die Agenten der »Gedankenpolizei« nicht auf ihn aufmerksam werden. In seiner von Kameras überwachten Wohnung gibt es ein Plätzchen, das von keiner Kamera erreicht werden kann. Dort sitzt er häufig und führt ein Tagebuch. Seine Liebe zu dem Mädchen Julia gibt ihm die Kraft, seinen Alltag durchzustehen. Mit ihr flüchtet er sich in Winkel, die er noch unbeobachtet glaubt. Aber man entdeckt sie. Sie werden getrennt und den psychischen Foltermethoden des Parteiapparates ausgesetzt, der eine individuelle Intimsphäre seiner Bürger auf gar keinen Fall dulden kann. Winston verläßt den »Palast der Liebe«, wie die Folterburg der Partei zynisch genannt wird, als seelisch gebrochener Mann. Er hat Julia, seine Geliebte, verraten, eine Tatsache, mit der er nicht fertig wird. Der Staatsapparat entläßt ihn schließlich wieder geistig »gereinigt« in den trostlosen Alltag der Unterdrükkung.
1984 ist von allen SF-Romanen der bekannteste; mit ihm ging sein Verfasser in die Literaturgeschichte ein. Der Roman, eine beklemmende und furchteinflößende Anti-Utopie, ist eines der leidenschaftlichsten Bücher gegen Unterdrückung des einzelnen durch einen anonymen Staat. Obwohl auf die UdSSR unter Stalin gemünzt, erfuhr der Roman durch die Jahrzehnte immer wieder Neubewertungen und gilt nun als Warnung vor zuviel Staat schlechthin. Seine Aktualität ist angesichts von Atomstaat und elektronischen Überwachungsmöglichkeiten ungebrochen, was ihn 1980/81 auch erneut in die bundesdeutschen Bestsellerlisten brachte.

PALTOCK, ROBERT
(1697–1767)

Der englische Rechtsanwalt und Schriftsteller wurde vor allem durch den Roman *The Life and Adventures of Peter Wilkins, a Cornish Man* (1751) bekannt. Der als Klassiker zu bezeichnende Roman des Engländers wird oft mit Defoes *Robinson Crusoe* und Swifts *Gullivers Travels* in einem Atemzug genannt.

PANGBORN, EDGAR
(1909–1976)

Geboren in New York. P. besuchte die Harvard Universität sowie das New England Konservatorium, wo er Musik studierte. Da ihm das Komponieren wenig einbrachte, wandte er sich der Schriftstellerei zu. Von 1930 bis zu seinem Tod lebte er als freiberuflicher Schriftsteller. Seine erste Veröffentlichung war *A-100* (1930), unter dem Pseudonym Bruce Harrison erschienen, der weitere Routinearbeiten folgten. Erst lange danach veröffentlichte er seine erste Arbeit in der SF, »Angel's Egg« in *Galaxy* (1951). Mit dieser Novelle erregte er sofort die Aufmerksamkeit der Kritiker. Sein erster Roman, *West of the Sun*, erschien 1953. P. schildert eine Kolonie, die von sechs notgelandeten Raumschiffkommandanten auf einem fernen Planeten gegründet wird. Als man sie schließlich findet, weigern sie sich, ihr selbstgeschaffenes Utopia wieder zu verlassen. Aufgrund seiner Distanz zum allgemeinen SF-Betrieb blieb Pangborn immer eine Randfigur in der SF, obwohl seine wenigen Romane ihn als einen der größten Romanciers des Genres ausweisen. 1954 erschien sein zweiter Roman, *A Mirror for Observers*, mit dem er 1955 den »International Fantasy Award« gewann. Nach einem kurzen Exkurs in die Gefilde des historischen Romans, *Wilderness of Spring* (1958) und *The Trial of Callista Blake* (1961), wandte er sich wieder der Science Fiction zu. 1964 entstand *Davy*, der in einem Amerika angesiedelt ist, das nach einer atomaren Katastrophe völlig verwüstet wurde, und sich mit den verschiedenen Möglichkeiten des Neuaufbaus einer Zivilisation beschäftigt. *The Company of Glory* (1975) ist eine direkte Fortsetzung von *Davy*. In dem Roman werden die Vereinigten Staaten von Europa aus ›neu‹ entdeckt. Weitere Erzählungen zu diesem Thema erschienen gesammelt in dem Band *Still I Persist in Wondering* (1978). Auch *The Judgment of Eve* ist in einer Nachkriegswelt angesiedelt und gehört, wenn nicht zu P.s überzeugendsten, so doch zu seinen schönsten Büchern. Eve, ein junges Mädchen, das mit seiner Mutter am Rande einer Wüste lebt, muß sich zwischen drei Männern entscheiden, die um ihre Hand anhalten. Sie gibt ihnen die Aufgabe, in die Welt hinauszuziehen und herauszufinden, was Liebe ist. Wer es ihr sagen kann, darf sie heiraten. P. läßt die Antwort, wie auch die Entscheidung Eves, offen. Einige von P.s Kurzgeschichten sind enthalten in *Good Neighbors and Other Strangers* (1972). Es ist fraglich, ob P. sich je als Science-Fiction-Autor verstanden wissen wollte. Jedenfalls nimmt er im Genre eine Sonderstellung ein, denn er verzichtete bewußt auf Klischees und Action um ihrer selbst willen, welche bei seinen Zeitgenossen dominierten. Stilistisch ist P. einer der besten Autoren in der SF. Seine Romane und Geschichten sind kultiviert erzählt und zeugen von einem tiefen und überzeugten Humanismus. Alle Themen, deren er sich annahm, arbeitete er mit großer Sorgfalt und Ernst aus, daher ist sein Gesamtwerk auch nicht übermäßig groß.

West of the Sun (1953); *The Judgment of Eve* (1966; *Die Prüfung*, 1979); *Good Neighbors and Other Strangers* (1972; *Gute Nachbarn und andere Unbekannte*, 1973); *The Company of Glory* (1975); *Still I Persist in Wondering* (1978).

A Mirror for Observers
(1954; dt. *Der Beobachter*, 1978)

Die jahrtausendealte Zivilisation des Mars führt die Menschen seit ihrer Entstehung dem Licht einer Hochkultur entgegen. Nachdem der Mars zusehends erkaltet, suchen die Marsianer Zuflucht in unterirdischen Städten auf der Erde.

Von dort greifen sie hin und wieder unbemerkt in die Geschichte der Menschheit ein und bemühen sich, diese zum Guten zu beeinflussen. Aus verständlichen Gründen wollen sie sich erst dann zu erkennen geben, wenn die Menschen eine höhere Kulturstufe erreicht haben. Aber nicht alle Marsianer haben die hierzu nötige Einsicht. Vielen geht die Entwicklung zu langsam voran. Ein abtrünniger Beobachter fördert durch sein Tun die Selbstvernichtung der Menschen. Ein zweiter wird ausgeschickt, ihn unschädlich zu machen und die Dinge wieder ins rechte Lot zu bringen. Beide Beobachter führen einen verbissenen Kampf um einen hochintelligenten Jungen, der aufgrund seines Intellekts und seiner Einstellung zu einem mächtigen, ethischen Führer der Menschen werden könnte. Somit wird die Erde zum Schauplatz des Titanenkampfes zwischen den beiden rivalisierenden Marsianern, die ständig darauf bedacht sein müssen, von den Menschen, unter denen sie sich bewegen, nicht erkannt zu werden.

In *A Mirror for Observers* behandelt P. den immerwährenden Konflikt zwischen Gut und Böse auf seine Weise. Er entlarvt Kleingeisterei und Schwächen der Menschen, ohne jedoch zynisch zu werden. Sein Roman ist ein Appell an das Gute im Menschen, zugleich ein Plädoyer für die menschliche Rasse, von der er glaubt, daß es ihr einst möglich sein wird, ihre geistigen Schranken einzureißen und sich auf ein Leben in Frieden und geistiger Toleranz zu konzentrieren.

Davy
(1964; dt. *Davy*, 1978)

Mehr noch als in *A Mirror for Observers* enthüllt sich in *Davy* P.s schriftstellerisches Talent. Der Roman spielt etwa 300 Jahre nach einem verheerenden Atomkrieg in den USA. Der Staat ist in politischer Hinsicht zerbrochen, die Menschen sind auf eine archaische Kulturstufe zurückgesunken, die Kirche herrscht mit absolutistischer Macht und unterdrückt jegliches fortschrittliche Gedankengut im Keim. Trotzdem kann sie nicht verhindern, daß es immer wieder Häretiker gibt, die ihre Macht in Frage stellen und den Fortschritt langsam vorantreiben. In dieser Welt lebt Davy, ein futuristischer Huckleberry Finn, Sohn einer Hure, der schon früh gezwungen ist, sich auf eigene Faust durchzuschlagen. Davy weigert sich, überkommene Traditionen und Ansichten anzuerkennen. Ganz auf sich selbst gestellt, muß er bald die Erfahrung machen, daß vieles nicht stimmt, was die Kirche dogmatisch behauptet. Auf seinem Irrweg durch die einstigen Oststaaten der USA macht er einen Bewußtseinsprozeß durch. Er kann in der bestehenden Gesellschaft nicht leben. Der Roman schildert ausgedehnt seine Erlebnisse mit den ländlichen Krämerseelen seiner Umgebung, seine aus Vorurteilen, Angst und Unterdrückung bestehende Welt, gegen die er sich schließlich zur Wehr setzt. Zusammen mit einigen treuen Freunden gründet er ein unabhängiges Staatengebilde, in dem Bemühen, eine komplexe menschliche Zivilisation neu zu erschaffen.

Davy ist neben *A Mirror for Observers* P.s Meisterstück. In ihm vereinigen sich Erzählkunst, Humor mit einer ordentlichen Portion Sarkasmus, Skepsis gegenüber Kirche und Gesellschaft und der Glaube an die Menschen, von denen er berichtet, zu einem großartigen Epos, das in der Science Fiction kaum Parallelen findet.

PANSHIN, ALEXEI
(*1940)

Geboren in Lansing, Michigan. P. studierte Englisch. Während seiner Dienstzeit bei der U.S. Army war er in Korea im Einsatz. Bevor er 1960 seine erste SF-Story veröffentlichte, hatte er sich bereits als Kritiker einen Namen gemacht. 1968 erregte er mit seiner Studie *Heinlein in Dimension* Aufsehen. 1976 folgten unter dem Titel *SF in Dimension* 20 gemeinsam mit seiner Frau Cory verfaßte Essays zur SF. 1967 gewann er den »Hugo« als bester Amateurautor. Viele seiner Arbeiten über SF sind in dem semiprofessionellen Magazin *Riverside Quarterly* veröffentlicht worden. 1968 erschien dann P.s Roman *Rite of Passage*, der ihn schlagartig als SF-Autor bekannt machte. Mit diesem Titel gewann er den »Nebula Award«. Außer *Rite of Passage* hat P. drei Romane um die Figur des Anthony Villiers geschrieben – *Starwell* (1968), *The Thurb Revolution* (1968) und *Masque World* (1969) – Weltraumintrigen, die, satirisch gemeint, an *Rite of Passage* nicht heranreichen.

Der Fantasy-Roman *Earth Magic* (1978, gemeinsam mit seiner Frau verfaßt) um Haldane, den Mann, dessen unterbewußter Wille die Realität verändert und der sich schließlich immer tiefer im Labyrinth seiner zur Wirklichkeit werdenden Ängste und Wünsche verirrt, ist guter Durchschnitt.

Starwell (1968); *The Thurb Revolution* (1968); *Masque World* (1969); *Farewell to Yesterday's Tomorrow* (C, 1974); *Earth Magic* (1978, zus. mit Cory Panshin; *Erdmagie*, 1980).

Rite of Passage
(1968; dt. *Welt zwischen den Sternen*, 1971)

Mia Havero lebt mit ihrem Vater Miles an Bord eines riesigen Raumschiffs, das eigentlich einmal Kolonisten zu anderen Welten bringen sollte, inzwischen aber nach der Vernichtung der Erde in einem Atomkrieg eine Welt für sich und die einzige Verbindung zwischen den über hundert Kolonien der Erde darstellt. Sieben solcher Schiffe sind noch verblieben, und die Schiffsbevölkerung, die hauptsächlich aus Wissenschaftlern und Technikern besteht, treibt mit ihrem technischen Know-how in dieser postatomaren Weltraumkultur Handel, tauscht dafür Rohstoffe ein. An Bord hat sich eine eigene Kultur gebildet, die sich erheblich von der auf den kolonisierten Welten unterscheidet. Und Teil dieser Kultur sind Initiationsriten für vierzehnjährige Jugendliche. Sie müssen einen dreißig Tage währenden Überlebenstest bestehen, bevor sie in die Erwachsenenwelt des Schiffes aufgenommen werden. Die Aufgabe besteht darin, einen Monat lang auf einem Kolonialplaneten zu überleben, auf dem der Prüfling ausgesetzt wird. Mia ist die Tochter des Vorsitzenden des Schiffsrates. Sie wird mit anderen auf dem Planeten Tintera ausgesetzt, besteht allerlei Abenteuer, befreit ihren Freund Jimmy aus einem Gefängnis, sammelt erste sexuelle Erfahrungen und darf als vollwertiges Mitglied in die Schiffsgemeinschaft zurückkehren.

Die Abenteuer auf dem Planeten sind eher läppisch, aber das Leben an Bord des Schiffes ist recht glaubwürdig dargestellt, wie überhaupt das Riesenraumschiff in den Mittelpunkt des Geschehens rückt. Es gibt dort verschiedene Ebenen, die zum Teil irdische Verhältnisse simulieren, zum Teil der Nahrungsproduktion dienen usw. P. diskutiert in diesem Buch auch ethische und soziale Probleme an Bord und im Verhältnis der Raumfahrer zu den Planetenbewohnern. Die Prüfung für die Jugendlichen wird mit der Notwendigkeit begründet, unter schwierigen Bedingungen überleben zu können; wer scheitert, wird Teil der (verachteten) Planetenpopulation. Interessant am Rande dürfte noch sein, daß P.s Mia als Antwort auf Heinleins umstrittene Mädchenfigur Podkayne in *Podkayne of Mars* gedacht war.

PARNOV, EREMEJ (JUDOVIČ)
(*1935)

Geboren in Charkow. P. studierte in Moskau Chemie und war anschließend an der Akademie der Wissenschaften tätig. Als Schriftsteller veröffentlichte er sehr unterschiedliche Arbeiten: neben populärwissenschaftlichen Büchern biographische Erzählungen, einen Abenteuerroman und einen Roman über den deutschen KPD-Vorsitzenden Thälmann. SF schrieb er stets gemeinsam mit Michail Emcev, und dieser Zusammenarbeit entsprangen bislang eine Anzahl von Erzählungen (die auch gesammelt vorliegen) und fünf Romane: *Kongomato* (1966; *Kongomato*, 1973); *More diraka* (anderer Titel: *Černyj jaščik Čerery*, 1967; »Das Dirac-Meer«); *Jarmarka tenej* (1968); *Tri Kvarka* (1969); *Kloč'ja t'my na Igle vremeni* (1970; »Fetzen von Finsternis auf der Nadel der Zeit«). Sammelbände mit wichtigen Erzählungen: *Padenie sverchnovoj* (1964); *Uravnenie s Blednogo Neptuna* (1964; *Die Gleichung des Bleichen Neptun*, 1966); *Poslednee putešestvie polkovnika Fosetta* (1965; »Die letzte Reise des Oberst Fossett«). Einige Erzählungen der beiden Autoren liegen in deutscher Sprache vor (erschienen in DDR-Anthologien).

PEAKE, MERVYN (LAWRENCE)
(1911–1968)

Geboren in China. Als Zwölfjähriger kam P. nach England und besuchte ein College. Er war ein Multitalent, das nicht nur schrieb, sondern auch als Maler und Grafiker tätig war. Auf beiden Gebieten hat er es zu einigem Ansehen gebracht. Seine erste Veröffentlichung hatte er

1941, als ein Band mit Gedichten erschien. Neben weiteren Gedichtbänden, Kinderbüchern und einem Theaterstück schrieb er mit der Gormenghast-Trilogie eines der wichtigsten Werke der Fantasy-Literatur. Es handelt sich hierbei um einen Bildungsroman in drei Bänden: Angesiedelt in einem Phantasieland mit allerlei exotischen und bizarren Wesen sowie der Gormenghast-Burg, wird der Ausbruch der Hauptfigur Titus Groan aus diesem Land beschrieben. P. litt in seinen letzten Jahren an einer schweren Gehirnerkrankung und konnte deshalb einen geplanten vierten Band nicht mehr schreiben. Schon der dritte Band litt unter P.s Krankheit, weshalb Langdon Jones, selbst Autor und ein Bewunderer des »Gormenghast«-Verfassers, diesen dritten Band später unter Verwendung von Aufzeichnungen P.s überarbeitete und neu herausgab. P. gilt als einer der besten Stilisten der Fantasy und wird von Enthusiasten sogar mit Charles Dickens verglichen. Er erhielt 1950 den »W.-H.-Heinemann-Preis« der Royal Society of Literature. Für die Anthologie *Sometime, Never* (1956) verfaßte P. die Story »Boy in Darkness«, die ebenfalls zum Gormenghast-Zyklus gehört. Ein weiteres Fantasy-Werk von ihm ist *Mr. Pye* (1953).

Gormenghast-Trilogie: *Titus Groan* (1946); *Gormenghast* (1950); *Titus Alone* (1959; Neuausg. 1970). – *Mr. Pye* (1953).

Lit.: M. Gilmore, A World Away, a Memoir, 1970 . – J. Batchelor, Mervyn Peake, 1974. – J. Watney, Mervyn Peake, 1976.

PEDLER, KIT / DAVIS, GERRY
(1927–1981/*1930)

Englisches Autorenteam. P., geboren in London und Pseudonym des Arztes Christopher Magnus Howard Pedler, lernte den Seemann und Schauspieler D. in Kanada kennen, wohin P. 1951 ausgewandert war. Beide arbeiteten für Film und Fernsehen, zunächst getrennt, später dann auch gemeinsam. Zwei ihrer Gemeinschaftsproduktionen für das Fernsehen sind die Dr.-Who- und die Doomwatch-Serie der BBC. Gemeinsam verfaßten sie auch drei in den Bereich des Katastrophenromans gehörende Dystopien. In *Mutant 59: The Plastic Eater* (1972) geht es um zunächst unerklärlich und zusammenhanglos erscheinende Vorfälle, die das Großstadtleben Londons in ein Chaos verwandeln. Mutierte Bakterien zur Vernichtung von Plastikabfällen sind in das Abwassersystem gelangt und breiten sich blitzartig aus. Ebenso wird in *Brainrack* (1974) das düstere Bild einer übertechnisierten Welt entworfen und deren Gefahren dargestellt. Die bisher gut funktionierende Zusammenarbeit von Mensch und Maschine, sprich Computer, nimmt verheerende Formen an, es kommt zu Atomreaktorkatastrophen usw. Eine ähnliche Thematik liegt auch *The Dynostar Menace* (1975) zugrunde: Im All wird die Raumstation Dynostar errichtet, auf der ein Fusionsreaktor gebaut wird. Als bisher von den Verantwortlichen unterschlagene Daten bekannt werden, stellt sich heraus, daß der Reaktor eine lebensbedrohende Gefahr für die Erde darstellt.

P. und D. nehmen zwar brisante Themen unserer technisierten Gegenwart in Angriff, ihre Romane bleiben aber, was die dramatische Aufbereitung angeht, hinter den Ideen oftmals zurück.

Mutant 59: The Plastic Eater (1972; *Die Plastikfresser*, 1974); *Brainrack* (1974; *Gehirnpest*, 1976); *The Dynostar Menace* (1975; *Die Dynostar-Drohung*, 1979).

PEEV, DIMIT'R (A.)
(*1919)

Bulgarischer Autor. P. studierte Jura und promovierte in Kriminalistik. Er war Diplomat und Militärjurist, ist seit 1957 Journalist und schrieb bislang mehr als 30 SF-Erzählungen und -Novellen sowie den SF-Roman *Raketata ne otgovarja* (1958, zus. mit K. K. Maričkov; »Rakete antwortet nicht«). Seine Novelle *Fotonijat zvezdolet* (1964) erschien 1969 in deutscher Übersetzung unter dem Titel *Das Photonenraumschiff* als eigenständige Publikation in der DDR. Eine weitere Erzählung von ihm, »Das Haar aus Mohammeds Bart«, erschien 1966 in der DDR-Anthologie *Marsmenschen*.

PELOT, PIERRE
(*1945)

Geboren in Saint Maurice, Vogesen. P. hat u. a. als Mechaniker, Designer und Ausstatter in TV-Studios gearbeitet und unter dem Pseudonym Pierre Suragne Kriminal- und Horrorromane verfaßt, »die atmosphärisch etwa in der Mitte zwischen Boileau-Narcejac und Frédéric Dard liegen« (J. WEIGAND). Er hat auch eine große Anzahl Jugendbücher geschrieben, in denen er scharfe Kritik an den sozialen Zuständen seiner Heimat übt. Seine Produktion beträgt seit 1966 an die 100 Romane (vom Western bis zur SF). Viele seiner Bücher wurden in andere Sprachen übersetzt.

La septième saison (1972); *L'enfant qui marchait sur le ciel* (1973); *Et puis les loups viendront* (1973); *Les légendes de terre* (1973; *Der Flug zur vierten Galaxis*, 1976); *Les barreaux de l'Eden* (1977); *Delirium Circus* (1977); *Foetus Party* (1977); *Le sourire des crabes* (1977); *Transit* (1977).

PENDLETON, DON(ALD EUGENE)
(*1927)

Geboren in Little Rock, Arkansas. P. nahm als Marinefunker am Zweiten Weltkrieg teil und war anschließend im Land- und Luftverkehr tätig; von 1961 bis 1967 freiberuflicher Autor, anschließend Redakteur des Magazins *Orion*, seit 1971 wieder freiberuflicher Autor. P. brachte 1958 mit »Boomerang Peep Show« seine erste Story in *Ace Magazine* unter und veröffentlichte seit 1968 SF-Romane. Seine beiden ersten Titel sind der Kategorie ›SF-Softporno‹ zuzurechnen. Insgesamt gelangte P. über durchschnittliche Unterhaltungsware nicht hinaus.

Revolt! (1968); *The Olympians* (1969); *Cataclysm: The Day the World Died* (1969); *The Guns of Terra 10* (1970); *The Godmakers* (1970); *1989: Population Doomsday* (1970).

PEŠEK, LUDĚK
(*1919)

Geboren in Kladno (Böhmen); lebt heute in Zürich. P. studierte in Prag und wandte sich dann dem Schreiben und der Grafik zu. Er ist einer der besten Maler der »Space Art« und gestaltet, zum Teil im Auftrag wissenschaftlicher Institutionen, kosmische Bildatlanten. Sein literarisches Werk umfaßt einige SF-Romane, die zwar vor allem an ein jugendliches Publikum gerichtet, aber durchaus auch für Erwachsene interessant sind. Für sein Buch *Die Erde ist nah* erhielt er 1971 den »Deutschen Jugendbuchpreis«. Seine Romane sind mit großem Einfühlungsvermögen geschriebene technische Abenteuer im Bereich unseres Sonnensystems. Sein bislang letztes SF-Werk, *Falle für Perseus*, hat mit der Schilderung einer totalitären Gesellschaft, die sich unter Nachkommen gestrandeter Raumfahrer innerhalb eines riesigen Raumschiffes entwickelt hat, thematisch wie in der Gestaltung bereits weitgehend den Jugendbuchcharakter verloren. Dieser Roman wurde aus dem Manuskript in die deutsche Sprache übersetzt und in der BRD erstveröffentlicht.

Die Mondexpedition (1966); *Die Erde ist nah* (1970); *Falle für Perseus* (1976).

PESTUM, JO
(*1936)

Pseudonym für Johannes Stumpe, geboren in Essen. P. studierte Malerei, arbeitete als Bauarbeiter, Restaurateur, Nachtportier und Taucher, arbeitete später als Grafiker, Redakteur und Verlagslektor. Heute lebt er als freischaffender Autor in der Nähe von München. P. hat bis heute etwa 40 Bücher veröffentlicht, die im Bereich der Kinder- und Jugendliteratur anzusiedeln sind, und schrieb eine Reihe von Hörspielen, Fernsehspielen und Filmdrehbüchern. P., der heute in einem Jugendbuchverlag eine nach ihm benannte Buchreihe herausgibt, ist Mitglied im Bundesvorstand des Verbandes deutscher Schriftsteller. Neben zwei SF-Büchern für Kinder schrieb er die SF-Erzählung »Die Notlandung«, die in seinem Sammelband *Duell im heißen Wind* (1975) erschien.

Astronautenlatein (1970; zus. mit Adolf Oehlen); *Der Astronaut vom Zwillingsstern* (1974).

PETAJA, EMIL (THEODORE)
(*1915)

Geboren in Milltown, Montana. P. besuchte die Montana State University von 1936 bis 1938 und arbeitete anschließend als Büroangestellter, Filmtechniker und Fotograf. Der Autor, der finnischer Abstammung ist, debütierte nach einigen Fanzine-Veröffentlichungen 1942 mit der Erzählung »Time Will Tell« in *Amazing* und verlegte sich in den sechziger Jahren auf das Schreiben von SF- und Fantasy-Romanen, wobei er in seinen vier auf dem finnischen Epos *Kalevala* basierenden Titeln *Saga of Lost Earths* (1966), *The Star Mill* (1966), *The Stolen Sun* (1967) und *Tramontane* (1967) nicht müde wird zu behaupten, daß die Finnen von gestrandeten Weltraumfahrern abstammen. Seine übrigen Romane sind Space Operas nach altbewährtem Muster. P. ist seit 1963 als freier Schriftsteller tätig und gründete 1972 einen Kleinverlag, der hauptsächlich das Werk des Fantasy-Zeichners Hannes Bok publiziert. Einzelne Erzählungen aus P.s Feder erschienen auch unter dem Pseudonym Theodore Pine.

Alpha Yes, Terra No! (1965); *The Caves of Mars* (1965); *The Prism* (1968); *The Time-Twister* (1968; *Zwischen Gestern und Niemals*, 1971); *The Path beyond the Stars* (1969); *The Nets of Space* (1969); *Seed of the Dreamers* (1970). – Zwei Romane, die thematisch zusammenhängen, sind *Lord of the Green Planet* (1967) und *Doom of the Green Planet* (1968). – Eine Auswahl aus P.s Erzählungen bietet der Band *Stardrift* (1971).

PFEIL, DONALD J.
(?)

Amerikanischer Autor. P., der auch Redakteur des SF-Magazins *Vertex* war, veröffentlichte zwischen 1975 und 1977 drei Romane, die auf recht unterhaltsame und vergnügliche Art an den Stil alter Space Operas anknüpften. Unter dem Pseudonym William Arrow verfaßte er den zweiten Band der Buch-Serie »Return to the Planet of the Apes«: *Escape from Terror Lagoon* (1976).

Voyage to a Forgotten Sun (1975); *Through the Reality Warp* (1976); *Looking Back to Earth* (1977).

PHILLIPS, ROG
(1909–1965)

Pseudonym des amerikanischen Schriftstellers Roger Phillips Graham, geboren in Spokane, Washington. Studium in Spokane und Seattle, während des Zweiten Weltkriegs Tätigkeit als Ingenieur. P. publizierte in den vierziger und fünfziger Jahren Dutzende von aktionsgeladenen Kurzgeschichten und Novellen in den weniger anspruchsvollen SF-Magazinen des Verlages Ziff-Davis. Seine vier Romane wurden ausnahmslos ins Deutsche übersetzt; jedoch sah nur einer von ihnen eine Buchpublikation.

Time Trap (1949); *Worlds Within* (1950); *Worlds of If* (1951; *Welten der Wahrscheinlichkeit*, 1960); *The Involuntary Immortals* (1959).

PIPER, H(ENRY) BEAM
(1904–1964)

Geboren in Altoona, Pennsylvania. P. übte längere Zeit den Beruf eines Eisenbahningenieurs aus; seine SF-Karriere fing in den späten vierziger Jahren an, als *Astounding* seine Story »Time and Again« (1947) veröffentlichte. 1948 begann er im selben Magazin seine Serie um die »Paratime Police«, die aus insgesamt einem Fortsetzungsroman und 5 Noveletten bestand, von denen wiederum zwei zu dem Roman *Lord Kalvan of Otherwhen* (1965) zusammengefaßt wurden. Neben dieser Serie schrieb P. einen Romanzyklus um eine terranische Sternenföderation. Unter anderem gehören ihm die Romane *The Space Vikings* (1963), *Junkyard Planet* (1963) und sein unbestritten bestes Werk, *Little Fuzzy* (1962) und dessen Fortsetzung, *Fuzzy Sapiens* (1964; anderer Titel: *The Other Human Race*) an.
P.s Stärke liegt auf dem Gebiet der Kurzgeschichte oder Novellette. Zwar wurden viele seiner kürzeren Texte später zu Romanen zusammengefaßt – eine Ausnahme bildet hier der mit John J. McGuire verfaßte Roman *Crisis in 2140* (1953–57) –, aber neben *Little Fuzzy* hinterlassen Geschichten wie »Omnilingual« (1957)

oder einzelne Stories der Paratime-Police-Serie, die in ihrer Gesamtheit ein kleiner Klassiker der Alternativweltgeschichten ist, den stärksten Eindruck. Trotzdem war P. zu Lebzeiten kein erfolgreicher SF-Autor. *Little Fuzzy* wurde zwar für den »Hugo Award« nominiert, gewann diesen Preis jedoch nicht; und erst eine 1977 erschienene Sonderausgabe der Fuzzy-Romane rückte ihren Verfasser in ein helleres Licht.

Uller Uprising (1952; *Der Uller-Aufstand*, 1977); *Null-ABC* (1957, anderer Titel: *Crisis in 2140*, zus. mit J. J. McGuire; *Null-ABC*, 1972); *A Planet for Texans* (1958; zus. mit J. J. McGuire); *Four Day Planet* (1961); *The Space Vikings* (1963; *Die Weltenplünderer*, 1976); *Junkyard Planet* (1963; *Der verschollene Computer*, 1975); *Lord Kalvan of Otherwhen* (1965; *Der Mann, der die Zeit betrog*, 1967).

Little Fuzzy
(1962; dt. *Der kleine Fuzzy*, 1979)

The Other Human Race, anderer Titel: **Fuzzy Sapiens**
(1964; dt. *Fuzzy Sapiens*, 1979)

Der Planet Zarathustra ist eine Welt der »3. Klasse« und gehört praktisch der Zarathustra Company, die dort die Entwicklung vorantreibt, den Planet wirtschaftlich ausbeutet und große Gewinne einstreicht. Jack Holloway ist Prospektor auf Zarathustra, der nach Sonnensteinen sucht und dabei auf die Fuzzies stößt. Dies sind kleine putzige Pelzwesen, die wie Teddybären aussehen und sich auch fast so verhalten. Holloway ist von ihrer Intelligenz überzeugt, aber sonst nimmt niemand diese liebenswerten Kreaturen so recht ernst; denn wären die Fuzzies wirklich vernunftbegabt, müßte die Kolonialregierung Zarathustra als bewohnten Planeten in die »4. Klasse« einstufen, und die Company verlöre automatisch jeglichen Anspruch auf Zarathustra. Im Lauf der Handlung bilden sich zwei antagonistische Parteien heraus, deren Auseinandersetzung den Kampf um die Vorherrschaft auf Zarathustra versinnbildlicht. Auf der einen Seite stehen Holloway und seine Pro-Fuzzy-Mitstreiter, die in den Unschuld und Liebe verkörpernden Fuzzies vernunftbegabte Wesen sehen, auf der anderen die Wissenschaftler und Anhänger der Company, die den Fuzzies aufgrund fehlender Sprache und Unkenntnis des Feuers ihre Intelligenz absprechen und sie als Tiere klassifizieren wollen. Schließlich kommt es zu gewaltsamen Auseinandersetzungen; es geschehen zwei Morde, und es findet ein Prozeß statt, bei dem der Status der Fuzzies zum Zentralthema wird.

Nachdem man die Fuzzies als *sapientes* erklärt hat, kommt es im Fortsetzungsband *The Other Human Race* zu neuerlichen Schwierigkeiten. Skrupellose Geschäftemacher nutzen die Fuzzies aus und bedrohen die Existenz der ganzen Rasse. Diese Gefahr wird jedoch abgewendet, nicht zuletzt deshalb, weil Victor Grego, der Direktor der Zarathustra Company, die Fronten wechselt und Partei für die nahezu schutzlosen Eingeborenen ergreift.

Mit diesen beiden Romanen gelang P. die Darstellung sympathischer Aliens auf überzeugende Weise. Die Fuzzies als Außerirdische werden dadurch aufgewertet, daß es der Mensch ist, der ihre Existenz bedroht. Sie sind moralisch im Recht; der Mensch besitzt lediglich das Recht des Stärkeren. P.s Argumente für die Fuzzies sind freilich mehr emotionaler Natur und die Werte, die er gegen die quasi-rationale Wirtschaftsmacht des Konzerns ins Feld führt, durchaus romantisch gefärbt – der aufrechte Einzelgänger, der im Einklang mit der Natur steht, kämpft für die Schwachen gegen einen Feind, der alles zu zerstören droht –, was einem Plädoyer für die Intelligenz einer Fremdrasse nicht unbedingt gut ansteht. Aber es wird deutlich, daß die Fuzzies im Grunde Träger von Eigenschaften sind, die die erwachsenen Menschen längst verloren haben. So tritt P. in diesen Romanen für eine Rückbesinnung auf mehr Menschlichkeit ein in der kalt gewordenen, mechanisierten Welt der ›rationalen‹ Erwachsenen.

PISERCHIA, DORIS (ELAINE)
(*1928)

Geboren in Fairmont, West Virginia. P. besuchte das Fairmont State College, studierte Psychologie an der University of Utah und war von 1950 bis 1954 Leutnant der amerikanischen Marine. Ihrer ersten Erzählung, »Rocket to Gehenna« (*Fantastic Stories*, 1966), folgte ein weiteres Dutzend, dann wandte sie sich dem Schreiben von Romanen zu. *Mister Justice*, ihr Erstling, erinnert an van Vogt; *Star Rider*, ein umfangreiches Buch, das die Abenteuer einer weiblichen »Sternenreiterin« im All beschreibt, versucht Cordwainer Smith nachzuempfinden. Obwohl P. besonders in England geschätzt (und sogar teilweise der »New Wave« zugerechnet) wird, war ihrem bisherigen Werk nur wenig Resonanz beschieden.

Mister Justice (1973; *Mister Justice*, 1975); *Star Rider* (1974; *Sternenreiter*, 1980); *A Billion Days of Earth* (1976); *Earthchild* (1977); *The Fluger* (1980); *The Spinner* (1980); *Doomtime* (1981); *Earth in Twilight* (1981).

PLATT, CHARLES
(*1944)

Geboren in Hertfordshire, England. Studierte an der Universität von Cambridge und am London College of Printing. War danach u. a. Organist einer Popgruppe, Photograph und Cover-Illustrator, bevor er als Mitherausgeber von *New Worlds* in Erscheinung trat. Bei seiner herausgeberischen Tätigkeit war P. zunächst eine der Zentralfiguren der britischen »New Wave«, in den siebziger Jahren edierte er dann verschiedene SF-Reihen bei amerikanischen Verlagen. 1964 begann er mit der Story »One of Those Days« in *Science Fantasy* seine Produktion als SF-Autor. Bei seinen schriftstellerischen Unternehmungen beschränkte sich P. nicht auf ein Genre; er verfaßte u. a. mehrere erotische Romane und ein Handbuch zu dem Thema »Überleben in der Wildnis«. Von seinen bislang drei SF-Romanen ist *Twilight of the City* (1977) der bedeutendste. *Garbage World* (1967) und *Planet of the Voles* (1971) sind satirische und, zumindest in letzterem Falle, weniger überzeugende Space Operas, in denen der Autor vorsätzlich SF-Tabus bricht. Obgleich von pornographischem Charakter, ist *The Gas* (1970) ein typischer Katastrophenroman, der nur einen Schritt weiter geht als vergleichbare Werke bekannterer Vertreter des Genres, etwa die Romane von John Christopher. 1980 machte P. durch seinen Interviewband *Dream Makers* von sich reden, der Gespräche mit 28 bekannten SF-Autoren enthält und als eines der informativsten Werke seiner Art gelten kann.

The Garbage World (1967; *Asteroid der Ausgestoßenen*, 1974); *The City Dwellers* (1970; Urfassung von *Twilight of the City*; *Dämmerung über der Stadt*, 1982); *Planet of the Voles* (1971). – Hrsg.: *Dream Makers* (1980; *Gestalter der Zukunft*, 1982).

Twilight of the City
(1977; dt. *Dämmerung über der Stadt*, 1982)

Amerika 1997. Nur wer Geld hat, zählt. Aus der ehemals demokratisch gewählten Regierung wurde eine Plutokratie, die vom Pentagon kontrolliert wird. Die Armen wohnen in heruntergekommenen Ghettos und bekommen vom Staat nur das Allernotwendigste. Der Mittelstand und die Reichen wohnen in streng bewachten Zufluchtsstätten, sogenannten *havens*.

Zentralfigur des Romans ist Michael Caidin, der für den Rockstar Bobby Black, dessen brutaler »Selbstmord-Rock« ungeheuer populär ist, die Texte schreibt. Der egoistisch-primitive Black, der Caidin ständig die Frauen wegschnappt, blitzt bei dessen neuer Freundin Lisa ab. Als die allgemeine Situation sich verschlimmert und die Lebensmittel rationiert werden, verlassen Caidin und Lisa die Stadt. Sie versuchen zunächst auf dem Land, später in einer nie fertiggestellten Satellitenstadt zu überleben. Dort treffen sie auf Black, der bei einer »Friedenstruppe« ist, die mit Gestapomethoden die Ordnung aufrechterhält. Während sich das Leben auf dem Land langsam bessert, ist in der Stadt die Hölle los. Zwei Gruppen bekämpfen sich auf Leben und Tod, und Caidin erkennt, daß nur die Vernichtung beider die Unterdrükkung in der Stadt beenden wird.

Twilight of the City ist ein Roman über den Niedergang der bewohnbaren Stadt. Unter dem Einfluß reaktionärer Politik stellt die Stadt eine Bedrohung für den Menschen dar; sie stranguliert ihre Bewohner. Wenngleich der Schluß etwas naiv und aufgepfropft erscheint – Caidin sprengt die rivalisierenden Parteien einfach in die Luft, wonach das Leben neu beginnen kann – und die Wurzeln des Problems unangetastet bleiben, ist das dystopische Schreckensbild des Romans aussagestark und vital. Geschickt versteht es P., bestimmte Tendenzen zu extrapolieren, wobei seine Aussagen zur zukünftigen Rockmusik schon wenige Jahre später (Punk!)

bestätigt wurden. Ein wichtiger Roman zum Themenkomplex »Stadt der Zukunft« und eine der schwärzesten Dystopien der siebziger Jahre.

PLAUGER, P. J.
(*1944)

Amerikanischer Schriftsteller; im Hauptberuf Vizepräsident einer Computerfirma. P. studierte Physik, veröffentlicht seit 1973 Kurzgeschichten und Novellen in *Analog* und konnte seinen ersten Erfolg mit dem Roman *Fighting Madness* (1976; *Zeitkorrektur unmöglich*, 1981) verbuchen. 1975 verlieh man ihm den »John W. Campbell Award« als bestem Nachwuchsautor des Jahres.

POE, EDGAR ALLAN
(1809–1849)

Geboren in Boston, P. gilt als einer der berühmtesten Autoren Amerikas und als Begründer der modernen Kurzgeschichte. Sein Vater verließ die Familie, die Mutter starb früh, wonach er in die Obhut von Pflegeeltern kam, die ihm eine Ausbildung ermöglichten, die seinen leiblichen Eltern mit ihren spärlichen Mitteln sicher kaum möglich gewesen wäre. Er studierte an der Universität von Virginia, mußte aber wegen hoher Geldverluste beim Glücksspiel sein Studium abbrechen, überwarf sich mit seinem Pflegevater und trat in den Militärdienst ein. Er besuchte die Militärakademie von West Point, wurde aber auch dort wegen Unzuverlässigkeit entlassen. Auch danach wandte er sich keinem »gesicherten« Beruf zu, sondern begann mit dem Schreiben. Frühe Gedichte hatten wenig Erfolg, aber mit »MS. Found in a Bottle« gewann er 1833 einen Wettbewerb des *Baltimore Saturday Visitor*. Im Verlauf der nächsten 16 Jahre verdingte er sich mehr oder weniger erfolgreich als Redakteur bei verschiedenen Zeitschriften. In diesem Zeitraum entstand auch sein erzählerisches Hauptwerk, das aus einem Romanfragment, vielen Kurzgeschichten, Gedichten und Essays besteht und alles in allem eine Homogenität aufweist, die sonst nur selten in der Literatur zu finden ist. Einzelne Richtungen sind nur schwer herauszustellen, doch vollbrachte er Pionierleistungen auf mehreren Gebieten. Er gilt als Begründer der Detektiv- und der Horrorgeschichte, mit denen er besonders auf den französischen Symbolismus großen Einfluß hatte. Gleichzeitig verband er psychologischen Realismus und Ausdrucksformen der Poesie zu völlig neuen Stilmitteln. In Geschichten wie denen um den Detektiv Dupin, »Murders in the Rue Morgue«, »The Purloined Letter« und »The Mystery of Marie Rogêt«, verband er Mystizismus und analytische Mathematik und hob damit den heutigen Kriminalroman aus der Taufe.
In gewissem Sinne kann man keines seiner Werke, die meistens einen phantastisch-grotesken Einschlag aufweisen, eindeutig als SF bezeichnen, obwohl vereinzelte Elemente häufig enthalten sind, mit denen seine Schriften – die in allen Genres wurzeln – auch der Science Fiction verhaftet sind. Am besten passen Geschichten wie »The Conversation of Eiros and Charmion« (1839) in die Definitionsgrenzen des Genres, in der die Erde durch ein planetenumspannendes Feuer zerstört wird, nachdem ein vorüberziehender Komet den gesamten atmosphärischen Stickstoff mitgerissen hat, oder das Gedicht »Al Aaraaf« (1829) mit seinem astronomischen Hintergrund. Verwandtschaft mit dem SF-spezifischen Mythos versunkener Kulturen weist das Gedicht »The City in the Sea« (1831) auf. Neben Erzählungen um astronomische Hintergründe wandte er sich auch anderen Pseudowissenschaften zu, so dem Mesmerismus in »A Tale of the Ragged Mountains« (1844) oder »The Facts in the Case of M. Valdemar« (1845), in der es um einen Mann geht, der durch Magnetisierung auch nach seinem Tod noch in einer Art Scheinleben gehalten wird. Als die Magnetisierung nach Wochen aufgehoben wird, zerfällt der bis dahin konservierte Leichnam vor den Augen der Zuschauer zu einer verwesten Masse. Von der Alchimie handelt »Von Kempelen and His Discovery« (1849). Den automatischen Schachspieler, den von Kempelen erfindet, könnte man als einen der vielen Vorfahren von Robotern in der modernen SF ansehen. Einen Cyborg, halb Mensch und halb Maschine, präsentiert P. uns mit »The Man That Was Used Up« (1839). In »The Masque of the Red Death« wird die Menschheit von der Pest dahingerafft. Diese Erzählung, die Parallelen zu einem Roman von Mary Shelley aufweist, erschien 1842. P. vertrat zeit seines Lebens die Ansicht, daß

ein Text, der den Leser unterhalten soll, nicht zu lang sein darf. Daher beschränkte er sich meist auf das Verfassen von Kurzgeschichten. Sein einziger Roman blieb unvollendet: *The Narrative of Arthur Gordon Pym* (1837).
Kein Geringerer als der französische Autor Jules Verne versuchte sich später an einer Fortsetzung, die 1897 unter dem Titel *Le sphinx des glaces* erschien. Eindeutig in der Tradition der SF steht »The Unparalleled Adventure of One Hans Pfaall« (1835), eine Geschichte um einen Mondflug mit einem Fesselballon.
P.s Einfluß auf die Weltliteratur war enorm, obwohl die meisten seiner Arbeiten in der ›Halbwelt‹ der Magazine erschienen. Erst lange nach seinem Tod fanden seine Arbeiten die ihnen gebührende Anerkennung. Ohne sein Schaffen hätte wahrscheinlich nicht nur die SF, sondern die gesamte literarische Entwicklung einen anderen Verlauf genommen. Inzwischen liegen seine Schriften in zahllosen Übersetzungen vor; die sorgfältigste und vollständigste erschien zwischen 1966 und 1973; Übersetzer waren Arno Schmidt und Hans Wollschläger.

The Unparalleled Adventure of One Hans Pfaall
(1835, dt. *Hans Pfaalls Mondfahrt*, 1922)

Eines Tages wird über der Stadt Rotterdam ein Ballon gesichtet. Die ganze Stadt läuft zusammen, als der Ballon niedersinkt. An Bord befindet sich ein kleines, merkwürdiges Männchen mit einem großen Kopf ohne Ohren, das dem Bürgermeister eine Brieftasche vor die Füße wirft und dann wieder in den Wolken verschwindet. In der Brieftasche befinden sich die Reiseaufzeichnungen eines Rotterdamer Bürgers namens Hans Pfaall, der, um sich vor seinen Gläubigern zu retten, mit dem Ballon geflohen war. In einem dramatischen Flug entfernte er sich immer weiter von der Erde und landete schließlich auf dem Mond, wo er Häuser fand und seltsame Mondbewohner kennenlernte. Am Ende seines Berichtes bittet er den Bürgermeister um Straffreiheit, zumal er vor seiner abenteuerlichen Flucht einen seiner Gläubiger erschlagen hatte. Aber der Bürgermeister hält die Sache für einen Schwindel und erfüllt seine Bitte nicht. P. selbst narrt dann den Leser, indem er einige Dokumente zitiert, die das Geschilderte als Schwindel erscheinen lassen, trifft aber zu keiner Theorie eine endgültige Entscheidung. Es bleibt dem Leser überlassen, ob er an die Wahrheit des phantastischen Reiseberichtes glaubt oder sich an die ›rationalen‹ Fakten hält.
»Hans Pfaall«, 1835 erschienen, ist einer der frühesten Berichte über eine Reise zu einem fremden Gestirn, mit der der Verfasser sich als scharfsinniger Analytiker auf der Höhe des geistigen Weltbildes seiner Zeit entpuppt. In dieser Geschichte, zusammen mit später entstandenen Romanen wie Jules Vernes *Von der Erde zum Mond*, dürften die Wurzeln der klassischen »Outer Space Travel«-SF liegen.

The Narrative of Arthur Gordon Pym
(1837; dt. *Die denkwürdigen Erlebnisse des Arthur Gordon Pym*, 1918)

Gordon Pym, ein junger Schriftsteller, begibt sich als blinder Passagier an Bord der Brigg »Grampus«, die in die Südsee segelt. Doch seine romantische Suche nach dem großen Abenteuer endet in Schrecken: Die Mannschaft an Bord meutert, und nur Pym selbst und ein Matrose namens Peters überleben das Debakel. Sie werden von dem Schoner »Jane Guy« aufgenommen, der in unbekannte Regionen um den Südpol vordringt. In der bizarren Eislandschaft des Südpols gehen Besatzungsmitglieder an Land, finden ein Eingeborenendorf und werden in einen blutigen Kampf verstrickt. Unterwegs fängt die Besatzung ein seltsames weißes Tier mit roten Zähnen und Klauen. Als die Wilden das Schiff in Brand stecken, kommt es an Bord zu einer Explosion; der Kadaver wird mitten unter sie geschleudert, worauf sie entsetzt fliehen. Pym überlebt wieder als einer von wenigen die Katastrophe. Tagelang verstecken sie sich aus Angst vor den Wilden. Pym und sein Gefährte Peters fliehen schließlich und bauen sich einen Kahn, mit dem sie das offene Meer ansteuern. Sie sind bereits mehrere Tage unterwegs, da taucht plötzlich vor ihnen eine Gestalt auf, ein schneeweißer Gigant, größer als jedes Lebewesen der Erde. Damit endet Pyms Bericht. Die Rätsel des Südpols bleiben ungelöst. *Gordon Pym*, eigentlich mehr dem Schauerroman zuzurechnen, hat deshalb große Bedeutung für die SF, weil hier bereits zaghaft das »Lost Race«-Thema angeschnitten wird, dessen sich später viele Autoren erfolgreich annahmen.

POHL, FREDERIK
(*1919)

Geboren in New York als Enkel deutscher Einwanderer; voller Name: Friedrich Georg Hans Gerhard Erich Otto Heinrich Kurt Pohl. Er besuchte die Technical High School in Brooklyn, schloß sich in den dreißiger Jahren einer mit sozialistischen Bewegungen sympathisierenden »SF-Kommune« an (der u. a. auch Isaac Asimov, C. M. Kornbluth, Robert W. Lowndes, Damon Knight und Donald A. Wollheim beitraten), wurde Mitglied in einer kommunistischen Jugendorganisation, übernahm im Alter von 20 Jahren die Redaktion der SF-Magazine *Astonishing Stories* und *Super Science Stories* und machte dort seine ersten Schreibversuche (teilweise mit Hilfe Kornbluths), u. a. auch unter dem Pseudonym James McCreigh. 1943–45 Kriegsdienst in Europa (Italien), anschließend Texter einer New Yorker Werbeagentur und Mitarbeiter der Zeitschrift *Popular Science*. 1949–53 betrieb P. eine auf SF spezialisierte Literatur-Agentur, veröffentlichte zusammen mit C. M. Kornbluth einen ersten Roman mit dem Titel *The Space Merchants*, verfaßte unter eigenem Namen und den Pseudonymen Charles Satterfield / Paul Flehr zahlreiche SF-Stories, übernahm schließlich die Redaktion der Magazine *Worlds of If* und *Galaxy* (1959–69), arbeitete als Herausgeber von Anthologien und als Verlagslektor und ist seither ausschließlich als Romanautor und Vortragsreisender tätig. Als Redakteur wurde P. mehrmals mit dem »Hugo Award« ausgezeichnet; 1972 erhielt er diese Ehrung für die unter Verwendung von Material des verstorbenen C. M. Kornbluth verfaßte Geschichte »The Meeting«. Obwohl P. mit *The Space Merchants* einen SF-Klassiker verfaßt hat, galt er lange Zeit zwar als fähiger Verfasser von Kurzgeschichten – insbesondere von solchen satirischer und sozialkritischer Art –, aber als eher mäßiges Talent im Bereich längerer Werke.

Slave Ship (1957), seine erste selbständige Arbeit, weist, ebenso wie die folgenden, durchaus konventionelle Strukturen auf: Da haben religiöse Eiferer die Herrschaft über die ganze östliche Hemisphäre an sich gerissen, und die Yankee-Weltpolizei steht Gewehr bei Fuß, um eine weitere Ausbreitung ihrer Macht zu verhindern. Einem amerikanischen Marineleutnant und einem Team »intelligenter« Tiere bleibt es überlassen, per U-Boot ins Feindesland einzudringen und die Geheimwaffe der Vietnamesen auszuspähen: Es handelt sich um eine fremde Lebensform, die – angelockt von irdischen Telepathen – sich auf der Erde breitmachen will.

Drunkard's Walk (1960) handelt von der Unsterblichkeit und dem Versuch einer Gruppe von Telepathen, die Kurzlebigen auszurotten. Wissenschaftler, die im Zuge ihrer Forschungsarbeit von der Existenz dieser geheimen »Overlords« erfahren, werden auf telepathischem Weg in den Selbstmord getrieben. Zum Glück entdeckt man die verwundbare Ferse der Bösewichter: Volltrunkenheit neutralisiert die telepathischen Selbstmordanweisungen. Ein Gegenmittel wird gefunden, und die Welt ist gerettet.

Ein ähnliches Thema (Ausbeutung durch eine Elite) findet man in *A Plague of Pythons* (1965); Unsterblichkeit ist auch am Rande fast garantiert in *The Age of the Pussyfoot* (1969): Charles Forrester, ein Mensch des 20. Jahrhunderts, wacht nach einem langen Kälteschlaf in einer computergesteuerten Zukunftsgesellschaft auf, die den Erdbewohnern nicht nur optimale Freiheiten garantiert, sondern auch absolute Information. Aber es ist eine Verschwörung im Gange, die das System umwälzen will ...

Weitaus mehr Reputation erlangte P. in den fünfziger und sechziger Jahren durch seine zahlreichen Kurzgeschichten und Novellen, in denen er sich als Satiriker von Format ausweist: Seine Erfahrungen in der Werbebranche haben sich fast zwangsläufig in mehreren hervorragenden Stories niedergeschlagen, die den Menschen und seine Manipulierbarkeit betreffen. Erst gegen Ende der siebziger Jahre startete P. eine neue Karriere als SF-Romanautor. Seine neuesten Titel, darunter *Man Plus* (1976), *Gateway* (1977) und *Jem* (1979), wurden größtenteils mit Preisen ausgezeichnet, obwohl sie mehr durch einen ausgefeilten Stil als durch neue Themen bestechen. Dutzende seiner Kurzgeschichten wurden in Sammelbänden herausgegeben.

Slave Ship (1957; *Venus nähert sich der Erde*, 1976); *Drunkard's Walk* (1960; *Tod den Unsterblichen*, 1972); *A Plague of Pythons* (1965; *Die Macht der Tausend*, 1968); *The Age of the Pussyfoot* (1969; *Die Zeit der Katzenpfoten*, 1970); *Jem* (1979; *Jem – die Konstruktion einer Utopie*, 1980); *Beyond the Blue Event Horizon* (1980;

Jenseits des blauen Horizonts, 1981); *The Cool War* (1980; *Der lautlose Krieg*, 1982). – Weitere Titel siehe C. M. Kornbluth, J. Williamson, L. Del Rey. – Kurzgeschichtensammlungen: *Alternating Currents* (1956); *The Case against Tomorrow* (1957); *Tomorrow Times Seven* (1959; *Die Welt wird umgepolt*, 1971); *The Man Who Ate the World* (1960; *Neue Modelle*, 1977); *Turn Left at Thursday* (1961; *Mondschein auf dem Mars*, 1973); *The Abominable Earthman* (1963; *Invasion vom Sirius*, 1976); *Digits and Dastards* (1966; *Signale*, 1975); *Day Million* (1970); *The Gold at Starbow's End* (1972; *Jenseits der Sonne*, 1975); *In the Problem Pit* (1976); *The Early Pohl* (1976).

A Plague of Pythons
(1965; dt. *Die Macht der Tausend*, 1968)

Die Welt ist gegen Ende des zwanzigsten Jahrhunderts besessen. Obwohl Satelliten die Erde umkreisen und zwei Jahre zuvor ein bemanntes Raumschiff zum Mars gestartet ist, glaubt der amerikanische Wissenschaftler Chandler in einem mittelalterlichen Tollhaus zu leben, in dem Hexenprozesse an der Tagesordnung sind: Die Menschen agieren, als würden sie von einer fremden Macht gesteuert, und da sie rätselhafterweise ihre Triebe nicht mehr unter Kontrolle halten können, kommt es zu Vergewaltigungen, Morden und anderen abscheulichen Greueltaten. Die Macht, die Bewohner der Erde sporadisch ›besetzt‹ und sie zum Werkzeug undurchsichtiger, destruktiver Pläne macht, besteht entweder aus Invasoren vom Mars, dem Satan und seinen höllischen Heerscharen oder den Engeln des Jüngsten Gerichts. Aberglaube, Heuchelei und Weltuntergangsstimmung breiten sich aus; natürlich existieren auch Widerstandsgruppen, die mehr oder weniger fanatisch versuchen, dem Massenwahnsinn auf die Spur zu kommen. Des Rätsels Lösung ist ein typischer SF-Topos: Fünf Jahre zuvor haben nämlich einige sowjetische Wissenschaftler zufälligerweise eine nicht unbedeutende Erfindung gemacht. Sie ermöglicht die geistige Steuerung jedes einzelnen Menschen über große Entfernungen hinweg und kann leicht als Manipulationsmechanismus eingesetzt werden. Der Besitz einer solchen Macht verführt allerdings einige Leute dazu, sich ihrer zu versichern. Prompt wird die Erfindung – ein kleiner schwarzer Kasten – denn auch dazu benutzt, den eigenen Einfluß- und Machtbereich zu vergrößern. Eine Bande von sowjetischen Usurpatoren übernimmt die Welt, treibt sie in einen Atomkrieg und hat ihre Herrschaft innerhalb kürzester Zeit in jeden Winkel der Erde ausgedehnt. Chandler, der sich seine Gedanken macht, fällt auf, daß die UdSSR von all diesen seltsamen Phänomenen verschont geblieben ist. Eine Reise, die ihn mit allerlei farbigen Gestalten zusammenbringt, führt ihn schließlich in die Umgebung einer weiblichen Angehörigen der Usurpatorenclique, wo er durch einen Zufall die Chance erhält, alles wieder ins rechte Lot zu rücken. Natürlich nutzt auch er zunächst einmal die Chance, die sich ihm bietet, und probiert die ›Krone‹, die seine Befehle auf geistiger Ebene weiterträgt, aus: »Nur für kurze Zeit natürlich. Für ganz kurze Zeit. Er schwor sich einen heiligen Eid, daß es daran keinen Zweifel geben sollte. Er gedachte sie nur so lange zu tragen, bis die Arbeit restlos getan war – nur so lange und keine Sekunde länger, schwor er sich, und er wußte, während er schwor, daß er log.«

Man Plus
(1976; dt. *Der Plus-Mensch*, 1978)

Acht Milliarden Menschen leben auf der Erde – und die Anzeichen mehren sich, daß die Zivilisation in einigen Jahren zusammenbricht. Um sicherzustellen, daß die menschliche Rasse nicht untergeht, versucht man einen Weg zu finden, den Menschen auf einem anderen Planeten heimisch werden zu lassen – mindestens jedoch einen ›Voraustrupp‹ auf die Beine zu stellen, der eine Kolonie gründen und aufbauen kann. Dies ist lebenswichtig, da lokale Kriege, Hungersnöte, Epidemien und allgemeines Elend inzwischen unvorstellbare Ausmaße angenommen haben. Die Großmächte haben das Sonnensystem erforscht und festgestellt, daß keiner der anderen Planeten »Leben in unserem Sinne« tragen kann. Trotz der hohen Strahlung, des unfruchtbaren Bodens, der unerträglichen Temperaturen und dem Fehlen von Luft und Wasser ist die NASA bereit, das Projekt einer Marskolonie in Angriff zu nehmen. Und um diesen Plan in die Tat umzusetzen, bedarf es der Erschaffung des »Plus-Menschen«, eines Geschöpfs, das ungeachtet dieser Schwierigkeiten auf dem roten Planeten existieren kann.

Man Plus ist die Geschichte eines solchen Wesens: Roger Torraway ist ein gutaussehender junger Mann mit einem tollen Job, führt eine mehr oder weniger glückliche Ehe und kann sich auch über Geldmangel nicht beklagen. Nachdem Will Hartnett, der erste Plus-Mensch, aufgrund eines Fehlers an Herzversagen stirbt, nimmt Torraway dessen Position ein und wird in ein Lebewesen verwandelt, das innerlich und äußerlich kaum noch etwas Menschliches an sich hat: Man verändert sein Wahrnehmungsvermögen, kastriert ihn, zieht ihm die Haut ab, entwässert sein Blut, stattet ihn mit einer Art Facettenaugen aus und versieht ihn mit einem Maulwurfsrüssel. Die künstliche Haut, die ihn nun bedeckt, ist hart wie die eines Rhinozeros, und er hat jetzt Fledermausohren, damit er in der dünnen Marsatmosphäre hören kann. Lunge, Herz und Magen werden ihm entfernt; diese Funktionen werden von Maschinenteilen übernommen. Das wesentliche Thema des Romans ist die Verwandlung Torraways in einen Cyborg – mit allen damit zusammenhängenden Problemen technischer und intellektueller Natur. Seine Veränderung bleibt auch nicht ohne Auswirkungen auf die am Projekt beteiligten Wissenschaftler, die unter Zeitdruck stehen und von Militärs und Politikern angetrieben werden, denn die Regierung fühlt sich von sozialistischen und kollektivistischen Staaten umzingelt und betreibt eine Art Festungspolitik, um das Banner der ›Freiheit‹ hochzuhalten. Die Kälte, mit der das Projekt »Plus-Mensch« vorangetrieben wird, widerspiegelt die offizielle Paranoia, die P. in einer Form zu schildern versteht, die teilweise an John Brunners *The Sheep Look Up* erinnert.

»Der Plus-Mensch ist möglicherweise Frederik Pohls bisher bester Roman, und sicher auch einer der fesselndsten, brillantesten und am kompetentesten geschriebenen SF-Romane des letzten Jahrzehnts« (J. T. SLADEK).

The Space Merchants
(1953; dt. *Eine Handvoll Venus und ehrbare Kaufleute*, 1971)

Wer die amerikanische Science Fiction (besonders die der frühen fünfziger Jahre) und die in ihr beheimateten Autoren kennt, wird kaum glauben, wie forsch P. und Kornbluth in diesem Buch den Kapitalismus aufs Korn nehmen. Die Handlung des (zuvor unter dem Titel »Gravy Planet« in *Galaxy* veröffentlichten) Romans spielt im 21. Jahrhundert. Der Kapitalismus hat es geschafft, auch die letzten Freiräume zu integrieren und auszunutzen. Riesige Werbeagenturen beherrschen die Szene; sie manipulieren die Menschen mit Perfektion und ohne Gnade. Einer dieser mächtigen PR-Manager ist Mitchell Courtenay, ein Privilegierter, der den Schaltstellen der Macht ziemlich nahesteht.

Die Handlung setzt ein, als er zum Projektleiter eines Werbefeldzuges ernannt wird: Er soll den lebensfeindlichen und unattraktiven Planeten Venus in einer großangelegten Kampagne zum Paradies hochjubeln und dafür sorgen, daß die Menschen Geschmack daran finden, die Erde als Auswanderer zu verlassen. Das dahinterstehende Motiv: Man sieht eine Chance, die Bevölkerung einer ganzen Welt in eine totale Abhängigkeit zu zwingen und ausbeuten zu können. Aber leider geht für Mr. Courtenay nicht alles ganz nach Wunsch: Die Konkurrenz will ihn per Attentat aus dem Weg räumen, und seine Gattin, die insgeheim einer Untergrundorganisation angehört, deren Mitglieder Bevölkerungsplanung, Renaturalisierung der ausgelaugten Erde, eine Art Planwirtschaft und den Verzicht auf überflüssige Konsumartikel anstreben (und dafür verfolgt werden), verpaßt ihm in ihrem Zwiespalt zwischen emotionaler Zuneigung und rationaler Ablehnung einen Denkzettel: Sie läßt ihn entführen und mittels einer aufgepfropften Pseudoidentität ein Unterprivilegiertendasein fristen. Und nun, als Mitchell Courtenay wie ein Sklave in den »Chlorella-Werken« schuftet, sieht er sich selbst den Zwängen der Werbung ausgesetzt, die die Konsumenten mit chemischen und psychologischen Tricks veranlaßt, ihr Geld für Sinnlosigkeiten auszugeben und ihre Arbeitskraft auf Jahre hinaus für Nutzlosigkeiten zu verpfänden. Auf abenteuerliche Weise gerät er wieder nach New York zurück – und muß feststellen, daß man seinen Erlebnissen keinen Glauben schenkt, weil nicht sein kann, was nicht sein darf: Die Werbestrategen haben ihre eigenen Glaubensbekenntnisse dermaßen verinnerlicht, daß sie nicht einmal mehr wissen, daß die Interessen von Produzenten und Konsumenten nicht identisch sind, der größte Teil der Menschen sich unglücklich fühlt, Arbeiter nicht überall die Stelle finden, die ihnen am besten zusagt, die

Konzerne sich nicht an die Fair-Play-Regeln halten, die sie selbst aufgestellt haben, und die illegale Opposition nicht aus verblendeten Querulanten und Umstürzlern besteht, sondern aus Menschen, die sich tatsächlich als einzige Gedanken über den Fortbestand des Planeten machen, auf dem sie leben.

Die von P. und Kornbluth angebotene Lösung ist eine relativ kleinmütige Alternative (wenngleich auch verständlich in der Ära McCarthy): Man überläßt dem Gegner das Feld und emigriert – mit Hilfe des inzwischen helle gewordenen Courtenay – zur Venus, um ein besseres System des Zusammenlebens zu erproben. »Man kann nicht ausschließen, daß die *Space Merchants* das gleiche Schicksal erleiden werden wie allzu viele Satiren zuvor: Obwohl das Buch als eine Warnung geschrieben wurde, wird es möglicherweise bald in einer Welt gelesen werden, in der die Realität die Satire bereits überholt hat« (A. I. BERGER).

The Best of Frederik Pohl

(1975; dt. *Die besten Stories von Frederik Pohl*, 1981)

19 Kurzgeschichten, zusammengestellt und eingeleitet von Lester Del Rey, und ein Nachwort vom Autor sind in diesem Band enthalten.

»The Tunnel under the World« (1955) ist zweifellos ein SF-Klassiker: Mr. Guy Burckhardt, ein gewöhnlicher Büromensch, entdeckt eines Tages, daß er und die 20 000 anderen Bewohner Tylertons als Versuchskaninchen für neuartige PR-Strategien dienen.

»Day Million« (1966) ist eine ›Liebesgeschichte‹ besonderer Art und schildert die fremdartig anmutenden Beziehungen zwischen zwei Vertretern der menschlichen Rasse am millionsten Tag der Zeitrechnung.

»The Day after the Day the Martians Came« (1967), eine bitterböse Erzählung über Rassismus in den USA, berichtet von amerikanischen Astronauten, die Marslebewesen von einem Forschungsflug mitgebracht haben. Trotz ihres ›tierischen‹ Äußeren scheinen die Aliens Intelligenz zu besitzen, aber die Medien machen sich nur über sie lustig. Nur für Amerikas Schwarze ändert sich etwas: Möglicherweise steigen sie jetzt in der Achtung ihrer weißen Mitmenschen eine Stufe höher.

»The Midas Plague« (1954) gehört wieder zu Pohls Klassikern: In einer auf den totalen Konsumterror ausgerichteten Zukunftswelt besteht das Privileg der Reichen darin, wenig konsumieren zu dürfen. Die ›Armen‹ hingegen leben in goldenen Käfigen und sind dazu verpflichtet, ein bestimmtes Pensum an Waren und Dienstleistungen zu verbrauchen.

»Grandy Devil« (1955) ist eine Fantasy über eine Familie, die einmal einen Pakt mit dem Teufel geschlossen und dadurch die Unsterblichkeit erlangt hat.

In »The Martian in the Attic« (1960) hat ein erfolgreicher Industriekapitän ein Lebewesen mit zur Erde gebracht, dessen Genie er zahlreiche Erfindungen verdankt. Ein Bücherwurm, der ihm auf die Schliche kommt und glaubt, er könne sich ein Stück des Millionenkuchens sichern, nimmt ein böses Ende.

Seine Erfahrungen aus der Werbebranche brachte P. in die Erzählungen »The Children of Night« (1964) und »Happy Birthday, Dear Jesus« (1956) ein. In der ersten haben wir es mit einem eiskalten Vertreter des Big Business zu tun, der im Auftrag seiner Firma, die auf der Erde gelandete Außerirdische vertritt, über Leichen geht. Die zweite ist eine großartige Satire auf Industrie und Werbung im Weihnachtsgeschäft.

Insgesamt ist *The Best of Frederik Pohl* eine Sammlung, die einen repräsentativen Querschnitt durch das Schaffen des Autors bietet, wobei die wichtigsten Stories aus den fünfziger Jahren stammen und in erster Linie sozialkritische Probleme anschneiden, also jenen Komplex darstellen, für den P. damals berühmt wurde und mit dem er innovative Impulse in die SF einbrachte.

Gateway

(1977; dt. *Gateway*, 1978)

Der steinreiche Ex-Raumfahrer Robinette »Bob« Broadhead ist bei einem Robot-Psychiater namens Sigfrid in Behandlung, da er an einem Schuldkomplex leidet. Während Sigfrid versucht, den Problemen seines Patienten in langen, analytischen Gesprächen auf die Spur zu kommen, erinnert sich Broadhead in Form von Rückblenden an seine Vergangenheit auf dem Asteroiden »Gateway« und wie er zu seinem Reichtum gekommen ist. Gateway ist ausgehöhlt, zieht in relativer Erdnähe seine Bahn und wurde vor undenklichen Zeiten von einer unbekannten Rasse als ›Weltraumbahnhof‹ benutzt (und später sich selbst überlassen). Im Inneren dieses ausgehöhlten Himmelskörpers befinden sich Hunderte von vorprogrammierten Raumschiffen, die mit Überlichtgeschwindigkeit in die unterschiedlichsten und entferntesten Räume des Universums fliegen können. Die Menschen haben Gateway entdeckt und machen sich die Überbleibsel dieser fremden Zivilisation zunutze. Man weiß allerdings nicht, wohin die Flüge gehen, wie lange sie dauern, was man am Zielort finden wird und ob man überhaupt wieder zurückkehrt. Nur wenige Freiwillige sind bisher nach Gateway zurückgekommen – und noch weniger bringen brauchbare Ergebnisse mit. Eine multinationale Gesellschaft führt die Flüge aus. Piloten finden sich auf der überbevölkerten und aus allen Nähten platzenden Erde schnell: Sie erhalten allein fürs Überleben einen Garantiebonus von 10 Millionen Dollar und werden außerdem an der finanziellen Verwertung ihrer ›Mitbringsel‹ beteiligt. Einer dieser ›Risikopiloten‹ ist Broadhead, ein armer Schlucker, der in den »Nahrungsgruben« arbeitet, einen Lotteriegewinn macht und sich eine Passage nach Gateway kauft, wo er sein Glück zu machen hofft. Zwei Flüge, an denen er teilnimmt, verlaufen ergebnislos; später, als er sich mit dem Mädchen Klara und dem bisexuellen Dichter Metchnikoff zusammentut, gelingt ihm der große Wurf. Ihre Expedition wird ein voller Erfolg, aber der Preis, den Broadhead für seine Erkenntnisse zu zahlen hat, ist hoch: Er wird dazu gezwungen, Klara und die anderen im Raum zurückzulassen. Obwohl er nun ein gemachter Mann ist, kann er sich nicht verzeihen. Der Robot-Psychologe, der ihn von seinen Schuldgefühlen heilen soll, findet schließlich heraus, daß Broadhead gar nicht schuld am Tod seiner Kameraden ist, im Gegenteil: Er hat sogar versucht, sie zu retten.

Gateway weist einige sozialkritische Züge auf und ist eine moderne Space Opera. Besondere ›Authentizität‹ gewinnt der Roman durch zahlreiche in die Handlung eingestreute ›Dokumente‹ – Flugberichte, Werbetexte, Kleinanzeigen, wissenschaftliche Aufsätze usw. P. ließ diesem Roman 1980 mit dem Titel *Beyond the Blue Event Horizon* eine Fortsetzung folgen, die die weiteren Erlebnisse Broadheads schildert und das Schicksal der »Hitschi» aufklärt – jener außerirdischen Rasse, die für die Konstruktion des Weltraumbahnhofs verantwortlich war.

POURNELLE, JERRY E(UGENE)
(*1933)

Geboren in Shreveport, Louisiana. P. studierte an der Universität von Washington, wo er mit Prüfungen in Mathematik und Statistik sowie mit dem Dr. phil. in Psychologie und Politikwissenschaften abschloß. Bevor er mit der Story »Peace with Honor« 1971 in der SF debütierte, hatte er zwei Romane und ein Sachbuch veröffentlicht. P. begann seine SF-Karriere in *Analog* und machte schnell durch seine technisch orientierte Hard-SF von sich reden. 1973 gewann er den »John W. Campbell Award« als bester Nachwuchsautor. Sein bekanntestes Werk aus dieser Zeit ist die Co-Dominium-Serie, in der die USA und die UdSSR gegen Ende des 20. Jahrhunderts eine Weltregierung gebildet haben. Nachdem der nähere Weltraum besiedelt ist, arbeitet Protagonist John Christian Falkenberg mit den Militärs des CD zusammen, um ein Auseinanderfallen des kleinen Imperiums zu vermeiden. Diese Geschehnisse bilden die Grundlage für den mit Larry Niven geschriebenen Roman *The Mote in God's Eye* (1974), eine erfolgreiche Space Opera. Die weitere Zusammenarbeit mit Niven, so bei *Inferno* (1976) und vor allem bei dem voluminösen Katastrophenroman *Lucifer's Hammer* (1976), der mit 256000 Dollar den bis zu dieser Zeit höchsten Vorschuß erzielt hatte, machte P. zu einem bekannten Autor. *Lucifer's Hammer* hielt sich wochenlang in den amerikanischen Bestsellerlisten, und danach hatte es P. nicht länger nötig, Bücher nach Filmvorlagen wie etwa *Escape from the Planet of the Apes* (1973) zu schreiben. Auch neuere Arbeiten mit Niven, etwa *Oath of Fealty* (1981) sind klar auf den Bestsellermarkt zugeschnitten und weichen von der linientreuen SF ab. Dasselbe gilt für P.s Buch *Janissaries* (1979), eigentlich ein Abenteuerroman, der für den »American Book Award« vorgeschlagen wurde.

P. trat jedoch nicht nur als SF-Autor in Erscheinung, er gab auch mehrere Anthologien heraus und veröffentlichte mit *A Step Farther Out* (1979) ein Buch, das wissenschaftliche Artikel aus seiner Kolumne in *Galaxy* enthielt. Als

Autor ist er nicht unumstritten. In seinen Romanen und Stories neigt er zu unpopulären politischen Ansichten. Er tritt für eine strenge Hierarchie in der Gesellschaft ein und verherrlicht geradezu den Militarismus (*CoDominium*; *High Justice*, 1977). Dadurch geriet er in kritischen SF-Kreisen in die Rolle des Genre-Buhmanns, die früher Robert A. Heinlein innehatte.

Co-Dominium-Serie: *West of Honor* (1976; *Jenseits des Gewissens*, 1981); *The Mercenary* (1977; *Der letzte Söldner*, 1980). – *A Spaceship for the King* (1973; *Ein Raumschiff für den König*, 1974); erweitert unter dem Titel: *King David's Spaceship*, 1981); *Birth of Fire* (1976; *Mars, ich hasse dich*, 1980); *High Justice* (1977); *Exiles to Glory* (1978); *Janissaries* (1979). – Zus. mit Larry Niven: *The Mote in God's Eye* (1974; *Der Splitter im Auge Gottes*, 1977); *Inferno* (1976); *Das zweite Inferno*, 1979); *Lucifer's Hammer* (1976; *Luzifers Hammer*, 1980); *Oath of Fealty* (1981).

PRAGNELL, FESTUS
(*1905)

Englischer Autor, von Beruf Polizist. Sein bekanntester Roman, *The Green Man of Graypec*, erschien 1935. Zuvor hatte er bereits die Geschichte »The Venus Germ« (1932), eine Gemeinschaftsarbeit mit R. F. Starzl, publiziert. In den Jahren 1938–43 wurde seine Don-Hargraves-Serie, die neun Stories umfaßt, in *Amazing* veröffentlicht.

Sein Roman *Kastrove the Mighty* erschien nur in Deutschland als Heftroman unter dem Titel *Kastrove, der Mächtige* (1966).

PRATT, FLETCHER (MURRAY)
(1897–1956)

Geboren in einem Indianerreservat bei Buffalo, New York. Nach dem Tod seines Vaters verließ er das College, bildete sich autodidaktisch weiter und arbeitete als Reporter, Bibliothekar und verdiente sich Geld als Preisboxer (Fliegengewicht). Er besaß ein erstaunliches Sprachtalent (sieben Fremdsprachen), übersetzte SF-Romane aus dem Deutschen für *Amazing* und publizierte ab 1929 in den Gernsback-Magazinen und John W. Campbells *Unknown* (mit L. Sprague de Camp). P. verfaßte auch Sachbücher über den amerikanischen Bürgerkrieg und Biographien bekannter Persönlichkeiten. Sein SF-Werk enthält in der Regel viele Topoi des Agentenromans und konnte (abgesehen von jenen Titeln, an denen de Camp mitarbeitete) nicht sonderlich bestechen. Er ist in erster Linie ein Fantasy-Autor. Der Roman *The Well of the Unicorn* erschien ursprünglich unter dem Pseudonym George U. Fletcher.

Land of Unreason (1942; zus. mit L. Sprague de Camp); *The Well of the Unicorn* (1948; *Die Einhornquelle*, 1980); *Double in Space* (1951); *The Blue Star* (1952; *Der blaue Stern*, 1979); *Double Jeopardy* (1952); *Tales from Gavagan's Bar* (1953; zus. mit L. Sprague de Camp); *The Undying Fire* (1953); *Invaders from Rigel* (1960); *Alien Planet* (1962). – Weitere Werke s. L. Sprague de Camp.

PRIEST, CHRISTOPHER
(*1943)

Geboren in Cheshire (England). Bevor P. 1966 mit seiner Kurzgeschichte »The Run« in *Impulse* debütierte, war er 9 Jahre als Buchhalter tätig gewesen. Seiner Erstlingsgeschichte folgten rasch weitere Stories, vornehmlich in britischen Magazinen wie *New Worlds*. 1968 entschloß sich P., freier Schriftsteller zu werden, und konzentrierte sich fortan auf längere Texte. 1970 erschien sein erster Roman, *Indoctrinaire*, der im brasilianischen Dschungel, zweihundert Jahre in der Zukunft spielt. Ließ dieser Roman schon ahnen, daß mit P. ein talentierter Nachwuchsautor aufgetaucht war, so rückte sein Verfasser mit den nächsten beiden Büchern in die vorderste Reihe der britischen SF-Schriftsteller.

Fugue for a Darkening Island (1972) ist ein Katastrophenroman der nahen Zukunft, in dem Rassenkonflikte für England vorausgesehen wurden. Dieser Roman wurde für den »John W. Campbell Memorial Award« nominiert, konnte den Preis aber nicht gewinnen. Ähnlich erging es P. mit seinem bis dahin interessantesten Werk, dem Roman *The Inverted World* (1974), der bei der Wahl zum »Hugo Award« auf

stärkere Konkurrenz traf. Dennoch trug dieses Buch, dessen Handlung auf einer seltsamen, hyperboloiden Welt spielt, P. einen Preis ein: den »British Science Fiction Award«. Neuere Romane sind *The Space Machine* (1976), eine nostalgische Rückkehr zur »Scientific Romance« à la H. G. Wells, worin tatsächlich einige Handlungsstränge aufgegriffen werden, die Wells in *The Time Machine* geknüpft hatte, und *A Dream of Wessex* (1977), ein faszinierender Roman über die Möglichkeiten des menschlichen Bewußtseins. »The Dream Archipelago«, eine Serie, die mehrere Romane und Erzählungen umfassen soll, ist noch nicht vollständig erschienen.
P., dessen Storysammlung *Real-Time World* erstaunlicherweise zuerst auf deutsch erschien, erwies sich neben Ian Watson in Großbritannien als der wichtigste neue SF-Autor der siebziger Jahre. Stilistisch beeindruckt er; Personen, Hintergründe und Handlungen sind bei ihm glaubhaft dargestellt. Darüber hinaus ist er auch nicht um gute Ideen verlegen, was Romane wie *The Inverted World* und *A Dream of Wessex* beweisen.

Indoctrinaire (1970; *Zurück in die Zukunft*, 1971); *Fugue for a Darkening Island* (1972; *Die schwarze Explosion*, 1972); *Real-Time World* (1974; *Transplantationen*, 1972); *The Space Machine* (1976; *Sir Williams Maschine*, 1977).

The Inverted World
(1974; dt. *Die Stadt*, 1976)

Als Helward Mann 650 Meilen alt ist, darf er als Volontär in den Dienst der Gilden treten, die die Arbeit und politischen Entscheidungen in seiner Gesellschaft kontrollieren. Er fängt in der Gilde der Zukunftsvermesser an und darf zum ersten Mal die Stadt, »Erde« genannt, verlassen. Draußen stellt er mit Erstaunen fest, daß die Welt nicht so aussieht, wie er es in der Schule gelernt hat: Die Sonne ist ein flacher Diskus, von dem Polstacheln ins Unendliche ragen. Helward erfährt, daß die Stadt ständig bewegt werden muß, um sie im »Optimum« zu halten. Die Zukunftsvermesser erschließen den Weg, den die Stadt nehmen wird. Aber bevor er sein Volontariat antritt, beginnt Helward eine Lehrzeit bei den Schleppern und Schienenlegern. Da sich das »Optimum« mit einer Geschwindigkeit von einer Meile in zehn Tagen weiterbewegt, wird die Stadt auf Schienen hinterhergezogen, die vor ihr gelegt und hinter ihr wieder abgerissen werden. Für alle Arbeiten, einschließlich des Brückenbaus, sind verschiedene Gilden tätig. Am höchsten in der Hierarchie stehen die Navigatoren. Für bestimmte Dienste werden aber auch Einwohner der umliegenden Dörfer rekrutiert. Oft werden Frauen von außerhalb angeworben, die den Städtern Kinder gebären sollen. Als Helward eine Gruppe dieser Frauen in ihre Heimat zurückbringt und in die »Vergangenheit« geht, offenbart sich ihm die Natur der Welt in ihrer ganzen Fremdartigkeit. Was nicht ständig zur Stadt gehört, wird in ost–westlicher Richtung länger, in nord-südlicher kürzer. Bevor sich Helward über dieses Phänomen ganz klar ist, zieht ihn eine immer stärker werdende Kraft nach Süden, so daß er sich an einer grotesk verkleinerten Bergkette buchstäblich wieder nach Norden ziehen muß. Darüber hinaus muß er die Erfahrung machen, daß auch die Zeit relativ ist. Als er die Stadt wieder erreicht, ist dort mehr Zeit vergangen als die paar »Meilen«, die er selbst zurückgelegt hat. Bei späteren Ausflügen in die Zukunft ist es genau umgekehrt; dann verstreicht die Zeit für ihn schneller. Diese Erfahrungen lassen in Helward den Schluß reifen, daß die Erde, ebenso wie die Sonne, hyperbolisch geformt ist.
Gegen Ende des Romans kommt es für die Stadt zur Krise. Ein unüberbrückbarer Fluß taucht vor ihr auf, und es stellt sich heraus, daß man in Portugal am Atlantik angekommen ist, sich mithin also in der realen Welt befindet. Helward trifft eine englische Krankenschwester, die ihm eine phantastische Erklärung liefert.
The Inverted World schildert eine der seltsamsten Welten, die die SF bis heute hervorgebracht hat. Wie bei Clements *Mission of Gravity* sind physikalische Extrembedingungen der Ausgangspunkt. Doch bei P. steht nicht allein die phantastische Idee im Mittelpunkt – das zeigen schon einige Schwächen im logischen Konzept des Romans –, ihm kommt es auch auf ihre Auswirkungen auf die handelnden Charaktere an, und so treffen psychologische und physikalische Problematiken in einem Roman aufeinander, der zu den faszinierendsten der Hard-SF zählt.

A Dream of Wessex
(1977; dt. *Ein Traum von Wessex*, 1979)

Auf Maiden Castle in Wessex findet ein Experiment statt, bei dem mittels eines neuentwickelten Projektors drei Dutzend Wissenschaftler in Trance versetzt werden. Zu einer geistigen Zelle zusammengeschaltet, erträumen sie, in Schubfächern liegend, das England der Zukunft. Diese Welt setzt sich aus den Vorstellungen der einzelnen Träumer zusammen, die sich normal in ihr bewegen und sie für real halten. Mittelpunkt der erträumten Zukunftswelt ist Dorchester, dessen pittoreske Friedlichkeit höchstens vom Trubel der Urlauber und Supersurfer gestört wird.
Aber diese Welt hat auch einen Haken. Sie ist den Financiers des Experiments zu sozialistisch und läßt keine großen Gewinne für die Industrie erhoffen. Daher schickt man Paul Mason, einen Interessenvertreter der Industrie, nach Maiden Castle, wo er auch Julia Stretton, die ihn einst sitzen ließ, wiedertrifft. Unter allerhand Vorwänden schleicht sich Mason in die Gruppe ein und stößt nach Dorchester vor. Unter seinem Einfluß verwandelt sich die dortige Urlaubslandschaft in ein Kapitalistenparadies. Raffinerien schießen aus dem Boden, Tanker verschmutzen die Hafenbecken, tote Fische liegen am Strand. Nach und nach wird Mason zu der dominierenden Persönlichkeit in der Dorchesterwelt. Da dort Maiden Castle mit den Projektanlagen ebenfalls existiert, versucht er eine zweite Traumwelt aufzubauen, denn mittlerweile bestätigt sich der Verdacht, daß bei längerer Aufrechterhaltung und detaillierter Ausmalung die Traumwelt stabil bleibt. Das Vorhaben mißlingt jedoch, und fast alle Teilnehmer einschließlich Mason werden wahnsinnig. Julia zieht sich mit ihrem Begleiter Harkman nach Dorchester zurück, das nach Masons Ausfall wieder seinen paradiesischen Ursprungszustand annimmt.
A Dream of Wessex ist ein wichtiger Roman über die Möglichkeiten des menschlichen Bewußtseins. Mit seinen sich überlagernden, relativen Realitäten erinnert er ein wenig an Galouyes *Simulachron-3*. Wie schon in *The Inverted World* fällt der Schluß des Buches ein wenig ab; etliche Fragen bleiben offen oder wurden nur unbefriedigend gelöst. Das sind aber bei einem stilistisch voll befriedigenden Roman, der seine besten Momente in Schilderungen psychischer Zustände hat, nur sekundäre Mängel.

PROCTOR, GEO(RGE) W.
(?)

Der texanische Autor P. war zunächst TV-Kameramann und fünf Jahre lang Reporter bei einer großen Zeitung in Dallas, bevor er als freier Schriftsteller zu arbeiten begann. Der Hobbyillustrator, der mehrere Cover für Fantasy-Periodika schuf, verkaufte seine erste SF-Geschichte 1972. Sein erster Roman kam 1980 heraus und heißt *Shadowman*.

PROKOP, GERT
(*1932)

Geboren in Richtenberg bei Stralsund. 1950 ging P. nach Berlin (DDR), studierte kurz an der Kunsthochschule und wurde dann Journalist bei der *Neuen Berliner Zeitung*. Später arbeitete er als Filmdokumentarist. 1971 wurde er freischaffender Schriftsteller. Neben vier Märchenbüchern, zwei Krimis und einem Buch über Fotografie veröffentlichte er einen Band mit SF-Kriminalgeschichten, der – was Stil und Einfälle angeht – über dem Niveau der meisten DDR-SF liegt. P. ist ein weitverbreiteter Autor, dessen Werke hohe Auflagen erreichen und in Illustrierten abgedruckt werden. Sein größter Erfolg war bislang die Verfilmung seines Krimis *Einer muß die Leiche sein*.

Wer stiehlt schon Unterschenkel? (1977; BRD-Ausgabe: *Der Tod der Unsterblichen*, 1981).

PROSPERI, PIERO
(*1945)

Geboren in Arezzo; im Hauptberuf Architekt. Seit seinem 15. Lebensjahr Verfasser zahlreicher Kurzgeschichten mit größtenteils konventionellen Themen, die in allen einschlägigen italienischen Magazinen erschienen. P. hat sich in seinem Stil dem der Amerikaner stark angenähert und beschäftigt sich hauptsächlich mit der Möglichkeit der Zeitreise, daraus resultierenden Paradoxa und Verkehrsproblemen der Zukunft. Sein erster Roman, *Autocrisi* (1971), schildert den mörderischen Kampf zweier irdischer Autohersteller um eine Exporterlaubnis ihrer Produkte zum Planeten Dakopia, dessen Wissenschaften denen der Erde zwar in mancherlei Disziplinen überlegen sind, jedoch keine Bodenfahrzeuge kennen. Die vom Geschwindigkeitsrausch ergriffene Menschheit, die sich in Fahrzeugen fortbewegt, die 300–400 Stundenkilometer erreichen, wenden alle Schliche und Tricks an, um den Dakopianern klarzumachen, was sie in ihrem bisherigen Leben versäumt haben.

PUKALLUS, HORST (DIETER)
(*1949)

Geboren in Düsseldorf. P. ist als Verfasser von nur wenigen Kurzgeschichten hervorgetreten, darunter »Interludium« (1974) und »Das Rheinknie bei Sonnenaufgang« (1976), die ihn allerdings als einen der besten Autoren der neuen deutschen SF auswiesen. Er hat sich aber als Kritiker hauptsächlich der anglo-amerikanischen SF im Fachblatt *Science Fiction Times*, an dem er seit 1970 mitarbeitet, einen Namen gemacht. Von ihm zusammengestellte Anthologien sind *Das blaue Fenster des Theokrit* (1978), *Unter den Sternen, in der Nacht* (1979) und *Der hohle Mann* (1981). P. ist außerdem ein profilierter Übersetzer von SF und in dieser Eigenschaft mit dem »Kurd Laßwitz Preis« ausgezeichnet worden.

PURDOM, TOM
(*1936)

Geboren in New Haven, Connecticut, unter dem Namen Thomas Edward Purdom. P. arbeitete von 1954 bis 1968 als Angestellter einer Fluggesellschaft, wechselte dann als »Science Writer« zur University of Pennsylvania und ist seit 1970 als freier Schriftsteller tätig. Er kam durch die Weltraumbücher Willy Leys zur Science Fiction, veröffentlichte in den fünfziger und sechziger Jahren ca. zwei Dutzend Erzählungen und konzentrierte sich ab 1964 auf Space Operas, allerdings ohne besonderen Erfolg.

I Want the Stars (1964); *The Tree Lord of Imeten* (1966); *Five against Arlane* (1967); *Reduction in Arms* (1971); *The Barons of Behaviour* (1972; *Die Psychospione*, 1974).

PUTTKAMER, JESCO VON
(*1933)

Geboren in Leipzig. Nach dem Krieg war er zeitweise als Hilfsarbeiter tätig. Er lebte in der Schweiz und später in Aachen, wo er 1952 sein Ingenieur-Studium aufnahm. P., der bereits früh amerikanische SF-Romane im Original gelesen hatte, avancierte in den fünfziger Jahren zum Übersetzer der Texte A. E. van Vogts, arbeitete als Journalist und Pressefotograf in Bonn und verfaßte technische Aufsätze für Autofachzeitschriften. Sein erster SF-Roman war *Der Unheimliche vom anderen Stern*, der sich trotz seines klischeehaften Titels wie auch seine anderen Werke wohltuend vom SF-Einheitsbrei dieser Tage abhob. Der stilistisch an van Vogt erinnernde Leihbuchautor wanderte in den sechziger Jahren in die USA aus, arbeitet seither bei der NASA und fungierte als Berater bei Gene Roddenberrys aufwendigem Filmspektakel *Star Trek – The Movie* (Regie: Robert Wise, 1979) mit.

Der Unheimliche vom anderen Stern (1957); *Galaxis Ahoi!* (1959); *Das unsterbliche Universum* (1959; zus. mit Clark Darlton); *Das Zeitmanuskript* (1960); *Die sechste Phase* (1961).

PYNCHON, THOMAS
(*1937)

Geboren in Glen Cove, Long Island. Der von Kennern als einer der besten Schriftsteller der Gegenwart gefeierte P. hatte mit seinen Büchern, die von der Thematik her die SF streifen, nicht unbeträchtlichen Einfluß auf die Science Fiction. Während seine ersten beiden Romane *V.* (1963) und *The Crying of Lot 49* (1966) die Welt kaleidoskopartig als Kontinuum (wie das in der SF später von John Brunner in *Stand on Zanzibar* und *The Sheep Look Up* praktiziert wurde) zeigten, wobei seine verrückten, sich selbst persiflierenden Weltverschwörungstheorien den Anstoß zu Robert Sheas und Robert

Anton Wilsons Illuminatus-Trilogie (1975) gegeben haben mögen, wurde sein dritter Roman, das über 900 Seiten starke Opus *Gravity's Rainbow* (1973) von vielen als SF aufgefaßt und für den »Nebula Award« nominiert. Bei der Abstimmung allerdings unterlag der Gewinner des »American National Book Award« dem reinsten aller SF-Autoren: Arthur C. Clarke.

V. (1963; *V.*, 1976); *The Crying of Lot 49* (1966; *Die Versteigerung von No 49*, 1973).

Gravity's Rainbow
(1973; dt. *Die Enden der Parabel*, 1981)

Zunächst muß angemerkt werden, daß *Gravity's Rainbow* kein SF-Roman im herkömmlichen Sinn ist, sondern in erster Linie ein Werk der modernen Literatur, in dem allenthalben Elemente der Science Fiction auftauchen. Das Buch weist keinen zusammenhängenden Handlungsablauf auf und ist sehr kompliziert und vielschichtig. In seiner Sprache ein wenig an James Joyce erinnernd, setzt P. eine Vielzahl von Stiltechniken ein, wobei er oft Ausflüge ins Surreale, Absurde, Comichafte unternimmt.

Der Roman beginnt im London des Zweiten Weltkriegs, das von deutschen V2-Raketen beschossen wird. Der Amerikaner Slothrop ist dem englischen Geheimdienst unterstellt, denn er besitzt das seltsame Talent, den jeweiligen Einschlagort der Raketen vorherzusagen. Später wird Slothrop von einem Unbekannten für einen anderen Einsatz ausgebildet. Er macht sich auf die Suche nach den Hintergründen eines geheimnisvollen Raketenstarts kurz vor Ende des Krieges. In Deutschland besucht er eine Reihe von Fabriken und Testgeländen, trifft auf eine Unzahl von Personen und bekommt Schritt für Schritt Informationen über einen geheimen Stoff, Imipolex G, und die Rakete 00000, bei der er angewandt wurde. Im letzten der vier Teile zerbricht die Handlung vollends in Fragmente. Slothrops Spur verliert sich, aber der Leser erfährt einiges über den ominösen Raketenstart, der das letzte Werk des perversen SS-Majors Weissmann war, der bei dieser Gelegenheit seinen homosexuellen Geliebten Gottfried in den Weltraum schoß, um ihn im Licht der Sonne zu »reinigen«, was einer symbolischen Erhaltung der Herrenrasse gleichkommt.

»Gravity's Rainbow ist ein sehr vielschichtiger Roman über verzerrt gespiegelte Menschen, die mit den dualen Göttern Krieg und Wissenschaft einen Reigen tanzen«, so der kanadische Kritiker PETER BRIGG. In diesem Buch demonstriert P. durch hochgradig symbolische Szenen und Metaphern, wie Wissenschaft und Technik die moderne Welt beherrschen und das Leben und die Vorstellungen der heutigen Menschen kontrollieren. Ähnlich Gottfried hat die Menschheit dank Wissenschaft und Technik ihren Flug zur Sonne angetreten, aber sie kann ihn nicht kontrollieren und sich weder gegen diejenigen wehren, die die Technologien in Gang setzten, noch den Sturz verhindern, wenn der Treibstoff verbrannt ist und die Rakete, der Schwerkraft gehorchend, wieder der Erde zustrebt.

Q

QUINN, SEABURY (GRANDIN)
(1889–1969)

Das berufliche Leben des amerikanischen Horror-Schriftstellers bewegte sich ständig zwischen Juristerei und Journalismus. Für das Magazin *Weird Tales* schrieb Q. über hundert Beiträge. In diesem Magazin wurde u. a. seine komplette Serie »Jules de Grandin« abgedruckt. Generell wird Q. als Autor okkulter Geschichten angesehen, aber viele seiner Texte sind in der SF angesiedelt oder bieten zumindest eine Erklärung, die in diesen Bereich fällt.

R

RABELAIS, FRANÇOIS
(1494–1553)

Geboren in La Devinière bei Chinon, Touraine. R. war Mönch, praktizierender Arzt, Schriftsteller und eine der bedeutendsten Persönlichkeiten der französischen Frührenaissance. Seine fünf Romane, die auf deutsch unter dem Titel *Gargantua und Pantagruel* (1832) gesammelt sind und im Original zwischen 1532 und 1564 erschienen, stellen eine humorvolle Utopie und massive Kritik an der katholischen Kirche dar. Das Motto seiner utopischen Abtei Thélème ist: »Tu, was dir gefällt.« Diese anarchistische Grundaussage wird umrankt von Erzählungen und Anekdoten voll derb bunter Phantasie und verrückter Einfälle. Der englische Kritiker Peter Nicholls sieht in R.s Texten einen Vorläufer jener SF, wie sie etwa Jack Vance schreibt.

RACKHAM, JOHN
(1916–1976)

Pseudonym des Schriftstellers John Thomas Phillifent, geboren in Durham. R. diente von 1935 bis 1947 in einer Ingenieureinheit der britischen Kriegsmarine und später in einem Elektrizitätswerk in London. Seine ersten Publikationen erschienen in einer wenig anspruchsvollen Taschenbuchreihe und waren hauptsächlich Space Operas. Neben Kurzgeschichten für die Magazine produzierte er einige Novellisationen der amerikanischen TV-Serie *The Man from U.N.C.L.E.* (*Solo für O.N.K.E.L.*); erst in seinen letzten Lebensjahren verwendete er für Buchpublikationen seinen richtigen Namen.

John T. Phillifent: *Genius Unlimited* (1972); *Hierarchies* (1973); *King of Argent* (1973); *Life with Lancelot* (1973). – Pseud. John Rackham: *Jupiter Equilateral* (1954); *The Master Weed* (1954); *Space Puppet* (1954); *We, the Venusians* (1965); *The Beasts of Kohl* (1966); *Danger from Vega* (1966); *Time to Live* (1966); *The Double Invaders* (1967); *Alien Sea* (1968); *The Proxima Project* (1968); *Ipomea* (1969); *Treasure of Tau Ceti* (1969); *The Anything Tree* (1970); *Flower of Doradil* (1970); *Beyond Capella* (1971); *Dark Planet* (1971); *Earthstrings* (1972); *Beanstalk* (1973).

RAES, HUGO
(*1929)

Geboren in Antwerpen. R. lebt als Lehrer für Geschichte, Niederländisch und Englisch auch heute noch in seiner Heimatstadt. Nebenher veröffentlicht er Gedichte und Erzählungen. 1968 erschien mit *De Lotgevallen* sein erster Roman, der alptraumhaft-surrealistisch einen ganz alltäglichen Familienausflug schildert, der in einer schrecklichen Welt der Zukunft endet, wo es Monstren, angstmachende Maschinen und künstlich erzeugte Mutanten gibt. R. ist kein typischer Vertreter der SF; sein anspruchsvoll geschriebenes Buch ist der Spiegel von allerlei Unbehagen an unserer Zivilisation.

De Lotgevallen (1968; *Club der Versuchspersonen*, 1969).

RAND, AYN
(1905–1982)

Geboren in St. Petersburg; kam 1926 in die USA und nahm 1931 die amerikanische Staatsbürgerschaft an. Von 1926 bis 1949 arbeitete sie in verschiedenen Studios in Hollywood als Skriptschreiberin, danach als freie Schriftstellerin. Bekannt wurden vor allem ihre anti-utopischen Romane *Anthem* (1938; *Vom Leben unbesiegt*, 1956) und *Atlas Shrugged* (1957; *Atlas wirft die Welt ab*, 1959), in denen sie ein Loblied auf den absoluten Individualismus singt und ihrem Haß auf Planwirtschaft und Sozialismus freien Lauf läßt.

RANDALL, MARTA
(*1948)

Geboren in Mexiko City, aufgewachsen in San Francisko. R. veröffentlicht seit Mitte der fünfziger Jahre SF (erste Story: »A Scarab in the City of Time« in *New Dimensions 5*). Neben einigen Kurzgeschichten veröffentlichte sie vier Romane, die alle überdurchschnittlich sind. Von ihnen haben *A City in the North* (1976), *Journey* (1978) und *Dangerous Games* (1981) einen gemeinsamen Hintergrund. Es handelt sich dabei um eine großangelegte, kosmische Familiensage, die in epischer Breite die Abenteuer der Kennerins auf fremden Welten in ferner Zukunft schildert. Ein weiterer Roman ist *Islands* (1976), ebenfalls eine Space Opera mit romantischem Einschlag. Ebenfalls erwähnenswert: ihr Kurzroman »Megan's World«, der sich mit den Problemen von Terranern beschäftigt, die auf einer fremden Welt auf Eingeborene stoßen. R. gehört mit diesen Werken zur vordersten Front junger amerikanischer SF-Autorinnen und ist in einem Atemzug mit Vonda McIntyre oder Joan D. Vinge zu nennen. 1980 löste sie Robert Silverberg als Herausgeber der Anthologienreihe *New Dimensions* ab.

A City in the North (1976); *Islands* (1976); *Journey* (1978; *Die Flüchtlinge*, 1982); *Dangerous Games* (1981).

RANK, HEINER
(*1931)

Geboren in Babelsberg. Nach dem Abitur absolvierte R. eine Lehre als Industriekaufmann im Spielfilmstudio der DEFA und wurde Assistent der Geschäftsleitung. 1956 wurde er freiberuflicher Schriftsteller. Nachdem er zunächst Krimi-Kurzgeschichten geschrieben hatte, wandte er sich ab 1968 vor allem der Science Fiction zu. Sein Roman *Die Ohnmacht der Allmächtigen* (1973) gehört zu den herausragenden SF-Romanen von DDR-Autoren.

Die Ohnmacht der Allmächtigen
(1973)

Auf dem Planeten »Astilot« leben die menschlichen Bewohner, die »Dafotil«, glücklich und sorgenfrei in einem schillernden, hochtechnisierten Paradies. In dieser Umgebung wacht Asmo in einem Regenerationszentrum auf. Er ist ein Mann ohne Gedächtnis, nicht fähig, sich dieser Welt anzupassen, ein Fremdkörper, aber zugleich dazu ausersehen, das gesellschaftliche Gefüge dieses Planeten zu verändern und den Bewohnern das Ergebnis jahrtausendelanger Fehlentwicklungen vor Augen zu führen. Ursprünglich lebte auf Astilot eine Spezies eierlegender »Hüpfgleiter«, aus denen sich zwei Geschlechterverbände entwickelten: die blauen »Aslot« und die grünen »Fenlot«. Die globale Energiekrise vor Augen, unterwarfen die Aslot die Fenlot und degradierten sie zu Arbeitstieren. Die Folge war eine strenge Separation. Die Fenlot hatten alle praktische Arbeit zu leisten, während die Aslot die Kontrollfunktionen ausübten. Dann kam die Katastrophe: Die Fenlot starben an einer unerklärlichen Krankheit und wurden durch die künstlich produzierten »Cephaloiden« ersetzt, biologische Denkeinheiten. Da dieser Ersatz nicht effizient genug war, drang man in den Weltraum vor, um andere vernunftbegabte Lebewesen zu finden. Kollektoren entnahmen den »Greifhändern« – vernunftbegabten Lebewesen in einem anderen Sonnensystem – Zellen mit darin gespeicherten genetischen Informationen, und daraus wurden die »Albino-Sermaten« produziert. Die Aslot, entschlossen, sich auch weiterhin dem Müßiggang hinzugeben, entschieden sich dafür, den Dafotil den Planeten zu überlassen und selbst zu transzendenten Daseinsstufen aufzubrechen. Die wahren Herrscher des Planeten sind allerdings nach wie vor die Aslot, die in ihren für die Dafotil unzugänglichen Sphären bleiben, aber durch ihre Cephaloiden über alles wachen und die Dafotil-Gesellschaft in ihrem statischen Zustand halten. Asmo versucht sich in dieser anfangs sehr rätselhaft erscheinenden Welt zu orientieren; er vermutet, daß er manipuliert wird und versucht herauszufinden, was vor sich geht. Unter den Dafotil gibt es eine Frau, die er von früher her zu kennen glaubt und die ihn zu lieben scheint. Er gerät mit Sektierern zusammen, die den Umsturz planen und alle Bewohner des Paradieses zum Arbeiten zwingen wollen, und kommt schließlich in den Besitz einer Matrix, mit deren Hilfe er einen der Aslot ins Sein zurückruft. Der äußert sich abschätzig über die Dafotil, übergibt ihnen aber dennoch endlich den Schlüssel zu ihrer Welt, während er sich selbst, des Lebens überdrüssig, tötet. Eine Revolution verschafft den Dafotil wieder Verfügungsgewalt über sich selbst, gibt ihnen das

Recht auf Arbeit und eigene Weiterentwicklung zurück.
Unklar bleibt, wie Asmo auf diesen Planeten gelangt ist und ob er seine Geliebte wirklich von früher her kennt. Der komplexe, wenngleich auch etwas unübersichtliche Aufbau des Romans ist ebenso ein Pluspunkt wie die durchaus akzeptable literarische Umsetzung des Themas.

RAPHAEL, RICK
(*1919)

Geboren in New York, Journalist, Fotograf, Feuilletonist und Fernsehautor, der sich auch politisch (als Mitglied der Wahlkampfmannschaft des US-Senators Church) betätigte. R. publizierte 1959 seine erste SF-Story in *Astounding* (»A Filbert Is a Nut«) und schrieb in den folgenden Jahren eine Reihe von technisch orientierten Stories, die zu einer Storysammlung und einem Episodenroman zusammengefaßt wurden. Trotz seines schmalen Werkes erwarb er sich Reputation durch einige gute Ideen und die mitunter gelungene Schilderung von Menschen in einer technisierten Umgebung. In dem Roman *Code Three* geht es um Polizeieinsätze auf den Straßen der Zukunft, wo Hochgeschwindigkeits-Luftkissenfahrzeuge verkehren.

The First Quenchers (C, 1965; *Strahlen aus dem Wasser*, 1966); *Code Three* (1966; *Die fliegenden Bomben*, 1967).

RASCH, CARLOS
(*1932)

Geboren in Curitibia, Brasilien. R. lebt heute in der DDR, wo er auch die Oberschule besuchte und anschließend eine Lehre als Dreher absolvierte. Er arbeitete zeitweilig als Reporter und Redakteur, bevor er sich mit dem Schreiben von Science Fiction als freiberuflicher Autor etablierte. R. ist Autor von SF-Hörspielen und -Drehbüchern fürs Fernsehen (hier als Mitautor der 13teiligen DDR-Fernsehserie *Raumlotsen*). R. kümmerte sich frühzeitig um seine Leser, absolvierte über 1000 Autorenlesungen und war am Aufbau der ersten SF-Fangruppen in der DDR beteiligt. Er griff auch in die SF-Diskussion in der DDR ein und forderte eine »Real-Phantastik«, d. h. eine an der Realität orientierte Vorausschau in eine nahe Zukunft. Allerdings setzte er sich letztlich nicht durch. R.s Romane und Erzählungen, die in mehrere osteuropäische Sprachen übersetzt wurden und zum Teil auch in der BRD erschienen, folgen den eigenen »real-phantastischen« Forderungen, reichen aber über relativ belanglose Unterhaltung selten hinaus. Für den Roman *Asteroidenjäger* erhielt er einen Preis des DDR-Kulturministeriums.

Asteroidenjäger (1961); *Der blaue Planet* (1963); *Der Untergang der Astronautic* (1963); *Im Schatten der Tiefsee* (1965); *Die Umkehr der Meridian* (1966); *Das unirdische Raumschiff* (1967); *Rekordflug im Jet-Orkan* (1970); *Krakentang* (C, 1972); *Magma am Himmel* (1975).

RATHENOW, LUTZ
(*1952)

Geboren in Jena. Nach Ableistung des Militärdienstes studierte R. Geschichte und Deutsch und betätigte sich als Transportarbeiter und Beifahrer. 1977 wurde er Regie- und Produktionsassistent an einem Ostberliner Theater, seit 1978 ist er freischaffender Autor. Er arbeitete für Rundfunk und Theater, rezensiert Bücher und ist literarischer Berater eines Jugendklubs. R., dessen Texte auch in verschiedenen anderen ost- und westeuropäischen Ländern erschienen, schreibt nur gelegentlich SF-Erzählungen meist satirischen Inhalts. Zwei dieser Erzählungen, »Der Herrscher« (*Spinnenmusik*, 1979) und »Das Jahr 2000« (*Das achte Weltwunder*, 1979) sind auch in der BRD erschienen.

RAYER, F(RANCIS) G(EORGE)
(1921–1980)

Geboren in Worcestershire; Elektroingenieur, der kurzzeitig auch als Fachjournalist und Designer gearbeitet hat. Er betätigte sich als Verfasser routinemäßig abgefaßter Space Operas in Magazinen wie *New Worlds* und *Authentic*, ohne jedoch irgendwie hervorzustechen.

Fearful Barrier (1950); *Tomorrow Sometimes*

Comes (1951); *The Star Seekers* (1953); *Cardinal of the Stars* (1964); *The Iron and the Anger* (1964); *Journey to the Stars* (1964).

REAMY, TOM
(1935–1977)

Geboren in Woodson, Texas. R. war in verschiedenen Jobs (u. a. als Regieassistent) in der Spielfilm- und Fotobranche tätig. Als Autor war ihm nur eine kurze Schriftstellerkarriere beschieden. Drei Jahre vor seinem Tod konnte er seine erste Story, »Twilla« (1974), veröffentlichen, der weitere zehn folgten. Seine wohl erfolgreichste Erzählung war »San Diego Lightfoot Sue« (1975), für die er den »Nebula Award« erhielt. Sein einziger und postum veröffentlichter Roman *Blind Voices* erschien 1978. Neben dem bereits erwähnten »Nebula Award« wurde R. auch mit dem »John W. Campbell Award« als bester Nachwuchsautor ausgezeichnet. Seit 1977 sind einige seiner Geschichten auch bei uns erschienen.

Blind Voices
(1978)

Die Kuriositätenschau Haverstock zieht in eine kleine Stadt in Kansas ein. Zu der Truppe gehören u. a. der stumme Albino Angel, der über telekinetische Fähigkeiten verfügt, und ein künstlich geschaffener Minotauros. Nachdem es Louis, dem Gehilfen Haverstocks, durch einen Trick gelingt, das Interesse der Bevölkerung zu wecken, wird die Schau zu einem großen Erfolg. Angezogen von diesen Attraktionen werden auch Rose, Evelyn und Francine, drei Mädchen aus der Stadt. Rose wird die Geliebte des Gehilfen, Evelyn verliebt sich in Angel und versteckt ihn nach seiner Flucht, und Francine wird von dem Minotauros vergewaltigt und stirbt später an den Folgen. Als die Polizei den Vorfall untersucht, setzt Haverstock in einem Wutanfall die Wohnwagen seiner Show in Brand und versucht durch seine magischen Kräfte das Entkommen der Insassen zu verhindern. Dennoch gelingt es einigen Mitgliedern des Ensembles, dem Feuertod zu entrinnen, was jedoch wilde Auseinandersetzungen nach sich zieht. Im letzten Augenblick gelingt es Angel, Haverstocks magischen Bann zu brechen. Es kommt zu einem großen telekinetischen Showdown, aus dem Angel als Sieger hervorgeht. *Blind Voices* ist ein in erster Linie stilistisch überzeugender Roman, der thematisch ein wenig an Ray Bradbury erinnert. Leider blieb es R.s einziges längeres Werk, aber an ihm kann man schon erkennen, daß R. in der Lage gewesen wäre, der SF neue literarische Impulse zu verleihen.

REED, KIT
(*1932)

Pseudonym der in San Diego, Kalifornien, geborenen Autorin Lillian Craig (Kit) Reed, die sich zunächst einen Namen durch ihre journalistische Tätigkeit machte. Im Jahre 1958 erschien ihre erste Geschichte »The Wait«, der die Kollektion *Automatic Tiger* (1964) folgte. Auch ihre beiden Romane *Mother Isn't Dead She's Only Sleeping* und *At War with Children* (1964) erschienen unter ihrem Pseudonym.

REHN, JENS
(*1918)

Pseudonym für Otto Jens Luther, geboren in Flensburg. L. ist seit 1950 leitender Redakteur einer Berliner Rundfunkanstalt. Er wurde mit dem »Literaturpreis der Stadt Berlin« und dem »Fontanepreis« ausgezeichnet. Bekannt wurde vor allem sein 1954 erschienener Roman *Nichts in Sicht.* Weitere Romane aus seiner Feder: *Feuer im Schnee* (1956), *Morgen Rot* (1976), *Die weiße Sphinx* (1978). Sein einziger SF-Roman, *Die Kinder des Saturn*, erschien 1959 und schildert Überlebende einer atomaren Katastrophe, die inmitten einer zerstörten und verseuchten Umgebung langsam zugrunde gehen.

RENARD, MAURICE
(1875–1940)

Französischer Schriftsteller, der auf die einheimische Phantastik zwischen 1900 und 1930 einen großen Einfluß ausübte und sowohl in der Science Fiction wie im gotischen Schauerroman zu Hause war. Sein bekanntester Roman war *Le Docteur Lerne, sous-dieu.* Er erzählt die Geschichte eines Chirurgen, der illegale Gehirntransplantationen vornimmt und nicht davor zurückschreckt, die Körper von Menschen mit den Gehirnen von Tieren zu versehen. In *Le péril bleu* stellt sich die Menschheit nicht als Produkt natürlicher Entwicklung, sondern als bewußte Züchtung außerirdischer Wesen heraus. Verfilmt und in mehrere Sprachen übersetzt wurde *Les mains d'Orlac*, das Schicksal eines bekannten und begnadeten Pianisten, der bei einem Unfall beide Hände verliert, mit Ersatzorganen ausgestattet wird und allmählich Grund zu der Annahme entwickelt, daß diese ein rätselhaftes, ihm unverständliches Eigenleben entwickeln: mehrere Menschen aus seiner Umgebung sterben, er hat Visionen und erhält schließlich die Offenbarung, daß der berühmte Chirurg Cerral (der in dem Ruch steht, gewagte Experimente vorzunehmen) ihm die Hände eines Massenmörders gegeben hat. *Un homme chez les microbes* schildert die Reise eines Menschen in den Mikrokosmos, *L'homme truque* das Schicksal eines Mannes, der – mit künstlichen Augen ausgestattet – in einem visuellen Alptraum lebt. Ein Sammelband mit Renards Erzählungen erschien in Deutschland unter dem Titel *Die Fahrt ohne Fahrt* (1923).

Les mains d'Orlac (1920; *Orlaks Hände*, 1922); *Un homme chez les microbes* (1928; *Ein Mensch unter Mikroben*, 1928).

Le Docteur Lerne, sous-dieu
(1908; dt. *Der Doktor Lerne*, 1909)

Dr. Lerne, ein weltberühmter französischer Chirurg, zieht sich 1908 ganz plötzlich aus dem öffentlichen Leben zurück und begibt sich in sein Landhaus. Dort führt er geheimnisvolle Experimente durch. Nachdem er verschiedentlich mit großem Erfolg Tierversuche unternommen hat, glaubt er sich dazu in der Lage, endlich zur großen Tat schreiten zu können: Er will die Gehirne zweier verschiedener Lebewesen miteinander vertauschen. Bevor die wissenschaftliche Welt jedoch von seinem Erfolg erfährt, wird er von seinem heimtückischen Assistenten, dem Deutschen Otto Klotz, umgebracht. Mit Hilfe einiger deutscher Freunde gelingt es diesem, sein Gehirn in den Körper des toten Wissenschaftlers transplantieren zu lassen. Von nun an tritt Otto Klotz überall in der Gestalt des prominenten Dr. Lerne auf und wagt die tollsten medizinischen Husarenstückchen. Als Nicolas Vermont, der leicht zerstreute Neffe des wahren Dr. Lerne, im Landhaus seines vermeintlichen Onkels auftaucht, ist er von dessen Charakterveränderung sehr überrascht. Er verliebt sich in die Mätresse seines ›Onkels‹ und versucht heimlich herauszufinden, womit dieser sich eigentlich beschäftigt. Inzwischen ist es Klotz gelungen, ohne operative Eingriffe ›Persönlichkeitswechsel‹ durchzuführen, aber auf dem Höhepunkt seines Triumphs rafft ihn ein Herzanfall hinweg. Nicolas entdeckt die wahre Identität seines Onkels, aber als er glaubt, der Alptraum habe nun ein Ende, übernimmt Klotz' Bewußtsein die Gewalt über einen toten Gegenstand: Nicolas' Wagen. Die letzte Schlacht beginnt.

»Einige Episoden des Romans sind sogar noch aus heutiger Sicht von bestechender Bildhaftigkeit« (R. D. NOLANE).

Le péril bleu
(1911; dt. *Die blaue Gefahr*, 1922)

In einem bestimmten Gebiet Südfrankreichs beginnen nachts Gegenstände und Tiere zu verschwinden, ohne daß von ihnen eine Spur zurückbleibt. Man denkt zwar zunächst an die Streiche irgendwelcher Lausbuben, aber plötzlich geschieht das gleiche auch mit Menschen: Zunächst verschwindet die Tochter des Gelehrten Le Tellier, bald darauf ihr Bruder, dessen Gattin und mehrere weitere Verwandte. Die Familie beginnt auf eigene Faust Nachforschungen anzustellen, an denen sich auch Herzog d'Agnés beteiligt, der Mann, der mit Laura, der Tochter des Gelehrten, heimlich verlobt ist. Man gelangt zu dem Schluß, daß die geheimnisvollen Entführer unsichtbare Wesen sein müssen, deren Operationsbasis sich irgendwo in der Atmosphäre, und zwar etwa fünfzig Kilometer vom Erdboden entfernt befindet. Man bezeichnet sie als »Sarvants«, und ein junger Wissenschaftler, der ebenfalls in Laura verliebt ist, läßt sich freiwillig von ihnen entführen. Bald danach regnet Blut vom Himmel, und kurz darauf fallen vom Himmel die Teile von vivisektierten Tieren und Menschen herunter, was nur den Schluß zuläßt, daß die Sarvants irgendwelche Experimente mit ihren Gefangenen anstellen. Später kommen keine Leichenteile mehr, sondern die unversehrten Körper derjenigen, die während der Gefangenschaft verstorben sind. Darunter befindet sich auch die Leiche jenes jungen Mannes, der Laura freiwillig gefolgt ist, während der Zeit seiner Gefangenschaft unentwegt Tagebuch geführt und sich diese Informationen am Körper befestigt hat. Aus diesen Tagebuchaufzeichnungen erfährt die Menschheit schließlich, was es mit den geheimnisvollen Sarvants auf sich hat: Sie sind die Bewohner einer Welt, die die Erde dort, wo die Atmosphäre endet, umschließt. Als die letzten Gefangenen der Fremden schließlich zur Erde zurückkehren, befindet sich Laura nicht unter ihnen. Ein unsichtbares Luftschiff stürzt über Paris ab und wird mittels Farbe sichtbar gemacht, die allerdings das Material, aus dem der Zeppelin besteht, angreift und auflöst. Die Insassen sind anscheinend unter dem irdischen Luftdruck gestorben. Laura wird schließlich durch einen Zufall in Konstantinopel wiedergefunden, wohin sie einer ihrer Verehrer, ein Türke von Rang und Namen, entführt hat. Die Sarvants stellen nach dem Absturz ihres Luftschiffes alle Aktivitäten ein und ziehen sich wieder in die ihnen eigenen Gefilde zurück. Die Menschen sind sich nun allerdings der ständigen Bedrohung bewußt und bereiten sich darauf vor, Mittel und Wege zu finden, einen eventuell später erfolgenden Angriff erfolgreich abzuwehren.

REPP, ED EARL
(1900–1979)

Geboren in Pittsburgh, Pennsylvania. Im Jahre 1929 erschien die erste von über 50 SF-Stories, »Beyond Gravity«, des amerikanischen Pulpautors R. in dem Magazin *Air Wonder Stories*, Später zog sich R. dann aus der SF zurück, um sich ausschließlich dem Genre des Western zu widmen. Daneben verfaßte er auch zahlreiche Filmdrehbücher, die ihm einigen Erfolg brachten.

RESTIF DE LA BRETONNE, NICOLAS EDMÉ
(1734–1806)

Geboren in Sacy bei Auxerre. Schrieb über 200 Sittenromane. Für die SF ist er durch seine Utopie *La découverte australe par un homme volant, ou le Dédale français* (1781; *Der fliegende Mensch*, 1784) interessant. In ihr erfindet Victorin einen Flugapparat, zieht sich in die unzugänglichen Alpen zurück und fliegt später auf der südlichen Erdhalbkugel von Insel zu Insel, wobei er mit seinem Sohn auf eine utopische Gesellschaft stößt, deren Zivilisation auf natürlich-rationalen Prinzipien und einer fortgeschrittenen Technologie fußt.

REYNOLDS, MACK
(*1917)

Pseudonym des in Corcoran, Kalifornien, geborenen Dallas McCord Reynolds. R. ging in Kingston, New York, zur Schule und gab dort die Schülerzeitung heraus. Noch vor dem Zweiten Weltkrieg war er Reporter bei mehreren lokalen Blättern und Herausgeber kleinerer Magazine. 1944 besuchte er eine Kadettenschule für angehende Marineoffiziere. Seit 1946 ist R. freier Schriftsteller. Zunächst versuchte er es mit Kriminalgeschichten, wandte sich aber unter dem Einfluß von Fredric Brown der SF zu. R., der 25 Jahre Mitglied der American Socialist Labor Party war, bezeichnet sich zwar als »Radikalen«, ist aber weder Kommunist noch Sozialist. Er hält tiefgehende sozio-ökonomische Änderungen in naher Zukunft für nötig, wenn unsere Rasse überleben will. Diese Einstellung sowie die Tatsache, daß er als Auslandskorrespondent von *Rogue* 75 Länder bereiste, die ihm Stoff für manche Geschichte lieferten, finden ihren Niederschlag in seinen Texten.
Seit 1950 mit »Isolationist« in *Fantastic Adventures* seine erste SF-Story veröffentlicht wurde, schrieb er mehr als 40 Romane und etwa 100 Kurzgeschichten. Ab 1960 begann er mehr und mehr für das Magazin *Analog* zu schreiben und zu dessen neuem Image beizutragen. Seine ersten Romane – viele davon waren verlängerte Erzählungen aus *Analog*, etwa die Serien um »United Planets Organisation« und Joe Mauser – waren interstellare Abenteuer irdischer Geheimagenten, die auf bewohnten Planeten Anstöße zum Fortschritt geben sollen, bzw. Erlebnisse von Söldnern in futuristischen Gladiatorenkämpfen. War in diesen Romanen der politische Ansatz nur untergeordnet, so trat er in neueren Werken stärker zutage. In ihnen entwirft R. ein Bild der nahen Zukunft, eine Welt

des Jahres 2000, indem er verschiedene politische und sozio-ökonomische Strömungen unserer Zeit extrapoliert. Er verband mehrere Romane zu einem Panorama spekulativer Systeme und Formen des Zusammenlebens. Ein gutes Dutzend Romane gehört bis dato zu diesem großangelegten Projekt, dessen harten Kern die Serien um Julian West und Bat Hardin bilden. R.s Vorhaben, die unmittelbare Zukunft in unterhaltenden Romanen auszuloten und abzustecken, steht in der Science Fiction amerikanischer Prägung, die sich seit Hugo Gernsback mit politischen Themen immer schwer tat, einmalig da. Dennoch blieb R. größere Anerkennung versagt. Sein unkomplizierter, manchmal etwas hölzern wirkender Stil hat nicht das Niveau des inhaltlichen Konzepts. Darüber hinaus ist er ein Vielschreiber, dessen interessante Ideen durch zahlreiche Fortsetzungen und Serien leider oft verwässert werden.

United-Planet-Organisation-Serie: *Planetary Agent X* (1965); *Dawnman Planet* (1966; *Das Geheimnis der Urmenschen*, 1971); *Code Duello* (1968; *Planet der Zweikämpfe*, 1971); *Amazon Planet* (1975); *Section G. United Planet* (1976). – Joe-Mauser-Serie: *The Earth War* (1963); *Time Gladiator* (1969; *Gladiator der Zukunft*, 1971); *Mercenary from Tomorrow* (1968; *Söldner von Übermorgen*, 1973). – Homer-Crawford-Serie: *Blackman's Burden* (1972); *Border, Breed nor Birth* (1972); *The Best Ye Breed* (1978). – Bat-Hardin-Serie: *Commune 2000 AD* (1974); *The Towers of Utopia* (1975); *Rolltown* (1976). – *Computer War* (1967; *Der Computer-Krieg*, 1968); *The Space Barbarians* (1969; *Weltraum-Barbaren*, 1973); *The Cosmic Eye* (1969; *Revolte gegen das Technat*, 1974); *Depression or Bust* (1975); *Perchance to Dream* (1977); *After Utopia* (1977); *Police Patrol 2000 AD* (1977); *Lagrange Five* (1979).

The Rival Rigelians
(1967)

Ein terranisches Team soll die Kulturen auf zwei Planeten im System Rigel auf eine höhere Zivilisationsstufe heben. Dabei handelt es sich um zwei »vergessene Kolonien«; eine hat das Niveau italienischer Stadtstaaten der Renaissance, die andere entspricht in etwa der Kultur der Azteken. An Bord des Raumschiffes ist man sich nicht im klaren, wie man den Fortschritt der Kulturen am besten beschleunigt. Es bilden sich zwei Fraktionen. Die eine, stalinistisch angehaucht, sieht eine militärische Eroberung und danach eine beschleunigte Industrialisierung vor, die zentralistisch geleitet wird. Die andere bevorzugt ein Laissez-faire-Programm, bei welchem technologische Neuerungen in erster Linie durch Händler eingeführt werden. Staatssozialismus und Kapitalismus stehen sich in einem Rennen um Fortschritt gegenüber, das schon bald ausartet. Als zwischen beiden Planeten ein Krieg auszubrechen droht, schließen sich die Planetenbewohner gegen die Terraner zusammen und lehnen sich gegen ihre Herrscher auf.

R. zeigt, daß er weder für Kapitalismus noch für den Kommunismus, wie er bis jetzt existiert, Sympathien übrig hat.

Julian-West-Serie
Looking Backward, from the Year 2000 (1973); **Equality: in the Year 2000** (1977)

Eng an R.s Vorbild Edward Bellamy angelehnt sind diese beiden Romane, die ihren Verfasser als einen der wenigen Utopisten in der modernen amerikanischen SF zeigen. Titel und Personen sind fast dieselben wie bei Bellamy, und auch die Handlungen ähneln sich.

Nachdem der Multimillionär Julian West erfahren hat, daß ihm nur noch zwei Jahre zum Leben bleiben, läßt er sich in der Hoffnung einfrieren, eine fortgeschrittenere Wissenschaft könnte seine Heilung ermöglichen, wenn er wieder aufgetaut wird. West wacht nach 35 Jahren im 21. Jahrhundert auf und findet sich in einer Gesellschaft wieder, die von Computern und Automation bestimmt ist. Soziale Unterschiede und damit auch Konflikte sind weitgehend geschwunden. Soweit stimmen Bellamy und R. überein. Bezüglich Aufbau und Funktion der modernen Gesellschaft weicht R. jedoch erheblich von seinem Vorbild ab. In seinen Romanen sind nur noch 2% der Bevölkerung produktiv tätig, der Rest lebt von »garantiertem Jahreseinkommen« und ist de facto arbeitslos. West kommt sich total überflüssig vor, denn das Wissen der Menschheit hat sich in der Zwischenzeit vervielfacht und ist für ihn nicht mehr überschaubar. Was für B.s West ein Utopia war, wird für R.s West am Ende des ersten Bandes zum Dystopia, aber nicht weil Staat oder Gesellschaft schlecht wären, sondern weil sich der Protagonist nicht an sie anpassen kann. In der Fortsetzung schließt sich West daher einer Untergrundbewegung an, die den Umsturz plant, aber seine Probleme werden schließlich durch eine neue Lernmethode gelöst. Beide Bücher leben von ihren Ideen, nicht von stilistischen Glanzpunkten. Gespickt mit Statements bekannter Wirtschaftswissenschaftler, Soziologen und Philosophen, lesen sie sich streckenweise wie futurologische Abhandlungen, ohne im Gesamtkontext auf eine spannende Handlung zu verzichten. Insgesamt sind beide Titel sorgfältiger ausgearbeitet als vieles, was R. sich sonst noch für seine Welt des Jahres 2000 ausgedacht hat.

RICHMOND, WALT(ER F.) / RICHMOND, LEIGH (TUCKER)
(1922–1977) / (?)

W. F. R., geboren in Memphis, Tennessee, war Physiker, übte seinen Beruf jedoch nicht aus; seine Frau arbeitete gelegentlich als Redakteurin. Die erste gemeinsame Arbeit des Schriftstellerehepaares erschien 1963 als Fortsetzungsroman in *Analog* und wies wie alle ihre späteren Arbeiten einen wissenschaftlichen Hintergrund auf, die qualitätsmäßig jedoch der Ingenieurs-SF zugerechnet werden müssen, in der es mehr um die Anwendung neuer Techniken (z. B. Sonnenenergie) als um Menschen geht.

The Lost Millennium (1967); *Shock Wave* (1967); *Phoenix Ship* (1969); *Gallagher's Glacier* (1970); *Positive Charge* (1970); *Challenge the Hellmaker* (1976); *The Probability Corner* (1977).

RICHTER, HANS
(1889–1941)

Geboren in Berlin. R. schrieb auch unter dem Pseudonym Maximilian Lehr und verfaßte eine Vielzahl von Romanen, Novellen und Essays, darunter auch vier utopische Titel, die ihn als wichtigen deutschen SF-Autor zwischen den Kriegen kennzeichnen.

Der Kanal (1923); *Turmstaat* (1926); *T 1000* (1927); *Ozeania 3000 PS* (1928).

RILEY, FRANK
(?)

Der amerikanische Autor R. wurde hauptsächlich als Co-Autor von Mark Clifton bekannt. Gemeinsam schrieben sie den Roman *They'd Rather Be Right* (1954), der 1955 den »Hugo« gewann. Außerdem schrieb R. »The Execution«, 1956 in *If* erschienen.

ROBERTS, KEITH
(*1935)

Geboren in Northamptonshire. R. studierte Kunstgeschichte und arbeitete längere Zeit als Illustrator in der Werbebranche, wo er auch bei der Herstellung von Trickfilmen mitwirkte. Mitte der sechziger Jahre trat er als Coverkünstler der britischen SF-Magazine *Science Fantasy* und *New Worlds* in Erscheinung und deutete mit seinen expressionistischen Titelbildern die Abkehr von der hergebrachten SF und eine Hinwendung zu spekulativen Inhalten an. Seine ersten SF-Erzählungen, »Anita« und »Escapism«, stammen aus dem Jahre 1964 und erschienen in *Science Fantasy*, dessen Herausgeber er später für kurze Zeit war, als es in *Impulse* umbenannt wurde. R.s Stärke liegt zweifellos auf dem Gebiet der Kurzgeschichte oder der Novelle. Nur einer seiner vier SF-Romane, *The Furies* (1966), besteht nicht aus zusammengefaßten Kurztexten. *The Inner Wheel* (1970) ist ein Episodenroman, der thematisch eng mit Sturgeons *More Than Human* verwandt ist. Verschiedene Mutanten schließen sich zu einem Kollektivgeist zusammen, zu einem »Homo Gestalt«, der mit seinen telepathischen, telekinetischen und antizipatorischen Fähigkeiten den neuen Übermenschen darstellt. Einzelne Kurzgeschichten machen auch die ›Kapitel‹ von *The Chalk Giants* (1974) aus, einem ambitionierten Roman in Form einer Traumreise durch ein Nachatomkriegs-England und andere, zeitlich voneinander getrennte Landschaften mit steinzeitähnlichen und mittelalterlichen Kulturen. Am bekanntesten jedoch ist das ebenfalls aus zusammengefaßten Novellen bestehende Buch *Pavane* (1968), ein klassischer Alternativweltroman. Ansonsten wird R. vielleicht am besten durch seine bisherigen fünf Story-Sammlungen charakterisiert, deren teils schwermütige Einzelgeschichten ihn als ›Landschaftsmaler‹ mit mythischer Tiefe ausweisen.

The Furies (1966; *Der Neptun-Test*, 1966); *Anita* (1970); *The Inner Wheel* (1970; *Homo Gestalt*, 1980); *Machines and Men* (1974; *Maschinen und Menschen*, 1980); *The Chalk Giants* (1974; *Die Kreide-Riesen*, 1981); *The Grain Kings* (1976; *Die neuen Götter*, 1979); *The Passing of the Dragons* (1977); *Ladies from Hell* (1979; *Die Revolution der Windmühlen*, 1981).

Pavane

(1968; dt. *Die folgenschwere Ermordung Ihrer Majestät Königin Elisabeth I.*, 1977)

Im Jahre 1588 wird die englische Königin Elisabeth I. von einem katholischen Fanatiker erschossen. Kurz darauf schlägt die spanische Armada die englische Flotte. England wird katholisch, die Reformation in Europa zerschlagen. Rom erstarkt zu alter Macht, und die kobaltblaue Flagge von St. Peter weht in China ebenso wie in ganz Amerika.

Die Geschichte nahm also einen anderen Verlauf, und alles entwickelte sich anders. Im England des Jahres 1968 ist zwar schon der Benzinmotor erfunden, aber das Hauptverkehrsmittel sind dampfgetriebene Eisenbahnen, die über die staubigen Straßen holpern. Man kennt auch schon Elektrizität und primitive Telegrafie, aber viele Neuerungen gelten als Ketzerei. Nachrichten werden immer noch über Signaltürme vermittelt, Fortschritt wird durch Familienunternehmen und Gilden erschwert, die Außenstehenden keinen Einblick in ihre Geheimnisse gewähren. Festungsähnliche Burgen und die Inquisition beherrschen das Land, aber im Volk gärt die Unruhe; die Zeit für den Umsturz ist reif.

Dies ist der Hintergrund zu R.s alternativem England der Jahre 1968–2000, das er dem Leser in fünf Stories (die amerikanische Ausgabe von *Pavane* umfaßt sechs) wie in Momentaufnahmen vorführt. Die Episoden beleuchten in lyrischer Schönheit verschiedene Aspekte dieser Alternativwelt. Die Familie Strange mit ihrem Dampfzug-Fuhrunternehmen, die Gilde der Melder, die Kirche selbst und die Lords und Ladies von Schloß Corfe sind ihre Handlungsträger. Die geschichtliche Entwicklung dieser Zeit wird nur durch Einzelschicksale sichtbar und dann auch eher deskriptiv beschaulich als dynamisch dargestellt. Der unvermeidliche Umsturz, auf den die Handlung zusteuert, ist dann auch nicht mehr Gegenstand des Romans; er wird an seinem Ende lediglich für die nahe Zukunft vorhergesagt.

Im letzten Kapitel, in der Coda, verknüpft der Autor dann die Fäden. Es stellt sich heraus, daß die Päpste immer schon um die Gefährlichkeit des technischen Fortschritts wußten. Die Kirche verlangsamte ihn daher, um dem Menschen Zeit zu verschaffen, sich auf geistig-ethischem Wege der Vernunft zu nähern. Inquisition, Scheiterhaufen und Unterdrückung sind das kleinere Übel im Vergleich zu Weltkriegen, Auschwitz und der totalen Vernichtung der Menschheit. Ob ein solches Gegenmodell so einfach funktionieren kann, ist mehr als fraglich; dennoch ist *Pavane* einer der wichtigsten englischen SF-Romane der sechziger Jahre.

ROBINETT, STEPHEN

(*1941)

Geboren in Long Beach, Kalifornien. Nach einem Jurastudium promovierte R. zum Doktor der Rechte. Anfangs veröffentlichte er unter dem Pseudonym Tak Hallus (seine erste Story, »Minitalent«, wurde in *Analog*, sein erster Roman *Stargate* in Fortsetzungen ebenfalls in *Analog* veröffentlicht); inzwischen schreibt er unter seinem richtigen Namen. Neben einer Reihe weiterer Stories veröffentlichte er 1978 den Roman *The Man Responsible* und 1979 die Kurzgeschichtensammlung *Projections*. R. hat eine Ader für technisch orientierte SF, ist recht gut im Gestalten von Charakteren und schreibt mitunter witzig.

Stargate (1974, 1976; *Das Sternentor*, 1979); *The Man Responsible* (1978); *Projections* (C, 1979).

ROBINSON, FRANK M(ALCOLM)

(*1926)

Geboren in Chikago, als Sohn eines Fotografen. R. begann als Laufjunge beim Magazinverlag Ziff-Davis und arbeitete anschließend als Redakteur bei *Family Weekly, Science Digest* und den Herrenmagazinen *Rogue, Cavalier* und *Playboy*. Er ist seit 1973 freier Schriftsteller.

Seine ersten Erzählungen erschienen in *Astounding* während der fünfziger Jahre. Zwei Kurzromane, »The Hunting Season« (1951) und »Cosmic Saboteur« (1955), sahen lediglich Magazinpublikation; ein dritter, *The Power* (1956), der von einem Größenwahnsinnigen handelt, der in der Lage ist, Menschen auf geistigem Wege nach seinem Willen zu steuern, wurde zwar verfilmt und machte ihn bekannt, aber dennoch dauerte es bis in die siebziger Jahre hinein, bis R. (unter Mithilfe seines Kollegen Thomas N. Scortia) in die Bestsellerlisten kam. Ihr gemeinsam geschriebener Katastrophenroman *The Glass Inferno* (1974; *Inferno*, 1976) bildete einen Teil der Vorlage zu dem Film *Flammendes Inferno* (1974, Regie: Irwin Shaw). Ein weiterer Roman des Gespanns, der stärkere SF-Bezüge aufweist, handelt von einem Reaktorunfall und heißt *The Prometheus Crisis* (1975; *Reaktor XZ 519*, 1977).

ROBINSON, SPIDER
(*1948)

Geboren in New York, wo er auch studierte und seinen B. A. machte. R., der heute in Nova Scotia (Kanada) lebt, kam 1973 zur SF und hatte fast augenblicklich Erfolg, denn bereits 1974 wurde ihm der »John W. Campbell Award« als hoffnungsvollstem Nachwuchsautor verliehen. Seine erste Kurzgeschichtenveröffentlichung war »The Guy with the Eyes« in *Astounding*, aber besonderes Lob erhielt er auch für seine Buchkritiken in *Galaxy*. Einige seiner vielbeachteten Kurzgeschichten sind in der Sammlung *Callahan's Crosstime Saloon* von 1977 (alle Geschichten spielen im genannten Saloon oder werden dort erzählt, nach dem Vorbild G. K. Chestertons bzw. Lord Dunsanys) und in *Antimony* (1980) zusammengefaßt. R.s erster Roman erschien 1976 unter dem Titel *Telempath* und basierte auf seiner ebenfalls preisgekrönten Geschichte »By any Other Name«. Seit seiner Heirat arbeitet er öfter mit seiner Frau zusammen, die bisher erfolgreichste Zusammenarbeit dieser Art war *Stardance* (1977), 1978 mit dem »Hugo« ausgezeichnet.

ROCK, C. V.
(*1906)

Pseudonym des Schriftstellers, Drehbuchautors und Kriminologen Kurt Roecken, geboren in München. R. begann während der dreißiger Jahre zu schreiben (Unterhaltungsliteratur, Kriminalromane, SF), produzierte die meisten dem Genre zuzurechnenden Titel in den fünfziger Jahren und tauchte 1974 erneut (diesmal als Autor von SF-Jugendbüchern) auf. Gelegentlich benutzte er (hauptsächlich für Heftromane) die Pseudonyme Henry Walter, Cecil V. Freed und Edgar T. Sterling.

Der Flug in die Erde (1938); *Expedition im All* (1939); *Die glühenden Türme* (1939); *Rückkehr aus dem All* (1939); *Der Ruf vom Mond* (1947; Pseud. Henry Walter); *Mondsender LB 11* (1947; Pseud. Henry Walter); *Mondstation Ovillon* (1950); *Der Sturz vom Himmel* (1955); *Patrouillenkreuzer WAP 792* (1974); *Die Geheimnisse des Planeten Syna* (1975); *Spion auf Luna II* (1976); *Entführung der Deneb III* (1977).

ROCKLYNNE, ROSS
(*1913)

Geboren in Cincinnati, Ohio. Während der dreißiger und vierziger Jahre erschienen zahlreiche Geschichten des amerikanischen Autors, dessen richtiger Name Ross Louis Rocklin lautet, in *Astounding*. Eingeleitet wurden seine Veröffentlichungen durch die Story »Man of Iron« (1935). Thematisch gehören viele seiner Werke in den Bereich der Space Opera, denn R. ist vor allem an der Darstellung wissenschaftlich-technischer Probleme interessiert, was u. a. in der Geschichte »At the Center of Gravity« (1936) deutlich wird.
1973 erschien unter dem Titel *The Men and the Mirror* eine Sammlung seiner »Colbie and Deverel«-Serie. Auch seine »Darkness«-Serie wurde 1973 gesammelt unter dem Titel *The Sun Destroyers* veröffentlicht.
In den fünfziger Jahren schrieb R. nur noch gelegentlich SF, bewies aber durch ein gelungenes Comeback 1968, daß er im Gegensatz zu seinen früheren Kollegen durchaus in der Lage

war, den gestiegenen Ansprüchen der neueren SF zu genügen.
Der zu Unrecht unterbewertete Autor wurde bei uns durch seinen Kurzroman »Time Wants a Skeleton« (1941 in *Astounding* erschienen) bekannt.

ROHR, W(OLF) D(ETLEF)
(1927–1981)

Geboren in Breslau. R. war in den späten vierziger und frühen fünfziger Jahren weithin als Verfasser von SF- und Kriminalromanen (vorwiegend für Leihbuchverlage) tätig und schrieb mehrere Dutzend Bücher in beiden Genres, wobei er Pseudonyme wie Wayne Coover, Allan Reed und Jeff Caine benutzte. Sein Gesamtwerk, das auf der SF der dreißiger Jahre fußt, wurde 1979 in einer eigens für R. konzipierten Taschenbuchreihe neu herausgegeben.

Die Schrecklichen von Gharrar (1979); *Nichts rettet die Erde mehr* (1979); *Raumschiff ohne Namen* (1979); *Tod aus dem Nichts* (1979); *Invasion aus dem Weltall* (1979); *Planet im Alpha Centauri* (1979); *Experiment mit dem Tod* (1979).

ROSHWALD, MORDECAI
(*1921)

Geboren in Drohobycz (Polen), heute in den USA lebend. R. studierte in Jerusalem Philosophie, promovierte und leistete in Israel seinen Militärdienst ab. Er ist heute Professor an der University of Minnesota. Neben einigen anderen Büchern hat er auch zwei SF-Romane veröffentlicht, *Level Seven* (1959) und *A Small Armageddon* (1962). Beide Titel sind von der Atomkriegsangst ihrer Zeit geprägt. *A Small Armageddon* schildert die Taten des verrückt gewordenen Kommandanten eines Atom-U-Bootes, der die USA erpressen will.

Level Seven
(1959; dt. *Das Ultimatum*, 1962)

Zur Vorbereitung auf den Atomkrieg werden in Ost und West unterirdische Anlagen gebaut, die je nach ihrer Position in der Tiefe der Erde Bezeichnungen zwischen »Ebene 1« bis »Ebene 7« erhalten. Ebene 1 und 2, am dichtesten unter der Erdoberfläche und am schlechtesten ausgerüstet, sollen der allgemeinen Bevölkerung zugänglich sein, Ebene 3–5 bietet wichtigen Zivilpersonen Zuflucht. Ebene 6 dient den Militärs als Unterkunft und als Waffendepot.
In Ebene 7 schließlich, der am besten geschützten Ebene, 4400 Fuß unter der Erde, leben schon seit Ausbruch der heißen Phase des kalten Krieges 250 Männer und 250 Frauen, denen auf ewig die Rückkehr zur Oberfläche der Erde versagt ist. Die Vorräte reichen für fünfhundert Jahre. Überwacht von einer anonymen militärischen Instanz, sollen sie das Überleben garantieren und gegenüber dem Feind auch dann noch Vergeltung üben, wenn sonst niemand mehr lebt. Die Bewohner dieser Ebene sind natürlich Militärangehörige. All diese Ebenen sind über das ganze Land verteilt, also nicht in einem Komplex zusammengefaßt, die meisten aber noch in der Planungsphase, als – durch ein Versehen, wie sich später herausstellt – das atomare Inferno beginnt. Es kommt zu Konflikten, als einer der beiden für den Abschuß von Raketen zuständigen Offiziere sich weigert, eine Bombe dort abzuwerfen, wo seine Mutter lebt. Die Bombe fällt trotzdem, der Offizier hängt sich auf. Weltweit leben nur noch die Menschen in den Ebenen, und dann beginnt auch dort das Sterben. Zunächst sterben die Menschen in den oberflächennahen Ebenen, dann nach und nach die anderen, schließlich auch die Bewohner von Ebene 7.
Ein mit großem Engagement und großer Bitterkeit geschriebener Roman über den Untergang der Menschheit, der unter anderem von Bertrand Russell gelobt wurde.

ROSNY (AÎNÉ), J. H.
(1856–1940)

Pseudonym des in Brüssel geborenen und in Frankreich aufgewachsenen Schriftstellers und Wissenschaftlers Joseph Henri Boex, der noch heute als einer der wichtigsten SF-Autoren der ersten Stunde gilt und zahlreiche Erzählungen, Romane und Sachbücher verfaßte. Von 1892 bis 1907 arbeitete er mit seinem jüngeren Bruder Justin zusammen, der sich später J. H. Rosny (Jeune) nannte. Er hat über 100 Bücher veröffentlicht, von denen viele im SF-Milieu angesiedelt sind oder in der Frühzeit des Menschen spielen. *L'étonnant voyage d'Hareton Ironcastle* schildert die Geschichte eines Menschen, der ein auf die Erde gefallenes Stück eines anderen Planeten erforscht, *Les Xipehuz* (1888) beschreibt den ersten Kontakt zwischen Menschen und Außerirdischen. Eine Parallelweltengeschichte ist die Story *Un autre monde* (1895). Essays über die Schöpfung und Evolution sind *La légende sceptique* (1889) und *Les compagnons de l'univers* (1934). Der Kurzgeschichtenband *Récits de Science Fiction* (1973) enthält sowohl Fantasy- als auch SF-Material.

Vamireh (1892); *La guerre du feu* (1909); *Le felin géant* (1918); *L'étonnant voyage d'Hareton Ironcastle* (1922); *Les hommes sangliers* (1929); *Helgvor du fleuve bleu* (1930); *Les astronautes* (1960; postum).

La force mystérieuse
(1913; dt. *Die geheimnisvolle Kraft*, 1922)

Der Roman handelt von rätselhaften Veränderungen des Lichtspektrums, die eine globale Katastrophe ankündigen. Professor Langre, ein Physiker, und sein Assistent Meyral suchen in ihren Pariser Labors nach einer Erklärung für das Phänomen, das die Menschheit auszulöschen droht, müssen aber machtlos mit ansehen, wie das Spektrum schwindet, chemische Reaktionen nicht mehr zustande kommen, viele Menschen sterben und andere in einen andauernden Winterschlaf verfallen. Die elektrische Energie schwindet in bedenklichem Maße; Menschen und Tiere spüren, daß es mit der Welt dem Ende entgegengeht. Ein Drama nimmt seinen Lauf. Man findet heraus, daß man sich als Gefangene kleiner Gruppen zu betrachten hat, aus deren Umkreis man sich nicht entfernen kann, ohne starke Übelkeit zu verspüren. Es kommt zu Aufruhr und Terror, wilden Zusammenrottungen und Schießereien. Hunderttausende gehen zugrunde. Ganz plötzlich jedoch ist der Spuk zu Ende. Kleine Gruppen bilden sich, die unabhängig voneinander ein nomadisierendes Leben führen und neue Formen des Zusammenlebens erproben. Zunächst mögen die Menschen kein Fleisch mehr essen, dann überfällt sie ein derartiger Heißhunger danach, daß es zu Fällen von Kannibalismus kommt. Die Erklärung der Katastrophe kommt schließlich von Langre und Meyral, die die Theorie aufstellen, daß ein interstellarer Sturm über die Erde hinwegfegt und die Veränderung bewirkt. Die allgemeine Verrohung der Umgangsformen findet schließlich ein Ende. Ein wissenschaftlicher Kongreß, der die Auswirkungen der Vorgänge analysiert, schließt sich Professor Langres Theorie an: Unbekannte Energien haben die Erde getroffen und stülpten sich über kleine Gruppen von Menschen, die dadurch wie ein Organismus zusammengehalten wurden.

Les navigateurs de l'infini
(1925)

Eine dreiköpfige Forschergruppe, bestehend aus den Wissenschaftlern Antoine, Jean und Jacques, landet auf dem Mars und stößt dort auf merkwürdige tierische und pflanzliche Erscheinungsformen. Auf der untersten Stufe stehen die »Zoomorphen«, dann kommen die in etwa den Menschen entsprechenden »Dreifüßler«, und schließlich die wolkenartigen »Ätherwesen«, die offenbar aus reiner Energie bestehen. Die Lebensmöglichkeiten werden den etwas verweichlichten Dreifüßlern zunehmend von den Zoomorphen streitig gemacht. Jean wird während eines Streifzuges von den Dreifüßlern entführt, stellt jedoch fest, daß man ihm nicht feindlich, sondern freundlich gegenübersteht. Auf komplizierte Art und Weise vermögen die Menschen schließlich mit den Dreifüßlern zu kommunizieren. Sie erfahren, daß ihre Gastgeber die älteste und intelligenteste Rasse des Mars darstellen, aber ihre Zivilisation hat den Höhepunkt bereits überschritten. Sie sind vom Aussterben bedroht, da sie sich der überhandnehmenden tierischen Lebensformen nicht zu erwehren vermögen. Es gelingt den Erdenmenschen, das Vordringen der Zoomorphen zu stoppen. Später kommt es zwischen dem Forscher Jacques und Grâcé, der Tochter des Führers der Dreifüßler, zu einer Liebesbeziehung, die jedoch aufgrund der anatomischen Andersartigkeit platonisch bleibt. Im zweiten Teil des Buches gelingt es den irdischen Astronauten, Kontakt mit den Ätherwesen herzustellen und sie dazu zu veranlassen, den Dreifüßlern in ihrem Kampf gegen die Zoomorphen beizustehen. Grâcé und ihr Vater begleiten die Forscher zur Erde, auf der sie ein Jahr verbringen wollen. Sie führt eine geistige Verbindung mit Jacques herbei, als deren Resultat sie ein Kind von ihm zur Welt bringen wird.

ROSOCHOVATSKIJ, IGOR' (MARKOVIČ)
(*1929)

Geboren in der Ukraine. R. ist ausgebildeter Philologe und arbeitet als Zeitungsredakteur in Kiew. Gemeinsam mit dem Kybernetiker A. Stogni schrieb er ein Sachbuch über »kybernetische Doppelgänger«. SF veröffentlicht er seit 1958. Zu seinen bisherigen SF-Publikationen gehören die Erzählbände *Zagadka »Akuly«* (1962; »Das Rätsel des Haifisches«); *Vstreča vo vremeni* (1963; »Begegnung mit der Zeit«); *Vitok istorii* (1966; »Windung der Geschichte«) und *Pust' sejatel' znaet* (1973; »Möge der Säer wissen«).

ROTH, PHILIP
(*1933)

Geboren in Newark, New Jersey. »Mainstream«-Autor der jüngeren Garde, der in seinen Romanen auf SF-Elemente zurückgreift. Besonders deutlich wird das bei seinem surrealistischen Titel *The Breast* (1972; *Die Brust*, 1979), in dem er die Verwandlung eines Mannes in eine weibliche Brust schildert und bei dem Kafka und Freud Pate gestanden haben dürften.

ROTHMAN, TONY
(*1951)

Geboren in Philadelphia. R. studierte in den USA und England Physik und Astrophysik und hat bisher einen SF-Roman vorgelegt. *The World Is Round* (1979) ist ein im Stile Hal Clements durchkonstruierter Hard-SF-Roman, dessen Hintergrund ein Planet mit hoher Schwerkraft, langsamer Rotation und extremen Wetterverhältnissen bildet. Die Erforschung dieser Welt erweist sich für die Protagonisten als überraschend und gefährlich und für den Leser als intellektuelles Abenteuer.

ROTSLER, WILLIAM
(*1926)

Geboren in Los Angeles. R. besuchte nach Ableistung seines Militärdienstes die Kunstakademie, zuerst das Ventura Junior College, dann das Los Angeles County Art Institute. R., der heute auf einer Ranch in Kalifornien lebt, arbeitete mehrere Jahre lang als Bildhauer in Los Angeles. Seit 1965 ist er freiberuflicher Schriftsteller. In seinen Romanen befaßt er sich meistens, wenn auch nicht besonders erfolgreich, mit dem Thema Kunst, vornehmlich der phantastischen bildenden Kunst kommender Jahrhunderte. R. schrieb mehrere Filmskripte, darunter *Sindbad and the Eye of the Tiger.* 1975 wurde er mit dem »Hugo« als bester Fan-Künstler ausgezeichnet.

Werke: *A Patron of the Arts* (1974; *Ein Patron der Künste*, 1977); *Futureworld* (1976; Pseud. John Ryder Hall); *To the Land of the Electric Angel* (1976; *Ins Land des elektrischen Engels*, 1979); *Visions from Nowhere* (1976); *Man, the Haunted Animal* (1976); *Zandra* (1978); *Shiva Descending* (1980, zus. mit Gregory Benford; *Schiwas feuriger Atem*, 1982).

RUELLAN, ANDRÉ
(*1922)

Französischer Arzt, Schriftsteller und Drehbuchautor, der auch unter den Pseudonymen Kurt Steiner, Kurt Dupont, Kurt Wargar u. a. publiziert hat. Von seinen über 30 Romanen gehören mindestens zehn zur SF oder Fantasy. Seine ersten SF-Romane erschienen 1960 unter dem Pseudonym Kurt Steiner. *Le manuel du savoir mourir* (1962; *Die Kunst zu sterben*, 1963) gewann den Preis des Schwarzen Humors. *Tunnel* (1973; *Paris 2020*, 1981) beschreibt ein apokalyptisches Paris der Zukunft. R. hat seit Anfang der siebziger Jahre alle seine Pseudonyme abgelegt und arbeitet nun hauptsächlich als Autor von Drehbüchern für Film und TV.

Pseud. Kurt Steiner: *Aux armes d'Ortog* (1960); *Ortog et les ténèbres* (1969). – *Les enfants de l'histoire* (1970); *Le disque raye* (1970); *Brébis galeuses* (1974).

RUNYON, CHARLES W(EST)
(*1928)

Geboren in Sheridan, Missouri, als Sohn eines Lehrerehepaars. Studierte u. a. in München und war bis 1960 Redakteur verschiedener Fachzeitschriften. Sein erster Roman, *Pig World*, schildert eine rechtsradikale Diktatur in den USA.

Pig World (1971); *Ames Holbrook, Deity* (1972); *I, Weapon* (1974); *Soulmate* (1974).

RUSS, JOANNA
(*1937)

Geboren in Bronx, New York. R. studierte Theaterwissenschaften in Yale und arbeitete anschließend als Korrektorin, Sekretärin eines Psychiaters und Redakteurin einer Fachzeitschrift. Heute lehrt sie englische Literatur an der Universität von Washington, ist im »Women's Liberation Movement« engagiert und befaßt sich in ihren SF-Texten mit Fragen weiblicher Emanzipation in der Männergesellschaft, wobei sie nicht selten den Anfeindungen ihrer männlichen Autorenkollegen ausgesetzt ist. Ihr erster Roman, *Picnic on Paradise*, führte mit der Heldin Alyx erfolgreich einen der ersten weiblichen Protagonisten in die SF ein und wurde für den »Hugo« nominiert. R. gewann 1972 den »Nebula« mit der Story »When It Changed«, die sie später zu dem Roman *The Female Man* (1975) ausbaute. Spätestens nach diesem Buch galt sie als führende Feministin des Genres. *We Who Are About to* schildert den Leidensweg einer Frau, die zusammen mit sieben anderen Raumfahrern auf einem unwirtlichen Planeten notgelandet ist und sich weigert, den Forderungen, wie sie auch in anderen SF-Romanen dieser Art erhoben werden, zu entsprechen: Sie ist nicht bereit, die Stammutter eines neuen Menschengeschlechts zu werden, aber der einzige Weg, dies zu verhindern, besteht aus der Ermordung ihrer männlichen Verfolger.

And Chaos Died (1970; *Als das Chaos starb*, 1975); *Alyx* (1976); *We Who Are About to* (1977); *The Two of Them* (1978).

Picnic on Paradise
(1968)

Der Roman spielt in einer unbestimmten Zukunft auf dem Erholungsplaneten Paradise, der, wie die Heldin Alyx bald herausfindet, nicht ohne Gefahren ist. Sie erhält den Auftrag, eine Urlaubergruppe zu führen, und hat sich, kaum als die Karawane aufgebrochen ist, mit allerlei Bedrohungen auseinanderzusetzen. Die wahre ›Reise‹ jedoch findet in der ›Innenwelt‹ statt, und die wirklichen Gefahren drohen weniger dem Körper als der Seele des Menschen. Die Reisenden geben sich, je tiefer sie in die unbekannte und lebensfeindliche Umwelt eindringen, immer mehr zu erkennen, und die Porträtierung der einzelnen Charaktere erlaubt so der Autorin eine Beurteilung jetziger gesellschaftlicher Zustände. Sie verspottet gekonnt und treffend eine Kultur, die allein Jugend und körperliche Schönheit besingt, bewußtseinsverändernde Drogen einnimmt und gefühlsmäßige Beziehungen entwertet. Die Urlauberinnen Maudey und Iris haben sich z. B. durch kosmetische Eingriffe in sterile Sex-Göttinnen verwandeln lassen, aber die Umweltbedingungen machen der ersteren bald klar, daß aus ihr nur eine Marionette geworden ist. Iris gibt zu, daß Maudey in Wahrheit ihre Mutter ist, was sie bislang u. a. geheimgehalten hat, um deren ›Chancen‹ nicht zu schmälern. Zwei weitere Urlauber sind ständig pillenschluckende Nonnen, die einer neomystischen Sekte angehören und durch den Drogenkonsum jegliche Emotionen in sich zu ersticken versuchen. Alyx' Verhaltensweisen und Gefühle sind das genaue Gegenteil der bisherigen weiblichen SF-Stereotypen: Sie ist eine Frau, die weiß, was sie will, und hartnäckig ihre Ziele verfolgt. Während der Reise hält sie sich aufdringliche Männer vom Hals, tötet ein bärenähnliches Tier und bringt schließlich Gunnar, einen Mitreisenden, um, dessen Feigheit den Tod Machines verursacht hat, des Mannes, der Alyx liebte.

The Female Man
(1975; dt. *Planet der Frauen*, 1979)

Dieser bisher kontroverseste Roman von R. läßt Geradlinigkeit zwar vermissen, gehört aber dennoch zu den solidesten SF-Stücken, die im letzten Jahrzehnt verfaßt wurden: Die Protagonistinnen dieses Buches sind vier Frauen. Jeannine Dadier, unverheiratet, stammt aus einer alternativen Zeitspur, in der der Zweite Weltkrieg nicht stattfand, die USA allerdings aus der Depression niemals herausfanden; Janet Evason kommt aus Whileaway, einer Erde der Zukunft (keinesfalls aber der unseren), auf der die Männer seit Jahrhunderten ausgestorben sind; Jael ist eine erfolgreiche, tatkräftige Frau aus einem in naher Zukunft stattfindenden Geschlechterkrieg – und Joanna lebt in einer Welt, die, wenn sie nicht die unsere ist, ihr doch recht nahe kommt. Daneben existieren mehrere Phantom-J.s, die Beobachterfunktionen einnehmen und das Verhalten der übrigen Protagonistinnen kommentieren. Der Plot ist sehr verzwickt: Die Bewohner von Whileaway stellen durch die Person Janet Evasons einen Kontakt mit Jeannines und Joannas Welt her. Jael beobachtet inzwischen die drei anderen, da sie die Alternativwelten bereist, um Rekrutinnen für den Krieg der Geschlechter zu gewinnen. Wie auch in ihren anderen Texten, stellt R. hier Reflexionen über die Situation der Frau an, und das utopische Modell dient ihr ausschließlich zur Kritik an gegenwärtigen Zuständen.

RUSSELL, ERIC FRANK
(1905–1978)

Geboren in Sandhurst (England). R. kam durch seine Mitgliedschaft in der British Interplanetary Society zur SF, und zwar erst mit 30 Jahren. Kurz darauf begann er selbst zu schreiben und auch unter den Pseudonymen Webster Craig, Duncan H. Munro und Maurice A. Hugi zu publizieren. Seine erste Veröffentlichung wurde die Kurzgeschichte »The Saga of Pelican West« (1937) in *Astounding*. John W. Campbell jr. und *Astounding* blieben bis in die späten fünfziger Jahre Hauptabnehmer für seine Stories, danach schrieb R. nur noch wenig und veröffentlichte nur noch Sammelbände mit älterem Material. In den dazwischenliegenden zwei Jahrzehnten war er jedoch einer der Stars der SF und Campbells Lieblingsautor. Als R. diesem 1939 seinen Roman *Sinister Barrier* vorlegte, bewog das Campbell zur Herausgabe eines neuen Magazins, *Unknown*, weil der Roman inhaltlich nicht zu *Astounding* paßte. Zu jener Zeit war R. von den Theorien Charles Hoy Forts angetan: *Sinister Barrier* geht von der Prämisse aus, die Menschheit würde von unsichtbaren Parasiten beherrscht und gesteuert. Die Hauptthemen R.s waren aber weniger spiritistisch. Im Mittelpunkt seiner 10 Romane und vielen Kurzgeschichten steht häufig die Gegenüberstellung von Menschen und Außerirdischen, so in der Jay-Score-Serie, die Anfang der vierziger Jahre erschien und später unter dem Titel *Men, Martians and Machines* gesammelt herauskam. Verbunden sind diese Gegenüberstellungen oft mit einer Relativierung aller Werte, wobei R. mit Ironie und trockenem Humor aufwartet und starke Pointen ans Ende seiner Stories stellt. Seine Vorliebe für bizarre Evolutionsformen des Menschen geht möglicherweise auf seinen Landsmann Olaf Stapledon zurück und findet ihren Niederschlag in Geschichten wie »Metamorphosite« (1946) und dem Roman *Sentinels from Space* (1953). Andere ständig wiederkehrende Zentralpunkte sind Bürokratie und Militär, zu denen R. offensichtlich ein getrübtes Verhältnis hatte, denn die Verspottung von Beamtenwillkür, Engstirnigkeit und militärischem Starrsinn zieht sich wie ein roter Faden durch sein Werk. Herausragend ist »... And Then There Were None« (1951), eine Novelle, die später zu einem Bestandteil seines Romans *The Great Explosion* (1962) wurde und die auf herrliche Weise verknöcherte Militärs veralbert. Für seine Story »Allamagoosa«, einer glänzenden Satire auf die Bürokratie, erhielt R. 1956 den »Hugo Award«.
Trotz einiger Agentengeschichten, bei denen manche Fremdrassen schlecht wegkommen, ist sein Gesamtwerk von einer positiven Einstellung gegenüber Außerirdischen geprägt. In einer Zeit, da die SF von einem technizistischen, anthropozentrischen Idealbild geleitet wurde, bildeten R.s Geschichten und Romane humorvolle Lichtblicke, bei denen nicht Technik und Wissenschaft, sondern der Mensch *und* das außerirdische Wesen im Mittelpunkt standen.

Sinister Barrier (1943; *Die Todesschranke*, 1953); *Dreadful Sanctuary* (1951; *Planet der Verbannten*, 1971); *Sentinels from Space* (1953; *Agenten der Venus*, 1970); *Deep Space* (1954); *Three to Conquer* (1956; *So gut wie tot*, 1957); *Wasp* (1957; *Der Stich der Wespe*, 1973); *Six Worlds Yonder* (1958; *Sechs Welten von hier*, 1973); *The Space Willies* (1958; anderer Titel: *Plus X*; 1972); *Far Stars* (1961; *Ferne Sterne*, 1964); *Dark*

Tides (1962); *With a Strange Device* (1964, anderer Titel: *The Mindwarpers*; *Vergangenheit mal 2*, 1974); *Somewhere a Voice* (1965; *Seelen-Transfer*, 1979).

Men, Martians and Machines
(1955; dt. *Menschen, Marsianer und Maschinen*, 1968)

Ein neuer Mann, Jay Score, kommt an Bord des Raumschiffes »Upskadaska City«. Er ist ein Bär von einem Mann, der sofort die Sympathie vor allem der marsianischen Besatzungsmitglieder gewinnt. Durch sein Können verhindert er nach einer Kollision den Sturz des Schiffes in die Sonne, verliert dabei aber sein Augenlicht. Als allen klar wird, daß es sich bei ihm um einen Roboter handelt, setzt man ihm neue Sehzellen ein. Weiter geht es mit dem Raumschiff »Marathon«, das Jay Score und seine Mannen zu einem unbekannten Planeten trägt, wo sie von »mechanischen Mäusen« gefangengenommen und in eine Stadt verschleppt werden. Sie können dem sicheren Tod entkommen und fliehen. Im System Rigel sollen sie, so ihr nächster Auftrag, einen Planeten erforschen, der von fleischfressenden Pflanzen und einem Zwergvolk bevölkert wird. Ein letztes Abenteuer besteht die Crew auf einem Planeten, der mit Lebewesen bevölkert ist, die Trugbilder und gefährliche Illusionen vorgaukeln können.
Was die Stories um den Piloten Jay Score, die hier zum Episodenroman zusammengefaßt vorliegen, auszeichnet, ist die Zusammenarbeit von Menschen und Außerirdischen als gleichberechtigte Partner, bis dahin noch eine Seltenheit in der SF.

The Great Explosion
(1962; dt. *Die große Explosion*, 1965)

Als die Menschen den interstellaren Antrieb erfinden, kommt es zur großen Explosion: Kolonistenschiffe brechen ins All auf und erschließen neue Welten, Verbrecher werden deportiert und auf Strafplaneten verbannt, Unzufriedene lassen die Bande der Erde hinter sich. 400 Jahre später plant die terranische Regierung den Aufbau eines gewaltigen Sternenimperiums und entsinnt sich plötzlich wieder aller ›verlorenen Söhne‹. Die Erde schickt eine Abgesandtschaft aus Diplomaten und Raumsoldaten los, die Kontakt mit den Regierungen aller besiedelten Planeten aufnehmen und sie unter die Oberhoheit Terras stellen soll. Die erste Welt, auf der sie landen, ist ein Strafplanet, auf dem man seinerzeit einige Millionen Verbrecher abgesetzt hat. Diese haben überlebt und über den ganzen Planeten ein System von Festungen errichtet. In jeder Festung leben maximal tausend Menschen und haben nur Kontakt zu den benachbarten Festungen. Planetenumspannende Einrichtungen und Organisationen gibt es nicht, jeder mißtraut dem anderen. Da das Verhältnis zwischen Männern und Frauen sehr ungünstig war, sind die Frauen die einzigen, die von Festung zu Festung ziehen und sich die Männer auswählen, die sie haben wollen.
Solche Leute sind natürlich schwerlich von den Vorteilen eines Sternenreiches zu überzeugen. Nachdem der Annexionsversuch fehlgeschlagen ist, bricht die Gesandtschaft wieder auf und steuert eine Welt an, auf der sich die Partei der »Naturalisten« angesiedelt hat. Dort lebt man in stiller Eintracht mit der Natur, Kleider sind verpönt, die Welt ist ein wahres Paradies. Als die Terraner mit ihrer ›Friedensmission‹ ankommen, bereitet man ihnen einen hämischen Empfang und verspottet sie als verklemmte und dreckige Erdlinge. Aus Gesundheitsgründen weigert sich der Bürgermeister, an Bord des Schiffes zu kommen. Niemand ist an einer Regentschaft von seiten Terras interessiert. Danach landen die Terraner auf einer Welt, deren Gesellschaft keine Regierung kennt und jedem Individuum ein Optimum an Freiheit zukommt. Da die Menschen dort friedlich und sorgenfrei leben, verschwindet die Besatzung einer nach dem anderen, da keiner mehr Lust hat, sich den Zwängen des starren, terranischen Regierungssystems zu beugen. Schließlich sind nur noch höchste Ränge übrig, die aber am Ende auch der Verlockung unterliegen und sich unter die Bevölkerung mischen.
The Great Explosion steht ganz im Zeichen von R.s Ablehnung zentralistischer und autoritärer Systeme und drückt deutlich seinen Widerwillen gegen das starre, phantasielose, militärische Hierarchiewesen aus, in dem die Letzten immer von den Hunden gebissen werden. Gepfeffert mit einer ordentlichen Portion spöttischen Humors auf selbstherrliche Politiker und Beamte, ist das Buch eine prachtvolle Satire, wie man sie in der SF leider nur zu selten findet.

The Best of Eric Frank Russell
(1978; dt. *Die besten Stories von Eric Frank Russell*, 1980)

In dem Band findet man neben frühen und relativ belanglosen Geschichten wie »Mana« oder »Homo Saps« auch einige Stories, die R. von seiner besten Seite zeigen, so »Metamorphosite«. Das gewaltige Sternenimperium der Menschen findet einen neuen Planeten, auf dem humanoide Lebewesen wohnen. Eines von ihnen wird an Bord des Schiffes zurück zur Hauptwelt gebracht und einer Reihe von Verhören unterzogen. Es kann fliehen und bringt mit seinen überragenden Geistesgaben das ganze Imperium durcheinander. Wie sich herausstellt, haben die Imperiumsschiffe nach Jahrtausenden die Erde, ihre Heimatwelt, wiedergefunden. Auf ihr haben die Menschen einen einzigartigen Evolutionsprozeß durchgemacht. Sie sind reine Geisteswesen geworden, die an den kleinkrämerischen Querelen des Imperiums nicht interessiert sind. Wieder sind es absolutistische Regierungen, ein unbeholfenes, tolpatschiges Militär, das seine Überflüssigkeit durch Unfähigkeit nur noch unterstreicht, und bornierte, verständnislose Beamte, die R. an den Pranger stellt.
Eine bitterböse Story ist »Study in Still Life«, in dem u. a. der Dienstweg eines Formulars in einer Behörde geschildert wird, bis es fünf Pfund wiegt und mit allen Anlagen zwei Ordner füllt. Mit einem Bluff über einen nichtexistenten Planeten gelingt es einem kleinen Angestellten, alle Vorgesetzten und aufsichtführenden Behörden zu nasführen. Köstlich dargestellt sind die Büro-Intrigen und die Hilflosigkeit der Leute angesichts ihrer eigenen Vorschriften. Neben »Metamorphosite« die beste Geschichte des Bandes ist »I Am Nothing«, eine drastische Abrechnung mit der Sinnlosigkeit und den Schrecken eines Krieges, wie sie die SF zur damaligen Zeit, in der interstellare Kriege zum Wohl des Menschen verherrlicht wurden, kaum gesehen hatte. »Late Night Final« greift das Thema der Eroberungsflotte wieder auf, deren Besatzungsmitglieder auf einer paradiesischen Welt nacheinander desertieren und ihr Imperium rasch vergessen. »Dear Devil« schildert einen schrecklich aussehenden Marsianer nicht als Feind, sondern als Freund der Menschen, der ihnen hilft, ihre durch Kriege zerrüttete Zivilisation wieder aufzubauen. Satirischen Charakter hat auch die preisgekrönte Geschichte »Allamagoosa«, in der eine peinliche Verwechslung Bürokraten und Federfuchsern einiges Kopfzerbrechen bereitet.
The Best of Eric Frank Russell bietet einen ausgezeichneten Überblick über das Schaffen eines Schriftstellers, der wie kein anderer Freiheit, Frieden und ein menschliches, menschenfreundliches System predigte. Seine Charaktere sind in ihrer Hilflosigkeit gegenüber Bürokratien geradezu liebenswürdig.

RUSSELL, RAY (ROBERT)
(*1924)

Geboren in Chikago, Illinois. Er besuchte ein Konservatorium und ist seit 1954 in den verschiedensten Funktionen für den *Playboy* tätig. Obwohl R. kein ausgesprochener SF-Autor ist, kann ein Großteil seines hauptsächlich in Blättern vom *Playboy*- oder *Esquire*-Typs abgedruckten Werkes der Fantasy zugerechnet werden. Er hat auch in relevanten Magazinen wie *Magazine of Fantasy & Science Fiction*, *Amazing* und *Imagination* publiziert und Filmdrehbücher geschrieben. Sammelbände, die phantastische Erzählungen enthalten, sind *Sardonicus and other Stories* (1961), *Unholy Trinity* (1967), *Prince of Darkness* (1971) und *Sagittarius* (1971).

SABERHAGEN, FRED(ERICK THOMAS)
(*1930)

Geboren in Chikago. S. war Techniker (Elektronik) und Angehöriger der U.S. Air Force sowie langjähriger Mitarbeiter an der *Encyclopedia Britannica*, bevor er sich als Science-Fiction-Autor versuchte. Seine erste Story verkaufte er 1961, sein erster Roman, *The Golden People*, erschien 1964. Es folgten: *The Water of Thought* (1965), *The Broken Lands* (1968), *The Black Mountains* (1971) und *Changeling Earth* (1973), letztere drei wurden zu dem Band *Empire of the East* zusammengefaßt. Es ist ein spannendes Epos vom Kampf des Guten gegen das Böse, der eine interessante Umkehrung erfährt: Die Vertreter des Lichts kämpfen nach einem Atomkrieg mit den Relikten der wiederentdeckten Technik der Alten Welt gegen die Magie. Bekannt wurde S. vor allem mit seiner Berserker-Serie, zunächst aus einer Reihe von Stories bestehend, denen er später die Romane *Brother Berserker* (1969) und *Berserkers Planet* (1975) hinzufügte. In dieser Serie geht es darum, feindliche Robot-Mechanismen abzuwehren, die darauf programmiert sind, alles Leben zu vernichten. S. schreibt spannend, seine Welten und Landschaften leben, seine Charaktere sind realistisch; stilistisch ist er jedoch kein überdurchschnittlicher Autor.

The Golden People (1964); *The Water of Thought* (1965); *The Broken Lands* (1968); *The Black Mountains* (1971); *Changeling Earth* (1973). – Berserker-Serie: *Berserker* (C, 1967); *Brother Assassin* (1969; anderer Titel: *Brother Berserker*, 1969); *Berserker's Planet* (1975); *Berserker Man* (1979); *The Ultimate Enemy* (C, 1979).

Empire of the East
(1980)

In einem Nordamerika ähnlichen Land, das nach einem Atomkrieg in ein Pseudomittelalter zurückgefallen ist, haben die finsteren Mächte aus dem Osten den friedlichen, bäuerlich-idyllischen Westen unterworfen und herrschen mit eiserner Faust, treiben Magie und Sklavenhalterei. Doch in den Sümpfen des Westens erhebt sich das »freie Volk« aus persönlicher Betroffenheit – es kommt zum Aufstand, der zu einer Bewegung anwächst. Durch Magie sowie die Wiederentdeckung von Erzeugnissen der Alten Welt, in der die Technik die Magie ersetzt hatte, gelingt es den Aufständischen, die Statthalter des Ostens, deren wahre Macht allerdings viel größer als angenommen ist, zu besiegen und ihre Streitmacht nahezu restlos aufzureiben. Nur wenige entkommen oder fristen fortan ein elendes Krüppeldasein. Die Sammlung zum großen Feldzug gegen den Osten kann beginnen. Dieser Feldzug endet mit dem Sieg des Guten über das Böse, aber es ist ein Pyrrhus-Sieg: Während des Krieges werden die Technologien der Alten Welt größtenteils wiederentdeckt, auch die Atomkraft. Ein neuer Aufbau kann beginnen, aber ein schlimmes Ende ist nicht ausgeschlossen ...
Eine vielschichtige Erzählung, flott und stilistisch gut geschrieben, eine Erzählung, in die auch Liebesgeschichten voller Romantik und Tragik verwoben sind, die von der Fülle überraschender Wendungen, phantasievoller Einfälle und von überzeugend dargestellten Charakteren lebt.

ŠALIMOV, ALEKSANDR (IVANOVIČ)
(*1917)

Geboren in der Nähe von Lwow. S. ist studierter Geologe und arbeitet als Dozent am Bergbauinstitut in Leningrad. Seine erste SF-Erzählung, »Noč' u Mazara« (»Die Nacht am Masar«), wurde 1959 veröffentlicht. Seither schrieb er ein rundes halbes Dutzend SF-Romane und -Erzählbände. Einige seiner kürzeren Arbeiten erschienen in SF-Anthologien, die in der DDR herauskamen, z. B. »Der Gravitationskonzentrator« (in: *Flug zum Alpha Eridani*, hrsg. von L. Grünewald, 1970), »Fenster zur Unendlichkeit« (in: *Fenster zur Unendlichkeit*, hrsg. von H. Krempien, 1974) und »Wenn die Bildschirme schweigen« (in: *Das Zeitfahrrad*, hrsg. von E. Orthmann, 1974).

Tajna Gremjaščej rasščeliny (1962; »Das Geheimnis der Donnerspalte«); *Kogda Molčat èkrany* (C, 1965; »Wenn die Bildschirme schweigen«); *Tajna Tuskarory* (1967; »Das Geheimnis der Tuscarora«); *Ochotniki za Dinozavrami* (1968; »Dinosaurierjäger«); *Strannyj Mir* (1972; »Die seltsame Welt«).

SALLIS, JAMES
(*1944)

Geboren in Helena, Arkansas. S. besuchte 1962–64 die Tulane University. Er verdingte sich als College Instructor, Lektor und Magazinherausgeber, bevor er sich hauptberuflich der Schriftstellerei widmete. S. wurde bekannt in der »New Wave«-Phase des Magazins *New Worlds*, in dem fast alle seine Geschichten erschienen, auch seine erste, »Kazoo« (1967). Sein Werk weist Verbindungen zur französischen Avantgarde und zum Surrealismus auf, mit ein Grund dafür, daß ihm größere Bekanntheit versagt blieb. Einiges Kritikerlob erhielt er für seine Sammlung *A Few Last Words* (1970). Mit *The War Book* (1969, *Das Kriegsbuch*, 1972) gab er eine wichtige Anthologie mit SF-Stories gegen den Krieg heraus.

SAMJATIN, JEWGENIJ
→ Evgenij (Ivanovič) Zamjatin

SANBORN, ROBIN
(?)

1971 erschien der Roman *Book of Stier* des amerikanischen Autors S. Der Roman handelt von dem mysteriösen Komponisten Richard Stier, dessen Musik Jugendliche in ihren Bann zieht. Wie die Anhänger einer Sekte folgen die Jugendlichen ihrem Leitbild, das besonders durch drei ›Hohepriesterinnen‹ unterstützt wird. S. zeichnet das Bild einer die Kontinente übergreifenden Jugendbewegung, die einem modernen ›Rattenfänger‹ folgt.

SAPARIN, VIKTOR (STEPANOVIČ)
(*1905)

Russischer Journalist und Schriftsteller. S. war lange Zeit Chefredakteur einer populärwissenschaftlichen Zeitschrift und schrieb nebenher zahlreiche SF-Erzählungen. Im Mittelpunkt dieser nicht allzuweit in die Zukunft reichenden Geschichten stehen häufig Konflikte im Zusammenhang mit neuen Erfindungen oder anderen technischen Innovationen. Mehrere Erzählungen von S. wurden in die deutsche Sprache übersetzt: »Gericht über Tantalus« (in der Anthologie *Das Herz der Schlange*, 1961) und »Das Himmelskulu« (1963; in der Anthologie *Science Fiction 1*). Eine dritte Erzählung erschien als eigenständige Heftpublikation in der DDR.

Jsčeznovenie inženera Bobrova (1948; *Die geheimnisvolle Limousine*, 1952); *Udiritel noe pulešestvie* (1949); *Novaja Planeta* (1950); *Odnorogaja žirafa* (1958).

SARBAN
(?)

Pseudonym des englischen Schriftstellers John W. Wall, der zwei Bände mit phantastischen Erzählungen publizierte: *Ringstones and Other Stories* (1951) und *The Doll Maker* (1953). Bekannt wurde er jedoch hauptsächlich durch seinen SF-Roman *The Sound of His Horn* (1952), der auf der Prämisse aufbaut, die Nazis hätten den Zweiten Weltkrieg gewonnen und Großbritannien besetzt. Darin gelingt kurz vor dem Ende des Krieges dem britischen Soldaten Alan Querdillion die Flucht aus einem deutschen Kriegsgefangenenlager. Er schlägt sich durch einen Wald, wird schließlich von einer energetischen Zeitbarriere aufgehalten und landet auf dem Gut eines gewissen Graf Hackelnberg. Der Krieg, so erfährt der Protagonist, ist seit hundert Jahren vorüber. Hackelnberg geht auf seinem Grund und Boden der Menschenjagd nach; in seinem Schloß leben Nazibonzen, stumme Sklaven und sogenannte Katzen, gehirnoperierte Frauen mit ungeheurem Blutdurst. Querdillion soll schließlich selbst das Opfer einer Menschenjagd werden, aber im Wald seines Peinigers trifft er auf ein Mädchen, das sich für ihn opfert und ihm ermöglicht, in seine Zeit zurückzukehren.

SARGENT, PAMELA
(*1948)

Geboren in Ithaca, New York. S. erwarb einen B. A. in Philosophie und war Assistentin an der New Yorker Universität, bevor sie freiberufliche Schriftstellerin wurde. Ihre erste SF-Story erschien 1970 unter dem Titel »Landed Minority« im *Magazine of Fantasy & Science Fiction*. Ihr erster Roman *Cloned Lives* (1976) wurde von der Kritik viel beachtet. Thematik: Das Klonen von Menschen; der Werdegang mehrerer Männer und einer Frau, die aus den Genen des gleichen ›Vaters‹ geklont wurden. S.s zweiter Roman, *The Sudden Star*, erschien erst 1979, nach einer Story-Sammlung (*Starshadows*, 1977) und vier Anthologien: *Women of Wonder* (1975), *Bio-Futures* (1976), *More Women of Wonder* (1976) und *The New Women of Wonder* (1978).

Cloned Lives (1976); *Starshadows* (1977); *The Sudden Star* (1979).

Watchstar
(1980)

Die Erde in ferner Zukunft: Es gibt nur noch wenige Menschen, diese allerdings besitzen außergewöhnliche Fähigkeiten wie Telekinese, Telepathie usw. Sie leben in Dorfgemeinschaften – je älter ein Kind wird, desto intensiver geht es im »Netz des Dorfes« auf. Die Erwachsenen bilden eine starke, unzerbrechliche Gemeinschaft, die Ältesten gehen bei ihrem Tod in Gott auf. Die Bevölkerung wird künstlich klein gehalten: Jene Neugeborenen, die keine Psi-Fähigkeiten aufweisen, werden getötet; man hält sie für nicht lebensfähig. Die 13- bis 14jährigen Kinder müssen sich einer »Probe« in der Wüste unterwerfen; die meisten von ihnen werden dabei von den grausigen Ausgeburten ihrer Realität gewordenen Phantasie getötet. Nur die Stärksten kehren zurück.
Daiya AnraBrun ist eines der Kinder. In der Wüste entdeckt sie ein Raumschiff, das von einem Jungen bewohnt und beherrscht wird. Sie stellt fest, daß dieser Junge, Reiho, über keine Psi-Fähigkeiten verfügt, somit also gar nicht existieren dürfte. Ihr Weltbild gerät ins Wanken, dies erst recht, als sie und Reiho in einer Höhle gewaltige Maschinen entdecken, die die Energie für die Psi-Fähigkeiten der Erdbewohner liefern. Daiya darf nicht daran glauben, daß es so etwas gibt, weil allein der Zweifel oder der Gedanke daran einer Gotteslästerung gleichkommt.
Reiho nimmt sie mit sich, bringt sie mit dem Raumschiff in seine Heimat, einen über der Erde schwebenden Kometen, der aus einem Geflecht riesiger Bäume besteht, in deren Wurzelwerk große Städte verankert sind – eine völlig künstliche Welt mit künstlicher Lebensform. Die Menschen dort werden von einer künstlich geschaffenen Gemeinschaftsintelligenz (»Homesmind«) regiert, die auch chemisch den Nachwuchs produziert. Homesmind nimmt mit den alten, vergessenen Maschinen der Erde Kontakt auf, und Daiya erfährt, daß früher alle Menschen auf der Erde gelebt haben. Als jedoch die Psi-Begabten mit ihrem Programm gegen die »normalen« Menschen vorgingen, flüchteten diese und schufen die künstliche Kometenwelt, wovon es mittlerweile viele im Universum gibt. Daiya kehrt auf die Erde zu ihrer Dorfgemeinschaft zurück, obwohl sie weiß, daß ihr wegen Gotteslästerung der Tod droht. Sie berichtet, ihre Gedanken werden heftig abgelehnt, es kommt zum mentalen Kampf.
Ein phantasievoller Abenteuerroman, allerdings mit einigen Schwachstellen und Längen.

SAVARIN, JULIUS JAY
(?)

Geboren in Westindien. S. lebt seit seiner Jugend in England. Im Jahre 1972 erschien der erste Teil, *Waiters on the Dance*, seiner Roman-Trilogie *Lemmus*, einer umfangreichen Space Opera. Diesem folgten *Beyond the Outer Mirr* (1976) und die Sammlung *Archives of Haven* (1977).
Durch seine Mitgliedschaft in der Gruppe »Julians Treatment« trat S. auch als Musiker in Erscheinung.

SAVČENKO, VLADIMIR (IVANOVIČ)
(*1933)

Russischer Autor. S. studierte Physik und arbeitete anschließend als Physiker (Spezialgebiet: Halbleitertechnik). In den fünfziger Jahren begann er damit, SF zu schreiben, zunächst Erzählungen, dann auch Romane. Neben dem Roman *Otkrytie Sebja* (1967; *Das dreifache Ich*, 1979) erschien der Erzählungsband *Černye zvëzdy* (1960; »Schwarze Sterne«), dessen Inhalt bis auf eine Erzählung in dt. Sprache vorliegt: «Wo sind sie, Iljin / Den Sternen entgegen« (1956/58), »Professor Berns Auferstehung« (in: *Der Bote aus dem All*, 1961) und »Die zweite Expedition zum Sonderbaren Planeten« (1976).

SAXTON, JOSEPHINE
(*1935)

Geboren in Halifax, Yorkshire. S. legte 1965 mit »The Wall« ihre erste SF-Geschichte vor. Seither hat S. vier Romane verfaßt, die unter dem Signum SF publiziert wurden, allerdings eher allegorische Handlungsstränge aufweisen und durch Anlehnung an surrealistische Erzähltechniken mehr dem inneren als dem äußeren Raum gerecht werden.

The Hieros Gamos of Sam and An Smith (1969); *Vector for Seven: The Weltanschauung of Mrs. Amelia Mortimer and Friends* (1970); *Group Feast* (1971); *The Travails of Jane Saint* (1981).

SCERBANENCO, GIORGIO
(1911–1966)

Geboren in Kiew als Sohn eines russischen Vaters und einer italienischen Mutter. Nach der Russischen Revolution emigrierte er mit seinen Eltern nach Italien, wo er zunächst als Briefträger, Vertreter und Polizist tätig war, bevor er sein Schreibtalent entdeckte. Neben etlichen Kriminalromanen ist *Il Cavallo Venduto* (1963; *Mailand wird wieder aufgebaut*, 1978) sein einziger SF-Roman. Er behandelt das Leben in Italien nach einem weltweiten Atomkrieg, der Europa zerstört und die Zivilisation nahezu ausradiert hat. Ein Teil der Menschen führt ein nomadisches Leben, andere haben bäuerliche Kolonien gegründet, die sie mit der Waffe in der Hand verteidigen müssen. Als sich die Nachricht verbreitet, daß Mailand wieder aufgebaut wird, machen sich zahlreiche Menschen auf den Weg dorthin, doch die Annehmlichkeiten der Großstadt haben ihren Preis: eine autoritäre Regierung versucht die Interessierten mit Hilfe erbarmungsloser Soldaten zu disziplinieren. Doch Hunger und Kälte haben die Überlebenden des Krieges zerbrochen. Nur allzu viele sind bereit, ihre Freiheit zu verkaufen und sich dem System zu unterwerfen.

SCHACHNER, NAT(HAN)
(1895–1955)

Geboren in New York. S. war von 1919 bis 1933 als Rechtsanwalt, danach als freiberuflicher Autor tätig. Im Bereich der SF trat er erstmals durch *In 20.000 A. D.* (1930), verfaßt in Zusammenarbeit mit Arthur Leo Zagat, in Erscheinung. Von da an schrieb er in den dreißiger Jahren regelmäßig für *Astounding* Science Fiction. Weitere nennenswerte Publikationen sind die Geschichte »Ancestral Voices« (1933) und der Kurzroman »He from Procycon« (1934). 1953 erschien dann wohl sein bekanntestes Werk, der Roman *Space Lawyer.* Seit den vierziger Jahren hatte sich S. hauptsächlich auf das Verfassen von Biographien amerikanischer Persönlichkeiten verlegt, die sich durch eine brillante Schreibweise auszeichnen.

SCHEER, K(ARL) H(ERBERT)
(*1928)

Geboren in Harheim, Hessen. Er besuchte die Schule in Frankfurt am Main, meldete sich 1944 freiwillig zur Kriegsmarine, entging der Gefangenschaft, publizierte 1948 den SF-Roman *Stern A funkt Hilfe* in einer illustrierten Zeitschrift und etablierte sich binnen kurzem als Verfasser von Leihbuchromanen in den Genres SF, Abenteuer, Krimi (teilweise unter Pseudonymen wie Klaus Tannert, Diego el Santo, Roger Kersten und Pierre de Chalon). Mit Beginn der Perry-

Rhodan-Heftserie (1961), an deren Konzeption S. beteiligt war (und deren Exposés er bis 1975 allein schrieb), schränkte er seine Produktion jedoch auf wenige Dutzend Heftromane ein. Die späten siebziger Jahre brachten ihm eine Renaissance: Nahezu alle seine ca. 60 Leihbuchromane wurden in Taschenbuchform neu aufgelegt; ebenso seine 50bändige ZbV-Serie, die sich zwar typischer SF-Versatzstücke bedient, im Grunde aber nur einen gigantomanischen Agententhriller darstellt, in dem eine Invasion die andere jagt. Die Kritik empfand und empfindet seine intergalaktischen Kriegsberichte als militaristisch, aggressiv und nicht selten auch als faschistoid. Dessenungeachtet hatte er wesentlichen Anteil am Formungsprozeß der deutschen SF nach dem Zweiten Weltkrieg. Mehr noch als Clark Darlton drückte er ihr in den fünfziger Jahren seinen Stempel auf; mit seinen ins All transferierten Landserabenteuern, in denen es von futuristischen Waffen und technischen Gimmicks nur so wimmelte, trug er entscheidend zu ihrem damaligen schlechten Ruf bei.

Bakterien (1952); *Piraten zwischen Mars und Erde* (1952); *Brennpunkt Venus* (1953); *Stern der Rätsel* (1953); *Und die Sterne bersten* (1954); *Sie kamen von der Erde* (1956); *Verdammt für alle Zeiten* (1956); *Die Fremden* (1957); *Die lange Reise* (1957); *Über uns das Nichts* (1957); *Und sie lernen es nie* (1957); *Der unendliche Raum* (1957); *Antares II* (1958; Pseud. Alexej Turbojew); *Galaxis ohne Menschheit* (1958); *Der Mann von Oros* (1958); *Octavian III* (1958); *Vergessen* (1958); *Nichts außer uns* (1959); *Pronto 1318* (1959); *Welt ohne Ende* (1959; Pseud. Alexej Turbojew); *Amok* (1960); *Rak 1212 überfällig* (1960; Pseud. Alexej Turbojew); *Expedition* (1961); *Die Großen in der Tiefe* (1961); *Die kosmische Fackel* (1962); *Korps der Verzweifelten* (1963); *Die Männer der Pyrrhus* (1965).

Der Verbannte von Asyth
(1964)

Trontur, Raumadmiral 1. Klasse und Bewohner des Planeten »Asyth«, der Hauptwelt eines mächtigen Sternenreiches, wird auf eine Primitivwelt (die Erde des Jahres 1968) verbannt. Er hat eigenmächtig einen ganzen Planeten vernichtet und darf erst dann wieder in die Galaktische Union zurückkehren, »wenn sein Wirken in der Barbarenwelt im Sinne des Reiches erfolgt«. Auf der Erde herrscht der kalte Krieg zwischen der »Freien Welt« und den »rassisch und ideologisch Andersartigen«, der »Großasiatischen Völkerliga«, der allmählich in einen heißen umzuschlagen droht. Die Ursachen des kalten Krieges haben weder historische noch ökonomische Gründe, sondern werden auf das Eingreifen der Mokuls, »Angehörigen eines hochintelligenten galaktischen Volkes, das aus einer echsenhaften Ursprungsform hervorgegangen ist«, zurückgeführt. »Der Planet Mokul gehörte einmal zur Galaktischen Union, bis seine Bewohner aus dem Bund ausgestoßen wurden. Die Mokuls sind heimtückische Massenmörder. Sie scheuen den offenen Konflikt und greifen nur aus dem Dunkel der Anonymität heraus an.« Da es ihnen mit »teuflischer Schlauheit« immer wieder gelingt, ihre Unschuld zu beweisen, sind sie, wenn man sie auf einem Entwicklungsplaneten antrifft, »sofort zu erschießen«. Dies tut Trontur, der von einem geheimnisvollen alten Mann namens Abloth begleitet wird, kaum daß er den ersten Fuß auf die Erde gesetzt hat. Im weiteren Verlauf der Handlung gelingt es Trontur mit Unterstützung einiger Erdenmenschen, die er davon überzeugt, daß das Heil ihrer Welt nur im Anschluß an die Galaktische Union liegen kann, die Mokuls zu entlarven und ihren Plan, die beiden politischen Machtblöcke aufeinanderzuhetzen, zu verhindern. Sein angeblich ebenfalls verbannter Gefährte Abloth entpuppt sich als »Imperiums-Koordinator«, dessen Aufgabe darin besteht, »in stets wechselnden Masken über das Schicksal der Völker zu wachen«. Trontur sorgt dafür, daß die »terranische Einheit beschleunigt« und die »noch etwas unreifen ideologischen Vorstellungen aufgegeben werden«. Was die Mokuls angeht, so wird die Galaktische Union von ihnen bald befreit sein: »Meiner Meinung nach dürfte das Mokul-System demnächst in eine Nova verwandelt werden.«
Kommentar der *Science Fiction Times*: »Sieg Heil!«

SCHEERBART, PAUL
(1863–1915)

Geboren in Danzig als jüngstes von elf Kindern. Er verlor seine Mutter im Alter von vier Jahren und entwickelte schon als Kind eine märchenhaft-bizarre Phantasie, die ihn früh in die Rolle eines Sonderlings hineinwachsen ließ. Sein Vater, Karl Eduard S., heiratete 1869 zum zweiten Mal, die Stiefmutter – »eine Frau von verschroben pietistischer Religiosität« (E. HARKE) – übernahm von da an die Erziehung des Kindes. Unter ihrem Einfluß entschloß sich der junge S., Theologe und Missionar zu werden. Später jedoch faszinierte ihn die Philosophie ungleich mehr; die Philosophie war es auch, die seinen Charakter entscheidend prägte. Im wesentlichen kam er mit zwei gegensätzlichen Denkrichtungen in Berührung: mit der leichtlebigen, farbenprächtigen, allen Genüssen der Kunst zugewandten Weltanschauung des Orients auf der einen und dem tiefen Pessimismus Arthur Schopenhauers auf der anderen Seite. Das schriftstellerische Wirken S.s bestimmte später fast ausschließlich die orientalisierende Richtung, was allerdings eine totale Abkehr, ja spöttisch-humoristische Verketzerung der realen Welt, in der er sich zeitlebens nicht zurechtfand, zur Folge hatte. Der sein Leben lang kosmopolitische, unpreußische und pazifistische S. wurde einer der bizarrsten – und vielleicht deshalb unbekanntesten – Phantasten der deutschen Literatur. Seine Phantastik stand einsam inmitten der naturalistisch ausgerichteten »Mainstream«-Literatur seiner Zeit. Wie zum Trotz gründete S. ausgerechnet 1892, auf dem Höhepunkt der naturalistischen Dichtung in Deutschland, einen »Verlag deutscher Phantasten«, der aber nur einer seiner vielen glücklosen Unternehmungen wurde. Zeitlebens hatte es S. schwer, seine skurrilen und gerade wegen ihrer Zeitlosigkeit unzeitgemäßen Texte bei Verlegern unterzubringen. Einen bedingungslosen Förderer seiner Arbeit hat er nie gefunden.

Die Skurrilität seiner Texte wird schon durch einige Titel illustriert, die für sich selbst sprechen: Da gab es zum Beispiel den »Eisenbahnroman« *Ich liebe dich!* (1898), den »phantastischen Königsroman« *Na Prost!* (1898), den »Seelenroman« *Liwûna und Kaidôh* (1902) und den »phantastischen Nilpferdroman« *Immer mutig!* (1902).

In *Na Prost!* etwa jagen drei Germanisten in einer achtkantigen Flasche durch den Weltraum, nachdem die Erde »längst entzwei« ist. Sie sind gut versorgt mit kulinarischen Köstlichkeiten und »meerblauem Narrenwein«, dem sie überaus reichlich zusprechen. Ihr Zeitvertreib besteht in der Analyse von kleinen Texten, die sie sich gegenseitig erzählen und die mindestens ebenso grotesk sind wie die Analysen selbst.

Die Fülle von S.s exotischer Phantasie stand in auffälligem Gegensatz zu seinem ärmlichen Leben. Eine gewisse Stabilität verschaffte ihm die Ehe mit seiner resoluten Zimmervermieterin Anna Sommer, einer etwa zehn Jahre älteren Beamtenwitwe mit kleiner Pension; er heiratete sie im Alter von 37. Durch Anna S. ist überliefert, daß der Ausbruch des Ersten Weltkrieges den Dichter in eine schwere Krise stürzte, die am 15. Oktober 1915 zu seinem Tode führte. Walter Mehring hat in seinem Buch *Verlorene Bibliothek* die Ansicht vertreten, S. habe gegen die allgemeine Mobilmachung und Kriegshysterie bewußt passiven Widerstand geleistet und sei durch Verweigerung jeder Nahrungsaufnahme schließlich an Entkräftung gestorben.

Literaturwissenschaftlich ist das Werk S.s noch nicht eingehend und ausreichend analysiert. Teile seines Werkes können jedoch für die Science Fiction reklamiert werden. Namentlich gilt dies für *Astrale Novelletten* (1912) und den »Asteroiden-Roman« *Lesabéndio* (1913).

Lit.: F. Rottensteiner, Der Dichter des ›anderen‹: Paul Scheerbart als Science-Fiction-Autor, in: Polaris 5 (1981).

Astrale Novelletten
(1912)

Schauplatz der »Astralen Novelletten« ist der Kosmos, die handelnden Personen sind in der Regel bizarr ausfabulierte Extraterrestrier. Diese beiden Elemente zeigen die Nähe zur Science Fiction an, jedoch ist die kosmische Welt des Paul S. dem wissenschaftlichen Weltbild seiner Zeit nur wenig verpflichtet, »Science« spielt so gut wie keine Rolle. Statt dessen wird mit geradezu anarchischer Freiheit der reinen Imagination zum Durchbruch verholfen. Die Phan-

tasie S.s legt sich keine wie auch immer gearteten Fesseln an.
In »Zack und Sidi und der große Kopf« etwa sind die Ceresianer wie folgt beschrieben: »Der Körper des Ceresianers ähnt einem großen, drei Meter langen Gummischuh, in dem ganz hinten in der Hacke der kurze Rumpf mit Brust, Armen und Kopf hervorragt. Dieses ähnt der Gestalt der Erdianer durchaus, nur die Hände sind an den Armen viel komplizierter, so dünn und fein wie lange Spinnenbeine. Vor der Brust geht der Gummischuh gleich in weite, oft faltige Ballonform über, und die Spitze des Gummischuhs hat eine stumpfe blanke Metallspitze.« Die große Leidenschaft der Ceresianer ist die Hohlspiegelmalerei, eine Ausdrucksform, in der Kunst und Wissenschaft zusammenfließen. Zack und Sidi sind aber darüber hinaus noch von der »Sehnsucht nach dem großen Unbekannten«, das sich hinter ihrer beschränkten Welt verbirgt, besessen. Bei der Suche nach diesem großen Unbekannten treffen sie auf einen Riesenkopf, der sich tatsächlich als Kopf eines riesigen Ceresbewohners entpuppt. Aber diese Ceresbewohner malen offensichtlich nicht, und außerdem geht auch noch das »Karisom« aus, das zur Erforschung des Riesenkopfes benötigt wird, so daß Zack und Sidi und die anderen sich wieder in aller Ruhe ihrer Hohlspiegelmalerei hingeben.
In »Professor Kienbeins Abenteuer« trifft ein Neptunwesen – »Trillionen mal dünner als ein Spinngewebefaden« – auf einen deutschen Professor und weiht diesen u. a. in die Geheimnisse von Kosmos und Materie ein, nämlich: »Es sind die Sterne große lebende und denkende Wesen – ja selbst die Sternschnuppe ist ein denkendes Wesen.« Und die sich selbst bewegende Erde schließlich ist das leibhaftige Perpetuum mobile.
Ähnlich wie in »Zack und Sidi und der große Kopf« und auch in anderen Geschichten des Autors ist hier die Materie des Kosmos beseelt. Dieser eindeutig mystisch-phantastische Gedanke findet sich literarisch entfaltet auch im Spätwerk von Kurd Laßwitz und geht auf Gustav Theodor Fechner zurück.
Der Asteroid Vesta in »Steuermann Malwu« ist von undurchsichtigen Wolken umhüllt, die den Bewohnern die Sicht auf das geheimnisvolle Unbekannte versperren. Die Vestabewohner leben auf schwimmenden Inseln inmitten eines elektrisierten Meeres. Und da die Inseln schwimmen, sind Zusammenstöße, bei denen »alles umfällt«, eine Gefahr für die Vestabewohner. Deshalb hat jede Insel einen erfahrenen Steuermann. Eines Tages hat der Steuermann Malwu einen Unfall – er verliert plötzlich seine Gliedmaßen und mit diesen seine geliebten Bandmanuskripte, die um die Gliedmaßen gewickelt sind. Ein anderer Steuermann muß die Insel übernehmen, und es wird fieberhaft nach den Manuskripten gesucht. Während seiner Gliedlosigkeit hat Malwu viel Zeit zum Nachdenken. Er kommt zu dem Ergebnis, daß diese unruhige Herumschwimmerei im elektrisierten Meer ein Ende haben muß. Er will daher mehrere einzelne Inseln zu einer Einheit zusammenketten. Später aber verwirft er diesen Plan zugunsten einer Umsiedlung der Vestabewohner auf die mit stahlähnlichen Konstruktionen gesicherten Leuchttürme des Asteroiden. So sind die Vestabewohner dem unbekannten »Höheren« näher gekommen und haben viel Zeit zum Denken und Schreiben, worüber sie recht glücklich sind.

Lesabéndio
(1913)

Lesabéndio, ein Pallasianer, entdeckt das »Wichtigste der großen Sonnenphilosophie«: »Wir sollen alle die größte Selbständigkeit erstreben und erlangen und gleichzeitig stets darauf bedacht sein, uns dem Größeren unterzuordnen. Diese beiden Dinge kommen in Millionen Variationen immer wieder in und auf allen größeren und kleineren Sternen vor, die unsere große Sonne umkreisen. Auch die Kometen ordnen sich unter. Das Sichunterordnen ist das Größte. Sterben ist eigentlich auch ein Sichunterordnen.«
Das Sichunterordnen unter das Größere führt zur Verschmelzung. So sterben die Pallasianer auch nicht, sondern lösen sich in dem Größeren auf. Dieser Größere ist für viele Pallasianer Lesabéndio, und sobald sie erkennen, daß er der Größere ist, verschmelzen sie mit ihm. Lesabéndio war der erste Pallasianer, der auf die Idee kam, die Welt als eine Art Ingenieur zu erforschen und zu verändern, statt lediglich, wie sonst bei den Pallasianern üblich, dem Kunstgenusse nachzuhängen. Ein zehn Meilen hoher Turm wird errichtet, um die »große weiße Wol-

ke« zu erforschen, und letztlich verschmilzt Lesabéndio selbst mit dem Größeren, dem Universum.

Ganz im Gegensatz zur zentralen Rolle des Todes als harmonischer Übergang in ein »Höheres« steht die Zeugung und Sexualität sowie die Geburt der Pallasianer. Strenggenommen werden die Pallasianer gar nicht im üblichen Sinne geboren, sondern liegen als Nüsse im Gestein herum, bis sie geknackt werden. Sie sind von Anfang an voll entwickelt, und ihre erste Handlung besteht darin, die Umwelt mit mehr oder weniger amüsanten Geschichten zu unterhalten. Das Geschlechtliche und darüber hinaus alles, was mit den wirklichen Problemen einer realen Welt zu tun haben könnte, wird im übrigen bei S. im allgemeinen konsequent ignoriert.

Wie der »Asteroiden-Roman« *Lesabéndio* und die kurze Auswahl aus *Astrale Novelletten* zeigen, gibt es wiederkehrende Motive in S.s Phantastik. Dazu gehören wesentlich das Streben und die Suche nach dem anderen, dem Neuen, dem Höheren, das es mittels Kunst und Wissenschaft zu erkennen gilt. Immer aber ist der Erkenntnisprozeß auf die Vervollkommnung der Kunst und des eigenen Wesens bis hin zur Verschmelzung mit dem Höheren gerichtet, nie ist Wissenschaft Selbstzweck. Technik gar funktioniert eben und wird je nach Lust und Laune aus dem Nichts geschaffen.

SCHEIDT, JÜRGEN VOM
(*1940)

Geboren in Leipzig. 1959 Abitur in München; dort Studium der Psychologie (Nebenfächer: Philosophie, Soziologie, Psychopathologie). Promotion zum Dr. phil. 1975, Zertifikat als klinischer Psychologe 1977. Ab 1963 parallel zum Studium Ausbildung zum Fachjournalisten für Medizin und Psychologie, ab 1971 Aufbau einer eigenen psychologischen Praxis. Verfasser mehrerer SF-Romane und Erzählungen; unter dem Pseudonym Thomas Landfinder auch Herausgeber von Anthologien und Verfasser von Beiträgen für Presse und Rundfunk.

Männer gegen Raum und Zeit (1958); *Sternvogel* (1962); *Das unlöschbare Feuer* (1962; Pseud. Munro R. Upton, zus. mit fünf weiteren Autoren); *Der geworfene Stein* (1975); *Rückkehr zur Erde* (1977). – Anthologien: *Das Monster im Park* (1970); *Liebe 2002* (1971; Pseud. Thomas Landfinder); *Guten Morgen, Übermorgen* (1975); *Welt ohne Horizont* (1975).

SCHENCK JR., HILBERT
(?)

Der amerikanische Schriftsteller S. veröffentlichte in den fünfziger Jahren sieben Stories im *Magazine of Fantasy & Science Fiction.* Aber erst nach fast 20jähriger Pause machte er wieder von sich reden, als in derselben Publikation einige SF-Geschichten mit maritimem Hintergrund erschienen, die teilweise für »Hugo« und »Nebula« nominiert wurden und in dem Band *Wave Rider* (1980) gesammelt sind.

SCHMIDT, ARNO
(1914–1979)

Geboren in Hamburg. S. war mehrfacher Literaturpreisträger und einer der wichtigsten, aber auch eigenwilligsten deutschen Gegenwartsautoren. Er übersetzte für eine neue Werkausgabe gemeinsam mit anderen Edgar Allan Poe, übertrug aber auch Texte von Autoren wie James Fenimore Cooper, Wilkie Collins und Stanley Ellin ins Deutsche. Eines seiner Lieblingsbücher war *Auf zwei Planeten* von Kurd Laßwitz, und er interessierte sich auch für Jules Verne. Sein eigenes Werk unterschied sich von diesem Umfeld stark, aber mit *Die Gelehrtenrepublik* (1957) und *KAFF auch Mare Crisium* (1960) schrieb er zwei Romane, die der utopischen Literatur zuzurechnen sind. Besonders *Die Gelehrtenrepublik*, wo eine Welt der Zukunft geschildert wird, in der Europa zerstört ist und nur noch die USA und die Sowjetunion existieren, ist ein wichtiges Werk der deutschen Literatur: Auf einer künstlichen Insel mit künstlicher Landschaft findet zwischen amerikanischen und russischen Wissenschaftlern und Künstlern ein bizarrer Wettstreit statt.

SCHMIDT, STANLEY (ALBERT)
(*1944)

Geboren in Cincinnati, Ohio; studierte von 1966 bis 1969 Physik an der University of Cincinnati und war anschließend als Physikdozent mit dem Grad eines Ph. D. an der Heidelberg University von Tiffin, Ohio, tätig. S. verkaufte 1968 – noch als Student – seine erste Erzählung an das Magazin *Analog*; zehn Jahre später löste er den Herausgeber desselben Blattes ab. S. spricht neben seiner Muttersprache noch acht andere, gehört zu den Vertretern der »harten« Richtung in der SF und hat neben zahlreichen Kurzgeschichten und Novellen auch zwei Fortsetzungsromane für *Analog* geschrieben, die später in Buchform auf den Markt kamen.

Sins of the Fathers (1973; als Buch 1976); *Newton and the Quasi-Apple* (1975); *Lifeboat Earth* (1968; als Buch 1978). – Anthologien, die Material aus dem von S. herausgegebenen Magazin *Analog* vorstellen: *The Analog Anthology Nr. 1* (1980); *Analog Yearbook II* (1981).

SCHMITZ, JAMES H(ENRY)
(1911–1981)

Geboren in Hamburg als Sohn amerikanischer Eltern. S. lebte bis zum Jahr 1938 in Deutschland und zwischendurch auch in den USA. Nachdem er Reporter in Chikago geworden war, begann er phantastische Kurzgeschichten zu verfassen und publizierte mit »Greenface« 1943 in *Unknown* seine erste professionelle Geschichte. Danach wurde S. eingezogen und diente bis zum Ende des Zweiten Weltkrieges als Luftaufklärer im Pazifik. Auch später wurde seine SF-Karriere immer wieder von ›ernsthafteren‹ Jobs unterbrochen; erst 1959 bezeichnete sich S. als freier Schriftsteller. Eine ganze Reihe seiner besseren Stories erschienen allerdings vorher, wie »The Witches of Karres« (1949) oder die Ökologiegeschichte »Grandpa« (1955), beide in *Astounding* veröffentlicht. In den sechziger bzw. siebziger Jahren folgten mehrere Romane und Kurzgeschichtensammlungen, darunter die Serie um die Telepathin Telzey Amberdon und die Romanfassung von *The Witches of Karres* (1966). Die Mehrzahl dieser Bücher sind Space Operas und spielen vor einem gemeinsamen galaktischen Hintergrund, sie stellen jedoch eine große Ausnahme in der amerikanischen SF dieser Prägung dar, insofern die Protagonisten meist weiblichen Geschlechts sind und sich in einer Welt der Männer mühelos durchsetzen. Sie haben auch nicht jene ›typischen‹ Eigenschaften, die die Frauen bis dahin in der SF auszeichneten.

Telzey-Amberdon-Serie: *The Universe against Her* (1964; *Die Xenotelepathin*, 1967); *The Lion Game* (1973; *Das Psi-Spiel*, 1974); *The Telzey Toy* (1973). – *Agent of Vega* (1960); *A Tale of Two Clocks* (1962; *Trigger und der Grüne*, 1965); *A Nice Day for Screaming & Other Tales of the Hub* (1965); *The Demon Breed* (1968; *Dämonenbrut*, 1973); *A Pride of Monsters* (1970); *The Eternal Frontier* (1973; *Welt im Würgegriff*, 1975).

Lit.: M. Owings, James H. Schmitz – A Bibliography, 1973.

The Witches of Karres
(1966)

Captain Pausert, ein interstellarer Händler, rettet drei junge Damen aus futuristischer Sklaverei und verspricht ihnen, sie auf ihren Heimatplanet Karres zurückzubringen. Aber erst als die drei Mädchen an Bord seines Raumers sind, erfährt der konsternierte Kapitän durch allerlei Schabernack und unerklärliche Ereignisse, daß es sich bei Goth, Maleen und Leewit um drei Hexen handelt, die mit ihren Psi-Fähigkeiten nicht nur Unheil stiften, sondern sein Raumschiff auch vor feindlichen Angriffen zu schützen vermögen. Pausert liefert die Hexen auf Karres ab, verbringt dort einige Zeit und macht sich dann mit wertvoller Fracht in seine Heimat Nikkeldepain auf Porlumma auf. Dort setzt man ihn fest, denn seine Waren stammen von einem unterentwickelten Planeten und dürfen nicht im Imperium abgesetzt werden. Aber das ist nicht die einzige Enttäuschung. Seine einzig ›wahre Liebe‹, Illyla, hat in der Zwischenzeit einen andern geheiratet. Und so kommt es Pausert ganz gelegen, daß Goth sich als blinder Passagier an Bord geschlichen hat und ihn mit dem »Sheewash«-Antrieb, der den Argwohn der Behörden von Nikkeldepain erweckt hatte, von Porlumma entführt. Die Hexen von Karres waren der Meinung, daß Pausert und Goth eine aufregende Zeit als Weltraumhändlerpaar bevorstehe, und genau das trifft auch ein.

The Witches of Karres ist ein lustiger, äußerst unterhaltsamer Roman, dessen Wurzeln in die fruchtbare SF der vierziger Jahre zurückreichen. Zwar weist das Buch bei eingehender Betrachtung erhebliche Schwächen auf – so wird beispielsweise die Sklavenhaltergesellschaft in einer ganz auf Technik basierenden Welt der Zukunft nicht rational begründet –, aber insgesamt überwiegen die Vorzüge dieses 1966 für den »Hugo Award« nominierten Romans: die positive Darstellung weiblicher Hauptfiguren und die Sympathie für fremde Kulturen, Gebräuche und Verhaltensweisen.

SCHNABEL, JOHANN GOTTFRIED
(1692–1750?)

Geboren in Sandersdorf bei Bitterfeld als Sohn eines Pfarrers. Sch. verlor früh seine Familie und schlug sich mehr schlecht als recht durchs Leben, bis er 1724 in die Dienste des Grafen von Stolberg trat, bei dem er seßhaft wurde und seinen schriftstellerischen Neigungen nachgehen konnte. Seine zunächst unter dem Pseudonym Gisander verfaßte vierteilige Schrift *Wunderliche Fata einiger Seefahrer* (1731–43) wurde nach der von Ludwig Tieck besorgten Ausgabe unter dem Titel *Insel Felsenburg* bekannt. Der Roman war einer der meistgelesenen seiner Zeit, da er mehrere populäre Literaturelemente miteinander zu verknüpfen verstand: Robinsonade, Utopie, Abenteuer. Obwohl wissenschaftliche Zukunftsvisionen bei Sch. keine Rolle spielen, kann der Roman wegen seiner utopisch-abenteuerlichen Ausrichtung als früher Vorläufer der SF-Literatur in Deutschland gelten.

SCHOONOVER, LAWRENCE
(*1906)

Geboren in Anamosa, Iowa. Nach einem Studium an der Universität von Wisconsin arbeitete S. zwei Jahrzehnte lang als Werbefachmann, bevor er sich 1946 freiberuflich dem Schreiben zuwandte und dabei vor allem durch historische Romane bekannt wurde. Sein einziger SF-Roman, *Central Passage*, schildert die Zerstörung der Landbrücke zwischen Nord- und Südamerika, daraus resultierende klimatische Veränderungen gewaltigen Ausmaßes, Chaos und die Entstehung einer Übermenschenrasse, die den heutigen Menschen ablöst. Ein Roman, der längst bekannte Klischees wiederholt, in dem die Handlungsstruktur nicht immer der Logik folgt und der seine Entstehung wohl hauptsächlich der Hoffnung verdankt, auf der damals erfolgreichen Welle von Katastrophenromanen mitzureiten.

Central Passage (1962; *Der rote Regen*, 1962).

SCORTIA, THOMAS N(ICHOLAS)
(*1926)

Geboren in Alton, Illinois. Verfaßte in den fünfziger Jahren Dutzende von Kurzgeschichten und Kurzromanen für die einschlägigen Magazine und war in allen Genres der Unterhaltungsliteratur zu Hause. Mitte der siebziger Jahre tat er sich, nach etwa 10jähriger Abstinenz, mit Frank M. Robinson zusammen, um Mainstream-Bestseller zu produzieren, was ihm mit *The Glass Inferno* (1975), der Schilderung eines Großbrandes in einem 300stöckigen Wolkenkratzer voll, mit *The Prometheus Crisis* jedoch nur noch bedingt gelang. Letzteres Buch beschreibt eine Reaktorkatastrophe in den USA.

Artery of Fire (1972); *Earthwreck* (1974); *Caution! Inflammable* (1975); *The Prometheus Crisis* (1975, zus. mit Frank M. Robinson; *Reaktor XZ 519*, 1977); *The Glass Inferno* (1975; *Inferno*, 1976); *The Nightmare Factor* (1978; zus. mit Frank M. Robinson).

SCOTT, JODY
(?)

Amerikanische Autorin, deren satirischer Roman *Passing for Human* (1977) einen ganzen Zirkus geschichtlicher und imaginärer Personen in den verrücktesten Rollen erfindet. Bei uns erschien das Buch unter dem Titel *Fast wie ein Mensch* (1980).

ŠEFNER, VADIM (SERGEEVIČ)
(*1915)

Geboren in Leningrad. S. veröffentlicht seit 1936; er schrieb vor allem Erzählungen und Gedichte, die in etlichen Sammelbänden vorliegen, dazu einen Roman (1957 erschienen). Der SF wandte er sich in den sechziger Jahren zu und veröffentlichte u. a. den Sammelband *Sčastlivyj neudačnik*. In deutscher Sprache erschienen von ihm die Stories »Ein bescheidenes Genie« in der DDR-Anthologie *Flug zum Alpha Eridani* und »Das Mädchen am Abhang« als Teil des Doppelbandes *Mr. Groppers seltsamer Tod / Das Mädchen am Abhang*. Sein bedeutendster Erzählungsband ist *Skromnyj genij* (1974; »Ein bescheidenes Genie«). Die Titelgeschichte liegt mehrfach in deutscher Veröffentlichung vor.

Sčastlivyj neudačnik (C, 1965; »Der glückliche Pechvogel«); *Devuška u obryva, ili Zapiski Kovrigina* (1965; *Das Mädchen am Abhang*, 1967).

SELLINGS, ARTHUR
(1921–1968)

Pseudonym für Arthur Gordon Ley, geboren in Tumbridge Wells, Kent. S. war Zollbeamter, dann Antiquar; er war auch mit wissenschaftlichen Forschungsaufträgen der britischen Regierung befaßt. Von 1955 bis zu seinem Tode betätigte er sich als freiberuflicher Autor. Seine erste Story erschien 1953 in dem englischen Magazin *Authentic*. Während er in seinen frühen Stories Themen aus dem Bereich der Naturwissenschaften wählte, wandte er sich später gesellschaftlichen Problemen zu und konnte hier seine erzählerischen Talente voll entfalten. S. schrieb mit *Telepath* (1962) einen der interessantesten Romane über Telepathie und mit *The Uncensored Man* (1964) einen weiteren eindrucksvollen Roman über Psi. Als sein bestes Werk gilt *Junk Day* (1970), ein postum veröffentlichtes Werk über das Leben nach einem Holocaust. Seine frühen Stories liegen in der Sammlung *Time Transfer* (1956) vor, spätere Kurzwerke wurden unter dem Titel *The Long Eureka* (1968) veröffentlicht. S., dessen beste Werke durch erzählerisches Können und eindrucksvolle Charaktere beeindrucken, ist ein unterbewerteter Autor – seine Art zu schreiben setzte sich erst nach seinem Tode in der SF durch.

Time Transfer (C, 1956; *Fremdling auf der Erde*, 1964); *Telepath* (1962; anderer Titel: *The Silent Speakers*); *The Uncensored Man* (1964); *The Quy Effect* (1966); *Intermind* (1967; Pseud. Ray Luther); *The Power of X* (1968; *Die Zeiträuber*, 1972); *The Long Eureka* (C, 1968; *Elixier der Unsterblichkeit*, 1969); *Junk Day* (1970).

SENARENS, LUIS P(HILIP)
(1863–1939)

Geboren in Brooklyn. S. absolvierte das St. Johns College of Art and Science und begann als Sechzehnjähriger seine Laufbahn als freiberuflicher Autor und Redakteur. Er schrieb im Laufe seines Lebens unter mindestens 27 Pseudonymen ca. 1500 Groschenromane (»Dime Novels«) und wandte sich später dem Film zu. Unter dem Decknamen »Noname« übernahm er 1882 von Harry Enton die Heftserie »Frank Reade jr.«, die von den Abenteuern eines genialen amerikanischen Jungen und seinen Erfindungen auf dem Gebiet der Luftfahrt handelt. S. wurde als »amerikanischer Jules Verne« bezeichnet und hat über 180 Hefte utopisch-phantastischen Inhalts verfaßt. Zu den Pseudonymen, unter denen er SF schrieb, gehörten die Namen Cecil Burleigh, Frank Doughty, Captain Howard und Ned Sparling.

SERVISS, GARETT (PUTMAN)
(1851–1929)

Geboren in Sharon Springs, New York. S. war Autor, Rechtsanwalt und Mitarbeiter der *New York Sun*. Er verfaßte neben dem Sachbuch *The Moon* und zahlreichen Artikeln, die seinem Hauptinteresse, der Popularisierung der Wissenschaften, dienten, vier SF-Romane. 1898 erschien *Edison's Conquest of Mars*, 1900 folgte *The Moon Metal*. Bekannter als die beiden erstgenannten Romane sind *Columbus of Space* (1909) und *The Second Deluge* (1911).
S.s Romane gelten als Klassiker der SF, was

u. a. auch durch ihre Neuauflage in *Amazing Stories* deutlich wird. Ihre positive Einstellung gegenüber der Technologie muß als zeittypisch angesehen werden.

SHARKEY, JACK
(*1931)

Pseudonym des amerikanischen Werbetexters und Schriftstellers John Michael Sharkey, geboren in Chikago. Studium der Anglistik und kurzzeitige Tätigkeit als Lehrer an einem College in Chikago. Erste Veröffentlichung: »The Captain of His Soul« (1959) in *Fantastic*, anschließend ca. 50 weitere Erzählungen und Romane, hauptsächlich in den einschlägigen Magazinen wie *Galaxy*, *Worlds of Tomorrow*, *Fantastic* und *Magazine of Fantasy & Science Fiction*, die in der Regel aus flott geschriebenen Routineabenteuern bestehen.

The Secret Martians (1960); *Ultimatum in 2050 A. D.* (1965).

SHAVER, RICHARD S(HARPE)
(1907–1975)

Amerikanischer SF-Autor, der in erster Linie durch eine Reihe abstruser Geschichten bekannt wurde, die in den Jahren 1945–47 in *Amazing Stories* erschienen und als »Shaver Mystery« in die Annalen der Science Fiction Einzug hielten. Die als Tatsachenberichte deklarierten Stories waren »Aufzeichnungen von Stimmen aus einer unterirdischen Höhlenwelt«. In ihnen wollte S. den Lesern weismachen, die Erde würde von degenerierten Abkömmlingen einer prähistorischen Superrasse bewohnt und beherrscht. Die 17 Geschichten des »Shaver Mystery« waren der erste pseudowissenschaftliche Wahn in der SF. Ihr Erfolg brachte eine Verdoppelung der Auflage von *Amazing Stories*, aber nachdem die UFO-Hysterie ausgebrochen war, hörte man von S. nur noch wenig.

I Remember Lemuria and The Return of Sathanas (1948); *Gods of Venus* (1948; *Zauberbann der Venus*, 1972); *Titan's Daughter* (1948; *Titans Tochter*, 1975).

SHAW, BOB (ROBERT)
(*1931)

Geboren in Belfast. S. hat als PR-Mann, Taxifahrer und Journalist gearbeitet. Heute ist er Maschinenbauingenieur und schreibt nebenher SF. In den fünfziger Jahren waren es zunächst nur Stories, denen in den späten Sechzigern sein erster Roman folgte: *Night Walk* (1967), die Geschichte eines Blinden, der durch empathischen Kontakt mit Tieren oder Außerirdischen sehen kann, und zwar durch deren Augen. Es folgten weitere Romane sowie auch Kurzgeschichtensammlungen. U. a. erschien 1968 *The Two-Timers*, eine Zeitreise- und Parallelweltgeschichte: Ein Mann verkraftet den Tod seiner Frau nicht, will in ein Paralleluniversum reisen und dort sein anderes, dort reales Ich umbringen und so wieder an der Seite seiner Frau leben. Seinen größten Erfolg hatte S. bislang mit mehreren Kurzgeschichten um eine Art von Glas, das Lichtstrahlen stark verlangsamt und damit Sicht auf längst vergangene Vorgänge erlaubt. Eine dieser Stories, *Light of Other Days*, wurde 1966 für den »Nebula Award« nominiert. Aus diesen Kurzgeschichten ging auch der Roman *Other Days, Other Eyes* (1972) hervor, S.s amüsantestes Werk. Seine neuen Romane fallen, was Qualität und Originalität betrifft, gegenüber den erwähnten früheren Titeln jedoch ab.

Nightwalk (1967; *Menschen im Null-Raum*, 1972); *The Two-Timers* (1968; *Die Zweizeitmenschen*, 1971); *Shadow of Heaven* (1969; *Die grünen Inseln*, 1975); *Other Days, Other Eyes* (1972; *Augen der Vergangenheit*, 1974); *Dagger of the Mind* (1979).

SHAW, LARRY (LAWRENCE) T(AYLOR)
(*1924)

Geboren in Schenectady, New York. S. editierte *Auto Age*, bis er 1954 sein eigenes Magazin *Roding and Re-Styling* herausgab. Eine Zeitlang war er dann für das Magazin *If* mitverantwortlich. Weitere SF-Magazine, die unter seiner Leitung entstanden, waren *Infinity Science Fiction* und *Science Fiction Adventures*. Weniger Erfolg war ihm bei der Herausgabe der Magazine

Monsters and Things und *Monster Parade* beschieden.

SHEA, MICHAEL
(?)

Amerikanischer Autor, dessen Fantasy-Roman *A Quest for Simbilis* (1974) eine direkte Fortsetzung von Jack Vances *The Eyes of the Overworld* darstellt. S. bedient sich des Schlitzohrs Cugel und trifft den Stil von Vances recht gut. Ansonsten blieb seine Arbeit bisher auf kürzere Texte beschränkt, von denen die Novelle »The Autopsy« (1980) für den »Nebula Award« nominiert wurde.

SHEA, ROBERT
(?)

Amerikanischer Schriftsteller und ehemaliger Redakteur des *Playboy*. Gemeinsam mit R. A. Wilson schrieb er die obskure *Illuminatus*-Trilogie. Die Handlung kreist um die Illuminaten, einen deutschen Freimaurerorden des 18. Jahrhunderts, der die Weltherrschaft anstrebt, und läßt durch ihre Verschwörungstheorie auf Einflüsse von Lovecraft (Cthulhu-Mythos) und Pynchon (*The Crying of Lot 49*) schließen. Den Autoren gelang es nicht nur, Elemente der SF, Fantasy und des Detektivromans zu verbinden, sie schufen gleichzeitig auch ein Werk voller Witz, Satire und Paranoia, das die Formen eines Kultromans angenommen hat.

Illuminatus-Trilogie: *The Eye in the Pyramid* (1975; *Das Auge in der Pyramide*, 1977); *The Golden Apple* (1975; *Der goldene Apfel*, 1978); *Leviathan* (1975; *Leviathan*, 1978). – Inhaltsangaben s. Robert A. Wilson.

SHECKLEY, ROBERT
(*1928)

Geboren in New York City. S. wuchs in New Jersey auf und kam nach der High School zum Militär, mit dem er ein Jahr in Korea verbrachte. Danach studierte er an der Universität von New York Englisch, Psychologie und Philosophie und schloß mit einem B. A. ab. Es folgten mehrere kleine Jobs, bevor er sich 1951 entschloß, freier Schriftsteller zu werden. S. schreibt Krimis, Thriller und SF.

In der Science Fiction machte er sich in erster Linie mit Kurzgeschichten einen Namen, von denen er, beginnend mit »Final Examination« (1952), über 200 verfaßte. Auf diesem Gebiet war S. ein Starautor der fünfziger Jahre. Er schrieb vornehmlich für die damals neuen Magazine *Galaxy* und *Magazine of Fantasy & Science Fiction* und prägte das Gesicht des ersteren entscheidend mit. Seine Kurzgeschichten dieser Dekade sind besonders sorgfältig durchdacht und ausgeführt. Oft erweist sich S. in ihnen als Parodist abenteuerlicher SF. Immer gelingt es ihm, den Leser mit urplötzlichen Wendungen der Handlung und unerwarteten Pointen zu überraschen. Dabei sind sein knapper Stil, überaus originelle Ideen und ein trokkener Humor, wie man ihn nur selten in der SF findet, S.s große Stärken. Zwei seiner Stories aus den fünfziger Jahren wurden erfolgreich verfilmt: »Seventh Victim« (1953) als *Das zehnte Opfer* von E. Petri (1965) und »The Prize of Peril« (1958) als *Das Millionenspiel* von Wolfgang Menge (1971), beides Actionstoffe mit satirischen Untertönen. Weitere wichtige Geschichten des frühen S. sind »Specialist« (1953), »Beside Still Waters« (1953) und »Keep Your Shape« (1953), repräsentative Sammlungen *Untouched by Human Hands* (1954), *Citizen in Space* (1955) und *Store of Infinity* (1960).

Wie auch viele andere Kurzgeschichtenautoren wandte sich S. nach dem großen Magazinsterben Ende der fünfziger Jahre dem Verfassen von Romanen zu. Sein Erstling war hier *Immortality Delivered* (1958), in dem ein Mann bei einem Verkehrsunfall stirbt, 150 Jahre später wiedererweckt wird und sich in einem seltsamen Amerika der Zukunft wiederfindet. Dieses Grundmotiv des in eine phantastische Welt versetzten Protagonisten taucht bei S. in weiteren Romanen auf, in *Journey beyond Tomorrow* (1962) etwa oder auch in *The Status Civilisation* (1960). Bedingt dieser Gruppe zuordnen kann man auch die »Sightseeing-Tours« *Mindswap* (1965) – ein Mann tauscht mit einem Marsianer den Geist und springt dann auf der Suche nach seinem eigenen Körper von einem Wirt zum anderen –, *Dimension of Miracles* (1968), ein »intergalaktisches *Alice im Wunderland*« (Daily

Telegraph), und *The Alchemical Marriage of Alistair Crompton* (1978), worin sich der Protagonist auf die Suche nach seinen abgespaltenen Persönlichkeitsteilen macht, die er nach der Heilung seiner Virus-Schizophrenie an Androidenkörper verlor. Am bekanntesten wurde vielleicht *The Tenth Victim* (1965), der nach Petris Verfilmung seiner Kurzgeschichte folgte und die modernen Gladiatorenkämpfe lizensierter Killer schildert. *Options* (1975), ebenfalls eine phantasmagorische Reise, diesmal aber durch Innen- und Außenwelten, ist möglicherweise S.s bester, sicher aber atypischster Roman.

Trotz seiner 8 SF-Romane ist S. ein Kurzgeschichtenautor geblieben. Das beweisen eine ebenso große Zahl von Story-Sammlungen, bei denen er zuletzt mit *Can You Feel Anything When I Do This?* (1971) und *The Robot Who Looked Like Me* (1978) glänzte, und nicht zuletzt die Tatsache, daß einige Romane auf früheren Erzählungen aufbauten. Sicherlich sind seine Romane spannend und humorvoll geschrieben, dennoch fehlt ihnen ein wenig der Biß, die satirische Schärfe, der Überraschungseffekt der frühen Kurzgeschichten, die für S.s pointierten Stil einfach das bessere Medium darstellten.

Pilgrimage to Earth (1957; *Pilgerfahrt zur Erde*, 1982); *Immortality Delivered* (1958; anderer Titel: *Immortality Inc.*); *The Status Civilisation* (1960; *Planet der Verbrecher*, 1963); *Journey beyond Tomorrow* (1962, anderer Titel: *The Journey of Joenes*; *Mr. Joenes wundersame Reise*, 1981); *Mindswap* (1965); *The Tenth Victim* (1965; *Das Zehnte Opfer*, 1966); *The People Trap* (1968; *Die Menschenfalle*, 1969); *Options* (1975); *The Robot Who Looked Like Me* (1978; *Endstation Zukunft*, 1981).

Dimension of Miracles
(1968)

Tom Carmody hat im Galaktischen Toto einen Preis gewonnen. Er reist zum galaktischen Zentrum, um ihn sich abzuholen, und erhält dort »yenta«, ein philosophierendes, gestaltwechselndes Wesen, das mehr Ärger als Nutzen verspricht. Danach muß er sich zu allem Überfluß den Heimweg auch noch selbst suchen, und das ist gar nicht so leicht, wie es den Anschein hat. Denn es gibt viele Dimensionen mit verschiedenen Erden, vergangene, zukünftige, parallele ... Carmody will wieder nach Hause, wo aber ist seine Heimat? Er bittet Gott Melichrone um Hilfe, aber der hat selbst nur Fragen auf Lager. Immerhin schickt er ihn zu Maudsley, dem Weltenlieferanten. Aus Carmodys Beschreibung erkennt dieser einen Planeten, den einst ein ältlicher Typ mit Bart und Nachthemd bei ihm in Auftrag gegeben hat, offensichtlich der Gott von Carmodys Welt. Maudley konstruiert eine Maschine, die Carmody wenigstens in räumlicher Hinsicht zur Erde bringen soll. Währenddessen hat letzterer seine erste Begegnung mit dem »Raubtier«, das ihm fortan auf den Fersen bleiben wird. Das »Raubtier« ist ein Ersatz für die irdischen Raubtiere (Gefahren), die Carmody beim Verlassen der Erde hinter sich ließ. Es kann sich nur von Carmody selbst ernähren und ist sehr hungrig. Aber mit Hilfe von »yenta« und Maudsley wird sein Angriff abgeschlagen.

Die erste Erde, die Carmody erreicht, ist natürlich die falsche. Mit sprechenden Sauriern will er nichts zu tun haben, und auch verschiedene andere Erden – am amüsantesten ist eine Kindertraumwelt mit Lana Turner als Klassenkameradin und Burt Lancaster als Dorfpolizist (jede Szene ist mit Hintergrundmusik untermalt) – erweisen sich letztlich als ungeeignet. Als Carmody schließlich auf seiner, unserer, realen Welt mit all ihren Vor- und Nachteilen eintrifft und frei von seinem »Raubtier« ist, beschließt er, doch nicht hierzubleiben, sondern lieber in ein zwar gefährliches, aber voller Möglichkeiten und Wunder steckendes Universum zurückzukehren.

Dimension of Miracles ist eine pikareske Sightseeing-Tour mit verrückt-bizarren Abenteuern, ein comichaft-humorvoller Roman, der S. in seiner ganzen satirischen Stärke präsentiert, ein surreales Stück SF, das zum Lachen, aber auch zum Nachdenken anregt.

The Alchemical Marriage of Alistair Crompton
(1978; dt. *Die Alchimistische Ehe*, 1979)

Der an Virus-Schizophrenie erkrankte Alistair Crompton wird operativ geheilt, indem man seine drei Persönlichkeiten voneinander trennt und die abgespaltenen Teile auf Androidenkörper überträgt. Die in Cromptons Körper zurückgebliebene Persönlichkeit ist zu ihrem eigenen Leidwesen sehr stereotyp, und als sie das gesetzliche Reintegrationsalter erreicht hat, beschließt sie, ihre abgespaltenen Teile zu suchen. Um das zu ermöglichen, bestiehlt Crompton seine Firma, die Psychoduft AG, und beginnt eine wilde Verfolgungsjagd durch die halbe Galaxis. Als er seine ›Einzelteile‹ wiederfindet, erweisen sie sich als widerliche Gesellen. Der leichtlebige Teil entpuppt sich als Schauspieler, der auf anderen Planeten Pornovorstellungen gibt, der negative Teil gar als Mörder. Die Suche nach den drei Persönlichkeiten (vom Mörder hat sich inzwischen eine weitere abgespalten), die zusammen mit Crompton die vier klassischen Temperamente darstellen, ist ein Konglomerat von irrwitzigen Einfällen, verrückten Beschreibungen und vielen lustigen Gags, wobei S. auch nicht vergißt, sich selbst auf den Arm zu nehmen. Am Schluß verschmelzen die vier Teile zu einem, ein neuer Mensch ist entstanden ... bis sich herausstellt, daß er nur eine fünfte Persönlichkeit ist, die, obgleich sie alle anderen vereint, genauso überflüssig ist wie diese.

Die in rasanter Manier ablaufende Handlung ist typisch für mehrere Romane S.s. Verfolgungsjagden und rasche Szenenwechsel stehen dabei im Mittelpunkt, was durch die Tatsache bedingt ist, daß der Autor diese Romane aus früher erschienenen Kurzgeschichten entwickelte oder zusammensetzte. So auch in diesem Fall, wo die Novelle »Join Now« (1958) die Grundlage bildet.

Sammelbände mit Kurzgeschichten:

(1) **Untouched by Human Hands**
(1954)

(2) **Citizen in Space**
(1955; dt. *Utopia mit kleinen Fehlern*, 1963)

(3) **Shore of Infinity**
(1960; dt. *Das geteilte Ich*, 1963)

(4) **Can You Feel Anything When I Do This?**
(1971; dt. *Der grüne Jademond*, 1973)

S. ist wegen seiner Kurzgeschichten bekannter als wegen seiner Romane; es war das Medium Story, in dem er Maßstäbe für die SF setzte. Die ersten drei Sammelbände vereinigen Stories aus den fünfziger Jahren, S.s bester Zeit. Am berühmtesten in (1) ist zweifelsohne »Seventh Victim« (1953), die Geschichte, in der ein ganz normaler Angestellter seinem ganz normalen Schreibtischjob adieu sagt, um an der »Jagd« teilzunehmen, einem modernen Gladiatorenkampf, bei dem es darauf ankommt, möglichst viele Gegner zur Strecke zu bringen. Bei der »Jagd« ist unser Held nicht mehr Opfer wie in seinem Beruf, sondern Jäger, und sein einziges Ziel ist es, in den erlauchten »Zehner-Club«, der zehn Abschüsse voraussetzt, aufsteigen zu dürfen. Diese beißende Satire findet eine thematische Wiederholung in (3) und »The Prize of Peril« (1958), nur sind es diesmal die Medien, die S. aufs Korn nimmt. In einer TV-Sendung jagen lizensierte Killer einen Freiwilligen, den sie töten müssen. Der Freiwillige bekommt eine Million Dollar, wenn er eine bestimmte Zeit überlebt. Dabei ist er weitgehend auf Zuschauerhilfe angewiesen, aber die Zuschauer dürfen auch für die Gangster Partei ergreifen ...

Aber nicht immer geht es bei S. derart brutal zu. Ein großer Teil seiner Stories ist humoristisch. Ein gutes Beispiel dafür ist »Hunting Problem« aus (2). Jugendliche Tentakelwesen eines fremden Planeten führen ein Pfadfindertreffen durch. Als Probe ihrer Geschicklichkeit will eine Gruppe das Fell des wilden »Mirash« erbeuten, das sich dann nach einer knallharten Pointe als Raumanzug eines irdischen Sternenfahrers herausstellt. In derselben Sammlung sind auch die Geschichten »A Ticket to Tranai« (1955) und »Citizen in Space« (1955) erwähnenswert. Nachdenklicher machende Themen schneidet der Autor in »Beside Still Waters« (1953) in (1) und »The Store of Worlds« (1959) in (3) an. Besonders letztere Geschichte zählt zu seinen besten: Ein Überlebender des Atomkriegs verschafft sich eine Droge, durch die er noch einmal fröhliche Zeiten mit seiner Familie erleben kann, die natürlich längst tot ist.

Von S.s neueren Sammelbänden ist (4) der interessanteste. Im Gegensatz zu den früheren ist er pessimistischer und weist eher surreale Züge auf. Reine SF-Themen sind fast gänzlich verschwunden. Am eindrucksvollsten ist hier »Pas De Trois of the Chef and the Waiter and the Customer« (1971), eine perfekte Studie in Relativität, die in einem Restaurant auf Ibiza spielt und die gleiche Situation aus drei verschiedenen Blickwinkeln zeigt.

Alle Bände zusammen stellen S.s breites Spektrum bestens vor. Von satirischen Actionstories über brillante und nachdenklich stimmende Pointengeschichten bis hin zu humorvollen Parodien auf viele SF-Klischees ist alles enthalten, was S. in den fünfziger Jahren zu einem Wegbereiter moderner SF und darüber hinaus zu einem ihrer lesbarsten Autoren gemacht hat.

SHEFFIELD, CHARLES
(?)

Der geborene Engländer S. lebt heute in Washington. Er studierte in Cambridge Physik, promovierte zum Dr. rer. nat. und ist eine Kapazität auf dem Gebiet der Raumfahrt. Seit Veröffentlichung seiner ersten SF-Geschichten im Jahr 1977 in *Galaxy* wurden ca. 20 Stories aus seiner Feder publiziert. Bei seinen beiden Romanen *Sight of the Proteus* (1978) und *The Web between the Worlds* (1979) handelt es sich um wissenschaftlich fundierte Hard-SF der nahen Zukunft.

SHELLEY, MARY W(OLLSTONECRAFT)
(1797–1851)

Geboren in London. Die Schöpferin des in die Weltliteratur eingegangenen Frankensteinmonsters heiratete 1814 den englischen Dichter Percy B. Shelley.
Ihr Roman *Frankenstein, or The Modern Prometheus*, der 1818 in drei Bänden anonym publiziert wurde und erst in der Neuausgabe von 1823 mit dem Namen der Verfasserin versehen wurde, ist das Ergebnis eines ›Literaturwettbewerbs‹ zwischen ihr, Shelley, Lord Byron und Dr. John W. Polidori, der einem abendlichen Gespräch über Geistergeschichten und Vampire folgte. Die Geschichte des ersten künstlich erzeugten Menschen wird zwar aufgrund unzähliger (und meistens haarsträubender) Hollywood-Verfilmungen in der Regel für eine Gruselgeschichte gehalten, gehört aber eindeutig in den Bereich der Science Fiction. Der Protagonist des *Frankenstein* (dt. 1948) ist der Schweizer Gelehrte Dr. Victor Frankenstein, der von dem Gedanken besessen ist, ein künstliches Lebewesen zu schaffen. Mit Hilfe einiger angeworbener Trunkenbolde, die für ein paar Franken zu allem bereit sind, plündert er die Gräber frisch Beerdigter aus und bastelt aus einzelnen, noch verwertbaren Organen ein Wesen zusammen, dessen Gehirn vom Körper eines gehenkten Verbrechers stammt und mit Hilfe von Elektrizität (einem Blitzschlag) zum Leben erweckt wird. Das wegen seiner Häßlichkeit von seiner Umwelt für ein Ungeheuer gehaltene Wesen erweist sich zwar als friedlich, aber als Frankenstein, aufgestachelt von Kollegen, sich von seiner Schöpfung abwendet, gerät es in Panik und bricht aus dem Laboratorium aus. Die entsetzte Bevölkerung veranstaltet eine Treibjagd, während der das Monster zu dem Schluß gelangt, daß Frankenstein allein die Schuld an seinem Schicksal trägt. Von nun an wird der Gelehrte von seiner Schöpfung verfolgt.
Ein weiterer utopischer Roman der S. ist *The Last Man* (1826): Eine entsetzliche Seuche hat im Jahre 2092 nur einen einzigen Überlebenden zurückgelassen.

SHERRED, T(HOMAS) L.
(*1915)

Das Leben des amerikanischen Ingenieurs und Schriftstellers ist eng mit der Stadt Detroit verbunden. Jahrelang arbeitete S. an einer umfangreichen Darstellung der geschichtlichen Entwicklung der Autoindustrie. Über Nacht berühmt gemacht hat ihn jedoch seine erste SF-Story »E for Effort«, die 1947 in *Astounding* erschien. S. setzt sich darin, in einer für die SF ungewohnten Form, mit dem kalten Krieg auseinander. Zwei nicht gerade betuchte Filmer drehen mit einer von ihnen entwickelten Maschine historische Ereignisse der Vergangenheit, die der Öffentlichkeit in Form von Kinofilmen zugänglich gemacht werden. Je näher sie dabei der Gegenwart kommen, desto stärkere Reaktionen rufen die Filme hervor. Schließlich rückt die CIA auf den Plan, um den »kommunistischen Umtrieben« ein Ende zu machen.
Weitere erwähnenswerte Publikationen des Autors sind die Story »Cue for Quiet« (1953) und der Roman *Alien Island* (1970).

SHERRIFF, R(OBERT) C(EDRIC)
(1896–1975)

Geboren in Kingston upon Thames, Surrey. S. studierte in Oxford und begann nach dem Ende des Ersten Weltkriegs mit dem Schreiben. Zunächst verfaßte er Bühnenstücke, wobei insbesondere *Journey's End* (1929) sehr erfolgreich war. (Dieses Stück wurde 1975 unter dem Titel *Aces High* auch verfilmt.) S.s einziger SF-Roman erschien unter dem Titel *The Hopkins Manuscript* (1939; *Der Mond fällt auf Europa*, 1955) und gehört zu den bekanntesten SF-Katastrophenromanen.

The Hopkins Manuscript
(1939; dt. *Der Mond fällt auf Europa*, 1955)

Der Roman wird als Manuskript des Geflügelzüchters Hopkins ausgegeben, eines eitlen, selbstzufriedenen Gesellen; es dient späteren Forschern als einzige Quelle über die Ereignisse im Europa des 20. Jahrhunderts. Geschildert wird darin die Annäherung des Mondes an die Erde, die Prognose, daß er auf die Erde stürzen wird, Erdschanzerei als Schutzmaßnahme, die Katastrophe selbst, als der Mond dann tatsächlich in den Atlantik stürzt und die meisten Europäer an den Folgen der Beben, Überschwemmungen und zeitweiligen Abwesenheit der Atmosphäre zugrunde gehen; schließlich die Zeit danach, die in einen Krieg um die Mondschätze einmündet, bei dem sich die Überlebenden endgültig zerfleischen und zuletzt von den Persern okkupiert werden.
Das Ganze wird, dem Protagonisten angemessen, auf kleinkarierte, amüsante, manchmal aber auch ermüdende Art geschildert. Der naive Erzähler verliert alles, auch wenn er zeitweilig etwas zurückgewinnt, zuletzt sogar seinen Optimismus: Weltuntergang aus kleinbürgerlicher Sicht. *The Hopkins Manuscript* zählt zu den besten SF-Katastrophenromanen, wenngleich chauvinistische und abendländisch-pessimistische Untertöne nicht zu überhören sind.

SHIEL, M(ATTHEW) P(HIPPS)
(1865–1947)

Geboren auf der Insel Montserrat, Westindien. Seine schriftstellerische Tätigkeit, die 1892 begann, gliedert sich in mehrere Perioden, in denen sich Shiel auch dem Genre des Horror- und Kriminalromans widmete.
Erwähnenswert für den Bereich der SF ist vor allem *The Purple Cloud* (1901), ein klassischer Katastrophenroman, in dem eine Gaswolke die Menschheit bis auf den Erzähler dahinrafft. Bekannt wurde auch *The Yellow Peril* (1898), ein wahrhaft chauvinistisches Machwerk, in dem ein schlitzäugiges Genie die Vernichtung Europas plant. Dieser Roman ist in vielen Punkten ein direkter Vorläufer der Dr.-Fu-Manchu-Serie von Sax Rohmer.

SHIRAS, WILMAR H(OUSE)
(*1908)

Geboren in Boston; S. schrieb neben Sachbüchern und Artikeln einige SF-Geschichten, wovon die meisten zu dem Roman *Children of the Atom* (1953), der die Themen radioaktive Verseuchung und positive Mutation verbindet, zusammengefaßt sind. Eine dieser Geschichten machte sie schlagartig bekannt: Es war ihre erste Veröffentlichung auf dem Gebiet der SF, »In Hiding«, die 1948 in *Astounding* erschien und in die Anthologie *Science Fiction Hall of Fame* aufgenommen wurde.

Children of the Atom
(1953)

Der Roman beginnt mit der Untersuchung des 13jährigen Schülers Timothy, den seine Lehrerin für nicht ganz normal hält. Tim ist dabei in der Lage, alle Testfragen zu beantworten, aber als er eine Injektion erhalten soll, fürchtet der Junge um sein Geheimnis. Er verfügt nämlich über besondere geistige Kräfte, hat sich aber jahrelang wie seine Klassenkameraden verhalten, um nicht aufzufallen. Heimlich verfaßte er jedoch erfolgreiche Romane und führte in seinem Spielzimmer wissenschaftliche Experimente durch. Nachdem der Psychologe Welles das Vertrauen Tims erlangt hat, erfährt er von dessen Großeltern, daß Tims Eltern nach einem Reaktorunfall im Jahre 1958 radioaktiver Strahlung ausgesetzt waren und später starben. Tim ist ein positiver Mutant. Welles versammelt daraufhin 30 weitere mutierte Kinder des Jahrgangs 1959 um sich und errichtet ein Zentrum, in dem die Kinder leben und ihre Fähigkeiten fördern können. Zur Krise kommt es, als der Prediger Mundy die Kinder im Fernsehen als Monster bezeichnet, die die Vernichtung der Menschheit im Schilde führen. Dennoch entschließen sich die Kinder zur Rückkehr in die Gesellschaft und bieten dieser ihre Hilfe an.

Obwohl die Prämisse, auf der der Roman aufbaut, den wissenschaftlichen Erkenntnissen über Mutation widerspricht, kann er doch als typisch für die SF nach 1945, d. h. nach Hiroshima, angesehen werden. In den späten vierziger und den fünfziger Jahren waren Mutanten mit den abenteuerlichsten Fähigkeiten in der Magazinliteratur als Helden sehr beliebt. Ebenfalls zeittypisch ist die Sichtweise, aus der die Superintelligenzen und die ängstliche Reaktion der Gesellschaft dargestellt werden. An diesem und ähnlichen Romanen wird deutlich, welche Schrecken, aber auch welche Hoffnungen die Atombombe auslöste.

SHIRLEY, JOHN
(*1953)

Geboren in Portland, Oregon; Rocksänger und Schriftsteller, der sich vor allem durch harte Angriffe auf das Selbstverständnis seines prominenten Kollegen Harlan Ellison ins Licht der Öffentlichkeit gerückt hat. S. publiziert seit Mitte der siebziger Jahre Erzählungen in Magazinen und Anthologien. In seinem Erstlingsroman, *Dracula in Love* (1979), versucht er dem Vampir-Mythos neue Dimensionen abzugewinnen. Es folgten die SF-Romane *Transmaniacon* (1979), *City Come A-Walking* (1980) und *Three-Ring Psychus* (1980).

SHOLS, W. W.
(1925–1981)

Pseudonym des Werbekaufmanns Winfried Scholz, geboren in Bielefeld. S. besuchte Mittelschule und Aufbauschule, machte das Kriegsabitur, wurde 1942 zur Marine eingezogen und verbrachte die Zeit bis 1944 in Norwegen und Osteuropa. Nach der Rückkehr aus der Gefangenschaft avancierte er zum fleißigsten SF-Autor innerhalb der Leihbuchbranche und verfaßte zwischen 1958 und 1967 nicht weniger als 42 utopische Romane (teilweise unter dem Verlagspseudonym William Brown). In den siebziger Jahren verlegte S. sich auf seriengebundene Kriminalromane und schrieb hier und da auch kurzfristig an SF-Heftchenserien wie »Perry Rhodan« und »Mark Powers« mit.

Tödlicher Staub (1958); *Die Zeitpatrouille* (1958); *Seine Heimat war der Mars* (1958); *Der große Zeitsprung* (1959); *Stern der Verlorenen* (1961); *Aufstand im Cygnus* (1961); *Die Welt in der Kugel* (1962); *Visum für Jupiter* (1963); *Gefangen auf Callisto* (1963); *Agenten der Zwielichtzone* (1964); *Die Schlacht der Automaten* (1965); *Treffpunkt Kalano* (1966); *Duell der Mutanten* (1967); *Der Zeitsünder* (1967).

SIEG, PAUL EUGEN
(1899–1950)

Deutscher Physiker und Autor, für die SF durch vier utopische Romane von Bedeutung, die zwischen 1936 und 1954 erschienen. Bei allen vier Büchern handelt es sich um technisch ausgerichtete Utopien der nahen Zukunft, die ihren Verfasser in eine Gruppe mit Autoren wie Richard Koch und Freder van Holk einordnen.

Detatom (1935); *Südöstlich Venus* (1940); *Insula* (1953); *Angolesa* (1954).

SILVERBERG, ROBERT
(*1936)

Geboren in New York. S. besuchte das Columbia College und schloß 1956 mit einem B. A. in Englisch ab; seither ist er als Schriftsteller und Anthologist tätig. Schon in den fünfziger Jahren an SF interessiert, verkaufte er 1954 die Erzählung »Gorgon Planet« an das schottische Magazin *Nebula*. 1955 erschien dann mit *Revolt on Alpha C* ein SF-Jugendbuch. Als New Yorker war er in der Stadt mit den meisten Verlagen schnell im Geschäft. S. lieferte prompt und pünktlich (und auf Bestellung) meist unterhaltende Weltraumabenteuer. Hatte sein Ausstoß 1954 und 1955 lediglich aus je zwei Erzählungen bestanden, so konnte er 1956 schon 26 und 1957 volle 52 Magazinveröffentlichungen nachweisen. Insgesamt brachte er es auf über 160 Kurzgeschichten und Novellen, die auch unter Pseudonymen wie Calvin M. Knox, Ivar Jorgenson u. a. erschienen. Als »vielversprechendstem Nachwuchsautor« verlieh man S. 1956 den »Hugo Award«. Er hatte bis dahin zwar erst ein Buch auf den Markt gebracht, aber das änderte sich, als sein Kollege Randall Garrett zu ihm zog und man S. die Chance gab, unter diversen Decknamen anspruchslose Weltraumabenteuer zu schreiben.

Die Stoffe, deren er sich am Anfang seiner Karriere annahm, waren konventionell und entsprachen den damaligen Erfordernissen: *Starman's Quest* (1959), eine Space Opera, befaßt sich mit dem Thema der Zeitdilatation und deren Auswirkungen auf Raumfahrer, die mit Überlichtgeschwindigkeit reisen; *The Seed of Earth* (1962) schildert eine überbevölkerte Erde, deren Bewohner zwangsweise – d. h. durch Auslosung – auf neuentdeckte Planeten verbracht werden und sich dort durchschlagen müssen. In den frühen sechziger Jahren zog sich S. aus der SF zurück und betätigte sich als Autor von Sachbüchern populärwissenschaftlichen Inhalts: *First American in Space* (1961), *Lost Cities and Vanished Civilizations* (1962), *Empires in Dust* (1963) und ca. 60 weitere Titel dieser Art machten ihn sehr erfolgreich. Sichtlich gereift und mit dem Image des eigene Ideen verfolgenden Sachbuchautors ausgestattet, kehrte er 1967 zur SF zurück: *Thorns*, sein erster Roman nach mehrjähriger Abstinenz, beeindruckte die Leser mit feinkörnigen Charakterbildern und einem ungewöhnlichen Plot: Minner Burris, ein Ex-Raumfahrer, den fremde Wesen »ausgeweidet, umgebaut und mit sogenannten Verbesserungen versehen« haben, fristet in sich selbst zurückgezogen nur noch ein Schattendasein: Sein Anblick ist normalen Menschen unerträglich. Lona Kelvin, eine 17jährige Jungfrau, die Mutter von 100 künstlich befruchteten und im Brutkasten ausgetragenen Kindern ist, hat jegliche menschlichen Gefühle verloren. Diese beiden werden von Duncan Chalk, dem Chef eines gigantischen Unterhaltungsimperiums, auf eine Art Hochzeitsreise durch das Sonnensystem geschickt, ohne daß sie wissen, wie er ihre »Love Story« daheim vermarktet. Aber nicht nur Geld treibt Chalk zu diesem perfiden Verhalten: er ist ein Gedankenvampir, der sich an den Qualen anderer weidet.

Danach ging es Schlag auf Schlag: *Hawksbill Station* (1968), die Geschichte einer Gruppe von Verbannten, die man per Zeittor in die Vergangenheit versetzt hat; *The Masks of Time* (1968), die Geschichte eines Besuchers aus der fernen Zukunft, der sich im Jahre 1999 niederläßt und zur Kultfigur wird, und *The Man in the Maze* (1969), die Geschichte eines irdischen Ex-Agenten, der sich nach einer schicksalhaften Begegnung mit Aliens in ein geheimnisvolles, mit allerlei Fallen bewehrtes Stadtlabyrinth zurückgezogen hat, wurden gehobenen Ansprüchen gerecht.

Up the Line (1969) und *Nightwings* (1969) behandeln eher konventionellere SF-Themen, bestechen aber durch einen ausgereifteren Stil: Im ersten Buch führt Daniel Elliot III als Zeitkurier bildungshungrige Touristen via Zeitmaschine in die verschiedensten Epochen der irdischen Kulturgeschichte, und *Nightwings* ist ein melancholischer, aus drei Novellen zusammengesetzter Roman über die ferne Zukunft der Erde.

Tower of Glass (1970) behandelt das Thema des Turmbaus zu Babel unter anderen Vorzeichen: Da baut ein Großindustrieller namens Krug, der gleichzeitig ›Schöpfer‹ der das Proletariat ersetzenden Kunstmenschen ist, in der Öde der Tundra einen gewaltigen Glasturm, um mit Außerirdischen in Kontakt zu treten. Als die von ihm erschaffenen Androiden, die eine eigene Religion entwickelt haben, Krug zu ihrem Gott machen wollen, flieht er in den Raum.

In der Zwischenzeit war S. einer der bekanntesten SF-Autoren geworden. 1969 gewann er mit seiner Novelle *Nightwings* den »Hugo« und im gleichen Jahr mit der Story »Passengers« den »Nebula Award«. Ebenfalls den »Nebula« gewann die Kurzgeschichte »Good News from the Vatican« (1971). Trotz vieler Nominierungen wurde aber bislang nur einer seiner Romane preisgekrönt: *A Time of Changes* 1971 mit dem »Nebula«. Dieser Roman beschreibt die Zivilisation des Planeten »Bothan«, auf dem sich eine aus religiösen Wurzeln erwachsene Kultur etabliert hat, die das Personalpronomen tabuisiert. Kinnal Derivall, ein Angehöriger dieser Zivilisation, wird durch Drogen und die Bekanntschaft mit einem irdischen Raumfahrer zum Rebellen. Als er anderen seine innersten Gefühle offenbart und sie sein wahres Ich erkennen läßt, begeht er ein Verbrechen, auf das der Tod steht.

Dying Inside (1972), der bisher ambitionierteste Roman S.s, sorgte für positive Reaktionen seitens der literarischen Kritiker, und obwohl *The Book of Skulls* (1972), *The Stochastic Man* (1975) und *Shadrach in the Furnace* (1976) gegenüber diesem Roman einen Rückschritt darstellten, galt S. fortan als literarische Größe in der amerikanischen SF. Nach 1975 trat S. langsamer: Sein Roman *Lord Valentine's Castle*, der erste nach fünf Jahren, brachte ihm zwar seinen höchsten Honorarvorschuß ein, fällt jedoch im Vergleich zu den Texten seiner zweiten schriftstellerischen Phase in die Sparte der sogenannten Entspannungsliteratur.

Revolt on Alpha C (1955); *Master of Life and Death* (1957; *Macht über Leben und Tod*, 1972); *The Shrouded Planet* (1957; Pseud. Robert Randall, zus. mit Randall Garrett); *Dawning Light* (1958; Pseud. Robert Randall, zus. mit Randall Garrett); *Starman's Quest* (1958; *Die Sterne rücken näher*, 1971); *Invaders from Earth* (1958); *The Seed of Earth* (1962; *Die Kolonisten Terras*, 1981); *Recalled from Life* (1962); *The Silent Invaders* (1963); *Time of the Great Freeze* (1964); *The Gate of Worlds* (1967); *To Open the Sky* (1967; *Öffnet den Himmel*, 1981); *The Time Hoppers* (1967; *Flucht aus der Zukunft*, 1968); *Those Who Watch* (1967; *UFOs über der Erde*, 1968); *Hawksbill Station* (1968; *Verbannte der Ewigkeit*, 1973); *Up the Line* (1969; *Zeitpatrouille*, 1971); *To Live Again* (1969; *Die Seelenbank*, 1971); *Thorns* (1969; *Der Gesang der Neuronen*, 1971); *Nightwings* (1969; *Schwingen der Nacht*, 1971); *The Man in the Maze* (1969; *Exil im Kosmos*, 1971); *Tower of Glass* (1970; *Kinder der Retorte*, 1975); *Downward to Earth* (1970; *Die Mysterien von Balzagor*, 1973); *The World Inside* (1971; *Ein glücklicher Tag im Jahre 2381*, 1976); *A Time of Changes* (1971; *Zeit der Wandlungen*, 1980); *Son of Man* (1971); *The Book of Skulls* (1972; *Bruderschaft der Unsterblichen*, 1980); *The Stochastic Man* (1975; *Der Seher*, 1978); *Shadrach in the Furnace* (1976; *Shadrach im Feuerofen*, 1979). – Die besten Kurzgeschichtensammlungen: *Unfamiliar Territory* (1973; *Jetzt Plus Minus*, 1977); *Born with the Dead* (1974; *Mit den Toten geboren*, 1979) und *Capricorn Games* (1976; *Steinbock-Spiele*, 1977).

The Masks of Time

(1968; dt. *Gast aus der Zukunft*, 1970)

Vornan 19, ein noch relativ junger Besucher aus der fernen Zukunft, kommt ins irdische Jahr 1999 und begibt sich auf eine Reise um die Welt. Den unterschiedlichen politischen Systemen, denen er begegnet, steht er verständnislos gegenüber, denn sie haben so gut wie nichts zur Lösung der dringendsten Probleme, die die Menschheit bedrücken, beigetragen. Die politischen Kräfte der Erde benutzen ihn jedoch, um dem sich immer weiter ausbreitenden Massenwahn der Apokalyptiker zu begegnen, die zur Jahrtausendwende einen Weltuntergang erwarten und sich bis dahin noch einmal richtig austoben wollen. Ehe man sich versieht, kommt es jedoch zu einer Art Vornan-Kult, der bald ausufert und mit dem gewaltsamen Tod des Helden endet. Daraufhin wird die hysterische Bewegung völlig unberechenbar. Die von Vornan prophezeite »Zeit des Umsturzes« scheint sich anzukündigen. Der Erzähler dieser Geschichte, der Physiker Garfield, gehört zu einem sechsköpfigen wissenschaftlichen Team, das Vornan begleitet. Durch seine Augen sehen wir die Welt und die tödliche Gefahr, in der sie schwebt. Mit beachtlichem Geschick versteht es der Autor zu schildern, wie alles auf eine nicht mehr abwendbare Katastrophe hinausläuft: Vornan ist ein androgynes Wesen, das Frauen und Männern beiwohnt; seine Ziele sind unklar. Indem er alles verkörpert, was die Gesellschaft ihren Mitgliedern versagt, wird klar, daß er als eine Art Racheengel in die Vergangenheit gekommen sein muß: »Sein Verhalten zeigt aggressive und destruktive Züge, die einer Gesellschaft ohne Repression und Frustration irgendwelcher Art kaum entsprechen kann« (N. Fangmeier). *The Masks of Time* ist des öfteren fehlinterpretiert worden, da man – vom ›mangelnden‹ Bewußtseinsstand des Protagonisten ausgehend – dem Autor den Vorwurf machte, er habe sein Werk nicht klar durchdacht. Es stellt sich jedoch die Frage, inwiefern der ›Gast aus der Zukunft‹ vielleicht mit einem bestimmten Auftrag in das Jahr 1999 gekommen ist und seinen Zuhörern die paradiesischen Zustände der Zukunft lediglich vorgegaukelt hat.

Dying Inside

(1973; dt. *Es stirbt in mir*, 1975)

David Selig ist ein New Yorker »Hangaround«, der in einem billigen Apartment lebt und sich seinen Lebensunterhalt damit verdient, daß er faulen Studenten der Columbia University für 3 bis 4 Dollar pro Seite die Seminararbeiten schreibt. Wie viele der neuen Protagonisten S.s ist er ein Gezeichneter, obwohl er eine Fähigkeit hat, von der viele Menschen nur träumen:

Er ist Telepath, Gedankenleser. Dennoch ist er der Ansicht, seine Gabe habe ihn von Kindheit an nur ins Unglück gestürzt. Obwohl seine Fähigkeit ihn über die anderen hinaushebt und ihm erlaubt, alle gegen ihn gerichteten Gedanken und Handlungen vorauszusehen (und durch schnelle Abwehrreaktionen zu glänzen), plagen ihn moralische Skrupel, in die Intimsphäre seiner Mitmenschen einzudringen. In der Schule hält man ihn für einen vorlauten und altklugen Mogler (was ihn bei den Mitschülern unbeliebt macht); seinen Eltern und seiner Adoptivschwester Judith ist er einfach unheimlich, so daß sie ihn zum Psychiater schicken – Selig trickst ihn aus. Da er stets weiß, was andere von ihm denken, handelt er als Erwachsener mit großer Befangenheit. Sexuelle Beziehungen, sofern er sie überhaupt aufnimmt, sind von vornherein zum Scheitern verurteilt. Der Roman setzt ein, nachdem Selig zu der Erkenntnis gelangt ist, daß er seine Gabe allmählich verliert. Er leidet plötzlich an Blockierungen, kann nur hier und da die Gedanken anderer Menschen empfangen und gerät in ernsthafte Schwierigkeiten mit seinen studentischen Kunden, von denen einer – ein schwarzer Rassist – ihn brutal zusammenschlägt. In Rückblenden zieht sein verpfuschtes Leben an ihm vorbei: Er erinnert sich fast nur an Niederlagen.

Nyquist, der einzige andere ihm bekannte Gedankenleser, empfindet im Gegensatz zu ihm bei seinem Tun nicht die geringsten Skrupel, sondern nutzt seine Fähigkeit dazu aus, sich ein angenehmes Leben zu finanzieren; Seligs Freundin Toni läßt ihn während eines LSD-Trips unbewußt wissen, daß sie ihn für einen vampirhaften Schmarotzer hält; seine Adoptivschwester Judith, die ein sexuell aktives Leben führt, verachtet ihn, weil sie schon als kleines Mädchen instinktiv erfaßt hat, daß er ihre Gedanken lesen kann. Dennoch zieht es Selig immer wieder zu ihr zurück. Erst als er seine Gabe völlig verloren hat, gelingt es ihm, ›normale‹ Beziehungen zu den Menschen aufzunehmen. Indem er nach der Maxime »Was ich nicht weiß, macht mich nicht heiß« verfährt, kommt er sogar mit seiner Schwester und deren Kind relativ friedlich aus.

Dying Inside ist weniger ein SF-Roman als ein Roman über Kommunikationsprobleme und die Einsamkeit eines Menschen im Moloch Großstadt. Die Umwelt, die S. schildert, ist das New York von heute – ohne die sonstigen Versatzstücke, die die Science Fiction ausmachen. Obwohl die Leidensgestalt des David Selig sehr glaubwürdig geschildert ist, geht die Kritik nicht eben sanft mit ihrem Schöpfer um: »Das angeblich Tragische an der Situation ist wieder nur einmal eine breitgetretene Sentimentalität über das magische Verschwinden einer magischen Fähigkeit« (F. Rottensteiner).

Lord Valentine's Castle
(1980; dt. *Krieg der Träume*, 1981)

Dies ist die Geschichte eines jungen Mannes, der das Gedächtnis verloren hat, als fröhlicher Gaukler unter fröhlichen Gauklern auf einem riesigen, sauberen, sonnenbeschienenen Planeten lebt und eines Tages per Zufall entdeckt, daß er gar nicht derjenige ist, der er zu sein scheint: Valentine hat, nachdem er und seine Freunde eine wenig beachtete Vorstellung vor Lord Valentine, dem Verwalter des Planeten »Majipoor«, gegeben haben, plötzlich mysteriöse Träume. Er befragt eine Traumdeuterin, die meint, er sei ein Mann, »der aus großer Höhe herabgefallen ist«. Der spöttische junge Mann muß bald anhand anderer Indizien feststellen, daß die Traumdeuterin recht hat: Er ist in Wirklichkeit der echte Lord Valentine; der Mann, der auf seinem Thron sitzt, kann nur ein Hochstapler sein. Da ihm aber das Leben unter den Gauklern gefällt und er keine Lust hat, die Last eines Staatsamtes auf sich zu nehmen, will er nichts gegen den Usurpator unternehmen. Später jedoch gelangt er zu der Ansicht, daß die Welt im Chaos enden muß, wenn er den Betrüger nicht entlarvt. Da ihm das Geld für die weite Reise fehlt – »Majipoor« ist eine ungleich größere Welt als die Erde und wurde vor ca. 14 000 Jahren kolonisiert –, bleibt er zunächst bei seinen Freunden und beschließt, seinen Verdienst zu sparen, um irgendwann sein Vorhaben in die Tat umsetzen zu können.

Der größte Teil des Romans besteht aus den Beschreibungen der langen Reise, zu der sich Valentine und seine Freunde schließlich aufmachen. Sie gelangen in die unterschiedlichsten Länder, werden hereingelegt und angegriffen, schlagen sich nach allen Regeln der Kunst durch und gelangen nach vielen aufregenden Abenteuern, einem Schiffbruch und einem Kampf mit einem Seeungeheuer in das Labyrinth des

»Pontifex«: Er ist der eigentliche Herr dieser Welt, aber ein dekadenter, alter Trottel, der sich seinen Untertanen nicht einmal zeigt. Nach einem dornenreichen Weg zur Burg Lord Valentines gelingt es den Angreifern, in den gewaltigen Palast einzudringen und den Hochstapler zu stellen. Er ist der Sohn eines machthungrigen Intriganten, der schließlich das Handtuch wirft und bei seinem vermeintlichen Erzeuger Schutz sucht. Dieser jedoch entpuppt sich als Angehöriger der eingeborenen »Metamorphen«, eines Volkes, das das menschliche Aussehen nachahmen kann. Dieses Wesen hat dem falschen Valentine zum Thron verholfen, um seiner Rasse Vorteile zu verschaffen.
Die Stimmen der Kritik waren gemischt: Während die amerikanischen Rezensenten *Lord Valentine's Castle* euphorisch feierten (»Wir haben Robert Silverberg in seiner bemerkenswerten Karriere unter anderem als SF-Abenteuer-Schreiber, als New Wave-Stilisten, als introspektiven Philosophen und Transzendental-Theoretiker erlebt – nun erleben wir ihn als meisterhaften Geschichtenerzähler ...« (D. Fratz), sah der englische Autor Ian Watson darin »ein in Wirklichkeit gigantisches Jugendbuch ... geschrieben für Jugendliche jeglichen Alters ... im Grunde eine elegant geschriebene, aber schmalbrüstige Banalität«.

SIMAK, CLIFFORD D(ONALD)
(*1904)

Geboren in Milville, Wisconsin. S. wuchs in der ländlichen Idylle Wisconsins auf und besuchte die High School. Nach dem Studium an der Universität von Wisconsin arbeitete er als Journalist, in einem Beruf, dem er sein Leben lang treu blieb. U. a. war er Reporter für die Zeitungen *Minnesota Star* und *Minnesota Tribune*, aber auch Nachrichtenredakteur und Redakteur einer wissenschaftlichen Kolumne. SF-Autor ist S. seit 1931. Damit kann er auf eine der längsten Schriftstellerkarrieren innerhalb des Genres zurückblicken.
Er debütierte mit der Story »The World of the Red Sun« in *Wonder Stories*. Seither wurden von ihm mehr als 30 Romane und über 100 Kurzgeschichten veröffentlicht. Zu Beginn seiner Laufbahn deutete allerdings nichts darauf hin, daß S. ein so fleißiger Autor werden sollte, denn nach vier weiteren Stories 1932 folgte – abgesehen von der Geschichte »The Creator«, die aber nur in einer semi-professionellen Publikation erschien – bis 1938 eine Pause. Danach wurde er wieder aktiv und schrieb für John W. Campbells *Astounding*. Dort war sein erster Erfolg der Fortsetzungsroman *Cosmic Engineers*. Der Durchbruch kam für ihn aber erst mit einer Reihe von Geschichten, die zwischen 1944 und 1947 in *Astounding* erschienen und später zu dem Roman *City* (1952) zusammengefaßt wurden, der 1953 den »International Fantasy Award« gewann und zu einem der bekanntesten SF-Werke überhaupt wurde. Die fünfziger Jahre sahen S. als kompetenten Autor von Erzählungen, von denen viele in dem neuen Magazin *Galaxy* erschienen. Für »The Big Front Yard« (1958) erhielt er einen »Hugo«. In den sechziger Jahren begann er, Marktzwängen folgend, mehr Romane zu schreiben. *Time Is the Simplest Thing* (1961), *All Flesh Is Grass* (1965) und *Why Call Them Back from Heaven* (1967) sind Bücher, in denen seine Liebe zur Natur und eine anti-urbane Weltsicht zum Ausdruck kommen. Ganz besonders trifft das aber auf *Way Station* (1963) zu, in dem ein einsamer Farmer auf seinem Bauernhof Stationsvorsteher für durchreisende Außerirdische spielt. *Way Station* ist einer von S.s besten Romanen, der ihm auch den zweiten »Hugo« eintrug. Neues Terrain beschritt S. mit *The Goblin Reservation* (1968) und *Out of Their Minds* (1970), lustigen Slapstickromanen, in denen die verrücktesten Gestalten auftauchen.
S. schrieb nun seit 40 Jahren SF und schien dennoch unverbraucht. Seine Bücher wirkten zeitlos und auch auf neue Lesergenerationen anziehend. Einige seiner Kurzgeschichten wie »The Autumn Land« (1971) und »Construction Shack« (1974) wurden für den »Hugo Award« nominiert, und auch auf dem Romansektor blieb S. kreativ: Fast jedes Jahr erschien ein neues Buch. *A Choice of Gods* (1972), *Cemetery World* (1973), *Enchanted Pilgrimage* und *Mastodonia* (1978) strahlen allesamt ein romantisch-pastorales Flair aus, und neuere Werke wie *The Visitors* (1979) und *Project Pope* (1981) kann man ohne weiteres zu seinen besten Romanen zählen. Schließlich gelang es ihm, im Alter von 77 Jahren mit seiner Kurzgeschichte »Grotto of the Dancing Deer« (1980) »Hugo« und »Nebula Award« zu gewinnen.

S. ist einer der großen Altmeister des Genres. Seine erstaunliche Leistung, über ein halbes Jahrhundert SF zu schreiben, die nichts an Aktualität oder Beliebtheit einbüßte, hat kaum eine Parallele. Seine Bücher sind voller Emotionen; Gewalt taucht nur selten in ihnen auf. Hunde, Rosen, Roboter und überlegene, aber friedfertige galaktische Zivilisationen sind ständig wiederkehrende Figuren und Topoi. Sein Standardprotagonist ist gewöhnlich ein weiser älterer Mann vom Lande, dem sich kosmische Weiten auftun, ein unverfälschter Farmer, der sich durch seine Toleranz richtig verhält. Gewiß, S.s antitechnologische Ausrichtung und seine sentimentale Betulichkeit wirken an manchen Stellen naiv, es ist ihm aber auch gelungen, mit einem Großteil seiner Texte Wärme, Toleranz und Geborgenheit zu vermitteln, Werte, die in der SF nicht allzu häufig anzutreffen sind. S. ist sicher nicht der fortschrittlichste Autor der Science Fiction, aber er tut auch keinem etwas zuleide. Für sein Gesamtwerk erhielt er 1976 von den »Science Fiction Writers of America« den »Grand Master Nebula Award«.

Cosmic Engineers (1938/1950; *Ingenieure des Kosmos*, 1958); *Time and Again* (1951; *Tod aus der Zukunft*, 1961); *Empire* (1951; *Empire*, 1959); *Ring around the Sun* (1953; *Ring um die Sonne*, 1962); *Time Is the Simplest Thing* (1961; *Die unsichtbare Barriere*, 1962); *The Trouble with Tycho* (1961; *Der Mond-Prospektor*, 1963); *They Walked Like Men* (1962; *Planet zu verkaufen*, 1966); *All Flesh Is Grass* (1965; *Blumen aus einer anderen Welt*, 1966); *Why Call Them Back from Heaven?* (1967; *Geschäfte mit der Ewigkeit*, 1967); *The Werewolf Principle* (1967; *Mann aus der Retorte*, 1968); *Goblin Reservation* (1968; *Die Kolonie der Kobolde*, 1969); *Out of Their Minds* (1970; *Verteufelte Welt*, 1971); *Destiny Doll* (1971; *Welt der Puppen*, 1974); *A Choice of Gods* (1972; *Die letzte Idylle*, 1973); *Cemetery World* (1973; *Heimat Erde*, 1976); *Our Children's Children* (1974; *Gefahr aus der Zukunft*, 1979); *Enchanted Pilgrimage* (1975; *Marc Cornwalls Pilgerfahrt*, 1977); *Shakespeare's Planet* (1976; *Shakespeares Planet*, 1978); *A Heritage of Stars* (1977; *Ein Erbe der Sterne*, 1980); *The Fellowship of the Talisman* (1978; *Die Bruderschaft vom Talisman*, 1979); *Mastodonia* (1978; *Mastodonia*, 1982); *Project Pope* (1981).

City

(1952; dt. *Als es noch Menschen gab*, 1964)

Der Roman besteht aus acht zusammenhängenden Episoden und schildert am Beispiel der Webster-Familie die Zukunft der Menschheit und ihrer Erben, intelligenten Hunden und Robotern. Dabei sind die Episoden Legenden, die sich die Hunde nachts am Lagerfeuer erzählen, wie der »Herausgeber« des Buches, ein Hund einer fernen, unspezifizierten Zukunft, am Anfang zu berichten weiß. Er stellt weiterhin fest, daß es strittig sei, ob diese Legenden ganz ins Land der Mythen und Märchen gehören oder wenigstens teilweise auf historischen Tatsachen beruhen.

Die Titelgeschichte spielt im Jahr 2000. Bedingt durch technologische Umwälzungen und Atomangst haben die Menschen ihre Städte verlassen und leben auf dem Land. Die nächsten Episoden unterstreichen diesen Rückzug: Wachsende Automation splittert die Spezies Mensch auf. Intelligente Roboter werden konstruiert, intelligente Hunde durch Genmanipulation gezüchtet. Wichtige Entscheidungen und Erfindungen gehen nicht mehr vom Menschen aus, sondern werden ihm von Robotern und Mutanten abgenommen. Der Homo sapiens als Spezies löst sich langsam auf: Ein Teil fliegt zu den Sternen, anderen gefällt ihr angepaßtes Dasein als Jupiterbewohner so gut, daß sie die menschliche Form nie wieder annehmen wollen. Schließlich gibt es nur noch in Genf, dem Sitz der Weltregierung, Menschen. Die Erde bleibt den Hunden unter ihrem Robotmentor Jenkins überlassen. Als tausend Jahre später einer der letzten Websters Genf verläßt und eine Zivilisation vorfindet, die auf der Bruderschaft aller Tiere beruht, läßt er eine Metallkuppel über der letzten Stadt erbauen, die diese hermetisch von ihrer Umwelt abschließt. Unglücklicherweise bleiben jedoch einige spielende Kinder draußen. Sie werden später von Jenkins und den Hunden gerettet und töten im Spiel ein Rotkehlchen, worauf Jenkins, eine Wiederholung der menschlichen Geschichte fürchtend, sie auf eine der neuentdeckten Parallelerden bringen läßt. Aber trotz aller Vorsichtsmaßnahmen endet *City* nicht als Hunde-Utopia. In der letzten Episode droht ein riesiger Ameisenbau die Erde zu überziehen. Jenkins sucht beim letzten Webster (jetzt synonym für Mensch stehend) Rat,

lehnt aber dessen Vorschlag, die Ameisen einfach zu vergiften, ab. Am Ende ziehen die Hunde in verschiedene Parallelwelten und überlassen die Erde den Ameisen.
Von allen Romanen S.s kommt in *City* die Enttäuschung des Autors über den Menschen am deutlichsten zum Ausdruck. Die Geschichten entstanden aus Widerwillen gegen den Zweiten Weltkrieg und speziell Hiroshima. Unter diesem Aspekt ist der Roman auch nicht als Tieridylle zu verstehen, sondern als friedlich-pastorales Dystopia des Menschen, als direkte Antithese zu dem unbändigen Optimismus, der von den meisten Zeitgenossen S.s in *Astounding* versprüht wurde. *City* ist das intellektuellste und philosophisch ernsthafteste Werk des Autors, für das er 1953 völlig zu Recht mit dem »International Fantasy Award« ausgezeichnet wurde.

Way Station
(1963; dt. *Raumstation auf der Erde*, 1964)

Enoch Wallace lebt auf einer Farm in der Nähe von Milville, Wisconsin. Hier führt er ein geruhsames, zurückgezogenes Leben. Nur einmal am Tag zeigt er sich seinen Nachbarn, wenn er die Post aus dem Briefkasten holt und mit dem Briefträger ein paar Worte wechselt. Er wäre ein ganz normaler, in diese ländliche Gegend passender Mann – wenn er älter würde. Aber er sieht immer aus wie dreißig. Eigentlich müßte er längst tot sein, denn er wurde 1840 geboren und nahm am amerikanischen Bürgerkrieg teil. Die Leute der Umgebung haben ihn längst als lokale Besonderheit akzeptiert, nicht so der US-Geheimdienst, der einen Agenten schickt, um Enochs Geheimnis zu ergründen. Des Rätsels Lösung: Enoch ist Vorsteher einer Wegstation für galaktische Intelligenzen, die sich mittels Transmitter von Planet zu Planet bewegen. Ein »Rastplatz« auf einer ihrer längeren Strecken ist Enochs Farm, die für diesen Zweck ausgesucht wurde, weil die Erde noch zu hinterwäldlerisch ist, um eine offizielle Station zu erhalten und damit in den Bund der Sternenvölker aufgenommen zu werden. Enochs Wegstation muß im geheimen operieren, er sich selbst von seiner Art isoliert halten. Als Ausgleich für diese Dienste erhielt er von den Außerirdischen ein Geschenk: die Unsterblichkeit.
Aber auch die Galaktiker haben ihre Probleme. Der Talisman, ein einigender Faktor zwischen ihren Völkern, ist abhanden gekommen. Nun sind Separatisten am Werk, und mehrere Gruppen sähen die Station auf der Erde lieber heute als morgen abgebaut. Verschärft wird die entstehende Spannung noch durch einen Fehltritt des Geheimagenten, der Wallace observiert. Der Menschheit droht nun gar die Vernichtung, aber die Handlung nimmt eine unerwartete Wendung, als Enoch den Dieb des Talismans tötet, der zufällig seine Station passiert hatte. Überdies entpuppt sich Lucy Fisher, ein taubstummes Mädchen, mit dem Enoch Kontakt aufgenommen hatte, als idealer Treuhänder des Talismans, und damit sind auch die Barrieren aus dem Weg geräumt, die gegen eine Aufnahme der Erde in den galaktischen Bund gesprochen haben.
Way Station ist der typischste aller Simak-Romane. Er enthält nahezu alle Elemente, die seinen Verfasser bekannt gemacht haben: den ländlich-pastoralen Hintergrund, den weisen älteren Protagonisten, der friedlich seinem Tagewerk nachgeht und trotzdem Entscheidungen von kosmischer Tragweite zu fällen hat, galaktische Auseinandersetzungen, die der Autor durch diesen einsamen Protagonisten schildert, den actionarmen, eher auf freundliche Beschreibungen ausgerichteten Stil und die heile Welt, die oft am Ende gerettet ist, wenn S. alle Fäden miteinander verknüpft und die Handlung zum (kosmischen) Happy-End geführt hat. Dieser Roman gewann 1964 den »Hugo Award«.

The Visitors
(1979)

Überall in den Vereinigten Staaten gehen riesige schwarze Kästen nieder. Diese etwa 60 Meter langen und je 8 Meter hohen und breiten Besucher aus dem All fühlen sich warm an und stellen offensichtlich lebende Wesen dar. Sie fressen Bäume und gelegentlich auch ein Haus oder ein paar Autos, aber sonst scheinen sie relativ harmlos. Den Menschen der betroffenen Gebiete gelingt es nicht, mit den Kästen in Kontakt zu treten. Nur der Forststudent Jerry Conklin aus dem idyllischen Lone Pine steht plötzlich in telepathischer Verbindung mit ihnen und behauptet fortan, man habe intelligente, pflanzliche Organismen vor sich.
Die Besucher aus dem All sind der Menschheit

gegenüber nicht feindlich eingestellt, verursachen aber durch ihren Appetit eine Menge Ärger und Aufruhr. Es kommt zu einigen Zwischenfällen, bei denen sie ihre unglaublichen Verteidigungsmittel einsetzen, aber zuzuspitzen beginnt sich die Lage erst, als die Außerirdischen für ihre opulenten Mahlzeiten ›bezahlen‹ und wundervolle Geschenke in Form von Luxusgütern produzieren. Nun stehen die USA vor dem wirtschaftlichen Bankrott, und der Weltfrieden ist in Gefahr ...
The Visitors ist ein Spätwerk von S., mit dem er an die Form früherer Romane anknüpfen konnte. Inhaltlich ist der Roman eine Variation eines seiner Lieblingsthemen: Außerirdische verändern durch ihr Auftreten die Menschheit. Ähnlich wie in *They Walked Like Men* wird dieses Thema hier in satirischer Form abgehandelt, wobei S. mit verschiedenen Organisationen und der Bürokratie im allgemeinen ins Gericht geht. Seine Sympathien liegen eindeutig bei Einzelpersonen, die sich ihrer bewußt und denen Aggressionen fremd sind.

SIMON, ERIK
(*1950)

Geboren in Dresden. S. studierte Physik und schrieb zu dieser Zeit erste Erzählungen. Er engagierte sich stark bei der Gründung von SF-Clubs in der DDR. Heute ist er in einem DDR-Verlag als Lektor für Science Fiction tätig. Seine erste veröffentlichte SF-Story, »Marsmenschen gibt's natürlich nicht«, erschien in der Anthologie *Der Mann vom Anti* (hrsg. von E. Redlin, 1975) und wurde im gleichen Jahr auch in der Zeitschrift *Das Magazin* abgedruckt. Weitere Erzählungen wurden in der Anthologie *Begegnung im Licht* (1976) publiziert. 1977 kam mit *Die ersten Zeitreisen* sein erster, gemeinsam mit Reinhard Heinrich verfaßter, Roman heraus, 1978 folgte *Kontaktversuche*, eine von S. herausgegebene Anthologie bulgarischer SF.

Die ersten Zeitreisen (1977; zus. mit Reinhard Heinrich); *Kontaktversuche* (1978; als Herausgeber).

SIODMAK, CURT (KURT)
(*1902)

Geboren in Dresden; Studium in Zürich. Schon im Alter von acht Jahren durfte sich S. über die Veröffentlichung eines von ihm verfaßten Märchens freuen. Im Laufe der Zeit entstanden mehr als 30 Romane, darunter etwa 10 Titel, die man dem SF-Genre zurechnen kann. Es entstanden Romane wie *F. P. 1 antwortet nicht* (1931), der zwei Jahre später von der UFA mit Hans Albers verfilmt wurde, sowie die phantastischen Kriminalromane *Stadt hinter Nebeln* (1931), *Rache im Äther* (1932) und *Die Macht im Dunkeln* (1937). Zunehmende Schwierigkeiten mit den Nazis zwangen S. schließlich, noch im gleichen Jahr nach Frankreich und von dort aus über London in die USA zu emigrieren. Dort etablierte er sich dank seines fließenden Englisch recht schnell und machte sich als Verfasser von Filmdrehbüchern, als Regisseur und Produzent einen Namen. S.s SF-Roman *Donovan's Brain* (1943) hatte großen Erfolg, erschien unter dem Titel *Der Zauberlehrling* in deutscher Übersetzung (Nachdrucktitel: *Donovans Gehirn*). Als Filmregisseur inszenierte S. die SF-Filme *The Invisible Man* (1940), *The Magnetic Monster* (1953), *Riders to the Stars* (1954), für letzteren schrieb er auch das Drehbuch. Es folgten weitere Filme – vor allem im Horrorgenre, wie z. B. *Bride of the Gorilla* (1951). Als Regisseur steht S. allerdings im Schatten seines Bruders Robert, der Filmklassiker drehte, z. B. *The Spiral Staircase* (1945; *Die Wendeltreppe*). Wie sein Bruder kehrte auch S. zeitweise nach Deutschland zurück, wo er u. a. das Drehbuch für den Film *Das Feuerschiff* (1963) schrieb. Mit *Skyport* (1959), *Hauser's Memory* (1958; eine Buchversion des Films *Donovans Gehirn*) und *The Third Ear* (1971) erschienen noch weitere SF-Romane von S.

F. P. 1 antwortet nicht (1931); *Stadt hinter Nebeln* (1931); *Rache im Äther* (1932); *Die Macht im Dunkeln* (1937); *Skyport* (1959; *Hotel im Weltraum*, 1962); *The Third Ear* (1971; *Das dritte Ohr*, 1973); *City in the Sky* (1976; *Die Stadt im All*, 1976).

Donovan's Brain
(1943; dt. *Der Zauberlehrling*, 1951; späterer Titel: *Donovans Gehirn*)

Der Arzt und Forscher Patrick Cory arbeitet daran, Gehirne von Affen außerhalb ihres Körpers am Leben zu erhalten. Als er zu den Opfern eines Flugzeugunglücks gerufen wird, entschließt er sich, einem der sterbenden Männer heimlich das Gehirn zu entnehmen und in sein Labor zu bringen. Das Experiment gelingt, das Gehirn des Mannes bleibt außerhalb des toten Körpers am Leben. Es handelt sich um das Gehirn des Finanzmagnaten W. H. Donovan. Dieses Gehirn gewinnt nach und nach Macht über den Mediziner, bis dieser nur noch ausführendes Organ ist, das auf telepathische Befehle reagiert. Das Gehirn hat morbide Rachepläne und will Cory zu einigen Morden, sogar an Corys eigener Frau, zwingen. Schratt, ein anderer Arzt, entdeckt jedoch, was sich abspielt, schaltet das Gehirn ab und stirbt selbst dabei.
Donovan's Brain gehört zu den wichtigsten Werken des Frankenstein-Komplexes und ist ein Buch mit moralischer Tendenz, das davor warnt, in der Wissenschaft all das bedenkenlos zu tun, was machbar ist. Der Roman leidet jedoch darunter, daß der Autor, was Handlungsführung und Charaktere anbelangt, über klischeehafte Unterhaltungsliteratur nicht hinausgelangt.
Nach der Verfilmung des Stoffes erschien eine auf der Filmfassung beruhende stark veränderte und verwässerte Fassung unter dem Titel *Hauser's Memory* (1968).

SKINNER, B(URRHUS) F(REDERICK)
(*1904)

Geboren in Susquehanna, Pennsylvania. Der Professor für Verhaltensforschung und Begründer des Behaviorismus hat in diesem wissenschaftlichen Bereich eine Vielzahl z. T. kontroverser Bücher verfaßt. Basierend auf seiner Theorie des Behaviorismus, schrieb er 1948 den Roman *Walden Two*, der an Henry David Thoreaus (1817–1862) *Walden* (den Bericht seines Einsiedlerlebens, 1854) anknüpft. *Walden Two* (*Futurum Zwei*, 1970) ist eine Utopie, in der S. die potentiellen Möglichkeiten der Verhaltenssteuerung des Menschen auslotet. Durch positive Verstärkung und andere Formen der Verhaltensmodifikation wird der utopische Mensch auf Glück und Zufriedenheit konditioniert. Das allerdings geht auf Kosten seines freien Willens und vieler Grundrechte der Demokratie.

SKY, KATHLEEN
(*1943)

Geboren in Alhambra, Kalifornien. S.s erste SF-Veröffentlichung war die Geschichte »One Ordinary Day with Box« (1972). Zuvor hatte sie eine Reihe von Fächern studiert, darunter Innenarchitektur und englische Geschichte des 16. Jahrhunderts. *Birthright* (1975), ihr erster Roman, setzt sich engagiert mit dem Problem auseinander, wie man Menschen und Androiden nach genetischer Manipulation auseinanderhalten kann. Ein weiterer Roman ist *Ice Prison*, 1976 entstanden. Ein Epos unter dem Titel *Shalom*, das über fünfhundert Jahre zukünftiger jüdischer Geschichte berichtet, ist in Vorbereitung. Ohne literarische Bedeutung ist ihr bislang als einziger auf deutsch erschienener Roman *Vulcan!*, ein Raumschiff-Enterprise-Abenteuer, das innerhalb dieser Serie allerdings ein Spitzenwerk darstellt.

Birthright (1975); *Ice Prison* (1976); *Vulcan!* (1978; *Mission auf Arachnae*, 1979).

SLADEK, JOHN (THOMAS)
(*1937)

Geboren in Waverly, Iowa. S. besuchte Mitte der fünfziger Jahre das St. Thomas College und bis 1959 die Universität von Minnesota (die später als Universität von Minnetonka in seinen Romanen auftaucht). Seine ländliche Herkunft spiegelt sich in seinen Werken, die selten in Großstädten, häufig aber in hinterwäldlerischen Gegenden der USA spielen, welche der Autor meisterhaft zu schildern versteht.
In den sechziger Jahren trampte S. durch Europa und ließ sich schließlich in England nieder. Seine erste Geschichte, »The Happy Breed«, wurde in Harlan Ellisons Anthologie *Dangerous Visions* veröffentlicht. Aber schon zuvor hatte er für *New Worlds* »The Poets from Millgrave, Iowa« geschrieben und als Cassandra Knye zwei

Horrorromane, einen davon zusammen mit Thomas M. Disch, veröffentlicht.
Die schriftstellerische Karriere von S. wird immer mit dem Magazin *New Worlds* in Verbindung gebracht, in dem viele seiner besten Arbeiten auf dem Kurzgeschichtensektor erschienen sind. Er gehört zu den hervorragendsten Autoren der »New Wave« und wird oft mit Kurt Vonnegut verglichen, wenn ihm auch dessen Popularität fehlt. 1968 erschien sein erster SF-Roman, *The Reproductive System*, in dem sich sein satirisch-zynisches Erzähltalent manifestiert. *Black Alice*, ein zusammen mit Th. M. Disch verfaßter Kriminalroman, wurde ebenfalls 1968 publiziert.
The Müller-Fokker Effect, die Geschichte eines Mannes, dessen Charakter auf Computerband gespeichert wird, von dem Kopien angefertigt werden, was den Protagonisten in absurde und manchmal auch erschreckende Abenteuer stürzt, folgte 1970. Ein ausgezeichneter Storyband ist *The Steam-Driven Boy* (1973), in dem auch einige Satiren auf Schreibgewohnheiten und Stil wichtiger SF-Autoren enthalten sind, die zum Besten gehören, was das Genre an Humor hervorgebracht hat. *The New Apocrypha* ist ein Sachbuch über den aufkommenden neuen Irrationalismus, veröffentlicht 1973. S. schrieb auch mehrere Detektivromane, von denen *Black Aura* (1974) einige SF-Elemente enthält. Seine neueren Kurzgeschichten finden sich in *Keep the Giraffe Burning* (1977). 1981 erschien sein bislang bester Roman, *Roderick*. S. gehört in die Reihe der Autoren, die in der Zeit der »New Wave« der festgefahrenen SF neue Wege zeigten. Leider blieb dem Autor der ihm gebührende Bekanntheitsgrad bisher versagt.

The Müller-Fokker Effect (1970; *Der Müller-Fokker-Effekt*, 1972); *The Steam-Driven Boy* (1973); *Black Aura* (1974); *Keep the Giraffe Burning* (1977).

The Reproductive System
(anderer Titel: **Mechasm)**
(1968; dt. *Die stählerne Horde*, 1981)

In dem kleinen Nest Millford, Utah, wird Weltgeschichte gemacht: Nach dem Konkurs seiner Puppenfabrik beschließt Grandison Wompler, sich mit Regierungsgeldern eine neue Existenz aufzubauen, und beginnt mit einem Forschungsprojekt, das die Herstellung eines sich selbst reproduzierenden mechanischen Systems zur Aufgabe hat. Er engagiert eine Reihe bekannter Wissenschaftler und startet das große Vorhaben. Während einer Inspektion durch das Militär gerät das System außer Kontrolle und breitet sich in Form kleiner metallener Kästchen aus. Diese Kästchen ernähren sich von Metall und Strom und sind sehr gefräßig. Nacheinander schlucken sie die Kleinstadt Altoona und das Automatenparadies Las Vegas. Schließlich plündern sie den ganzen Mittelwesten der USA und kommen durch einen geschickten Schachzug auch nach Frankreich. Wie sich herausstellt, sind sie aber alle voll und ganz unter der Kontrolle des satanischen Doktor Grinsmaul, der Pläne zur Weltherrschaft schmiedet. Parallelhandlungen und Sub-Plots sind in diese Handlung eingeflochten. Alle Protagonisten stehen in seltsamen Beziehungen zueinander und haben meist auch einen psychischen Tick; es ist eine Eigenheit des Autors, in fast allen seinen Texten anormale Personen auftreten zu lassen. In diesem Roman bleibt kaum etwas ungeschoren, was den meisten anderen Leuten heilig ist. In seiner Studie *The Billion Year Spree* bezeichnete BRIAN W. ALDISS *The Reproductive System* als das lustigste Buch zum Thema Roboter, das die SF hervorgebracht hat.

Roderick or The Education of a Young Machine
(1981; dt. *Roderick oder die Erziehung einer Maschine*, 1982)

Von einem NASA-Angestellten bekommt die Universität von Minnetonka einen merkwürdigen Forschungsauftrag: Dort soll eine Maschine entwickelt werden, die in der Lage ist, aus ihren Erfahrungen zu lernen, also eine kybernetische Denkmaschine. Das Projekt wird zügig vorangetrieben, doch die Sache erweist sich als Flop. Der Mann von der NASA war ein Schwindler, und Projekt Roderick soll nun gestoppt werden. Ungeachtet dieses Befehls macht der eigentliche Kopf des Unternehmens, das Computergenie Dan Sonnenschein, weiter und bringt Roderick, wie die kleine Maschine heißt, zur Vollendung. Da Regierungsspione sie vernichten wollen, schickt er sie zu Bekannten aufs Land. Dort wird Roderick, da keiner sich so recht um ihn kümmern will, jeden Tag stundenlang vor den Fernseher gesetzt, aus dem er alles lernt und seine ersten Erfahrungen bezieht, die er dann, meist mit umwerfend komischem Effekt, auf Situationen seines alltäglichen Lebens anwendet. Doch sein Aufenthalt ist nicht endgültig. Er wird zu anderen ›Eltern‹ in Pflege gegeben, von Zigeunern entführt und wiedergefunden. Schließlich muß er die Schule besuchen, die er aber bald, nachdem er aus Unwissenheit und Unverständnis das totale Desaster herbeigeführt hat, wieder verlassen muß. Sein Besuch in einer Klosterschule gibt dem Verfasser Gelegenheit, sich ausführlich über Kirchendogmen und überhaupt die Religion lustig zu machen.

Mehr noch als *The Reproductive System* ist *Roderick* eine brillante Satire auf die moderne Welt im allgemeinen und den »American Way of Life« im besonderen. Gängige SF-Klischees über Roboter werden ebenso aufs Korn genommen wie überkommene Verhaltensweisen in Kirche und Gesellschaft. Durch die Augen des kleinen Roderick betrachtet, der sich mühevoll den dornigen Weg zum Verständnis seiner Umwelt erkämpfen muß, gewinnen alle Aspekte des täglichen Lebens völlig neue Gesichtszüge. Und wie in S.s erstem Roman wimmelt es auch hier von hintergründigen Wortspielen, Verballhornungen und Anspielungen auf Klassiker der Literatur und Romane seiner SF-Kollegen. *Roderick* ist eine der besten Satiren in der Science Fiction.

SMITH, CLARK ASHTON
(1893–1961)

Geboren in Long Valley, Kalifornien. S. verließ im Alter von 14 Jahren die Schule und bildete sich als Autodidakt selbst weiter, indem er sich die *Encyclopaedia Britannica* einverleibte. Er schrieb zunächst Gedichte und hatte 1912 mit einem Gedichtband auch seine erste Buchveröffentlichung (*The Star-Trader*). Zwei weitere Gedichtbände folgten. Später schrieb er einige Abenteuergeschichten und 1928 eine Horrorvignette. Ab 1930 verfaßte er eine große Anzahl von Erzählungen für die Pulp-Magazine, insbesondere für *Weird Tales*. Seine Stories – 110 insgesamt – sind zum Teil Fantasy-Geschichten (etwa jene, die auf dem Polarkontinent Hyperborea, im alten Atlantis oder im mittelalterlichen Averoigne spielen), zum Teil sind sie der »Science Fantasy« zuzuordnen (vor allem die auf einer fernen, untergehenden Erde spielenden Zothique-Stories, benannt nach dem letzten Kontinent der Erde), meistens jedoch sind sie mit »Weird Fiction«-Elementen durchsetzt. Durch eine Erbschaft finanziell unabhängig geworden, zog sich S. 1936 fast völlig vom Schreiben zurück. S. war ein farbiger Erzähler mit einer Vorliebe für exotisch-barocke Welten, der es verstand, durch ein gediegenes, teilweise altertümliches Vokabular bizarre Eindrücke beim Leser zu erwecken. Er dürfte einigen Einfluß auf die Entwicklung von Jack Vance gehabt haben, der auch thematisch manchmal an S. erinnert. C. trug auch einige Stories zum Cthulhu-Mythos seines Schriftstellerkollegen und -freundes Lovecraft bei.

The Double Shadow (C, 1933); *Out of Space and Time* (C, 1942); *Lost Worlds* (C, 1944); *Genius Loci and Other Tales* (C, 1948); *Zothique* (C, 1970); *Hyperborea* (C, 1971); *Xiccarph* (C, 1972); *Poseidonis* (C, 1973); *Saat aus dem Grabe* (C, 1970; dt. Originalzusammenstellung); *Der Planet der Toten* (C, 1971; dt. Originalzusammenstellung).

SMITH, CORDWAINER
(1913–1966)

Pseudonym des amerikanischen Politologen und Regierungsberaters Paul Myron Anthony Linebarger, geboren in Milwaukee, Wisconsin. S. verbrachte einen Teil seiner Jugend in Fernost, wo er u. a. die Universität von Nanking und die North China Union Language School besuchte. Bereits mit 15 Jahren schrieb er eine SF-Geschichte, »War No. 81–Q«, die verlorenging und erst über 50 Jahre später wiedergefunden und neu veröffentlicht wurde.

Eine seiner frühesten Veröffentlichungen war »The Ocean War: An Allegory of the Sun Yat-Sen Revolution« (1937), in der bereits Versuche erkennbar sind, typisch chinesische Wortschöpfungen in seine Landessprache zu übertragen, ein Unterfangen, das später seinem Werk eine eigene, unverwechselbare Note gab. Seinen Wehrdienst im Zweiten Weltkrieg leistete er in China ab. Danach veröffentlichte er unter dem Pseudonym Felix C. Forrest zwei Nicht-SF-Romane: *Ria* (1947) und *Carola* (1948). Ein Spionagethriller entstand 1949 unter dem Pseudonym Carmichael Smith: *Atomsk: a Novel of Suspense*. Danach veröffentlichte er nur noch als C. S. Seine erste bemerkenswerte SF-Story wurde 1950 in dem kurzlebigen Magazin *Fantasy Book* veröffentlicht: »Scanners Live in Vain«. S. schuf für sein Science-Fiction-Werk einen eigenen Kosmos, vor dessen Hintergrund sich fast alle seine Geschichten abspielten. In dieser internen Chronologie steht »Scanners Live in Vain« mit am Anfang, lediglich die Stories »War No. 81–Q«, »Mark Elf« und »No, No, Not Rogoff!« sind zeitlich früher einzuordnen. Die zentralen Ereignisse in S.s Universum beginnen 10 000 Jahre später und ranken sich im wesentlichen um zwei Themen: um die Hegemonie der wahren Menschen unter der »Instrumentalität der Menschheit« und um den Planeten »Norstrilia« oder »Altnordaustralien«, auf dem Schafe gedeihen, die die Unsterblichkeitsdroge »Santa Clara« hervorbringen. Die »Instrumentalität« ist eine nur vage umrissene Kaste von Herrschenden auf der Alten Erde, der Heimat der Menschheit, von wo sie die Galaxis dominiert. Nur den Mitgliedern der »Instrumentalität« und den Altnordaustraliern selbst ist es gestattet, mittels der genannten Droge ihr Leben auf 400 Jahre zu verlängern. Eingewoben in diese beiden Themenblöcke ist die Geschichte der Untermenschen, Wesen, die aus Tieren gezüchtete Halbmenschen darstellen und erbittert um ihre Freiheit kämpfen. Ihre langwierige Emanzipation beginnt in der Erzählung »The Dead Lady of Clowntown« (1964). Jahrtausende danach sind Bemühungen im Gang, der Menschheit ihr altes Dasein in Schmerz und Sterblichkeit zurückzugeben, um sie so wieder zu wahren Menschen zu machen – davon berichtet »Alpha Ralpha Boulevard« (1961); auch die Bemühungen der Untermenschen zeigen einigen Erfolg, geschildert in »The Ballad of Lost C'Mell« (1962). Die Geschichten um diese spezielle Thematik sind gesammelt in *Space Lords* (1965).

Das Romanwerk von S. ist sehr schmal. Seinen beiden einzigen Romanen liegt die Erzählung »The Boy Who Bought Old Earth« (1964) zugrunde, die dann zum Roman *The Planet Buyer* ausgeweitet wurde (ebenfalls 1964). Eine Fortsetzung dazu erschien postum als *The Underpeople* (1968). Beide Romane wurden leicht gekürzt von S.s Witwe unter dem Titel *Norstrilia* (1975) neu herausgegeben. Weitere Erzählungen zum Thema findet man in *Under Old Earth* (1970) und *Star Dreamer* (1971). *Quest of Three Worlds*, erschienen 1966, ist ein Episodenroman, bestehend aus mehreren miteinander verbundenen Kurzgeschichten.

Obwohl S.s Frau nach seinem Tod einige Stories vollendet hat, bleibt der großangelegte Zyklus um die »Instrumentalität« letztlich doch ein Fragment, der lange schwelende Konflikt zwischen dieser und den Untermenschen bleibt ungelöst.

S. war einer der besten Stilisten der SF. In einfacher, aber poetischer Sprache gelang es ihm, romantische, bizarre Tragödien zu gestalten, die wie aus einer anderen Welt anmuten. Sein Werk steht unter dem religiösen Aspekt, daß der Kosmos eine Stätte des Leidens ist und seine Kreaturen nur durch Liebe ihr tragisches Schicksal mildern können.

You Will Never Be the Same (C, 1963); *Space Lords* (C, 1965; *Herren im All*, 1973); *Under Old Earth* (C, 1970); *Star Dreamer* (1971; *Sternenträumer*, 1975); *Norstrilia* (1975); *The Instrumentality of Mankind* (C, 1978; *Die Instrumentalität der Menschheit*, 1982).

(Norstrilia) The Planet Buyer (1964; dt. *Der Planetenkäufer*, 1979); **The Underpeople** (1968; dt. *Die Untermenschen*, 1980)

Rod McBan ist der reichste Bewohner des Planeten »Norstrilia«, doch droht ihm der Tod, da seine telepathische Begabung, die ihm Macht verleiht, nur latent ausgebildet ist. Da er mit Hilfe seines Computers in den Besitz verschiedener Welten gelangen kann, kauft er unter anderem auch die Erde. Aus Angst vor den gnadenlosen Gesetzen seiner Heimatwelt flieht er zur Erde, die ihm ja offiziell gehört, muß aber erkennen, daß er nur eine Schachfigur im Spiel der »Instrumentalität« ist, die nicht zögert, ihn für ihre Zwecke einzusetzen. Er läßt sich genetisch verändern und flieht zu seinen neuen Artgenossen, den Tiermenschen, in die Unterwelt, wo er sich in das Katzenmädchen K'Mell verliebt.

In *The Underpeople* wird die Geschichte des jungen Rod McBan weitergesponnen. Das Katzenmädchen K'Mell hilft ihm bei seinem gefährlichen Unternehmen, sowohl die Interessen der

Instrumentalität, die immer noch über die Erde herrscht, zu berücksichtigen als auch den Untermenschen, die in ihm ihren Messias sehen, eine bessere Zukunft zu sichern. Dafür und für K'Mell opfert er sein immenses Vermögen.
Die beiden Romane sind das tragende Fundament von S.s Zukunftsgeschichte der Menschheit. Die stilistische Brillanz des Verfassers und seine Gabe des Geschichtenerzählens machen den Zyklus zu einem der Höhepunkte der jüngeren SF.

The Best of Cordwainer Smith
(1975; dt. *Die besten Stories von Cordwainer Smith*, 1980)

Der Band enthält viele Kurzgeschichten aus dem großen Zyklus um die »Instrumentalität der Menschheit«, die zum Teil wesentlich eindrucksvoller sind als die Romane des Autors; so »The Dead Lady of Clowntown«, in der die Revolte der Tiermenschen ihren Anfang nimmt. In »The Burning of the Brain« opfert sich ein Raumschiffkapitän, um sein Schiff zu retten. Er brennt sein Gehirn aus, da die Frau, die er liebt, an Bord ist. »A Planet Named Shayol« schildert einen Höllenplaneten, auf dem verbannte Verbrecher hausen; der Aufenthalt dort ist jedoch erträglich, wenn die Verbannten gut zueinander sind. »The Ballad of Lost C'Mell« erzählt von der vergeblichen Liebe des Katzenmädchens K'Mell zu Lord Jestocost, einem Angehörigen der Instrumentalität. In »The Crime and the Glory of Commander Suzdal« beschreibt S. die Methoden, mit denen die Instrumentalität die Kolonialisierung neuer Welten in Angriff nimmt – amoralisch und vollkommen skrupellos, immer darauf bedacht, ihre eigene Macht noch weiter auszudehnen und die Menschheit zu beschützen. Mit »Mother Hitton's Littul Kittons« beschreibt der Autor das biologische Verteidigungssystem des Planeten Altnordaustralien. Die Handlung der Geschichte hat Ähnlichkeit mit *Ali Baba und die vierzig Räuber.* In »Alpha Ralpha Boulevard« beginnt das große Unternehmen des Lord Jestocost, der Menschheit die Freiheit, eingeschlossen das Recht auf ihr ursprüngliches Dasein in Schmerz und auf den Tod, wiederzugeben. Einige Szenen erinnern an das Bild *Der Sturm* von Pierre Auguste Còt. Diese Geschichte gehört zu den eindrucksvollsten des Bandes. Selten gelang es einem Autor der SF, in seinen Erzählungen ein solches Maß an Emotionalität und stilistischem Können zu vereinigen.

SMITH, E(DWARD) E(LMER)
(1890–1965)

Geboren in Sheboygan, Wisconsin, als Sohn eines ehemaligen Walfängers und Kapitäns. S. studierte 1907–14 und 1916–18 Chemie an der University of Idaho und schloß mit dem Grad eines Ph. D. ab. Er arbeitete dann als Lebensmittelchemiker.
Schon während des Studiums hatte er mit der Ehefrau eines Bekannten den Roman »The Skylark of Space« geschrieben; er erschien aber erst 1928 in Fortsetzungen in *Amazing Stories*, dessen Herausgeber jedes Werk abdruckte, dessen Verfasser einen akademischen Grad vorweisen konnte (was aber nicht auf die Ansprüche des Magazins bezogen werden darf, sondern dazu diente, den jugendlichen Lesern und deren Eltern klarzumachen, daß hier ›richtige Wissenschaftler‹ schrieben). Aus »The Skylark of Space« wurde eine Space-Opera-Serie, die den Kampf zweier gegensätzlich eingestellter akademischer Genies in den Tiefen des Weltraums schildert: Richard Seaton, ein Physiker, entdeckt einen Superantrieb, der es ihm und seinem wohlhabenden Freund Martin Crane ermöglicht, ein Raumschiff zu bauen, das in kurzer Zeit unermeßliche Entfernungen zurücklegen kann. Die beiden haben aber nicht mit dem Erzschurken Dr. Marc DuQuesne gerechnet, der mit Unterstützung eines Kartellvorsitzenden die Pläne stiehlt, seinerseits ein Raumschiff baut, Seatons Verlobte entführt und den Kampf um das Universum auslöst. Die wilde Verfolgungsjagd durch interstellare Räume, die Seaton noch genügend Zeit läßt, um nebenbei Schlachten mit außerirdischen Rassen auszufechten und sich zum Herrscher über diverse Planeten krönen zu lassen, hat lediglich den Zweck, die Herrlichkeit des Erdenmenschen zu preisen und die Überlegenheit der weißen Rasse kundzutun. Die *Skylark*-Romane, von denen die ersten drei zwischen 1928 und 1935 in *Amazing* und *Astounding* erschienen, machten »Doc« Smith, wie er von den Herausgebern und Fans genannt wurde, so populär, daß man ihn als den bekanntesten

Autor der damaligen Pulp-SF sehen muß. Noch größerer Erfolg war ihm mit der *Lensman*-Serie beschieden, die 1937–1948 in *Astounding* lief. Die vier Kernromane dieses weitgespannten Weltraumspektakels (die Bände *Triplanetary* und *First Lensman* wurden später geschrieben und vor die anderen gesetzt) sorgten unter den Lesern des Magazins für große Aufregung und trugen ihren Teil zu dem nostalgisch überhöhten Image bei, das *Astounding* im nachhinein bekam.

Nach dem Zweiten Weltkrieg verlor E. E. Smith einiges von seinem Status als SF-Spitzenautor, zu groß waren die Fortschritte, die das Genre in literarischer Hinsicht machte. Doch schon bald nahmen sich Fan-Verlage seiner Romane an und publizierten diese in Buchform. Gegen Ende seiner Karriere, in den sechziger Jahren, kehrte der »Doc« noch einmal zur Space Opera zurück und schrieb den vierten Teil des *Skylark*-Zyklus.

S. war der König der Space Opera; er war der erste, der irdische Raumfahrer über die Grenzen des Sonnensystems und der Milchstraße hinausschickte, aber seine Werke sind gedanklich primitiv. Politik wird bei S. nicht als von Menschen gemachte und mithin beeinflußbare, veränderbare Sache dargestellt, sondern als von guten und bösen kosmischen Mächten vorherbestimmtes Komplott beschrieben. Alle Schurken der Menschheitsgeschichte, zu denen Personen wie Hitler und Marx ohne Unterschied zählen, werden in seiner Lensmen-Serie als Tarnexistenzen der amorphen, bösartigen, den Kollektivismus anstrebenden Eddorier ›entlarvt‹. Die Eddorier selbst sind das abgrundtief Böse: eine häßliche Rasse, die als kalt, gemein und gefühllos geschildert wird und im ganzen Universum niemanden duldet, der andere Vorstellungen hat als sie. Im Kampf gegen diese Unholde ist den tapferen Erdrecken und den seit Äonen gegen sie streitenden Arisiern natürlich jedes Mittel recht, und so verwundert es niemanden, wenn während der militärischen Vorstöße der »Galaktischen Patrouille«, einer Art Super-SS, ganze Sonnensysteme aus den Angeln gehoben werden und Milliarden von intelligenten Wesen ihr Leben verlieren.

Nahezu alle Werke von S. sind seriengebunden, und aufgrund der selbst in den siebziger Jahren noch hohen Popularität seines Namens gelang es seinen Erben sogar, Autoren zu finden, die aus drei simplen Kurzgeschichten des Verstorbenen noch ganze Romanserien machen. Gordon Eklund nahm sich der Gestalt des Lord Tedric an; Stephen Goldin schuf aus den Figuren der irdischen Geheimagenten Jules und Yvette d'Alembert eine Serie, die bereits sechs Bände umfaßt und nach einer Erzählung und Notizen von S. entstand.

E. E. Smith hat mit seinen Space-Opera-Serien Fans und Autoren gleichermaßen beeinflußt. Auch heute noch sind die *Skylark*- und *Lensmen*-Abenteuer SF-Bestseller, und trotz ihres überholten Weltbildes gelten sie bei vielen als SF ›par excellence‹, als ultimativer Nervenkitzel, doch ist – um mit S. LUNDWALL zu sprechen – »die literarische Qualität der SF seit den Tagen von E. E. Smith an sich nur noch gestiegen«.

Lensmen-Serie: *Triplanetary* (1948; *Die Planetenbasis*, 1968); *First Lensmen* (1950; *Die ersten Lensmen*, 1968); *Galactic Patrol* (1950; *Die galaktische Patrouille*, 1968); *The Grey Lensmen* (1951; *Die grauen Herrscher*, 1968); *Second Stage Lensmen* (1953; *Das zweite Imperium*, 1968); *Children of the Lens* (1954; *Das Erbe der Lens*, 1968); *The Vortex Blaster* (1960, anderer Titel: *Masters of the Vortex*; *Wächter des Mahlstroms*, 1976). – Skylark-Serie: *The Skylark of Space* (1946; *Die Abenteuer der Skylark*, 1976); *Skylark Three* (1948; *Die Skylark und die Schlacht um Osnome*, 1976); *Skylark of Valeron* (1949; *Die Skylark und die Sternenwanderer*, 1976); *Skylark DuQuesne* (1966; *Die Skylark und der Kampf um die Galaxis*, 1976). – *Spacehounds of the IPC* (1947); *The Galaxy Primes* (1965; *Die Ersten der Galaxis*, 1969); *Subspace Explorers* (1965); *Masters of Space* (1979; zus. mit E. E. Evans).

Lit.: R. Ellik / B. Evans, The Universes of E. E. Smith, 1966.

SMITH, EVELYN E.
(*1927)

Im Jahre 1952 erschien die erste Geschichte »Tea Tray in the Sky« der amerikanischen Schriftstellerin in dem Magazin *Galaxy*. Außerdem veröffentlichte S. in den fünfziger Jahren zahlreiche Stories in *Magazine of Fantasy and Science Fiction*. 1962 folgte ihr Roman *Perfect*

Planet. Wesentlich anspruchsvoller ist jedoch ihr zweiter Roman, *Unpopular Planet*, der 1975 publiziert wurde.

SMITH, GEORGE H(ENRY)
(*1922)

Geboren in Vicksburg, Mississippi. Nach dem Studium versuchte sich S. in verschiedenen Jobs. Anschließend diente er während des Zweiten Weltkrieges in der US-Marine. Nach dem Krieg begann er zu schreiben und brachte es bisher auf die stattliche Anzahl von 20 Taschenbüchern sowie 300 Kurzgeschichten und Artikel, die jedoch nicht alle der SF zuzuordnen sind. Zu seinen SF-Romanen gehören *The Coming of the Rats* (1961) und *Doomsday Wing* (1963) sowie *The Unending Night* (1964), die sich vorwiegend mit weltweiten Katastrophen, seinem bevorzugten Thema, beschäftigen.

The Unending Night (1964; *Wie ein Feuerball*, 1967); *The Forgotten Planet* (1965; *Im Reich der Vergessenen*, 1968); *The Four Day Weekend* (1966; *Aufstand der Maschinen*, 1969); *Druids World* (1967).

SMITH, GEORGE O(LIVER)
(1911–1981)

Geboren in Chikago. S. war von Beruf Elektroingenieur, spezialisiert auf Rundfunktechnik, und arbeitete von 1932 bis 1974 für verschiedene Unternehmen auf diesem Gebiet. Science Fiction schrieb er zeitlebens nur nebenberuflich. Er begann damit im Jahre 1942, weil, wie er einmal äußerte, eine Schreibmaschine in seinen Besitz gelangte und er als Techniker nicht mit ansehen konnte, daß eine Maschine unbenutzt vor sich hin rostete. Seine erste Story, »QRM-Interplanetary«, erschien 1942 in *Astounding* und war Teil der Venus-Equilateral-Serie, in der es um interstellaren Funkverkehr ging. S. war ein typischer und zeitweise bei den Lesern recht beliebter Autor von Space Operas. Einige seiner Stories erschienen unter dem Pseudonym Wesley Long.

Venus Equilateral (1947; *Relaisstation Venus*, 1968); *Pattern for Conquest* (1949); *Nomad* (1950; *Der große Krieg*, 1958); *Hellflower* (1953; *Gift aus dem Weltraum*, 1959); *Highways in Hiding* (1955; *Weltraumpest*, 1959); *Troubled Star* (1957; *Die Sonneningenieure*, 1961); *Fire in the Heavens* (1958; *Brennende Himmel*; 1959); *Lost in Space* (1959; *Schiffbruch im All*, 1961); *The Fourth R* (1959; *Das Geheimnis der Wunderkinder*, 1965).

SNEGOV, SERGEJ (ALEKSANDROVIČ)
(*1910)

Geboren in Odessa. S. wurde durch die Space Opera *Ljudi kak bogi* (1966) bekannt. Der Roman erfuhr mit *Kol'co obratnogo vremeni* (1977) eine Fortsetzung, in der eine neue Expedition mit dem Protagonisten Eli an Bord auf die »Ramiren«, ein legendäres Sternenvolk mit übermächtigen Kräften, stößt. Sie werden die »Grausamen Götter« genannt, treiben andere Rassen in den Untergang, greifen auch die irdische Flotte an, bis diese in einen Zeitriß gerät und aus dem »Ring der Gegenzeit« heraus wieder in das Geschehen eingreift.

Kol'co obratnogo vremeni (1977; *Der Ring der Gegenzeit*, 1978); *Posol bez veritel'nych gramot* (C, 1977; »Botschafter ohne Beglaubigungsurkunde«).

Ljudi kak bogi
(1966; dt. *Menschen wie Götter*, 1972)

Die Handlung setzt im 5. Jahrhundert der kommunistischen Weltära ein, in der der »Große Rat« ein Sternenreich leitet. Eli, Monteur künstlicher Sonden und nach langer Abwesenheit mal wieder auf der Erde, erzählt seine Abenteuer. Er war an Bord eines Raumschiffes, das im Sternenhaufen der Plejaden auf grauenhaft verwüstete Welten stieß. Verursacht wurden die Zerstörungen von spinnenähnlichen Kreaturen, halb organisch, halb Maschinenwesen. Sie vernichten, was ihnen in den Weg kommt, und greifen auch Raumschiffe an. Die Besatzung von Elis Raumschiff macht ihre Stützpunkte aus, als sie in einem Gefecht siegreich ist und die Flüchtlinge verfolgt. Dabei gerät man in eine Falle und kann nur mit knapper Mühe zur Erde entkommen. Dort wird eine stärkere Flotte aufgestellt, es kommt zu neuen Kämpfen, einige geraten in die Gefangenschaft der »Zerstörer«, es bildet sich eine Koalition

aus Menschen, »Galakten« (anderen Aliens, die unter den Zerstörern zu leiden haben) und einer oppositionellen Gruppe unter den Zerstörern, und in einer entscheidenden Schlacht kommt es zum Sieg über die Feinde.
Es gibt in diesem Roman eine gigantomanische Technik, wie sie in westlichen Space Operas vor allem von Autoren wie John W. Campbell und E. E. Smith angewendet wurde. So haben die Raumschiffe Durchmesser von einem Kilometer und mehr, riesige »Sternenpflüge« komprimieren kosmischen Staub zu neuen Sonnen und Planeten, »Raumfresser« jagen mit hundertfacher Lichtgeschwindigkeit durch das All, indem sie buchstäblich den Raum verschlingen, es existieren richtige Städte an Bord der »Sternenpflüge«, es gibt »Gravitationsschleudern« als Waffen u. a. m.
Wenngleich die Zielsetzung humanistisch ist, nährt sich die Handlung von in der russischen SF einst verdammten Klischees, von der Existenz einer absolut bösen und aggressiven Macht sowie von Raumschlachten. Die erste Space Opera im osteuropäischen Raum, die derart großdimensioniert anglo-amerikanischen Vorbildern folgt.

SOHL, JERRY (GERALD ALLAN)
(*1913)

Geboren in Los Angeles, Kalifornien, wo er auch heute lebt. Nach seiner Militärzeit arbeitete er zunächst für den *Daily Pantagraph* in Bloomington, Illinois. Seinen ersten Roman *The Haploids* konnte er bereits 1945 verkaufen, publiziert wurde das Buch jedoch erst 1952.
Während seiner schriftstellerischen Laufbahn hat sich S. neben der SF verschiedenen Genres wie Kriminal- und Abenteuerroman gewidmet. Außerdem verfaßte er Sachbücher und schrieb einige Folgen der TV-Serien *Star Trek* (*Raumschiff Enterprise*) und *The Invaders* (*Invasion von der Wega*).
In den fünfziger Jahren wurden seine Kurzgeschichten in zahlreichen Magazinen publiziert. Von seinen auf Unterhaltung angelegten Romanen sind auch bei uns einige erschienen. Zu nennen wären: *The Altered Ego* (1954), *The Mars Monopoly* (1962) oder *Costigan's Needle* (1965).
Nach einer längeren Pause, in der kaum etwas von S. herauskam, erschien 1976 der Roman *I, Aleppo*.

Costigan's Needle (1952; *Der Schritt ins Unbekannte*, 1965); *The Transcendent Man* (1953; *Der unsichtbare Herrscher*, 1959); *The Altered Ego* (1954; *Das vertauschte Ich*, 1958); *The Mars Monopoly* (1956; *Das Mars-Monopol*, 1962); *The Time Dissolver* (1957; *Der Zeitauflöser*, 1959).

SPINRAD, NORMAN (RICHARD)
(*1940)

Geboren in New York, wo er auch die Universität besuchte. S. gehört zu den Vertretern der amerikanischen »New Wave«, weist aber stärker Anklänge an den britischen Zweig dieser Bewegung auf, da seine Werke oft surrealistischen Einschlag haben und er sich mit seinen späteren Romanen mehr an der Mainstream-Literatur orientierte.
Sein literarisches Debüt gab der Amerikaner mit der Geschichte »The Last of the Romany« (erschienen 1963 in *Analog*). S. arbeitete als literarischer Agent und freiberuflicher Schriftsteller. Mit seinen ersten Romanen schuf er sich eine literarische Basis, aber Aufsehen erregte er mit *The Solarians* (1966) und *Agent of Chaos* (1967) nicht. Beides sind eher gediegene Space Operas, während der Protagonist seines dritten Romans, *The Men in the Jungle* (1967), eine Reihe komplexer politischer Abenteuer auf einem fernen Planeten durchleben muß und der erste in einer Reihe zynischer Antihelden in S.s Werken ist. Großen Aufruhr verursachte S. mit seinem vierten Buch, *Bug Jack Barron*, das 1967/68 zuerst als Fortsetzungsroman in *New Worlds* erschien, worauf man in einer Unterhausdebatte dem Magazin die gewährten Regierungssubventionen streichen wollte. Aber nicht nur Politiker waren verschreckt, auch die Kritik schoß mit Kanonen auf Spatzen. So bezeichnete der Schwede SAM LUNDWALL den für heutige Verhältnisse harmlosen Roman als »eine Ansammlung von Obszönitäten«.
Gegen Ende der sechziger Jahre und Anfang der siebziger Jahre veröffentlichte S. auch eine große Anzahl Kurzgeschichten, die hauptsächlich in den Bänden *The Last Hurrah of the Golden Horde* (1970) und *No Direction Home*

(1975) gesammelt wurden. Die besten davon sind: »The Big Flash«, »No Direction Home« und »A Thing of Beauty«, die bis zu einem gewissen Grad die Rock- und Drogenkultur der Endsechziger widerspiegeln. Ein weiterer Schlagzeilen machender Roman wurde 1972 veröffentlicht: *The Iron Dream* ist eine Parallelweltgeschichte, in der Hitler in die USA emigrierte und dort als SF-Autor Furore machte. Die deutsche Fassung wurde 1982 indiziert.

1973 gewann S. mit seinem Kurzroman *Riding the Torch* den »Jupiter Award«. Er schildert die Erlebnisse an Bord gewaltiger Raumschiffe, die von der verwüsteten Erde aufgebrochen sind, um nach anderen bewohnbaren Planeten zu suchen, wobei S. dem Thema »Generationenschiffe« einige neue Aspekte abgewinnt.

Obwohl er in seinen jüngeren Werken teilweise auf eigene Themen zurückgriff – *A World Between* (1979) handelt von einem Medienkrieg, der zu einem Krieg der Geschlechter ausartet –, muß man S. als treibende Kraft in der modernen SF sehen und als Analytiker apokalyptischer Tendenzen in den USA von heute.

The Solarians (1966); *Agent of Chaos* (1967); *The Men in the Jungle* (1967); *The Last Hurrah of the Golden Horde* (1970); *No Direction Home* (1975); *Riding the Torch* (1978; *Flammenritt*, 1981); *The Star-Spangled Future* (1979); *A World Between* (1979); *Songs from the Stars* (1980; *Lieder von den Sternen*, 1981).

Bug Jack Barron
(1968; dt. *Champion Jack Barron*, 1982)

Jack Barron ist ein Fernsehjournalist im Amerika der nahen Zukunft, dem Ruf nach ein Radikaler und Volksheld, der es bis nach ›oben‹ geschafft hat, ohne seinen Prinzipien untreu zu werden. Er leitet eine Talk-Show, die von 100 Millionen Zuschauern gesehen wird. Da er die Volksmeinung über Vidophon abfragen kann, stellt er für alle Herrschenden einen nicht zu unterschätzenden Machtfaktor dar.

Einer dieser Herrschenden ist der machtbesessene Milliardär Benedict Howards, Präsident einer Gesellschaft, die Interessenten nach deren Tod so lange konserviert, bis diese auf wissenschaftlichem Weg wieder zum Leben erweckt werden können. Howard will das Monopol für seine Firma. Barron greift Howard im Fernsehen an, wobei seine Methoden kaum weniger skrupellos sind als die von Howard. Aus der folgenden Auseinandersetzung geht Barron, zynisch und nur auf den eigenen Vorteil bedacht, als Gewinner hervor und wird sogar zum Präsidentschaftskandidaten gemacht, verzichtet aber zugunsten seines schwarzen Vizepräsidenten auf das Amt.

Bug Jack Barron erregte bei seinem Erscheinen einiges Aufsehen. Das lag in erster Linie an dem schnoddrigen Ton, in dem der Text geschrieben ist. Eine stakkatohafte Diktion, an die Rocksongs der damaligen Zeit und insbesondere an Bob Dylans assoziativ surrealistische Textzeilen angelehnt, gewürzt mit einigen *four-letter-words* und jiddischem Bankerslang, charakterisiert den Roman stilistisch. Inhaltlich stellt S. die Politik als korruptes Geschäft bloß, was nicht so weit hergeholt war, wie die Unterhausdebatte glauben machen sollte; unterstrich doch die Watergate-Affäre nur wenige Jahre später seine Aussagen. Insgesamt spiegelt der Roman den Zeitgeist der Endsechziger wider und gilt bei vielen Kritikern als wichtigstes SF-Buch zum Thema Politik und Medien.

The Iron Dream
(1972; dt. *Der stählerne Traum*, 1981)

Dieser Parallelweltroman fußt auf einer denkwürdigen Prämisse: Nach erfolgloser politischer Agitation wanderte Adolf Hitler 1919 in die USA aus, schlug sich als Comic-Zeichner durch und wurde, nachdem er des Englischen mächtig war, SF-Autor. Kurz vor seinem Tode im Jahre 1953 vollendete er sein Hauptwerk, das große Epos »Lord of the Swastika«, für das er 1955 postum den höchsten SF-Preis, den »Hugo Award«, verliehen bekam.

»Lord of the Swastika«, eingerahmt von einer Biographie seines Autors und einem Nachwort, bildet den Inhalt von *The Iron Dream*. S. läßt den fiktiven Hitler darin die Geschichte Feric Jaggars erzählen. Jaggar wächst nach einem Atomkrieg in dem mutantenverseuchten »Borgravia« auf und träumt von einer genetisch reinen »Herrenrasse«, wie sie nur noch in der Großrepublik »Heldon« existiert. Jaggar geht nach Heldon und versammelt rasch eine Anhängerschaft um sich, mit deren Hilfe er die Macht an sich reißt. Danach annektiert er die Mutantenstaaten um Heldon und zerschlägt

»Zind«, das Reich der telepathischen Dominatoren im Osten. Zwar gelingt es den Dominatoren, durch Strahlung alle Menschen unfruchtbar werden zu lassen, aber Jaggars Traum vom genetisch reinen Menschen geht dennoch in Erfüllung: Durch Kloning werden er und seine Elitesoldaten hunderttausendfach vervielfältigt und letztendlich auch zu den Sternen geschickt.
The Iron Dream ist eine bitterböse Satire, mit der S. zweierlei beabsichtigte: Zum einen wollte er auf faschistoide Inhalte in der SF und Fantasy hinweisen, zum anderen wollte er die ideologischen Triebfedern und Intentionen des Faschismus entlarven und lächerlich machen. Während ersteres durchaus gelungen ist, kann man letzteres nur als mißglückt bezeichnen. Unter Auslassung aller ökonomischen, sozialen und politischen Faktoren den Faschismus erklären zu wollen und sich dabei nur auf oberflächliche psychosexuelle Deutungen zu verlassen, ist auch für eine SF-Satire zu wenig. Leider macht S. seine eigene Position nicht deutlich, was dem Buch einen zwielichtigen Charakter verleiht und dazu führen könnte, daß man seinen Verfasser in genau das Lager verweist, über das er sich lustig machen wollte.

SPRINGER, H. W.
(*1939)

Pseudonym eines in Berlin geborenen und in der Nähe von Köln lebenden freien Schriftstellers, der unter einer ganzen Reihe anderer Pseudonyme über 100 Romane (hauptsächlich Krimis) und Erzählungen in Illustrierten und Anthologien veröffentlicht hat und Texte für Comics verfaßt. SF schrieb S. auch unter den Pseudonymen Hans Wolf und Michael Roberts. U. a. schrieb er an Serien wie »Die Terranauten« mit; die nachstehend aufgeführten Taschenbuchromane sind Adaptionen der britischen TV-Serie *Space 1999*.

Das Andromeda-Rätsel (1977); *Das Erbe der Roboter* (1977); *Die Ewigen von Luna* (1977); *Invasion der Esper* (1977).

SPRUILL, STEPHEN G.
(*1946)

Amerikanischer Psychologe und SF-Autor. S. debütierte 1977 mit seinem Roman *Keeper of the Gate*, der zur abenteuerlichen SF gehört. *The Psychopath Plaque* (1978) verbindet SF mit Krimielementen und ist der erste Band einer geplanten Serie um den interstellaren Detektiv Elias Kane und seinen außerirdischen Begleiter Pendrake.

STABLEFORD, BRIAN M(ICHAEL)
(*1948)

Geboren in Shipley, Yorkshire. Er studierte an der Universität von York Biologie und Soziologie und lehrt heute als Dozent an der Universität von Reading Soziologie. S. begann bereits als Teenager SF zu schreiben. In diese Zeit fällt seine Erstveröffentlichung, die zusammen mit Craig A. Mackintosh verfaßte Kurzgeschichte »Beyond Time's Aegis« (1965). Danach wurden von S. weitere Stories in den englischen SF-Magazinen publiziert. Ende der sechziger Jahre verlegte er sich jedoch auf Romane; bis 1981 produzierte er etwa zwei Dutzend. Die ersten dieser Romane waren schnell hingeschriebene Abenteuer, so auch die Dies-Irae-Trilogie (1971), die Space Opera mit Sword-&-Sorcery-Elementen verbindet. Trotz seines großen Ausstoßes – viele seiner Romane sind Bestandteile längerer Serien – gelang es S. nach und nach, wissenschaftlich fundierte Unterhaltungsliteratur zu verfassen, die auch getrost von Leuten gelesen werden kann, die gewisse Ansprüche an die SF stellen. S.s Bücher sind oft in der ersten Person geschrieben und führen den Leser rasch in eine spannende Handlung ein. Neben der Hooded-Swan-Serie (1972–75) und der Daedalus-Serie (1976–79), beides intelligente Space Operas, die Erkundungsflüge zu fernen Planeten und deren fremdartigen Kulturen schildern, gilt der Einzelroman *Man in a Cage* (1975) als sein bestes Werk. In ihm spielt ein schizophrener Erzähler die Hauptrolle, der bei einem Weltraumprojekt eingesetzt wird, nachdem »Normale« der Aufgabe nicht gewachsen waren.
Neben Fiction hat S. auch eine große Zahl von Rezensionen und Artikeln über die SF geschrie-

ben, viele davon sind in der englischen sekundärliterarischen Zeitschrift *Foundation* erschienen. Darüber hinaus veröffentlichte er ein Buch über die Geschichte und Philosophie der Wissenschaften: *The Mysteries of Modern Science* (1977).

Dies-Irae-Trilogie: *The Days of Glory* (1971); *In the Kingdom of the Beasts* (1971); *Day of Wrath* (1971). – Daedalus-Serie: *The Florians* (1976; *Paradies des Untergangs*, 1979); *Critical Threshold* (1977; *Schmetterlinge im Paradies*, 1978); *Wildeblood's Empire* (1977; *Die dritte Landung*, 1979); *The City of the Sun* (1978; *Der Sonnenstaat*, 1979); *The Balance of Power* (1979; *Das Machtgleichgewicht*, 1980); *The Paradox of the Sets* (1979; *Das Paradox der fremden Wesen*, 1980). – *Cradle in the Sun* (1969); *The Blind Worm* (1970); *To Challenge Chaos* (1972); *The Mind Riders* (1976); *Man in a Cage* (1976; *Selbstmord im All*, 1977); *The Walking Shadows* (1979; *Zeitsprünge*, 1981); *Optiman* (1980); *The Castaways of Tanagar* (1981). – Tartarus-Trilogie: *The Face of Heaven* (1976; *Die Erde über uns*, 1978); *A Vision of Hell* (1976; *Die vergessene Hölle unter uns*, 1979); *A Glimpse of Infinity* (1976; *Zurück ins Licht*, 1979).

Hooded-Swan- / Star-Pilot-Grainger-Serie
The Halcyon Drift (1972; dt. *Das Wrack im Halcyon*, 1978); **Rhapsody in Black** (1973; dt. *Der Schatz des schwarzen Planeten*, 1978); **Promised Land** (1973; dt. *Die Welt der Verheißung*, 1978); **The Paradise Game** (1974; dt. *Das Paradies-Prinzip*, 1979); **The Fenris Device** (1974; dt. *Das Götterdämmerungs-Programm*, 1979); **Swan Song** (1975; dt. *Schwanengesang*, 1980)

Im 35. Jahrhundert nimmt Raumpilot Grainger, ein interstellarer Handelsfahrer, einen ungewöhnlichen Auftrag an, um die Schulden, die bei seiner Rettung von einem unbekannten Planeten angefallen sind, begleichen zu können. Er soll aus dem »Halcyon Drift«, einem kosmischen Bermuda-Dreieck aus verzerrter Raumzeit und tödlicher Strahlung, die Ladung eines dort verschollenen Raumschiffes bergen. Das ist der Beginn einer sechsbändigen Weltraumabenteuer-Serie; jedes Buch wiederholt das im ersten Band aufgestellte Grundschema. Grainger nimmt jeweils einen neuen Job an und macht sich auf eine gefährliche Reise zu einer fremden Welt, auf der es Geheimnisse zu entdecken oder Schätze zu bergen gilt. Der ständig wütende, seine Auftraggeber und die Menschheit attackierende Grainger ist ein Unikum in der Space Opera. Er ist jedoch nicht der eigentliche Held dieser Serie. Die Schau wird ihm von der »Hooded Swan«, einem personifizierten Raumschiff, einem Vogel mit Federn aus glänzendem Metall, gestohlen. »Hooded Swan« ist halborganisch und ein Produkt neuester menschlicher und außerirdischer Technologie.

Mit dieser Space-Opera-Serie kreierte S. einen neuen Typus von Weltraum-SF. Sein misanthropischer Protagonist Grainger, das wie ein Lebewesen behandelte Raumschiff und die antiterranische Einstellung, die in allen Bänden zum Ausdruck kommt, zeigen eine Nonchalance des Verfassers, die in direktem Gegensatz zu den verknöcherten Ahnen dieser Untergattung der SF steht: den Weltraumepen E. E. »Doc« Smiths und John W. Campbells.

STALLMAN, ROBERT
(1930–1980)

Der amerikanische Autor S. war hauptberuflich Professor für Englisch an der Universität von Michigan. Sein Erstling, der Fantasy-Roman *The Orphan*, ist der erste Band einer Trilogie und wurde 1981 für den »Nebula Award« nominiert.

STAPLEDON, (WILLIAM) OLAF
(1886–1950)

Geboren in der Nähe von Liverpool. S. verbrachte seine Kindheit in Ägypten, wo sein Vater eine Schiffahrtslinie betreute. Er studierte in Oxford und war in einer Reihe von Berufen tätig. Beispielsweise arbeitete er für ein Reedereibüro in Liverpool und Port Said. Gleichzeitig hielt er Gastvorlesungen über englische Literatur an der Universität in Liverpool. Der Pazifist S. war während des Ersten Weltkriegs Fahrer eines Ambulanzfahrzeugs und kam in Frankreich zum Einsatz. Später war er in der Erwachsenenbildung tätig, hielt über diesen

Gegenstand erneut Gastvorlesungen in Liverpool und promovierte, ebenfalls in Liverpool, zum Doktor der Philosophie. Er war theologisch interessiert und lehnte die pragmatische und analytische Philosophie des 20. Jahrhunderts ab.
Sein erstes Buch erschien 1914 unter dem Titel *Latter-Day Psalms* – ein Privatdruck mit Versen. 1929 kam dann *A Modern Theory of Ethics* heraus, ein philosophisches Werk (weitere philosophische Veröffentlichungen sollten später folgen). Sein erstes literarisches Werk erschien 1930: *Last and First Man*. S. beschreibt darin den Aufstieg und Fall von nicht weniger als 18 menschlichen Rassen über einen Zeitraum von 2000 Millionen Jahren. Von der Kritik und von zeitgenössischen Schriftstellern wurde dieses Buch als Sensation empfunden; wenig später geriet es aber in Vergessenheit. S. war von seinem Anspruch und von seiner Schreibweise her kein Autor, der in den SF-Magazinen jener Tage vorstellbar gewesen wäre. Erst 1936 erfuhr er von dem SF-Autor Eric Frank Russell, daß es dergleichen überhaupt gab.
Zukunftsvisionen wie *Last and First Men* waren auch die Werke *Star Maker* (1937), *Darkness and the Light* (1942) und *Death into Life* (1946). Es handelt sich dabei um Chroniken der Menschheit über unvorstellbare Zeiträume hinweg. Insbesondere *Star Maker* gilt in dieser Hinsicht als jede Grenze sprengendes Schaubild der vielfältigsten Lebensformen im Kosmos und als Entwurf eines universellen Systems der Philosophie. Neben diesen kosmischen Geschichts- und Philosophiegemälden schrieb S. aber auch mehrere Romane, die am ehesten mit der Bezeichnung SF-Tragödien zu umreißen sind. Dazu gehören *Last Men in London* (1934), *Odd John* (1936) – ein klassischer Mutantenroman, in dem die Vernichtung von Mutanten durch die Menschheit thematisiert wird –, *Sirius* (1944) und *A Man Divided* (1950). Hier werden tragische Einzelschicksale geschildert (in *Sirius* z. B. das eines intelligenten Hundes, in *A Man Divided* das eines Mannes, der von zwei sich abwechselnden Gehirnen kontrolliert wird). Allerdings stellte S. diese Einzelschicksale in einen gesamtgesellschaftlichen Zusammenhang, bis schließlich in den schon erwähnten Hauptwerken das Individuum vollständig zugunsten der Gesamtentwicklung der Menschheit zurücktritt. Der Roman *Nebula Maker* wurde postum 1976 von der Stapledon Society anhand von Vorarbeiten und Notizen herausgegeben.
S. ist mit den üblichen Maßstäben der SF-Literatur nicht faßbar. Einen direkten Einfluß auf das Genre nahm er als Außenstehender kaum, und es sind nur wenige Autoren, die angeben, von S. beeinflußt worden zu sein (zu ihnen gehören freilich Arthur C. Clarke und James Blish). Als »kosmischer Philosoph« und als phantasiereicher Schöpfer einer Fülle von kleinen und großen Entwürfen nimmt er in der Science Fiction unbestritten einen Sonderstatus ein.

Last and First Men (1930); *Odd John* (1935; *Die Insel der Mutanten*, 1970); *Sirius* (1944; *Sirius*, 1975); *A Man Divided* (1950); *Nebula Maker* (1976).

Odd John
(1935; dt. *Die Insel der Mutanten*, 1970)

Das Buch schildert Mutanten, die hin und wieder unter normalen Menschen auftauchen, Nachkommen eines gemeinsamen Vorfahren. Meistens sind sie verkrüppelt und lebensuntüchtig, in Ausnahmefällen aber Übermenschen mit immensen Begabungen. Odd John ist einer von ihnen, und er spürt andere seinesgleichen auf, siedelt sich mit ihnen auf einer einsamen Südseeinsel an. Nach einiger Zeit allerdings werden die Mutanten aufgespürt, nach vergeblicher Gegenwehr getötet, und die Insel versinkt im Meer.
Dieser simple Handlungsabriß kann nicht die Vielfalt wiedergeben, mit der S. dieses Thema gestaltet. Er versucht dem Leser diese Übermenschen in all ihrer Widersprüchlichkeit, in ihren Stärken und Schwächen deutlich zu machen und geht letztlich davon aus, daß ein in der Rangfolge tieferes Wesen (hier der Mensch in bezug auf den Übermenschen, in gleicher Art aber zum Beispiel ein Tier in bezug zum Menschen) nicht wirklich abschließend über die höhere Lebensform zu urteilen vermag. Odd John hilft Menschen, aber er tötet auch Menschen, manchmal sogar die gleichen, denen er zuvor geholfen hat, oder seine Freunde. Die Motive für dieses Handeln bleiben dem Menschen unklar, sicher ist jedoch, daß John die Menschen nur als Tiere sieht (den Biographen seines Schicksals nennt er beispielsweise wie einen Hund »Fido«).

Einige gute Einfälle am Rande helfen, das Thema zu verdichten. So gibt es den Kontakt mit einem schon verstorbenen Mutanten, einem Krüppel, dessen Haß aus der Vergangenheit bis in die Gegenwart reicht, und eine Mutantenhure, die ihren Kunden nicht nur fleischliche Genüsse verkauft, sondern ihnen auch mit Psychotherapie weiterhilft. *Odd John* ist einer der wichtigsten, wenn nicht der wichtigste Roman der frühen SF zum Thema Mutanten.

Star Maker

(1937; dt. *Star Maker*, 1966; spätere Titel: *Der Sternenmacher*, 1969; *Der Sternenschöpfer*, 1982)

Ein namenloser Mensch (nur »Ich« genannt) hebt sich von der Erde, bewegt sich durch das All, sieht andere Welten, schließt sich auf geistiger Ebene mit Vertretern anderer Rassen zusammen, eilt als neues, aus vielen Individuen bestehendes »Ich« durch das All, immer neue Welten besuchend, immer wachsend, auf der Suche nach dem Schöpfer des Universums. Die Zeit existiert für dieses Wesen kaum noch. Gegenwart, Vergangenheit und Zukunft bieten sich als beliebig abfahrbarer Filmstreifen dar. In fernster Zukunft sind im »Ich« nicht nur die nacheinander aufgenommenen Einzelpersonen vereinigt, sondern auch alle Mitglieder der Superrassen der Zukunft, einschließlich der Sterne, die sich als intelligente Lebewesen entpuppen. Dennoch muß das Universum sterben. Als letzten Höhepunkt erkennt dieses universelle »Ich« den »Star Maker«, erahnt den Zweck des Daseins, sieht sich und das All als eines unter vielen Experimenten des Star Makers, nicht das mißlungenste, aber auch nicht das letzte.
Stilistisch erinnert *Star Maker* an die klassischen Utopien, thematisch läßt es sie weit hinter sich. Einigendes Element ist das tief in philosophische und religiöse Thematik verstrickte Handlungsgefüge.
Die erste der geschilderten Welten ist die »andere Erde«. Ihre Bewohner haben nur mangelhaft arbeitende Hörorgane, dafür jedoch einen intensiv ausgeprägten Geruchs- und Geschmackssinn. (»Auch die Geschlechtsteile waren mit Geschmacksorganen ausgestattet«). Rassische Unterschiede sieht man dort so: »Jede Rasse neigte zu dem Glauben, daß ihr eigenes Aroma charakteristisch war für all die feineren geistigen Qualitäten der ganzen Rasse ... In jedem Land wurde ein bestimmter Geschmack für das einzig Wahre angesehen, und alle anderen Aromen wurden verachtet, wenn nicht ganz verdammt ... Besonders ein Aroma, eine Art bittersüßer Geschmack, setzte seine Träger der heftigsten Verfolgung aus.« Die Welt hat ein bemerkenswertes Radio-System entwickelt, das etwa unserem Kino oder Fernsehen (Radio-Sex) als Stimulanzmittel weit überlegen ist. Sie besitzt eine Religion (»Die arbeitenden Klassen, die sich für die Besitzenden abrackerten und dafür ein bloßes Almosen erhielten, gaben ein Großteil ihres erbärmlichen Einkommens an die Priester weiter und lebten noch mehr im Schmutz, als es nötig gewesen wäre.«); sie kennt Kriege, Militärs, Pazifisten, Kapitalisten und Kommunisten. Sie ist manchmal ein satirisch verzerrtes Spiegelbild der Erde, doch zugleich ein autonomes soziologisches Gebilde.
Eine andere Welt trägt eine Rasse, die aus kollektivistischen Stammesgemeinschaften besteht. Wieder eine andere Rasse: »Ihr Rumpf war ein starres, stromlinienförmiges Gebilde, nicht größer als ein Wal und von annähernd der Form eines unserer Schnellsegler aus der Blütezeit des 19. Jahrhunderts. Aus einer Art Tentakel oder Flosse war ein Achterruder geworden, das manchmal – einem Fischschwanz vergleichbar – als Antriebsmittel diente. Aber obwohl sich all diese Lebensformen bis zu einem gewissen Grade aus eigener Kraft fortbewegen konnten, war ihr normales Fortbewegungsmittel bei weiten Entfernungen die große Segelfläche, die ihnen zur Verfügung stand. Aus den einfachen Membranen der Urtiere hatte sich nämlich ein System pergamentartiger Segel und knochiger Masten und Spieren entwickelt, die unter willkürlicher Muskelkontrolle standen.«
Eine symbiotische Rasse: »Eine dieser Kreaturen stammte von den Fischen ab, die andere war nach der äußeren Erscheinung ein Schalentier, eine Art paddelfüßiger Krabbe oder Seespinne.« Aus dieser Symbiose geht eine der erfolgreichsten Rassen der Galaxis hervor.
Ein Kompositwesen: »Auf einem großen Planeten, der seiner Sonne ziemlich nahe ist oder von einem sehr großen Satelliten umkreist wird, werden die Gezeitenunterschiede gewöhnlich groß sein. In periodischen Abständen werden weite Gebiete seiner Oberfläche von den Ozea-

nen überschwemmt und wieder freigegeben. Auf einer derartigen Welt ist also das Fliegen eine wünschenswerte Fähigkeit, aber aufgrund der großen Schwerkraft könnte sich nur ein kleines Wesen, eine relativ kleine Masse von Molekülen, in die Luft erheben. Ein Gehirn, das für die komplizierten Vorgänge eines »menschlichen Geistes« groß genug ist, wäre für diese Umweltbedingungen also zu schwer. Auf solchen Welten wurde die organische Grundlage für die Intelligenz oft von einem Schwarm fliegender Wesen gebildet, die nicht größer waren als Sperlinge. Ein Heer individueller Körper wurde von einem einzelnen Geist, der menschliche Qualitäten besaß, zusammengeschlossen.« Eine Rasse, die ein Wechselleben zwischen Tier und Pflanze führt, ein Volk, das Gesetze hat, ihre Befolgung aber nie gewaltsam durchsetzt und schließlich die sich als Lebewesen entpuppenden Sterne: Alles in allem ist *Star Maker* kein SF-Roman, sondern ein phantasievoll konstruiertes Gemälde des kosmischen Welttheaters, ein gedankentiefes, logisch faszinierendes Werk, eine Ausnahmeleistung und ein Kuriosum der Science Fiction zugleich.

STARR, BILL
(?)

Amerikanischer Autor; verfaßte die beiden zusammengehörigen Romane *The Way to Dawnworld* (1976) und *The Treasure of Wonderwhat* (1976), die von den Raumabenteuern des Halbindianers Dawnboy und seines Vaters, Ranger Farstar, berichten.

STARZL, R(AYMOND) F.
(*1899)

Bekannt wurde der in den USA geborene Autor hauptsächlich in den dreißiger Jahren durch seine Geschichten um die »I. F. P.« (»International Flying Police«), die in den Bereich der Space Opera fallen. Seine erste Geschichte, »Out of the Sub-Universe« (*Amazing Quarterly*, 1928), erschien 1981 als »Vorstoß in den Mikrokosmos« in der Anthologie *Titan* 17.

Hornets of Space (1930); *The Red Germ of Courage* (1930); *The Martian Cabal* (1932); *The Last Planet* (1934).

STASHEFF, CHRISTOPHER
(*1944)

Geboren in Mt. Vernon, New York. S. erwarb den B. A. und M. A. an der University of Michigan und promovierte 1972 in Theaterwissenschaft an der University of Nebraska. Seither ist er an einem College tätig. Als SF-Autor gelang es ihm in *Warlock in Spite of Himself* (1969) und der Fortsetzung *King Kobold* (1971), Elemente der Sword & Sorcery mit der SF zu verbinden, wobei gerade im letztgenannten Werk auch komische Züge zum Tragen kommen. *Warlock* gilt als eine der gelungensten Mischungen zwischen SF und Fantasy. Ein weiterer Roman, *A Wizard in Bedlam* (1979), war weniger erfolgreich und ließ die humorvollen Passagen ihres Vorgängers vermissen.

Warlock in Spite of Himself (1969); *King Kobold* (1971); *A Wizard in Bedlam* (1979).

STATON, MARY
(*1944)

S. kam über die Musik und die Schauspielerei zum Schreiben. 1975 erschien dann das Erstlingswerk der amerikanischen Autorin *From the Legend of Biel*. Es beschreibt in einer teilweise experimentellen Sprache, die ein wenig an Bester erinnert, eine unglaubliche Entdekkungsreise.

ST. CLAIR, MARGARET
(*1911)

Geboren in Hutchinson, Kansas, dort auch aufgewachsen. Nach dem frühen Tod ihres Vaters zog S. 1928 mit ihrer Familie nach Kalifornien. Dort heiratete sie und begann 1945 – nachdem sie zuvor schon Kriminalstories veröffentlicht hatte – Science Fiction zu schreiben. Ihr SF-Œuvre umfaßt eine Reihe von Kurzromanen, z. B. *Agent of the Unknown* (1952) und *The Games of Neith* (1960). S.s Erzählungen erschienen in den Sammlungen *Three Worlds of Futurity* (1964) und *Change the Sky* (1974). Ihre frühesten SF-Stories (ab 1947 in *Startling Stories* und *Thrilling Wonder Stories* erschienen) gehören zu der acht Erzählungen umfassenden Serie »Oona and Jik«. Für das *Magazine of Fantasy & Science Fiction* schrieb S. auch unter dem Pseudonym Idris Seabright eine Anzahl von Stories. Ihren größten Erfolg errang die Autorin mit der Krimi-Story »The Perfectionist«. Viele ihrer SF-Stories und Romane wurden ins Deutsche, Französische, Italienische und Japanische übersetzt. Heute lebt S. an der Mendocinoküste.

Agent of the Unknown (1952); *The Games of Neith* (1960), *Sign of the Labrys* (1963); *The Dolphins of Altair* (1967).

STEINBERG, WERNER
(*1913)

Geboren in Neurode, Schlesien. S. studierte Pädagogik in Elbing und Hirschberg, war als Lehrer tätig und wurde 1934 zu drei Jahren Gefängnis verurteilt, weil er eine antifaschistische Widerstandsgruppe leitete. Nach dem Krieg arbeitete er als Journalist, Schriftsteller und Herausgeber einer Zeitschrift in der Bundesrepublik. 1956 siedelte er in die DDR über, wo er als freiberuflicher Schriftsteller lebt. Er veröffentlichte Krimis, historische Romane, Gegenwartsromane und Erzählungen sowie bislang zwei SF-Romane. In *Die Augen der Blinden* (1973) geht es um Konflikte in der nach Art eines Kastensystems gegliederten Gesellschaft von Pelzwesen auf einem anderen Planeten, in welche Menschen von der Erde verwickelt werden. Das zum Teil sehr grausame soziale System der Pelzwesen beruht darauf, daß sie blind und auf die bescheidenen Ressourcen in den Höhlen des Planeten angewiesen sind. Die etwas märchenhaft anmutende Lösung: Sie können operativ von ihrer Blindheit befreit werden und ein neues System an der Oberfläche des Planeten aufbauen. Der zweite Roman, *Zwischen Sarg und Ararat* (1978), behandelt das Thema Generationenraumschiff. Sowohl was die Wahl seiner Themen als auch was seine literarischen Mittel angeht, gehört S. zu den besseren SF-Autoren der DDR.

STEINHÄUSER, GERHARD R.
(*1920)

Geboren in Brno (Brünn), ČSSR. S. studierte Philosophie und Naturwissenschaften, volontierte in einer Redaktion und betätigte sich anschließend als freier Journalist und Mitarbeiter von österreichischen Tageszeitungen. S. lebt heute in Wien. Er veröffentlichte Arbeiten wie »Heimkehr zu den Göttern« (1970), »Das Geheimnis der sterbenden Sonne« (1971) und »Jesus Christus – Erbe der Astronauten« (1972). Sein bislang einziger SF-Roman blieb *Unternehmen Stunde Null 1986 – Leben nach dem Jüngsten Tag* (1975), ein Katastrophenroman, in dem sechs Menschen aus Wien fliehen und in ihrem Zufluchtsort, einer alten Burg, inmitten des Chaos zu überleben versuchen.

STEINMÜLLER, KARLHEINZ
(*1950)

Geboren in Klingenthal, DDR. S. studierte Physik und Philosophie, schloß mit Physikdiplom und Doktor der Philosophie ab und ist heute wissenschaftlicher Mitarbeiter in einem Institut der Akademie der Wissenschaften, wo er besonders mit der Erstellung ökonomischer Systeme zu tun hat. Seine Doktorarbeit befaßt sich mit dem Verhältnis von Biologie und Physik, einige Aufsätze behandeln kybernetische Probleme. Als SF-Autor trat er bislang mit Erzählungen in Zeitschriften und Anthologien sowie mit einem eigenen Sammelband, *Der letzte Tag auf der Venus* (1979), hervor. Die Qualität dieser Stories weist ihn als einen der potentesten SF-Autoren der DDR aus.

STEPHENSON, ANDREW M(ICHAEL)
(*1946)

Geboren in Venezuela. Bevor S. als SF-Autor tätig wurde, fertigte er in seiner Freizeit Illustrationen für Magazine und Bücher an. Sein SF-Werk ist bisher recht klein, d. h., S. schrieb lediglich zwei Geschichten und zwei Romane. Der Roman *Nightwatch*, der 1977 erschien, schildert Abenteuer auf dem Mond sowie Begegnungen mit Außerirdischen. Sein zweiter Roman erschien 1979 unter dem Titel *The Wall of Years*.

STERLING, (MICHAEL) BRUCE
(*1954)

Geboren in Browsville, aufgewachsen in Austin, Texas, wo er auch heute noch lebt. S. studierte Journalismus, erwarb einen akademischen Grad und reiste zweieinhalb Jahre lang durch Europa. Nachdem er schon während des Studiums mit einigen jungen texanischen SF-Autoren (Steven Utley, Howard Waldrop, Lisa Tuttle) bekannt geworden war, nahm er 1974 an einem Schreibkursus des »Clarion SF Workshop« teil, wo ihn der Dozent Harlan Ellison ermunterte, seine im Kursus geschriebene Arbeit *Involution Ocean* zu einem Roman zu erweitern. Ellison war es dann auch, der die Veröffentlichung dieses Erstlingsromans in seiner Taschenbuchreihe »Harlan Ellisons Discoveries« ermöglichte. Ein zweiter Roman, *The Artificial Kid*, erschien 1980.

Involution Ocean
(1978; dt. *Der Staubplanet*, 1980)

Der Planet »Nullaqua« besteht aus totem Gestein und einem riesigen Krater, in dem sich ein Staubozean gebildet hat, aus dem nur wenige Felsen als Inseln herausragen. In diesem ›Meer‹ haben sich phantastische Lebensformen entwikkelt, darunter Staubwale, deren Bejagung eine der Existenzgrundlagen der Nullaqua-Kolonisten darstellt. Zu den Gästen auf Nullaqua gehört eine Gruppe von Drogenabhängigen, die sich von Walfängern eine Drogenessenz besorgen, die aus Teilen des Wales gewonnen wird. Als die Droge verboten wird, unternimmt einer von ihnen, Newhouse, selbst eine Fahrt auf einem der Walfangschiffe, um dort unbemerkt größere Mengen der Substanz zu gewinnen. So läuft der Segel-Trimaran mit ihm und einer bunt zusammengewürfelten Mannschaft aus. Da ist zum Beispiel der alte Kapitän Desperandum, der nicht nur Walfang im Sinn hat, sondern herausfinden möchte, was an den Gerüchten dran ist, daß auf dem Grunde des Kraters intelligente Ureinwohner des Planeten wohnen. Und es gibt das Mädchen Dalusa, der Ausguck, ein geflügeltes Wesen von einem anderen Planeten. Zwischen ihr und Newhouse bahnt sich eine hoffnungslose Liebesbeziehung an, hoffnungslos deshalb, weil Dalusa jeden körperlichen Kontakt zwischen ihnen mit schmerzhaften Entzündungen bezahlen muß, da sie allergisch gegen irdische Bakterien ist. Desperandum entdeckt, daß Newhouse illegal Drogen gewinnt und indirekt am Tod von zwei anderen Besatzungsmitgliedern Schuld trägt, und zwingt ihn, mit ihm zusammen im Körper eines getöteten Staubwals in das Staubmeer zu tauchen. Sie verunglücken und erfahren in einem Wachtraum Einzelheiten über die geheimnisvollen Wesen am Boden des Kraters. Newhouse wird von Dalusa aus dem Staubmeer gefischt; bei dem Versuch, auch Desperandum zu bergen, kommt Dalusa wie der Kapitän um. Newhouse kehrt als ein Mensch mit neuen Erfahrungen und Einsichten zurück und ändert sein Leben.
Farbiges SF-Abenteuer in der Tradition der Seefahrerromane, angelehnt an Melvilles *Moby Dick*.

STEVENSON, ROBERT LOUIS (BALFOUR)
(1850–1894)

Geboren in Edinburgh. S. ist auch heute noch weltweit bekannt als Verfasser vor allem von Abenteuerliteratur, etwa der *Schatzinsel*. Er reiste viel und ließ sich später in Samoa nieder, wo er auch starb. Er war einer der fruchtbarsten Autoren des 19. Jahrhunderts. Für den Bereich der SF und Fantasy relevant sind *The Strange Case of Dr. Jekyll and Mr. Hyde* (1886) – ein Buch, dessen sich auch das Kino immer wieder annahm – sowie verschiedene Stories mit phantastischen und übersinnlichen Elementen, wie sie insbesondere in den Sammelbänden *New Arabian Nights* (1882) und *More New Arabian Nights: The Dynaniter* (1885) zu finden sind.

STEWART, GEORGE R(IPPEY)
(1895–1980)

Geboren in Sewickley, Pennsylvania. S. studierte an der Princeton University, der University of California und der Columbia University. Von

1923 bis zu seiner Pensionierung 1962 war er Professor für Englisch an der University of California in Berkeley. Nebenher betätigte er sich als Autor von »Mainstream«-Romanen und Sachbüchern. Sein einziges SF-Werk ist der Roman *Earth Abides* (1949; *Leben ohne Ende*, 1952), der zu den besten SF-Katastrophenromanen gehört und 1951 mit dem »International Fantasy Award« ausgezeichnet wurde. Auch für mehrere andere Werke wurde S. ausgezeichnet. Weitere Katastrophenromane sind die Bücher *Storm* (1941) und *Fire* (1948).

Earth Abides
(1949; dt. *Leben ohne Ende*, 1952)

Die Erzählung beginnt mit einem Paukenschlag: Durch den Rundfunk kommt die Meldung, daß die amerikanische Regierung ihres Amtes enthoben worden ist; die Zivilisation liegt im Sterben. Nach Ankündigung dieses Weltereignisses reduziert S. jedoch das Geschehen auf das Erleben eines Mannes, der die Katastrophe gar nicht bewußt miterlebt. Dieser junge Mann, kurz Ish genannt, zur Zeit der Katastrophe krank, reimt sich erst später bröckchenweise die Tragödie zusammen: Eine Seuche hat plötzlich die Erde heimgesucht und die Menschen dahingerafft; nur einige wenige, aus irgendeinem Grund immun, überlebten. Nach der These des Autors war die Seuche die Antwort der Natur auf die zu große Zahl der Menschen, auf ihre dominante Position. Ish, ohnehin Einzelgänger, findet sich schnell in dem neuen Leben zurecht. Er nimmt sich einen herrenlosen Wagen und fährt damit von San Francisko aus durch leere Städte und über verlassene Landstraßen zur Westküste bis nach New York. Einige Menschen trifft er unterwegs, aber sie sind alle nicht von der Art, wie er sie sich als zukünftige Gefährten wünscht. Zurück in San Francisko findet Ish dort schließlich eine Frau, kurze Zeit später stoßen ein paar weitere Menschen zu den beiden. Man richtet sich ein, gewöhnt sich an das Unabänderliche. Man zeugt Kinder, aus den wenigen Menschen wird schließlich ein Stamm. Die Zeit vergeht, Kinder und Enkelkinder wachsen heran, die ersten der Alten sterben. Ishs Traum, die Zivilisation zu erhalten, das elektrische Licht zurückzubringen, erweist sich als undurchführbar. Der Stamm wird größer und dabei primitiver und Ish immer älter. Er ist ein Greis, ein Methusalem, der alle Freunde überlebt hat. Als letzter der Alten stirbt auch er. Aber er nimmt die Genugtuung mit sich, daß er dem Stamm nicht nur Pfeil und Bogen geschenkt hat, sondern daß auch der Tiefpunkt des Rückschritts überwunden ist.

Der Roman gehört zu den bemerkenswertesten Beispielen des SF-Katastrophenromans und beeindruckt durch erzählerische Qualitäten und ausgeprägte Charaktere. Die hinter der Handlung steckende und gelegentlich auch ausformulierte These vom zwangsläufigen Untergang der menschlichen Kultur auf dem Höhepunkt der Entwicklung ist irrational, drückt aber mit ihrer Zivilisationsmüdigkeit den Zeitgeist des 20. Jahrhunderts aus.

STINE, HANK
(*1945)

Pseudonym des amerikanischen Drehbuchautors, Redakteurs und Schriftstellers Henry Eugene Stein, geboren in Sikeston, Missouri. Sein erster SF-Roman, *Season of the Witch* (1968), erschien in einer rein pornografisch ausgerichteten Taschenbuchreihe und schildert die Erlebnisse eines Frauenmörders, der nach der Tat dazu verurteilt wird, im Körper eines Mädchens weiterzuleben. *Thrill City* (1969) behandelt das Leben nach einem atomaren Krieg, und *A Day in the Life* (1970) stellt eine Novellisation der britischen TV-Serie *The Prisoner* (Regie: Patrick McGoohan) dar, die im Deutschen Fernsehen während der frühen siebziger Jahre unter dem Titel *Nummer sechs* lief. 1979 übernahm S. die Herausgabe des in die roten Zahlen geratenen Magazins *Galaxy*, mußte aber 1980 seinen Sessel an Floyd Kemske abtreten.

STREBLOW, LOTHAR
(*1929)

Geboren in Gera. S. veröffentlicht seit 1957 Hörspiele, Romane, Sachbücher sowie vor allem Kinder- und Jugendbücher. Unter mehreren Preisen für sein Werk ist auch die 1978 erstmals an einen Schriftsteller verliehene »Umweltschutz-Medaille«. Sein literarisches Interesse an Umweltproblemen kommt auch in seinen

SF-Jugendbüchern (z. B. in *Der Wasserplanet*, 1979) zum Ausdruck. Außerhalb der Jugendbuchszene schrieb er mit *Der Planet der bunten Damen* (1977) seinen ersten SF-Roman.

Jugendbuchserie »Raumschiff Pollux«: *Die Bewohner des grünen Planeten* (1974); *Zielplanet Rondir II* (1976); *Der Computerplanet* (1977); *Meslan IV in Gefahr* (1978); *Der Wasserplanet* (1979). – *Raketenreise zu den Utzebules* (1974); *Der Planet der bunten Damen* (1977).

ST. REYNARD, GEOFF(REY)
(*1919)

Pseudonym für Robert Wilson Krepps, geboren in Pittsburgh. Nach einem Studium war er in einer Vielzahl von Berufen tätig, z. B. in einem paläontologischen Labor, in der Nahrungsmittelindustrie, in einer Anzeigenagentur, als Landarbeiter, in einer Fabrik, die Kriegsgüter im Zweiten Weltkrieg produzierte, usw. K. veröffentlichte 1943 seine erste SF-Story in *Unknown* und schrieb in der Folge vor allem für Magazine wie *Imagination* und *Fantastic Adventures*. Außerhalb der SF-Szene schrieb er Stories für *Collier's*, *Argosy*, *Adventure* und andere Magazine. K. war einer der typischen Autoren anspruchsloser SF-Unterhaltung, als es noch eine Vielzahl von SF-Magazinen auf dem amerikanischen Markt gab, und folgerichtig verschwand auch er aus der SF-Szene, als diese Magazine verschwanden. Zwei seiner Kurzromane wurden (in Heftform) auch in deutscher Sprache veröffentlicht.

Armageddon 1970 (1952; *Chaos über Manhattan*, 1968); *The Buttoned Sky* (1953; *Die Welt in Ketten*, 1958).

STRETE, CRAIG
(*1950)

Pseudonym des indianischen Schriftstellers, dessen tatsächlicher Name bisher nicht bekannt wurde; geboren in Fort Wayne, Indiana. S. veröffentlichte seine erste Geschichte, »Time Deer« (1974), in dem Magazin *If*. 1976 erschien die Sammlung *If All Else Fails, We Can Whip the Horse's Eyes and Make Him Cry and Sleep*, zu der Jorge Louis Borges das Vorwort schrieb. Abgesehen von der Sammlung *The Bleeding Man* (1977), die ausschließlich SF-Stories enthält, beschäftigt sich S. in seinen Erzählungen hauptsächlich mit den Problemen ethnischer Minderheiten in den USA.

STRUGACKIJ, ARKADIJ (NATANOVIČ) / STRUGACKIJ, BORIS (NATANOVIČ)
(*1925 / *1933)

Geboren in Batumi, Georgien (A.S.) bzw. Leningrad (B.S.); russische Autoren, die ihre Werke stets gemeinsam verfassen. A.S., der ältere der beiden Brüder, ist Linguist, Orientalist und Übersetzer. Er war Armeeoffizier und arbeitete anschließend für zwei Verlage, bevor er 1964 freiberuflicher Autor wurde. B.S. studierte Astronomie in Leningrad und arbeitete bis 1964 als Astronom an der Sternwarte von Pulkowo, bevor er auch freiberuflich als Autor tätig wurde. Das Autorengespann ist mittlerweile weltweit bekannt, und die beiden können als die besten sowjetischen SF-Autoren bezeichnet werden. Sie sprengten thematisch den engen Rahmen der sowjetischen Science Fiction und fügten ihr gleichermaßen literarische wie gesellschaftskritische Dimensionen hinzu.

Ihre ersten Erzählungen und Romane wie *Strana bagrovych tuč* (1959; *Atomvulkan Golkonda*, 1961), »Put' na Amal'teju« (1960, »Der Weg nach Amalthea«) und *Stažëry* (1962) bilden eine interplanetarische Trilogie mit einer gleichbleibenden Gruppe von Protagonisten, die, ergänzt um einige Kurzgeschichten aus den Jahren 1959 bis 1964, als eine Chronik der Zukunft gelesen werden kann. Diese ersten Werke, zu denen auch noch *Dalekaja raduga* (1963; *Der ferne Regenbogen*, 1971) gehört, waren noch ziemlich konventionelle Erzählungen von Abenteuern im Weltraum und auf anderen Planeten vor dem Hintergrund der kommunistischen Erde, wenn auch mit differenzierteren Charakteren als in der übrigen sowjetischen SF. Erst später entwickelten die Gebrüder S. ihre eigene, häufig an Volksmärchen angelehnte groteske Form.

»Fluchtversuch« (1962) bringt zum ersten Mal das Thema der Berechtigung eines Eingriffes von außen in eine andere, wenn auch rückständige Gesellschaft, wie es zuvor von Lem in *Eden* aufgeworfen worden war. In »Fluchtversuch«

sind die irdischen Helden in einer grausamen feudalen Welt noch bloße Zuschauer.
In *Trudno byt' bogom* (1964; *Es ist nicht leicht, ein Gott zu sein*, 1971) sind die irdischen Abgesandten des Instituts für Experimentalgeschichte im Reiche »Arkanar« auf einem feudalen Planeten in erster Linie auch nur Beobachter, aber sie retten doch den einen oder anderen bedrohten Wissenschaftler und Philosophen, damit diese nicht den Kriegsgreueln und Pogromen zum Opfer fallen. Aber im wesentlichen sind die revolutionären Kräfte auf sich allein gestellt. Anton, der auf Arkanar als Don Rumata auftritt, kann sich jedoch, durch seine Beziehung zu einer Frau auch gefühlsmäßig in das Leben des Planeten verwickelt, mit dem Beobachterstatus nicht abfinden und drängt zur Anwendung von Gewalt. Der Roman verwirft jedoch neuerlich eine Einmischung in die Gesellschaft eines anderen Planeten. Die Zeit ist noch nicht reif für den Aufbau einer sozialistischen Gesellschaft, die sich erst allmählich unter schmerzlichen historischen Erfahrungen herausbilden muß. Der Held engagiert sich dennoch, und der Tod seiner Freundin läßt ihn entwurzelt zwischen beiden Welten zurück, sein Aktivismus wird zur grüblerischen Apathie. Die Qualitäten des Romans liegen in der Umsetzung der historischen These in menschliche Charaktere und gesellschaftliche Dramatik, sehr konkret in der Darstellung ganz durchschnittlicher Menschen. Der Held ist eine zerrissene Gestalt, zwar ein Gott im Vergleich zu der Gesellschaft auf Arkanar, hat aber doch nicht die Macht, seine Vorstellungen in die Tat umzusetzen. In *Obitaemyi ostrov* (1971; *Die bewohnte Insel*, 1972) und »Der Bursche aus der Hölle« (1976) greifen die Autoren diese Problematik in vergröberter Form wieder auf.
Neben diesen ›ernsten‹ Werken mit gesellschaftlicher Problematik schrieben die S.s ab 1965 auch eine Reihe märchenhafter Grotesken, die nicht über die Erde hinausgehen und die sowjetische Wirklichkeit in verfremdeter Form abbilden und Karrierismus, Opportunismus, alltägliche Dummheit und die Verbürokratisierung der Wissenschaft anprangern. *Ponedel'nik načinaetsja v subbotu* (1965; *Montag beginnt am Samstag*, 1974) spielt in einem Institut für wissenschaftliche Zauberei und präsentiert einen Reigen grotesker Einfälle, darunter Reisen per Zeitmaschine in verschiedene alternative SF-Welten und die Konstruktion eines dialektisch programmierten Roboters. Professor Vybegallo ist der köstliche Typ eines wissenschaftlichen Scharlatans. Noch bissiger, wenn auch für den nicht-sowjetischen Leser nicht immer voll erkennbar, ist die Satire im »Märchen von der Troika« (1968), das in einem Märchenland spielt, zum Teil mit denselben Charakteren wie in der früheren Geschichte. Höhepunkt des Kurzromans ist eine Verhandlung über einen außerirdischen Besucher, mit dem die Bürokraten absolut nichts anzufangen wissen, weil er ihren Horizont weit übersteigt. Vielleicht noch komplexer und dunkler ist die zweiteilige kafkaeske Geschichte *Ulitka na sklone* (1966, 1968; *Die Schnecke am Hang*, 1978), in der ein riesiger Sumpfwald wohl die sowjetische Gesellschaft symbolisieren soll, die von einer »Waldverwaltung« betreut wird, welche die widersprüchlichsten Interessen verfolgt und den Wald sowohl bekämpft wie erhalten will. In ihren Schilderungen der Wildwucherung einer abnormen Bürokratie wie einer abartigen Wissenschaft zeigen die Autoren großen Einfallsreichtum; und wenn es dem Roman wie den anderen Grotesken an Klarheit mangelt, dann wohl deswegen, weil sie in einem Lande schreiben, in dem sie sich verschlüsselt ausdrücken müssen. Der tiefschwarze Roman *Gadkie lebedi* (1972; *Die häßlichen Schwäne*, 1982) konnte denn auch nie in der Sowjetunion erscheinen.
»Die zweite Invasion auf der Erde« (1968) ist eine interessante Abart der SF-Invasionsgeschichte; hier nicht mit der Gewalt der Waffen, sondern der Lüge und Korruption, gefördert durch Opportunismus, auch formal reizvoll, weil die Erzählung durch die Augen eines völlig verächtlichen Menschen gesehen wird. *Piknik na obočine* (1972; *Picknick am Wegesrand*, 1976), verfilmt von Tarkowskij, ist ein rätselhaft-bizarres Werk und neben *Malyš* (1973; *Die dritte Zivilisation*, 1975) das beste Buch der S.s in den letzten Jahren, während *Otel' ›U pogibšego al'pinista‹* (1970; *Hotel ›Zum verunglückten Bergsteiger‹*, 1973) und *S milliard let do konza sveta* (1977; *Milliarden Jahre vor dem Weltuntergang*, 1981) relativ blasse kriminalistische Abenteuer sind.

Strana bagrovych tuč (1959; *Atomvulkan Golkonda*, 1961); *Dalekaja raduga* (1963; *Der ferne Regenbogen*, 1971); *Chiščnye vešči veka* (1965;

»Die räuberischen Dinge unseres Zeitalters«); *Ulitka na sklone* (1966, 1968; *Die Schnecke am Hang*, 1978); *Otel' ›U pogibšego al'pinista‹* (1970; *Hotel ›Zum verunglückten Bergsteiger‹*, 1973); *Gadkie lebedi* (1971; *Die häßlichen Schwäne*, 1982); *Sa milliard let do konca zata* (1977; *Milliarden Jahre vor dem Weltuntergang*, 1981).

Trudno byt' bogom
(1964; dt. *Es ist nicht leicht, ein Gott zu sein*, 1971)

Rumata, der Protagonist dieses Romans, gehört einem Forschungsteam einer weiterentwickelten und interstellar kommunizierenden Erde an, das die Entwicklung auf einem rückständigen Planeten beobachtet. Er hofft, der gesellschaftlichen Entwicklung Impulse geben zu können, die es den Bewohnern ersparen, durch Perioden der Geschichte hindurchsteigen zu müssen, die auf der Erde viel Leid verursacht haben. Rumata agiert auf dem Planeten, ohne seine wahre Identität zu verraten. Der Hintergrund der planetaren Gesellschaft besteht aus einem feudal organisierten Kaiserreich, dessen Mächtige einander bekriegen, ausspionieren, Intrigen schmieden. Da der König ein schwacher Herrscher ist, liegt die eigentliche Macht in den Händen eines verräterischen Ministers. Er unterstützt heimlich einen neuen Machtfaktor in Gestalt des Don Reba, der mit dem Terror seiner Bürgergarden den Adel zu Fall zu bringen sucht. Gleichzeitig ist Don Reba ein Mann der Kirche, die ebenfalls nach der Macht greift. Sie ist es denn auch letztlich, die triumphierend aus dem Machtkampf hervorgeht und ihrerseits die Bürgergarden (»Die Grauen«) beseitigt, um dann selbst so rücksichtslos wie die Machthaber vorher zu regieren. Für die unterdrückte Bevölkerung, der Rumata eigentlich helfen möchte, ändert sich nichts.
Rumata gerät in einen Zwiespalt, resigniert. Er, der den Planetenbewohnern auch physisch überlegen und im Zweikampf unschlagbar ist, mußte zulassen, daß seine Geliebte getötet wurde, und er sieht enttäuscht, daß der erhoffte gesellschaftliche Wandel nur eine Machtumverteilung unter den herrschenden Kräften ist. Er setzt sich über den ihm erteilten Befehl der Nichteinmischung hinweg, wütet wie ein Berserker und wird zur Erde abberufen. Rumatas Konflikt geht unter die Haut, der Roman selbst ist vielschichtig und jederzeit interessant.

Ponedel'nik načinaetsja v subbotu
(1965; dt. *Montag beginnt am Samstag*, 1974)

Alexander Iwanowitsch Privalow ist auf einer Autofahrt nach Solovec. Er hält unterwegs, um zwei Anhalter mitzunehmen, die ihn überreden, am wissenschaftlichen Institut in Nitschawo zu arbeiten. Er willigt ein und muß die Nacht in merkwürdiger Umgebung verbringen: in einer »Hütte auf Hühnerbeinen«, in der der Spiegel plötzlich zu sprechen beginnt und auch der Diwan, auf dem er liegt und der in Wirklichkeit ein Translator ist, mit dem man die Wirklichkeit in eine Märchenwelt verwandeln kann, merkwürdige Dinge vollführt. Schließlich wird er als Programmierer an dem Institut eingestellt und muß prompt in der Silversternacht Dienst tun und das Institut bewachen. Als er einen Rundgang macht, begegnen ihm die merkwürdigsten Gestalten, darunter der Zauberer Merlin, Vampire und Erdgeister. Und plötzlich wimmelt es von Leben in dem menschenleeren Institut, Wissenschaftler kommen von überall her, da sie noch einige Experimente vollenden wollen. Auch Privalow versucht sich als Magier, doch er scheitert. Daher stellt er sich als Versuchskaninchen zur Verfügung, als es darum geht, mit einer Zeitmaschine in die Zukunft zu reisen. Aber an der Eisernen Wand, die die Welt der humanen Vorstellungen von der Angst vor der Zukunft trennt, findet die Reise ein plötzliches Ende.
Dieser skurrile und vor Ideen übersprudelnde Roman gehört sicher zu den Höhepunkten im Schaffen der Autoren wie auch der phantastischen Literatur allgemein, denn das Wort SF in diesem Zusammenhang zu gebrauchen, wäre sicher unkorrekt. FRANZ ROTTENSTEINER sieht in dem Roman eine »großartige Persiflage des Gesetzes vom Primat der Materie ... Gleichzeitig nehmen sie [die Autoren] die Unarten der Konsumgesellschaft aufs Korn«.

Obitaemyj ostrov
(1971; dt. *Die bewohnte Insel*, 1972)

Maksim Rostislavskij, ein Mitglied der »Gruppe freien Forschens«, ist auf einem Planeten, eben jener »bewohnten Insel«, notgelandet und sieht sich einer autoritär regierten Zivilisation gegenüber. Er läßt sich für verschiedene konkurrierende Instanzen vor den Karren spannen – wozu auch der politisch diffuse »Untergrund« gehört –, um die Verhältnisse zu ändern. Zum Schluß setzt er tatsächlich das Machtzentrum außer Kraft. Es ändert sich in der Gesellschaft des Planeten allerdings nichts, denn die Bevölkerung ist noch nicht so weit, um zu einer echten Revolution fähig zu sein.

Maksim wird als ziemlich naiver Erdbewohner geschildert, der sich allerdings körperlich und psychisch gegen die meisten seiner Gegner durchsetzen kann; ein Aktionist, der erst handelt, dann fragt. Er hat auch besondere Fähigkeiten des Überlebens, die ihn in die Nähe eines Supermannes rücken. So ist sein Körper zum Beispiel in der Lage, selbst einem Kugelhagel zu trotzen.

Der Aktionismus des Protagonisten, die einander bekämpfenden Widersacher, die lange undurchsichtigen Machtstrukturen – dies alles führt dazu, daß dieser Roman zu den spannendsten Werken des Autorenteams gehört. Die Kernaussage des Romans, wonach jede Kultur ihren eigenen Weg gehen muß und Einmischung von Fremden – auch wenn es sich um wohlmeinende Eingriffe von Repräsentanten einer weiter fortgeschrittenen Gesellschaft handelt – diesen Prozeß eher negativ als positiv beeinflußt, wurde allerdings in *Trudno byt' bogom* prägnanter und überzeugender ausgedrückt. Der Roman bekam eine gewisse Brisanz, weil einheimische Kritiker der Autoren in der autoritären Gesellschaft des Planeten Parallelen zur Sowjetunion zu entdecken glaubten.

Piknik na obočine

(1972; dt. *Picknick am Wegesrand*, 1977)

Außerirdische Wesen haben gegen Ende unseres Jahrhunderts die Erde besucht. Niemand hat sie gesehen, keiner weiß, woher sie kamen und wohin sie gegangen sind, doch in sechs Gebieten auf unserem Planeten haben sie unerklärliche Gegenstände und Erscheinungen zurückgelassen, eine Herausforderung an die irdische Wissenschaft; vielleicht auch eine Bedrohung der Menschheit.

Jedenfalls erforscht nicht nur das »Internationale Institut für außerirdische Kulturen« die Phänomene der »Besucherzonen«, auch allerlei obskure Privatleute zeigen reges Interesse an den fremden Maschinen, darunter Vertreter des militärisch-industriellen Komplexes. So ist in der Stadt Harmont am Rande einer der »Zonen« ein neuer Beruf entstanden: der »Schatzgräber«, der die außerirdischen Objekte auf eigene Rechnung und Gefahr aus der »Zone« schmuggelt. Die Schatzgräber sind doppelt bedroht, einmal von den unheimlichen Gefahren, die dort auf sie lauern und vielen von ihnen das Leben kosten, zum andern von den Soldaten, die versuchen, sie zu fangen und ins Gefängnis zu bringen. Aber es ist ein einträglicher Beruf für den, der mit dem Leben davonkommt.

Roderick Schuchart, Rotfuchs genannt, ist einer der Schatzgräber. Nachdem er ein paar Mal von den Soldaten geschnappt worden war, versucht er seinen Lebensunterhalt auf ehrliche Weise zu verdienen. Er arbeitet als Laborant in der Harmonter Filiale des Instituts für außerirdische Kulturen. Sein Chef ist Kirill, ein Russe, den er sehr schätzt. Um ihm eine Freude zu machen, unternimmt er mit ihm eine Expedition in die »Zone«, wo er ein ganz besonderes Objekt entdeckt hat, für das sich Kirill brennend interessiert. Kirill kommt bei dieser Expedition ums Leben, Rotfuchs fühlt sich schuldig an seinem Tod, und er gibt den Posten im Labor auf.

Als seine Freundin Gutta ein Kind von ihm erwartet, heiraten sie. Seine Tochter ist wie viele andere Schatzgräberkinder eine genetische Mutation. Er und Gutta versuchen alles, um ihr zu helfen, die Entfremdung wird jedoch immer stärker, je älter das Mädchen wird.

Rotfuchs, bei aller Raubeinigkeit ein anständiger Kerl, will nun versuchen, die »goldene Kugel« zu finden. Dies ist eine Maschine in der »Zone«, die besonders schwierig zu erreichen ist. Sie soll angeblich jeden Wunsch erfüllen, und Roderick, der seiner Tochter unbedingt helfen will, setzt seine letzte verzweifelte Hoffnung in diese Kugel. Er nimmt einen Jungen mit, den er, wie er weiß, opfern muß, um selbst an die Wundermaschine heranzukommen. Als er es endlich geschafft hat, wiederholt er verzweifelt die Worte des sterbenden Jungen: »Glück für alle, umsonst, niemand soll erniedrigt von hier fortgehen.«

Malyš
(1973; dt. *Die dritte Zivilisation*, 1975)

Fern von der Erde formen Arbeitsgruppen irdischer Raumfahrer die Natur eines Planeten um. Er soll zur neuen Heimat für eine menschenähnliche, doch wenig entwickelte außerirdische Zivilisation werden. Der beispiellosen Größe dieser kosmischen Hilfsaktion sind die technischen Möglichkeiten der Menschheit angemessen, für die im 22. Jahrhundert interstellare Reisen kein Problem mehr sind. Stas Popow, ein zwanzig Jahre alter Kybertechniker, auf seinem ersten Arbeitseinsatz, findet zunächst die Arbeit an dem Übersiedlungsprojekt schrecklich langweilig. Doch gerade er wird mit dem Unbekannten konfrontiert: Er hört unheimliche Geräusche, sieht Phantome, zweifelt an seinem Verstand, bis auch andere Kosmonauten seiner Arbeitsgruppe unerklärliche Vorgänge bemerken und schließlich der Urheber jener Rätsel selbst auftaucht – »der Kleine«, ein Menschenkind, das als einziger Überlebender eines vor Jahren gescheiterten irdischen Raumschiffs auf dem Planeten aufgezogen wurde. Von wem? Wer hat seinen Körper so grotesk deformiert und ihn mit Fähigkeiten ausgestattet, über die kein Mensch verfügen kann und ohne die er niemals auf diesem unwirtlichen Planeten hätte überleben können?
Der scheinbar leere Planet ist also doch bewohnt. Die Eingeborenen, die den Jungen aufgezogen haben, stehen der menschlichen Psyche unendlich fern, sie scheinen auch nicht das geringste Verlangen nach Kontakt mit den Menschen zu haben. Dem Kleinen haben sie jedoch so viele menschenähnliche Züge belassen, daß es Stas Popow und den anderen Expeditionsteilnehmern gelingt, Kontakt mit ihm aufzunehmen. Für den Kleinen ist dies ein schwieriger Konflikt, sein Unterbewußtsein gehört den Eingeborenen des Planeten, sein Bewußtsein jedoch den Menschen. Der Kommandant des Unternehmens versucht diesen Konflikt zu lösen, den Kleinen für die Menschheit zu gewinnen und durch ihn Kontakt zu den fremden Wesen aufzunehmen. Er sieht darin eine einmalige Chance für die Menschheit. Die Mitglieder der Kontaktkommission entscheiden sich gegen den Plan des Kommandanten, denn die humanistische Verantwortung der Menschheit läßt nicht zu, daß der Kleine, der jetzt als dritte Zivilisation zwischen den beiden andern steht, geopfert wird.
Die Menschen verlassen den Planeten, der Kleine bleibt zurück. Sie bleiben jedoch in Verbindung mit ihm, die Hauptkontaktperson ist Stas Popow, den der Kleine besonders ins Herz geschlossen hat.

STURGEON, THEODORE
(*1918)

Geboren als Edward Hamilton Waldo auf Staten Island, New York. Als seine Eltern sich scheiden ließen und seine Mutter wieder heiratete, nahm W. den Nachnamen seines Stiefvaters an und hieß fortan Theodore Hamilton Sturgeon. In der Schule hatte S. ziemliche Schwierigkeiten. Da er unbedingt Trapezartist werden wollte, interessierte er sich nur für den Turnunterricht. Er mußte die High School verlassen und landete auf einer Kadettenschule. Danach übte er noch in sehr jungen Jahren eine erstaunliche Vielzahl von Jobs aus, deren Palette vom Bulldozerfahrer in Puerto Rico über Hotelmanager bis hin zum Seemann reicht.
Seine ersten Versuche als Schriftsteller machte er 1937 mit einigen Geschichten, die er an eine Zeitung verkaufte. 1939 wurde seine erste SF-Story, »Ether Breather«, in *Astounding* veröffentlicht. Mit ihr kam S. zu der Gruppe Autoren, die John W. Campbell jr., der Herausgeber von *Astounding* und *Unknown*, um sich versammelt hatte, und zusammen mit Leuten wie Heinlein, Asimov, van Vogt, Kuttner, Russell und Simak sollte er in den nächsten Jahren das sogenannte »Goldene Zeitalter der SF« mitformen. Von all diesen Autoren war S. der Wissenschaft und Technik am wenigsten zugeneigt, deshalb tauchten seine Stories häufiger im Fantasymagazin *Unknown* auf. Dennoch leistete er auch wichtige Beiträge für die SF, die Kurzgeschichte »Microcosmic God« (1941) etwa, die bis heute eine seiner bekanntesten geblieben ist.
Nach dem Zweiten Weltkrieg bis zum Ende der fünfziger Jahre hatte S. seine profilierteste Zeit als SF-Autor. In diesem Zeitraum entstanden viele seiner mehr als 200 Kurzgeschichten, unter denen »Bianca's Hands«, »Thunder and Roses«, »Maturity« (alle 1947), später dann »Baby Is Three« (1952), »And Now the News« (1956)

und »The Man Who Lost the Sea« (1959) herausragen. Anfang der fünfziger Jahre verließ er *Astounding* und schrieb in der Folgezeit für Magazine wie *Galaxy* und *The Magazine of Fantasy & Science Fiction*. Dort war seine emotional eingefärbte Prosa, bei der schon immer psychologische und soziale Probleme im Mittelpunkt gestanden hatten, besser aufgehoben als im technologieorientierten *Astounding*. 1950 erschien sein erster Roman, *The Dreaming Jewels*, der Reminiszenzen an seine eigene Jugend enthält und seine Fähigkeit einfühlsamer Charakterisierungen unter Beweis stellt. Der große Durchbruch kam dann mit *More Than Human* (1953), der aus drei zusammenhängenden Stories besteht und den Zusammenschluß von sechs ›abartigen‹ Jugendlichen zu einer überlegenen Lebensform, dem »Homo Gestalt«, schildert. *More Than Human* wurde 1954 der »International Fantasy Award« verliehen und gilt bis heute als einer der zehn berühmtesten Romane der Genre-SF. Weitere Romane – erwähnenswert sind noch *The Cosmic Rape* (1958), in dem die Menschheit durch ein kollektives Geistwesen von den Sternen zunächst versklavt, dann auf eine höhere Geistesstufe gebracht wird, und *Venus Plus X* (1960), worin ein Mensch der Gegenwart in ein unisexuelles Utopia verschlagen wird – erreichten die literarische Qualität von *More Than Human* nicht. Während der sechziger und siebziger Jahre blieb S. weiter aktiv. Romane schrieb er zwar keine mehr, aber nun kamen Sammlungen seiner Kurzgeschichten in verstärktem Maße auf den Markt, und mit seiner Erzählung »Slow Sculpture« (1970) gelang ihm nochmals ein großer Erfolg, als sie »Hugo« und »Nebula Award« gewann.

S., der in der *New York Times* jahrelang SF rezensierte und kurze Zeit Assistenzherausgeber von *Galaxy* und *If* war, ist für die Entwicklung der SF ein ungemein wichtiger Autor gewesen. Neben Bradbury gilt er als ihr gefühlvollster Schriftsteller, der oft mit stilistischen Meisterleistungen aufwartete, manchmal aber auch leider in Sentimentalitäten abglitt. Bei ihm steht ausschließlich der Mensch im Mittelpunkt von Erzählungen, die oft von Liebe und Toleranz gegenüber Andersartigen handeln. In einer Reihe von Stories und auch in dem Roman *Venus Plus X* spielt das Thema Sex eine wichtige Rolle. Aus heutiger Sicht völlig harmlos, werfen sie ein bezeichnendes Licht auf die Schwierigkeiten, welche die SF bei ihrer Emanzipation und der Assimilierung allgemeinliterarischer Thematiken hatte. S. ist kein großer Romancier; seine Stärke sind die Kurzgeschichten und Novelletten, die in über einem Dutzend Sammlungen zusammengefaßt wurden. Sein Einfluß auf Autoren der sechziger und siebziger Jahre war beträchtlich, denn er war stilistisch und inhaltlich ein Innovator der SF und übte einen liberalisierenden Einfluß aus.

E Pluribus Unicorn (1953); *Caviar* (1955; *Der Gott des Mikrokosmos*, 1975); *A Touch of Strange* (1958; *In einer fremden Haut*, 1979); *The Cosmic Rape* (1958; *Das Milliardengehirn*, 1965); *Aliens 4* (1959); *Venus Plus X* (1960; *Venus Plus X*, 1974); *Beyond* (1960); *Voyage to the Bottom of the Sea* (1961; *Die Feuerflut*, 1962); *Sturgeon in Orbit* (1964; *Parallele X*, 1969); *The Joyous Invasion* (1965; *Prognose: Positiv*, 1975); *Starshine* (1966; *Licht von den Sternen*, 1975); *The Worlds of Theodore Sturgeon* (1972; *Das Geheimnis von Xanadu und Tausend Schiffe am Himmel*, beide 1974); *To Here and the Easel* (1973); *Case and the Dreamer* (1974; *Nach dem Exodus*, 1976).

The Dreaming Jewels
(anderer Titel: **The Synthetic Man)**
(1950; dt. *Die lebenden Steine*, 1974)

Horton Bluett ist ein Findelkind, ein telepathischer Außenseiter, dem es bei seinem Adoptivvater nicht sehr gut geht. Als er einmal in der Schule erwischt wird, wie er Ameisen ißt, kommt es daheim zu einer Auseinandersetzung, bei der ihm sein Stiefvater drei Finger zwischen Tür und Angel zerquetscht. Horty brennt durch und schließt sich einer Jahrmarktstruppe an, die von dem zwielichtigen Pierre Monetre, dem »Menschenfresser«, geleitet wird. Monetre, ein ehemaliger Arzt und jetzt ein zynischer Menschenfeind, hat durch Zufall lebende Kristalle entdeckt, offenbar eine fremde Lebensform. Diese Kristalle können Dinge und Lebewesen reproduzieren, und mit ihnen will Monetre die Herrschaft über die Welt erlangen. Die Liliputanerin Zena und andere Mitglieder der Kuriositätenschau sind Reproduktionen dieser Kristalle, daher hat der »Menschenfresser« auch Macht über sie. Aber auch Horty ist eine Reproduktion. Er besitzt eine Kasperlfigur, deren Augen ebenfalls lebende Steine sind. Zena er-

kennt die Zusammenhänge und versucht, Hortys Hand, an der die Finger wieder nachgewachsen sind, vor dem »Menschenfresser« zu verbergen. Dieser aber schöpft Verdacht. Horty flieht und rettet seine Schulfreundin Kay vor den Nachstellungen seines sadistischen Pflegevaters. Danach führt eine Verkettung von Zufällen alle Charaktere in Monetres Wohnwagen zusammen, wo es zu einem mentalen Duell der durch die Kristalle mit Psi-Fähigkeiten ausgestatteten Personen kommt. Zena, Horty und Solum, eine synthetische Kreatur, halb Mensch, halb Krokodil, überleben; die bösen, biologisch authentischen Menschen bleiben auf der Strecke.
Die wichtigste Aussage dieses Romans ist die Antwort auf die Frage nach der ›Menschlichkeit‹ seiner Charaktere. Nach Sturgeon wird diese nicht von der Biologie bestimmt, sondern ist vom Verhalten abhängig. Die Jugend der postiv besetzten Handlungsträger ist dabei ein Symbol für die Hoffnung des Autors auf eine bessere Menschheit. Dieser sehr eindrucksvolle Roman ist in seiner Stimmung nur mit den Büchern Bradburys zu vergleichen und nimmt schon einige Topoi vorweg, die S. später in *More Than Human* benutzte. Er zeigt aber auch deutlich S.s beschränkte Möglichkeiten auf dem Romansektor: Durch einige Längen geriet der Stoff unfreiwillig zum Melodrama.

More Than Human

(1953; dt. *Die neue Macht der Welt*, 1970)

Dieser Episodenroman besteht aus drei Teilen, von denen die Novelle »Baby Is Three« schon ein Jahr zuvor erschienen war. In ihm wird die Geschichte einer Gruppe von andersartigen Kindern erzählt, die einzeln trotz ihrer übernatürlichen Kräfte schwach sind, als gemeinsam operierende Gruppe jedoch die Welt verändern können.
Im ersten Teil, »The Fabulous Idiot« bringt der schwachsinnige Lone, der weder lesen, schreiben noch sprechen kann, intuitiv einige Kinder – allesamt von Natur oder Umwelt benachteiligt oder zu kurz gekommen – zusammen. Es sind dies Janie, ein Mädchen, das die Telekinese beherrscht, und Bonnie und Beanie, Negerzwillinge, die sich an jeden beliebigen Ort versetzen können. Die Kinder verstecken sich im Wald und gebrauchen ihre Fähigkeiten, deren sie sich kaum bewußt sind, nur unzureichend. Erst als Lone »Baby«, den mongoloiden Sohn seiner Pflegeeltern, in die Gruppe einführt, schafft dieser durch seine Geisteskräfte eine Gemeinschaft. Er erkennt auch, daß die Gruppe eine Einheit bilden kann, die mehr bedeutet als die Summe ihrer einzelnen Teile.
»Baby Is Three« spielt einige Jahre danach. Lone ist gestorben, und der hypnotisch und telepathisch veranlagte Gerry hat seine Stelle als Kopf der Gruppe übernommen. Durch eine lange Sitzung Gerrys bei einem Psychiater erfährt der Leser von den Vorgängen, die sich in der Zwischenzeit ereignet haben, und von den Fortschritten der Gruppe, die jetzt als Organismus zu verstehen ist. Der Satz »Baby ist drei« bildet in Gerry eine psychologische Sperre, die die Antwort auf die Frage verschließt, warum er Miss Kew, die ›Erzieherin‹ der Gruppe, getötet hat.
Im letzten Teil, »Morality«, sind aus den jugendlichen Mitgliedern der Gruppe junge Erwachsene geworden. Hip Barrows, ein junges Genie und Opfer der Andersartigen, schließt sich ihnen an und wird zu ihrem Gewissen. Die Gruppe ist jetzt komplett und stellt mit ihren verschiedenen Fähigkeiten ein erwachsenes Mitglied einer neuen, unsterblichen Menschenart dar, des »Homo Gestalt«. Die einzelnen Zellen dieses übermenschlichen »Homo Gestalt« leben unerkannt unter den normalen Menschen und nehmen Einfluß auf deren Evolution.
More Than Human ist S.s Meisterwerk und einer der zehn berühmtesten Romane der modernen Science Fiction. Der Autor gewann damit 1954 den »International Fantasy Award«. Dieses Buch ist das klassische Beispiel des in der SF öfters auftauchenden »Gestalt«-Motivs, wobei mehrere Mutanten ihre Fähigkeiten kombinieren und somit eine parapsychische Union und eine neue Daseinsform bilden. Was den Roman dabei so interessant macht, ist S.s Darstellungsvermögen der Charaktere und sein eindringlicher Stil. Beides läßt die märchenhafte Handlung fast realistisch erscheinen und den Leser sich mit der fast beschwörenden Forderung des Autors nach einer (über)menschenwürdigeren Zukunft identifizieren. Darüber hinaus bietet S. jedem Mitglied der menschlichen Rasse, und sei es noch so ein »Underdog«, die Chance, über den normalen Menschen hinauszuwachsen.

Kurzgeschichtensammlungen:

(1) **Without Sorcery**
(1948)

(2) **A Way Home**
(1955; dt. *Wiederbelebung*, 1977)

(3) **Sturgeon Is Alive and Well**
(1971; dt. *Sein Name war Mensch*, 1974)

S. erlangte seinen Ruf als herausragender Stilist der SF durch seine Kurzgeschichten. Er begann seine Karriere zwar in *Astounding*, doch war er nie ein typischer Vertreter dieses Magazins. Der beste Beweis dafür ist seine erste Sammlung (1), die Geschichten aus der Zeit von 1939 bis 1947 enthält und den frühen S. mit seiner ganzen Themenpalette repräsentiert. Waren seine ersten Stories, »Ether Breather« (1939) und »Butyl and the Breather« (1940) vielleicht noch im Einklang mit Campbells Vorstellungen von SF, so zeigt sich bei einer seiner berühmtesten Geschichten, »Microcosmic God« (1941), schon die Abkehr von technologischen Problemen. Der Erfinder Kidder forscht auf biochemischem Gebiet und entwickelt eine mikroskopisch kleine Spezies intelligenter Wesen, die sehr schnelllebig sind und die Menschheit technologisch rasch einholen. Aus ihrem Fortschritt will Kidder Vorteile ziehen. Bei dieser SF-Story standen für S. erstmals psychologische Probleme im Mittelpunkt, die er durch stilistische Brillanz angemessen darzustellen verstand. »It« (1940) dagegen ist eine Fantasy-Story mit starkem Horroreinschlag, die eigentlich nur von der eindringlichen Schilderung eines grauenerregenden Ungeheuers lebt.
Die stark emotional gefärbte, stilistisch geschliffene Story, bei der immer der Mensch im Mittelpunkt stand, Wissenschaft und Technik aber auch hineinspielen durften, wurde zu S.s Domäne. »Maturity« (1947) und die in (2) enthaltene Erzählung »Thunder and Roses« (1947) sind dafür gute Beispiele. Beide sind Reaktionen auf die A-Bombe, wobei »Maturity« von den Problemen eines Jungen berichtet, der paranormale Fähigkeiten entwickelt, und »Thunder and Roses«, eine Nachatomkriegsgeschichte, die durch das geschickt gewählte Symbol brauner Rosen (Strahlung!), deren Dornen nach innen wachsen und die Pflanze töten, auf erschütternde Weise vor dem Holocaust warnt.
Der späte S. läßt sich vielleicht am besten durch seine preisgekrönte Story »Slow Sculpture« (1970) in (3) charakterisieren. Hierbei handelt es sich um eine Liebesgeschichte, bei der ein Arzt, der gar keiner ist, sondern wie Kidder aus »Microcosmic God« ein Allround-Genie, eine krebskranke Frau heilt und sie ihn als Gegenleistung aus seiner Isolation befreit.
Wenig Beachtung finden in den drei Sammlungen die in den fünfziger Jahren entstandenen Stories von S., mit denen er zu einem nicht unbeträchtlichen Teil identifiziert wird. So fehlen herausragende Geschichten wie »And Now the News« (1956) und »The Man Who Lost the Sea« (1959), die zu den am häufigsten anthologisierten des Autors gehören. Ansonsten verschaffen aber alle drei Bücher einen guten Überblick über das Werk eines Autors, der zu den besten in der SF gehört.

SUTHERLAND, JAMES
(*1948)

Geboren in Greenwich, Connecticut, als Sohn eines Kunstprofessors und einer Lehrerin. S. studierte am Rochester Institute of Technology, nahm 1968/69 an Kursen für angehende SF-Autoren teil und lernte dabei Harlan Ellison kennen, der ihn förderte. Anfang der siebziger Jahre tauchte S. in den unterschiedlichsten Magazinen auf. Sein erster und bisher einziger Roman, *Stormtrack* (1974; *Signale aus dem Kosmos*, 1977) beschreibt das Leben auf einer Raumstation und einer überbevölkerten Erde.

SUTTON, JEFF(ERSON HOWARD)
(*1913)

Geboren in Los Angeles, Kalifornien. Die schriftstellerische Karriere des Journalisten S. begann 1955. Zuvor hatte er in der Marine gedient und ein Psychologiestudium abgeschlossen.
In seinen Romanen beschäftigt sich S. vorwiegend mit Spionagegeschichten sowie mit der Eroberung des Mondes. Gemeinsam mit seiner Ehefrau Jean Sutton verfaßte er einige Jugendbücher.

Bombs in Orbit (1959; *Männer, Bomben, Satelliten*, 1960); *Alton's Unguessable* (1970; *Die tau-*

send Augen des Krado 1, 1971); *The Mindblocked Man* (1972; *Der Teleporter*, 1974).

SWAIN, DWIGHT V(REELAND)
(*1915)

Geboren in Michigan. S. studierte an der University of Michigan, wo er mit dem B. A. abschloß. Anschließend diente er drei Jahre in der US-Armee.
1941 wurde seine erste Story in *Fantastic Adventures* veröffentlicht. S. schrieb hauptsächlich reine Actionromane, die in den Bereich der Abenteuer-SF einzuordnen sind, z. B.: *The Transposed Man* (1953), *Terror Station* (1955) und *Battle out of Time* (1957). In den sechziger Jahren zog sich S. aus der SF zurück, um sich anderen Aufgaben zu widmen.

SWANN, THOMAS BURNETT
(1928–1976)

Geboren in Tampa, Florida, wo er lebte und lehrte. S. hat sich einen Namen dadurch gemacht, daß er frühe Mythen der Menschheitsgeschichte zu Kurzgeschichten und Fantasy-Romanen verarbeitete, die einen stark sentimentalen Einschlag hatten.
Er publizierte zu Anfang seiner Karriere (in den frühen sechziger Jahren) fast ausschließlich im britischen Magazin *Science Fantasy*. In den USA wurde er erst relativ spät entdeckt; eine große Anzahl seiner Bücher kam postum auf den Markt. »Thomas Burnett Swann ist die Antithese der meisten Fantasy-Autoren ... Der Hauptgrund dafür ist, daß er keine Sword & Sorcery schreibt. Obwohl er die gleichen mythologischen Quellen benutzt, sind seine Werke anders als die seiner Kollegen. Wo der durchschnittliche Fantasy-Schreiber einen dummen und kräftigen Barbaren aufmarschieren läßt und Gewalt einsetzt, um die Handlung voran zu bringen, setzt Swann auf die detaillierte Beschreibung seiner Charaktere. Kritiker haben seine Figuren mit den Schöpfungen eines Walt Disney verglichen, womit sie sicher zum Teil recht haben. Swann benutzt Themen der griechisch-römischen Mythologie und bevölkert seine Phantasielandschaften mit Zentauren, Dryaden und Satyren; was aber deren Charakterbeschreibungen angeht, so fußen sie auf der klassischen Konzeption dieser Fabelwesen« (*Delap's F & SF Review*).

Day of the Minotaur (1966; *Die Stunde des Minotauren*, 1978); *The Weirwoods* (1967); *The Dolphin and the Deep* (1968); *Moondust* (1968); *The Forest of Forever* (1971; *Der letzte Minotaur*, 1977); *The Goat without Horns* (1971); *The Green Phoenix* (1972; *Der Grüne Phoenix*, 1978); *Wolfwinter* (1972); *How Are the Mighty Fallen* (1974); *The Not-World* (1975; *Die Nicht-Welt*, 1978); *The Gods Abide* (1976); *The Minikins of Yam* (1976; *Die tanzenden Zwerge von Yam*, 1980); *Queen's Walk in the Dusk* (1976); *The Tournament of Thorns* (1976); *Cry Silver Bells* (1977).

Lady of the Bees
(1976; dt. *Die Bienenkönigin*, 1980)

Der Tyrann Amulius hat seinem weltfremden, an Astronomie interessierten Bruder Numitor den Thron entrissen. Er fürchtet aber dessen Enkel Romulus und Remus, die vom Kriegsgott Mars gezeugt wurden und als Halbgötter besonders rachsüchtig zu werden drohen. Er setzt die Prinzen daher in einem Weidenkörbchen im Tiber aus; sie werden aber von der Dryade Mellonia, die mit einem Baum in Symbiose lebt, gerettet. Mellonia, die über ein Bienenvolk gebietet, läßt die Prinzen von der Wölfin Lurerea aufziehen. Im Alter von 18 Jahren trifft Romulus die Bienenkönigin wieder und verliebt sich in sie. Mellonia erfährt, daß die Brüder Amulius stürzen wollen, und setzt sich für sie bei den Telesphori, einem Stamm weiser Einsiedler, ein. Es gelingt ihnen schließlich mit Hilfe der Bienen, eines Fauns und einer Armee aus Hirten und Dieben, Amulius zu beseitigen und seine Stadt zu befreien. Numitor wird wieder zum Herrscher ernannt. Als die Brüder ihre eigene Stadt erbauen wollen, wird Mellonia von einem Bösewicht geschändet und getötet. Remus, der sie rächen will, entweiht dabei die geplante Stadtmauer und wird daraufhin von Romulus erschlagen, den von nun an ewige Reue plagt.

SWIFT, JONATHAN
(1667–1745)

Geboren in Dublin. S. verbrachte zwei Jahre in England als Sekretär von William Temple und wurde schließlich Dekan der St. Patricks Kirche in Dublin. Er hatte großes Interesse sowohl an englischer als auch an der irischen Politik. Sein schriftstellerisches Werk ist sehr umfangreich. Sein bekanntester Roman, vielleicht das bedeutendste Werk in der Reihe der frühen SF-Vorläufer, war *Travels into Several Remote Nations of the World by Lemuel Gulliver, First a Surgeon, Then a Captain of Several Ships* (1726, revidierte Fassung 1735), besser bekannt als *Gulliver's Travels* (*Gullivers Reisen*).
Obwohl oft Pflichtlektüre für Kinder, ist *Gulliver* keineswegs ein Kinderbuch. S. hält den Menschen seiner Zeit, aber auch den heutigen noch, einen Zerrspiegel vor; besonders im letzten Abschnitt, der Reise ins Land der Houyhnhnms, nimmt seine Satire recht düstere und bittere Züge an. Im hohen Alter wurde S. immer zynischer, was sich deutlich in späteren Satiren wie *A Modest Proposal* zeigt, in der er vorschlägt, kleine Kinder zum Verkauf freizugeben, damit man sie schlachten und essen könne, da Babyfleisch eine Delikatesse sei und man so der Übervölkerung Herr werden könnte.

SZEPES, MARIA
(?)

Ungarische Autorin, die auch unter ihrem Mädchennamen Mária Orsi veröffentlichte. S. schrieb Filmdrehbücher und wandte sich nach dem Krieg der utopisch-phantastischen Literatur zu. Eines ihrer Bücher, *Surayana élö szobrai*, gewann den ungarischen SF-Preis »Goldener Meteor«. Zu ihrem weiteren Werk zählen der phantastische Roman *A vörös orozlán* (Thema: Suche nach einem Lebenselixier), der SF-Roman *Tükörajtó a tengerben*, Kurzgeschichtensammlungen und ein Jugendbuch.

A vörös orozlán (1946; »Der rote Löwe«); *Surayana élö szobrai* (1971; »Die lebenden Statuen von Surayana«); *Tükörajtó a tengerben* (1976; *Spiegeltür in der See*, 1982); *Gyerekcsillag* (1976; »Kindersterne«).

SZILARD, LEO
(1898–1964)

Geboren in Budapest, später amerikanischer Staatsbürger. S. studierte in Budapest und Berlin Physik, promovierte 1922 und arbeitete anschließend in England und Amerika auf dem Gebiet der Atomforschung. Er war einer der ersten, der die Möglichkeit von Kettenreaktionen erkannte, und gilt als einer der vier oder fünf wichtigsten Forscher der frühen Atomphysik. Nachdem er schon 1945 gegen den Abwurf der Atombombe auf japanische Städte protestiert hatte, blieb er bis zu seinem Tode ein Mahner. Ergebnis dieses Engagements war ein Band mit SF-Erzählungen, in denen er gegen die Borniertheit von Politikern Stellung nimmt oder – in der Titelgeschichte – Delphine eingreifen läßt, um den Rüstungswahnsinn zu beenden (vielleicht waren es aber auch nur pfiffige Wissenschaftler, deutet S. an, die behaupteten, sich mit Delphinen verständigen zu können). Das Vorwort zur deutschen Ausgabe schrieb Carl Friedrich von Weizsäcker.

The Voice of the Dolphins (C, 1961; *Die Stimme der Delphine*, 1963).

T

TABORI, PAUL
(1908–1974)

Autorenname des ungarisch-britischen Wissenschaftlers Pál Tábori, geboren in Budapest. Studium der Ökonomie und Politischen Wissenschaften in Berlin und Budapest. T. hat als Korrespondent verschiedener europäischer und britischer Zeitungen und Zeitschriften, als Geschäftsführer einer ungarischen literarischen Agentur, TV-Produzent, Dramaturg, Filmkritiker und Drehbuchautor gearbeitet. Sein erstes Buch hieß *Uj Buda* und erschien 1927 in Berlin. Mehrerer Sprachen mächtig, hat er in Deutsch, Ungarisch und Englisch geschrieben und publiziert. Er sah sich zeitlebens als Autor in der Tradition von Swift und Orwell. Obwohl er hauptsächlich außerhalb der SF bekannt wurde, sind eine ganze Reihe seiner Titel der utopischen Literatur zuzurechnen.

Solo (1948); *The Green Rain* (1961); *The Survivors* (1964); *The Doomsday Brain* (1967); *The Invisible Eye* (1967); *The Cleft* (1969); *The Torture Machine* (1969); *The Demons of Sandorra* (1970).

TAINE, JOHN
(1883–1960)

Pseudonym von Eric Temple Bell, geboren in Aberdeen, Schottland. 1902 übersiedelte er in die USA und erwarb 1912 den Doktortitel. In den folgenden Jahren lehrte er als Mathematikprofessor an verschiedenen Universitäten. Während seiner Lehrtätigkeit hatte Taine den bemerkenswerten Roman *The Iron Star* (1930) veröffentlicht, der bei uns unter dem Titel *Der Eisenstern* erschien. Wie in dem zuvor genannten Roman, so bilden auch in dem Werk *The Greatest Adventure* (1929) Spekulationen über Evolution und biologische Veränderungen den thematischen Kernpunkt.

T. wandte sich in seinen Romanen wiederholt Themen zu, die seiner Zeit weit voraus waren, dennoch gehört er zu jener Gruppe von Autoren, deren Schaffen lange Zeit unterbewertet wurde.

Weitere nennenswerte Romane T.s sind: *The Purple Saphire* (1924) und *The Seeds of Time* (1931), ein Roman, der von einem strahlenverseuchten Mutanten handelt.

TATE, PETER
(?)

Walisischer Journalist und Schriftsteller, der zwar bereits Mitte der sechziger Jahre mit Erzählungen in den einschlägigen SF-Magazinen (*New Worlds*, *Magazine of Fantasy & Science Fiction*, *Fantastic*) aktiv war, sich aber von der professionellen Szene nie hat vereinnahmen lassen. Ende der sechziger Jahre erschien sein Roman *The Thinking Seat*, dem bis 1976 noch vier weitere und eine Kurzgeschichtensammlung folgten. T.s Werk ist eminent politisch und eigentlich SF-untypisch. Er macht sich Gedanken über Umweltverschmutzung, Nationalismus und den Einsatz biologischer Waffen, wobei seine Romane und Erzählungen ausnahmslos in einer nahen, für die Menschen noch überschaubaren Zukunft spielen.

The Thinking Seat (1969; *Das verplante Paradies*, 1972); *Gardens 12345* (1971); *Country Love and Poison Rain* (1973; *Landluft und tödlicher Regen*, 1975); *Moon on Iron Meadow* (1974; *Mondlicht auf stählernen Wiesen*, 1978); *Seagulls under Glass* (C, 1975); *Faces in the Flames* (1976).

TAUBERT, HANS
(*1928)

DDR-Autor, der als Co-Autor seines langjährigen Freundes und Kollegen Alfred Leman 1973 mit einer Kurzgeschichtensammlung, *Das Gastgeschenk der Transsolaren*, in Erscheinung trat. T. und Leman lernten sich bereits während des gemeinsamen Botanik-Studiums an der Universität Jena kennen, wo beide auch promovierten und anschließend tätig waren. Gemeinsam mit einem dritten Autor verfaßten sie ein Lehrwerk über Botanik für die Hochschulen und arbeiten inzwischen in der Jenaer Industrie.

TEMPLE, WILLIAM F(REDERICK)
(*1914)

Geboren in London; im Hauptberuf kaufmännischer Angestellter. T. war vor dem Zweiten Weltkrieg Mitglied der »British Interplanetary Society« (der u. a. auch Arthur C. Clarke angehörte), veröffentlichte seine ersten Erzählungen 1935 und konnte 1949 mit dem später verfilmten Roman *The Four-Sided Triangle* einen Achtungserfolg erringen. In *The Automated Goliath* geht es um eine tyrannische Computerdiktatur und Maschinenstürmer; *Shoot at the Moon* versucht die in der SF geschilderten Mondfahrten zu parodieren, und *The Fleshpots of Sansato* stellt eine Space Opera mit einigem Symbolismus dar.

The Four-Sided Triangle (1949); *The Automated Goliath* (1962); *The Three Suns of Amara* (1962); *Battle on Venus* (1963); *Shoot at the Moon* (1966); *The Fleshpots of Sansato* (1968). – Jugendbücher: *Martin Magnus, Planet Rover* (1954); *Martin Magnus on Venus* (1955); *Martin Magnus on Mars* (1956).

TENN, WILLIAM
(*1920)

Pseudonym des amerikanischen Schriftstellers Philip Klass, geboren in London. Er unterrichtet seit 1966 am Pennsylvania State College Literatur. Seine schriftstellerische Karriere begann nach dem Krieg, als er seine erste Geschichte, »Alexander the Bait«, in *Astounding* veröffentlichte. Schon hier präsentierte sich ein Autor, der es verstand, humorvoll und leicht sarkastisch zu schreiben. In der Folge präsentierte Tenn über 50 intelligente, pointierte Stories. Herausragend aus seiner ersten Sammlung, *Of All Possible Worlds* (1955), ist die Geschichte »Down among the Dead Men«. In ihr werden, da ein Krieg langsam die ›Reserven‹ an Soldaten hinwegrafft, mittels Voodoo-Zauber Gefallene aus ihren Gräbern geholt und wieder an die Front geschickt. Auch in späteren Geschichten taucht dieser Hang zu schwarzem Humor und bissigem Zynismus immer wieder auf. Weitere bemerkenswerte Sammlungen sind: *The Human Angle* (1956), *Time in Advance* (1958) und *The Seven Sexes* (1968). In den sechziger Jahren erschienen weitere Sammelbände mit seinen frühen Stories und auch sein erster Roman, *Of Men and Monsters* (1968), aber viel neues Material kam nicht mehr dazu. In *Of Men and Monsters* haben riesenhafte Invasoren die Erde unterjocht. Nur noch wenige Menschen leben wie Mäuse in den Festungen der Giganten. *The Square Root of Man* (1968) und *The Wooden Star* (1968) sind Kurzgeschichtenbände. Das ebenfalls 1968 in *Fantastic Adventures* publizierte »A Lamp for Medusa« ist eine kürzere Fantasy, in der ein junger Amerikaner in eine Parallelwelt gerät und dort als Perseus die menschliche Geschichte neu schreiben darf. T.s Werk hatten einigen Einfluß in der SF, da seine Art der Satire zur damaligen Zeit noch etwas Neues war. Ungeachtet einiger lustiger Geschichten ist T. im Grunde genommen ein Pessimist. Des komischen Effekts entkleidet, entpuppen sich seine Geschichten meist als relativ düster.

Of All Possible Worlds (1955; *Mögliche Welten*, 1973); *The Human Angle* (1956; *Der menschliche Standpunkt*, 1972); *Time in Advance* (1958; *Die Welt der Zukunft*, 1966); *The Square Root of Man* (1968; *Venus – Planet für Männer*, 1973); *The Seven Sexes* (1968; *Das Robothaus*, 1972); *The Wooden Star* (1968; *Null-P*, 1973); *Of Men and Monsters* (1968; *Von Menschen und Monstern*, 1972).

TENNANT, EMMA
(*1937)

Geboren in London. T. war als Journalistin und Redakteurin u. a. für *Queen*, *Vogue* und *Bananas* tätig. Unter dem Pseudonym Catherine Aydy verfaßte sie den Mainstream-Roman *The Colour of the Rain* (1963). Erst 10 Jahre später erschien *The Time of the Crack* (1973), ein allegorischer SF-Roman. Nur noch partielle SF-Züge weisen dagegen ihre Romane *The Last of the Country Murders* (1975) und *Hotel de Dream* (1976) auf. Seither veröffentlichte sie drei weitere Mainstream-Romane, ein Jugendbuch und zwei Anthologien.

TERC, ABRAM
(*1925)

Pseudonym für Andrej Donatovič Sinjavskij, geboren in Moskau. T., wissenschaftlicher Mitarbeiter der Akademie der Wissenschaften der UdSSR, veröffentlichte literaturkritische Arbeiten. Eine Anzahl von Satiren und ironischen Essays schaffte er illegal ins Ausland, wo sie unter Pseudonym veröffentlicht wurden. Neben dem utopisch-phantastischen Roman *Ljubimov* (1963; *Ljubimow*, 1966) wurde besonders seine Erzählung »Der Prozeß beginnt« bekannt. 1966 wurde er wegen »Verleumdung der Sowjetunion« zu sieben Jahren Arbeitslager unter verschärften Bedingungen verurteilt. Heute lebt er im Exil.

Fantastičeskij Povesti (1961; *Phantastische Geschichten*, 1967).

Ljubimov
(1963; dt. *Ljubimow*, 1969)

Die Handlung spielt in der sowjetrussischen Provinzstadt Ljubimow. Der Fahrradmechaniker Leonid Tichomirow hat sich – um der gebildeten Koslowa näherzukommen – in Lesewut auf alle erreichbaren Bücher gestürzt und entdeckt so auch einen alten Band eines gewissen Proferanssow, der im 19. Jahrhundert lebte und sich mit indischen Lehren beschäftigte. Der Geist dieses alten Herrn geht noch immer um, und er erweist sich als oberster Drahtzieher des Roman-Geschehens. Tichomirow erhält durch Anleitung aus diesem Buch »magnetische Kräfte« wie Telekinese und hypnotische Fähigkeiten. Am 1. Mai 1958 stürzt er allein die Obrigkeit der Stadt mit Hilfe seiner »magnetischen Kräfte«. Er heiratet die Koslowa und läßt – nachdem er Ljubimow gegenüber der ganzen Sowjetunion zur »Freien Stadt« erklärt hat – ein Fest zur Feier der unblutigen Revolution veranstalten. Dabei verwandelt er das Flußwasser in Champagner und sorgt auch sonst für das leibliche Wohl der Bürger. Doch die Machthaber der Gebietshauptstadt wollen dem Treiben ein Ende bereiten und schicken Polizei nach Ljubimow, aber der Oberkommandierende Tichomirow entdeckt sie; sie kommen auf mysteriöse Weise im Wald um. Selbst herannahende Flugzeuge können die Stadt dank Tichomirows Beeinflussung nicht finden; Ljubimow scheint für alle Außenstehenden vom Erdboden verschwunden zu sein.
Tichomirow regiert derweil mit seinem Stab die Stadt, empfängt Bürger, plant große Projekte. Allmählich wächst der Wunsch, das Gebiet zu vergrößern und seine Ideen der Gütergemeinschaft, der Freiheit und Autonomie zu verbreiten, jedoch »nicht mit Gewalt und Betrug, sondern nur durch das vorgelebte Beispiel und die Einwirkung auf den Verstand der fortschrittlichen Menschheit«.
Aber ein Spion der ehemaligen Machthaber benachrichtigt seine Auftraggeber; hinzu kommt, daß der Geist Proferanssows Tichomirow die Gabe der »magnetischen Kräfte« wegen beginnenden Mißbrauchs entzogen hat, und bald droht der Untergang durch angreifende Flugzeuge, die freilich noch einmal abgewehrt werden können. Die Stadt spürt das Nachlassen der Macht Tichomirows; seine Frau und etliche Berater verlassen die Stadt oder freunden sich mit den Gestürzten an. So schnell, wie das neue System entstand, beginnt es zu zerfallen. Tichomirows Kräfte kehren noch einmal zurück und entladen sich ungewollt und willkürlich. Aber das drohende Chaos kann nicht ausbrechen: Die Panzerinvasion des alten Regimes bringt die etablierte Macht zurück, vom Volk widerspruchslos akzeptiert, und Leonid Tichomirow flüchtet aus der Stadt.
Eine politische Satire in utopisch-phantastischem Gewand.

TESKE, GÜNTER
(*1933)

Geboren in Berlin. T. lernte Bautischler und trieb nebenher Hochleistungssport als Radrennfahrer. Von 1954 bis 1958 gehörte er der DDR-Nationalmannschaft im Straßenfahren an und nahm 1954 auch an der Weltmeisterschaft teil. Inzwischen als Sportjournalist tätig, veröffentlichte er ein Handbuch für Sportspiele sowie diverse Erzählungen. 1978 macht er erstmals einen Ausflug in das Gebiet der SF, als er einen Band mit SF-Erzählungen herausbrachte, in dem es um Robotfußball und andere Sportarten der Zukunft geht.

Die verschwundene Mumie (1978).

TEVIS, WALTER S.
(*1928)

Geboren in San Francisko. T. studierte in Kentucky und Iowa und ist seit 1965 Professor für englische Literatur an der University of Ohio. Seine erste SF-Erzählung, »The Ifth of Oofth«, erschien 1957 in *Galaxy*. T. hat sich sowohl als Verfasser von Kurzgeschichten als auch als Romanschriftsteller rar gemacht: *The Man Who Fell to Earth*, sein Erstling, erschien zwar schon 1963, wurde jedoch erst populär, nachdem Nicholas Roeg ihn 1976 unter dem gleichen Titel verfilmt hatte. Darin geht es um die tragische Geschichte eines menschenähnlichen Alien, der zur Erde kommt, um Hilfe für seine auf einem Wüstenplaneten dahinsiechende Rasse zu finden, aufgrund seines technologischen Wissens ein Industrie-Imperium aufbaut und schließlich – physisch und psychisch am Ende, da er der menschlichen Bosheit und Dummheit nicht gewachsen ist – dem Alkohol verfällt.

T.s neuester Roman, *Mockingbird*, gelangte zwar in die US-Bestsellerlisten, ging in seiner deutschen Version aber eher schlecht als recht: In der fernen Zukunft wird die Erde von Robotern beherrscht. Die Menschheit nimmt ständig an Kopfzahl ab – bis ein aus dem amerikanischen Mittelwesten nach New York kommender Professor und ein weiblicher Dropout aus der Bronx den Kampf gegen das reglementierte Leben der Maschinendiktatur aufnehmen. *Mockingbird* hat, wie der amerikanische Kritiker Moshe Feder mitteilt, einiges von Ray Bradburys *Fahrenheit 451*: Auch hier hat die Obrigkeit die familiären Bande zerstört und verbietet der Bevölkerung das Lesen.

The Man Who Fell to Earth (1963; *Der Spion aus dem All*, 1963); *Mockingbird* (1980; *Die Letzten der Menschheit*, 1981); *Far from Home* (C, 1980).

THOMAS, THEODORE L.
(*1920)

Geboren in New York City; Jura-Studium am Massachusetts Institute of Technology und der Georgetown University. Sein Hobby ist die Unterwasserforschung. Erste Publikationen in *Space Science Fiction* und (unter dem Pseud. Leonard Lockhart) in *Astounding* während der fünfziger Jahre. T. ist Verfasser einer Reihe meist humoristischer Erzählungen um einen Patentanwalt (er übt diesen Beruf selbst aus) und hat in Zusammenarbeit mit Kate Wilhelm zwei Romane geschrieben: *The Clone* (1965; *Der Klon – Wesen aus Zufall*, 1973) und *The Year of the Cloud* (1970; *Das Jahr des schweren Wassers*, 1978) behandeln beide durch Menschen hervorgerufene Katastrophen.

TIPTREE JR., JAMES
(*1915)

Pseudonym der in Chikago geborenen Alice Sheldon, die auch unter dem Namen Racoona Sheldon schreibt. T. verbrachte ihre Kindheit in Asien und Afrika und war später lange Zeit Angestellte der amerikanischen Regierung. 1967 erwarb sie den Doktorgrad auf einem Gebiet, dem sie sich viele Jahre gewidmet hatte: der Psychologie. 1968 begann sie unter dem Pseudonym T. SF zu schreiben, und schon sehr bald rankte sich um diesen Namen ein Mythos. Die hervorragenden Kurzgeschichten und Novelletten, die dieser ›Autor‹ offensichtlich mühelos produzierte, brachten frischen Wind in die amerikanische SF der siebziger Jahre und veranlaßte Kritiker und Fans, nach weiteren Informationen über den Verfasser zu graben. Aber niemand kannte T. persönlich. Die Preise, die er gewann, wurden auf Conventions von anderen Personen abgeholt; seine Adresse bestand lediglich aus einem ominösen Postfach. Niemand schien weitere Einzelheiten über T. zu wissen oder herauszubekommen; das machte diesen Autor noch interessanter. Theodore Sturgeon hielt ihn Mitte der siebziger Jahre für den einzigen neuen männlichen Autor, der es mit der Übermacht der Frauen aufnehmen konnte. Aber Sturgeon irrte: Kurz darauf wurde das Rätsel um T. gelöst, und eine erstaunte SF-Öffentlichkeit mußte feststellen, daß seine

avantgardistischen, den Geist der Jugend atmenden Stories von einer älteren Dame verfaßt worden waren.
T. hat bislang nur einen Roman veröffentlicht, *Up the Walls of the World* (1978; *Die Feuerschneise*, 1980), dem etwa fünfzig kürzere Texte, von denen viele in drei Storybänden gesammelt wurden, gegenüberstehen. Mit ihnen hat es die Autorin geschafft, der SF innerhalb weniger Jahre und später auch der von Frauen geschriebenen SF neue Impulse zu geben. Vier ihrer Geschichten gewannen den »Hugo« bzw. »Nebula Award«, ein weiteres halbes Dutzend wurde für diese Preise nominiert. Neben Ursula K. Le Guin ist T. somit die am häufigsten ausgezeichnete SF-Autorin überhaupt.

Kurzgeschichtensammlungen:

(1) **Ten Thousand Light Years from Home** (1973; dt. *10 000 Lichtjahre von Zuhause*, 1975, und *Beam uns nach Haus*, 1976)
(2) **Warm Worlds and Otherwise** (1975; dt. *Warme Welten und andere*, 1981)
(3) **Star Songs of an Old Primate** (1978)

Die drei Sammlungen der Autorin enthalten mit Ausnahme von »The Screwfly Solution« (»Nebula«-Gewinner 1977) alle wichtigen Kurzgeschichten und Erzählungen, die sie in den siebziger Jahren veröffentlicht hat.
Die früheste der Sammlungen ist (1); sie bringt Geschichten aus der Zeit von 1968 bis 1972. Das Qualitätsniveau fast aller Geschichten ist hoch, so daß es schwerfällt, einzelne Titel herauszuheben. Am bekanntesten sind wahrscheinlich die für »Hugo« und »Nebula« nominierten »Painwise« und »And I Awoke and Found Me Here on Cold Hills Side« (beide 1972), die von einem außerhalb der Erde gegen Schmerz unempfindlich gemachten Raumfahrer bzw. von Männern und Frauen der Zukunft erzählen, die jede Entwürdigung hinnehmen, wenn sie nur die sexuelle Zuneigung von Außerirdischen erlangen. Weiterhin erwähnenswert unter den 15 Erzählungen dieser Sammlung: »Forever to a Hudson Bay Blanket« (1972), »Beam Us Home« (1969) und »Birth of a Salesman« (1968).
Aus (2) ragen zwei Erzählungen besonders hervor: »The Girl Who Was Plugged In« (»Hugo« 1974) und »Love Is the Plan, the Plan Is Death« (»Nebula« 1973). In der ersten bekommt das häßliche und bucklige Mädchen P. Bourke nach einem Selbstmordversuch die Chance, ein neues Leben zu beginnen: als international gerühmte Schönheit; die zweite hat Liebe und Paarungsverhalten außerirdischer Lebewesen zum Thema, das jedesmal mit dem Tod enden muß.
Ebenfalls Preisträger ist »Houston, Houston, Do You Read?« (»Hugo« 1976) in (3). Diese Novelle handelt von drei Raumfahrern, die in eine Zukunft voller weiblicher Klone verschlagen werden und erkennen, daß mit dem Verlust traditionell männlicher Eigenschaften auch das technologische Wachstum einen toten Punkt erreicht hat. »A Momentary Taste of Being«, ebenfalls in der dritten Sammlung, ist ein 1975 erschienener Kurzroman, in dem eine Raumschiffcrew nach einem für die übervölkerte Erde kolonisierbaren Planeten Ausschau hält. Als dieser schließlich gefunden ist, erweist er sich als Erfüllung aller menschlichen Träume – und entlockt der Menschheit ihre Energie, wie eine Gebärmutter Sperma absorbiert. Der idealistische Drang nach draußen wird von einer Fata Morgana geleitet.
Während der siebziger Jahre gab es in der SF keinen Autor, der mit seinen Kurzgeschichten für ähnliche Furore sorgte wie T. Das mag vordergründig an dem Mythos liegen, der die Autorin umgab, entscheidend ist jedoch die literarische Qualität, die sie mit jeder neuen Veröffentlichung mühelos halten konnte. Ihre Geschichten sind nicht nur originell, sie sind stilistisch und auch inhaltlich am Puls der Zeit. Insofern handelt es sich bei diesen drei Story-Sammlungen um einen essentiellen Teil der SF der siebziger Jahre.

TÖPPE, FRANK
(*1947)

Geboren in Bleicherode, Harz. Der in der DDR lebende Autor studierte Ökonomie in Berlin und promovierte auf diesem Gebiet. Er arbeitet heute als Lektor für Science Fiction im Verlag Das Neue Berlin und betätigt sich nebenher als Grafiker und Schriftsteller. Bislang veröffentlichte er eine SF-Story in einer Zeitschrift sowie einen Band mit SF-Erzählungen.

Regen auf Tyche (1978).

TOFTE, ARTHUR R.
(1902–1980)

Geboren in Chikago. T. publizierte schon seit den dreißiger Jahren in Zeitschriften wie *Esquire* und *Amazing*. Erst nach seiner Pensionierung widmete er sich professionell der SF und hat seither einige anspruchslose Abenteuerromane geschrieben, die ihrem Verfasser kaum mehr als lokale Aufmerksamkeit eingebracht haben. *The Blob* (1978), *The Day the Earth Stood Still* (1977) und *King Kong Retold* (1979) sind Novellisationen bekannter SF-Filme, deren Originalstoffe von anderen Verfassern stammen.

Crash Landing on Iduna (1975); *Walls within Walls* (1975); *Survival Planet* (1977).

TOLKIEN, J(OHN) R(ONALD) R(EUEL)
(1892–1973)

Geboren in Bloemfontein, Südafrika. Mit drei Jahren kehrte er mit seiner Mutter nach England zurück. T. diente im Ersten Weltkrieg bei den Lancashire Fusiliers, wurde mehrmals verwundet und beendete nach dem Krieg sein Studium an der Universität von Oxford, an der er später als Professor für englische Literatur des Mittelalters dozierte. Als Vorstufe zu seinem späteren literarischen Hauptwerk erschien 1937 *The Hobbit or There and Back Again*, ein Märchen für Kinder. Bekannt wurde er für seine Trilogie *The Lord of the Rings* (*Der Herr der Ringe*), die in über 15jähriger Arbeit entstand und deren drei Einzelbände 1954/55 veröffentlicht wurden: *The Fellowship of the Ring*, *The Two Towers*, *The Return of the King*. Im Gegensatz zu *The Hobbit* kann man *The Lord of the Rings* keineswegs mehr als Kinder- oder Jugendlektüre ansehen. Die Trilogie, die mit dem »International Fantasy Award« ausgezeichnet wurde, hinterließ einen nachhaltigen Eindruck auf die literarische Welt und plazierte sich Ende der siebziger Jahre, zum Teil im Zusammenhang mit einer Zeichentrick-Filmversion des ersten Buches, weltweit auf den vorderen Plätzen der internationalen Bestsellerlisten.

The Lord of the Rings wurde besonders in den USA in Hippiekreisen zu einem Geheimtip; das Buch erreichte dort eine Popularität, vergleichbar mit Hesses *Steppenwolf* und Heinleins *Stranger in a Strange Land*. T., den eine tiefe Freundschaft zu C. S. Lewis verband, und sein Haus wurden später zum Ziel wahrer Pilgerfahrten begeisterter Fans.

Andere Veröffentlichungen sind die kürzeren Texte »Farmer Giles of Ham«, »Smith of Wootton Major« oder »Leaf by Niggel«. Sie erschienen auf deutsch gesammelt in dem Band *Fabelhafte Geschichten*. An seinem zweiten größeren Werk, *The Silmarillion*, arbeitete Tolkien bis an sein Lebensende, konnte die Arbeiten daran aber nicht abschließen. Nach seinem Tod machte sein Sohn Christopher sich daran, die Manuskripte seines Vaters zu sammeln, zu ordnen und das Werk herauszugeben. *The Silmarillion* schildert in einer Art ›Bibel‹ die Entstehungsgeschichte des aus *The Lord of the Rings* bekannten Phantasielandes. Von der lebendigen Erzählkunst des *Herrn der Ringe* ist nichts geblieben; das Buch dürfte allenfalls für Tolkien-Forscher und Philologen von Interesse sein.

T.s Einfluß war gewaltig. Autoren wie Ursula Le Guin wurden von ihm inspiriert, und gleichzeitig dürfte die große Popularität des *Herrn der Ringe* mitverantwortlich gewesen sein für das Erstarken der Fantasy-Welle in den siebziger Jahren. In Deutschland wurde nach den »Hobbits« sogar eine Fantasy-Buchreihe benannt. Trotz seines großen Erfolges blieb *The Lord of the Rings* ein umstrittenes Buch, das mitunter von der Kritik – zu Recht – wegen seiner im Grunde trivialen Handlung und Aussage gerügt wurde, was indessen nichts daran ändern konnte, daß weltweit davon bereits über 50 Millionen Exemplare abgesetzt wurden – womit T. zum meistgelesenen Fantasy-Autor überhaupt wurde.

Fabelhafte Geschichten (1975); *The Father Christmas Letters* (1976; *Die Briefe vom Weihnachtsmann*, 1977); *The Silmarillion* (1977, *Das Silmarillon*, 1978); *Unfinished Tales* (1980).

Lit.: H. Carpenter, J. R. R. Tolkien – A Biography, 1977.

The Hobbit or There and Back Again
(1937, dt. *Der kleine Hobbit*, 1957)

Der kleine Hobbit erzählt die Geschichte von Bilbo Beutlin, einem Angehörigen des Volkes der »Hobbits« oder Halblinge, der aufbricht, um dem gefürchteten Drachen Smaug seinen

wohlgehüteten Schatz abzujagen, dabei aber etwas ganz anderes findet, nämlich einen Ring, den er einem widerwärtigen Geschöpf namens Gollum abnehmen kann. Dieser Ring ist einer von vielen, die in grauer Vorzeit geschmiedet wurden, aber gleichzeitig ist er etwas ganz Besonderes: Er ist der eine Ring, der alle anderen beherrschen kann und der einst dem »Finsteren Herrscher« gehörte, der die Welt in ein Chaos stürzte. Mit diesem Ring kehrt Bilbo zurück. Smaug stirbt, und der Hobbit kann zusätzlich einen Teil seines Schatzes mitnehmen.
The Hobbit, das erste Werk T.s, ist eine relativ belanglose Geschichte für Kinder, die nur deswegen einige Bedeutung hat, weil hier bereits viele Gestalten aus seinem späteren Hauptwerk *The Lord of the Rings* auftreten.

The Lord of the Rings
(1954/55; dt. *Der Herr der Ringe*, 1969/70)
The Fellowship of the Ring (1954; *Die Gefährten*, 1969), **The Two Towers** (1954; *Die zwei Türme*, 1970), **The Return of the King** (1955; *Die Rückkehr des Königs*, 1970)

Bilbo Beutlin hat das Leben in seinem Dorf in Mittelerde satt; er gibt seinen Ring an Frodo, seinen Neffen, ab und begibt sich auf eine lange Reise. Frodo bekommt kurz danach Besuch von dem Zauberer Gandalf, der ihn vor der großen Gefahr des Ringes warnt. Er gehörte einst Sauron, dem dunklen Herrscher, der mit seiner Hilfe die Welt ins Chaos stürzte. Nun rüstet die finstere Macht sich wieder und sucht nach dem Ring, die Ringgeister sind schon unterwegs. Frodo bricht mit einigen wenigen Getreuen zu Elronds Haus auf. Dort möchte man sich mit den Elben beratschlagen. Doch Gandalf erscheint nicht am vereinbarten Treffpunkt. Der Erzzauberer Saruman, Vorsteher aller Magier, ist den Verlockungen des dunklen Herrn erlegen und läßt ihn in dessen Auftrag festhalten. Die Hobbits treffen unterwegs Aragorn, einen Landstreicher von königlichem Geblüt, sowie den Elben Legolas; beide schließen sich ihnen an. Bei einem Kampf mit den Ringgeistern wird Frodo verwundet. Sie erreichen Elronds Haus, wo sie Bilbo und Gandalf treffen, der sich befreien konnte. Da die Bedrohung wächst, beschließen sie, den Ring zu vernichten. Das ist aber nur dort möglich, wo er geschmiedet wurde – im finsteren Land Mordor, am Schicksalsberg, also dort, wo Sauron seine Residenz hat. Eine »Ringgemeinschaft« wird gegründet, die aus Frodo, seinen Hobbitgefährten, Aragorn, Legolas, Boromir und Gimli besteht. Sie brechen nach Mordor auf, doch unterwegs erliegt einer der Gefährten ebenfalls dem Zauber des Rings und versucht ihn zu stehlen. Die Gemeinschaft zerfällt, Frodo und sein Freund Sam Gamdschie setzen die Reise allein fort. Unterwegs treffen sie Gollum, dem der Ring einst gehörte und der ihn wiederhaben will.
Mittlerweile überzieht Sauron das Land mit Krieg, seine bösartigen Ork-Horden morden und plündern. Frodo und Sam gelingt es aber schließlich, den Ring am Schicksalsberg zu vernichten und das Unheil von Mittelerde abzuwenden. Sie kehren mit Gandalf heim in ein Auenland, das von dem bösartigen Zauberer Saruman beherrscht wird. Er wird besiegt, wonach die Gefährten mit Gandalf von den Grauen Anfurten aus nach Westen aufbrechen, um dort in Frieden zu leben.
T. hat diese simple Sword-&-Sorcery-Geschichte um einen Kampf zwischen Gut und Böse in epischer Breite erzählt. Seine Geschichte ist bis hin zum Anhang, den Annalen der Könige und Herrscherhäuser, bis ins kleinste Detail ausgearbeitet, T. schuf sogar eine eigene Phantasiesprache, das Elbische, für seine Protagonisten. Diese Tüftelei unterscheidet ihn deutlich und positiv von vielen zeitgenössischen Fantasy-Autoren. Ein erheblicher Teil seines Erfolges beruht auf dieser Eigenschaft und weniger auf T.s literarischen Qualitäten.

TOLSTOJ, ALEKSEJ NIKOLAEVIČ
(1883–1945)

Geboren in Nikolajewsk (heute Pugatschew). T. war der Sohn eines Gutsbesitzers. Er studierte an der Technischen Hochschule in St. Petersburg und war im Ersten Weltkrieg Kriegsberichterstatter. Nachdem er sich während der Oktoberrevolution den »Weißen« angeschlossen hatte, emigrierte er anschließend nach Paris, kehrte aber 1923 nach Moskau zurück. Er hatte bereits als Student Erzählungen und Romane geschrieben, in denen er vor allem den Niedergang des Adels schilderte, und setzte diese Tätigkeit in den zwanziger Jahren fort. Zu

seinen zahlreichen Veröffentlichungen gehören auch zwei SF-Romane: *Aëlita* (1923) und *Giperboloid Inženera Garina* (1925; *Geheimnisvolle Strahlen*, 1927).
Während *Aëlita* zu den Klassikern der russischen Science Fiction gerechnet werden muß, ist *Giperboloid Inženera Garina* etwas unbekannter. In dem Roman wird die Geschichte des Ingenieurs Garin erzählt, der davon träumt, die Welt nach dem Kastensystem zu organisieren und zu beherrschen: Die höchste Kaste soll regieren und schöpferisch tätig sein, andere sind für die Fortplanzung zuständig, wieder andere leisten Sklavendienste. Er macht sich tatsächlich mit Hilfe einer Superwaffe, einer Art riesigem Laserstrahler, zum Herrn der Welt, scheitert aber am Widerstand der Arbeiter.

Aëlita
(1923; dt. *Aëlita*, 1924)

Der russische Erfinder M. S. Losj hat ein Raumschiff gebaut und fliegt gemeinsam mit einem ehemaligen Rotarmisten, Alexej Iwanowitsch Gussew, zum Mars. Die Landung auf dem Planeten gelingt, und bald naht ein Luftschiff der Marsianer, um die Besucher in Augenschein zu nehmen. Es verschwindet, aber wenig später trifft ein anderes Luftschiff ein, das sie abholt. Die beiden Russen wissen nicht genau, ob sie Gäste oder Gefangene sind. Sie werden in die Hauptstadt Soazera und dort zum Rat der Ingenieure, dem obersten Gremium der Marsianer, gebracht. Inzwischen hat sich eine Marsianermenge in drohender Haltung eingefunden. Die Besucher werden daraufhin zum Landsitz von Tuskub, dem mächtigsten Marsianer, transportiert. Dort lernen die Russen Aëlita, die Tochter Tuskubs, kennen, und Losj und Aëlita verlieben sich ineinander. Aëlita erzählt Losj einiges aus der Geschichte der Marsianer. Unter anderem gab es einst Besuch von der Erde, nämlich von den Bewohnern des versunkenen Atlantis. Sie haben mit Marsianerinnen den marsianischen Stamm der Gor gezeugt. Der Rat der Ingenieure will die beiden Russen, die »Söhne des Himmels«, töten, und Aëlita erhält den Auftrag, sie zu vergiften. Aber sie flieht mit Losj in die Berge, während sich die Bevölkerung gegen den Rat der Ingenieure erhebt. Gussew ist der Anführer der Rebellen. Losj kommt ihm zu Hilfe, aber die Gegner gehen mit brutaler Gewalt gegen die Rebellen vor, sprengen alle oberirdischen Gebäude der Stadt samt Bevölkerung in die Luft und ziehen sich selbst in den unterirdischen Teil der Stadt zurück. Gussew und Losj gelingt die Flucht zu Aëlita in die Berge, aber Tuskup organisiert die Entführung seiner Tochter, und Losj wird dabei fast getötet. Gussew bringt den Verletzten an Bord des Raumschiffes zurück, und beide kehren zur Erde heim. Während Gussew der gescheiterten Revolution nachtrauert, lauscht Losj der Stimme seiner für immer verlorenen Geliebten.
Der Roman fand bei seinem Erscheinen zunächst ein zwiespältiges Echo, und man warf dem Autor Sensationshascherei vor. Doch allmählich setzte sich der Reiz der romantischen Liebesgeschichte durch, und auch die Kritik respektierte die in den Protagonisten angelegte Dialektik zwischen Eros und Vernunft sowie die verfremdete Darstellung der Russischen Revolution.

TRALINS, ROBERT
(*1926)

Geboren in Baltimore, Maryland. T. besuchte das Eastern College und diente anschließend in der amerikanischen Marine. Seine schriftstellerische Tätigkeit blieb allerdings nicht auf den Bereich der SF beschränkt. Zwei durchschnittliche SF-Romane, *The Cosmozoids* (1966) und *Android Armaggedon* (1974), seien hier erwähnt.

TRAMIN, PETER VON
(*1932)

Pseudonym des österreichischen Schriftstellers Peter Richard Oswald Freiherr von Tschugguel zu Tramin, geboren in Wien. T. ist Autor eines 1958 in einem bundesdeutschen Pulp-Magazin (der Heftchenreihe *Utopia-Zukunftsromane*) erschienenen Kurzromans mit dem Titel *Herr über 1000 Gehirne* (Pseud. Peter von Kleynn) und mehrerer genreungebundener Romane und Erzählungen. Sein Roman *Die Tür im Fenster* (1967) behandelt die Zeitreise.

TREMAYNE, PETER
(*1943)

Pseudonym für Peter Berresford Ellis, geboren in Coventry. T. studierte zunächst Gebrauchsgrafik, wandte sich dann aber dem Journalismus zu und arbeitete einige Jahre freiberuflich für Blätter wie *Evening Standard* und *Western Mail*. Dabei verschaffte er sich Reputation als politischer Journalist, der sich besonders auf Probleme der nationalen Minderheiten in Europa spezialisierte. Aus diesem Interessengebiet entstand auch ein erstes Sachbuch über politischen Nationalismus in Wales, das 1968 herauskam. Anschließend arbeitete T. einige Jahre als festangestellter Redakteur, bevor er 1975 als freiberuflicher Schriftsteller mit dem Schreiben von Horror-Romanen und Fantasy begann. Bekannt wurden u. a. T.s Vampirromane *Dracula Unborn* (1977) und *The Revenge of Dracula* (1978). Im Bereich der Science Fiction und Fantasy veröffentlichte er 1979 den ersten Band der Lan-Kern-Trilogie, in der ein englisches U-Boot in eine ferne Zukunft der Erde gelangt. Für die Gestaltung der dortigen archaischen Kultur nahm sich T. die kornische Kultur vor der Christianisierung zum Vorbild. T., der auch unter seinem richtigen Namen schreibt, ist ferner Verfasser eines Sachbuchs über die kornische Sprache (1974) und einer Biografie H. Rider Haggards (1978), welcher, wie auch Wilkie Collins, Bram Stoker, Sheridan Le Fanu, Fitz-James O'Brien und W. H. Hodgson, zu seinen literarischen Vorbildern zählt.

The Fires of Lan-Kern (1979).

TRIMBLE, LOUIS (PRESTON)
(*1917)

Geboren in Seattle, Washington, als Sohn eines Artisten. T. war eine Zeitlang verheiratet mit der Autorin Jacqueline Trimble, die auch unter dem Pseudonym Phyllis A. Whitney schreibt. T. studierte in Washington und Pennsylvania, arbeitete als Lehrer an einem College in Bonners Ferry, Idaho, und wechselte dann zur Universität von Washington, wo er als Tutor, wissenschaftlicher Assistent und schließlich (bis heute) Professor tätig war. Sein Spezialgebiet ist die wissenschaftlich-technische Kommunikation, insbesondere in Gestalt von Fachenglisch für den Wirtschaftsbereich. T. veröffentlicht innerhalb seines Fachgebietes, schreibt aber seit 1938 nebenher auch Romane und Kurzgeschichten. Neben einer Sport-Enzyklopädie (1938) sind es vor allem Western und Krimis, die den Großteil seines Werkes ausmachen. Seine bisherigen sechs SF-Romane und eine einzige SF-Kurzgeschichte weisen ihn als Verfasser routinierter Spannungslektüre aus. Ein großer Einfluß auf das Genre kann ihm nicht zugeschrieben werden.

Anthropol (1968); *The Noblest Experiment in the Galaxy* (1970; *Die Beste aller Welten*, 1972); *Guardians of the Gate* (1972; zus. mit Jacqueline Trimble); *The Wandering Variables* (1972); *The City Machine* (1974; *Die Stadtmaschine*, 1974); *The Bodelan Way* (1974).

TUBB, E(DWIN) C(HARLES)
(*1919)

Geboren in London als Sohn eines Ingenieurs und einer Modeschöpferin. Er hat als Verwaltungsangestellter gearbeitet und ist seit 1950 freier Schriftsteller. T. hat weit über 60 Romane und Hunderte von Kurzgeschichten geschrieben; besonders fleißig war er (unter vielen Pseudonymen) während der frühen fünfziger Jahre. Ein Großteil seiner Produktion liegt auch in deutscher Sprache vor, hauptsächlich jedoch in Heftromanreihen und -serien. In den USA publizierte er 1973–75 die 16bändige Weltraum-Saga um den Helden Cap Kennedy; daran schloß sich die 1967 begonnene und noch heute fortgesponnene Space Opera um den Helden Earl Dumarest an. T.s Werke haben hauptsächlich in Großbritannien und der Bundesrepublik Verbreitung gefunden. Er ist ein Vertreter anspruchsloser SF-Abenteuerstoffe. Er schreibt auch unter dem Pseudonym Charles Grey.

Atomwar on Mars (1952; *Freiheit ohne Schranken*, 1977); *Venusian Adventure* (1953; *Die goldene Pyramide*, 1959); *Alien Life* (1954); *The Hell Planet* (1954; *Hölle im Zwielicht*, 1957); *Alien Dust* (1955); *Ten from Tomorrow* (1966; *Projekt Ming-Vase*, 1968); *Death Is a Dream* (1967; *Käfig der Zeit*, 1968); *Escape into Space* (1969; *Rückkehr zur Erde*, 1970). – Pseud. Charles Grey: *Dynasty of Doom* (1953); *Space*

Hunger (1953; *Das Gesetz der Freiheit*, 1959); *The Tormented City* (1953; *Türme strahlen den Tod*, 1958); *Enterprise 2115* (1954; *Die zweite Macht*, 1958); *Dumarest of Terra*-Serie: bislang 25 Romane (1967–1982).

TUCKER, WILSON
(*1914)

Pseudonym des amerikanischen SF- und Thriller-Autors Arthur Tucker, geboren in Deer Creek, Illinois, als Sohn eines Theaterangestellten. Er wurde in Waisenhäusern groß, bildete sich später autodidaktisch und war im Hauptberuf Filmvorführer in Kinos. Er publizierte 1941 im kurzlebigen Magazin *Super Science*, das Frederik Pohl herausgab, die Story »Interstellar Way Station«. T. wurde in der US-Fanbewegung aktiv und gab zahlreiche Fanzines heraus, die aufgrund ihres trockenen Humors bestachen. Er gilt zudem als ›Erfinder‹ des ›Tuckerisierens‹, d. h., er war der erste SF-Autor, in dessen Werken prominente Kollegen und Fans als Protagonisten auftraten.

The City in the Sea (1951); *The Time Masters* (1953; *Die Letzten der Unsterblichen*, 1973); *The SF Subtreasury* (1954); *Wild Talent* (1954; *Geheimwaffe Mensch*, 1974); *Time Bomb* (1955; *Die Zeitbombe*, 1975); *The Lincoln Hunters* (1958); *To the Tombaugh Station* (1960); *The Year of the Quiet Sun* (1970; *Das Jahr der stillen Sonne*, 1972); *Ice and Iron* (1974).

The Long Loud Silence
(1952; dt. *Die Unheilbaren*, 1973)

Corporal Russell Gary erwacht zu seiner Überraschung in einer amerikanischen Provinzstadt in einem Hotel, das völlig verlassen ist, entdeckt auf den Straßen Bombentrichter und Leichen und begegnet dem Mädchen Irma. Alles deutet darauf hin, daß die Bomben keine Explosivstoffe, sondern Bakterienkulturen enthalten haben. Gary will sich zur Armee durchschlagen, fährt mit Irma an den Mississippi und versucht, auf der anderen Seite Anzeichen einer Zivilisation auszumachen. Dort steht Gewehr bei Fuß die Armee und hindert jeden daran, den Fluß zu überqueren. Die Brücken sind gesprengt, wer das Wasser zu überwinden versucht, wird erschossen. Dem festen Glauben verhaftet, die Welt müsse auf der anderen Seite noch intakt sein, trennt Gary sich von Irma und versucht die andere Seite zu erreichen. Es gelingt ihm nicht. Später trifft er einen gewissen Jay Oliver und das Mädchen Sally, mit denen er, als der Winter naht, nach Süden zieht. Im nächsten Jahr kehrt er allein an den Fluß zurück und lernt dort Leute kennen, die ihn ebenfalls überqueren wollen. Im Tausch gegen eine Schußwaffe verrät er ihnen, wo die Bedingungen am günstigsten sind, aber die Soldaten von der Westseite wehren die Eindringlinge erbarmungslos ab. Garry geht nach Wisconsin, tötet zwei Mörder, die gerade einen Jungen umgebracht haben, und wird von dessen Schwester auf die Farm der Familie Hoffmann mitgenommen, denen er nun als Beschützer dient, aber irgendwann wird der Drang nach der anderen Seite in ihm so übermächtig, daß er es noch einmal – mit Erfolg – versucht. Auf der Westseite erfährt Gary (der, um sich die Schießwütigkeit der dort postierten Soldaten zu erklären, an alles mögliche gedacht hat) das, was er nie glauben wollte: Die Behörden der Westseite haben den Befehl ausgegeben, gnadenlos jeden zu töten, der versuchen sollte, von Osten nach Westen überzuwechseln. Der Osten ist völlig verseucht, man hat den Kontinent geteilt. Gary muß fliehen und findet sich schließlich damit ab, auf der verseuchten Seite in Primitivität zu leben.

TUREK, LUDWIG
(1896–1975)

Geboren in Stendal. T. war Kleinknecht, Schriftsetzer und in vielen anderen Berufen tätig. Er wurde im Ersten Weltkrieg zu Festungshaft verurteilt, nahm als Kommunist an diversen Kämpfen in der Weimarer Zeit teil und überlebte die Hitlerzeit in der UdSSR und in Frankreich. 1930 veröffentlichte er mit *Ein Prolet erzählt* den ersten Roman eines deutschen Arbeiters. In der DDR war er schließlich als freischaffender Schriftsteller tätig. 1949 kam sein einziger utopischer Roman, *Die goldene Kugel*, heraus. Dieser Roman um Außerirdische, die in Klassenkämpfe auf der Erde hineingezogen werden, gilt als erster SF-Roman der DDR.

TURNER, GEORGE
(*1916)

Australischer Kritiker und Autor, der erst spät SF zu schreiben begann. Sein einziger Roman auf diesem Gebiet ist *Beloved Son* (1978), ein breit angelegtes Werk über eine interstellare Expedition, die nach jahrhundertelangem Flug zur Erde zurückkehrt und dort eine gänzlich andere Kultur und Gesellschaft vorfindet.

TUSCHEL, KARL-HEINZ
(*1928)

Geboren in Magdeburg. T. arbeitete als Chemiewerker, Bergmann, Redakteur und Dramaturg eines Kabaretts und absolvierte das »Johannes-R.-Becher-Literaturinstitut«. Er schreibt SF-Unterhaltungsromane mit naturwissenschaftlicher Thematik und ist als Autor etwa mit seinen DDR-Schriftstellerkollegen Alexander Kröger, Günther Krupkat und Klaus Frühauf vergleichbar; wie diese veröffentlicht er häufig in der hauptsächlich für Jugendliche gedachten Buchreihe »Spannend erzählt«. Sein Erstling, *Ein Stern fliegt vorbei*, befaßt sich – nicht gerade zum erstenmal in der SF – mit der Bedrohung der Erde durch einen herannahenden Himmelskörper. *Das Rätsel Sigma* ist eine Art SF-Krimi über rätselhafte Vorkommnisse in der Nähe eines Kernkraftwerks, und *Kommando 3*, sein alles in allem bislang bestes Buch, schildert die Urbarmachung der Venus.

Ein Stern fliegt vorbei (1967); *Der unauffällige Mr. McHine* (1970), *Der purpurne Planet* (1971); *Die Insel der Roboter* (1973); *Das Rätsel Sigma* (1974); *Raumflotte greift nicht an* (1977); *Die blaue Sonne des Paksi* (1978); *Kommando 3* (1980).

TUTTLE, LISA
(*1952)

Geboren in Houston, Texas. T. studierte an der Syracuse University in New York und schloß mit einem B. A. in Englisch ab. 1972 erschien ihre erste Geschichte, »Stranger in the House«, in der Anthologie *Clarion 2*. In den siebziger Jahren wurden ihre Geschichten »Stone Circle«, »Woman Waiting«, »Mrs. T.« und zwei Dutzend weitere in verschiedenen Magazinen veröffentlicht. Die Story »Stone Circle« wurde außerdem für den »Nebula Award« vorgeschlagen. Gemeinsam mit George R. R. Martin schrieb T. die Novelle »The Storms of Windhaven« (1975), die 1981 zum Roman erweitert wurde.
Als beste Nachwuchsautorin wurde T. 1975 mit dem »John W. Campbell Award« ausgezeichnet.

TWAIN, MARK
(1835–1910)

Pseudonym für Samuel Langhorne Clemens, geboren in Florida, Missouri. T. versuchte sich als Buchdrucker, Lotse auf dem Mississippi, Goldsucher, wurde schließlich Reporter, dann Schriftsteller. T. gilt als Begründer der humoristischen Kurzgeschichte in Amerika und wurde mit Büchern wie *Tom Sawyer* (1876) und *Huckleberry Finn* (1884) weltbekannt. Mit dem Roman *A Connecticut Yankee in King Arthur's Court* (1889) schrieb er ein Zeitreiseabenteuer. Hierbei ist zwar keine technische Vorrichtung wie einige Jahre später bei Wells nötig, um einen Amerikaner in die Vergangenheit zu befördern, aber die Lust am Anachronismus triumphiert wie in allen Zeitreisestories, die darauf folgten.

U

ULBRICH, BERND

(*1943)

Geboren in Berlin; lebt in der DDR. Nach einer Lehre als Chemiefacharbeiter und dem Dienst in der Volksmarine arbeitete U. in der Industrie, holte in der Abendschule das Abitur nach und studierte Chemie an der Humboldt-Universität in Berlin. Er arbeitete danach als Diplom-Chemiker, begann aber nebenher zu schreiben und wurde 1976 freiberuflicher Schriftsteller. Seine erste veröffentlichte SF-Story war »Der verhexte Kater« (1975 in der Anthologie *Der Mann vom Anti* veröffentlicht). In der Folge schrieb er weitere Erzählungen und die Hörspiele *Havarie im Kosmos* (1976) und *Die Roboterfalle* (1977). Er ist Autor von zwei Sammelbänden mit Erzählungen, von denen der erste, *Der unsichtbare Kreis*, auch in einer bundesdeutschen Ausgabe vorliegt. U. gilt als einer der interessantesten unter den jüngeren SF-Autoren der DDR.

Der unsichtbare Kreis (1977); *Störgröße M* (1980).

ULRICI, ROLF

(*1922)

Geboren in Berlin; voller Name: Rolf Stitz-Ulrici. U. schreibt auch unter den Pseudonymen Hans Korda und Hans Rodos. Er arbeitete als Lektor und Dramaturg, wurde aber vor allem durch seine große Zahl von Jugendbüchern aller Sparten, insbesondere Abenteuerromanen, bekannt. Neben zahlreichen Ehrungen erhielt er 1953 den »Deutschen Jugendbuchpreis«. Zu seinen bei jugendlichen Lesern bekanntesten und beliebtesten Büchern gehören die Abenteuerbücher der Serie »Käpt'n Konny«. U., der auch englischsprachige Jugendbücher übersetzte, schrieb einige Hörspiele und die Fernsehserie *Die Oder gluckste vor Vergnügen*. Er lebt heute in Bernau, Chiemsee. Im Bereich der Jugendbuch-SF schrieb er die Serien »Raumschiff Monitor« und »Giganto meldet«.

Serie »Raumschiff Monitor«: *Geheimer Start* (1971); *Verfolgungsjagd im Weltall* (1972); *Raumschiff Monitor verschwunden* (1972); *Monitor startet zur Unterwasserstadt* (1973); *Neuer Kurs für Monitor* (1973); *Landung auf Raumstation Monitor* (1974). – Serie »Giganto meldet«: *Vorstoß in die Erde* (1975); *Über uns ein Vulkan!* (1975); *Schiffbruch in der Erde* (1976); *Alarm im Erdball!* (1976); *Erdschiff verloren!* (1977); *Ziel erreicht!* (1977).

UTLEY, STEVEN

(*1948)

Geboren in Texas. U. schrieb in den siebziger Jahren etwa drei Dutzend SF-Stories, beginnend mit »The Unkindest Cut of All« (1972). Seine vielleicht beste Geschichte entstand in Zusammenarbeit mit Howard Waldrop und wurde für den »Nebula« nominiert: »Custers Last Jump« (1976). Diverse Geschichten U.s liegen in deutscher Übersetzung vor.

V

VACCA, ROBERTO
(?)

Italienischer Systemingenieur und Publizist, der auch futurologische Sachbücher verfaßt hat. Sein bekanntester und beeindruckendster SF-Roman ist *La Morte di Megalopoli* (1974; *Der Tod der Megalopolis*, 1977), ein Katastrophenroman ganz besonderer Art: Die Menschen im New York des Jahres 1993 leben in einer Achtzig-Millionen-Stadt, in der selbst bei geschlossenen Fenstern in fünfundvierzigstöckigen Häusern der Verkehrslärm noch unerträglich ist. Die Telefonnetze sind chronisch überlastet; während der Stoßzeiten bricht regelmäßig ein Verkehrschaos aus, und die Versorgung der Bevölkerung mit Lebensmitteln ist dauergefährdet. Die Menschen, die diese Megalopolis bewohnen, können nur noch dank komplizierter, ineinander verschachtelter Systeme, die für Energieerzeugung, -verteilung, den Warentransport und den Nachrichtenverkehr sorgen, notdürftig am Leben gehalten werden. Und je komplizierter die Zustände werden, desto anfälliger wird das System gegenüber äußeren Einflüssen. Eine simple Straßenverstopfung führt zu einer Fehlschaltung im Tower des benachbarten Großflughafens, woraufhin ein Flugzeug in eine Hochspannungsleitung fliegt und die Stromversorgung eines halben Kontinents lahmlegt. Die Kommunikationssysteme fallen schlagartig aus. Selbst »Megamultiplex«, die gigantische Überwachungsmaschinerie, kann den sich nähernden Untergang nicht verhindern. Mit dem Ausfall der Transportmöglichkeiten fehlt es plötzlich an Heizstoffen und Lebensmitteln. Geschäfte und Häuser werden geplündert. Die Katastrophe eskaliert immer weiter und führt schließlich zum Zusammenbruch der städtischen Zivilisation. Millionen Menschen sterben, denn von nun an gilt wieder das Gesetz der Wildnis. Als der Staub des Zusammenbruchs sich verzogen hat, bilden sich auf dem amerikanischen Kontinent kleine Feudalstaaten. Der Protagonist, ein Systemingenieur wie der Verfasser selbst, schwingt sich zum »Lord von Fairfield«, eines kleinen Reiches, auf und entwickelt sich zum absoluten Herrscher über sein Land.

VANCE, JACK
(*1916)

Geboren in San Francisko und im San Joaquin / Sacramento-Delta aufgewachsen. V. studierte an der Universität von Kalifornien Bergbau, Physik und schließlich Journalismus. Im Zweiten Weltkrieg war er Matrose bei der Handelsmarine und befuhr den Pazifik. Sonst ist wenig über V.s Leben an die Öffentlichkeit gedrungen. Man weiß, daß er sich für alten Jazz interessiert, Banjo spielt, mit seiner Familie in Oakland lebt und unermüdlich die Welt bereist. Trotz eines wachsenden Bekanntheitsgrades zeigte er sich so selten in SF-Kreisen, daß eine Art Mythos um ihn entstand und er in den siebziger Jahren zu einem Kultautor wurde.
V. begann seine SF-Karriere im Jahre 1945, als seine Story »The World Thinker« in *Thrilling Wonder Stories* erschien. Diese Publikation und ihr Schwestermagazin *Startling Stories* bildeten V.s Hauptabsatzmärkte in seiner Frühphase als Schriftsteller. In dieser Zeit, zwischen 1945 und 1955, schrieb V. abenteuerliche SF, die schon durch farbige Schauplätze und spannende Handlungsbögen auffiel. 1950 wurde sein erstes Buch publiziert, der Episodenroman *The Dying Earth*. Dieser zeigt V. als bemerkenswerten Stilisten und stellt ein Ende des Spektrums dar, das einerseits von reiner SF und andererseits von einer Art Fantasy begrenzt wird, die nicht ganz von der Logik gelöst ist. Der Roman spielt in einer fernen Zukunft, in der die Wissenschaft von der Magie abgelöst wurde. Diesen Handlungsschauplatz suchte V. später mit *The Eyes of the Overworld* (1966) und einigen Einzelgeschichten wieder auf. Trotz dieser Ausflüge in phantastische Gefilde blieb V.s Hauptaugenmerk auf die SF gerichtet, in der er schon bald zu einem Schöpfer fremdartiger Welten und exotischer Kulturen wurde. Allerdings war er nie der technisch orientierten Hard-SF zugetan, sondern er legt Wert auf die genaue Zeichnung

landschaftlicher und biologischer Szenerien sowie auf eine exakte Schilderung anthropologischer und soziologischer Gegebenheiten. Wichtige Werke in den fünfziger Jahren waren *Big Planet* (1952), eine Odyssee über einen riesigen Planeten, der den unterschiedlichsten Kulturen und Gesellschaftsformen zur Heimat wurde, *To Live Forever* (1956) und *The Languages of Pao* (1958), in denen es um Unsterblichkeit und Linguistik geht. Kürzere Texte wie »Gift of Gab« (1955), »The Miracle Workers« (1958) und »The Moon Moth« (1961) sind gute Beispiele für V.s akribischen Stil und die Farbigkeit seiner Welten. Die Kurzromane »The Dragon Masters« (1962) und »The Last Castle« (1966) gehören ebenfalls zu seinen kunstvoll ziselierten Werken; beide wurden preisgekrönt.

Neben SF schrieb V. ab 1957 auch Kriminalromane, insgesamt ein Dutzend, von denen manche unter Pseudonymen (Peter Held, Alan Wade, Ellery Queen), die meisten aber unter seinem richtigen Namen, J. H. V., erschienen. Kriminalistischen Einschlag haben auch zwei seiner SF-Serienhelden, die galaktischen Spürhunde Magnus Ridolph und Miro Hetzel.

Mitte der sechziger Jahre wandte sich V. immer mehr Romanen zu und schrieb nur noch selten Kurzgeschichten. Viele seiner Romane waren Teile größerer Serien, so des fünfbändigen Zyklus um die »Demon Princes« (1963–81), worin es um die Rache an fünf grausamen Sternenfürsten geht. Die vierteilige Planet-of-Adventure-Serie (1968–70), die Durdane-Trilogie (1973/74) und die Bücher, die den Alastor Cluster / Gaean Reach als interstellaren Background haben (ab 1973), sind allesamt spannende Abenteuer mit Schwerpunkt auf Sitten und Gebräuchen bizarrer Zivilisationen. Obwohl einige Titel dieser Serien qualitätsmäßig nicht an V.s bessere Bücher wie etwa *Emphyrio* (1968) oder *The Blue World* (1966) heranreichen – oft hat man den Eindruck, V. bleibe nicht gern lange bei einem Thema und verliere bei den späteren Bänden einer Serie das Interesse –, stellen fast alle gute Unterhaltung dar.

Die Stärke von V.s Prosa ist der ungewöhnliche Stil. V. schreibt atmosphärisch dicht und wartet mit großem Detailreichtum auf. Er ist bei weitem der farbigste und barockeste Autor in der SF, dessen charakteristische Sprache in jedem beliebigen Abschnitt erkennbar ist. Er neigt zu manierierter, ironischer Darstellung, zu gestelzt wirkenden Dialogen, antiquierten Redewendungen und ornamentalen Ausschmückungen, wobei sein überaus reichhaltiges Vokabular – manchmal erklärt er seine Phantasiebegriffe durch Fußnoten – für exotischen Sinnesreiz sorgt. In der Kunst der Namensgebung kommt ihm in der phantastischen Literatur kaum jemand gleich; seine Namen sind ungewöhnlich phantasievoll und haben immer den richtigen Klang. Das alles macht V. zum Sprachkünstler und typischen Romantiker in der SF. Inhaltlich sind seine Bücher diesem Standard nicht gewachsen. Die Probleme, die er in ihnen anschneidet, haben mit dem Hier und Heute kaum etwas zu tun, philosophischen Tiefgang weisen seine Titel nicht auf. Alles spielt sich an einer sensuellen Oberfläche ab, die zwar wunderschön gekräuselt ist, die aber nur selten eine befriedigende Erkenntnis oder gar eine Botschaft verborgen hält. Das mag auch der Grund sein, warum V. nach 35 SF-Romanen und 7 Story-Sammlungen, nach Gewinn von »Hugo« und »Nebula« und Nachdrucken in teuren Liebhaberausgaben der ganz große Durchbruch versagt blieb: Er hat kein Spitzenwerk geschrieben, das ihn weltbekannt gemacht hätte. Seine Romane, seit Jahrzehnten von gleichbleibender Qualität, sind irgendwie austauschbar. Dennoch: In den USA wächst seine Anhängerschaft, und man beginnt ihn so zu sehen, wie man ihn in Holland, wo V. ein Superstar ist, längst kennt: als vielleicht besten Unterhaltungsschriftsteller des Genres.

Demon Princes-Serie: *The Star King* (1964; *Jäger im Weltall*, 1969); *The Killing Machine* (1964; *Die Mordmaschine*, 1969); *The Palace of Love* (1967; *Der Dämonenprinz*, 1969); *The Face* (1979); *The Book of Dreams* (1981). – Durdane-Trilogie: *The Anome* (1973; *Der Mann ohne Gesicht*, 1975); *The Brave Free Men* (1973; *Der Kampf um Durdane*, 1975); *The Asutra* (1974; *Die Asutra*, 1976). – Alastor Cluster: *Trullion: Alastor 2262* (1973; *Trullion: Alastor 2262*, 1977); *Marune: Alastor 933* (1975; *Marune: Alastor 933*, 1978); *Wyst: Alastor 1716* (1978; *Wyst: Alastor 1716*, 1981). – Gaean Reach: *The Gray Prince* (1974; *Der Graue Prinz*, 1979); *Maske: Thaery* (1976; *Maske: Thaery*, 1980); *The Galactic Effectuator* (1980). – *Vandals of the Void* (1953); *The Space Pirate* (1953; *Kosmische Vergeltung*, 1958); *To Live Forever*

(1956; *Start ins Unendliche*, 1968); *Slaves of the Klau* (1958; *Magarak, Planet der Hölle*, 1960); *The Languages of Pao* (1958; *Der neue Geist von Pao*, 1976); *Future Tense* (1964); *Space Opera* (1965; *Die Weltraumoper*, 1966); *The Many Worlds of Magnus Ridolph* (1966; 1980); *Emphyrio* (1968; *Emphyrio*, 1971); *Eight Fantasms and Magics* (1968); *Green Magic* (1979).

Lit.: Jack Vance (1980; Sammelband über den Autor).

Dying Earth-Zyklus

The Dying Earth (1950; dt. *Die sterbende Erde*, 1978); **The Eyes of the Overworld** (1966; dt. *Das Auge der Überwelt*, 1976)

Abenteuer am Ende der Zeit. Die Sonne ist rot geworden und flackert wie eine Kerze im Wind. Nur noch wenige tausend Menschen leben in zerfallenden Städten, und Leukomorphen und Deodander, Gnomen, Zauberer und seltsame Wesen aller Art bevölkern die Wälder und Einöden. Die Wissenschaft ist längst vergessen und hat der Magie Platz gemacht. *The Dying Earth* vereinigt sechs Erzählungen, die in dieser Szenerie angesiedelt und miteinander verknüpft sind. Sie berichten von Turjan von Miir, einem Magier, der Leben erschaffen möchte, vom mächtigen Zauberer Pandelume und dessen unvollkommenem Geschöpf T'sais, vom grausamen Wegelagerer Liane und von Guyal von Sfere, den seine unersättliche Neugier auf die Suche nach dem gesamten Wissen des Universums treibt. Diese magischen und fein gesponnenen Erzählungen finden ihre Fortsetzung in den Abenteuern Cugels des Schlauen, die in bislang neun Kurzgeschichten geschildert wurden, von denen sieben in *The Eyes of the Overworld* gesammelt sind. Eine weitere Erzählung mit der sterbenden Erde als Hintergrund ist »Morreion«. Cugel der Schlaue ist ein pikaresker Springinsfeld, den der Lachende Magier Iucounu zwingt, ihm die legendären Augen der Überwelt – Linsen, die den Blick in ein schöneres Universum gestatten – zu besorgen. Bei seinem Unterfangen begegnet Cugel vielen seltsamen Bewohnern der Küsten von Ascolais und Almery, mit denen es oft zu Streitereien kommt. Jeder versucht den anderen übers Ohr zu hauen, aber am Ende ist es meist der pfiffige Cugel, der die Oberhand behält, sich aus den verzwicktesten Situationen rettet und auch Iucounu überlistet. Beide Bücher sind in ihrem Aufbau episodenhaft, wobei *The Dying Earth* mit seiner magischen Atmosphäre der Fantasy etwas näher steht und nicht den der Odyssee entlehnten Rundreisecharakter der Cugel-Geschichten aufweist. Letztere glänzen dagegen durch die gestelzte Überheblichkeit des Protagonisten und den sich daraus entwickelnden trockenen Humor. Beide Bücher zählen innerhalb der amerikanischen Fantasy oder Science Fantasy zu den schönsten Werken.

Big Planet

(1952; dt. *Planet der Ausgestoßenen*, 1976)

Ein terranisches Raumschiff muß auf dem innersten Planeten der Sonne »Phaedra« notlanden, auf einer Welt, deren Durchmesser 40 000 Kilometer beträgt und die unter dem Namen »Großer Planet« oder »Großplanet« bekannt ist. Diese Welt wurde vor Jahrhunderten von Menschen besiedelt, die der Bevormundung überdrüssig oder entschlossen waren, auf unorthodoxe Weise zu leben. Es handelte sich bei ihnen um Anarchisten, Nonkonformisten, religiöse Sektierer, Dissidenten, Abweichler und Abnorme jeglicher Couleur, die auf Großplanet alle ihre Splittergesellschaften gründeten und nach ihrer Fasson selig zu werden trachteten. Die kleine Besatzung des Raumschiffes muß sich unter Leitung von Claude Glystra auf die 60 000-Kilometer-Reise zur Erdenklave machen. Daraus wird eine abenteuerliche Reise durch eine fremde Fauna und Flora, seltsame Kleinstaaten mit ihren verrückten Bewohnern, ständig wechselnde, ungezähmte Landschaften, und die Gruppe gerät von einer haarsträubenden Situation in die andere.

Showboat World

(1975; dt. *Showboot-Welt*, 1980)

Dieser Roman spielt ebenfalls auf Großplanet. Er hat mit der Handlung von *Big Planet* allerdings nichts gemein, sondern schildert die Erlebnisse des durchtriebenen Showbooteigners Apollon Zamp, der mit seinem Schiff *Miraldas Zauber* den Fluß Vissel befährt und den Anwohnern mit seinem Ensemble mehr oder minder großartige Schauspiele bietet. Garth Ashgale mit »Fironzes Goldener Vorstellung« ist Zamps erbitterter Konkurrent im Wettstreit um einen hohen Preis, den der König von Morune für die beste Darbietung aussetzt. Die Auseinandersetzungen zwischen den beiden Flußkapitänen wird mit Haken und Ösen geführt, und auch das Publikum kommt nicht immer ungeschoren davon: wenn es zu kritisch ist, wird es von Zamp kurzerhand in den Fluß gekippt. Beide Romane sind voll spannender Handlung und greifen Lieblingsthemen des Autors auf: *Big Planet* die Darstellung bizarrer Gesellschaftsformen mit ungewöhnlichen Bräuchen, *Showboat World* die Beschäftigung mit der Kunst – in diesem Falle der Schauspielkunst – in schillernder Farbigkeit.

The Blue World
(1966; dt. *Der azurne Planet*, 1981)

Elf Generationen nachdem ein Raumschiff auf dem azurnen Planeten notwassern mußte, leben die Nachkommen der Überlebenden auf riesigen Wasserpflanzenblättern, den einzigen ›Inseln‹ auf dem unendlichen, den ganzen Planeten bedeckenden Ozean. Ihre Gesellschaft ist durch Zünfte charakterisiert, in deren rituelles Tagewerk Unruhe kommt, als der Signalgeber Sklar Hast sich gegen die Herrschaft König Krakons, eines monströsen Tentakelfisches, auflehnt, der sich regelmäßig mit den Schwammkulturen der Inselbewohner den Bauch vollschlägt. Hast gerät unter den Bann der »Fürbitterzunft«, einer Art Priesterkaste, die aus der Abhängigkeit von Krakon Kapital schlägt. Mit einer Handvoll Gleichgesinnter wird er ins Exil getrieben, wo die Rebellen gegen Krakon und seine Gattung zu rüsten beginnen. Das aber erweist sich als ungeheuer schwierig, denn wie soll man auf einer Welt bar jeder Bodenschätze, auf der das härteste Material die Knochen der Verstorbenen sind, Waffen herstellen? Ein uraltes Buch birgt die Lösung, und den Rebellen gelingt es nicht nur, die Weidenbootflotte der Zünfte zu schlagen, sondern auch den parasitären Krakon zu töten.
Ein liebevoll durchkonstruierter Roman, der durch seinen Schauplatz und die tradierten Berufsbezeichnungen der Zünfte besonders romantisch wirkt.

Tschai-Serie
City of the Chasch (1968; dt. *Die Stadt der Khasch*, 1977); **Servants of the Wankh** (1968; dt. *Gestrandet auf Tschai*, 1978); **The Dirdir** (1969; dt. *Im Reich der Dirdir*, 1980); **The Pnume** (1970; dt. *Im Bann der Pnume*, 1981)

212 Lichtjahre von der Erde entfernt zieht der Planet »Tschai« seine Bahn um die gelbe Sonne »Carina 4269«. Hier wird das Forschungsschiff *Explorator IV* abgeschossen; der einzige Überlebende ist der Raumscout Adam Reith. Reith strandet auf Tschai und beginnt – von dem Gedanken getrieben, die Erde unbedingt wieder erreichen zu müssen – eine Irrfahrt, die ihn in die hintersten Winkel dieser Welt trägt. Auf der Suche nach einem passablen Raumschiff wird er von dem Nomaden Traz Onmale und dem »Dirdir«-Menschen Anacho unterstützt. Reith muß feststellen, daß Tschai von vielen Rassen bewohnt wird: Da gibt es die »Khasch«, die sich wiederum in »Blaue« und »Grüne Khasch« unterteilen, die »Wankh«, die »Dirdir«, die »Phung« und die »Pnume«, außer den beiden letzten alles raumfahrende Rassen, die in der Vergangenheit Menschen versklavten – daher gibt es auch Mischlinge wie »Dirdir«-Menschen, »Pnumekin« usw. – und nun mehr oder weniger friedlich in ihren Einflußzonen auf Tschai leben. Nach einer Kette von Abenteuern gelingt es Reith, ein Raumschiff zu bauen und mit seinen Freunden, zu denen sich mittlerweile auch das »Pnumekin«-Mädchen Zap 210 gesellt hat, zur Erde zu starten.
Inhaltlich ist die *Tschai*-Serie reine Action-SF, die nicht besonders erwähnenswert wäre. Interessant wird sie allein durch V.s Art der Darstellung. Der akribisch gezeichnete Kulturenwirrwarr und die oft seltsame Handlungsweise der Protagonisten lassen daraus ein pralles Abenteuer entstehen.

The Best of Jack Vance
(1976; dt. *Das Segel im Sonnenwind*, 1981)

The Dragon Masters
(1963; dt. *Die Drachenreiter*, 1976)

Vielleicht hat V. seine besten Texte in Form von Kurzromanen oder Erzählungen zu Papier gebracht, seine erfolgreichsten sind jedenfalls in dieser Länge abgefaßt: »The Dragon Masters« gewann 1963 den »Hugo« und »The Last Castle« 1966 »Hugo« und »Nebula Award«. »The

Last Castle«, eine romantische Novelle, ist neben fünf weiteren Erzählungen (die deutsche Ausgabe läßt zwei davon weg) in dem Band *The Best of Jack Vance* enthalten. Sie spielt in ferner Zukunft und schildert, wie die aristokratischen ›Herren‹ der Erde einem Aufstand der »Meks«, ihren mechanisch handelnden Sklaven, hilflos gegenüberstehen. Burg um Burg der galanten, höfisch denkenden Menschen fällt, bis Xanten die Verteidigung organisiert und Hagedorn, die letzte Burg der Erde, gerettet wird. Die zweite herausragende Geschichte der Sammlung ist »The Moon Moth« (1961), vielleicht *die* typische Vance-Story. In diesem kleinen Meisterwerk nehmen Kleidung und Musikinstrumente und die damit verbundenen starren Sitten einer fremdartigen Gesellschaft wichtigen Raum ein. Edwer Thissell muß auf »Sirene« den Mörder Haxo Angmark finden. Das aber ist leichter gesagt als getan, denn auf dieser Welt trägt jeder eine Maske. »Sail 25«, »Ullward's Retreat«, »Abercrombie Station« und »Rumfuddle« komplettieren einen Band, in welchem man eher »Noise«, »Gift of Gab« und »The Miracle Workers« erwartet hätte. Dennoch ist die Sammlung gut, wenngleich sie der verspielten Science Fantasy mit Ausnahme von »The Last Castle« wenig Platz einräumt.
The Dragon Masters präsentiert die gleiche Ausgangssituation wie »The Miracle Workers« oder »The Last Castle«: Menschen werden von fremdartigen Lebewesen bedroht. Diesmal sind es die »Basics«, eine reptilienartige Lebensform, die sich die Menschen auf »Aerlith« unterwerfen wollen. Dort leben die Nachkommen von Flüchtlingen eines Raumkrieges in einer halbfeudalen Gesellschaft, die mit den Produkten fortgeschrittener Technologie von einst nichts mehr anzufangen weiß. Als es zum Kampf kommt, setzen beide Seiten genetisch veränderte Sklavenkrieger der anderen Spezies ein. Ein reich ausgeschmückter, barocker Kurzroman, reich an biologischen Absonderlichkeiten.

VAN SCYOC, SYDNEY J(OYCE)
(*1939)

Geboren in Mount Vernon, Indiana, als Tochter eines Postangestellten. Sie schloß 1957 die High School ab, heiratete einen Luftwaffenoffizier und lancierte 1962 unter dem Titel »Shatter the Wall« ihre erste SF-Erzählung, die in *Galaxy* publiziert wurde. Anfang der siebziger Jahre wechselte sie erfolgreich zum Roman. Ihre Themen behandeln sehr oft das Schicksal von Minderheiten, die sich in exotischer Umwelt zu behaupten haben. Action lehnt die Autorin ab: Ihre Bücher leben von inneren Monologen der Protagonisten und der Beschreibung farbiger Environments.

Saltflower (1971); *Assignment Nor'Dyren* (1973); *Starmother* (1976); *Cloud Cry* (1977); *Sunwaif* (1981).

VAN VOGT, A(LFRED) E(LTON)
(*1912)

Geboren in Winnipeg, später in den USA lebend. V. ist der Sohn eines nach Kanada ausgewanderten holländischen Rechtsanwalts. Durch die Arbeitslosigkeit seines Vaters, der seinen Job bei einer Reederei verlor, mußte V. seine Schulbildung frühzeitig abbrechen und schlug sich als Hilfsarbeiter, Kraftfahrer und Angestellter durch. 1931 erschien seine erste Story, ein Prostituierten-Melodram, in dem Magazin *True Story*. Seine erste SF-Story war »Vault of the Beast«, die allerdings erst später veröffentlicht wurde. Seine erste SF-Veröffentlichung erschien 1939 unter dem Titel »The Black Destroyer« in *Astounding*. Zwischen 1939 und 1947 kamen allein in *Astounding* 35 Arbeiten von V. heraus, darunter etliche von Romanlänge, und er war neben Heinlein und Asimov der beliebteste Autor nicht nur dieses Magazins, sondern überhaupt der SF in den vierziger Jahren.
1940 (Buchveröffentlichung 1946) erschien mit *Slan* sein erster Roman: eine Mutantengeschichte, die zu den SF-Klassikern zählt und großen Einfluß auf andere Autoren ausübte. Neben *Slan* begründeten vor allem Romane wie *The Weapon Shops of Isher* (1941/42 in *Astounding*, 1951 als Buch), *The Weapon Makers* (1943 in *Astounding*, 1946 als Buch) – die zusammen die Weapon-Shops-Serie bilden –, *The World of Null-A* und *The Pawns of Null-A* (1945 bzw. 1948/49 in *Astounding*, 1948 bzw. 1956 als Buch) und *The Voyage of the Space Beagle* (aus vier Novellen entstanden) seinen Ruhm als SF-Autor.

Eine weitere Serie umfaßt die Romane *Empire of the Atom* (1946/47 in *Astounding*, 1956 als Buch) und *The Wizard of Linn* (1950 in *Astounding*, 1962 als Buch). Diese beiden Bücher vereinen anachronistische Gegensätze wie Raumschiffe und andere Supertechnik auf der einen Seite sowie Schwerter und Palastintrigen auf der anderen Seite. Weitere bekannte Romane V.s aus dieser Zeit sind *The Book of Ptath* (1943 in *Astounding*, 1947 als Buch) – es geht darin um die in ferner Zukunft stattfindende Reinkarnation einer gottgleichen Person, die um die Wiederherstellung ihrer Machtposition kämpft –, *The Mixed Men* (1943/45 in *Astounding*, 1952 als Buch), *The War against the Rull* (1940/50 in *Astounding*, 1959 als Buch), *The Beast* (1943/44 in *Astounding*, 1963 als Buch) und *Quest for the Future* (1943/46 in *Astounding*, 1970 als Buch). Diese Werke, meistens durch Umarbeitung von Kurzgeschichtenmaterial zu Romanen erweitert, fallen gegenüber V.s Hauptwerk aber schon stark ab.

V., der übrigens mit der Autorin Edna Mayne Hull verheiratet war und mit ihr zusammen den Roman *The Winged Man* (1943/46 in *Astounding*, 1966 als Buch) schrieb, wandte sich Ende der vierziger Jahre erst der Hypnose (er schrieb auch ein Buch darüber), dann der »Dianetik« zu, die sein Freund und Kollege L. Ron Hubbard entwickelt hatte. Aus der Dianetik entwickelte sich die »Scientology-Kirche«, für die V. eine Reihe von Jahren arbeitete. In diesen Jahren verlor er den Anschluß an die Entwicklung der SF und veröffentlichte im wesentlichen nur die oben erwähnten Umarbeitungen von Kurzgeschichten, abgesehen von *The Mind Cage* (1957). Erst ab 1964, als sein Roman *The Silkie* in *If* herauskam (Buchversion 1969), wandte er sich wieder stärker der SF zu, brachte aber nur noch blasse Aufgüsse seiner früher erfolgreichen Handlungselemente hervor. Seine Romane erscheinen heute, von den Lesern und der Kritik kaum beachtet, in drittklassigen amerikanischen Verlagen.

V. trug in einer Zeit, als die Science Fiction zu immer neuen Themen und Sensationen expandierte, mit seiner Kreativität wesentlich zur Entwicklung des Genres bei. Er fügte, mit den Worten James Gunns, zur Wissenschaft die Magie hinzu. Andererseits ist er ein literarisch ziemlich unbedarfter Autor mit einem schlechten Stil und kaum in der Lage, glaubwürdige Charaktere zu entwickeln. Seine Vorliebe für Gigantomanie, Supermänner und feudalistische Gesellschaftsformen machten ihn zu einem umstrittenen Autor, der mit Urteilen wie »kosmischer Bauspekulant« (D. Knight) belegt wurde.

The Book of Ptath (1947; *200 Millionen Jahre später*, 1965); *Empire of the Atom* (1956; *Das Erbe des Atoms*, 1959); *The Mind Cage* (1957; *Das andere Gesicht*, 1960); *The War against the Rull* (1959; *Der Krieg gegen die Rull*, 1963); *Das Absolutum* (C, 1961; dt. Originalzusammenstellung); *The Wizard of Linn* (1962; *Der Zauberer von Linn*, 1975); *The Beast* (1963; *Die Bestie*, 1967); *The Silkie* (1969; *Die Veränderlichen*, 1970); *Quest for the Future* (1970; *Palast der Unsterblichkeit*, 1971).

Slan

(1946; dt. *Slan*, 1967)

Ein »Slan« ist nach der Definition dieses Romans ein Mutant, d. h. ein Übermensch, ein Angehöriger einer neuen, aus der Menschheit hervorgegangenen Rasse, benannt nach dem Entdecker und Förderer dieser neuen Menschen, einem Arzt namens S. Lann. Die Slans haben besondere Fähigkeiten, insbesondere Psi-Kräfte, und sind den normalen Menschen intellektuell überlegen. Ihr äußerliches Kennzeichen sind zarte Fühler auf dem Kopf, die als Psi-Organe dienen. Sie treten als Mutationen auf, d. h., sie sind anfangs Kinder normaler Eltern. Wie manche andere Minderheit werden sie verfolgt, und zwar besonders unerbittlich: Man jagt und tötet sie, wo man ihrer nur habhaft werden kann. Der Slan Jommy Cross, zentrale Figur des Romans, ist nach dem Tod seiner Mutter auf sich allein gestellt und findet bei einer alten Frau Unterschlupf, die seine besonderen Fähigkeiten allerdings zu verbrecherischen Zwecken nutzt. Parallel hierzu schildert der Autor das Schicksal des Slanmädchens Kathleen, das unter dem nicht immer voll funktionierenden Schutz des Weltdiktators Kier Gray in dessen Palast lebt. Beide Kinder überleben die Gefährdungen ihrer Jugend, und Jommy nimmt schließlich sein Schicksal selbst in die Hand. Dabei findet er heraus, daß es auch Slans ohne »Fühler« gibt und daß diese die anderen Slans noch mehr hassen, als dies die normalen Menschen tun. Obwohl er von diesen anderen

Slans gejagt wird, gelingt es ihm, die Herkunft der Slans aufzuklären und sie in der Zivilisation der Menschen zu verankern. Als er den Weltdiktator von den Putschplänen der feindlichen Slans – die, im Gegensatz zu den Slans mit »Fühlern«, gewalttätig und skrupellos sind – warnen will, erfährt er zu seiner Überraschung, daß Kier Gray seiner eigenen Rasse angehört, und mit ihm zusammen schaltet er die Gegner aus. Die normalen Menschen, denen ohnehin das biologische Schicksal bevorsteht, steril zu werden, um nach dem Willen der Natur der neuen Rasse Platz zu machen, werden durch Hypnosekristalle dahingehend beeinflußt, daß sie die Slans nicht länger hassen und verfolgen. Jommy und Kathleen werden ein Paar.

Slan ist der vielleicht wichtigste, weil einflußreichste Roman über das Thema Mutanten aus den vierziger Jahren und ist damals wie heute bei den Lesern sehr populär. »Fans are Slans«, wurde ein geflügeltes Wort im frühen amerikanischen *Fandom* und drückt aus, in welchem Maße eine Identifikation von SF-Fans mit diesen Slans erfolgte: Wie sie fühlte man sich als ›verfolgte‹ Minderheit, die eigentlich aufgrund ihrer intellektuellen und sonstigen Fähigkeiten eine Elite sein müßte.

Obwohl von der Kritik einhellig der historische Rang dieses Romans innerhalb der SF anerkannt wird, ist *Slan* dennoch sehr umstritten. Insbesondere wird van Vogt seine über ein Minderheitsengagement weit hinausreichende Schwäche für Übermenschen sowie sein nicht nur unkritisches, sondern eindeutig bejahendes Verhältnis zu Diktaturen (deren Führer anstelle der ›unreifen Menschheit‹ zu deren Bestem entscheiden) vorgeworfen.

The World of Null-A

(Magazinversion 1945, als Buch 1948; dt. *Die Welt der Null-A*, 1958)

The Pawns of Null-A

(Magazinversion 1948/49, als Buch 1956; dt. *Kosmischer Schachzug*, 1958)

Gilbert Gosseyn will an den Spielen einer Quiz-Maschine teilnehmen, die darüber entscheiden, wer geistig und körperlich so vollkommen ist, daß er zur Venus reisen darf, jener Welt der Null-A, der »nicht-aristotelischen« Philosophie. Dabei wird offenbar, daß er falsche Erinnerungen besitzt. Er wird von Verschwörern gefangengenommen, man entdeckt, daß er ein seltsames Gebilde in seinem Gehirn hat, und man erschießt ihn, weil er herausgefunden hat, daß die Verschwörer Agenten einer extraterrestrischen Macht, nämlich des Diktators Enro, sind. Als Gosseyn das Bewußtsein zurückerlangt, befindet er sich in einem neuen Körper auf der Venus. Wieder gerät er in die Gewalt der Verschwörer, wird diesmal aber freigelassen. Er erfährt von der Invasion der Venus durch die Truppen des Diktators, findet Einzelheiten über das Gebilde in seinem Kopf – es ist ein »Extrahirn« – heraus und wird bei einer weiteren Unterredung mit der Quizmaschine davon überzeugt, daß er Selbstmord begehen muß, um den dritten Gosseyn-Körper ins Leben zu rufen. Als er aber erfährt, daß dieser dritte Körper aufgefunden wurde, setzt er alles daran, am Leben zu bleiben. Inzwischen haben die Null-A's auf der Venus einen Sieg gegen die Invasoren errungen, obwohl sie hoffnungslos unterlegen waren. Aber der Krieg geht weiter. Thorson, der Oberbefehlshaber der Invasionstruppen, beginnt sich für Gosseyn zu interessieren. Er bietet ihm an, die Invasion zu stoppen, wenn dieser ihm hilft, den mysteriösen Unbekannten zu finden, der Gosseyn auf der Venus ins Spiel gebracht hat und offenbar das Geheimnis der Unsterblichkeit kennt. Gosseyn willigt ein, verlangt aber zugleich, daß sein Extrahirn weiterentwickelt wird. Dies geschieht, und Gosseyn ist jetzt zur Teleportation und zur Energiebeherrschung fähig. Er findet seinen »Schöpfer«, der sich als alter Mann erweist und ihm befiehlt, Thorson zu töten. Der Anschlag gelingt, und Crang, der neue Oberbefehlshaber, zieht die Truppen zurück, aber auch der alte Mann wird getötet. Gosseyn erfährt das Geheimnis seiner vielen Körper und den Sinn seines Einsatzes und erkennt, daß auch der alte Mann er selbst war.

Im zweiten Band weitet sich das Geschehen auf andere Teile des Kosmos aus. Es gibt weitere Intrigen, dieses Mal im Zusammenhang mit dem Angriff des Diktators Enro auf die Liga der anderen Sterne, und der »Schatten«, eine geheimnisvolle, substanzlose Gestalt, greift auf seiten Enros in das Geschehen ein. Gosseyn wird in den Körper des Erben des Imperiums versetzt und an die Front geschickt, kehrt in seinen eigenen Körper zurück, initiiert Verhandlungen der Null-A's mit der Liga und den

gemeinsamen Kampf gegen Enro, der zurückgeworfen und zum Frieden gezwungen wird. Schließlich besiegt Gosseyn noch seinen geheimnisvollen Widersacher, den Schatten.
V. hat hier eine Reihe von Ideen eingebracht, darunter auch das später zu einem beliebten SF-Thema avancierte Kloning. Allerdings werden all diese Dinge – von der Körpervervielfältigung bis zum Extrahirn – wie üblich bei V. nicht näher erläutert, sondern dienen hauptsächlich dazu, eine magische Atmosphäre zu erzeugen, in der der Held omnipotent agieren kann. Das Ganze ist in ein für V. charakteristisches interstellares Ränkespiel eingebettet. Die Romane sind komplex, und die Handlung entwickelt eine furiose Dynamik, wenngleich dies alles nur den einen Zweck hat, den Leser davon abzuhalten, über den dürftigen gedanklichen Hintergrund nachzusinnen.
Die »non-aristotelische« Logik und ein paar andere Handlungselemente beruhen auf Alfred Korzybski, aber die philosophische Dimension, die angeblich in diesen Werken stecken soll, muß irgendwo zwischen den Sternen abhanden gekommen sein. Ungeachtet aller Einwände bleiben die Null-A-Romane für die Entwicklung der SF jedoch wichtige Werke.

The Weapon Shops of Isher
(Magazinversion 1941/42, Buchversion 1951; dt. *Die Waffenhändler von Isher*, 1967)

The Weapon Makers
(Magazinversion 1943, Buchversion 1946; dt. *Die Waffenschmiede von Isher*, 1967)

Wie die Null-A-Romane zeigen die beiden Isher-Romane besonders deutlich jene teilweise verwirrende Komplexität und Ideenvielfalt, die V. in den vierziger Jahren zu einem der beliebtesten SF-Autoren gemacht hat. Eine Fülle von bizarren Ideen bringt der Autor in diesen Romanen unter: Es gibt eine Zeitwippe, die einen Menschen abwechselnd in die Vergangenheit und die Zukunft schleudert und ihn schließlich zur Ursache für die Entstehung von Planeten werden läßt, einen Unsterblichen mit einem Arsenal geheimer Erfindungen, Zeitparadoxa und eine extraterrestrische Spinnenrasse, die der Menschheit weit überlegen ist, und einiges andere mehr. Geschildert wird ein Kaiserreich der Zukunft, dessen Herrscherin Innelda in ihrer Machtvollkommenheit durch die Gilde der Waffenschmiede eingeengt wird, die den Kaiserlichen wissenschaftlich-technisch immer ein gutes Ende voraus sind. Die Schmiede arbeiten auf zwei Ebenen: In über das ganze Land verteilten Waffengeschäften erhalten Bürger zu kleinen Preisen Schußwaffen, die nur der Selbstverteidigung dienen können. Weiterhin verhilft ihr geheimnisvoller Gerichtshof betrogenen Bürgern zu ihrem Recht. Die abwesenden Angeklagten (meistens Firmen) werden im Schnellverfahren verurteilt und bestraft. Die Waffenschmiede sind mächtig genug, sowohl die Urteile durchzusetzen als auch ihre Läden den Zugriffen der Kaiserin zu entziehen. Das System Kaiserhaus/Gilde, das einen Gleichgewichtszustand schaffen soll, wurde einst von dem Unsterblichen Robert Hedrock ins Leben gerufen und seither von ihm aus dem Hintergrund überwacht. Im ersten Band kommt Cayle Clark, ein junger Mann mit dem Talent, Dinge und Personen in seinem Sinne zu beeinflussen, vom Lande in die Hauptstadt. Nach unliebsamen Bekanntschaften mit der Unterwelt fällt er auf, als er beim Spiel zuviel gewinnt. Man macht ihn zu einem Sklaven in einem Illusionspalast, verschleppt ihn zum Mars, läßt ihn dann aber Offizier der Kaiserin werden. Schließlich wird er Zeitreisender und der mächtigste Mann in der Wirtschaft, immer beschützt von Lucy, seiner späteren Frau, einer Angehörigen der Gilde. Der zweite Band steht im Zeichen der Kaiserin Innelda und des Unsterblichen Hedrock. Hedrock wird sowohl von der Kaiserin als auch von den Waffenschmieden mit der Hinrichtung bedroht, flieht, stiehlt einen geheimgehaltenen Antrieb für interstellaren Raumflug, gerät in Gefangenschaft der Spinnenrasse, vergrößert sich selbst, zerstört als menschlicher Gigant eine Stadt und geht schließlich als Sieger aus allen Konflikten hervor.
Eine solche Inhaltsangabe kann diesen Romanen allerdings schwerlich gerecht werden, weil ihr Reiz in einer fast explosiven Verkettung von Ideen besteht, wobei der Leser von einer Überraschung zur nächsten geführt wird und erst allmählich die Machtstrukturen, die Hintermänner und Drahtzieher von Intrigen klar hervortreten. Dieses Jonglieren mit teilweise sehr widersprüchlichen Zutaten macht den Reiz der beiden Romane aus. Besonders glaubwürdig ist der soziokulturelle Hintergrund durchaus nicht, aber van Vogts Werk lebt in erster Linie von der

Kopplung von Dingen, die sich eigentlich nicht koppeln lassen. Wie im thematisch vergleichbaren Roman *Flight into Yesterday* (späterer Titel *The Paradox Men*) von Charles L. Harness wird wissenschaftliche Omnipotenz mit Machtstrukturen vergangener Jahrhunderte verknüpft, und das Ergebnis ist ein aus historischen Zusammenhängen gelöstes Gebilde, das sich ideal als Hintergrund für Ränke und Intrigen jener übermenschlichen Helden eignet, denen van Vogt zuneigt. Im Machtspiel dieser Halbgötter gilt gemeines Volk nicht viel, und ihre bestimmende Triebkraft ist das Streben nach offener oder versteckter (zur Manipulation taugender) Macht. SF-historisch sind diese beiden Romane von großem Interesse, weil sie der Science Fiction neue Dimensionen erschlossen.

The Voyage of the Space Beagle

(1950; dt. *Die Weltraumexpedition der Space Beagle*, 1961; späterer Titel: *Die Expedition der Space Beagle*)

Das Raumschiff »Space Beagle« befindet sich auf einer Forschungsreise. Man gerät dabei in Kontakt mit mehreren fremden Lebensformen. Da ist zunächst »Coeurl«, ein halbintelligentes Monstrum, welches versucht, das Raumschiff zu erobern. Die einzelnen Wissenschaftler an Bord trachten danach, Coeurl zu bekämpfen, aber obwohl das Wesen eine Reihe von Fehlern begeht, schlagen die Versuche so lange fehl, bis Elliot Grosvenor, seines Zeichens »Nexialist« und von den meisten anderen Wissenschaftlern verachtet, die rettende Lösung findet. Coeurl flüchtet aus dem Schiff und wird vernichtet.

In der folgenden Episode wird das Schiff von hypnotisch begabten Wesen vermeintlich angegriffen und mit einer Flut hypnotischer Bilder überschüttet. Grosvenor erkennt jedoch, daß es sich in Wahrheit nicht um einen Angriff, sondern um einen Kontaktversuch handelt. Da die hypnotischen Bilder bei den Besatzungsmitgliedern unbewußte Neigungen und Begierden zutage fördern, verstärken und projizieren, was zu einem Kampf unter der Besatzung führt, muß unbedingt etwas unternommen werden. Grosvenor nimmt seinerseits Kontakt mit den Fremden auf und bringt sie durch »angewandte Philosophie« dazu, von ihren Hypnosebotschaften abzulassen.

Die nächste Episode präsentiert »Ixtl«, ein unsterbliches und nahezu unverwundbares Wesen, das seit Jahrmillionen im Weltall treibt und sich von Energie ernährt. Es bemerkt die »Space Beagle« und zapft ihr die Energie ab. Durch einen Schaden im Maschinenraum zum Anhalten gezwungen, bemerkt man Ixtl und fängt es ein. Da sich dieses Wesen jedoch darauf versteht, die eigene Atomstruktur nach Belieben zu verändern und Materie zu durchdringen, gelangt es in das Schiff. Wieder setzt sich Grosvenor mit seinem Plan durch. Ixtl ahnt jedoch die drohende Vernichtung und kann entkommen.

Die letzte Episode schließlich konfrontiert die Besatzung der »Space Beagle« mit der »Anabis«, einer gigantischen intelligenten Gaswolke, die ihre eigene Galaxis schon absorbiert hat und nun nach neuer Nahrung sucht. Grosvenor erkennt als einziger die allen drohende Gefahr und überzeugt die anderen davon, daß sie die Wolke vernichten müssen. Grosvenor wird danach von allen Raumfahrern voll akzeptiert.

Der Roman entstand aus mehreren Kurzgeschichten des Autors, darunter seine erste Veröffentlichung, »The Black Destroyer«, die hier über eine Weltraumexpedition miteinander verknüpft wurden. Die einzelnen Episoden sind zum größten Teil sehr spannend und farbig und fesseln vor allem durch die interessante Schilderung der einzelnen Aliens, in die sich V. gut hineinversetzt (wie V. wohl ohnehin die schillerndsten Weltraummonster hervorgebracht hat). Die Coeurl-Episode ist so offensichtlich Vorbild für den Film *Alien* gewesen, daß der Autor nach einem Rechtsstreit mit einer erheblichen Summe abgefunden werden mußte. Der »Nexialismus«, eines jener Systeme, die V. häufig seinen Werken unterlegte, erweist sich allerdings aller Geheimnistuerei zum Trotz lediglich als interdisziplinär koordinierte Anwendung von Wissenschaften und nichts weiter.

VARDEMAN, ROBERT E.

(?)

Der in Texas geborene V. studierte Physik und begann Mitte der siebziger Jahre mit dem Verfassen von SF. Sein bisher bekanntestes Werk ist die Trilogie *The War of Powers*, die in Zusammenarbeit mit Victor Milán entstand und heroische Abenteuer in einem Fantasy-Land, »The Sundered Realm«, schildert.

War of Powers (1980; bestehend aus: *The Sundered Realm, The City in the Glacier*, *The Destiny Stone*).

VARLEY, JOHN (HERBERT)
(*1947)

Geboren in Austin, Texas. V. trat erstmals 1974 mit zwei SF-Stories (»Picnic on Nearside« und »Scoreboard«) in Erscheinung und stieg innerhalb kürzester Zeit in die Spitzengruppe der neueren Autoren auf. Nachdem er 1975 mit »In the Bowl« (*Magazine of Fantasy & Science Fiction*) Aufmerksamkeit erregte, schrieb er in der Folge eine Reihe von Stories und Novellen, die durch originelle Ideen, dichte Atmosphäre und durchdachte Konstruktion beeindruckten: »Gotta Sing, Gotta Dance« (*Galaxy*, 1976), »In the Hall of the Martian Kings« (*Magazine of Fantasy & Science Fiction*, 1977) und »The Persistence of Vision« (*Magazine of Fantasy & Science Fiction*, 1978) sind als beste Beispiele zu nennen. V.s erster Roman, *The Ophiuchi Hotline*, erschien 1977 und schildert das Leben der Menschheit in einem Sonnensystem, das von Fremden besetzt wurde, nachdem diese den Menschen allerlei wissenschaftlichen Nachhilfeunterricht über die »Ophiuchi Hotline« haben zukommen lassen.
V. wurde bereits 1976 für den »John W. Campbell Award« nominiert und belegte dabei hinter Tom Reamy den zweiten Platz. Höhere Weihen blieben in der Folge nicht aus: Für »The Persistence of Vision« erhielt er 1979 sowohl den »Nebula« als auch den »Hugo«. Es geht in dieser Novelle um taubblinde Menschen, die sich neue Formen der Kommunikation und des Zusammenlebens erschlossen haben. Ein Mensch mit normal entwickelten Sinnen wird mit dieser anderen Erfahrungswelt konfrontiert. Neue Kommunikationsbereiche erschloß auch eine andere seiner besten Stories, »Gotta Sing, Gotta Dance«, wo geistige Partnerschaft und vollendetes Erleben von Musik und Sexualität zwischen zwei Menschen durch Vermittlung und Einbeziehung eines fremden Lebewesens in Form einer »Triade« zustande kommt.

The Ophiuchi Hotline (1977; *Der heiße Draht nach Ophiuchi*, 1981); *The Persistence of Vision* (C, 1978; *Voraussichten*, 1981; *Mehr Voraussichten*, 1981; *Noch mehr Voraussichten*, 1981).

Titan (1979)

Wizard (1980)

Vier Männer und drei Mädchen sind an Bord des Raumschiffes »Ringmaster«, das eine Expedition zur Erkundung der Saturnmonde unternimmt. Sie entdecken einen neuen Saturnmond, der sich aber als künstliches, in gewisser Weise sogar als lebendiges Gebilde entpuppt, welches sie und ihr Raumschiff verschlingt und – zum Teil ein wenig verwandelt – im Innern dieser Welt, die eine Art von radförmigem Hohlzylinder ist, wieder ausspuckt. Nach allerlei Abenteuern kristallisiert sich heraus, daß es sich bei dieser Welt um ein drei Millionen Jahre altes intelligentes Wesen mit gottähnlicher Macht handelt, welches sein Inneres mit allerlei Geschöpfen seiner Phantasie bevölkert hat. So gibt es Zentauren und fliegende Engel, die sich heftige Kämpfe liefern, und auch sonst eine Vielzahl merkwürdiger Lebewesen. Cirocco, der weibliche Kapitän, und Gaby, eines der Besatzungsmitglieder, stoßen auf Gaea, der Form nach eine nette ältere Dame, jedoch die Verkörperung des gottgleichen Wesens. Sie erklärt ihren »Körper« als Robotermechanismus, der von einer anderen intelligenten Rasse gebaut wurde und sich selbst reproduzieren kann. Allerdings hat Gaea mit der Zeit die volle Kontrolle über ihren »Körper« verloren. Das war der Grund für die von ihr unbeabsichtigte Zerstörung des Raumschiffs. Cirocco wird Gaeas Assistentin, und auch Gaby, die jetzt mit Cirocco ein Liebespaar bildet, bleibt auf dem Gebilde, die anderen kehren mit einem Rettungsschiff zur Erde zurück.
In der Fortsetzung *Wizard* existieren inzwischen vielfältige Beziehungen zwischen Erde und Gaea. Unter anderem kommen Kranke herbei, da die gottgleiche Gaea sie heilen kann. Darunter sind mit Chris und Robin auch zwei Nervenkranke, denen Gaea aber erst helfen will, wenn sie ihr Heldentum durch eine Reise um den äußeren Teil der Radwelt beweisen: Die beiden werden von Cirocco und Gaby sowie vier »Titaniden« (das sind die Zentauren) begleitet. Nach vielen Abenteuern werden gegen Ende der Reise zwei Zentauren und Gaby getötet. Offen-

sichtlich handelt es sich um einen Anschlag von Gaea, die inzwischen herausgefunden hat, daß Cirocco ihr nach dem Leben trachtet (Cirocco hat an der Reise nur deshalb teilgenommen, weil sie mit Gaeas Untertanen Kontakt aufnehmen wollte, um den Sturz der Göttin zu bewerkstelligen). Cirocco wird mit einem der Zentauren verbannt und zum Dämon erklärt, Robin und Chris werden geheilt, und Chris bleibt fortan bei Gaea.

Titan ist ein Stück bizarrer Abenteuerliteratur, phantasievolle Ideen-SF. Triumphierten hier Imagination und Exotik, so ist der Effekt des Staunens für den Leser bei der Fortsetzung *Wizard* längst nicht mehr so groß, und die Handlung gerät mehr zu einer Aneinanderreihung von Merkwürdigkeiten.

VARŠAVSKIJ, IL'JA (IOSIFOVIČ)
(1909–1974)

Russischer Autor. W. besuchte die Seefahrtsschule in Leningrad und fuhr als Decksoffizier auf Schiffen der sowjetischen Handelsflotte. Später war er als Ingenieur in Forschungsinstituten und Konstruktionsbüros tätig. 1964 erschien sein erster Band mit Kurzgeschichten, dem weitere Bände folgten. W. galt als einer der besten SF-Kurzgeschichtenautoren in der UdSSR, der phantasievoll und witzig zu schreiben verstand.

Molekuljarnoe kafe (C, 1964; »Das Molekular-Café«); *Čelovek, kotoryj videl antimir* (C, 1965; »Der Mensch, der die Antiwelt gesehen hat«); *Solnce zachodit v Donomage* (C, 1966; »Die Sonne geht unter in Donomaga«); *Lavka snovidenij* (C, 1970; *Der Traumladen*, 1973); *Trevožnych simptomov net* (C, 1972; »Keine beunruhigenden Symptome«).

VERCORS
(*1902)

Pseudonym für Jean Bruller, geboren in Paris. Autor und Grafiker, der mit Les Editions de Minuit einen Verlag der französischen Résistance mitbegründete, in dem sein erstes Werk, *Le silence de la mer* (1942), als erster Titel erschienen ist. Einige seiner Romane enthalten phantastische Elemente, einige sind der SF zuzurechnen. Dies gilt insbesondere für *Les animaux denaturés* (1952), einen Roman über die Entdeckung einer bislang unbekannten Affenmenschenart und den Kampf um ihren Status als Menschen. Unter seinem richtigen Namen illustrierte V. eine Anzahl von Büchern.

Les animaux denaturés (1952; *Das Geheimnis der Tropis*, 1959).

VERNE, JULES (GABRIEL)
(1828–1905)

Geboren in Nantes, wo er auch aufwuchs. Zusammen mit H. G. Wells gilt V. als einer der Begründer der modernen SF. Nach dem Willen seiner Eltern begann er ein Jura-Studium; er gab es aber wieder auf und wurde Schriftsteller. Er heiratete eine wohlhabende Frau, was ihn zunächst seiner finanziellen Sorgen enthob. Als ein Freund mit einem Ballon starten wollte, unterstützte er dieses Projekt begeistert, doch es war nicht von Erfolg gekrönt, der Ballon stürzte ab. Daraufhin schrieb V. seinen ersten Roman, in dem er das, was so unglücklich ausgegangen war, glücklich enden ließ: *Cinq semaines en ballon*. Das Manuskript wurde von mehreren Verlegern abgelehnt, aber schließlich akzeptierte es J. Hetzel, der das Talent dieses jungen Autors sofort erkannte und ihn unter Vertrag nahm. V. sollte weitere fünf Bücher für ihn schreiben. *Cinq semaines en ballon* wurde ein großer Erfolg, und dieser Erfolg blieb dem Verfasser bis an sein Lebensende treu. Sein nächster Roman, *Voyage au centre de la terre*, erschien 1864 und stellte den Erfolg seines Erstlings noch in den Schatten. Weiter folgten viele Romane, die bis heute immer wieder zahlreiche Neuauflagen erlebten und auch den meisten Lesern außerhalb der SF ein Begriff sind: *De la terre à la lune* (1865) sowie die Fortsetzung *Autour de la lune* (1870), *Le désert de glace* (1866), eine Fortsetzung von Poes *The Narrative of Arthur Gordon Pym*, *Les enfants du Capitaine Grant* (1867/68), *Vingt mille lieues sous les mers* (1870) und die Fortsetzung *L'île mystérieuse* (1874/75) und schließlich vielleicht sein bekanntestes Buch, *Le tour du monde en quatre-vingt jours* (1873). In späteren Jahren tendierte V. dazu, die in seinen früheren Büchern erstell-

ten Grundstrukturen in zahllosen Abwandlungen zu wiederholen.
V.s Robinsonaden, von denen *L'école des robinsons* (1882) und das nostalgische Spätwerk *Deux ans de vacances ou Un pensionat des robinsons* (1888) erwähnenswert sind, gelten als Musterbeispiele dafür, wie Menschen, auf sich allein gestellt, den Unbilden einer überlegenen Natur trotzen. Seine Schiffbrüchigen sind auch immer imstande, soziologisch ausgeglichene Gesellschaften zu gründen und sich darin durchzusetzen.
Spätere Bücher V.s sind in ihrer Darstellung grimmiger und düsterer. *Robur le conquérant* (1886) und die Fortsetzung *Maître du monde* (1904) verdeutlichen das besonders stark. Zwar ist der Robur des ersten Bandes immer noch ein romantischer Misanthrop wie Kapitän Nemo an Bord der Nautilus (aus *Vingt mille lieues sous les mers*), aber im zweiten Teil, V.s letztem relevanten Werk, hat er sich in einen gefährlichen Wahnsinnigen verwandelt, seine Exzesse werden blasphemisch und unkontrollierbar (wie bei Wells' Dr. Moreau). Die Handlung von *Maître du monde* ist ein deutliches Zeichen dafür, daß V.s optimistische Fortschrittsgläubigkeit in seinen letzten Lebensjahren einen drastischen Wandel erfuhr.
V.s Bücher spiegeln die technische Aufbruchstimmung in der zweiten Hälfte des 19. Jahrhunderts wider und können stellvertretend für den Traum einer ganzen Generation angesehen werden – den Traum vom Menschen als Krone der Schöpfung, für dessen Streben es das Wort ›unmöglich‹ nicht gibt.

Cinq semaines en ballon (1863; *Fünf Wochen im Ballon*, 1872); *Le désert de glace* (1866; *Die Eiswüste*, o. J.); *Une fantaisie du Docteur Ox* (1872; *Eine Idee des Dr. Ox*, 1875); *Le tour du monde en quatre-vingt jours* (1873; *Reise um die Erde in achtzig Tagen*, 1875); *L'île mystérieuse* (1875; *Die geheimnisvolle Insel*, 1909); *Les cinq cent millions de la Bégum* (1879; *Die fünfhundert Millionen der Begum*, 1967); *L'archipel en feu* (1884; *Der Archipel in Flammen*, 1967); *Robur le conquérant* (1886; *Robur der Eroberer*, 1888); *Le château des Carpathes* (1892; *Das Karpathenschloß*, 1897); *Face au drapeau* (1896; *Die Erfindung des Verderbens*, 1968); *Le sphinx des glaces* (1897, *Die Eissphinx*, 1892); *Maître du monde* (1904; *Der Herr der Welt*, 1904); *Chasse au météore* (1908; *Die Jagd nach dem Meteor*, 1908); *L'étonnante aventure de la mission Barsac* (1919; *Das erstaunliche Abenteuer der Expedition Barsac*, 1978).

Lit.: Thomas Ostwald, Jules Verne. Leben und Werk, 1978. – P. Costello, Jules Verne. Der Erfinder der Science Fiction, 1979.

Voyage au centre de la terre
(1865; dt. *Die Reise zum Mittelpunkt der Erde*, 1874)

Der Hamburger Geologie-Professor Lidinbrook findet eine alte isländische Runenschrift, auf der von einem Zugang zum Erdinneren die Rede ist. Zusammen mit seinem Neffen Axel rüstet er eine Expedition aus, die zum Erdmittelpunkt vordringen soll. In einem erloschenen Vulkankrater in Island beginnt so eine seltsame Reise in die Frühgeschichte der Erde, wo Dinosaurier und riesige Höhlenmenschen noch immer am Leben sind. Aber ganz können sie den Spuren des Verfassers der alten Schrift nicht folgen, denn bei dem Versuch, sich den Weg freizusprengen, aktivieren sie einen erloschenen Vulkan und werden zusammen mit der flüssigen Lava aus dem Krater des Ätna geschleudert.
V. war zwar nicht der erste, der die Entdeckung einer eigenständigen Welt im Innern der Erde thematisierte, stellte aber erstmals auf das Wundersame dieser Expedition selbst ab, rückte das Periphere in den Mittelpunkt. Ein Klassiker der *Lost World*-Thematik.

De la terre à la lune
(1865; dt. *Von der Erde zum Mond*, 1877)

Autour de la lune
(1870; dt. *Die Reise um den Mond*, 1880)

Nach dem Unionskrieg bildet sich in den Vereinigten Staaten der »Gun Club«, der in den sechziger Jahren des vorigen Jahrhunderts die ganze wissenschaftliche Welt in Bann hält. Die Mitglieder planen ein kühnes Experiment. Mittels einer gewaltigen Kanone soll ein Projektil die ersten Menschen zum Mond schießen.
Ardan, Barbicane und Nicholl brechen planmäßig auf und legen die Strecke zwischen Erde und Mond zurück. Doch durch einen Fehler gerät das Projektil aus seiner Bahn, es wird am Mond vorbeifliegen und von dessen Anziehungskraft eingefangen werden. So wird es den drei ruhmreichen Astronauten unmöglich, auf dem Tra-

banten zu landen, sie umkreisen ihn, fliegen zurück und landen wohlbehalten im Pazifik, wo sie von einem Schiff aufgenommen werden.
V.s Romane über den Flug zum Mond sind Pionierleistungen der Science Fiction. Im Rahmen des technisch-wissenschaftlichen Verständnisses seiner Zeit präsentiert er eine durchaus überzeugende Vision, die in manchen Details (Projektilform des Fahrzeugs, Wasserung bei der Rückkehr) Parallelen zur späteren Realität aufweist. Dabei sind V.s Bücher nie trocken und belehrend, sondern auch aus heutiger Sicht noch höchst unterhaltsam. In dieser Mischung aus Technik, Phantasie, *sense of wonder* und Abenteuer steckt das Erfolgsgeheimnis der späteren Magazin-SF. V. zu Ehren wurde ein Mondkrater nach ihm benannt.

Vingt mille lieues sous les mers
(1870; dt. *Zwanzigtausend Meilen unter dem Meer*, 1874)

Auf dem Meer kommt es zu seltsamen Begegnungen von Schiffen mit einem geheimnisvollen Objekt, und die amerikanische Regierung rüstet ein Schiff aus, mit dem das seltsame Objekt gejagt werden soll. Auf dem Schiff befinden sich auch der Pariser Professor Aronnax, sein Assistent Conseil und der kanadische Walfänger Ned Land. Diese drei retten sich, als das Schiff mit dem Gegenstand der Suche kollidiert, und werden als Schiffbrüchige vom Unterseeboot des Kapitäns Nemo aufgenommen. Sie bleiben dort als Gefangene des Kapitäns und nehmen an seinen Kreuzfahrten um die Welt teil. Nemo ist mit seinem möglicherweise atomgetriebenen U-Boot »Nautilus« autark und versorgt sich mit Vorräten aus unterseeischen Wäldern. Er birgt Schätze vom Meeresgrund, rammt Kriegsschiffe und finanziert mit einem Teil seines Vermögens Freiheitsbewegungen. Es kommt zu allerlei Abenteuern, man erblickt die Ruinen von Atlantis, bleibt in der antarktischen Eisdecke stecken und kämpft mit einem Riesenkraken. Am Schluß verschwindet Nemo mit seinem Boot in einem Malstrom bei den Lofoten, während unsere Helden mit dem Leben davonkommen und sich fragen, was aus dem einsamen Kapitän wohl geworden sein mag.
Der Roman hat eindrucksvolle Passagen bei der Schilderung der unterseeischen Wunder oder beim Kampf mit dem Kraken, steht jedoch vor allem im Zeichen des interessanten Charakters des Kapitäns Nemo, der von nicht näher erläuterten Motiven zur Rache getrieben wird und deshalb Kriegsschiffe versenkt. Ursprünglich wollte V. Nemo als polnischen Patrioten anlegen, der die Russen haßt und sich an ihnen rächt, weil sie seine Familie umgebracht haben; aber auf Rat seines Verlegers wurde dies wegen der Spannungen zwischen Rußland und Frankreich abgebogen. Ein inzwischen geläuterter Nemo taucht später in einem anderen Roman, *L'île mystérieuse* (1875), noch einmal auf und entpuppt sich dort als indischer Freiheitskämpfer.

Les cinq cents millions de la Bégum
(1879; dt. *Die fünfhundert Millionen der Begum*, 1881)

Der französische Gelehrte Dr. Sarrasin, eine Art Hygienewissenschaftler, erbt durch die indische Heirat eines Verwandten das sagenhafte Vermögen der Begum. Aber ein anderer potentieller Erbe, der deutsche Gelehrte Professor Schultz, erhebt Einspruch, und nach langen juristischen Auseinandersetzungen teilen sich beide das Vermögen. Jeder erhält zwanzig Millionen Pfund. Nun beginnt ein bizarrer Wettstreit, denn beide bauen sich, nur fünfzig Kilometer voneinander entfernt, ihr Utopia. Bei Sarrasin ist dies eine der Hygiene verschriebene menschenfreundliche Stadt der Superlative, »Frankville«, während Schultz mit »Stahlstadt« eine alptraumhafte Fabrikstadt für den Bau von Kanonen errichtet. Er plant von hier aus die Eroberung der Welt, aber zunächst einmal will er Frankville zerstören. Doch der Schuß aus der Riesenkanone, der Frankville zugedacht ist, streicht über die Stadt hinweg, und die Kugel wird zu einem Erdsatelliten. Der Kampf zwischen den beiden Städten geht weiter, aber am Schluß triumphiert Frankville über Stahlstadt.
Obwohl der Roman unter dem Eindruck des deutsch-französischen Krieges französische Tugenden idealisiert über die finsteren Machenschaften der Deutschen stellt, nimmt V. mit der Schilderung der düsteren Kriegsmaschinerie Stahlstadt manches vorweg, was später im Dritten Reich Realität wurde.

Robur le conquérant
(1886; dt. *Robur der Sieger*, 1888)

Maître du monde
(1904; dt. *Herr der Welt*, 1904)

Die Handlung setzt an den Niagara-Fällen ein, wo ein geheimnisvolles fliegendes Objekt gesichtet wird. Es handelt sich – zu einem Zeitpunkt, als es noch keine Flugzeuge, wohl aber Pläne dazu gab; Verne orientierte sich an Plänen von Gabriel La Landelle – um das hubschrauberähnliche Luftgefährt des finsteren Erfinders Robur. Er mischt sich später als Unbekannter unter die Mitglieder des über lenkbare Ballons diskutierenden »Weldon-Instituts« und erklärt herablassend, nur eine Maschine, die schwerer als Luft sei, könne ihre Probleme lösen. Später entführt er die leitenden Mitglieder des Instituts und unternimmt mit ihnen in seiner Flugmaschine einen Flug um die Erde. In der Fortsetzung *Maître du monde* taucht Robur erneut auf, um die Welt mit seiner neuen Flugmaschine »Terror« in Schrecken zu versetzen. Diese Maschine ist schneller als ein Rennwagen und kann als Allzweckmobil auch im Meer – wo es zu einem Miniatur-U-Boot wird – eingesetzt werden. Robur und sein »Terror« werden schließlich in einem Gewitter vernichtet.
Der zweite Roman ist der bessere von beiden und zählt zu V.s besten Werken überhaupt. Der äußere Rahmen ist der einer Detektivgeschichte, in der John Strock, ein Angehöriger der amerikanischen Bundespolizei, Robur nachspürt. Das Buch ist sehr spannend, es kommt zu aufregenden Szenen mit dem Allzweckmobil, und das Ganze ist klug auf dramatische Höhepunkte hin konzipiert. Robur selbst ist in diesen beiden Büchern die Verkörperung des fanatischen, nur dem technischen Fortschritt verpflichteten Wissenschaftlers, der moralische Überlegungen nicht gelten läßt.

Jules Vernes Kurzgeschichtenwerk

V. hat vergleichsweise wenige Kurzgeschichten geschrieben, die vereinzelt sowie gesammelt in dem Band *Hier et Demain* (1910) erschienen sind. »La journée d'un journaliste américain en l'an 2889« (1889/1910) ist eine Skizze, die eine Fülle von Erfindungen vorstellt, über die der Mensch im Jahre 2889 verfügt, darunter Fernsehtelefon, Lichtreklame an Wolken, Rollgehsteige, planetenweite Kommunikation und Geräte, die ihre Energie jeder beliebigen Quelle entnehmen können. »L'éternel Adam« (1910) beschreibt die Geschichte der Menschheit als zyklischen Wechsel von Hochkulturen und deren Niedergang in einer vernichtenden Naturkatastrophe. Hier präsentiert sich V. ungewohnt pessimistisch. »Maître Zacharius« (1854) schildert das Schicksal des Uhrmachers Zacharias, der mit der Unruhe auch ein Stück seiner Seele in seine Uhren hineingab. Als all seine Uhren stehenbleiben, wird er zum »durch Wissenschaft Verdammten«, indem er das Leben seines Kindes opfert, um die letzte noch gehende Uhr am Laufen zu halten und sein eigenes Leben zu bewahren. Diese Story erinnert thematisch an Nathaniel Hawthornes »The Artist and the Beautiful«. »Un voyage en ballon« (1851) ist eine Vorstufe zu dem Roman *Cinq semaines en ballon*: Ein Wahnsinniger schwingt sich in den Korb eines aufsteigenden Ballons. V.s beste Kurzgeschichte ist »Le Docteur Ox« (1874): Dr. Ox kommt in die flandrische Stadt Quiquendone, wo alle Bewohner in ihrem Phlegma versteinert sind. Dr. Ox manipuliert sie mit Gas und hetzt sie in einen Krieg mit dem Nachbarort. Diese Erzählung zeigt den Satiriker V., der sich über Schildbürger lustig macht.

VERRILL, A(LPHEUS) HYATT
(1871–1954)

Geboren in New Haven, Connecticut. V. studierte Zoologie und betätigte sich als Entdecker und Archäologe. Er leitete zahlreiche Expeditionen, denen viele europäische und amerikanische Museen wertvolle Funde zu verdanken haben. Außerdem verfaßte er über 100 Sachbücher, die im Zusammenhang mit seinen Expeditionen stehen. Auch seine SF-Geschichten basieren auf vergangenen Kulturen. Viele dieser Geschichten erschienen in Gernsbacks *Amazing Stories*. 1926 schrieb Verrill *Beyond the Pole*, einen abenteuerlichen Reiseroman, dem weitere folgten.

Into the Green Prism (1929); *Beyond the Green Prism* (1930); *The Inner World* (1935).

VIAN, BORIS
(1920–1959)

Geboren in Ville d'Avray. V. beeinflußte die englische »New Wave« in der SF beträchtlich. V. war neben seiner schriftstellerischen Tätigkeit Ingenieur, Schauspieler, Chansonnier, Jazztrompeter und Kritiker. Darüber hinaus übersetzte er amerikanische SF ins Französische, darunter Autoren wie van Vogt, Kuttner und Bradbury. Seine Romane und Kurzgeschichten wurden als allgemeine Belletristik behandelt, weisen aber oft SF-Einflüsse und vor allem surrealistische Züge auf. Die bekanntesten sind: *J'irai cracher sur vos tombes* (1947; *Ich werde auf eure Gräber spucken*, 1979); *L'écume des jours* (1947; *Chloé*, 1964); *L'automne à Pékin* (1947; *Herbst in Peking*, 1965); *L'herbe rouge* (1950; *Das rote Gras*, 1979); *L'arrache cœur* (1953; *Der Herzausreißer*, 1966).

VIDAL, GORE
(*1925)

Pseudonym des in Italien lebenden amerikanischen Schriftstellers und Dramatikers Eugene Luther Vidal jr., geboren in West Point als Sohn eines Fluglehrers. Er nahm als Offizier der US-Marine am Zweiten Weltkrieg teil und publizierte in den fünfziger Jahren unter dem Decknamen Edgar Box einige unbeachtet gebliebene Romane. Bekannt wurde V. erst, als er sich der Thematik der Homosexualität und Geschlechtsumwandlung (*Myra Breckinridge*, 1968, und *Myron*, 1974) annahm, woraufhin er bei der amerikanischen Öffentlichkeit in den Ruf geriet, »dekadent und unamerikanisch« zu sein. *Visit to a Small Planet* (1960) war anfangs ein Bühnenstück über ein außerirdisches Kind, das die Fähigkeit besitzt, die irdische Vergangenheit zu ändern und somit gegenwärtiger Korruption die Grundlagen zu entziehen.
Messiah (1954, revidiert 1965) ist neben *A Search for the King* (1950) am ehesten der SF zuzurechnen: Es geht um einen ehemaligen Bestattungsunternehmer, der den Tod zum Hauptziel der Menschheit erklärt, von einem »Konsortium« übernommen wird und allmählich für die Öffentlichkeit messiasähnliche Züge annimmt. Überall schießen ihm huldigende Gruppen aus dem Boden, die die Lehre des neuen Herrn verbreiten. Als die führenden Köpfe der neuen Religion ihren Vorbeter zwingen wollen, den Gläubigen ein gutes Beispiel zu geben, indem er öffentlich Selbstmord begeht, weigert sich der Messias und wird umgebracht. Die Gläubigen, »Caviten« genannt, können sich der Durchschlagskraft dieser Ideologie nicht mehr entziehen. Die Bewegung wird immer stärker. Der Erzähler, der den ganzen Wahnsinn nicht weiter mitmachen will, flieht nach Ägypten, aber zwanzig Jahre später haben die Caviten auch die Regeln des Islam aufgeweicht. Die Scheichs, die ihre Grenzen bisher geschlossen hielten, müssen hilflos mit ansehen, wie sich Scharen von amerikanischen Missionaren über ihre Länder ergießen und alles daransetzen, die Mohammedaner zu bekehren. Der Name des Erzählers ist bereits aus der offiziellen Geschichte der neuen Religion getilgt worden; er rechnet stündlich mit seiner Ermordung.

VIEWEG, HEINZ
(*1920)

Geboren in Dresden. V. studierte Physik und arbeitet heute als Physiker in der DDR. Seine beiden einzigen Ausflüge in die SF sind zwei Romane, die mit V.s Engagement in der Jugendarbeit zusammenhängen. V. wollte mit ihnen jugendlichen Lesern naturwissenschaftlich-technische Zusammenhänge erläutern und ihnen die Technik und ihre Probleme nahebringen.
Ultrasymet bleibt geheim (1955); *Die zweite Sonne* (1958).

VINCENT, HARL
(1893–1968)

Pseudonym des amerikanischen Freizeitautors Harold Vincent Schoepflin, geboren in Buffalo, New York. Seine erste von 75 veröffentlichten Geschichten war »The Golden Girl of Munan« (1928), die in dem Magazin *Argosy* erschien. Da V. hauptberuflich voll ausgelastet war, schrieb er nur wenige Romane, wovon *The Doomsday Planet* (1966) erwähnenswert ist.

VINGE, JOAN D.
(*1948)

Geboren in Baltimore, Maryland. V. erwarb einen B. A. in Anthropologie und arbeitete als Archäologin. Sie gilt als eine der bedeutendsten Nachwuchsautorinnen der modernen SF. Bereits ihre erste Geschichte, »The Soldier« (1974), erregte Aufmerksamkeit. Ihre bisher wahrscheinlich beste Arbeit ist »The Crystal Ship«, eine stimmungsvolle Schilderung der Beziehung zwischen Menschen und einer Fremdrasse auf einem fernen Planeten. Ihre Geschichte »Eyes of Amber« gewann den »Hugo«. 1978 erschien neben der Sammlung *Fireship* ihr erster Roman: *The Outcasts of Heaven Belt*, der in dem Asteroidensystem der Sonne »Himmel« angesiedelt ist. Vor diesem Hintergrund spielen auch zwei Erzählungen, »Media Man« und die Fortsetzung »Fool's Gold«. Ihr bisher ambitioniertestes Romanwerk ist *The Snow Queen*, erschienen 1979, das 1981 mit dem »Hugo« ausgezeichnet wurde.

Fireship (1978; Das Kind der Priesterin, 1982); *Eyes of Amber* (1978).

The Outcasts of Heaven Belt
(1978; dt. *In den Trümmern des Himmel-Systems*, 1981)

Einst blühte im System der Sonne »Himmel« eine großartige, von Menschen erschaffene Kultur. Aber ein Bürgerkrieg vernichtete die Idylle und schnitt die Verbindung zur Erde ab. Auf sich gestellt, können die Bewohner des Asteroidengürtels von Himmel ihr hohes Niveau nicht mehr halten, das System zerfällt in viele kleine Einzelstaaten, die sich verzweifelt um das nackte Überleben bemühen. Dann taucht eines Tages ein Schiff aus dem Nachbarsystem auf. Die Besatzung erwartet buchstäblich den Himmel zu finden – und landet in der Hölle. Als die Staatengebilde des Himmel-Systems auf den Eindringling aufmerksam werden, beginnt ein erbitterter Wettlauf nach den Schätzen des fremden Schiffes, die den Untergang wieder etwas hinauszögern könnten – dabei könnte das Schiff zur neuen Hoffnung für die Asteroidenbewohner werden. Wadie Abdhiamal, ein Regierungsvertreter, erkennt das; er gewinnt den Wettlauf und ergreift Maßnahmen zum Wiederaufbau seiner Welt.

The Outcasts of Heaven Belt ist ein spannender und abenteuerlicher Roman in der Tradition der wiederbelebten und problematisierten, in gewisser Weise auch intellektualisierten Space Opera der siebziger Jahre. Die Autorin gehört einer jüngeren Generation von Schriftstellern an, die sich dieser alten Themen der SF neu angenommen haben und diesen mitunter recht faszinierende Züge abgewinnen können.

The Snow Queen
(1979)

Der Planet »Tiamat« kreist um Zwillingssonnen, die ihrerseits um ein Schwarzes Loch kreisen. Wenn sich die Sonnen im »Aphel« ihrer Umlaufbahn befinden, herrscht auf Tiamat Winter, und die Nordstaaten unter der Schneekönigin beherrschen den Planeten. In dieser Zeit können auch Raumschiffe der »Weltraumhegemonie« Tiamat anfliegen; sie bringen die technischen Errungenschaften der Hegemonie mit, deren sich die Nordstaaten bedienen. Dieses Stadium dauert hundertfünfzig Jahre, dann nähern sich die Sonnen dem »Perihel«, das Klima auf Tiamat wird tropisch, die Südstaaten übernehmen die Herrschaft (aus diesem Anlaß wird die Schneekönigin ertränkt), die Verbindung mit der Hegemonie hört auf, die fremden Raumschiffe verlassen den Planeten, nehmen alle technischen Errungenschaften mit sich, und für die nächsten hundertfünfzig Jahre ist Tiamat unter der Sonnenkönigin ein Planet der Ackerbauern und Viehzüchter.
Das ist der Hintergrund, vor dem die Autorin eine Paraphrase des Märchens von der Schneekönigin von Andersen ablaufen läßt. Arenrhod, die Schneekönigin, herrscht dort seit hundertfünfzig Jahren: Sie hat ihr Leben durch ein aus dem Blut der Meermädchen gewonnenes Elixier verlängert, und sie will die Herrschaft auch während des Sommers behalten. Unter anderem hat sie zu diesem Zweck Klone von sich erzeugt und nimmt sich auch einen dieser Klone namens Sparks als Liebhaber. Sparks war aber vorher mit Moon, einem anderen Klon, verlobt, und Moon, die eine Sybille ist, geht auf die Suche nach ihrem verlorenen Freund. In die vielen Abenteuer, die sie dabei erlebt, sind unter anderem ein weiblicher Offizier der Hegemoniepolizei, der frühere Liebhaber der Königin, Herne, ein sehr pflichtbewußter Polizeiser-

geant, und ein Mann von einem anderen Planeten namens Ngenet verwickelt. Mit Hilfe dieser Personen gelingt es Moon, alle Intrigen der Schneekönigin zu vereiteln, das Massaker an den Meermädchen zu beenden, Arenrhod ihrem verdienten Ende zuzuführen und Sommerkönigin zu werden. Sie ist übrigens die erste Sybille, die erkannt hat, daß in ihrem Gehirn alle Daten der technischen Errungenschaften der Hegemonie gespeichert sind. Diesmal wird also der Abzug der Hegemonie nicht gleichbedeutend mit dem Rückfall in die Primitivität sein, und Moons Gefährte auf dem Thron wird Sparks werden.
Obwohl die angesichts einiger vorausgegangener Erzählungen der Autorin hochgespannten Erwartungen nicht voll erfüllt wurden und einige doch recht gravierende Schwachstellen deutlich werden, bleibt es ein spannender und phantasievoller Abenteuerschmöker mit einigen intensiven emotionalen Szenen.

VOLKOV, KONSTANTIN (SERGEEVIČ)
(*1907)

Geboren in Moskau. W., der sich für Malerei und künstlerische Fotografie von Jugend auf interessierte, war als Wirtschaftsfachmann viele Jahre lang in der Wirtschaftsplanung der Sowjetunion tätig. Mit dem Schreiben begann er relativ spät. Aus seiner Feder stammen u. a. die SF-Romane *Zvezda utrenjaja* und *Mars probuždaetsja*, beides Weltraumabenteuer im Stil des traditionellen Zukunftsromans russischer Prägung.

Zvezda utrenjaja (1957; *Notlandung auf der Venus*, 1959); *Mars probuždaetsja* (1961; »Der Mars erwacht«); *Neokvennie priključenija v strane prožlugo* (1964).

VOLTAIRE
(1694–1778)

Pseudonym für François-Marie Arouet, geboren in Paris. Der französische Philosoph, Historiker und Dichter schrieb mit *Micromégas* (1750; *Mikromegas*, 1752) ein prä-utopisches Werk, in dem zwei Riesen aus dem All zur Erde kommen. *Candide* (1759; *Candide oder Die beste Welt*, 1776), V.s berühmtestes Werk, kann der Gattung des phantastischen Reiseromans zugerechnet werden.

VOLTZ, WILLIAM
(*1938)

Pseudonym des Schriftstellers Willi Voltz, geboren bei Frankfurt a. M. V. übte den Beruf eines Geometers aus, betätigte sich als Redakteur eines Fanzines in einem SF-Club und veröffentlichte seinen ersten Roman, *Sternenkämpfer*, im Alter von 20 Jahren. Verfasser zahlreicher, sehr oft pointierter Kurzgeschichten und Hunderter von Heftromanen, die hauptsächlich in Serien wie »Perry Rhodan« und »Atlan« erschienen. V. ist auch als Exposéredakteur für die genannten Serien tätig, hat ein SF-Jugendbuch geschrieben und ist Herausgeber und Bearbeiter der »Perry Rhodan«-Hardcover-Reihe.

Sternenkämpfer (1958); *Hotel Galactic* (1969); *Quarantäne* (1973); *Ein Roboter in der Garage* (1978; Pseud. Ralph Steven); *Der Triumph* (C, 1980); *Alphabet des Schreckens* (C, 1980); *Der Rettungsplan* (C, 1981); *Zeitsplitter* (C, 1981); *Ein Stück Ewigkeit* (C, 1982).

VONNEGUT JR., KURT
(*1922)

Geboren in Indianapolis, wo er auch aufwuchs. Sein Vater war Architekt, sein Bruder wurde ein bekannter Physiker. V. studierte zunächst Biochemie, nahm am Zweiten Weltkrieg teil, geriet in deutsche Kriegsgefangenschaft und erlebte die Bombardierung Dresdens mit. Nach der Befreiung durch die Rote Armee und seiner Rückkehr nach Amerika studierte er Anthropologie und wurde schließlich (nach einem Story-Debüt im *Magazine of Fantasy & Science Fiction*) freiberuflicher Schriftsteller. Sein erster und im SF-Genre sehr bekannter Roman war *Player Piano* (1952), eine Anti-Utopie, in der ein Ingenieur eine Revolte gegen eine von Computern beherrschte Zivilisation anführt. Weitere bekannte SF-Romane sind *The Sirens of Titan* (1959) und *Cat's Cradle* (1963). Letzterer ist eine Parodie auf die Entwicklung der Atombombe: hier ein Projekt zur Entwicklung einer Waffe, die geeignet ist, alles Leben auf der Erde in ewigem Eis erstarren zu lassen. Sowohl *Cat's Cradle* als auch *The Sirens of Titan* wurden für den »Hugo Award« nominiert.

V.s bekanntester Roman ist *Slaughterhouse Five*, in dem ein Mann die Hölle von Dresden überlebt (vgl. Biographie); später, bei seinen Reisen mit einer Raum-Zeit-Maschine, muß der Held erkennen, daß Sein oder Nichtsein der menschlichen Rasse für andere Wesen völlig uninteressant ist. Dieser Roman wurde für den »Hugo« und den »Nebula Award« nominiert und auch verfilmt. Zu V.s neueren Werken gehören *Breakfast of Champions* (1973) und *Slapstick* (1976). Eine Anzahl von seinen Kurzgeschichten findet sich in *Welcome to the Monkey House* (1968).

V.s Werke spiegeln seine satirische Weltsicht, die er in SF-Elemente verpackt. V. war Mitbegründer der Organisation amerikanischer SF-Schriftsteller (SFWA), zog sich aber später aus der SF-Szene zurück und äußerte die Überzeugung, seine Bücher seien keine SF, sondern weitaus fremdartiger. Wie auch immer – V. gehört zu den wenigen SF-Autoren, denen es gelungen ist, sich außerhalb der Science Fiction in der zeitgenössischen Literatur zu etablieren. Vor allem in Kreisen amerikanischer Studenten ist er so etwas wie eine Kultfigur.

Cat's Cradle (1963); *Slaughterhouse Five or The Children's Crusade* (1969; *Schlachthof Fünf oder: Der Kinderkreuzzug*, 1970); *God Bless You, Mr. Rosewater* (1965; *Gott segne Sie, Mr. Rosewater*, 1974); *Slapstick* (1966; *Slapstick*, 1977).

Lit.: D. H. Goldsmith, Kurt Vonnegut. Fantasist of Fire and Ice, 1972. – P. J. Reed, Kurt Vonnegut jr., 1973. – J. Klinkowitz/J. Somer, The Vonnegut Statement, 1973.

Player Piano

(1952; dt. *Das höllische System*, 1969)

Nach dem Krieg der zweiten industriellen Revolution hat das Maschinenzeitalter in den USA seinen Höhepunkt erreicht; EPICAC, der riesige Computer, Symbol der maschinendominierenden Epoche, berechnet den Bedarf eines Jahres im voraus aufs genaueste; hochqualifizierte Manager und Ingenieure bilden die kleine Führungsschicht; die übrigen Menschen der USA sind Beschäftigte im »Korps der Instandsetzung und Wiederverwendung« oder Angehörige der Armee oder arbeitslos.

Ausgehend von diesen Verhältnissen schreibt V. über den Manager Dr. Paul Proteus: Direktor des Werkes in Ilium, möchte er – zunächst – eine höhere, prestigefördernde Stellung in der Industriehierarchie erlangen, angestachelt von seiner Frau. Die Vorgesetzten sind ihm wohlwollend gesinnt; er hat jedoch relativ häufigen Kontakt mit dem Proletariat, und allmählich sieht er – auch durch Hilfe eines Freundes – die Verhältnisse aus der Sicht eines kritischen Beobachters. Er beginnt, am System zu zweifeln, und beschließt, seine Stellung aufzugeben und von nun an auf dem Land zu wohnen. Es gelingt ihm nicht, sein Vorhaben auszuführen: Die Wettkämpfe auf den »Meadows«, an denen nur die Elite teilnimmt, stehen bevor. Proteus will »die Meadows noch durchstehen«. Dort wird er von der obersten Führung zum Spion gegen die »Geisterhemden«, eine Untergrundorganisation, bestimmt. Proteus dringt in den Kreis, dem auch einige ehemalige Freunde angehören, ein. Schließlich wollen seine Auftraggeber wissen, wer das Haupt der Organisation ist. Proteus hat inzwischen das System vollends durchschaut, ist zum überzeugten Widerstandskämpfer geworden und selbst an die Spitze der Organisation getreten.

Als »Staatsfeind Nr. 1« wird ihm in Ilium der Prozeß gemacht. Zur gleichen Zeit erheben sich die Mitglieder der Organisation gegen das System. Ilium, ihre Zentrale, wird von ihnen erobert, dazu einige andere Städte, alle Maschinen werden zerstört, Proteus befreit. Er und seine Freunde können jedoch den Zustand nicht aufrechterhalten: dieselben, die die Maschinen zerstört haben, reparieren sie wieder. Die Anführer der Widerstandsbewegung ergeben sich.

Wenn *Player Piano* auch nicht an die ganz großen Anti-Utopien des Jahrhunderts wie z. B. Huxleys *Brave New World*, Orwells *1984* oder Zamjatins *Wir* heranreicht, handelt es sich doch um ein wichtiges und gutes Buch dieses Genres, dessen Stärke vor allem in einer ausgeprägten ironischen Komponente liegt.

The Sirens of Titan
(1959; dt. *Die Sirenen des Titan*, 1979)

Winston Niles Ruumford geriet vor Jahren in den Einflußbereich eines »chrono-synklistischen Infundibulums«. Seit diesem Tag materialisiert er in bestimmten Abständen auf der Erde in seinem Landsitz. Da er an verschiedenen Koordinaten von Raum und Zeit erscheinen kann, wird ihm auf diese Weise auch ein kosmisches Verständnis zuteil. Er zettelt eine Verschwörung an, deren Haupt Malachi Constant ist, ein reicher Playboy, dem ein seltsames Schicksal zuteil wird, bei dem Ruumford der eigentliche Drahtzieher ist: Er wird mit einer fliegenden Untertasse zum Mars geschickt, zeugt ein Kind und wird für die Marsarmee rekrutiert. Als Offizier eingestellt, wird er bald zum Gemeinen degradiert, da er noch allzu viele menschliche Gefühle zeigt. Die Marsarmee unternimmt einen Feldzug gegen die Erde – wieder ist Ruumford der Initiator –, der in einem Fiasko endet. Außer der Eroberung einer Metzgerei in Basel gelingt keines ihrer militärischen Unternehmen. Nur Constant überlebt und flieht zum Merkur. Von dort geht es wieder zur Erde und dann zum Titan, wo die ganze verzwickte Geschichte ihre Lösung findet: Die menschliche Geschichte wurde nur begonnen, damit ein notgelandetes Wesen vom Planeten Trafalmadore zu einem Ersatzteil für sein Raumschiff kommt. Auch Ruumfords Aktivitäten zielten nur darauf ab, daher hatte er alles eingefädelt, denn das Ersatzteil ist ein Stück Metall, das der Sohn von Constant bei sich trägt. Mit dessen Hilfe kann der Trafalmadorer endlich zurückkehren.

Letztlich war die ganze menschliche Geschichte also nur nötig, um dieses Werkzeug hervorzubringen, und Bauten wie Stonehenge, die Chinesische Mauer oder die Pyramiden dienten nur dazu, Signale zum Heimatplaneten Trafalmadore zu übermitteln.

Obwohl thematisch noch vergleichsweise eng der SF verhaftet, ist *The Sirens of Titan* eine gelungene Satire und zählt zu V.s besten Werken.

W

WAGNER, KARL EDWARD
(*1945)

Geboren in Knoxville, Tennessee. W. ist Nachfahre deutscher Einwanderer; sein Ur-Ur-Großvater, Georg Wagner, war ein Bruder des Komponisten Richard Wagner. W. studierte am Kenyon College und an der Universität von North Carolina, wo er seinen Doktor in Medizin machte. Danach war er als Psychiater tätig, bis er Mitte der siebziger Jahre sich mehr und mehr dem Schreiben widmete. Der Roman *Darkness Weaves* (1970), der eine Serie von Romanen um den Sword-&-Sorcery-Helden Kane einleitete, war seine erste Veröffentlichung. Diese Serie bildet bis heute den Hauptteil seiner Publikationen. Daneben schrieb er Zyklen anderer Heroic-Fantasy-Autoren weiter, so die von Robert E. Howard begonnenen Serien um Conan und Bran Mak Morn. Überdies ist W. auch auf dem Gebiet der Fantasy als Verleger tätig: Sein Verlag »Carcosa« publizierte Titel von E. Hoffman Price, Manly Wade Wellman u. a.
W. schreibt handfeste Sword & Sorcery, bei der es nicht gerade zimperlich zugeht. Sein Held Kane ist eindeutig an Robert E. Howards Conan angelehnt, daher steht hier die Action im Vordergrund. Psychologisierende Momente wie bei Moorcocks Elric oder Szenen bizarrer Transzendenz, wie sie in Leibers Fafhrd-&-Gray-Mouser-Geschichten vorkommen, fehlen fast völlig. Wie die meisten Produkte der Sword & Sorcery hat die Saga von Kane einen hohen Unterhaltungswert bei literarischer Nichtigkeit.

Die Saga von Kane: *Darkness Weaves* (1970 bzw. 1978; *Die Herrin der Schatten*, 1979); *Death Angel's Shadow* (1973; *Sohn der Nacht*, 1979); *Bloodstone* (1975; *Der Blutstein*, 1980); *Night Winds* (1978; *Der Verfluchte*, 1978); *Dark Crusade* (1976; *Kreuzzug des Bösen*, 1979). – Bran-Mak-Morn-Serie: *Legion from the Shadows* (1977). – Conan-Serie, Bd. 4: *The Road of Kings* (1979).

WAHLÖÖ, PER
(1926–1975)

Geboren in Göteborg. W. ist vor allem bekannt durch 10 Kriminalromane, die er in Zusammenarbeit mit seiner Frau Maj Sjöwall schrieb. Unter seinen allein verfaßten Romanen befinden sich einige, die dem Randbereich der SF zuzurechnen sind, so die beklemmende ›Zukunftsvision‹ *Mord på 31:a våningen* (1964), *Stålsprånget* (1968), worin es um eine Seuche in Schweden geht, und *Generalerna* (1965), der vor dem Hintergrund einer futuristischen Militärdiktatur spielt. Alle diese Romane, die auch auf deutsch erschienen, haben ein Thema: die Gewalt der Herrschenden und die Unterdrückung des Volkes.

Mord på 31:a våningen (1964; *Mord im 31. Stock*, 1977); *Generalerna* (1965; *Die Generale*, 1981); *Stålsprånget* (1968; *Unternehmen Stahlsprung*, 1980).

WALDROP, HOWARD
(?)

Gemeinsam mit Jake Saunders schrieb der aus Texas stammende Autor den Roman *The Texas-Israeli War 1999* (1974), ein eher bizarres Stück SF. Ebenfalls eine Gemeinschaftsproduktion, diesmal mit Steven Utley, ist die Story »Custer's Last Jump« (1976), die für den »Nebula« nominiert wurde. In der Folgezeit zeigte sich W. als profilierter Verfasser von Kurzgeschichten. »The Ugly Chickens« (1980), seine bislang beste Story, gewann 1981 den »Nebula«.

WALKER, HUGH
(*1941)

Pseudonym des österreichischen Schriftstellers, Redakteurs und Übersetzers Hubert Straßl, geboren in Linz, Donau. Sprachenstudium (abgebrochen) an der Universität Wien. Mitte der sechziger Jahre machte W. sich als Redakteur des nichtprofessionellen Kurzgeschichtenmagazins *Pioneer* einen Namen und trat dortselbst auch als Verfasser von Erzählungen hervor. Später wandte er sich der Fantasy zu und publizierte Horror- und SF-Heftchen. Seit 1975 schreibt er vorwiegend Taschenbücher, die teilweise auch in den USA erschienen sind. Bis zur Einstellung Ende 1981 war er Herausgeber der Taschenbuchreihe »Terra Fantasy«.

Reiter der Finsternis (1975); *Das Heer der Finsternis* (1975); *Boten der Finsternis* (1976); *Gefangene der Finsternis* (1976); *Stadt der Götter* (1977); *Dämonen der Finsternis* (1978); *Diener der Finsternis* (1979); *Das Auge und das Schwert* (1979). – Anthologie: *Schwerter, Schemen und Schamanen* (1977).

WALLACE, F(LOYD) L.
(?)

In den fünfziger Jahren erschienen nahezu regelmäßig Geschichten des amerikanischen Autors W. in *Galaxy* und anderen Magazinen. In diese Zeit fällt auch sein Roman *Address: Centauri* (1955), der bei uns als Heftroman herauskam. W. ist heute kaum bekannt, seine Stories weisen ihn jedoch als besseren Autor der fünfziger Jahre aus.

WALLACE, IAN
(*1912)

Pseudonym des in Chikago geborenen Klinikpsychologen John Wallace Pritchard. W. wuchs in Detroit auf, studierte an der Universität von Michigan und machte sein Examen in Erziehungspsychologie. Er promovierte in Erziehungswissenschaften und hatte einen Lehrauftrag an der Wayne State University. W. ist Verfasser einer ganzen Reihe von Sachbüchern. Zur SF stieß er in den sechziger Jahren.
Sein erster Roman war *Croyd* (1967), eine Geschichte um einen interstellaren Supermann, Telepath und Telekinet und dazu befähigt, in Zukunft und Vergangenheit zu reisen. *Croyd* war der erste einer Serie von Romanen, die vor einem gemeinsamen Hintergrund etwa 500 Jahre in der Zukunft spielen. Sie sind Teil einer großangelegten Space Opera, bei der die Erde und das Sonnensystem Zentrum eines größeren Planetenverbunds sind. Diese Serie kann man noch in zwei Unterserien teilen, und zwar in diejenigen Romane, die sich direkt mit Croyd beschäftigen, und diejenigen, die von Claudine St. Cyr, einer galaktischen Detektivin, handeln.
W.s Romane sind komplex aufgebaut, was besonders deutlich wird, wenn man die Serie als Ganzes verstanden wissen will. Das Konzept der Space Opera, des galaktischen Reiches, wird hier durch Zeitparadoxa, psychologische Aspekte, Kriminalfälle und vertrackte Intrigen aller Art erweitert. In *Pan Sagittarius* (1973) erwähnt W., daß er »alte Anliegen in bezug auf die Psychologie hat und diese möglicherweise durchscheinen ...« Dies trifft in der Tat zu. Seine Bücher sind psychologisch geschickt gemacht und wahren mit ihrer hohen inhaltlichen Dichte ein gehobenes Niveau, obschon sich kein Spitzenwerk der SF darunter befindet.

Croyd-Serie: *Croyd* (1967; *Der große Croyd*, 1969); *Dr. Orpheus* (1968); *A Voyage to Dari* (1974; *Eine Reise nach Dari*, 1980); *Pan Sagittarius* (1973). – St.-Cyr-Serie: *Deathstar Voyage* (1969; *Der Flug nach Ligeria*, 1978); *The Purloined Prince* (1971); *The Sign of the Mute Medusa* (1977); *Heller's Leap* (1979). – *The World Asunder* (1976).

WALLING, WILLIAM
(*1926)

Geboren in Denver, Colorado. W. erlebte die beiden letzten Kriegsjahre als Kadett der U.S. Air Force mit, war dann als Ingenieur und schließlich als Designspezialist für Lockheed in der Raketen- und Weltraumtechnik tätig. Diese Stellung hat er auch heute noch inne. Er selbst schätzt SF mit stark ausgeprägtem technischen Hintergrund. Er veröffentlichte bislang einige Stories und zwei Romane.

No One Goes There Now (1971); *The World I Left Behind Me* (1979; *... und morgen die Sterne*, 1981).

WALTHER, DANIEL
(*1940)

Geboren in Münster; französisch-deutscher Journalist, Schriftsteller und Anthologist, zweisprachig erzogen und aufgewachsen in Mulhouse, Elsaß. Studium der Pharmazie und Literatur an der Universität Saarbrücken. W. publizierte ab 1965 zahlreiche Novellen in *Fiction*. Die Romane *Mais l'espace... mais le temps* (1972), *Krysnak ou le complot* (1978), *L'épouvante* (1979) und die Anthologie *Les soleils noirs d'Arcadie* (1976) weisen ihn als brillanten Stilisten und Vertreter der Neuen Linken aus. Keiner seiner Texte scheut die Auseinandersetzung mit Tabus, wenngleich sie hin und wieder dazu tendieren, das Ausleben menschlicher Sexualität allzu stark als Instrument der Befreiung anzusehen. Man rechnet ihn der »New Wave« zu. »Die französische New Wave ist beinahe zur Gänze in den Händen von Zeilenschindern; Daniel Walther ist wirklich eine überraschende Ausnahme« (R. D. NOLANE).

WALTON, BRYCE
(*1918)

Geboren in Blythedale, Missouri. W. besuchte College und Universität in Los Angeles. Obwohl er seit 1945 hin und wieder Beiträge für die Magazine lieferte, ist sein einziger SF-Roman *Sons of the Ocean Deep* (1952) geblieben, eine stereotype Geschichte über die Besatzung eines Atom-U-Bootes. W. ist unter mehreren Pseudonymen auch in anderen Genres tätig.

WALTON, EVANGELINE
(*1907)

Geboren in Indianapolis. W. machte sich vor allem mit dem Verfassen von Jugendbüchern und Fantasy-Romanen einen Namen. Ihr erster Roman, *The Virgin and the Swine*, erschien 1936 und wurde als *The Island of the Mighty* nachgedruckt. 1945 erschien ihr zweites Buch, *Witch House*, eine packende Horror-Story um Hexenunwesen in einem alten Gebäude. Als ihr Hauptwerk gilt die Bearbeitung jahrhundertealter walisischer Sagen: *The Four Branches of the Mabinogi.* Ein historischer Roman mit Fantasy-Einschlag ist *Cross and the Sword* (1956). In ihm geht es um die Auseinandersetzung zwischen Sachsen und Wikingern.

The Four Branches of the Mabinogi
The Island of the Mighty (1970); **The Children of Llyr** (1971); **The Song of Rhiannon** (1972); **The Prince of Annwn** (1974)

The Four Branches of the Mabinogi ist ein alter walisischer Sagenzyklus, der sich mit Überlieferungen aus mythischer Vorzeit befaßt. Es ist die Geschichte von Rhiannon, seiner Liebe und seinen Heldentaten, die in epischer Breite dargestellt wird. Viele Ereignisse, die in Mabinogi überliefert sind, fanden später Eingang in das Werk von Fantasy-Autoren, besonders von Robert E. Howard. Aber noch keiner hatte sich die Mühe gemacht, den ganzen Stoff neu zu bearbeiten und auf zeitgenössische Weise umzuschreiben. Ob allerdings Evangeline Walton dieses Unterfangen gelungen ist, bleibt fraglich; auch ihre Fassung, die viele Elemente der modernen und klassischen Fantasy verarbeitet, ist stark an die Urfassung angelehnt, deren erzählerische Breite für den heutigen Leserkreis wenig ansprechend sein dürfte. In diesem Zusammenhang sind W.s Bücher auch mehr als eine Kuriosität anzusehen und nicht als ernsthafter Versuch, alte Überlieferungen einem größeren Publikum in ansprechender Form nahezubringen.

WATKINS, WILLIAM JON
(*1942)

Geboren in Coaldale, Pennsylvania. W. absolvierte eine akademische Ausbildung, arbeitete als Lehrer an einem College und ist heute Professor für Gesellschaftswissenschaften in Brookdale. Seit 1972 veröffentlicht er Science Fiction, wobei zwei Romane in Gemeinschaftsarbeit mit Eugene V. Snyder, einem Kollegen in Brookdale, entstanden. Er schreibt auch Kurzgeschichten, aber der Schwerpunkt seines Werkes liegt auf Romanen. W. ist ein kritischer und engagierter Autor, der häufig anti-utopische Mittel benutzt, um auf Umweltzerstörung (*Ecodeath*) oder diktatorische Herrschaft (*The God Machine*) aufmerksam zu machen. Gelegentlich zeigt sich ein Hang zur Mystik, der etwa in *Click-*

whistle zum Ausdruck kommt, wo eine Auseinandersetzung zwischen kosmischen Urfeinden in Gestalt von Delphinen, Mörderwalen und Menschen auf der Erde stattfindet. Ein anderer Ausdruck dieser Neigung ist das fiktive Sachbuch *The Tracker* (1978), das Anklänge an Castaneda zeigt und dem Autor einen Bestseller-Erfolg bescherte. W. erhielt 1969 den »Per Se Award« für seinen Einakter *Judas Wheel.*

Ecodeath (1972; zus. mit Eugene V. Snyder); *Clickwhistle* (1973; *Klickpfiff*, 1981); *The God Machine* (1975; *Gegner des Systems*, 1981); *A Fair Advantage* (1975); *The Litany of Sh'reev* (1976, zus. mit Gene Snyder; *Die Litanei von Sh'reev*, (1982); *What Rough Beast* (1980).

WATSON, IAN
(*1943)

Geboren in Tyneside, England. W. ist der Sohn eines Postbeamten und studierte in Oxford Englisch. Nach dem B. A. und dem B. Litt. erwarb er 1966 den M. A. Er unterrichtete bis 1967 an der Universität von Dar-es-Salaam und 1967–70 Englisch an der Universität Tokio. Anschließend lehrte er am Polytechnikum und an der Kunsthochschule in Birmingham. Seit 1976 ist er freiberuflich als Autor tätig. Seine erste Veröffentlichung war ein 1966 in einer ugandischen Zeitschrift erschienener Artikel. Seine erste SF-Publikation, die Story »Roof Garden under Saturn«, erschien 1969 in *New Worlds*. Zu seinen weiteren Publikationen zählt auch ein Sachbuch über das Japan der Zukunft, das 1977 in Osaka herauskam. W.s erster Roman, *The Embedding* (1973), wies ihn sofort als einen ambitionierten Autor aus, der einen eigenen Weg innerhalb der SF suchte. Dieser Roman wurde für den »John W. Campbell Memorial Award« nominiert und belegte den zweiten Platz. Die französische Übersetzung gewann 1975 den »Prix Apollo«. Der zweite Roman kam 1975 unter dem Titel *The Jonah Kit* heraus. Er gewann in England den »Orbit« (»British SF Award«). W.s weitere Romane sind *The Martian Inca* (1977), *Alien Embassy* (1977), *Miracle Visitors* (1978) und *God's World* (1979). *Orgasmachine* (1976), ein weiterer Roman, wurde aus dem Manuskript ins Französische übersetzt und ist bislang nur in Frankreich erschienen. 1979 erschien unter dem Titel *The Very Slow Time Machine* eine Sammlung der besten Kurzgeschichten des Autors. W. setzt sich in seinen Werken oft mit der Realität bzw. der Wahrnehmung der Realität durch den Menschen auseinander. Häufig tauchen transzendente oder mystische Elemente auf, meistens vermittelt über Aliens, manchmal aber auch über Menschen oder Wale (so in *The Jonah Kit*). Vor allem W.s Romane sind komplexe Texte, die einen konzentrierten und offenen Leser erfordern.

The Jonah Kit (1975; *Der programmierte Wal*, 1977); *Orgasmachine* (1976); *Alien Embassy* (1977; *Botschafter von den Sternen*); *Miracle Visitors* (1978; *Zur anderen Seite des Mondes*, 1981); *The Very Slow Time Machine* (1979); *God's World* (1979; *Die Himmelspyramide*, 1983); *Gardens of Delight* (1980).

The Embedding
(1973)

Ende des 20. Jahrhunderts finden komplizierte Experimente mit Kommunikationssystemen statt. Da ist zunächst der englische Linguist Chris Sole, der mit drei- bis vierjährigen Kindern arbeitet. Er versucht über eine Droge, über Bildschirme und durch Beeinflussung während des Schlafens unter Umgehung der üblichen Sprache direkt zu ihrem Geist vorzudringen und ihre Lerngeschwindigkeit zu vergrößern. Sole untersucht dabei Sprachtheorien und hofft, zu einer neuen, bisher verschütteten Realitätsebene vorzustoßen. Parallel dazu erforscht der französische Anthropologe Pierre Darriand die Fähigkeiten eines seltsamen Indios, den man im Amazonasdelta entdeckt hat. Ihm ist es unter dem Einfluß einer Pilzdroge gelungen, sich und seine Leute (er ist Schamane) von den Beschränkungen der Sprache zu befreien und zu einer neuen Realität vorzudringen. Schließlich landet ein extraterrestrisches Raumschiff in Nevada. An Bord ist ein Vertreter der Rasse der »Sp'thra«, die überall im Universum Sprachen sammeln. Vor dreizehntausend Jahren hat es in ihrer Rasse eine Aufspaltung zwischen ihnen und den »Change Speakers« gegeben, Wesen einer anderen Realität, in denen die Sp'thra eingebettet waren. Seither vermissen sie etwas und versuchen wieder zu den Change Speakers durchzubrechen, was aber nur gelingen kann, wenn sie alle Sprachen des Universums untersu-

chen, um den Schlüssel zu der anderen Welt zu finden. Der Schlüssel, so zeigt sich, besteht in der von dem Indio Bruxa entdeckten Methode. Über sie kann man zu den »Change Speakers« vordringen.
Über diese Handlung hinaus kommen in dem Roman politische Intrigen, Auseinandersetzungen zwischen verschiedenen Mächten, die unnatürliche Hervorbringung eines »Drogenkindes«, eines grotesken Freaks, durch den Indio, schließlich der Wahnsinn von Chris Sole vor. In dieser Beziehung ist der ohnehin komplexe und nicht leicht zugängliche Roman überladen, ansonsten jedoch handelt es sich um eine gut durchkonstruierte und originelle Geschichte.

The Martian Inca
(1977; dt. *Das Mars-Koma*, 1980)

Eine sowjetische Marssonde landet in der Nähe eines kleinen bolivianischen Dorfes. Mit ihr ist ein Mikroorganismus zur Erde gelangt, der im Sand des Mars steckte. Die im Dorf lebenden Indios fallen in ein Koma, aus dem nur zwei, Julio und Angelina, wieder erwachen. Beide sind fortan verändert, denn der Mikroorganismus hat Auswirkungen auf das Bewußtsein. Julio verfügt nun über eine Art von Kollektivbewußtsein und hält sich für die Reinkarnation des letzten Inka-Herrschers. Er macht sich daran, sein Volk zu befreien und das verlorene Imperium neu aufzubauen. Nach anfänglichen Erfolgen scheitert er jedoch. Parallel hierzu wird geschildert, wie eine bemannte Marsexpedition der Amerikaner auf dem vierten Planeten landet. Trotz aller Warnungen – man weiß inzwischen, was in Bolivien vorgefallen ist – fällt ein Mitglied der Expedition dem gleichen rätselhaften Prozeß zum Opfer wie der Indio Julio. Auch er versinkt in ein Koma, und als er aufwacht, verfügt er über eine Art Rassengedächtnis, hat eine neue Bewußtseinsstufe erklommen. Aber man läßt den Mann auf dem Mars zurück, entscheidet sich für die Technik statt für das neue Bewußtsein.
Den Großteil der Handlung nimmt die Schilderung des Kreuzzuges ein, den Julio organisiert, und es gelingt W., dem Leser die Elendswelt der Indios und ihr von zwei Kulturen beeinflußtes Denken plastisch vor Augen zu führen. Hier vor allem gewinnt der Roman seine Qualität.

WEIGAND, JÖRG
(*1940)

Geboren in Kelheim, Donau. Studium der Sinologie, Japanologie und Politischen Wissenschaft in Erlangen, Paris und Würzburg; Promotion 1969. Seither Tätigkeit als Redakteur beim ZDF. Herausgeber mehrerer Anthologien (auch im Ausland) und des Essay-Sammelbandes *Die triviale Phantasie* (1976) mit Beiträgen von Herbert W. Franke, Wolfgang Jeschke, Hans Joachim Alpers, Rudolf Stefen u. a. Verfasser mehrerer Kurzgeschichten in Anthologien und Zeitschriften. Eine von W. herausgegebene Anthologie, die deutsche SF in französischer Übersetzung vorstellt, ist *Demain L'Allemagne* (1978); eine entsprechende spanische Anthologie erschien 1977 unter dem Titel *Lo Mejor de la Ciencia Ficción Alemana*.

Die Stimme des Wolfs (1976); *Sie sind Träume* (1980); *Die andere Seite der Zukunft* (1980); *Vorgriff auf Morgen* (1981).

WEINBAUM, STANLEY G(RAUMAN)
(1902–1935)

Geboren in Louisville, Kentucky. W. wuchs in Milwaukee auf und studierte an der Universität von Wisconsin Chemie. Er graduierte in diesem Fach und arbeitete eine Zeitlang als Chemiker, bevor er in den späten zwanziger Jahren zu schreiben begann. Er verfaßte zwei SF-Romane, eine Romanze und sogar eine Operette, aber der Erfolg blieb aus. Lediglich die Romanze, *The Lady Dances*, fand Anfang der dreißiger Jahre einen Verleger. Entmutigt wandte sich W. den Pulpmagazinen zu. Zwischenzeitlich hatte er sich den »Milwaukee Fictioneers«, einer Gruppe von SF-Fans, angeschlossen. Dieser gehörte auch der Autor Ralph Milne Farley an, der seit einiger Zeit selbst SF schrieb und W. dazu veranlaßte, sich diesem Gebiet ganz zuzuwenden.
1934 erschien W.s erste SF-Geschichte in *Wonder Stories*, »A Martian Odyssey«. Diese Geschichte beeinflußte die Entwicklung der Science Fiction nachhaltig. Sie rief nicht nur das größte Leserecho hervor, das *Wonder Stories* bis dahin hatte, sondern gilt auch heute noch als eine der besten SF-Stories überhaupt: Die

»Science Fiction Writers of America« wählten sie 1968 zur zweitbesten SF-Story vor 1965. Der Erfolg der Geschichte lag in der Darstellung fremder Lebensformen, die nach dem amerikanischen Kritiker SAM MOSKOWITZ »... die originellste Zoologie der Lebensformen darstellte, die seit Frank L. Baums *The Wizard of Oz* beschrieben worden war«. W. hatte sich Marsbewohner ausgedacht, die in Aussehen, Wesen und Metabolismus dem Leser völlig fremd waren, aber dennoch logische, glaubhafte Wesenheiten waren. Eine Science Fiction, die bis dahin von Monstern, verrückten Erfindern, technologischen Machtphantasien und stereotypen Charakteren gelebt hatte, war damit an ihrem Wendepunkt angelangt. Durch seine exotischen, aber nicht minder plausiblen Welten und Protagonisten avancierte W. zum besten Magazinautor, den die SF in den dreißiger Jahren hatte, und höchstwahrscheinlich hätte die Entwicklung des Genres einen anderen Verlauf genommen, wäre ihm ein längeres Wirken beschieden gewesen. Aber W. starb im Dezember 1935 an Kehlkopfkrebs, nur 15 Monate nach der Veröffentlichung seiner ersten Geschichte. Nur 12 seiner Geschichten hatte er im Druck gesehen, 5 davon in *Wonder Stories*, der Rest in *Astounding*, wo man sich des neuen Stars schnell angenommen hatte. Postum wurden noch ein weiteres knappes Dutzend Stories und 4 Romane veröffentlicht, von denen *The Revolution of 1950* (1938) einer Zusammenarbeit mit Ralph Milne Farley entsprang. Wichtiger sind jedoch *The New Adam* (1939), *The Black Flame* (1948) und *The Dark Other* (1950), die W. als Autor zeigen, der stilistisch und inhaltlich weit über den Pulpschreibern seiner Zeit stand.

The Dark Other (1950; *Der dunkle Doppelgänger*, 1974); *The Best of Stanley G. Weinbaum* (1974; *Die besten Stories von Stanley G. Weinbaum*, 1980).

Lit.: S. Moskowitz, Dawn of Fame. The Career of Stanley G. Weinbaum, in: S. M., Explorers of the Infinite, 1963.

The New Adam
(1939; dt. *Der neue Adam*, 1977)

Edmund Hall kommt mißgestaltet auf die Welt. Er ist ein »spindeldürrer Säugling mit bolzengraden Beinen und sonderbar leuchtenden Augen«. Außerdem hat er an jedem Finger ein Extraglied. Es zeigt sich aber schon bald, daß seine physischen Deformationen im Vergleich zu den psychischen unbedeutend sind. Er ist mit geistigen Kräften ausgestattet, die ihn biologisch gesehen auf der Evolutionsleiter eine Stufe höher stellen als den Menschen. Er kann zwei verschiedene Gedankengänge gleichzeitig verfolgen und ist intellektuell jedem Menschen überlegen. Aber diese Überlegenheit bringt ihm kein Glück. Bei seinem Streben nach Wissen und Macht und seiner Jagd nach Vergnügen ist er allein, ein Gott auf dem Olymp, gefürchtet von den Menschen, die ihn nicht verstehen und demzufolge meiden. Er kann seine Erkenntnisse und Probleme mit niemandem teilen und steht allein gegen die menschliche Gesellschaft, in der er als Fremdkörper schließlich zerbricht.

The New Adam ist eine der sorgfältigsten und analytischsten Arbeiten in der amerikanischen SF der Vorkriegszeit. Im Gegensatz zu vielen späteren Werken des Genres zeigt er das Scheitern des Übermenschen, des »Homo superior«. Der Grund dafür ist sein psychischer Zustand. Edmund Hall meistert alle materiellen Probleme, aber im Endeffekt erkennt er die Sinnlosigkeit des Lebens mit erschreckender Klarheit. Für ihn, der er als Mensch unter Affen weilt, ist das Leben langweilig und schmerzhaft, der Tod eine Erlösung. Die eigentlich naheliegende psychische Komponente des Übermenschen in die SF eingebracht zu haben, ist das Verdienst von W. Aus der Masse der SF-Romane, die ähnliche Themen auf äußerliche, oberflächliche Weise abhandelten und sich auf physische Konflikte zwischen Menschen und Übermenschen/Mutanten beschränkten, ragt *The New Adam* heraus.

The Black Flame
(1948; dt. *Die Schwarze Flamme*, 1974)

The Black Flame besteht aus zwei Teilen: *Dawn of Flame* und *The Black Flame*, wobei der zweite Teil die überarbeitete Fassung des ersten ist. Beide folgen demselben Handlungsmuster: Ein naiver Held (in *Dawn of Flame* ist es Hull Tarvish, ein Mann aus den Bergen, in *The Black Flame* Thomas Connor, ein Mensch des 20. Jahrhunderts) kommt in ein Land, das aus einem durch einen verheerenden Krieg zerstörten Staat hervorgegangen ist. Es wird von dem übermächtigen Joaquin Smith beherrscht, hin-

ter dem aber als Drahtzieherin dessen Schwester, die »schwarze Flamme« steht. Der jeweilige Held verfällt dieser Frau, deren Machthunger grenzenlos ist und die Unglück über viele Menschen bringt.
Die Unzufriedenheit in dem Land ist groß, denn zwischen Ober- und Unterschicht gibt es eine unüberbrückbare Kluft. Überlebende Kriegsopfer, Mutanten und der Held rüsten zur Revolution. Die einzige Waffe, mit der sie sich dem überlegenen Militär entgegenstellen können, ist die Fusionsbombe.
Als gradlinige Romanze hat *Dawn of Flame* die Zeit besser überstanden als in der überarbeiteten Fassung, die mit SF-Elementen beträchtlich angereichert wurde, was die Verkaufschancen auf dem damaligen Magazinmarkt verbessern sollte. Aus heutiger Sicht sind in erster Linie die für die damalige SF ungewöhnlichen sexuellen und romantisch-zerstörerischen Beziehungen der Protagonisten interessant und nicht die aktionsgeladene Handlung in einer halbprimitiven Zivilisation nach dem großen Krieg.

A Martian Odyssey and Other Science Fiction Tales
(1974)

Diese Sammlung enthält die beiden früheren Sammlungen *A Martian Odyssey and Others* (1949) und *The Red Peri* (1952) sowie die vorher unpublizierte Geschichte »Graph«. Damit stellt dieses Buch W.s Gesamtwerk auf dem Kurzgeschichtensektor dar.
Die bekannteste Geschichte des Bandes ist natürlich die Titelstory selbst: Eine Expedition landet auf dem Mars und findet dort Spuren einer Zivilisation. Dann treffen die Forscher auf ein straußenähnliches Wesen, das sich als charmanter Führer durch die untergegangene Marskultur erweist und den Menschen Fauna und Flora des Roten Planeten demonstriert. Dabei begegnet der Leser dann den unglaublichen Aliens, denen W. seinen Ruf verdankt, etwa dem »Pyramidenbauer«, einer sich langsam bewegenden Siliziumkreatur, die vom Quarz des Marssandes ›lebt‹ und als Nebenprodukt Ziegel ausscheidet, die sie zu Pyramiden aufschichtet.
Ähnlich fremdartige Lebewesen werden in »The Mad Moon« geschildert. Hier faszinieren die »Bengel«, degenerierte und nur noch halbintelligente Nachkommen der einstigen Herrscher Ios, oder die »Schleicher«, Handwerkszeuge benutzende Ratten.
In »The Lotus-Eaters« beschreibt W. die Welt aus der Sicht einer intelligenten Pflanze. In anderen Stories sind romantische Beziehungen wichtiger als der exotische Hintergrund.
In »Pygmalion's Spectacles« ist eine Brille Mittel zur Verwirklichung von Illusionen. Wer hindurchschaut erlebt seine Wunschvorstellungen wie die Wirklichkeit. Als der Protagonist sich unsterblich in ein Mädchen seiner Illusion verliebt, ist er bereit, die Realität für den Schein einzutauschen, aber mit dem Erbauer der Brille verschwindet auch seine Erfindung.
Ähnlich starke Plots bieten »The Adaptive Ultimate« und »Proteus Island«, während in der Miniserie um den trotteligen Professor Haskel van Manderpootz – sie umfaßt »The Worlds of If«, »The Ideal« und »The Point of View« – durch seltsame Erfindungen für Humor gesorgt ist.
Fast alle 22 Beiträge lesen sich so, als wären sie heute und nicht vor fast 50 Jahren verfaßt worden. Die Geschichten sind weder inhaltlich noch stilistisch veraltet. Lobenswert auch, daß Frauen einen emanzipierten Eindruck machen und als Handlungsträger völlig gleichberechtigt neben Männern stehen. Nach der Lektüre wird klar, warum der Kritiker DAMON KNIGHT W. für den einfallsreichsten SF-Autor seit H. G. Wells hielt.

WEISE, LOTHAR
(1931–1966)

Geboren in Ebersbach, Sachsen. Nach einer Lehre als Weber studierte W. und wurde Textilingenieur. Neben seiner anschließenden Tätigkeit als Cheftechniker in einer Damastweberei in der DDR begann er zu schreiben. Kurt Herwarth Ball, Zeitungsredakteur und Autor von Belletristik, unterstützte ihn bei seinen ersten literarischen Versuchen, indem er als Co-Autor mitarbeitete. Weises erste Romane erschienen 1957, und 1962 entschloß er sich, nur noch zu schreiben. Eine seiner Erzählungen, »Im Eis des Kometen«, erschien postum nach seinem frühen Tod. W., der auch das Drehbuch zu dem DEFA-Film *Unternehmen Proxima Centauri* schrieb, war ein typischer Vertreter jenes in der DDR gepflegten, in nicht allzu ferner Zukunft im Weltraum spielenden SF-Unterhaltungsromans für jugendliche Leser.

Alarm auf Station Einstein (1957; zus. mit Kurt Herwarth Ball); *Signale von der Venus* (1957; zus. mit Kurt Herwarth Ball); *Das Geheimnis des Transpluto* (1957); *Brand im Mondobservatorium* (1959; zus. mit Kurt Herwarth Ball); *Atomfeuer über dem Pazifik* (1959; zus. mit Kurt Herwarth Ball); *Unternehmen Marsgibberellin* (1964).

WEISS, JAN
(1892–1972)

Geboren in Jilemnice, Nordböhmen (ČSSR). W. war Soldat im Ersten Weltkrieg, kam in Kriegsgefangenschaft und wäre dort fast an Typhus gestorben. Diese frühe Konfrontation mit dem Tod ging in sein Werk ein. Seine interessanteste Phase als Autor sind die zwanziger und dreißiger Jahre, in denen er sich dem Surrealismus annäherte.
Ein bedeutendes Werk aus dieser Zeit ist der Roman *Dům o tisíci patrech* (1929; *Das Haus mit den tausend Stockwerken*, 1976): Ein Mann erwacht in einem tausend Stockwerke hohen Haus, in dem ein Despot – der Besitzer – alle Bewohner unterjocht. W. nimmt hier in mancher Hinsicht *1984* vorweg, wenn er schildert, wie der Despot einen perfekten Überwachungsapparat mit Linsen an den Zimmerdecken betreibt. Die Bewohner werden mit raffinierter Werbung, mit Drogen manipuliert, es gibt Euthanasie, und man verspricht sogar den Flug zu den Sternen und den Besitz ganzer Planeten. Aber statt auf einem anderen Planeten landen die so Manipulierten im Krematorium. Peter Brok, der Mann ohne Gedächtnis, führt einen Aufstand gegen den Despoten an. Als er bis zu ihm vorgedrungen ist, erwacht er und stellt fest, daß alles nur der Fiebertraum eines Typhuskranken war, der nun mit seinem Sieg über den Despoten wieder der Genesung entgegengeht.

WEITBRECHT, WOLF
(*1920)

Geboren in Stuttgart, heute in der DDR lebend. W. studierte Medizin und praktiziert als Arzt. SF schreibt er in seiner Freizeit. Sein erster Roman, *Das Orakel der Delphine* (1972), greift das in der DDR beliebte Thema vom Besuch außerirdischer Wesen auf der vorgeschichtlichen Erde auf. W., der oft Themen aus den Gebieten Medizin, Biologie und Genetik verarbeitet, gehört zu den Vertretern der SF-Unterhaltung in der DDR.

Das Orakel der Delphine (1972); *Stunde des Ceres* (1975); *Das Psychomobile* (C, 1976); *Stern der Mütter* (1980).

WELLEN, EDWARD
(*1919)

Geboren in New Rochelle, New York. Bevor er mit dem Schreiben anfing, arbeitete W. als Zeitungsverkäufer, Einkäufer einer Ölgesellschaft, Werbeberater und betrieb einen Briefmarkenversand. Schon seine erste Veröffentlichung, »Origins of Galactic Slang« (1952), im SF-Magazin *Galaxy* zeigte, daß das Genre einen neuen Humoristen hervorgebracht hatte. W. ist sowohl in der SF als auch in Magazinen wie *Ellery Queen's Mystery Magazine* zu Hause. Sein erster Roman nach einer Vielzahl von Short Stories ist *Hijack* (1971).

WELLMAN, MANLY WADE
(*1903)

Geboren als Sohn eines Arztes in Kamundongo, Angola. W. kam 1909 in die USA und besuchte Schulen in Washington, D.C., Kansas, Utah und New York City. Studium an der Wichita University (A.B. 1926) und der Columbia University (B. of Literature 1927). W. arbeitete als Berichterstatter, Kritiker und Feature Writer bis 1934 für diverse Zeitungen und ist seither freier Schriftsteller und Verfasser zahlreicher Jugendbücher, SF-Romane und Erzählungen im utopischen, Horror- und Krimi-Genre; in letzterem ist er als Gans T. Field bekannt. W.s Frau, Frances Marita Obrist, schreibt ebenfalls übernatürliche Erzählungen; auch sein Sohn Wade ist als Autor tätig. Die meisten Romane W.s wurden Jahrzehnte vor der Buchpublikation in den Pulps abgedruckt und später bearbeitet oder verlängert. Ein von W. erfundener Seriencharakter ist »John the Minstrel«, der durch die Appalachen wandert und übernatürliche Begegnungen hat (gesammelt in *Who Fears the Devil*, 1963).

The Invading Asteroid (1932); *Sojarr of Titan* (1949); *The Beast from Beyond* (1950); *Twice in Time* (1957); *The Dark Destroyers* (1959; *Invasion von der Eiswelt*, 1973); *Giants from Eternity* (1959); *Island in the Sky* (1961; *Insel der Tyrannen*, 1972); *The Solar Invasion* (1967); *Sherlock Holmes's War of the Worlds* (1975; zus. mit Wade Wellman); *The Beyonders* (1977; *Der Schattensee*, 1980).

WELLS, H(ERBERT) G(EORGE)
(1866–1945)

Geboren in Bromley, Kent. Der Vater war ein Gärtner, der zum erfolglosen kleinen Geschäftsmann geworden war; die Mutter Hausangestellte. Wells sollte ursprünglich Tuchhändler werden, aber er war so verträumt und weltverloren, daß er diese Lehre und einige weitere bald abbrechen mußte. Er las sehr viel und arbeitete schließlich als Hilfslehrer an der Midhurst Grammar School. 1884 erhielt er ein Stipendium für die Normal School of Science in South Kensington, wo im ersten Jahr T. H. Huxley zu seinen Lehrern gehörte, der brillante und unermüdliche Verfechter der evolutionären Ideen Darwins. Infolge seiner angegriffenen Gesundheit blieb Wells eine Laufbahn als Schullehrer verwehrt; er wandte sich der Schriftstellerei zu, zunächst kleinen Essays und Rezensionen, bald auch Erzählungen und Romanen. *The Time Machine* (1895) war sofort ein Erfolg, Wells wurde bewundert und gefeiert, u. a. von Joseph Conrad und Henry James, mit dem er sich erst viel später überwarf. Damals war Wells durchaus ein literarischer Künstler, erst später wurde er mehr und mehr zum Journalisten.

In rascher Folge erschienen seine berühmten Science-Fiction-Romane und Erzählungen, die das Bild der späteren SF prägten. In ihnen steckte er die Umrisse der Gattung ab und führte viele der Ideen ein, die seither zum Standardrepertoire der SF gehören: Unsichtbarkeit, Zeitreise, die Invasion der Erde durch Ungeheuer aus dem Weltraum, kosmische Katastrophen, Raum-und-Zeit-Phänomene, die Umgestaltung von Lebewesen. Diese Ideen waren zu seiner Zeit nicht unbedingt neu, aber Wells gab ihnen die definitive Form, er vereinte einen überzeugenden Realismus der Darstellung mit dem Phantastischen; das Unwahrscheinliche und Unmögliche mit dem Alltäglichen. Vielfach war Wells prophetisch; er nahm etwa in »The Land Ironclads« (1903) den Panzerkampfwagen vorweg – und verwickelte sich deswegen später in fruchtlose Patentstreitereien –, in *The War in the Air* (1908) sah er den Luftkrieg voraus, in *The World Set Free* (1923) die Atombombe.

Die Evolutionstheorie Darwins liegt seiner SF zugrunde; er malt zukünftige Entwicklungen der Menschheit aus und warnt vor blindem Fortschrittsglauben; es ist nicht ohne Ironie, daß man ihm später, als er zum unermüdlichen Pläneschmieder für eine bessere Welt geworden war, schrankenlose Fortschrittsbegeisterung vorwarf. Seine Haltung ist jedoch durchaus zwiespältig, in seinen besten Erzählungen oft sogar pessimistisch. Die Zukunft der Menschheit und Fragen der Erziehung interessierten ihn stets, er entwarf Pläne für eine ›offene Verschwörung‹ zur Gründung eines Weltstaates und zur Sammlung des menschlichen Wissens. Er schrieb selbst drei enzyklopädische Werke, in denen er das historische, das biologische und das wirtschaftliche Wissen zusammenzufassen suchte: *The Outline of History* (1920; *Die Geschichte unserer Welt*, 1926), *The Science of Life* (1930) und *The Work, Wealth and Happiness of Mankind* (1931; *Arbeit, Wohlstand und Glück der Menschheit*, 1932). Schon 1901 schrieb er eine Art Futurologie, *Anticipations* (*Ausblicke auf die Folgen des technischen und wissenschaftlichen Fortschritts auf Leben und Denken des Menschen*, 1905), und *The Shape of Things to Come* (1933).

Von Wells stammt die berühmte Phrase »the war to end war« für den Ersten Weltkrieg, und er war maßgeblich an der Formulierung der Menschenrechte beteiligt. In den zwanziger und dreißiger Jahren gerierte er sich als eine Art Weltgewissen; er konferierte mit Lenin, Stalin und Roosevelt und agitierte unermüdlich für den Weltstaat; früher schon, ab 1903, war er Mitglied der Fabian Society, überwarf sich aber bald mit G. B. Shaw. Neben seinen phantastischen Romanen schrieb er viele humoristische Bücher über die englische Mittelklasse, weshalb man ihn oft einen zweiten Dickens genannt hat; *Kipps* (1905), *Tono-Bungay* (1909) und *The History of Mr. Polly* (1910) sind die besten davon. In seinen letzten Lebensjahren wurde es stiller um ihn; seine Diskussionsromane zu aktuellen Problemen wurden literarisch häufig nicht ernst genommen. Sein letztes Buch, *Mind at the End of Its Tether* (1945; *Der Geist am Ende seiner Möglichkeiten*, 1946), gibt seiner tiefen Enttäuschung über den Zustand der Welt Ausdruck.

The Wonderful Visit (1895); *The Stolen Bacillus* (1895; *Der gestohlene Bazillus*, 1910); *The Plattner Story* (1897); *When the Sleepers Wakes* (1899; *Wenn der Schläfer erwacht*, 1906); *Tales of Space and Time* (1899); *The Sea Lady* (1902); *Twelve Stories and a Dream* (1903); *The Food of the Gods* (1904; *Die Riesen kommen!*, 1904); *A Modern Utopia* (1905; *Jenseits des Sirius*, 1911); *In the Days of the Comet* (1906; *Im Jahre des Kometen*, 1908); *The War in the Air* (1908; *Der Luftkrieg*, 1909); *The Country of the Blind* (1911); *The Undying Fire* (1919); *Men Like Gods* (1923; *Menschen Göttern gleich*, 1927); *The Dream* (1924; *Der Traum*, 1927); *Mr. Blettsworthy on Rampole Island* (1928; *Mr. Blettsworthy auf der Insel Rampole*, 1929); *The Autocracy of Mr. Parham* (1930; *Der Diktator*, 1931); *The Croquet Player* (1936); *Star Begotten* (1937). – 1927 erschienen *The Complete Short Stories*; deutsche »Werke in Einzelausgaben« erschienen hrsg. von O. Mandel, 1927–31, seit 1979 erscheint eine »H. G. Wells Edition« bei P. Zsolnay, Wien.

Lit.: I. Raknem, H. G. Wells and His Critics, 1962. – J. Kagarlitzki, The Life and Thought of H. G. Wells, 1966. – B. Bergonzi, The Early H. G. Wells, 1969. – L. Dickson, H. G. Wells, 1969. – B. Bergonzi (Hrsg.), H. G. Wells, 1970. – J.-P. Vernier, H. G. Wells et son temps, 1971. – P. Parrinder (Hrsg.), H. G. Wells: The Critical Heritage, 1972. – N. und J. MacKenzie, The Time Traveller, 1973. – P. Parrinder, H. G. Wells, 1977. – D. Suvin, H. G. Wells als Angelpunkt der SF-Tradition, in: D. S., Poetik der Science Fiction, 1979. – F. McConnell, The Science Fiction of H. G. Wells, 1981.

The Time Machine
(1895; dt. *Die Zeitmaschine*, 1904; 1975)

Die Zeitmaschine ist jenes Werk der Science Fiction, das die Zeitreise und das Instrument dafür, das dem Roman den Titel gegeben hat, in die SF eingeführt hat; ohne sie käme die moderne Science Fiction kaum mehr aus. Mit der Zeitmaschine kann man sich in der als vierter Dimension geltenden Zeit so bewegen wie mit anderen Fortbewegungsmitteln im Raum. Die erste Fassung des Buches erschien 1888 unter dem Titel »The Chronic Argonauts« in *The Science School Journal*, einer von H. G. Wells gegründeten Schulzeitschrift. Eine Episode, in der der namenlose Zeitreisende die letzten Nachfahren des Menschen, känguruhartige Wesen, trifft, wurde in das Buch nicht übernommen.

Wells' Interesse gilt nicht der nur flüchtig beschriebenen, fahrradähnlichen Zeitmaschine, sondern den gesellschaftlichen Verhältnissen des Jahres 802701, in das der Zeitreisende verschlagen wird. Die Erdoberfläche präsentiert sich ihm als Paradies, das von den schönen, kindähnlichen, schmetterlingshaften Eloi bewohnt wird, während in den Tiefen der Erde, in mit düsteren rot-schwarzen Farben beschriebenen Katakomben, die verunstalteten Morlocken hausen, die Nachkommen des seinerzeitigen Industrieproletariats. Die in die Biologie verlängerten Antagonismen zwischen den beiden Zweigen der Menschheit sind so ausgeprägt, daß die Eloi den Morlocken als Nahrung dienen. Der von Entsetzen geschüttelte kleinbürgerliche Zeitreisende schlägt sich bedenkenlos auf die Seite der Eloi, sobald er die wahren Verhältnisse in der Zukunftswelt durchschaut; nie gelang es Wells, die Ängste seiner eigenen Klasse abzulegen. In abschließenden visionären Kapiteln liefert er ein großartiges Bild vom Ende der Zeiten.

Mehr noch als durch den Grundeinfall besticht *Die Zeitmaschine* durch ihre Bildhaftigkeit und die metaphernreiche Sprache; in keinem seiner Bücher ist Wells eine glücklichere Vermählung von originellem Gedanken und symbolträchtiger Bedeutung gelungen.

The Island of Dr. Moreau
(1896; dt. *Die Insel des Dr. Moreau*, 1904; 1976)

Bei Erscheinen rief dieses Buch, ganz im Gegensatz zu den früheren »scientific romances« von H. G. Wells, heftigen Widerspruch hervor; sein Thema war den Zeitgenossen zu grausam und zu blasphemisch. Der Roman ist eine schwarze Satire auf Gott und die Menschen, eine »theologische Groteske«, wie es der Autor selbst ausdrückte, ein Horrorroman in der Tradition von Mary Shelleys *Frankenstein*. Der wegen Vivisektion aus England vertriebene Moreau führt auf einer einsamen Insel, diesem Topos so vieler Utopien, seine Tierexperimente fort. Es geht ihm aber nicht, wie der auf die Insel verschlagene Erzähler Prendick zunächst vermutet, darum, Experimente an Menschen durchzuführen, die zu Tieren herabgedrückt werden, sondern um die Umwandlung von Tieren in Menschen – durch grausame Operationen und eine strenge Zucht, die eine Travestie der zehn Gebote ist. Dr. Moreau ist der Gott dieser Tiere, der sich die Rolle eines unbarmherzigen Schöpfers anmaßt. Das endet, wie zu erwarten, nicht gut, denn die Tiermenschen, die ihre bestialische Natur nicht völlig abgelegt haben, empören sich schließlich gegen ihren Schöpfer. Der Roman ist eine häufig melodramatische, aber mitreißende Parabel über das Tier im Menschen, das durch die dünne Tünche der Zivilisation nicht ausgelöscht wurde und jeden Augenblick neu hervorbrechen kann; eine Warnung auch vor blindem Vertrauen in die Evolution, die sowohl Gutes wie Böses hervorbringen kann, ohne Garantie, daß die Entwicklung automatisch zu immer höheren Formen geht. Dr. Moreaus Schaffen ist blind für menschliches Leid – wie die Natur selbst, die nur die Entwicklung der Art kümmert, nicht das einzelne Individuum.

Die Schilderung des Menschen als halbzivilisierte, kannibalische Bestie mußte den Widerspruch der Leser herausfordern. Der Roman zählt jedoch zu Wells' besten, weil konsequentesten und anschaulichsten.

The Invisible Man
(1897; dt. *Der Unsichtbare*, 1911; 1981)

Kein Geringerer als Henry James gratulierte Wells zum *Unsichtbaren* und nannte den Autor einen »Realisten des Phantastischen«. Wiewohl *Der Unsichtbare* vorwiegend für nicht so gelungen gehalten wird wie einige der anderen »scientific romances« von H. G. Wells, gehört er doch zu dessen originellsten und ergreifendsten Werken; es ist ein Roman, der sowohl durch das aufgeworfene moralische Dilemma wie durch die Art der symbolischen Ausprägung besticht. In dieser Science Fiction hat Wells auch erstmals eine vertraute, alltägliche englische Landschaft als Hintergrund benutzt, keine parabelhafte, utopisch oder kosmisch ferne Situation. Unsichtbar zu sein, gehört zu den ältesten menschlichen Wunschvorstellungen überhaupt, dem Stoff von Mythen und Märchen; die Wissenschaft hat bei Wells diese Wunschvorstellung Wahrheit werden lassen. Unsichtbarkeit, das bedeutet Macht über seine Mitmenschen, ein gottähnliches Attribut; sie bedeutet aber auch Freiheit von den Banden der Konvention und der Gesellschaft, von moralischen Verpflichtungen. Der Unsichtbare ist der Anarchist, der unerkannt in unserer Mitte weilt und die Menschen in Panik versetzt, wie der Roman in realistischen Details beschreibt. Griffin, der Entdecker der Unsichtbarkeit, ist ein gewöhnlicher Mensch, der durch die Macht, die ihm seine Erfindung verleiht, zum Terroristen wird, zu einem Ungeheuer, das um so entsetzlicher ist, als man ihm die Ungeheuerlichkeit nicht ansieht. Unerkannt und ungesehen kann er unter Menschen wandeln. Aber seine Macht ist auch sein Fluch, der Unsichtbarkeit sind enge Grenzen gesetzt: Im Regen wird Griffin sichtbar, im Schnee ebenso, er kann keine Kleidung tragen, unverdaute Nahrung wird im Magen sichtbar ... Er wird zum Opfer seiner Ambitionen, zerfleischt von dem Pöbel, in den sein Terrorismus die Menschen verwandelt hat. Das Dilemma dieses Helden wird symbolisch eindrucksvoll dargestellt in einem Roman, dessen Gegenstück die Erzählung »Das Land der Blinden« liefert.

The War of the Worlds
(1898; dt. *Der Krieg der Welten*, 1901)

Der Krieg der Welten, ein sensationeller Stoff, ist eine beklemmende Antizipation des modernen Krieges, wie er 1914 über die Welt hereinbrechen sollte, und eine weitere evolutionäre Warnung, daß der Fortschritt keine Selbstverständlichkeit ist, daß die unauslotbare Zukunft immer Katastrophen bereithalten kann. Die Marsianer, die in diesem Buch die Erde überfallen – und damit zu Ahnherren unzähliger SF-Monster wurden –, sind Wesen, die auf der evolutionären Leiter über der Menschheit stehen, ganz Kopf, beinahe ohne Körper, völlig fremdartig, vampirisch, die keinen Versuch der Verständigung unternehmen, sondern eine unvorbereitete, sich ihrer zivilisatorischen Errungenschaften sicher fühlende Menschheit überfallen und so gnadenlos auszurotten beginnen, wie der Mensch die Tasmanier ausgerottet hat. Sie wirken auf die Menschheit als eine blinde Kraft, die einen Krieg mit Hitzestrahlen führt, wie er bisher auf der Erde nicht gekannt worden war, erbarmungslos, ohne Aussicht auf Rettung. Angesichts dieser Bedrohung, in deren Verlauf Wells sichtlich mit Freude und methodisch die englischen Landstriche zerstört, zerbröckelt die Zivilisation und enthüllt ihre Vergänglichkeit; der Mensch wird zur gejagten Kreatur, die in Kellern und entlegenen Verstekken kümmerlich überdauert. Und auch das Ende der Marsianer ist keineswegs menschlicher Überlegenheit zuzuschreiben, sondern einer Waffe der Natur: den irdischen Mikroorganismen, gegen die die Marsianer keinen Schutz haben.

Mit Ironie und peniblem Realismus nimmt Wells die Selbstzufriedenheit der viktorianischen Zeit aufs Korn und entwirft eine Katastrophe, die in krassem Gegensatz steht zu den Zukunftserwartungen der Zeit, denen sich auch der Erzähler in Mußestunden gerne hingibt. Kein Autor hat je einen besseren Roman dieser Art geschrieben.

The First Men in the Moon
(1901; dt. *Die ersten Menschen im Mond*, 1905; 1962)

Jules Verne hatte seine Mondreisenden in einer Kanonenkugel zum Erdsatelliten geschossen, sie aber dort nie landen lassen; H. G. Wells »erfand« (wie ihm Jules Verne zum Vorwurf machte) einfach eine die Gravitation aufhebende Substanz, das »Cavorit«, und seine Protagonisten landen in der Tradition früherer Mondfahrer, wie die von Francis Godwin oder Johannes Kepler, auf dem Mond, wo sie eine seltsame Gesellschaft antreffen. Die Reise selbst spielt bei Wells kaum eine Rolle, das Entscheidende ist das Ziel, die Gesellschaft, die sie auf dem Mond oder, genauer gesagt, in seinem höhlendurchzogenen Inneren, vorfinden. Bei Wells trifft der Mensch immer mit zeitlich verschobenen Formen seiner selbst zusammen, die dem heutigen Menschen als Spiegel und Warnung vor Fehlentwicklungen dienen. Auf dem Mond leben nach Art eines Ameisen- oder Bienenstaates organisierte Wesen mit strenger Arbeitsteilung. Sie sind eine weitere evolutionäre Fortentwicklung der Menschheit, verlagert auf einen anderen Himmelskörper; es gibt Mondbewohner, die ganz in Krüge gezwängte Gehirne, andere, die bloße Gliedmaßen sind. Das Mondoberhaupt ist ganz Gehirn. Die insektenähnliche, beängstigende Mondmenschheit steht aber nicht bloß für eine totalitäre Gesellschaft, in der alles bis ins einzelne geregelt ist und jeder seinen Platz kennt, sondern auch für höhere Intelligenz und Weisheit, eine staatliche Harmonie, die weit von der Irrationalität und dem Blutdurst der Menschen entfernt ist; Wells' Einstellung zur Mondgesellschaft ist ambivalent. Die Erzählung ist ironisch gebrochen, häufig komisch im Tonfall; der Erzähler Bedford ist der typische Unternehmer einer Laissez-faire-Gesellschaft, Cavor ist ein weltfremder Gelehrter. Beide sind unglaubwürdige Zeugen, der eine, weil er so zynisch, der andere, weil er so idealistisch ist. Das gibt der vielschichtigen Fabel ihren besonderen Reiz.

WERFEL, FRANZ
(1890–1945)

Geboren in Prag als Sohn eines wohlhabenden, jüdischen Industriellen, entstammt W. einem für das Verständnis der europäischen Kultur der Jahrhundertwende bedeutsamen geistesgeschichtlichen Ort der Verschmelzung von Ost und West, Judentum und Katholizismus, Deutschtum, slawischer Kultur und Habsburgermacht.

Werfels Name gehört zu den großen der Literaturgeschichte, untrennbar verknüpft mit der literarischen Avantgarde des beginnenden 20. Jahrhunderts, den Anfängen und der Entwicklung des Expressionismus. Mit W. Hasenclever und K. Pinthus rief er die avantgardistische Heftreihe »Der Jüngste Tag« (1913–21) ins

Leben, die bis heute zu den bedeutendsten Literaturzeitschriften des 20. Jahrhunderts zählt. 1918 heiratete W. Alma Mahler, die Witwe des großen Symphonikers. Viele literarische Erfolge, Reisen und abenteuerliche Fluchten bewegten dieses Leben bis zum Tode im Exil in Beverly Hills, Kalifornien.
W. hat seinen Platz in der Literaturgeschichte als fruchtbarer, religiöser Lyriker, Dramatiker und Erzähler. Seiner Überzeugung vom wahren Wesen der Dichtung als Allegorie und Darstellung der »mystischen Grundtatsachen« entspricht der ekstatisch-visionäre Ton von Verbundenheit und Mitleid. In seinem späteren Werk dominiert die Hinwendung zu psychologischem und historischem Realismus sowie religiösen Themen, die als Allegorien oder Utopie transzendiert erscheinen.
Wenn auch nur mit einem Roman, steht W. doch mit Franz Kafka und Max Brod, die er als Gymnasiast schon kennenlernte, Gustav Meyrink oder Karel Čapek in der Reihe der großen Prager Phantasten, die zum Reichtum und Spektrum der utopischen oder phantastischen Literatur so viel beigetragen haben.

Stern der Ungeborenen
(1946)

In dem postum erschienenen, fast 700 Seiten umfassenden Riesenwerk entwirft W. die Fiktion eines Jenseits aller Entwicklung, um das Diesseits des Heutigen zu befragen und satirisch zu bespiegeln. Dazu zitiert er seinen Protagonisten, den toten Schriftsteller F. W., in quasispiritistischer Weise aus dem Grabe, zu einem dreitägigen Besuch auf den Stern der Ungeborenen – die Erde der Zukunft. In den drei Tagen des Besuches entwirft F. W. ein Kaleidoskop von Bildern aus der Welt des Jahres 102 000, dem »Elften Weltgroßjahr der Jungfrau«, dem Leben jener Spätmenschen von Neo-California und deren Zivilisation einer »astromentalen« Menschheit. Von den intimen, familiären Strukturen bis zu denen des öffentlichen Lebens und seiner Institutionen erlebt der Ich-Erzähler das materialistische Paradies einer hochgradig durchzivilisierten Welt ohne Mühen und Sorgen. Zur Vollkommenheit und Einfachheit entwickelt, erscheint die Technik als überwunden und erlaubt die Regelung aller existentiellen Bedürfnisse und die selbstverständliche Beherrschung des Raumes. Krieg ist nur noch Gegenstand wissenschaftlicher Erörterungen und der individuelle Tod durch »Retrogenese« überwunden – ein posttechnisches Zeitalter, das durch die souveräne Lösung aller Existentialprobleme und weitgehende Vereinheitlichung aller sozio-politischen Interaktionen charakterisiert ist.
Da die Anfänge von heute sich auf dem Stern der Ungeborenen als zu Ende entwickelt darstellen, geraten die Schilderungen des Erzählers F. W. geradezu zur Karikatur unserer eigenen Wünsche und Hoffnungen. Hinter den finalen Ausformungen der astromentalen Zivilisation erscheinen die Schematisierungen, Uniformitäten und Beziehungslosigkeiten des zukünftigen Unmenschen. Alles ist ihm machbar, und doch stellt sich sein Leben, wie ehedem, ebenso eindeutig wie sinnlos dar.
Werfel geht es um die Bedürfnisse des Menschen und die Paradoxien des Fortschritts. So kontrastiert er zudem das Menschengeschlecht der Techniker mit »Rückfälligen«, die der Maschinenwelt den Rücken kehren und in »Dschungel-Ghettos« leben. Hier lebt man wie in Urzeiten, pflügt und sät. Auf diese Menschen stützt sich jegliche Erneuerung – so ahnen es die Nachdenklichen der astromentalen Zeit. An diesem bedeutenden Roman muß sich Science Fiction messen lassen.

WEST, WALLACE (GEORGE)
(1900–1980)

Geboren in Walnut Hills, Kentucky. W. studierte Jura und gründete mit einem Partner das Anwaltsbüro Calvin & West. Bald wandte sich W. jedoch anderen Dingen zu. Er war Farmer, Friseur usw., bevor er zum Journalismus fand. Er arbeitete dann als Nachrichtenredakteur für United Press und für große Rundfunkstationen, wechselte zu einer Filmfirma und betätigte sich in späteren Jahren als anerkannter Experte für Probleme der Luft- und Wasserverschmutzung. W. schrieb Fachbücher, Kinderbücher und ein Filmdrehbuch. Seine erste SF-Story erschien 1929 in *Amazing*, und bis Ende der sechziger Jahre war von ihm immer wieder das eine oder andere zu lesen. Sein erster Roman in Buchform war *The Memory Bank* (1961, die Magazinversion erschien 1951 in *Startling Stories*). Er behandelt das Thema Unsterblichkeit durch Speicherung der Erinnerungen. *Lords of Atlantis* (1960) ist ein Band mit thematisch zusammenhängenden Geschichten über eine Marskolonie auf dem Boden des Mittelmeers, die vorher in *Future* erschienen waren. Ein weiterer Sammelband mit zusammenhängenden Stories aus Magazinen ist *The Bird of Time* (1959). W. war ein Autor routinierter Unterhaltungsliteratur.

The Bird of Time (1959); *Lords of Atlantis* (1960); *The Memory Bank* (1961; *Verkaufen Sie Ihre Erinnerung*, 1963); *Outposts in Space* (1962); *River of Time* (1963); *The Time Lockers* (1964); *The Everlasting Exiles* (1967).

WHITE, JAMES
(*1928)

Geboren in Belfast. W. lebte einige Zeit in Kanada und ist heute wieder in Belfast ansässig. Der Autor arbeitet hauptberuflich als Publicitymanager einer Flugzeugfirma. W. veröffentlichte ein Dutzend Romane und viele Kurzgeschichten. Am bekanntesten wurde er mit seinen Sector-General-Geschichten um ein riesiges Hospital im All. W. ist als Autor zwar niemals spektakulär in Erscheinung getreten, doch nehmen seine SF-Abenteuer einen besonderen Rang in jenem vor allem auf spannende Unterhaltung zielenden Teilbereich der SF ein, denn vor allem seine Geschichten um »Sector General« sind meist von einem tiefen Respekt dem Leben gegenüber erfüllt und enthalten völkerverbindendes Gedankengut.

The Secret Visitors (1957; *Die Außerirdischen*, 1958); *Second Ending* (1962; *Herr der Roboter*, 1963); *Open Prison* (1964, anderer Titel: *The Excape Orbit*; *Gefängnis im All*, 1966); *Deadly Litter* (1964; *Lichter des Alls*, 1965); *The Watch Below* (1966; *Gefangene des Meeres*, 1966); *All Judgement Fled* (1968; *Das Raumschiff der Rätsel*, 1968); *The Aliens among Us* (1969; *Brüder im Kosmos*, C, 1972); *Tomorrow Is Too Far* (1971); *Dark Inferno* (1972; anderer Titel: *Lifeboat*; *Das schwarze Inferno*, 1978); *The Dream Millennium* (1974; *Das Jahrtausend der Träume*, 1975); *Monsters and Medics* (1977; *Das zweite Leben*, 1979); *Underkill* (1979; *Der globale Eingriff*, 1981).

Sector-General-Serie

Hospital Station (1962; dt. *Die Weltraummediziner*, 1977); **Star Surgeon** (1963; dt. *Kampf der Weltraummediziner*, 1978); **Major Operation** (1971; dt. *Die Ärzte der Galaxis*, 1973); **Ambulance Ship** (1979; dt. *Das Ambulanzschiff*, 1980)

Der Zyklus um »Sector General«, ein riesiges, interstellares Hospital, auf dem alle bekannten Wesen der Galaxis behandelt werden können, ist vom Aufbau her der Space Opera zuzurechnen.
Menschen sind in die Milchstraße vorgedrungen und haben viele Welten kolonisiert, dabei sind sie auf eine Unzahl von Fremdrassen gestoßen. Um in Notfällen immer sofort medizinische Vorsorge treffen zu können, wurde »Sector General«, das Weltraumhospital gegründet. Bis heute besteht die Serie aus 16 Kurzgeschichten und einem Roman. Zentrale Figur der Serie ist Dr. Conway, dem ein ganzer Stab zum Teil außerirdischer Mitarbeiter zur Verfügung steht, die ihm helfen, seine mitunter immensen Probleme zu lösen. In *Major Operation* zum Beispiel, dem einzigen Roman der Serie, geht es darum, einen Patienten zu operieren, der die Dimensionen eines ganzen Planeten hat. Jüngster Beitrag zum Thema ist »Das Ambulanzschiff«, in dem eine Neuerung des Weltraumhospitals geschildert wird: Dr. Conway wird mit seinen Mitarbeitern auf das Ambulanzschiff »Rhabwar« versetzt. Dieses Ambulanzschiff hat die Aufgabe, immer dann zu starten, wenn Katastrophenmeldungen aus der Galaxis aufgefangen werden und schnelle Hilfe nötig ist. Die Schwierigkeiten, die sich daraus ergeben, sind mitunter beträchtlich, da nicht selten Lebewesen medizinischer Beistand geleistet werden muß, die bislang vollkommen unbekannt waren.
»Sector General« ist eine der am längsten laufenden und beliebtesten Serien der SF überhaupt. Dem Verfasser gelingt es, eine abenteuerliche und spannende Handlung mit einem beachtlichen medizinischen Fachwissen – W. wollte selbst Medizin studieren – zu einem bunten Abenteuergespinst zu verschmelzen, das durch völkerverbindende und friedliebende Grundaussagen zu den herausragenden Leistungen auf dem Gebiet der reinen Unterhaltungs-SF gehört.

WHITE, TED
(*1938)

Pseudonym des amerikanischen Redakteurs und Schriftstellers Theodore Edwin White, geboren in Washington. W. arbeitete nach dem College bei einer New Yorker Schallplattengesellschaft, redigierte als Assistent von Avram Davidson beim *Magazine of Fantasy & Science Fiction* Manuskripte, verfaßte für das Herrenmagazin *Rogue* eine Jazzkolumne und war von 1968 bis 1978 Herausgeber der mittlerweile einflußlosen Blätter *Amazing* und *Fantastic*. 1979–1981 gab er das Comic-Magazin *Heavy Metal*, die US-Version des französischen *Metal Hurlant*, heraus. Seine Romane (teilweise verfaßt mit Hilfe von Terry Carr und David van Arnam) sind anspruchslose SF-Abenteuer ohne sonderlichen Tiefgang. Seine erste professionell verwertete Story, »Phoenix« (1963), entstand in Kollaboration mit Marion Zimmer Bradley und diente später als Anfangskapitel des Romans *Phoenix Prime*.

Invasion from 2500 (1964; Pseud. Norman Edwards, zus. mit Terry Carr); *Android Avenger* (1965); *Phoenix Prime* (1966); *The Sorceress of Qar* (1966); *The Jewels of Elsewhen* (1967); *Lost in Space* (1967; Pseud. Ron Archer); *Secret of the Marauder Satellite* (1967); *Captain America: The Great Gold Steal* (1968); *Sideslip* (1968; Pseud. Ron Archer, zus. mit David Arnam); *No Time Like Tomorrow* (1969); *By Furies Possessed* (1970); *Star Wolf* (1971); *Trouble on Project Ceres* (1971); *The Oz Encounter* (1978; zus. mit Marvin Wolfman).

WHITE, T(ERENCE) H(ANBURY)
(1906–1964)

Geboren in Indien. W. ist ein englischer Schriftsteller und Fantasy-Autor, der auch aufgrund seiner Werke außerhalb der Fantasy/SF Berühmtheit erlangte. Zu letzteren gehören Romane wie *Farewell Victoria* (1933). Im Fantasy-Genre wurde seine voluminöse Geschichte um König Artus bekannt, zu der er durch die Lektüre von Sir Thomas Mallorys Büchern zum selben Thema angeregt wurde. *The Once and Future King*, zwischen 1938 und 1942 veröffentlicht (deutsch in zwei Bänden als *Der König auf Camelot*), bildet einen Meilenstein auf dem Gebiet der Fantasy. Eine zweite Version des Schlusses, die 1942 von W.s Herausgebern wegen ihrer pazifistischen Aussage nicht veröffentlicht wurde, da England sich im Kriegszustand befand, erschien erst 1977 als *The Book Merlin* (*Das Buch Merlin*, 1980). Fantasy-Elemente enthält auch *The Elephant and the Kangaroo*, während *Earth Stooped* und *Gone to Ground* (1934 bzw. 1935) reine SF-Romane sind.

Lit.: S. Townsend, T. H. White – A Biography, 1968.

The Once and Future King
(1938–42, dt. *Der König auf Camelot*, 1976)

The Once and Future King erzählt die Geschichte von König Artus und seinen Rittern der Tafelrunde, ein Evergreen der Fantasy, der sich immer wieder großer Beliebtheit erfreut und an dem sich viele Autoren versucht haben. W. gibt mit seinem Buch ein Beispiel, wie liebevoll Fantasy geschrieben werden kann. Er erzählt die Abenteuer des jungen Artus aus der Sicht des Kindes, das mit staunenden Augen die Wunder seiner Umwelt betrachtet und so das Wissen erwirbt, das ihm später hilft, ein weiser und gerechter Herrscher zu werden. Obwohl vorwiegend für ein jugendliches Publikum geschrieben – manche Szenen sprechen hierbei eine deutliche Sprache, wie etwa die Schlachten zwischen Normannen und Angelsachsen, die verharmlosend als kleine Gerangel im Wald geschildert werden –, ist das Buch doch eine Studie über das Böse an sich und den Niedergang des Britischen Empire. W. gehört wie Tolkien zu den Tüftlern unter den Autoren, bei denen jedes noch so kleine Detail stimmt und deren Werke sich dadurch wohltuend von den klischeereichen »Heroic Fantasies« des später einsetzenden Booms abheben.

WIBBERLEY, LEONARD (PATRICK)
(*1915)

Geboren in Dublin; nach Amerika ausgewanderter irischer Journalist und Schriftsteller, der nicht weniger als 100 Bücher verfaßt hat, die hauptsächlich dem Bereich der »Mainstream«-Literatur zuzuordnen sind. Sein erster und bekanntester SF-Roman ist *The Mouse That Roared*

(1955), dem neben der Fortsetzung *The Mouse on the Moon* (1962) auch einige Fantasy-Romane folgten.

WIEK, BRUNO S.
(*1897)

Pseudonym des in Braunschweig geborenen Walter Troppenz. W., von Beruf eigentlich Konstrukteur, schrieb zahlreiche Stücke, Hörspiele, Filmdrehbücher und Romane, darunter auch vier Titel, die der SF zuzurechnen sind.

Der Schlüssel des Meeres (1934); *Phantasten* (1935); *LPR 1600* (1935); *Weiße Kohle* (1949).

WIEMER, S. U(RSULA)
(?)

Deutsche Kriminalschriftstellerin, die 1979 zur SF stieß und mit der Figur des Charru von Mornarg einen Helden kreierte, der mit einigen Gefährten auf dem Planeten Mars strandet und sich dort gegen die Ureinwohner behaupten muß. Die Serie »Söhne der Erde« ist auf das reine SF-Abenteuer hin konzipiert.

Unter dem Mondstein (1980); *Der rote Kerker* (1980); *Das Schiff der Hoffnung* (1980); *Tage des Verrats* (1980); *Flucht in die Sonnenstadt* (1980); *Das Erbe des blauen Planeten* (1980); *Die Herren der Zeit* (1980); *Sucher der Zukunft* (1980); *Die letzten Marsianer* (1980).

WILDER, CHERRY
(*1930)

Pseudonym der in Auckland (Neuseeland) geborenen, seit Mitte der siebziger Jahre in der Bundesrepublik lebenden Schriftstellerin Cherry Barbara Grimm, geb. Lockett. W. lebte lange in Australien, studierte in Canterbury und war Hochschullehrerin und Theaterregisseurin. Ihre erste Erzählung erschien 1974 in der von H. Kenneth Bulmer herausgegebenen Anthologie *New Writings in SF: 24*. In dem Roman *The Luck of Brin's Five* (1977, *Das Glück von Brins Fünf*, 1981), dem ersten Teil eines mehrbändigen Zyklus, schildert sie die abenteuerliche Odyssee des irdischen Astronauten Scott Gale, der auf dem unerforschten Planeten Torin eine Bruchlandung baut und von den freundlichen Eingeborenen aufgenommen wird. Torin befindet sich in einem Stadium zwischen bäuerlichem Feudalismus und ersten Ansätzen industrieller Produktion. Die Ankunft des Fremdlings – geschildert durch die Augen eines einheimischen Heranwachsenden – ruft nicht nur unter den Lebewesen Veränderungen hervor, die sich seiner annehmen, sondern auch auf dem gesamten Planeten. Die eingeborenen Moruia sind zwar humanoid, stammen aber nicht von Affen, sondern von Beuteltieren ab und teilen ihre Welt mit Baumbären, Flachschnäbeln, den drachenähnlichen Seesonnern und allerlei anderen Kreaturen. Die soziale Grundeinheit des Zusammenlebens unterscheidet sich stark von der irdischen ›Familie‹: Auf Torin besteht eine »Fünf« aus drei Ehepartnern, einem »Rentner« und einem »Glück«, d. h. einem Behinderten oder jemandem, der aus irgendwelchen Gründen nicht allein für sich sorgen kann. Aus dem hilflosen Scott Gale wird das »Glück« von Brins »Fünf«. Als er mit seiner neuen Familie die heimischen Berge verläßt, um nach Rintoul zu reisen, und sich vom »Großen Alten« seine Klanzugehörigkeit bestätigen zu lassen, durchquert er eine phantastische Wunderwelt voller wirklich menschlich gezeichneter Geschöpfe.

WILHELM, KATE
(*1928)

Geboren in Toledo, Ohio. Die seit 1963 mit dem amerikanischen SF-Autor und Herausgeber Damon Knight verheiratete Autorin begann Mitte der fünfziger Jahre SF zu schreiben. Ihre erste Publikation war die Kurzgeschichte »The Pint-Size Genie« 1956 in *Fantastic*. Einiges Aufsehen erregte eine weitere Story, »The Mile Long Spaceship«, 1957 in *Analog*, aber darüber hinaus blieb ihr eine breitere Anerkennung zunächst versagt. Neben einer Reihe von Kurzgeschichten veröffentlichte sie in den sechziger Jahren in erster Linie abenteuerlich angehauchte SF-Romane wie *The Clone* (1965; zus. mit Theodore L. Thomas), *The Killer Thing* (1967)

und *The Year of the Cloud* (1970; zus. mit T. L. Thomas).
Gegen Ende der sechziger Jahre tauchte sie häufiger in den von ihrem Mann herausgegebenen *Orbit*-Anthologien auf. Hier wurden Geschichten von ihr publiziert, die eher spekulativen Charakter hatten und auch Topoi der »Mainstream«-Literatur aufgriffen. Mit »The Planners« (1968) gewann W. den »Nebula« für die beste Kurzgeschichte des Jahres. Nahe an der »Mainstream«-Literatur angesiedelt sind auch ihre späteren Romane, wie *Margaret and I* (1971), *City of Cain* (1974) und *The Clewison Test* (1976), in dem es um gefährliche Experimente mit einem schmerzhemmenden Mittel geht. Ein großer Erfolg gelang ihr schließlich mit *Where Late the Sweet Birds Sang* (1976), einem ökologischen ›Klassiker‹, in dem die Autorin eines ihrer Lieblingsthemen, Genmanipulation und Kloning, aufgreift. Interessant sind auch die folgenden Romane. Allerdings haben Titel wie *Juniper Time* (1979) oder *Fault Lines* (1977) nur SF- oder Fantasy-Untertöne.
W.s Ruf und ihr Einfluß sind ständig gewachsen. In den siebziger Jahren wurden viele ihrer Stories für die SF-Preise nominiert, und heute nimmt sie in der von Frauen geschriebenen SF eine prominente Stellung ein. Wie kaum einem anderen Genreautor ist es ihr gelungen, sich an die allgemeine Belletristik heranzutasten und eine Brücke zwischen ihr und der SF zu schlagen. Neben ihrer schriftstellerischen Tätigkeit wurde sie vor allem durch die »Mileford Science Fiction Writers' Conference« und den später folgenden »Clarion Science Fiction Writers' Workshop« bekannt, Lehrgänge für angehende SF-Autoren, die sie mit ihrem Mann und Robin Scott Wilson abhielt.

The Mile Long Spaceship (1963, anderer Titel: *Andover and the Android*; *Geschenk von den Sternen*, 1969); *The Clone* (1965, zus. mit Theodore L. Thomas; *Der Klon – Wesen aus Zufall*, 1973; *The Nevermore Affair* (1966; *Leben ohne Tod*, 1967); *More Bitter Than Death* (1966); *The Downstairs Room* (1967); *The Killer Thing* (1967; *Das Killer-Ding*, 1971); *Let the Fire Fall* (1969); *The Year of the Cloud* (1970; zus. mit T.L. Thomas); *Abyss* (1971); *The Infinity Box* (1975); *The Clewison-Test*, (1976; *Der Clewison-Test*, 1981); *Juniper Time* (1979); *A Sense of Shadow* (1981).

Where Late the Sweet Birds Sang
(1976; dt. *Hier sangen früher Vögel*, 1978)

Als die seit langem erwartete ökologische Katastrophe auf der Erde nicht mehr zu verhindern ist, gründen die Sumners, eine mächtige Familie aus Virginia, ein Forschungszentrum im Shenandoah-Tal, das ein Überleben der Menschheit gewährleisten soll. Während Seuchen, Hungersnöte und ein Atomkrieg die Erdbevölkerung bis auf wenige Enklaven vernichten, werden im Sumner-Zentrum zahllose Klone der Familienmitglieder aufgezogen. Die ›Originale‹ dieser genetischen Kopien sterben nach und nach, und die Klone sind, bis auf wenige Individuen, steril. Die fortpflanzungsfähigen Frauen werden schließlich mit Drogen zu gefügigen Gebärmaschinen der Kolonie gemacht, denn ohne neue Genkombinationen, ohne ›Blutauffrischung‹ durch natürlich geborene Kinder, würde die Kolonie bald aussterben. Nur diese Kinder besitzen schöpferische Fähigkeiten und Durchsetzungsvermögen. Sie sind Ausgestoßene in der uniformen Gemeinschaft der Klone, aber nützlich: die Mädchen für Zuchtzwecke, die Jungen zur Erkundung der zerstörten Städte, aus denen die Kolonie Nachschub holt. Eines Tages gelingt Molly mit ihrem Kind die Flucht. Sie zieht ihren Sohn Mark allein auf und lehrt ihn, sich in der Wildnis zu behaupten und die Natur nicht zu fürchten, wie es die Klonmenschen tun. Nach Jahren findet man die beiden. Molly wird getötet, aber Mark bereitet der nicht mehr menschlich zu nennenden Klon-Kolonie ein Ende, als er die fortpflanzungsfähigen Frauen befreit und mit ihnen in der Wildnis eine glückliche, natürliche Gemeinde begründet.
Where Late the Sweet Birds Sang ist stilistisch und inhaltlich anspruchsvoll und W.s bislang bedeutendster Roman. Zwei Warnungen werden in ihm ausgesprochen: 1. Man sollte sich bei einer ökologisch und politisch kritischen Weltlage wie der heutigen nicht auf die ›alle Probleme überwindende‹ Kraft von Wissenschaft und Technologie verlassen, und 2. genetische Experimente, insbesondere Kloning, sind äußerst gefährlich und können für die Menschheit verheerende Folgen haben.
Diese Botschaften sind in eine spannende, jedoch nie auf reine Action absinkende Handlung eingebettet und in schöner, lyrischer Sprache verfaßt. Diese positiven Eigenschaften machten

den Roman zu einer der wichtigsten SF-Publikationen der siebziger Jahre. W. wurde 1977 dafür mit dem »Hugo Award« ausgezeichnet.

WILLIAMS, NICK BODDIE
(*1906)

Geboren in Onancock, Virginia; W. ist Journalist, der hin und wieder Kurzgeschichten in Magazinen wie *The Saturday Evening Post* und *Collier's* veröffentlicht. Sein einziger SF-Roman, *The Atom Curtain* (1956, *Der Atomvorhang*, 1957) beschreibt die USA, 270 Jahre nachdem sich das Land aus Angst vor einem Atomschlag von der restlichen Welt abgekapselt hat.

WILLIAMS, ROBERT MOORE
(1907–1978)

Geboren in Farmington, Illinois; studierte Journalismus an der University of Missouri. W. war als Autor aktiv in allen Genres und benutzte dabei zahlreiche Pseudonyme, u. a. John S. Browning, H. H. Harmon, Russell Storm und ab und zu auch das Verlagspseudonym E. K. Jarvis. 1937 publizierte *Astounding* seine erste Story; als er starb, hatte er mehr als 150 Romane veröffentlicht, von denen die meisten routinemäßig aufgezogene, wenig anspruchsvolle Space Operas waren oder sich mit dem Leben nach dem Atomkrieg auseinandersetzten.

The Chaos Fighters (1955); *Doomsday Eve* (1957); *To the End of Time* (1960); *The Day They H-Bombed Los Angeles* (1961); *Walk Up the Sky* (1962); *Flight from Yesterday* (1963); *The Second Atlantis* (1965); *Vigilante, 21st Century* (1967); *The Bell from Infinity* (1968); *Beachhead Planet* (1970); *Love Is Forever, We Are for Tonight* (1970); *Now Comes Tomorrow* (1971). – Zanthar-Serie: *Zanthar of the Many Worlds* (1967); *Zanthar at the Edge of Never* (1968); *Zanthar at Moon's Madness* (1968); *Zanthar at Trip's End* (1969). – Jongor-Serie: *Jongor of Lost Land* (1970); *The Return of Jongor* (1970); *Jongor Fights Back* (1970).

WILLIAMSON, JACK
(*1908)

Geboren in Bisbee, Arizona. W., dessen richtige Vornamen John Stewart lauten, wuchs in New Mexiko auf. Der tristen Landschaft dort entfloh er schon in jungen Jahren durch die Lektüre spannender Pulp-Magazine. Besonders beeindruckt war er von *Amazing Stories* und dem Autor Abe Merritt. Er begann selbst zu schreiben und konnte 1928 seine erste Geschichte an *Amazing* verkaufen. Der Erfolg von »The Metal Men« brachte ihn dazu, sein Collegestudium abzubrechen und sich als freier Schriftsteller zu versuchen. In den nächsten fünf Jahren veröffentlichte er zwei Dutzend Stories, die seine Vorliebe für bizarre Lebensformen und den Einfluß von Merritt zeigen. Rasch schuf er sich neue Märkte und machte durch eine Reihe von Romanen auf sich aufmerksam, die alle in den SF-Magazinen erschienen. Namentlich durch seine Legion-Serie wurde er neben E. E. Smith und John W. Campbell, jr. zum wichtigsten Vertreter der frühen Space Opera. 1940 konnte W. bereits auf 12 Romane zurückblicken. Er hatte seinen Stil der sich verändernden SF angepaßt, hatte Abstecher in das Feld der Fantasy und der Weird Fiction unternommen und war auch in der Campbell-Ära in der Lage, den Anforderungen einer qualitativ besseren SF gerecht zu werden. In den vierziger Jahren erschienen in *Astounding* mit der Antimaterie-Serie (unter dem Pseudonym Will Stewart) und vor allem der Novelle »With Folded Hands« (1947) und deren Fortsetzung, dem Roman ». . . and Searching Mind« (1948), der ein Jahr später als *The Humanoids* in Buchform herauskam, seine besten Werke.
Die fünfziger Jahre standen bei W. ganz im Zeichen der Zusammenarbeit mit anderen bekannten SF-Größen. Mit James E. Gunn verfaßte er *Star Bridge* (1955), und zusammen mit Frederik Pohl schrieb er mit *Undersea Quest* (1954), *Undersea Fleet* (1956) und *Undersea City* (1958) eine Jugendbuch-Trilogie, der in den sechziger Jahren die Earthchild-Trilogie folgen sollte, die Space Opera mit Metaphysik verbindet. In den fünfziger Jahren entstand auch der von W. getextete Comic Strip *Beyond Mars* und der Entschluß des Autors, wieder zu studieren. Nach seinem M. A. in Englisch (1957) und dem Dr. phil. mit einer Dissertation über H. G.

Wells (1964) begann W.s zweite Karriere an der Hochschule. Bis 1977 hielt er an Colleges Vorlesungen über Literatur, Literaturkritik und Linguistik; daneben führte er Kurse für angehende SF-Autoren durch. Während dieser Zeit erschienen ständig SF-Romane aus seiner Feder, von denen *The Moon Children* (1972) und *The Power of Blackness* (1976) die bekanntesten sein dürften. Mit ihnen bewies W., dessen Karriere eine der längsten des Genres ist, daß er auch zu seinen im positiven Sinne anpassungsfähigsten Autoren gehörte. In über 50 Jahren wurden mehr als 40 Romane von ihm veröffentlicht, die, wenn sie auch nicht zu den Spitzenwerken der SF zählten, selten hinter ihrer Entwicklung herhinkten. Nicht zuletzt für diese Leistung zeichneten ihn die amerikanischen SF-Schriftsteller mit dem »Grand Master Award« aus, eine Ehrung, die vor W. nur Robert A. Heinlein zuteil geworden war.

Antimaterie-Serie (Pseud. Will Stewart): *Seetee Ship* (1951; *Antimaterie*, 1970); *Seetee Shock* (1949; *Antimaterie-Bombe*, 1970). – Jim-Eden-Trilogie (zus. mit Frederik Pohl): *Undersea Quest* (1954); *Undersea Fleet* (1956; *Städte unter dem Ozean*, 1959); *Undersea City* (1958; *Alarm in der Tiefsee*, 1961). – Starchild-Trilogie: *The Reefs of Space* (1964; *Riffe im All*, 1966); *Star Child* (1965; *Der Sternengott*, 1968); *Rogue Star* (1969; *Der Outsider-Stern*, 1976); *Farthest Star* (1975). – *Star Bridge* (1955, zus. mit James E. Gunn; *Brücke zwischen den Sternen*, 1960); *The Birth of a New Republic* (1930; zus. mit M. J. Breuer); *The Girl from Mars* (1930; zus. mit M. J. Breuer); *Darker Than You Think* (1948; *Die Herrscher der Nacht*, 1967); *The Green Girl* (1950; *Das grüne Mädchen*, 1966); *Dragon's Island* (1951; *Die Dracheninsel*, 1960); *Dome Around America* (1955; *Schutzfeld über Amerika*, 1963); *The Trial of Terra* (1962); *The Reign of Wizardry* (1964); *Bright New Universe* (1967); *The Moon Children* (1972; *Die Mondkinder*, 1981); *The Power of Blackness* (1976; *Die Macht der Dunkelheit*, 1977); *The Best of Jack Williamson* (1978; *Die besten Stories von Jack Williamson*, 1980).

Legion-Trilogie

The Legion of Space (1934; dt. *Wächter des Alls*, 1957); **The Cometeers** (1936; dt. *Der Geist der Legion*, 1959); **One against the Legion** (1939; dt. *Der einsame Weg*, 1959)

Diese Trilogie bietet epische Weltraumabenteuer im Stil von E. E. »Doc« Smith, ohne allerdings dessen Grandeur zu erreichen, was aber nicht unbedingt ein Nachteil ist. Helden der Bücher sind die Legionäre des Alls, drei Weltraummusketiere und ein saufender, ewig nörgelnder Falstaff, zweifellos der Lieblingscharakter der meisten Leser. Dieser komische Kauz, Giles Habibula mit Namen, steht mit seinen Freunden John Star, Jay Kalam und Hal Samdu im Dienst der »Grünen Halle«, einer demokratischen Regierungsform im 30. Jahrhundert, an deren Spitze Wissenschaftler stehen, die das despotische Imperium der »Purpurnen Halle« zum Einsturz brachten. Wie es bei Romanen dieser Art üblich ist, retten die vier Helden die Erde ein ums andere Mal. In *The Legion of Space* muß das Geheimnis von AKKA ergründet werden, einer planetenvernichtenden Waffe, von der das Schicksal der Menschheit abhängt. Eine offenbar unsterbliche Rasse von Energiewesen ist der Gegner in *The Cometeers*. Diese Wesen ziehen samt ihren Welten in einem 12 Millionen Meilen langen grünen Kometenschweif durch die Galaxis und saugen allen Wesen, auf die sie unterwegs treffen, die Lebensenergie ab. Schließlich gilt es im dritten Band, *One against the Legion*, einen kosmischen Supergangster zu stellen, wobei W. mit dem »Geofractor« eine weitere, völlig unglaubhafte Superwaffe vorstellt.

Wenn man die natur- und geisteswissenschaftlichen Aussagen nicht ernst nimmt, sind die Romane unterhaltsamer Lesestoff, im übrigen jedoch gänzlich überholt.

The Legion of Time

(1938; dt. *Die Zeitlegion*, 1982)

Jonbar und Gyronchi, zwei alternative Zukunftswelten, bekämpfen sich, indem sie Ereignisse ihrer Vergangenheit verändern und so der eigenen Existenz Vorteile zu verschaffen suchen. Ihr Schlachtfeld ist das 20. Jahrhundert. Hier hat Denny Lanning, ein Journalist und Kämpfer für Demokratie und Gerechtigkeit, zwei Visionen: Lethanee von Jonbar und Sorai-

nya von Gyronchi versuchen ihn beide von ihrer Welt zu überzeugen. Als der idealistische Glücksritter später im Kampf gegen die Japaner über Schanghai abgeschossen wird, rettet ihn die »Chronion«, ein Zeitschiff von Jonbar. Auf der »Chronion« trifft Denny alte Freunde, aber als man in Jonbar ankommt, steht die utopische Zukunftsstadt vor der Auflösung. Gyronchis Zeitschiff hat den Punkt im 20. Jahrhundert gefunden, an dem die Zeitstränge auseinanderlaufen, und sich in den Besitz eines Artefakts gebracht, auf dem die Zukunft fußt, die zu Jonbar führt. In der Folge entbrennt ein Kampf um dieses Artefakt, das sich als Magnetstück aus einem Ford Modell T entpuppt, welches zu einer wichtigen Erfindung führte. Nach vielen Verwicklungen gelingt es Denny und seinen Mitstreitern, Gyronchi das Magnetstück abzujagen und die Existenz Jonbars zu sichern, das sich nun an Gyronchis Stelle erhebt. Lethonee verkörpert nun auch die Schönheit und positiven Züge Sorainyas, nicht aber deren Despotismus und Schattenseiten.
The Legion of Time ist ein herausragendes Beispiel der Pulp-SF vor dem Zweiten Weltkrieg. Der Roman ist zwar ein naives und auch nicht übermäßig gut geschriebenes Melodram, aber auch ein pralles Abenteuer voller Verve und damals neuer Ideen, die später zu Topoi des Genres wurden.

The Humanoids
(1949; dt. *Wing 4*, 1952)

Die Humanoiden aus dem Titel sind menschenähnliche Roboter, die auf dem Planeten Wing 4 entwickelt wurden und zum Einsatz kamen. Ihre Aufgabe war es, den Kriegen auf diesem Planet ein Ende zu setzen und den Menschen eine glückliche Zukunft zu bringen. Ihre oberste Direktive lautet »Dienen, Gehorchen und Unheil Vom Menschen Abwenden«, und ihre Dienste sind so allumfassend, daß die Menschen nur noch »Mit den Händen im Schoß« (Titel der dem Roman vorausgehenden Erzählung) herumsitzen können.
Im vorliegenden Roman wird der Wissenschaftler Forester von einer Rebellengruppe um Hilfe gegen die Humanoiden ersucht. Forester, der auf einer Welt lebt, wo diese perfekten Automaten noch nicht Fuß gefaßt haben, ist zunächst skeptisch, schließt sich aber trotz der Bedenken seines früheren Assistenten Ironsmith der Gruppe an, als er die Gefährlichkeit der perfekten Automaten erkennt. Mit der Rebellin Jane Carter teleportiert er nach Wing 4, um dort den freien Willen der Menschen in die oberste Direktive der Humanoiden einzubauen, was Ironsmith jedoch verhindert. Seiner Meinung nach muß man die Humanoiden nur akzeptieren, dann werden sich alle Probleme der Menschen lösen. Forester und Jane werden eingesperrt, können aber auf einen anderen Planeten teleportieren, bevor ihre Persönlichkeit von den Automaten verändert wird. Forester macht sich nun auf die Suche nach Ironsmith, den er inmitten einer Gruppe freier, von Humanoiden unabhängiger Menschen findet. Sein Versuch, die Verräter zu vernichten, schlägt fehl. Er verliert das Bewußtsein. Später macht er sich zusammen mit White, einem Mitglied der ehemaligen Rebellengruppe, in eine andere Galaxis auf, um dort die Humanoiden ebenfalls einzuführen.
Dieser zweideutig endende Roman ist zusammen mit der thematisch dazugehörenden Erzählung »With Folded Hands« W.s wichtigstes Werk. Neben Isaac Asimovs Roboterstories nimmt es in der amerikanischen SF einen zentralen Platz im Themenkreis Roboter ein. Im Gegensatz zu A.s optimistischer Position in bezug auf die Roboter – bei ihm werden alle Probleme durch Logik oder Tricks gelöst – stellt W. durch das offene Ende Fragen, ohne darauf Antworten zu geben. Der Roman erlebte 1980 mit *The Humanoid Touch* eine späte Fortsetzung.

WILSON, F. PAUL
(*1946)

Amerikanischer Arzt und Schriftsteller. W.s erste SF-Geschichten erschienen 1971 noch unter der Herausgeberschaft von John W. Campbell in *Analog* und tragen, wie auch seine späteren Veröffentlichungen, stark libertinistische Züge. Fast alle seine Stories spielen in dem gemeinsamen Universum der »La Nague Federation«, und in ihnen sind den Protagonisten und gesellschaftlichen Gruppen bezüglich ihres Handlungsspielraums kaum Grenzen gesetzt, solange andere Individuen und Gesellschaften nicht in Mitleidenschaft gezogen werden. Da nimmt es wenig wunder, daß W. für seinen Roman

Wheels within Wheels (1978) den Preis einer Vereinigung gewann, die sich für den Ausbau der freien Marktwirtschaft einsetzt.

Healer (1976); *An Enemy of the State* (1980); *The Keep* (1981).

WILSON, RICHARD
(*1920)

Geboren in Huntington Station, New York. Die schriftstellerische Laufbahn des Amerikaners wurde durch den Zweiten Weltkrieg unterbrochen. Bereits vor dem Krieg hatte er in den Jahren 1940–42 einige Stories in *Astonishing Stories* veröffentlicht, darunter auch »Murder from Mars« (1940).
Erst Anfang der fünfziger Jahre konnte sich W. wieder der SF widmen. Er verfaßte zwei Theaterstücke, über 100 Stories und einige Romane wie *And Then the Town Took Off* (1960) und *The Girls from Planet 5* (1955), der bei uns 1973 unter dem Titel *Die Damen vom Planet 5* erschien.
Den größten Erfolg brachte ihm jedoch die Erzählung »Mother to the World« (1969), die den »Nebula Award« gewann.

WILSON, ROBERT ANTON
(*1932)

Geboren in Brooklyn, New York. Nach einem Studium war er u. a. Geschäftsführer einer Buchhandlung und *Playboy*-Redakteur. W. wurde besonders durch seine zahlreichen Veröffentlichungen auf den Gebieten ›Grenzwissenschaften‹ und ›Mystizismus‹ bekannt. In Zusammenarbeit mit Robert Shea, dem Senior Editor des amerikanischen *Playboy*, verfaßte er die Trilogie *Illuminatus!*, die sein schriftstellerisches Hauptwerk bildet. W. bestritt, obwohl Shea zuerst genannt wird, den Löwenanteil. Ein früher pornografischer Roman, *The Sex Magicians* (1973), steht thematisch entfernt in Zusammenhang mit *Illuminatus!* Eine Art Fortsetzung zu seiner Trilogie, unter dem Titel *Cosmic Trigger* erschienen, in der er sich bemühte, Ideen aus *Illuminatus!* auf wissenschaftlichen Boden zu stellen, hinterließ einen eher peinlichen Eindruck.

Illuminatus-Trilogie
The Eye in the Pyramid (1975; dt. *Das Auge in der Pyramide*, 1977); **The Golden Apple** (1975; dt. *Der goldene Apfel*, 1978); **Leviathan** (1975; dt. *Leviathan*, 1978)

Auf der Welt existiert ein Geheimbund, bereits 1776 in Bayern gegründet, auf den ein Inspektor durch eine Reihe rätselhafter Mordfälle und aufgefundener Unterlagen aufmerksam wird. Die Illuminaten, wie der Bund sich nennt, haben es sich zur Aufgabe gesetzt, die Erde zu vernichten, da ihnen durch die beim Tode von Milliarden Menschen frei werdende Lebensenergie ein Sprung in eine höhere Ebene des Seins gelingen kann. Ein Versuch, durch ein Ränkespiel um die kleine Insel Fernando Poo einen atomaren Vernichtungskrieg zu entfesseln, schlägt fehl. Aber die Illuminaten haben auch mächtige Feinde, die nicht zögern, ihren Interessen entgegenzutreten.
Bald sieht der wackere Polizist sich in einen Kampf zwischen rivalisierenden Geheimbünden verwickelt, bei dem das Schicksal des Planeten Erde wie auch der Menschheit auf dem Spiel steht. Mit einem goldenen Unterseeboot wird auf den Grund des Atlantiks getaucht, um dort zu verhindern, daß die Illuminaten an die unermeßlichen Schätze des versunkenen Kontinents Atlantis herankommen. Da die Pläne mit Fernando Poo zunichte gemacht wurden, ziehen die Illuminaten ein anderes Spektakel auf: In Bayern findet nach Woodstock das größte Rockkonzert der Weltgeschichte statt. Das Gelände befindet sich neben einem See, in dem die Illuminaten seinerzeit eine ganze SS-Stafette versenkt haben. Die ›Leichen‹ sind in einem scheintoten Zustand und können durch eine bestimmte Strahlung zu lebenden »Zombies« aktiviert werden. Diese Strahlung wird von einer Rockgruppe beim Festival erzeugt, die SS-Leute spazieren aus dem See, um mit ihrem Massaker zu beginnen, aber die Gegner der Illuminaten haben vorgesorgt, wodurch das Unglück gerade noch einmal verhindert werden kann.
Der erste Band von *Illuminatus!* ist recht wirkungsvoll, da hier Realität und Fiktion so geschickt vermischt werden, daß dem Leser tatsächlich Zweifel am eigenen Realitätsbild kommen können. Die Autoren spekulieren mit den paranoiden Ängsten der Leser, können ihre

Bemühungen aber in den Folgebänden nicht mehr so effektvoll präsentieren. Die Illuminatus-Trilogie, die Elemente aller gängigen Genres von SF über Porno, Horror und Krimi miteinander verschmilzt, gehört zu den bizarrsten Schaumschlägereien auf dem Sektor der phantastischen Literatur. Durch die ›ausgeflippte‹ Schreibweise, die sich einer Reihe von Stilmitteln der modernen Literatur – zeitliche Vorgriffe und Rückblenden, überlappende Handlungsstränge usw. – bedient, wird *Illuminatus!* zu einem psychedelischen Spektakel, das dem Leser allerlei bunte Abfälle als letzte Weisheit verkauft.

WINTERBOTHAM, RUSS(ELL ROBERT)
(1904–1971)

Geboren in Salina, Kansas. W. erwarb 1927 einen akademischen Grad an der University of Kansas und arbeitete anschließend als Reporter und Redakteur für verschiedene Zeitungen im amerikanischen Mittelwesten. Er textete die Comicserie »Chris Welkin« und war zeitweilig Vertriebsleiter eines Zeitungsverlags. Seit 1935 veröffentlichte er seine erste SF-Story in *Astounding* und konnte in der Folge eine Reihe von Erzählungen verkaufen, die damals unter dem Verfassernamen R. R. Winterbotham publiziert wurden. Nach einer etwa zehnjährigen Pause veröffentlichte er in den fünfziger und sechziger Jahren insgesamt sieben SF-Romane, teilweise unter den Pseudonymen J. Harvey Bond und Franklin Hadley. W., der auch Hefte für Jugendliche und Western verfaßte und als Story-Redakteur einer Textagentur arbeitete, kam über Klischeethemen wie Invasionen und Dimensionsreisen in Form anspruchsloser Spannungsromane nicht hinaus. Außerhalb der SF schrieb er unter dem Namen R. R. Winter.

The Space Egg (1958; *Testpilot Jack Fayburne*, 1958); *The Red Planet* (1962; *Hinrichtung im All*, 1963); *The Men from Arcturus* (1963); *The Other World* (1963; Pseud. J. Harvey Bond); *The Puppet Planet* (1964; *Attentat auf Domega*, 1965); *Planet Big Zero* (1964; Pseud. Franklin Hadley); *The Lord of Nardos* (1966; *Der Kampf im Mondpalast*, 1968).

WIŚNIEWSKI-SNERG, ADAM
(*1937)

Geboren in Płock (Polen). W., der seit 1948 heute in Warschau lebt, absolvierte nur die Grundschule und bildete sich dann als Autodidakt weiter aus. Seine erste Erzählung erschien 1968 unter dem Titel »Anonym«. Sein erster Roman, *Robot*, kam 1973 heraus und schlug bei einer Leserumfrage nach dem besten polnischen SF-Roman der Nachkriegszeit sogar Stanisław Lem. W.s zweiter Roman, *Według łotra* (1978), bedient sich des Themas der Zeitreise und erzählt die Leidensgeschichte Christi und des mit ihm zusammen gekreuzigten Mörders. 1980 erschien *Nagi cel* (»Nacktes Ziel«), ein weiterer SF-Roman. W. gilt allgemein als bester polnischer SF-Autor nach Stanisław Lem.

Robot (1973; *Roboter*, 1980); *Według łotra* (1978; *Das Evangelium nach Lump*, 1982); *Nagi cel* (1980; »Nacktes Ziel«).

WÖRNER, HANS
(1903–?)

Geboren in Aldekerk, Kreis Geldern. Von Beruf Journalist, verfaßte W. mehrere Romane und Novellen wie beispielsweise *Schiff ohne Wind* (1939), *König am Jykän* (1941) und *Flucht zu Daniela* (1953). Sein einziger SF-Roman, *Wir fanden Menschen*, entstand 1948.

Wir fanden Menschen
(1948)

Auf der Erde hat ein atomarer Vernichtungskrieg stattgefunden, der weite Landstriche unbewohnbar machte. Sieben Jahre danach bricht in einem nicht näher bezeichneten Kontinent eine Suchtruppe auf, die nach Spuren der untergegangenen Zivilisation suchen soll. Ein Lastwagenkonvoi dringt in die radioaktiv verseuchten Landstriche vor, und dort finden die Männer eine Landschaft des Schreckens. Wie auf einer Fotografie sind Szenen aus dem Alltagsleben der Menschen festgehalten, die als Mumien erstarrt im Augenblick der Explosion noch immer dort verharren, wo das Unglück sie überraschte – ob Liebende im Bett oder Angestellte bei der Arbeit oder Hausfrauen am Herd, alles ist akkurat erstarrt und erhalten geblieben, um

der Nachwelt die Schrecken des sinnlosen Krieges drastisch zu verdeutlichen. Erst langsam erobert das Leben wieder die verseuchten Gebiete: Insekten, die mutiert sind, Ameisen und anderes Kleintier, die am anpassungsfähigsten sind. Aber die Expedition findet auch Menschen, wenn man die Wesen noch als solche bezeichnen kann, die das Erbe ihrer Kultur vergessen haben und wie Wilde dahinvegetieren.
Wir fanden Menschen entstand in einer Zeit, als das Entsetzen des gerade überstandenen Zweiten Weltkriegs noch frisch war, und W. hat mit seinem in einer groben, hölzernen und ungeschliffenen Sprache abgefaßten Roman dieses Entsetzen in recht eindrucksvoller Weise eingefangen. Das Buch ist eine drastische Absage an die modernen Vernichtungswaffen unserer Zeit und gleichzeitig ein Aufruf an die Menschen, endlich zur Besinnung zu kommen. Einer der wichtigsten deutschen SF-Romane der Nachkriegszeit.

WOLFE, GENE (RODMAN)
(*1931)

Geboren in Brooklyn, New York. W. wuchs in Texas auf und besuchte die Universität in Houston, wo er Maschinenbau studierte und mit dem Bachelor of Science abschloß. Nach seiner Wehrzeit bei der U.S. Army, die er teilweise in Korea verbrachte, war W. Project Engineer einer großen Waschmittelfirma. Seit 1972 ist er Herausgeber der Zeitschrift *Plant Engineering*. Seine schriftstellerische Laufbahn begann Mitte der sechziger Jahre, als er SF-Stories zu schreiben begann und mit »Mountains Like Mice«, 1966 in *If* erschienen, seine erste Veröffentlichung hatte. Während der nächsten Jahre tauchte der Name W. häufiger in Anthologien und SF-Magazinen auf. Besonders in der von Damon Knight herausgegebenen Anthologie *Orbit* war W. oft vertreten. *Orbit*, mit seinem eher auf »speculative fiction« ausgerichteten Inhalt, war der ideale Absatzmarkt für seine feinsinnigen, zwischen Realität und Fantasie angesiedelten Geschichten. Binnen kurzem galt W. als einer der besten Stilisten des SF-Feldes.
Sein Sammelband *The Island of Dr. Death and Other Stories* verpaßte 1970 den »Nebula Award« nur aufgrund eines Abstimmfehlers. Die Titelgeschichte bildet zusammen mit den ›Fortsetzungen‹ »The Death of Dr. Island« (»Nebula«-Gewinner 1973) und »The Doctor of Death Island« (1978) ein literarisches Tryptichon über symbolische und tatsächliche Inseln. Unter den vielen Stories aus seiner Feder, die für die SF-Preise nominiert wurden, war auch »The Fifth Head of Cerberus« (1972), die darauf mit zwei anderen zu seinem bis dahin besten Roman zusammengefaßt wurde. *The Fifth Head of Cerberus* (1972) spielt in einem fernen Sonnensystem, das aus zwei Planeten besteht, die von französischen Aussiedlern kolonisiert wurden, und schildert die Suche eines Mannes nach sich selbst und der ursprünglichen Kultur auf einem der Planeten.
Weniger erfolgreich war W.s Erstling *Operation Ares* (1970), ein vergleichsweise simpler SF-Roman, gewesen. Da *Peace* (1975) und *The Devil in a Forest* (1976), eine mittelalterliche Fantasy, wegen ihrer Andersartigkeit in SF-Kreisen kaum auf Resonanz stießen, schien es so, als sei W. nur auf dem Gebiet kürzerer Texte zu Hause. Dieses Vorurteil wurde 1980 gründlich widerlegt. W. legte mit dem ersten Band seiner Tetralogie »The Book of the New Sun« einen ausgesprochen starken Roman vor. *The Shadow of the Torturer* ist eine extravagante Fantasy, in der die Erlebnisse des jungen Folterknechts Severian erzählt werden. Sie zeigt W. auf dem Höhepunkt seines stilistischen Könnens und stellt ohne Zweifel einen Meilenstein in der modernen Fantasy und im Werk eines Autors dar, der, nach literarischen Kriterien gemessen, zu den besten SF-Schriftstellern Amerikas zählt.

Operation Ares (1970; *Unternehmen Ares*, 1971); *Peace* (1975); *The Devil in a Forest* (1976; *Der Teufel hinter den Wäldern*, 1980); *The Island of Dr. Death and Other Stories* (1979). – Book-of-the-New-Sun-Tetralogie: *The Shadow of the Torturer* (1980); *The Claw of the Conciliator* (1981); *The Sword of the Lictor* (1981); *The Citadel of the Autarch* (1982).

The Fifth Head of Cerberus
(1972; dt. *Der fünfte Kopf des Zerberus*, 1974)

Die Schwesterplaneten »Saint Croix« und »Saint Anne« wurden vor längerer Zeit von Franzosen besiedelt, die eingeborenen »Abos«, wahrscheinlich Gestaltwandler, dabei ausgerottet. Der Roman besteht aus drei thematisch miteinander verbundenen Novellen und ist eine Studie zerfallender Kulturen. Er schildert auf komplexe Weise die Suche eines Mannes nach den Überresten der ursprünglichen Eingeborenenkultur und nach seiner eigenen Identität.

Der »fünfte Kopf des Zerberus« ist ein Junge auf Saint Croix, offensichtlich Abkömmling der fünften Generation von nicht näher beschriebenen Vorfahren und ein Klon seines Vaters. Seine Suche nach dem Selbst aus dem Labyrinth einer schrecklichen Kindheit führt zum Vatermord.

»A Story by John V. Marsch« ist der Versuch des im ersten Teil aufgetauchten Anthropologen, die Kultur der Ureinwohner und deren Beziehung zur Natur zu rekonstruieren.

In »V. R. T.« erreicht die Suche nach der persönlichen und kulturellen Identität ihren Höhepunkt. Marsch ist nun Häftling in einem Gefängnis auf Saint Croix. Er wird der Spionage für Saint Anne und des Mordes an dem Vater aus Teil 1 bezichtigt und findet sich in der Alptraummaschinerie der Staatsgewalt wieder.

The Fifth Head of Cerberus ist ein für diese Länge sehr komplexer Roman, dessen Lektüre hohe Konzentration erfordert. Oft hat der Leser das Gefühl, daß sich mehr abspielt, als er erfassen kann, und mehrmaliges Lesen bestätigt diesen Eindruck: Ständig entblättern sich neue Geheimnisse, tun sich neue Labyrinthe auf, fallen neue Zusammenhänge und Anspielungen ins Auge – und dennoch waltet eine bemerkenswerte Logik. Von vielen Kritikern wird dieses stilistisch vorzügliche Buch als eines der wichtigsten in der SF der siebziger Jahre bezeichnet, und das mit Recht. Dieser Roman ist nichts für Leser, die nur leichte Kost schätzen; wer aber beim Lesen auch ein wenig Gedankenakrobatik schätzt, würde wirklich etwas versäumen, wenn er ihn unbeachtet ließe.

WOLLHEIM, DONALD A(LLEN)
(*1914)

Geboren in New York; lebt dort noch immer. Die SF hat W. viel zu verdanken, denn er gehörte zu den ersten, die die heute selbstverständlichen »Conventions« ins Leben riefen. Außerdem gab er verschiedene Magazine heraus, von denen *Stirring Science Stories* (1941) und *Cosmic Stories* die ersten waren. Bevor er nach dem Zweiten Weltkrieg den *Avon Science Fiction Reader* herausbrachte und dann ab 1952 zu Ace Books ging, hatte er bereits die beiden bedeutenden Anthologien *The Pocket Book of Science Fiction* (1945) und *Portable Novels of Science* (1945), Vorreiter ihrer Art, zusammengestellt. Weitere 20 Anthologien gab er dann in den fünfziger Jahren heraus. Ab 1965 publizierte er die einmal im Jahr erscheinende Anthologie *World's Best Science Fiction* zusammen mit Terry Carr.

Nachdem er die SF-Reihe von Ace Books zu einer der erfolgreichsten gemacht hatte und zum Vizepräsidenten des Verlages avanciert war, verließ er den Verlag Anfang der siebziger Jahre, um seinen eigenen Verlag, DAW Books (*D*onald *A*. *W*ollheim), zu gründen, der inzwischen mit über 450 Titeln eine der größten SF-Taschenbuchreihen publiziert und zum Sprungbrett vieler junger SF-Autoren wurde.

Neben seiner verdienstvollen Herausgebertätigkeit hat W. auch über 70 Geschichten und ca. 20 Romane und Jugendbücher geschrieben, die z. T. unter seinen Pseudonymen Martin Pearson, David Grinnell und Millard Verne Gordon erschienen. Während seine Kinderbücher, zu denen auch die Mike-Mars-Serie gehört, unter seinem eigenen Namen veröffentlicht wurden, benutzte er für die Erwachsenen-SF meist das Pseudonym David Grinnell, unter dem auch die Romane *Across Time* (1957) und *The Edge of Time* (1958) erschienen. 1969 kam ein Sammelband seiner neueren Kurzgeschichten unter dem Titel *Twelve Dozen Dragon Eggs* heraus.

Selbstverständlich kam W. auch in seinem eigenen Verlag auf die Herausgabe von Anthologien zurück. Seit 1972 erscheint bei DAW jährlich *The World's Best Science Fiction*.

Mike-Mars-Serie: *Mike Mars, Astronaut* (1961; *Astronaut Mike Mars – das Raumkommando*, 1966); *Mike Mars Flies the X-15* (1961; *Astronaut Mike Mars – fliegt die X-15*, 1966); *Mike Mars at Cape Canaveral* (1961; *Astronaut Mike Mars – auf Kap Kennedy*, 1967); *Mike Mars in Orbit* (1961; *Astronaut Mike Mars – in Orbit*, 1967); *Mike Mars Flies the Dynasoar* (1962; *Astronaut Mike Mars – Retter im All*, 1968);

Mike Mars and the Mystery Satellite (1963; *Astronaut Mike Mars – und der unbekannte Satellit*, 1968); *Mike Mars around the Moon* (1964; *Astronaut Mike Mars – Flug zum Mond*, 1969). – *The Secret of Saturn's Rings* (1954; *Das Geheimnis der Saturnringe*, 1956); *Secret of the Martian Moons* (1955; *Das Marsrätsel*, 1957); *One against the Moon* (1956; *Robinsons Nachkomme*, 1965); *Across Time* (1957, Pseud. D. Grinnell; *Entscheidung*, 1960); *Edge of Time* (1958, Pseud. D. Grinnell; *Projekt Mikrokosmos*, 1960); *The Secret of the 9th Planet* (1959; *Das Geheimnis des 9. Planeten*, o. J.); *The Martian Missile* (1959; *Das Ding vom Mars*, 1961); *Destiny's Orbit* (1961; *König der Asteroiden*, 1962); *Twelve Dozen Dragon Eggs* (1969; *Wie weit ist es nach Babylon?* (C, 1972).

WREN, M. K.
(?)

Pseudonym der Amerikanerin Martha Kay Renfroe, die 1981 mit *Sword of the Lamb* den ersten Band einer breitangelegten Weltraum-Familiensaga vorlegte, die im 4. Jahrtausend spielt.

WRIGHT, LAN (LIONEL PERCY)
(*1923)

Geboren in Watford (England). Bevor W. sich der SF zuwandte, schrieb er einige Gedichte. Seinen Einzug in die Science Fiction hielt er 1952 mit der Erzählung »Operation Exodus«, die in dem englischen Magazin *New Worlds* veröffentlicht wurde.
Neben zahlreichen anderen Erzählungen schrieb W. mehrere Romane. Hier seien vor allem *Who Speaks of Conquest* (1956) und *Space Born* (1964) genannt. Der Roman *A Man Called Destiny* handelt von einem Mann, der über parapsychologische Fähigkeiten verfügt und in dessen Händen das Geschick der Menschheit liegt.

Who Speaks of Conquest (1956; *Menschheit im Aufbruch*, 1958); *A Man Called Destiny* (1958; *Der wichtigste Mann im All*, 1960); *Space Born* (1964; *Im Weltraum geboren*, 1966).

WRIGHT, S(YDNEY) FOWLER
(1874–1965)

Sowohl unter seinem tatsächlichen Namen als auch unter seinem Pseudonym Sydney Fowler erschienen über 60 Detektiv- und Kriminalgeschichten des britischen Schriftstellers. Für die Entwicklung der SF waren seine vier Romane in diesem Genre von Bedeutung. *The Amphibians* (1924) und *The World Below* (1929) waren der erste und zweite Teil einer geplanten Roman-Trilogie, deren dritter Teil nie verfaßt wurde. *The World Below* beschreibt die Erde im Jahre 300 000 sowie die Veränderung und Entwicklung, die ihre Lebewesen in dieser Zeit durchgemacht haben. Der immer wieder neu aufgelegte Roman gilt als Klassiker der SF.

The Island of Captain Sparrow (1928); *Deluge* (1928); *Dawn* (1929); *The Adventure of Wyndham Smith* (1941).

WUL, STEFAN
(*1922)

Pseudonym des Dentisten und Schriftstellers Pierre Pairault, geboren in Paris. Studium der Philosophie und Literatur ab 1939, Zahnmedizin ab 1945. Sein erstes Buch, ein Spionageroman, erschien unter dem Pseudonym Lionel Hudson. 1956 publizierte W. unter dem Titel *Retour à »O«* seinen ersten SF-Roman, in dem es um eine Strafkolonie auf dem Mond geht. Bis 1959 folgten zehn weitere Titel, hauptsächlich Space Operas, aus denen *Le temple du Passé* herausragt. W. schildert darin die Bemühungen einer Raumschiffbesatzung, die mitsamt ihrem Schiff von einem im Vakuum lebenden kosmischen Ungeheuer verschluckt worden ist, wieder freizukommen. In *Niourk* geht es um die Erde nach dem Atomkrieg; der Roman gilt als das wichtigste Werk des Verfassers. *Oms en série* inspirierte den französischen Zeichner Roland Topor zu einem international beachteten Animationsfilm, der in der Bundesrepublik unter dem Titel »Der wilde Planet« lief. Erst 1977, nach 18 Jahren im Dentistenberuf, kehrte W. zur SF zurück und schuf mit dem zweibändigen Roman *Noo* ein exotisches Werk, das ihn sofort wieder in den Blickpunkt rückte.

Retour à »O« (1956); *Oms en série* (1957); *La Pevv géante* (1957); *Rayons pour Sidor* (1957); *Le temple du Passé* (1957); *La mort vivante* (1958); *L'orphelin de Perdide* (1958); *Piège sur Zarkass* (1958); *Odyssee sous contrôle* (1959); *Terminus* (1959); *Noo* (1977).

Niourk
(1957)

Die Ozeane der Erde sind beinahe völlig ausgetrocknet. Die Mehrzahl der Menschen ist auf die Venus ausgewandert, und die wenigen Zurückgebliebenen führen wieder das Leben einfacher, umherziehender Jäger. Zu einem weißen Stamm, dessen Jagdgründe in der Nähe von Kuba liegen, gehört ein schwarzes Kind, das allgemein geächtet wird und das Leben eines Außenseiters führt. Der Führer des Stammes, »der Alte«, begibt sich in die Ruinen einer Stadt, »um mit den Göttern zu sprechen«. In Wirklichkeit hat er dort ein Schnapslager entdeckt, trinkt sich einen Rausch an und erfriert im Schnee. Das schwarze Kind beginnt nach ihm zu suchen und erforscht dabei die Ruinenstadt, wo es in einer ehemaligen Kaserne atombetriebene Flammenwerfer entdeckt und durch einen Zufall herausfindet, wie sie funktionieren. Als es sich zum Stamm zurückbegibt, ist dieser von einem Steppenfeuer überrascht worden und nach Norden gezogen. Das Kind folgt den Spuren und trifft dabei einen rätselhaften Mann, der ihm sagt, wie es die Stadt Niourk (d. i. New York) erreichen kann. Das Kind holt den Stamm gerade noch ein, um ihn mit Hilfe des mitgenommenen Flammenwerfers vor einem Kraken zu retten, denn die sind im Laufe der Evolution dazu gezwungen worden, sich an Land fortzubewegen. Da durch das Austrocknen der Ozeane auch die ehemals unterseeischen Atommülldeponien freigelegt wurden, sind die Kraken zwar radioaktiv verseucht, gegen die Strahlung selbst aber immun geworden. Die Menschen wissen dies nicht. Sie essen das Fleisch des getöteten Tieres und geben dem schwarzen Kind als Dank dessen Gehirn, woraufhin seine Intelligenz sich plötzlich rasch erhöht. Das Kind führt den Stamm nach Niourk, aber die Stammesangehörigen sterben unterwegs an der Strahlenkrankheit. In der Stadt selbst stößt das Kind auf die noch funktionierenden Reste einer hochentwickelten Technologie und trifft schließlich zwei Gefährten des Mannes, der ihm den Weg gewiesen hat: Es handelt sich um Menschen der Venus, deren Raumschiff beschädigt ist und die deswegen auf der Erde festgehalten werden. Sie nennen das namenlose Kind Alf, verschaffen ihm Zugang zu einer Bibliothek und stellen fest, daß Alf binnen kürzester Zeit das gesamte technische Wissen der Menschheit in sich aufnimmt. Alf ist ein Superwesen geworden: Er schafft von sich und seinen neuen Gefährten ›Doppelgänger‹ und schickt sie mit einem selbstkonstruierten Raumschiff auf die Venus zurück, versetzt die Erde an eine Stelle im Weltall, wo sie vor Angriffen sicher ist, versieht sie mit einer Sonne und einem Mond und erweckt schließlich seinen toten Stamm zu neuem Leben. Während seine venusischen Freunde sich von der Technik der Stadt Niourk bedienen lassen, führt Alf das Leben, das ihm am erstrebenswertesten erscheint: das eines freien Jägers.

WYLIE, PHILIP (GORDON)
(1902–1971)

Geboren in Beverly, Massachusetts. W. studierte in Princetown Naturwissenschaft, wandte sich aber schon sehr bald der Schriftstellerei zu. Sein Ruhm in der SF basiert auf drei Werken: *Gladiator* (1930) ist ein Roman über einen jungen Mann, der mit Superkräften ausgestattet ist. Das Buch wurde 1938 unter dem gleichen Titel verfilmt und war Vorbild für die Erschaffung des Comic-Helden »Superman«. Mit *When Worlds Collide* (1933) nebst Fortsetzung *After Worlds Collide* (1934), die beide in Zusammenarbeit mit Edwin Balmer entstanden, erzählt W. die Legende von Noah neu: Die Erde geht unter, aber wenigen Menschen gelingt es, ins All zu fliehen und auf einer neuen Welt Fuß zu fassen. Negativ ist an den beiden Büchern das darin enthaltene rassistische Gedankengut zu beurteilen. Besondere Popularität erlangte W.s Buch *The Disappearance* (1951). Diese drei Romane erschienen in W.s erster Schaffensperiode, in der er auch noch andere SF-Romane verfaßte, nämlich *The Murderer Invisible* (1931), ein phantastischer Kriminalroman, der sich eng an H. G. Wells anlehnt, und *The Savage Gentleman* (1932), ferner mehrere Kurzgeschichten, die in den Kollektionen *Finnley*

Wrenn (1934), *Night unto Night* (1944) und *Three to be Read* (1951) vorliegen. W.s zweite Schaffensperiode unterscheidet sich von der ersten deutlich. Seine Kurzgeschichte »Paradise Crater« schildert schon vor 1945 den Einsatz der Atombombe – auf Geheiß der amerikanischen Regierung mußte die Story deswegen bis nach Kriegsende unveröffentlicht bleiben. Besonders erwähnenswert ist die kurze Fantasy *Tomorrow!* mit ihrer radikal pazifistischen Aussage und sein letztes großes Romanwerk, *The End of the Dream*, in dem er eine ökologische Katastrophe schilderte, in die die Welt gerät, da die Menschen zur Selbstdisziplin in Umweltfragen nicht fähig sind.
W.s Gesamtwerk ist zwiespältig, zeichnet sich aber durch treffliche Schilderungen des Lebens der durchschnittlichen Bevölkerung der USA aus. Trotz seines späten pazifistischen Engagements war W. immer ein Autor mit konservativen Ansichten, dem viele Kritiker Frauenfeindlichkeit und Rassismus vorhielten.

Gladiator (1930); *The Murder Invisible* (1931); *The Savage Gentlemen* (1932, 1960); *Finnley Wrenn* (1934); *Night unto Night* (1944); *Three to Be Read* (1951); *Tomorrow!* (1954); *Triumph* (1963); *The End of the Dream* (1972).

The Disappearance
(1951; dt. *Das große Verschwinden*, 1958)

Durch ein merkwürdiges Ereignis veränderte sich das Bild unserer Welt vollkommen: Von einer Minute zur anderen spaltet sich die Erde in zwei Parallelwelten, in der einen verbleiben die Männer, die Frauen werden in eine andere versetzt. Zunächst herrscht vollkommenes Chaos. Dem Verschwinden folgen Unfälle und Katastrophen, da Männer z. B. aus fahrenden Wagen heraus verschwinden. Danach folgt eine Phase der Konsolidierung, in der die Bewohner beider Welten versuchen, das zu retten, was noch zu retten ist. Die Männer organisieren ihre Welt straff durch, aber das allgemeine Weltbild verändert sich sehr, die Homosexualität blüht, Gewaltverbrechen nehmen überhand, und nur mittels härtester Strafen ist es überhaupt möglich, die Ordnung aufrechtzuerhalten. In der Welt der Frauen geht es anders zu. Sie sind kaum in der Lage, eine der alten adäquate Gesellschaftsform zu schaffen, da sie sich nicht organisieren können. Schließlich werden beide Welten wieder zusammengeführt, und zwar genau in dem Augenblick, als sie getrennt wurden. Es ist, als hätte das schreckliche Ereignis nie stattgefunden.
The Disappearance ist ein eindringlicher Katastrophenroman, in dem der Autor scharfsinnig das Verhalten amerikanischer Durchschnittsbürger in Situationen extremer Belastung analysiert, doch hinterläßt das Buch wegen seines extrem frauenfeindlichen Inhalts eher zwiespältige Gefühle.

WYNDHAM, JOHN
(1903–1969)

Pseudonym bzw. Kurzform von John Wyndham Parkes Lucas Beynon Harris, geboren in Warwickshire. Weitere Pseudonyme bzw. Namensverkürzungen: John Beynon, John Harris und Lucas Parkes. W. war nach dem Collegebesuch in verschiedenen Berufen tätig, so als Grafiker, als Verwaltungsangestellter, in der Landwirtschaft und in der Werbung. 1931 veröffentlichte er seine erste SF-Story, »Worlds to Barter«, in *Wonder Stories*, und in den folgenden Jahren waren häufig Beiträge von ihm in diesem Magazin und in *Tales of Wonder* zu finden. Einige seiner frühen Geschichten liegen in dem Sammelband *Wanderers of Time* (1973) vor. W.s erster Roman erschien 1935 unter dem Titel *The Secret People*: Ein Pygmäenvolk lebt in einem Höhlenlabyrinth unter der Sahara, und Europäer, die sich dorthin verirren, werden als Sklaven gehalten. Ein weiterer früher Roman ist *Planet Plane* (1936 erschienen, später unter dem Titel *Stowaway to Mars* neu veröffentlicht).
Nach dem Ende des Zweiten Weltkriegs hatte sich W. in mancher Hinsicht verändert. Er wandte sich von der Space Opera ab. 1951 veröffentlichte er mit *The Day of the Triffids* einen SF-Katastrophenroman, der ein großer Erfolg wurde. Der Roman erlebte einen Vorabdruck in *Collier's* und wurde später auch verfilmt. Insgesamt dürfte dieses Buch W.s bekannteste Veröffentlichung sein. Zwei weitere Romane, *The Kraken Wakes* (1953) und *The Chrysalids* (1955), untermauerten W.s Ruf, einer der führenden englischen SF-Autoren zu sein. *The Kraken Wakes* gehört zu den interessantesten Invasionsromanen der Science Fiction, während *The Chrysalids* ein recht bemer-

kenswertes Buch über Psi-Phänomene in einer nachatomaren Welt ist. W.s nächster Roman, *The Midwich Cuckoos* (1957), behandelt das Schicksal einer Gruppe von Kindern, die extraterrestrischer Herkunft sind, aber von menschlichen Müttern geboren wurden. Dieser Roman wurde ebenfalls verfilmt. W. schrieb in der Folge noch mehrere Romane, erreichte das Niveau seiner besten Bücher aber nicht mehr. Ein letzter Roman, *Web*, erschien auf Wunsch des Autors erst postum im Jahre 1979. Wenngleich W. zeitweise infolge der damals weitgehend verwaisten englischen SF-Szene etwas überbewertet wurde, kommt ihm doch eine wichtige Rolle darin zu. Er schrieb neben den erwähnten beachtenswerten Romanen auch mehrere gute Kurzgeschichten, etwa die Atomwaffen verurteilende Story »Wild Flower«.

The Secret People (1935; *Das versteckte Volk*, 1974); *Stowaway to Mars* (1936, 1953; *Die Reise zum Mars*, 1973); *The Kraken Wakes* (1953; *Kolonie im Meer?*, 1961); *The Seeds of Time* (C, 1956; *Die Kobaltblume*, 1960); *Trouble with Lichen* (1960; *Ärger mit der Unsterblichkeit*, 1970); *The Outward Urge* (1959; *Griff nach den Sternen*, 1965); *Web* (1979; *Eiland der Spinnen*, 1981).

The Day of the Triffids
(1951; dt. *Die Triffids*, 1955)

Ein Meteorschauer – der sich später als eine außer Kontrolle geratene biologische Waffe entpuppt – läßt den größten Teil der Bevölkerung auf der Erde erblinden. Gleichzeitig bewirkt er gravierende Veränderungen bei einer künstlich gezüchteten Pflanzenart, den »Triffids«. Diese Pflanzen entwickeln jetzt Intelligenz und eine rudimentäre Sprache, können sich auf drei Beinen bewegen und besitzen mit einem peitschenähnlichen Giftstachel eine gefährliche Waffe. Sie machen sich auf, die Menschen zu vernichten. Im Zentrum der Handlung steht William Masen, der zum Zeitpunkt des Meteorschauers aus anderen Gründen zeitweise erblindet war und auf diese Art und Weise sein Augenlicht bewahrt hat. Als er in seinem Krankenbett erwacht, sieht er sich als einer von wenigen Sehenden in einer sterbenden Welt von Blinden. Als er nach London zurückkehrt, beginnen die Triffids bereits ihr Vernichtungswerk unter den Hilflosen. Masen schließt sich einer Gruppe von anderen Sehenden an. Er findet ein Mädchen, in das er sich verliebt, aber es kommt zu Ereignissen, die ihn von den anderen trennen. Nach einer langen Odyssee durch das Land findet er Josella, seine Freundin, schließlich wieder. Die beiden verschanzen sich auf einer Farm, kämpfen erfolgreich gegen die Triffids, und ihnen gelingt schließlich gemeinsam mit anderen ein Neubeginn.

The Day of the Triffids gehört zu den besten und auch spannendsten Katastrophenromanen der Science Fiction. Über melodramatisches Abenteuer hinaus war W. daran gelegen, moralisch zu argumentieren: Die beiden Komponenten der Katastrophe hat der Mensch selbst verursacht, sie sind Ergebnis seines Umgangs mit Wissenschaft, seiner unüberschaubar gewordenen Zivilisation. Der Roman enthält sozialdarwinistische Untertöne, und ähnlich wie in *The Chrysalids* gründen sich W.s Hoffnungen auf die der Katastrophe folgende neue Gesellschaft.

The Chrysalids
(1955; dt. *Wem gehört die Erde?*, 1961)

Der Roman handelt in einer *post doomsday*-Welt. Nach einem atomaren Krieg gibt es nur noch wenige Enklaven, in denen Menschen überlebt haben. Eine davon ist das nordamerikanische Dorf Rigo, in dem die Handlung des Buches beginnt. Die Umgebung besteht aus verschiedenen Zonen mit unterschiedlicher Strahlungsintensität: »Wild Country«, »Fringes« und »Badlands«. In Rigo besteht eine bigotte, repressive Gesellschaft, die den Krieg als Strafgericht Gottes auffaßt. Jede Art von Abweichung von der Konformität und jede Auflehnung wird mit dem Tode bestraft. In dieser Umwelt werden einige Jugendliche groß, die Mutanten sind, das heißt über besondere Talente verfügen. Sie wissen, daß es noch andere ihrer Art gibt, und eines der Mädchen ist in der Lage, telepathische Botschaften mit anderen Mutanten in Neuseeland auszutauschen. Dieses Mädchen, Petra, flieht schließlich zusammen mit dem Protagonisten des Buches, ihrem Bruder David, und den anderen Mutanten in das Ödland außerhalb Rigos. Sie werden von einer Bande anderer Mutanten, denen man aufgrund körperlicher Merkmale – sechs statt fünf Zehen – ihr Anderssein angesehen und sie vertrieben hatte, gefangengenommen, später

jedoch von den Telepathen aus Neuseeland befreit. Die jungen Mutanten aus Rigo werden mit nach Neuseeland genommen, wo ihr Talent geschult werden soll und eine auf lange Sicht die ›alte‹ Menschheit verdrängende Mutantenkultur im Aufbau begriffen ist.
Die neue Mutantenrasse ist für W. der nächste Schritt der Evolution, und er nimmt für sie Partei. Der Roman zählt zu den interessantesten in diesem Teilbereich der SF.

The Midwich Cuckoos
(1957; dt. *Es geschah am Tage X*, 1965)

Eine außerirdische Rasse legt ›Kuckuckseier‹ in die menschliche Gemeinschaft: In mehreren Orten auf der Erde, darunter in dem kleinen englischen Ort Midwich, fällt die Bevölkerung für einige Stunden in einen Dornröschenschlaf. Monate später wird deutlich, daß alle fruchtbaren Frauen in den betroffenen Orten schwanger sind. Als die Kinder geboren werden, stellt sich heraus, daß sie eigenartige goldfarbene Augen haben. Bald wird ihr Anderssein auch auf andere Art deutlich: Sie verfügen über telepathische und hypnotische Fähigkeiten, die sich mit dem Älterwerden der Kinder noch verstärken. Während die Kinder in den anderen betroffenen Gebieten sich nicht durchsetzen konnten, wachsen sie in Midwich heran. Ihre Brutalität, ihr Egoismus, vor allem jedoch ihr stark ausgeprägter Rassenerhaltungstrieb treiben sie in die unausweichliche Auseinandersetzung mit den Menschen. Sie müssen sterben. Zu den Protagonisten gehören Gordon Zellaby, ein Philosoph und Lehrer, der die Andersartigen unterrichtet (und schließlich zu der Überzeugung kommt, daß sie getötet werden müssen), und der Schriftsteller Richard Gayford, aus dessen Sicht der Roman erzählt wird.
Die Kinder werden nicht als von Natur aus böse geschildert, sondern – ähnlich wie die Mutanten in Stapledons *Odd John* – als überlegene Gattung mit einem zur Durchsetzung ihrer Art kompromißlosen Rasseninstinkt. *The Midwich Cuckoos* ist in gewisser Weise das Gegenstück zu W.s *The Chrysalids*, wo der Autor Sympathie für die überlegene Gattung zeigt. Die Schwäche des Buches besteht darin, daß manches unerklärt bleibt und der Autor zugunsten der Herausarbeitung des Hauptkonflikts denkbare andere, auf Kooperation beruhende Lösungen von vornherein unterbindet. Andererseits entsteht dadurch die zwingende Handlungsstruktur, die im Verein mit gutem Stil und Charakterisierung einen eindrucksvollen Roman ergibt.

Y

YARBRO, CHELSEA QUINN
(*1942)

Geboren in Berkeley, Kalifornien, finnisch-italienischer Abstammung. Y. veröffentlichte ihre erste SF-Story 1969 in *Worlds of If*: »The Posture of the Prophecy«. Danach wurden von ihr noch etwa zwei Dutzend Stories und zwei reine SF-Romane publiziert: *Time of the Fourth Horseman* (1976) und *False Dawn* (1978). Beide sind recht grimmige Katastrophenromane, die Y.s Neigung zu Horrorstoffen – ein Gebiet, dem sie sich in letzter Zeit immer mehr zuwendet – andeuten. Neben SF schrieb Y. eine Reihe von Kriminalromanen und eine Trilogie historischer Romane mit phantastischem Einschlag, die im Italien der Renaissance spielen.

Time of the Fourth Horseman (1976; *Der vierte apokalyptische Reiter*, 1979); *False Dawn* (1978; *Falsche Dämmerung*, 1980); *Hotel Transsylvania* (1978); *Cautionary Tales* (C, 1979); *Ariosto* (1980).

YERMAKOV, NICHOLAS VALENTIN
(*1951)

Geboren in New York; Sohn russischer Einwanderer, in den USA aufgewachsen. Y. besuchte amerikanische Universitäten und studierte englische Literatur und Sprachwissenschaft. Er schreibt seit den späten siebziger Jahren und machte sich als freiberuflicher Schriftsteller wenig später selbständig.
Y. lebt in Merrick, Long Island, und ist ein begeisterter Motorradfahrer. Er veröffentlichte Stories in namhaften SF-Magazinen und -Anthologien, bevor 1981 sein erster Roman *Journey from Flesh* erschien. Sein zweiter Roman, *Last Communion* (1981), schildert die Begegnung mit außerirdischen Lebewesen.

YOUNG, ROBERT F(RANKLIN)
(*1915)

Geboren in Silver Creek, New York. Nach allerlei Jobs (Hilfsarbeiter, Maschinist, Gießereiarbeiter) war Y. zuletzt Inspektor in einer Buntmetallgießerei. Nebenher veröffentlicht er seit 1953 (erste Story: »The Black Deep Thou Wingest« in *Startling Stories*) SF-Kurzgeschichten, die ihn – in Anbetracht seines schmalen Werkes – recht bekannt werden ließen. Einige seiner Geschichten beeindrucken durch einfühlsame Schilderungen und Spannung nach Art einer Kriminalstory. Zwei Bände mit Erzählungen sind *The Worlds of Robert F. Young* (1966) und *A Glass of Stars* (1968).

Z

ZAHLTEN, HORST
(1922–1978)

Geboren in Görlitz. Z., der auch unter dem Pseudonym Marco Janus SF-Leihbücher veröffentlichte, war in verschiedenen Sparten der Literatur zu Hause. Neben Dramen, Mainstream-Literatur sowie Kinder- und Jugendbüchern schrieb er vor allem Hörspiele, von denen vorrangig in den siebziger Jahren viele gesendet wurden. *Rückfahrkarte in die Zukunft* wurde später auch als nach dem Hörspiel geschriebener Roman veröffentlicht, und ein weiterer Hörspielstoff, »Gebaut, um Glück zu produzieren«, erschien als Erzählung in der von Dieter Hasselblatt herausgegebenen Anthologie *Das Experiment*. Z., der zweimal den zweiten Platz bei Preisverleihungen belegte – 1941 in der Sparte Literatur »Künstler im Felde« und 1951 Preis für junge Dramatiker –, war ein Routinier, der (zumindest was die erzählerische Form angeht) der deutschen SF keine neuen Impulse gab.

Der Kosmos ruft (1958; Pseud. Marco Janus); *Gangster im All* (1959; Pseud. Marco Janus); *Stern der Väter* (1959; Pseud. Marco Janus); *Höhere Gewalt* (1959; Pseud. Marco Janus); *Rückfahrkarte in die Zukunft* (1976).

ZAJDEL, JANUSZ A(NDRZEJ)
(*1938)

Polnischer Autor. Z. ist Kernphysiker und arbeitet auf dem Gebiet des Strahlenschutzes in Warschau, nachdem er zuvor Mathematik und Physik in Warschau studiert hatte. Er verfaßte bislang rund 100 Kurzgeschichten und zwei Romane. Er gewann 1973 zwei Preise der Zeitschrift *Mlody Technik*. Zwei seiner Stories erschienen in deutscher Übersetzung in einem Auswahlband polnischer SF in der DDR (»Der Telechronopathor« und »Der Reisegefährte« in *Galaxisspatzen*, hrsg. von J. Jankowski, 1975). Ebenfalls in deutscher Sprache erschienen in der DDR der Roman *Unterwegs zum Kalten Stern* und die Storysammlung *In Sonnennähe*. Z. gehört zur Spitzengruppe der polnischen SF-Autoren und versteht sich auf originelle, satirisch-spöttische Erzählungen.

Lalande 21185 (1965); *Jad mantezji* (C, 1965 »Das Gift der Gottesanbeterin«); *Prawo doro powrotu* (1976; *Unterwegs zum Kalten Stern*, 1978); *Przejście przez lustro* (1975; »Durch den Spiegel«); *Illuzyt* (1976; »Illusit«); *In Sonnennähe* (C, 1979; dt. Originalzusammenstellung).

ZAMJATIN, EVGENIJ (IVANOVIČ)
(1884–1937)

Geboren in Lebedjan (Rußland). Z. studierte Ingenieurwesen am Polytechnischen Institut von Petersburg. Sein Studium wurde aufgrund seiner Teilnahme an den Unruhen von 1905 von Verhaftung und Deportation unterbrochen. Zu schreiben begann er 1908, und im weiteren Verlauf wurde er Autor von über 40 Büchern und Herausgeber eines ambitionierten Buchprogramms, das Literatur des Westens in Übersetzungen präsentierte. Sein bekanntester Roman ist die Anti-Utopie *My* (1920; *Wir*, 1958), in dem eine völlig kontrollierte Welt ohne Gefühle geschildert wird. Der Protagonist D-503 aber entwickelt doch Gefühle und wird zum Rebellen gegen das Regime. Wegen seiner als antikommunistisch empfundenen Haltung geriet Z. mit den Herrschenden in Konflikt, der sich wegen folgender Werke noch verschärfte. Dabei hatte er zur Zarenzeit selbst zu den Bolschewisten gehört und 1916 sogar ins Ausland fliehen müssen. Nach seiner Rückkehr verfaßte er einige brillante satirisch-surrealistische Geschichten und boshafte Essays über die sowjetischen Kulturfunktionäre, die ihn auch beim neuen Regime verhaßt machten. Er mußte erneut emigrieren, diesmal nach Paris, wo er 1937 starb.

My
(1920; dt. *Wir*, 1958)

Der Leser wird in einen perfekten, modern standardisierten Staat, der im x-ten Jahrhundert schon 1000 Jahre besteht, versetzt. Dieser hat keinen Namen, sondern ist nur unter der Benennung »Einheitsstaat« bekannt. Seine Bürger sind ebenfalls namenlos; sie sind durch Buchstaben und Ziffern kenntlich, wobei die Konsonanten männliche und die Vokale weibliche Wesen bezeichnen. Alle Bürger in Z.s Staat tragen einheitliche, blaugraue Uniformen, und ihr Leben ist bis in das kleinste Detail wissenschaftlich geregelt. Der Einheitsstaat wird beherrscht von einem »Wohltäter«. Selbst die Liebe wird überwacht, zu ihrer Ausübung werden rosa Kontrollzettel verteilt, die für festgesetzte Stunden gelten, jedoch eine gewisse Auswahl der Partner gestatten. Die Kontrolle der Moral und des Benehmens sowie das Bewahren vor Abweichungen und die Bestrafung für Ketzerei und Verrat obliegt den Wächtern, die den gesetzestreuen Bewohnern des Einheitsstaates als Schutzengel erscheinen.
Das eigentliche romanhafte Geschehen setzt erst ein, als dem Berichterstatter, dem Ingenieur D-503 – er überwacht den Bau des ersten Raumschiffes, der »Integral« – zum ersten Mal Zweifel kommen, die durch eine unvorhergesehene erotische Beziehung noch genährt werden. Die Begegnung mit der Frau I-330, die ihn fasziniert und in die er sich in einer für ihn und den Staat pervers erscheinenden Weise verliebt (I-330 zwingt ihn, die Sexualität nicht mehr als Konsumgut zu akzeptieren), wird für den Ingenieur zum Wendepunkt seines Lebens.
Diese Individualisierung gegenüber der Norm beginnt sich auch bei einem großen Teil der Bewohner des Einheitsstaates durchzusetzen, was sich dadurch zeigt, daß sich fast alle früheren Freunde D-503s als Feinde des Systems zu erkennen geben.
Am »Tage der Einstimmigkeit«, als alle Nummern des Einheitsstaates in einem riesigen Auditorium versammelt sind, um den »Wohltäter« wiederzuwählen, wagt es eine Anzahl von Nummern, gegen den Tyrannen zu stimmen, der Aufstand beginnt.
Doch noch einmal siegt der »Wohltäter«; die beginnende Revolution wird vom »Revolutionsherrscher«, der sich darauf beruft, daß die *letzte*, die endgültige, eine Wiederholung überflüssig machende Revolution ja sein System an die Macht gebracht hat, niedergeschlagen.
I-330 und D-503 müssen fliehen. Sie retten sich hinter die Große Mauer, die den Einheitsstaat von der übrigen Welt abschließt, einer Welt, die von wilden, behaarten Menschen bewohnt wird, welche die Verbündeten im Kampf gegen Konformismus und Totalitarismus des Einheitsstaates sind.
Doch die Revolutionäre geben nicht auf. D-503, I-330 und ihre Freunde versuchen die »Integral«, das Raumschiff, welches die Ideologie des »Wohltäters« zu den Planeten tragen soll, zu kapern; kurz vor dem Ziel scheitern sie jedoch. D-503 muß sich wie ein Großteil des Volkes einer Gehirnoperation unterziehen, die ihn zum willenlosen Sklaven des »Wohltäters« macht, während I-330 in der Maschine des »Wohltäters« hingerichtet wird. Das Ende erscheint hoffnungslos.
Z.s Roman gehört neben Orwells *1984* und Huxleys *Brave New World* zu den wichtigsten Anti-Utopien des 20. Jahrhunderts.

ZAUNER, GEORG
(*1920)

Geboren in Göttingen. Z., der in der Nähe von München lebt, ist Drehbuchautor und Filmregisseur. Sein 1980 erschienener SF-Roman *Die Enkel der Raketenbauer* zählt zu den besten deutschen SF-Romanen, wurde stark beachtet und gewann den für das Jahr 1980 erstmals vergebenen »Kurd-Laßwitz-Preis«, dem deutschen Pendant zum amerikanischen »Nebula«, ein Preis also, der von den deutschen SF-Schaffenden vergeben wird.

Die Enkel der Raketenbauer
(1980)

Das Buch ist als eine Sammlung von Briefen und Dokumenten angelegt, die im Jahre 3276 herausgegeben werden, aber auf das 28. Jahrhundert zurückgehen. Verfasser dieser Texte ist vor allem der Mönchsbruder Friedel, der in einem Kloster namens Munic in Bajuvien lebte. Das Kloster liegt inmitten eines ausgedehnten Trümmerfeldes am Flusse Isar. »Eisenfrevler« und andere Schatzgräber suchen in diesen

Trümmern nach verwertbaren Materialien, sehr zum Verdruß der geistlichen Herren, die ihrerseits in ehemalige U-Bahn- und S-Bahn-Schächte vorstoßen, um wertvolle Metalle zu bergen. Bei solchen Gelegenheiten stößt man auf allerlei Merkwürdigkeiten, Relikte einer untergegangenen Kultur, die man nicht mehr versteht und deren Zeugnisse Gegenstand mythischer Interpretationen geworden sind.
Dieser *post doomsday*-Roman steht in der Tradition von Walter M. Millers *A Canticle for Leibowitz* und Carl Amerys *Der Untergang der Stadt Passau*, und vor allem Amerys Einfluß ist auch in Gestaltung und Diktion spürbar. Über dem Ganzen liegt der wehmütige Zauber vom Untergang einer – eben unserer – Kultur, und Z. gelingen einprägsame Szenen, wenn er von der »Höhle Uhbaan« spricht oder unter dem Titel »Unerklärliche Wunder und andere Merkwürdigkeiten am Himmel und auf der Erde im Lande Bajuvien« über Dinge aus unserer Welt rätseln läßt – ein Leitungsmast dient zum Beispiel inzwischen als Glockenturm, und man kann sich nicht vorstellen, welchen Zweck all die anderen Türme dieser Art, die es gegeben haben soll, erfüllten.

ZEBROWSKI, GEORGE
(*1945)

Geboren in Villach (Österreich) als Sohn polnischer Eltern. Z. kam über Italien, Frankreich und England in die USA, ging in Miami und New York zur Schule und studierte in Binghamton Philosophie. Seit 1970 hat er mehr als 30 Erzählungen veröffentlicht. Seine Romane sind von unterschiedlicher Qualität. Während seine frühen Titel wie *The Omega Point* (1972) und *Ashes and Stars* (1977), beides Teile einer geplanten Trilogie, sowie *The Star Web* (1975) Routine-SF darstellen, ist *Macrolife* (1979) ein ambitioniertes Werk, das in zeitlich und räumlich epischer Breite die Geschichte der Menschheit im All behandelt, vermittelt über durch Kloning unsterbliche Protagonisten.

The Omega Point (1972; *Erbe des Untergangs*, 1973); *The Star Web* (1975); *Ashes and Stars* (1977); *Macrolife* (1979; *Makroleben*, 1981).

ZEGALSKI, WITOLD
(1928–1974)

Polnischer Autor. Z. studierte Ökonomie in Poznań (Posen) und widmete sich ab 1952 verschiedenen Sparten der Literatur. Er verfaßte ein Kinderbuch, einen Gegenwartsroman, Gedichte und satirische Erzählungen, schließlich auch SF-Erzählungen und einen SF-Roman. Z. erhielt mehrere Preise, und seine Kurzgeschichte »Die Rückkehr der Riesen« errang 1962 den ersten Preis bei einem internationalen SF-Wettbewerb. Zwei Erzählungen von ihm – »Gefahrenzustand« und »Patrouillenschiff ›Prometheus‹« – erschienen in *Galaxisspatzen* (1975), einem in der DDR veröffentlichten Auswahlband polnischer SF.

Wyspa Patersona (1976; »Die Petersen-Insel«).

ZELAZNY, ROGER (JOSEPH)
(*1937)

Geboren in Euclid, Ohio. Z. besuchte die Western Reserve University und die Columbia University und schloß sein Studium mit dem M. A. ab. 1962–69 war er Angestellter der Sozialversicherungsstellen in Cleveland und Baltimore, danach freier Schriftsteller. Neben Delany und Ellison war Z. die herausragende Figur der amerikanischen »New Wave« Mitte der sechziger Jahre. Er gehörte zu den Senkrechtstartern in der SF und wurde nach seiner ersten Veröffentlichung, der Kurzgeschichte »Passion Play«, die 1962 in *Amazing* erschien, durch seine profilierten Stories außerordentlich rasch bekannt. Erster Höhepunkt in seinem Werk war die Erzählung »A Rose for Ecclesiastes« (1963), die von der Kritik und seinen Kollegen (die Autoren der »Science Fiction World Association« wählten diese Story auf den 6. Platz aller bis 1965 veröffentlichten SF-Geschichten) überschwenglich gefeiert wurde, jedoch wohl etwas überschätzt wird. Den Gipfel seiner Karriere erreichte Z. in der Zeit zwischen 1965 und 1968. 1965 gewann er mit dem Kurzroman *He Who Shapes* und der Story »The Doors of His Face, the Lamps of His Mouth« jeweils einen »Nebula Award«. Danach hatte er auch mit Romanen durchschlagenden Erfolg. 1966 erschien mit *The Dream Master* eine erweiterte

Fassung von »He Who Shapes«. Im selben Jahr erreichte *This Immortal* den ersten Platz bei der Wahl zum »Hugo Gernsback Award«, ein Erfolg, der ihm 1968 mit *Lord of Light* ein weiteres Mal beschieden war. In jener Zeit war Z. zweifellos der Modeautor der amerikanischen SF. Seine Geschichten und Romane spielten an exotisch bunten Schauplätzen, waren geschickt geschrieben und manchmal auch ein wenig experimentell. Mit ihren reich begabten, dominierenden Kulturhelden, die turmhoch über jedem Normalbürger thronen, den zu mythischer Bedeutung aufgeblasenen Plots und den oft übertriebenen Schaueffekten zeigten sie aber auch Ansätze von Schwulst. Immerhin war diese Periode recht schillernd, was man von Z.s Werken aus den Jahren zwischen 1969 und 1974 nicht behaupten kann. Was den Reiz seiner früheren Texte ausgemacht hatte, seine Detailfreude, seine knappen, treffenden Charakterisierungen und faszinierenden Landschaften, wich nun platten Handlungssträngen. Erinnert sei an die Motorrad-Odyssee durch ein verwüstetes Amerika der Zukunft (*Damnation Alley*, 1969; verfilmt 1977), an die Machtkämpfe dekadenter, hinduistischer Götter (*Isle of Death*, 1969) oder an relativ belanglose Fantasies (*Amber-Zyklus*, 1970–78; *Creatures of Light and Darkness*, 1969; *Jack of Shadows*, 1971), denen sich Z. nach dem Erstarken dieses Subgenres zuwandte. Trotz zahlreicher negativer Kritiken erfreute sich Z. jedoch ständiger Beliebtheit beim Lesepublikum.

Aufwärts ging es wieder 1975, als seine Novelle »Home Is the Hangman« die beiden höchsten SF-Preise errang und in den Episodenroman *My Name Is Legion* (1976) aufgenommen wurde. In der Folgezeit erschienen Romane, die wieder einen konzentrierter wirkenden Z. vorstellten. Seine Themen wurden vielseitiger und gewannen durch sorgfältigere Ausarbeitung an Profil. *Doorways in the Sand* (1976) ist eine Detektivgeschichte um ein gestohlenes Relikt aus dem All. Dieses Buch zeigt Z. von einer ganz neuen Seite und beweist, daß er auch humorvolle SF zu schreiben vermag. In *Roadmarks* (1979) variiert er ein eigenes Standardthema, das der Parallelwelten, auf neue Weise. Über eine Straße, die nur wenige kennen, gelangt man in alle Zeitalter und Welten. Z. fügt in diesem Roman eine Fülle von Details, Zitaten und Kuriosa zu einem Gesamtbild zusammen, das gleichermaßen durch Phantasie, Vielfalt, feine Komposition und Ungezwungenheit beeindruckt. Sein angekratztes Image wurde auch durch eine Zusammenarbeit mit Philip K. Dick aufpoliert: *Deus Irae* (1976). In Dicks verworrenen, unsicheren Welten erwies sich Z. jedoch als wenig standfest. Familiäres Terrain bearbeiteten dagegen weitere Fantasy-Titel, von denen *The Changing Land* (1981) sein bisher intellektuellster Roman in diesem Bereich ist. Mehr am Massengeschmack orientiert sind *The Changeling* (1980) und *Madwand* (1981). Neben einer Kurzgeschichtensammlung des Autors, *The Last Defender of Camelot* (1980), die wichtige Kurztexte der sechziger und siebziger Jahre enthält, wurden im selben Jahr mit *When Pussywillows Last in the Courtyard Bloomed* Z.s gesammelte Gedichte vorgelegt.

Im Rückblick gleicht Z.s Karriere einer seismographischen Linie. Auf den steilen Anstieg folgte ein tiefer Sturz, der schließlich abgefangen wurde und in eine gemäßigte mittlere Wellenlinie überging. Auch wenn Z. zu Beginn seiner SF-Karriere von der amerikanischen Kritik überschätzt wurde, spiegelt seine Laufbahn etwas von den Determinanten der Genre-Literatur wider, sie deckt die Zugeständnisse des Autors an Publikumsgeschmack und Marktzwänge auf. An Popularität hat es ihm nie gefehlt.

Amber-Zyklus: *Nine Princes in Amber* (1970; *Corwin von Amber*, 1977); *The Guns of Avalon* (1972; *Die Gewehre von Avalon*, 1977); *Sign of the Unicorn* (1975; *Im Zeichen des Einhorns*, 1977); *The Hand of Oberon* (1976; *Die Hand Oberons*, 1978); *The Courts of Chaos* (1978; *Die Burgen des Chaos*, 1981). – *Four for Tomorrow* (1966); *Creatures of Light and Darkness* (1969; *Götter aus Licht und Dunkelheit*, 1981); *Damnation Alley* (1969; *Straße der Verdammnis*, 1972); *Isle of the Dead* (1969; *Insel der Toten*, 1973); *Jack of Shadows* (1971); *Today We Choose Faces* (1973; *Heut wählen wir Gesichter*, 1975); *To Die in Italbar* (1973; *Der Tod in Italbar*, 1975); *Bridge of Ashes* (1976; *Die Aschenbrücke*, 1978); *My Name Is Legion* (1976; *Mein Name ist Legion*, 1980); *Doorways in the Sand* (1976; *Tore in der Wüste*, 1981); *Deus Irae* (1976; *Der Gott des Zorns*, 1979; zus. mit P. K. Dick); *Roadmarks* (1979; *Straße nach Überallhin*, 1981).

The Dream Master
(1966; dt. *Herr der Träume*, 1976)

Bedeutende Forschungen auf dem Gebiet der Psychiatrie führten zur Einführung einer neuen Technik, der Neuro-Partizipations-Therapie. Mit ihrer Hilfe kann der Psychiater direkt ins Unterbewußtsein des Patienten eindringen, von dort den Heilungsprozeß beginnen und den Patienten langsam umformen. Ein solcher »Former« ist Charles Render. Er spielt Gott, indem er realistische Traumwelten in der Psyche seiner Patienten modelliert, die, richtig angewendet, zur graduellen Gesundung führen sollen.

Dr. Eileen Shallot, eine blinde Psychiaterin, bittet Render, ihr über den Umweg der Geistesverbindung das Sehen zu ermöglichen. Trotz der Gefahren, welche die Therapie bei willensstarken neurotischen Personen mit sich bringt – Eileen ist von Geburt blind, und ihr subjektives Realitätsempfinden weicht stark von der tatsächlichen Realität ab –, willigt Render ein. Um ihre geistige Gesundheit zu erhalten, muß er ihre idyllische ›Weltsicht‹ durch das Aufzeigen realer Dinge korrigieren. Aber Eileen ist geistig stärker als Render. Sie zieht ihn in ihre Traumwelt hinein, aus der es für Render kein Entkommen mehr gibt. Der Psychiater endet im Wahn.

Auf *The Dream Master* läßt sich der in Zusammenhang mit der »New Wave« aufgetauchte Begriff des »Inner Space« besonders gut anwenden. Das Buch markiert einen Meilenstein in der Abkehr von der technikbezogenen SF, eine Abkehr vom beliebtesten Tummelplatz herkömmlicher Science Fiction – dem Weltraum. Statt dessen spielt es in den damals neuen Gefilden der Psyche und taucht direkt in den ›inneren Raum‹ des Menschen ein. Geleitet von der Psychologie C. G. Jungs, führt Z. den Leser durch eine Handlung voll mythischer Elemente – Artussage und Ragnarök vermengen sich in neuem Gewand – und unwirklich bunter Erlebnissequenzen. Einer der Schlüsselromane der amerikanischen New Wave.

This Immortal
(1966; dt. *Fluch der Unsterblichkeit*, 1973)

Der erste Roman Z.s ist 1965 im *Magazine of Fantasy & Science Fiction* als »And Call Me Conrad ...« erschienen und zusammen mit den besseren Kurzgeschichten und dem oben besprochenen Roman für die damalige Popularität des Autors verantwortlich.

Die Handlung ist relativ gradlinig. Cort Myshtigo, ein weganischer Gesandter, besucht die nach einem Nuklearkrieg im galaktischen Konzert bedeutungslos gewordene Erde, deren Schicksal von seinem Urteil abhängt. Er beginnt eine Rundreise zu den antiken Stätten dieses Planeten, wobei ihn verschiedene Personen begleiten. Darunter ist auch Conrad Nomikos, ein mystischer Unsterblicher, der als Myshtigos persönlicher Leibwächter fungiert. Letzterer hat diesen Schutz bitter nötig, denn sein Weg ist von Ungeheuern, Fabelwesen und mutierten Lebewesen aller Art bedroht. Aber Nomikos wehrt alles wild gewordene Getier ab, führt die Reisegesellschaft aus ausweglosen Situationen und verteidigt Myshtigo in einem grandiosen Zweikampf gegen Hasan, der auch zur Gruppe gehört und den Weganer ermorden will. Am Ende der Reise ist Myshtigo so von den Fähigkeiten seines terranischen Leibwächters überzeugt, daß er ihm die Verantwortung für die Erde überläßt, bevor er stirbt.

This Immortal ist im Grunde ein spannender Unterhaltungsroman, der nicht so sehr von der Handlung, sondern eher von seiner flüssigen Sprache und wieder einmal von einem farbigen Panorama lebt. Z. glänzt durch seine Phantasie bei der Ausarbeitung des Hintergrunds; er bietet ein mythologisches Spektakel, das diesmal seine Wurzeln in der griechischen Sagenwelt hat. Vor einer solch exotischen Kulisse müssen sich Z.s Protagonisten natürlich abheben, aber der Autor verfällt in den Fehler, diese zu überzeichnen. Nomikos vereint so viele Aufgaben und Eigenschaften in sich – er ist unsterblich, eine unbesiegbare Kampfmaschine, Hüter der irdischen Vergangenheit, Beschützer der Zukunft usw. –, daß er vollkommen unrealistisch erscheint, selbst wenn man seine herkulischen Taten auf eine metaphorische Ebene hebt. Er ist der Prototyp einer langen Reihe von Helden, die Z.s Romanen oft ihren Stempel aufdrücken und Tiefgang vorgaukeln, wo ein Bekenntnis zu ehrlicher Unterhaltungsliteratur besser angebracht wäre.

Lord of Light
(1967; dt. *Herr des Lichts*, 1976)

Menschen sind mit dem Raumschiff »Star of India« auf einem fernen Planeten gelandet und haben sich diese Welt unterworfen. Ihre technische Überlegenheit ermöglicht es ihnen, dort wie Götter zu schalten und zu walten. Durch Geistestransfer und künstlich gezüchtete Körper ist die Reinkarnation Wirklichkeit geworden, und der Großteil der ursprünglichen Mannschaft wird unsterblich und zu einer konservativen Klasse, die den Sterblichen Fortschritt vorenthält und sie von ihrem artifiziellen Himmel, ihrer Festung, aus regiert. Das ganze hinduistische Pantheon ist vertreten: Brahma, Yama, Krishna, Wischnu, Buddha, Agni, Kali, Schiwa u. a. lieben einander, schmieden Ränke, überlisten und bekämpfen sich. Einer der ersten Kolonisten, Mahasamatman, auch als Buddha, Siddhartha oder einfach Sam bekannt, will die Dekadenz des Götterdaseins nicht mitmachen. Als »Herr des Lichts« stellt er sich auf die Seite der Unterdrückten und beginnt einen tödlichen Kampf mit den Göttern des »Himmels«. Er erkennt, daß die besten Waffen gegen die Götter Wissen und Fortschritt sind, auch wenn mit ihnen jeder Zauber aus der Welt entschwindet.
Lord of Light ist möglicherweise Z.s bester Roman, ein exotisches Stück SF, das zwar die pyrotechnische Sprache der ersten beiden Romane vermissen läßt, aber eine ausgetüftelte und vielschichtige Handlung bietet, die mit ihren indischen Mythen zudem genau den Zeitgeist der Hippiegeneration traf. Es ist ein komplexes Werk, das seine Vorgänger an Umfang übertraf und mit seinem barocken Detailreichtum zu überzeugen vermochte.

The Doors of His Face, the Lamps of His Mouth
(1971; dt. *Die Türen seines Gesichts*, 1980)

Dieser Sammelband enthält fünfzehn Erzählungen aus der Zeit zwischen 1963 und 1968. Obwohl einige wichtige Texte des Autors fehlen, etwa »The Graveyard Heart« oder »For a Breath I Tarry«, die sich in den Sammlungen *Four for Tomorrow* (1967) bzw. *The Last Defender of Camelot* (1980) befinden, kann man dieses Buch als besten Kurzgeschichtenband Z.s bezeichnen. Mit »A Rose for Ecclesiastes« und der Titelstory sind die beiden bekanntesten Geschichten genannt. »A Rose for Ecclesiastes« ist die bittersüße Liebesgeschichte zwischen einem irdischen Dichter und einer marsianischen Priesterin, die ihren Liebhaber jedoch lediglich für ihre Zwecke, die Erhaltung der marsianischen Rasse, ausnutzt. »The Doors of His Face ...« spielt auf der Venus und beschreibt die Jagd auf ein riesiges Wasserlebewesen namens »Ichthyform Leviosaurus Levianthus«, das als futuristischer Moby Dick den endlosen Venusozean unsicher macht. Weitere interessante Erzählungen sind »Divine Madness«, eine experimentelle Zeitgeschichte, in der die Handlung vor- und rückwärts abläuft; »The Keys to December«, wo es um die nachteiligen Effekte beim Terraformieren eines fremden Planeten geht; »This Moment of the Storm«, worin es der Mensch mit den Mächten einer entfesselten unirdischen Natur aufnehmen muß, und »The Man Who Loved the Faioli«, eine Story, die mit ihrem Liebe-Tod-Dualismus typisch für Z.s Symbolismus und Hyperbolik ist.
Insgesamt untermauert der Band die These, daß der Leser mit Z.s kürzeren Texten besser bedient ist als mit seinen Romanen. Seine besten Geschichten sind imaginative Momentaufnahmen, die durch eine dichte Sprache eindringlich vermittelt werden, wobei das Spektrum von satirischen oder allegorischen Stücken bis hin zu komödienhaft-sentimentalen reicht. Sie zeigen Z. auf dem Höhepunkt seines Könnens.

ZIEGLER, THOMAS
(*1956)

Pseudonym des deutschen Roman- und Kurzgeschichtenautors Rainer Zubeil, geboren in Niedersachsen, der bis 1979 als Beamter im öffentlichen Dienst tätig war. Z.s erste Veröffentlichung war die Erzählung »Unter Tage« (1976), weitere Kurzgeschichten, die in Anthologien erschienen und teilweise auch in der DDR, Frankreich und den USA veröffentlicht wurden, sind »Matuscheks Welten« (1977), »Holzmann weiß, was Menschen brauchen« (1977), »Des Herrn Professor B. wundersame Reise durch die Zeit« (1977), »Alternativwelt 1818« (1978, mit Ronald M. Hahn), »See You later, Alligator« (1979) und »Unter den Sternen, in der Nacht« (1979). Sein erster SF-Roman entstand in Zusammenarbeit mit Uwe Anton und schildert unter dem Titel *Die Zeit der Stasis* (1979) die Auswirkungen einer nuklearen Katastrophe, die Errichtung einer neuen faschistischen Diktatur in der Bundesrepublik und den Versuch einer in die Illegalität gedrängten Opposition, mit Hilfe eines konditionierten Attentäters das Regime zu stürzen. Z.s Themen sind zeitnah, zeichnen sich durch eine dichte Atmosphäre aus und handeln von der Desorientierung des Menschen aufgrund immer stärker um sich greifender geistiger Manipulation und den Versuchen einzelner, sich gegen Reglementierungen zur Wehr zu setzen. Z. ist auch Übersetzer und (unter Pseudonymen wie Robert Quint) Verfasser von Heftromanen.

ZIERGIEBEL, HERBERT
(*1922)

Geboren in Nordhorn bei Hannover, heute in der DDR lebend. Z. absolvierte eine Schlosserlehre und arbeitete ab 1941 als Technischer Zeichner und Teilekonstrukteur. Er beteiligte sich am Widerstand gegen das Naziregime, wurde verhaftet und kam ins KZ Dachau. Nach dem Krieg studierte er Geschichte, Literatur und Theaterwissenschaften und war anschließend als Redakteur beim Berliner Rundfunk tätig. Heute lebt er als freiberuflicher Autor in Ostberlin. Neben einer Erzählung – »Die Experimente des Professors von Pulex«, erschienen in *Der Mann vom Anti* (1976), hrsg. von E. Redlin – schrieb er bislang zwei SF-Romane, die allerdings über SF-Unterhaltung nicht hinausragen.

Die andere Welt (1966); *Zeit der Sternschnuppen* (1972); *Vizedusa und andere merkwürdige Begebenheiten* (C, 1975).

ZILLIG, WERNER
(*1949)

Geboren in Haßlach bei Kronach. Z. studierte Germanistik, Geschichte und Sozialwissenschaften in Erlangen, Tübingen und Münster und ist z. Z. Wissenschaftlicher Assistent im Fachbereich Germanistische Linguistik an der Universität Münster. Sein Interesse gilt vor allem Fragen der Voraussetzungen und Grenzen der Erkenntnisgewinnung. Als Autor trat Z. erstmals 1980 mit einem SF-Kurzgeschichtenband in Erscheinung. Eine weitere Erzählung von ihm, »Das Mädchen aus der weißen Zeit«, erschien 1980 in der von Jörg Weigand herausgegebenen Anthologie *Die andere Seite der Zukunft*.

Der Regentänzer (C, 1980).

ZSOLDOS, PÉTER
(*1930)

Musikstudium in Budapest, seit 1956 Musikredakteur beim ungarischen Rundfunk. Sie erster, vielfach neu aufgelegter SF-Roman erschien 1963. Die darauf folgenden Romane sind, ausgezeichnet durch wissenschaftliche Kompliziertheit, den Spitzenerzeugnissen ungarischer SF zuzurechnen.

A viking visszatér (1963; *Die Wiking kehrt zurück*, 1974); *A távoli tüz* (1969; »Das ferne Feuer«); *A feladat* (1971; *Die Aufgabe*, 1980); *Ellenpont* (1973; »Kontrapunkt«).

ŻUŁAWSKI, JERZY
(1874–1915)

Polnischer Dramatiker, Dichter und Romancier von enzyklopädischer Bildung, der eine von St. Lem hochgelobte philosophisch/wissenschaftlich begründete, soziologisch orientierte Mondtrilogie in der Tradition von Verne und Wells verfaßte.

Na srebrnym globie (1901–02; *Auf silbernen Gefilden*, 1914); *Zwieciȩcza* (1909; »Der Eroberer«); *Stara Ziemia* (1911; »Die alte Erde«).

Anhang

SF-Magazine

Air Wonder Stories (USA)
11 Ausgaben zwischen 1929 und 1930.
Herausgeber: Hugo Gernsback.
Inhalt: SF-Erzählungen auf angeblich »streng wissenschaftlicher Grundlage«. Mitarbeiter waren Pulp-Autoren wie David H. Keller, Harl Vincent, Ed Earl Repp, Jack Williamson und Edmond Hamilton.

Algol / Starship (USA)
Über 20 Ausgaben zwischen 1973 und 1981. Erscheint weiterhin (Starship Magazine, P. O. B. 4175, New York, N. Y. 10017, USA).
Herausgeber: Andrew Porter.
Inhalt: Essays zur SF, Selbstdarstellungen prominenter SF-Autoren, Interviews, Kritik (seltener SF-Erzählungen). Ständige Mitarbeiter: Frederik Pohl, Richard A. Lupoff, Vincent Di-Fate.
Preise: »Hugo Award« 1974 (Kategorie »Bestes Fanzine«).
Auswahlbände: M. Zimmer Bradley / N. Spinrad / A. Bester, *Experiment Perilous. Three Essays on Science Fiction*, New York 1977.

Amazing Stories (USA)
Über 500 Ausgaben zwischen 1926 und 1981. Erscheint weiterhin (Ultimate Publishing Corporation, Inc., P. O. B. 642, Scottsdale, Ariz., 85252, USA).
Herausgeber: 1926: Hugo Gernsback; 1929: T. O'Conor Sloane; 1939: Ray A. Palmer; 1950: Howard Browne; 1956: Paul W. Fairman; 1958: Cele Goldsmith; 1965: Joseph Ross; 1968: Harry Harrison / Barry N. Malzberg / Robert Silverberg; 1970: Ted White; 1980: Omar Gohagen (d. i. Elinor Mavor).
Inhalt: SF-Erzählungen, die in der Qualität während der unterschiedlichen Phasen des Magazins stark variierten.
Preise: Keine. (Der »Hugo Award« wird allerdings im Angedenken an Hugo Gernsback, den angeblichen »Vater der Science Fiction« und Gründer des Magazins verliehen.)
Auswahlbände: J. Ross (Hrsg.), *The Best of Amazing*, New York 1967; T. White (Hrsg.), *The Best from Amazing Stories*, New York 1973.

Astounding / Analog (USA)
Über 600 Ausgaben zwischen 1930 und 1981. Erscheint weiterhin (Davis Publications, Inc., P. O. B. 1855, GPO, New York, N. Y. 10001, USA).
Herausgeber: 1930: Harry Bates; 1933: F. Orlin Tremaine; 1937: John W. Campbell, jr.; 1972: Ben Bova; 1978: Stanley Schmidt.
Inhalt: SF-Erzählungen mit hauptsächlich »hartem« wissenschaftlichem Hintergrund.
Preise: »Hugo Award« 1953 (mit GALAXY), 1955, 1956, 1957, 1961, 1962, 1964 (Kategorie »Bestes Magazin«); »Hugo Award« 1973, 1974, 1975, 1976 für Ben Bova (Kategorie »Bester Herausgeber«).
Auswahlbände: J. W. Campbell (Hrsg.), *The Astounding Science Fiction Anthology*, New York 1952; J. W. C. (Hrsg.), *Prologue to Analog*, New York 1962; J. W. C. (Hrsg.), *Analog 1*, New York 1963; J. W. C. (Hrsg.), *Analog 2*, New York 1964, J. W. C. (Hrsg.), *Analog 3*, New York 1965; J. W. C. (Hrsg.), *Analog 4*, New York 1965; J. W. C. (Hrsg.), *Analog 5*, New York 1967; J. W. C. (Hrsg.), *Analog 6*, New York 1968; J. W. C. (Hrsg.), *Analog 7*, New York 1969; B. W. Aldiss / H. Harrison (Hrsg.), *The Astounding-Analog Reader*, London 1972; Vol. 2, London 1973; S. Schmidt (Hrsg.), *The Analog Anthology, No. 1: Fifty Years of the Best*, New York 1981. Deutsche Auswahlbände seit 1981 im Moewig Verlag, München.

Authentic (GB)
85 Ausgaben zwischen 1951 und 1957.
Herausgeber: 1951: Gordon Landsborough; 1952: Herbert J. Campbell; 1956: Edwin Charles Tubb.
Inhalt: SF-Erzählungen und Kritik. Das Magazin startete ursprünglich als Taschenbuch-Romanreihe und wurde später aufgrund starken Leserinteresses zur Zeitschrift.

Comet (BRD)
8 Ausgaben zwischen 1977 und 1978.
Herausgeber: Renate Stroik (unter Assistenz von Hans Joachim Alpers, Werner Fuchs und Ronald M. Hahn).
Inhalt: Essays, Interviews, Kritik und SF-Erzählungen vorwiegend junger amerikanischer, belgischer und deutscher Autoren.

Fantastic (USA)
Über 200 Ausgaben zwischen 1952 und 1980.
Herausgeber: 1952: Howard Browne; 1956: Paul W. Fairman; 1958: Cele Goldsmith (später Lalli); 1965: Joseph Ross; 1968: Harry Harrison / Barry N. Melzberg / Robert Silverberg; 1969: Ted White; 1979: Omar Gohagen (d. i. Elinor Mavor).
Inhalt: Fantasy- und SF-Erzählungen, gelegentlich auch Horrorkurzgeschichten und kritische Aufsätze zur SF.
Auswahlbände: T. White (Hrsg.), *The Best from Fantastic*, New York 1973.

The Magazine of Fantasy & Science Fiction (USA)
Über 350 Ausgaben zwischen 1949 und 1981. Erscheint weiterhin (F & SF, P. O. B. 56, Cornwall, Ct., 06753, USA).
Herausgeber: 1949: Anthony Boucher / J. Francis McComas; 1954: Anthony Boucher; 1958: Robert P. Mills; 1963: Avram Davidson; 1964: Joseph W. Ferman; 1965: Edward L. Ferman.
Inhalt: Fantasy- und SF-Erzählungen, gelegentlich auch Horrorkurzgeschichten. F & SF hatte in den fünfziger und sechziger Jahren Auslandsausgaben in Italien, Frankreich, Spanien und Mexiko. Eine deutsche Ausgabe (bis 1981 über 60 Folgen) erscheint in Auswahlbänden im Wilhelm Heyne Verlag, München.
Preise: »Hugo Award« 1958, 1959, 1960, 1963, 1965, 1969, 1970, 1971, 1972 (Kategorie »Bestes Magazin«).
Auswahlbände: A. Boucher / J. F. McComas (Hrsg.), *The Best from Fantasy & Science Fiction*, Boston 1952; Second Series, Boston 1953; Third Series, New York 1954; A. Boucher (Hrsg.), *The Best from Fantasy & Science Fiction*, Fourth Series, New York 1955; Fifth Series, New York 1956; Sixth Series, New York 1957; Seventh Series, New York 1958; Eigth Series, New York 1959; R. P. Mills (Hrsg.), *The Best from Fantasy & Science Fiction,* Ninth Series, New York 1960; Tenth Series, New York 1961; Eleventh Series, New York 1962; A. Davidson (Hrsg.), *The Best from Fantasy & Science Fiction*, 12th Series, New York 1963; 13th Series, New York 1964; 14th Series, New York 1965; E. L. Ferman (Hrsg.), *The Best from Fantasy & Science Fiction*, 15th Series, New York 1966; 16th Series, New York 1967; 17th Series, New York 1968; 18th Series, New York 1969; 19th Series, New York 1971; 20th Series, New York 1973. Ein deutscher Auswahlband: E. L. Ferman (Hrsg.), *30 Jahre Magazine of Fantasy & Science Fiction*, München 1981.

Fiction (F)
Über 300 Ausgaben zwischen 1954 und 1981. Erscheint weiterhin (Nouvelles Éditions Opta, 30 Boulevard de Sébastopol, 75004 Paris, Frankreich).
Herausgeber: Alain Doremieux.
Inhalt: SF- und Fantasy-Erzählungen, genrekritische Aufsätze. Das Magazin ist teilsweise eine Lizenzausgabe des amerikanischen F & SF, fördert jedoch besonders den französischsprachigen Nachwuchs.

Galaxy (USA)
Über 250 Ausgaben zwischen 1950 und 1981. Erscheint weiterhin (Galaxy, 339 Newbury Street, Boston, Mass., 02115, USA).
Herausgeber: 1950: Horace L. Gold; 1961: Frederik Pohl; 1969: Ejler Jakobsson; 1974: James P. Baen; 1978: John J. Pierce / Hank Stine; 1980: Floyd Kemske.
Inhalt: SF-Erzählungen mit den Schwerpunkten Psychologie, Soziologie, Satire, Humor. Das Magazin, gegründet von einer italienischen Firma, die in den USA investieren wollte, hatte zeitweilig britische, argentinische, italienische, niederländische, französische und schwedische Ausgaben. Eine deutsche Lizenzausgabe (15 Nummern) erschien zwischen 1958 und 1959 im Moewig Verlag, München (Hrsg. Lothar Heinecke).
Preise: »Hugo Award« 1953 (mit ASTOUNDING), 1966, 1967, 1968.
Auswahlbände: H. L. Gold (Hrsg.), *Galaxy Reader of Science Fiction*, New York 1952; H. L. G., *The 2nd Galaxy Reader of Science Fiction*, New York 1954; H. L. G., *The 3rd Galaxy Reader of Science Fiction*, New York 1958;

H. L. G., *The 4th Galaxy Reader of Science Fiction*, New York 1959; H. L. G., *The 5th Galaxy Reader of Science Fiction*, New York 1961; H. L. G., *The 6th Galaxy Reader of Science Fiction*, New York 1962; F. Pohl (Hrsg.), *The 7th Galaxy Reader of Science Fiction*, New York 1964; F. P., *The 8th Galaxy Reader of Science Fiction*, New York 1965; F. P., *The 9th Galaxy Reader of Science Fiction*, New York 1966; F. P., *The 10th Galaxy Reader of Science Fiction*, New York 1967. 14 dt. Auswahlbände erschienen zwischen 1965 und 1970 im Heyne Verlag, München (Hrsg.: Walter Ernsting / Thomas Schlück).

Galileo (USA)
15 Ausgaben zwischen 1976 und 1980. Erscheint weiterhin (Galileo, 339 Newbury Street, Boston, Mass., 02115, USA).
Herausgeber: Charles C. Ryan.
Inhalt: SF-Erzählungen abenteuerlicher und technischer Natur, wissenschaftlich-technische Aufsätze, Gedichte, Kritik. Das Magazin startete mit einem Minimalbudget, eroberte sich schnell einen Platz zwischen den etablierten Konkurrenzblättern und konnte sich nach nur wenigen Ausgaben auf die aktive Unterstützung prominenter Autoren (Hal Clement, Ray Bradbury, Alan Dean Foster) verlassen.

(Worlds of) If (USA)
175 Ausgaben zwischen 1952 und 1974.
Herausgeber: 1952: Paul W. Fairman / James Quinn; 1958: Damon Knight; 1959: Horace L. Gold; 1962: Frederik Pohl; 1969: Ejler Jakobsson; 1974: James P. Baen.
Inhalt: SF- und Fantasy-Erzählungen gemischter Qualität. IF war während des größten Teils seiner Existenz der ›kleine Bruder‹ von GALAXY, veröffentlichte aber durchaus auch Werke, die später den »Hugo Award« erhielten.
Preise: »Hugo Award« 1966, 1967, 1968 (Kategorie »Bestes Magazin«).
Auswahlbände: F. Pohl (Hrsg.), *The Best Science Fiction from Worlds of If Magazine*, New York 1964; F. P. (Hrsg.), *The If Reader of Science Fiction*, New York 1966; F. P. (Hrsg.), *The Second If Reader of Science Fiction*, New York 1968; The Editors of IF (Hrsg.), *The Best from If*, New York 1973; *Vol. 2*, New York 1974; J. P. Baen (Hrsg.), *The Best from If*, Vol. 3, New York 1974.

Imagination (USA)
63 Ausgaben zwischen 1950 und 1958.
Herausgeber: 1950: Ray A. Palmer; 1951: William L. Hamling.
Inhalt: SF-Erzählungen und Kurzromane, gelegentlich auch Fantasy. Das Magazin war stark auf die »Space Opera« ausgerichtet und publizierte Autoren der unterschiedlichsten Qualität.

Isaac Asimov's Science Fiction Magazine (USA)
Über 30 Ausgaben seit 1977. Erscheint weiterhin (Davis Publications, Inc., P. O. B. 1855, GPO, New York, N. Y. 10001, USA).
Herausgeber: George H. Scithers.
Inhalt: Konventionelle und (gelegentlich) unkonventionelle SF-Erzählungen und wissenschaftliche Aufsätze von Isaac Asimov. Neben einer italienischen Ausgabe erscheinen seit 1978 deutsche Auswahlbände im Heyne Verlag, München (s. unten).
Preise: »Hugo Award« 1978, 1980 für George H. Scithers (Kategorie »Bester Herausgeber«).
Auswahlbände: B. Reß-Bohusch (Hrsg.), *Isaac Asimov's Science Fiction Magazin 1* (1978); *2, 3*, (1979); *4, 5, 6, 7, 8* (1980); *9, 10, 11, 12* (1981).

Jules Verne Magasinet (S)
Über 340 Ausgaben zwischen 1940 und 1947, sowie zwischen 1960 und 1980. Erscheint weiterhin (Fakta & Fantasi AB, Storskogsvägen 19, 16139 Bromma, Schweden).
Herausgeber: Sam Lundwall (seit 1969).
Inhalt: Das Magazin enthielt in der ersten Publikationsphase ausschließlich die Abenteuer von Edmond Hamiltons Weltraumhelden »Captain Future«. In der zweiten Hälfte der vierziger Jahre schwenkte es auf konventionelle Western- und Abenteuergeschichten um. Seit 1969 publiziert es internationale SF-Erzählungen.

Morgen (NL)
6 Ausgaben zwischen 1971 und 1972.
Herausgeber: Manuel van Loggem.
Inhalt: SF- und Fantasy-Erzählungen amerikanischer, englischer, deutscher, belgischer und niederländischer Autoren.
MORGEN war der idealistische Versuch, der einheimischen SF eine Chance zu geben.

Nebula (GB)
41 Ausgaben zwischen 1952 und 1959.
Herausgeber: Peter Hamilton.
Inhalt: SF-Erzählungen, Filmreports, Kritik. Das Magazin erschien in einem Glasgower Ein-Mann-Verlag und kann für sich in Anspruch nehmen, prominente Autoren wie Bob Shaw und Robert Silverberg »entdeckt« zu haben. Regelmäßige Mitarbeiter waren E. C. Tubb, H. Kenneth Bulmer, Brian W. Aldiss, Eric Frank Russell und Forrest J. Ackerman.
Preise: Keine. (NEBULA verlieh zeitweilig einen »Nebula Award« an die bei den Lesern beliebtesten Beiträger, der jedoch keinesfalls mit dem »Nebula Award« verwechselt werden sollte, der seit 1965 von den »Science Fiction Writers of America« verliehen wird.)

New Worlds (GB)
201 Ausgaben zwischen 1946 und 1970. Das Magazin erscheint seit 1977 unter wechselnden Herausgebern in unregelmäßiger Folge weiter (Bookchain Ltd., 18 Peter Street, Manchester 2, England).
Herausgeber: 1946/47: John Carnell. Nach einer Unterbrechung ab 1949: John Carnell; 1964–70: Michael Moorcock; nach einer weiteren Unterbrechung ab 1977: Charles Platt, M. John Harrison, David Britton.
Inhalt: Die von John Carnell redigierten Ausgaben enthielten mehr oder weniger konventionelle SF-Erzählungen. Erst 1964, unter der Ägide Michael Moorcocks, wurde NEW WORLDS zu einem Forum ungezwungener Kreativität und publizierte experimentelle Prosa, provokative Aufsätze zur SF und verbreitete sich über Pop, Politik und Drogen. Vgl. auch M. Moorcocks Aufsatz »New Worlds – Ein Rückblick«, in: *Science Fiction Times* 147 (1979).
Preise: »Hugo Award« 1957 (mit ASTOUNDING; Kategorie »Bestes britisches Magazin«).
Auswahlbände: J. Carnell (Hrsg.), *The Best from New Worlds*, London 1955; J. C. (Hrsg.), *Lambda I and other Stories*, New York 1964; M. Moorcock (Hrsg.), *The Best of New Worlds*, London 1967; Vol. 2, London 1968; Vol. 3, London 1968; Vol. 4, London 1969; Vol. 5, London 1969; Vol. 6, London 1970; Vol. 7, London 1971; Vol. 8, St. Albans, N. Y., 1974.

Nueva Dimension (E)
Über 100 Ausgaben seit 1968.
Erscheint weiterhin (Ediciones Dronte, Merced 4, Barcelona 2, Spanien).
Herausgeber: Sebastián Martinez, Domingo Santos, Luis Vigil.
Inhalt: Internationale SF- und Fantasy-Erzählungen (speziell aus dem südamerikanischen Raum und Spanien), gelegentlich auch Phantastik und Horror. Das Magazin hatte unter dem Franco-Regime mehrmals ernsthafte Schwierigkeiten mit der Zensur.

Oltre il Cielo (I)
154 Ausgaben zwischen 1957 und 1967.
Herausgeber: Cesare Falessi.
Inhalt: SF-Erzählungen, populärwissenschaftliche Berichte über Raketentechnik, Kritik. Das Magazin widmete sich besonders der Förderung italienischer Autoren. Zeitweilig existierte eine französische Lizenzausgabe.

Omni (USA)
Über 30 Ausgaben seit Oktober 1978. Erscheint weiterhin (Omni Publications International, Ltd., 909 Third Avenue, New York, N. Y. 10022).
Herausgeber: Bob Guccione (SF-Redakteur: Ben Bova).
Inhalt: Zeitschrift auf Kunstdruckpapier, Aufl. 1 Mio., die populärwissenschaftliche Thematik, großzügige Bildreportagen, Interviews usw. in den Vordergrund stellt, zugleich aber pro Ausgabe 2–4 SF-Erzählungen zum Abdruck bringt.
Auswahlbände: B. Bova / D. Myrus (Hrsg.), *The Best of Omni Science Fiction*, New York 1980. (Sonderband der Zeitschrift.)

Orbit (NL)
Über 20 Ausgaben seit 1977. Erscheint weiterhin (ORBIT, Postbus 3411, 3003 AK Rotterdam, Niederlande).
Herausgeber: Cornelius Bertus van Toorn.
Inhalt: SF-Erzählungen, Filmreportagen, Kritik. ORBIT publiziert sowohl prominente angloamerikanische Autoren als auch Nachwuchskräfte aus den Niederlanden, Belgien, Großbritannien und der BRD.

Other Worlds (USA)
45 Ausgaben zwischen 1949 und 1957.
Herausgeber: Ray A. Palmer (anfangs unter dem Pseudonym Robert N. Webster).
Inhalt: SF- und Fantasy-Erzählungen, in der Regel aus den Federn drittklassiger Vielschreiber wie Richard S. Shaver, Rog Phillips, Stuart J. Byrne und E. Everett Evans. Namen wie Ray Bradbury, Walter M. Miller und Frederic Brown tauchten seltener auf. OTHER WORLDS wurde 1957 zu einem reinen UFO-Magazin.

Planet Stories (USA)
71 Ausgaben zwischen 1939 und 1955.
Herausgeber: 1939: Malcolm Reiss; 1942: Chester Whitehorn; 1946: Paul Payne; 1950: Jerome Bixby; 1951: Malcolm Reiss; 1952: Jack O'Sullivan.
Inhalt: Abenteuerliche SF- und Fantasy-Erzählungen.
Auswahlbände: L. Brackett (Hrsg.), *The Best of Planet Stories*, Vol. 1, New York 1975.

Robot (I)
Über 40 Ausgaben seit 1978. Erscheint weiterhin (Armenia Editore, 20162 Milano, V.le Cà Grande 2, Italien).
Herausgeber: Vittorio Curtoni.
Inhalt: SF-Erzählungen (gelegentlich Übernahme ganzer Sammelbände anglo-amerikanischer Autoren) aus Italien, Großbritannien und den USA.

Satellite (USA)
18 Ausgaben zwischen 1956 und 1958.
Herausgeber: 1956: Sam Merwin; 1957: Cylvia Kleinman (d. i. Cylvia Margulies).
Inhalt: SF- und Fantasy-Erzählungen, außerdem in jeder Ausgabe ein »kompletter (Kurz-) Roman«. Prominenteste Beiträger waren Algis Budrys, Philip K. Dick, Arthur C. Clarke, Hal Clement, Isaac Asimov und Jack Vance. SATELLITE publizierte zahlreiche Artikel über SF-Klassiker (Verne, Wells, Poe u. a.) von Sam Moskowitz. Der häufig zitierte Spruch »We don't want it good, we want it Wednesday« stammt übrigens von Leo Margulies, dem Verleger des Magazins.

Science Fantasy (GB)
81 Ausgaben zwischen 1950 und 1966; späterer Titel IMPULSE bzw. SF IMPULSE (12 Ausgaben zwischen 1966 und 1967).
Herausgeber: 1950: Walter Gillings / John Carnell; 1950: John Carnell; 1964: Kyril Bonfiglioli; 1966: Keith Roberts.
Inhalt: Anfangs SF- und Fantasy-Erzählungen, gelegentlich auch Horrorkurzgeschichten. Unter der Ägide von Bonfiglioli und Roberts paßte sich das Magazin inhaltlich und aufmachungsmäßig ein wenig an die in den sechziger Jahren Furore machende »New Wave« an.

SF Perry Rhodan Magazin (BRD)
28 Ausgaben zwischen 1978 und 1981.
Herausgeber: 1978: Hans Gamber; 1980: Helmut G. Gabriel; 1981: Hans Jürgen Frederichs.
Inhalt: Das Magazin startete als »Sonderheft« zum Film *Krieg der Sterne* und bediente sich dabei des verkaufsträchtigen Namens Perry Rhodan. 1980 wandelte es sich mit einer bunten Mischung aus internationalen SF- und Fantasy-Erzählungen, Interviews, Reportagen und Buchkritiken zum auflagenstärksten SF-Magazin Europas.

Startling Stories (USA)
99 Ausgaben zwischen 1939 und 1955.
Herausgeber: 1939: Mort Weisinger; 1941: Oscar J. Friend; 1945: Sam Merwin; 1951: Samuel Mines; 1954: Alexander Samalman.
Inhalt: Abenteuerliche SF-Erzählungen und -Kurzromane, darunter viele Werke von Jack Vance. STARTLING STORIES publizierte die erste Arbeit von Ray Bradbury / Henry Hasse. Es existierten kurzlebige britische und kanadische Ausgaben.
Auswahlbände: L. Margulies / O. J. Friend (Hrsg.), *From Off This World*, New York 1949; S. Mines (Hrsg.), *The Best from Startling Stories*, New York 1953.

Thrilling Wonder Stories (USA)
111 Ausgaben zwischen 1936 und 1955.
Herausgeber: 1939: Mort Weisinger; 1941: Oscar J. Friend; 1945: Sam Merwin; 1951: Samuel Mines; 1954: Alexander Samalman.
Inhalt: Fortsetzung der Tradition des von 1930 bis 1936 von Hugo Gernsback herausgegebenen Blattes WONDER STORIES unter Einsatz altbewährter Pulp-Autoren wie Eando Binder, Arthur Leo Zagat, Harry Bates, Henry Kuttner und Arthur K. Barnes. In THRILLING WONDER STORIES debütierte Alfred Bester, desgleichen

erschien hier die erste Erzählung, die Ray Bradbury im Alleingang produzierte. Bradbury und Jack Vance zählten zu den regelmäßigen Mitarbeitern.

Univers (F)
16 Ausgaben zwischen 1975 und 1979.
Herausgeber: Jacques Sadoul.
Inhalt: SF-Erzählungen, genrekritische Aufsätze, Interviews und Rezensionen auf hohem Niveau. UNIVERS erschien im Taschenbuchformat und stellte hauptsächlich die der »New Wave« nahestehenden Autoren Englands, Frankreichs und der USA vor.

Unknown (USA)
39 Ausgaben zwischen 1939 und 1943.
Herausgeber: John W. Campbell, jr.
Inhalt: Fantasy-, Horror- und SF-Erzählungen gemischter Qualität. Das Magazin verdankt seine Entstehung dem Roman *Sinister Barrier* von Eric Frank Russell, denn der ASTOUNDING-Herausgeber John W. Campbell, jr. war nach der Lektüre des Manuskripts fest davon überzeugt, daß dieses eines speziellen Forums bedürfe. »Fantasy-Stories vom UNKNOWN-Typ« sind in den USA mittlerweile zu einem feststehenden Begriff geworden.
Auswahlbände: J. W. Campbell, jr. (Hrsg.), *From Unknown Worlds*, New York 1948; D. R. Benson (Hrsg.), *The Unknown*, New York 1963; D. R. B. (Hrsg.), *The Unknown Five*, New York 1964.

Urania (I)
Über 700 Ausgaben zwischen 1952 und 1981. Erscheint weiterhin (Arnoldo Mondadori Editore, P. O. B. 1772, 20100 Milano, Italien).
Herausgeber: Giorgio Monicelli / Carlo Frattero / Franco Lucentini.
Inhalt: URANIA publiziert in Magazinform hauptsächlich Romane amerikanischer, britischer, französischer und italienischer SF-Autoren.

Utopia-Magazin (BRD)
26 Ausgaben zwischen 1955 und 1959.
Herausgeber: 1955: Walter Ernsting; 1956: Ber Horsley (d. i. Walter Spiegl).
Inhalt: SF-Erzählungen amerikanischer, britischer und deutscher Autoren von stark unterschiedlicher Qualität; populärwissenschaftliche Artikel und Filmreports. Das Blatt war das erste seiner Art in der BRD.

Vertex (USA)
16 Ausgaben zwischen 1973 und 1975.
Herausgeber: Donald J. Pfeil.
Inhalt: SF- und Fantasy-Erzählungen, Reportagen über neue Tendenzen in Wissenschaft und Raumfahrt, Interviews, Kritik. VERTEX war teuer aufgemacht, konnte sich am Markt aber nicht behaupten. Das Magazin publizierte sowohl talentierte Nachwuchskräfte als auch etablierte Autoren.

Weird Tales (USA)
279 Ausgaben zwischen 1923 und 1954.
Herausgeber: 1923: Edwin Baird; 1924: Otis Adelbert Kline; 1924: Farnsworth Wright; 1940: Dorothy McIlwraith.
Inhalt: Makabre Abenteuer-, Horror-, Fantasy- und SF-Erzählungen. Wie das hauptsächlich der Fantasy verhaftete UNKNOWN war WEIRD TALES eine Institution. Zu den Beiträgern des Magazins gehörte praktisch alles, was in den USA der zwanziger bis vierziger Jahre Rang und Namen hatte. Einzelne Ausgaben des Blattes erzielen sehr hohe Sammlerpreise.
Auswahlbände: P. Haining (Hrsg.), *Weird Tales*, London 1976.

2001 (später **Nova**) (BRD)
5 Ausgaben zwischen 1978 und 1979.
Herausgeber: Uwe Nielsen.
Inhalt: SF-Erzählungen (meist in Fortsetzungen) anglo-amerikanischer Autoren, Amateurgeschichten von teilweise zweifelhaftem Wert, reißerisch aufgemachte Artikel zum Geschehen in der Film/TV-Branche und Aufarbeitungen bundesdeutscher SF-›History‹; dazu Interviews und Reportagen über Comic Books.

Glossar SF-spezifischer Fachausdrücke

Alien
Englisch für ›ausländisch, fremd, Fremder‹. In der SF werden außerirdische Lebewesen (und insbesondere vernunftbegabte Außerirdische) häufig als ›Aliens‹ bezeichnet. Siehe auch Ridley Scotts Film gleichen Titels.

Androide
Künstlicher Mensch, der aus biologischen und eventuell auch elektronischen bzw. mechanischen Teilen zusammengesetzt ist. Im Gegensatz zu Roboter und Kyborg überwiegen die biologischen Teile.

Black Hole
Englisch für ›Schwarzes Loch‹, ein Begriff aus der Astronomie. Endstadium im Leben eines Sterns von drei- und mehrfacher Sonnengröße. Nachdem der Stern sein Kernmaterial »verbrannt« hat, »kollabiert« er auf einen Punkt von der Größe Null. Dieser Punkt weist unendlich große Dichte auf; seine Gravitation ist so groß, daß Licht nicht mehr entweichen kann (daher der Name). Theoretisch kann ein ›Black Hole‹ ein Loch im Raum-Zeit-Gefüge darstellen und wird daher in der SF oft im Zusammenhang mit Überlichtantrieben verwandt.

Blaster Fiction
Triviale Form der SF. Ein ›Blaster‹ entspricht in etwa einer Strahlenpistole und ist das wichtigste Instrument dieser Art SF, die vielleicht am treffendsten mit ›Wildwest-im-Weltraum‹ zu umschreiben ist.

Bug-Eyed-Monster
›Glotzäugiges Ungeheuer‹. In der frühen/trivialen SF der dreißiger und vierziger Jahre spielten ›Bug-Eyed-Monsters‹ (oder BEMs) eine wichtige Rolle als Antagonisten des Helden, dessen Mädchen sie zu rauben pflegten. Meist handelt es sich bei ihnen um schrecklich anzusehende, bösartige Außerirdische.

Conventions
Treffen der SF-Fans. Kurzform: Cons. Jährlich wird der Weltcon abgehalten (seit 1939), auf dem die »Hugo Awards« verliehen werden. Sie finden meist in den USA statt. Daneben gibt es auch Cons auf regionaler oder überregionaler (Eurocon) Ebene. Große Cons haben oft mehrere tausend Teilnehmer und gleichen in letzter Zeit immer mehr SF-Messen.

Cut-up-Methode
Avantgardistische Methode, Prosatexte zu erstellen: zuerst angewandt von William S. Burroughs. Ein Textblatt wird in Teile zerschnitten und so wieder zusammengefügt, daß neue Form- und Sinnzusammenhänge entstehen.

Digest-Magazin
SF-Magazin im Digest-Format, Größe etwa Din A 5. *Reader's Digest* ist die bekannteste Publikation in diesem Format.

Dime-Novel
Groschenroman. Übliche Publikationsform in den USA gegen Ende des letzten Jahrhunderts.

Dystopie
Gegenteil der Utopie. Eine (zukünftige) Welt oder Gesellschaft mit negativen, abschreckenden Eigenschaften. Orwells *1984* ist ein typisches Beispiel. Auch: Anti-Utopie.

Empath
Person oder Wesen, das auf affektivem Weg die Gefühle anderer Wesen empfangen und deuten kann. Empathie ist eine Parafähigkeit.

Entropie
Begriff aus der Thermodynamik, der aber in der SF häufig im erweiterten Sinne angewandt wird und einen Verschleiß aller Systeme beschreibt. Maximale Entropie ist gleichzustellen mit dem Hitzetod des Universums; überall herrscht die gleiche Temperatur, Ordnung

und Energie gibt es nicht mehr. Oft wird Entropie auch als biologischer Niedergang verstanden und in der SF als Metapher eingesetzt.

Fact — Auf Tatsachen beruhende Texte (Sachbücher, Artikel, Berichte, Reportagen usw.).

Fan — SF-Enthusiast, der passiv oder aktiv seinem Hobby frönt.

Fandom — Gemeinschaft aktiver SF-Fans, die sich in Clubs zusammengeschlossen haben und miteinander kommunizieren.

Fanzine — Von SF-Fans herausgegebene Amateurzeitschrift (hektographiert, niedrige Auflage), die als Kommunikationsmittel und Diskussionsforum dient. Oft bietet das Fanzine den Fans erste Publikationsmöglichkeiten.

Gothic Novel — Gattung der angloamerikanischen Literatur. Der ›gotische‹ Schauerroman weist geheimnisvolle und übernatürliche Elemente auf. Das Wort ›gotisch‹ bedeutet im ursprünglichen Sinn ›mittelalterlich-romantisch‹. Als erste Gothic Novel gilt Walpoles *The Castle of Otranto* (1765).

Hard (Core) SF — SF, die um naturwissenschaftliche Problemstellungen kreist und traditionelle Themen der Gattung aufgreift. Klassische Vertreter: Asimov, Heinlein, Clement u. a., moderne Vertreter: Niven, Hogan, Sheffield, Forward.

Heroic Fantasy — Fantasy, die im Gegensatz etwa zu L. Carrolls *Alice im Wunderland* eine abenteuerliche Handlung aufweist, die auf Heldensagen fußt. Ein typisches Beispiel der Heroic Fantasy, die selbstverständlich auch übernatürliche, märchenhafte und von der Realität gänzlich losgelöste Ingredenzien aufweisen darf, ist Tolkiens *The Lord of the Rings.*

Homo-Gestalt — Gruppe von Menschen, die sich u. a. durch besondere geistige Fähigkeiten auszeichnen und als Gesamtheit eine neue Stufe menschlicher Evolution darstellen. Siehe Mutanten.

Humanoide — Außerirdische, die in ihrer äußeren Erscheinungsform Menschen ähneln.

Heftroman — Publikationsform deutscher SF. Kurzroman von etwa 64 oder 96 Seiten in Heftform.

Hyperraum — In der SF häufig auftauchendes Kontinuum, das unsere Einsteinsche Raum-Zeit (vier Dimensionen) umschließt. Der Eintritt in den Hyperraum ist ein beliebtes Mittel, um die Lichtgeschwindigkeit als maximale Geschwindigkeit in unserem Universum zu umgehen und Überlichtgeschwindigkeiten bzw. zeitlose Raumsprünge zu ermöglichen.

Inner Space — ›Innerer Weltraum‹. Mitte der sechziger Jahre stellte der Engländer J. G. Ballard die Maxime auf, der äußere Weltraum sei nun für die SF uninteressant geworden und müsse durch den inneren Weltraum, die Psyche des Menschen, ersetzt werden. Eine ganze Reihe Autoren folgte Ballards Anregungen und bildete in England die New-Wave-Bewegung der sechziger Jahre. Aber auch in Amerika wandte man sich um diese Zeit dem ›Inner Space‹ zu, nicht zuletzt bedingt durch die wachsende Drogenkultur jener Jahre.

Jaunten — Teleportieren. Siehe Mutanten.

Katastrophenroman — Subgenre der SF, besonders in England beliebt. Katastrophenromane schildern den Zerfall der modernen Gesellschaft im individuellen oder soziologischen Bereich. Die wichtigsten Formen: ›Nach dem großen Knall‹, kosmische Katastrophen, Naturkatastrophen, psychische Katastrophen. Typische Vertreter: John Wyndham, John Christopher.

Kloning/Cloning — Der Begriff ›Klone‹ (›Clone‹) kommt ursprünglich aus dem Griechischen und bedeutet ›Zweig‹ oder ›Sproß‹. Der Klone ist mithin ein asexuell erzeugter Ableger eines Geschöpfes (meist eines Menschen), der über die gleichen Merkmale verfügt (Zwilling, Mehrling) wie das Original. ›Klones‹ oder ›Clones‹ können (hypothetisch) aus jeder beliebigen Körperzelle entwickelt werden; diesen Vorgang nennt man Kloning (Cloning).

Kyborg/Cyborg — Kurzform für: kybernetischer Organismus. Ein Hybride aus Mensch und Maschine. Mensch mit mechanischen/elektronischen Ersatzteilen, die seinen biologischen Körper bis auf das Gehirn ersetzen können.

Lost Race — Englisch für ›verlorene‹ oder ›vergessene Rasse‹. Vergessene Rassen, Städte, Welten stellen ein romantisches Subgenre der SF dar und schlossen zeitlich an die ›Voyages extraordinaires‹ an, hatten ihre Blütezeit also im 19. und frühen 20. Jahrhundert. Vergessene Rassen leben hermetisch abgeschlossen von der übrigen Menschheit in unerforschten Gebieten. Durch ihre andersartige Kultur bieten sie viel ›sense of wonder‹. Beispiele: H. Rider Haggards *She*; Conan Doyles *The Lost World*.

Mainstream-Literatur — Allgemeine Belletristik. SF, Krimis, Western, Gothics usw. werden im amerikanischen Sprachgebrauch als Zuflüsse zum ›Hauptstrom‹ der Literatur gesehen.

Mutanten — Meist durch radioaktive Strahlung genetisch veränderte Menschen. Die Veränderungen können positiver wie negativer Natur sein. Für die SF sind aber in erster Linie positive Mutationen interessant, die sich in einer Vielzahl von Parafähigkeiten manifestieren: Telepathie (Gedankenlesen), Telekinese (Bewegen von Gegenständen mittels Geisteskraft), Teleportation (Versetzen des eigenen Körpers mittels Geisteskraft an einen anderen Ort) und Empathie sind nur einige davon.

New Wave — Erneuerungsbewegung in der SF um 1965–69, von Großbritannien ausgehend. Vertreter der New Wave (Ballard, Moorcock, Aldiss, u. a.) wandten sich von der herkömmlichen SF, insbesondere der Weltraum-SF, ab und konzentrierten sich auf die Psyche des Menschen. Stilistische und thematische Experimentalphase. Hauptorgan der britischen New Wave war das Magazin *New Worlds*. Vertreter der amerikanischen New Wave, die sich durch geringere Experimentierfreudigkeit und eine barockere Sprache auszeichnet: Delany, Zelazny, Ellison u. a.

Outer Space — Englisch für ›Weltraum‹.

Overdrive — Englisch für ›Überlichtantrieb‹. Siehe Hyperraum.

Post Doomsday — ›Nach dem großen Knall‹. Post-Doomsday-Geschichten spielen nach großen Katastrophen wie etwa dem Atomkrieg und schildern meist eine auf eine archaische Kulturstufe zurückgefallene Menschheit.

Psi/psionisch — Psi ist eine Kurzform für: psychisch, vielleicht auch: psionisch. Letzteres ist ein Terminus von J. W. Campbell und bedeutet ›psychische Elektronik‹. Gemeint sind jedenfalls übersinnliche Geisteskräfte wie etwa Telepathie (siehe Mutanten). Eher passive Psi-Fähigkeiten (Präkognition, Hellseherei) werden auch als ESP (d. i. extra sensory perception ›außersinnliche Wahrnehmung‹) bezeichnet.

Pulp-Magazin — Frühere Publikationsform der SF (um 1880–1955). Pulps sind großformatige (etwa Din A 4) Magazine mit schlechtem Papier. Der Name kommt von dem Holzbrei, aus dem das Papier hergestellt wird. Bei

Pulp-Magazinen korrespondierte der Inhalt oft mit der Aufmachung; es gab aber auch Ausnahmen (in der SF: *Astounding*).

Publikationsformen der SF — Neben Buch und Taschenbuch war vor allem das Magazin für die Entwicklung der SF von großer Wichtigkeit. Die Dime-Novels (19. Jh.) und Pulps (um 1880–1955) wurden in den USA vom Digest-Magazin (ab 1950) abgelöst. Ab 1960 spielt das Taschenbuch die wichtigste Rolle. Besondere Publikationsform in Deutschland: der Heftroman.

Roboter — Der Begriff kommt aus dem Tschechischen, wo *robota* ›arbeiten‹ bedeutet. Er tauchte zuert in Karel Čapeks *R.U.R.* (1921) auf und ist die Bezeichnung für einen künstlich hergestellten Humanoiden, der zur Fabrikarbeit eingesetzt wird. Im Lauf der Zeit wurde der Roboter in der SF zur denkenden Maschine schlechthin, die dem Menschen nicht unbedingt ähneln muß, und zu einem Standardthema des Genres. Autoren, die sich mit Robotern auseinandersetzten: Asimov (Robotgesetze), Lem u. a.

Schläfer-Roman — Eine ganze Reihe von utopischen/dystopischen SF-Romanen hat als Protagonisten einen ›Schläfer‹, der etwa im Kälteschlaf ganze Jahrhunderte überdauert und in einer veränderten Zukunft aufwacht. Beispiel: Bellamys *Looking Backward 2000–1887* oder Wells' *When the Sleeper Wakes*.

SFWA — Science Fiction Writers of America. Amerikanischer SF-Schriftstellerverband. 1965 gegründet von Damon Knight. Verleiht den »Nebula Award«.

Simulacron — Elektronische Nachbildung eines Menschen, die dem Original bis aufs Haar gleicht. Simulacra tauchen häufig bei P. K. Dick auf.

Space Art — Naturalistische Weltraumkunst, also Gemälde oder Grafik, bei denen planetare/stellare Landschaften oder Gebilde das Thema abgeben und die frei von SF-Erfindungen sind. Vertreter dieser Richtung: Chesley Bonestell, David A. Hardy, Adolf Schaller, Luděk Pešek u. a.

Space Opera — Themenbereich der SF. Weltraumabenteuer trivialer (E. E. Smith: *Lensman*-Serie) bis kosmologisch/quasi-philosophischer Ausrichtung (Asimov: *Foundation*-Serie; Blish: *Cities in Flight*). Die erste Gruppe überwiegt bei weitem, so daß die Space Opera insgesamt bei der Kritik die geringste Beachtung aller reinen SF-Themenbereiche findet.

Science Fantasy — Subgenre in der SF, nicht eindeutig definiert. Wie der Name schon andeutet, ist Science Fantasy etwa zwischen der Fantasy und der SF angesiedelt, meidet die Technizismen der letzteren ebenso wie die Magie und Muskelhelden der Sword & Sorcery. Sie fußt auf einer hypothetisch-rationalen Annahme, braucht sich aber nicht logisch zu entwickeln. Großes Gewicht liegt auf dem fremdartigen, bizarren Abenteuer: Vertreter: Vance, Farmer. Beispiel: Leinsters *The Mad Planet*.

Scientific Romance — Vorläufer der eigentlichen SF. Die SR setzt etwa mit H. G. Wells' frühen Romanen ein (*The Time Machine*, 1895; *The War of the Worlds*, 1898) und dauert bis etwa 1925 an. Ursprünglich ein Synonym für Abenteuer, wurde ›Romance‹ dann bald zu dem, was wir heute darunter verstehen: eine Liebesgeschichte. Bei ihren späteren wichtigen Vertretern E. R. Burroughs, G. A. England, A. Merritt war SR dann meist eine Liebesgeschichte mit »wissenschaftlichem« Hintergrund.

Sword & Sorcery	Subgenre der Fantasy, die treffendste Übersetzung ist ›Schwert & Magie‹. Dieser Terminus wurde von Fritz Leiber geprägt, der damit die wichtigsten Ingredenzien seiner Geschichten um Fahfrd & Gray Mouser nannte. Skrupellose Muskelprotze und eine oft unerfreuliche Brutalität und Frauenfeindlichkeit sind weitere Charakteristika der S & S, die Heroic Fantasy im engeren Sinne darstellt.
Symbiont	Wesen, das in Symbiose mit einem anderen lebt. In der SF oft Aliens, die sich einen menschlichen Wirt ausgesucht haben. Beispiel: *Needle* von Hal Clement.
Utopie/Anti-Utopie	So genannt nach Thomas Morus' *Utopia* (1516), einem der frühesten literarischen Idealstaaten (vgl. auch Platons *Politeia*). Utopien waren bis zum 20. Jahrhundert Staatsromane, die Zustände der Gegenwart kritisierten. In der SF wurden daraus jedoch oft Zukunftsromane, die die Kritik an der Gegenwart vermissen ließen. In der SF können die ›Future Histories‹ von Heinlein, Anderson, Blish u. a. als Utopien angesehen werden. Utopien schildern positive (Zukunfts-)Welten, Anti-Utopien negative. Letztere sind ein Synonym für Dystopien.
Voyages Extraordinaires	Diese Vorläufer der SF hatten ihre große Zeit vom 17. bis 19. Jahrhundert und schilderten phantastische Reisen aller Art (zum Mond, ins Innere der Erde usw.). Vertreter: Kepler, Voltaire, Swift u. a.
Weird Fiction	Am ehesten mit ›Grusel/Horrorroman‹ bzw. ›-geschichte‹ wiederzugeben. Vertreter: H. P. Lovecraft u. a.
Zeitreise	Themenkreis der SF. Die Protagonisten reisen mittels Zeitmaschine, seltener durch Einsatz anderer Mittel, in Vergangenheit oder Zukunft.

Bibliographie

Aldiss, Brian W.: Billion Year Spree – The True History of Science Fiction. New York 1975.

Alpers, Hans Joachim / Fuchs, Werner / Hahn, Ronald M.: Dokumentation der Science Fiction ab 1926 in Wort und Bild. Celle 1978.

Alpers, Hans Joachim / Fuchs, Werner / Hahn, Ronald M. / Jeschke, Wolfgang: Lexikon der Science Fiction Literatur. 2 Bde. München 1980.

Amis, Kingsley: New Maps of Hell. London 1969.

Ash, Brian: Who's Who in Science Fiction. London 1976.

Ash, Brian: The Visual Encyclopedia of Science Fiction. London 1977.

Ashley, Mike: Who's Who in Horror & Fantasy Fiction. London 1977.

Barmeyer, Eike (Hrsg.): Science Fiction – Theorie und Geschichte. München 1972.

Barron, Neil: Anatomy of Wonder. New York / London 1976. Überarb. Neuaufl. New York / London 1981.

Berthel, Werner (Hrsg.): Stanislaw Lem – der dialektische Weise aus Kraków. Frankfurt a. M. 1976.

Berthel, Werner (Hrsg.): Über Stanislaw Lem. Frankfurt a. M. 1981.

Biesterfeld, Wolfgang: Die literarische Utopie. Stuttgart ^{2}1982.

Bingenheimer, Heinz: Katalog der deutschsprachigen utopisch-phantastischen Literatur aus fünf Jahrhunderten. Friedrichsdorf i. Ts. 1959/60.

Buchner, Hermann: Programmiertes Glück, Sozialkritik in der utopischen Sowjetliteratur. Wien 1970.

Contento, William: Index to Science Fiction Anthologies and Collections. Boston 1978.

Currey, L. W.: Science Fiction and Fantasy Authors. A Bibliography of First Printings of Their Fiction. Boston 1979.

Day, Donald B.: Index to the Science Fiction Magazines 1926–1950. Portland 1952.

Elrick, George S.: Science Fiction Handbook for Readers and Writers. Chicago 1978.

Ermert, Karl (Hrsg.): Neugier oder Flucht? Zur Poetik, Ideologie und Wirkung der Science Fiction. Stuttgart 1980.

Földeak, Hans: Neuere Tendenzen der sowjetischen Science Fiction. München 1975.

Giesen, Rolf: Der phantastische Film. Zur Soziologie von Horror, Science-Fiction und Fantasy im Kino. 2 Bde. Schondorf (Ammersee) 1980.

Giesen, Rolf: Science-Fiction. 50 Klassiker des SF-Kinos. Schondorf (Ammersee) 1981.

Graaf, Vera: Homo Futurus. Eine Analyse der modernen Science Fiction. Hamburg/Düsseldorf 1971.

Greenberg, Martin H.: Fantastic Lives. Autobiographical Essays by Notable Science Fiction Writers. Carbondale and Edwardsville 1981.

Gunn, James: Alternate Worlds – The Illustrated History of Science Fiction. Englewood Cliffs (New Jersey) 1975.

Hasselblatt, Dieter: Grüne Männchen vom Mars. Düsseldorf 1974.

Hienger, Jörg: Literarische Zukunftsphantastik. Eine Studie über Science Fiction. Göttingen 1972.

Holdstock, Robert (Hrsg.): Encyclopedia of Science Fiction. London 1978.

Jehmlich, Reimer / Lück, Hartmut (Hrsg.): Die deformierte Zukunft. Untersuchungen zur Science Fiction. München 1974.

Jehmlich, Reimer: Science Fiction. Darmstadt 1980.

Kagarlizki, Juli: Was ist Phantastik? Berlin 1977.

Klein, Klaus-Peter: Zukunft zwischen Traum und Mythos: Science Fiction. Stuttgart 1976.

Knight, Damon: In Search of Wonder – Essays on Modern Science Fiction. Chicago 1967.

Krauss, Werner (Hrsg.): Reise nach Utopia. Französische Utopien aus drei Jahrhunderten. Berlin 1964.

Kyle, David A.: A Pictural History of Science Fiction. London 1976.
Lem, Stanislaw: Phantastik und Futurologie. 2 Bde. Frankfurt a. M. 1977–80.
Lück, Hartmut: Fantastik, Science Fiction, Utopia. Das Realismusproblem der utopisch-phantastischen Literatur. Gießen 1977.
Lundwall, Sam: What is Science Fiction? Amsterdam 1973.
Magill, Frank N. (Hrsg.): Survey of Science Fiction Literature. 5 Bde. Englewood Cliffs (New Jersey) 1979.
Menningen, Jürgen: Filmbuch Science Fiction. Köln 1975.
Nagl, Manfred: Science Fiction in Deutschland. Tübingen 1972.
Nagl, Manfred: Science Fiction. Ein Segment populärer Kultur im Medien- und Produktverbund. Tübingen 1981.
Nicholls, Peter (Hrsg.): The Encyclopedia of Science Fiction. London / Toronto / Sydney / New York 1979.
Ostwald, Th.: Jules Verne, Leben und Werk. Braunschweig 1978.
Pehlke, Michael / Lingfeld, Norbert: Roboter und Gartenlaube – Ideologie und Unterhaltung in der Science Fiction-Literatur. München 1970.
Reginald, R.: Science Fiction and Fantasy Literature. 2 Bde. Detroit 1979.
Rottensteiner, Franz: The Science Fiction Book – An Illustrated History. London 1975.
Rottensteiner, Franz (Hrsg.): »Quarber Merkur«. Aufsätze zur Science Fiction und Phantastischen Literatur. Frankfurt a. M. 1979.
Rullkötter, Bernd: Die Wissenschaftliche Phantastik der Sowjetunion. Eine vergleichende Untersuchung der spekulativen Literatur in Ost und West. Bern / Frankfurt a. M. 1974.
Schäfer, Martin: Science Fiction als Ideologiekritik? Utopische Spuren in der amerikanischen Science Fiction-Literatur 1940–1955. Stuttgart 1977.
Schröder, Horst: Science fiction-Literatur in den USA. Vorstudien für eine materialistische Paraliteraturwissenschaft. Gießen 1978.
Smith, Curtis C. (Hrsg.): Twentieth-Century Science-Fiction Writers. New York 1981.
Suerbaum, Ulrich / Broich, Ulrich / Borgmeier, Raimund: Science Fiction. Theorie und Geschichte, Themen und Typen, Form und Weltbild. Stuttgart 1981.
Suvin, Darko: Poetik der Science Fiction. Zur Theorie und Geschichte einer literarischen Gattung. Frankfurt a. M. 1977.
Swoboda, Helmut: Der künstliche Mensch. München 1967.
Swoboda, Helmut: Utopia – Geschichte der Sehnsucht nach einer besseren Welt. Wien 1972.
Tuck, Donald H.: The Encyclopedia of Science Fiction and Fantasy. 2 Bde. Chicago 1978.
Tymm, Marshall B. / Zahorski, Kenneth J. / Boyer, Robert H.: Fantasy Literature. A Core Collection and Reference Guide. New York 1979.
Villgradter, Rudolf / Krey, Friedrich (Hrsg.): Der utopische Roman. Darmstadt 1973.
Weigand, Jörg (Hrsg.): Die triviale Phantasie – Beiträge zur Verwertbarkeit von Science Fiction. Bonn-Bad Godesberg 1976.
Winter, Michael: Compendium Utopiarum. Typologie und Bibliographie literarischer Utopien. Bd. 1: Von der Antike bis zur Frühaufklärung. Stuttgart 1978.

Fachzeitschriften

Extrapolation (Thomas D. Clareson, Box 3186, the College of Wooster, Wooster, Ohio, USA).
Foundation (SF Foundation, North East London Polytechnic, Barking Precinct, Longbridge Rd., Dagenham, Essex RM8 2AS, England).
Quarber Merkur (Franz Rottensteiner, Felsenstr. 20, A-2761 Miesenbach, Österreich).
Science Fiction Studies (Arts Building, McGill University, 853 Sherbrooke Street West, Montreal, Qué. H3A 2T6, Kanada).
Science Fiction Times (Eulenhof Verlag, Eulenhof, 2351 Hardebek).

Register der Autoren und Pseudonyme

Inhalt